Harry Potter
e a Ordem
da Fénix

J. K. ROWLING

Harry Potter
e a Ordem
da Fénix

Tradução de
Isabel Fraga, Manuela Madureira, Isabel Nunes, Alice Rocha

Coordenação de
Isabel Nunes

EDITORIAL PRESENÇA

FICHA TÉCNICA

Título original: *Harry Potter and the Order of the Phoenix*
Autora: *J. K. Rowling*
Copyright © 2003 J. K. Rowling
Harry Potter, nomes, personagens e outros elementos relacionados são marcas registadas de © Warner Bros. Entertainment Inc. Harry Potter Publishing rights © J. K. Rowling
Tradução © Editorial Presença, Lisboa, 2003
Tradução: *Isabel Fraga, Manuela Madureira, Isabel Nunes, Alice Rocha*
Coordenação da tradução: *Isabel Nunes*
Capa: *Ilustração de Mary GrandPré — Cover Artwork* © *Warner Bros. Entertainment Inc.*
Pré-impressão, impressão e acabamento: *Multitipo — Artes Gráficas, Lda.*
1.ª edição, Lisboa, Outubro, 2003
2.ª edição, Lisboa, Novembro, 2003
Depósito legal n.º 202 709/03

Reservados todos os direitos
para Portugal e países africanos lusófonos à
EDITORIAL PRESENÇA
Estrada das Palmeiras, 59
Queluz de Baixo
2745-578 BARCARENA
Email: info@editpresenca.pt
Internet: http://www.presenca.pt

*Ao Neil, à Jessica e ao David
que enchem o meu mundo de magia*

— Dêem-lhes uma *siesta* definitiva. Era o que eu faria — resmungou o tio Vernon, cortando o fim da frase do jornalista. Lá fora, no canteiro das flores, o estômago de Harry pareceu descontrair-se. Se alguma coisa tivesse acontecido, teria certamente sido revelada no início do noticiário. A morte e a destruição eram mais importantes que turistas em apuros.

Soltou um profundo suspiro e olhou para o céu azul e brilhante. Fora um Verão cheio de nervosismo e expectativa, com alguns breves momentos de alívio, seguidos de nova tensão, que se tornava mais insistente sempre que perguntava a si próprio *por que motivo* ainda nada acontecera.

Continuou atento, não fosse surgir alguma pequena pista que os *Muggles* não reconhecessem como tal — um desaparecimento inexplicável, talvez, ou um acidente estranho... contudo, a seguir à greve dos controladores de bagagem vieram as notícias sobre a seca no sudeste de Inglaterra («Espero que o vizinho aqui do lado esteja a ouvir», gritara o tio Vernon. «Sempre a ligar o dispositivo de rega às três da manhã»), seguidas da informação de que um helicóptero quase se despenhara num campo do Surrey e das últimas sobre o divórcio de uma famosa actriz e do seu famoso marido. («Como se os seus assuntos sórdidos nos interessassem para alguma coisa», fungou a tia Petúnia, que seguira obsessivamente a história em todas as revistas a que conseguira deitar as suas mãos ossudas.)

Harry fechou os olhos devido ao brilho flamejante do céu no final da tarde, enquanto o jornalista dizia: «...*e, por fim, o periquito Bungy descobriu uma nova maneira de se refrescar este Verão. Bungy, que vive nas «Cinco Penas» em Barnsley, aprendeu a fazer esqui aquático. A jornalista Mary Dorkins foi saber mais sobre o assunto.*

Harry abriu os olhos. Se já tinham chegado ao esqui dos periquitos não havia, certamente, mais nenhuma notícia importante. Virou-se cautelosamente de bruços e começou a erguer-se, apoiado nos joelhos e nos cotovelos, preparando-se para se afastar da janela. Foi então que várias coisas aconteceram em rápida sucessão.

Um estampido agudo como um tiro ecoou, quebrando o silêncio; um gato saiu a correr de debaixo de um carro estacionado ali perto, desaparecendo de vista; e da sala dos Dursleys chegou-lhe um guincho, seguido de uma praga e do ruído de loiça a partir-se. Como se fosse aquele o sinal por que esperava, Harry pôs-se de pé num pulo, tirando ao mesmo tempo a varinha do cinto dos *jeans*, qual espada desembainhada. Contudo, antes de ter conseguido levantar-se completamente, bateu com a cabeça na janela aberta, provocando um estrondo que fez a tia Petúnia gritar ainda mais alto.

Pareceu-lhe que a cabeça se tinha rachado ao meio. De olhos lacrimejantes, cambaleou, tentando concentrar-se na rua e perceber o que provocara o estampido, mas, nesse momento, duas grandes mãos arroxeadas saíram da janela e rodearam-lhe a garganta.

— Guarda já isso! — vociferou o tio Vernon ao ouvido de Harry. — Imediatamente! Antes que alguém a veja!

— Largue-me! — arfou Harry. Debateram-se durante alguns segundos, Harry puxando com a mão esquerda os dedos papudos do tio Vernon, enquanto segurava com a direita a varinha erguida. Por fim, quando a dor no alto da cabeça se tornava insuportável, o tio Vernon soltou um uivo, largando-o como se tivesse apanhado um choque eléctrico. Parecia que uma força invisível se espalhara pelo corpo do sobrinho, obrigando-o a largá-lo.

Quase sem fôlego, Harry caiu para trás, por cima da hidrângea, levantou-se e olhou em volta. Não havia sinal do que provocara o estampido, mas vários rostos espreitavam das janelas dos vizinhos. Harry guardou rapidamente a varinha nos *jeans* e tentou compor um ar inocente.

— Que bela noite! — gritou o tio Vernon, cumprimentando com um aceno a senhora do número sete que, furiosa, espreitava por trás das cortinas de filó. — Ouviu o estouro do carro que passou agora mesmo? Eu e a Petúnia apanhámos um susto dos diabos!

Continuou a sorrir como um maníaco até todos os vizinhos terem desaparecido das janelas, altura em que o sorriso se transformou num esgar de raiva, ao mesmo tempo que fazia sinal a Harry para se aproximar.

O sobrinho deu alguns passos em frente, tendo o cuidado de parar suficientemente longe das mãos estendidas do tio Vernon, prontas a estrangulá-lo de novo.

— Que raio de ideia é a tua, rapaz? — indagou o tio Vernon numa voz rouca e trémula de raiva.

— Qual ideia? — ripostou Harry friamente, sem deixar de olhar para um lado e para o outro na esperança de ver a pessoa que provocara o estampido.

— Lançar um estampido desses, que mais parecia um tiro de pistola, mesmo à porta da nossa c...

— Não fui eu quem fez esse ruído — defendeu-se Harry com firmeza.

O rosto magro e cavalar da tia Petúnia surgiu ao lado da cara gorda e roxa do tio Vernon. Estava lívida.

— Por que te escondeste debaixo da janela?

— Sim, sim, boa pergunta, Petúnia! *Que estavas a fazer debaixo da janela, rapaz?*

— A ouvir as notícias — respondeu Harry numa voz resignada.

O tio e a tia trocaram entre si olhares escandalizados.

— A ouvir as notícias! *Outra vez?*

— Bem, mudam todos os dias, não sei se sabem — retorquiu Harry.

— Não te armes em espertinho, rapaz! Quero saber o que andas a tramar e não me venhas outra vez com essa treta de quereres ouvir as notícias. Sabes perfeitamente que *os da tua laia...*

— Cuidado, Vernon! — segredou-lhe a tia Petúnia. O tio baixou tanto a voz que Harry mal o conseguia ouvir. — ... que *os da tua laia* não aparecem nas *nossas* notícias!

— Isso é o que vocês pensam.

Os Dursleys olharam para ele de olhos esbugalhados e, em seguida, a tia Petúnia acusou-o:

— És um mentiroso nojento! Que andam todas essas — baixou também a voz, obrigando Harry a ler-lhe os lábios — *corujas* a fazer, a não ser trazer-te notícias?

— Aha! — exclamou o tio Vernon com um ar triunfante. — Aguenta-te com esta, rapaz! Como se nós não soubéssemos que essas aves pestilentas te trazem notícias.

Harry hesitou um momento. Não era fácil, desta vez, dizer a verdade, embora os tios não pudessem saber quanto custava admiti-lo.

— As corujas... não me têm trazido notícias — confessou com uma voz inexpressiva.

— Não acredito — afirmou de imediato a tia Petúnia.

— Nem eu — apoiou o tio Vernon energicamente.

— Sabemos que andas a tramar alguma coisa esquisita — continuou a tia Petúnia.

— Não somos estúpidos, sabes? — prosseguiu o tio.

— Bem, essa é nova — contrapôs Harry, cujo sangue estava a começar a aquecer e, antes que os Dursleys pudessem chamá-lo, já ele tinha atravessado o relvado, saltado o muro baixo do quintal e subido a rua, a correr.

Tinha consciência de que estava em apuros. Mais tarde ia ter de enfrentar os tios e pagar o preço de ter sido mal-educado, mas, de momento, não estava muito preocupado com isso. Tinha questões bastantes mais prementes a ocuparem-lhe o espírito.

Harry sabia, sem sombra de dúvida, que aquele estampido fora provocado por alguém Materializando-se e Desmaterializando-se logo em seguida. Era precisamente o som que Dobby, o elfo doméstico, provocava quando desaparecia de repente. Seria possível que Dobby estivesse ali, em Privet Drive? Estaria a segui-lo naquele preciso momento? Mal este pensamento lhe perpassou pelo espírito, Harry deu meia volta e esquadrinhou Privet Drive, mas a rua estava totalmente deserta e Harry tinha a certeza de que Dobby não era capaz de se tornar invisível.

Continuou em frente, sem grande consciência do caminho, pois nos últimos tempos calcorreara tantas vezes aquelas ruas que os seus pés o levavam já automaticamente aos seus lugares preferidos. Ia olhando regularmente para trás, por cima do ombro, pois tinha a certeza de que uma criatura mágica desconhecida estivera perto de si, quando se escondera entre as begónias moribundas da tia Petúnia. Por que não lhe teria falado? Por que não teria estabelecido contacto? Por que se esconderia agora?

E então, no momento em que o seu sentimento de frustração atingia o auge, todas as certezas o abandonaram.

Talvez não se tivesse tratado de um som mágico. Talvez a sua ânsia desesperada por um sinal do mundo a que pertencia o tivesse levado a interpretar erradamente um ruído perfeitamente normal. Como podia estar tão seguro de que não fora qualquer coisa a partir-se numa das casas mais próximas?

Harry experimentou uma sensação de vazio no estômago e, subitamente, foi de novo assaltado pelo sentimento de desespero que o perseguira durante todo o Verão.

Na manhã seguinte seria acordado pelo despertador às cinco da manhã para poder pagar à coruja que distribuía *O Profeta Diário*, mas valeria a pena continuar a lê-lo? Ultimamente, Harry limitava-se a ler a primeira página, deitando-o fora logo a seguir. Quando os idiotas que dirigiam o jornal se apercebessem de que Voldemort havia regressado, a notícia teria direito a grandes cabeçalhos e apenas isso lhe interessava.

Se tivesse sorte, receberia também corujas com cartas dos seus melhores amigos, Ron e Hermione, embora já tivesse perdido a esperança de que essas cartas lhe dissessem algo de verdadeiramente novo.

Não podemos dizer-te grande coisa sobre aquilo que tu sabes, como é óbvio... Aconselharam-nos a não contar nada importante, não vão as cartas extraviar-se... Temos andado muito ocupados, mas não posso dar-te por-

menores... Têm acontecido muitas coisas, contar-te-emos tudo quando estivermos juntos...

Mas quando seria isso? Ninguém parecia muito preocupado com a data. Hermione escrevinhara no seu cartão de parabéns *Espero ver-te muito em breve*, mas quando seria esse *muito em breve*? Tanto quanto podia perceber pelas vagas alusões das cartas, Hermione e Ron estavam juntos, provavelmente em casa dos pais de Ron. Era-lhe insuportável imaginá-los a divertirem-se n'A Toca, enquanto ele estava ali preso em Privet Drive. A verdade é que a sua irritação era tanta que deitara fora, sem sequer abrir, as duas caixas de chocolates dos Doces dos Duques que eles lhe tinham mandado de presente de aniversário. Claro está que se arrependeu, quando teve de comer a salada murcha que a tia Petúnia preparou para o jantar.

Mas com que andariam Ron e Hermione tão ocupados? Por que não teria ele, Harry, nada que fazer? Não se mostrara, afinal, capaz de fazer muito mais que os amigos? Ter-se-iam esquecido dos seus feitos? Não fora *ele* quem entrara naquele cemitério e vira Cedric ser assassinado, sendo depois amarrado a uma lápide e quase morrendo?

Não penses nisso, disse de si para consigo pela centésima vez nesse Verão. Já lhe bastava ter de revisitar o cemitério nos seus pesadelos, quanto mais ser obrigado a pensar nisso quando estava acordado.

Virou a esquina para Magnolia Crescent. No caminho, passou pela ruela estreita junto de uma garagem, onde vira, pela primeira vez, o seu padrinho. Sirius, pelo menos, parecia compreender o que ele sentia. É certo que as suas cartas eram tão destituídas de notícias decentes quanto as de Ron e Hermione, mas, pelo menos, traziam-lhe palavras de aviso e conforto, em vez de *alusões* que apenas serviam para o atormentar: *Sei que deve ser frustrante para ti... não arranjes problemas e tudo correrá bem... tem cuidado e não faças nada imprudente...*

Enquanto atravessava Magnolia Crescent e virava para Magnolia Road, dirigindo-se ao parque infantil, que escurecia rapidamente, Harry ia pensando que, de uma maneira geral, seguira os conselhos de Sirius. Resistira, pelo menos, à tentação de amarrar o malão à vassoura e arrancar sozinho em direcção à Toca. A verdade, pensava, é que o seu comportamento fora excelente, tendo em conta a frustração e a raiva que sentia, ali preso em Privet Drive há tanto tempo, obrigado a esconder-se nos canteiros de flores, na esperança de ouvir alguma coisa que lhe indicasse o que Lord Voldemort andava a fazer. Contudo, era bastante vexatório aceitar que Sirius lhe dissesse para não ser imprudente, o mesmo Sirius, que cumprira uma pena de doze anos na prisão de feiticeiros de Azkaban, que se evadira, tentara cometer o crime pelo qual fora previamente condenado e acabara por fugir com um Hipógrifo que não lhe pertencia. Harry saltou o portão fechado e avançou pela relva ressequida. O parque achava-se tão vazio quanto as ruas circundantes. Quando chegou aos baloiços, afundou-se no único que Dudley e os amigos não tinham conseguido destruir, passou um braço em volta da corrente e olhou, taciturno, para o chão. Não poderia voltar a esconder-se no canteiro de flores dos Dursleys. No dia seguinte, teria de pensar noutra maneira de ouvir as notícias. Até lá, aguardava-o uma noite agitada e sem repouso, pois mesmo quando escapava aos pesadelos sobre Cedric, tinha sonhos perturbadores sobre corredores longos e escuros que terminavam sempre em becos sem saída e portas fechadas, sonhos esses que eram certamente o reflexo da sensação de aprisionamento que o perseguia quando acordado. A sua velha cicatriz provocava-lhe muitas vezes uma desagradável sensação de formigueiro, mas não se iludia, acreditando que Ron, Hermione ou Sirius se interessassem ainda por esse facto. No passado, a dor na cicatriz fora um aviso de que Voldemort estava a recuperar a sua força, mas, agora que Voldemort voltara, eles recordar-lhe-iam, certamente que aquele assomo habitual era coisa normal... nada com que valesse a pena preocupar-se...

O sentimento de injustiça brotou de tal modo do seu peito que lhe apeteceu gritar de raiva. Se não fosse ele, ninguém teria sabido do regresso de Voldemort! E a recompensa fora ficar preso em Little Whinging durante quatro semanas inteiras, totalmente afastado do mundo mágico, obrigado a acocorar-se entre begónias moribundas para ouvir notícias sobre periquitos a praticarem esqui aquático. Como era possível que Dumbledore o tivesse esquecido tão facilmente? Por que motivo Ron e Hermione se tinham encontrado, sem o terem convidado também? Quanto tempo mais teria de aguentar as mensagens de Sirius a dizer-lhe que ficasse sossegado como um bom menino, resistindo à tentação de escrever à porcaria d'*O Profeta Diário* a informar de que Voldemort regressara? Estes pensamentos irados rodopiavam na sua cabeça e contorciam-lhe as entranhas, enquanto a noite opressiva e aveludada caía à sua volta, o ar impregnado de um cheiro quente a relva seca, tendo como único som o rumor abafado do trânsito para além do gradeamento do parque.

Não se apercebeu de quanto tempo estivera ali, sentado no baloiço, até que várias vozes lhe interromperam os pensamentos, obrigando-o a olhar para cima. Os candeeiros das ruas mais próximas projectavam uma luz difusa, suficientemente forte para iluminar um grupo de rapazes que se aventurava pelo meio do parque. Um deles cantarolava em voz alta uma canção ordinária. Os outros riam-se. Ouvia-se o suave *tic tic* das várias bicicletas de corrida topo de gama que traziam consigo.

Harry sabia quem eram. A silhueta da frente era inequivocamente a do seu primo Dudley Dursley, que se dirigia para casa acompanhado do seu fiel bando.

Dudley continuava muitíssimo corpulento, mas um ano de dieta rigorosa e a descoberta de um novo talento tinham provocado uma grande mudança no seu aspecto físico. Como o tio Vernon comunicara satisfeitíssimo a quem o quisera ouvir, Dudley tornara-se recentemente campeão de boxe de pesos pesados das escolas do Sudeste de Inglaterra, na categoria de juniores. O «desporto nobre», como lhe chamava o tio Vernon, transformara Dudley numa criatura ainda mais colossal do que parecera a Harry nos tempos da instrução primária, quando lhe servira de saco de pancada. Harry já não tinha medo do primo, mas continuava a pensar que o facto de Dudley ter aprendido a bater com mais força e precisão era fraco motivo para celebrações. As crianças das redondezas tinham terror dele, mais ainda do que tinham tido do «jovem Potter», que lhes haviam dito ser um rufia inveterado, que estudava em São Brutus, um centro para rapazes marginais sem recuperação.

Harry viu as figuras sombrias atravessarem a relva e perguntou-se quem teriam estado a espancar nessa noite. Olhando em volta, deu consigo a pensar: *Vá lá... Olhem para mim... estou aqui sozinho... Venham tentar bater-me...*

Se os amigos de Dudley o vissem ali sentado, iriam certamente direitinhos a ele. Que faria, então, o primo? Não gostaria de fazer má figura, mas tinha pavor de provocar Harry... Seria bem divertido assistir ao dilema de Dudley, gozando-o e ficando a vê-lo, impedido de reagir... e se algum dos outros tentasse bater-lhe, ele estava pronto, tinha consigo a varinha. Eles que tentassem... Adoraria poder descarregar a sua frustração naqueles rapazes que, em tempos, lhe tinham infernizado a existência.

Eles, porém, não olharam para trás, não o viram, estavam quase a chegar ao gradeamento. Harry controlou o impulso de os chamar... provocar uma briga não era lá muito inteligente... não podia usar magia... arriscar-se-ia novamente a ser expulso.

As vozes dos membros do bando de Dudley, que seguiam por Magnolia Road, ouviam-se agora muito ao longe e Harry já os perdera de vista.

«*Aí tens, Sirius*», pensou com ar soturno. «*Nada de imprudências, não arranjei problemas, fiz exactamente o contrário do que tu terias feito.*» Pôs-se de pé e espreguiçou-se. Para a tia Petúnia e para o tio Vernon, quando o Dudley chegava, era sempre boa hora de chegar a casa e, depois disso, era tardíssimo. O tio Vernon ameaçara trancar Harry na arrecadação se ele voltasse a aparecer depois do primo, por isso, reprimindo um bocejo e ainda mal-humorado, Harry dirigiu-se ao portão do parque.

À semelhança de Privet Drive, Magnolia Road estava cheia de casas grandes e geométricas, com relvados impecavelmente aparados, cujos donos eram grandes e tacanhos e conduziam carros semelhantes ao do tio Vernon. Harry preferia Little Whinging à noite, quando as janelas com cortinas pareciam retalhos de luz colorida na escuridão e ele não corria o risco de ouvir, quando passava, segredinhos irónicos sobre o seu aspecto de delinquente. Assim, caminhava apressado, quando, a meio de Magnolia Road, o bando de Dudley entrou novamente no seu ângulo de visão. Os rufias despediam-se no topo de Magnolia Crescent. Harry parou debaixo de uma grande árvore de lilás e ficou à espera.

— ... Guinchava como um porco, o gajo — dizia Malcolm por entre as gargalhadas grosseiras dos outros.

— Belo gancho com a direita, Dudão — elogiava Piers.

— Amanhã, à mesma hora? — perguntou Dudley.

— Todos na minha casa. Os meus pais vão sair — comunicou-lhes Gordon.

— Então, até amanhã — disse o Dudley.

— Tchau, Dud.

— Adeus, Dudão.

Harry esperou que o resto do grupo se afastasse antes de avançar. Quando as vozes se esbateram ao longe, virou para Magnolia Crescent e, numa passada larga, depressa galgou a distância que o separava de Dudley, que deambulava com toda a calma, cantarolando desafinadamente.

— Oi, Dudão!

Dudley voltou-se.

— Ah! — rosnou. — És tu!

— Há quanto tempo és o Dudão? — perguntou Harry.

— Cala a boca! — resmungou Dudley, virando-lhe as costas.

— Um nome muito fixe — disse Harry, rindo e acertando o passo com o do primo — mas, para mim, hás-de ser sempre o Duduzinho.
— Já te disse para te CALARES! — gritou Dudley, cujas mãos cor de presunto se haviam cerrado.
— Os teus amigos não sabem como a tua mãe te chama?
— Bico calado.
— A ela não lhe dizes «bico calado». Então, importas-te que te trate por Fofinho e Dudu lindo?
Dudley não respondeu. O esforço para não bater em Harry parecia exigir todo o seu autocontrolo.
— Então, diz lá, quem foi que espancaram hoje? — perguntou Harry com o sorriso a desaparecer-lhe do rosto. — Outro miúdo de dez anos? Sei muito bem o que fizeram ao Mark Evans anteontem.
— Ele estava a pedi-las — rosnou Dudley.
— Ah, sim?
— Faltou-me ao respeito.
— A sério? Disse-te que pareces um porco a quem ensinaram a andar nas patas de trás? Porque isso não é faltar ao respeito, Dud, é dizer a verdade.
Um músculo tremia na queixada de Dudley, e Harry sentiu-se imensamente satisfeito ao constatar até que ponto conseguia enfurecê-lo. Era como se despejasse toda a sua frustração sobre o primo, a sua única possibilidade de *escoamento*.
Voltaram à direita para a estreita ruela onde Harry vira Sirius pela primeira vez e que formava um atalho entre Magnolia Road e Wisteria Walk. Estava vazia e muito mais escura do que as outras ruas, devido à ausência de candeeiros. Os passos eram abafados pelas portas das garagens de um lado, e por uma alta vedação do outro.
— Achas-te um grande homem por trazeres essa coisa contigo, não achas? — indagou Dudley passados alguns segundos.
— Qual coisa?
— Isso, isso que estás a esconder.
Harry sorriu de novo.
— Não és tão estúpido como pareces, pois não, Dud? É claro que, se o fosses, não conseguirias andar e falar ao mesmo tempo.
Harry sacou da varinha. Viu Dudley mirá-la pelo canto do olho.
— Não te é permitido — atirou-lhe Dudley de imediato. — Sei que não é. Podes ser expulso daquela escola esquisita onde andas.

— Como sabes se não mudaram as regras, Dudão?
— Não mudaram nada! — insistiu Dudley num tom muito pouco convicto.
Harry riu-se baixinho.
— Não tens coragem de me enfrentar sem essa coisa, pois não? — vociferou Dudley.
— E tu precisas da protecção de quatro rufias para dar uma sova a um miúdo de dez anos! Quanto a esse título de boxe de que tanto falas, que idade tinha o teu adversário? Sete anos? Oito?
— Dezasseis, para tua informação, e ficou sem sentidos durante vinte minutos depois de eu lhe ter tratado da saúde, e tinha o dobro do teu tamanho. Espera só até eu dizer ao meu pai que andavas com essa coisa...
— A fazer queixinhas ao papá, é? Estará o Duduzinho, grande campeão de boxe, com medo da varinha mázona do Harry?
— Não és lá muito corajoso à noite, pois não? — provocou-o o primo.
— Agora é de noite, Duduzinho. Noite é quando tudo fica escuro, sabes?
— Quero dizer, quando estás na cama!
Dudley deixara de andar, e Harry parou também, olhando fixamente para o primo. Apesar da falta de luz, conseguiu detectar-lhe no rosto um estranho olhar triunfante.
— Que queres dizer com isso de eu não ter coragem quando estou deitado? — perguntou Harry totalmente perplexo. — De que queres que tenha medo, das almofadas?
— Ouvi-te ontem à noite — declarou Dudley avidamente —, a falar enquanto dormias, a *gemer*.
— Que queres dizer com isso? — insistiu Harry, sentindo já um frio e um aperto no estômago. Na noite passada revisitara, em sonhos, o cemitério.
Dudley deu uma gargalhada seca e desagradável, adoptando em seguida um tom de voz agudo e choramingas.
— «Não mate o Cedric! Não mate o Cedric!» Quem é o Cedric, afinal, o teu namorado?
— Eu... estás a mentir — acusou-o Harry automaticamente, com a boca seca. Sabia que Dudley falava verdade. Como poderia ele saber do Cedric?
— «Pai, ajude-me, pai! Ele vai matar-me, pai!» Buuuu!
— Cala-te — ordenou-lhe Harry baixinho. — Cala-te, Dudley, estou a avisar-te.

— «Pai, mãe, venham ajudar-me! Ele matou o Cedric, pai, ajude-me, ele vai...» *Não me apontes essa coisa!*
Dudley recuou, encostando-se à parede. Harry apontava-lhe a varinha directamente ao coração, sentindo a raiva que ele lhe provocara durante catorze anos a pulsar-lhe nas veias. Quanto não daria para poder enfeitiçá-lo naquele momento, fazê-lo voltar para casa de rastos, como um insecto, mudo, e com antenas a brotarem-lhe do corpo.
— Nunca mais me fales assim — ameaçou Harry. — Percebeste?
— Aponta isso para outro lado.
— Perguntei se percebeste?
— *Aponta isso para outro lado.*
— PERCEBESTE?
— AFASTA ISSO DE...

Dudley deu um grito descomunal e arrepiante, como se tivesse sido mergulhado em água gelada.

Alguma coisa acontecera à noite. O céu azul-violeta, salpicado de estrelas, tingira-se repentinamente de um negro de breu e as estrelas, a lua, a luz difusa dos candeeiros de ambos os lados da pequena rua, tinham desaparecido. O zumbido distante dos carros e o sussurro das árvores haviam cessado. A noite amena ganhara subitamente um frio agudo e cortante, e a escuridão total, impenetrável e silenciosa rodeava-os, como se a mão de um gigante tivesse lançado um manto espesso e gelado sobre a rua, cegando-os por completo.

Durante uma fracção de segundo Harry pensou que, apesar de todos os seus esforços em contrário, fizera uma magia qualquer, sem dar por isso, mas depois caiu em si. Não tinha poder suficiente para apagar as estrelas. Voltou a cabeça para um lado e para o outro, tentando enxergar alguma coisa, mas a escuridão pressionava-lhe os olhos como um véu levíssimo.

A voz horrorizada de Dudley vibrou nos seus ouvidos.
— Que e-estás tu a f-fazer? P-pára com isso.
— Não estou a fazer nada. Fica calado e não te mexas.
— Não v-vejo nada, f-fiquei cego, eu...
— Cala-te!

Harry imobilizou-se, voltando os olhos sem visão para um lado e para o outro. O frio era tão intenso que tremia dos pés à cabeça, tinha os braços em pele de galinha e os pêlos do pescoço todos em pé. Arregalou os olhos sem conseguir ver nada em volta.

Era impossível... eles não poderiam estar ali, em Little Whinging... apurou os ouvidos... certamente ouvi-los-ia antes de os ver.

— Vou c-contar ao meu pai — choramingou Dudley. — O--onde estás? O que estás a fa...?
— Queres-te calar? — murmurou Harry entredentes. — Estou a tentar ouv...
Mas não acabou a frase, pois ouvira justamente o que mais receava.
Além de si próprio e do primo, havia mais alguma coisa na ruela, alguma coisa que respirava lenta e ruidosamente. Harry sentiu um tremendo arrepio de pavor, não conseguindo parar de tremer, envolto pelo ar gélido.
— P-pára com isso, p-pára ou apanhas. Juro que te dou uma sova.
— Dudley, está calado...
ZÁS!
Um punho acertou-lhe de um dos lados da cabeça, desequilibrando-o. Harry viu uma imensidão de pequenas luzes saltitarem em frente dos seus olhos e, pela segunda vez em menos de uma hora, pareceu-lhe que a cabeça se abrira ao meio. Logo a seguir, estatelou-se no empedrado e a varinha saltou-lhe da mão.
— És um mentecapto, Dudley! — gritou, os olhos lacrimejando de dor, enquanto gatinhava, tacteando nervosamente no escuro. Ouviu o primo afastar-se, bater no gradeamento e tropeçar.
— DUDLEY, VOLTA AQUI, VAIS DIREITO A ELES!
Ouviu-se um guincho horrível e os passos de Dudley pararam. Nesse preciso momento, Harry sentiu um frio pavoroso atrás de si que só poderia significar uma coisa: era mais do que um.
— DUDLEY, FICA CALADO! FAÇAS O QUE FIZERES, FICA CALADO! Varinha! — murmurou aflito, as mãos varrendo o chão como aranhas. — Onde está a varinha, vá lá, *lumos*!
Pronunciou o feitiço automaticamente, na busca desesperada de uma luz que o ajudasse a encontrar a varinha e, para seu grande alívio, a luz surgiu a poucos centímetros da sua mão direita. A ponta da varinha iluminara-se. Harry agarrou-a, pôs-se de pé e voltou-se.
O seu estômago deu uma reviravolta.
Suspensa no ar, uma figura encapuzada deslizava suavemente na sua direcção. Não se lhe via o rosto, nem os pés, apenas o manto. Sugava o ar da noite, à medida que se aproximava.
Recuando aos tropeções, Harry ergueu a varinha.
— *Expecto patronum!*
Um feixe de vapor prateado saltou da varinha, e o Dementor abrandou, mas o feitiço não funcionou como devia. O Dementor aproxi-

I

DUDLEY E O DEMENTOR

O dia mais quente do Verão arrastava-se num silêncio longo e sonolento sobre as grandes casas geométricas de Privet Drive. Os carros, que habitualmente brilhavam, reluzentes, achavam-se agora estacionados, cobertos de pó, e os relvados, outrora verde-esmeralda, apresentavam-se amarelados e ressequidos, pois o uso das mangueiras fora proibido, devido à falta de água.

Os habitantes de Privet Drive, impedidos de recorrer às suas rotinas habituais de lavar os carros e tratar da relva, haviam-se retirado para a frescura das suas casas, as janelas totalmente abertas, num convite à brisa inexistente. A única pessoa que ficara cá fora era um adolescente que se encontrava deitado de costas num canteiro de flores, no jardim do número quatro.

Era um rapazinho magro e moreno, de óculos, com o ar aflito e levemente adoentado de alguém que crescera muito num curto espaço de tempo. Tinha os *jeans* sujos e rasgados, a *T-shirt* larga e desbotada e as solas dos ténis rotas. O aspecto de Harry Potter não agradava nada aos vizinhos, que eram o tipo de pessoas para quem vestir-se mal deveria ser punido por lei; todavia, como nessa tarde ele se escondera atrás de uma grande hidrângea, estava praticamente invisível para quem passava na rua. De facto, só o tio Vernon ou a tia Petúnia poderiam vê-lo, se pusessem a cabeça fora da janela da sala e olhassem para o canteiro, que ficava mesmo por baixo.

Pensando bem, tinha sido uma excelente ideia esconder-se ali. Não estaria propriamente confortável, deitado na terra dura e quente, mas assim ninguém ficava a olhar para ele com um ar irritado, a ranger os dentes tão alto que nem se conseguia ouvir as notícias, ou a fazer-lhe perguntas maldosas, como sucedera de todas as vezes em que tentara sentar-se na sala com os tios, a ver televisão.

De súbito, como se o seu pensamento tivesse voado para dentro de casa, Vernon Dursley, o tio de Harry, falou.

— Ainda bem que o rapaz nos deixou em paz. Por onde andará ele, afinal?

— Não sei — respondeu a tia Petúnia, sem se preocupar. — Em casa, não está.

— A ver as notícias... — O tio Vernon resmungou sarcasticamente. — Gostava de saber o que anda ele a tramar. Como se um rapaz normal se preocupasse com as notícias... O Dudley não faz a menor ideia do que se passa à sua volta. Duvido de que saiba, sequer, quem é o Primeiro-Ministro. De qualquer modo, ninguém vai falar da *gente dele* no noticiário.

— Vernon, shiu! — admoestou-o a tia Petúnia. — A janela está aberta.

— Ah, sim, desculpa, querida.

Os Dursleys calaram-se. Harry ouviu a música de um anúncio de cereais para o pequeno-almoço, enquanto observava Mrs. Figg, uma velhinha um pouco tonta e que adorava gatos. Seguia para sua casa em Wisteria Walk, num passo tranquilo e vagaroso. Tinha a testa franzida e falava sozinha. Harry ficou contente por se ter escondido atrás do arbusto, pois ultimamente a velhota costumava convidá-lo para tomar chá sempre que o via na rua. Tinha acabado de desaparecer ao virar da esquina, quando a voz do tio Vernon se ouviu de novo através da janela aberta.

— O Dudders foi jantar fora?

— Sim, com os Polkisses — explicou a tia Petúnia com grande ingenuidade. — Tem tantos amiguinhos, é tão popular...

Harry conteve o riso com dificuldade. Os Dursleys eram incrivelmente estúpidos quando se tratava do filho, Dudley. Tinham engolido todas as suas mentiras idiotas sobre ir jantar todas as noites com um membro diferente do seu bando, durante as férias de Verão. Harry sabia perfeitamente que ele não tinha ido jantar com ninguém. Dudley e os amigos passavam as noites a vandalizar o parque infantil, a fumar pelas esquinas e a atirar pedras aos carros e às crianças que passavam. Tivera oportunidade de os ver em acção durante os seus passeios nocturnos por Little Whinging, já que passara a maior parte das férias a deambular pelas ruas e a procurar jornais nos caixotes do lixo.

As primeiras notas musicais que anunciavam o telejornal das sete chegaram aos ouvidos de Harry e o seu estômago revolveu-se. Talvez fosse hoje, após um mês inteiro de espera, talvez fosse esta noite.

— *Um número recorde de turistas em apuros enche os aeroportos espanhóis, enquanto a greve dos controladores de bagagem entra na sua segunda semana...*

mava-se rapidamente, enquanto Harry recuava, tropeçando nos pés, o pânico enevoando-lhe o cérebro... *concentra-te...*
Duas mãos cinzentas, viscosas e cheias de crostas, deslizaram para fora do manto, tentando agarrá-lo. Um ruído súbito encheu-lhe os ouvidos..
— *Expecto patronum!*
A sua voz ecoou vaga e distante. Outro feixe de fumo prateado, mais débil que o anterior, saltou da varinha. Já não conseguia fazê--lo, não conseguia fazer o feitiço.
Ouvia risos dentro da sua cabeça, gargalhadas estridentes... sentia o bafo pútrido dos Dementors, como o frio da morte, encher--lhe os pulmões, afogando-o. *Pensa... numa coisa boa...*
Mas não havia rasto de felicidade... os dedos gelados do Dementor fechavam-se em torno da sua garganta. O riso estridente era cada vez mais intenso e uma voz ecoou dentro de si: *Rende-te à morte, Harry... talvez nem seja assim tão doloroso... não sei... nunca morri...*
Nunca mais voltaria a ver o Ron e a Hermione...
E as caras deles surgiram claramente no seu espírito, enquanto lutava por respirar.
— EXPECTO PATRONUM!
Um enorme veado de prata brotou da ponta da varinha! As suas hastes cravaram-se no lugar onde deveria estar o coração do Dementor que, leve como a escuridão, foi projectado para trás. Quando o veado carregava de novo sobre ele, o Dementor esvoaçou para longe, como um morcego derrotado.
— POR AQUI! — gritou Harry ao veado e, dando meia volta, correu pela rua fora empunhando a varinha iluminada. — DUDLEY? DUDLEY!
Não tinha ainda dado uma dúzia de passos quando os alcançou. Dudley estava todo enrolado no chão, com os braços cruzados à frente do rosto. Um segundo Dementor, inclinado sobre ele, agarrava-lhe os pulsos com as suas mãos nojentas, afastando-lhe lentamente os braços, num gesto quase amoroso, enquanto baixava a cabeça encapuzada, aproximando-a do rosto de Dudley, como se quisesse beijá-lo.
— ATACA! — gritou Harry. E, de imediato, o veado prateado que ele invocara arrancou a galope, com um bramido impetuoso. O rosto sem olhos do Dementor achava-se a poucos centímetros do de Dudley, quando as hastes do veado o perfuraram. A criatura foi arremessada pelos ares e, tal como o seu companheiro, absor-

vida pela escuridão. O veado, esse, galopou até ao fim da rua, dissolvendo-se numa bruma de prata.

A lua, as estrelas e os candeeiros voltaram à vida e uma brisa quente varreu a viela. O ar encheu-se de novo com o sussurro das árvores dos jardins mais próximos e o rumor dos carros em Magnolia Crescent.

Harry ficou muito quieto, todos os sentidos a vibrarem com o brusco regresso à normalidade. Passado um momento, apercebeu-se de que tinha a *T-shirt* colada ao corpo, alagado em suor.

Não queria acreditar no que acabava de acontecer. *Dementors ali,* em Little Whinging.

Dudley continuava enroscado no chão, a tremer e a choramingar. Harry inclinou-se para ver se ele estava em condições de se pôr de pé, mas foi então que ouviu os passos de alguém a correr atrás de si. Instintivamente, voltou a empunhar a varinha e deu meia volta, pronto a enfrentar o recém-chegado.

Mrs. Figg, a vizinha velhota e meio maluca, alcançara-o, quase sem fôlego e com o cabelo grisalho a escapar-se-lhe da rede. Um saco de compras, feito de ráfia, balouçava-lhe do pulso, retinindo energicamente, e quase perdera as pantufas de tecido axadrezado.

Harry tentou esconder rapidamente a varinha, mas...

— Não a guardes, rapazinho idiota! — guinchou. — E se houver mais Dementors por aí? Ah, eu mato o Mundungus Fletcher!

II

UM BANDO DE CORUJAS

— O quê!? — exclamou Harry, perplexo.
— Ele desapareceu — explicou Mrs. Figg, torcendo as mãos. — Foi encontrar-se não sei com quem, por causa de uma carga de caldeirões que caíram de uma vassoura. Eu disse-lhe que o esfolava vivo se se atrevesse, e, agora, vê só! Dementors! Foi uma sorte eu ter colocado Mr. *Tibbles* de guarda. Mas não podemos ficar aqui, vamos, depressa, temos de te levar a casa. Oh, os problemas que isto vai causar. Eu *mato-o*!
— Mas... — A revelação de que a sua vizinha tonta e que adorava gatos sabia o que eram Dementors foi um choque quase tão grande para Harry como encontrar dois ali, naquela rua. — A senhora é... feiticeira?
— Sou uma cepatorta e o Mundungus sabe muito bem disso, portanto, como poderia ajudar-te a lutar contra os Dementors? Ele deixou-te completamente desprotegido, e eu tinha-o *prevenido* de que...
— Esse tal Mundungus tem andado a seguir-me? Espere lá, era *ele*! Ele Desmaterializou-se em frente da minha casa.
— Sim, sim, sim, mas felizmente eu tinha mandado o Mr. *Tibbles* para debaixo de um automóvel, não fosse haver algum problema, e ele foi avisar-me, mas, quando cheguei a tua casa, já lá não estavas... e agora... o que vai dizer o Dumbledore? Eh, tu aí? — guinchou, dirigindo-se a Dudley, que continuava estendido na rua. — Levanta esse rabo gordo do chão, já!
— A senhora conhece o Dumbledore? — perguntou Harry, olhando-a fixamente.
— É claro que o conheço, quem não conhece o Dumbledore? Mas vamos embora, eu não sou uma grande ajuda se eles voltarem. Nunca consegui Transfigurar nem uma saqueta de chá.
Mrs. Figg baixou-se, agarrou Dudley por um dos enormes braços e puxou-o.
— *Levanta-te*, minha lesma inútil, *levanta-te*!
Mas Dudley não podia, ou não queria, mexer-se. Continuava estendido no chão, pálido e trémulo, com os lábios cerrados.

— Eu ajudo — propôs Harry, pegando no braço de Dudley e puxando-o. Com grande esforço, conseguiu pô-lo de pé. Dudley parecia estar prestes a desmaiar. Os seus olhos pequeninos rodopiavam nas órbitas e o suor escorria-lhe pela cara abaixo. Balouçou perigosamente quando Harry o largou.

— Depressa — insistiu Mrs. Figg, quase histérica.

Harry colocou um dos maciços braços de Dudley por cima dos ombros e arrastou-o pela rua fora, um pouco curvado devido ao peso. Mrs. Figg seguia à frente com o seu passinho incerto, espreitando ansiosamente ao virar da esquina.

— Mantém a varinha erguida — aconselhou-o ao entrarem em Wisteria Walk. — Deixa lá agora o Estatuto de Secretismo, isto de qualquer maneira vai ser o cabo dos trabalhos e olha, preso por ter dragão, preso por não ter. Quanto às Restrições Razoáveis à Feitiçaria de Menores, era *precisamente* isto que o Dumbledore receava... que é aquilo ali, ao fundo da rua? Ah, é só Mr. Prentice... não guardes a varinha, rapaz, não te disse já que não te posso ajudar?

Não era mesmo nada fácil empunhar a varinha ao mesmo tempo que puxava por Dudley. Impaciente, Harry deu uma cotovelada nas costelas do primo, mas Dudley parecia ter perdido toda a vontade de se deslocar por si próprio, continuando prostrado sobre as costas de Harry, com os pés enormes a arrastarem pelo chão.

— Por que não me disse que era uma cepatorta, Mrs. Figg? — perguntou Harry, a arfar de cansaço. — Fui tantas vezes a sua casa, por que não me contou nada?

— Ordens do Dumbledore. Eu devia vigiar-te sem te dizer nada. Tu eras muito novinho. Desculpa se te fiz passar alguns maus bocados, mas os Dursleys nunca te teriam deixado ir lá a casa se pensassem que gostavas de mim. Não foi fácil, sabes... mas, oh, céus, — exclamou com ar trágico, torcendo novamente as mãos. — Quando o Dumbledore souber disto! Como pôde o Mundungus ir-se embora, ele que devia estar de serviço até à meia-noite? *Onde estará?* Como vou comunicar ao Dumbledore o que aconteceu? Não sei Materializar-me!

— Eu tenho uma coruja que posso emprestar-lhe — gemeu Harry, pensando se as suas costas iriam aguentar o peso morto de Dudley.

— Não estás a perceber, Harry. Dumbledore vai ter de agir o mais depressa possível. O Ministério tem meios próprios de detectar a magia de menores. Neste momento, já devem saber, podes escrever o que te digo...

— Mas eu estava a defender-me dos Dementors, tinha de usar magia. Eles não vão ficar mais preocupados pelo facto de andarem Dementors a pairar em Wisteria Walk?
— Oh, meu filho, quem me dera que assim fosse, mas receio bem que... MUNDUNGUS FLETCHER, VOU ACABAR COM A TUA RAÇA!
Ouviu-se um forte estampido e o ar foi inundado por um cheiro a bebida, misturado com tabaco velho, enquanto um homenzinho atarracado, de barba por fazer e um sobretudo andrajoso, se Materializava mesmo à frente deles. Tinha pernas curtas e arqueadas, cabelo ruivo e uns olhos descaídos, injectados de sangue, que lhe davam o olhar tristonho de um cão *basset*. Trazia nos braços uma trouxa prateada que Harry reconheceu como sendo um Manto de Invisibilidade.
— Que se passa, Figgy? — perguntou, o olhar saltitando de Mrs. Figg para Harry e Dudley. — Então, e o nosso disfarce?
— Eu dou-te o disfarce! — gritou Mrs. Figg. — Dementors, seu ladrãozinho cobarde e traiçoeiro!
— Dementors? — repetiu Mundungus, aterrado. — Dementors, aqui?
— Sim, aqui, seu inútil. Não passas de um monte de caca de morcego — guinchou Mrs. Figg. — Os Dementors atacaram o rapaz quando devias estar a vigiá-lo.
— Bolas! — resmungou Mundungus num fio de voz, olhando para Mrs. Figg, em seguida para Harry e novamente para Mrs. Figg. — Bolas, eu...
— E tu não sei onde, a comprar caldeirões roubados. Eu não te disse para não ires? *Não te disse?*
— Eu... é que... eu — Mundungus parecia muito pouco à vontade. — É qu' era uma oportunidade de negócio tão vantajosa, sabes...
Mrs. Figg ergueu o braço em que balouçava o saco de ráfia e deu com ele na cara e no pescoço de Mundungus. Pelo ruído que se ouviu, devia estar cheio de latas de comida para gato.
— Ai, pára com isso, ai, minha maluca! Alguém tem de avisar Dumbledore!
— Pois é! — gritou Mrs. Figg, batendo com o saco cheio de latas onde conseguia alcançar Mundungus. — E... é... bom... que... sejas... tu... e... não... te... esqueças... de... lhe... dizer... por... que... motivo... não... estavas... aqui... para... ajudar.
— Pára com isso! — protestou Mundungus agachado, com os braços a protegerem a cabeça. — Eu vou, eu vou.

E com outro ruidoso estampido, desapareceu.
— Espero que Dumbledore o *mate* — desabafou Mrs. Figg, furiosa. — Agora vamos, Harry. De que estás à espera?

Harry decidiu não gastar o fôlego que lhe restava, explicando que mal conseguia andar sob o peso do corpanzil de Dudley, semi--inconsciente, a quem deu um puxão, ajeitando-o melhor, antes de prosseguir.

— Eu acompanho-te até à porta de casa — disse Mrs. Figg, enquanto viravam para Privet Drive. — Não vá dar-se o caso de haver mais Dementors por aí... Oh, céus, que catástrofe... e tu tiveste de os enfrentar sozinho... e o Dumbledore que nos tinha dito para evitarmos a todo o custo que fizesses qualquer magia... Bem, não vale a pena chorar sobre poção derramada. Agora, não há duendes que nos valham.

— Então, — balbuciou Harry — quer dizer que o Dumbledore... mandou seguir-me?

— É claro que sim — confirmou Mrs. Figg com impaciência.

— Esperavas que ele te deixasse andar por aí entregue a ti próprio, depois do que aconteceu em Junho? Valha-me Deus, rapaz, tinham--me dito que eras inteligente... Pronto, entra em casa e não voltes a sair — ordenou-lhe quando chegaram ao número quatro. — Suponho que alguém entrará em contacto contigo muito em breve.

— Que vai fazer? — apressou-se Harry a perguntar.

— Vou direitinha a casa — disse Mrs. Figg, olhando, a tremer, para a rua escura. — Tenho de esperar por mais instruções. Não saias de casa. Boa noite!

— Espere, não se vá já embora, eu preciso de saber...

Mas Mrs. Figg já se afastara a passos rápidos, arrastando as pantufas, com o saco de ráfia a chocalhar.

— Espere — ainda gritou Harry. Tinha um milhão de perguntas para fazer a qualquer pessoa que estivesse em contacto com Dumbledore, mas, em poucos segundos, Mrs. Figg fora engolida pela escuridão. Aborrecido, ajeitou Dudley por cima do ombro e atravessou penosamente o jardim da vivenda do número quatro.

A luz do *hall* estava acesa. Harry escondeu a varinha no cinto dos *jeans*, tocou à campainha e viu a silhueta da tia Petúnia tornar--se cada vez maior, estranhamente distorcida pelo vidro fosco da porta da rua.

— Diddy, já não era sem tempo, eu já estava a ficar um pouco... Diddy... *o que se passa?*

Harry olhou para o primo pelo canto do olho e esquivou-se mesmo a tempo. Dudley oscilou um pouco, com o rosto esverdeado, e em seguida abriu a boca e vomitou no capacho em frente da porta.

— DIDDY! Diddy, que se passa contigo? Vernon? VERNON!

O tio de Harry saiu da sala e aproximou-se pesadamente, com o bigode de morsa a tremer, como sucedia sempre que ficava agitado. Apressou-se a ajudar a tia Petúnia a levar Dudley, ainda cambaleante, para dentro de casa, sem pisar a poça de vomitado.

— Ele está doente, Vernon.

— Que se passa, filho? Que aconteceu? Comeste alguma coisa esquisita em casa de Mrs. Polkiss?

— Por que estás cheio de pó, filho? Andaste a arrastar-te pelo chão?

— Espera lá, não foste assaltado, pois não, filho?

A tia Petúnia deu um grito.

— Telefona à polícia, Vernon! Telefona à polícia! Diddy querido, fala com a mamã. Que foi que te fizeram?

No meio da barafunda, ninguém parecia ter reparado em Harry, o que foi óptimo para ele. Conseguira entrar mesmo antes de o tio ter batido com a porta e, enquanto os Dursleys avançavam, alvoroçados, em direcção à cozinha, dirigiu-se com pezinhos de lã para a escada.

— Quem te fez isto, filho? Dá-nos os nomes. Nós apanhamo-los, não te preocupes.

— Shiu! Ele está a tentar dizer qualquer coisa, Vernon. O que é, Diddy? Diz à mamã!

Harry pousara o pé no primeiro degrau da escada, quando Dudley recuperou a voz.

— *Ele.*

Harry imobilizou-se com o pé no degrau e o rosto contraído, preparado para a explosão.

— RAPAZ! ANDA CÁ!

Com um misto de medo e de raiva, retirou o pé do degrau e voltou-se para ir ter com os Dursleys.

Depois da escuridão da rua, a cozinha impecavelmente limpa tinha um brilho estranho, quase irreal. A tia Petúnia conduzia Dudley, ainda pálido e suado, para uma cadeira. O tio Vernon estava em frente do lava-loiças, olhando furioso para Harry com os olhos pequeninos semicerrados.

— Que foi que fizeste ao meu filho? — perguntou num ronco ameaçador.

— Nada — retorquiu Harry, sabendo perfeitamente que ele não ia acreditar.

— Que foi que ele te fez, Diddy? — inquiriu a tia Petúnia com voz trémula, enquanto limpava o vomitado do blusão de cabedal de Dudley. — Foi aquela coisa, querido? Ele usou... aquela *coisa*?

Lentamente, Dudley fez um aceno trémulo.

— Não é verdade — protestou de imediato Harry, ao mesmo tempo que a tia Petúnia soltava um grito lancinante e o tio Vernon agitava os punhos fechados. — Eu não lhe fiz nada, não fui eu, foi...

Porém, nesse preciso momento, uma coruja-das-torres entrou pela janela em voo rasante. Quase roçando o alto da cabeça do tio, atravessou a cozinha e largou aos pés de Harry o grande envelope de pergaminho que transportava.

Em seguida, deu graciosamente meia volta, a ponta das asas a varrer o topo do frigorífico, e saiu de novo, sobrevoando o jardim.

— CORUJAS! — vociferou o tio, com a veia da têmpora a pulsar de raiva, enquanto fechava bruscamente a janela. — CORUJAS OUTRA VEZ! NÃO ADMITO MAIS CORUJAS NA MINHA CASA!

Harry, porém, abria já o envelope e retirava do seu interior uma carta, o coração a pulsar-lhe junto da maçã de Adão.

Caro Mr. Potter,

Soubemos através dos nossos serviços de informações que pôs em prática o Encantamento do Patronus às nove horas e vinte e três minutos da noite numa área habitada por Muggles e na presença de um deles.

A gravidade desta infracção ao Decreto das Restrições Razoáveis à Feitiçaria de Menores tem como resultado a sua expulsão da Escola de Hogwarts de Magia e Feitiçaria. Muito em breve, representantes do Ministério comparecerão em sua casa a fim de destruírem a sua varinha.

Dado que já anteriormente recebeu um aviso oficial por uma prévia infracção à 13ª Secção do Estatuto de Secretismo da Confederação Internacional de Feiticeiros, lamentamos informá-lo de que é necessária a sua presença numa audiência disciplinar no Ministério da Magia, às 9 horas da manhã do dia 12 de Agosto.

Esperando que se encontre bem,
Com os nossos melhores cumprimentos,
Mafalda Hopkirk
Departamento do Uso Impróprio da Magia
Ministério da Magia

Harry leu a carta duas vezes. Tinha uma vaga percepção do tio e da tia, que continuavam a falar, mas o seu cérebro ficara gelado e entorpecido. Apenas um facto lhe penetrara a consciência, como um dardo paralizante: fora expulso de Hogwarts. Era o fim. Nunca mais regressaria.

Olhou para os Dursleys. O tio Vernon estava roxo de tanto gritar e continuava a gesticular, de punhos cerrados. A tia Petúnia abraçava Dudley, que tentava vomitar outra vez.

O cérebro de Harry, temporariamente paralisado, parecia ter acordado de novo. *Representantes do Ministério comparecerão em sua casa a fim de destruírem a sua varinha.* Só havia uma saída: tinha de fugir imediatamente. Para onde, não sabia, mas de uma coisa tinha a certeza: em Hogwarts ou fora de Hogwarts, precisava da sua varinha. Num estado de quase sonambulismo, pegou nela e voltou-se.

— Aonde julgas que vais? — gritou o tio e, ao ver que Harry não lhe respondia, atravessou a cozinha com grandes passadas para fechar a porta que dava para o *hall.* — Ainda não acabei a conversa contigo, rapaz.

— Saia do meu caminho — proferiu Harry devagar.

— Vais ficar aqui e explicar como é que o meu filho...

— Se não sair da minha frente, faço-lhe um feitiço — ameaçou Harry, empunhando a varinha.

— Com essa não me enganas tu — rosnou o tio Vernon. — Sei que não tens licença para a usar fora daquele manicómio a que chamam escola.

— O manicómio acaba de me expulsar — declarou Harry. — Por isso, posso fazer o que quiser. Tem três segundos. Um... dois...

Um estrondo ensurdecedor encheu a cozinha. A tia Petúnia guinchou, o tio Vernon deu um grito, baixando-se, e, pela terceira vez nessa noite, Harry deu consigo a tentar identificar a fonte de um distúrbio que não era da sua responsabilidade. Avistou-a de imediato: lá fora, no parapeito da janela, achava-se uma coruja de penas eriçadas e ar aturdido, que acabara de bater contra a vidraça.

Ignorando o grito angustiado do tio Vernon, que berrava «CORUJAS!», Harry atravessou a cozinha a correr e escancarou a janela. A coruja esticou a perna, à qual vinha amarrado um pequeno rolo de pergaminho, sacudiu a plumagem e levantou voo, mal Harry se apoderou da carta. Com as mãos a tremer, desenrolou a segunda mensagem, que fora escrita à pressa, a tinta preta, e estava cheia de borrões.

Harry,

O Dumbledore acaba de chegar ao Ministério da Magia e está a tentar resolver as coisas. NÃO SAIAS DE CASA DOS TEUS TIOS. NÃO FAÇAS MAIS NENHUMA MAGIA. NÃO ENTREGUES A TUA VARINHA.

Arthur Weasley

Dumbledore estava a tentar resolver as coisas... Que quereria dizer aquilo? Que poder era esse que Dumbledore tinha, capaz de se sobrepor ao Ministério da Magia? Haveria ainda alguma possibilidade de voltar a Hogwarts? No peito de Harry brotou uma pequena centelha de esperança que foi, de imediato, abafada pelo pânico. Como poderia recusar-se a entregar a varinha sem usar magia? Teria de fazer frente aos representantes do Ministério e, se assim fosse, só por sorte escaparia a Azkaban, quanto mais à expulsão da escola.

O seu cérebro trabalhava furiosamente... poderia fugir e arriscar-se a ser capturado pelo Ministério, ou ficar ali e esperar que viessem ter com ele. A primeira hipótese era muito mais tentadora, mas sabia que Mr. Weasley tinha as melhores intenções e, ao fim e ao cabo, Dumbledore já resolvera questões bem mais complicadas.

— Tudo bem — disse. — Mudei de ideias. Fico.

Precipitou-se para a mesa da cozinha e enfrentou Dudley e a tia Petúnia. Os Dursleys pareceram surpreendidos com aquela brusca mudança de atitude. A tia olhou, desesperada, para o tio e para a veia na testa arroxeada que pulsava mais do que nunca.

— De quem são estas malditas corujas? — rosnou.

— A primeira era do Ministério da Magia a expulsar-me — declarou Harry tranquilamente, apurando o ouvido para tentar captar qualquer ruído lá fora, não fossem os representantes do Ministério estarem a chegar. Era mais fácil responder às perguntas do tio que ter de ouvir os seus gritos de raiva. — A segunda era do pai do meu amigo Ron, que trabalha no Ministério.

— O Ministério da Magia? — bradou o tio Vernon. — Pessoas como vocês no *governo!* Isso explica tudo. Assim, não admira que o país esteja como está.

Ao ver que Harry não reagia, o tio Vernon olhou para ele e gritou como se lhe cuspisse para cima: — E foste expulso porquê?

— Por ter usado magia.

— Aha! — bradou o tio, batendo com o punho fechado no topo do frigorífico, cuja porta se escancarou, fazendo saltar do inte-

rior vários *snacks* de baixas calorias de Dudley, que se espalharam pelo chão. — Então, confessas! Que foi que fizeste ao Dudley?
— Nada — afirmou Harry com um pouco menos de calma. — Não fui eu.
— Foste, pois — murmurou inesperadamente Dudley, sobre quem o tio Vernon e a tia Petúnia se inclinaram, enquanto faziam gestos com os braços para Harry se calar.
— Continua, filho — disse o tio Vernon. — Que foi que ele te fez?
— Conta-nos, querido — implorou a tia Petúnia.
— Apontou-me a varinha — balbuciou Dudley.
— Pois apontei, mas não cheguei a usá-la — começou Harry, irritado, mas...
— CALA-TE! — gritaram os tios em uníssono.
— Continua, filho — repetiu o tio Vernon, o bigode a estremecer de fúria.
— Ficou tudo escuro. E a seguir o-ouvi... *coisas*. D-dentro da minha cabeça.
Os tios trocaram entre si olhares de verdadeiro horror. Se é certo que aquilo que mais detestavam no mundo era a magia, seguindo-se os vizinhos que não respeitavam a proibição do uso de mangueiras, as pessoas que ouviam vozes também não lhes ficavam muito atrás. Pensaram, naturalmente, que Dudley estava a perder o juízo.
— Que tipo de coisas ouviste, fofinho? — balbuciou a tia Petúnia, o rosto lívido e os olhos cheios de lágrimas.
Mas Dudley parecia incapaz de se expressar. Estremeceu de novo e abanou a vasta cabeleira loira. Harry, apesar da sensação de pavor gelado que o invadira desde a chegada da primeira coruja, sentiu uma certa curiosidade. Sabia que os Dementors faziam com que as pessoas recordassem os piores momentos das suas vidas. Que teria o Dudleyzinho cobarde e mimado sido obrigado a ouvir?
— E como foi que caíste, filho? — perguntou o tio Vernon num tom de voz invulgarmente calmo, um tom que ele adoptaria à cabeceira de alguém muito doente.
— T-tropecei — disse Dudley gaguejando um pouco. — E a seguir...
Apontou para o seu enorme peito e Harry compreendeu. Lembrava-se bem do frio que lhe enchera os pulmões, enquanto lhe eram sugadas a esperança e a felicidade.
— Horrível — proferiu asperamente. — Frio, um frio horrível.

— Tudo bem — disse o tio Vernon numa voz forçadamente calma, enquanto a tia Petúnia pousava uma mão ansiosa na testa de Dudley para lhe sentir a temperatura. — Que aconteceu depois, Dudders?

— Senti que... que... que... como se...

— Como se nunca mais na vida pudesses voltar a ser feliz — adiantou o Harry inexpressivamente.

— Sim — murmurou o primo, sem deixar de tremer.

— Muito bem! — exclamou o tio Vernon, endireitando-se, tendo já recuperado a sua voz retumbante. — Tu fizeste um feitiço maluco ao meu filho para ele ficar a ouvir vozes e acreditar que estava... condenado à infelicidade ou qualquer coisa do género, não foi?

— Quantas vezes é preciso repetir-lhe? — proferiu Harry com a voz e a irritação num crescendo. — *Não fui eu!* Foram os Dementors.

— Os... que baboseira é essa?

— De-men-tors — soletrou Harry lenta e claramente. — Dois Dementors.

— E que raio são esses Dementors?

— Guardam Azkaban, a prisão dos feiticeiros — explicou a tia Petúnia.

Seguiram-se dois segundos de um silêncio cortante, ao fim dos quais a tia tapou a boca com a mão, como se lhe tivesse escapado um palavrão. O tio Vernon mirava-a de olhos esbugalhados, enquanto o cérebro de Harry entrava em estado de choque. Mrs. Figg era uma coisa, mas a *tia Petúnia...?*

— Como sabe disso? — indagou, assombrado.

A tia parecia apavorada. Lançou ao marido um olhar assustado, como quem pede desculpa, e baixou ligeiramente a mão, expondo os seus enormes dentes de cavalo.

— Ouvi... aquele rapaz horroroso... contar-*lhe, a ela...* há muitos anos — revelou aos sacões.

— Se está a falar do meu pai e da minha mãe, eles têm nomes — lembrou-lhe Harry bem alto, mas a tia Petúnia ignorou-o. Parecia totalmente desorientada.

Harry estava confuso. Nunca ouvira a tia referir-se à irmã, a não ser um dia, havia já alguns anos, em que, durante uma discussão explosiva, dissera, aos gritos, que a mãe de Harry era uma anormal. Espantava-o que a tia tivesse retido aquela informação sobre o mundo mágico durante tantos anos, quando despendia todas as suas energias a tentar fingir que tal mundo não existia.

O tio abriu a boca, fechou-a, abriu-a outra vez e voltou a fechá--la. Parecia estar a travar uma luta para reaprender a falar. Por fim, vociferou: — Então... então... eles... aã... eles... existem mesmo, os Dementantes?

A tia Petúnia fez um aceno de cabeça.

O tio Vernon olhou para a mulher, para o filho e para Harry, na esperança de que algum deles gritasse: — «Mentira do Primeiro de Abril!». Vendo que tal não acontecia, abriu de novo a boca, mas foi poupado à dificuldade de procurar novas palavras pela chegada da terceira coruja da noite, que entrou a grande velocidade pela janela aberta, como se fosse uma bala de canhão coberta de penas, e aterrou com grande espalhafato em cima da mesa da cozinha.

Os três Dursleys deram um salto. Harry arrancou o segundo envelope com aspecto oficial do bico da coruja e abriu-o bruscamente, enquanto ela empreendia o seu voo de regresso, desaparecendo na noite.

— Raio de corujas, já chega — bradou o tio Vernon, fechando a janela outra vez.

Caro Mr. Potter,

No seguimento da nossa carta de há aproximadamente vinte e dois minutos, o Ministério da Magia reviu a decisão de destruir a sua varinha. Pode conservá-la até à audiência disciplinar de 12 de Agosto, data em que será tomada a decisão oficial.

Após uma longa conversa com o Director da Escola de Hogwarts de Magia e Feitiçaria, o Ministério decidiu aceitar que a questão da sua expulsão seja também decidida nesse dia. Considere-se, pois, suspenso da Escola até ao final do inquérito.

Com os nossos melhores cumprimentos,
Mafalda Hopkirk
Departamento do Uso Impróprio da Magia
Ministério da Magia

Harry leu a carta três vezes seguidas. O terrível nó que sentia no peito afrouxou ligeiramente ao perceber, aliviado, que não estava definitivamente expulso, embora os seus receios não tivessem, de modo algum, desaparecido. Tudo parecia depender da audiência de 12 de Agosto.

— Então? — proferiu o tio, chamando-o à realidade. — Que foi desta vez? Condenaram-te a alguma coisa? A tua gente não tem

pena de morte? — acrescentou com uma leve e derradeira esperança.
— Vou ter de comparecer numa audiência — explicou Harry.
— E é aí que te vão condenar?
— Acho que sim.
— Nesse caso, posso continuar a ter esperança — insistiu maldosamente o tio Vernon.
— Bem, se é tudo — disse Harry, pondo-se de pé. Estava ansioso por ficar sozinho para poder pensar, mandar talvez uma carta ao Ron, à Hermione, ou ao Sirius.
— NÃO, COM MIL DIABOS, NÃO É TUDO! — vociferou o tio.
— FAZ O FAVOR DE TE SENTAR!
— O que é *agora*? — perguntou Harry, impaciente.
— O DUDLEY! — rosnou o tio Vernon. — Quero saber exactamente o que aconteceu ao meu filho.
— ÓPTIMO! — gritou Harry e, no meio da sua cólera, pequenas faíscas vermelhas e douradas saltaram da ponta da varinha, que ainda apertava na mão. Os três Dursleys estremeceram, apavorados.
— Eu e o Dudley estávamos na ruela que liga Magnolia Crescent a Wisteria Walk — explicou Harry apressadamente, tentando controlar a sua irritação. — O Dudley resolveu armar-se em esperto e eu tirei a varinha, mas não fiz nada. Foi nessa altura que apareceram dois Dementors...
— Mas o que são esses Demênticos? — perguntou o tio, furioso. — Que fazem eles, afinal?
— Já lhe disse, sugam toda a alegria das pessoas — explicou Harry — e, se tiverem oportunidade, dão-lhes o beijo.
— O beijo? — repetiu o tio Vernon com os olhos a saltarem-lhe das órbitas. — Dão-lhes um beijo?
— É como eles chamam ao acto de sugar a alma pela boca da pessoa.
A tia Petúnia soltou um pequeno grito.
— A *alma*? Eles não lhe tiraram... ele ainda tem a...
Agarrou Dudley pelos ombros e sacudiu-o, como se quisesse ouvir a sua alma chocalhar lá dentro.
— É claro que não lhe levaram a alma. Se o tivessem feito, dava-se por isso — redarguiu Harry exasperado.
— Deste-lhes luta, não deste, filho? — perguntou o tio quase a gritar, na tentativa de trazer a conversa para um plano que conseguisse entender. — Chegaste-lhes a roupa ao pêlo, não foi?

— Não se pode chegar a roupa ao pêlo de um Dementor — murmurou Harry entredentes.

— Então, por que é que ele está bem? — perguntou o tio Vernon com ar fanfarrão. — Por que motivo não ficou todo vazio?

— Porque eu usei o *Patronus*...

VVSSSHHHT! Com um tremendo espalhafato de asas e espalhando pó por todo o lado, a quarta coruja acabava de entrar pela chaminé da cozinha.

— COM MIL DIABOS! — praguejou o tio, puxando grandes tufos de pêlo do bigode, coisa que não fazia havia muito tempo. — NÃO ADMITO MAIS CORUJAS AQUI! NÃO ADMITO, ESTÁS A OUVIR?

Mas Harry desamarrava já um rolo de pergaminho da pata da coruja. Estava tão convencido de que se tratava duma carta de Dumbledore a explicar-lhe tudo — os Dementors, Mrs. Figg, o que o Ministério estava a preparar, como ele, Dumbledore, pretendia resolver as coisas — que, pela primeira vez em toda a sua vida, ficou desiludido ao ver a letra de Sirius. Ignorando o infindável discurso do tio Vernon sobre as corujas e contraindo os olhos perante a segunda nuvem de pó que a coruja provocara ao levantar voo de novo, Harry leu a mensagem do padrinho.

O Arthur acaba de nos contar o que sucedeu. Aconteça o que acontecer, não saias de casa outra vez.

Harry achou aquela resposta tão pouco adequada a tudo o que ocorrera naquela noite, que virou a folha de pergaminho, à procura do resto da mensagem, mas não havia mais nada.

A irritação fervilhava de novo no seu íntimo. Será que ninguém lhe iria dar os parabéns por ter enfrentado sozinho dois Dementors? Tanto Mr. Weasley como Sirius agiam como se ele se tivesse portado mal e estivessem a guardar o ralhete até verificarem a dimensão dos estragos.

— Um bondo, quero dizer, um bando de corujas a entrarem e a saírem da minha casa! Não admito, rapaz, não...

— Não posso impedir as corujas de cá virem — proferiu Harry com brusquidão, amarrotando a carta de Sirius.

— Quero a verdade sobre o que aconteceu hoje à noite — vociferou o tio Vernon. — Se foram os Dementolos que fizeram mal ao Dudley, por que motivo foste expulso? Tu fizeste aquilo que a gente sabe, já o admitiste.

Harry inspirou fundo para se acalmar. A cabeça recomeçara a doer-lhe e o que mais desejava era sair da cozinha e de junto dos Dursleys.

— Fiz o encantamento do *Patronus* para me livrar dos Dementors — explicou, controlando-se a custo. — É a única coisa que funciona contra eles.

— Mas o que faziam os Dementóides em Little Whinging? — inquiriu o tio num tom indignado.

— Não faço ideia — respondeu Harry, saturado.

A cabeça latejava-lhe sob a intensidade da luz fluorescente. A raiva diminuía, mas sentia-se vazio, exausto. Os Dursleys olhavam--no fixamente.

— É tudo por tua causa! — bradou o tio Vernon. — Sei muito bem que está relacionado contigo, rapaz! Por que outro motivo iriam aparecer aqui, naquela ruela? Tu deves ser o único... o único... — não conseguia, evidentemente, pronunciar a palavra feiticeiro — o único, *aquilo que tu sabes* nas redondezas.

— Não sei por que motivo eles vieram.

Porém, as palavras do tio haviam feito com que o cérebro cansado de Harry entrasse de novo em acção. Por que estariam os Dementors em Little Whinging? Não era, de certo, coincidência, o facto de se terem dirigido à ruela onde ele se encontrava. Teriam sido enviados por alguém? Teria o Ministério da Magia perdido o controlo sobre eles? Teriam abandonado Azkaban, juntando-se a Voldemort, como Dumbledore previra?

— Esses Demoentes guardam uma prisão de malucos, não é? — perguntou o tio Vernon, seguindo a linha de pensamento de Harry.

— Sim.

Se ao menos deixasse de lhe doer a cabeça, se pudesse sair da cozinha e ir para o seu quarto, onde estava escuro e podia *pensar*...

— Aha! Vinham prender-te! — exclamou o tio Vernon com o ar triunfante de quem chega a uma conclusão irrefutável. — É isso, não é rapaz? Andas a fugir à justiça.

— É claro que não — contrapôs Harry com o espírito em tumulto, abanando a cabeça como se enxotasse uma mosca.

— Então...?

— Ele deve tê-los enviado — murmurou, falando mais consigo próprio do que com o tio Vernon.

— O quê? Quem poderá tê-los enviado?

— O Lord Voldemort — declarou.

Reparou vagamente como era estranho que os Dursleys, que se sobressaltavam, estremeciam e guinchavam ao mero som da palavra feiticeiro, magia ou varinha, ouvissem o nome do feiticeiro mais cruel de todos os tempos sem o menor temor.

— O Lord... espera lá — disse o tio Vernon, o rosto contraído, um lampejo de entendimento nos olhinhos ávidos. — Esse nome não me é estranho... foi esse quem...
— Matou os meus pais, sim — confirmou Harry.
— Mas depois desapareceu — continuou o tio impacientemente, sem perceber que a menção do assassinato dos pais de Harry era um assunto doloroso. — Foi o que disse aquele grandalhão.
— E agora regressou — admitiu Harry com alguma dificuldade.

Era verdadeiramente estranho estar ali, na cozinha cirurgicamente limpa da tia Petúnia, junto do frigorífico topo de gama e da televisão de ecrã gigante, a falar calmamente com o tio sobre Lord Voldemort. A chegada dos Dementors a Little Whinging parecia ter aberto uma brecha no muro enorme e invisível que separava implacavelmente o mundo não-mágico de Privet Drive do mundo do outro lado. De certo modo, as duas vidas de Harry tinham-se fundido e, agora, ficara tudo virado do avesso; os Dursleys faziam perguntas sobre o mundo da magia e Mrs. Figg conhecia Albus Dumbledore; os Dementors pairavam em redor de Little Whinging e ele talvez nunca mais voltasse a Hogwarts. A dor de cabeça era cada vez mais intensa.

— Regressou? — murmurou a tia Petúnia.

Olhou para o sobrinho como se nunca o tivesse visto. E, de repente, pela primeira vez na vida, Harry compreendeu o que significava o facto de a tia ser irmã da sua mãe. Não sabia explicar a intensidade daquele momento, sentia apenas que não era a única pessoa na sala a aperceber-se do significado do regresso de Lord Voldemort.

A tia nunca olhara para ele daquela forma. Os seus grandes olhos mortiços, tão diferentes dos da irmã, sempre semicerrados de raiva, estavam agora esbugalhados de pavor. A falsa pretensão, que a tia sustentara durante toda a vida, de que não existia magia, nem outro mundo a não ser aquele em que ela e o marido viviam, parecia estar a desmoronar-se.

— Sim — disse Harry, dirigindo-se à tia Petúnia. — Ele regressou há um mês. Eu vi-o.

As mãos dela enterraram-se nos ombros do blusão de cabedal de Dudley.

— Espera lá — interrompeu o tio Vernon, olhando da mulher para Harry, aparentemente confuso com o entendimento sem pre-

cedentes que parecia ter-se instalado entre ambos. — Espera lá! Esse Lord Volde-qualquer-coisa voltou, é isso?
— Sim.
— O que matou os teus pais?
— Sim.
— E agora mandou os Dementérios perseguirem-te?
— É o que parece — confirmou Harry.
— Estou a ver — disse o tio Vernon, olhando para a esposa, muito pálida, e para Harry e puxando as calças para cima. Parecia dilatado, o rosto grande e arroxeado a inchar perante os olhos do sobrinho. — Muito bem, então está decidido — declarou, enquanto o peitilho da camisa se retesava com o inchaço. — *Põe-te fora desta casa, rapaz.*
— O quê?
— Ouviste o que eu te disse. FORA! — gritou o tio Vernon tão alto, que até a tia e Dudley deram um salto. — FORA! FORA DAQUI! Eu devia ter feito isto há muitos anos. Corujas a tratarem a minha casa como se fosse sua, pudins a explodirem, metade da sala destruída, o Dudley com uma cauda de porco, a Marge a esvoaçar como um balão pelo tecto, aquele *Ford Anglia* voador. FORA! FORA DAQUI! Já chega! Acabou! Não ficas aqui, se um maluco qualquer anda a perseguir-te, não pões em risco a minha mulher e o meu filho, não nos vais arranjar mais problemas! Se queres seguir o exemplo inútil dos teus pais, para mim chega. FORA!

Harry ficou pregado ao chão. As cartas do Ministério, de Mr. Weasley e de Sirius estavam todas amarrotadas na sua mão esquerda. *Não saias de casa outra vez, aconteça o que acontecer. NÃO SAIAS DE CASA DOS TEUS TIOS.*

— Ouviste o que eu disse? — berrou o tio, inclinando-se para a frente até o seu rosto carnudo e arroxeado ficar tão perto que Harry sentiu os perdigotos na cara. — Põe-te daqui para fora! Há meia hora, estavas com tanta vontade de te ir embora, agora tens todo o meu apoio. Vai e não voltes a pôr aqui os pés. Nem sei por que aceitámos ficar contigo. A Marge tinha toda a razão, devias ter ido para o orfanato. Fomos muito brandos contigo, pensámos que conseguíamos destruir aquilo que havia dentro de ti, transformar-te num rapazinho normal, mas foste sempre uma porcaria e eu estou farto... *mais corujas!*

A quinta coruja desceu pela chaminé a uma velocidade tal que bateu no chão, antes de se elevar de novo com um pio agudo. Harry levantou a mão para agarrar a carta, um envelope escarlate, mas a coruja atravessou a cozinha, indo direita à tia Petúnia, que deu um grito e se baixou, cobrindo o rosto com os braços. A coruja deixou cair o envelope vermelho em cima da sua cabeça e saiu de novo pela chaminé.

Harry avançou para a carta, mas a tia foi mais rápida.

— Pode abri-la, se quiser — disse-lhe —, mas eu vou ouvir na mesma. É um Gritador.

— Larga isso, Petúnia — rugiu o tio Vernon. — Não lhe toques, pode ser perigoso.

— Vem dirigida a mim — proferiu a tia Petúnia com voz trémula. — Vem dirigida a mim, Vernon, olha: *Mrs. Petúnia Dursley, Cozinha, Privet Drive, Número Quatro.*

Conteve a respiração, horrorizada. O envelope vermelho começara a fumegar.

— Abra-o! — insistiu Harry. — Veja já do que se trata. Quanto mais depressa, melhor.

— Não!

A mão da tia tremia. Lançava olhares desvairados à sua volta, em busca de uma escapatória, mas era tarde de mais: o envelope incendiara-se. Gritou e deixou-o cair.

Uma voz horrível, vinda da carta em chamas que se encontrava sobre a mesa, encheu a cozinha, ecoando naquele espaço fechado.

— *Lembra-te da minha última, Petúnia.*

A tia parecia prestes a desmaiar. Afundou-se na cadeira ao lado de Dudley, com o rosto enterrado nas mãos. No silêncio que se seguiu, os restos do envelope arderam até se transformarem em cinzas.

— O que é isto? — perguntou o tio com voz rouca. — O que... eu não... Petúnia?

A tia não respondeu. Dudley olhava para a mãe de boca aberta, com a estupidez estampada no rosto. O silêncio adensava-se, assustador. Harry contemplava a tia, totalmente confuso, a cabeça parecendo querer estoirar-lhe.

— Petúnia, querida? — arriscou timidamente o tio Vernon. — P... Petúnia?

Ela levantou a cabeça, continuando, porém, a tremer e a engolir em seco.

— O rapaz... o rapaz vai ter de ficar, Vernon — disse num fio de voz.

— O q-quê?

— Ele fica — repetiu, pondo-se novamente de pé, sem olhar para Harry.

— Ele... mas, Petúnia...
— Se o pusermos fora, os vizinhos vão começar a falar — lembrou-lhe. Embora continuasse pálida, recuperava rapidamente os seus modos enérgicos e bruscos. — Podem começar a fazer perguntas embaraçosas, vão querer saber para onde foi. Temos de ficar com ele.
O tio Vernon esvaziava-se como um pneu furado.
— Mas, Petúnia, querida...
A mulher ignorou-o e voltou-se para Harry.
— Ficas no teu quarto — ordenou-lhe — e não podes sair de casa. Agora, vai deitar-te.
Harry permaneceu imóvel.
— De quem era aquele Gritador?
— Não faças perguntas — respondeu a tia Petúnia no seu modo brusco.
— A tia está em contacto com feiticeiros?
— Já te disse para te ires deitar.
— Que significava a mensagem? Lembra-te da última quê?
— Vai-te deitar!
— Como é que...?
— OUVISTE A TUA TIA, SOBE E VAI PARA A CAMA!

III

A GUARDA AVANÇADA

*A*cabo *de ser atacado por Dementors e posso ser expulso de Hogwarts. Quero saber o que se passa e quando vou sair daqui.*

Foram estas as palavras que Harry copiou para três pergaminhos diferentes, mal chegou à secretária do seu quartinho sombrio. Enviou o primeiro a Sirius, o segundo a Ron e o terceiro a Hermione. A sua coruja, *Hedwig*, andava por longe a caçar e a gaiola estava vazia em cima da secretária. Harry vagueou pelo quarto, enquanto esperava o seu regresso, a cabeça a latejar, o cérebro exausto, demasiado agitado para dormir, apesar do ardor e da comichão que sentia nos olhos. Doíam-lhe as costas por ter sido obrigado a carregar com Dudley e os dois altos na cabeça, causados pela pancada na janela e pelo punho do primo, palpitavam dolorosamente.

Andou de um lado para o outro, dominado pela raiva e pela frustração, rangendo os dentes e de punhos cerrados, lançando olhares irados ao céu vazio, salpicado de estrelas, de cada vez que passava pela janela. Dementors enviados contra si, Mrs. Figg e Mundungus Fletcher a seguirem-no secretamente, depois a suspensão de Hogwarts e uma audiência no Ministério da Magia e, contudo, ninguém parecia querer contar-lhe o que estava a acontecer.

Que significado teria a mensagem do Gritador? De quem seria aquela voz horrível que ecoara na cozinha, carregada de ameaças?

Por que continuaria ele ali fechado, sem notícias? Por que motivo toda a gente o tratava como se fosse um miúdo mal comportado? *Não faças mais magias, fica em casa...*

Deu um valente pontapé ao malão da escola, mas, em vez de se libertar da raiva, ficou com uma dor aguda no dedo do pé, a acrescentar a todas as outras que se espalhavam pelo resto do corpo.

No momento em que coxeava em direcção à janela, *Hedwig* entrou a voar com um leve ruge-ruge de asas, fazendo lembrar um pequeno fantasma.

— Já não era sem tempo — gritou Harry ao vê-la aterrar suavemente em cima da gaiola. — Larga isso, tenho trabalho para ti.

Os grandes olhos redondos, cor de âmbar, de *Hedwig* fixaram-no com ar reprovador, por cima da rã morta que trazia no bico.

— Anda cá! — Harry chamou-a, pegou em três pequenos rolos de pergaminho e, com um fio do couro, atou-os à sua perna escamuda. — Leva-os já ao Sirius, ao Ron e à Hermione e não voltes sem me trazer respostas bem longas. Se for preciso, dá-lhes bicadas até eles escreverem cartas de dimensões decentes. Percebeste?

Hedwig soltou um pio abafado, o bico ainda cheio de pedaços de rã.

— Vai já, então.

Ela levantou voo imediatamente. Em seguida, Harry lançou-se sobre a cama, sem se despir, e ficou a olhar para o tecto escuro. Além de todas as preocupações, sentia-se agora também culpado por ter sido desagradável para com *Hedwig*, a única amiga que tinha ali, no número quatro de Privet Drive. Compensá-la-ia quando regressasse com as respostas dos amigos.

Eles iam responder depressa, com certeza. Não podiam ignorar um ataque de Dementors. Acordaria certamente no dia seguinte com três enormes cartas solidárias, cheias de planos para a sua ida imediata para a Toca. E com essa ideia reconfortante, deixou que o sono o envolvesse, abafando todos os outros pensamentos.

★

Hedwig, porém, não voltou na manhã seguinte. Harry passou o dia inteiro no quarto, saindo apenas para ir à casa de banho. A tia Petúnia empurrou-lhe por três vezes um prato de comida pela portinhola de gato que o tio Vernon instalara havia três anos. De cada vez que Harry a ouvia aproximar-se, tentava fazer-lhe perguntas sobre o Gritador, mas era o mesmo que falar com a maçaneta da porta. Fora isto, os Dursleys mantiveram-se a milhas do seu quarto e ele não via qualquer vantagem em obrigá-los a aceitar a sua companhia. Uma nova briga conseguiria apenas deixá-lo tão fora de si que poderia cair no erro de executar mais alguma magia ilegal.

Assim se passaram três dias. Harry alternava entre uma energia nervosa, que o tornava incapaz de se concentrar e o fazia percorrer o quarto, furioso por o terem abandonado, tendo de remoer sozinho aquela trapalhada, para uma letargia tão absoluta que o deixava prostrado na cama durante horas, olhando, desorientado, para o vazio, com um medo terrível de ter de comparecer à audiência do Ministério.

E se decidissem contra ele? E se fosse expulso e lhe partissem a varinha? Que faria? Para onde iria? Não poderia voltar a viver permanentemente com os Dursleys, agora que conhecia o outro mundo, o mundo a que realmente pertencia. Seria possível mudar-se para a casa de Sirius, como o padrinho sugerira no ano anterior, antes de ser obrigado a fugir devido à perseguição do Ministério? Autorizá-lo-iam a morar lá sozinho, sendo menor de idade? Ou seriam eles a decidir a sua nova morada? Teria a sua violação do Estatuto Internacional de Secretismo sido grave a ponto de o atirar para uma cela em Azkaban? Sempre que tal pensamento lhe passava pela cabeça, Harry saltava da cama e recomeçava a andar de um lado para o outro.

Na quarta noite após a partida de *Hedwig*, estava ele deitado, olhando para o tecto, de espírito vazio, num dos seus acessos de apatia, quando o tio Vernon entrou no quarto. Harry mirou-o sem interesse, verificando que trazia vestido o seu melhor fato e ostentava uma expressão verdadeiramente presunçosa.

— Vamos sair — informou-o.
— Como?
— Nós, isto é, eu, a tua tia e o Dudley vamos sair.
— Óptimo — respondeu Harry, voltando a olhar para o tecto.
— Não podes sair do quarto enquanto estivermos fora.
— Tudo bem.
— Nem mexer na televisão, na aparelhagem estereofónica ou em qualquer das nossas coisas.
— Tudo bem.
— Nem roubar comida do frigorífico.
— Está bem.
— Vou fechar a tua porta à chave.
— À vontade.

O tio Vernon olhou para ele, admirado com aquela falta de reacção e em seguida saiu do quarto, fechando a porta atrás de si. Harry ouviu a chave rodar na fechadura e os passos pesados do tio descerem a escada. Alguns minutos mais tarde, escutou o barulho das portas do carro a bater, o ruído do motor e o som inconfundível de um automóvel a arrancar.

Harry não se sentia alegre nem triste com a partida dos Dursleys. Era-lhe totalmente indiferente que estivessem ou não em casa. Não conseguia sequer reunir forças para se erguer e acender a luz do quarto, que ia ficando cada vez mais escuro, enquanto ele, deitado, ouvia os sons da noite através da janela que mantinha aberta, aguardando o tão ansiado regresso de *Hedwig*.

A casa vazia rangia à sua volta. Os canos gorgolejavam. Harry continuava num estado de letargia absoluta, sem pensar em nada, prisioneiro da sua própria infelicidade.

Foi então que ouviu um barulho de loiça a partir-se, lá em baixo, na cozinha. Sentou-se, direito como um fuso, escutando atentamente. Os Dursleys não podiam ter voltado. Era cedo de mais. Além disso, não ouvira o carro.

Depois de alguns segundos de silêncio, vieram as vozes.

Ladrões, pensou, deslizando para fora da cama e pondo-se de pé.

Todavia, na fracção de segundo seguinte, ocorreu-lhe que, se fossem ladrões, falariam baixinho e quem quer que fosse, que andava na cozinha, não se dava a esse trabalho.

Agarrou a varinha, que se achava sobre a mesa-de-cabeceira, e postou-se em frente da porta, escutando com toda a atenção. Logo a seguir, deu um salto, quando a fechadura fez um sonoro clique e a porta se abriu.

Ficou imóvel, espreitando para o escuro patamar, na tentativa de detectar qualquer som, sem conseguir ouvir nada. Após uma breve hesitação, saiu rápida e silenciosamente do quarto, dirigindo-se ao topo das escadas.

O coração parecia querer saltar-lhe pela boca. No vestíbulo sombrio, várias silhuetas demarcavam-se contra as luzes da rua, que brilhavam através da porta de vidro. Deviam ser oito ou nove pessoas e todas elas, tanto quanto conseguia perceber, olhavam fixamente para ele.

— Baixa a tua varinha, rapaz, antes que tires um olho a alguém — disse uma voz baixa e roufenha.

O coração do Harry batia descompassadamente. Conhecia aquela voz, mas não baixou a varinha.

— Professor Moody? — perguntou, indeciso.

— Professor, não sei — vociferou a voz. — Nunca cheguei a ensinar grande coisa, pois não? Desce daí, queremos ver-te a cara.

Harry baixou lentamente a varinha, mas não deixou de a agarrar com força, nem se mexeu de onde estava. Tinha bons motivos para desconfiar. Passara recentemente nove meses na companhia de alguém que julgara ser Moody Olho-Louco, tendo descoberto, no fim, que não era Moody e sim um impostor. Um impostor que, antes de ser desmascarado, tentara matá-lo. Antes, porém, de ter tido tempo de decidir o que fazer, uma segunda voz, um pouco rouca, elevou-se pelas escadas.

— Está tudo bem, Harry. Viemos buscar-te.

O coração de Harry deu um salto. Também aquela voz era sua conhecida, embora não a ouvisse havia mais de um ano.
— P-professor Lupin? — indagou sem querer acreditar. — É o senhor?
— Por que estamos todos aqui no escuro? — perguntou uma terceira voz, esta totalmente desconhecida, uma voz de mulher. — *Lumos*.
A ponta de uma varinha iluminou-se, inundando o vestíbulo de uma luz mágica. Harry piscou os olhos. As pessoas lá em baixo estavam apinhadas no patamar da escada, observando-o atentamente. Algumas esticavam até o pescoço para o verem melhor.
O que estava mais próximo era Remus Lupin que, apesar de ainda ser bastante jovem, aparentava estar doente e cansado. Tinha mais cabelos brancos que da última vez, quando Harry se despedira dele, e as suas roupas estavam mais remendadas e mais andrajosas que nunca. Contudo, sorria abertamente a Harry que, apesar do choque, tentava retribuir-lhe o sorriso.
— Oooh, ele é exactamente como eu imaginava — disse a feiticeira que empunhava a varinha iluminada. Parecia ser a mais nova de todos. Tinha um rosto pálido, em forma de coração, uns olhinhos pretos muito brilhantes e o cabelo curto e espetado, de um forte tom violeta. — Olá, Harry!
— Sim, estou a ver, Remus — comentou um feiticeiro calvo, de raça negra, que estava um pouco recuado. Tinha uma voz baixa e usava uma argola dourada numa das orelhas. — É igualzinho ao James.
— Excepto nos olhos — protestou um feiticeiro com respiração asmática e cabelo prateado que se achava mesmo lá atrás. — Os olhos são da Lily.
Moody Olho-Louco, que tinha uma cabeleira longa e grisalha e um rosto ao qual faltava um pedaço do nariz, lançava desconfiados olhares de esguelha a Harry através dos seus olhos desiguais. Um deles era pequeno e escuro com a forma de uma gota; o outro, o olho mágico que podia ver através das paredes, das portas e da própria nuca de Moody, era grande e redondo, de um azul-eléctrico.
— Tens a certeza de que é ele, Lupin? — vociferou. — Ia ser lindo se levássemos connosco um Devorador da Morte fazendo-se passar por ele. Devíamos perguntar-lhe qualquer coisa a que só o verdadeiro Potter pudesse responder. A menos que alguém tenha trazido *Veritaserum*.

— Harry, que forma adquire o teu *Patronum*? —indagou Lupin.
— Um veado — respondeu, nervoso.
— É ele, Olho-Louco — confirmou Lupin.

Consciente dos olhares de todos, Harry desceu as escadas, ao mesmo tempo que guardava a varinha no bolso dos *jeans*.

— Não ponhas aí a varinha, rapaz! — resmungou Moody. — E se ela se acende? Feiticeiros mais experientes que tu já ficaram sem nádegas, não sei se sabes.

— Quem foi que ficou sem nádegas? — perguntou, interessada, a mulher do cabelo violeta.

— Ninguém que te interesse. Limita-te a não guardar a varinha no bolso de trás das calças — rosnou Olho-Louco. — Já ninguém dá importância às Regras Elementares de Segurança de Varinhas.

— Dirigiu-se pesadamente à cozinha. — E olha que eu vi — acrescentou, irritado, enquanto a mulher revirava os olhos na direcção do tecto.

Lupin estendeu a mão e cumprimentou Harry.

— Como estás? — perguntou, olhando-o de perto.

— B-bem...

Harry não podia acreditar no que os seus olhos viam. Quatro semanas sem nada, nem o mais leve sinal de um plano para o tirarem de Privet Drive e agora, subitamente, ali estava um bando de feiticeiros, com o ar mais natural deste mundo, como se aquilo fosse um encontro há muito combinado. Lançou um olhar aos feiticeiros que rodeavam Lupin e que continuavam a observá-lo avidamente, lembrando-se de que não escovava o cabelo havia quatro dias.

— Eu... vocês tiveram imensa sorte, porque os Dursleys saíram... — balbuciou.

— Sorte, hem! — exclamou a mulher do cabelo violeta. — Fui eu que os atraí para longe daqui. Enviei uma carta pelo correio dos Muggles, anunciando-lhes que tinham sido seleccionados para o Concurso do Relvado Suburbano Mais Bem Tratado de Toda a Inglaterra. Vão agora a caminho da cerimónia de entrega do prémio... ou assim pensam.

Harry teve um vislumbre da cara do tio Vernon quando percebesse que não existia nenhum Concurso do Relvado Suburbano Mais Bem Tratado de Toda a Inglaterra.

— Vamos sair daqui, não vamos? — perguntou. — Depressa?

— Daqui a pouco — disse o Lupin. — Só estamos à espera do sinal para avançar.

— Para onde vamos? Para a Toca? — indagou Harry, cheio de esperança.
— Não, não vamos para a Toca — explicou Lupin, conduzindo-o até à cozinha. O pequeno bando de feiticeiros seguiu-os, continuando a observar Harry, cheios de curiosidade. — Seria muito arriscado. Montámos o Quartel-General num lugar impossível de detectar. Demorou algum tempo...
Moody Olho-Louco estava agora sentado à mesa da cozinha, bebendo um trago de um termos, o seu olho mágico girando em todas as direcções e avaliando os inúmeros electrodomésticos dos Dursleys.
— Este é o Alastor Moody, Harry — continuou Lupin, apontando para Moody Olho-Louco.
— Sim, eu sei — retorquiu Harry, pouco à vontade. Era estranho ser apresentado a alguém que ele julgara ter conhecido durante um ano.
— E esta é a Nymphadora...
— *Não* me chames Nymphadora, Remus — protestou a jovem feiticeira com um arrepio. — O meu nome é Tonks.
— Nymphadora Tonks, que prefere que a tratem pelo apelido — concluiu Lupin.
— Também tu preferirias se a pateta da tua mãe te tivesse chamado Nymphadora — resmungou Tonks.
— E este é Kingsley Shacklebolt — prosseguiu, indicando o feiticeiro negro e alto, que o cumprimentou com um aceno de cabeça.
— Elphias Doge. — O feiticeiro com respiração asmática fez igualmente um aceno. — Dedalus Diggle...
— Já nos conhecemos — guinchou o nervoso Diggle, deixando cair um chapéu alto de cor roxa.
— Emmeline Vance. — Uma feiticeira de ar majestoso, envolta num xaile verde-esmeralda, inclinou a cabeça. — Stturgis Podmore — Um feiticeiro de rosto anguloso e cabelo espesso cor de palha piscou-lhe o olho. — E Hestia Jones. — Uma feiticeira de bochechas cor-de-rosa e cabelo preto, que se achava ao pé da torradeira, fez-lhe um aceno.
Harry baixou a cabeça desajeitadamente a cada um deles, à medida que lhe iam sendo apresentados. Preferia que olhassem para outro lado qualquer. Era como se o tivessem colocado de repente no meio de um palco. Perguntava-se também por que teriam vindo tantos.
— Foi surpreendente o número de pessoas que se ofereceu para te vir buscar — informou-o Lupin, os cantos da boca tremendo ligeiramente, como se tivesse lido o pensamento de Harry.

— Bem, bem, quanto mais melhor — declarou Moody com ar soturno. — Somos a tua guarda, Potter.

— Só estamos à espera do sinal de que deixou de haver perigo para arrancarmos — explicou Lupin, espreitando pela janela da cozinha. — Temos cerca de quinze minutos.

— Muito *limpinhos*, estes Muggles, não acham? — comentou a feiticeira Tonks, que observava a cozinha com grande interesse.

— O meu pai é de origem muggle e é um grande desmazelado. Suponho que deve variar, como acontece com os feiticeiros?

— Aaã... sim — disse Harry, voltando-se depois para Lupin. — Mas afinal, que se passa? Nunca mais tive notícias de ninguém. O que é que o Vol...?

Várias feiticeiras e feiticeiros fizeram estranhos ruídos sibilados. Dedalus Diggle deixou cair de novo o chapéu e Moody rosnou: — *Cala-te!*

— Que se passa? — perguntou o Harry.

— Não vamos falar disso aqui, é demasiado perigoso — declarou Moody, voltando para Harry o seu olho normal. O olho mágico continuava fixo no tecto. — *Raios* — praguejou, maldisposto, levando a mão ao olho. — Está sempre encravado, nunca mais ficou bom desde que aquele canalha o usou.

E com um desagradável som de aspiração, que mais parecia alguém a desentupir um lavatório, fez saltar o globo ocular.

— Sabes que isso é nojento, não sabes Olho-Louco? — comentou Tonks com naturalidade.

— Dá-me um copo de água, Harry — pediu Moody.

Harry foi até à máquina da loiça, retirou um copo lavado e encheu-o de água da torneira, enquanto o grupo de feiticeiros continuava a observá-lo. Começava a estar farto daqueles olhares.

— Saúde! — exclamou o Moody, quando Harry lhe entregou o copo. Em seguida, deixou cair o olho mágico na água e mexeu--o para baixo e para cima. O globo ocular girou, zumbindo a grande velocidade e fixando-se sucessivamente em todos eles. — Quero ter trezentos e sessenta graus de visibilidade na viagem de regresso.

— Como vamos chegar a esse tal lugar? — perguntou Harry.

— De vassoura — explicou Lupin. — É a única forma. Tu és jovem de mais para te Materializares, eles vão estar a vigiar a rede Floo e o risco de utilizarmos um Botão de Transporte não autorizado é demasiado elevado.

— O Remus diz que tu voas muito bem — comentou Kingsley Shacklebolt na sua voz grave.

— É excelente — corrigiu Lupin que olhava para o relógio. — De qualquer maneira, é melhor ires fazendo a mala, Harry. Queremos estar prontos quando nos derem o sinal.

— Eu vou ajudar-te — prontificou-se vivamente Tonks.

Seguiu Harry através do *hall* e pelas escadas acima, olhando à sua volta com grande curiosidade e interesse.

— Que lugar estranho — comentou. — Um bocadinho limpo de mais para o meu gosto, é pouco natural. Ah, assim está melhor — acrescentou quando entraram no quarto de Harry e ele acendeu a luz.

O quarto encontrava-se, sem dúvida, mais desleixado que o resto da casa. Ali fechado e maldisposto durante quatro dias, Harry não se dera ao trabalho de arrumar nada e a maior parte dos seus livros achavam-se espalhados pelo chão. Tentara distrair-se, pegando num ou noutro, ao acaso, mas depressa o largava, atirando-o para o lado. A gaiola de *Hedwig* precisava de ser limpa, pois começava a cheirar mal, e o malão aberto deixava ver uma salgalhada de roupa de muggle, misturada com mantos de feiticeiro, que, não cabendo já no interior, juncavam o chão em redor.

Harry começou a apanhar os livros e a atirá-los à pressa para dentro da mala. Tonks deteve-se em frente do guarda-fatos, que estava aberto, e observou o seu reflexo no espelho da porta, com ar crítico.

— Sabes, acho que o violeta não é mesmo a minha cor — observou pensativamente, puxando uma madeixa de cabelo eriçado.

— Não achas que me dá um ar um pouco adoentado?

— Aã... — respondeu Harry, espreitando por cima do volume de *Equipas de Quidditch da Grã-Bretanha e da Irlanda*.

— Dá, sim — decidiu Tonks, contraindo os olhos numa expressão que fazia lembrar alguém a esforçar-se por se recordar de alguma coisa. Um segundo mais tarde, o cabelo tornara-se cor-de-rosa pastilha elástica.

— Como foi que fizeste isso? — perguntou-lhe Harry, olhando atarantado, enquanto ela abria de novo os olhos.

— Eu sou uma Metamormaga — explicou-lhe, voltando a olhar para o seu reflexo no espelho e virando a cabeça, de modo a poder ver o cabelo sob todos os ângulos. — O que quer dizer que posso mudar o meu visual sempre que quiser — explicou, vendo no espelho a expressão perplexa de Harry. — Nasci assim. Tirei notas altíssimas em Dissimulação e Disfarce durante o treino para Auror, sem ter de estudar uma página. Foi o máximo!

— Tu és uma Auror? — perguntou Harry, impressionado. Sempre sonhara vir a ser caçador de feiticeiros de magia negra quando acabasse Hogwarts.
— Sou — assentiu Tonks com ar orgulhoso. — O Kingsley também, mas está um pouco mais adiantado que eu. Eu só me graduei o ano passado. Quase chumbei a Actuação Furtiva e Perseguição. Sou muito desastrada. Não me ouviste partir um prato na cozinha, mal aqui chegámos?
— É possível aprender a ser um Metamormago? — perguntou o Harry, endireitando-se e esquecendo-se completamente de fazer a mala.

Tonks deu uma pequena gargalhada.

— Aposto que algumas vezes te dava imenso jeito esconder essa cicatriz, não é?

Os seus olhos pousaram na cicatriz em forma de raio que Harry tinha na testa.

— Dava, pois dava — murmurou, voltando-se. Não gostava que ficassem a olhar para a cicatriz.

— Bem, terias de aprender da maneira mais difícil — declarou Tonks. — Os Metamormagos são muito raros, nascem assim, não aprendem. A maior parte dos feiticeiros precisa de usar uma varinha, ou poções, para mudar de aparência. Bom, nós temos de ir indo, Harry. Devíamos estar a fazer a mala — acrescentou com ar culpado, olhando em volta para toda a barafunda que cobria o chão.

— Ah, é verdade — disse ele, agarrando em mais alguns livros.

— Não sejas parvo, é muito mais rápido se for eu a fazer isso! — exclamou Tonks, fazendo um gesto largo com a varinha, como se varresse o chão.

Livros, roupas, balança e telescópio ergueram-se no ar e esvoaçaram desordenadamente para dentro da mala.

— Não vai ficar muito bem arrumada — admitiu, aproximando-se e olhando para a confusão que reinava lá dentro. — A minha mãe tem um truque para fazer a roupa entrar toda direitinha, até consegue que as peúgas se dobrem, mas eu nunca percebi como é que ela faz. É uma espécie de golpe no ar. — Tentou, em vão, agitar a varinha.

Uma das peúgas de Harry elevou-se e contorceu-se, voltando a cair sobre a pilha de roupa desordenada.

— Bem, já está — disse Tonks, fechando a tampa com força.
— Pelo menos, coube tudo. Um bocadinho de limpeza também não fazia mal nenhum. — Apontou a varinha à gaiola de *Hedwig*.

— *Expurgar!* — Algumas penas e dejectos desapareceram de imediato. — Bem, está um pouco melhor. Nunca tive grande jeito para os feitiços domésticos. Está tudo? Caldeirão? Vassoura? Ena! Uma *Flecha de Fogo*?

Os olhos de Tonks esbugalharam-se ao ver na mão direita de Harry a vassoura de nível internacional, que era o seu maior orgulho e que fora um presente de Sirius.

— E eu que ainda monto uma *Cometa Duzentos e Sessenta* — confessou, cheia de inveja. — Bem, continuas a enfiar a varinha nos *jeans*? Ainda tens as duas nádegas? Tudo bem, vamos. *Locomotor Mala*.

A enorme mala elevou-se a alguns centímetros do chão. Pegando na varinha como se fosse a batuta de um maestro, Tonks fez a mala voar pelo quarto e sair porta fora, à frente deles. Com a gaiola de *Hedwig* na mão esquerda e a vassoura na direita, Harry seguiu-a pelas escadas abaixo.

Na cozinha, Moody voltara a colocar o olho, que agora, depois da lavagem, girava tão depressa que Harry se sentiu agoniado só de olhar. Kingsley Shacklebolt e Sturgis Podmore examinavam o microondas e Hestia Jones ria-se de um descascador de batatas que descobrira ao remexer nas gavetas. Lupin selava uma carta dirigida aos Dursleys.

— Excelente — disse, erguendo o olhar quando eles entraram. — Temos cerca de um minuto, acho eu. Devíamos ir já para o jardim para estarmos a postos. Deixei uma carta a dizer aos teus tios para não se preocuparem...

— Eles não se preocupam — sossegou-o Harry.

— ... que estás bem...

— Isso vai deixá-los deprimidos.

— ... e que voltas no próximo Verão.

— Tem mesmo de ser?

Lupin sorriu, mas não lhe deu resposta.

— Anda cá, rapaz! — Moody chamou-o com os seus modos bruscos, fazendo-lhe sinal com a varinha que se aproximasse. — Tenho de te lançar um Encantamento de Camuflagem.

— Como disse? — perguntou Harry, nervoso.

— Um Encantamento de Camuflagem — repetiu Moody, erguendo a varinha. — O Lupin disse-me que tens um Manto da Invisibilidade, mas acabava por escorregar durante o voo. Isto resultará melhor. Aí vai...

Deu-lhe uma pancada seca e breve no alto da cabeça e Harry teve uma sensação curiosa, como se tivessem acabado de lhe partir

ali um ovo. Era como se várias gotas de um líquido frio escorressem do ponto onde levara a pancada pelo seu corpo abaixo.
— Boa, Olho-Louco — exclamou Tonks, olhando maravilhada para o tronco de Harry.
Este mirou a parte inferior do seu corpo, ou melhor, o que antes fora o seu corpo, pois já não parecia pertencer-lhe. Não estava invisível, mas adquirira a cor e a textura exactas do armário de cozinha que se encontrava atrás dele. Era como se se tivesse transformado num camaleão humano.
— Vamos embora — disse Moody, abrindo a porta de serviço com a varinha.
Saíram todos para o relvado impecavelmente tratado do tio Vernon.
— Bonita noite — resmungou Moody, o olho mágico a perscrutar os céus. — Podia haver mais umas nuvenzinhas. Tu aí — gritou para Harry. — Vamos voar em formação cerrada. A Tonks vai à tua frente, mantém-te colado a ela. O Lupin irá cobrir-vos por baixo. Eu sigo atrás. Os outros circularão à nossa volta. Não nos afastamos desta formação por nada deste mundo, entendido? Se algum de nós for morto...
— Existe essa possibilidade? — perguntou Harry, com ar apreensivo, mas Moody não lhe respondeu.
— ... os outros continuam a voar, sem parar, sem abrir fileiras. Se nos apanharem todos e tu sobreviveres, Harry, as unidades da retaguarda estão a postos para nos substituir. Continuas a voar para leste que eles irão ter contigo.
— Pára com as piadas, Olho-Louco. Ele vai pensar que não levamos isto a sério — protestou Tonks, enquanto prendia o malão de Harry e a gaiola da *Hedwig* a um arnês que pendia da sua vassoura.
— Estou só a explicar o plano ao rapaz — retorquiu Moody. — A nossa missão é entregá-lo, são e salvo, no Quartel-General e, se morrermos entretanto...
— Ninguém vai morrer — declarou Kingsley Shacklebolt na sua voz grave e animadora.
— Montem nas vassouras, é o primeiro sinal! — disse bruscamente Lupin, apontando para o céu.
Lá muito, muito em cima, uma chuva de faíscas vermelhas brilhava por entre as estrelas. Harry reconheceu-as como sendo faíscas de varinhas. Passou a perna direita por cima da *Flecha de Fogo* e agarrou com força o cabo da vassoura, sentindo-a vibrar muito ao de leve, como se também ela estivesse ansiosa por se elevar nos ares.

— Segundo sinal, vamos! — bradou Lupin, no momento em que uma segunda chuva de faíscas, desta vez verdes, explodia por cima deles.

Harry deu um forte pontapé no chão. O ar fresco da noite acariciou-lhe os cabelos, enquanto os jardins geométricos e bem aparados de Privet Drive iam ficando para trás, diminuindo rapidamente de tamanho e fazendo lembrar uma manta de retalhos negros e verde-escuros. A audiência do Ministério da Magia desapareceu também dos seus pensamentos, como se o ímpeto do ar a tivesse varrido por completo. Sentia o coração prestes a explodir de alegria. Estava de novo a voar, a voar para longe de Privet Drive. Ia voltar ao seu mundo, como sonhara durante todo o Verão... Por alguns gloriosos momentos, todos os seus problemas se reduziram a pó, insignificantes na imensidão do céu salpicado de estrelas.

— Tudo à esquerda, tudo à esquerda, há um muggle a olhar para cima! — gritou Moody lá de trás. Tonks virou bruscamente e Harry seguiu-a, vendo a sua mala balouçar descontroladamente, pendurada da vassoura dela. — Precisamos de mais altitude... subam quatrocentos metros!

À medida que se elevavam, os olhos de Harry lacrimejavam devido ao frio glacial. Deixara de distinguir a paisagem, enxergando apenas pequenos pontos luminosos, produzidos pelos faróis dos carros e os candeeiros das ruas. Duas dessas luzinhas poderiam ser as do carro do tio Vernon... Naquele momento, os Dursleys deviam estar a regressar à sua casa vazia, furiosos com o concurso que nunca existira, e essa ideia fez Harry dar uma sonora gargalhada, cujo som foi abafado pelos mantos esvoaçantes dos outros, pelo ranger do arnês que segurava o seu malão e a gaiola de *Hedwig* e pelo uivar do vento nos seus ouvidos, enquanto atravessavam os ares a toda a velocidade. Havia um mês que Harry não se sentia tão vivo e tão feliz.

— Virar para sul! — gritou Olho-Louco. — Cidade à nossa frente!

Voaram pela direita, evitando passar directamente sobre a brilhante teia de luzes que se estendia a seus pés.

— Rumo a sudoeste e continuem a subir. Há nuvens baixas à nossa frente, podemos usá-las como escudo — gritou Moody.

— Nada de atravessar nuvens — protestou Tonks. — Vamos ficar ensopados, Olho-Louco.

Harry respirou de alívio. Sentia as mãos a ficarem tolhidas de frio, agarradas ao cabo da *Flecha de Fogo*. Devia ter vestido um casaco, pois começara a tremer.

Foram alternando, aqui e ali, o rumo, segundo as instruções de Olho-Louco. Harry contraía os olhos sob o ímpeto do vento gelado, que começava a provocar-lhe dores nos ouvidos. Só se lembrava de ter sentido assim tanto frio em cima de uma vassoura durante o seu terceiro ano, quando participara num jogo de Quidditch contra os Hufflepuff durante uma tempestade. Em seu redor, a guarda circulava continuamente, quais gigantescas aves predadoras. Perdeu a noção das horas. Há quanto tempo estaria a voar? Há, pelo menos, uma hora, segundo lhe parecia.

— Virar para sudoeste! — gritou Moody. — Vamos evitar a auto-estrada.

Harry estava já tão gelado que pensava, saudoso, como devia estar quentinho e seco dentro dos carros que se deslocavam lá em baixo, numa torrente de pequeninas luzes. Tinha ainda mais saudades de viajar pelo Pó de Floo. Podia ser um pouco incómodo rodopiar dentro de lareiras, mas pelo menos as chamas tinham calor...

Kingsley Shacklebolt esvoaçou à sua volta, a cabeça calva e o brinco, brilhando sob a luz da lua... Emmeline Vance estava agora à sua direita, de varinha na mão, olhando atentamente em seu redor... Depois, também ela se elevou, sendo substituída por Sturgis Podmore...

— Devíamos voltar um pouco atrás para garantir que não estamos a ser seguidos — bradou Moody.

— ESTÁS MALUCO, OLHO-LOUCO? — berrou Tonks da frente.

— Já congelámos agarrados às vassouras. Se continuarmos a desviar-nos do nosso rumo, só chegamos para a semana que vem. Além disso, estamos quase lá.

— É altura de começar a descer! — lembrou a voz de Lupin.

— Segue a Tonks, Harry.

Harry acompanhou Tonks num mergulho. Baixavam direitos ao maior aglomerado de luzes que já vira em toda a sua vida, uma vasta massa de traços luminosos, entrecruzados numa rede cintilante, retalhada por manchas negras como breu. Foram descendo mais e mais, até Harry conseguir vislumbrar faróis, candeeiros, chaminés e antenas de televisão. Queria chegar depressa ao chão, embora não tivesse a menor dúvida de que alguém teria de o descongelar para o separar da vassoura.

— Aí vamos nós! — gritou Tonks, poucos segundos antes de aterrar.

Harry pousou mesmo atrás dela, num pedaço de relva maltratada, no centro de uma pequena praça. Ao desmontar, viu que

Tonks estava já a desamarrar o seu malão. Olhou em volta, tremendo de frio. As fachadas sujas das casas que o rodeavam não pareciam acolhedoras. Algumas tinham janelas partidas que tremeluziam, soturnas, à luz dos candeeiros. A tinta das portas descascava-se e montes de lixo acumulavam-se junto aos degraus das entradas.

— Onde estamos? — perguntou Harry, mas a resposta de Lupin foi: — Espera um pouco.

Com as mãos nodosas entorpecidas pelo frio, Moody procurava algo no manto.

— Cá está — murmurou, erguendo no ar um objecto que parecia um isqueiro de prata e pressionando com um dos dedos.

O candeeiro mais próximo apagou-se com um estalido. Carregou de novo no Apagador e o candeeiro seguinte apagou-se também e assim foi fazendo, até que todos os candeeiros da praça se extinguiram, restando apenas as luzes que brilhavam por trás das cortinas e a da lua minguante, no céu, lá muito em cima.

— Pedi-o emprestado ao Dumbledore — resmungou Moody, guardando o Apagador no bolso. — Isto assim impede que os Muggles nos vejam, se espreitarem pela janela. Agora venham, depressa.

Pegou no braço de Harry e conduziu-o através do pequeno relvado, até ao passeio do outro lado da rua. Lupin e Tonks seguiram-nos, puxando entre os dois o malão de Harry. O resto da Guarda protegia-os, empunhando as varinhas.

De uma janela da casa mais próxima chegava-lhes o abafado martelar de uma aparelhagem estereofónica. Um cheiro ácido a restos apodrecidos emanava de uma pilha de bojudos sacos do lixo, amontoados do lado de dentro de uma cancela partida.

— Anda cá — murmurou Moody, enfiando uma folha de pergaminho na mão Camuflada de Harry e empunhando a varinha acesa bem perto, a fim de iluminar o texto. — Lê rapidamente e memoriza.

Harry olhou para a folha. A letra pequenina era-lhe vagamente familiar. Dizia:

O Quartel-General da Ordem da Fénix funciona em Grimmauld Place, número 12, em Londres.

IV

GRIMMAULD PLACE, NÚMERO 12

— O que é a Ordem da...? — começou Harry. — Aqui não, rapaz — vociferou Moody. — Espera até entrarmos.

Tirou a folha de pergaminho da mão de Harry e pegou-lhe fogo com a ponta da varinha. Enquanto a mensagem se encaracolava no meio das chamas e flutuava até ao chão, Harry examinou de novo as casas à sua volta. Encontravam-se em frente do número onze. Olhou para a esquerda e viu o número dez. À sua direita, contudo, achava-se o número treze.

— Mas onde está o...?
— Pensa naquilo que acabaste de memorizar —pediu-lhe Lupin baixinho.

Harry assim fez e, mal chegou à parte referente a Grimmauld Place, número doze, uma porta delapidada surgiu do nada, espremendo-se entre os números onze e treze, logo seguida das paredes sujas e das janelas cheias de fuligem. Era como se uma outra casa acabasse de se encher de ar, empurrando as que se encontravam de um lado e do outro. Harry olhou boquiaberto. O som abafado da aparelhagem do número onze continuava a ouvir-se. Ao que parecia, os Muggles que lá viviam não tinham dado por nada.

— Vá, despacha-te — apressou-o Moody, dando uma palmadinha nas costas de Harry, que avançou para os degraus de pedra gasta da casa que acabava de se materializar. A tinta preta estava esfolada e corroída e a maçaneta prateada da porta tinha a forma de uma serpente enroscada. Não havia caixa de correio, nem fechadura.

Lupin sacou da sua varinha e bateu uma vez com ela na porta. Ouviram-se fortes estalidos metálicos e o que parecia ser o chiar de uma corrente. Em seguida, a porta abriu-se com um rangido.

— Entra depressa, Harry — segredou-lhe Lupin —, mas não avances muito e não toques em nada.

Harry passou o limiar e entrou no *hall*, envolto numa escuridão quase absoluta. Havia lá dentro um cheiro a humidade, a pó e a algo podre e adocicado. Parecia um edifício há muito abandonado. Espreitou por cima do ombro e viu os outros em fila atrás de si. Lupin e Tonks transportavam o seu malão e a gaiola de Hedwig. Moody estava de pé no último degrau, libertando as bolas de luz que o Apagador furtara aos candeeiros e que esvoaçavam de novo até às respectivas lâmpadas, fazendo a praça ganhar, momentaneamente, uma luz alaranjada, antes de Moody entrar, coxeando, e fechar a porta, deixando o *hall* da casa envolto numa escuridão total.

— Vem cá...

Com a varinha, deu uma pancada forte e seca na cabeça de Harry, que sentiu, desta vez, algo quente escorrer-lhe pelas costas abaixo e percebeu que o Encantamento de Camuflagem devia ter sido desactivado.

— Não se mexam, por favor, enquanto eu arranjo um pouco de luz — murmurou Moody.

As vozes abafadas dos outros transmitiam-lhe uma sensação agourenta. Parecia que tinham acabado de entrar na casa de um moribundo. Ouviu um leve som sibilado e, em seguida, espalhados ao longo das paredes, diversos candeeiros a gás antiquados ganharam vida, iluminando com uma luz tremeluzente e insubstancial o papel de parede a descascar-se e a passadeira puída de um corredor longo e soturno. Das paredes, pendiam, tortos, vários retratos enegrecidos pelos anos, sob o brilho de um lustre de cristal envolto em teias de aranha.

Harry escutou uma espécie de corrida precipitada por detrás do rodapé. Tanto o lustre como os candelabros que enfeitavam uma mesinha instável tinham a forma de serpentes.

Ouviram-se passos apressados e a mãe de Ron, Mrs. Weasley, irrompeu de uma porta ao fundo do *hall*. Tinha estampado no rosto um grande sorriso de boas-vindas, embora Harry se tivesse apercebido de que estava muito mais magra e mais pálida que da última vez em que estivera com ela.

— Oh, Harry, é tão bom ver-te! — segredou, dando-lhe um abraço que o deixou sem ar. Depois, afastou-o de si e observou-o atentamente. — Estás com um ar adoentado — observou. — Precisas de te alimentar bem, mas, infelizmente, vais ter de esperar um pouco pelo jantar.

Voltou-se em seguida para o grupo de feiticeiros atrás de Harry e murmurou, apressada: — Ele já chegou, a reunião já começou.

Ouviram-se exclamações abafadas de entusiasmo e, passando por ele, os outros feiticeiros dirigiram-se à porta por onde Mrs. Weasley

entrara. Harry fez menção de seguir Lupin, mas Mrs. Weasley impediu-lhe a passagem.
— Não, Harry, a reunião é só para os Membros da Ordem. O Ron e a Hermione estão lá em cima, à tua espera. Terão de aguardar pelo fim da reunião para irmos todos jantar. E falem baixinho no corredor — acrescentou num murmúrio premente.
— Porquê?
— Não quero que nada acorde.
— Que quer di...?
— Depois te explico. Agora tenho de ir, estão à minha espera na reunião. Vou só mostrar-te o sítio onde vais dormir.

Levando o indicador aos lábios, avançou silenciosamente em bicos de pés, passando por um par de cortinados comidos pela traça, atrás dos quais Harry calculou que deveria ocultar-se outra porta. Depois de contornarem um bengaleiro enorme, talhado, ao que parecia, de uma perna de *troll*, começaram a subir a lúgubre escadaria, em cujas paredes se podia ver uma fila de cabeças mirradas, dispostas sobre placas decorativas. Olhando mais de perto, Harry apercebeu-se de que as cabeças haviam pertencido a elfos domésticos, pois todas elas tinham o mesmo narizinho pontiagudo.

O seu espanto aumentava a cada passo. Que diabo estavam a fazer numa casa que parecia pertencer ao mais negro dos magos?
— Mrs. Weasley, por que é que...?
— O Ron e a Hermione explicam-te tudo, querido. Eu tenho mesmo de me despachar — murmurou ela com um ar ausente. — É aqui. — Tinham chegado ao segundo andar. — O teu quarto é o da direita. Eu chamo-te quando a reunião acabar.

E desceu apressadamente as escadas.

Harry atravessou o patamar sombrio, deu uma volta à maçaneta, que tinha a forma de uma cabeça de serpente, e abriu a porta.

Vislumbrou vagamente um quarto de duas camas, com um tecto alto e soturno. Em seguida, ouviu-se um forte chilrear, seguido de um guincho ainda mais intenso, e a sua visão foi totalmente obscurecida por uma massa de cabelo revolto. Hermione lançara-se sobre ele num abraço que quase o deitava ao chão, enquanto *Pigwidgeon*, a corujinha de Ron, esvoaçava excitadíssima à volta das suas cabeças.

— HARRY! Ron, ele está aqui, o Harry está aqui! Não te ouvimos chegar. Como é que estás? Está tudo bem? Estás furioso connosco? Aposto que sim, sei que as nossas cartas não diziam nada de jeito, mas não te podíamos contar nada. O Dumbledore fez-nos jurar que não te contaríamos. Oh, temos tanto que conversar... E os Dementors? Quando soubemos disso... E a audiência no Ministério? É indecente. Eu andei a vasculhar nos livros e eles não te podem expulsar, não podem mesmo. Existe uma cláusula no Decreto de Restrições Razoáveis à Feitiçaria de Menores que fala do uso de magia em casos de legítima defesa.

— Dá-lhe tempo para respirar, Hermione — disse Ron, aproximando-se com um grande sorriso e fechando a porta atrás de Harry. Parecia ter crescido vários centímetros durante o mês em que haviam estado separados, o que o tornava ainda mais alto e esgalgado do que antes, embora o nariz grande, o cabelo ruivo e as sardas se mantivessem iguais.

Sempre a sorrir, Hermione soltou Harry, mas, antes de ter tempo de dizer mais alguma coisa, ouviu-se um leve ruge-ruge e um vulto branco voou do alto do guarda-fatos, vindo aterrar suavemente na cabeça de Harry.

— Hedwig!

A coruja branca como a neve deu um estalido seco com o bico e começou a mordiscar-lhe afectuosamente as orelhas, enquanto Harry lhe acariciava a plumagem.

— Ela tem andado num estado incrível — informou-o Ron. — Deu-nos montes de bicadas, quando trouxe as tuas últimas cartas, olha para isto...

Mostrou a Harry o dedo indicador da mão direita, onde se podia ver um corte já quase cicatrizado, mas profundo.

— Ah, sim, desculpa lá, é que eu queria respostas, sabes...

— E nós queríamos dar-tas, pá — explicou Ron. — A Hermione andava meio louca, não parava de dizer que tu ainda podias fazer qualquer estupidez, se te mantivessem ali fechado, mas o Dumbledore obrigou-nos a...

— Jurar que não me diziam nada — concluiu Harry. — Sim, ela já explicou.

A onda de calor que o invadira ao ver os seus dois melhores amigos extinguira-se, à medida que um frio gélido lhe alastrava pela boca do estômago. Subitamente, depois de um mês inteiro a desejar ardentemente a sua companhia, sentiu que preferia que Ron e Hermione o deixassem só e sossegado.

Fez-se um silêncio pesado, durante o qual Harry acariciou maquinalmente a *Hedwig*, sem olhar para os amigos.

— Ele estava convencido de que era a melhor solução — adiantou Hermione ansiosamente —, o Dumbledore, claro.

— Claro — retorquiu Harry, reparando que também as mãos dela estavam marcadas pelo bico de *Hedwig*, e descobrindo que não tinha pena nenhuma.
— Acho que ele se convenceu de que tu estavas mais seguro com os Muggles — começou Ron.
— Ah, sim? — ironizou Harry arqueando as sobrancelhas. — Algum de vocês foi atacado por Dementors este Verão?
— Bem, não... mas foi por isso que ele pôs gente da Ordem da Fénix a seguir-te de manhã à noite...

Harry sentiu um aperto na barriga, como se tivesse falhado um degrau ao descer as escadas. Então, todos sabiam que ele estava a ser seguido, todos, menos ele!

— Não resultou lá muito bem, pois não? — comentou, fazendo um esforço enorme por não elevar a voz. — Afinal, tive de tomar conta de mim sozinho, não foi?

— Ele ficou tão furioso — contou Hermione numa voz quase aterrada. — O Dumbledore... Nós vimo-lo... quando descobriu que o Mundungus se tinha ido embora antes de acabar o turno. Metia medo.

— Bem, ainda bem que o tipo se foi embora — declarou Harry com frieza. — Se ele tivesse lá estado, eu não teria usado magia e o Dumbledore ter-me-ia deixado todo o Verão em Privet Drive.

— Não estás... não estás preocupado com a audiência no Ministério da Magia? — perguntou Hermione baixinho.

— Não — mentiu Harry com ar provocador, afastando-se deles e olhando em volta, com *Hedwig* aninhada no seu ombro, muito satisfeita. Era, porém, pouco provável que aquele quarto lhe levantasse o moral. Era escuro e húmido. A nudez das paredes a descascarem-se era apenas cortada por uma tela em branco, numa requintada moldura e, ao passar por ela, pareceu-lhe ouvir alguém que fugira apressadamente, rindo à socapa.

— Então, por que é que o Dumbledore tem querido tanto manter-me na ignorância? — perguntou, continuando a esforçar-se para não alterar a voz. — Vocês perguntaram-lhe, por acaso?

Ergueu a cabeça mesmo a tempo de os ver trocarem um olhar, confirmando que ele estava a portar-se precisamente como tinham receado, o que não contribuiu para o deixar mais bem-disposto.

— Dissemos ao Dumbledore que te queríamos contar o que se passava — afirmou Ron. — A sério, pá. Mas ele anda ocupadíssimo, só o vimos duas vezes desde que aqui chegámos e não foi por muito tempo. Fez-nos jurar que não te contaríamos nada de importante nas cartas, não fosse dar-se o caso de as corujas serem interceptadas.

— Mesmo assim, ele podia ter-me mantido informado, se quisesse — protestou Harry secamente. — Não me vais dizer que ele não tem outras maneiras de enviar mensagens, sem ser através de corujas.

Hermione olhou para Ron antes de responder.

— Também pensei nisso. Mas ele não queria que tu soubesses de *nada*.

— Talvez ache que eu não sou de confiança — arriscou Harry, atento às expressões dos dois amigos.

— Não sejas parvo — disse Ron com um ar atrapalhado.

— Ou que eu não sei tomar conta de mim.

— É claro que ele não pensa nada disso — discordou, ansiosa, a Hermione.

— Então, por que tive de ficar com os Dursleys, enquanto vocês os dois participavam em tudo o que acontecia por aqui? — insistiu Harry, as palavras saindo-lhe atabalhoadamente e a voz subindo de volume. — Por que motivo é que vocês podem saber tudo o que se passa?

— Não sabemos de nada — interrompeu Ron. — A minha mãe não nos deixa aproximar do local das reuniões, diz que somos muito novos...

Mas Harry estava já a gritar.

— ENTÃO NÃO TÊM ESTADO NAS REUNIÕES, GRANDE COISA! MAS TÊM ESTADO AQUI, NÃO TÊM? TÊM ESTADO JUNTOS, ENQUANTO EU ESTIVE FECHADO COM OS DURSLEYS DURANTE UM MÊS! E FIZ MUITO MAIS DO QUE VOCÊS OS DOIS JUNTOS, E O DUMBLEDORE SABE MUITO BEM DISSO. QUEM SALVOU A PEDRA FILOSOFAL? QUEM SE VIU LIVRE DO RIDDLE? QUEM VOS SALVOU A PELE A VOCÊS OS DOIS, QUANDO OS DEMENTORS ATACARAM?

Toda a amargura e o ressentimento que o tinham invadido durante o mês anterior saltaram cá para fora: a frustração devido à falta de notícias, o desgosto por terem estado todos juntos, sem ele, a raiva por ter sido seguido sem o saber, todos os sentimentos que o haviam feito sentir-se meio envergonhado, saltavam agora todas as barreiras. *Hedwig*, assustada com o barulho, voou de novo para cima do guarda-fatos. Alarmada, *Pigwidgeon* chilreava, esvoaçando a grande velocidade em volta das cabeças dos três amigos.

— QUEM FOI QUE, NO ANO PASSADO, TEVE DE PASSAR POR DRAGÕES E ESFINGES E OUTRAS COISAS HORRÍVEIS? QUEM ASSISTIU AO SEU REGRESSO? QUEM TEVE DE FUGIR DELE? EU!

Ron estava boquiaberto, absolutamente estupefacto e sem saber o que dizer, enquanto Hermione parecia prestes a desfazer-se em lágrimas.

— MAS POR QUE IRIAM DIZER-ME O QUE SE PASSAVA? POR QUE IRIA ALGUÉM INCOMODAR-SE A CONTAR-ME O QUE TEM ESTADO A ACONTECER?

— Harry, nós queríamos contar-te, verdade que queríamos... — começou Hermione.

— NÃO DEVIAM QUERER ASSIM TANTO, OU TER-ME-IAM MANDADO UMA CORUJA, MAS O DUMBLEDORE OBRIGOU-VOS A JURAR...

— É verdade...

— QUATRO SEMANAS ESTIVE EU FECHADO EM PRIVET DRIVE! ANDEI A VASCULHAR NOS CAIXOTES DO LIXO EM BUSCA DE JORNAIS QUE ME DISSESSEM O QUE SE PASSAVA...

— Nós quisemos...

— DEVEM TER-SE DIVERTIDO IMENSO, NÃO? TODOS JUNTOS AQUI...

— Não, a sério que não...

— Harry, lamentamos muito — disse Hermione desesperada, os olhos a brilharem cheios de lágrimas. — Tens toda a razão! Eu também estaria furiosa, se fosse comigo.

Harry lançou-lhe um olhar indignado, a respiração ainda ofegante. Em seguida voltou-lhes as costas e começou a andar de um lado para o outro. De cima do guarda-fatos, *Hedwig* piou, sorumbática. Fez-se um longo silêncio, apenas quebrado pelo ranger agourento das tábuas do soalho.

— Que lugar é este, afinal? — perguntou bruscamente a Ron e a Hermione.

— O Quartel-General da Ordem da Fénix — respondeu Ron de imediato.

— Alguém vai fazer o favor de me explicar o que é a Ordem da Fénix?

— É uma sociedade secreta — declarou Hermione muito depressa. — É o Dumbledore quem a dirige e foi ele quem a fundou. É composta pelas pessoas que lutaram contra o Quem-Nós-Sabemos da última vez.

— Que pessoas? — perguntou Harry, parando a meio do quarto de mãos nos bolsos.

— Algumas...
— Vimos umas vinte — informou-o Ron —, mas achamos que devem ser mais.
Harry lançou-lhes um olhar irado.
— E então? — inquiriu, olhando de um para o outro.
— Aã... então, o quê? — perguntou Ron.
— O *Voldemort!* — gritou, furioso, fazendo que tanto Ron, como Hermione estremecessem. — Que está a acontecer? Que anda ele a tramar? Onde está? Que estamos a fazer para o deter?
— Já te *explicámos*, a Ordem da Fénix não nos deixa assistir às reuniões — repetiu Hermione, nervosa. — Por isso, não conhecemos os pormenores... mas temos uma ideia por alto — acrescentou apressadamente ao ver a expressão de Harry.
— O Fred e o George inventaram umas Orelhas Extensíveis, sabes — comunicou-lhe Ron. — São muitíssimo úteis.
— Orelhas quê?
— Extensíveis, mas tivemos de deixar de as usar, porque a mãe descobriu e ficou louca de fúria. O Fred e o George tiveram de as esconder para não irem parar ao caixote do lixo. Mas usámo-las umas quantas vezes, antes de a mãe perceber o que se estava a passar. Sabemos que há membros da Ordem da Fénix a seguirem alguns Devoradores da Morte conhecidos, sem nunca os perderem de vista...
— Outros trabalham no recrutamento de novos membros para a Ordem — acrescentou Hermione.
— E outros ainda estão a guardar uma coisa qualquer — completou Ron. — Estão sempre a falar dos turnos de vigia.
— Não se estariam a referir a mim? — perguntou Harry sarcasticamente.
— Ah, pois! — exclamou Ron com um lampejo de compreensão.
Harry bufou de raiva. Recomeçou a deambular pelo quarto, olhando para tudo, menos para Ron e Hermione.
— Então, que têm vocês feito, se não vos deixam assistir às reuniões? Disseram que têm tido muito trabalho.
— E é verdade — apressou-se Hermione a confirmar. — Andámos a desinfectar esta casa. Estava desocupada há séculos e houve criaturas a fazer criação pelos cantos. Já conseguimos limpar a cozinha, a maior parte dos quartos e acho que vamos desinfectar a sala aman... Aiii!
Com dois enormes estampidos, os gémeos Fred e George, irmãos mais velhos de Ron, Materializaram-se no meio do quarto.

Pigwidgeon chilreou ainda mais descontroladamente, juntando-se a *Hedwig*, em cima do guarda-fatos.

— Parem com isso! — implorou Hermione num fio de voz, dirigindo-se aos gémeos, que eram tão ruivos como Ron, embora um pouco mais baixos e entroncados.

— Olá, Harry — disse George, abrindo um grande sorriso. — Pareceu-nos ouvir a tua doce voz.

— Não vais querer guardar só para ti toda essa raiva, Harry, deita-a cá para fora — instigou o Fred, também com um sorriso.

— Pode ser que haja alguém aí a uns cem quilómetros daqui que não te tenha ouvido.

— Com que então, vocês passaram no exame de Materialização — constatou Harry, de mau humor.

— Com distinção — explicitou Fred, que tinha nas mãos uma espécie de fio cor de pele muito comprido.

— Teriam demorado só mais trinta segundos, se viessem pelas escadas — comentou Ron.

— Tempo é galeões, maninho — declarou Fred. — O que acontece, Harry, é que estás a interferir na recepção. *Orelhas Extensíveis* — acrescentou como resposta ao arquear de sobrancelhas de Harry, exibindo o fio, que segundo reparou, se arrastava até ao patamar. — Estamos a tentar ouvir o que se passa lá em baixo.

— É melhor terem cuidado — aconselhou Ron, olhando para a Orelha. — Se a mãe volta a pôr os olhos nalguma...

— Vale a pena correr o risco. Estão a ter uma reunião da maior importância — revelou Fred.

A porta abriu-se, deixando ver uma longa juba de cabelo ruivo.

— Oh, olá, Harry! — cumprimentou alegremente Ginny, a irmã mais nova de Ron. — Pareceu-me ouvir a tua voz.

E, voltando-se para Fred e para George, declarou:

— As Orelhas Extensíveis são inúteis. Ela pôs um Encantamento Antiperturbação na porta da cozinha.

— Como sabes isso? — perguntou George, desanimado.

— A Tonks explicou-me o que fazer para descobrir — revelou Ginny. — Basta atirar coisas à porta e se elas não chegarem lá, é porque a porta está Imperturbável. Eu já lhe atirei várias bombinhas de estrume do alto das escadas e todas elas voam para longe, por isso não há maneira de as Orelhas Extensíveis passarem por baixo da porta.

Fred soltou um profundo suspiro.

— É pena, eu gostava mesmo de saber o que o velho Snape tem andado a fazer.

— Snape! — exclamou Harry muito depressa. — Ele está aqui?
— Está — confirmou George, fechando a porta com todo o cuidado e sentando-se numa das camas, logo seguido de Fred e de Ginny. — A apresentar um relatório ultra-secreto.
— É um velhaco! — praguejou Fred.
— Ele agora está do nosso lado — lembrou Hermione com ar reprovador.
Ron bufou de raiva.
— Isso não impede que continue a ser um velhaco. Só a forma como nos olha quando passa por nós...
— O Bill também não gosta dele — declarou Ginny, como se isso encerrasse a questão.
Harry não estava ainda certo de que a sua raiva tivesse diminuído, mas a sede de informações ultrapassava, de longe, a vontade de gritar. Afundou-se na cama em frente deles.
— O Bill está cá? — perguntou. — Julgava que estava a trabalhar no Egipto.
— Concorreu a um lugar administrativo para poder voltar para casa e trabalhar com a Ordem — explicou Fred. — Diz que sente a falta dos túmulos, mas... — esboçou um sorriso afectado — há outras compensações...
— Que queres dizer com isso?
— Lembras-te da Fleur Delacour? — perguntou George. — Arranjou um lugar em Gringotts para *melhorrar o seu inglêx*...
— E o Bill tem-lhe dado uma data de lições particulares — acrescentou Fred com um risinho abafado.
— O Charlie também pertence à Ordem — adiantou George —, mas ainda continua na Roménia. O Dumbledore quer captar o maior número possível de feiticeiros estrangeiros e o Charlie anda a tentar estabelecer contactos nos seus dias de folga.
— Não podia ser o Percy a fazer isso? — perguntou Harry. As últimas notícias que tivera do terceiro irmão Weasley era que trabalhava no Departamento de Cooperação Internacional da Magia, no Ministério.
A estas palavras de Harry, Hermione e os Weasleys trocaram olhares sombrios e cheios de significado.
— Digas o que disseres, não menciones o nome do Percy à frente da minha mãe e do meu pai — pediu-lhe Ron com voz tensa.
— Porquê?
— Porque sempre que se fala dele, o pai parte tudo o que tem na mão e a mãe desata a chorar — explicou Fred.

— Tem sido horrível — confessou Ginny, com tristeza.
— Acho que estamos todos fartos dele — desabafou o George com um olhar invulgarmente desagradável.
— Que aconteceu? — inquiriu Harry.
— O Percy e o meu pai tiveram uma briga — explicou Fred.
— Eu nunca vi o pai brigar assim com ninguém. Geralmente é a mãe que se farta de gritar.
— Foi na semana a seguir ao fim das aulas — continuou Ron.
— Estávamos quase a partir, para nos juntarmos à Ordem, quando o Percy apareceu a dizer que tinha sido promovido.
— Estás a gozar? — comentou Harry.

Embora soubesse perfeitamente como Percy era ambicioso, a ideia que Harry tinha era a de que ele não tivera um desempenho brilhante no seu primeiro trabalho no Ministério da Magia. Cometera o enorme lapso de não reparar que o seu chefe estava a ser controlado por Lord Voldemort (não que o Ministério tivesse acreditado nele! Todos achavam que Mr. Crouch enlouquecera).

— Sim, ficámos todos surpreendidos — confessou George. — O Percy tinha-se metido em grandes problemas por causa do Crouch, houve um inquérito e tudo. Disseram que ele devia ter-se apercebido de que o Crouch não estava a bater bem da bola e informado um superior. Mas sabes como é o Percy, o Crouch deixara-o a substituí-lo e ele não ia queixar-se.

— Então como é que o promoveram?
— Essa foi também a nossa pergunta — respondeu Ron, que, agora que Harry deixara de gritar, parecia muito interessado em manter uma conversa normal. — Chegou a casa muito satisfeito consigo próprio, mais ainda do que o habitual, se é que é possível, e disse ao pai que lhe tinham oferecido um lugar no gabinete do Fudge. Uma situação muito boa para um jovem que saíra de Hogwarts um ano antes: secretário adjunto do Ministro. Acho que ele esperava que o pai ficasse impressionado.

— Só que o pai não ficou — disse Fred com ar sinistro.
— Porquê? — quis saber Harry.
— Bem, parece que o Fudge tem andado pelo Ministério a assegurar-se de que ninguém tem qualquer contacto com o Dumbledore — explicou George.
— O nome do Dumbledore no Ministério anda pelas ruas da amargura, sabes — continuou Fred. — Acham que ele está a criar problemas, dizendo que o Quem-Nós-Sabemos voltou.

— O pai diz que o Fudge deixou bem claro que quem for conivente com o Dumbledore pode ir arrumando as coisas — completou o George.
— O pior é que o Fudge suspeita do nosso pai. Sabe que ele é amigo do Dumbledore e sempre o achou um excêntrico devido à sua obsessão com os Muggles.
— Mas que tem isso a ver com o Percy? — perguntou Harry, confuso.
— Já lá vamos. O pai acha que o Fudge pretende usar o Percy e que só lhe deu aquele lugar no seu gabinete para ele espiar a família. E o Dumbledore...
Harry assobiou baixinho.
— Aposto que o Percy adorou isso.
Ron soltou uma gargalhada que soou a falso.
— Ficou completamente fora de si. Disse coisas horríveis. Disse que desde que entrou para o Ministério tem tido de travar uma luta contra a péssima reputação do pai, que o pai não tem ambições e que é por isso que sempre fomos... sabes como é... sem dinheiro...
— O quê! — exclamou Harry, sem querer acreditar, enquanto Ginny bufava como um gato.
— Isso mesmo que ouviste — confirmou Ron, baixando a voz. — E foi ainda pior. Disse que o pai era um idiota por continuar a dar-se com o Dumbledore, que o Dumbledore ia ter grandes problemas e o pai ia cair com ele e que ele, Percy, sabia a quem devia ser leal e que a sua opção era o Ministério. E se a mãe e o pai tencionavam tornar-se traidores ao Ministério, ele faria tudo o que fosse necessário para deixar bem claro perante todos que não pertencia mais à nossa família. E nessa mesma noite fez as malas e foi-se embora. Agora, está a viver aqui em Londres.
Harry praguejou entredentes. Percy fora sempre o irmão de Ron de quem menos gostara, mas nunca o imaginara capaz de dizer tais coisas a Mr. Weasley.
— A mãe tem andado num estado horrível — declarou Ron. — Fartou-se de chorar. Veio a Londres tentar falar com o Percy, mas ele fechou-lhe a porta na cara. Não sei o que ele fará se encontrar o pai no trabalho, se calhar finge que não o vê.
— Mas o Percy deve saber que Voldemort regressou — proferiu Harry lentamente. — Não é estúpido. Deve saber que o pai e a mãe não arriscariam tudo, se não tivessem provas.

— Pois, mas olha, o teu nome também veio à baila no meio da briga — revelou Ron, lançando ao amigo um olhar furtivo. — O Percy diz que a única prova é a tua palavra e... sei lá... para ele não é suficiente.
— O Percy leva *O Profeta Diário* muito à letra — disse a Hermione com ar mordaz. Os outros acenaram em concordância.
— De que é que vocês estão a falar? — perguntou Harry, olhando para os amigos, que o contemplavam com um ar circunspecto.
— Não tens... não tens recebido *O Profeta Diário*? — inquiriu Hermione, nervosa.
— Tenho, sim.
— E... tens lido tudo? — continuou ela, ainda mais ansiosa.
— Não de uma ponta à outra, claro — respondeu Harry, na defensiva. — Se dessem alguma notícia sobre o regresso do Voldemort, seria na primeira página, não?

Os outros estremeceram ao ouvir o nome e Hermione apressou-se a continuar:
— Bem, é preciso ler o jornal de ponta a ponta para perceber, mas eles... aã... eles falam de ti várias vezes por semana.
— Mas eu teria visto...
— Não, se leres apenas a primeira página — disse Hermione, abanando a cabeça. — Não me refiro a grandes artigos. Eles metem o teu nome como se fosse uma piada com barbas.
— O que é que...?
— É, de facto, muito feio — admitiu Hermione numa voz controlada. — Continuaram o trabalho da Rita.
— Mas ela já não escreve para lá, pois não?
— Não, não, ela cumpriu a promessa, também não teve outra alternativa, — acrescentou Hermione com satisfação — mas lançou as bases para o que eles estão a tentar fazer agora.
— E que é...? — insistiu Harry, impaciente.
— Bem, lembras-te de que ela escreveu que tu andavas por aí a desmaiar e a dizer que tinhas dores na cicatriz e não sei que mais?
— Claro — anuiu Harry, que não iria esquecer facilmente as histórias que Rita Skeeter escrevera a seu respeito.
— Andam a falar de ti como se tivesses a mania das grandezas, alguém que se julga um herói trágico e que quer chamar as atenções — revelou-lhe Hermione muito depressa, como se ouvir os factos a grande velocidade tornasse as coisas mais fáceis para Harry. — Estão sempre a introduzir pequenos comentários maliciosos a teu

respeito. Por exemplo, se tiverem um caso fantasioso, dizem qualquer coisa como «Uma história digna de Harry Potter» e se alguém tem um acidente estranho é «Esperemos que não fique com uma cicatriz na testa, ou vamos ter de o venerar também».
— Eu não quero que ninguém me venere... — ripostou Harry bruscamente.
— Eu sei que não — confortou-o Hermione de imediato com um ar assustado. — Eu sei, Harry. Mas não percebes o que eles estão a fazer? Querem desacreditar-te. Aposto que o Fudge está por detrás disto. Querem que todos os feiticeiros pensem que és apenas um miúdo estúpido e ridículo, que conta umas patranhas, porque adora ser famoso e quer alimentar a coisa.
— Eu não pedi... eu não queria... *Voldemort matou os meus pais!* — gritou Harry atabalhoadamente. — Eu fiquei famoso por ele ter assassinado a minha família e não me ter conseguido matar a mim! Quem quer ser famoso por uma coisa assim? As pessoas não percebem que eu preferia que isso nunca...
— *Nós* sabemos, Harry — lembrou-lhe Ginny, muito séria.
— E é claro que não disseram uma palavra sobre teres sido atacado por Dementors — acrescentou Hermione. — Alguém lhes deve ter dado ordem para se calarem. Essa sim, teria sido uma boa história. Dementors fora de controlo. Nem sequer referiram que quebraste o Estatuto Internacional de Secretismo. Estávamos à espera de que o fizessem, encaixava às mil maravilhas na imagem que querem dar de ti de um exibicionistazinho estúpido. Achamos que estão a guardar-se para quando fores expulso e aí sim, vai ser o bom e o bonito. Isto é, se fores expulso, claro — corrigiu apressadamente. — Não devias ser. Se eles respeitarem as próprias leis, não têm como condenar-te.
Tinham voltado à questão da audiência e Harry não queria pensar nisso. Procurou mudar de conversa, mas foi poupado a esse trabalho pelo som de passos a subirem a escada.
— Oh! Oh!
Fred deu um forte puxão às Orelhas Extensíveis. Ouviu-se outro estrondo, seguido do desaparecimento dos dois gémeos. Passados uns segundos, Mrs. Weasley aparecia à porta do quarto.
— A reunião acabou, já podem descer para o jantar. Estão todos ansiosos por te ver. E quem foi que deixou aquelas bombinhas de esterco todas espalhadas fora da porta da cozinha?
— O *Crookshanks* — respondeu Ginny, sem pestanejar. — Adora brincar com elas.

— Ah! — exclamou Mrs. Weasley. — Pensei que tivesse sido o Kreacher. Está sempre a fazer coisas estranhas. Atenção, não se esqueçam de que têm de falar baixinho no corredor. Ginny, as tuas mãos estão imundas, que estiveste a fazer? Vai lavá-las antes de vires para a mesa, se fazes favor.

Ginny olhou para os outros, esboçando uma careta e saiu do quarto atrás da mãe, deixando Harry sozinho com Ron e Hermione, que o olhavam com ar apreensivo, receando que ele recomeçasse a gritar, agora que tinham ficado só os três. Apercebendo-se, porém, do nervosismo dos amigos, Harry sentiu-se um pouco envergonhado.

— Olhem... — murmurou, mas Ron abanou a cabeça e Hermione disse baixinho:

— Sabíamos que ias ficar zangado, Harry, não te censuramos, a sério, mas tens de compreender que nós tentámos convencer o Dumbledore...

— Sim, eu sei — afirmou ele laconicamente.

Procurou um assunto que não envolvesse o director, porque o simples facto de pensar em Dumbledore fazia que sentisse a raiva ferver de novo dentro de si.

— Quem é o Kreacher? — perguntou.

— O elfo doméstico que vive aqui — explicou-lhe Ron. — Doido varrido, nunca conheci ninguém assim.

Hermione franziu a testa.

— Ele não é doido, Ron.

— A grande ambição da sua vida é cortarem-lhe a cabeça e enfiarem-na numa placa, tal como a mãe — prosseguiu Ron, irritado. — Achas normal, Hermione?

— Está bem... é um pouco estranho, mas não tem culpa.

Ron revirou os olhos.

— A Hermione ainda não desistiu do BABE.

— Não é BABE, é a Brigada de Apoio ao Bem-estar dos Elfos. E não sou só eu. O Dumbledore também diz que devemos ser amáveis com o Kreacher.

— Sim, sim — concordou Ron. — Vamos lá, que eu estou cheio de fome.

Seguiu à frente deles até ao patamar, mas, antes de começarem a descer as escadas...

— Esperem! — avisou-os entredentes, esticando um braço para impedir que Harry e Hermione dessem mais um passo. — Eles ainda estão na entrada, talvez se consiga ouvir alguma coisa.

Os três olharam com o maior cuidado por cima do corrimão. Lá em baixo, o *hall* soturno abarrotava de feiticeiras e feiticeiros, incluindo os que constituíam a guarda de Harry. Segredavam entre si, muito excitados. Mesmo ao centro, Harry distinguiu claramente a cabeça escura e gordurosa e o nariz proeminente do professor de Hogwarts de quem menos gostava: Snape. Inclinou-se mais um pouco sobre o corrimão, pois queria saber o que Snape andava a fazer para a Ordem da Fénix.

Um longo fio cor de carne passou em frente do seu rosto. Erguendo os olhos, Harry viu Fred e George que, do andar de cima, baixavam as Orelhas Extensíveis até ao grupo que enchia o vestíbulo sombrio. Porém, no momento seguinte, todos os feiticeiros se dirigiram para a porta, desaparecendo rapidamente.

Harry ouviu Fred murmurar:

— Bolas! — enquanto voltava a içar as Orelhas Extensíveis.

A porta de entrada abriu-se e voltou a fechar-se.

— O Snape nunca cá janta — segredou-lhe Ron. — Felizmente! Vamos.

— E não te esqueças de falar baixinho no corredor, Harry — murmurou Hermione.

Quando passaram em frente da fila de cabeças de elfos domésticos que enfeitava a parede, avistaram Lupin, Mrs. Weasley e Tonks, que selavam magicamente as várias fechaduras e ferrolhos da porta da rua.

— Vamos jantar lá em baixo, na cozinha — murmurou Mrs. Weasley, que veio ter com eles ao fundo das escadas. — Harry querido, não te importas de andar em bicos dos pés, é por esta porta aqui...

CATRAPUMBA!

— *Tonks!* — gritou Mrs. Weasley exasperada, voltando-se para trás.

— Desculpe! — gemeu Tonks que se achava estatelada no chão. — É este estúpido bengaleiro, é a segunda vez que tropeço nele...

Mas as suas últimas palavras foram abafadas por um grito ensurdecedor, de fazer gelar o sangue nas veias.

Os cortinados de veludo comido pela traça, pelos quais Harry passara pouco antes, estavam agora abertos, mas, ao contrário do que imaginara, não dissimulavam porta alguma. Durante uma fracção de segundo, pareceu a Harry estar a olhar para uma janela, atrás da qual se achava uma velha com uma boina preta na cabeça, que gritava sem parar, como se estivesse a ser torturada. Levou algum tempo até se aperceber de que se tratava apenas de um retrato em tamanho natural, o mais realista e desagradável que vira em toda a sua vida.

A velha babava-se, revirando os olhos, com a pele amarelada retesando-se a cada novo grito e, de repente, todos os outros retratos nas paredes do *hall* acordaram e começaram também a gritar, provocando uma algazarra tal que Harry se viu obrigado a franzir os olhos e a tapar os ouvidos.

Lupin e Mrs. Weasley precipitaram-se para os cortinados e tentaram puxá-los com toda a força, mas eles recusavam-se a ser corridos e a mulher gritava ainda mais alto, agitando umas mãos de unhas enormes, como se quisesse espetá-las na cara dos intrusos.

— *Porcos! Escória! Subprodutos de lixo e baixaria! Rafeiros, mutantes, abortos! Fora deste lugar! Como se atrevem a manchar a casa dos meus pais...*

Tonks pediu várias vezes desculpa, enquanto erguia a enorme perna do *troll* e a arrastava para o seu lugar. Mrs. Weasley desistiu de tentar fechar os cortinados e começou a andar apressada de um lado para o outro, Atordoando com a varinha todos os outros retratos, enquanto um homem de longos cabelos negros irrompeu de uma porta em frente de Harry.

— Cale-se, sua bruxa horrorosa, CALE-SE! — rosnou, deitando a mão ao cortinado que Mrs. Weasley abandonara.

A velha empalideceu.

— *Tuuuuuu!* — gritou, com os olhos a saltarem-lhe das órbitas.

— *Traidor do teu próprio sangue, abominação, vergonha da minha cara!*

— Já lhe disse para se CALAR! — rugiu o homem. E, com um esforço assombroso e a ajuda de Lupin, voltou a fechar os cortinados de veludo.

Os gritos da mulher morreram aos poucos e o silêncio reinou por fim.

Um pouco ofegante e afastando dos olhos uma longa madeixa de cabelo negro, Sirius, o padrinho de Harry, voltou-se para ele.

— Olá, Harry — disse com ar grave. — Vejo que acabas de conhecer a minha mãe.

V

A ORDEM DA FÉNIX

—A tua...?
— A minha velha e querida mãe, sim — confirmou Sirius. — Há um mês que tentamos tirá-la dali, mas estamos convencidos de que ela pôs um Encantamento de Fixação Permanente na parte de trás da tela. Vamos depressa, antes que acordem todos outra vez.

— Mas o que faz aqui um retrato da tua mãe? — perguntou Harry confuso, enquanto transpunham a soleira da porta e desciam um lanço de estreitos degraus de pedra, seguidos pelos outros.

— Ninguém te contou? Esta era a casa dos meus pais — explicou-lhe Sirius. — Mas eu sou o último dos Black, por isso agora é minha. Oferecia-a ao Dumbledore para servir de Quartel-General, a única coisa útil que pude fazer.

Harry, que esperava uma recepção mais calorosa, reparou como a voz de Sirius se tornara dura e amarga. Seguiu o padrinho pelas escadas abaixo, até uma porta que dava para a cozinha, situada na cave.

A divisão parecia uma caverna com ásperas paredes de pedra, ligeiramente menos sombria que o *hall* do andar de cima. Grande parte da luz vinha de uma grande lareira que ardia ao fundo. Alguém fumara cachimbo, deixando no ar uma espessa névoa que lembrava a poeira levantada numa batalha, através da qual se distinguiam os contornos ameaçadores dos tachos e das panelas de ferro que pendiam do tecto escuro. Tinham sido ali colocadas muitas cadeiras para a reunião, que agora rodeavam uma enorme mesa de madeira, sobre a qual se achava espalhada uma imensa quantidade de rolos de pergaminho, cálices, garrafas de vinho vazias e o que parecia ser um monte de trapos. Ao fundo da mesa, Mr. Weasley e o filho mais velho, Bill, conversavam tranquilamente, com as cabeças juntas.

Mrs. Weasley pigarreou. O marido, um homem magro, de cabelo ruivo já ralo, que usava óculos com armação de massa, olhou em volta e pôs-se de pé.

— Harry! — exclamou, aproximando-se rapidamente para o cumprimentar e apertando-lhe energicamente a mão. — Que bom ter-te aqui.

Por cima do seu ombro, Harry viu Bill, que ainda usava o longo cabelo atado num rabo de cavalo, enrolando apressadamente os rolos de pergaminho que tinham sido deixados em cima da mesa.

— A viagem correu bem, Harry? — inquiriu Bill, enquanto tentava reunir doze pergaminhos ao mesmo tempo. — O Olho--Louco não te obrigou a voar via Gronelândia?

— Bem tentou — anuiu Tonks, galgando o espaço que a separava da mesa para ajudar Bill e derrubando uma vela sobre o último rolo de pergaminho. — Oh, não, *desculpa*...

— Pronto, querida — disse Mrs. Weasley exasperada, reparando o pergaminho com um gesto da varinha, cuja faísca de luz deixou Harry vislumbrar vagamente o que lhe pareceu ser o plano de um edifício.

Mrs. Weasley acompanhou-lhe o olhar e, retirando o plano de cima da mesa, enfiou-o nos braços já sobrecarregados de Bill.

— Estas coisas deviam ser retiradas imediatamente após as reuniões — declarou com brusquidão antes de se precipitar em direcção a um velho guarda-louça, de onde começou a tirar os pratos.

Bill pegou na varinha e murmurou «*Evanesco!*» e os rolos de pergaminho desapareceram.

— Senta-te, Harry — disse Sirius. — Já conheces o Mundungus, não é verdade?

Aquilo que parecera a Harry ser um monte de trapos soltou um ronco prolongado antes de acordar.

— Alguém disse o meu nome? — murmurou Mundungus, ensonado. — Eu concordo c'o Sirius... — disse, erguendo uma mão imunda, como se estivesse a votar, os olhos murchos, injectados de sangue, ainda ausentes.

Ginny deu uma risadinha.

— A reunião acabou, Dung — informou-o Sirius, enquanto se sentavam em volta da mesa. — O Harry chegou.

— Aã? — fez Mundungus, espreitando de modo sinistro para ele, por baixo do seu cabelo ruivo emaranhado. — Diabos, é memo ele... tu... 'tás bem, Harry?

— Sim.

Mundungus remexeu nervosamente os bolsos, sem deixar de olhar para Harry, e tirou lá de dentro um velho cachimbo imundo. Pô-lo na boca, acendeu-o com a ponta da varinha e puxou uma longa baforada. Grandes ondas de um fumo esverdeado ergueram-se no ar, obscurecendo-o em poucos segundos.

— Devo-te um pedido de desculpa — grunhiu uma voz do meio daquela nuvem malcheirosa.

— Pela última vez, Mundungus, — repreendeu Mrs. Weasley — queres fazer o favor de *não* fumar essa coisa aqui na cozinha, principalmente quando estamos a preparar-nos para comer?

— Ah! — exclamou Mundungus. — Certo, desculpa, Molly.

A nuvem de fumo desapareceu assim que Mundungus guardou de novo o cachimbo no bolso, mas ficou no ar um cheiro corrosivo a peúgas chamuscadas.

— E se querem comer antes da meia-noite, é bom que alguém me dê uma ajuda — lembrou Mrs. Weasley. — Não, Harry, tu ficas onde estás, tiveste um dia muito longo.

— Que posso fazer, Molly? — perguntou Tonks cheia de boa vontade, dando um passo em frente.

Mrs. Weasley teve um momento de hesitação antes de responder, apreensiva:

— Aã... não, está tudo bem, Tonks. Tu também precisas de descansar, já trabalhaste muito hoje.

— Não, não, eu quero ajudar — protestou Tonks entusiasmada, derrubando uma cadeira na pressa de chegar ao guarda-loiça de onde Ginny retirava os talheres.

Logo a seguir, uma série de facas afiadas puseram-se a cortar sozinhas a carne e os legumes, sob a supervisão de Mr. Weasley, enquanto Mrs. Weasley mexia um caldeirão pendurado por cima do lume e os outros tiravam pratos, cálices e mais comida da despensa. Harry ficou sentado à mesa com Sirius e Mundungus, que continuava a pestanejar com ar fúnebre.

— Voltaste a ver a velha Figgy?

— Não — disse-lhe Harry. — Não tenho visto ninguém.

— 'Tás a ver, eu sei que nã me devia ter ido imbora, mas era uma gande oportunidade de negócio — justificou-se Mundungus com um tom de súplica na voz.

Harry sentiu algo roçar-lhe os joelhos e deu um salto, mas era apenas *Crookshanks*, o gato de pernas tortas e pelo ruivo de Hermione, que serpenteou, ronronando, por entre as suas pernas, saltando em seguida para o colo de Sirius, onde se enroscou. Distraidamente, Sirius coçou-o atrás das orelhas, enquanto se voltava para Harry, ainda com um ar desagradável.

— O Verão tem sido bom?

— Não, tem sido horrível — respondeu Harry.

Pela primeira vez, algo parecido com um sorriso iluminou o rosto de Sirius.

— Não sei de que te queixas.

— O quê? — bradou Harry, sem querer acreditar no que ouvia.

— Eu, pessoalmente, teria adorado ser atacado por Dementors. Uma luta de vida ou de morte teria sido óptimo para quebrar a monotonia. Tu achas que as tuas férias foram más, mas pelo menos pudeste andar por aí, esticar as pernas, entrar em lutas... Eu fiquei aqui fechado durante um mês inteiro.

— Como assim? — perguntou Harry, franzindo as sobrancelhas.

— O Ministério da Magia continua a perseguir-me e, nesta altura, o Voldemort já deve saber que eu sou um Animagus, o Wormtail certamente lhe disse, e, portanto, o meu grande disfarce é inútil. Não posso fazer grande coisa pela Ordem da Fénix... pelo menos é essa a opinião do Dumbledore.

Houve qualquer coisa no tom com que Sirius pronunciou o nome de Dumbledore que fez que Harry percebesse que também ele, Sirius, não estava muito contente com o director. Sentiu uma súbita onda de afecto pelo padrinho.

— Pelo menos, podias saber o que se está a passar — consolou-o.

— Ah, sim, — respondeu Sirius sarcasticamente — ouvindo os relatórios do Snape, tendo de suportar as suas falsas insinuações de que anda lá fora a arriscar a pele, enquanto eu passo os dias confortavelmente sentado, sem fazer nada.... a perguntar-me como vão as limpezas...

— Que limpezas?

— Tentámos tornar este lugar habitável — disse o Sirius, indicando com um gesto a cozinha escura. — Desde que a minha mãe morreu, há dez anos, que ninguém mais cá morou, sem contar o elfo doméstico que desatinou por completo e há anos que não limpa nada.

— Sirius — interrompeu Mundungus, que parecia não ter prestado a mínima atenção à conversa, mas tinha estado a examinar minuciosamente um cálice vazio. — Isto é prata verdadeira, pá?

— É — respondeu Sirius, olhando o cálice com desagrado. — Século XV, a melhor prata trabalhada pelos duendes, com o brasão da família Black.

— Mas isto deve sair — murmurou Mundungus, limpando-o com o punho.

— Fred... George... NÃO, NÃO FAÇAM ISSO! — gritou Mrs. Weasley.

Harry, Sirius e Mundungus olharam em volta e, logo em seguida, baixaram-se, afastando-se da mesa. Fred e George tinham enfeitiçado um enorme caldeirão de guisado, um jarro de ferro de Cerveja de Manteiga e uma pesada tábua de cortar pão com a respectiva faca, que se deslocavam agora pelo ar a grande velocidade. O guisado deslizou a todo o comprimento da mesa, parando mesmo à beirinha e deixando uma queimadura longa e escura sobre a madeira; o jarro caiu pesadamente, entornando cerveja por todo o lado; a faca do pão saltou da tábua e aterrou, espetando-se e ficando a estremecer de modo ameaçador no lugar exacto onde Sirius tivera a mão poucos segundos antes.

— COM MIL DIABOS! — GRITOU MRS. WEASLEY. — NÃO ERA PRECISO ISTO... ESTOU FARTA... LÁ PORQUE VOS DEIXAM USAR MAGIA, NÃO QUER DIZER QUE SE SIRVAM DA VARINHA PARA TUDO E MAIS ALGUMA COISA!

— Estávamos só a tentar ganhar algum tempo — justificou-se Fred, apressando-se a arrancar a faca da mesa. — Desculpa, Sirius, pá... Eu não queria...

Harry e Sirius riam à gargalhada; Mundungus, que caíra da cadeira, praguejava enquanto se punha de pé; *Crookshanks* soltara um miado irritado e desaparecera debaixo do guarda-loiça, de onde se podiam ver os seus olhos amarelos brilharem no escuro.

— Meninos — ralhou Mr. Weasley, colocando outra vez o guisado no meio da mesa. — A vossa mãe tem razão, vocês deviam mostrar alguma responsabilidade, agora que já têm idade...

— Nenhum dos vossos irmãos nos deu este tipo de problemas! — queixou-se Mrs. Weasley, enquanto pousava energicamente sobre a mesa outro jarro de Cerveja de Manteiga, entornando quase tanto como os filhos. — O Bill nunca sentiu necessidade de andar a Materializar-se a toda a hora, o Charlie não enfeitiçava tudo o que encontrava à sua frente, o Percy...

Calou-se, horrorizada, contendo a respiração e lançando um olhar assustado ao marido, cuja expressão ficara subitamente rígida.

— Vamos comer — propôs Bill rapidamente.

— Tem um aspecto magnífico, Molly — gabou Lupin, enchendo um prato de guisado e passando-lho.

Durante alguns minutos instalou-se um silêncio em que apenas se ouviam o tilintar dos pratos e dos talheres e o arrastar das cadeiras, enquanto todos se sentavam e se serviam. Depois, Mrs. Weasley voltou-se para Sirius.

— Tenho andado para te dizer, Sirius: há qualquer coisa enclausurada dentro da secretária da sala que não para de chocalhar e abanar. É claro que pode ser um Sem Forma, mas achei que devíamos pedir ao Alastor para dar um espreitadela, antes de o libertarmos.

— Como queiras — respondeu Sirius com indiferença.

— Os cortinados da sala também estão cheios de Doxys — prosseguiu Mrs. Weasley. — Pensei que amanhã poderíamos tentar deitar-lhes a mão.

— Estou mortinho por isso — declarou Sirius. Harry percebeu o sarcasmo da resposta, mas deu-se conta de que ninguém mais o entendera.

À sua frente, Tonks divertia Hermione e Ginny, transformando o nariz entre cada garfada. Contraindo os olhos com a mesma expressão pesarosa que usara no quarto de Harry, dilatava o nariz até ficar protuberante como o de Snape, encolhia-o, ganhando o aspecto de um pequeno cogumelo, e fazia brotar imensos pêlos das narinas. Devia ser uma diversão habitual à hora das refeições, porque tanto Hermione, como Ginny lhe pediam, com toda a naturalidade, que fizesse os seus narizes preferidos.

— Faz aquele do focinho de porco, Tonks.

Tonks fez-lhes a vontade e, ao levantar os olhos do prato, Harry teve a vaga sensação de que um Dudleyzinho do sexo feminino lhe sorria do outro lado da mesa.

Mr. Weasley, Bill e Lupin travavam uma animada discussão sobre duendes.

— Ainda não deram nada a entender — comentava Bill. — Não consegui perceber se acreditam ou não que ele voltou. É claro que podem preferir não tomar partido, manter-se à margem.

— Tenho a certeza de que eles não se passariam para o lado do Quem-Nós-Sabemos — afirmou Mr. Weasley, abanando a cabeça. — Também sofreram perdas. Lembram-se daquela família de duendes que ele chacinou da última vez, algures perto de Nottingham?

— Acho que tudo depende do que lhes oferecerem — opinou Lupin. — E não me refiro a ouro. Se lhes prometerem a liberdade que lhes temos vindo a negar há séculos, talvez se deixem tentar. Já tiveste alguma sorte com Ragnok, Bill?

— Neste momento, está muito antifeiticeiro — revelou Bill. — Ainda não deixou de barafustar acerca daquela história do

Bagman, acha que o Ministério encobriu as coisas e que os duendes não receberam o ouro, sabes...

As últimas palavras de Bill foram abafadas por uma revoada de gargalhadas vinda do meio da mesa. Fred, George, Ron e Mundungus rebolavam-se a rir nas cadeiras.

— E intão — dizia Mundungus, as lágrimas a escorrerem-lhe pelas faces — e intão, vocemessês não vão acreditar, ele diz... «Ei, Dung, ond'arranjaste todos esses sapos? É qu'um filho d'uma Bludger fanou os meus!» e eu digo «Fanou-te todos os teus sapos, Will, que mais faltará? Intão, queres mais, né?» E vocemessês nã vão acreditar, o nabo, o g'ande filho d'uma gárgula, compra-me outra vez todos os sapos qu'eram dele, por muita mais do que tinha pagado da primeira vez...

— Não creio que precisemos de saber mais acerca dos teus negócios, Mundungus — cortou bruscamente Mrs. Weasley, enquanto Ron se atirava para cima da mesa, rindo a bandeiras despregadas.

— Peço desculpa, Molly — disse Mundungus, limpando as lágrimas e piscando o olho a Harry. — Mas sabes, o Will tinha-os fanado ao Warty Harris, por isso eu não 'tava a fazer nada de mal.

— Não sei onde aprendeste a distinguir o bem do mal, Mundungus, mas parece-me que perdeste algumas lições importantes — declarou Mrs. Weasley friamente.

Fred e George enfiaram as caras nos cálices de cerveja de manteiga. George desatara aos soluços e, por um qualquer motivo inexplicável, Mrs. Weasley lançou um olhar irritado a Sirius, antes de se pôr de pé para ir buscar um enorme *crumble* de ruibarbo para a sobremesa. Harry olhou para o padrinho.

— A Molly não gosta do Mundungus — explicou ele em voz baixa.

— Como é que ele pertence à Ordem? — perguntou-lhe Harry.

— É-nos útil — murmurou Sirius. — Conhece todos os malandros, até porque é um deles, mas é muito fiel ao Dumbledore, que o ajudou, em tempos, a sair de uma situação crítica. É conveniente ter alguém como o Dung por perto. Ele ouve coisas que nós não ouvimos, mas a Molly acha que convidá-lo para jantar é ir longe de mais. Não lhe perdoou o facto de se ter pisgado quando deveria estar a vigiar-te.

Depois de três doses de *crumble* de ruibarbo e creme de leite, a cintura dos *jeans* de Harry já estava desconfortavelmente apertada, o que era bem significativo, considerando que aqueles *jeans* tinham pertencido ao Dudley. Quando pousou a colher, fez-se uma pausa na conversa. Mr. Weasley estava recostado na cadeira com um ar satisfeito e descontraído; Tonks bocejava, o nariz novamente do seu tamanho normal; e Ginny, que conseguira fazer que *Crookshanks* saísse debaixo do guarda-loiça, estava sentada no chão, de pernas cruzadas, lançando-lhe rolhas de cerveja para ele apanhar.

— Horas de ir para a cama, acho eu — lembrou Mrs. Weasley com um bocejo.

— Ainda não, Molly — contrariou Sirius, empurrando o prato vazio à sua frente e voltando-se para Harry. — Sabes, estou surpreendido contigo. Pensei que a primeira coisa que farias quando aqui chegasses seria começar a fazer perguntas sobre o Voldemort.

O ambiente na sala mudou com a rapidez que Harry associava à chegada dos Dementors. A descontracção e a sonolência de segundos atrás dera lugar a um tenso sentimento de alerta. A mera referência ao nome de Voldemort provocara uma espécie de arrepio em volta da mesa. Lupin, que ia tomar um gole de vinho, baixou lentamente o cálice com ar desconfiado.

— E fiz! — protestou Harry, indignado. — Perguntei ao Ron e à Hermione, mas eles disseram-me que não éramos aceites na Ordem, por isso...

— E é verdade — disse Mrs. Weasley. — Vocês são muito jovens.

Estava sentada na cadeira, direita como um fuso, as mãos cruzadas sobre os braços, sem o mais leve sinal de sonolência.

— Desde quando é preciso pertencer à Ordem da Fénix para fazer perguntas? — indagou Sirius. — O Harry esteve encerrado naquela casa de Muggles durante um mês, tem o direito de saber o que tem acontec...

— Espera lá! — interrompeu George em voz alta.

— Como é que o Harry tem direito a respostas? — inquiriu Fred com ar irritado.

— Nós temos tentado extorquir-vos umas achegas durante todo o mês e vocês não nos disseram nem uma única coisinha! — protestou George.

— *És muito novo, não pertences à Ordem* — macaqueou Fred numa voz de falsete que se parecia estranhamente com a da mãe.

— O Harry nem sequer é maior!

— Não é culpa minha, se vocês não foram informados sobre o que a Ordem anda a fazer — afirmou Sirius com toda a calma. — Essa decisão cabe aos vossos pais. O Harry, pelo contrário...

— Não é a ti que cabe decidir o que é bom ou mau para o Harry! — interrompeu Mrs. Weasley com brusquidão. A expressão habitualmente amável do seu rosto estava agora ameaçadora. — Não estás esquecido do que o Dumbledore te disse, espero bem?
— De que parte? — perguntou Sirius educadamente, mas com o ar de um homem que se prepara para uma luta.
— A parte sobre não dizer ao Harry mais do que ele *precisa de saber* — clarificou Mrs. Weasley, enfatizando as últimas palavras.
As cabeças de Ron, Hermione, Fred e George giravam de Sirius para Mrs. Weasley como se estivessem a assistir a uma partida de ténis. Ginny estava ajoelhada no meio de uma pilha de rolhas de cerveja, observando boquiaberta. Os olhos de Lupin estavam fixos em Sirius.
— Não tenciono dizer mais do que ele *precisa de saber*, Molly, — assegurou-lhe Sirius — mas como foi ele quem assistiu ao regresso de Voldemort (de novo, um arrepio colectivo se fez sentir à volta da mesa) ele tem mais direito que a maior parte dos...
— Ele não é membro da Ordem da Fénix — contrapôs Mrs. Weasley. — Tem só quinze anos e...
— E lidou com coisas tão difíceis como a maior parte dos feiticeiros da Ordem — insistiu Sirius. — E até mais difíceis que muitos.
— Ninguém se esqueceu do que ele fez, — assegurou Mrs. Weasley, subindo o tom de voz, os punhos fechados a tremerem nos braços da cadeira — mas ele ainda é...
— Não é nenhuma criança! — exclamou Sirius impacientemente.
— Também não é nenhum adulto! — gritou Mrs. Weasley, a cor a aflorar-lhe ao rosto. — Ele não é o *James*, Sirius.
— Sei muito bem quem ele é, obrigado, Molly — disse Sirius com frieza.
— Não tenho tanta certeza de que saibas — insistiu Mrs. Weasley. — Às vezes falas dele como se julgasses ter recuperado o teu melhor amigo.
— Que mal há nisso? — perguntou Harry.
— O mal, Harry, é que tu *não* és o teu pai, apesar de te pareceres muito com ele — explicou Mrs. Weasley, o olhar ainda pronto a trespassar Sirius. — Tu ainda estás na escola e é bom que os adultos que são responsáveis por ti não se esqueçam disso.
— Queres dizer que eu sou um padrinho irresponsável? — perguntou Sirius, elevando a voz.

— Quero dizer que toda a gente sabe que te comportaste sempre de modo irreflectido, Sirius, motivo pelo qual o Dumbledore passa a vida a dizer-te que fiques em casa e...
— As instruções do Dumbledore não são para aqui chamadas! — bradou Sirius bem alto.
— Arthur! — chamou Mrs. Weasley, voltando-se para o marido.
— Arthur, preciso do teu apoio.
Mr. Weasley não falou logo. Tirou os óculos e, sem olhar para a mulher, limpou-os demoradamente com a ponta do manto. Só depois de os ter colocado de novo sobre o nariz se abalançou a responder.
— O Dumbledore sabe que as coisas mudaram. Acha que o Harry deve ter uma certa dose de informação, agora que está aqui, no Quartel-General.
— Sim, mas há uma diferença entre isso e dizer-lhe que pergunte tudo o que quiser.
— Pessoalmente, — interveio Lupin em voz baixa, afastando finalmente o olhar do rosto de Sirius, enquanto Mrs. Weasley se voltava rapidamente, na esperança de ter conseguido um aliado — creio que é melhor o Harry ter conhecimento dos factos, não de todos, Molly, mas de uma forma geral, através de nós, do que ouvir uma versão tendenciosa de... outros.
A sua expressão era branda, mas Harry teve a certeza de que pelo menos Lupin sabia que algumas das Orelhas Extensíveis tinham sobrevivido à purga de Mrs. Weasley.
— Bom — proferiu Mrs. Weasley, respirando fundo e lançando um olhar à volta da mesa em busca de um apoio que não veio. — Bom... estou a ver que fui vencida. Digo só mais uma coisa: o Dumbledore deve ter tido as suas razões para não querer que o Harry soubesse de mais e falando como alguém que deseja o melhor para ele...
— Ele não é teu filho — declarou Sirius calmamente.
— Mas é como se fosse — respondeu Mrs. Weasley, cheia de orgulho. — Quem é que ele tem mais?
— Tem-me a mim!
— Sim — reconheceu Mrs. Weasley torcendo o lábio. — Só que tem sido um pouco difícil para ti olhar por ele, já que estiveste encerrado em Azkaban, não foi?
Sirius começou a levantar-se da cadeira.
— Molly, tu não és a única pessoa nesta mesa que gosta do Harry — lançou bruscamente Lupin. — *Senta-te* Sirius.

O lábio inferior de Mrs. Weasley tremia. Sirius afundou-se lentamente na cadeira, o rosto subitamente pálido.

— Acho que o Harry devia ter uma palavra nisto tudo — continuou o Lupin. — Já tem idade para tomar decisões.

— Eu quero saber o que está a passar-se — afirmou ele de imediato. Não olhou para Mrs. Weasley. Ficara comovido ao ouvi-la confessar que gostava dele como se fosse um filho, mas simultaneamente sentia-se incomodado com os seus cuidados excessivos. Sirius tinha razão, ele já *não* era uma criança.

— Muito bem! — exclamou Mrs. Weasley mudando o tom de voz. — Ginny, Ron, Hermione, Fred, George... quero-vos fora desta cozinha, já!

— Nós já temos idade para ouvir! — protestaram em conjunto Fred e George.

— Se o Harry pode, por que não posso eu? — gritou Ron.

— Mãe, eu quero ficar — gemeu Ginny.

— NÃO! — gritou Mrs. Weasley, levantando-se com os olhos muito brilhantes. — Estão absolutamente proibidos...

— Molly, não podes impedir o Fred e o George de assistirem — disse Mr. Weasley com lassidão. — Eles já são maiores.

— Ainda andam na escola.

— Mas já são oficialmente adultos — prosseguiu Mr. Weasley no mesmo tom cansado.

Mrs. Weasley tinha agora as faces de um vermelho escarlate.

— Eu... oh, então está bem, o Fred e o George podem ficar, mas o Ron...

— O Harry depois conta-me tudo o que vocês vão dizer, a mim e à Hermione — declarou Ron acaloradamente. — Não... não contas? — acrescentou, olhando o amigo nos olhos.

Por uma fracção de segundo, Harry pensou em responder-lhe que não, que não lhe diria uma única palavra, para ele ver como era bom ser mantido na ignorância. Mas o impulso cruel desapareceu por completo no momento em que os seus olhares se cruzaram.

— É claro que sim.

Ron e Hermione sorriram, felizes.

— Óptimo! — gritou Mrs. Weasley. — Óptimo! Ginny, CAMA!

Ginny não obedeceu pacificamente. Todos ouviram os seus protestos furiosos, enquanto subia as escadas e, chegada lá acima, os gritos ensurdecedores de Mrs. Black, que vieram juntar-se à algazarra. Lupin precipitou-se para o retrato, na tentativa de restaurar a calma. Só depois de ter voltado, fechando a porta da cozinha atrás de si e ocupando de novo o seu lugar à mesa, é que Sirius voltou a falar.

— Muito bem, Harry... que queres saber?

Harry respirou fundo antes de fazer a pergunta que o obcecara durante todo o Verão.

— Onde está o Voldemort? — perguntou, ignorando os arrepios e tremores que o nome provocara. — Que anda ele a fazer? Tentei ver os telejornais dos Muggles e não ouvi nada que me parecesse relacionar-se com ele, nenhuma morte esquisita, nem nada assim.

— É porque ainda não houve mortes esquisitas — declarou Sirius — ... pelo menos que sejam do nosso conhecimento, e o nosso conhecimento é bastante grande.

— Sabemos muito mais do que ele imagina — disse Lupin.

— Por que deixou ele de matar pessoas? — indagou Harry. Sabia que, só no Verão anterior, matara mais do que uma vez.

— Porque não quer chamar as atenções — explicou Sirius. — Seria perigoso. O seu regresso não foi exactamente como ele desejava e acabou por estragar tudo.

— Ou melhor, tu estragaste-lhe tudo — corrigiu Lupin com um sorriso de satisfação.

— Como? — perguntou o Harry, perplexo.

— Não estava previsto tu sobreviveres! — recordou Sirius. — Ninguém, além dos Devoradores da Morte, deveria saber que ele regressara. Tu, porém, sobreviveste para dar testemunho.

— E a última pessoa que ele queria que fosse alertada para tal era o Dumbledore — acrescentou Lupin. — E tu fizeste tudo para que o Dumbledore ficasse a par dos factos.

— E isso foi assim tão importante?

— Estás a brincar! — afirmou Bill, incrédulo. — O Dumbledore é o único feiticeiro que o Quem-Nós-Sabemos receia.

— Graças a ti, o Dumbledore pôde reunir de novo a Ordem da Fénix cerca de uma hora depois do regresso de Voldemort — informou-o Sirius.

— E então, que tem a Ordem andado a fazer? — perguntou Harry, olhando em volta para todos eles.

— Trabalhamos o mais que nos é possível para impedir que o Voldemort ponha os seus planos em prática — respondeu Sirius.

— Como sabem quais são os planos dele? — perguntou Harry rapidamente.

— O Dumbledore faz uma ideia — declarou Lupin. — E as ideiazinhas do Dumbledore costumam ser muito boas.

— E o que acha o Dumbledore que ele anda a tramar?

— Bem, para começar, quer reconstruir o seu exército — disse Sirius. — Antigamente, tinha imensa gente ao seu serviço: feiticeiras e feiticeiros que ele ameaçara ou enfeitiçara para que o seguissem, os seus fiéis Devoradores da Morte, as mais diversas criaturas Negras. Ouviste-o planear recrutar os gigantes; pois bem, esse é apenas um dos grupos que ele pretende aliciar. Certamente não pretende apoderar-se do Ministério da Magia com apenas uma dúzia de Devoradores da Morte.

— Então, vocês estão a tentar impedi-lo de recrutar mais seguidores?

— Estamos a fazer todos os possíveis — afirmou Lupin.

— Como?

— Bem, o principal é tentar convencer o maior número possível de pessoas de que o Quem-Nós-Sabemos voltou realmente e pô-los de sobreaviso — acrescentou Bill. — Mas não está a ser nada fácil.

— Porquê?

— Devido à atitude do Ministério — murmurou Tonks. — Lembras-te das posições que o Cornelius Fudge tomou depois do regresso do Quem-Nós-Sabemos, Harry? Bem, não alterou uma vírgula. Recusa-se a acreditar que ele tenha, de facto, voltado.

— Mas porquê? — insistiu Harry, desesperado — Por que motivo continua a ser tão estúpido? Se o Dumbledore...

— Ah, bom, puseste o dedo na ferida! — exclamou Mr. Weasley, com um sorriso forçado. — Dumbledore.

— O Fudge tem medo dele, sabes — revelou-lhe Tonks com ar triste.

— Medo do Dumbledore?

— Medo do que o Dumbledore poderá fazer — explicou Mr. Weasley. — O Fudge pensa que o Dumbledore pretende destroná-lo. Pensa que ele quer ser Ministro da Magia.

— Mas o Dumbledore não quer...

— É claro que não — disse Mr. Weasley. — Ele nunca quis o lugar do Ministério, nem quando a Millicent Bagnold se reformou e muita gente insistiu para que a substituísse. Quem lhe sucedeu foi o Fudge, que nunca esqueceu o grande apoio dado ao Dumbledore e a sua grande popularidade, apesar de ele nunca se ter candidatado ao lugar do Ministério.

— No fundo, o Fudge sabe que o Dumbledore é um feiticeiro muito mais inteligente e poderoso do que ele, até porque, durante os primeiros tempos em que esteve no governo, passava a vida a pedir-lhe conselhos e ajuda — afirmou Lupin. — Mas parece que ganhou gosto pelo poder e se tornou muito mais confiante. Adora ser Ministro da Magia e tem feito tudo para se convencer de que o inteligente é ele e que o Dumbledore não passa de um agitador.

— Como pode ele pensar uma coisa dessas? — perguntou Harry, zangado. — Como pode passar-lhe pela cabeça que o Dumbledore inventaria semelhante coisa? Que *eu* inventaria semelhante coisa?

— Porque aceitar o regresso do Voldemort significa ter de se preparar para grandes problemas, problemas que o Ministério não teve de enfrentar durante os últimos catorze anos — constatou amargamente Sirius. — O Fudge não consegue enfrentar essa realidade. É muito mais fácil convencer-se de que o Dumbledore está a mentir para o desestabilizar.

— Estás a ver o problema — prosseguiu Lupin. — Enquanto o Ministério insistir em que não há nada a recear do Voldemort, vai ser muito difícil convencer as pessoas de que ele regressou, até porque elas não querem acreditar nisso. E o pior de tudo é que o Ministério se apoia n'*O Profeta Diário* para não fazer referência àquilo que eles chamam os boatos do Dumbledore, deixando, desse modo, a maior parte da comunidade de feiticeiros em total ignorância, o que os torna alvos fáceis dos Devoradores da Morte, que podem, assim, utilizar à vontade a Maldição Imperius.

— Mas vocês estão a prevenir as pessoas, não estão? — perguntou Harry, olhando em volta para Mr. Weasley, Sirius, Bill, Mundungus, Lupin e Tonks. — Estão a informar as pessoas do seu regresso?

Todos eles sorriram sem graça.

— Bem, como toda a gente me considera um perigoso assassino e o Ministério oferece dez mil galeões pela minha cabeça, não é muito fácil andar aí pelas ruas a distribuir panfletos, pois não? — comentou Sirius com impaciência.

— E eu não sou lá muito popular na comunidade — acrescentou o Lupin. — É um mal inerente aos lobisomens.

— A Tonks e o Arthur perderiam os seus lugares no Ministério se decidissem abrir a boca — continuou Sirius. — E é muito

importante para nós ter espiões lá dentro, porque podem estar certos de que o Voldemort os tem.
— Apesar de tudo, já conseguimos convencer algumas pessoas — revelou Mr. Weasley. — A Tonks, por exemplo, é ainda uma jovem, não podia ter pertencido à primeira Ordem da Fénix, e é para nós uma grande vantagem ter Aurors do nosso lado. O Kingsley Shacklebolt também foi uma boa aquisição. Lidera a perseguição ao Sirius e tem estado a dar informações ao Ministério de que ele se encontra no Tibete.
— Mas, se nenhum de vocês está a espalhar que o Voldemort voltou... — começou Harry.
— Quem disse que nenhum de nós anda a fazer isso? — indagou Sirius. — Por que julgas que o Dumbledore está com tantos problemas?
— Que queres dizer? — perguntou Harry.
— Estão a tentar desacreditá-lo — explicou Lupin. — Não leste *O Profeta Diário* da semana passada? Publicaram uma notícia a dizer que ele tinha sido deposto, por votação, do cargo de Presidente da Confederação Internacional de Feiticeiros, por estar a ficar velho e começar a perder a firmeza, o que não é verdade. Quem votou contra ele foram os feiticeiros do Ministério, depois de ele ter feito um discurso em que anunciava o regresso do Voldemort. Destituíram--no de Feiticeiro Chefe do *Wizengamot*, que é o Supremo Tribunal de Feitiçaria, e falam já em retirar-lhe, também, a Ordem de Merlim de Primeira Classe.
— Mas o Dumbledore diz que não se importa, desde que não o tirem dos cromos dos Sapos de Chocolate — disse Bill com um sorriso.
— Isto é um assunto sério — ripostou Mr. Weasley com brusquidão. — Se ele continuar a desafiar o Ministério como tem feito até agora, pode acabar em Azkaban e a última coisa que nós queremos é que o Dumbledore seja preso. Enquanto o Quem-Nós--Sabemos tiver a certeza de que ele está cá fora, vê-se obrigado a agir com prudência. Com o Dumbledore fora do seu caminho, bem, o Quem-Nós-Sabemos ficaria com o terreno livre.
— Mas se o Voldemort está a tentar recrutar mais Devoradores da Morte, é fácil concluir que regressou, não é? — perguntou Harry, desesperado.
— O Voldemort não se desloca a casa das pessoas, não vai bater--lhes à porta, Harry — esclareceu Sirius. — Ele engana, enfeitiça e faz chantagem. Tem uma grande prática em actuar pela calada.

De qualquer modo, recrutar seguidores é apenas uma das coisas que lhe interessam. Tem outros planos além desse, planos que pode pôr tranquilamente em acção e é para esses que ele está voltado neste momento.

— Em que mais está ele interessado, além de recrutar seguidores? — perguntou Harry muito depressa, parecendo-lhe ver Sirius trocar com Lupin um olhar furtivo antes de responder.

— Coisas que só pode conseguir agindo em segredo.

Vendo o ar confuso de Harry, prosseguiu:

— Como uma arma, algo que não tinha da última vez.

— Da última vez em que teve poder?

— Sim.

— Que tipo de arma? — inquiriu Harry. — Alguma coisa pior que a Avada Kedavra?

— Já chega!

A voz de Mrs. Weasley fez-se ouvir das sombras junto à porta. Harry não dera pelo seu regresso depois de ter acompanhado Ginny ao andar de cima. Tinha os braços cruzados e uma expressão de fúria no rosto.

— Todos para a cama, já! — acrescentou, olhando em volta para Fred, George, Ron e Hermione.

— Não pode mandar assim em nós — começou Fred.

— Ai, não posso? — vociferou Mrs. Weasley. Virou-se para Sirius, tremendo ligeiramente: — Já deste ao Harry informações de sobra! Se continuares, mais vale empossá-lo já como membro da Ordem.

— Por que não? — indagou Harry rapidamente. — Eu entro, eu quero entrar, quero lutar.

— Não.

Desta vez, não foi a voz de Mrs. Weasley, mas sim a de Lupin.

— A Ordem é composta exclusivamente por feiticeiros maiores de idade — reiterou. — Feiticeiros que já concluíram a escola — acrescentou ao ver Fred e George abrirem a boca. — Há perigos envolvidos dos quais vocês não fazem a menor ideia, nenhum de vocês... acho que a Molly tem razão, Sirius. Já contámos o suficiente.

Sirius encolheu ligeiramente os ombros, mas não se opôs. Mrs. Weasley fez um aceno imperioso aos filhos e a Hermione. Um por um, todos se levantaram e Harry, admitindo a derrota, seguiu-os.

VI

A NOBRE E MUI ANTIGA CASA DOS BLACK

De mau humor, Mrs. Weasley acompanhou-os ao andar de cima.

— Quero que vão todos para a cama imediatamente e nada de conversas — ordenou-lhes ao chegarem ao primeiro andar. — Amanhã temos um dia em cheio. A Ginny já deve estar a dormir — acrescentou, dirigindo-se a Hermione. — Tenta não a acordar.

— A dormir, claro — resmungou Fred em voz baixa, depois de Hermione lhes ter dado as boas-noites, e enquanto subiam para o andar de cima.

— Que eu seja um Floberverme se a Ginny não estiver acordada...

— Muito bem, Ron, Harry — disse Mrs. Weasley do segundo andar, apontando-lhes o caminho dos quartos. — Para a cama, todos.

— Boa noite — desejaram Ron e Harry aos gémeos.

— Durmam bem — respondeu Fred com uma piscadela de olho.

Com um estalido seco, Mrs. Weasley fechou a porta do quarto que agora parecia, se possível, ainda mais húmido e escuro. A tela em branco que ornamentava a parede respirava lenta e profundamente, como se o seu invisível ocupante se encontrasse a dormir. Harry vestiu o pijama, tirou os óculos e saltou para a cama fria, enquanto Ron atirava biscoitos de coruja para cima do guarda-fatos, na tentativa de acalmar *Hedwig* e *Pigwidgeon* que faziam um tremendo barulho com as asas.

— Não podemos deixá-las por aí, a caçar todas as noites — explicou Ron, enfiando o pijama castanho-avermelhado. — O Dumbledore não quer muitas corujas a sobrevoarem a praça. Acha que podem levantar suspeitas. Ah... já me esquecia...

Foi até à porta e rodou a chave na fechadura.

— Para que é isso?

— Kreacher — disse Ron, apagando a luz. — Na primeira noite que aqui passei, entrou por aí dentro às três da manhã. Acredita, não vais gostar nada de acordar e dar com ele a deambular pelo quarto. — Meteu-se na cama, ajeitou-se debaixo dos cobertores e, em seguida, voltou-se para o amigo. No escuro, Harry vislumbrava apenas os seus contornos, desenhados pela luz da lua, filtrada pela sinistra janela. — *Então, que achaste?*

Harry não precisou de fazer mais perguntas.

— Bem, eles não nos disseram nada que não pudéssemos prever, pois não? — comentou, recordando o que fora dito lá em baixo. — Afinal, tudo o que nos contaram foi que a Ordem está a tentar impedir que as pessoas se juntem ao Vol...

Houve uma breve pausa na respiração de Ron.

— ... *demort* — concluiu Harry com firmeza. — Quando começarão vocês a pronunciar o nome dele? O Sirius e o Lupin dizem-no.

Ron ignorou o comentário.

— Sim, acho que tens razão. Nós já sabíamos quase tudo o que nos contaram por causa das Orelhas Extensíveis. A única coisa nova foi...

CRAQUE!

— Ai!

— Fala baixo, Ron, ou a mãe vem outra vez cá a cima.

— Vocês os dois acabam de se Materializar mesmo em cima dos meus joelhos.

— Bem, no escuro é mais difícil.

Harry viu os contornos difusos de Fred e de George saltarem da cama de Ron. Ouviu-se um chiar de molas e o colchão de Harry baixou alguns centímetros, quando George se sentou junto dos seus pés.

— Então, ainda não chegaram lá? — perguntou George ansioso.

— À arma a que o Sirius se referiu? — indagou Harry.

— Que o Sirius deixou escapar, digamos assim — declarou Fred com ar satisfeito, sentando-se ao lado de Ron. — Nunca ouvimos falar dela com as *Extensíveis*, pois não?

— O que será? — perguntou Harry.

— Pode ser tudo — afirmou Ron.

— Mas não pode ser pior que a Maldição Avada Kedavra — concluiu Ron. — O que é que pode ser pior que a morte?

— Talvez seja uma coisa que possa matar muita gente de uma vez só — sugeriu George.

— Ou uma forma de matar extremamente dolorosa — arriscou Ron assustado.

— Para provocar dor, tem a Maldição Cruciatus — lembrou Harry. — Não precisa de nada mais eficaz.
Fez-se um silêncio e Harry sentiu que os outros, tal como ele, tentavam descobrir quais os horrores que aquela arma poderia provocar.
— Então, em poder de quem julgam que está? — perguntou George.
— Espero que esteja do nosso lado — disse Ron num tom de voz que revelava algum nervosismo.
— Se assim for, deve estar sob a guarda do Dumbledore — arriscou Fred.
— Onde? Em Hogwarts? — sugeriu bruscamente Ron.
— Aposto que sim! — exclamou George. — Foi em Hogwarts que esconderam a Pedra Filosofal.
— Mas uma arma é muito maior que uma pedra — lembrou Ron.
— Não necessariamente — disse Fred.
— Sim, tamanho não é garantia de poder — brincou George.
— Olha a Ginny, por exemplo.
— A Ginny o quê? — perguntou Harry.
— Nunca foste o destinatário de um dos seus Feitiços do Morcego, pois não?
— Shiu! — avisou-os Fred, erguendo-se um pouco na cama.
— Ouçam!
Calaram-se todos. Ouviam-se passos a subir a escada.
— A mãe — sussurrou George e, sem a menor hesitação, um forte estrondo encheu o quarto e Harry sentiu o peso desaparecer da sua cama. Alguns segundos mais tarde, escutaram o ranger das tábuas do soalho fora do quarto. Mrs. Weasley ouvia atentamente, tentando perceber se eles estavam a conversar.
Hedwig e *Pigwidgeon* piaram lamentosamente. As tábuas rangeram de novo sob os passos de Mrs. Weasley que subia as escadas para ir espreitar Fred e George.
— Ela não confia nem um pouquinho em nós — queixou-se Ron.
Harry sabia que não ia conseguir adormecer. A noite dera-lhe tanto que pensar que iria certamente ficar acordado durante horas e horas, a matutar em tudo aquilo. Queria continuar a conversar com Ron, mas Mrs. Weasley descia novamente as escadas e, mal os seus passos deixaram de se ouvir, percebeu claramente o som de outros passos que subiam... na verdade, criaturas de muitas pernas

galopavam suavemente escada acima e escada abaixo e Hagrid, o professor de Cuidados com as Criaturas Mágicas, dizia: — Uma beleza, não são Harry? Este ano vamos estudar as armas.... e Harry viu que as criaturas tinham cabeças de canhão e vinham direitas a ele... Enfiou-se pela cama abaixo...

Quando deu por si, estava enrolado como uma bola quente debaixo dos cobertores e a voz forte de George enchia o quarto.

— A mãe diz para se levantarem, o pequeno-almoço é na cozinha e, a seguir, precisa de vocês na sala. Há muito mais Doxys do que ela imaginava e descobriu um ninho de Puffskeins debaixo do sofá.

Meia hora mais tarde, Harry e Ron, que se tinham vestido e tomado o pequeno-almoço a correr, entraram na sala do primeiro andar, uma divisão espaçosa, de tectos altos, com paredes verde-escuras cobertas de tapeçarias amarelentas. A carpete lançava pequenas nuvens de pó de cada vez que alguém a pisava e os longos cortinados de veludo verde-musgo zumbiam, como se estivessem repletos de abelhas invisíveis. Era aí que Mrs. Weasley, Hermione, Ginny, Fred e George se achavam reunidos, todos com um estranho aspecto, de pano a tapar-lhes o nariz e a boca. Cada um transportava uma grande garrafa com um bocal na ponta, contendo um líquido escuro.

— Tapem a cara e peguem num pulverizador — disse Mrs. Weasley a Harry e a Ron, apontando para duas garrafas de líquido escuro que se achavam em cima de uma mesa de pernas finas. É Doxycida. Nunca vi uma infestação assim. Que diabo andou o elfo a fazer nos últimos dez anos?

Hermione contraiu ligeiramente o rosto debaixo do pano da loiça, mas Harry viu-a lançar a Mrs. Weasley um olhar claramente reprovador.

— O Kreacher já é velhinho, talvez não seja capaz de...

— Ficarias surpreendida com as coisas que o Kreacher consegue fazer quando quer — comentou Sirius que acabava de entrar na sala, transportando um saco manchado de sangue, cheio de algo semelhante a ratos mortos. — Estive a dar de comer ao Buckbeak — explicou, respondendo ao olhar curioso de Harry. — Tenho-o lá em cima, no quarto da minha mãe. Ora então, esta secretária...

Pousou o saco de ratos num cadeirão e baixou-se para examinar a gaveta fechada, a qual, Harry reparava agora pela primeira vez, estremecia ligeiramente.

— Bem, Molly, tenho quase a certeza de que é um Sem Forma — disse, espreitando pelo buraco da fechadura. — Mas talvez seja melhor pedirmos ao Olho-Louco que dê uma espreitadela antes de continuarmos. Conhecendo a minha mãe como eu conheço, pode ser algo muito pior.

— Tens razão, Sirius — disse Mrs. Weasley.

O tom de ambos era prudente e educado, o que deu a Harry a certeza de que nenhum esquecera o desentendimento da véspera.

Fez-se ouvir um forte toque na campainha da porta de entrada, seguido de uma cacofonia de gritos e gemidos de Tonks que, tal como na véspera, acabava de chocar contra o bengaleiro.

— Estou farta de lhes dizer que não toquem à porta — bradou Sirius, saindo exasperado da sala. Ouviram-no descer a escada pesadamente, enquanto os gritos de Mrs. Black enchiam mais uma vez a casa:

— *Nódoas de desonra, rafeiros nojentos, traidores do vosso sangue, filhos da imundície...*

— Por favor, Harry, fecha a porta — pediu Mrs. Weasley.

Harry levou imenso tempo a fechar a porta da sala. Queria ouvir o que se passava lá em baixo. Sirius conseguira obviamente fechar os cortinados sobre o retrato da mãe, porque ela deixara de gritar. Ouviu os seus passos atravessarem o vestíbulo, o ranger da corrente da porta de entrada e, por fim, uma voz baixa que identificou como pertencendo a Kingsley Shacklebolt, que dizia: — A Hestia acaba de me tranquilizar, parece que ela tem o manto do Moody, embora eu vá entregar um relatório ao Dumbledore...

Sentindo o olhar de Mrs. Weasley fixo na sua nuca, Harry fechou com pena a porta da sala e voltou a reunir-se ao grupo dos Doxys.

Mrs. Weasley estava dobrada sobre a página do livro *Guia de Gilderoy Lockhart dos Monstros Domésticos,* que se achava aberto em cima do sofá.

— Muito bem, meninos, é preciso ter cuidado porque os Doxys mordem e a dentada é venenosa. Tenho aqui uma garrafa de antídoto, mas é melhor não vir a ser necessária.

Mrs. Weasley endireitou-se, voltando-se para os cortinados e acenando-lhes com a mão.

— Quando eu fizer sinal, comecem logo a pulverizar. Eles vão sair a voar direitos a nós, mas diz aqui que um bom jacto os paralisa. Quando estiverem imobilizados, deitem-nos neste balde.

Saindo prudentemente da linha de fogo, Mrs Weasley ergueu o seu próprio pulverizador.

— A postos... *jacto!*

Harry estava a pulverizar havia apenas alguns segundos, quando um Doxy adulto saiu em voo de uma das pregas do cortinado, as asas a zumbirem, brilhantes como as de uma barata, uma fileira de dentes finos como agulhas à mostra, um corpinho de fada todo coberto de pêlo preto e os quatro pequenos punhos cerrados em sinal de fúria. Harry lançou-lhe um jacto de Doxycida para a cara, que o deteve no ar, fazendo-o cair com um surpreendente *plof* na carpete puída. Harry agarrou-o e meteu-o no balde.

— Que estás a fazer, Fred? — inquiriu Mrs. Weasley bruscamente. — Pulveriza já esse aí e deita-o fora.

Harry olhou em volta. Fred segurava, entre o indicador e o polegar, um Doxy que se debatia com todas as suas forças.

— Pron-to — anuiu Fred bem-disposto, pulverizando rapidamente o Doxy na cara e fazendo-o desmaiar; porém, no momento em que Mrs. Weasley virou as costas, meteu-o no bolso com uma piscadela de olho.

— Queremos experimentar o veneno dos Doxys nas nossas Pastilhas Sortidas Isybalda —explicou George a Harry num sussurro.

Pulverizando com destreza, de uma vez só, dois Doxys que vinham direitos ao seu nariz, Harry aproximou-se de George e murmurou pelo canto da boca: — O que são essas Pastilhas Isybalda?

— Uma série de guloseimas para ficares doente — segredou-lhe George, vigiando com um olhar prudente as costas de Mrs. Weasley. — Não é doente a sério, claro, só o suficiente para te livrares de uma aula, quando te apetecer. O Fred e eu andámos a desenvolvê-las este Verão. Têm duas partes de cores diferentes. Se comeres a metade cor-de-laranja das Gomas Isyvómito, vomitas logo. Mal tenhas saído da aula em direcção à enfermaria, engoles a metade roxa...

— ... que te restitui logo a saúde, permitindo-te prosseguir a actividade de lazer da tua escolha durante uma hora, que, de outro modo, seria passada numa estopada mortal. É o que estamos a anunciar — segredou Fred que se esgueirara para fora do campo de visão de Mrs. Weasley e apanhava agora do chão alguns Doxys desgarrados, metendo-os no bolso. — Mas ainda há algum trabalho a fazer. De momento, os nossos analistas estão a ter alguma dificuldade em parar de vomitar para conseguirem engolir a metade roxa.

— Analistas?

— Nós próprios — esclareceu Fred. — Trabalhamos por turnos. O George tratou das Pastilhas do Fanico e os dois analisámos o Nogado Sanguechuva Nasal...

— A mãe pensou que tínhamos andado à luta — explicou George.

— Então, a loja de brincadeiras continua de pé? — murmurou Harry, fingindo ajustar o bocal ao pulverizador.

— Bem, ainda não tivemos oportunidade de arranjar um estabelecimento — justificou-se Fred, baixando ainda mais a voz, enquanto Mrs. Weasley limpava a testa com o lenço, antes de continuar o ataque. — De momento, estamos a dirigir o negócio por encomenda postal. Pusemos anúncios n'*O Profeta Diário*, na semana passada.

— Tudo graças a ti, pá — lembrou George. — Mas não te preocupes... a mãe nem sonha. Deixou de ler *O Profeta Diário* por causa das mentiras que eles publicaram sobre o Dumbledore.

Harry sorriu. Tinha obrigado os gémeos a aceitarem os mil galeões que ele recebera como prémio do Torneio dos Três Feiticeiros para os ajudar a realizar o sonho de abrirem uma loja de brincadeiras, mas agradava-lhe saber que o seu papel nesse projecto não chegara aos ouvidos de Mrs. Weasley. Ela não considerava que dirigir uma loja de brincadeiras fosse a carreira ideal para dois dos seus filhos.

A desdoxyzação das cortinas demorou quase toda a manhã. Passava já do meio-dia quando Mrs. Weasley desatou o lenço que lhe cobria o rosto e se atirou para cima de um cadeirão, dando em seguida um salto de repugnância: acabava de se sentar sobre um saco de ratos mortos. Os cortinados tinham deixado de zumbir e pendiam agora moles e húmidos, devido à intensa pulverização. Num balde junto deles, jazia um monte de Doxys inconscientes e, ao lado, uma tigela cheia de ovos pretos de Doxy que *Crookshanks* farejava e aos quais Fred e George lançavam olhares de cobiça.

— Acho que vamos tratar daquelas depois do almoço — disse Mrs. Weasley, apontando para as prateleiras dos armários com portas de vidro, de ambos os lados da lareira. Encontravam-se repletas do mais estranho amontoado de objectos: um conjunto de punhais ferrugentos, navalhas, uma pele de cobra enrolada, um grande número de caixas de prata sem brilho, com inscrições em idiomas que Harry desconhecia e, o mais desagradável de tudo, uma garrafa de cristal com uma grande opala encastoada na tampa, cheia de um líquido que era, quase certamente, sangue.

A campainha da porta voltou a tocar. Olharam todos para Mrs. Weasley.
— Fiquem aqui! — disse-lhes com firmeza, pegando no saco dos ratos, ao mesmo tempo que os gritos lancinantes de Mrs. Black recomeçavam lá em baixo. — Vou buscar umas sanduíches.
Mal ela saiu da sala, fechando cuidadosamente a porta, correram todos à janela para espreitar. Conseguiram ver na soleira da porta uma cabeça ruiva desgrenhada e uma pilha de caldeirões em desequilíbrio.
— O Mundungus! — exclamou Hermione. — Para que trará ele todos aqueles caldeirões?
— Deve andar à procura de um lugar seguro para os guardar — alvitrou Harry. — Não era o que ele andava a fazer na noite em que devia vigiar-me? A comprar caldeirões de origem duvidosa?
— É, tens razão — concordou Fred, enquanto a porta da rua se abria, Mundungus pegava nos caldeirões e entrava. — Diabos, a mãe não vai gostar nada disto...
Os gémeos correram para a porta e ficaram a ouvir atentamente. Os gritos de Mrs. Black tinham cessado.
— O Mundungus está a falar com o Sirius e com o Kingsley — murmurou Fred franzindo a testa. — Não consigo ouvir bem... Acham que podemos arriscar-nos com as Orelhas Extensíveis?
— Talvez valha a pena — disse George. — Eu posso esgueirar-me até lá acima e ir buscar um par...
Todavia, nesse preciso momento, ouviu-se uma explosão no andar de baixo, que tornou as Orelhas Extensíveis totalmente desnecessárias. Todos podiam ouvir o que Mrs. Weasley dizia em altos gritos.
— ISTO NÃO É UM ESCONDERIJO PARA OBJECTOS ROUBADOS!
— Adoro ouvir a mãe gritar com as outras pessoas — confessou Fred com um sorriso deliciado, abrindo um centímetro da porta para captar melhor a voz de Mrs. Weasley. — Melhora muito, não acham?
— ... TOTALMENTE IRRESPONSÁVEL. COMO SE NÃO TIVÉSSEMOS JÁ MOTIVOS DE SOBRA PARA NOS PREOCUPARMOS! SÓ NOS FALTAVA AGORA CALDEIRÕES ROUBADOS DENTRO DE CASA...
— Os idiotas estão a deixá-la ganhar balanço — comentou George, abanando a cabeça. — É preciso mudar rapidamente de assunto, senão ela entra em parafuso e fica a gritar durante horas e

horas. Além disso, estava morta por cair em cima do Mundungus desde que ele se pisgou, em vez de ficar a vigiar-te, Harry... e lá começa a mãe do Sirius.

A voz de Mrs. Weasley perdeu-se entre os gritos e guinchos agudos dos retratos das paredes.

George tentou fechar a porta para abafar o ruído, mas, antes de o conseguir, um elfo doméstico introduziu-se na sala.

Usava apenas um trapo imundo atado em volta da cintura, como se fosse uma tanga. Parecia muito velho, a pele caía-lhe em pregas e, apesar de calvo como todos os elfos domésticos, longos tufos de cabelo branco saíam das suas enormes orelhas de morcego. Os olhos eram de um cinza lacrimejante, injectados de sangue, e o nariz carnudo terminava numa trombinha.

O elfo não ligou nenhuma a Harry, nem aos outros. Comportando-se como se nem os visse, caminhou curvado, arrastando os pés lenta e teimosamente até ao fundo da sala, sempre a murmurar entredentes numa voz rouca que parecia a de uma rã-touro.

— ... Cheira a esgoto e a criminoso, devia ser corrido a pontapés, mas ela não é melhor, reles traidora do sangue, com os seus fedelhos a sujarem a casa da minha senhora. Oh, se a minha pobre ama soubesse, se ela visse a escória que meteram aqui em casa, que diria ela ao velho Kreacher. Oh, que vergonha, sangues de lama e lobisomens e traidores e ladrões, pobre velho Kreacher, que pode ele fazer...

— Olá, Kreacher — cumprimentou Fred muito alto, fechando a porta com força.

O elfo doméstico ficou gelado, calou-se e lançou uma exclamação de surpresa muito pouco convincente.

— Oh, Kreacher não tinha visto o jovem senhor — disse, dando meia volta e fazendo uma vénia. Ainda de cara voltada para a carpete, acrescentou num tom de voz perfeitamente audível: — Fedelho reles de um traidor do sangue.

— Que foi que disseste? — perguntou George. — Não ouvi a última parte.

— Kreacher não disse nada — respondeu o elfo, fazendo uma segunda vénia e acrescentando num tom baixo e perceptível. — E ainda há o gémeo, monstrinhos antinaturais, é o que eles são.

Harry não sabia se se devia rir ou ficar indiferente. O elfo endireitou-se, lançou a todos um olhar maldoso e, parecendo convencido de que não o podiam ouvir, continuou a resmungar.

— ... E a Sangue de Lama ali plantada com todo o descaramento. Oh, se a minha ama soubesse, oh, como se fartaria de chorar e há o outro rapaz que o Kreacher não conhece. Que estará ele a fazer aqui? Kreacher não sabe...
— Este é o Harry, Kreacher —apresentou-o Hermione, solícita.
— O Harry Potter.
Os olhos mortiços de Kreacher esbugalharam-se enquanto resmungava ainda mais depressa e com maior fúria:
— A Sangue de Lama fala com o Kreacher como se fosse sua amiga, se a ama do Kreacher o visse em tal companhia, oh, que iria ela dizer...
— Não lhe chames Sangue de Lama! — gritaram ao mesmo tempo Ron e Ginny com voz zangada.
— Não faz mal — murmurou Hermione. — Ele está um pouco perturbado, não sabe o que...
— Não te iludas, Hermione, ele sabe *muito bem* o que está a dizer — discordou Fred, olhando com grande antipatia para Kreacher, que continuava a resmungar, de olhos postos em Harry.
— Será verdade? Será Harry Potter? Kreacher está a ver a cicatriz, deve ser verdade. É o rapaz que enfrentou o Senhor das Trevas, Kreacher gostava de saber como é que ele fez...
— Todos nós gostaríamos, Kreacher — confessou Fred.
— Que queres tu, afinal? — perguntou George.
— Kreacher andar a limpar — respondeu ele de modo evasivo.
— Uma história muito verosímil — proferiu uma voz atrás de Harry.
Sirius voltara. Olhava para o elfo com ar carrancudo. O barulho lá fora diminuíra. Talvez Mrs. Weasley e Mundungus tivessem resolvido continuar a discussão na cozinha do andar de baixo.
Ao ver Sirius, Kreacher curvou-se numa vénia ridícula, que fazia com que tocasse com o nariz no chão.
— Põe-te direito — ordenou-lhe Sirius, impaciente. — Que andas tu a fazer?
— Kreacher andar a limpar — repetiu o elfo. — Kreacher viver para servir a nobre casa dos Black...
— Que está a ficar cada dia mais preta[1] — disse Sirius.
— O Amo sempre gostou de dizer a sua piadinha — comentou com uma nova vénia, continuando a murmurar. — O Amo foi um porco ingrato que destruiu o coração de sua mãe...

---

[1] Trocadilho entre «Black», nome de família, e *black*, preto, escuro. *(NT)*

— A minha mãe não tinha coração, Kreacher — bradou Sirius.
— Manteve-se viva pelo pulsar do ódio.
  Kreacher inclinou-se de novo, enquanto respondia:
— Como o amo quiser — murmurou, furioso. — O Amo não é digno de limpar a lama das botas de sua mãe. Oh, minha pobre ama, que diria ela se visse o Kreacher a servi-lo, como ela o detestava, como ele a desiludiu...
— Perguntei-te o que andavas a fazer — insistiu friamente Sirius. — De cada vez que apareces a fingir que estás a limpar, levas alguma coisa para o teu quarto, para evitar que a deitemos fora.
— Kreacher nunca tiraria nada do seu lugar — protestou o elfo, murmurando apressadamente logo a seguir: — A ama nunca perdoaria Kreacher se deixasse que deitassem fora a tapeçaria que está há sete séculos na família. Kreacher tem de a salvar, Kreacher não deixará que o amo e os traidores do sangue e os fedelhos a destruam...
— Calculei que fosse isso — disse Sirius, lançando um olhar de desdém à parede que tinha à sua frente. — Ela deve ter-lhe posto outro Encantamento de Fixação Permanente, mas certamente me verei livre dela, se conseguir. Agora vai, Kreacher.
  Kreacher parecia ter dificuldade em desobedecer a uma ordem directa. Ainda assim, lançou a Sirius um olhar de profundo desprezo ao passar por ele, arrastando os pés e resmungando baixinho.
— ... Volta de Azkaban a dar ordens ao Kreacher, oh, minha pobre ama, o que ela não diria se visse agora a sua casa, com esta escória a viver aqui, os seus tesouros a serem deitados fora, ela que jurou que ele não era mais seu filho e agora aqui está ele, dizem que também é um assassino...
— Continua a resmungar e vais ver se não sou! — bradou Sirius, irritado, fechando-lhe a porta na cara.
— Sirius, ele não está bem da cabeça — protestou a Hermione.
— Acho que ele nem se apercebe de que podemos ouvi-lo.
— Esteve muito tempo sem ninguém — disse Sirius — a receber ordens dementes do retrato da minha mãe e a falar sozinho, mas sempre foi um...
— Se pudesses dar-lhe a liberdade — sugeriu Hermione, cheia de esperança. — Talvez...
— Não podemos libertá-lo, sabe demasiado sobre a Ordem — respondeu Sirius laconicamente. — Além disso, o choque matá-lo-ia. Sugere-lhe que abandone esta casa e vais ver o que acontece.

Sirius atravessou a sala até à parede que se achava coberta, a todo o comprimento, pela tapeçaria que Kreacher tinha tentado proteger. Os outros seguiram-no.

Era uma tapeçaria de aspecto imensamente velho, quase sem cor, que parecia roída pelos Doxys. Contudo, o fio dourado com que estava bordada ainda tinha brilho suficiente para deixar ver uma enorme árvore genealógica que começava, tanto quanto Harry pôde aperceber-se, na Idade Média. No alto da tapeçaria podia ver-se em grandes letras:

A Nobre e Mui Antiga Casa dos Black
«*Toujours pur*»

— Tu não constas! — exclamou Harry, depois de examinar a parte inferior da árvore.

— Já constei — respondeu Sirius, apontando para um pequeno buraco redondo e chamuscado que parecia feito pela ponta de um cigarro. — A minha querida mãe descolou-me da tapeçaria, quando fugi de casa. O Kreacher passa a vida a contar essa história entredentes.

— Tu fugiste de casa?

— Quando tinha dezasseis anos — declarou Sirius. — Os teus avós foram excepcionais comigo. Adoptaram-me praticamente como um segundo filho. Sim, acampei em casa do teu pai durante as férias grandes e quando fiz dezassete anos, arranjei um lugar para viver. O meu tio Alphard deixara-me uma quantia de ouro muito razoável... — talvez por isso me tenham retirado da árvore... Bem, mas a partir dessa altura passei a tratar de mim. E continuei sempre a ser bem recebido nos almoços de domingo em casa de Mr. e Mrs. Potter.

— Mas, por que foi que...

— Que me fui embora? — Sirius sorriu amargamente, passando os dedos pelos longos cabelos despenteados. — Porque os detestava a todos: os meus pais, com a sua mania do sangue puro, convencidos de que ser um Black era praticamente pertencer à família real... o idiota do meu irmão, suficientemente parvo para acreditar neles... é este aqui.

Sirius bateu com o dedo na base da árvore onde podia ler-se o nome de Regulus Black. À data de nascimento seguia-se a data da morte (fazia quinze anos).

— Era mais novo do que eu — explicou Sirius. — E muito melhor filho, como me recordavam constantemente.

— Mas morreu — lamentou Harry.
— Sim — confirmou Sirius. — Um bom idiota... juntou-se aos Devoradores da Morte.
— Estás a gozar!
— Ouve lá, Harry, ainda não viste o suficiente desta casa para perceber que tipo de feiticeiros eram os meus familiares?
— Os... os teus pais também eram Devoradores da Morte?
— Não, não, mas podes crer que, para eles, Voldemort é que estava certo. Eram a favor da purificação da raça dos feiticeiros, queriam ver-se livres dos que tinham origem muggle e pôr os de sangue puro no governo. Não eram os únicos, diga-se de passagem, havia muitos a pensar assim antes de Voldemort ter mostrado a sua verdadeira face... Depois, assustaram-se quando viram o que ele se preparava para pôr em prática mal atingisse o poder... Mas aposto que os meus pais consideraram o Regulus um pequenino herói por ter sido dos primeiros a juntar-se aos Devoradores da Morte.
— Foi morto por algum Auror? — perguntou Harry.
— Não, não — explicou Sirius. — Foi morto pelo Voldemort, ou por alguém mandado por ele, que é o mais provável. Duvido de que o Regulus tivesse assim tanta importância para ser morto pelo próprio Voldemort. Pelo que descobri após a sua morte, juntou-se-lhes e depois entrou em pânico com o que lhe pediram que fizesse e tentou recuar. Ora, não se entrega ao Voldemort uma carta de demissão. É um serviço para a vida, ou para a morte.
— O almoço está pronto —anunciou a voz de Mrs. Weasley.
Empunhava a varinha bem no ar, equilibrando na ponta uma enorme travessa de sanduíches e bolo. Tinha o rosto afogueado e parecia ainda zangada. Os outros acorreram logo, ansiosos pela comida, mas Harry ficou ao lado de Sirius, que se aproximara um pouco mais da tapeçaria.
— Há anos que não olhava para isto. Ali está Phineas Nigellus... o meu bisavô, vês?... O director menos popular que Hogwarts conheceu em toda a sua história... e a Araminta Meliflua... prima da minha mãe... tentou fazer passar um projecto ministerial, legalizando a caça aos Muggles... e a adorável tia Elladora... iniciou a tradição familiar de mandar decapitar os elfos domésticos quando já eram demasiado velhos para transportar o tabuleiro do chá... É claro que, de cada vez que a família produzia alguém minimamente decente, esse alguém era renegado. Vejo que a Tonks não está aqui. Talvez seja por isso que o Kreacher não aceita ordens dela. Em

princípio, é obrigado a fazer o que qualquer pessoa da família lhe ordenar...
— Tu e a Tonks são da mesma família? — perguntou Harry, surpreso.
— Sim, claro, Andromeda, a mãe dela, era a minha prima favorita — declarou Sirius, examinando cuidadosamente a tapeçaria. — Não, a Andromeda também não está aqui, olha...
Apontou para outro pequeno buraco redondo entre dois nomes, Bellatrix e Narcissa.
— As irmãs da Andromeda ainda aqui figuram, porque fizeram óptimos casamentos com respeitáveis feiticeiros de sangue puro, mas ela casou com um feiticeiro de origem muggle, o Ted Tonks, portanto...
Sirius fez um gesto de mímica, fingindo destruir a tapeçaria com a varinha ao mesmo tempo que dava uma gargalhada amarga, mas Harry não se riu. Olhava atentamente para a direita do buraco que queimava o nome de Andromeda. Uma dupla linha dourada unia os nomes de Narcissa Black e Lucius Malfoy e deles descia uma única linha vertical que apontava para um terceiro nome: Draco.
— Tu és da família dos Malfoys!
— As famílias de sangue-puro estão todas interligadas — esclareceu Sirius. — Se só deixares os teus filhos e filhas casarem com outros feiticeiros de sangue puro, a escolha torna-se muito limitada. Quase não sobra ninguém. Eu e a Molly somos primos por afinidade e o Arthur é uma espécie de primo em segundo grau. Mas não vale a pena procurá-los aqui. Se existe alguma família que seja um monte de traidores do sangue, é a família Weasley.
Harry olhava agora para o nome à esquerda do buraco queimado, onde antes estivera o nome de Andromeda: Bellatrix Black, ligada por uma linha dupla a Rodolphus Lestrange.
— Lestrange... — disse em voz alta.
O nome despertava algo na sua memória, conhecia-o de algum lado, mas, de momento, não sabia dizer qual, embora sentisse um arrepio na boca do estômago.
— Estão em Azkaban — recordou Sirius laconicamente.
Harry olhou para ele cheio de curiosidade.
— A Bellatrix e o marido, Rodolphus, foram presos juntamente com o Barty Crouch Junior — disse Sirius com voz brusca. — O irmão do Rodolphus, o Rabastan, também estava com eles.
Foi então que Harry se lembrou. Tinha visto Bellatrix Lestrange dentro do Pensatório de Dumbledore, o estranho instrumento em

que podiam armazenar-se pensamentos e recordações. Era uma mulher alta e morena, de olhos grandes, que, no seu próprio julgamento, admitira com orgulho a ligação a Lord Voldemort, a dedicação com que procurara encontrá-lo após a queda e a convicção de que um dia seria recompensada pela sua lealdade.

— Tu nunca disseste que ela era tua...

— Tem alguma importância que ela seja minha prima? — ripostou bruscamente Sirius. — Para mim, não são família. *Ela* não é de certeza. A última vez que a vi tinha a tua idade, a menos que contes com o vislumbre que tive dela ao entrar em Azkaban. Achas que me orgulho de ter uma prima assim?

— Desculpa — pediu-lhe Harry rapidamente. — Eu não queria... só fiquei admirado, mais nada...

— Não faz mal, não precisas de pedir desculpa — resmungou Sirius, metendo as mãos nos bolsos e voltando as costas à tapeçaria. — Não me agrada nada estar aqui de novo — disse, olhando em volta. — Nunca pensei que voltaria a estar aqui fechado.

Harry compreendeu-o perfeitamente. Sabia como se sentiria se, depois de ser adulto e se ter libertado de tudo, fosse obrigado a viver de novo no número quatro de Privet Drive.

— É ideal para servir de Quartel-General, claro — prosseguiu Sirius. — O meu pai, quando aqui vivíamos, apetrechou-a com todas as medidas de segurança conhecidas no mundo da feitiçaria. É indetectável. Os Muggles não podem vir cá tocar à porta, como se alguma vez tivessem estado interessados nisso, e agora o Dumbledore acrescentou-lhe a sua protecção. Não encontrarias uma casa mais segura, por mais que procurasses. O Dumbledore é o Guardador Secreto da Ordem, sabes. Ninguém consegue encontrar o Quartel-General, a não ser que ele diga expressamente onde fica. O bilhete que o Moody te mostrou ontem à noite era do Dumbledore... — Sirius deu uma breve gargalhada que mais parecia um latido. — Se os meus pais pudessem ver o uso que a casa deles está a ter... bem, pelo retrato da minha mãe, podes fazer uma pequena ideia...

Franziu por momentos o sobrolho, suspirando em seguida.

— Não me importaria muito se pudesse sair de vez em quando e fazer algo de útil. Perguntei ao Dumbledore se achava bem que te acompanhasse à audiência, como *Snuffles*, claro, para te dar apoio moral, que te parece?

Harry sentiu que o estômago se lhe escoava através da carpete cheia de pó. Não voltara a pensar na audiência desde o jantar da véspera. A excitação de se encontrar de novo junto das pessoas de quem mais gostava e de saber tudo o que estava a passar-se, apagara completamente do seu espírito a ideia da audiência, mas as palavras de Sirius trouxeram de volta a força esmagadora do medo. Olhou para Hermione e para os Weasleys que se empanturravam de sanduíches e pensou no que iria sentir, se fossem todos para Hogwarts sem ele.

— Não estejas preocupado — disse Sirius, que não deixara de o observar. — Tenho a certeza de que vão absolver-te. Há uma coisa no Estatuto Internacional de Secretismo sobre a permissão de usar magia em defesa da própria vida.

— Mas, se eles me expulsarem — disse Harry baixinho — posso vir viver aqui contigo?

Sirius esboçou um sorriso triste.

— Veremos.

— Sentir-me-ia muito mais tranquilo com a audiência, se soubesse que não teria de voltar para casa dos Dursleys — insistiu.

— Devem ser muito maus, se preferes esta casa — comentou Sirius com ar lúgubre.

— Despachem-se, vocês os dois, ou quando cá chegarem não há comida — chamou Mrs. Weasley.

Sirius suspirou de novo, lançando um olhar soturno à tapeçaria, antes de avançar, seguido de Harry, para junto dos outros.

Harry fez todos os possíveis por não pensar na audiência durante toda a tarde, enquanto esvaziavam os armários de portas de vidro. Felizmente, era um trabalho que exigia uma boa dose de concentração, dado que muitos dos objectos que ali se encontravam pareciam ter grande relutância em abandonar as prateleiras poeirentas. Sirius levou uma enorme dentada de uma caixa em prata de rapé e, em poucos segundos, a mão desenvolveu uma desagradável crosta castanha que a cobria por inteiro, como se fosse uma luva.

— Está tudo bem — disse, examinando atentamente a mão, antes de lhe tocar ao de leve com a varinha, restaurando a sua pele normal. — Deve haver por aí pó de verruga.

Atirou a caixa para um saco, onde ia depositando os objectos que eram para deitar fora. Harry viu George embrulhar um trapo em volta da mão, metê-la no saco, e retirar a caixa, fazendo-a desaparecer no fundo do seu bolso, atafulhado de Doxys.

Encontraram um instrumento de prata, de aspecto muito desagradável, uma espécie de pinça com muitas pernas que, quando Harry tentou deitar-lhe a mão, lhe subiu apressadamente pelo braço acima, como se fosse uma aranha, tentando furar-lhe a pele. Sirius agarrou-o e esmagou-o com um livro pesado, intitulado *Raízes da Nobreza: Genealogia de Feiticeiros*. Havia uma caixinha de música que emitia um tinido um tanto ou quanto sinistro, quando se girava a manivela e todos ficaram curiosamente moles e sonolentos até que Ginny teve o bom senso de fechar a tampa. Havia ainda uma fechadura pesada, que nenhum deles conseguiu abrir; uma série de selos antigos e, numa caixa cheia de pó, uma Ordem de Merlim, Primeira Classe, que fora concedida ao avô de Sirius por serviços prestados ao Ministério.

— Quer dizer que ele lhes deu muito ouro — resmungou Sirius com desdém, atirando a medalha para o saco do lixo.

Por várias vezes, Kreacher entrou timidamente na sala, tentando fazer desaparecer objectos por debaixo da sua tanga, ao mesmo tempo que murmurava pragas assustadoras. Quando Sirius lhe arrancou um enorme anel de ouro com o brasão dos Black, Kreacher desfez-se em lágrimas de fúria e saiu da sala a soluçar e a chamar a Sirius nomes que Harry nunca tinha ouvido.

— Era do meu pai — explicou Sirius, atirando o anel para o saco. — O Kreacher não gostava *tanto* dele como da minha mãe, mas ainda a semana passada o apanhei a surripiar um par de calças velhas que lhe pertenceram.

★

Mrs. Weasley obrigou-os a trabalhar arduamente durante os dias que se seguiram. Só a sala demorou três dias a ser desinfestada. Por fim, a única coisa indesejável que ficou lá dentro foi a tapeçaria com a árvore genealógica da família Black, que resistiu a todas as tentativas de ser retirada da parede, e a secretária barulhenta. Moody ainda não aparecera no Quartel-General e eles não podiam saber ao certo o que se encontrava lá dentro. Passaram da sala à casa de jantar, no andar térreo, onde foram encontrar aranhas enormes, escondidas debaixo do guarda-louças. (Ron saiu rapidamente da sala para tomar uma chávena de chá e só voltou uma hora e meia depois.) A loiça, que tinha gravados o brasão e a divisa dos Black, foi deitada fora, sem a menor cerimónia, e Sirius deu o mesmo destino a um conjunto de molduras de prata embaciada, com antigas fotografias de família. Os ocupantes das molduras soltaram gritos lancinantes quando o vidro que as cobria se estilhaçou.

Snape podia chamar àquele trabalho «limpeza», mas, segundo Harry, o que eles estavam a fazer era declarar guerra à casa, a qual lhes estava a dar uma boa luta, ajudada e incitada por Kreacher. O elfo doméstico aparecia em todos os lugares onde eles se reuniam, tentando recolher os objectos que eram deitados fora, entre murmúrios cada vez mais ofensivos. Sirius chegou a ameaçá-lo com uma peça de roupa, mas o elfo olhou para ele com os seus olhos lacrimejantes e limitou-se a dizer: — O Amo deve fazer aquilo que entender — antes de lhe virar as costas resmungando em voz alta: — Mas o Amo não vai mandar Kreacher embora, não vai, não, porque Kreacher sabe tudo o que andam a fazer, sabe sim. O Amo está a conspirar contra o Senhor das Trevas com estes Sangues de Lama e estes traidores e escória...

Nesse momento, ignorando os protestos de Hermione, Sirius agarrou Kreacher pela parte de trás da tanga e atirou-o para fora da sala.

A campainha da porta tocava várias vezes ao dia, o que servia como deixa para a mãe de Sirius começar a gritar novamente e para Harry e os outros tentarem escutar às portas, se bem que não fossem muito longe nos breves lampejos e fragmentos de conversa que conseguiam captar, antes de Mrs. Weasley os chamar de novo para as suas tarefas. Snape entrava e saía muitas vezes, embora, para felicidade de Harry, nunca se tivessem encontrado. Harry avistou também a sua professora de Transfiguração, McGonagall, que ficava estranhíssima com um vestido e casaco Muggle e que parecia também cheia de pressa. Contudo, por vezes, os visitantes ficavam para lhes dar uma ajuda. Tonks juntou-se a eles na tarde memorável em que encontraram um velho vampiro assassino a esconder-se numa das casas de banho do andar de cima. E Lupin, que estava lá em casa com Sirius, mas que se ausentava por longos períodos para executar misteriosas tarefas para a Ordem, ajudou-os a consertar um relógio de parede que desenvolvera o hábito de atirar pesados parafusos às pessoas que passavam por ele. Mundungus redimiu-se um pouco aos olhos de Mrs. Weasley ao salvar Ron de um velho conjunto de mantos roxos que tentaram estrangulá-lo quando ele os tirou do guarda-fatos.

Apesar de continuar a dormir mal e a sonhar com corredores e portas fechadas que lhe causavam dores na cicatriz, Harry andava a divertir-se pela primeira vez naquele Verão. Enquanto estava ocupado, sentia-se feliz. Contudo, nos momentos em que a acção diminuía, quando baixava a guarda ou caía exausto na cama, observando as manchas sombrias que se moviam no tecto do quarto, a lembrança da audiência voltava a atormentá-lo. O medo atacava-o por dentro, em finas picadas de agulha, quando pensava no que lhe poderia acontecer se fosse expulso. A ideia era tão pavorosa que não se atrevia a pronunciá-la em voz alta, nem perante Ron, nem Hermione que, apesar de muitas vezes trocarem segredinhos e olhares ansiosos, também não mencionavam tal facto. Por vezes, não conseguia evitar que a sua imaginação lhe mostrasse um oficial do Ministério, sem rosto, partindo-lhe a varinha ao meio e mandando-o regressar a casa dos Dursleys... mas ele não iria. Estava decidido a não o fazer. Voltaria para ali, para Grimmauld Place e ficaria a viver com Sirius.

Foi como se um tijolo lhe tivesse caído no estômago quando, durante o jantar de quarta-feira, Mrs. Weasley se voltou para ele e disse calmamente: — Passei a tua melhor roupa a ferro para amanhã de manhã, Harry, e quero que laves a cabeça hoje à noite. Uma boa impressão inicial pode fazer maravilhas.

Ron, Hermione, Fred, George e Ginny calaram-se subitamente e olharam para ele. Harry fez um aceno e tentou continuar a comer a costeleta, mas a boca ficara tão seca que nem conseguia mastigar.

— Como vou para lá? — perguntou a Mrs. Weasley, tentando parecer despreocupado.

— O Arthur leva-te com ele para o trabalho — disse amavelmente Mrs. Weasley.

Mr. Weasley lançou-lhe um sorriso encorajador.

— Podes ficar à espera no meu gabinete até à altura da audiência — declarou.

Harry olhou para o padrinho, mas, antes de ter tido tempo de formular a pergunta, Mrs. Weasley respondeu:

— O Professor Dumbledore não acha boa ideia o Sirius ir contigo, e eu devo dizer...

— Achas que ele *tem razão* — completou Sirius entredentes. Mrs. Weasley contraiu os lábios.

— Quando foi que o Dumbledore te disse isso? — perguntou Harry, olhando para Sirius.

— Ele passou por cá ontem à noite, quando tu já estavas deitado — disse Mrs. Weasley.

Aborrecido, Sirius perfurou uma batata com o garfo. Harry baixou os olhos. A ideia de Dumbledore ter estado lá em casa na véspera da audiência e nem sequer ter pedido para o ver fê-lo sentir-se ainda pior, se é que tal era possível.

VII

O MINISTÉRIO DA MAGIA

Harry acordou às cinco e meia da manhã de modo tão abrupto que parecia que lhe tinham dado um grito ao ouvido. Durante alguns momentos ficou imóvel, enquanto a ideia da audiência disciplinar preenchia cada pequena partícula do seu cérebro. Por fim, incapaz de suportar aquele suplício, saltou da cama e pôs os óculos. Mrs. Weasley colocara ao fundo da cama os seus *jeans* e a *T-shirt* acabados de passar a ferro. Harry vestiu-se à pressa, enquanto o retrato temporariamente vazio se ria à socapa na parede.

Ron dormia deitado de costas, a boca entreaberta. Não se mexeu quando Harry atravessou o quarto e saiu, fechando a porta devagarinho atrás de si. Tentando não se perguntar quanto tempo passaria sem ver o seu amigo, se deixassem de ser colegas na escola de Hogwarts, Harry desceu as escadas devagarinho, passou pelas cabeças dos antepassados de Kreacher e dirigiu-se à cozinha.

Esperava encontrá-la vazia, mas, ao chegar à porta, ouviu o suave rumor de vozes do outro lado. Empurrou-a e viu Mr. e Mrs. Weasley, Sirius, Lupin e Tonks sentados à mesa, como se estivessem à sua espera. Todos se achavam já vestidos, excepto Mrs. Weasley, que usava um roupão roxo acolchoado e que se pôs de pé mal o viu entrar.

— Pequeno-almoço — anunciou, empunhando a varinha e aproximando-se do fogão.

— Bom d... dia, Harry — bocejou Tonks. Nessa manhã, o cabelo dela era loiro e encaracolado. — Dormiste bem?

— Sim.

— Eu es-t-tive acordada toda a noite — declarou ela com outro bocejo, acompanhado de um estremecimento. — Senta-te aqui...

Puxou uma cadeira, derrubando a outra que estava ao lado.

— Que queres comer, Harry? — perguntou Mrs. Weasley. — Flocos de aveia, *muffins*, arenques, ovos com presunto, torradas?

— Só... só uma torrada, obrigado — pediu Harry.

Lupin olhou para ele e logo de seguida voltou-se para Tonks:
— Que estavam vocês a dizer sobre o Scrimgeour?

— Ah... sim... bem, temos de ser um pouquinho mais cautelosos, ele tem andado a fazer-me perguntas esquisitas, a mim e ao Kingsley...

Harry sentia o estômago a contorcer-se e ficou vagamente grato por não ser obrigado a entrar na conversa. Mrs. Weasley colocou à sua frente umas quantas torradas e doce de laranja que ele tentou comer, mas parecia-lhe estar a mastigar pedaços de carpete. Mrs. Weasley sentou-se a seu lado e, bastante contra a sua vontade, começou a ajeitar-lhe a *T-shirt*, metendo a etiqueta para dentro e alisando os vincos nos ombros.

— ... E tenho de dizer ao Dumbledore que amanhã não posso fazer o turno da noite. Estou c-cansadíssima — terminou Tonks com outro enorme bocejo.

— Eu substituo-te — ofereceu-se Mr. Weasley. — Não há problema. De qualquer modo, tenho um relatório para acabar...

Mr. Weasley não trajava o seu manto de feiticeiro. Usava umas calças de riscas e um velho blusão de cabedal.

— Como te sentes? — perguntou, voltando-se para Harry, que encolheu os ombros

— Vai ser rápido. Daqui a poucas horas estará tudo esclarecido — continuou, tentando animá-lo.

Harry não respondeu.

— A audiência é no piso onde eu trabalho, no gabinete da Amelia Bones, que é a Chefe do Departamento de Aplicação das Leis da Magia. É ela que te vai interrogar.

— A Amelia Bones é fixe, Harry — disse Tonks muito séria. — É uma pessoa justa, que vai ouvir tudo o que tens para lhe dizer.

Harry assentiu com a cabeça, ainda incapaz de pensar numa resposta.

— Não te exaltes — aconselhou repentinamente Sirius. — Sê educado e cinge-te aos factos.

Harry acenou de novo.

— A lei está do teu lado — afirmou Lupin calmamente. — Até os feiticeiros de menor idade podem usar magia em situações em que a sua vida se encontra ameaçada.

Algo muito frio escorreu pelo pescoço de Harry. Por momentos, pensou que alguém lhe estava a fazer um Encantamento de Camuflagem, mas depressa se apercebeu de que Mrs. Weasley atacava o seu cabelo com um escova molhada, pressionando-a com força contra o alto da sua cabeça.

— Isto nunca vai para baixo? — queixava-se, à beira do desespero.

Harry abanou a cabeça.
Mr. Weasley consultou o relógio e olhou para Harry.
— Creio que é melhor irmos indo — aconselhou. — Ainda é um pouco cedo, mas estarás melhor no Ministério que aqui à espera.
— Está bem — prontificou-se Tonks, largando a torrada e pondo-se de pé.
— Vai correr tudo bem, Harry — assegurou-lhe, dando-lhe uma palmadinha no braço.
— Boa sorte! — desejou Lupin. — Tenho a certeza de que não haverá problema.
— E se houver, — disse o Sirius com ar sinistro — eu trato da Amelia Bones em teu nome.
Harry fez um sorriso débil. Mrs. Weasley abraçou-o.
— Estamos todos a fazer figas — declarou.
— Certo — respondeu Harry. — Então, até logo.
Seguiu Mr. Weasley pela escada acima e atravessou o vestíbulo. Ouvia claramente a mãe de Sirius a resmungar por detrás dos cortinados. Mr. Weasley destrancou a porta e saíram ambos para a fria manhã cinzenta que despontava.
— Não costuma ir a pé para o trabalho, pois não? — perguntou-lhe Harry, enquanto atravessavam a praça num passo rápido.
— Não, costumo Materializar-me — explicou Mr. Weasley. — Mas tu não podes e julgo que será melhor chegarmos lá de modo não-mágico... causa melhor impressão, tendo em conta o motivo da tua audiência disciplinar...
Mr. Weasley manteve sempre a mão dentro do bolso enquanto caminhavam. Harry sabia que ele estava a agarrar a varinha. Àquela hora, as ruas estavam praticamente desertas, mas quando chegaram à pequena estação de metropolitano, encontraram-na já cheia de passageiros madrugadores. Como de costume, sempre que se encontrava muito perto de Muggles que iniciavam o seu dia de trabalho, Mr. Weasley mal conseguia conter o seu entusiasmo.
— Simplesmente fantástico! — exclamou, indicando as máquinas de obliterar os bilhetes. — Fabulosamente engenhosas!
— Estão avariadas — disse Harry apontando para o sinal.
— Certo, mas mesmo assim... — insistiu Mr. Weasley com um sorriso ingénuo.
Compraram os bilhetes a uma funcionária sonolenta (Harry fez a transacção, visto que Mr. Weasley não se entendia bem com o dinheiro dos Muggles) e, cinco minutos mais tarde, tinham embarcado num comboio subterrâneo que os levava ruidosamente ao cen-

tro da cidade de Londres. Mr. Weasley não parava de observar ansiosamente o mapa das estações que se achava por cima das janelas.

— Faltam quatro, Harry... só faltam três estações agora...

Saíram numa paragem mesmo no centro de Londres e foram varridos do comboio no meio de uma imensa onda de homens e mulheres de fato completo que transportavam pastas na mão. Subiram pela escada rolante, passaram pela barreira metálica (Mr. Weasley deliciado com o modo como o mecanismo engolia o seu bilhete) e foram dar a uma rua larga, cheia de trânsito, rodeada de edifícios de aspecto grandioso.

— Onde estamos? — perguntou Mr. Weasley com ar inexpressivo e, por um momento, Harry pensou apavorado que, apesar das suas constantes referências ao mapa, tinham saído na estação errada, mas passados alguns segundos, ele disse: — Ah, sim... por aqui, Harry — e conduziu-o por uma rua lateral, a descer.

— Desculpa, é que nunca venho de metropolitano, e isto é tudo muito diferente visto da perspectiva dos Muggles — justificou-se. — De facto, nunca vim pela entrada dos visitantes.

Quanto mais avançavam, mais os edifícios lhe pareciam pequenos e pouco imponentes, até que, finalmente, chegaram a uma rua com várias repartições de aspecto miserável, um bar e um grande contentor a abarrotar de lixo. Harry esperava que o Ministério da Magia tivesse uma localização mais ilustre.

— Cá estamos nós — declarou Mr. Weasley, apontando para uma velha cabina de telefones vermelha a que faltavam várias placas de vidro e que se encontrava em frente de uma grande parede coberta de *graffiti*. — Passa, Harry — disse, abrindo a porta da cabina.

Harry entrou, perguntando a si próprio que diabo seria aquilo. Mr. Weasley enfiou-se lá dentro todo dobrado e fechou a porta. Era difícil encaixarem-se ali os dois. Harry estava comprimido contra o aparelho telefónico que pendia de lado, como se tivesse sido alvo de um acto de vandalismo. Mr. Weasley estendeu o braço, tentando chegar ao auscultador.

— Mr. Weasley, acho que este também está avariado — declarou Harry.

— Não, não, tenho a certeza de que não está — respondeu Mr. Weasley, segurando o auscultador acima da cabeça e espreitando para o marcador. — Ora vejamos... seis — foi discando os números — dois... quatro... e outro quatro... e outro dois...

No momento em que o disco girava de regresso ao ponto inicial, uma voz feminina impessoal fez-se ouvir dentro da cabina.

Não vinha do aparelho que Mr. Weasley tinha na mão, ecoando alto e bom som, como se um ser invisível estivesse ali mesmo ao lado deles.

— Bem-vindos ao Ministério da Magia. Por favor, declarem o vosso nome e profissão.

— Aã... — hesitou Mr. Weasley, sem saber se deveria falar pelo aparelho. Optando por uma solução de compromisso, pôs o bocal no ouvido. — Arthur Weasley, Gabinete de Utilização Incorrecta dos Artefactos dos Muggles. Estou a acompanhar Harry Potter, que foi chamado para uma audiência disciplinar.

— Muito obrigada — disse a voz feminina impessoal. — Visitante, por favor, pegue no seu distintivo e prenda-o à frente do seu manto.

Ouviu-se um tinido e um matraquear e Harry viu uma coisa sair pela abertura de metal por onde as moedas costumavam ser devolvidas. Apanhou-a. Era uma placa de prata que tinha escrito: *Harry Potter, Audiência Disciplinar*. Harry prendeu-a na *T-shirt* enquanto a voz feminina declarava:

— O visitante do Ministério terá de ser revistado e deverá apresentar a sua varinha para efeitos de registo na Secretária de Segurança que fica ao fundo do átrio.

O soalho da cabina telefónica estremeceu. Afundavam-se lentamente pelo chão abaixo. Apreensivo, Harry viu o passeio erguer-se acima das janelas de vidro da cabina, até que a escuridão os envolveu. Deixou, então, de ver o quer que fosse e ouvia apenas um ruído monótono e desagradável que acompanhava a descida da cabina telefónica. Cerca de um minuto depois, que pareceu a Harry uma eternidade, uma fenda de luz dourada iluminou-lhe os pés e, ampliando-se, subiu pelo seu corpo acima até chegar ao rosto, fazendo-o piscar os olhos lacrimejantes.

— O Ministério da Magia deseja-lhe um bom dia — disse a voz de mulher.

Mal a porta da cabina se abriu bruscamente, Mr. Weasley saiu, seguido de Harry, que continuava boquiaberto. Encontravam-se numa das extremidades de um imenso e magnífico salão com soalho de madeira escura, muito bem encerada. No tecto azul brilhante, reluziam vários símbolos dourados, movendo-se constantemente como se fizessem parte de um imenso e celestial quadro de avisos. As paredes, revestidas de ambos os lados de madeira escura, tinham várias lareiras douradas embutidas. A intervalos de poucos segundos, uma feiticeira ou um feiticeiro descia de uma das lareiras do lado esquerdo com um leve ruge-ruge. Do lado direito, em frente de cada lareira, formavam-se várias filas à espera da partida. A meio do salão, encontrava-se uma fonte. No centro de um lago redondo, podia ver-se um grupo de enormes estátuas douradas. A mais alta de todas era a de um feiticeiro de aspecto aristocrático com a varinha apontada para cima. Reunidos à sua volta, estavam uma bonita feiticeira, um centauro, um duende e um elfo doméstico. Os três últimos olhavam, em sinal de adoração, para os feiticeiros, acima deles. Jactos de água brilhante brotavam da extremidade das suas varinhas, da ponta da flecha do centauro, do alto do chapéu do duende e de cada uma das orelhas do elfo doméstico. O suave ruído da água a correr vinha juntar-se aos *clics* e *clacs* dos feiticeiros que se Materializavam e ao ruído dos passos de centenas de outras feiticeiras e feiticeiros, grande parte dos quais se aproximava, a passos largos, das cancelas douradas ao fundo do salão, com o olhar sorumbático de quem se levanta muito cedo.

— Por aqui — indicou Mr. Weasley.

Juntaram-se à multidão, abrindo caminho por entre os funcionários do Ministério. Muitos transportavam pilhas de pergaminhos em equilíbrio instável, outros levavam pastas muito usadas e outros ainda liam *O Profeta Diário* enquanto andavam. Quando passaram junto da fonte, Harry viu leões de prata e janotas de bronze que brilhavam lá no fundo. Ao lado, um pequeno cartaz esborratado dizia:

    TODO O PRODUTO DA FONTE DA IRMANDADE MÁGICA SERÁ ENTREGUE AO HOSPITAL DE SÃO MUNGO DE DOENÇAS E LESÕES MÁGICAS.

Se não for expulso de Hogwarts, ponho aqui dez galeões, pensou Harry, à beira do desespero.

— Por aqui, Harry — voltou a indicar Mr. Weasley. Afastaram-se da torrente de empregados do Ministério e dirigiram-se aos portões dourados. Sentado a uma secretária, por baixo de um letreiro que dizia *Segurança*, um feiticeiro mal barbeado com um manto azul-pavão pousou *O Profeta Diário* e ficou a vê-los aproximarem-se.

— Estou a acompanhar um visitante — explicou Mr. Weasley, apontando para Harry.

— Aproxime-se — disse o feiticeiro com voz mal-humorada.

Harry assim fez, e o feiticeiro pegou numa longa haste dourada, fina e flexível como uma antena de automóvel, e fê-la subir e descer a poucos centímetros do corpo de Harry, primeiro à frente, depois atrás.

— A varinha — resmungou o feiticeiro da segurança, pousando a haste dourada e estendendo a mão.

Harry entregou-lha. O feiticeiro colocou-a num estranho instrumento de bronze que parecia uma espécie de balança de prato único, que começou imediatamente a vibrar. Uma estreita tira de pergaminho saiu de uma ranhura na base. O feiticeiro puxou-a e leu o que estava escrito.

— Trinta e três centímetros, núcleo de penas de fénix, quatro anos de uso. É isso?

— Sim — confirmou Harry, um pouco nervoso.

— Isto fica aqui — disse o feiticeiro, espetando a tira de pergaminho num pequeno espigão de bronze. — Podes levá-la — acrescentou, entregando a varinha a Harry.

— Obrigado.

— Espera lá... — disse o feiticeiro lentamente, enquanto os seus olhos saltavam do distintivo de visitante que Harry tinha no peito para a cicatriz na sua testa.

— Obrigado, Eric — agradeceu Mr. Weasley com firmeza, agarrando Harry pelo ombro e levando-o para longe da secretária, em direcção à maré de feiticeiros que se aproximavam das cancelas douradas.

Empurrado pela multidão, Harry seguiu Mr. Weasley através das cancelas até uma sala mais pequena onde, por trás de gradeamentos de ouro trabalhado, podiam ver-se, pelo menos, vinte elevadores. Harry e Mr. Weasley juntaram-se a uma das filas. Perto deles, um feiticeiro de longas barbas segurava uma enorme caixa de cartão que emitia uns ruídos irritantes.

— Tudo bem, Arthur? — cumprimentou o feiticeiro, fazendo um aceno a Mr. Weasley.

— Que levas aí, Bob? — perguntou Mr. Weasley, olhando para a caixa.

— Não sabemos bem — respondeu o feiticeiro, muito sério. — Pensámos que poderia ser uma galinha padrão dos pântanos, até começar a respirar fogo. A mim, parece-me uma séria infracção do Decreto de Proibição da Reprodução Experimental.

Com grande ruído e espalhafato, um elevador desceu à frente deles. A grade de ouro abriu-se, deixando Harry e Mr. Weasley entrar juntamente com o resto do grupo. Harry deu por si espalmado contra a parede de trás, com várias feiticeiras e feiticeiros a olharem-no, cheios de curiosidade. Baixou os olhos, evitando o contacto directo, ao mesmo tempo que tentava aplacar a franja. As grades fecharam-se com estrondo e o elevador começou a subir lentamente, as correntes a chiarem enquanto a mesma voz de mulher que escutara na cabina telefónica se fazia ouvir.

— Nível Sete, Departamento de Jogos e Desportos Mágicos, incorporando A Sede da Liga Britânica e Irlandesa de Quidditch, o Clube Oficial de Berlindes Cuspidores e o Gabinete de Patentes Grotescas.

As portas do elevador abriram-se e Harry viu de relance um corredor de aspecto desleixado com vários *posters* de equipas de Quidditch todos tortos nas paredes. Um dos feiticeiros do elevador, que levava uma braçada de vassouras, conseguiu libertar-se com grande dificuldade, desaparecendo ao fundo do corredor. As portas voltaram a fechar-se, o elevador entrou novamente em trepidação e a voz de mulher anunciou:

— Nível Seis, Departamento de Transporte Mágico, incorporando O Comando da Rede de Floo, o Controlo Regulador de Vassouras, a Divisão de Botões de Transporte e o Centro de Materialização Experimental.

Mais uma vez as portas se abriram, deixando sair quatro ou cinco feiticeiras e feiticeiros. Nesse mesmo momento, vários aviõezinhos de papel entraram no elevador. Harry ficou a vê-los rodopiar indolentemente acima da sua cabeça. Eram de um lilás claro e tinham impresso na ponta das suas asas *Ministério da Magia*.

— São memorandos interdepartamentais — explicou-lhe Mr. Weasley ao ouvido. — Antigamente, enviávamos corujas, mas era uma tremenda confusão... havia excrementos por cima de todas as secretárias.

Quando o elevador arrancou de novo, os memorandos esvoaçaram em volta da lâmpada, ficando a balouçar no tecto.

— Nível Cinco, Departamento Internacional de Cooperação Mágica, incorporando o Corpo Internacional de Padrões Mágicos do Comércio, o Gabinete Internacional de Leis Mágicas e a Confederação Internacional de Feiticeiros, Assentos Britânicos.

Mal as portas se abriram, dois dos memorandos saíram em voo rápido, juntamente com alguns ocupantes, mas vários outros memorandos entraram, fazendo a luz do tecto tremeluzir à sua rápida passagem.

— Nível Quatro, Departamento de Regulação e Controlo das Criaturas Mágicas, incorporando as Divisões de Seres e Espíritos, o Gabinete de Ligação aos Duendes e o Serviço de Aconselhamento sobre Pragas.

— Desculpa — disse o feiticeiro que transportava a galinha que cuspia fogo, saindo do elevador com um pequeno bando de memorandos atrás de si. As portas voltaram a fechar-se.

— Nível Três, Departamento de Acidentes Mágicos e Catástrofes, incluindo a Brigada de Anulação de Acidentes Mágicos, o Quartel-General dos Obliviators e o Comité de Desculpas Dignas dos Muggles.

Toda a gente saiu do elevador no Terceiro Nível com excepção de Harry, de Mr. Weasley e de uma feiticeira que lia um enorme pedaço de pergaminho, cuja extremidade arrastava pelo chão. Os restantes memorandos continuavam a esvoaçar em redor da lâmpada enquanto o elevador prosseguia a sua subida. Por fim, as portas abriram-se e a voz anunciou:

— Nível Dois, Departamento de Aplicação das Leis Mágicas, incluindo o gabinete do Uso Impróprio da Magia, o Quartel--General dos Aurors e os serviços administrativos do Wizengamot.

— É aqui, Harry — disse Mr. Weasley e os dois saíram do elevador atrás da feiticeira, atravessando um corredor com portas de ambos os lados. — O meu escritório é na outra parte deste andar.

— Mr. Weasley — disse Harry quando passaram por uma janela através da qual o sol brilhava —, não estamos ainda debaixo do chão?

— É claro que sim — respondeu Mr. Weasley. — Essas janelas são encantadas. A Manutenção Mágica decide que tempo faz diariamente. Tivemos dois meses de ciclones da última vez que eles andaram à pesca de um aumento... por aqui, Harry.

Viraram numa esquina, passaram por duas grandes portas de carvalho e foram dar a uma área barulhenta dividida em cubículos, onde se ouvia uma mistura de conversas e risos. Os memorandos voavam de umas divisões para as outras, lembrando foguetes em miniatura. Num cartaz em desequilíbrio sobre a divisória do primeiro cubículo, podia ler-se: *Quartel-General dos Aurors.*

Harry espreitou de modo sub-reptício. Os Aurors tinham as paredes do seu cubículo inteiramente cobertas com todo o material existente sobre feiticeiros procurados, desde as fotografias das respectivas famílias, às suas equipas de Quidditch preferidas e artigos d'*O Profeta Diário*. Sentado com as botas em cima da secretária, um homem de manto escarlate e rabo-de-cavalo mais longo que o de Bill ditava um relatório à sua pena. Um pouco mais adiante, uma feiticeira de pala num dos olhos, conversava por cima da divisória com Kingsley Shacklebolt.

— Bom dia, Weasley — cumprimentou Kingsley descontraidamente, no momento em que se aproximaram. — Queria dar-te uma palavrinha. Tens um segundo?

— Se for só um segundo, sim — respondeu Mr. Weasley, cheio de pressa.

Falavam um com o outro como se mal se conhecessem e, quando Harry abriu a boca para cumprimentar Kingsley, Mr. Weasley cortou-lhe a palavra. Seguiram-no pelo meio da desordem até ao cubículo do fundo.

Harry teve um ligeiro choque: a cara de Sirius piscava-lhe o olho de todas as paredes. Recortes de jornal e fotografias antigas — até aquela em que Sirius fora padrinho de casamento dos Potters — forravam integralmente as paredes. O único espaço sem Sirius era um mapa-múndi, no qual vários pinos vermelhos brilhavam como jóias.

— Toma — disse Kingsley, metendo bruscamente na mão de Mr. Weasley uma folha de pergaminho. — Preciso de toda a informação possível sobre veículos voadores dos Muggles avistados nos últimos doze meses. Recebemos informações de que o Black pode ainda estar a usar a sua velha motocicleta.

Kingsley lançou a Harry uma enorme piscadela e acrescentou baixinho: — Dá-lhe a revista, pode ser que ele ache interessante. — Em seguida voltou ao tom de voz normal. — E não demores muito, Weasley. O atraso no relatório daquelas arcas de fogo atrasou a investigação durante um mês.

— Se tivesses lido o relatório, saberias que o termo correcto é armas de fogo — corrigiu Mr. Weasley friamente. — E receio que tenhas de esperar pelas informações das motocicletas, estamos cheios de trabalho neste momento. — E, baixando a voz, completou: — Vê se consegues sair antes das sete, a Molly vai fazer almôndegas.

Fazendo um sinal a Harry, Mr. Weasley saiu com ele do cubículo de Kingsley. Passaram por mais duas portas de madeira de carvalho, viraram à esquerda, atravessaram um corredor, voltaram à direita para um segundo corredor mal iluminado de aspecto miserável e, por fim, chegaram a um beco sem saída onde, do lado esquerdo, uma porta entreaberta revelava uma despensa de vassouras e outra, à direita, ostentava uma placa de metal onde podia ler-se: *Utilização Incorrecta dos Artefactos dos Muggles.*

O lúgubre escritório de Mr. Weasley parecia ligeiramente menor que a despensa de vassouras. Tinham enfiado lá dentro duas secretárias e mal havia espaço para chegar a elas, devido aos cacifos atafulhados que cobriam todas as paredes e que terminavam com pilhas de *dossiers* em equilíbrio instável. O pequeno espaço livre fazia jus à obsessão de Mr. Weasley: vários *posters* de carros, incluindo o de um motor desmantelado, duas ilustrações de marcos de correio, que pareciam ter sido recortadas de livros infantis dos Muggles e um diagrama, mostrando como montar uma ficha eléctrica.

Sobre o porta-papéis de secretária, abarrotando de documentos, uma velha torradeira soluçava desconsolada e um par de luvas de pele girava os polegares por falta de ocupação. Logo atrás, Harry avistou uma fotografia da família Weasley que Percy parecia ter abandonado.

— Não temos janela — disse Mr. Weasley como quem pede desculpas, ao mesmo tempo que despia o velho blusão de cabedal e o colocava nas costas da cadeira. — Pedimos uma, mas eles pelos vistos não consideram muito necessário. Senta-te, Harry, parece que o Perkins ainda não chegou.

Harry passou com dificuldade para a cadeira em frente da secretária de Perkins, enquanto Mr. Weasley folheava o maço de pergaminhos que Kingsley Shacklebolt lhe entregara.

— Ah — disse com um sorriso, ao retirar do meio um exemplar de *A Voz Delirante*. — Sim... — comentou, passando as páginas a grande velocidade. — Sim, está certo. Tenho a certeza de que o Sirius vai achar isto muito divertido. Oh, não! Que foi agora?

Um memorando acabava de entrar pela porta aberta, rodopiando antes de aterrar em cima da torradeira soluçante. Mr. Weasley desdobrou-o e leu em voz alta:

— Terceira casa de banho pública regurgitante detectada em Bethnal Green. É favor investigar imediatamente. — Isto está a tornar-se ridículo...

— Uma casa de banho regurgitante?

— Brincalhões anti-Muggles — explicou Mr. Weasley franzindo a testa. — Tivemos duas destas na semana passada, uma em Wimbledon e outra em Elephant and Castle. Os Muggles vão puxar o autoclismo e, em vez de desaparecer o que lá está... bem, imagina só. Os desgraçados fartam-se de chamar os tais cazalinadores, é assim que lhes chamam, não é? Aqueles que consertam os canos e essas coisas...

— Canalizadores?

— Exactamente, isso mesmo, mas é claro que estão desorientados. Só espero que se descubra quem anda a fazer essa brincadeira de mau gosto.

— São os Aurors que vão investigar?

— Oh, não, esta questão é demasiado insignificante para os Aurors. Quem vai tratar do assunto é a Brigada de Aplicação das Leis Mágicas. Ah, Harry, este é o Perkins.

Um feiticeiro curvado, de ar tímido e cabelo branco macio, acabava de entrar na sala com ar ofegante.

— Arthur — disse, aflito, sem olhar para Harry. — Graças a Deus! Não sabia o que havia de fazer, se esperar aqui por ti ou não. Mandei-te agora uma coruja para casa, mas não a deves ter recebido. Chegou uma mensagem urgente há dez minutos...

— Já sei, as sanitas regurgitantes — disse Mr. Weasley.

— Não, não, não é por causa de nenhuma sanita. É a audiência do jovem Potter, mudaram a hora e o local. Começa às oito e é lá em baixo na velha Sala de Tribunal número dez...

— Na velha... mas informaram-me de que... pelas barbas de Merlim!

Mr. Weasley olhou para o relógio, soltou um grito e pôs-se de pé num salto.

— Depressa, Harry, já lá devíamos estar há cinco minutos.

Perkins comprimiu-se contra os cacifos, enquanto Mr. Weasley saía do escritório a correr, seguido por Harry.

— Por que terão mudado a hora? — perguntou Harry quase sem fôlego no momento em que passavam pelos cubículos dos Aurors e as pessoas punham as cabeças de fora para os ver desaparecer a grande velocidade. Harry sentia-se como se tivesse deixado as entranhas no cubículo de Mr. Weasley.

— Não faço ideia, mas felizmente viemos mais cedo, se faltasses seria catastrófico.

Mr. Weasley deslizou e parou bruscamente junto dos elevadores, carregando no botão com grande impaciência.

— VÁ LÁ!

O elevador surgiu, ruidoso, e entraram sem perder um minuto. De cada vez que parava, Mr. Weasley praguejava e dava repetidos murros no botão do número nove.

— Aquela sala de tribunal não é usada há anos — disse furioso. — Não consigo entender por que motivo vão fazer a audiência lá em baixo, a não ser que... mas, não...

Uma feiticeira rechonchuda, transportando um cálice fumegante, entrou nesse momento no elevador, fazendo que Mr. Weasley interrompesse o seu monólogo.

— O Átrio — disse a voz feminina impessoal e as grades douradas abriram-se, dando a Harry um distante vislumbre das estátuas de ouro no meio da fonte. A feiticeira rechonchuda saiu e entrou um feiticeiro com ar adoentado e expressão lúgubre.

— Bom dia, Arthur — disse numa voz sepulcral, à medida que o elevador fazia a sua descida. Não costumamos ver-te muito aqui por baixo.

— Um assunto urgente, Bode — explicou Mr. Weasley, que não conseguia estar quieto com os pés e lançava a Harry olhares ansiosos.

— Ah, sim, claro — disse Bode olhando para Harry sem pestanejar.

Harry já quase não tinha emoções para desperdiçar com Bode, mas o seu olhar firme fê-lo sentir-se pouco à vontade.

— Departamento de Mistérios — disse a voz feminina, ficando-se por aí.

— Depressa, Harry — disse Mr. Weasley e, mal as portas se abriram ruidosamente, saíram ambos para um corredor totalmente diferente dos corredores dos andares de cima. As paredes achavam-se totalmente despidas, não havia janelas nem portas, além de uma única, totalmente negra, ao fundo do corredor. Harry esperava que fosse ali, mas, em vez disso, Mr. Weasley agarrou-lhe no braço e fê-lo virar à esquerda, onde havia um vão e um lanço de escadas.

— Vamos descer por aqui, por aqui... — balbuciou Mr. Weasley ofegante, descendo os degraus a dois e dois. — Nem o elevador vem tão longe... *por que* diabo a vão fazer aqui, eu...

Chegaram ao fundo das escadas e ainda tiveram de atravessar a correr um novo corredor que se parecia bastante com o que conduzia ao calabouço de Snape, em Hogwarts, com ásperas paredes de pedra e tochas presas em suportes. As portas por que passavam agora eram de madeira pesada, com ferrolhos e fechaduras de ferro.

— Sala de Tribunal... número dez... eu acho... estamos quase... sim.

Mr. Weasley parou junto de uma porta munida de uma fechadura de ferro descomunal e encostou-se bruscamente à parede, agarrando-se ao peito com uma pontada.

— Vá — disse, sem fôlego, apontando para a porta. — Entra aí.

— Não vem... não vem comi...?

— Não, não tenho autorização para entrar. Boa sorte.

O coração de Harry matraqueava com violência contra a sua maçã de Adão. Engoliu em seco, rodou a pesada maçaneta de ferro e entrou na Sala do Tribunal.

VIII

A AUDIÊNCIA

Harry abafou a custo um grito. O enorme calabouço em que acabava de dar entrada era-lhe assustadoramente familiar. Não só já o vira antes, como já lá estivera. Aquele era o lugar que tinha visitado dentro do Pensatório de Dumbledore, o lugar onde assistira à condenação dos Lestranges a pena de prisão perpétua em Azkaban.

As paredes eram de pedra escura, debilmente iluminadas por archotes. Enormes bancos vazios estendiam-se de ambos os lados da sala e, em frente, nos bancos mais altos, achavam-se várias silhuetas sombrias. Falavam em voz baixa, mas, quando a pesada porta se fechou atrás de Harry, fez-se um silêncio assustador.

— Estás atrasado.

— Desculpe — pediu Harry, aflito —, eu... não sabia que a hora tinha sido alterada.

— Isso não é problema do Wizengamot — continuou a voz. — Foi-te enviada uma coruja hoje de manhã. Senta-te.

Os olhos de Harry pousaram sobre a cadeira no meio da sala, cujos braços se achavam cobertos de correntes. Já vira aquelas correntes ganharem vida e prenderem a pessoa que se sentara no meio delas. Os seus passos ecoavam no chão de pedra à medida que se aproximava. Quando se sentou, com todo o cuidado, na beira da cadeira, as correntes rangeram de modo intimidatório, mas não o prenderam. Com o estômago às voltas, Harry olhou para as pessoas sentadas no banco lá em cima.

Deviam ser cerca de cinquenta e todas envergavam, tanto quanto conseguia perceber, mantos cor de ameixa com um «W» de prata elaboradamente bordado do lado esquerdo do peito. Contemplavam-no desdenhosamente, algumas com uma expressão austera, outras com franca curiosidade.

Bem no meio da fila da frente sentava-se Cornelius Fudge, o Ministro da Magia. Fudge era um homem corpulento que costumava usar um chapéu de coco verde-claro, se bem que nesse dia o tivesse dispensado. Dispensara também o sorriso indulgente com que em tempos se dirigia a Harry. À sua esquerda, sentava-se uma feiticeira de rosto anguloso e cabelo grisalho muito curtinho, que usava um monóculo e tinha um ar bastante antipático. À direita de Fudge encontrava-se outra feiticeira, mas recostara-se de tal forma no banco que o rosto se perdia nas sombras.

— Muito bem — declarou Fudge. — Estando o acusado *finalmente* presente, podemos principiar. — Estão prontos? — perguntou à longa fila de feiticeiros.

— Sim, senhor — respondeu uma voz impaciente que Harry conhecia muito bem. Mesmo no fim da primeira fila estava sentado Percy, o irmão de Ron. Harry olhou para ele à espera de um sinal de reconhecimento que não chegou. Atrás dos óculos de armação de massa, os olhinhos de Percy estavam fixos no pergaminho enquanto nas mãos se equilibrava uma pena.

—Audiência Disciplinar de Doze de Agosto —anunciou Fudge numa voz vibrante, enquanto Percy tomava notas. — De ofensas cometidas ao Decreto de Restrições Razoáveis à Feitiçaria de Menores e ao Estatuto Internacional de Secretismo, por Harry James Potter, residente no número quatro de Privet Drive, Little Whinging, no Surrey.

— Inquiridores: Cornelius Oswald Fudge, Ministro da Magia, Amelia Susan Bones, Chefe do Departamento de Aplicação das Leis Mágicas, Dolores Jane Umbridge, Subsecretária do Ministério. Secretário do Tribunal, Percy Ignatius Weasley...

— Testemunha de defesa, Albus Percival Wulfric Brian Dumbledore — disse uma voz baixa atrás de Harry, que virou a cabeça tão depressa que quase ficou com um torcicolo.

Dumbledore atravessava tranquilamente a sala com o seu manto azul-noite e a sua expressão de serenidade. Quando passou por Harry e olhou para Fudge através dos seus óculos meia-lua que lhe assentavam no nariz curvo, o cabelo e a longa barba cor de prata brilharam à luz dos archotes.

Os membros do Wizengamot murmuraram entre si. Todos os olhares estavam agora postos em Dumbledore. Alguns pareciam incomodados, outros ligeiramente receosos. Duas feiticeiras mais idosas, sentadas na fila de trás, levantaram a mão num aceno de boas-vindas.

A chegada de Dumbledore fizera despertar uma forte emoção no peito de Harry, uma esperança renovada, semelhante à que experimentara à chegada da Fénix. Queria captar a sua atenção, mas Dumbledore continuava a olhar para cima, para o desorientado Fudge.

— Ah — proferiu Fudge, que não conseguia esconder a sua perturbação. — Dumbledore. Sim. Tu... afinal... recebeste a nossa... aã... mensagem, prevenindo que a hora e... o local da audiência tinham mudado?

— Não devo ter recebido — disse Dumbledore amavelmente. — Mas, devido a um feliz equívoco, cheguei ao Ministério três horas mais cedo, por isso não houve problema.

— Sim... bem... creio que precisamos de mais uma cadeira... eu... Weasley, serias capaz de...?

— Não se incomodem, não se incomodem — prontificou-se Dumbledore sorridente, dando com a varinha um pequeno golpe no ar e fazendo aparecer do nada, mesmo ao lado de Harry, uma cadeira mole, forrada de chita.

Dumbledore sentou-se, uniu as pontas dos seus longos dedos, por cima dos quais olhou para o ministro com um expressão de polido interesse. Os membros do Wizengamot continuavam a murmurar entre si, em profundo desassossego. Só acalmaram quando Fudge falou.

— Sim — disse de novo, consultando desordenadamente as suas notas. — Bem, então. A acusação. Sim.

Retirou do meio da confusão um pedaço de pergaminho, respirou fundo e leu. — As acusações feitas ao réu são as seguintes: «Ter efectuado, deliberadamente e com plena consciência da ilegalidade dos seus actos, dado que já anteriormente recebera por escrito um aviso do Ministério da Magia com uma acusação semelhante, ter efectuado, repito, um Encantamento do Patronus numa área habitada por Muggles e na presença de um Muggle, no dia dois de Agosto às vinte e uma horas e vinte e três minutos, o que constitui uma infracção ao Parágrafo C do Decreto para a Restrição Razoável da Feitiçaria de Menores, 1875, e também à Secção 13 do Estatuto de Secretismo da Confederação Internacional de Feiticeiros.

— Tu és Harry James Potter do número quatro de Privet Drive, Little Whinging, Surrey? — perguntou Fudge, olhando para ele por cima do seu pergaminho.

— Sim — respondeu Harry.

— Recebeste um aviso oficial do Ministério por teres utilizado ilegalmente magia há três anos, não recebeste?

— Sim, mas...

— E, apesar disso, conjuraste um Patronus na noite do dia dois de Agosto? — inquiriu Fudge.

— Sim — respondeu Harry —, mas...
— Sabendo que não te é permitido o uso de magia fora da escola, antes de completares dezassete anos?
— Sim, mas...
— Sabendo que te encontravas numa área repleta de Muggles?
— Sim, mas...
— Plenamente consciente de que te achavas, na altura, na proximidade de um Muggle?
— Sim — declarou Harry irritado —, mas só a usei porque estávamos...
A feiticeira do monóculo interrompeu-o numa voz tonitruante.
— Produziste um Patronus completo?
— Sim — disse Harry — porque...
— Um Patronus corpóreo?
— Um... quê? — perguntou Harry.
— O teu Patronus tinha uma forma claramente definida? Isto é, era mais do que vapor ou fumo?
— Sim — respondeu Harry, sentindo-se impaciente e à beira do desespero. — É um veado, é sempre um veado.
— Sempre? — trovejou Madam Bones. — Já tinhas produzido algum Patronus antes deste?
— Sim — respondeu Harry. — Faço-o há mais de um ano.
— E tens quinze anos?
— Sim, e...
— Aprendeste isso na escola?
— Sim, o Professor Lupin ensinou-me no meu terceiro ano porque o...
— Impressionante! — exclamou Madam Bones, olhando para ele de cima abaixo. — Um Patronus verdadeiro nesta idade... muito impressionante, de facto.

Os feiticeiros e as feiticeiras que a rodeavam tinham recomeçado com os murmúrios. Alguns acenavam, mas outros franziam o sobrolho e abanavam a cabeça em sinal de discordância.

— Não se trata de ser ou não impressionante — afirmou Fudge num tom irritado. — Na verdade, eu diria que quanto mais impressionante, pior, dado que o rapaz o fez à vista de um Muggle.

Os feiticeiros que antes franziam a testa, acenavam agora em sinal de concordância, mas foi o leve aceno hipócrita de Percy que incentivou Harry a falar.

— Eu fi-lo por causa dos Dementors — afirmou em voz bem alta, antes que pudessem interrompê-lo outra vez.

Esperava ouvir novos murmúrios, mas o silêncio que se instalou parecia ainda mais denso do que o anterior.

— Dementors? — indagou Madam Bones após um momento, com as sobrancelhas espessas tão arqueadas que o monóculo ameaçava cair. — Que queres dizer, rapaz?

— Quero dizer que havia dois Dementors na rua a perseguirem-me a mim e ao meu primo.

— Ah! — exclamou Fudge de novo, brindando com o seu sorriso afectado e desagradável os outros membros do Wizengamot e convidando-os a partilhar aquela anedota. — Sim, sim, já calculava que iria ouvir alguma coisa do género.

— Dementors em Little Whinging? — inquiriu Madam Bones num tom de grande surpresa. Não estou a compreender...

— Não está, Amelia? — perguntou Fudge com o mesmo sorriso. — Deixe-me explicar-lhe. Ele tem andado a pensar no assunto e achou que a história dos Dementors lhe daria uma boa cobertura, muito boa mesmo. Os Muggles não conseguem vê-los, pois não, rapaz? Muito convincente, muito convincente... portanto, é só a tua palavra, sem testemunhas...

— Eu não estou a mentir! — gritou Harry sobre outra explosão de murmúrios do Tribunal. — Eram dois, vinha um de cada lado da rua e ficou tudo escuro e o meu primo sentiu a presença deles e correu...

— Basta, basta! — ordenou Fudge com uma expressão de desdém no rosto. — Lamento ter de interromper o que é certamente uma história muito bem ensaiada...

Dumbledore pigarreou. O Wizengamot mergulhou de novo no silêncio.

— Temos, na verdade, uma pessoa que testemunhou a presença dos Dementors nessa rua — afirmou. — Além do Dudley Dursley, claro.

O rosto bochechudo de Fudge pareceu esvaziar-se, como se alguém tivesse deixado escapar o ar. Olhou para Dumbledore durante um momento e, em seguida, como que controlando os seus sentimentos, declarou: — Infelizmente, não temos tempo para ouvir mais aldrabices, Dumbledore. Quero resolver isto rapidamente...

— Posso estar enganado — interrompeu Dumbledore com toda a amabilidade — mas julgo que, segundo a Carta de Direitos do Wizengamot, o réu tem o direito de apresentar testemunhas em sua defesa? Não é essa a política do Departamento de Aplicação das Leis Mágicas, Madam Bones? — continuou, dirigindo-se à feiticeira do monóculo.

— É verdade — respondeu Madam Bones. — Absolutamente verdade.

— Bem, bem — disse Fudge mal-disposto. — Onde está essa pessoa?

— Trouxe-a comigo — prosseguiu Dumbledore. — Está do lado de fora da porta. Deverei ir...?

— Não, vai lá tu, Weasley — vociferou Fudge, dirigindo-se a Percy, que se levantou de imediato, descendo a correr os degraus de pedra do Tribunal e passando por Harry e Dumbledore sem sequer olhar para eles.

Um momento depois, Percy voltava, seguido de Mrs. Figg, que tinha um ar assustado e parecia mais atarantada do que nunca. Harry lamentou que ela não se tivesse lembrado de tirar as pantufas axadrezadas.

Dumbledore levantou-se, oferecendo a sua cadeira a Mrs. Figg e conjurando uma segunda para si.

— Nome completo? — perguntou Fudge muito alto, ao ver Mrs. Figg encarrapitar-se nervosamente na beira da cadeira.

— Arabella Doreen Figg — respondeu Mrs. Figg com a voz trémula.

— E quem é, afinal, a senhora? — inquiriu Fudge num tom altivo e entediado.

— Sou uma vizinha do Harry em Little Whinging.

— Não temos registo de nenhuma feiticeira ou feiticeiro a morar em Little Whinging, com excepção de Harry Potter — afirmou de imediato Madam Bones. — A situação dele foi sempre vigiada de perto... devido a... devido a... acontecimentos passados.

— Eu sou uma cepatorta — explicou Mrs. Figg. — Não iam ter registos meus, não acha?

— Uma cepatorta, hem? — comentou Fudge, olhando-a desconfiado. — Vamos confirmar isso. Deixe os dados relativos à sua ascendência com o meu assistente Weasley. A propósito, os cepatortas conseguem ver os Dementors? — acrescentou, olhando para a direita e para a esquerda.

— Conseguimos, sim! — respondeu Mrs. Figg indignada.

Fudge olhou de novo para ela de sobrancelhas arqueadas. — Muito bem — disse, desinteressado. — Qual é a sua história?

— No dia dois de Agosto, às nove da noite, tinha saído para ir comprar comida de gato à loja da esquina, em Wisteria Walk — contou precipitadamente, como se soubesse o discurso de cor — quando ouvi uma grande agitação na rua que liga Magnolia Crescent a Wisteria Walk. Quando me aproximei do começo da rua, vi os Dementors a correrem...

— A correrem? — interrompeu bruscamente Madam Bones. — Os Dementors não correm, deslizam.

— Era o que eu queria dizer — corrigiu Mrs. Figg rapidamente, enquanto as bochechas mirradas se manchavam de cor-de-rosa. — Deslizavam pela rua fora, atrás de dois rapazinhos.

— Como eram eles? — perguntou Madam Bones, contraindo tanto os olhos que o rebordo do monóculo desapareceu, enterrando-se na pele.

— Bem, um era muito gordo e o outro bastante magrinho...

— Não, não — disse Madam Bones impaciente. — Os Dementors... descreva-os.

— Ah! — exclamou Mrs. Figg, o tom rosado a alastrar-lhe pelo pescoço acima. — Eram grandes e usavam mantos.

Harry sentiu um terrível aperto na boca do estômago. Dissesse Mrs. Figg o que dissesse, a ideia que dava era que vira, no máximo, o desenho de um Dementor e um desenho não poderia transmitir a realidade daqueles seres: o modo arrepiante como se moviam, pairando poucos centímetros acima do chão; o cheiro a podre que exalavam, ou aquele rangido pavoroso que produziam quando sugavam o ar à sua volta...

Na segunda fila, um feiticeiro atarracado com um farto bigode preto aproximou-se da sua vizinha do lado, uma feiticeira de cabelo encaracolado, para lhe murmurar qualquer coisa ao ouvido. Ela fez um aceno com a cabeça sorrindo afectadamente.

— Grandes e usavam mantos — repetiu Madam Bones com frieza, enquanto Fudge bufava, incrédulo.

— Estou a ver. Mais alguma coisa?

— Sim — disse Mrs. Figg. — Senti a sua presença. Ficou tudo frio, e era uma noite quente de Verão, veja bem. E senti... como se toda a felicidade tivesse desaparecido do mundo... e lembrei-me... de coisas horríveis...

A sua voz tremeu e mergulhou no silêncio. Os olhos de Madam Bones abriram-se levemente e Harry reparou nas marcas vermelhas, no local em que o monóculo se cravara.

— Que foi que os Dementors fizeram? — perguntou, dando a Harry uma réstia de esperança.

— Foram atrás dos rapazes — declarou Mrs. Figg, a voz agora mais forte e mais confiante, a mancha rosada abandonando-lhe o rosto. — Um deles tinha caído. O outro recuava, tentando repelir o Dementor. Era o Harry. Tentou por duas vezes e produziu apenas um vapor prateado. À terceira tentativa, produziu um Patronus que se lançou sobre o primeiro Dementor, e que, em seguida, incitado por ele, atacou o segundo, afastando-o do primo. E foi isto que... aconteceu — concluiu Mrs. Figg, denotando ainda alguma insegurança.

Madam Bones fitou-a em silêncio do alto da tribuna. Fudge nem sequer a olhava, ocupado em procurar qualquer coisa entre os pergaminhos. Por fim, ergueu os olhos e resumiu de modo um pouco agressivo: — Essa é a sua versão, não é?

— Foi o que aconteceu — repetiu Mrs. Figg.

— Muito bem — disse Fudge. — Pode ir.

Mrs. Figg lançou a Dumbledore um olhar assustado. Em seguida, levantou-se e saiu à pressa, arrastando os pés. Harry ouviu a porta fechar-se com um ruído surdo.

— Uma testemunha muito pouco convincente — declarou Fudge no seu tom pomposo.

— Oh, não sei — disse Madam Bones. — Ela descreveu claramente todos os efeitos de um ataque de Dementors. E não vejo por que viria aqui dizer que eles estavam lá, se não fosse verdade.

— Mas Dementors a deambularem pelos subúrbios dos Muggles e dando logo, por *acaso*, com um feiticeiro? — bufou Fudge. — As probabilidades devem ser muito, muito fracas. Nem o Bagman apostaria que...

— Oh, eu não creio que algum de nós acredite que os Dementors estavam lá por mera coincidência — interveio Dumbledore com ar natural.

A feiticeira que tinha o rosto oculto nas sombras mexeu-se ligeiramente na cadeira, mas todos os outros se mantiveram imóveis e em silêncio.

— E que queres dizer com isso? — perguntou Fudge num tom glacial.

— Que acredito que alguém os enviou para lá — explicou Dumbledore.

— Se alguém tivesse mandado dois Dementors vagabundearem pelas ruas de Little Whinging, certamente teríamos um registo — vociferou Fudge.

— Não, se os Dementors estiverem a receber ordens de alguém que não o Ministério da Magia — prosseguiu Dumbledore com calma. — Já te dei a minha opinião sobre o assunto, Cornelius.

— Sim, sim — respondeu Fudge energicamente. — E não tenho motivos para acreditar que a tua opinião seja mais do que um chorrilho de asneiras. Os Dementors estão todos no seu lugar, Dumbledore. Em Azkaban, cumprindo as nossas ordens.

— Nesse caso — disse Dumbledore em voz baixa, mas bem clara —, teremos de nos perguntar por que motivo alguém do Ministério enviou um par de Dementors àquela rua, no dia dois de Agosto.

No silêncio absoluto que saudou estas palavras, a feiticeira sentada à direita de Fudge chegou-se à frente e Harry pôde vê-la pela primeira vez.

Achou-a parecida com um enorme sapo descorado. Era atarracada, de cara gorda e flácida, um pescoço curto que lembrava o do tio Vernon e uma boca rasgada e mole. Os olhos eram grandes, redondos e um pouco protuberantes. O próprio laço de veludo que tinha encarrapitado em cima dos cabelos curtos e encaracolados lembrava-lhe um moscardo que o sapo parecia estar prestes a apanhar, com a sua língua comprida e viscosa.

— A presidência pretende ouvir a Subsecretária do Ministério, Dolores Jane Umbridge — declarou Fudge.

A feiticeira falou num tom jovial, flutuante e agudo, que apanhou de surpresa Harry, pois esperava ouvia-la coaxar.

— Creio não ter percebido bem, Professor Dumbledore — principiou com um sorriso pretensioso que tornava os seus grandes olhos redondos ainda mais frios. — Pareceu-me, por uma fracção de segundo, que sugerira que o Ministério da Magia tinha mandado atacar este rapaz.

Deu uma gargalhadinha que fez os pêlos do pescoço de Harry ficarem em pé. Alguns membros do Wizengamot riram-se com ela. Era, porém, bastante óbvio que ninguém se achava realmente divertido.

— Se é verdade que os Dementors acatam apenas ordens do Ministério da Magia e sendo igualmente verdade que dois Dementors atacaram o Harry e o seu primo, parece-me lógico afirmar que alguém no Ministério lhes terá encomendado esse ataque — afirmou Dumbledore com toda a educação. — É claro que esses Dementors podem estar fora do controlo do Ministério...

— Não há Dementors fora do controlo do Ministério — bradou Fudge que estava agora vermelho como um pimentão.

Dumbledore inclinou a cabeça numa ligeira vénia.

— Nesse caso, o Ministério irá certamente proceder a um inquérito, no sentido de descobrir por que motivo dois Dementors se encontravam tão longe de Azkaban e por que motivo atacaram sem autorização.

— Não te cabe a ti decidir o que o Ministério faz ou deixa de fazer, Dumbledore! — bradou Fudge, agora de um tom arroxeado capaz de causar inveja ao tio Vernon.

— É claro que não — respondeu suavemente Dumbledore. — Estava apenas a expressar a minha convicção de que este assunto não deixará de ser investigado.

Olhou para Madam Bones que reajustara o seu monóculo e o observava com um ligeiro franzir de sobrolho.

— É bom lembrar que o comportamento dos dois Dementors, se é que não passam de meros produtos da imaginação do rapaz, não constitui o motivo desta audiência! — gritou Fudge. — Estamos aqui para examinar as infracções de Harry Potter ao Decreto de Restrições Razoáveis à Feitiçaria de Menores!

— Evidentemente — concordou Dumbledore —, mas a presença dos Dementors na rua é de grande relevância. A Cláusula Sete do Decreto determina que, em circunstâncias excepcionais, poderá ser usada a magia diante de Muggles e, como essas circunstâncias excepcionais incluem situações em que a vida do feiticeiro, da feiticeira, ou dos Muggles presentes, se encontre ameaçada e...

— Nós conhecemos a Cláusula Sete, muito obrigado — gritou Fudge.

— Claro está que conhecem — prosseguiu amavelmente Dumbledore. — Então, estamos de acordo em que o uso do Patronus pelo Harry, nestas circunstâncias, se enquadra precisamente na categoria de Circunstâncias Excepcionais que a Cláusula descreve?

— Se tiver ocorrido a presença de Dementors, do que eu duvido.

— Ouviste uma testemunha ocular — interrompeu Dumbledore. — Se ainda duvidas da veracidade das suas afirmações, interroga-a outra vez. Tenho a certeza de que ela não se importa.

— Eu... isso... não — bufou Fudge, remexendo nos pergaminhos que tinha à sua frente. — É... quero resolver isto hoje, Dumbledore.

— Mas não estás certamente a contar o tempo que perdes com uma testemunha, se estiver em causa uma grave infracção à justiça — disse Dumbledore.

— Grave infracção, uma ova! — bradou Fudge a plenos pulmões. — Alguma vez te deste ao trabalho de contar as histórias da carochinha que este rapaz arranja para encobrir o uso incorrecto e flagrante que faz da magia fora da Escola? Deves ter-te esquecido do Encantamento de Suspensão que ele usou há três anos.

— Não fui eu, foi um elfo doméstico! — protestou Harry.

— ESTÃO A VER? — rosnou Fudge, apontando para Harry com gestos aparatosos. — Um elfo doméstico em casa de Muggles! Lindo!

— O elfo doméstico em questão trabalha actualmente em Hogwarts — disse Dumbledore. — Se desejares, posso convocá-lo num instante para testemunhar.

— Eu... não... não tenho tempo para ouvir elfos domésticos. De qualquer modo, não foi o único. Ele insuflou a tia, com mil diabos! — gritou Fudge, batendo com o punho fechado na bancada do tribunal e derrubando um tinteiro.

— E tu, muito amavelmente, não apresentaste queixa nessa ocasião, aceitando, presumo eu, que até os melhores feiticeiros perdem por vezes o controlo das suas emoções — lembrou calmamente Dumbledore, enquanto Fudge tentava limpar a tinta das suas notas.

— E ainda nem me referi ao que ele inventa lá pela Escola.

— Mas, como o Ministério não tem autoridade para punir os alunos de Hogwarts por delitos menores praticados na escola, o comportamento de Harry não é relevante para este tribunal — redarguiu Dumbledore com a mesma educação de sempre, mas revelando agora uma ponta de frieza por detrás das suas palavras.

— Ha! — fez Fudge. — Com que então, não é da nossa conta o que ele faz na escola. Achas que não?

— O Ministério não tem poder para expulsar estudantes de Hogwarts, Cornelius, e recordei-to na noite de dois de Agosto — insistiu Dumbledore. — Assim como não tem o direito de confiscar varinhas antes de existirem provas concludentes. E, como te recordei também na noite de dois de Agosto, tu, na louvável urgência de garantir o cumprimento das leis, pareces ter ignorado, sem dúvida inadvertidamente, algumas delas.

— As leis podem ser modificadas — bradou Fudge furioso.

— É claro que podem — concordou Dumbledore, inclinando a cabeça. — E não há dúvida de que tens feito bastantes modificações, Cornelius. Nas poucas semanas desde que me convidaram a abandonar o Wizengamot, já se tornou possível convocar um julgamento criminal para tratar de um mero problema de magia de menores.

Alguns dos feiticeiros da tribuna mexeram-se, incomodados, nas cadeiras. Contudo, a feiticeira com cara de sapo, à direita de Fudge, limitou-se a lançar a Dumbledore um olhar inexpressivo.

— Tanto quanto sei — prosseguiu Dumbledore —, não existe ainda qualquer lei aprovada que defina ser função deste tribunal castigar o Harry por cada acto de magia que fez até hoje. Foi acusado de um delito específico e apresentou a sua defesa. Tudo o que podemos esperar, ele e eu, é que o tribunal nos dê o seu veredicto.

O Director de Hogwarts uniu de novo os dedos e calou-se. Fudge lançou-lhe um olhar obviamente exasperado, enquanto Harry espreitava Dumbledore pelo canto do olho, em busca de um sinal de apoio. Não tinha a certeza de que as palavras de Dumbledore, lembrando ao Wizengamot que era altura de tomar uma decisão, tivessem sido uma boa ideia, mas Dumbledore, mais uma vez, pareceu não reparar nele. Continuou a olhar para cima, para os bancos onde os membros do Wizengamot em peso se entregavam a longos murmúrios ansiosos.

Harry olhou para os pés. O coração, que parecia ter aumentado de volume, tamborilava-lhe sob as costelas. Esperara que o julgamento demorasse mais tempo e não estava seguro de ter causado uma boa impressão. Acabara por dizer muito pouco. Devia ter explicado melhor o aparecimento dos Dementors, como os enfrentara, como tanto ele quanto Dudley tinham estado quase, quase, a ser beijados...

Por duas vezes olhou para Fudge, abrindo a boca para falar, mas o coração dilatado comprimia-lhe as vias respiratórias e, de ambas as vezes, acabou por inspirar fundo, ficando a contemplar os sapatos.

Quando os sussurros terminaram, Harry quis olhar para cima, para os juízes, mas descobriu que era muito, muito mais fácil continuar a examinar os atacadores.

— Quem é a favor da absolvição do réu? — perguntou Madam Bones, elevando a voz.

Harry levantou a cabeça. Havia mãos no ar, muitas mãos... mais de metade. Com a respiração acelerada, tentou contá-las, mas, antes de ter conseguido chegar ao fim, já Madam Bones perguntara: — E a favor da condenação?

Fudge levantou a mão, seguido de meia dúzia de outros membros, incluindo a feiticeira à sua direita, o feiticeiro de fartos bigodes e a feiticeira do cabelo encaracolado da segunda fila.

Fudge olhou em volta, com a expressão de quem tem alguma coisa entalada na garganta. Por fim, baixou a mão, inspirou fundo duas vezes e declarou, numa voz distorcida pela raiva, que se via forçado a reprimir: — Muito bem, muito bem... absolvido.

— Excelente! — exclamou Dumbledore com vivacidade, enquanto se punha de pé, empunhava a varinha e fazia desaparecer os dois cadeirões de chita. — Bem, tenho de ir indo. Muito bom dia a todos.

E, sem olhar uma vez só para Harry, saiu do calabouço.

IX

AS ATRIBULAÇÕES DE MRS. WEASLEY

A brusca saída de Dumbledore apanhou Harry totalmente de surpresa. Ficara sentado na cadeira das correntes, debatendo-se entre um misto de choque e alívio. Os feiticeiros do Wizengamot estavam a levantar-se, conversando, reunindo e arrumando pergaminhos. Harry pôs-se de pé. Ninguém parecia prestar-lhe agora a menor atenção, a não ser a feiticeira com cara de sapo que estivera sentada à direita de Fudge e que o fitava, como antes fitara Dumbledore. Ignorando-a, Harry tentou trocar um olhar com Fudge ou com Madam Bones para lhes perguntar se podia ir-se embora, mas Fudge parecia decidido a não lhe passar cartão e Madam Bones mexia atrapalhadamente na pasta. Avançou, pois, hesitante em direcção à saída e, vendo que ninguém o chamava, apressou o passo.

Quase a correr, puxou a porta com força e por pouco não chocava com Mr. Weasley, que estava logo à saída com ar pálido e apreensivo.

— O Dumbledore não me contou...

— Absolvido! — exclamou Harry, fechando a porta atrás de si.

Com um grande sorriso, Mr. Weasley passou-lhe o braço por cima dos ombros.

— Isso é óptimo, Harry. Bem, é claro que, dados os factos, eles não poderiam considerar-te culpado, mas ainda assim não escondo que estava...

Mr. Weasley, porém, interrompeu a frase, porque a porta do tribunal acabava de se abrir de novo e os feiticeiros do Wizengamot começavam a sair.

— Pelas barbas de Merlim! — exclamou Mr. Weasley estupefacto, puxando Harry para lhes dar passagem. — Tu foste julgado pelo tribunal em peso?

— Acho que sim — disse Harry baixinho.

Quando passaram por eles, um ou dois feiticeiros cumprimentaram Harry com um aceno e outros, incluindo Madam Bones, disseram *Bom dia, Arthur* a Mr. Weasley, mas a maior parte desviou o olhar. Cornelius Fudge e a feiticeira com cara de sapo foram praticamente os últimos a abandonar o calabouço. Fudge fingiu que Harry e Mr. Weasley eram transparentes, mas a feiticeira voltou a olhar Harry de cima abaixo. O último a sair foi Percy que, tal como Fudge, ignorou por completo o pai e Harry, e passou por eles muito direito, de nariz empinado, agarrando um enorme rolo de pergaminho e uma mão cheia de penas de escrever. Os lábios de Mr. Weasley contraíram-se ligeiramente, mas, para além disso, nada mais indiciou que acabava de ver o seu terceiro filho.

— Vou levar-te, a fim de poderes contar aos outros as boas notícias — disse, mal Percy desapareceu nos degraus do Nível Nove, fazendo a Harry sinal para que o seguisse. — Deixo-te na sede e sigo para a tal casa de banho em Bethnal Green. Vem...

— Então, o que vai fazer a essa casa de banho? — perguntou Harry com um sorriso de orelha a orelha. De repente, tudo parecia muito mais divertido que antes. Começava a ter consciência de que fora absolvido. *Ia voltar para Hogwarts.*

— Oh, um contrafeitiço muito simples — explicou Mr. Weasley enquanto subiam as escadas. — Mas o que me preocupa não é tanto reparar os estragos, Harry, é sobretudo a atitude que está por detrás deste vandalismo. Atormentar os Muggles pode parecer divertido a alguns feiticeiros, mas é a expressão de algo muito mais profundo e cruel e eu...

Mr. Weasley interrompeu-se a meio da frase. Tinham acabado de chegar ao corredor do Nível Nove e, a poucos metros, Cornelius Fudge e um homem alto, de cabelos loiros muito lisos e expressão pálida e severa, conversavam tranquilamente.

Ao ouvir-lhes os passos, o segundo homem voltou-se. Também ele deixou a frase a meio, fixando no rosto de Harry os seus olhos, levemente contraídos, de um cinzento gelado.

— Ora, ora, ora... o Patronus Potter! — exclamou Lucius Malfoy.

Harry ficou sem ar, como se tivesse acabado de chocar contra uma parede. A última vez que vira aqueles olhos cinzentos, através de uma fresta, achavam-se sob um capuz de Devorador da Morte, e a última vez que ouvira aquela voz num riso de escárnio fora num cemitério sombrio, enquanto Lord Voldemort o torturava. Harry não queria acreditar que Malfoy se atrevesse a olhá-lo de frente, não queria acreditar que ele estivesse ali, no Ministério da Magia, a conversar com Cornelius Fudge, a quem Harry comunicara, poucas semanas antes, que Malfoy era um Devorador da Morte.

— O Ministro estava a contar-me como escapaste desta, Potter — declarou Malfoy num tom arrastado. — É espantoso que continues a sair sinuosamente dos mais estreitos buracos... *como uma cobra*, aliás.

Mr. Weasley agarrou o braço de Harry num gesto de aviso.

— Sim — redarguiu Harry. — Escapar é comigo.

Lucius Malfoy ergueu os olhos para o rosto de Mr. Weasley.

— E o Arthur Weasley também! Que fazes por estas bandas, Arthur?

— Eu trabalho aqui — retorquiu Mr. Weasley laconicamente.

— Não *aqui*, decerto? — continuou Malfoy, arqueando as sobrancelhas e olhando, por cima do ombro de Mr. Weasley, para a porta do calabouço. — Julguei que o teu lugar era no Nível Dois... Não fazes qualquer coisa que envolve surripiar artefactos de casa dos Muggles para os enfeitiçar a seguir?

— Não — respondeu Mr. Weasley de mau humor, os dedos enterrados nos ombros de Harry.

— E o senhor, que faz aqui? — perguntou Harry a Lucius Malfoy.

— Não creio que os meus assuntos particulares com o Ministro da Magia sejam da tua conta, Potter — ripostou Malfoy, alisando a parte da frente do manto e deixando ouvir o suave tilintar do que pareceu a Harry um bolso cheio de moedas de ouro.

— Lá porque és o menino querido do Dumbledore, não deves esperar a mesma condescendência por parte do resto dos feiticeiros... Vamos então até ao seu gabinete, Senhor Ministro.

— Claro — disse Fudge, voltando-lhes as costas. — Por aqui, Lucius.

Afastaram-se, segredando, numa passada larga. Mr. Weasley só largou o ombro de Harry quando eles desapareceram no elevador.

— Por que não esperou ele à porta do gabinete do Fudge, se tem assuntos a tratar com ele? — explodiu Harry, furioso. — Que fazia aqui?

— Se queres saber a minha opinião, tentava espreitar o julgamento — alvitrou Mr. Weasley extremamente agitado, olhando por cima do ombro para se assegurar de que não eram ouvidos. — Tentava descobrir se tinhas ou não sido expulso. Vou deixar um bilhete ao Dumbledore, quando te levar a casa. É bom que ele saiba que o Malfoy anda outra vez a conversar com o Fudge.

— Que assuntos pessoais têm eles, afinal?

— Ouro, penso eu — disse Mr. Weasley aborrecido. — Há anos que o Malfoy oferece generosamente ouro para todos os tipos de coisas... é a maneira de se aproximar das pessoas certas... assim pode pedir favores... atrasar a aprovação de leis que não quer ver aprovadas. Oh, o Lucius Malfoy é muito bem relacionado.

O elevador chegou. Vinha vazio, com excepção de um bando de memorandos que esvoaçaram, desorientados, acima da cabeça de Mr. Weasley, quando ele premiu o botão para o átrio e as portas se fecharam ruidosamente. Mr. Weasley enxotou-os, irritado.

— Mas se o Fudge se encontra com Devoradores da Morte, — proferiu Harry lentamente — se tem conversas particulares com eles, como podemos saber se não lhe fizeram a Maldição Imperius?

— Não julgues que não pensámos já nisso, Harry — respondeu Mr. Weasley em voz baixa. — Mas o Dumbledore acha que, por enquanto, o Fudge está a tomar decisões pela sua própria cabeça, o que, como ele diz, não é lá muito tranquilizador. É melhor não falarmos mais nisso aqui, Harry.

As portas abriram-se e saíram no átrio, agora praticamente deserto. Eric, o segurança, estava de novo oculto pel'*O Profeta Diário*. Já tinham passado a fonte dourada, quando Harry se lembrou.

— Espere... — pediu a Mr. Weasley e, tirando o porta-moedas do bolso, voltou à fonte.

Olhou para o rosto do feiticeiro bonito que, visto de perto, pareceu a Harry frágil e apatetado. A feiticeira ostentava um sorriso insípido de concorrente a um título de Rainha de Beleza e, pelo que Harry sabia de duendes e centauros, era muito pouco provável que alguém os apanhasse a olhar para os humanos com um ar tão piegas. Apenas a atitude servil e adulatória dos elfos domésticos parecia convincente. Sorrindo ao pensar no que Hermione diria se visse a estátua do elfo, Harry voltou o porta-moedas ao contrário e despejou, não apenas dez galeões, mas todo o seu conteúdo no lago.

*

— Eu sabia! — gritou Ron, dando socos no ar. — Tu consegues sempre safar-te.

— Eles tinham de te absolver — declarou Hermione, que parecera positivamente doente de ansiedade, quando Harry entrara na cozinha. Ainda trémula, apertava-lhe agora a mão. — Não tinham nada contra ti, nada de nada.

— Todos me parecem muito aliviados para quem tinha tanta certeza de que eu me ia safar — comentou Harry com um sorriso.

Mrs. Weasley limpava a cara com o avental e Fred, George e Ginny executavam uma dança de guerra, cantarolando: — *Ele safou-se, ele safou-se, ele safou-se...*

— Basta, meninos, acalmem-se — gritou Mr. Weasley, apesar de, também ele, ostentar um grande sorriso.

— Sabes, Sirius, o Lucius Malfoy estava no Ministério...

— O quê? — inquiriu Sirius com brusquidão.

— *Ele safou-se, ele safou-se, ele safou-se...*

— Estejam calados, vocês os três! Sim, vimo-lo a falar com o Fudge no Nível Nove. Depois seguiram juntos para o gabinete do Ministro. O Dumbledore devia ser informado.

— Sem dúvida — concordou Sirius. — Nós prevenimo-lo, fica descansado.

— Bem, tenho de ir indo, há uma sanita com vómitos à minha espera, em Bethnal Green. Molly, chego mais tarde hoje, vou fazer o turno da Tonks, mas o Kingsley é capaz de aparecer para jantar...

— *Ele safou-se, ele safou-se, ele safou-se...*

— Já chega! Fred, George, Ginny! — gritou Mrs. Weasley, quando Mr. Weasley saiu da cozinha. — Harry, querido, senta-te um bocadinho, toma qualquer coisa. Não comeste nada ao pequeno-almoço.

Ron e Hermione instalaram-se à sua frente na mesa, com um ar ainda mais feliz que quando ele chegara pela primeira vez a Grimmauld Place, e o vertiginoso sentimento de alívio que fora, de certo modo, abafado pelo encontro com Lucius Malfoy, reapareceu. A casa sombria parecia subitamente mais quente e mais acolhedora e até Kreacher lhe pareceu menos feio, quando meteu o nariz em forma de trombinha pela frincha da porta para investigar o motivo de toda aquela barulheira.

— É claro que com o Dumbledore do teu lado não podiam, de maneira nenhuma, condenar-te — disse Ron bem-disposto, enquanto enchia todos os pratos com grandes doses de puré de batata.

— Sim, ele conseguiu virar a coisa — concordou Harry. Seria uma grande ingratidão da sua parte, para não dizer, uma infantilidade, confessar: «Só queria que ele tivesse falado comigo, ou pelo menos *olhado* para mim.»

E, no momento em que lhe ocorria este pensamento, a cicatriz da testa ardeu-lhe de tal maneira que teve de a tapar com a mão.

— Que foi? — perguntou Hermione, assustada.

— A cicatriz — murmurou. — Mas não é nada... tem acontecido tantas vezes ultimamente...

Nenhum dos outros notara; serviam-se da comida, regozijando--se com o facto de Harry ter escapado por pouco. Fred, George e Ginny ainda continuavam a cantar. Hermione parecia um tanto ou quanto ansiosa, contudo, antes de ter tido tempo de abrir a boca, Ron dissera radiante:

— Aposto que o Dumbledore aparece por cá hoje para festejar connosco.

— Não me parece que isso seja possível, Ron — interveio Mrs. Weasley, colocando à frente de Harry uma enorme pratada de frango assado. — O Dumbledore está muito, muito ocupado neste momento.

— ELE SAFOU-SE, ELE SAFOU-SE, ELE SAFOU-SE...
— CALEM-SE! — vociferou Mrs. Weasley.

★

Durante os dias que se seguiram, Harry não pôde deixar de notar que havia uma pessoa ali, no número doze de Grimmauld Place, que não parecia particularmente feliz com o seu regresso a Hogwarts. Da primeira vez em que ouvira as notícias, Sirius desempenhara brilhantemente o seu papel de padrinho feliz, dando a Harry um forte aperto de mão e sorrindo, como todos os outros. Contudo, pouco tempo depois, começou a ficar mais taciturno e mais carrancudo, falando cada vez menos com as pessoas, incluindo Harry, e passando grandes períodos de tempo fechado no quarto da mãe, na companhia de *Buckbeak*.

— Não comeces a sentir-te culpado! — disse-lhe Hermione muito séria, dias depois, quando Harry lhe confiou, a ela e a Ron, alguns dos seus sentimentos, enquanto esfregavam o bolor de um armário cheio de mofo no terceiro andar. — O teu lugar é em Hogwarts, e o Sirius sabe muito bem disso. Pessoalmente, acho que ele está a ser egoísta.

— Isso é um pouco duro, Hermione — comentou Ron, franzindo a testa, enquanto tentava ver-se livre de um pedaço de bolor que se lhe agarrara a um dos dedos. — *Tu* também não gostarias de ficar fechada nesta casa, sem ninguém para te fazer companhia.

— Ele vai ter companhia — disse Hermione. — Isto é o Quartel-General da Ordem da Fénix, não é? O mal é que o Sirius começou a acreditar que o Harry vinha viver aqui com ele.

— Não me parece que seja assim — contrapôs Harry, espremendo o esfregão. — Ele nem sequer me deu uma resposta directa, quando lhe perguntei se podia vir.

— Porque não queria acalentar ainda mais esperanças — retorquiu sensatamente Hermione. — E deve ter-se sentido também um pouco culpado, porque uma parte de si desejava realmente que tu fosses expulso. Assim, seriam dois proscritos.

— Deixa-te disso! — exclamaram ao mesmo tempo Ron e Harry, mas Hermione limitou-se a encolher os ombros.

— Como quiserem, mas às vezes acho que a mãe do Ron tem razão quando diz que o Sirius te confunde um pouco com o teu pai, Harry.

— Achas, então, que ele está apanhado da cabeça? — perguntou Harry acaloradamente.

— Não, só acho que há muito que se sente só.

Nesse momento, Mrs. Weasley entrou no quarto contíguo.

— Ainda não acabaram? — perguntou, enfiando a cabeça dentro do armário.

— Pensei que vinha cá dizer-nos para fazermos um intervalo — suspirou amargamente Ron. — Tem alguma ideia da quantidade de bolor que já tirámos desde que aqui chegámos?

— Vocês queriam tanto ajudar a Ordem! — comentou Mrs. Weasley. — Podem contribuir, tornando o Quartel-General habitável.

— Sinto-me um elfo doméstico — resmungou Ron.

— Bem, agora que compreendem como a vida deles é horrível, talvez possam ser um pouco mais activos na BABE — arriscou Hermione cheia de esperança, enquanto Mrs. Weasley se afastava. — Sabem, talvez não fosse má ideia mostrar às pessoas como é pavoroso estar sempre a limpar. Podíamos fazer uma limpeza patrocinada à sala comum dos Gryffindor, e o produto reverteria a favor da BABE. Conseguiríamos desse modo influenciar consciências e angariar fundos.

— Eu dou-te o patrocínio, se não te calas com a BABE — murmurou Ron irritado, tão baixinho que só Harry conseguiu ouvi-lo.

★

À medida que se aproximava o fim das férias, Harry dava consigo a pensar cada vez mais em Hogwarts. Estava ansioso por ver de novo Hagrid, jogar Quidditch e até atravessar as pequenas hortas que conduziam às estufas de Herbologia. Ia ser uma maravilha abandonar aquela casa, cheia de pó e bolor, em que metade dos armários estavam fechados à chave e de cujas sombras Kreacher, com a sua voz asmática, proferia insultos a quem por ele passava. Contudo, Harry tinha o maior cuidado em não dizer nada disto em frente de Sirius.

A verdade é que, viver no Quartel-General do movimento anti-Voldemort não era, nem de perto nem de longe, tão interessante ou tão excitante como Harry teria imaginado. Apesar de vários membros da Ordem da Fénix entrarem e saírem regularmente, ficando por vezes para as refeições, outras apenas para alguns minutos de conversa em voz baixa, Mrs. Weasley assegurava-se de que Harry e os outros se mantinham fora do seu campo de audição (com ou sem as Orelhas Extensíveis), e ninguém, nem mesmo Sirius, parecia achar que Harry precisava de saber mais que o que lhe fora dito na noite da sua chegada.

No último dia das férias, Harry estava a limpar os excrementos de *Hedwig* em cima do guarda-fatos, quando Ron entrou no quarto com uma série de envelopes.

— Chegaram as listas dos livros — informou-o, atirando uma a Harry, que estava de pé em cima de uma cadeira. — Já não era sem tempo, pensava que se tinham esquecido, costumam vir muito mais cedo...

Harry retirou o último excremento para dentro de um saco de lixo e lançou-o por cima da cabeça de Ron, para um canto do quarto, onde um cesto de papéis o engoliu, dando, em seguida um arroto sonoro. Abriu então a carta. Continha duas folhas de pergaminho: uma recordando-lhe, como de costume, que as aulas começavam no dia 1 de Setembro; a outra informando-o dos livros de que iria precisar para esse ano.

— Só há dois novos — disse, lendo em voz alta a lista. — *O Livro Básico dos Feitiços, Nível 5*, por Miranda Goshawk e *A Teoria da Magia Defensiva*, por Wilbert Slinkhard.

ZÁS!

Fred e George Materializaram-se mesmo ao lado de Harry. Ele já estava a ficar tão habituado a que fizessem aquilo que nem sequer caiu da cadeira.

— Gostávamos de saber quem indicou o livro do Slinkhard — disse Fred com ar natural.

— Porque isso significa que o Dumbledore arranjou outro professor de Defesa Contra a Magia Negra — completou George.

— Também já não era sem tempo — disse Fred.

— Que querem dizer com isso? — perguntou Harry, saltando de cima da cadeira e vindo ter com eles.

— Bem, ouvimos por acaso com as Orelhas Extensíveis o pai e a mãe conversarem há algumas semanas — revelou Fred. — E, pelo que diziam, parece que o Dumbledore estava a ter grande dificuldade este ano em encontrar alguém para desempenhar o cargo.

— Não é de espantar, pois não, se considerarmos o que aconteceu aos outros quatro professores? — disse George.

— Um despedido, um morto, um a quem foi retirada a memória e um trancado num malão durante nove meses — recordou Harry, contando-os pelos dedos. — Sim, percebo perfeitamente.

Ron não lhe respondeu. Harry olhou à sua volta. O amigo estava de pé, muito quieto, com a boca ligeiramente aberta, segurando na mão a carta de Hogwarts.

— Que se passa? — insistiu Fred impaciente, aproximando-se dele para espreitar o pergaminho por cima do seu ombro.

Fred ficou de boca aberta.

— Prefeito? — disse, olhando incrédulo para a carta. — *Prefeito*?

George deu um salto para a frente, agarrou o envelope que Ron tinha na mão e virou-o ao contrário. Harry viu uma coisa dourada e escarlate cair na palma da mão de George.

— Não pode ser! — exclamou numa voz abafada.

— Deve ter havido um engano — protestou Fred, arrancando a carta das mãos de Ron e olhando-a através da luz, como se procurasse uma marca de água. — Ninguém no seu juízo perfeito nomearia Ron para prefeito.

As cabeças dos gémeos voltaram-se em uníssono para Harry.

— Estávamos convencidos de que ias ser tu — declarou Fred num tom de voz que parecia acusar Harry de os ter ludibriado.

— Pensávamos que o Dumbledore ia ser obrigado a escolher-te — confessou George, indignado.

— Como ganhaste o Torneio dos Três Feiticeiros e tudo isso — insistiu Fred.

— Se calhar, as coisas malucas que ele fez jogaram contra ele — arriscaram. — Sim, tu criaste problemas a mais, pá. O que vale é que, pelo menos, um de vocês conhece bem as suas prioridades.

Foi até junto de Harry e deu-lhe uma palmada nas costas, ao mesmo tempo que lançava ao irmão um olhar mordaz.

— Prefeito... o Ronizinho lindo, prefeito.

— Ah, a mãe vai ficar insuportável — resmungou George, voltando a entregar o distintivo de prefeito ao Ron, como se estivesse infectado.

Ron, que ainda não dissera uma palavra, pegou no distintivo, olhou para ele durante um momento e, em seguida, estendeu-o ao amigo como que procurando a confirmação de que era genuíno. Harry pegou-lhe. Sobre o leão dos Gryffindor podia ver-se um grande «P». Harry tinha visto um distintivo igual no peito de Percy no seu primeiro dia em Hogwarts.

A porta entreabriu-se subitamente e Hermione entrou a correr muito corada, os cabelos a esvoaçar e um envelope na mão.

— Tu... recebeste?

Ao ver o distintivo na mão de Harry, soltou um grito de alegria.

— Eu sabia! — disse excitadíssima, agitando a carta. — Eu também, Harry, eu também.

— Não — disse Harry muito depressa, enfiando o distintivo na mão de Ron. — É o Ron, não sou eu.

— O... quê?

— O Ron é que é prefeito, não sou eu — repetiu Harry.

— *O Ron?* — repetiu Hermione, de queixo caído. — Mas... tens a certeza? Quero dizer...

Ficou vermelha como um pimentão, quando Ron se voltou para ela com uma expressão de desafio.

— É o meu nome que está aí — declarou.

— Eu... — gaguejou Hermione, totalmente desconcertada. — Eu... bem... Uau! Parabéns, Ron. É realmente...

— Inesperado — completou George com um aceno.

— Não — contrapôs Hermione, corando ainda mais. — Não é que... o Ron fez montes de... ele é realmente...

A porta entreabriu-se e Mrs. Weasley entrou de costas, transportando uma pilha de mantos acabados de passar a ferro.

— A Ginny disse-me que já chegaram as listas dos livros — proferiu, olhando para os envelopes à sua volta, ao mesmo tempo que se dirigia para a cama e começava a dispor os mantos em duas pilhas. — Eu vou à Diagon-Al hoje à tarde; se me entregarem as listas, posso comprá-los, enquanto vocês fazem as malas. E tenho de te arranjar mais pijamas, Ron. Estes já devem ter um palmo a menos. É inacreditável a velocidade a que tens crescido... que cor preferes?

— Compre-lhe vermelho e dourado para combinar com o distintivo — disse sarcasticamente George.

— Combinar com o quê? — perguntou Mrs. Weasley distraída, enrolando um par de peúgas de um castanho-avermelhado e colocando-as na pilha de Ron.

— O distintivo — explicou Fred com ar de quem quer ultrapassar rapidamente um mau momento. — O seu lindo e brilhante distintivo de Prefeito.

Mrs. Weasley levou algum tempo a assimilar as palavras do filho, tão ocupada que estava com os pijamas.

— O... mas, Ron, tu não és...?

Ron mostrou-lhe o distintivo.

Mrs. Weasley soltou um grito agudo, igual ao de Hermione.

— Não acredito! Não posso acreditar! Oh Ron, que óptimo, prefeito. Todos na família foram prefeitos!

— Todos? E eu e o Fred, o que somos? Os vizinhos do lado? — protestou George indignado, enquanto a mãe passava por ele e ia abraçar o filho mais novo.

— Espera só até o teu pai saber, Ron. Oh, estou tão orgulhosa de ti, que notícia maravilhosa. Podes até chegar a Delegado dos Alunos como o Bill e o Percy. Prefeito é o primeiro passo. Oh, que coisa boa no meio de todas estas preocupações. Estou tão emocionada, oh, meu *Ronnie*...

Por trás das costas da mãe, Fred e George faziam sonoros ruídos de vómito, mas Mrs. Weasley não dava por nada. Com os braços em volta do pescoço de Ron, enchia-lhe a cara de beijos, deixando-a mais escarlate que o próprio distintivo.

— Mãe... espere... mãe... deixe-me respirar — balbuciou, tentando afastá-la.

Ela largou-o, murmurando quase sem fôlego. — Bem, o que vai ser? Demos ao Percy uma coruja, mas tu já tens uma, claro.

— Q... que quer dizer? — balbuciou Ron, como quem não acredita no que está a ouvir.

— Tens de ter um prémio qualquer pela tua nomeação — explicou ternamente Mrs. Weasley. — Que tal um belo conjunto de mantos?

— Já lhe comprámos roupa — protestou com ar carrancudo Fred, que parecia não estar a gostar nada de toda aquela generosidade.

— Ou um caldeirão novo, o velhinho que era do Charles já está a verter, ou outro rato, tu sempre gostaste do *Scabbers*...

— Mãe — disse Ron esperançoso —, não pode ser uma vassoura nova?

A expressão de Mrs. Weasley perdeu algum do seu brilho. As vassouras eram dispendiosas.

— Não das melhores — apressou-se ele a acrescentar. — Só uma vassoura nova, para variar...

Mrs. Weasley hesitou antes de se abrir num sorriso.
— É claro que sim... Bem, é melhor eu ir indo, tenho mais uma vassoura para comprar. Até logo a todos... O meu Ronyzinho, um prefeito... oh, até estou toda arrepiada.

Deu mais um beijo na bochecha de Ron, fungou bem alto e saiu do quarto a grande velocidade.

Fred e George trocaram um olhar.

— Não te importas que não te beijemos, pois não, Ron? — perguntou Fred numa voz falsamente ansiosa.

— Podemos fazer uma vénia, se quiseres — disse George.

— Oh, calem-se os dois — gritou Ron, fulminando-os com o olhar.

— Senão o quê? — provocou-o Fred com um sorriso maldoso.
— Pões-nos de castigo?

— Gostava de ver isso — disse Ginny com um risinho à socapa.

— Ele pode fazer isso, se vocês não tiverem cuidado — declarou Hermione, zangada.

Fred e George desataram a rir às gargalhadas, enquanto Ron murmurava: — Deixa lá, Hermione.

— Vamos ter de ser muito cautelosos, George, — disse Fred, fingindo estremecer — com estes dois na nossa peugada.

— É, parece que os nossos dias de violar a lei chegaram ao fim — declarou George, abanando a cabeça.

E, com outro estampido, Desmaterializaram-se.

— Que dois! — praguejou Hermione, furiosa, olhando para o tecto, através do qual podiam agora ouvir Fred e George perdidos de riso no andar de cima. — Não ligues, Ron. Estão cheios de inveja, só isso.

— Não creio — disse Ron duvidoso, olhando também para o tecto. — Sempre os ouvi dizer que só os parvos são nomeados para prefeitos... se bem que — acrescentou num tom mais bem-disposto — nunca qualquer deles teve um vassoura nova! Quem me dera ir escolhê-la com a mãe. Ela não vai ter dinheiro para comprar uma *Nimbus*, mas há agora a nova *Cleansweep*, o que seria óptimo... sim, acho que vou dizer-lhe que gostaria de ter uma *Cleansweep*, só para ela saber...

Saiu do quarto à pressa, deixando Harry e Hermione sozinhos.

Por um qualquer motivo inexplicável, Harry não tinha vontade de olhar para Hermione. Voltou-se de costas, pegou na pilha de mantos que Mrs. Weasley colocara em cima da cama e atravessou o quarto, direito ao malão.

— Harry — chamou Hermione hesitante.

— Parabéns, Hermione — respondeu num tom tão cordial que nem parecia a sua voz. E, continuando a não olhar para ela: — Brilhante. Prefeita de Hogwarts. Óptimo.

— Obrigada — disse Hermione. — Aã... Harry... poderias emprestar-me a *Hedwig* para eu mandar um recado aos meus pais? Eles vão ficar satisfeitíssimos... afinal, *prefeita* é uma coisa que podem entender.

— Tudo bem, não há problema — concordou Harry no mesmo tom excessivamente caloroso que não era o dele. — Manda-a.

Inclinou-se sobre o malão, arrumou os mantos no fundo e fingiu procurar alguma coisa, enquanto Hermione se dirigia ao guarda-fatos e chamava *Hedwig*. Quando a porta se fechou, alguns minutos mais tarde, Harry continuava dobrado. Os únicos sons que conseguia ouvir eram o risinho à socapa do quadro vazio e o ruído do cesto dos papéis, vomitando os dejectos de coruja.

Endireitou-se e olhou para trás. Hermione saíra e *Hedwig* também. Harry precipitou-se para a porta do quarto, fechou-a e voltou calmamente para a cama, onde se enfiou, ficando a contemplar, de olhos vazios, a base do guarda-fato.

Esquecera-se por completo de que os prefeitos eram escolhidos no quinto ano. Estivera tão angustiado com a possibilidade de ser expulso de Hogwarts, que nem se lembrara de que os distintivos de prefeito de certas pessoas deviam vir já a caminho. Mas, se *tivesse* pensado nisso... se se tivesse recordado... que expectativas teria?

Não esta, disse uma vozinha verdadeira dentro da sua cabeça.

Contraído, Harry enfiou o rosto entre as mãos. Não podia mentir a si próprio. Se tivesse sabido que o distintivo de prefeito vinha a caminho, teria esperado que fosse para ele, não para Ron. Torná-lo--ia este pensamento tão arrogante como Draco Malfoy? Achar-se-ia superior a todos os outros? Julgar-se-ia, de facto, melhor que Ron?

Não, disse a vozinha em tom de desafio.

Seria verdade? Perguntou-se ansiosamente, testando os seus sentimentos.

Sou melhor no Quidditch, disse a voz. *Mas não sou melhor no resto.*

Era absolutamente verdade, pensou. Não era melhor que Ron nas aulas. Mas, e fora das aulas? E naquelas aventuras que ele, Ron e Hermione tinham vivido juntos desde o primeiro dia de Hogwarts, muitas vezes arriscando mais que a própria expulsão?

Bem, o Ron e a Hermione estiveram quase sempre ao meu lado, disse a voz dentro da sua cabeça.

Não, nem sempre, argumentou Harry consigo mesmo. Não lutaram comigo contra o Quirrell. Não lidaram com o Riddle e com o Basilisco. Não correram com todos aqueles Dementors na noite em que o Sirius fugiu. Não estiveram naquele cemitério na noite em que Voldemort voltou...

Foi tomado pela mesma náusea que o invadira na noite da chegada. «Não há dúvida de que eu fiz muito mais», pensou, indignado. «Fiz mais do que qualquer um deles.»

Mas talvez, disse a vozinha com imparcialidade, *talvez Dumbledore não escolha os prefeitos por se terem envolvido numa data de situações perigosas... Talvez os escolha por outros motivos... o Ron deve ter alguma coisa que tu não...*

Harry abriu os olhos e olhou através dos dedos para os pés em garra do guarda-fatos. Lembrou-se do que Fred tinha dito: «Ninguém, no seu juízo normal faria do Ron prefeito...»

Deu uma pequena gargalhada sonora, sentindo-se logo a seguir enojado consigo próprio.

Ron não pedira a Dumbledore que lhe desse o distintivo de prefeito, não tinha culpa nenhuma. Como podia ele, o seu melhor amigo, estar amuado, porque não tinha também um distintivo, como podia unir-se aos gémeos para fazer pouco de Ron, estragar-lhe aquele momento que era o primeiro, afinal, em que ele conseguia ultrapassá-lo nalguma coisa?

Foi então que ouviu de novo os passos de Ron na escada. Pôs-se de pé, endireitou os óculos e abriu um sorriso de orelha a orelha, quando o amigo abriu a porta e entrou.

— Consegui apanhá-la — disse ele, feliz. — Ela vai trazer a *Cleansweep*, se puder.

— Óptimo — disse Harry aliviado ao ver que a voz deixara de ter aquele som falsamente caloroso. — Ouve, Ron... parabéns, pá.

O sorriso apagou-se na cara de Ron.

— Nunca pensei que ia ser eu — confessou, abanando a cabeça.

— Achava que serias tu.

— Ná, eu causei muitos problemas — lembrou-lhe Harry, fazendo eco das palavras de Fred.

— É verdade — concordou Ron. — Deve ser... bem, é melhor arrumarmos as malas, não é?

Era estranhíssimo como os pertences de todos eles se haviam espalhado desde que tinham chegado àquela casa. Demoraram grande parte da tarde a recolher os livros e outros objectos disseminados pelos cantos e a guardá-los nas respectivas malas. Harry reparou que Ron não parava de mudar o distintivo de lugar, colocando-o primeiro na mesa-de-cabeceira, depois no bolso dos *jeans* para o retirar em seguida, deixando-o repousar sobre os mantos dobrados, como se quisesse ver o efeito do vermelho sobre o preto. Só quando Fred e George apareceram de repente e se ofereceram para lho colocar na testa com um Encantamento de Fixação Permanente, o embrulhou com ternura numa soquete castanho--avermelhada, que arrumou dentro da mala.

Mrs. Weasley voltou de Diagon-Al por volta das seis da tarde, carregada de livros e transportando um pacote comprido embrulhado em papel castanho, que Ron lhe tirou das mãos com um gemido de ansiedade.

— Não percas tempo a desembrulhá-la agora, as pessoas já estão a chegar para o jantar e quero-vos a todos lá em baixo — disse Mrs. Weasley, todavia, mal ela saiu, Ron rasgou ansiosamente o papel e examinou cada centímetro da sua nova vassoura, com uma expressão de êxtase no rosto.

Lá em baixo, na cave, por cima da mesa cheia de iguarias, Mrs. Weasley pendurara uma faixa vermelha que dizia:

PARABÉNS
AOS NOVOS PREFEITOS
RON E HERMIONE

Harry nunca a vira tão bem-disposta durante as férias.

— Achei melhor fazer uma pequena festa, não um jantar sentado — explicou a Harry, Ron, Hermione, Fred, George e Ginny quando eles entraram na cozinha. — O teu pai e o Bill vêm a caminho, Ron. Mandei corujas aos dois e eles ficaram emocionadíssimos — acrescentou com um sorriso.

Fred revirou os olhos.

Sirius, Lupin, Tonks e Kingsley Shacklebolt já lá estavam e Moody Olho-Louco entrou no seu passo pesado e ruidoso, logo a seguir a Harry, com uma caneca de cerveja de manteiga na mão.

— Oh, Alastor, ainda bem que cá estás — exclamou Mrs. Weasley muito satisfeita, enquanto Olho-Louco sacudia dos ombros o manto de viagem. — Há séculos que te queríamos pedir que desses uma olhadela na secretária da sala e nos dissesses o que está lá dentro. Não quisemos abri-la, não fosse dar-se o caso de ser alguma coisinha má.

— Tudo bem, Molly...

O olho azul-eléctrico de Moody girou em volta e fixou-se no tecto da cozinha.

— Na sala... — rosnou ao mesmo tempo que a pupila se contraía. — A secretária do fundo? Ah, sim, estou a ver... Sim, é um Sem Forma... queres que vá lá acima livrar-me dele?

— Não, não, eu mesma trato disso mais tarde — disse Mrs. Weasley, toda ela sorrisos. — Toma a tua bebida. Estamos a fazer uma espécie de festa... — Fez um gesto, indicando a faixa escarlate. — O quarto prefeito da família! — declarou orgulhosa, despenteando o cabelo de Ron.

— Prefeito, hein? —vociferou Moody, fixando o seu olho normal em Ron e rodopiando o olho mágico para espreitar por detrás da cabeça. Harry teve a desagradável sensação de que ele o observava e dirigiu-se a Sirius e Lupin.

— Então, parabéns — desejou-lhe Moody, continuando a olhar para Ron com o seu olho normal. — As figuras representantes da autoridade atraem sempre problemas, mas calculo que o Dumbledore confie em ti para aguentares a maior parte dos feitiços malignos, ou não te teria nomeado...

Ron ficou um pouco alarmado com tal suposição, mas foi poupado ao trabalho de responder pela chegada do pai e do irmão mais velho. Mrs. Weasley estava tão bem-disposta que nem sequer protestou por terem trazido com eles Mundungus, que vestia um sobretudo muito comprido, todo ratado em diversos pontos e que se recusou a tirar e a deixar junto do manto de viagem de Moody.

— Bem, julgo que chegou o momento de fazermos um brinde — propôs Mrs. Weasley, quando todos tinham na mão a sua bebida. Ergueu o cálice. — Ao Ron e à Hermione, novos prefeitos dos Gryffindor.

Os olhos de Ron e de Hermione brilhavam de satisfação, enquanto toda a gente os saudava e aplaudia.

— Eu nunca fui prefeito — declarou a voz animada de Tonks, atrás de Harry, quando o grupo se aproximava da mesa para se servir. De cabelo vermelho-tomate até à cintura, parecia a irmã mais velha de Ginny. — A chefe da minha equipa achou que me faltavam algumas qualidades necessárias.

— Como por exemplo? — quis saber Ginny, que optara por uma batata assada.

— Por exemplo, a capacidade de me comportar devidamente — confessou Tonks.

Ginny riu-se. Hermione ficou sem saber se deveria sorrir ou manter-se séria, e optou por tomar um grande gole de Cerveja de Manteiga, engasgando-se logo a seguir.
— E tu, Sirius? — perguntou Ginny, dando uma palmada nas costas de Hermione.
Sirius, que estava junto de Harry, soltou uma das suas gargalhadas que mais pareciam latidos.
— Ninguém se lembraria de me nomear prefeito, passei muito tempo de castigo com o James. O Lupin era o bem comportado do grupo. Foi ele o prefeito.
— Acho que o Dumbledore esperava que eu conseguisse exercer algum controlo sobre os meus melhores amigos — revelou Lupin. — Desnecessário será dizer que, infelizmente, não fui bem-sucedido.
A disposição de Harry mudou subitamente. O seu pai também não fora prefeito. De um momento para o outro, a festa tornou-se muito mais agradável. Encheu o prato, sentindo fortalecer-se o seu sentimento de amizade por todos que ali se encontravam.
Ron divagava sobre a nova vassoura para quem o quisesse ouvir.
— ... Dos zero aos setenta em dez segundos, nada mau, hem? Quando pensamos que a *Cometa Duzentos e Noventa* ia dos zero aos sessenta e, mesmo assim, só com um bom vento de cauda, segundo a revista *Que Vassoura?*
Com o seu ar muito sério, Hermione conversava com Lupin sobre os direitos dos elfos domésticos.
— Afinal, é tão absurdo como a segregação dos lobisomens, não é? A origem é a mesma: essa ideia horrível que os feiticeiros têm de que são superiores às outras criaturas...
Mrs. Weasley e Bill entregavam-se à sua discussão habitual sobre o cabelo de Bill.
— ... Está a ultrapassar os limites e tu és tão bonito, não ficava muito melhor curtinho, Harry?
— Eu... não sei — disse Harry, um pouco aflito por lhe pedirem uma opinião e esgueirando-se para junto de Fred e de George, que estavam a um canto, conversando com Mundungus.
Este calou-se ao ver Harry, mas Fred piscou-lhe o olho e fez sinal a Harry para que se aproximasse.
— Não há problema — disse a Mundungus. — Podemos confiar nele, é o nosso financiador.
— Olha o que o Dung nos arranjou — mostrou George, estendendo a Harry uma mão-cheia de umas coisas pretas que pareciam

vagens ressequidas. Apesar de imóveis, vinha de dentro delas um estranho ruído de chocalho.

— Sementes de *Venomous Tentacula* — explicou George. — Precisamos delas para as Pastilhas Isybalda, mas são uma substância Classe C, não transaccionável, por isso, tem sido muito difícil consegui-las.

— Dez galeões o lote, certo, Dung? — propôs Fred.

— Com toda a dificuldade qu'eu tive pràs arranjar? — discordou Mundungus, os olhos injectados de sangue, a dilatarem-se ainda mais. — Lamento, rapazes, ma nã aceito um janota abaixo de vinte.

— O Dung gosta de se armar em engraçadinho — disse Fred a Harry.

— Pois gosta, a melhor dele foi aquela de seis leões por um saco de penas de Knarl — lembrou George.

— Cuidado! — preveniu Harry em voz baixa.

— Porquê? — inquiriu Fred. — A mãe está a derreter-se com o Prefeito Ron, podemos ficar tranquilos.

— Mas o Moody pode estar de olho em vocês — lembrou Harry.

Mundungus olhou, nervoso, por cima do ombro.

— Bem pensado — rosnou. — 'Tá bem, rapazes, fica por dez, s' os guardarem depressa.

— Boa, Harry! —agradeceu Fred radiante, depois de Mundungus ter esvaziado os bolsos nas mãos estendidas dos gémeos, aproximando-se da comida. — É melhor levarmos isto lá para cima...

Harry viu-os subir e sentiu-se um pouco incomodado. Pensou nesse momento que, quando descobrissem a existência da loja de brincadeiras, Mr. e Mrs. Weasley quereriam certamente saber como o negócio tinha sido financiado. Dar aos gémeos o prémio do Torneio dos Três Feiticeiros parecera-lhe, na altura, uma coisa simples, mas e se contribuísse para outra briga na família e um afastamento como o que houvera com Percy?

Continuaria Mrs. Weasley a gostar dele como se fosse seu filho, quando visse que ele possibilitara a George e a Fred uma carreira que ela considerava inadequada?

De pé, no sítio onde os gémeos haviam desaparecido, tendo como única companhia um aperto de culpa na boca do estômago, Harry ouviu alguém dizer o seu nome. A voz profunda de Kingsley Shacklebolt ressoou, sobrepondo-se ao barulho que os rodeava.

— ... Só não sei por que motivo o Dumbledore não nomeou o Potter para Prefeito? Eu tê-lo-ia feito — continuou — principalmente agora, com O *Profeta Diário* sempre a implicar com ele...

Harry não olhou. Não queria que Lupin e Kingsley percebessem que ouvira a conversa. Embora sem fome alguma, seguiu Mundungus até à mesa. A alegria da festa evaporava-se à mesma velocidade com que tinha surgido. Só queria subir e meter-se na cama.

Moody Olho-Louco cheirava uma perna de frango com o pouco que lhe restava do nariz. Não detectara obviamente qualquer traço de veneno, porque arrancou um pedaço com os dentes.

— ... O cabo é de madeira espanhola com verniz antifeitiço e controlo de vibração integrado — dizia Ron a Tonks.

Mrs. Weasley bocejou, cheia de sono.

— Bem, acho que vou livrar-me daquele Sem Forma antes de ir dormir... Arthur, não quero esta gente acordada até muito tarde, certo? Boa noite, Harry querido.

Saiu da cozinha, enquanto Harry pousava o prato, pensando se poderia segui-la sem atrair demasiado as atenções.

— Tudo bem, Potter? — rosnou Moody.

— Óptimo — mentiu.

Moody bebeu um gole da sua garrafinha portátil, o olho azul--eléctrico a olhar para Harry de esguelha.

— Chega aqui, tenho uma coisa que te vai interessar — disse.

De um dos bolsos do manto, Moody tirou uma fotografia mágica, velhinha e decrépita.

— A Ordem da Fénix original — vociferou. — Encontrei-a ontem à noite, quando procurava o meu Manto da Invisibilidade extra, uma vez que o Podmore não teve a delicadeza de me devolver o outro, o meu melhor manto... pensei que as pessoas poderiam gostar de a ver.

Harry pegou na fotografia. Uma pequena multidão de feiticeiros, uns acenando, outros erguendo os copos, olhavam para ele.

— Este sou eu — afirmou desnecessariamente Moody, apontando para a sua imagem na fotografia: o Moody que lá se encontrava não enganava ninguém, apesar do cabelo ligeiramente menos grisalho e do nariz intacto. — Aqui está o Dumbledore ao meu lado, o Dedalus Diggle do outro... esta é a Marlene McKinnon, que foi morta duas semanas depois de esta fotografia ser tirada. Apanharam toda a sua família. Estes são o Frank e a Alice Longbottom...

Harry sentiu um novo aperto no estômago ao olhar para Alice Longbottom. Conhecia muito bem aquele rosto redondo e amável, apesar de nunca a ter visto, porque era a imagem viva do seu filho Neville.

— ... Pobres tipos — rosnou Moody. — Antes a morte do que o que lhes aconteceu... e esta é a Emeline Vance, acho que a conheces, e o Lupin, obviamente... o Benjy Fenwick fez-lhe frente, também só foram encontrados bocados do seu corpo... Cheguem-se para lá — disse, agitando a fotografia. As pequeninas imagens fotográficas afastaram-se para ambos os lados, permitindo que os outros, parcialmente obscurecidos, pudessem avançar.

— Este é o Edgar Bones... irmão da Amelia Bones. Apanharam-no a ele e à família, era um grande feiticeiro... o Sturgis Podmore, diabos, como parece novinho... o Caradoc Dearborn, desaparecido seis meses depois disto, o corpo dele nunca foi encontrado... o Hagrid, claro, igual a si mesmo... o Elphias Doge, conheceste-o. Já me tinha esquecido de que ele tinha a mania de usar este estúpido chapéu... o Gideon Prewett. Foram precisos cinco Devoradores da Morte para o matar, e o irmão dele, Fabian. Lutaram como heróis... vá passem, passem...

As pequenas figuras da fotografia empurraram-se umas às outras e as que estavam escondidas mesmo lá atrás surgiram em primeiro plano.

— Este é o irmão do Dumbledore, Aberforth. Foi a única vez que o vi, um tipo estranho... Dorcas Meadowes, o Voldemort destruiu-lhe a personalidade... O Sirius, quando ainda usava o cabelo curto ... e... cá está... pensei que te interessaria!

O coração de Harry deu uma volta. A mãe e o pai olhavam para ele, a sorrir. Sentado entre os dois, achava-se um homenzinho de olhos lacrimejantes, que Harry reconheceu como sendo Wormtail, o indivíduo que os traíra, dizendo a Voldemort onde eles estavam escondidos e contribuindo, desse modo, para a sua morte.

— E então? — fez Moody.

Harry olhou para o seu rosto picado de cicatrizes. Era evidente que ele estava convencido de que dera a Harry um grande prazer.

— Sim — disse, tentando sorrir. — Aã... é que lembrei-me agora de que ainda não meti na mala o...

Sirius poupou-lhe o trabalho de inventar uma coisa que ainda não tivesse arrumado, chegando nesse momento junto deles e perguntando: — Que tens aí, Olho-Louco?

No momento em que Moody se voltou para Sirius, Harry atravessou a cozinha, e, antes que alguém pudesse chamá-lo, esgueirou-se pela porta e subiu as escadas.

Não compreendia por que ficara tão chocado. Já vira outras fotografias dos pais, conhecera Wormtail... mas tê-los assim à sua frente, quando menos esperava... ninguém ia gostar, pensou irritado...

E depois, vê-los rodeados de toda aquela gente feliz... Benjy Fenwick, que fora encontrado feito em pedaços, e Gideon Prewett que morrera como um herói e os Longbottom que tinham sido torturados até à loucura... todos eles acenando eternamente felizes da fotografia, ignorando que estavam condenados... Bem, Moody podia achar muito interessante, mas para ele era simplesmente perturbador.

Harry subiu as escadas até ao vestíbulo em bicos de pés, passou pelas cabeças dos elfos domésticos embalsamadas, satisfeito por estar de novo sozinho, porém, quando se aproximava do primeiro andar, ouviu barulho. Alguém soluçava na sala de visitas.

— Está aí alguém? — perguntou.

Não obteve resposta, mas os soluços continuavam. Subiu o resto dos degraus a dois e dois, atravessou o patamar e abriu a porta da sala.

Havia alguém agachado contra a parede escura que, de varinha na mão, estremecia de tanto soluçar. Estendido sobre a velha carpete poeirenta, num rectângulo iluminado pelo luar, estava o corpo de Ron, claramente morto.

Harry sentiu que o ar lhe abandonava os pulmões, como se fosse desabar, o cérebro transformado num bloco de gelo... O Ron morto, não, não podia ser...

Mas espera lá, *não era possível*, Ron estava lá em baixo...

— Mrs. Weasley — sussurrou Harry.

— R... *riddikulus!* — soluçava Mrs. Weasley, apontando a varinha ao corpo de Ron.

Zás!

O corpo de Ron transformou-se no de Bill, estendido de costas, as pernas e os braços abertos, os olhos vazios esbugalhados. Mrs. Weasley soluçava mais ainda.

Zás!

O corpo de Bill foi substituído pelo de Mr. Weasley, os óculos pendurados, um fio de sangue a escorrer-lhe do rosto.

— Não — gemeu Mrs. Weasley. — Não... *riddikulus! Riddikulus! RIDDIKULUS!*

Zás! Os gémeos mortos. *Zás!* Percy morto. *Zás!* Harry morto...
— Mrs. Weasley, por favor, saía daqui! — gritou Harry, olhando para o seu próprio corpo morto no chão. — Deixe que outra pessoa...
— Que se passa?
Lupin, que entrara à pressa na sala, seguido de Sirius e de Moody com o seu andar pesado, olhou para Mrs. Weasley e para o cadáver de Harry no chão e pareceu perceber tudo num instante. Pegando na varinha, proclamou num tom firme e audível:
— *Riddikulus!*
O corpo de Harry desapareceu de imediato, enquanto um globo de prata se erguia no ar, por cima do lugar onde ele estivera. Lupin fez um novo gesto com a varinha e o globo desapareceu também, num sopro de fumo.
— Oh... oh... oh... — Mrs. Weasley deixou de reprimir os soluços e, de cabeça entre as mãos, entregou-se a um pranto sem fim.
— Molly — proferiu Lupin com ar triste, enquanto se aproximava. — Molly, não...
Pouco depois ela soluçava profundamente no seu ombro.
— Molly, era só um Sem Forma — tentava consolá-la Lupin, fazendo-lhe uma festa nos cabelos. — Só um estúpido Sem Forma...
— Eu estou sempre a vê-los mortos — gemeu Mrs. Weasley no ombro de Lupin. — A t-toda a hora. S-sonho com isso...
Sirius estava parado a olhar para o pedaço de carpete onde estivera o Sem Forma, fingindo ser Harry. Moody olhava para Harry, que evitava o seu olhar. Tinha a estranha sensação de que o olho mágico de Moody o seguira desde que ele saíra da cozinha.
— N-não contem nada ao Arthur. — Mrs. Weasley reprimia agora os soluços, limpando nervosamente os olhos ao punho da túnica. — Não q-quero que ele saiba... s-sou t-tão estúpida.
Lupin estendeu-lhe um lenço para ela se assoar.
— Harry, desculpa. Que estarás a pensar de mim? — disse, ainda trémula. — Nem sequer fui capaz de me ver livre de um Sem Forma.
— Que tolice! — exclamou Harry, tentando sorrir.
— Estou t-tão preocupada — confessou, com os olhos novamente cheios de lágrimas. — Metade da f-família está na Ordem. Vai ser um m-milagre se conseguirmos sobreviver todos... e o P-Percy não nos fala... e se acontecer alguma coisa terrível e não tivermos f-feito as pazes com ele? E que acontecerá, se eu e o Arthur formos mortos, quem tomará conta do Ron e... d-da Ginny?

— Molly, já chega — disse Lupin na sua voz firme. — Isto não é como da última vez. A Ordem está mais bem preparada, temos uma vantagem: sabemos o que o Voldemort anda a tramar...

Mrs. Weasley estremeceu, assustada, ao ouvir aquele nome.

— Oh, Molly, vá lá, já é altura de te habituares a ouvir o nome dele... Olha, não te posso garantir que ninguém saia ferido de tudo isto, ninguém pode fazer-te tal promessa, mas estamos muito mais fortes que da última vez. Tu não fazias parte da Ordem, não podes compreender. Da última vez, para cada um de nós havia vinte Devoradores da Morte e eles apanhavam-nos isoladamente...

Harry pensou de novo na fotografia, nas caras sorridentes dos pais. Sabia que Moody continuava a observá-lo.

— Não te preocupes com o Percy — disse bruscamente Sirius. — Ele vai voltar. É só uma questão de tempo até o Voldemort dar a cara. E, quando isso acontecer, o Ministério em peso pedir-nos-á desculpa. E eu não sei se vou aceitar as desculpas deles — acrescentou com uma nota de amargura na voz.

— Quanto ao Ron e à Ginny, no caso de vocês os dois morrerem — declarou Lupin com um leve sorriso —, que achas que nós faríamos? Íamos deixá-los morrer à fome?

Mrs. Weasley esboçou um trémulo sorriso.

— Que estupidez a minha — murmurou mais uma vez, limpando os olhos.

No entanto, quando, dez minutos mais tarde, Harry fechou a porta do quarto, não achava que Mrs. Weasley estivesse a ser nada estúpida. Ainda continuava a ver os pais a sorrirem-lhe da fotografia decrépita, ignorando que as suas vidas, tais como as de muitos dos que os rodeavam, estavam a chegar ao fim. A imagem do Sem Forma, personificando o cadáver de cada um dos membros da família Weasley, não lhe saía da ideia.

Sem avisar, a cicatriz pulsou de dor e o estômago revolveu-se horrivelmente.

— Pára com isso — ordenou com firmeza, massajando a cicatriz, enquanto a dor ia diminuindo.

— É o primeiro sinal de loucura, quando passamos a falar sozinhos — proferiu uma voz maliciosa, vinda de uma moldura vazia.

Harry ignorou-a. Sentia-se mais velho que nunca e parecia-lhe incrível que, havia apenas uma hora, se tivesse preocupado com uma loja de brincadeiras e com qual dos amigos fora nomeado prefeito.

X

LUNA LOVEGOOD

Harry teve uma noite de sono atribulado. Os pais entravam e saíam dos seus sonhos sem dizer uma palavra; Mrs. Weasley soluçava sobre o cadáver de Kreacher, enquanto Ron e Hermione observavam, de coroas na cabeça. E encontrou-se, mais uma vez, num corredor que terminava numa porta fechada. Quando acordou bruscamente, sentia um formigueiro na cicatriz. Ron e Hermione, já vestidos, diziam-lhe:

— ... Despacha-te, Harry, a mãe está furiosa, diz que vamos perder o comboio.

Havia uma imensa agitação por toda a casa. Pelo que conseguiu ouvir, enquanto se vestia a toda a velocidade, Harry percebeu que Fred e George tinham enfeitiçado os malões para os fazer voar pelas escadas abaixo, evitando desse modo o trabalho de ter de os transportar. Só que os malões chocaram com Ginny, fazendo-a saltar dois lanços de escadas, indo estatelar-se no *hall*. Mrs. Black e Mrs. Weasley berravam a plenos pulmões.

— SEUS IDIOTAS, PODIAM TÊ-LA MAGOADO A SÉRIO...

— NOJENTOS, RAFEIROS, CONSPURCANDO A CASA DOS MEUS ANTEPASSADOS...

Hermione entrou no quarto, desorientada, no momento em que Harry calçava os ténis. Trazia *Hedwig* a baloiçar em cima de um dos ombros e *Crookshanks* enroscado nos braços.

— A mãe e o pai mandaram *Hedwig* de volta. — A coruja esvoaçou amavelmente, encarrapitando-se no alto da gaiola. — Já estás pronto?

— Quase. A Ginny está bem? — perguntou Harry, ajeitando os óculos.

— Mrs. Weasley tratou dela, mas agora o Olho-Louco diz que não pode deixar-nos ir, enquanto não chegar o Sturgis Podmore, ou a guarda não estará completa.

— Guarda? — perguntou Harry. — Temos de ir para King's Cross com guarda?

— *Tu* tens de ir para King's Cross com guarda — corrigiu Hermione.

— Porquê? — queixou-se Harry, irritado. — Julgava que o Voldemort estava escondido, ou acham que ele vai saltar de trás de um caixote do lixo e tratar-me da saúde?

— Não sei, é o que diz o Olho-Louco — explicou a Hermione furiosa, olhando para o relógio. — Mas se não sairmos depressa, vamos mesmo perder o comboio...

— QUEREM FAZER O FAVOR DE DESCER TODOS, IMEDIATAMENTE! — berrou Mrs. Weasley e Hermione deu um salto como se se tivesse queimado, saindo à pressa do quarto. Harry pegou em *Hedwig*, meteu-a sem cerimónias dentro da gaiola e, arrastando o malão, desceu a escada atrás dela.

O retrato de Mrs. Black gritava enraivecido, mas ninguém se preocupava em fechar os cortinados, porque, com todo aquele barulho no *hall*, ela acabaria por acordar outra vez.

— Harry, tu vais comigo e com a Tonks — bradou Mrs. Weasley sobre os gritos contínuos de: — SANGUES DE LAMA! ESCUMALHA! CRIATURAS IMUNDAS! — Deixa a mala e a coruja. O Alastor vai tratar da bagagem... Oh... não, Sirius, o Dumbledore disse para não...

Um enorme cão preto surgiu de repente ao lado de Harry, enquanto ele passava por cima das várias malas que atravancavam o vestíbulo para chegar a Mrs. Weasley.

— Oh, francamente... — disse Mrs. Weasley, à beira do desespero. — Bem, a responsabilidade é tua.

Abriu a porta da rua e saiu para o sol fraco do mês de Setembro, seguida de Harry e do cão. A porta fechou-se atrás dos dois, fazendo que os gritos de Mrs. Black cessassem instantaneamente.

— Onde está a Tonks? — perguntou Harry, olhando em volta, enquanto desciam os degraus de pedra do número doze, que desapareceu no momento em que puseram os pés na rua.

— Está à nossa espera — esclareceu Mrs. Weasley com o seu ar grave, afastando os olhos do cão preto e desengonçado que se encontrava ao lado do Harry.

Um mulher de cabelo grisalho muito encaracolado e chapéu cor de púrpura, com abas reviradas, cumprimentou-os a uma esquina.

— Olá, Harry — disse, piscando-lhe o olho. — Temos de nos apressar, não é, Molly? — acrescentou, olhando para o relógio.

— Eu sei, eu sei — resmungou Mrs. Weasley, apressando o passo —, mas o Olho-Louco queria esperar pelo Sturgis... se, pelo menos, o Arthur tivesse arranjado os carros do Ministério como das outras vezes... mas o Fudge agora não o deixa utilizar nem um tinteiro... como conseguem os Muggles viajar sem magia...

Mas o grande cão preto deu um gemido de alegria e fez uma cabriola, assustando os pombos e perseguindo a própria cauda. Harry não pôde deixar de se rir. Sirius estivera tempo de mais fechado em casa. Mrs. Weasley contraiu os lábios de um modo que fazia lembrar a tia Petúnia.

Demoraram vinte minutos a chegar a King's Cross a pé e, até lá nada mais aconteceu de significativo, além de Sirius ter assustado alguns gatos para divertir Harry. Chegados à estação, demoraram-se um pouco junto da barreira entre as plataformas nove e dez, à espera de que o terreno ficasse livre. Mal isso aconteceu, cada um deles avançou, passando facilmente para a plataforma nove e três quartos, onde o Expresso de Hogwarts os aguardava, soprando um vapor fuliginoso, numa plataforma apinhada de estudantes prontos a partirem e suas respectivas famílias. Harry respirou aquele ar tão seu conhecido e sentiu o espírito elevar-se... Ia mesmo voltar...

— Espero que os outros consigam chegar a tempo — disse ansiosa Mrs. Weasley, olhando para trás para o arco de ferro forjado, através do qual chegavam os viajantes.

— Que cão tão fixe, Harry — comentou um rapaz alto, com rastas no cabelo.

— Obrigado, Lee — respondeu ele com um sorriso, enquanto Sirius abanava nervosamente a cauda.

— Ah, até que enfim! — exclamou Mrs. Weasley, aliviada. — Cá está o Alastor com a bagagem, olha...

Com um boné de carregador a cobrir-lhe os olhos desiguais, Moody aproximava-se a coxear, empurrando um carrinho de bagagem carregado de malas e malões.

— Tudo bem — murmurou para Mrs. Weasley e Tonks. — Não me parece que tenhamos sido seguidos...

Poucos segundos mais tarde, Mr. Weasley surgiu na plataforma acompanhado de Ron e Hermione. Estavam quase a acabar de descarregar o carrinho de Moody, quando apareceram Fred, George e Ginny acompanhados por Lupin.

— Houve algum problema? — perguntou Moody.

— Nenhum — respondeu Lupin.

— Mesmo assim, vou comunicar a ausência do Sturgis ao Dumbledore — disse Moody. — É a segunda vez, no espaço de uma semana, que ele não aparece. Está a ficar tão pouco fiável como o Mundungus.

— Bem, meninos, juizinho — aconselhou Lupin, apertando a mão a todos. Deixou Harry para o fim e deu-lhe uma palmada no ombro. — Tu também, Harry, tem cuidado.

— Sim, mantém a cabeça baixa e os olhos atentos — aconselhou Moody, apertando-lhe também a mão. — E não se esqueçam, todos vocês, atenção ao que põem por escrito. Em caso de dúvida, é melhor não escrever.

— Foi óptimo conhecer-vos — disse Tonks, abraçando Hermione e Ginny. — Ver-nos-emos muito em breve, espero.

Fez-se ouvir um apito de aviso. Os alunos que ainda se encontravam na plataforma apressaram-se a entrar no comboio.

— Depressa, depressa — disse Mrs. Weasley aflita, abraçando-os ao acaso e agarrando Harry por duas vezes. — Escrevam... portem-se bem... se se tiverem esquecido de alguma coisa, peçam que nós mandamos... vá, agora todos para o comboio...

Por momentos, o enorme cão preto ergueu-se nas patas traseiras e colocou as dianteiras nos ombros de Harry, mas Mrs. Weasley empurrou Harry para a porta do comboio, protestando: — Por favor, Sirius, comporta-te como um cão.

— Até depois — gritou Harry da janela, mal o comboio começou a arrancar, enquanto Ron, Hermione e Ginny acenavam atrás dele. As figuras de Tonks, de Lupin, de Moody e de Mrs. Weasley ficaram rapidamente distantes, mas o cão preto corria ao lado da janela, abanando a cauda.

Na plataforma, as pessoas de rosto indistinto riam-se ao vê-lo perseguir o comboio que, por fim, fez uma curva, deixando Sirius fora de vista.

— Ele não devia ter vindo connosco — murmurou Hermione com voz preocupada.

— Oh, deixem-se disso — disse o Ron. — Ele não via a luz do dia há meses, coitado.

— Bem, — cortou Fred, batendo com as mãos uma na outra — não podemos ficar aqui todo o dia a conversar, temos assuntos a tratar com o Lee. Até mais logo. — E desapareceu pelo corredor da direita, seguido por George.

O comboio ganhava agora uma tal velocidade que as casas lá fora passavam como um raio e eles balouçavam instavelmente.

— Vamos, então, procurar um compartimento? — sugeriu Harry.

Ron e Hermione trocaram um olhar entre si.
— Aã... — fez Ron.
— É que nós... bem... eu e o Ron temos de ir na carruagem dos prefeitos — disse, uma Hermione um tanto embaraçada.

Ron desviara o olhar de Harry, parecendo ter ficado subitamente interessado nas unhas da mão esquerda.
— Ah! — exclamou Harry. — Certo, tudo bem.
— Acho que não vamos ter de lá ficar a viagem toda — explicou Hermione muito depressa. — As cartas que recebemos diziam que só temos de receber indicações do Delegado ou Delegada dos Alunos e, depois disso, patrulhar de vez em quando os corredores.
— Óptimo! — disse novamente Harry. — Bem... talvez vos vejamos mais tarde.
— Sim, com certeza — murmurou Ron, lançando-lhe um olhar rápido e ansioso. — É uma pena termos de ir para lá, eu preferia... mas tem de ser... quero dizer, não é que eu goste, não sou o Percy — terminou em ar de desafio.

— Eu sei que não — confortou-o Harry com um sorriso, mas, enquanto Ron e Hermione arrastavam os malões, o *Crookshanks* e a *Pigwidgeon* dentro da gaiola, até à última carruagem, Harry teve um estranho sentimento de perda. Nunca viajara no Expresso de Hogwarts sem Ron.

— Vamos lá — disse-lhe Ginny. — Se nos despacharmos, podemos guardar-lhes lugares.

— Certo — concordou Harry, pegando na gaiola de *Hedwig* com uma mão e na alça do malão com a outra. Percorreram todo o corredor, espreitando pelas portas com painéis de vidro para dentro dos vários compartimentos, que já se encontravam cheios. Harry não pôde deixar de notar que muita gente olhava para ele com grande interesse e que alguns davam um toque de cotovelo no vizinho e apontavam. Depois de ter observado este mesmo comportamento em cinco carruagens consecutivas, lembrou-se de que *O Profeta Diário* tinha andado a dizer aos seus leitores que ele era um exibicionistazinho mentiroso. Perguntou tristemente a si próprio se as pessoas que agora o olhavam e murmuravam, acreditariam em tais histórias.

Na última carruagem, viram Neville Longbottom, colega do Harry no quinto ano, da equipa dos Gryffindor, com o seu rosto redondo muito brilhante devido ao esforço de puxar a mala, agarrando com a outra mão o seu sapo, *Trevor*.

— Olá, Harry — cumprimentou-o, quase sem fôlego. — Olá Ginny... está tudo cheio... não descubro um lugar...

— Como assim? — contrapôs Ginny que se espremera entre a parede e o corpo de Neville, espreitando para o compartimento de trás. — Aqui há lugares, só está lá dentro a tonta da Lovegood...

Neville murmurou qualquer coisa sobre não querer incomodar ninguém...

— Não sejas parvo — respondeu a Ginny a rir. — Ela é fixe.

Abriu a porta de par em par e empurrou o malão lá para dentro. Harry e Neville fizeram o mesmo.

— Olá, Luna — disse a Ginny. — Tudo bem se ficarmos aqui?

A rapariga ao lado da janela olhou. Tinha uma cabeleira loira até à cintura, toda despenteada, sobrancelhas claras e uns olhos protuberantes que lhe davam um ar de permanente surpresa. Harry percebeu logo por que motivo Neville preferira evitar aquele compartimento. A garota parecia totalmente demente. Talvez fosse por ter enfiado a varinha prudentemente atrás da orelha, ou por usar ao pescoço um colar feito de rolhas de Cerveja de Manteiga, ou por ter nas mãos uma revista de pernas para o ar. Os seus olhos percorreram Neville de alto a baixo e foram pousar sobre Harry, antes de acenar afirmativamente.

— Obrigada — agradeceu Ginny com um sorriso.

Harry e Neville arrumaram os malões e a gaiola de *Hedwig* na rede de bagagens e sentaram-se. Luna observava-os por cima da revista, que continuava de pernas para o ar e se chamava *A Voz Delirante*. Parecia ter menos necessidade de piscar os olhos do que a maioria dos humanos. Não parava de olhar fixamente para Harry, que já lamentava amargamente ter-se sentado mesmo à frente dela.

— O Verão foi bom, Luna? — perguntou Ginny.

— Foi — disse ela com ar vago, sem afastar o olhar de Harry. — Sim, passou-se bem. *Tu és* o Harry Potter — acrescentou.

— Eu sei que sou — respondeu Harry.

Neville deu uma gargalhadinha e ela voltou para ele o seu olhar mortiço.

— E tu? Não sei quem és.

— Não sou ninguém — respondeu Neville muito depressa.

— Isso não é verdade — contrapôs Ginny, apresentando-os muito séria. — Neville Longbottom, Luna Lovegood. A Luna está no mesmo ano que eu, mas nos Ravenclaw.

— *A inteligência desmesurada é o maior tesouro da humanidade* — afirmou Luna numa voz cantada.

Em seguida, ergueu a revista de pernas para o ar, escondendo o rosto com ela e calou-se. Harry e Neville olharam um para o outro de sobrancelhas arqueadas, enquanto Ginny reprimia uma gargalhada.

O comboio prosseguiu ruidosamente, atravessando um descampado a grande velocidade. Estava um dia estranho e perturbador. Num momento, a carruagem enchia-se de sol e, logo a seguir, encontravam-se sob um pesado tecto de ameaçadoras nuvens cinzentas.

— Adivinha o que eu recebi de prenda de aniversário? — perguntou Neville.

— Outro Lembrador? — arriscou Harry, recordando-se do dispositivo em forma de berlinde que a avó do Neville lhe enviara, na tentativa de melhorar a sua péssima memória.

— Não — disse ele. — Um já me chegou, embora o tenha perdido há montes de tempo... não, olha para isto...

Meteu a mão que não estava a agarrar em *Trevor* no saco da escola e, depois de procurar um pouco, retirou lá de dentro um vaso com uma espécie de cacto acinzentado que, em vez de espinhos, se achava coberto de bolhas.

— *Mimbulus mimbletonia* — disse, cheio de orgulho.

Harry olhou para aquela coisa sinistra que pulsava ligeiramente, parecendo um órgão interno atacado por uma doença.

— É muito, muito raro — explicou Neville com um grande sorriso. — Nem sei se haverá algum na estufa de Hogwarts. Estou ansioso por poder mostrá-lo à professora Sprout. Foi o meu tio-avô Algie quem mo trouxe da Assíria. Vou ver se consigo reproduzi-lo.

Harry sabia que a disciplina preferida de Neville era Herbologia, mas, por mais que tentasse, não conseguia perceber para que quereria ele aquela plantinha atrofiada.

— E... ele faz... alguma coisa? — perguntou.

— Montes de coisas! — exclamou o Neville, inchado. — Tem um mecanismo de defesa incrível. Espera, segura aí no *Trevor*...

Pôs o sapo no colo de Harry e tirou uma pena do saco da escola. Os olhos protuberantes de Luna Lovegood apareceram de novo por cima da revista voltada ao contrário, procurando ver o que o Neville ia fazer. Neville elevou a *Mimbulus mimbletonia* até à altura dos olhos e, com a língua entre os dentes, escolheu o local certo e deu uma leve pancada à planta com a ponta da pena.

De cada pequena bolha da planta saltaram jactos de um líquido verde-escuro, espesso e fedorento, que salpicou o tecto, as janelas e manchou a revista de Luna Lovegood. Ginny, que mesmo a tempo tapara a cara com os braços, parecia estar a usar um chapéu verde viscoso, mas Harry, que tinha as mãos ocupadas, tentando evitar a fuga de *Trevor*, recebeu mesmo em cheio na cara um esguicho que cheirava a adubo rançoso.

Neville, que tinha também a cara e o corpo encharcados, abanou a cabeça para retirar o líquido que se agarrara aos seus olhos.

— D-desculpem — balbuciou. — Ainda não tinha feito a experiência... não pensei que fosse tão... mas não se preocupem, a Seiva Fedorenta não é venenosa — acrescentou, trémulo, ao ver Harry cuspir uma grande quantidade para o chão.

Nesse preciso momento, a porta da carruagem abriu-se.

— Oh, olá Harry — disse uma voz nervosa. — Aã... má altura?

Harry limpou as lentes dos óculos com a mão livre. Uma rapariga muito bonita, de longos cabelos negros brilhantes, parara à porta e sorria-lhe. Era Cho Chang, a *seeker* dos Ravenclaw.

— Oh... olá — disse o Harry sem expressão.

— Aã... — fez a Cho. — Bem... eu só vinha dizer um olá. Então adeus.

Bastante corada, fechou a porta e saiu. Harry afundou-se no assento e suspirou. Teria gostado que Cho o encontrasse rodeado de um grupo de gente bem-disposta, rindo às gargalhadas de uma piada que ele tivesse acabado de contar. Nunca escolheria ser visto ao lado de Neville e de Luna Lovegood, com um sapo na mão, a vomitar seiva fedorenta.

— Não faz mal — disse Ginny com ar animador. — Olha, podemos livrar-nos disto com facilidade e, pegando na varinha, pronunciou: — *Expurgar!*

A Seiva Fedorenta desapareceu.

— Desculpem — insistiu o Neville num fio de voz.

Ron e Hermione só apareceram cerca de uma hora mais tarde, quando o carrinho da comida já tinha passado. Harry, Ginny e Neville já tinham acabado os seus pastéis de abóbora e trocavam os cromos dos sapos de chocolate, quando a porta se abriu e eles entraram, acompanhados de *Crookshanks* e de uma *Pigwidgeon* que piava desesperadamente na gaiola.

— Estou cheio de fome — disse Ron, arrumando a *Pigwidgeon* junto de *Hedwig*, agarrando o sapo de chocolate que Harry lhe estendia e atirando-se para o assento ao lado dele. Em seguida, desembrulhou o sapo, deu-lhe uma dentada na cabeça e encostou-se para trás de olhos fechados, como se tivesse tido uma manhã verdadeiramente exaustiva.

— Bem, há dois prefeitos do quinto ano para cada equipa — explicou Hermione, sentando-se com ar descontente. — Um rapaz e uma rapariga.

— E adivinhem quem é o prefeito dos Slytherin? — disse Ron, ainda de olhos fechados.

— O Malfoy — lançou o Harry, certo de que o seu pior receio seria confirmado.

— Claro — respondeu Ron com amargura, metendo na boca o resto do sapo de chocolate e pegando noutro.

— E aquela horrorosa *vaca*, a Pansy Parkinson — disse maldosamente a Hermione. — Como terá conseguido ser prefeita, se é mais tapada do que um *troll* com uma pancada na cabeça?

— Quem são os dos Hufflepuff? — perguntou o Harry.

— O Ernie Macmillan e a Hannah Abbott — disse Ron numa voz empastada.

— E o Anthony Goldstein e a Padma Patil pelos Ravenclaw — completou Hermione.

— Tu foste ao baile de Natal com a Padma Patil — afirmou uma voz vaga.

Todos se voltaram para Luna Lovegood, que olhava sem pestanejar para Ron, por cima d'*A Voz Delirante*. O Ron engoliu o pedaço de sapo que tinha na boca.

— Sim, eu sei — disse ele com alguma surpresa.

— Ela não gostou lá muito — informou Luna. — Acha que não a trataste muito bem, porque não dançaste com ela. Eu não me teria importado — acrescentou, pensativa. — Não gosto lá muito de dançar.

Voltou a encolher-se atrás de *A Voz Delirante*. Ron olhou boquiaberto para a capa durante alguns segundos, procurando em seguida o olhar de Ginny em busca de uma explicação, mas ela metera os nós dos dedos na boca, para evitar as gargalhadas. Ron abanou a cabeça, estupefacto, antes de olhar para o relógio.

— Temos de patrulhar os corredores de tempos a tempos — disse a Harry e a Neville. — E podemos dar castigos se virmos alguém a portar-se mal. Estou ansioso por apanhar o Crabbe e o Goyle nalguma...

— Não deves abusar do poder, Ron — contrapôs Hermione, muito séria.

— Sim, claro, porque achas que o Malfoy não vai abusar — retorquiu sarcasticamente Ron.

— E tu pretendes descer ao mesmo nível?

— Não, estou só a ver se apanho os amigos dele, antes de ele apanhar os meus.
— Por favor, Ron...
— Vou obrigar o Goyle a escrever. Para ele, vai ser pior do que a morte — afirmou Ron, divertido. Baixou a voz imitando o grunhido do Goyle e fingiu que escrevia no ar. — *Não devo... parecer--me... com... o traseiro... de... um... babuíno.*

Riram-se todos, mas ninguém se riu tanto como Luna Lovegood, que soltou um grito de regozijo, acordando *Hedwig,* que desatou a agitar as asas de indignação, enquanto *Crookshanks* saltava para cima das malas, a miar.

Luna riu-se tanto que a revista lhe saltou das mãos, escorregando pelas pernas abaixo e indo parar ao meio do chão.

— *Essa foi boa!*

Os seus olhos protuberantes encheram-se de lágrimas, ao mesmo tempo que lhe faltava o ar, olhando para Ron que, totalmente desorientado, procurava apoio nos outros, mas ninguém conseguia parar de rir perante a expressão atarantada de Ron e o grotesco e prolongado riso de Luna Lovegood, que se balançava para a frente e para trás, agarrada à barriga.

— Estás a gozar comigo? — perguntou Ron, franzindo o sobrolho.

— O traseiro... de um... babuíno! — repetia entre gargalhadas.

Estavam todos presos ao riso de Luna menos Harry que, olhando para a revista que se encontrava no chão, reparou numa coisa que o fez baixar-se. Com a revista virada ao contrário, era difícil perceber quem era a imagem da capa, mas Harry percebia agora que se tratava de um péssimo *cartoon* de Cornelius Fudge, que apenas reconheceu pelo chapéu de coco verde-claro. Com uma das mãos, Fudge agarrava um saco de ouro, com a outra tentava estrangular um duende. O *cartoon* tinha como legenda: *Até aonde irá Fudge para conquistar Gringotts?*

Mais abaixo havia uma listagem dos artigos da revista.

Corrupção na liga de Quidditch:
Como os Tornados estão a ganhar terreno
Segredos das Antigas Runas Revelados
Sirius Black: vilão ou vítima?

— Posso dar uma espreitadela? — pediu avidamente a Luna. Ela acenou, ainda a olhar para Ron, perdida de riso.

Harry abriu a revista e procurou o índice. Não voltara a lembrar-se, até àquele momento, da revista que Kingsley entregara a Mr. Weasley para dar a Sirius, mas devia ter sido aquele número d'*A Voz Delirante*.

Encontrou a página que procurava e começou a ler ansiosamente o artigo.

Também este era ilustrado por um *cartoon* de fraquíssima qualidade. Na verdade, não teria percebido que se tratava de Sirius se não fosse pela legenda. Sirius estava de pé sobre um monte de ossos humanos com a varinha na mão. O cabeçalho dizia:

SIRIUS — TÃO NEGRO COMO O PINTAM?[2]
Famoso assassino ou inocente estrela musical?

Harry lera a primeira frase repetidas vezes para se certificar de que não vira mal. Desde quando era Sirius uma estrela musical?

Há catorze anos que Sirius Black é considerado culpado do assassinato em massa de doze muggles inocentes e de um feiticeiro. A audaciosa fuga de Black da prisão de Azkaban, há dois anos, levou à maior caça ao homem alguma vez empreendida pelo Ministério da Magia. Ninguém pôs até hoje em dúvida que ele mereça ser recapturado e entregue aos Dementors.

MAS SERÁ QUE MERECE?

Provas recentes e assustadoras vêm agora revelar que Sirius Black poderá não ter cometido os crimes pelos quais foi enviado para Azkaban. Na verdade, afirma Doris Purkiss, moradora no n.º 18 de Alcanthia Way, Little Norton, Black pode nem ter estado presente durante o massacre.

O que as pessoas não compreendem é que Sirius Black é um nome falso, diz Mrs. Purkiss. O homem que as pessoas julgam ser Sirius Black é, na verdade, Stubby Boardman, vocalista do popular grupo musical Os Hobgoblins, que se retirou da ribalta depois de ter sido atingido por um pesado relógio de bolso que lhe acertou num ouvido, quando se exibia num concerto na Igreja de Little Norton, há cerca de quinze anos. Reconheci-o logo que vi a sua fotografia no jornal. Ora, Stubby não poderia ter cometido esses crimes porque, no dia em questão, se encontrava a jantar à luz das velas, num encontro romântico, comigo.

---

[2] Trocadilho entre o apelido de Sirius, Black, e *black*, que significa negro, e se refere aos feiticeiros apoiantes de Lord Voldemort. (*NT*)

Escrevi ao Ministro da Magia e estou à espera de que, a qualquer momento, ele conceda o perdão ao Stubby, aliás Sirius.

Harry acabou de ler e ficou a olhar para a página sem querer acreditar. Deve ser uma piada, pensou. Talvez esta revista publique muitas vezes assuntos aldrabados. Folheou algumas páginas e deu com a matéria sobre o Fudge.

Cornelius Fudge, Ministro da Magia, negou, ao ser eleito há cinco anos, ter intenções de assumir o controlo de Gringotts, o Banco dos Feiticeiros. Fudge tem afirmado repetidas vezes que não pretende nada para além de cooperar pacificamente com os guardiães do nosso ouro.
MAS SERÁ MESMO ASSIM?
Fontes próximas do Ministério divulgaram recentemente que a maior ambição de Fudge é controlar os depósitos de ouro dos duendes, referindo que ele não hesitará em usar a força, se tal for necessário.
— Não seria, aliás, a primeira vez — afirma a mesma fonte interna do Ministério. «Cornelius Esmaga-Duendes Fudge» é como os amigos lhe chamam. Se o pudessem ouvir quando ele julga que ninguém está a prestar atenção, veriam que passa todo o tempo a falar dos duendes de que deu cabo. Diz que os afogou, que deu ordem para que os atirassem dos prédios abaixo, que os mandou envenenar e transformar em pastéis...

Harry não continuou. Fudge podia ter muitos defeitos, mas era extremamente difícil imaginá-lo a mandar cozinhar duendes em pastéis. Folheou à pressa o resto da revista, parando de vez em quando para ler: uma acusação de que os Tutshill Tornados estavam a controlar a Liga de Quidditch através de uma combinação de chantagem, adulteração ilegal de vassouras e tortura; uma entrevista com um feiticeiro que proclamava ter ido à Lua numa *Cleansweep Seis* e trazido como prova um saco cheio de sapos lunares; e um artigo sobre as antigas runas, o que explicava, pelo menos, por que motivo Luna Lovegood lia *A Voz Delirante* de pernas para o ar.

Segundo a revista, se voltarmos as runas ao contrário, elas revelam um feitiço que transforma os ouvidos dos nossos inimigos em laranjinhas. De facto, comparando com os outros artigos de *A Voz Delirante*, a sugestão de que Sirius podia realmente ser o vocalista dos Hobgoblins parecia quase sensata.

— Alguma coisa de jeito aí? — perguntou Ron ao ver Harry fechar a revista.

— É claro que não — declarou Hermione sarcasticamente, antes de Harry ter tido tempo de responder. — A *Voz Delirante* é lixo, toda a gente sabe.

— Desculpa — disse Luna, cuja voz perdera subitamente o seu tom vago. — O editor é o meu pai.

— Eu... oh — balbuciou Hermione com ar envergonhado. — Bem... tem algumas coisas inter... quer dizer é um pouco...

— Dá cá, obrigada — disse friamente Luna, inclinando-se para a frente e retirando a revista das mãos de Harry. Folheou-a até à página cinquenta e sete, em seguida voltou-a novamente de pernas para o ar e desapareceu atrás das folhas. Nesse momento a porta do compartimento abriu-se pela terceira vez.

Harry olhou. Já estava à espera daquilo, mas esse facto não tornava mais agradável a imagem de Draco Malfoy, sorrindo afectadamente entre os seus dois amigos Crabbe e Goyle.

— Que foi? — lançou agressivamente, antes de Malfoy abrir a boca.

— Olha as maneiras, Potter, ou vou ter de te dar um castigo — ameaçou Malfoy na sua pronúncia arrastada; o queixo afilado e os cabelos lisos eram iguaizinhos aos do pai. — É que, ao contrário de ti, eu fui nomeado prefeito, o que significa que, ao contrário de ti, tenho poder de atribuir castigos.

— Sim — disse Harry. — Mas tu, ao contrário de mim, és um idiota, por isso sai daqui e deixa-nos em paz.

Ron, Hermione, Ginny e Neville desataram a rir. O lábio de Malfoy contorceu-se.

— Diz-me, Potter, como é que te sentes, tendo ficado em segundo lugar, depois do Weasley?

— Cala-te, Malfoy — disse rispidamente Hermione.

— Parece que toquei num ponto sensível — insistiu ele com o seu sorriso habitual. — Bem, tem cuidadinho, Potter, porque eu vou andar atrás de ti *como um cão*, não vás tu lembrar-te de pisar o risco.

— Sai daqui! — gritou Hermione, pondo-se de pé.

Reprimindo um risinho, Malfoy lançou a Harry um último olhar maldoso, antes de desaparecer, seguido por Crabbe e por Goyle. Hermione fechou com força a porta do compartimento e voltou-se para Harry, que percebeu de imediato que também ela registara as palavras de Malfoy e se sentira igualmente enervada.

— Dá aí outro sapo — pediu Ron, que obviamente não percebera nada.

Harry não podia falar abertamente em frente de Neville e de Luna. Trocou outro olhar inquieto com Hermione e, em seguida, olhou pela janela.

Pensara que a vinda de Sirius à estação tinha sido apenas uma coisa divertida, mas agora, de repente, parecia-lhe que fora temerário, se não verdadeiramente perigoso... Hermione tinha razão... Sirius não devia ter ido. E se Mr. Malfoy tivesse reparado naquele cão preto e contado a Draco? E se tivesse deduzido que os Weasleys, Lupin, Tonks e Moody sabiam onde Sirius estava escondido? Teria sido por acaso que Draco usara a expressão andar atrás de ti «como um cão»?

O tempo continuava instável à medida que avançavam para norte. A chuva salpicava as janelas numa toada de indiferença. Em seguida, o sol fazia-lhes uma visita breve, antes de as nuvens reaparecerem. Quando escureceu e as luzes se acenderam dentro do comboio, Luna enrolou *A Voz Delirante*, guardou-a com todo o cuidado no saco e ficou a olhar fixamente para os seus companheiros de viagem.

Harry estava sentado, a testa colada ao vidro da janela, tentando captar o primeiro lampejo de Hogwarts, mas era uma noite sem lua e a janela, raiada pela chuva, estava muito escura.

— É melhor mudarmos de roupa — sugeriu por fim Hermione. Ela e Ron prenderam à frente os distintivos de prefeito e Harry viu Ron olhar o seu reflexo na janela escura.

Finalmente, o comboio começou a abrandar e ouviram a habitual agitação da paragem, enquanto todos os alunos se acotovelavam para retirar as malas e os respectivos animais de estimação, preparando-se para sair. Como Ron e Hermione tinham de supervisionar, desapareceram outra vez da carruagem, deixando Harry e os outros encarregues de tomar conta de *Crookshanks* e de *Pigwidgeon*.

— Eu levo essa coruja, se quiseres — ofereceu-se Luna, estendendo a mão para *Pigwidgeon*, enquanto Neville guardava *Trevor* no bolso com todo o cuidado.

— Oh... aã... obrigado — disse Harry, entregando-lhe a gaiola e aconchegando melhor *Hedwig* nos braços.

Saíram lentamente do compartimento, sentindo na cara o primeiro ferrão do ar da noite, enquanto se juntavam à multidão que enchia o corredor. Avançaram muito devagar para a saída. Harry sentia o cheiro dos pinheiros de ambos os lados do caminho que conduzia ao lago. Desceu para a plataforma e olhou à sua volta, à espera de ouvir o habitual: *primeiros anos, por aqui... primeiros anos...*

Mas a voz não chegou. Em vez dela, uma voz enérgica de mulher chamava: — Primeiros anos em fila, por este lado, se fazem o favor! Todos os primeiros anos aqui comigo!

Uma lanterna oscilava em direcção a Harry, deixando ver o queixo proeminente e o rígido corte de cabelo da Professora Grubbly--Plank, a feiticeira que, no último ano, substituíra Hagrid durante algum tempo nas aulas de Cuidados com as Criaturas Mágicas.

— Onde está o Hagrid? — perguntou em voz alta.

— Não sei —retorquiu Ginny. — Mas é melhor sairmos do caminho, estamos a bloquear a porta.

— Ah, sim...

Harry e Ginny foram separados pela multidão que avançava lentamente ao longo da plataforma, em busca da saída. Harry semicerrou os olhos, tentando avistar Hagrid no meio da escuridão. Ele tinha de estar ali, vinha a contar com isso. Voltar a vê-lo era uma das coisas que mais desejara durante todo o Verão, mas não havia sinal de Hagrid.

Não pode ter-se ido embora, disse o Harry de si para consigo, enquanto avançava por uma passagem estreita para a estrada, juntamente com o resto da multidão. *Deve estar com uma constipação ou qualquer coisa assim...*

Olhou em volta, à procura de Ron e de Hermione, curioso por saber o que eles achavam do reaparecimento da Professora Grubbly--Plank, mas nenhum dos dois estava por perto, por isso, deixou-se empurrar para a frente, para a estrada escura e molhada pela chuva, fora da Estação de Hogsmeade.

Lá estavam as cerca de cem diligências sem cavalos que costumavam transportar os alunos do segundo ano em diante até ao castelo de Hogwarts. Harry lançou-lhes um breve olhar, voltou-se para procurar Ron e Hermione, e olhou de novo, estupefacto.

As carruagens já não se achavam sem cavalos. Entre os varais, Harry avistou umas estranhas criaturas. Se tivesse de lhes dar um nome, chamar-lhes-ia talvez cavalos, embora houvesse algo de réptil nos seus corpos descarnados. O pêlo negro colava-se ao esqueleto, do qual se destacava cada pequeno osso. As cabeças pareciam de dragões e os olhos, sem pálpebras, eram brancos e sem expressão. Das costas, logo a seguir ao pescoço, brotavam duas asas, longas e negras, asas de uma espécie de couro que os faziam parecer gigantescos morcegos. Ali muito quietas, na obscuridade, as criaturas eram fantasmagóricas e perturbadoras. Harry não conseguia compreender por que motivo as carruagens tinham de ser puxadas por aqueles cavalos horríveis, quando podiam perfeitamente movimentar-se sozinhas.

— Onde está a *Pig?* — inquiriu a voz de Ron mesmo atrás dele.

— Aquela miúda, a Luna, ficou de a trazer — respondeu Harry, voltando-se rapidamente, ansioso por ouvir a opinião de Ron sobre Hagrid. — Onde achas tu...

— ... que está o Hagrid? Não sei — respondeu o amigo, parecendo preocupado. — Espero que esteja bem...

A poucos metros de distância, Draco Malfoy, seguido de um pequeno grupo de amigos, incluindo Crabbe, Goyle e Pansy Parkinson, abria caminho, empurrando uns garotos de aspecto tímido do primeiro ano, a fim de conseguir uma carruagem só para si e para os seus amigos. Logo a seguir, surgia Hermione, sem fôlego, do meio da multidão.

— O Malfoy estava a ser indecente com um aluno do primeiro ano. Juro que dou parte dele. Só tem o distintivo há três minutos e já está a usá-lo para oprimir, mais do que nunca, as pessoas... onde está o *Crookshanks?*

Ginny acabava de emergir da multidão, agarrando *Crookshanks*, que não parava de se contorcer.

— Obrigada — agradeceu Hermione, libertando-a do gato. — Vá lá, vamos arranjar uma diligência, antes que fiquem todas cheias...

— Ainda não tenho a *Piggy* — queixou-se Ron, mas Hermione dirigia-se já para a primeira diligência desocupada, deixando-os aos dois.

— Que criaturas cavalares são aquelas? — perguntou Harry a Ron, apontando para os horríveis cavalos, enquanto eram ultrapassados pelos outros estudantes.

— Que criaturas cavalares?

— Aquelas.

Luna apareceu com a gaiola de *Pigwidgeon* nos braços. A pequena coruja piava excitadíssima, como de costume.

— Cá estão vocês — disse ela. — É uma corujazinha linda, não é?

— Aã... sim... é... — respondeu Ron bruscamente. — Bem, vamos lá, vamos entrar... que estavas a dizer, Harry?

— Estava a perguntar-te que criaturas cavalares são estas? — repetiu o Harry, aproximando-se com Luna e Ron da diligência onde Hermione e Ginny já se encontravam acomodadas.

— Que criaturas cavalares?

— As que estão atreladas às diligências — explicou Harry, impaciente. Afinal, estavam a cerca de um metro de distância da mais próxima, que os olhava fixamente com os seus olhos brancos e vazios. Ron, porém, lançou a Harry um olhar perplexo.

— De que estás tu a falar?

— Estou a falar de... olha!

Harry agarrou no braço de Ron e conduziu-o até ele ficar frente a frente com o cavalo alado. Ron olhou durante um segundo e depois encarou de novo Harry.

— Que deverei ver, afinal?

— O... aí, entre os varais, atrelado à diligência, está mesmo aí em frente...

Porém, ao ver que Ron continuava assombrado, um estranho pensamento atravessou-lhe o espírito.

— Não consegues... não consegues vê-los?

— Ver *o quê?*

— Não estás a ver o que puxa as diligências?

Ron olhava agora para ele, seriamente alarmado.

— Sentes-te bem, Harry?

— Eu... sim.

Harry sentia-se totalmente confuso. A criatura estava ali, à sua frente, a cintilar solidamente à luz indistinta projectada pelas janelas da estação, o vapor a sair-lhe pelas narinas no ar frio da noite. Contudo, a menos que estivesse a brincar, o que seria de muito mau gosto, Ron não conseguia de todo vê-la.

— Entramos? — propôs Ron em dúvida, olhando para o amigo com ar preocupado.

— Sim — respondeu Harry. — Sim, vamos.

— Não te preocupes — disse uma voz sonhadora a seu lado, no momento em que Ron desapareceu no escuro interior do coche. — Não estás a ficar louco, nem nada que se pareça. Eu também as vejo.

— A sério? — exclamou Harry, desesperado, voltando-se para Luna Lovegood e vendo os cavalos com asas de morcego reflectidos nos seus grandes olhos claros.

— Oh, sim — disse ela. — Vejo-os desde o primeiro dia em que aqui cheguei. Sempre puxaram as carruagens. Não te assustes, és tão são como eu.

Com um leve sorriso, subiu para o interior bolorento da diligência, logo depois de Ron. Sem se sentir completamente tranquilo Harry seguiu-a.

XI

A NOVA CANÇÃO
DO CHAPÉU SELECCIONADOR

Harry não quis dizer aos outros que ele e Luna estavam a ter a mesma alucinação, se é que era disso que se tratava, portanto não falou mais nos cavalos e sentou-se na carruagem, batendo com a porta. No entanto, não pôde deixar de observar as silhuetas dos cavalos a moverem-se para lá da janela.

— Vocês viram aquela mulherzinha, a Grubbly-Plank? — perguntou Ginny. — Que faz ela aqui outra vez? O Hagrid não pode ter-se ido embora, pois não?

— Se foi, fico muito satisfeita — declarou Luna. — Ele não é lá grande professor, pois não?

— É, sim senhor! — protestaram Harry, Ron e Ginny, irritados.

Harry deitou um olhar penetrante a Hermione, que pigarreou e se apressou a dizer:

— Aã... sim... ele é óptimo.

— Bem, nos Ravenclaw, achamo-lo uma anedota — revelou Luna, imperturbável.

— Então, vocês não têm ponta de sentido de humor — retorquiu Ron, enquanto as rodas da carruagem se movimentavam com um rangido.

Luna não pareceu perturbada com a rudeza de Ron; pelo contrário, limitou-se a observá-lo durante um momento, como se ele fosse um programa de televisão medianamente interessante.

Chocalhando ruidosamente, as carruagens avançavam em fila, estrada acima. Quando passaram entre os altos pilares de pedra, encimados pelos javalis alados que ladeavam os portões do recinto da escola, Harry inclinou-se para a frente, tentando descortinar se havia luz na cabana de Hagrid, junto à Floresta Proibida, mas estava tudo imerso em escuridão. O Castelo de Hogwarts, contudo, aproximava-se rapidamente: uma imponente massa de torreões de um negro retinto contra o céu escuro, aqui e além uma janela resplandecente.

As carruagens detiveram-se com ruído junto aos degraus de pedra que conduziam às portas de carvalho e Harry foi o primeiro a sair. Voltou-se de novo, em busca de uma janela iluminada à entrada da Floresta, mas, de facto, não havia qualquer sinal de vida na cabana de Hagrid. Relutantemente, pois quase esperara que tivessem desaparecido, dirigiu o olhar para as estranhas criaturas esqueléticas que se mantinham imóveis no ar frio da noite, os inexpressivos olhos leitosos a faiscar.

Harry já tivera a experiência de ver algo que Ron não conseguia ver, mas isso fora um reflexo num espelho, uma coisa muito menos substancial que cem animais de aspecto sólido, suficientemente fortes para puxarem uma frota de carruagens. A acreditar em Luna, os animais sempre lá tinham estado, mas invisíveis. Então, por que é que, de repente, Harry conseguia vê-los e por que é que Ron não conseguia?

— Vens ou quê? — perguntou Ron a seu lado.

— Oh... claro — respondeu Harry rapidamente, e foram ambos juntar-se à multidão que subia, apressada, os degraus do castelo.

O *Hall* de Entrada resplandecia de tochas e ecoava com os passos dos alunos que atravessavam o chão de lajes em direcção ao Salão de Festas para o banquete de início do ano lectivo.

As quatro longas mesas das equipas começavam a encher-se sob o tecto negro e sem estrelas, igualzinho ao céu que avistavam pelas altas janelas. No ar, flutuavam candelabros a todo o comprimento das mesas, iluminando os fantasmas prateados que se encontravam espalhados pelo Salão e os rostos dos alunos que conversavam animadamente, trocando novidades sobre o Verão, gritando saudações a amigos de outras equipas, observando os novos cortes de cabelo e as capas uns dos outros. Harry viu, uma vez mais, pessoas juntarem as cabeças e cochichar quando ele passava; cerrou os dentes e procurou agir como se não reparasse, nem se importasse.

Luna afastou-se deles e dirigiu-se à mesa dos Ravenclaw. Assim que chegaram à dos Gryffindor, Ginny, chamada por colegas do quarto ano, foi sentar-se ao pé deles; Harry, Ron, Hermione e Neville encontraram lugares a meio da mesa, entre o Nick Quase-Sem-Cabeça, o fantasma da equipa dos Gryffindor, e Parvati Patil e Lavender Brown. Estas duas últimas saudaram Harry com um ar descontraído e extremamente amistoso, que lhe deu a certeza de que tinham estado mesmo a falar dele. Ele tinha, porém, coisas mais importantes a preocupá-lo e olhou por cima das cabeças dos alunos para a mesa do corpo docente, junto à parede de fundo do Salão.

— Ele não está lá.

Ron e Hermione também perscrutavam a mesa, embora não houvesse, de facto, necessidade disso; a estatura de Hagrid identificava-o instantaneamente em qualquer grupo.
— Ele não pode ter-se ido embora! — exclamou Ron, parecendo ansioso.
— É claro que não foi — proferiu Harry firmemente.
— Achas que pode estar... *ferido,* ou coisa assim? — perguntou Hermione, apreensiva.
— Não — respondeu Harry imediatamente.
— Mas, então, onde é que ele está?
Seguiu-se uma pausa, e depois Harry disse baixinho para impedir que Neville, Parvati e Lavender o ouvissem: — Talvez ainda não tenha regressado. Sabem.... da missão... daquilo que ele ia fazer este Verão para o Dumbledore.
— Claro... claro... deve ser isso — concordou Ron, parecendo aliviado, mas Hermione mordeu o lábio e continuou a percorrer a mesa dos professores com o olhar, como quem espera por uma explicação mais adequada para a ausência de Hagrid.
— Quem é *aquela?* — perguntou bruscamente, apontando para o meio da mesa.
Harry seguiu o seu gesto com o olhar, que pousou primeiro no Professor Dumbledore, sentado na sua cadeira de espaldar dourada, ao centro da longa mesa, envergando uma túnica cor de púrpura salpicada de estrelas prateadas e chapéu a condizer. Tinha a cabeça inclinada para a mulher sentada a seu lado, que lhe falava ao ouvido. Parecia, pensou Harry, uma tia solteirona: era atarracada e tinha cabelo castanho cor de rato, curto e encaracolado, no qual pusera uma horrível fita cor-de-rosa, a condizer com o casaco de malha felpuda, também cor-de-rosa, que vestia por cima da capa. Nessa altura, a mulher virou levemente a cara para beber um golo do seu cálice e Harry avistou um rosto hediondo, de olhos salientes e papudos, que reconheceu, sobressaltado.
— É aquela fulana, a Umbridge!
— Quem? — inquiriu Hermione
— Estava na minha audiência, trabalha para o Fudge!
— Que lindo casaco! — comentou Ron, trocista.
— Trabalha para o Fudge! — repetiu Hermione, franzindo a testa. — Então, que diabo está ela a fazer aqui?
— Não sei...
Hermione perscrutou a mesa dos professores, de olhos semicerrados.

— Não — murmurou ela — não, decerto não...

Harry não percebeu ao que ela se referia, mas não fez perguntas, porque a sua atenção fora despertada pela Professora Grubbly-Plank, que acabava de aparecer por trás da mesa e se deslocou até à extremidade desta, ocupando o lugar que deveria ser de Hagrid. Isso significava que os do primeiro ano deviam ter atravessado o lago e chegado ao castelo e, de facto, segundos depois, abriram-se as portas do Salão. Entrou uma longa fila de alunos do primeiro ano com ar assustado, conduzidos pela Professora McGonagall, que transportava um banco onde se achava pousado um velho chapéu de feiticeiro, muito remendado e cosido, com um grande rasgão junto à aba puída.

O burburinho das conversas no Salão de Festas cessou. Os do primeiro ano alinharam-se diante da mesa dos professores, de frente para o resto dos alunos, e a Professora McGonagall colocou cuidadosamente o banco diante deles, afastando-se em seguida.

As caras dos alunos do primeiro ano brilhavam, pálidas, à luz das velas. Um rapaz baixinho, mesmo no meio da fila, parecia estar a tremer. Harry recordou fugazmente como se sentira aterrado quando ali estivera, aguardando o teste desconhecido que ia determinar a equipa a que pertenceria.

Toda a escola aguardava, de respiração suspensa. Nisto, o rasgão junto à aba do chapéu abriu-se como uma grande boca e o Chapéu Seleccionador começou a cantar:

> *Em tempos idos quando eu era novo*
> *E Hogwarts estava a começar*
> *Os fundadores da nossa nobre escola*
> *Pensaram nunca se separar:*
> *Unia-os um objectivo comum,*
> *Tinham o mesmo anseio,*
> *Fundar a melhor escola de magia do mundo*
> *E transmitir os seus conhecimentos.*
> *«Juntos edificaremos e ensinaremos!»,*
> *Decidiram os quatro bons amigos*
> *Não sonhando vir um dia a desunir-se,*
> *Pois onde haveria melhores amigos*
> *Que Slytherin e Gryffindor?*
> *A menos que fosse o segundo par*
> *Hufflepuff e Ravenclaw?*
> *O que terá então corrido mal?*

Como puderam tais amizades fracassar?
Bom, estive presente e portanto posso contar
Toda a lamentável e triste história.
Disse Slytherin: «Ensinaremos apenas
Os da mais pura linhagem»,
Disse Ravenclaw: «Ensinaremos apenas
Os da mais comprovada inteligência»,
Disse Gryffindor: «Ensinaremos todos
Os autores de feitos corajosos»,
Disse Hufflepuff: «Eu ensinarei todos,
E a todos por igual tratarei.»
Tais discordâncias pouco atrito causaram
Quando pela primeira vez expostas,
Pois cada um dos Fundadores
Tinha uma Equipa em que podia
Admitir apenas quem queria.
Assim, por exemplo, Slytherin
Só admitia feiticeiros de sangue puro
E grande sagacidade, como ele,
E só os possuidores das mentes mais brilhantes
Eram ensinados por Ravenclaw,
Enquanto os mais corajosos e destemidos
Iam para o valoroso Gryffindor.
A bondosa Hufflepuff recebia os restantes,
E ensinava-lhes tudo o que sabia,
E assim as equipas e os seus fundadores
Mantiveram amizades firmes e sinceras.
Assim Hogwarts trabalhou em harmonia
Durante vários e felizes anos,
Mas depois a discórdia insinuou-se entre nós
Alimentando-se dos nossos defeitos e receios.
As equipas que, como quatro pilares,
Haviam em tempos mantido a nossa escola,
Voltavam-se agora umas contra as outras,
E divididas, procuravam reinar.
Durante algum tempo a escola pareceu
Votada a um fim prematuro,
Devido aos duelos e às lutas
E ao choque de amigo contra amigo,
Até por fim chegar uma manhã
Em que o velho Slytherin partiu.

E embora as lutas tivessem acabado
Ele deixou-nos muito abalados.
E desde que os quatro fundadores
Ficaram a três reduzidos
Nunca mais as equipas foram unidas
Como no início se pretendera.
Eis agora aqui o Chapéu Seleccionador
E todos vós sabeis o motivo:
Disponho-vos em equipas
Pois para tal sirvo,
Mas este ano irei mais longe,
Escutai bem a minha canção:
Embora condenado a separar-vos
Preocupa-me pensar que isso é errado,
Embora forçado a cumprir o meu dever,
E a todos os anos ter de dividir
Pergunto-me se a Selecção
Não poderá trazer o fim que temo...
Oh, conhecei os riscos, decifrai os sinais,
O alerta que a história mostra,
Pois a nossa Hogwarts corre perigo
Ameaçada por inimigos externos e fatais
E temos de nos unir no seu interior
Se não queremos ruir a partir de dentro.
Já vos disse, já vos avisei...
Que comece agora a Selecção.

O Chapéu ficou uma vez mais imóvel. Irromperam aplausos, todavia pontuados, pela primeira vez desde que Harry se recordava, por murmúrios e cochichos. Por todo o Salão, os alunos trocavam comentários com os seus vizinhos e Harry, que batia palmas como os demais, percebeu logo do que estavam a falar.

— Esticou-se um bocado este ano, não achas? — observou Ron, de sobrancelhas erguidas.

— Bem podes dizê-lo — concordou Harry.

O Chapéu Seleccionador limitava-se, em geral, a descrever as diferentes qualidades procuradas por cada uma das quatro equipas de Hogwarts e ao seu próprio papel de Seleccionador. Harry não se lembrava de ele ter alguma vez tentado dar conselhos à escola.

— Pergunto-me se alguma vez terá feito advertências deste género? — comentou Hermione, parecendo levemente apreensiva.

— De facto — disse o Nick Quase-Sem-Cabeça com ar entendido, inclinando-se para ela através de Neville (Neville estremeceu, pois era muito desagradável sentir um fantasma a inclinar-se através de si). — O Chapéu sente-se obrigado a avisar devidamente a escola sempre que sente...

Mas a Professora McGonagall, que esperava para ler a lista com os nomes dos alunos do primeiro ano, deitou aos presentes um olhar fulminante. O Nick Quase-Sem-Cabeça levou aos lábios um dedo transparente e sentou-se de novo muito direito, enquanto os murmúrios cessavam abruptamente. Com um último olhar irritado que varreu as mesas das quatro equipas, a Professora McGonagall baixou os olhos para a sua longa tira de pergaminho e chamou o primeiro nome.

— Abercrombie, Euan.

O rapaz de ar aterrado em que Harry reparara avançou aos tropeções e pôs o Chapéu na cabeça, sendo as suas orelhas salientes a única coisa que o impediu de se enterrar até aos ombros. O Chapéu meditou um momento e depois o rasgão junto à aba abriu-se outra vez e gritou:

— *Gryffindor!*

Harry aplaudiu ruidosamente com o resto da equipa dos Gryffindor, enquanto Euan Abercrombie se dirigia vacilante para a mesa e se sentava, com o aspecto de quem gostaria muito de se afundar pelo chão abaixo e nunca mais ser visto.

Lentamente, a longa fila de alunos do primeiro ano foi diminuindo. Nas pausas entre os nomes e as decisões do Chapéu Seleccionador, Harry ouvia o estômago de Ron manifestar-se ruidosamente. Por fim, «Zeller, Rose» foi seleccionada para os Hufflepuff e a Professora McGonagall pegou no Chapéu e no banco e levou-os dali, enquanto o Professor Dumbledore se erguia.

Independentemente do ressentimento experimentado nos últimos tempos em relação ao director, Harry sentiu-se de certo modo apaziguado ao ver Dumbledore de pé, diante de todos. Entre a ausência de Hagrid e a presença daqueles cavalos tipo dragão, achara que o seu tão aguardado regresso a Hogwarts estava cheio de surpresas inesperadas, semelhantes a notas desafinadas numa canção familiar. Mas isto era, pelo menos, o procedimento normal: o director erguendo-se para os saudar, antes do banquete que dava início ao ano lectivo.

— Aos novos alunos — começou Dumbledore em voz sonora, de braços estendidos e um sorriso radioso nos lábios —, sejam bem-

-vindos! Aos antigos, bem-vindos de novo! Há uma altura para fazer discursos, mas não é agora. Toca a empanturrar!

Ouviu-se uma gargalhada grata e uma explosão de aplausos, enquanto Dumbledore se sentava e atirava a longa barba por cima do ombro como que para a manter fora do prato, pois a comida surgira do nada e as cinco mesas gemiam sob o peso de assados, empadões e saladas, pão, molhos e jarros com sumo de abóbora.

— Excelente! — exclamou Ron, com uma espécie de gemido anelante. Agarrando na travessa de costeletas mais próxima começou a empilhá-las no prato, cobiçosamente observado pelo Nick Quase-Sem-Cabeça.

— Que estavas tu a dizer antes da Selecção? — perguntou Hermione ao fantasma. — Acerca de o Chapéu fazer... advertências?

— Ah, sim — proferiu Nick, mostrando-se satisfeito por ter uma razão para voltar costas a Ron, que comia agora batatas assadas com um entusiasmo quase indecente. — Sim, ouvi dizer que o Chapéu fez várias anteriormente, sempre em alturas em que detectou períodos de grande perigo para a escola. E, claro, o seu conselho é sempre o mesmo: unam-se, sejam fortes a partir de dentro.

— Comé qu'ele podssaber cascolatáem prigo séum japéu? — indagou Ron.

Tinha a boca tão cheia que Harry achou um verdadeiro feito ele conseguir emitir qualquer som.

— Perdão? — inquiriu Nick Quase-Sem-Cabeça delicadamente, enquanto Hermione parecia chocada. Ron engoliu com força e repetiu: — Como é que ele pode saber que a escola está em perigo, se é um chapéu?

— Não faço ideia — declarou Nick Quase-Sem-Cabeça. — É claro que ele vive no gabinete do Dumbledore, por isso é provável que ouça por lá coisas.

— E quer que todas as equipas sejam amigas? — comentou Harry, olhando para a mesa dos Slytherin, onde Draco Malfoy presidia. — Nem sonhes!

— Ora, ora, não deves tomar essa atitude — disse Nick em tom reprovador. — Cooperação pacífica é a chave. Nós, fantasmas, apesar de pertencermos a equipas diferentes, mantemos laços de amizade. Apesar da rivalidade existente entre Gryffindor e Slytherin, nunca me passaria pela cabeça discutir com o Barão Sangrento.

— Só porque ele te deixa apavorado — afirmou Ron.

O Nick Quase-Sem-Cabeça fez um ar altamente ofendido.

— Apavorado? Eu, Sir Nicholas de Mimsy-Porpington, nunca na minha vida fui acusado de cobardia! O nobre sangue que me corre nas veias...

— Que sangue? — perguntou Ron. — Decerto não tens ainda...?

— É uma maneira de falar! — clarificou Nick Quase-Sem--Cabeça, agora tão irritado que a cabeça lhe tremia sinistramente em cima do pescoço semidecapitado. — Presumo que ainda me é permitido gozar o uso das palavras que me agradam, embora os prazeres da comida e da bebida me sejam negados! Mas já estou habituado a que os alunos trocem da minha morte, devo dizer-te!

— Nick, ele não estava rir-se de ti! — afirmou Hermione, deitando a Ron um olhar furibundo.

Infelizmente, a boca de Ron estava novamente atulhada até quase ao ponto de explosão e tudo o que ele conseguiu proferir foi «Nuucata pzou ceza», que Nick não pareceu achar um pedido de desculpa adequado. Elevando-se no ar, endireitou o chapéu emplumado e afastou-se deles para o outro extremo da mesa, instalando--se entre os irmãos Creevey, Colin e Dennis.

— Boa, Ron — disse Hermione em tom áspero.

— Que foi? — perguntou Ron indignado, tendo, finalmente, conseguido engolir a comida. — Não posso fazer uma simples pergunta?

— Oh, esquece! — exclamou Hermione irritada, e passaram ambos o resto da refeição num silêncio amuado.

Harry estava demasiado habituado às suas brigas para se dar ao trabalho de tentar reconciliá-los; achou melhor empregar o seu tempo a engolir sistematicamente o bife e o empadão de rim, seguidos de um grande prato da sua tarte de melaço preferida.

Quando todos os alunos já tinham acabado de comer, o barulho no Salão começou de novo a aumentar e Dumbledore ergueu--se mais uma vez. As conversas cessaram imediatamente e todos se voltaram para o director. Harry sentia-se agora agradavelmente sonolento. A sua cama de dossel esperava-o algures lá em cima, maravilhosamente quente e macia...

— Bem, agora que estamos todos a digerir mais um magnífico banquete, solicito uns momentos da vossa atenção para as habituais comunicações de início de ano lectivo — declarou Dumbledore.

— Os alunos do primeiro ano ficam a saber que é proibido entrar na Floresta, facto que já devia ser do conhecimento de alguns dos nossos alunos mais velhos. — (Harry, Ron e Hermione trocaram um sorriso amarelo.)

«Mr. Filch, o encarregado, pediu-me, segundo ele pela milionésima vez, para vos lembrar a todos que não é permitida magia nos corredores, no intervalo entre as aulas, nem um certo número de outras coisas, que podem ser consultadas na lista completa afixada à porta do gabinete de Mr. Filch.

«Tivemos duas mudanças no corpo docente deste ano. Temos o maior prazer em dar as boas-vindas à Professora Grubbly-Plank, que se ocupará das aulas de Cuidados com as Criaturas Mágicas. É com igual satisfação que apresentamos a Professora Umbridge, nossa nova professora de Defesa Contra a Magia Negra.

Ouviu-se uma salva de palmas delicada, mas sem grande entusiasmo, durante a qual Harry, Ron e Hermione se entreolharam, um tanto alarmados; Dumbledore não dissera durante quanto tempo ficaria Grubbly-Plank a dar aulas.

O director prosseguiu:

— As provas para as equipas de Quidditch realizar-se-ão em...

Deteve-se e olhou interrogativamente para a Professora Umbridge. Como ela não era muito mais alta de pé do que sentada, houve um momento em que ninguém percebeu por que se interrompera Dumbledore, mas então a Professora Umbridge pigarreou

— *Hum, hum* — e tornou-se evidente que se levantara e tencionava fazer um discurso.

Dumbledore pareceu surpreendido apenas um instante, depois sentou-se com elegância e fitou atentamente a Professora Umbridge, como se ouvi-la falar fosse o seu maior desejo. Outros membros do corpo docente, porém, não foram tão hábeis a ocultar a sua surpresa. As sobrancelhas da Professora Sprout tinham desaparecido no meio do seu cabelo despenteado e os lábios da Professora McGonagall estavam firmemente cerrados. Nenhum novo professor se atrevera, jamais, a interromper Dumbledore. Muitos alunos sorriam, trocistas; era óbvio que aquela mulher não sabia como se faziam as coisas em Hogwarts.

— Obrigada, Senhor Director — exclamou ela com um sorriso afectado —, por essas amáveis palavras de boas-vindas.

A voz era estrídula e ofegante, como a de uma garotinha, e Harry sentiu de novo uma forte vaga de aversão que não conseguia explicar; só sabia que detestava tudo naquela mulher, desde a voz estúpida ao felpudo casaco cor-de-rosa. Ela tossicou outra vez a aclarar a garganta (*hum, hum*) e prosseguiu:

— Bem, confesso que é maravilhoso estar de novo em Hogwarts! — Sorriu, revelando dentes muito pontiagudos. — E ver tantas carinhas felizes a olhar para mim!

Harry olhou de relance à sua volta. Nenhuma das caras que via lhe parecia feliz. Pelo contrário, todas pareciam algo perplexas por se lhes dirigirem como se tivessem cinco anos.

— Estou ansiosa por vos conhecer e tenho a certeza de que vamos ser bons amigos!

Ao ouvir aquilo, os alunos trocaram olhares e alguns mal conseguiram disfarçar um sorriso.

— Eu serei amiga dela, desde que não me faça usar aquele casaco — segredou Parvati para Lavender, e ambas sufocaram risinhos.

A Professora Umbridge voltou a pigarrear (*hum, hum*), mas, ao retomar o discurso, a voz mostrava-se já menos ofegante. O tom era muito mais decidido e as suas palavras entediantes pareciam ter sido decoradas.

— O Ministério da Magia sempre considerou a educação dos jovens feiticeiros de importância vital. Os dons raros com que nascestes podem não se revelar se não forem alimentados e aperfeiçoados por meio de uma instrução cuidadosa. As antigas artes exclusivas da comunidade mágica têm de ser transmitidas às gerações seguintes, ou perdê-las-emos para sempre. A arca do tesouro dos conhecimentos mágicos reunidos pelos nossos antepassados tem de ser guardada, reabastecida e polida por aqueles que foram chamados à nobre profissão de ensinar.

A Professora Umbridge fez aqui uma pausa e dirigiu aos seus colegas do corpo docente uma pequena vénia que nenhum retribuiu. As sobrancelhas negras da Professora McGonagall haviam-se contraído tanto que parecia mesmo um falcão e Harry viu-a trocar um olhar significativo com a Professora Sprout, quando Umbridge largou um novo «*hum, hum*» e prosseguiu o seu discurso.

— Todos os directores de Hogwarts trouxeram algo de novo à pesada tarefa de gerir esta histórica escola, o que está certo, pois sem progresso surgem a estagnação e a deterioração. Mas, por outro lado, o progresso como um fim em si mesmo deve ser desencorajado, pois frequentemente as nossas tradições, já tão experimentadas e testadas, não necessitam de alterações. Um equilíbrio, portanto, entre o velho e o novo, entre a permanência e a mudança, entre a tradição e a inovação...

Harry começou a perder a concentração, como se o seu cérebro ligasse e desligasse alternadamente. O silêncio que sempre enchia o Salão quando Dumbledore falava começou a ser quebrado por alunos que uniam as cabeças, cochichando e rindo. Na mesa dos Ravenclaw, Cho Chang tagarelava animadamente com os amigos. Alguns lugares à frente de Cho, Luna Lovegood agarrara-se de novo à revista *A Voz Delirante*. Entretanto, na mesa dos Hufflepuff, Ernie Macmillan era dos poucos que ainda fitavam a Professora Umbridge, mas de olhos vidrados, e Harry tinha a certeza de que ele apenas fingia ouvir, esforçando-se por estar à altura do novo distintivo de prefeito que lhe brilhava no peito.

A Professora Umbridge não pareceu notar o alvoroço da assistência. Harry teve a sensação de que podia rebentar-lhe um violento motim debaixo do nariz que ela continuaria o seu discurso. Os professores, contudo, ainda escutavam atentamente e Hermione parecia beber cada palavra que Umbridge pronunciava, embora, a avaliar pela sua expressão, elas não lhe agradassem.

— ... porque algumas mudanças serão para melhor, enquanto outras virão, com o passar do tempo, a ser reconhecidas como erros de avaliação. Entretanto, alguns velhos hábitos serão mantidos, e muito bem, enquanto outros, ultrapassados e antiquados, têm de ser abandonados. Avancemos então para uma nova era de abertura, eficiência e responsabilidade, decididos a preservar o que deve ser preservado, a aperfeiçoar o que precisa de ser aperfeiçoado, e a talhar onde quer que encontremos práticas que devem ser proibidas.

Sentou-se. Dumbledore aplaudiu. O corpo docente seguiu-lhe o exemplo, embora Harry reparasse que vários membros uniram as mãos apenas uma ou duas vezes antes de parar. Juntaram-se alguns alunos, mas a maioria fora apanhada desprevenida pelo fim do discurso, não tendo escutado mais do que algumas palavras, e, antes de poderem começar a aplaudir devidamente, o Professor Dumbledore tinha-se levantado de novo.

— Muito obrigado, Professora Umbridge, foi muito esclarecedora — declarou ele, fazendo-lhe uma vénia. — Ora bem, como eu estava a dizer, as provas para o Quidditch serão realizadas...

— Sim, não há dúvida de que foi esclarecedor — comentou Hermione em surdina.

— Não me digas que gostaste? — perguntou Ron baixinho, virando-se para Hermione com uma expressão de tédio. — Foi o discurso mais chato que eu já ouvi, e *eu* fui criado com o Percy.

— Eu disse esclarecedor, não agradável — replicou Hermione.
— Explicou muita coisa.
— A sério? — admirou-se Harry. — A mim pareceu-me tudo um grande pastelão.
— Havia coisas importantes escondidas no meio do pastelão — declarou Hermione em tom sombrio.
— Palavra? — indagou Ron, desconcertado.
— Que tal, «o progresso, como um fim em si próprio, deve ser desencorajado»? E que tal «talhar onde quer que encontremos práticas que devem ser proibidas»?
— E então, o que significa isso? — perguntou Ron, impaciente.
— Eu digo-te o que significa — declarou Hermione num tom agourento. — Significa que o Ministério está a interferir em Hogwarts.

Ouviu-se em volta uma algazarra e um tropel enormes. Dumbledore tinha obviamente acabado de dispensar os alunos, porque estavam todos de pé e prontos a abandonar o Salão. Hermione levantou-se de um salto, muito afogueada.

— Ron, nós temos de indicar aos do primeiro ano para onde devem dirigir-se!
— Oh, claro — disse Ron que evidentemente se havia esquecido. — Ei... ei, vocês aí! Pigmeus!
— *Ron!*
— Ora, é o que eles são, uma pequenada...
— Eu sei, mas não podes chamar-lhes pigmeus! Primeiros anos! — chamou Hermione imperiosamente para a mesa. — Por aqui, fazem favor!

Um grupo de novos alunos deslocou-se timidamente pelo espaço entre as mesas dos Gryffindor e dos Hufflepuff, todos eles tentando não ficar à frente do grupo. Pareciam, de facto, muito pequenos. Harry tinha a certeza de que não tinha um ar tão infantil quando ali chegara. Sorriu-lhes. Um rapaz louro ao lado de Euan Abercrombie parecia petrificado. Deu uma cotovelada a Euan e segredou-lhe qualquer coisa ao ouvido. Euan Abercrombie pareceu igualmente aterrado e deitou um olhar horrorizado a Harry, que sentiu o sorriso deslizar-lhe da cara como se fosse Seiva Fedorenta.

— Até logo — disse a Ron e Hermione, saindo do Salão sozinho e fazendo todos os possíveis por ignorar mais sussurros, olhares e dedos apontados, enquanto passava. Manteve os olhos fixos na sua frente, enquanto abria caminho através da multidão que enchia o *Hall*, e depois subiu rapidamente a escadaria de mármore e enfiou por um par de atalhos discretos, depressa deixando para trás a maior parte dos estudantes.

Tinha sido estúpido em não contar com aquilo, pensou, furioso, ao percorrer os corredores muito mais vazios do andar de cima. Claro está que todos o fitavam embasbacados! Tinha saído do labirinto do Torneio dos Três Feiticeiros dois meses antes, apertando contra si o corpo morto de um colega e afirmando que vira Lord Voldemort regressar ao poder. No último período, não houvera tempo para explicações antes de terem voltado todos para casa — mesmo que se tivesse sentido capaz de fazer, perante toda a escola, um relato pormenorizado dos terríveis acontecimentos do cemitério.

Chegou ao fim do corredor que conduzia à sala comum dos Gryffindor e deteve-se diante do retrato da Dama Gorda, antes de se aperceber de que não sabia a nova senha.

— Aã... — balbuciou, abatido, fitando a Dama Gorda, que alisou as pregas do seu vestido de cetim cor-de-rosa e lhe devolveu firmemente o olhar.

— Sem senha, não há entrada — disse ela em tom arrogante.

— Harry, eu sei-a! — Alguém arquejava atrás dele e, ao voltar-se, viu Neville, que corria na sua direcção. — Adivinha lá o que é? Na realidade, desta vez vou ser capaz de me lembrar dela. — Agitou o pequeno cacto atrofiado que lhes tinha mostrado no comboio. — *Mimbulus mimbletonia!*

— Correcto — disse a Dama Gorda, e o seu retrato abriu-se como uma porta, revelando um buraco redondo na parede, pelo qual se enfiaram Harry e Neville.

A sala comum dos Gryffindor tinha o mesmo aspecto acolhedor de sempre, uma confortável divisão circular cheia de fofos cadeirões coçados e velhas mesas desconjuntadas. As chamas crepitavam alegremente na lareira e alguns alunos aqueciam as mãos antes de se retirarem para os dormitórios. Do outro lado da sala, Fred e George Weasley afixavam qualquer coisa no quadro de avisos. Harry acenou-lhes uma despedida e dirigiu-se para a porta do dormitório dos rapazes. De momento, não estava com grande disposição para conversas. Neville seguiu-o.

Dean Thomas e Seamus Finnigan tinham chegado primeiro ao dormitório e ocupavam-se a cobrir as paredes ao lado das suas camas com *posters* e fotografias. Estavam a falar quando Harry empurrou a porta, mas calaram-se abruptamente assim que o viram. Harry perguntou-se primeiro se estariam a falar dele, e depois se estaria a ficar paranóico.

— Olá — cumprimentou-os, dirigindo-se ao seu malão e abrindo-o.

— Olá, Harry — correspondeu Dean, que vestia um pijama com as cores do West Ham. — Boas férias?

— O costume — murmurou Harry, pois um relato real das suas férias levaria quase a noite inteira e ele não se sentia capaz disso. — E tu?

— Sim, tudo bem — gargalhou Dean. — Melhores que as do Seamus, pelo menos, pelo que ele me estava a contar.

— Porquê, o que aconteceu, Seamus? — indagou Neville pousando carinhosamente o seu *Mimbulus mimbletonia* na mesa de cabeceira.

Seamus não respondeu imediatamente. Estava muito concentrado a tentar que o seu *poster* da equipa de Quidditch dos Kenmare Kestrels ficasse absolutamente direito. Depois, ainda de costas para Harry, disse: — A 'nha mãe não q'ria qu'eu voltasse.

— O quê? — exclamou Harry, parando de tirar os mantos da mala.

— Não queria que eu voltasse para Hogwarts.

Seamus afastou-se do *poster* e tirou o pijama do seu malão, ainda sem olhar para Harry.

— Mas... porquê? — perguntou Harry, atónito. Sabia que a mãe de Seamus era uma feiticeira e portanto não conseguia perceber por que haveria ela de se portar como os Dursleys.

Seamus não respondeu até acabar de abotoar o pijama.

— Bem — confessou ele em tom contido —, suponho que... é por tua causa.

— Como é isso? — indagou Harry rapidamente.

O coração batia-lhe muito depressa e foi invadido por uma sensação vagamente opressiva.

— Bem, — voltou a dizer Seamus, ainda evitando o olhar de Harry — ela... aã... bem, não é só por tua causa, é também pelo Dumbledore...

— Ela acredita n'*O Profeta Diário?* — perguntou Harry. — Acha que eu sou um mentiroso e o Dumbledore um velho tonto?

Seamus ergueu os olhos para ele.

— Pois, uma coisa desse género.

Harry não respondeu. Atirou a varinha para cima da mesa-de--cabeceira, despiu-se, atafulhou furiosamente a roupa no malão e enfiou o pijama. Estava farto daquilo, farto de ser a pessoa para quem se aponta e sobre quem se fala constantemente. Se algum deles soubesse, se algum deles tivesse a mais pequena ideia do que era ser aquele a quem todas aquelas coisas tinham acontecido... Mrs. Finnigan não fazia ideia, era uma mulherzinha estúpida, pensou ele ferozmente.

Meteu-se na cama e fez menção de correr as cortinas à sua volta, mas antes de o poder fazer, Seamus perguntou-lhe:

— Olha lá... o que é que aconteceu *de facto* naquela noite em que... tu sabes... com o Cedric Diggory e tudo o mais?

Seamus parecia simultaneamente nervoso e ansioso. Dean, que estivera curvado sobre o seu malão a tentar pescar uma pantufa, ficou estranhamente imóvel e Harry percebeu que ele escutava com toda a atenção.

— Para que é que me estás a perguntar? — retorquiu. — É só leres *O Profeta Diário,* como a tua mãe. Por que não fazes isso? Dizem-te tudo o que precisas de saber.

— Não te metas com a minha mãe — atirou-lhe Seamus.

— Meto-me com quem quer que me chame mentiroso — afirmou Harry.

— Não fales assim comigo!

— Falo contigo como me apetecer — exclamou Harry, a irritação a crescer de tal forma que agarrou na varinha, pousada na mesinha-de-cabeceira. — Se tens qualquer problema em ficar no mesmo dormitório que eu, vai perguntar à McGonagall se te podes mudar... e acabam-se as preocupações da mamã...

— Não metas a minha mãe nisto, Potter!

— O que se passa aqui?

Ron surgira à entrada da porta. O seu olhar arregalado saltava de Harry, ajoelhado na cama com a varinha apontada a Seamus, para este, de pé, com os punhos erguidos.

— Ele está a meter-se com a minha mãe! — gritou Seamus.

— O quê? — duvidou Ron. — O Harry não fazia isso... nós conhecemos a tua mãe, gostamos dela...

— Isso foi antes de ela começar a acreditar em tudo o que o nojo d'*O Profeta Diário* escreve sobre mim! — contrapôs Harry em altos gritos.

— Oh — disse Ron, a compreensão a despontar-lhe no rosto sardento. — Oh... claro.

— Sabes que mais? — declarou Seamus acaloradamente, deitando a Harry um olhar venenoso. — Ele tem razão, não quero ficar no mesmo dormitório que ele, ele está louco.

— Estás a passar as marcas, Seamus — avisou Ron, cujas orelhas começavam a ficar encarnadas, o que era um sinal de perigo.

— Ah, estou a passar as marcas? — explodiu Seamus que, em contraste com Ron, empalidecera. — Tu acreditas em todas as tretas que ele contou a respeito do Quem-Nós-Sabemos, não é? Achas que ele está a contar a verdade?

— Acho, sim! — ripostou Ron, zangado.

— Então, também és louco! — comentou Seamus, com ar enfastiado.

— Sim? Olha, infelizmente para ti, pá, sou também o prefeito! — lembrou-lhe Ron, espetando um dedo no peito. — Por isso, a menos que queiras ser castigado, tento na língua!

Durante alguns segundos, pareceu que Seamus acharia um castigo um preço razoável a pagar por dizer o que lhe ia na cabeça, mas com um ruído de desprezo deu meia volta, enfiou-se na cama e correu as cortinas com tal violência que elas foram arrancadas da cama e caíram ao chão, num monte poeirento. Ron deitou um olhar furioso a Seamus e depois fitou Dean e Neville.

— Há mais alguém cujos pais considerem Harry um problema? — perguntou em tom agressivo.

— Os meus pais são Muggles, pá — explicou Dean, encolhendo os ombros. — Não sabem pevas de mortes nenhumas em Hogwarts, porque eu não sou tão estúpido que lhes vá contar.

— Não conheces a minha mãe! Ela é capaz de espremer uma pessoa até conseguir o que quer! — atirou-lhe Seamus. — E aliás, os teus pais não recebem *O Profeta Diário*. Não sabem que o nosso Director foi expulso do Wizengamot e da confederação Internacional de Feiticeiros porque está a ficar pirado...

— A minha avó diz que isso são disparates — interrompeu Neville. — Diz que quem está a descambar é *O Profeta Diário*, não é o Dumbledore. Até cancelou a nossa assinatura! Nós acreditamos no Harry — disse Neville simplesmente. Trepou para a cama e puxou os cobertores até ao queixo, ficando a olhar para Seamus com uma expressão que fazia lembrar um mocho. — A minha avó sempre afirmou que o Quem-Nós-Sabemos voltaria um dia e garante que, se o Dumbledore diz que ele voltou, é porque ele voltou.

Harry sentiu uma onda de gratidão para com Neville. Mais ninguém falou. Seamus foi buscar a sua varinha, consertou as cortinas e desapareceu por trás delas. Dean meteu-se na cama, virou-se e ficou calado. Neville, que parecia também não ter mais nada a dizer, fitava amorosamente o seu cacto banhado pelo luar.

Harry recostou-se nas almofadas, enquanto, ao lado, Ron se atarefava em volta da cama, arrumando as suas coisas. Sentia-se abalado devido à discussão com Seamus, de quem sempre gostara muito. Quantas mais pessoas iriam sugerir que ele estava a mentir, ou passado dos carretos?

Teria Dumbledore sofrido assim durante todo o Verão, quando, primeiro o Wizengamot, e depois a Confederação Internacional de Feiticeiros o haviam destituído das suas funções? Seria talvez por estar furioso com Harry que Dumbledore não entrara em contacto com ele durante meses? Afinal, estavam ambos metidos naquilo; Dumbledore acreditara em Harry, comunicara a sua versão dos acontecimentos a toda a escola e, em seguida, à comunidade mágica. Quem quer que considerasse Harry um mentiroso, teria de pensar que Dumbledore o era também ou, então, que o director havia sido ludibriado...

No fim, vão descobrir que tínhamos razão, pensou Harry, infelicíssimo, enquanto Ron se metia na cama e apagava a última vela acesa no dormitório. Perguntou-se, porém, quantos mais ataques semelhantes ao de Seamus teria de aguentar antes de essa altura chegar.

XII

A PROFESSORA UMBRIDGE

Na manhã seguinte, Seamus vestiu-se a grande velocidade e saiu do dormitório antes ainda de Harry ter calçado as peúgas.

— Será que ele pensa que fica maluco por estar demasiado tempo na mesma sala que eu? — perguntou Harry em voz alta, enquanto a bainha da capa de Seamus desaparecia de vista.

— Não te preocupes com isso, Harry — murmurou Dean, atirando o saco dos livros por cima do ombro —, ele está apenas...

Mas, ao que parecia, não foi capaz de dizer exactamente o que se passava com Seamus e, após uma leve pausa constrangedora, seguiu-o para fora da sala.

Neville e Ron deitaram ambos a Harry um olhar que dizia «o problema é dele, não é teu», mas Harry não sentiu grande consolo. Quanto mais teria de suportar?

— O que há? — perguntou Hermione cinco minutos mais tarde, apanhando Harry e Ron a meio da sala comum quando todos se dirigiam para o pequeno-almoço. — Estás com um ar absolutamente... Oh, francamente!

Fitava o quadro de avisos, onde fora afixado um novo anúncio de grandes dimensões.

MONTANHAS DE GALEÕES!
O dinheiro não chega para as tuas despesas?
Gostavas de ganhar umas massas extra?
Contacta o Fred e o George Weasley, sala comum dos Gryffindor,
para trabalhos em part-time, *simples e praticamente indolores.*
(Informamos que todo o trabalho é realizado
à responsabilidade do candidato.)

— Eles passam dos limites! — comentou Hermione em tom sombrio, retirando o anúncio que Fred e George haviam pregado por cima de um *poster* a informar da data do primeiro fim-de--semana em Hogsmeade, que seria em Outubro. — Vamos ter de falar com eles, Ron.

Ron pareceu decididamente alarmado.
— Porquê?
— Porque somos prefeitos! — respondeu Hermione, enquanto saíam pelo buraco do retrato. — Compete-nos impedir este género de coisas!

Ron ficou calado, mas Harry percebeu pela expressão taciturna que a perspectiva de impedir Fred e George de fazerem exactamente aquilo que lhes apetecia não lhe agradava.

— E afinal, o que se passa, Harry? — prosseguiu Hermione, quando desciam um lance de escadas ladeado de retratos de velhas feiticeiras e feiticeiros, que não lhes ligaram nenhuma, embrenhados nas suas conversas privadas. — Pareces realmente furioso com qualquer coisa.

— O Seamus acha que o Harry está a mentir acerca do Quem-Nós-Sabemos — declarou Ron, sucinto, vendo que Harry não respondia.

Hermione, de quem Harry esperava uma reacção irritada em seu apoio, suspirou.

— Pois, a Lavender também acha — confessou ela em tom lúgubre.

— Tiveste uma agradável conversinha a respeito de eu ser um fedelho mentiroso e sedento de atenção, foi? — indagou Harry em voz alta.

— Não — declarou Hermione calmamente. — Na realidade, eu disse-lhe para manter o bico calado no que te dizia respeito. E seria simpático se deixasses de te atirar a nós, Harry, porque, caso não tenhas reparado, o Ron e eu estamos do teu lado.

Seguiu-se uma curta pausa.
— Desculpem — murmurou Harry.
— Tudo bem — proferiu Hermione com dignidade, abanando em seguida a cabeça. — Não te lembras do que o Dumbledore disse no último banquete de fim de ano?

Harry e Ron fitaram-na inexpressivamente e Hermione suspirou de novo.

— A respeito do Quem-Nós-Sabemos. Ele disse que o seu «talento para espalhar a discórdia e a inimizade é muito grande. Só podemos combatê-lo mostrando laços de amizade e confiança igualmente fortes...»

— Como é que te lembras destas coisas? — perguntou Ron, fitando-a com admiração.

— Eu escuto, Ron — disse Hermione com um toque de aspereza.

— Eu também, mas mesmo assim não seria capaz de te dizer exactamente o que...

— A questão — insistiu Hermione em voz forte — é que este género de coisa é exactamente aquilo a que o Dumbledore se referia. O Quem-Nós-Sabemos voltou há dois meses e nós já começámos a discutir uns com os outros. E o aviso do Chapéu Seleccionador foi o mesmo: mantenham-se juntos, sejam unidos...

— E o Harry estava certo, a noite passada — retorquiu Ron. — Se isso significa que é suposto acamaradarmos com os Slytherins... *nem sonhes*.

— Pois eu acho que é uma pena não nos esforçarmos por um pouco de unidade entre as equipas — contrapôs Hermione, irritada.

Tinham chegado ao fundo da escadaria de mármore. Uma fila de alunos do quarto ano dos Ravenclaw ia a atravessar o *Hall* e, ao avistarem Harry, apressaram-se a formar um grupo mais unido, como se receassem que ele fosse atacar os que se dispersassem.

— Certo, devíamos realmente tentar fazer amizade com gente desta — comentou Harry, sarcástico.

Seguiram os Ravenclaw até ao Salão e, ao entrar, olharam instintivamente para a mesa dos professores. A Professora Grubbly-Plank conversava com a Professora Sinistra, de Astronomia, e Hagrid continuava a fazer-se notar pela sua ausência. O tecto mágico reflectia a disposição de Harry, apresentando-se de um tenebroso cinzento carregado.

— O Dumbledore nem sequer referiu quanto tempo aquela Grubbly-Plank vai cá ficar — comentou ele, enquanto se dirigiam para a mesa dos Gryffindor.

— Talvez... — hesitou Hermione pensativa.

— Talvez o quê? — perguntaram Harry e Ron em coro.

— Bem... talvez ele não tenha querido chamar a atenção para a ausência de Hagrid.

— O que é isso de chamar a atenção? — disse Ron, meio a rir. — Como é que seria possível não reparar?

Mas antes de Hermione poder responder, uma rapariga negra, alta, com o cabelo comprido entrançado, aproximou-se de Harry.

— Olá, Angelina.

— Olá! — saudou ela com vivacidade — Bom Verão? — E sem esperar por resposta, prosseguiu: — Olha, nomearam-me capitã da equipa de Quidditch dos Gryffindor.

— Boa! — exclamou Harry, sorrindo-lhe. Desconfiava de que os sermões de Angelina não seriam tão extensos como os de Oliver Wood, o que só podia ser uma vantagem.

— Pois, bem, precisamos de um novo *keeper* agora que o Oliver se foi embora. As provas são na sexta-feira às cinco da tarde e quero a equipa toda lá, está bem? Assim, poderemos ver como é que o novo se adapta.

— Está certo — assentiu Harry.

Angelina sorriu-lhe e partiu.

— Tinha-me esquecido de que o Wood se foi embora — observou Hermione em tom pensativo, sentando-se ao lado de Ron e puxando para si um prato com torradas. — Suponho que isso irá afectar bastante a equipa?

— Suponho que sim — concordou Harry, ocupando o banco da frente. — Ele era um bom *keeper*...

— Mas também não será mau haver sangue novo, pois não? — comentou Ron.

Com um estardalhaço de asas, centenas de corujas entraram, planando, pelas janelas do topo. Desceram por todo o Salão, trazendo cartas e embrulhos aos seus donos e salpicando quem tomava o pequeno-almoço com gotas de água. Era evidente que lá fora chovia forte. *Hedwig* não se encontrava à vista, o que não surpreendeu Harry; o seu único correspondente era Sirius, e ele duvidava de que o padrinho tivesse alguma coisa para lhe dizer ao fim de apenas vinte e quatro horas de separação. Hermione, contudo, teve de afastar rapidamente para o lado o seu sumo de laranja a fim de arranjar lugar para uma grande coruja-das-torres encharcada, que trazia no bico um exemplar d'*O Profeta Diário* empapado.

— Para que é que ainda recebes isso? — perguntou Harry irritado, lembrando-se de Seamus, enquanto Hermione colocava um janota na bolsa de couro da pata da coruja e ela voltava a partir. — Eu já não me incomodo... não passa de um monte de lixo.

— É melhor saber o que o inimigo anda a dizer — declarou Hermione em tom sombrio e, desdobrando o jornal, desapareceu por trás dele, só voltando a emergir quando Harry e Ron já tinham acabado de comer.

— Nada! — afirmou simplesmente, enrolando o jornal e pousando-o ao lado do prato. — Nada sobre ti, nem sobre o Dumbledore, nem coisa alguma.

A Professora McGonagall caminhava ao longo da mesa, entregando os horários.

— Olha para hoje! — gemeu Ron. — História da Magia, duas horas de Poções, Artes Divinatórias e duas de Defesa Contra a Magia Negra... o Binns, o Snape, a Trelawney e a tal Umbridge, todos no mesmo dia! Oxalá o Fred e o George se despachem e arranjem as tais Pastilhas Isybalda...

— Será que os meus ouvidos me iludem? — exclamou Fred que chegava com George e se enfiou no banco ao lado de Harry. — Prefeitos de Hogwarts decerto não pretendem baldar-se às aulas?

— Olha só para o que temos hoje — repetiu Ron mal-humorado, espetando o seu horário debaixo do nariz de Fred. — É a pior segunda-feira que já vi.

— Tens razão, maninho — comentou Fred, estudando o horário. — Se quiseres, podes ficar com um pedaço de nogado Sanguechuva, baratinho.

— Por que é que é barato? — perguntou Ron, desconfiado.

— Porque ficas com hemorragias até mirrares, dado que ainda não temos um antídoto — respondeu George, servindo-se de um arenque.

— Bravo — agradeceu Ron macambúzio, guardando o horário no bolso —, mas acho que prefiro as aulas.

— E por falar nas vossas Pastilhas Isybalda — proferiu Hermione fitando vivamente Fred e George —, vocês não podem pôr anúncios para cobaias no quadro de avisos dos Gryffindor.

— Quem disse? — perguntou George, parecendo surpreendido.

— Digo eu — declarou Hermione. — E o Ron.

— Não me metas nisso — acrescentou Ron muito depressa.

Hermione deitou-lhe um olhar furioso, enquanto Fred e George riam à socapa.

— Daqui a pouco já não cantas de poleiro, Hermione — comentou Fred, barrando um pãozinho com manteiga. — Vais começar o teu quinto ano, não tarda nada estás a implorar-nos uma Isybalda.

— E por que é que começar o quinto ano há-de significar que eu preciso de uma Isybalda? — indagou Hermione.

— O quinto ano é o ano dos NPFs[3] — disse George.

— E?

— E vais ter exames, não vais? Vão-vos fazer estudar até queimarem as pestanas — afirmou Fred com ar satisfeito.

— Metade da malta do nosso ano teve esgotamentos ao preparar-se para os NPFs — lembrou George alegremente. — Crises de lágrimas e ataques de fúria... a Patrícia Stimpson passava a vida a desmaiar...

---

[3] NPF — Níveis Puxados de Feitiçaria. (*NT*)

— O Kenneth Towler apareceu cheio de furúnculos, lembras-te? — disse Fred com ar nostálgico.
— Isso foi porque tu lhe puseste pó de Bulbadox no pijama — esclareceu George.
— Ah, sim — disse Fred a rir. — Tinha-me esquecido... às vezes é difícil não lhes perder a conta, não é?
— Seja como for, o quinto ano é um pesadelo — rematou George. — Pelo menos, se a pessoa se importar com os resultados dos exames. O Fred e eu lá conseguimos aguentar-nos.
— Pois... vocês fizeram, o quê, três NPFs cada um? — comentou Ron.
— Exacto — corroborou Fred despreocupadamente. — Mas nós achamos que o nosso futuro é fora do mundo do sucesso académico.
— Considerámos seriamente se nos iríamos dar ao trabalho de voltar para fazer o sétimo ano — disse George animadamente —, agora que temos...

Interrompeu-se perante o olhar de aviso de Harry, pois este percebera que George ia mencionar o prémio monetário do torneio dos Três Feiticeiros que ele lhes oferecera.

— ... agora que temos os nossos NPFs — apressou-se George a concluir. — Quer dizer, precisamos realmente dos EFBEs[4]? Mas achámos que a mãe não ia aguentar se abandonássemos a escola antes de tempo, ainda por cima depois de o Percy se ter revelado um grandessíssimo traste.

— Mas não vamos desperdiçar o nosso último ano aqui — declarou Fred, olhando carinhosamente em volta do Salão. — Vamos empregá-lo a fazer pesquisa de mercado, a descobrir exactamente o que o aluno comum de Hogwarts exige de uma loja de brincadeiras mágicas, avaliar cuidadosamente os resultados da nossa pesquisa e, depois, arranjar produtos que se adaptem à procura.

— Mas onde é que vocês vão buscar ouro para abrir uma loja de brincadeiras mágicas? — perguntou Hermione, céptica. — Vão precisar de comprar todos os ingredientes e materiais... e também de um local, acho eu...

Harry não olhou para os gémeos. Sentia a cara a escaldar. Deixou cair o garfo de propósito e baixou-se para o apanhar, ouvindo Fred dizer:

---

[4] Exames de Feitiçaria Barbaramente Extenuantes (NEWTs — Nastily Exhausting Wizarding Tests). (*NT*)

— Não nos faças perguntas e não te diremos mentiras, Hermione. Anda daí, George, se chegarmos cedo, talvez possamos vender algumas Orelhas Extensíveis antes da aula de Herbologia.

Harry emergiu de debaixo da mesa a tempo de ver Fred e George afastarem-se, cada um com um monte de torradas.

— O que é que ele queria dizer com aquilo? — perguntou Hermione olhando de Harry para Ron. — «Não nos faças perguntas...» Será que eles já têm algum dinheiro para abrir a loja de brincadeiras mágicas?

— Sabem, tenho pensado nisso — disse Ron de testa franzida. — Eles compraram-me uma capa de cerimónia nova este Verão e eu não consegui perceber de onde lhes tinham vindo os galeões...

Harry decidiu que era altura de desviar a conversa daquele terreno perigoso.

— Vocês acham mesmo que este ano vai ser muito difícil? Por causa dos exames?

— Ah, sim — disse Ron. — Tem de ser, não é? Os NPFs são francamente importantes, influenciam os empregos a que podemos concorrer e tudo o resto. Teremos também orientação profissional, mais para o fim do ano, disse-me o Bill. Para podermos escolher quais os EFBEs que queremos tirar para o ano.

— Vocês sabem o que querem fazer depois de Hogwarts? — perguntou Harry aos amigos, quando pouco depois saíram do Salão e se dirigiram para a aula de História da Magia.

— Não exactamente — declarou Ron devagar. — Excepto... bem...

Mostrava-se levemente acanhado.

— O quê? — insistiu Harry.

— Olha, era o máximo ser Auror — deixou Ron cair em tom casual.

— Ah, isso era — concordou Harry com veemência.

— Mas eles são uma espécie de elite — disse Ron. — Tem de se ser francamente bom. E tu, Hermione?

— Não sei — respondeu ela. — Acho que gostava de fazer qualquer coisa de realmente meritório.

— Ser Auror é meritório! — exclamou Harry.

— É, sim, mas não é a única coisa meritória — disse Hermione pensativamente —, quer dizer, se eu pudesse andar para a frente com a BABE...

Harry e Ron evitaram cuidadosamente olhar um para o outro.

A disciplina de História da Magia era considerada por unanimidade o assunto mais enfadonho jamais inventado pela comunidade mágica. O Professor Binns, que era um fantasma, tinha uma voz asmática e monocórdica que provocava quase garantidamente uma forte sonolência num prazo de dez minutos, cinco com tempo quente. Nunca variava a estrutura das suas aulas, ministrando-as sem pausas, enquanto eles tomavam apontamentos ou, mais frequentemente, fitavam, amodorrados, o espaço. Harry e Ron tinham até aí conseguido passar à justa a esta disciplina apenas por copiarem os apontamentos de Hermione antes dos exames, pois ela era a única que parecia capaz de resistir ao poder soporífero da voz de Binns.

Hoje tinham suportado três quartos de hora de monotonia sobre as guerras entre os gigantes. Harry ouvira o suficiente durante os primeiros dez minutos para achar vagamente que, nas mãos de outro professor, este assunto poderia ter sido razoavelmente interessante, mas depois o seu cérebro desligou-se, e passou o resto do tempo a jogar à forca com Ron num canto do seu pergaminho, enquanto Hermione lhes deitava olhares irritados pelo canto do olho.

— O que aconteceria — perguntou-lhes ela friamente, ao saírem da aula para o intervalo (Binns desaparecera através do quadro) —, se eu recusasse emprestar-vos os meus apontamentos este ano?

— Nós chumbávamos no NPF — disse Ron. — Se queres ficar com esse peso na consciência, Hermione...

— Olha, vocês merecem — retorquiu ela com aspereza. — Nem sequer se esforçam por o ouvir, pois não?

— Nós tentamos — contrariou Ron. — Só que não temos nem os teus miolos, nem a tua memória, nem a tua concentração. Tu és muito mais inteligente que nós... mas achas bonito atirar-nos isso à cara?

— Ora, não me venhas com essa treta — acusou Hermione, mas pareceu mais calma e seguiu à frente deles para o pátio molhado.

Chuviscava e estava um leve nevoeiro, de modo que os alunos que se encontravam agrupados no pátio pareciam ligeiramente desfocados. Harry, Ron e Hermione escolheram um canto abrigado, debaixo de uma varanda que gotejava fortemente, revirando as golas das capas para se protegerem do frio ar de Setembro, e ficaram a discutir que tarefa lhes daria Snape na primeira aula do ano. Tinham acabado de concordar que seria decerto algo bastante difícil, para os apanhar desprevenidos após dois meses de férias, quando alguém dobrou a esquina e se lhes dirigiu.

— Olá, Harry!

Era Cho Chang e, ainda por cima, estava de novo sozinha. Aquilo era muitíssimo invulgar, pois Cho achava-se quase sempre rodeada por um bando de raparigas risonhas. Harry lembrava-se de como fora difícil tentar apanhá-la sozinha para a convidar para o Baile de Natal.
— Olá — saudou Harry, sentindo-se corar. *Pelo menos desta vez não estás coberto de Seiva Fedorenta,* disse para consigo. Cho parecia estar a pensar o mesmo.
— Então, livraste-te daquela porcaria?
— É — disse Harry, esforçando-se por sorrir, como se a recordação do seu último encontro fosse divertida e não humilhante.
— Então, tiveste... aã... um bom Verão?
Assim que as palavras lhe saíram, desejou não as ter proferido. Cedric namorava com Cho e a recordação da sua morte devia ter afectado as suas férias tanto como afectara as de Harry. O rosto dela pareceu endurecer, mas disse:
— Oh, passaram-se, sabes como é...
— Isso é um emblema dos Tornados? — perguntou Ron repentinamente, apontando para a frente da capa de Cho, onde se achava pregado um emblema azul-céu com um duplo T dourado. — Não és fã deles, pois não?
— Sou, sim — afirmou Cho.
— E sempre foste, ou só desde que eles começaram a ganhar a Liga? — inquiriu Ron, no que Harry considerou ser um tom de voz desnecessariamente acusador.
— Sou fã deles desde os seis anos — esclareceu Cho friamente.
— Bom... até à vista, Harry.
Afastou-se. Hermione esperou até Cho ir já a meio do pátio, antes de se atirar a Ron.
— Tens uma falta de tacto!
— Que foi? Só lhe perguntei se...
— Não percebeste que ela queria falar com o Harry?
— E depois? Podia ter falado, eu não a impedi...
— Por que diabo a foste atacar por causa da sua equipa de Quidditch?
— Atacar? Eu não a ataquei, eu só...
— O que é que *importa* se ela é fã dos Tornados?
— Ora, anda lá, metade das pessoas que se vêem com esses emblemas só os compraram na última época...
— E o que é que isso *interessa*?
— Quer dizer que não são verdadeiros fãs, estão apenas a apanhar o comboio do...

— Está a tocar — avisou-os Harry, apático, porque Ron e Hermione estavam a discutir demasiado alto para ouvirem a campainha. Não pararam de argumentar durante todo o caminho até à masmorra de Snape, o que deu a Harry tempo suficiente para reflectir que entre Neville e Ron teria muita sorte se conseguisse manter com Cho uma conversa de dois minutos de que pudesse recordar-se sem desejar sair do país.

E, no entanto, pensou ao juntar-se à fila que se formava à porta da sala de aula de Snape, ela viera falar-lhe de livre vontade, não fora? Namorara com Cedric, podia perfeitamente odiar Harry por ele ter saído vivo do labirinto do Torneio dos Três Feiticeiros, enquanto Cedric morrera, e, contudo, falava-lhe da maneira mais afável, não como se o achasse louco, ou mentiroso, ou de qualquer forma responsável pela morte de Cedric... sim, não havia dúvida de que Cho decidira abordá-lo, e já era a segunda vez em dois dias... e, ao pensar nisso, Harry sentiu um novo alento. Nem sequer o lúgubre som da porta da masmorra de Snape a abrir-se conseguiu furar o pequeno balão de esperança que parecia ter inchado dentro do seu peito. Entrou na sala atrás de Ron e Hermione e seguiu-os até à sua mesa habitual, ao fundo, ignorando os sons de irritação amuada que partiam de cada um deles.

— Quero silêncio — ordenou Snape friamente, fechando a porta.

Não havia, de facto, necessidade de tal reparo, pois assim que a turma ouvira a porta fechar-se, fizera-se silêncio e cessara toda a agitação. A mera presença do professor era, em geral, suficiente para assegurar o silêncio de uma turma.

— Antes de iniciarmos a aula de hoje — proferiu Snape, dirigindo-se à sua secretária e olhando em volta para todos eles —, acho adequado recordar-vos de que em Junho próximo vão efectuar um importante exame, durante o qual mostrarão o que aprenderam sobre a composição e o uso de poções mágicas. Apesar da existência indiscutível nesta turma de alguns alunos débeis mentais, espero que consigam um «Aceitável» no vosso NPF, ou terão de enfrentar o meu... desagrado.

O seu olhar deteve-se desta vez em Neville, que engoliu em seco.

— Depois deste ano, claro, muitos de vocês deixarão de estudar comigo — prosseguiu Snape. — Eu só aceito os melhores nas minhas aulas de Poções para o EFBE, o que significa que alguns de nós certamente nos despediremos.

O seu olhar pousou em Harry e franziu os lábios. Harry devolveu-lhe o olhar, sentindo uma satisfação sombria perante a ideia de poder desistir de Poções depois do quinto ano.

— Mas temos ainda um ano antes desse feliz momento de despedida — prosseguiu Snape suavemente —, portanto, quer tencionem ou não tentar os EFBEs, aconselho-os a concentrarem os vossos esforços na manutenção do elevado grau de conhecimentos que sempre esperei dos meus alunos de NPF.

«Hoje vamos misturar uma poção que surge frequentemente nos Níveis Puxados de Feitiçaria: a Corrente de Paz, uma poção para acalmar a ansiedade e serenar a agitação. Cautela: se exagerarem nos ingredientes, mergulharão a pessoa que a beber num sono pesado e, por vezes, irreversível, por isso têm de dar a maior atenção ao que estão a fazer. — À esquerda de Harry, Hermione endireitou-se um pouco mais, com ar de concentração absoluta. — Os ingredientes e o método de fabrico — Snape agitou a sua varinha — estão escritos no quadro (aí surgiram de imediato) e encontrarão tudo aquilo de que necessitam — agitou de novo a varinha — no armário dos materiais — (a porta do citado armário escancarou-se). Têm hora e meia... comecem.

Tal como Harry, Ron e Hermione tinham previsto, Snape dificilmente poderia ter arranjado uma poção mais difícil e traiçoeira. Os ingredientes tinham de ser deitados no caldeirão precisamente pela ordem e na porção exactas, a mistura tinha de ser mexida o número de vezes exactas, primeiro no sentido dos ponteiros do relógio, depois no sentido contrário, o calor das chamas em que fervilhava tinha de ser diminuído precisamente até ao grau exacto, durante um número específico de minutos, antes de se adicionar o ingrediente final.

— Nesta altura, deveria estar a elevar-se das vossas poções um leve vapor prateado — informou-os Snape, quando faltavam dez minutos para a hora marcada.

Harry, que transpirava abundantemente, olhou desesperado em volta da masmorra. O seu caldeirão emitia quantidades copiosas de vapor cinzento-escuro, o de Ron soltava faíscas verdes. Seamus avivava nervosamente as chamas na base do seu caldeirão com a ponta da varinha, dado que aquelas pareciam estar a extinguir-se. A superfície da poção de Hermione, contudo, era uma névoa ondulante de vapor prateado e, quando Snape passou, olhou para ela desdenhosamente sem comentários, o que significava que não encontrara nada para criticar. No entanto, junto ao caldeirão de

Harry, Snape deteve-se e contemplou-o com um horroroso sorriso de satisfação estampado na cara.

— Potter, o que pretende isto ser?

Os Slytherin na parte da frente da aula, levantaram todos a cabeça, expectantes. Adoravam ouvir Snape troçar de Harry.

— A Corrente de Paz — disse Harry, enervado.

— Diz-me lá, Potter — proferiu Snape suavemente —, sabes ler? Draco Malfoy soltou uma gargalhada.

— Sei — respondeu Harry, os dedos enclavinhados em volta da sua varinha.

— Lê-me a terceira linha das instruções, Potter.

Harry franziu os olhos para o quadro. Não era fácil distinguir as instruções através da névoa de vapor multicolorido que enchia agora a masmorra.

— Juntar selenita moída, mexer três vezes no sentido contrário ao dos ponteiros do relógio, deixar ferver durante sete minutos e depois acrescentar duas gotas de xarope de helébro.

Caiu-lhe o coração aos pés! Não tinha acrescentado o xarope de helébro, tendo passado directamente para a quarta linha das instruções, depois de deixar a sua poção ferver durante sete minutos.

— Fizeste tudo o que está na terceira linha, Potter?

— Não — retorquiu Harry, muito baixo.

— Como?

— Não — repetiu Harry, mais alto. — Esqueci-me do helébro.

— Eu sei que te esqueceste, Potter, o que significa que esta mistela é totalmente inútil. *Evanesco*.

A poção de Harry evaporou-se, deixando-o de pé, aparvalhado, junto a um caldeirão vazio.

— Aqueles que *conseguiram* ler as instruções, encham um frasco com uma amostra da vossa poção, ponham-lhe uma etiqueta com o vosso nome, bem claro, e tragam-na para a minha secretária a fim de ser testada — ordenou Snape. — Trabalho de casa: trinta centímetros de pergaminho sobre as propriedades da selenita e os seus usos na manufactura de poções, a entregar na quinta-feira.

Enquanto toda a gente à sua volta enchia frascos, Harry arrumou as suas coisas, fervendo de raiva. A sua poção não estava pior que a de Ron, que exalava agora um odor pestilento a ovos podres, nem que a de Neville, que adquirira a consistência de cimento acabado de fazer e que Neville se via obrigado a arrancar do caldeirão. Todavia, era ele, Harry, que não receberia nota pelo trabalho desse dia. Enfiou de novo a varinha no estojo e afundou-se no seu lugar, vendo todos os outros dirigirem-se à secretária de Snape com frascos cheios e arrolhados. Quando, por fim, soou a campainha, foi o primeiro a sair da masmorra e já começara a comer quando Ron e Hermione se lhe foram juntar no Salão. O tecto adquirira um cinzento ainda mais tenebroso durante a manhã e a chuva fustigava as janelas altas.

— Aquilo foi muito injusto — disse Hermione à laia de consolação, sentando-se ao lado de Harry e servindo-se de empadão de carne. — A tua poção não estava, nem de longe, tão má como a do Goyle. Quando ele a meteu no frasco, aquilo partiu-se tudo e deitou-lhe fogo à capa.

— Pois — disse Harry, fitando o prato com um olhar furioso —, mas desde quando é que o Snape é justo para mim?

Nenhum dos amigos respondeu. Sabiam que existia uma profunda inimizade mútua entre Snape e Harry, desde o momento em que Harry pusera os pés em Hogwarts.

— Sempre pensei que ele pudesse estar um pouco melhor este ano — declarou Hermione em tom desapontado. — Quer dizer... percebem... — olhou atentamente em volta. Havia uma meia dúzia de lugares vagos de ambos os lados e não ia ninguém a passar pela mesa — ... agora que ele está na Ordem e tudo isso.

— De mau grão nunca bom pão — declarou Ron sabiamente. — Seja como for, eu sempre achei que o Dumbledore era marado por confiar no Snape. Onde está a prova de que ele deixou realmente de trabalhar para o Quem-Nós-Sabemos?

— Eu penso que o Dumbledore tem provavelmente carradas de provas, ainda que as não partilhe contigo, Ron — retorquiu Hermione vivamente.

— Calem-se lá, vocês dois — disse Harry bruscamente, quando Ron abriu a boca para argumentar. Hermione e Ron ficaram ambos petrificados, parecendo irritados e ofendidos. — Não podem parar com isso um bocado? — perguntou Harry. — Passam a vida a implicar um com o outro e estão a dar comigo em doido. — E largando o empadão de carne, atirou o saco por cima do ombro e deixou-os ali sentados.

Subiu os degraus da escadaria de mármore a dois e dois, passando pelos muitos alunos que desciam, apressados, para o almoço. A cólera que acabara de explodir tão inesperadamente continuava a ferver dentro dele, e a visão dos rostos chocados de Ron e Hermione provocou-lhe um sentimento de profunda satisfação. *É bem feito,* pensou, *por que é que não param com aquilo... sempre a implicarem... chega para fazer uma pessoa trepar pelas paredes...*

Passou pelo grande retrato de Sir Cadogan, o cavaleiro do patamar, que puxou da espada e a brandiu ferozmente em direcção a Harry. Este ignorou-o.

— Volta aqui, miserável cão! Pára e luta! — gritou Sir Cadogan em voz abafada por trás da sua viseira, mas Harry limitou-se a continuar e quando Sir Cadogan tentou segui-lo correndo para um quadro vizinho, foi repelido pelo seu habitante, um enorme cão de caça ao lobo, de aspecto feroz.

Harry passou o resto da hora do almoço sentado sozinho debaixo do alçapão no topo da Torre Norte. Consequentemente, foi o primeiro a subir pela escada prateada que conduzia à sala de aula de Sybill Trelawney, quando tocou a campainha.

Depois de Poções, Artes Divinatórias era a aula de que Harry gostava menos, principalmente devido ao hábito que a Professora Trelawney tinha de prever a sua morte prematura a intervalos regulares. Era uma mulher magra, pesadamente envolta em xailes e colares de contas brilhantes, que lembrava sempre a Harry um insecto, com aqueles óculos que lhe aumentavam imenso os olhos. Quando Harry entrou, estava ocupada a pousar exemplares de livros encadernados, muito danificados, em cima de cada uma das pequenas mesas esguias que entulhavam a sala, mas a luz emitida pelos candeeiros cobertos de lenços e pelo lume enjoativamente perfumado que ardia lentamente, era tão fraca que a professora pareceu não dar por ele, quando Harry se sentou, envolto em sombras. O resto da turma foi chegando nos minutos subsequentes. Ron emergiu do alçapão, olhou atentamente em redor, descobriu Harry e foi direito a ele, ou tão direito quanto possível, visto ter de abrir caminho por entre mesas, cadeiras e pufes enormes.

— Eu e a Hermione parámos de discutir — declarou, sentando-se ao lado de Harry.

— Belo! — resmungou Harry.

— Mas a Hermione diz que acha que seria simpático se tu deixasses de descarregar para cima de nós — continuou Ron.

— Eu não...

— Estou só a transmitir a mensagem — declarou Ron, cortando-lhe a palavra. — Mas acho que ela tem razão. Nós não temos culpa da maneira como o Seamus e o Snape te tratam.

— Eu nunca disse...

— Bom dia — saudou a Professora Trelawney na sua habitual voz sonhadora e Harry interrompeu-se, sentindo-se simultaneamente aborrecido e levemente envergonhado. — Bem-vindos de novo a Artes Divinatórias. Segui atentamente os vossos destinos durante as férias, é claro, e estou encantada por ver que regressaram todos a Hogwarts sãos e salvos, como, é claro, eu já sabia que aconteceria.

«Encontrarão nas mesas, à vossa frente, exemplares de *O Oráculo dos Sonhos,* de Inigo Imago. A interpretação dos sonhos é uma forma muitíssimo importante de adivinhar o futuro e que será, muito provavelmente, testada nos vossos NPF. Não que eu acredite que passar ou chumbar nos exames tenha a mais remota importância, quando se trata da sagrada arte divinatória, é claro. Se tiverem o Olho que Vê, diplomas e graus importam muito pouco. No entanto, o Director gosta que vocês façam o exame, portanto...

A sua voz esmoreceu delicadamente, deixando-os a todos sem qualquer dúvida de que a Professora Trelawney considerava a sua matéria acima de coisas tão sórdidas como os exames.

— Virem, por favor, para a introdução e leiam o que Imago tem a dizer a respeito da interpretação de sonhos. Depois, agrupem-se aos pares. Usem *O Oráculo dos Sonhos* para interpretar os sonhos mais recentes uns dos outros. Vamos lá.

A única coisa a favor daquela aula era não ser de duas horas. Quando todos acabaram de ler a introdução do livro, mal tiveram dez minutos para a interpretação de sonhos. Na mesa ao lado de Harry e Ron, Dean formara par com Neville, que iniciara imediatamente uma longa explicação de um pesadelo, envolvendo uma tesoura gigante que usava o melhor chapéu da sua avó. Harry e Ron limitaram-se a olhar um para o outro com ar abatido.

— Eu nunca me lembro dos meus sonhos — confessou Ron.
— Diz tu um.
— Deves lembrar-te, ao menos, de um — contrapôs Harry, impaciente.

Não ia partilhar os seus sonhos com ninguém. Sabia perfeitamente o que significava o seu pesadelo regular acerca de um cemitério e não precisava de que Ron, a Professora Trelawney, ou o estúpido *Oráculo dos Sonhos* lho dissessem.

— Bem, a noite passada sonhei que estava a jogar Quidditch — disse Ron, franzindo o rosto, no esforço de se recordar. — O que achas que isso significa?

— Provavelmente que vais ser comido por uma goma gigante, ou algo assim — vaticinou Harry, virando, distraído, as páginas d'*O Oráculo dos Sonhos*. Era muito enfadonho procurar pedaços de sonhos no *Oráculo* e não ficou entusiasmado quando a Professora

Trelawney lhes deu para trabalho de casa a elaboração de um diário dos sonhos, durante um mês. Quando a campainha soou, ele e Ron foram os primeiros a descer a escada, com Ron a resmungar em tom audível.

— Já viste bem a quantidade de trabalhos de casa que já temos? O Binns pespegou-nos com uma composição de meio metro sobre guerras de gigantes, o Snape quer trinta centímetros sobre o uso de selenitas, e agora temos um mês de diário de sonhos para a Trelawney! O Fred e o George tinham razão acerca do ano dos NPF, não tinham? É melhor que a Umbridge não nos marque nada...

Quando entraram na sala da aula de Defesa Contra a Magia Negra, encontraram a Professora Umbridge já sentada à sua secretária, com o casaco cor-de-rosa felpudo da noite anterior e o laço de veludo preto no cimo da cabeça. Aquilo fez de novo lembrar a Harry uma grande mosca imprudentemente pousada em cima de um sapo ainda maior.

A turma entrou silenciosamente na sala. A Professora Umbridge era ainda um factor desconhecido e ninguém sabia se seria uma disciplinadora muito severa.

— Bom, boa tarde! — cumprimentou-os, quando, por fim, toda a turma estava já sentada.

Alguns alunos murmuraram «Boa tarde» em resposta.

— Tss, tss — fez a Professora Umbridge. — *Isso* não chega, pois não? Agradeço que façam o favor de responder «Boa tarde, Professora Umbridge». Outra vez, por favor. Boa tarde, meninos!

— Boa tarde, Professora Umbridge — entoaram eles.

— Ora bem — disse a Professora Umbridge em tom melífluo. — Não foi muito difícil, pois não? Pousem as varinhas e peguem nas penas, por favor.

Muitos alunos trocaram olhares sombrios, pois a ordem «pousem as varinhas» nunca fora seguida de uma aula que tivessem achado interessante. Harry voltou a meter a sua varinha no saco e tirou a pena, a tinta e um pergaminho. A Professora Umbridge abriu a carteira, tirou de lá a sua própria varinha, que era anormalmente curta, e bateu energicamente com ela no quadro, onde surgiram imediatamente palavras:

Defesa Contra a Magia Negra
Regresso aos Princípios Básicos

— Ora bem, o vosso ensino nesta matéria tem sido bastante desconexo e fragmentado, não tem? — declarou a Professora Umbridge, voltando-se para a turma com as mãos juntas e os dedos entrelaçados junto ao corpo. — A constante mudança de professores, muitos dos quais parecem não ter seguido qualquer *curriculum* aprovado pelo Ministério, teve, infelizmente, como resultado o facto de vos encontrardes num nível muito inferior ao que esperaríamos ver no vosso ano de NPF.

No entanto, ficarão satisfeitos por saber que tais problemas vão ser agora rectificados. Este ano, vamos seguir um curso de magia defensiva aprovado pelo Ministério, cuidadosamente estruturado e centrado na teoria. Copiem o seguinte, por favor.

Bateu de novo no quadro e a primeira mensagem desapareceu, sendo substituída por «Objectivos do Curso».

1. *Compreender os princípios subjacentes à magia defensiva.*
2. *Aprender a reconhecer situações em que a magia defensiva pode ser legalmente utilizada.*
3. *Integrar a utilização da magia defensiva num contexto de utilização prática...*

Durante alguns minutos, a sala encheu-se com o ruído das penas a arranhar o pergaminho. Quando todos acabaram de copiar os três objectivos do curso da Professora Umbridge, ela perguntou-lhes: — Todos têm um exemplar da *Teoria da Magia Defensiva* de Wilbert Slinkhard?

Um desanimado murmúrio de anuência percorreu a aula.

— Acho que vamos tentar outra vez — disse a Professora Umbridge. — Quando eu vos faço uma pergunta, gostaria que respondessem, «Sim, Professora Umbridge», ou «Não, Professora Umbridge». Portanto, todos têm um exemplar da *Teoria da Magia Defensiva* de Wilbert Slinkhard?

— Sim, Professora Umbridge — ressoou na sala.

— Bom — disse a Professora Umbridge. — agradeço que o abram na página cinco e leiam o «Capítulo Um, Dados Básicos para Principiantes». Não será necessário falar.

A Professora Umbridge afastou-se do quadro e instalou-se na cadeira por trás da secretária, observando-os a todos, com aqueles seus olhos papudos. Harry abriu o seu exemplar de *Teoria da Magia Defensiva* na página cinco e começou a ler.

Era desesperadamente enfadonho, quase tão mau como ouvir o Professor Binns. Sentiu que a concentração lhe escapava e depressa estava a ler a mesma linha meia dúzia de vezes, sem apreender mais do que as primeiras palavras. Vários minutos decorreram em silêncio. A seu lado, Ron virava e revirava a pena entre os dedos com ar distraído, fitando o mesmo ponto da página. Harry olhou para a direita e teve uma surpresa que o sacudiu do seu torpor. Hermione nem sequer abrira o seu exemplar da *Teoria da Magia Defensiva*. Estava a olhar fixamente para a Professora Umbridge com a mão erguida.

Harry não conseguia lembrar-se de Hermione ter alguma vez ignorado uma ordem de leitura, nem sequer de ter resistido à tentação de abrir qualquer livro que lhe passasse debaixo do nariz. Fitou-a interrogativamente, mas ela limitou-se a abanar ao de leve a cabeça para indicar que não ia responder a perguntas, e continuou a fixar a Professora Umbridge, que olhava com igual resolução para outro lado.

Ao fim de mais alguns minutos, contudo, Harry já não era o único a observar Hermione. O capítulo que lhes tinham mandado ler era tão enfadonho que cada vez mais gente resolvera observar a tentativa muda de Hermione para captar a atenção da Professora Umbridge, em vez de se debater com os «Dados Básicos para Principiantes».

Quando já mais de metade da turma estava a olhar para Hermione em vez de estar a olhar para o livro, a Professora Umbridge pareceu decidir que não podia continuar a ignorar a situação.

— Queria perguntar alguma coisa sobre o capítulo, querida? — perguntou ela a Hermione, como se tivesse acabado de reparar nela.

— Não é sobre o capítulo — respondeu Hermione.

— Bem, agora estamos a ler — disse a Professora Umbridge, mostrando os seus dentinhos pontiagudos. — Se tiver outras questões, podemos vê-las no fim da aula.

— Tenho uma questão sobre os objectivos do seu curso — disse Hermione.

A Professora Umbridge ergueu as sobrancelhas.

— E a menina chama-se?

— Hermione Granger — respondeu Hermione.

— Bem, Miss Granger, eu acho que os objectivos do curso são perfeitamente claros, se os lerem com atenção — afirmou a Professora Umbridge com uma voz doce e firme.

— Bem, eu não acho — declarou Hermione sem cerimónia. — Não está aí nada escrito sobre a *utilização* de feitiços defensivos.

Houve um breve silêncio, durante o qual muitos membros da turma viraram as cabeças para perscrutar os três objectivos do curso, escritos no quadro.

— *Utilização* de feitiços defensivos? — repetiu a Professora Umbridge com uma risadinha. — Ora, não consigo imaginar nenhuma situação na minha sala de aula que exija a utilização de feitiços defensivos, Miss Granger. Com certeza não está à espera de ser atacada durante a aula?

— Não vamos utilizar magia? — exclamou Ron em voz alta.

— Na minha aula, os alunos levantam a mão quando querem falar, Mr... ?

— Weasley — disse Ron, pondo a mão no ar.

A Professora Umbridge, sorrindo ainda mais abertamente, virou-lhe as costas. Harry e Hermione levantaram também logo as mãos. Os olhos papudos da Professora Umbridge detiveram-se um instante em Harry, antes de se dirigir a Hermione.

— Sim, Miss Granger? Queria perguntar mais alguma coisa?

— Sim — disse Hermione. — Com certeza o principal objectivo da Defesa Contra a Magia Negra é treinar feitiços defensivos?

— A menina é uma autoridade pedagógica diplomada pelo Ministério, Miss Granger? — inquiriu a Professora Umbridge, na sua voz falsamente doce.

— Não, mas...

— Bom, então, lamento, mas não está habilitada a decidir qual é o «principal objectivo» de qualquer aula. O nosso novo programa de estudos foi concebido por feiticeiros muito mais velhos e inteligentes que a menina. Irão aprender os feitiços defensivos de uma forma segura, isenta de riscos...

— De que serve isso? — interrompeu Harry em voz sonora. — Se formos atacados, não será numa...

— A *mão*, Mr. Potter! — entoou a Professora Umbridge.

Harry ergueu o punho no ar. De novo a Professora Umbridge lhe virou prontamente as costas, mas agora várias outras pessoas tinham também as mãos erguidas.

— E o seu nome é? — perguntou a Professora Umbridge para Dean.

— Dean Thomas.

— Bem, Mr. Thomas?

— Bem, é como disse o Harry, não é? — proferiu Dean. — Se formos atacados, não será isento de riscos.

— E eu repito: — enfatizou a Professora Umbridge, sorrindo a Dean de maneira muito irritante — esperam ser atacados durante as minhas aulas?

— Não, mas...

A Professora Umbridge ignorou-o.

— Não pretendo criticar a maneira como as coisas têm sido conduzidas nesta escola — declarou, com um sorriso pouco convincente na boca rasgada —, mas, nesta disciplina, sofreram a influência de alguns feiticeiros muito irresponsáveis, muito irresponsáveis mesmo, isto para não falar — soltou uma pequena gargalhada maldosa — de alguns Meia-Raça extremamente perigosos.

— Se se refere ao Professor Lupin — atalhou Dean, furioso —, foi o melhor que já tivemos...

— A *mão*, Mr. Thomas! Como eu ia dizendo... foram-lhes apresentados feitiços complexos, impróprios para o vosso grupo etário e potencialmente letais. Foram assustados e levados a acreditar que há a possibilidade de sofrerem ataques das forças negras dia sim, dia não...

— Não fomos nada — disse Hermione —, nós só...

— *A sua mão não está erguida, Miss Granger!*

Hermione ergueu a mão e a Professora Umbridge virou-se para o outro lado.

— Pelo que sei, o meu antecessor não só efectuou maldições ilegais diante de vós, como de facto as realizou em vós.

— Bom, descobriu-se que ele era maníaco, não foi? — retorquiu Dean, acalorado. — Mas, atenção, mesmo assim aprendemos carradas.

— *A sua mão não está erguida, Mr. Thomas!* — gorjeou a Professora Umbridge. — Ora bem, o Ministério considera que um conhecimento teórico é mais do que suficiente para os levar a passar os vossos exames, o que, afinal de contas, é o objectivo desta escola. E o seu nome é...? — acrescentou, fitando Parvati, que acabava de erguer a mão.

— Parvati Patil, e não haverá nenhuma parte prática no nosso NPF de Defesa Contra a Magia Negra? Não teremos de provar que sabemos realmente fazer as contramaldições e outras coisas?

— Desde que tenham estudado bem a teoria, não há qualquer razão para não serem capazes de realizar feitiços nos exames, em condições cuidadosamente controladas — assegurou a Professora Umbridge desdenhosamente.

— Sem os ter praticado antes? — perguntou Parvati, incrédula.

— Está a dizer que a primeira vez que faremos os feitiços será durante os exames?

— Repito que, desde que tenham estudado bem a teoria...

— E de que vai adiantar-nos a teoria no mundo real? — interrompeu Harry em voz alta, o punho erguido de novo.

A Professora Umbridge ergueu o olhar.
— Estamos na escola, Mr. Potter, não no mundo real — lembrou-lhe a professora suavemente.
— Portanto, não se pretende que sejamos preparados para o que nos espera lá fora?
— Não há nada à espera lá fora, Mr. Potter!
— Ah, não? — retorquiu Harry. A sua cólera, que parecia ter passado o dia todo a borbulhar, atingia agora o ponto de ebulição.
— Quem é que o senhor imagina que pretende atacar crianças como vocês? — inquiriu a Professora Umbridge numa voz horrorosamente melada.
— Hmm, vejamos... — disse Harry num falso tom pensativo. — Talvez... *Lord Voldemort?*
Ron susteve a respiração, Lavender Brown soltou um pequeno grito e Neville escorregou do banco. A Professora Umbridge, contudo, nem estremeceu. Estava a fitar Harry com uma sombria expressão de júbilo estampada no rosto.
— Dez pontos retirados aos Gryffindor, Mr. Potter.
A turma estava silenciosa e imóvel. Todos olhavam fixamente para Umbridge, ou para Harry.
— E agora, deixem-me esclarecer bem algumas coisas.
A Professora Umbridge levantou-se e inclinou-se para eles, com as mãos de dedos curtos espalmadas sobre a secretária.
— Disseram-vos que um certo feiticeiro Negro regressou da morte...
— Ele não estava morto — contrapôs Harry, furioso —, mas, é verdade, ele voltou!
— Mr. Potter, o senhor já fez a sua equipa perder dez pontos. Não piore ainda mais as coisas para si próprio — avisou-o a Professora Umbridge de um só fôlego, sem olhar para ele. — Como eu estava a dizer, foram informados de que um certo feiticeiro Negro anda de novo por aí. *Isso é mentira.*
— *NÃO* é mentira! — exclamou Harry. — Eu vi-o, eu lutei com ele!
— Castigo, Mr. Potter! — declarou a Professora Umbridge em tom triunfante. — Amanhã à tarde. Cinco horas. No meu gabinete. Repito, *isso é mentira*. O Ministério da Magia garante que não correm perigo da parte de nenhum feiticeiro Negro. Se continuam preocupados, estejam à vontade para vir falar comigo fora das horas lectivas. Se alguém os anda a alarmar com mentiras acerca de feiticeiros Negros renascidos, gostaria de saber. Estou aqui para ajudar.

Sou vossa amiga. E agora, façam o favor de retomar a vossa leitura: página cinco, «Dados Básicos para Principiantes».
A Professora Umbridge sentou-se à secretária. Harry, contudo, levantou-se. Toda a gente o fitava. Seamus parecia meio assustado e meio fascinado.
— Harry, não! — segredou Hermione em tom de aviso, puxando-lhe a manga, mas, com um safanão, Harry afastou o braço do seu alcance.
— Portanto, em sua opinião, o Cedric Diggory caiu morto por iniciativa própria, não foi? — perguntou Harry, com voz trémula.
A turma susteve colectivamente a respiração, pois nenhum deles, exceptuando Ron e Hermione, ouvira alguma vez Harry falar sobre o que acontecera na noite em que Cedric morrera. Fitavam avidamente ora Harry ora a Professora Umbridge, que tinha erguido os olhos e o fixava, já sem vestígios de qualquer sorriso falso no rosto.
— A morte de Cedric Diggory foi um acidente trágico — proferiu ela friamente.
— Foi assassínio! — declarou Harry. Sentia-se tremer. Quase não falara com ninguém acerca daquilo, muito menos com trinta colegas que o escutavam ansiosamente. — Voldemort matou-o e a senhora sabe-o muito bem.
O rosto da Professora Umbridge mostrava-se totalmente inexpressivo. Por instantes, Harry pensou que ela lhe ia largar dois gritos. Depois, ela disse, no seu tom de voz mais suave e mais doce:
— Venha cá, Mr. Potter, meu querido.
Harry afastou a cadeira com um pontapé e, rodeando Ron e Hermione, dirigiu-se à secretária da professora em largas passadas. Sentia o resto da turma suster a respiração e a sua raiva era tal que não lhe interessava o que acontecesse a seguir.
A Professora Umbridge tirou da carteira um pequeno rolo de pergaminho cor-de-rosa, estendeu-o sobre a secretária, molhou a pena no tinteiro e começou a rabiscar, inclinada de forma a impedir Harry de ver o que estava a escrever. Ninguém falava. Após cerca de um minuto, enrolou o pergaminho e bateu-lhe com a varinha, selando-o magicamente, de forma a que Harry não o pudesse abrir.
— Leve isto à Professora McGonagall, querido — pediu-lhe a Professora Umbridge, estendendo-lhe a nota.
Ele pegou-lhe sem dizer palavra, apático, e saiu da sala, sem olhar sequer para Ron e Hermione, batendo com a porta atrás de si. Caminhou muito depressa pelo corredor, com a nota para McGonagall firmemente apertada na mão, e, ao virar uma esquina,

esbarrou em cheio com Peeves, o *poltergeist*, um homenzinho boquiaberto flutuando de costas no ar, a fazer malabarismos com vários tinteiros.

— Ora, ora, é o Potty Potter![5] — casquinou Peeves, deixando cair dois tinteiros ao chão, que se partiram, salpicando as paredes de tinta. Harry afastou-se com um salto para trás e um grunhido.

— Pára com isso, Peeves.

— Oooh, o Biruta está irritado — disse Peeves, perseguindo Harry pelo corredor fora e fitando-o maliciosamente, enquanto zumbia por cima dele. — O que é desta vez, meu caro amigo excêntrico? Ouves vozes? Tens visões? Falas em... — Peeves deitou-lhe a língua de fora, acompanhando o gesto com um ruído sugestivo — *línguas esquisitas?*

— Eu disse para me deixares em PAZ! — gritou Harry, descendo a correr o lance de escadas seguinte, mas Peeves limitou-se a escorregar de costas pelo corrimão, atrás dele.

Oh, muitos acham que ele vocifera, o pequeno biruta,
E alguns mais amáveis acham que está apenas triste,
Mas Peeves é quem sabe e diz que ele está furioso...

— CALUDA!

Uma porta à sua esquerda escancarou-se e a Professora McGonagall saiu do seu gabinete com um ar severo e algo preocupado.

— Por que *diabo* estás tu aos gritos, Potter? — perguntou ela bruscamente, enquanto Peeves casquinava de regozijo e desaparecia de vista. — Por que é que não estás na aula?

— Mandaram-me vir ter com a senhora — explicou Harry, muito hirto.

— Mandaram? Que queres dizer, *mandaram?*

Harry estendeu-lhe a nota da Professora Umbridge. A Professora McGonagall pegou-lhe, de sobrolho carregado, abriu-a com um toque da varinha, desenrolou-a e começou a ler. Os olhos voavam de um lado para o outro por baixo dos óculos quadrados, enquanto lia o que Umbridge escrevera, ficando mais apertados a cada linha.

— Anda cá, Potter.

Ele seguiu-a para dentro do gabinete, cuja porta se fechou automaticamente atrás de si.

---

[5] Potty significa, em inglês, idiota, maluco. (*NT*)

— Então? — disse a Professora McGonagall, virando-se bruscamente. — É verdade?

— É verdade, o quê? — perguntou Harry, mais agressivamente do que pretendera. — Professora? — acrescentou, com o intuito de parecer mais delicado.

— É verdade que gritaste com a Professora Umbridge?

— É — admitiu Harry.

— Chamaste-lhe mentirosa?

— Chamei.

— Disseste-lhe que Aquele Cujo Nome Não Deve Ser Pronunciado voltou?

— Disse.

A Professora McGonagall sentou-se à secretária, franzindo o sobrolho a Harry. Depois ofereceu:

— Come um biscoito, Potter.

— Como... o quê?

— Come um biscoito — repetiu ela, impaciente, indicando uma lata com um desenho escocês, pousada em cima de uma pilha de papéis sobre a sua secretária. — E senta-te.

Tinha havido, anteriormente, uma ocasião em que Harry, esperando ser repreendido pela Professora McGonagall, fora, pelo contrário, nomeado para a equipa de Quidditch dos Gryffindor. Deixou-se cair numa cadeira em frente dela e serviu-se de um biscoito de gengibre, sentindo-se tão perplexo e desprevenido como nessa altura.

A Professora McGonagall pousou a nota da Professora Umbridge e olhou para Harry muito séria.

— Potter, precisas de ter cuidado.

Harry engoliu o seu biscoito de gengibre e ficou a olhar para ela. O seu tom de voz não se parecia nada com aquele a que ele estava habituado. Não era enérgico, decidido e severo; era baixo e ansioso e, de certo modo, muito mais humano do que o habitual.

— Mau comportamento na aula de Dolores Umbridge pode custar-te muito mais do que pontos à equipa e um castigo.

— O que quer...

— Potter, usa o teu bom senso — retorquiu asperamente a Professora McGonagall, regressando abruptamente à sua atitude habitual. — Sabes de onde ela vem, deves saber a quem ela vai apresentar o seu relatório.

Soou a campainha que assinalava o fim da aula. Do andar de cima e dos corredores em seu redor chegaram-lhes os sons de centenas de passos pesados, à medida que os alunos circulavam pelos corredores.

— Diz aqui que ela te vai pôr de castigo todas as tardes desta semana, a começar amanhã — declarou a Professora McGonagall, voltando a baixar os olhos para a nota de Umbridge.

— Todas as tardes desta semana! — repetiu Harry, horrorizado. — Mas a Professora não poderia...?

— Não, não posso — contrapôs a Professora McGonagall categoricamente.

— Mas...

— Ela é tua professora e tem todo o direito de te castigar. Irás amanhã ao seu gabinete às cinco horas para a primeira sessão. E lembra-te, age com cautela ao pé de Dolores Umbridge.

— Mas eu estava a dizer a verdade! — afirmou Harry, ofendido. — O Voldemort regressou, a senhora sabe que sim, o Professor Dumbledore também...

— Francamente, Potter! — exclamou a Professora McGonagall, endireitando os óculos, furiosa (tinha estremecido horrivelmente, quando ele proferira o nome de Voldemort). — Achas mesmo que se trata aqui de dizer a verdade ou de mentir? Trata-se de não dar nas vistas e conservar o sangue-frio!

Levantou-se, de narinas dilatadas e lábios comprimidos, e Harry imitou-a.

— Come outro biscoito — disse ela com irritação, empurrando a lata na sua direcção.

— Não, obrigado — agradeceu Harry friamente.

— Não sejas ridículo — redarguiu ela bruscamente.

Ele tirou um.

— Obrigado — proferiu com relutância.

— Não ouviste o discurso de Dolores Umbridge no banquete de início do ano, Potter?

— Sim — disse Harry — sim... ela disse... o progresso vai ser proibido, ou... bem, o que queria dizer era que... que o Ministério da Magia está a tentar interferir em Hogwarts.

A Professora McGonagall observou-o durante um instante, depois fungou, deu a volta à secretária e abriu-lhe a porta.

— Bom, fico satisfeita por tu ouvires, ao menos, a Hermione Granger — comentou, empurrando-o para fora do gabinete.

XIII

O CASTIGO DE DOLORES

Nessa noite, o jantar no Salão não foi uma experiência agradável para Harry. As notícias acerca da cena com Umbridge tinham corrido excepcionalmente depressa, mesmo para os padrões de Hogwarts. Quando se sentou entre Ron e Hermione, não pôde deixar de ouvir os comentários segredados em seu redor, pois, ao contrário do que era habitual, nenhum dos colegas parecia importar-se que ele escutasse o que estavam a dizer acerca dele. Pelo contrário, era como se esperassem que ele se irritasse e desatasse de novo aos gritos, para poderem ouvir a sua versão da história.

— Ele diz que viu o Cedric Diggory ser assassinado...
— Ele julga que travou um duelo com o Quem-Nós-Sabemos...
— Que disparate!
— Quem é que ele pensa embarretar?
— Por *favooor*...
— O que eu não percebo — disse Harry com voz trémula, pousando a faca e o garfo (as mãos tremiam-lhe demasiado para os segurar com firmeza) — é como é que todos acreditaram na história há dois meses, quando o Dumbledore lhes contou...
— A questão é que eu não tenho a certeza disso, Harry — atalhou Hermione em tom soturno. — Olha, vamos pôr-nos a andar daqui.

Pousou os talheres com força. Ron olhou melancolicamente para a sua tarte de maçã por acabar, mas seguiu-os. Foram observados fixamente durante todo o percurso até saírem do Salão.

— Que é isso de não teres a certeza de que eles acreditaram no Dumbledore? — perguntou Harry a Hermione, quando chegaram ao patamar do primeiro andar.

— Olha, tu não compreendes o que se passou, depois daquilo acontecer — afirmou Hermione serenamente. — Apareceste no meio do relvado, agarrado ao corpo do Cedric... ninguém viu o que aconteceu no interior do labirinto... só tínhamos a palavra do Dumbledore em como o Quem-Nós-Sabemos voltara e matara o Cedric e lutara contigo.

— O que é verdade! — proferiu Harry em voz alta.

— Eu sei, Harry, por isso *fazes o favor* de parar de me seringar — pediu Hermione, cansada. — O que aconteceu foi que, antes de a verdade poder ser completamente absorvida e compreendida, foram todos passar o Verão a casa, onde andaram dois meses a ler que tu és pirado e o Dumbledore está senil!

A chuva fustigava os vidros das janelas, enquanto percorriam a passo estugado os corredores vazios, de volta à Torre dos Gryffindor. Harry sentia-se como se o primeiro dia de aulas tivesse durado uma semana, mas ainda tinha uma montanha de trabalhos de casa para fazer antes de se ir deitar. Começava a martelar-lhe por cima do olho direito uma dor incisiva. Quando viraram para o corredor da Dama Gorda, olhou por uma janela que escorria água para os campos envoltos em trevas. Continuava a não se ver luz na cabana de Hagrid.

— *Mimbulus mimbletonia* — proferiu Hermione, antes de a Dama Gorda poder perguntar. O retrato abriu-se, revelando o buraco e os três enfiaram-se por ele.

A sala comum estava praticamente vazia, uma vez que quase toda a gente se encontrava ainda lá em baixo, a jantar. *Crookshanks* desenrolou-se de um cadeirão e veio a trotar ao encontro deles, com um ronronar sonoro, e quando Harry, Ron e Hermione se instalaram nas suas cadeiras preferidas junto à lareira, saltou graciosamente para o colo de Hermione e enroscou-se como se fosse uma almofada peluda cor de gengibre. Harry fitou as chamas, sentindo-se exaurido e exausto.

— *Como* é que o Dumbledore pôde ter deixado isto acontecer? — indignou-se de súbito Hermione, fazendo Harry e Ron darem um pulo e *Crookshanks* saltar-lhe do colo com ar ofendido. Bateu com raiva nos braços da cadeira, fazendo pedaços de estofo sair pelos buracos. — Como pôde deixar que aquela horrível mulher nos dê aulas? Ainda por cima, no ano dos NPFs!

— Bem, nós nunca tivemos grandes professores de Defesa Contra a Magia Negra, pois não? — comentou Harry. — Sabes como é, o Hagrid explicou-nos, ninguém quer o lugar, dizem que está azarado.

— Sim, mas empregar alguém que, de facto, se recusa a deixar--nos fazer magia! Qual será a intenção do Dumbledore?

— E está a tentar levar as pessoas a espiarem para ela — afirmou Ron em tom sombrio. — Lembram-se de quando nos disse que queria que lhe contássemos, se ouvíssemos alguém dizer que o Quem-Nós-Sabemos voltou?

— É claro que ela está aqui para nos espiar, isso é óbvio, por que outra razão teria o Fudge imposto a sua presença? — retorquiu Hermione bruscamente.

— Não comecem outra vez a discutir — pediu Harry em voz cansada, quando Ron abriu a boca para rebater. — Não poderíamos... vamos lá fazer os trabalhos de casa, para nos despacharmos...

Foram buscar as sacas a um canto e voltaram a instalar-se nas cadeiras junto à lareira. Agora já havia pessoas a regressar do jantar. Harry evitou olhar na direcção do buraco do quadro, mas mesmo assim sentia os olhares postos nele.

— Vamos fazer primeiro os do Snape? — sugeriu Ron, molhando a pena na tinta. — «*As propriedades... da selenita... e a sua utilização... no fabrico de poções...*» — murmurou, escrevendo as palavras no topo do seu pergaminho, à medida que as ia dizendo. — Pronto! — Sublinhou o título e depois olhou, esperançado, para Hermione.

— Então, quais são as propriedades da selenita e a sua utilização no fabrico de poções?

Mas Hermione não o ouviu! Olhava de soslaio para o canto mais distante da sala, onde Fred, George e Lee Jordan se achavam sentados no centro de um bando de alunos do primeiro ano com ar inocente, todos eles a mascar qualquer coisa que parecia ter saído de um grande saco de papel, que Fred segurava.

— Não, tenho muita pena, mas eles foram longe de mais — declarou ela, levantando-se e parecendo verdadeiramente furiosa. — Anda daí, Ron.

— Eu... o que é? — perguntou Ron, procurando obviamente ganhar tempo. — Não... vá lá, Hermione... não podemos participar deles por oferecerem pastilhas.

— Sabes perfeitamente que aquilo são pedaços de Sanguechuva Nasal ou... ou Gomas Isyvómito, ou...

— Pastilhas do Fanico — sugeriu Harry calmamente.

Um a um, como que atingidos na cabeça por uma marreta invisível, os alunos do primeiro ano iam tombando inconscientes nos seus lugares. Uns deslizavam logo para o chão, outros apenas descaíam sobre os braços dos cadeirões, com a língua de fora. A maior parte das pessoas que os olhavam estava a rir-se, mas Hermione endireitou os ombros e marchou a direito para Fred e George, que empunhavam agora uns pergaminhos para apontamentos, observando atentamente os miúdos inconscientes. Ron soergueu-se, hesitou um instante e depois murmurou para Harry: «Ela tem tudo sob controlo», antes de voltar a afundar-se na cadeira, tanto quanto o seu corpo ossudo lhe permitia

— Chega! — disse Hermione em tom enérgico para Fred e George, que ergueram os olhos, levemente surpreendidos.

— Sim, tens razão — concordou George com um aceno de cabeça —, esta dosagem parece suficientemente forte, não parece?

— Já vos disse esta manhã que não podem testar essas porcarias nos alunos!

— Estamos a pagar-lhes! — declarou Fred indignado.

— Não me interessa, pode ser perigoso!

— Tretas! — exclamou Fred.

— Acalma-te, Hermione, eles estão óptimos! — afirmou Lee numa voz tranquilizadora, andando de miúdo em miúdo e inserindo-lhes nas bocas abertas umas pastilhas de cor roxa.

— É, parece que estão a acordar — disse George.

Alguns alunos do primeiro ano estavam, de facto, a mexer-se. Uns quantos pareciam tão chocados por se verem estendidos no chão ou pendurados das cadeiras, que Harry teve a certeza de que Fred e George não os tinham avisado do efeito das pastilhas.

— Sentes-te bem? — perguntou George amavelmente a uma rapariga baixinha, de cabelos pretos, estendida a seus pés.

— Eu... acho que sim — respondeu, abalada.

— Excelente! — exclamou Fred satisfeito, mas no instante seguinte Hermione tinha-lhe arrancado das mãos o pergaminho e o saco de papel com as Pastilhas do Fanico.

— NÃO é nada excelente!

— Claro está que é, eles estão vivos, não estão? — retorquiu Fred, irritado.

— Vocês não podem fazer isto! E se tivessem posto um deles realmente doente?

— Não vamos pô-los doentes, já testámos tudo em nós próprios, isto é apenas para ver se toda a gente reage da mesma maneira...

— Se não pararem com isto, eu vou...

— Dar-nos um castigo? — inquiriu Fred, como quem diz «gostava-de-ver-isso».

— Pôr-nos a copiar frases? — acrescentou George com um sorriso afectado.

Os espectadores espalhados pela sala riam, divertidos. Hermione endireitou-se; os seus olhos escureceram e o cabelo encaracolado parecia estalar de electricidade.

— Não — respondeu ela, a voz a tremer de cólera —, mas escrevo à vossa mãe.

— Tu não fazias isso! — bradou George horrorizado, dando um passo para trás.

— Ai isso é que fazia! — afirmou Hermione, inflexível. — Não posso impedir que vocês comam essas porcarias, mas não as podem dar aos miúdos do primeiro ano.

Fred e George pareciam fulminados. Era óbvio que, em sua opinião, a ameaça de Hermione fora um golpe baixo. Deitando-lhes um último olhar ameaçador, ela meteu-lhes o pergaminho e o saco das pastilhas outra vez nos braços e regressou ao seu posto, junto à lareira.

Ron estava tão enfiado na cadeira que o nariz quase lhe ficava à altura dos joelhos.

— Obrigada pelo apoio, Ron — ironizou Hermione em voz ácida.

— Tu desenvencilhaste-te lindamente sozinha — tartamudeou Ron.

Hermione fitou o seu pedaço de pergaminho em branco durante alguns segundos e depois disse, impaciente:

— Não adianta, agora não consigo concentrar-me. Vou deitar-me.

Escancarou a saca. Harry pensou que ela ia guardar os livros, porém, em vez disso, tirou de lá dois objectos de lã disformes, pousou-os cuidadosamente numa mesa junto à lareira, cobriu-os com alguns pedaços de pergaminho amarrotado e uma pena partida, e afastou-se para ver o efeito.

— Em nome de Merlin, o que estás tu a fazer? — indagou Ron, que a observava como se receasse pela sua sanidade mental.

— São chapéus para os elfos domésticos — explicou a amiga animadamente, enfiando os livros na saca. — Fi-los durante o Verão. Sem magia, tricoto muito devagar, mas agora, que já estou de volta à escola, poderei fazer muitos mais.

— Estás a deixar aqui chapéus para os elfos domésticos? — repetiu Ron lentamente. — Mas primeiro cobre-los com lixo?

— Exactamente! — declarou Hermione em tom de desafio, atirando o saco por cima do ombro.

— Isso não é honesto — disse Ron, zangado. — Estás a tentar levá-los a pegar nos chapéus ao engano. Estás a libertá-los, quando eles podem não querer ser livres.

— É claro que querem ser livres! — ripostou imediatamente Hermione, embora tivesse ficado corada. — Não te atrevas a tocar nesses chapéus, Ron!

Girou nos calcanhares e afastou-se. Ron esperou até ela ter desaparecido pela porta do dormitório das raparigas e, depois, sacudiu o lixo dos chapéus de lã.

— Eles têm, ao menos, de ver aquilo em que estão a pegar — disse com firmeza. — Seja como for — enrolou o pergaminho em que escrevera o título da composição de Snape —, não vale a pena tentar acabar isto agora, sem a Hermione não consigo, não tenho a menor ideia para que servem as selenitas, e tu?

Harry abanou a cabeça, o que o fez notar que a dor na têmpora direita estava a piorar. Pensou na enorme composição sobre as guerras dos gigantes e a dor atingiu-o com força. Sabendo perfeitamente que de manhã se arrependeria de não ter terminado os trabalhos de casa nessa noite, voltou a empilhar os livros na saca.

— Também me vou deitar.

A caminho do dormitório passou por Seamus, mas não olhou para ele. Harry teve a breve sensação de que o colega abrira a boca para lhe falar, mas apressou o passo e atingiu a paz reconfortante da escada em espiral sem ter de suportar mais provocações.

★

O dia seguinte amanheceu tão plúmbeo e chuvoso como o anterior. Ao pequeno-almoço, Hagrid continuava ausente da mesa dos professores.

— Mas, para compensar, hoje não há Snape — lembrou Ron animadoramente.

Hermione bocejou abertamente e serviu-se de café. Parecia satisfeita com qualquer coisa e, quando Ron lhe perguntou porque estava tão contente, limitou-se a dizer:

— Os chapéus desapareceram. Afinal, parece que os elfos domésticos sempre querem liberdade.

— Eu cá não tinha tanta certeza — preveniu Ron em tom cortante. — Podem não contar como roupa. A mim não me pareceram nada chapéus, pareceram-me mais bexigas de lã.

Hermione não lhe falou durante toda a manhã.

A duas horas de Encantamentos, seguiu-se Transfiguração. Tanto o Professor Flitwick como a Professora McGonagall passaram o primeiro quarto de hora de aula a discursar sobre a importância dos NPFs.

— Têm de se lembrar — disse o pequeno Professor Flitwick em curtos guinchos, empoleirado, como sempre, numa pilha de livros para poder ver por cima da sua secretária — que estes exames podem influenciar o vosso futuro durante muitos anos! Se ainda não pensaram seriamente nas vossas carreiras, é agora altura de o fazerem. E, entretanto, iremos trabalhar mais do que nunca para garantir que todos se saem bem!

Passaram, depois, uma hora a rever os Encantamentos de Convocação que, segundo o Professor Flitwick, fariam, de certeza, parte dos seus NPFs. Concluiu a aula, marcando-lhes o maior trabalho de casa de Encantamentos de sempre.

Em Transfiguração passou-se o mesmo, se não pior.

— Vocês não podem passar um NPF — declarou a Professora McGonagall em tom severo — sem se aplicarem a valer, fazerem exercícios e estudarem. Não há qualquer motivo para que todos os alunos desta turma não consigam o seu NPF em Transfiguração, desde que se esforcem seriamente. — Neville emitiu um pequeno som de descrença. — Sim, tu também, Longbottom — afirmou a Professora McGonagall. — Não há nada de errado no teu trabalho, excepto falta de confiança. Portanto... hoje vamos começar com os Feitiços de Desaparição. São mais fáceis que os Feitiços de Aparição, que normalmente não se tentam antes de chegar ao nível dos EFBEs, mas, ainda assim, encontram-se entre as magias mais difíceis constantes do vosso NPF.

Tinha toda a razão. Harry achou os Feitiços de Desaparição extremamente difíceis. Ao fim de uma aula de duas horas, nem ele, nem Ron tinham conseguido fazer desaparecer os caracóis em que estavam a praticar, embora Ron tivesse dito, com algum optimismo, que achava o seu um pouco mais pálido. Por outro lado, Hermione fez desaparecer com êxito o seu caracol à terceira tentativa, o que levou a Professora McGonagall a conceder-lhe um bónus de dez pontos para a equipa dos Gryffindor. Foi a única pessoa que não teve trabalhos de casa, mas todos os outros se viram obrigados a treinar o feitiço, de forma a tentarem de novo nos seus caracóis, na tarde seguinte.

Harry e Ron, levemente em pânico devido à quantidade de trabalhos de casa que tinham de fazer, passaram a hora de almoço na biblioteca a consultar as utilizações da selenita no fabrico de poções. Ainda irritada com a crítica de Ron aos seus chapéus de lã, Hermione não os acompanhou. Quando chegaram a Cuidados com as Criaturas Mágicas, da parte da tarde, Harry sentia de novo dores de cabeça.

O dia tornara-se fresco e ventoso e, ao descerem o relvado em direcção à cabana de Hagrid, na orla da Floresta Proibida, sentiram um ou outro pingo de chuva no rosto. A Professora Grubbly-Plank aguardava a turma a menos de três metros da porta de Hagrid, atrás de uma comprida mesa de cavalete carregada de galhos. Quando Harry e Ron chegaram junto dela, soaram atrás deles gargalhadas sonoras e, ao virarem-se, viram Draco Malfoy dirigir-se-lhes, rodeado pelo seu habitual grupo de amigalhaços dos Slytherin. Era evidente que tinha acabado de dizer algo muito engraçado, porque Crabbe, Goyle, Pansy Parkinson e o resto continuaram a sufocar risos divertidos, enquanto se reuniam em volta da mesa. A avaliar pela maneira como todos o miravam, Harry calculou facilmente qual fora o objecto da piada.

— Todos presentes? — bradou a Professora Grubbly-Plank assim que todos os Slytherin e Gryffindor chegaram. — Vamos, então, a isto. Quem me sabe dizer como se chamam estas coisas?

Indicou o molho de galhos diante de si. A mão de Hermione ergueu-se de imediato. Nas suas costas, Malfoy fez uma imitação dela, macaqueando uma rapariga com dentes de coelho, a saltar de excitação para responder a uma pergunta. Pansy Parkinson soltou uma gargalhada estridente que se transformou quase imediatamente num grito, quando os galhos saltaram para o ar e revelaram ser uma espécie de *pixies*, feitos de madeira, com braços e pernas nodosos e castanhos, dois dedos em forma de galho na extremidade de cada mão e uma cara cómica, achatada, e com a textura da cortiça, onde brilhavam dois olhos castanho-escuros.

— Ooooh! — exclamaram Parvati e Lavender, irritando profundamente Harry. Até podia pensar-se que Hagrid nunca lhes mostrara criaturas impressionantes. Claro está que os Flobervermes tinham sido um bocado maçadores, mas as Salamandras e os Hipogrifos tinham sido bastante interessantes, para já não falar dos Explojentos.

— É favor não levantarem a voz, meninas! — ordenou a Professora Grubbly-Plank rispidamente, espalhando uma mão-cheia de algo parecido com arroz integral entre as criaturas, que se atiraram imediatamente à comida. — Então... alguém sabe o nome destas criaturas? Miss Granger?

— Bowtruckles — proferiu Hermione. — São guardiães de árvores, vivem geralmente em árvores boas para varinhas.

— Cinco pontos para os Gryffindor — declarou a Professora Grubbly-Plank. — Sim, são Bowtruckles e, como Miss Granger muito bem diz, vivem geralmente em árvores com madeira de boa qualidade para fazer varinhas. Alguém sabe o que comem?

— Bichos-de-conta — respondeu Hermione prontamente, o que explicava o facto de aquilo que Harry pensara serem grãos de arroz se estar a mover. — Mas, se os arranjarem, preferem ovos de fada.

— Muito bem, mais cinco pontos. Portanto, sempre que precisarem de folhas ou madeira de uma árvore onde se aloje um Bowtruckle, é prudente ter à mão uma porção de bichos-de-conta para o distrair ou aplacar. Podem não parecer perigosos, mas, se os irritarem, tentarão arrancar os olhos dos humanos com os dedos, que, como podem ver, são muito afiados e nada recomendáveis perto do globo ocular. Portanto, se quiserem aproximar-se, pegar em alguns bichos-de-conta e num Bowtruckle... tenho um número suficiente para dar um por cada três alunos, podem estudá-los mais minuciosamente. No fim da aula, quero que todos me entreguem um desenho com as partes do corpo claramente rotuladas.

A turma comprimiu-se em volta da mesa. Harry descreveu deliberadamente, um círculo pela parte de trás, de forma a parar mesmo ao pé da Professora Grubbly-Plank.

— Onde está o Hagrid? — perguntou-lhe, enquanto todos os outros escolhiam os seus Bowtruckles.

— Isso não te interessa — declarou a Professora Grubbly-Plank num tom contido, atitude que já tomara da última vez que Hagrid não aparecera para dar uma aula. Com um sorriso desdenhoso espalhado no rosto anguloso, Draco Malfoy debruçou-se pela frente de Harry e apanhou o maior dos Bowtruckles.

— Talvez — proferiu Malfoy em voz baixa, de forma a que apenas Harry o pudesse ouvir — o estúpido daquele grande anormal tenha ficado gravemente ferido.

— Talvez tu é que fiques, se não te calas — ameaçou Harry pelo canto da boca.

— Talvez se tenha metido com algo demasiado *grande* para ele, se é que me entendes.

Malfoy afastou-se, sorrindo desdenhosamente a Harry por cima do ombro, e este sentiu-se de súbito indisposto. Saberia Malfoy de alguma coisa? Afinal, o pai dele era Devorador da Morte. E se ele possuísse informações sobre o destino de Hagrid que ainda não tivessem chegado aos ouvidos da Ordem? Apressou-se a contornar a mesa até junto de Ron e Hermione que se encontravam acocorados a alguma distância, tentando persuadir um Bowtruckle a permanecer quieto o tempo suficiente para o desenharem. Harry pegou em pergaminho e numa pena, agachou-se ao lado deles e relatou num sussurro o que Malfoy acabara de dizer.

— O Dumbledore saberia se tivesse acontecido alguma coisa ao Hagrid — declarou Hermione prontamente. — Mostrarmo-nos preocupados é fazer o jogo do Malfoy e dar-lhe a entender que não sabemos exactamente o que se passa. Temos de o ignorar, Harry. Olha, pega aqui um bocado no Bowtruckle para eu lhe poder desenhar o rosto...

— Sim, — chegou-lhes claramente a fala arrastada de Malfoy vinda do grupo mais próximo — o pai esteve a falar com o Ministro aqui há uns dias, sabem, e parece que o Ministério está realmente decidido a acabar com o ensino de baixo nível nesta escola. Por isso, ainda que esse mentecapto agigantado volte a *aparecer* por cá, provavelmente é logo mandado embora.

— AI!

Harry apertara o Bowtruckle com tanta força que ele quase rebentara, levando-o a dar-lhe um enorme beliscão na mão com os seus dedos aguçados, fazendo-lhe dois profundos golpes. Harry deixou-o cair. Crabbe e Goyle, que já estavam a rir à socapa com a ideia do despedimento de Hagrid, riram ainda mais, quando o Bowtruckle disparou a toda a velocidade rumo à floresta, um pequeno homem-galho articulado, rapidamente engolido pelas raízes das árvores. Quando a campainha soou ao longe, ecoando pelo recinto, Harry enrolou o seu desenho do Bowtruckle manchado de sangue e dirigiu-se para Herbologia, com a mão enfaixada no lenço de Hermione e o riso sarcástico de Malfoy ainda a soar-lhe aos ouvidos.

— Se ele volta a chamar mentecapto ao Hagrid... — rosnou Harry.

— Harry, não arranjes uma discussão com o Malfoy, não te esqueças de que ele agora é prefeito e pode tornar-te a vida difícil...

— Uau, gostava de saber o que é uma vida difícil! — ripostou Harry sarcasticamente. Ron riu-se, mas Hermione franziu o sobrolho, enquanto atravessaram juntos a horta. O céu continuava a parecer incapaz de se decidir se havia ou não de chover.

— Só queria que o Hagrid se despachasse e voltasse, mais nada — declarou Harry em voz baixa, quando chegaram às estufas. — E *não* digas que a Grubbly-Plank é melhor professora! — acrescentou ele ameaçadoramente.

— Não ia dizer nada — afirmou Hermione com toda a calma.

— Porque ela nunca será tão boa como o Hagrid — insistiu Harry com firmeza, plenamente consciente de que acabara de ter uma aula exemplar de Cuidados com as Criaturas Mágicas e de que isso o aborrecia tremendamente.

A porta da estufa mais próxima abriu-se e saíram alguns alunos do quarto ano, incluindo Ginny.

— Viva! — saudou-os ela alegremente ao passar. Segundos depois, emergiu Luna Lovegood, arrastando-se atrás do resto da turma, com uma mancha de terra no nariz, e o cabelo amarrado num carrapito no alto da cabeça. Ao ver Harry, os seus olhos salientes pareceram inchar de excitação e dirigiu-se para ele. Muitos dos colegas viraram-se para observar a cena. Luna respirou fundo e depois, sem ao menos um olá, declarou:

— Eu acredito que Aquele Cujo Nome Não Deve Ser Pronunciado voltou e que tu lutaste contra ele e que escapaste.

— Aã... certo — fez Harry, constrangido. Os brincos de Luna assemelhavam-se a um par de rabanetes cor-de-laranja, um facto que Parvati e Lavender pareciam ter notado, pois ambas soltavam risadinhas e apontavam para as orelhas dela.

— Podem rir-se — declarou Luna, erguendo a voz, aparentemente sob a impressão de que Parvati e Lavender se estavam a rir do que ela dissera e não do que ela usava —, mas as pessoas também acreditavam que os Blibbering Humdingers e os Snorkacks de Chifres Amarrotados não existiam!

— Bom, e tinham razão, não tinham? — indagou Hermione, impaciente. — Os Blibbering Humdingers e os Snorkacks de Chifres Amarrotados *não* existem.

Luna deitou-lhe um olhar fulminante e afastou-se de repelão, com os rabanetes a balouçar loucamente. Parvati e Lavender não eram agora as únicas perdidas de riso.

— Importas-te de não ofender as pessoas que acreditam em mim? — pediu Harry a Hermione ao dirigirem-se para a aula.

— Ora, Harry, francamente, podes arranjar melhor que *ela* — replicou Hermione. — A Ginny contou-me tudo a seu respeito. Ao que parece, ela só acredita nas coisas desde que não haja qualquer espécie de prova. Bom, também o que seria de esperar de alguém cujo pai dirige *A Voz Delirante*.

Harry recordou os sinistros cavalos alados que vira na noite em que chegara e o facto de Luna ter dito que também os via. Sentiu-se desanimado. Estaria ela a mentir? Todavia, antes de poder dedicar maior atenção ao assunto, Ernie MacMillan aproximou-se.

— Quero que saibas, Potter — declarou numa voz alta e retumbante —, que não são só os esquisitóides que te apoiam. Eu, pessoalmente, acredito cem por cento em ti. A minha família sempre apoiou firmemente o Dumbledore e o mesmo acontece comigo.

— Aã... muito obrigado, Ernie — agradeceu Harry, espantado, mas satisfeito. Ernie podia ser, por vezes, pomposo, mas Harry sentia-se tão irritado que apreciou profundamente um voto de confiança vindo de alguém que não trazia rabanetes pendurados nas orelhas. As palavras de Ernie tinham, sem dúvida, apagado o sorriso da cara de Lavender Brown e, ao voltar-se para falar com Ron e Hermione, Harry reparou em Seamus, em cuja expressão transparecia um misto de perplexidade e desafio.

Sem que isso constituísse surpresa para ninguém, a Professora Sprout iniciou a sua aula com um discurso acerca da importância dos NPFs. Harry desejou que os professores parassem com aquilo. Sentia um nó de ansiedade no estômago sempre que se lembrava da quantidade de trabalhos de casa que tinha para fazer, sensação que aumentou dramaticamente, quando a Professora Sprout lhes marcou mais uma composição no final da aula. Cansados e cheirando intensamente a estrume de dragão, o tipo de fertilizante preferido da Professora Sprout, os Gryffindor regressaram ao castelo, praticamente em silêncio. Passara-se mais um longo dia!

Como estava faminto e tinha de cumprir o primeiro castigo com Umbridge às cinco horas, Harry dirigiu-se imediatamente ao Salão, sem ir deixar o saco na Torre dos Gryffindor, de modo a poder engolir qualquer coisa antes de enfrentar o que quer que ela lhe reservara. No entanto, mal havia chegado à entrada do Salão quando uma voz zangada lhe gritou: — Ei, Potter!

— O que é agora? — murmurou, exausto. Virou-se e deu de caras com Angelina Johnson, que aparentava uma disposição terrível.

— Eu digo-te *o que é agora* — declarou ela, dirigindo-se para ele e espetando-lhe um dedo no peito com toda a força. — Como é que foste arranjar um castigo para as cinco horas de sexta-feira?

— O quê? — disse Harry. — Porque... ah, sim, as provas para *keeper!*

— *Agora* é que ele se lembra! — bradou Angelina num tom ríspido. — Eu não te disse que queria fazer provas com *toda a equipa* para encontrar alguém que se *adaptasse bem a todos*? Não te disse que tinha marcado o campo de Quidditch especialmente para isso? E, agora, tu decides faltar!

— Eu não decidi faltar! — exclamou Harry, ferido pela injustiça de tais palavras. — Fui castigado pela Umbridge, só porque lhe disse a verdade a respeito do Quem-Nós-Sabemos.

— Pois podes ir ter com ela e pedir-lhe que te liberte na sexta-feira, — declarou Angelina vivamente — e não me interessa como! Diz-lhe que o Quem-Nós-Sabemos é apenas um produto da tua imaginação, se quiseres, mas *vê se apareces!*

Deu meia volta e foi-se embora, irritada.

— Sabem que mais? — disse Harry a Ron e a Hermione, quando os amigos entraram no Salão. — Acho melhor verificar junto do Pudddlemere United se o Oliver Woods terá morrido durante um treino, porque a Angelina parece estar a encarnar o espírito dele.

— Achas que há alguma hipótese de a Umbridge te libertar na sexta? — perguntou Ron, céptico, ao sentarem-se à mesa dos Gryffindor.

— Menos que zero — redarguiu Harry em tom sombrio, empilhando costeletas de carneiro no prato e começando a comer. — Mas é melhor tentar, não é? Ofereço-me para cumprir mais dois castigos ou coisa assim, sei lá... — Engoliu uma porção de batatas e acrescentou: — Espero que ela não me retenha lá muito tempo hoje. Já viste que temos de fazer três composições, praticar os Feitiços de Desaparição para a McGonagall, descobrir um contra-encantamento para o Flitwick, terminar o desenho do Bowtruckle e começar aquele estúpido diário para a Trelawney?

Ron gemeu e por qualquer razão olhou para o tecto.

— *E* parece que vai chover.

— Que tem isso a ver com os nossos trabalhos de casa? — perguntou Hermione de sobrancelhas erguidas.

— Nada — declarou Ron imediatamente, com as orelhas muito vermelhas.

Às cinco para as cinco, Harry despediu-se dos amigos e dirigiu-se ao gabinete da Professora Umbridge, no terceiro andar. Quando bateu à porta, ela gritou «Entre», em voz adocicada. Entrou cautelosamente, olhando em volta.

Tinha conhecido aquele gabinete com três dos seus anteriores ocupantes. No tempo de Gilderoy Lockhart, estava coberto de retratos sorridentes do próprio. Quando Lupin o ocupara, era provável encontrar-se uma fascinante criatura Negra numa gaiola, ou num tanque. Nos dias do falso Moody, encontrava-se atulhado de diversos instrumentos e artefactos para detecção de ilegalidades e actividades secretas.

Agora, no entanto, achava-se totalmente irreconhecível. As superfícies tinham sido todas tapadas com toalhas e tecidos rendados. Havia diversas jarras cheias de flores secas, cada uma com o seu *napperon*, e numa das paredes via-se uma colecção de pratos decorativos, ostentando gatinhos gordos em tecnicolor, que usavam um laço sempre diferente ao pescoço. Eram tão horríveis que Harry ficou a olhar para eles, pregado ao chão, até a Professora Umbridge falar de novo.

— Boa tarde, Mr. Potter.

Harry estremeceu e olhou em volta. A princípio não a vira, porque a professora envergava um medonho manto florido que se confundia na perfeição com a toalha que cobria a secretária, atrás da qual se encontrava.

— Boa tarde, Professora Umbridge — cumprimentou Harry, muito hirto.

— Bem, sente-se — ordenou-lhe, apontando para uma pequena mesa coberta de renda para junto da qual puxara uma cadeira de espaldar alto. Em cima da mesa via-se um pedaço de pergaminho em branco, aparentemente à espera de Harry.

— Aã... — proferiu Harry sem se mover. — Professora Umbridge... aã... antes de começarmos, eu... eu queria pedir-lhe um... um favor.

Ela semicerrou os olhos salientes.

— Ah, sim?

— Bem, eu faço... faço parte da equipa de Quiddich dos Gryffindor e devia estar presente nas provas para a escolha do novo *keeper*, às cinco horas de sexta-feira e pensei... pensei se poderia não cumprir o castigo nesse dia e passar... passar para outro dia...

Muito antes de concluir a frase percebeu que não adiantava nada.

— Ah, não — disse Umbridge, sorrindo tão abertamente que parecia ter acabado de engolir uma mosca particularmente saborosa.

— Ah, não, não, não. Isto é o seu castigo por espalhar histórias perversas, maldosas e procurar chamar a atenção, Mr. Potter, e os castigos não podem, com certeza, ser ajustados para se adaptarem às conveniências do culpado. Não, o senhor virá às cinco horas de amanhã, do dia seguinte, e também de sexta-feira, e cumprirá o seu castigo como planeado. Penso que é muito bom que vá faltar a uma coisa que deseja realmente fazer. Isso deve reforçar a lição que estou a tentar ensinar-lhe.

Harry sentiu o sangue subir-lhe à cabeça e um barulho atroador nos ouvidos. Então ele contava «histórias perversas, maldosas e procurava chamar a atenção», hem?

A professora observava-o com a cabeça levemente inclinada para o lado, ainda com o seu sorriso aberto, como se soubesse exactamente o que ele estava a pensar e esperasse para ver se iria começar de novo aos gritos. Com um tremendo esforço, Harry desviou o olhar, deixou cair o saco ao lado da cadeira de espaldar alto e sentou-se.

— Ora bem — proferiu Umbridge num tom melífluo —, estamos a controlar melhor o nosso mau génio, não estamos? Agora vai escrever algumas frases, Mr. Potter. Não, não é com a sua pena — acrescentou, quando Harry se curvou para abrir o saco. — Vai usar uma das minhas, uma bastante especial. Aqui tem.

Estendeu-lhe uma longa pena preta com uma ponta invulgarmente aguçada.

— Quero que escreva «*Não devo dizer mentiras*» — ordenou-lhe a professora suavemente.

— Quantas vezes? — perguntou Harry, com uma razoável imitação de delicadeza.

— Ah, o tempo que for preciso para a mensagem *penetrar* — respondeu Umbridge com doçura. —Pode começar.

Dirigiu-se à sua secretária, sentou-se e debruçou-se sobre uma pilha de pergaminhos que pareciam composições para classificar. Harry levantou a aguçada pena preta e depois percebeu o que lhe faltava.

— Não me deu tinta.

— Oh, não vai precisar de tinta — declarou a Professora Umbridge, com um leve traço de ironia na voz.

Harry pousou a ponta da pena no papel e escreveu: *Não devo dizer mentiras.*

Deu um grito de dor. As palavras tinham surgido no pergaminho no que parecia ser uma tinta vermelha brilhante. Ao mesmo tempo, as mesmas palavras tornavam-se visíveis nas costas da sua mão direita, recortadas na pele como se aí tivessem sido traçadas por um bisturi. Ainda olhava fixamente para os cortes brilhantes e já a pele voltara a sarar, deixando o sítio onde haviam aparecido ligeiramente mais avermelhado, mas absolutamente liso.

Harry olhou para Umbridge que o observava, a grande boca sapuda esticada num sorriso.

— Sim?

— Nada — retorquiu Harry baixinho.

Voltou a olhar para o pergaminho, assentou novamente a pena, escreveu *Não devo dizer mentiras* e sentiu a penetrante dor nas costas da mão pela segunda vez. De novo as palavras se desenharam na sua pele e de novo sararam segundos depois.

E aquilo continuou. Vezes sem conta, Harry escreveu a frase no pergaminho com o que depressa percebeu não ser tinta, mas o seu próprio sangue. E vezes sem conta as palavras se desenharam nas costas da sua mão e sararam, para reaparecerem da próxima vez que assentava a pena no pergaminho.

Lá fora, a noite caiu. Harry não perguntou quando lhe seria permitido parar. Nem sequer consultou o relógio de pulso. Sabia que ela o observava à procura de sinais de fraqueza e não ia dar parte de fraco, nem que tivesse de ficar ali sentado toda a noite, a cortar a sua própria mão com aquela pena...

— Venha cá — disse ela, após o que lhe pareceram horas.

Levantou-se. A mão ardia-lhe com uma dor aguda. Quando baixou os olhos, viu que os cortes tinham sarado, mas que a pele se apresentava de um vermelho-vivo.

— A mão — ordenou a professora.

Estendeu-lha e ela tomou-a na sua. Harry reprimiu um estremecimento, quando ela lhe tocou com os dedos grossos e roliços, em que usava uma série de velhos anéis horrorosos.

— Tsss, tsss, parece que ainda não causei grande impressão — afirmou sorridente. — Bom, vamos ter de tentar de novo amanhã à tarde, não é? Pode ir.

Harry saiu do gabinete sem uma palavra. A escola estava deserta, passava certamente da meia-noite. Caminhou lentamente pelo corredor e depois, quando virou a esquina e teve a certeza de que ela já não o podia ouvir, desatou a correr.

★

Não tinha tido tempo de treinar os Feitiços de Desaparição, não escrevera uma única linha no diário dos sonhos e não acabara o desenho do Bowtruckle. Também não fizera as composições. Na manhã seguinte, passou sem pequeno-almoço para rabiscar dois sonhos inventados para Artes Divinatórias, a primeira aula, e ficou admirado ao descobrir que Ron, todo desgrenhado, lhe fazia companhia.

— Por que é que não fizeste isso a noite passada? — perguntou Harry, enquanto Ron olhava, desesperado, em redor da sala comum à procura de inspiração. Ron, que estava profundamente adormecido quando Harry chegara ao dormitório, murmurou qualquer coisa sobre «outras coisas para fazer», curvou-se sobre o pergaminho e rabiscou algumas palavras.

— Isto vai ter de chegar — disse ele, fechando com força o diário. — Disse que sonhei que estava a comprar uns sapatos novos. Ela não pode ir buscar aí nada esquisito, pois não?

Dirigiram-se apressados para a Torre Norte.

— Olha lá, e como foi o castigo da Umbridge? O que é que ela te mandou fazer?

Harry hesitou uma fracção de segundo, e depois disse: «Escrever frases.»

— Isso não é muito mau, pois não? — inquiriu Ron.

— Pois não — concordou Harry.

— Ei... já me esquecia... ela libertou-te para sexta-feira?

— Não — respondeu Harry.

Ron emitiu um grunhido de simpatia.

Foi mais um dia para esquecer! Harry foi dos piores em Transfiguração, visto não ter praticado os Feitiços de Desaparição. Teve de prescindir da hora de almoço para completar o desenho do Bowtruckle e, entretanto, as Professoras McGonagall, Grubbly-Plank e Sinistra passaram-lhes ainda mais trabalhos, que ele não podia contar acabar nessa noite por causa do segundo castigo com a Umbridge. Para cúmulo, Angelina Johnson foi outra vez procurá-lo à hora do jantar e, ao ser informada de que ele não poderia assistir às provas para *keeper* na sexta-feira, disse-lhe não estar nada impressionada com a sua atitude e esperar que os jogadores que desejassem continuar na equipa pusessem os treinos acima dos seus outros compromissos.

— Eu estou a cumprir um castigo! — gritou Harry quando ela já se afastava. — Achas que prefiro ficar enfiado numa sala com aquele sapo velho a ir jogar Quidditch?

— Pelo menos, só tens de escrever frases — disse Hermione em tom de consolo, enquanto Harry se deixava cair de novo sobre o banco, fitando a costeleta e o empadão de rim, que já não lhe apeteciam muito. — Na realidade, não é um castigo assim tão terrível...

Harry abriu a boca, voltou a fechá-la e acenou com a cabeça. Não sabia bem por que é que não contava a Ron e a Hermione exactamente o que estava a acontecer no gabinete da Umbridge, só sabia que não queria ver os seus olhares horrorizados. Isso faria tudo parecer pior e, portanto, mais difícil de enfrentar. Também sentia vagamente que aquilo era entre ele e a Professora Umbridge, uma batalha de vontades particular, e não ia dar-lhe a satisfação de ouvir dizer que ele se queixara.

— Nem posso acreditar na quantidade de trabalhos de casa que temos — comentou Ron com ar infeliz.

— Olha, por que é que não fizeste alguns a noite passada? — perguntou-lhe Hermione. — Aliás, por onde é que andaste?

— Andei... apeteceu-me dar uma volta — respondeu Ron em tom evasivo.

Harry teve a sensação nítida de que não era ele o único a esconder alguma coisa.

★

O segundo castigo foi tão mau como o anterior. A pele das costas da sua mão ficou irritada mais depressa e em breve estava inflamada e vermelha. Harry achou pouco provável que as feridas continuassem a sarar tão depressa. Em breve, os cortes permaneceriam gravados na sua mão e, então, talvez Umbridge ficasse, satisfeita. No entanto, não soltou nenhum gemido de dor e, desde o momento em que entrou na sala até ao momento em que foi mandado embora, de novo após a meia-noite, não disse nada excepto «boa tarde» e «boa noite».

Contudo, a sua situação no que se referia aos trabalhos de casa era agora desesperada e, ao regressar à sala comum dos Gryffindor, apesar de exausto, não se foi deitar. Abriu os livros e iniciou a composição de Snape sobre a selenita. Passava das duas quando a terminou. Sabia que fizera um trabalho medíocre, mas não havia remédio, pois a menos que tivesse qualquer coisa para entregar, Snape seria o próximo a pô-lo de castigo. Depois escreveu à pressa as respostas ao questionário que a Professora McGonagall lhes marcara, alinhavou qualquer coisa sobre o tratamento adequado dos Bowtruckles para a Professora Grubbly-Plank e arrastou-se até à cama, onde se deixou cair, completamente vestido, por cima dos cobertores, adormecendo de imediato.

★

A quinta-feira passou numa névoa de fadiga. Ron também parecia muito sonolento, embora Harry não visse motivo para tal. O terceiro castigo passou-se da mesma forma que os anteriores, exceptuando o facto de, ao fim de duas horas, a frase «*Não devo dizer mentiras»* não se desvanecer das costas da mão, permanecendo ali recortada, soltando gotas de sangue. A pausa do raspar da ponta da pena fez a Professora Umbridge erguer os olhos.

— Ah — proferiu suavemente, contornando a secretária para lhe examinar a mão. — Excelente. Isso deve servir-lhe de advertência, não? Pode ir por hoje.

— Ainda tenho de voltar amanhã? — perguntou Harry, pegando no saco com a mão esquerda em vez da direita, que lhe doía atrozmente.

— Ah, sim — respondeu a Professora Umbridge, sorrindo tão abertamente como antes. — Sim, acho que podemos gravar a mensagem um pouco mais fundo com outra noite de trabalho.

Harry nunca tinha encarado a possibilidade de poder haver no mundo outro professor que ele detestasse mais que Snape, mas enquanto se dirigia à torre dos Gryffindor teve de admitir que encontrara uma forte concorrente. É perversa, pensou subindo a escada para o sétimo andar, é uma velha louca, perversa, retorcida...

— Ron?

Chegara ao cimo das escadas, virara à direita e quase colidira com Ron, escondido atrás de uma estátua de Lachlan, *o Desengonçado*, agarrado à sua vassoura. O amigo deu um salto de surpresa ao ver Harry e tentou esconder a sua nova *Cleansweep Onze* atrás das costas.

— Que estás tu a fazer?

— Aã... nada. Que estás *tu* a fazer?

Harry franziu-lhe o sobrolho.

— Anda lá, podes contar-me! Por que é que te estás a esconder aqui?

— Estou... estou a esconder-me do Fred e do George, já que queres saber — explicou Ron. — Acabam de passar por aqui com um grupo de malta do primeiro ano e aposto que vão outra vez fazer testes com eles. Quer dizer, agora não os podem fazer na sala comum, pois não, com a Hermione lá.

Falava muito depressa e com ar agitado.

— Mas para que é que tens a tua vassoura, não andaste a voar, pois não? — perguntou Harry.

— Eu... bom... bom, pronto, eu conto-te, mas não te rias, está bem? — pediu Ron na defensiva, corando cada vez mais. — Eu... eu pensei que podia prestar provas para *keeper* dos Gryffindor, agora que tenho uma vassoura decente. Pronto. Anda lá. Ri-te.

— Não me estou a rir — afirmou Harry, perante o que Ron pestanejou. — É uma ideia brilhante! Era formidável se entrasses para a equipa! Nunca te vi jogar como *keeper*, és bom?

— Não sou mau — admitiu Ron, parecendo tremendamente aliviado com a reacção de Harry. — O Charlie, o Fred e o George punham-me sempre em *keeper*, quando treinavam durante as férias.

— Então, estiveste a treinar esta noite?

— Todas as noites desde terça... mas sozinho. Tenho tentado enfeitiçar *quaffles* para voarem na minha direcção, mas não tem sido fácil e não sei se adiantará muito. — Ron parecia nervoso e agitado. — O Fred e o George vão morrer a rir quando eu aparecer para as provas. Ainda não pararam de me gozar desde que fui nomeado prefeito.

— Quem me dera lá estar — comentou Harry amargamente, enquanto se dirigiam juntos para a sala comum.

— Pois, eu... Harry, o que é isso nas costas da tua mão?

Harry, que acabara de coçar o nariz com a mão direita, que estava livre, tentou ocultá-la, mas teve tanto êxito como Ron com a sua *Cleansweep*.

— É só um corte... não é nada... é...

Mas Ron tinha-lhe agarrado o braço e erguera-o ao nível dos olhos. Houve uma pausa, durante a qual fitou as palavras recortadas na pele e depois, com ar transtornado, largou o amigo.

— Pensei que tinhas dito que ela te estava apenas a mandar escrever frases?

Harry hesitou, mas afinal Ron tinha sido sincero com ele, portanto contou-lhe a verdade acerca das horas passadas no gabinete da Umbridge.

— A velha bruxa! — exclamou Ron num murmúrio revoltado, no momento em que chegavam diante da Dama Gorda, a dormitar calmamente com a cabeça encostada à moldura. — Ela é maluca! Vai ter com a McGonagall, diz qualquer coisa!

— Não! — ripostou Harry imediatamente. — Não lhe vou dar a satisfação de saber que me está a afectar!

— *A afectar-te?* Não podes deixar que ela se safe com isto!

— Não sei qual o poder que a McGonagall tem sobre ela — declarou Harry.

— Então vai ao Dumbledore, conta ao Dumbledore!

— Não! — recusou Harry categoricamente.

— Por que não?

— Ele já tem que chegue a preocupá-lo — disse Harry, mas não era essa a verdadeira razão. Não ia pedir ajuda a Dumbledore, quando o director não lhe falara uma só vez desde Junho.

— Bem, eu acho que devias — insistiu Ron, mas foi interrompido pela Dama Gorda, que os estivera a observar, sonolenta, e agora explodia:

— Vocês vão dizer-me a senha ou vou ter de ficar acordada toda a noite, à espera que acabem a vossa conversa?

★

A sexta-feira amanheceu soturna e chuvosa, como o resto da semana. Embora Harry tivesse automaticamente lançado um olhar para a mesa dos professores ao entrar no Salão, não tinha, de facto, esperanças de ver Hagrid, e concentrou-se de imediato nos seus problemas mais prementes, como as montanhas de trabalhos de casa para fazer e a perspectiva de mais um castigo da Umbridge.

Houve duas coisas que aguentaram Harry nesse dia. Uma foi o pensamento de que era quase fim-de-semana; a outra foi que, embora o último castigo fosse seguramente odioso, da janela dela avistava, ao longe, o campo de Quidditch e, com um pouco de sorte, poderia ver alguma coisa das provas de Ron. É certo que eram fracos raios de esperança, mas Harry sentia-se grato por qualquer coisa que pudesse aliviar a presente escuridão. Fora o pior início de aulas em Hogwarts.

Às cinco horas dessa tarde, bateu à porta do gabinete da Professora Umbridge pelo que esperava sinceramente fosse a última vez, e disseram-lhe para entrar. O pergaminho em branco aguardava na mesa coberta de renda, com a pena de ponta aguçada ao lado.

— Sabe o que tem a fazer, Mr. Potter — declarou a Umbridge, sorrindo-lhe com falsa doçura.

Harry pegou na pena e deitou um olhar à janela. Se deslocasse a cadeira apenas alguns centímetros para a direita... a pretexto de se aproximar mais da mesa, conseguiu. Tinha agora uma visão distante da equipa de Quidditch dos Gryffindor voando pelo campo, enquanto meia dúzia de figuras escuras se encontravam junto à base dos três altos postes de marcação, aparentemente aguardando a sua vez de jogar. Àquela distância, tornava-se impossível dizer qual era Ron.

Não devo dizer mentiras, escreveu Harry. Os cortes das costas da mão abriram e recomeçaram a sangrar.

Não devo dizer mentiras. Os cortes cavavam mais fundo, com uma dor lancinante.
Não devo dizer mentiras. O sangue escorria-lhe pelos pulsos.
Arriscou outro olhar pela janela. Quem quer que defendia agora os postes de marcação estava a fazer um mau trabalho. Katie Bell marcou duas vezes nos poucos segundos em que Harry se atreveu a observar. Esperando ardentemente que o *keeper* não fosse Ron, baixou os olhos para o pergaminho salpicado de sangue.
Não devo dizer mentiras.
Não devo dizer mentiras.
Levantava os olhos sempre que julgava poder arriscar-se, quando ouvia o arranhar da pena de Umbridge ou uma gaveta da secretária a abrir-se. A terceira pessoa a prestar provas foi bastante boa, a quarta péssima, a quinta apanhou uma *bludger* excepcionalmente bem, mas depois falhou uma muito fácil. O céu estava a escurecer, e Harry duvidava de que conseguisse ver o sexto e o sétimo candidatos.
Não devo dizer mentiras.
Não devo dizer mentiras.
O pergaminho encontrava-se agora brilhante de gotas de sangue que espirrava das costas da sua mão, aguilhoada pela dor. Quando voltou a erguer os olhos, a noite caíra e o campo de Quidditch deixara de ser visível.
— Vamos lá a ver se já assimilou a mensagem, está bem? — disse a voz adocicada de Umbridge uma hora mais tarde.
Dirigiu-se para Harry, estendendo os dedos curtos cheios de anéis para o seu braço. E então, quando ela lhe pegou para examinar as palavras agora recortadas na sua pele, a dor aumentou, não nas costas da mão, mas na cicatriz da testa. Ao mesmo tempo, experimentou uma sensação estranhíssima na boca do estômago.
Libertou o braço com um esticão e pôs-se de pé num salto, olhando-a fixamente. Ela devolveu-lhe o olhar, com um sorriso a esticar-lhe a boca grande e frouxa.
— Sim, dói, não dói? — proferiu suavemente.
Ele não respondeu. O coração batia-lhe forte e depressa. Estaria ela a referir-se à mão ou saberia o que ele acabava de sentir na testa?
— Bem, acho que me fiz entender, Mr. Potter. Pode ir.
Harry pegou no saco e abandonou a sala o mais depressa que pôde.
Calma, disse ele para consigo, correndo escada acima. *Calma, aquilo não significa necessariamente o que tu achas que significa...*

— *Mimbulus mimbletonia!* — balbuciou, ofegante para a Dama Gorda, que girou uma vez mais para a frente.

Acolheu-o um barulho ensurdecedor. Ron veio a correr ter com ele, a sorrir de orelha a orelha e a entornar Cerveja de Manteiga do cálice que empunhava por si abaixo.

— Harry, consegui, entrei, sou *keeper!*

— O quê? Oh... fantástico! — felicitou-o Harry, esforçando-se por sorrir com naturalidade, enquanto o seu coração continuava a galopar e a mão latejava e sangrava.

— Bebe uma Cerveja de Manteiga. — Ron empurrou uma garrafa na direcção dele. — Nem consigo acreditar! Onde é que se meteu a Hermione?

— Está além — disse Fred, que bebia igualmente uma cerveja, apontando para um cadeirão junto da lareira. Hermione dormitava, com a bebida precariamente inclinada na mão.

— Bem, ela disse que ficara satisfeita, quando lhe contei — observou Ron, parecendo levemente desconcertado.

— Deixa-a dormir — apressou-se a dizer George. Só instantes depois é que Harry reparou que vários dos alunos do primeiro ano, reunidos em volta deles, apresentavam sinais inconfundíveis de uma hemorragia nasal recente.

— Anda cá, Ron, vamos ver se as vestes antigas do Oliver te servem — chamou Katie Bell. — Podemos tirar o nome dele e pôr o teu...

Quando Ron se afastou, Angelina aproximou-se de Harry em passadas largas.

— Lamento se fui um bocado brusca contigo outro dia, Potter — disse ela abruptamente. — Esta coisa de ser treinadora gera imensa tensão, sabes, começo a pensar que, às vezes, fui um bocado dura com o Wood. — Observava Ron por cima do cálice, com a testa levemente franzida.

— Olha, sei que ele é o teu melhor amigo, mas não é fabuloso — esclareceu sem cerimónia. — Mas penso que, com algum treino, vai lá. Vem de uma família de bons jogadores de Quidditch. Estou a contar que revele, no futuro, um pouco mais de talento, para ser franca. Tanto a Vicky Fobisher como o Geoffrey Hooper voaram melhor esta tarde, mas o Hopper é um piegas desgraçado, está sempre a queixar-se de alguma coisa, e a Vicky está metida em todo o género de sociedades. Ela própria admitiu que, se os treinos colidissem com o Clube de Encantamentos, daria primazia aos Encantamentos. Seja como for, vamos fazer uma sessão de treino amanhã às duas, por isso vê lá se desta vez apareces. E faz-me um favor, ajuda o Ron o mais que te for possível, está bem?

Ele anuiu com um aceno de cabeça e Angelina voltou para junto de Alicia Spinnet. Harry foi sentar-se ao lado de Hermione, que acordou sobressaltada quando ele pousou o saco.

— Oh, és tu, Harry... que bom o Ron ter entrado, não é? — disse ela com o olhar enevoado. — Estou tão... tão... tão cansada — bocejou. — Estive até à uma da manhã a fazer mais chapéus. Estão a desaparecer que é uma loucura!

E, agora que reparava, não havia dúvida de que Harry via chapéus de lã escondidos por toda a sala, onde elfos incautos poderiam pegar-lhes acidentalmente.

— Óptimo — concordou, distraído. Se não contasse depressa a alguém, explodia. — Ouve, Hermione, estava mesmo agora lá em cima no gabinete da Umbridge e ela tocou-me no braço...

Hermione escutou atentamente. Quando Harry terminou, disse muito devagar:

— Receias que o Quem-Nós-Sabemos esteja a controlá-la como controlava o Quirrell?

— Bom — Harry baixou a voz —, é uma possibilidade, não é?

— Suponho que sim — observou Hermione, embora não parecesse convencida. — Mas não creio que ele possa estar a *possuí-la* como possuiu o Quirrell, quer dizer, ele agora está vivo, não está, tem o seu próprio corpo, não precisa de partilhar o de outrem. Pode tê-la sob a Maldição Imperius, suponho...

Harry ficou um pouco a observar Fred, George e Lee Jordan fazerem malabarismos com garrafas vazias de Cerveja de Manteiga. Depois Hermione continuou:

— Mas, o ano passado, a tua cicatriz doía quando ninguém te tocava e o Dumbledore explicou que isso se achava relacionado com os sentimentos do Quem-Nós-Sabemos nesse momento, não foi? Quer dizer, talvez isso não tenha absolutamente nada a ver com a Umbridge, talvez seja apenas coincidência ter acontecido quando estavas com ela?

— Ela é perversa — afirmou Harry com firmeza. — Retorcida.

— Sim, é horrível, mas... Harry, acho que deves contar ao Dumbledore que a tua cicatriz doeu.

Era a segunda vez em dois dias que o aconselhavam a dirigir-se a Dumbledore e a sua resposta foi a mesma que dera a Ron.

— Não vou incomodá-lo com isto. Como acabaste de dizer, não é muito importante. Tem vindo a doer-me intermitentemente durante todo o Verão... esta noite foi só um bocado pior...

— Harry, tenho a certeza de que o Dumbledore *desejaria* ser incomodado por causa disso...

— Pois, — disse Harry antes de conseguir conter-se — a minha cicatriz é a única parte do meu corpo pela qual o Dumbledore se interessa, não é?

— Não digas isso, não é verdade!

— Acho que vou escrever ao Sirius a contar-lhe, a ver o que ele pensa...

— Harry, não podes pôr uma coisa dessas numa carta! — exclamou Hermione, parecendo alarmada. — Não te lembras de que o Moody nos disse para termos cuidado com o que escrevíamos? Já não podemos garantir que as corujas não andem a ser interceptadas!

— Está bem, está bem, então não lhe conto! — bradou Harry, irritado, levantando-se. — Vou-me deitar. Diz ao Ron, sim?

— Ah, não — declarou Hermione, parecendo aliviada. — Se tu vais, isso significa que eu também posso ir sem ser indelicada. Estou completamente exausta e amanhã quero fazer mais alguns chapéus. Olha, podes ajudar-me se quiseres, é muito divertido, estou a melhorar, já sou capaz de fazer desenhos e borlas e uma data de coisas.

Harry olhou para a cara dela, que cintilava de animação, e tentou parecer vagamente entusiasmado pela oferta.

— Aã... não, não creio, obrigado — disse ele. — Aã... amanhã não. Tenho carradas de trabalhos para fazer...

E dirigiu-se para a escada dos rapazes, deixando-a com um ar levemente desapontado.

XIV

PERCY E PADFOOT

Na manhã seguinte, Harry foi o primeiro do dormitório a acordar. Ficou um momento a ver a poeira rodopiar no raio de sol que entrava pela greta das cortinas da sua cama de dossel, saboreando o facto de ser sábado. A primeira semana do ano lectivo parecera arrastar-se eternamente, como uma gigantesca aula de História da Magia.

A avaliar pelo silêncio profundo e pelo aspecto fresco daquele raio de sol, pouco passava da alvorada. Afastou as cortinas da cama, levantou-se e começou a vestir-se. O único som que se ouvia além do pipilar distante de pássaros era a respiração lenta e profunda dos seus colegas. Abriu com cautela o saco, tirou o pergaminho e a pena e saiu do dormitório para a sala comum.

Dirigindo-se directamente para o velho cadeirão fofo seu preferido, ao lado da lareira agora apagada, Harry instalou-se com todo o conforto e desenrolou o pergaminho, olhando em volta da sala. O lixo, constituído por pedaços de pergaminho amarrotados, vestígios de jogos de Berlindes Cuspidores, recipientes vazios e invólucros de doces, que geralmente cobria a sala comum no final de cada dia, tinha desaparecido, tal como todos os chapéus para elfos de Hermione. Perguntando-se vagamente quantos elfos já teriam sido libertados, independentemente da sua vontade, Harry destapou o tinteiro, mergulhou nele a pena e depois manteve-a suspensa no ar alguns centímetros acima da superfície amarelada do pergaminho, num esforço de concentração... porém, após cerca de um minuto, deu por si a fixar a lareira vazia, sem saber que dizer.

Percebia agora como deveria ter sido difícil a Ron e Hermione escreverem-lhe durante o Verão. Como é que havia de contar a Sirius tudo o que tinha acontecido na última semana e fazer as perguntas por que ansiava, sem dar a potenciais ladrões de cartas uma série de informações que não se lhes destinavam?

Ficou sentado, completamente imóvel, durante algum tempo, a fitar a chaminé e depois, tomando por fim uma decisão, mergulhou uma vez mais a pena no tinteiro e pousou-a resolutamente no pergaminho.

Querido Snuffles,
Espero que estejas bem, a primeira semana aqui foi horrível, estou mesmo satisfeito por ser fim-de-semana.
Temos uma nova professora de Defesa Contra a Magia Negra, a Professora Umbridge. É quase tão simpática como a tua mãe! Escrevo-te porque aquela coisa sobre a qual te escrevi no Verão passado voltou a acontecer ontem à noite, quando estava a cumprir um castigo com a Umbridge.
Temos todos imensas saudades do nosso maior amigo e esperamos que ele volte em breve.
Por favor, responde-me depressa.
Abraços,
Harry

Releu a carta diversas vezes, tentando analisá-la do ponto de vista de um estranho. Não via como alguém conseguiria perceber as referências que fazia, ou a quem se dirigia, só pela leitura da carta. Esperava que Sirius percebesse a alusão a Hagrid e lhes dissesse quando é que ele estaria de volta. Não queria perguntar directamente, a fim de não chamar demasiada atenção para as actividades de Hagrid, enquanto se encontrava ausente de Hogwarts.

Para uma carta tão curta, levara imenso tempo a escrever. O sol infiltrara-se até meio da sala, enquanto ele estivera a elaborá-la e agora já ouvia ao longe sons de movimento nos dormitórios lá de cima. Selou o pergaminho com todo o cuidado, passou pelo buraco do retrato e dirigiu-se à Torre das Corujas.

— Se eu fosse a ti, *não* seguia por esse caminho — aconselhou-o o Nick Quase-Sem-Cabeça, surgindo de forma desconcertante de uma parede mesmo em frente de Harry, quando ele percorria o corredor. — O Peeves está a planear uma divertida partida para a próxima pessoa que passar pelo busto de Paracelsus, a meio do corredor.

— Será que consiste no Paracelsus a cair em cima da cabeça da pessoa? — perguntou Harry.

— Imagina tu que *sim* — respondeu o Nick Quase-Sem-Cabeça em voz enfadada. — A subtileza nunca foi o forte do Peeves. Vou tentar encontrar o Barão Sangrento... talvez ele consiga acabar com isso... até logo, Harry...

— Claro, adeus — disse Harry que, em vez de virar à direita, virou à esquerda, tomando um caminho mais longo, mas mais seguro, para a Torre das Corujas. Sentiu-se animado ao passar pelas sucessivas janelas que mostravam um céu azul-vivo; tinha treino mais tarde; ia finalmente voltar ao campo de Quidditch.

Algo lhe roçou nos tornozelos. Olhou para baixo e viu a esquelética gata cinzenta do encarregado, Mrs. Norris, que o ultrapassava furtivamente. Virou para ele os luminosos olhos amarelos por um breve instante, antes de desaparecer atrás de uma estátua de Wilfred, *o Pensativo*.

— Não estou a fazer nada de errado — gritou-lhe Harry. Ela tinha o inconfundível ar de um gato que vai informar o dono, embora Harry não conseguisse perceber porquê; tinha todo o direito de subir até à Torre das Corujas numa manhã de sábado.

O sol ia agora alto e, ao entrar na Torre, a luz que jorrava pelas janelas sem vidros ofuscou-o. Grossos raios de sol dourados cruzavam a sala circular, onde centenas de corujas se aninhavam em traves, algo agitadas à luz matutina, algumas claramente acabadas de regressar da caça. O chão coberto de palha estalou um pouco quando ele pisou pequenos ossos de animais, esticando o pescoço à procura de *Hedwig*.

— Ah, estás aí — exclamou, descobrindo-a muito perto do topo do tecto abobadado. — Anda cá abaixo, tenho uma carta para ti.

Com um pio rouco, ela esticou as grandes asas brancas e veio pousar-lhe no ombro.

— Olha, eu sei que isto diz Snuffles no exterior — explicou-lhe, entregando-lhe a carta para ela agarrar no bico e passando a sussurrar, sem saber bem porquê —, mas é para o Sirius, está certo?

A coruja pestanejou uma vez com os olhos ambarinos e ele tomou isso como sinal de que compreendera.

— Então, bom voo — desejou Harry, levando-a até uma das janelas. *Hedwig* pressionou-lhe um instante o braço e depois levantou voo rumo ao céu de uma luminosidade ofuscante. Harry ficou a vê-la até ela não passar de um minúsculo ponto negro e desaparecer, e depois virou os olhos para a cabana de Hagrid, claramente visível dessa janela, e também claramente desabitada, as chaminés sem fumo e as cortinas corridas.

Os topos das árvores da Floresta Proibida oscilavam com uma leve brisa. Harry observou-as, saboreando o ar fresco na cara, pensando no treino de Quidditch, mais tarde... e foi então que o viu. Um grande cavalo alado, que fazia lembrar um réptil, igualzinho aos que puxavam as carruagens de Hogwarts, com asas pretas coriáceas abertas como as de um pterodáctilo, ergueu-se do meio das árvores, qual pássaro imenso e grotesco. Pairou num grande círculo e depois voltou a mergulhar nas árvores. Tudo aquilo acontecera tão depressa que Harry mal conseguia acreditar no que vira, mas o coração martelava-lhe loucamente.

A porta da Torre abriu-se atrás de si. O choque fê-lo dar um salto e, voltando-se rapidamente, viu Cho Chang com uma carta e um embrulho nas mãos.

— Olá — saudou ele automaticamente.

— Oh... olá — respondeu ela, ofegante. — Não pensei que estivesse aqui alguém tão cedo... só há minutos é que me lembrei de que a minha mãe faz anos.

Mostrou o embrulho.

— Claro — disse Harry. O seu cérebro parecia ter encravado. Queria dizer qualquer coisa divertida e interessante, mas a recordação de um horrível cavalo alado estava demasiado fresca na sua mente.

— Belo dia — comentou com um gesto em direcção às janelas. Quase sentiu o estômago contrair-se de vergonha. O tempo! Estava a falar do *tempo*...

— Pois é — concordou Cho, olhando em volta à procura de uma coruja adequada. — Boas condições para o Quidditch. Eu não saí a semana toda, e tu?

— Também não — disse Harry.

Cho escolhera uma das corujas-das-torres pertencentes à escola. Convenceu-a a vir pousar-lhe no braço e a ave estendeu, prestável, a pata para Cho lhe poder atar o embrulho.

— Ei, os Gryffindor já têm um *keeper* novo? — perguntou ela.

— Já! — respondeu Harry. — É o meu amigo Ron Weasley, conhece-lo?

— O que odeia os Tornados? — inquiriu Cho com uma certa frieza. — Ele presta para alguma coisa?

— Acho que sim — retorquiu Harry. — Mas não vi as provas dele, estava a cumprir um castigo.

Cho ergueu os olhos, o embrulho apenas semiatado à pata da coruja.

— Aquela Umbridge é horrorosa — disse ela em voz baixa.

— Dar-te um castigo só porque disseste a verdade a respeito da maneira como... como... como ele morreu. Toda a gente ouviu falar disso, correu a escola inteira. Foste muito corajoso em enfrentá-la assim.

O estômago de Harry dilatou-se de novo tão rapidamente que se sentiu capaz de flutuar alguns centímetros acima do chão coberto de excrementos. Queria lá saber de um estúpido cavalo alado, Cho achava que ele tinha sido muito corajoso. Por instantes, considerou a hipótese de acidentalmente-de-propósito lhe mostrar a mão cortada, ao ajudá-la a atar o embrulho à coruja... mas no mesmo instante em que esse excitante pensamento lhe ocorria, a porta da Torre abriu-se de novo.

Filch, o encarregado, entrou ofegante na sala. As faces encovadas e cobertas de veias salientes apresentavam manchas purpúreas, a queixada tremia-lhe e o cabelo ralo e grisalho estava despenteado. Era evidente que viera a correr. *Mrs. Norris* trotava, colada aos seus calcanhares, fitando as corujas lá no alto e miando com ar faminto. Ouviu-se uma restolhada de asas agitadas, vinda de cima, e uma grande coruja castanha bateu o bico de forma ameaçadora.

— Aha! — exclamou Filch, dando um passo decidido em direcção a Harry, as bochechas descaídas a tremer de cólera. — Fui informado de que tencionas encomendar uma quantidade enorme de bombinhas de mau cheiro!

Harry cruzou os braços e fitou o encarregado.

— Quem é que lhe disse que eu ia encomendar bombinhas de mau cheiro?

Cho olhava de Harry para Filch, também de testa franzida. A coruja pousada no seu braço, cansada de se manter numa pata só, soltou um pio de aviso, mas ela ignorou-a.

— Tenho as minhas fontes — proferiu Filch, com um silvo presumido. — Agora dá cá o que quer que vais enviar.

Sentindo-se imensamente grato por não ter atrasado o envio da carta, Harry disse: — Não posso, já se foi.

— *Foi-se?* — repetiu Filch, o rosto contorcido de raiva.

— Foi-se — ecoou Harry calmamente.

Filch abriu a boca, furioso, fez meia dúzia de caretas, e depois vasculhou com o olhar a capa de Harry.

— Como é que sei que não a tens no bolso?

— Porque...

— Eu vi-o mandá-la — interrompeu Cho em tom irritado.

Filch virou-se para ela.

— Viste-o...?

— Exactamente, vi-o — repetiu Cho com firmeza.

Houve um momento de pausa, durante o qual Filch olhou ferozmente para Cho e Cho lhe devolveu o olhar; em seguida, o encarregado girou e dirigiu-se para a porta. Parou com a mão na maçaneta e virou-se para fitar Harry.

— Se me chegar nem que seja o mais leve cheiro de uma bombinha...

Ouviram-no descer pesadamente as escadas. *Mrs. Norris* deitou um último olhar cobiçoso às corujas e seguiu-o.

Harry e Cho olharam um para o outro.

— Obrigado — disse Harry.

— Tudo bem — respondeu Cho, atando finalmente o embrulho à outra pata da coruja, o rosto levemente corado. — Tu *não* encomendaste bombinhas de mau cheiro, pois não?

— Não — afirmou Harry.

— Gostava de saber por que é que ele pensou isso? — inquiriu Cho, levando a coruja até à janela.

Harry encolheu os ombros. Aquilo fazia-lhe tanta confusão como a ela, mas estranhamente tal coisa não o perturbava nesse momento.

Saíram juntos da Torre das Corujas. À entrada de um corredor que conduzia à ala oeste do castelo, Cho disse:

— Eu vou por aqui. Bem, eu... a gente vê-se, Harry.

— Claro... a gente vê-se.

Sorriu-lhe e partiu. Harry prosseguiu o seu caminho, sentindo-se eufórico. Conseguira ter uma conversa inteira com ela sem dizer nada de embaraçoso... *foste muito corajoso em enfrentá-la assim...* Cho tinha-lhe chamado corajoso... não o odiava por estar vivo...

É claro que ela tinha preferido Cedric, ele sabia disso... embora se a tivesse convidado para o baile de Natal antes de Cedric, as coisas talvez tivessem sido diferentes... Cho parecera verdadeiramente triste por ter sido obrigada a recusar o convite de Harry...

— B'dia — cumprimentou ele alegremente Ron e Hermione, quando se lhes juntou à mesa dos Gryffindor no Salão.

— Por que é esse ar tão satisfeito? — perguntou Ron, observando Harry, surpreendido.

— Aã... Quidditch daqui a bocado — esclareceu ele alegremente, puxando para si uma grande travessa de ovos com presunto.

— Ah... pois... — assentiu Ron. Pousou a torrada que estava a comer e bebeu um grande golo de sumo de abóbora. Depois disse: — Olha... não queres ir até ao campo um pouco mais cedo? Só para... aã... eu praticar um pouco antes dos treinos? Para me ir adaptando.

— Está bem — concordou Harry.

— Olhem lá, acho que vocês não deviam fazer isso — declarou Hermione, muito séria. — Mesmo assim, já têm ambos muitos trabalhos atrasados...

Mas interrompeu-se. O correio da manhã estava a chegar e, como de costume, O *Profeta Diário* vinha a pairar na sua direcção no bico de uma coruja ruidosa, que aterrou perigosamente perto do açucareiro, estendendo a pata. Hermione enfiou um janota na bolsa de couro, tirou o jornal e analisou a primeira página com ar crítico, enquanto a coruja partia.

— Alguma coisa interessante? — perguntou Ron. Harry sorriu, percebendo que Ron estava ansioso por a desviar do assunto dos trabalhos de casa.

— Não — suspirou ela —, só umas tretas acerca do casamento do baixista das Weird Sisters.

Hermione abriu o jornal e desapareceu por trás dele, enquanto Harry devorava mais uma dose de ovos com presunto. Ron fitava as janelas parecendo um tanto ou quanto preocupado.

— Espera aí — disse Hermione de repente. — Oh não... Sirius!

— O que foi? — perguntou Harry, puxando o jornal com tanta força que o rasgou ao meio, ficando ambos a segurar cada um a sua metade.

— «*O Ministério da Magia recebeu uma informação de fonte fidedigna referindo que Sirius Black, famoso assassino de massas... blá blá blá... se encontra presentemente escondido em Londres!*» — leu Hermione da sua metade num sussurro angustiado.

— Lucius Malfoy, aposto o que quiserem — afirmou Harry em voz baixa e colérica. — Afinal, sempre reconheceu o Sirius na estação...

— O quê? — exclamou Ron com ar alarmado. — Tu não disseste...

— Shiu! — avisaram-no os amigos.

— ... «*O Ministério avisa a comunidade mágica de que Black é muito perigoso...matou treze pessoas... fugiu de Azkaban...*», o lixo do costume — concluiu Hermione, pousando a sua metade do jornal e olhando receosa para Harry e Ron. — Bem, ele não vai poder sair mais de casa, é só isso — segredou. — O Dumbledore avisou-o que não saísse.

Harry, abatido, baixou os olhos para o pedaço de O *Profeta* que rasgara. A maior parte da página era ocupada por um anúncio às Capas para Todas as Ocasiões de Madame Malkin que, segundo parecia, estavam em saldos.

— Ei! — exclamou ele, baixando a página para que Hermione e Ron pudessem ver. — Olhem para isto!
— Já tenho todas as capas de que preciso — declarou Ron.
— Não — disse Harry. — Olhem... esta pequena notícia aqui...
Ron e Hermione curvaram-se mais para ler. A notícia não tinha mais de dois dedos e fora colocada no fundo de uma coluna. O título era:

INVASÃO NO MINISTÉRIO

Sturgis Podmore, 38 anos, residente no n.º 2 de Laburnum Gardens, Clapham, compareceu perante o Wizengamot, acusado de invasão de propriedade alheia e tentativa de roubo no Ministério da Magia a 31 de Agosto. Podmore foi detido por Eric Munch, guarda do Ministério da Magia, que o encontrou a tentar forçar uma porta de alta segurança à uma hora da madrugada. Podmore, que recusou falar em sua defesa, foi considerado culpado de ambas as acusações e sentenciado a seis meses em Azkaban.

— Sturgis Podmore? — repetiu Ron devagar. — É aquele fulano que tem uma cabeça que parece coberta de colmo, não é? Ele pertence à Ord...
— Ron, shiu! — segredou Hermione, lançando um olhar aterrado em volta.
— Seis meses em Azkaban! — sussurrou Harry, chocado. — Só por tentar forçar uma porta!
— Não sejas parvo, não foi só por tentar forçar uma porta. Que diabo estava ele a fazer no Ministério da Magia, à uma da madrugada? — segredou Hermione.
— Achas que estava a fazer alguma coisa para a Ordem? — murmurou Ron.
— Esperem lá... — disse Harry lentamente. — Sturgis devia ter ido acompanhar-nos no dia da partida, lembram-se?
Os outros dois olharam para ele.
— Era, ele devia ter feito parte da nossa escolta para King's Cross, lembram-se? E o Moody até ficou chateado por ele não ter aparecido, portanto não podia estar a trabalhar para eles, pois não?
— Bom, talvez não esperassem que fosse apanhado — sugeriu Hermione.
— Pode ter sido uma cilada! — exclamou Ron muito excitado.
— Não... ouçam! — prosseguiu, baixando consideravelmente a voz

perante a expressão ameaçadora de Hermione. — O Ministério desconfia de que ele pertence ao grupo do Dumbledore, portanto... sei lá... *atraem-no* ao Ministério e é claro que não estava nada a tentar forçar uma porta! Talvez eles se tenham limitado a engendrar qualquer coisa para o apanharem!

Houve uma pausa, enquanto Harry e Hermione meditavam naquilo. Harry achou que era muito rebuscado. Hermione, por outro lado, parecia bastante impressionada.

— Sabem, não me admirava nada de que isso fosse verdade.

Dobrou pensativamente a sua metade do jornal. Quando Harry pousou a faca e o garfo, Hermione parecia estar a acordar de um sonho.

— Bom, certo, acho que devemos atirar-nos primeiro à composição da Sprout sobre arbustos autofertilizantes e, com sorte, conseguiremos começar o Feitiço Inanimatus Conjurus da McGonagall antes do almoço...

Harry sentiu uma leve ferroada de culpa ao pensar na pilha de trabalhos de casa que o esperava lá em cima, mas o céu estava de um azul-claro e jubiloso e ele não tinha montado a sua *Flecha de Fogo* durante toda a semana...

— Quer dizer, podemos fazê-los logo à noite — comentou Ron, enquanto ele e Harry desciam as encostas relvadas rumo ao campo de Quidditch, de vassouras ao ombro e os avisos calamitosos de Hermione de que iriam chumbar em todos os NPFs ainda a ressoar nos ouvidos. — E temos amanhã. O mal dela é que fica em pulgas com os trabalhos... — Houve uma pausa e depois acrescentou em tom levemente mais ansioso: — Achas que estava a falar a sério quando disse que não podíamos copiar por ela?

— Acho que sim — disse Harry. — Mas ainda assim, isto também é importante, temos de treinar se queremos continuar na equipa de Quidditch...

— Isso mesmo! — concordou Ron, mais animado. — E temos muito tempo para fazer tudo...

Quando se aproximaram do campo de Quidditch, Harry lançou um olhar para o lado direito, onde as árvores da Floresta Proibida oscilavam tenebrosamente. Nenhuma criatura saiu delas a voar; o céu estava vazio, exceptuando algumas corujas distantes pairando em redor da Torre das Corujas. Tinha muito com que se preocupar e o cavalo alado não lhe estava a fazer mal algum. Afastou-o da ideia.

Foram buscar bolas aos armários do vestiário e deitaram-se ao trabalho, com Ron a guardar os três postes de marcação e Harry a jogar como *chaser* e a tentar fazer a *quaffle* passar por ele. Ron pareceu-lhe bastante bom; bloqueou três quartos dos golos que Harry tentou meter e jogava melhor à medida que iam treinando. Após algumas horas, regressaram ao castelo para o almoço, durante o qual Hermione deixou bem claro que os achava irresponsáveis, e depois regressaram ao campo de Quidditch para a verdadeira sessão de treino. Já todos os colegas de equipa se encontravam no vestiário quando eles entraram, à excepção de Angelina.

— Tudo bem, Ron? — perguntou George, piscando-lhe o olho.

— Claro — respondeu Ron, que fora ficando cada vez mais calado no percurso de regresso ao campo.

— Pronto a dar-nos uma lição a todos, prefeitozinho? — disse Fred, emergindo com o cabelo desgrenhado de dentro da gola do equipamento de Quidditch, com um sorriso meio malicioso nos lábios.

— Cala o bico! — ripostou Ron, inexpressivamente, enfiando pela primeira vez o seu equipamento, que lhe assentava bastante bem, considerando que tinha pertencido a Oliver Wood, de ombros muito mais largos.

— Muito bem, malta — bradou Angelina, saindo do gabinete do capitão já equipada. — Vamos a isto! Alicia e Fred, podem trazer a caixa das bolas. Oh, e há lá fora meia dúzia de pessoas a assistir, mas não façam caso delas, certo?

Qualquer coisa no seu tom de voz casual levou Harry a pensar que sabia quem eram os espectadores que não haviam sido convidados e, não havia dúvida, quando trocaram o vestiário pelo sol brilhante do campo, foram acolhidos por uma tempestade de vaias e apupos vindos da equipa de Quidditch de Slytherin e diversos adeptos, agrupados a meio das bancadas vazias e cujas vozes ecoavam ruidosamente pelo estádio.

— O que é aquilo que o Weasley monta? — gritou Malfoy no seu tom escarninho. — Por que é que alguém se deu ao trabalho de fazer um encantamento de voar num velho cepo bafiento como aquele?

Crabbe, Goyle e Pansy Parkinson escangalharam-se a rir. Ron montou na sua vassoura e elevou-se do solo e Harry seguiu-o, vendo as orelhas dele a ficarem vermelhas.

— Ignora-os! — recomendou-lhe, acelerando para apanhar Ron — veremos quem fica a rir depois de jogarmos contra eles...

— É exactamente essa atitude que eu quero, Harry — aplaudiu Angelina, voando em redor deles com a *quaffle* debaixo do braço. Abrandou, ficando a pairar defronte da sua equipa aerotransportada. — Muito bem, pessoal, vamos começar com algumas passagens só para aquecer, a equipa toda, por favor...

— Ei, Johnson, que raio de penteado é esse? — esganiçou-se Pansy Parkinson lá de baixo. — Por que é que uma pessoa havia de querer parecer ter minhocas a sair-lhe da cabeça?

Angelina sacudiu o longo cabelo entrançado da cara e prosseguiu calmamente:

— Portanto, espalhem-se e vamos lá a ver o que conseguimos fazer...

Harry afastou-se dos outros, dirigindo-se à extremidade do campo. Ron recuou até à linha de golo oposta. Angelina ergueu a *quaffle* e atirou-a com força a Fred, que a passou a George, que passou a Harry, que passou a Ron, que a deixou cair.

Os Slytherin, liderados por Malfoy, atroavam os ares com as suas gargalhadas. Ron, que se precipitara para o solo a fim de apanhar a *quaffle* antes de esta cair, travou a sua descida tão desajeitadamente que escorregou para o lado na vassoura e regressou ao nível do jogo muito corado. Harry viu Fred e George trocarem olhares, mas ao contrário do que era habitual, nenhum deles fez qualquer comentário, pelo que se sentiu grato.

— Passa, Ron — gritou Angelina, como se nada tivesse acontecido.

Ron atirou a *quaffle* a Alicia, que passou para trás, a Harry, que passou a George...

— Ei, Potter, que tal está a tua cicatriz? — gritou Malfoy. — Tens a certeza de que não precisas de te estender um bocadinho? Já deve ter passado, o quê, uma semana inteira desde que estiveste na enfermaria, e isso para ti é um recorde, não é?

George passou a Angelina, ela passou para o lado oposto a Harry, que não estava à espera, mas que a agarrou com as pontas dos dedos e passou rapidamente a Ron, que investiu e falhou por centímetros.

— Anda lá, Ron — disse Angelina irritada quando ele mergulhou de novo para o solo em perseguição da *quaffle*. — Presta atenção.

Quando Ron voltou ao nível do jogo, seria difícil dizer qual estava mais encarnada: se a cara dele ou a *quaffle*. Malfoy e o resto da equipa dos Slytherin torciam-se de riso.

À terceira tentativa, Ron apanhou a *quaffle* e, talvez devido ao alívio, passou-a tão entusiasticamente que ela voou por entre as mãos estendidas de Katie, atingindo-a na cara com toda a força.

— Desculpa! — gemeu Ron, disparando para diante a fim de ver se causara danos.

— Volta para a tua posição, ela está fina! — bradou Angelina. — Mas dado que estás a passar a uma colega de equipa, tenta não a deitares da vassoura abaixo, está bem? Para isso temos as *bludgers*!

O nariz de Kate sangrava. Lá em baixo, os Slytherin batiam com os pés e faziam chacota. Fred e George aproximaram-se de Katie.

— Toma, come isto — disse Fred, entregando-lhe uma coisa pequena e vermelha que tirou do bolso —, põe-te fina num instante.

— Bom — chamou Angelina —, Fred, George, vão buscar os vossos tacos e uma *bludger*. Ron vai para os postes de marcação. Harry, largas a *snitch* quando eu disser. Vamos tentar marcar golos a Ron, como é óbvio.

Harry voou atrás dos gémeos para ir buscar a *snitch*.

— O Ron está a fazer borrada, não está? — murmurou George quando aterraram os três junto à caixa que continha as bolas e a abriam para tirar uma das *bludgers* e a *snitch*.

— São nervos — comentou Harry —, esteve óptimo, quando treinei com ele esta manhã.

— Pois, olha, só espero que ele não tenha chegado ao topo depressa de mais — comentou Fred em tom sombrio.

Voltaram para o ar. Quando Angelina apitou, Harry soltou a *snitch* e Fred e George deixaram voar a *bludger*. A partir desse momento, Harry mal teve consciência do que os outros jogadores andavam a fazer. A sua tarefa era capturar a minúscula e irrequieta bola dourada que valia cento e cinquenta pontos para a equipa do *seeker* e isso exigia uma velocidade e perícia enormes. Acelerou, rolando e desviando-se dos *chasers*, com o cálido ar outonal a varrer-lhe o rosto e os gritos longínquos dos Slytherin, insignificantes, trovejando aos seus ouvidos... mas depressa o apito o fez parar de novo.

— Alto... alto... ALTO! — gritou Angelina. — Ron... não estás a cobrir o poste do meio!

Harry virou-se e olhou para Ron, que pairava diante do aro do lado esquerdo, deixando os outros dois totalmente desprotegidos.

— Oh... desculpa...

— Vai-te movimentando de um lado para o outro enquanto observas os *chasers!* — ordenou Angelina. — Mantém-te numa posição central até teres de te deslocar para defender um aro, ou então rodeias os aros, mas não vagueies distraidamente para um lado, foi assim que deixaste entrar os últimos três golos!

— Desculpa... — repetiu Ron, o rosto afogueado destacando-se como um farol contra o céu azul-forte.

— E Katie, não podes fazer nada a esse nariz?

— Está a piorar! — disse Katie em voz rouca, tentando deter o fluxo com a manga.

Harry deitou um olhar a Fred, que inspeccionava os bolsos com uma expressão ansiosa. Viu-o tirar qualquer coisa vermelha, examiná-la durante um segundo e depois fitar Katie, obviamente horrorizado.

— Bom, vamos lá tentar outra vez — disse Angelina. — Continuava a ignorar os Slytherin que haviam agora rompido numa cantilena de «*Os Gryffindor são uma nódoa, os Gryffindor são uma nódoa,*» mas notava-se uma certa rigidez na sua postura na vassoura.

Desta vez, ainda não voavam há três minutos quando o apito de Angelina soou. Harry, que acabara de avistar a *snitch* a rodear os postes de marcação opostos, travou, sentindo-se francamente lesado.

— O que foi agora? — inquiriu, impaciente, para Alicia, a jogadora mais próxima de si.

— A Katie — respondeu ela sucintamente.

Harry voltou-se e viu Angelina, Fred e George a voarem o mais rápido que podiam para Katie. Harry e Alicia apressaram-se também em direcção a ela. Era evidente que Angelina interrompera o treino mesmo a tempo. Katie estava branca de cal e coberta de sangue.

— Ela tem de ir para a enfermaria — declarou Angelina.

— Nós levamo-la — ofereceu-se Fred. — Ela... aã... talvez tenha engolido uma Bolha Sangrenta por engano...

— Bom, não vale a pena continuar sem *beaters* e com um *chaser* arrumado — decidiu Angelina em tom sombrio, enquanto Fred e George se dirigiam apressadamente para o castelo, amparando Katie entre eles. — Vamos lá mudar-nos.

Os Slytherin continuaram a sua melopeia, enquanto eles se retiravam para os vestiários.

— Que tal foi o treino? — perguntou Hermione friamente meia hora depois, quando Harry e Ron entraram pelo buraco do retrato para a sala comum dos Gryffindor.

— Foi... — principiou Harry.
— Péssimo — concluiu Ron em voz cava, deixando-se cair numa cadeira ao lado de Hermione. Ela olhou para Ron e a sua frieza pareceu derreter-se.
— Bem, foi só o primeiro — disse ela, tentando consolá-lo.
— É inevitável que demores um certo tempo a...
— Quem disse que aconteceu assim por minha causa? — interrompeu Ron com aspereza.
— Ninguém — respondeu Hermione, parecendo confundida.
— Pensei...
— Pensaste que eu era uma verdadeira nódoa?
— Não, é claro que não! Olha lá, tu disseste que o treino foi péssimo e eu só...
— Vou começar a fazer os trabalhos de casa — declarou Ron furioso e, dirigindo-se à escada do dormitório dos rapazes com passos pesados, desapareceu de vista. Hermione virou-se para Harry.
— Ele esteve mal?
— Não — afirmou Harry com sentido de lealdade.
Hermione ergueu as sobrancelhas.
— Bom, suponho que poderia ter jogado melhor — murmurou Harry —, mas era só a primeira sessão de treino, como tu disseste...
Nem Harry nem Ron pareceram fazer grandes progressos com os trabalhos de casa nessa noite. Harry sabia que Ron ficara muito preocupado com a sua fraca prestação durante o treino de Quidditch e ele próprio estava a sentir uma certa dificuldade em afastar da cabeça a cantilena de «*Os Gryffindor são uma nódoa*».
Passaram o domingo todo na sala comum, enterrados nos livros, enquanto a sala à sua volta se enchia e voltava a esvaziar. Estava outro belo dia claro, e quase todos os seus colegas dos Gryffindor o passaram lá fora, gozando o que poderia muito bem ser um dos últimos dias soalheiros desse ano. À noite, Harry sentia-se como se alguém lhe tivesse feito chocalhar o cérebro contra o interior do crânio.
— Sabes, provavelmente devíamos tentar fazer mais trabalhos durante a semana — murmurou ele a Ron, quando pousaram finalmente a longa composição da Professora McGonagall sobre o Feitiço *Inanimatus Conjurus* e se viraram, desconsolados, para a composição igualmente longa e difícil da Professora Sinistra sobre as várias Luas de Júpiter.
— Pois é — concordou Ron, esfregando os olhos levemente congestionados e atirando o quinto pedaço de pergaminho estra-

gado para a lareira, a seu lado. — Ouve lá... e se pedíssemos à Hermione para darmos uma olhadela ao que ela escreveu?

Harry olhou para a amiga. Estava sentada com *Crookshanks* ao colo, a conversar animadamente com Ginny, enquanto um par de agulhas de tricô faiscava no ar à sua frente, tricotando agora um par de disformes meias de elfo.

— Não — respondeu ele cansado —, sabes bem que ela não nos deixa.

E, assim, continuaram a trabalhar, enquanto o céu para lá das janelas ia escurecendo cada vez mais. Lentamente, a multidão que enchia a sala comum começou de novo a diminuir. Às onze e meia, Hermione aproximou-se deles, a bocejar.

— Está quase?

— Não — disse Ron sucintamente.

— A maior Lua de Júpiter é Ganimedes, não é Calisto — corrigiu ela, apontando por cima do ombro de Ron para uma linha da sua composição de astronomia — e é Io que tem os vulcões.

— Obrigado — rosnou Ron, riscando as frases ofensivas.

— Desculpa, eu só...

— Sim, olha, se só vieste até aqui para criticar...

— Ron...

— Não tenho tempo para sermões, está bem, Hermione, estou até ao pescoço com...

— Não... olha!

Hermione apontava para a janela mais próxima. Harry e Ron olharam ambos. Uma elegante coruja-das-torres estava pousada no peitoril da janela, olhando o interior da sala, fixando Ron.

— Não é a *Hermes*? — perguntou Hermione, parecendo surpreendida.

— Caramba, é mesmo! — exclamou Ron baixinho, largando a pena e levantando-se. — Por que é que o Percy me escreverá?

Dirigiu-se à janela e abriu-a. *Hermes* voou lá para dentro, aterrou na composição de Ron e estendeu a pata a que estava presa uma carta. Ron soltou a carta e a coruja partiu de imediato, deixando pegadas de tinta no desenho que Ron fizera da lua Io.

— Não há dúvida de que é a letra do Percy — disse Ron, voltando a afundar-se no cadeirão e fixando as palavras escritas no exterior do rolo de pergaminho: *Ronald Weasley, Equipa de Gryffindor, Hogwarts.* Ergueu os olhos para os amigos. — Que vos parece?

— Abre-a! — pediu Hermione, ansiosa, e Harry acenou com a cabeça.

Ron desenrolou o pergaminho e começou a ler. Quanto mais os seus olhos iam descendo pelo texto, mais pronunciada se tornava a ruga da sua testa. Quando acabou de ler, parecia nauseado. Estendeu a carta a Harry e Hermione, que se inclinaram um para o outro a fim de a lerem em conjunto:

Caro Ron,
Acabo de saber (nem mais nem menos do que pelo próprio Ministro da Magia, que soube pela tua nova professora, a Professora Umbridge) que foste nomeado prefeito em Hogwarts.
Fiquei agradavelmente surpreendido ao ouvir esta notícia e tenho, primeiro que tudo, de te felicitar. Devo confessar que sempre receei que tu enveredasses por aquilo a poderíamos chamar a rota de «Fred e George», em vez de seguires as minhas passadas, portanto podes calcular o que senti ao ouvir dizer que deixaste de zombar da autoridade e decidiste assumir responsabilidades reais.
Mas quero dar-te mais do que os meus parabéns, Ron, quero dar-te alguns conselhos, razão pela qual estou a enviar esta carta à noite em vez do habitual correio da manhã. Esperemos que assim a possas ler longe de olhos curiosos e evitar perguntas constrangedoras.
Por uma coisa que o Ministro deixou escapar quando me informou de que és agora prefeito, concluo que continuas a dar-te muito com o Harry Potter. Devo dizer-te, Ron, que nada te poria em maior risco de ficares sem o teu distintivo que a confraternização frequente com esse rapaz. Sim, estou certo de que ficarás admirado ao ouvir isto — sem dúvida dirás que Potter foi sempre o preferido do Dumbledore — mas sinto-me obrigado a dizer-te que o Dumbledore pode não continuar à frente de Hogwarts durante muito mais tempo e as pessoas que contam têm uma visão muito diferente — e provavelmente mais exacta — sobre o comportamento do Potter. Não direi mais aqui, mas se leres O Profeta Diário *amanhã ficarás com uma boa ideia do lado para o qual o vento sopra — e vê lá se descobres o teu querido mano!*
A sério, Ron, não vais querer ser metido no mesmo saco do Potter, pois tal pode prejudicar imenso os teus projectos futuros, e estou também a referir-me à vida depois da escola. Como deves saber, visto que o nosso pai o acompanhou ao tribunal este Verão, o Potter foi interrogado por razões de disciplina perante todo o Wizengamot, e não saiu de lá muito limpo. Escapou devido a uma mera questão técnica, se queres a minha opinião, e muitas das pessoas com quem conversei continuam convencidas da sua culpabilidade.

Talvez tenhas receio de romper com o Potter — eu sei que ele pode mostrar-se desequilibrado e, tanto quanto me lembro, violento —, mas se isso te preocupa, ou se notaste algo mais no comportamento do Potter que esteja a perturbar-te, aconselho-te vivamente a falares com a Dolores Umbridge, uma mulher verdadeiramente encantadora, que terá, com certeza, o maior prazer em te aconselhar.

O que me leva a mais um conselho. Como aludi atrás, o regime do Dumbledore em Hogwarts pode terminar em breve. A tua lealdade, Ron, deve ser, não para com ele, mas para com a escola e o Ministério. Lamento imenso saber que, até agora, a Professora Umbridge tem encontrado muito pouca cooperação da parte do pessoal na sua luta para implementar em Hogwarts as mudanças necessárias que o Ministério tão ardentemente deseja (embora isso se venha a tornar mais fácil a partir da próxima semana — mais uma vez, lê O Profeta Diário *de amanhã!). Direi apenas isto: um aluno que se mostre disposto a ajudar, agora, a Professora Umbridge pode ficar muito bem colocado para obter o lugar de Delegado dos Alunos daqui a um par de anos!*

Lamento não ter podido ver-te mais este Verão. Custa-me criticar os nossos pais, mas não consigo continuar a viver sob o seu tecto, enquanto insistirem em confraternizar com a perigosa turba que rodeia o Dumbledore. (Se acaso escreveres à mãe, podes dizer-lhe que um certo Sturgis Podmore, um grande amigo do Dumbledore, foi recentemente mandado para Azkaban por invasão de propriedade alheia no Ministério. Talvez isso lhes abra os olhos acerca do tipo de pequenos criminosos com quem andam a dar-se.) Pessoalmente considero-me muito afortunado por ter escapado ao estigma da associação com tal gente — o Ministro não podia, de facto, ser mais amável comigo — e espero, Ron, que tu também não permitas que laços de família te ceguem no que diz respeito à natureza das crenças e dos actos dos nossos pais. Espero sinceramente que, com o tempo, eles compreendam como estavam enganados e, quando esse dia chegar, estarei, é claro, pronto a aceitar as suas desculpas.

Por favor, medita atentamente no que te disse, em particular na parte sobre o Harry Potter, e mais uma vez felicitações por teres passado a prefeito.

O teu irmão,
Percy

Harry levantou os olhos para Ron.

— Bem — disse ele, esforçando-se por parecer que achara tudo aquilo divertido —, se quiseres... aã... como é?... — perscrutou a carta de Percy — ah, sim... «romper» comigo, juro que não me torno violento.

— Dá cá isso — pediu Ron, estendendo a mão. — Ele é... — foi Ron dizendo aos arrancos, enquanto rasgava a carta de Percy ao meio — o maior... — rasgou-a em quatro — *imbecil...* — rasgou-a em oito — deste mundo — finalizou, atirando os pedaços para a lareira.

— Anda lá, temos de acabar isto antes que amanheça — disse ele energicamente para Harry, voltando a puxar para si a composição da Professora Sinistra.

Hermione fitava Ron com uma expressão esquisita.

— Oh, dêem cá isso — disse ela de repente.

— O quê? — perguntou Ron.

— Dêem-mas cá, eu leio-as e corrijo-as — repetiu Hermione.

— Estás a falar a sério? Ah, Hermione, és a nossa salvação — exclamou Ron. — Que posso eu...

— O que podem dizer é: «Prometemos nunca mais deixar os trabalhos de casa para tão tarde» — terminou ela, estendendo as duas mãos para receber as composições, mas parecendo ao mesmo tempo algo divertida.

— Obrigadíssimo, Hermione — agradeceu Harry em voz fraca, passando-lhe a composição e afundando-se na cadeira a esfregar os olhos.

Passava da meia-noite e na sala comum já só se encontravam eles os três e *Crookshanks*. O único som que se ouvia era o da pena de Hermione a riscar frases aqui e além nas composições e o virar de páginas, quando verificava diferentes factos nos livros de referência espalhados pela mesa. Harry estava exausto. Sentia também uma estranha sensação de vazio no estômago, que não tinha nada a ver com fadiga e tudo a ver com a carta que agora se retorcia, já negra, no centro da lareira.

Sabia que metade das pessoas dentro de Hogwarts o achava estranho, até mesmo louco, e sabia que *O Profeta Diário* andava há um mês a insinuar que ele era um impostor, mas havia qualquer coisa no facto de ver aquilo escrito assim, na letra de Percy, em saber que Percy estava a aconselhar Ron a deixar de se dar com ele e até a ir contar coisas sobre ele a Umbridge, que tornava a situação real a seus olhos, como nada antes o havia feito. Conhecia Percy havia quatro anos, ficara em casa dele durante as férias de Verão, partilhara uma tenda com ele durante a Taça do Mundo de Quidditch, recebera mesmo dele a pontuação máxima na segunda tarefa do

Torneio dos Três Feiticeiros no ano anterior e, contudo, agora, Percy achava-o desequilibrado e possivelmente violento.

Sentindo uma onda de simpatia pelo padrinho, Harry pensou que Sirius era, provavelmente, a única pessoa que conhecia capaz de compreender realmente como ele se sentia nesse momento, porque se encontrava na mesma situação. Quase toda a gente no mundo dos feiticeiros pensava que Sirius era um perigoso assassino e grande apoiante de Voldemort, e tivera de viver com esse facto durante catorze anos...

Harry pestanejou. Acabava de ver nas chamas uma coisa que não podia lá estar. Surgira e desaparecera imediatamente. Não... não podia ser... imaginara aquilo, porque tinha estado a pensar em Sirius...

— Pronto, passa isto a limpo — disse Hermione para Ron, estendendo-lhe a composição e uma página coberta com a letra dela — e depois acrescenta esta conclusão que te fiz.

— Hermione, palavra que és a pessoa mais fantástica que já conheci — disse Ron em voz débil —, e se eu voltar a ser chato para ti...

— ... fico a saber que voltaste ao normal — rematou Hermione. — Harry, a tua está boa, excepto esta parte no fim, acho que ouviste mal a Professora Sinistra, a Europa está coberta de gelo, não é de pêlo... Harry?

Harry deslizara da cadeira, deixando-se cair de joelhos e estava agora acocorado no tapete chamuscado e puído da lareira, fitando as chamas.

— Aã... Harry? — chamou Ron em tom de dúvida. — Por que é que estás aí no chão?

— Porque acabo de ver a cabeça do Sirius na lareira — explicou Harry.

Falou com toda a serenidade. Afinal de contas, tinha visto a cabeça de Sirius naquela mesma lareira no ano anterior e até falado com ela; no entanto, não estava bem certo de a ter realmente visto desta vez... desaparecera tão depressa...

— A cabeça do Sirius? — repetiu Hermione. — Como quando ele quis falar contigo durante o Torneio dos Três Feiticeiros? Mas ele não faria isso agora, seria demasiado... *Sirius!*

Susteve a respiração, fixando a lareira. Ron deixou cair a pena. Ali, no meio das chamas ondulantes, encontrava-se a cabeça de Sirius, com o longo cabelo preto caído em volta da sua face sorridente.

— Estava a começar a pensar que vocês iam para a cama antes de os outros todos terem desaparecido — declarou. — Tenho vindo espreitar de hora a hora.

— Tens aparecido na lareira de hora a hora? — perguntou Harry, meio a rir.

— Só durante alguns segundos para ver se a costa estava livre.

— E se te tivessem visto? — observou Hermione, ansiosa.

— Bem, acho que uma rapariga... do primeiro ano, pelo aspecto, talvez me tenha avistado de relance há bocado, mas não te preocupes — apressou-se Sirius a acrescentar, vendo Hermione levar a mão à boca. — Quando ela voltou a olhar, já eu tinha desaparecido e aposto que me tomou por um tronco de forma esquisita ou coisa assim.

— Mas, Sirius, isto é um risco tremendo... — principiou Hermione.

— Já pareces a Molly — repontou Sirius. — Foi a única maneira que descobri de responder à carta do Harry sem recorrer a um código... e os códigos podem ser decifrados.

À menção da carta de Harry, tanto Hermione como Ron se viraram para ele.

— Não nos disseste que tinhas escrito ao Sirius! — acusou-o Hermione.

— Esqueci-me — afirmou Harry, o que era absolutamente verdade. O seu encontro com Cho na Torre das Corujas fizera--lhe passar da ideia tudo o que acontecera antes. — Não olhes assim para mim, Hermione, não havia maneira de ninguém conseguir informações secretas através dela, pois não, Sirius?

— Não, estava muito boa — disse Sirius, sorridente. — Mas é melhor despacharmo-nos, não vão interromper-nos... a tua cicatriz?

— O que há com...? — começou Ron, mas Hermione deteve-o.

— Depois contamos-te. Continua, Sirius.

— Bem, eu sei que essa dor não deve ser nada divertida, mas achamos que não há motivo para preocupações. Doeu-te várias vezes durante o ano passado, não foi?

— Foi, e o Dumbledore disse que acontecia sempre que o Voldemort sentia uma emoção forte — relembrou Harry, ignorando, como de costume, os estremecimentos de Ron e Hermione. — Por isso talvez ele estivesse, sei lá, furioso ou coisa assim na noite do meu castigo.

— Bem, agora que ele voltou, é fatal que te doa com mais frequência — observou Sirius.

— Portanto não achas que tenha nada a ver com o facto de a Umbridge me ter tocado, quando eu estava a cumprir o castigo? — perguntou Harry.

— Duvido — afirmou Sirius. — Conheço-a de nome e estou certo de que ela não é uma Devoradora da Morte...

— É suficientemente odiosa para o ser — afirmou Harry em tom sombrio, e Ron e Hermione acenaram vigorosamente a sua concordância.

— Pois, mas o mundo não está dividido em bons e Devoradores da Morte — comentou Sirius com um sorriso amargo. — Embora eu saiba perfeitamente que não é boa peça... deviam ouvir o Remus a falar dela.

— O Lupin conhece-a? — perguntou Harry muito depressa, recordando os comentários de Umbridge acerca de perigosos Meias-Raças durante a sua primeira aula.

— Não — respondeu Sirius —, mas ela apresentou há dois anos uma proposta de legislação antilobisomen que torna quase impossível ele arranjar emprego.

Harry lembrou-se de que, ultimamente, Lupin parecia mais andrajoso e a sua aversão por Umbridge aumentou.

— O que tem ela contra os lobisomens? — indagou Hermione, furiosa.

— Medo deles, julgo eu — redarguiu Sirius, sorrindo da sua indignação. — Aparentemente, ela odeia os parcialmente humanos; também fez campanha para que os seres subaquáticos fossem arrebanhados e marcados o ano passado. Imagina perder tempo e energia a perseguir seres subaquáticos, quando há pequenos vadios como o Kreacher à solta.

Ron riu-se, mas Hermione pareceu incomodada.

— Sirius! — exclamou em tom de reprovação. — Francamente, se te esforçasses um bocadinho com o Kreacher, tenho a certeza de que ele reagiria bem. Afinal de contas, és o único membro da família que lhe resta, e o Professor Dumbledore disse...

— Então e como são as aulas da Umbridge? — interrompeu Sirius. — Está a treinar-vos a todos para matar Meias-Raças?

— Não — respondeu Harry, ignorando o olhar ofendido de Hermione por lhe terem interrompido a defesa de Kreacher. — Ela não nos deixa usar qualquer espécie de magia!

— Tudo o que fazemos é ler aquele estúpido livro — informou Ron.

— Ah, bom, era de esperar — comentou Sirius. — A informação que temos do interior do Ministério é que o Fudge não quer que recebam treino de combate.

— *Treino de combate!* — repetiu Harry, incrédulo. — Que pensa ele que nós andamos aqui a fazer, a formar uma espécie de exército de feiticeiros?

— É exactamente isso que ele pensa que vocês estão a fazer — anuiu Sirius —, ou melhor, é exactamente isso que ele receia que o Dumbledore esteja a fazer... a formar o seu próprio exército particular, com o qual poderá apoderar-se do Ministério da Magia.

Fez-se uma pausa e depois Ron exclamou:

— Isso é a coisa mais estúpida que já ouvi, incluindo todos os disparates com que a Luna Lovegood se sai.

— Então, nós estamos a ser impedidos de aprender Defesa Contra a Magia Negra porque o Fudge tem medo de que usemos feitiços contra o Ministério? — inquiriu Hermione, parecendo furiosa.

— Exacto — confirmou Sirius. — O Fudge acha que o Dumbledore se servirá de tudo para tomar o poder. Cada dia que passa fica mais paranóico em relação ao Dumbledore. É só uma questão de tempo até o mandar prender com uma acusação forjada.

Aquilo recordou a Harry a carta de Percy.

— Sabes se vai sair alguma coisa sobre o Dumbledore n'*O Profeta Diário* de amanhã? O Percy, o irmão do Ron, acha que sim...

— Não sei — respondeu Sirius —, não vi ninguém da Ordem durante todo o fim-de-semana, andam todos ocupados. Tem sido só o Kreacher e este aqui...

Havia na voz de Sirius uma clara nota de azedume.

— Então, também não tiveste notícias de Hagrid?

— Ah... — disse Sirius — bem, ele já devia estar de volta, ninguém sabe ao certo o que lhe aconteceu. — Depois, vendo as suas caras horrorizadas, apressou-se a acrescentar: — Mas o Dumbledore não está preocupado, por isso não se aflijam. Tenho a certeza de que o Hagrid está óptimo.

— Mas se já devia estar de volta... — observou Hermione em voz baixa e ansiosa.

— A Madame Maxime acompanhou-o, nós contactámo-la e disse-nos que se separaram na viagem de regresso... mas não há nada que sugira que ele foi ferido ou... bem, nada que sugira que não esteja perfeitamente bem.

Pouco convencidos, Harry, Ron e Hermione trocaram olhares preocupados.

— Olhem, não andem por aí a fazer muitas perguntas sobre o Hagrid — aconselhou Sirius precipitadamente —, porque isso só chama mais atenção para o facto de ele ainda não ter voltado e eu sei que o Dumbledore não quer que tal aconteça. O Hagrid é rijo, encontra-se bem. — E, vendo que eles não pareciam animados, Sirius acrescentou: — Então, e quando é o vosso próximo fim-de-semana em Hogsmeade? Tenho estado a pensar, safámo-nos com o disfarce do cão na estação, não foi? Pensei que poderia...

— NÃO! — disseram ao mesmo tempo Harry e Hermione, muito alto.

— Sirius, não leste O *Profeta Diário?* — perguntou Hermione ansiosamente.

— Ah, isso! — Sirius fez uma careta sorridente. — Eles estão sempre a dar palpites sobre o meu paradeiro, mas não têm qualquer pista...

— Sim, mas nós pensamos que desta vez têm — informou-o Harry. — Uma coisa que o Malfoy disse no comboio levou-nos a pensar que ele percebeu que eras tu e o pai estava na plataforma, Sirius... tu sabes, o Lucius Malfoy... por isso, faças o que fizeres, não venhas para aqui. Se o Malfoy te reconhece novamente...

— Está bem, está bem, já percebi — interrompeu Sirius. Parecia muito aborrecido. — Foi só uma ideia, pensei que gostasses de me ver.

— E gostava, mas não quero que te atirem outra vez para Azkaban! — exclamou Harry.

Seguiu-se uma pausa, durante a qual Sirius olhou para Harry do interior da lareira, com uma ruga entre os olhos encovados.

— Pareces-te menos com o teu pai do que eu pensava — disse ele por fim, com um óbvio toque de frieza na voz. — Para James, o risco é que teria tornado a coisa divertida.

— Olha...

— Bem, é melhor pôr-me a andar, estou a ouvir o Kreacher a descer as escadas — declarou Sirius, mas Harry teve a certeza de que ele estava a mentir. — Escrevo a dizer-te quando posso voltar à lareira, então, está bem? Se te atreveres a tamanho risco?

Ouviu-se um ténue *pop* e no sítio onde estivera a cabeça de Sirius voltaram a bruxulear as chamas.

XV

A GRANDE INQUISIDORA
DE HOGWARTS

Na manhã seguinte, esperavam ter de esquadrinhar *O Profeta Diário* de Hermione para descobrir o artigo que Percy mencionara na sua carta. No entanto, a coruja mal acabara de levantar voo de cima do jarro do leite quando Hermione susteve a respiração e pousou o jornal, exibindo uma grande fotografia de Dolores Umbridge, muito sorridente e a pestanejar levemente por baixo do título.

MINISTÉRIO DESEJA REFORMA EDUCATIVA
DOLORES UMBRIDGE NOMEADA
PRIMEIRO GRANDE INQUISIDOR DE SEMPRE

— A Umbridge, «Grande Inquisidora»? — exclamou Harry em tom lúgubre, deixando a torrada deslizar-lhe por entre os dedos. — Que significa *isto?*

Hermione leu em voz alta:

«*A noite passada, num acto inesperado, o Ministério da Magia aprovou nova legislação atribuindo-se um nível de controlo sem precedentes sobre a Escola de Magia e Feitiçaria de Hogwarts.*

'*O Ministro tem vindo a ficar cada vez mais apreensivo com o que se tem passado recentemente em Hogwarts; afirmou Percy Weasley, Adjunto do Ministro. 'Está agora a responder a preocupações expressas por pais ansiosos, que crêem que a Escola pode estar a tomar um rumo que eles não aprovam.'*

Não é a primeira vez nas últimas semanas que o Ministro Cornelius Fudge recorre a novas leis para efectuar melhorias na escola de feitiçaria. Ainda a 30 de Agosto, foi aprovado o Decreto Educacional Número Vinte e Dois, para garantir que, caso o actual Director não conseguisse apresentar um candidato para uma das disciplinas, o Ministro seleccionaria uma pessoa adequada.

'*Foi assim que Dolores Umbridge veio a ser nomeada para o corpo docente de Hogwarts', afirmou Weasley a noite passada. 'Dumbledore não conseguiu encontrar ninguém, portanto o Ministro ofereceu o lugar a Umbridge e ela foi, evidentemente, um êxito imediato...'*

— Ela foi o QUÊ? — repetiu Harry em voz alta.
— Espera, há mais — disse Hermione com ar sombrio.

'*um êxito imediato, revolucionando totalmente o ensino de Defesa Contra a Magia Negra e proporcionando ao Ministro informações in loco sobre o que está realmente a acontecer em Hogwarts.'*
É esta última função que o Ministério acaba agora de formalizar com a aprovação do Decreto Educacional Número Vinte e Três, que cria o novo cargo de Grande Inquisidor de Hogwarts.
'*Esta é uma nova e excitante etapa do plano do Ministro para controlar aquilo a que alguns chamam a* descida de nível *em Hogwarts'*, afirmou Weasley. '*O Inquisidor terá poderes para inspeccionar os seus colegas educadores e garantir que se encontram à altura da tarefa. A Professora Umbridge foi convidada para o lugar cumulativamente com o ensino da sua disciplina e sentimo-nos encantados por confirmar que ela aceitou.'*
As novas medidas do Ministério receberam o apoio entusiástico de pais de alunos de Hogwarts.
'*Sinto-me muito mais descansado, agora que sei que o Dumbledore vai ser sujeito a uma avaliação justa e objectiva,' declarou Mr. Lucius Malfoy, de 41 anos, falando-nos da sua mansão no Wiltshire, a noite passada. 'Muitos de nós, preocupados com o que é melhor para os nossos filhos, temo-nos sentido inquietos com algumas decisões excêntricas tomadas pelo Dumbledore nos últimos anos e sentimo-nos satisfeitos por saber que o Ministro está atento a esta situação.'*
Entre tais decisões excêntricas *encontram-se, sem dúvida, as controversas nomeações de professores anteriormente descritas neste jornal, que incluíram o lobisomem Remus Lupin, o meio-gigante Rubeus Hagrid e o desequilibrado ex-Auror, Moody «Olho Louco».*
Correm, é claro, inúmeros rumores de que Albus Dumbledore, em tempos Presidente da Confederação Internacional dos Feiticeiros e Feiticeiro Chefe do Wizengamot, já não está à altura da tarefa de dirigir a prestigiosa escola de Hogwarts.
'*Penso que a nomeação da Grande Inquisidora é o primeiro passo para garantir que Hogwarts tenha uma directora em quem todos possamos depositar a nossa confiança', declarou ontem à noite uma fonte do Ministério.*
Griselda Marchbanks e Tiberius Ogden, os mais antigos membros do Wizengamot, demitiram-se como protesto contra a introdução do cargo de Inquisidor em Hogwarts.

'Hogwarts é uma escola, não é um posto avançado do Gabinete de Cornelius Fudge,' declarou Madam Marchbanks. 'Isto é mais uma tentativa revoltante para desacreditar Albus Dumbledore.'
(Para uma descrição pormenorizada das pretensas ligações de Madam Marchbanks a grupos subversivos de duendes, ler a página dezassete.)

Hermione terminou a leitura e olhou para os amigos, sentados do lado oposto da mesa.

— Portanto, agora já sabemos como é que acabámos por ter de gramar a Umbridge! O Fudge aprovou esse tal «Decreto Educacional» e impingiu-a à escola! E agora deu-lhe poder para inspeccionar os outros professores! — Hermione tinha a respiração acelerada e os olhos muito brilhantes. — Não consigo acreditar. Isto é *ofensivo*!

— Claro está que é! — concordou Harry. Olhou para a sua mão direita, crispada em cima da mesa, e viu o leve contorno esbranquiçado das palavras que Umbridge o obrigara a recortar na pele.

No rosto de Ron, porém, desenhava-se um sorriso.

— Que foi? — perguntaram Harry e Hermione em uníssono, fitando-o.

— Ah, mal posso esperar para ver a McGonagall ser inspeccionada — disse Ron com ar satisfeito. — A Umbridge nem vai chegar a saber o que a atingiu.

— Bem, embora — disse Hermione, levantando-se de um salto —, é melhor irmos indo. Se ela for inspeccionar a aula do Binns, é melhor não nos atrasarmos...

Mas a Professora Umbridge não apareceu para inspeccionar a aula de História da Magia, que foi tão aborrecida como a da segunda-feira anterior, nem estava na masmorra de Snape, quando eles chegaram para as duas horas da aula de Poções, onde a composição de Harry sobre a selenita lhe foi entregue com um grande «H» preto pontiagudo rabiscado no canto superior.

— Dei-lhes as classificações que teriam recebido se apresentassem este trabalho num NPF — declarou Snape com um sorriso repuxado, deslizando por entre eles, a entregar-lhes os trabalhos. — Isto deve dar-lhes uma ideia realista do que esperar no exame.

Snape chegou à parte da frente da aula e virou-se para os encarar.

— O nível geral deste trabalho foi péssimo. A maior parte teria chumbado, se isto fosse o exame. Espero que se esforcem bastante mais para a composição desta semana sobre as diferentes variedades de antídotos para venenos, se não terei de começar a passar castigos aos burros que tiverem «H».

Sorriu quando Malfoy sufocou um risinho e perguntou num murmúrio propositadamente sonoro:

— Houve quem tivesse «H»? Oh!

Harry reparou que Hermione olhava de lado para ver a sua nota. Apressou-se a enfiar a composição sobre a selenita no saco, sentindo que preferia manter essa informação para si.

Decidido a não dar motivo a Snape para o atacar naquela aula, Harry leu e releu cada linha das instruções escritas no quadro pelo menos três vezes antes de agir. A sua Solução Fortalecedora não estava exactamente do tom turqueza límpido da de Hermione, mas pelo menos estava azul e não cor-de-rosa, como a de Neville, e no fim da aula entregou o seu frasco na secretária de Snape com uma sensação mista de desafio e alívio.

— Bem, não foi tão mau como na semana passada, pois não? — comentou Hermione, enquanto subiam a escada da masmorra e atravessavam o *Hall* de entrada a caminho do almoço. — E os trabalhos de casa também não correram mal, pois não?

Vendo que nem Ron nem Harry respondiam, insistiu:

— Quer dizer, tudo bem, eu não esperava a classificação máxima com ele a aplicar níveis de NPF, mas nesta fase uma nota positiva é bastante encorajadora, não acham?

Harry emitiu um ruído evasivo.

— É claro que muito pode acontecer daqui até ao exame, temos muito tempo para melhorar, mas as notas que tivermos agora são uma espécie de ponto de partida, não são? Algo a partir do qual podemos edificar...

Sentaram-se juntos à mesa dos Gryffindor.

— É óbvio que eu teria ficado encantada se tivesse tido um «B»...

— Hermione, — observou Ron com aspereza — se queres saber as notas que tivemos, pergunta.

— Eu não quero... eu não queria... bem, se quiserem dizer-me...

— Eu tive um «F» — declarou Ron, enchendo a sua taça de sopa. — Satisfeita?

— Bem, não é nada de que se tenha vergonha — disse Fred, que acabava de chegar à mesa com George e Lee Jordan e se estava a sentar à direita de Harry. — Não há nada de errado com um saudável «F».

— Mas — disse Hermione — «F» não significa...

— «Fraco», sim — completou Lee Jordan. — Ainda assim, é melhor do que «H», não é? «Horrível»?

Harry sentiu-se corar e fingiu um pequeno ataque de tosse por causa do pãozinho. Quando se endireitou, verificou, pesaroso, que Hermione continuava lançada no assunto das classificações dos NPFs.

— Portanto, a classificação máxima é «B» para «Brilhante» — dizia ela... e depois é «A»...

— Não, «E» — corrigiu-a George. — «E» para «Excede as Expectativas». E eu sempre achei que o Fred e eu devíamos ter tido «E» a tudo, porque excedemos as expectativas só por nos apresentarmos a exame.

Todos riram, excepto Hermione que prosseguiu:

— Portanto, depois de «E», vem «A» para «Aceitável», e é a última classificação positiva, não é?

— Certo — disse Fred, mergulhando um pãozinho inteiro na sopa, transferindo-o para a boca e engolindo-o.

— Depois temos «F» para «Fraco» — Ron ergueu os dois braços imitando uma saudação — e depois «H» para «Horrível».

— E depois «T» — recordou-lhe George.

— «T» — perguntou Hermione, parecendo atónita. — Ainda menos que um «H»? Que diabo significa «T»?

— «Troll» — disse imediatamente George.

Harry riu-se de novo, embora não tivesse a certeza se George estava ou não a brincar. Imaginou tentar ocultar a Hermione que tinha recebido «Ts» em todos os seus NPFs e resolveu imediatamente passar a trabalhar mais.

— Vocês tiveram alguma aula inspeccionada hoje? — perguntou-lhes Fred.

— Não — redarguiu logo Hermione. — E vocês?

— Mesmo agora, antes do almoço — revelou George. — Encantamentos.

— E como foi? — perguntaram simultaneamente Harry e Hermione.

Fred encolheu os ombros.

— Não foi assim tão mau. A Umbridge emboscou-se a um canto a tomar notas numa prancheta. Vocês sabem como o Flitwick é, tratou-a como se ela fosse sua convidada, não pareceu minimamente incomodado. Ela falou pouco. Perguntou a Alicia como são as aulas habitualmente, Alicia disse-lhe que eram francamente boas, e foi tudo.

— Não consigo imaginar o velho Flitwick a ter uma má avaliação — declarou George. — Em geral, os alunos dele passam todos nos exames.

— Quem é que vocês têm esta tarde? — perguntou Fred a Harry.
— A Trelawney...
— Ora aí está um «T» perfeito.
— ... e a própria Umbridge.
— Bem, sê bom rapaz e não te irrites hoje com a Umbridge — recomendou George. — A Angelina passa-se, se faltares a mais algum treino de Quidditch.

Mas Harry não teve de esperar pela aula de Defesa Contra a Magia Negra para encontrar a Professora Umbridge. Estava a pegar no seu diário dos sonhos num lugar mesmo ao fundo da sombria sala de Artes Divinatórias, quando Ron lhe deu uma cotovelada nas costelas e, olhando em volta, viu a Professora Umbridge a emergir do alçapão do soalho. A turma, que tagarelava animadamente, calou-se de imediato. A brusca interrupção de ruído levou a Professora Trelawney, que adejava entre eles, distribuindo exemplares de *O Oráculo dos Sonhos*, a virar-se.

— Boa tarde, Professora Trelawney — cumprimentou a Professora Umbridge com o seu imenso sorriso. — Recebeu a minha nota, espero? A indicar a data e a hora da sua inspecção?

A Professora Trelawney fez um breve aceno de cabeça e, com um ar bastante enfadado, voltou costas à Professora Umbridge e continuou a distribuir livros. Ainda sorridente, a Professora Umbridge pegou nas costas da cadeira mais próxima e puxou-a para a parte da frente da aula, de forma a ficar a apenas alguns centímetros do lugar da Professora Trelawney. Depois sentou-se, tirou a prancheta da saca florida e ergueu os olhos, aguardando ansiosamente o início da aula.

A Professora Trelawney apertou muito os seus xales contra o peito com as mãos levemente trémulas e observou a turma através das suas potentes lentes de aumentar.

— Vamos hoje prosseguir com o nosso estudo de sonhos proféticos — lembrou, esforçando-se corajosamente por empregar o seu usual tom místico apesar da voz levemente abalada. — Disponham-se aos pares, por favor, e interpretem as últimas visões nocturnas um do outro com a ajuda do *Oráculo.*

Fez menção de se dirigir ao seu lugar, mas vendo a Professora Umbridge sentada mesmo ao lado, guinou imediatamente na direcção de Parvati e Lavender, que já se encontravam embrenhadas na discussão do mais recente sonho de Parvati.

Harry abriu o seu exemplar de *O Oráculo dos Sonhos*, ao mesmo tempo que observava disfarçadamente Umbridge. Ela estava já a tomar notas na prancheta. Após alguns minutos, ergueu-se e começou a andar pela sala no rasto de Trelawney, escutando as conversas dela com os alunos e fazendo perguntas aqui e além. Harry curvou rapidamente a cabeça para o livro.

— Pensa depressa num sonho — avisou Ron — para o caso de a velha bruxa vir para aqui.

— Na última aula, fui eu — protestou Ron —, agora é a tua vez, conta tu um.

— Ah, sei lá... — disse Harry aflito, pois não conseguia lembrar-se de ter sonhado nada nos últimos dias. — Digamos que eu sonhei que estava... a afogar o Snape no meu caldeirão. Sim, isso serve...

Ron riu-se à socapa e abriu *O Oráculo dos Sonhos*.

— Bom, temos de acrescentar a tua idade à data em que tiveste o sonho, o número de letras do assunto... achas que será «afogar», «caldeirão» ou «Snape»?

— Não interessa, escolhe um qualquer — disse Harry, arriscando um olhar para trás. A Professora Umbridge encontrava-se agora quase encostada ao ombro da Professora Trelawney a tomar notas, enquanto a professora de Artes Divinatórias interrogava Neville acerca do seu diário dos sonhos.

— Repete lá em que noite é que sonhaste isso — pediu Ron, imerso em cálculos.

— Sei lá, a noite passada, quando quiseres — respondeu Harry que tentava ouvir o que Umbridge estava a dizer à Professora Trelawney. Apenas uma mesa as separava agora dele e de Ron. A Professora Umbridge tomava mais notas na sua prancheta e a Professora Trelawney parecia extremamente irritada.

— Ora bem — proferiu Umbridge, erguendo o olhar para Trelawney —, exactamente há quanto tempo está neste lugar?

A Professora Trelawney lançou-lhe um olhar mal-humorado, de braços cruzados e ombros curvados, como se quisesse proteger-se o mais possível da indignidade da inspecção. Após uma ligeira pausa, em que pareceu decidir que a pergunta não era tão ofensiva que fosse razoável ignorá-la, declarou em tom profundamente melindrado: — Quase dezasseis anos.

— Um tempo considerável — comentou a Professora Umbridge, tomando nota na prancheta. — Então, foi o Professor Dumbledore quem a nomeou?

— Exactamente — retorquiu a Professora Trelawney secamente.

A Professora Umbridge tomou de novo notas.

— E a senhora é trineta da famosa Vidente Cassandra Trelawney?

— Sim — declarou a Professora Trelawney, levantando um pouco mais a cabeça.
Mais uma nota..
— Creio... corrija-me se estiver enganada... que a senhora é a primeira pessoa da sua família, depois de Cassandra, a possuir a Dupla Visão?
— Estas coisas saltam muitas vezes... aã... três gerações — afirmou a Professora Trelawney.
O sorriso de sapo da Professora Umbridge alargou-se ainda mais.
— É claro — disse ela no seu tom melífluo, tomando de novo notas. — Bem, será que poderia fazer uma previsão relativa a mim?
— E ergueu os olhos interrogativamente, ainda a sorrir.
A Professora Trelawney ficou rígida, como se não conseguisse acreditar nos seus ouvidos. — Não compreendo — declarou, apertando convulsivamente o xale em volta do pescoço esquelético.
— Gostava que me fizesse um vaticínio — enunciou distintamente a Professora Umbridge.
Harry e Ron já não eram os únicos a observar e a escutar disfarçadamente, protegidos pelos livros. A maior parte da turma fitava paralisada a Professora Trelawney, que se endireitou a toda a sua altura, com as contas e braceletes a tilintar.
— A Visão Interior não Vê por ordem — declarou ela em tom escandalizado.
— Estou a perceber — comentou suavemente a Professora Umbridge, tomando mais uma vez notas na sua prancheta.
— Eu... mas... mas... *espere!* — exclamou repentinamente a Professora Trelawney, esforçando-se por manter a sua usual voz etérea, embora o efeito místico fosse bastante prejudicado pela forma como tremia de cólera. — Eu... penso que vejo *de facto* qualquer coisa... qualquer coisa que *lhe* diz respeito... pois bem, sinto qualquer coisa... qualquer coisa *tenebrosa*... algum perigo grave...
A Professora Trelawney apontou o dedo trémulo à Professora Umbridge, que continuou a sorrir-lhe afavelmente, de sobrancelhas erguidas.
— Receio... receio que corra grave perigo! — concluiu dramaticamente a Professora Trelawney.
Houve uma pausa. As sobrancelhas da Professora Umbridge continuavam erguidas.
— Bem — disse ela suavemente, rabiscando uma vez mais na prancheta. — Bem, se isso é realmente o melhor que sabe fazer...

E virou costas, deixando a Professora Trelawney petrificada no seu lugar, a ofegar. Harry cruzou o olhar com Ron e soube que o amigo estava a pensar exactamente o mesmo: ambos sabiam que a Professora Trelawney era uma velha fraude mas, por outro lado, detestavam tanto a Umbridge, que se sentiam francamente do lado de Trelawney — isto é, pelo menos até ela cair sobre eles, alguns segundos depois.

— Então? — inquiriu em tom invulgarmente ríspido, fazendo estalar os dedos longos debaixo do nariz de Harry. — Deixe-me ver o que começou a escrever no seu diário dos sonhos, por favor.

E quando terminou de interpretar os sonhos de Harry em voz sonora (todos eles, mesmo os que envolviam comer flocos de aveia, prenúncio aparente de uma morte horrorosa e prematura), ele sentia muito menos simpatia para com ela. Durante todo esse tempo, a Professora Umbridge estivera a alguns passos, tomando notas, e ao soar a campainha foi a primeira a descer a escada prateada, encontrando-se à espera deles quando chegaram à sua Aula de Defesa Contra a Magia Negra, dez minutos depois.

Estava a cantarolar e a sorrir para si mesma, quando os alunos entraram na sala. Harry e Ron contaram a Hermione, que tivera Aritmância, exactamente o que acontecera em Artes Divinatórias, enquanto todos tiravam os seus exemplares da *Teoria da Magia Defensiva*. Contudo, antes de Hermione poder fazer perguntas, a Professora Umbridge estava a iniciar a aula e fez-se silêncio.

— Varinhas guardadas — ordenou ela com um sorriso e todos os que as haviam tirado, cheios de esperança, devolveram-nas pesarosamente aos sacos. — Como acabámos o Capítulo Um na última aula, agradeço que todos abram na página dezanove e comecem o Capítulo Dois, «Teorias de Defesa Usuais e suas Derivações». Não será necessário falar.

Ainda com o seu convencido sorriso rasgado, sentou-se à secretária. A turma soltou um suspiro audível enquanto, um a um, os alunos abriam o livro na página dezanove. Harry perguntou-se, entorpecido, se o livro teria capítulos suficientes para os manter a ler durante todas as aulas desse ano e preparava-se para verificar o conteúdo da página quando reparou que Hermione tinha de novo a mão no ar.

A Professora Umbridge também reparara, e o que é mais, parecia ter arranjado uma estratégia para tal eventualidade. Em vez de fingir que não tinha reparado em Hermione, levantou-se e contornou a primeira fila de cadeiras até estar em frente dela; depois

curvou-se e sussurrou, de maneira a que o resto da turma não ouvisse: — O que é desta vez, Miss Granger?
— Já li o Capítulo Dois — disse Hermione.
— Bom, então continue para o Capítulo Três.
— Também já o li. Já li o livro todo.
A Professora Umbridge pestanejou, mas recompôs-se quase instantaneamente.
— Bem, então deve ser capaz de me dizer o que diz Slinkhard acerca de contrafeitiços no Capítulo Quinze.
— Diz que os contrafeitiços estão indevidamente denominados — respondeu prontamente Hermione. — Diz ele que «contrafeitiços» é apenas uma designação que as pessoas dão aos seus feitiços malignos, quando querem dar-lhes um ar mais aceitável.
A Professora Umbridge ergueu as sobrancelhas e Harry percebeu que ela ficara impressionada, por muito que lhe custasse.
— Mas eu discordo — prosseguiu Hermione.
As sobrancelhas da Professora Umbridge ergueram-se um pouco mais e o seu olhar tornou-se nitidamente mais frio.
— A menina discorda?
— Discordo, sim — declarou Hermione que, ao contrário de Umbridge, não estava a sussurrar mas a falar num tom de voz claro e sonoro que por essa altura já atraíra a atenção do resto da turma.
— Mr. Slinkhard não gosta de feitiços malignos, pois não? Mas eu acho que eles podem ser muito úteis quando usados defensivamente.
— Ah, acha? — fez a Professora Umbridge, esquecendo-se de sussurrar e endireitando-se. — Lamento, mas dentro desta aula o que conta é a opinião de Mr. Slinkhard e não a sua, Miss Granger.
— Mas... — principiou Hermione.
— Basta! — bradou a Professora Umbridge. Dirigiu-se de novo para a frente da turma e deteve-se. Toda a jovialidade que mostrara no início da aula tinha desaparecido. — Miss Granger, vou retirar cinco pontos à equipa dos Gryffindor.
A afirmação foi recebida com uma onda de murmúrios.
— Porquê? — interrogou Harry, furioso.
— Não te envolvas! — segredou-lhe Hermione em tom premente.
— Por perturbar a minha aula com interrupções inúteis — disse a Professora Umbridge com a sua falsa doçura. — Estou aqui para lhes ensinar um método aprovado pelo Ministério, que não inclui convidar os alunos a dar a sua opinião sobre assuntos acerca dos quais percebem muito pouco. Os anteriores professores desta disci-

plina podem ter sido mais permissivos convosco, mas como nenhum deles... com a possível excepção do Professor Quirrell, que pelo menos parece ter-se restringido a assuntos adequados às vossas idades... teria passado numa inspecção do Ministério...

— Ah sim, o Quirrell era um óptimo professor — comentou Harry em voz alta —, só tinha aquele pequeno inconveniente de Lord Voldemort lhe sair pela nuca.

A esta declaração seguiu-se um dos silêncios mais profundos que Harry já ouvira. Depois...

— Penso que mais uma semana de castigos lhe faria bem, Mr. Potter — ameaçou a Umbridge em tom untuoso.

O corte nas costas da mão de Harry ainda mal sarara e, na manhã seguinte, já sangrava de novo. Não se queixou durante o castigo dessa noite, pois não queria dar a Umbridge essa satisfação. Escreveu vezes sem conta *Não devo dizer mentiras* e nem um som lhe escapou dos lábios, embora os golpes fossem ficando mais fundos a cada letra.

A parte pior dessa segunda semana de castigos foi, tal como George previra, a reacção de Angelina. Encurralou-o quando Harry chegou à mesa dos Gryffindor para tomar o pequeno-almoço, na terça-feira, e gritou tão alto que a Professora McGonagall abandonou a mesa dos professores e deslizou velozmente na direcção deles.

— Miss Johnson, como se *atreve* a fazer uma algazarra destas no Salão! Cinco pontos a menos para os Gryffindor!

— Mas, Professora... ele conseguiu arranjar maneira de apanhar *outro* castigo...

— O que há, Potter? — perguntou asperamente a Professora McGonagall, virando-se para Harry. — Castigo? De quem?

— Da Professora Umbridge — murmurou Harry, sem fitar os olhos pequenos e os óculos quadrados da Professora McGonagall.

— Estás a dizer-me — interrogou a Professora McGonagall, baixando a voz de maneira a que o grupo de curiosos dos Ravenclaw atrás deles a não pudessem ouvir — que, depois do aviso que te fiz na segunda-feira passada, voltaste a perder a cabeça na aula da Professora Umbridge?

— Foi — murmurou Harry, falando para o chão.

— Potter, tens de te controlar! Vais arranjar graves problemas! Mais cinco pontos retirados aos Gryffindor!

— Mas... o que...? Não, Professora! — exclamou Harry, furioso com tal injustiça. — Já estou a ser punido por *ela,* por que é que a senhora também nos há-de tirar pontos?

— Porque os castigos não parecem estar a ter o menor efeito em ti! — explicou a Professora McGonagall rispidamente. — Não, nem mais uma palavra de protesto, Potter! E quanto a si, Miss Johnson, veja se de futuro limita as suas sessões de gritos ao campo de Quidditch, ou arrisca-se a perder o lugar de capitã da equipa!

A Professora McGonagall voltou para a sua mesa a largas passadas. Angelina deitou a Harry um olhar de profundo desagrado e afastou-se, após o que ele se atirou para o banco ao lado de Ron, a espumar de raiva.

— Ela tirou pontos aos Gryffindor porque me esfaqueiam a mão todas as noites! Isto não é justo, isto não é justo!

— Eu sei, pá! — disse Ron compreensivamente, empilhando *bacon* no prato de Harry — ela passou-se.

Hermione, contudo, limitou-se a desfolhar as páginas do seu *O Profeta Diário* sem dizer nada.

— Tu achas que a McGonagall teve razão, não é? — perguntou Harry, irritado, para a fotografia de Cornelius Fudge que ocultava a cara de Hermione.

— Gostava que ela não te tivesse tirado pontos, mas penso que ela tem razão em te avisar para não perderes a cabeça com a Umbridge — proferiu a voz de Hermione, enquanto Fudge gesticulava com veemência da primeira página, obviamente a fazer um discurso.

Harry não falou com Hermione durante toda a aula de Encantamentos, mas, quando entraram na de Transfiguração, esqueceu-se de que estava zangado com ela. A Professora Umbridge e a sua prancheta encontravam-se sentados a um canto e vê-la ali afastou-lhe da cabeça a recordação do pequeno-almoço.

— Excelente! — segredou Ron enquanto se sentavam nas cadeiras do costume. — Vamos lá a ver a Professora Umbridge levar o que merece.

A Professora McGonagall marchou sala dentro sem dar a mais pequena indicação de que sabia que a Professora Umbridge ali estava.

— Basta! — bradou e fez-se de imediato silêncio. — Mr. Finnigan, faça favor de chegar aqui para distribuir os trabalhos de casa... Miss Brown, pegue, por favor, nesta caixa com ratos... não seja pateta, rapariga, eles não a magoam, e entregue um a cada aluno...

— *Hum, hum* — fez a Professora Umbridge, utilizando a mesma tosse seca que empregara para interromper Dumbledore na primeira noite do ano. A Professora McGonagall ignorou-a. Seamus entregou a composição a Harry, que lhe pegou sem olhar para ele e viu, com grande alívio, que conseguira um «A».

— Muito bem, ouçam todos com atenção. Dean Thomas, se volta a fazer isso a esse rato, passo-lhe um castigo. A maior parte de vocês já conseguiu fazer desaparecer com êxito os seus caracóis e mesmo aqueles a quem restou uma certa quantidade de concha apreendeu o essencial do feitiço. Hoje, vamos...

— *Hum, hum* — repetiu a Professora Umbridge.

— Sim? — inquiriu a Professora McGonagall, dando meia volta, as sobrancelhas tão unidas que pareciam formar uma severa linha contínua.

— Estava a perguntar a mim mesma, Professora, se recebeu a minha nota informando-a da data e hora da sua inspec...

— É óbvio que recebi ou ter-lhe-ia perguntado o que está a fazer na minha aula — respondeu a Professora McGonagall, virando firmemente as costas à Professora Umbridge. Muitos alunos trocaram olhares de regozijo. — Como estava a dizer, hoje vamos praticar a Desaparição, bastante mais difícil, de ratos. Ora o Feitiço de Desaparição...

— *Hum, hum.*

— Gostava de saber — disse a Professora McGonagall com uma raiva gelada, virando-se para a Professora Umbridge — como é que espera ficar com uma ideia dos meus habituais métodos de ensino se continua a interromper-me? Sabe, em geral não permito que ninguém fale quando eu estou a falar.

A Professora Umbridge ficou como se tivesse acabado de ser esbofeteada. Não falou, mas endireitou o pergaminho na prancheta e começou a escrever furiosamente.

Parecendo soberanamente indiferente, a Professora McGonagall dirigiu-se mais uma vez à turma.

— Como estava a dizer, o Feitiço de Desaparição torna-se mais difícil com a complexidade do animal que se quer fazer desaparecer. O caracol, sendo um invertebrado, não representa grande desafio; o rato, sendo um mamífero, é um desafio muito maior. Portanto, não se trata de magia que possam realizar com a cabeça noutro lado. Bom... sabem a fórmula, deixem-me ver o que são capazes de fazer...

— Como é que ela é capaz de me pregar sermões sobre não perder a cabeça com a Umbridge! — murmurou Harry para Ron, mas sorria. A sua cólera para com a Professora McGonagall evaporara-se completamente.

A Professora Umbridge não seguiu a Professora McGonagall pela sala como fizera com a Professora Trelawney. Talvez compreendesse que aquela docente não lho permitiria. No entanto, tomou muito mais notas, sentada no seu canto, e quando a Professora McGonagall disse finalmente a todos para arrumarem as coisas e saírem, ergueu-se com uma expressão sombria.

— Bom, já é qualquer coisa — comentou Ron, segurando uma longa cauda de rato que se contorcia e deixando-a cair na caixa que Lavender andava a passar em volta da sala.

Já na fila para saírem da aula, Harry viu a Professora Umbridge aproximar-se da secretária dos professores; deu uma cotovelada a Ron, que por sua vez deu uma cotovelada a Hermione, e deixaram-se os três ficar deliberadamente para trás a fim de tentar ouvir.

— Há quanto tempo ensina em Hogwarts? — perguntou a Professora Umbridge.

— Faz em Dezembro trinta e nove anos — respondeu a Professora McGonagall bruscamente, fechando a pasta com um golpe seco.

A Professora Umbridge tomou nota.

— Muito bem! — declarou. — Receberá os resultados da sua inspecção dentro de dez dias.

— Mal posso esperar — retorquiu a Professora McGonagall, num tom de fria indiferença, dirigindo-se para a porta. — Despachem-se, vocês os três — acrescentou, empurrando à sua frente Harry, Ron e Hermione.

Harry não conseguiu deixar de lhe sorrir levemente e ia jurar que ela lhe retribuíra.

Pensara que a próxima vez que veria Umbridge seria durante o castigo, ao fim da tarde, mas enganara-se. Quando desceram os relvados em direcção à Floresta para a aula de Cuidados com as Criaturas Mágicas, encontraram-na, a ela e à sua prancheta, à espera, ao lado da Professora Grubbly-Plank.

— A senhora não lecciona habitualmente esta disciplina, correcto? — ouviu-a Harry perguntar quando chegavam à mesa de cavalete onde o grupo de Bowtruckles capturados lutava por bichos-de-conta como se fossem outros tantos galhos vivos.

— Absolutamente correcto — confirmou a Professora Grubbly-Plank, de mãos atrás das costas e balouçando-se nas plantas dos pés. — Estou aqui como professora substituta do Professor Hagrid.

Harry trocou um olhar constrangido com Ron e Hermione. Malfoy segredava com Crabbe e Goyle; adoraria certamente a oportunidade de contar mexericos a respeito de Hagrid a um membro do Ministério.

— Humm — disse a Professora Umbridge, baixando a voz, embora Harry continuasse a ouvir nitidamente o que ela dizia. — Gostava de saber... o Director mostra-se extremamente relutante em dar-me qualquer informação sobre o assunto... é a *senhora* capaz de me dizer o que está a provocar esta licença tão prolongada do Professor Hagrid?

Harry viu Malfoy levantar vivamente os olhos.

— Lamento, mas não — declarou a Professora Grubbly-Plank despreocupadamente. — Não sei mais do que a senhora. Recebi uma coruja do Dumbledore a perguntar-me se gostaria de um lugar no ensino durante algumas semanas. Aceitei. É tudo quanto sei. Bom... vou então começar?

— Sim, por favor — anuiu a Professora Umbridge, rabiscando na sua prancheta.

Umbridge adoptou um método diferente nessa aula e vagueou por entre os alunos, interrogando-os acerca de criaturas mágicas. A maioria soube responder bem e Harry sentiu-se mais animado com isso. Pelo menos, a turma não estava a deixar Hagrid ficar mal.

— Em termos gerais, — perguntou a Professora Umbridge, voltando para junto da Professora Grubbly-Plank após o interrogatório pormenorizado de Dean Thomas — e como membro temporário do corpo docente, uma pessoa externa e objectiva, creio que poderia dizer-se... qual é a sua opinião de Hogwarts? Acha que recebe o apoio suficiente da direcção da escola?

— Ah, sim, o Dumbledore é excelente — declarou a Professora Grubbly-Plank entusiasticamente. — Sim, estou muito satisfeita com a maneira como as coisas são geridas, muito satisfeita mesmo.

Com um ar de delicada incredulidade, Umbridge tomou uma curta nota e prosseguiu: — E o que tenciona leccionar nesta disciplina, este ano... partindo do princípio, é claro, de que o Professor Hagrid não volta?

— Ah, vamos estudar as criaturas que aparecem com mais frequência no NPF — explicou a Professora Grubbly-Plank. — Não me resta muito que fazer... eles já estudaram os Unicórnios e os Nifflers, pensei que poderíamos analisar Porlocks e Kneazles, certificar-me de que sabem reconhecer Crups e Knarls, está a ver...

— Bem, a *senhora* pelo menos parece saber o que está a fazer — declarou a Professora Umbridge, fazendo na prancheta um visto muito óbvio. Harry não gostou da ênfase que ela colocou em «senhora» e gostou ainda menos da pergunta seguinte que ela fez a Goyle. — Ora bem, constou-me que houve ferimentos nesta aula?

Goyle riu-se estupidamente. Malfoy apressou-se a responder à pergunta.

— Fui eu — disse ele. — Levei uma vergastada de um Hipogrifo.

— Um Hipogrifo? — repetiu a Professora Umbridge, rabiscando agora freneticamente.

— Só porque foi demasiado estúpido para ouvir o que Hagrid lhe disse para fazer — intrometeu-se Harry, irritado.

Ron e Hermione soltaram um gemido. A Professora Umbridge virou lentamente a cabeça na direcção de Harry.

— Mais uma noite de castigo, penso eu — declarou suavemente. — Bem, muito obrigada, Professora Grubbly-Plank, creio que é tudo o que preciso daqui. Receberá os resultados da sua inspecção dentro de dez dias.

— Esplêndido! — proferiu a Professora Grubbly-Plank, e a Professora Umbridge partiu pelo relvado acima, rumo ao castelo.

★

Era quase meia-noite quando Harry saiu do gabinete da Umbridge, com a mão agora a sangrar tanto que manchava o lenço em que a enrolara. Estava à espera de encontrar a sala comum vazia quando voltasse, mas Ron e Hermione tinham ficado à espera dele. Ficou satisfeito por os ver, tanto mais que Hermione estava com uma disposição simpática, e não crítica.

— Toma — disse ela, empurrando uma pequena tigela com líquido amarelo na sua direcção —, mergulha aqui a tua mão, é uma solução de tentáculos de Murtlap, coados e conservados em vinagre, que deve ajudar.

Harry meteu a mão dorida e a sangrar na tigela e experimentou uma maravilhosa sensação de alívio. *Crookshanks* roçou-lhe pelas pernas, a ronronar alto e depois saltou-lhe para o colo e enroscou-se.

— Obrigado — agradeceu-lhe, coçando a parte de trás da orelha de *Crookshanks* com a mão esquerda.

— Eu continuo a achar que te devias queixar disto — declarou Ron em voz débil.

— Não! — proferiu Harry categoricamente.

— A McGonagall passava-se, se soubesse...

— É provável que sim — concordou Harry. — E quanto tempo achas tu que a Umbridge levava a fazer aprovar outro decreto, dizendo que qualquer pessoa que se queixe da Grande Inquisidora é imediatamente expulsa?

Ron abriu a boca para retorquir, mas nada lhe saiu e, após um instante, voltou a fechá-la, derrotado.

— É uma mulher odiosa — murmurou Hermione. — *Odiosa*. Sabes, estava mesmo a dizer ao Ron quando tu entraste... temos de fazer qualquer coisa a respeito dela.

— Eu sugeri veneno — disse Ron sombriamente.

— Não... refiro-me ao facto de ela ser uma professora péssima e de nós não irmos aprender o que quer que seja sobre Defesa com ela — explicou Hermione.

— Bem, e que podemos nós fazer quanto a isso? — observou Ron, a bocejar. — É demasiado tarde, não é? Ela tem o lugar e está aqui para ficar. O Fudge vai certificar-se disso.

— Bom — começou Hermione, hesitante. — Sabem, estive hoje a pensar... — deitou a Harry um olhar nervoso e depois prosseguiu: — estive a pensar que... talvez tenha chegado a altura de termos... termos de o fazer nós próprios.

— Fazer o quê? — perguntou Harry com ar desconfiado, ainda com a mão mergulhada na essência de tentáculo de Murtlap.

— Bem... aprender Defesa Contra a Magia Negra por nós próprios — respondeu Hermione.

— Deixa-te disso — gemeu Ron. — Queres pôr-nos a trabalhar ainda mais? Sabes que eu e o Harry estamos outra vez com os trabalhos de casa atrasados e ainda só vamos na segunda semana?

— Mas isto é muito mais importante do que os trabalhos de casa! — exclamou Hermione.

Harry e Ron fitaram-na de olhos arregalados.

— Eu cá pensava que não havia nada no Universo mais importante que os trabalhos de casa! — exclamou Ron.

— Não sejas idiota, é claro que há — repontou Hermione e Harry viu, com uma sensação agourenta, que o rosto dela se iluminara com o género de fervor que a BABE em geral lhe inspirava. — Trata-se de nos prepararmos, como o Harry disse na primeira aula da Umbridge, para aquilo que nos espera lá fora. Trata-se de ter a certeza de que nos sabemos realmente defender. Se não aprendermos nada durante um ano inteiro...

— Não podemos fazer grande coisa sozinhos — comentou Ron em tom derrotado. — É assim, tudo bem, podemos ir procurar feitiços à biblioteca e tentar praticar, suponho eu...

— Não, concordo que já passámos a fase em que nos podemos limitar a aprender coisas pelos livros — declarou Hermione.

— Precisamos de um professor, um professor a sério, que nos possa mostrar como utilizar os feitiços e corrigir-nos se estivermos a fazer as coisas mal.
— Se estás a falar do Lupin... — principiou Harry.
— Não, não, não estou a falar do Lupin — atalhou Hermione. — Ele anda demasiado ocupado com a Ordem e, além disso, o máximo que o poderíamos ver seria durante os fins-de-semana, em Hogsmeade, o que não chega de maneira nenhuma.
— Então quem? — perguntou Harry, de testa franzida.
Hermione soltou um profundo suspiro.
— Não é óbvio? — disse ela. — Estou a falar de *ti*, Harry.
Houve um momento de silêncio. Uma leve brisa nocturna sacudiu os vidros das janelas atrás de Ron, e as chamas diminuíram.
— De mim?? — espantou-se Harry.
— Estou a falar de *tu* nos ensinares Defesa Contra a Magia Negra.
Harry fitou-a. Depois virou-se para Ron, pronto para um daqueles olhares exasperados que eles às vezes trocavam quando Hermione se punha a divagar sobre projectos rebuscados, do género da BABE. Todavia, para sua consternação, Ron não parecia exasperado. Tinha a testa levemente franzida, parecendo meditar. Depois declarou:
— É uma ideia.
— O que é que é uma ideia? — inquiriu Harry.
— Tu — disse Ron. — Ensinares-nos.
— Mas...
Agora Harry sorria, certo de que estavam ambos a troçar dele.
— Mas eu não sou professor, não sei...
— Harry, tu és o melhor do curso em Defesa Contra a Magia Negra — declarou Hermione.
— Eu? — Harrry sorria agora mais abertamente. — Não, não sou, tu bateste-me em todos os exames...
— Na verdade, não bati — afirmou Hermione serenamente.
— Tu bateste-me no nosso terceiro ano, o único ano em que fizemos ambos o exame e tivemos um professor que sabia realmente do assunto. Mas eu não estou a falar em resultados de exames, Harry. Pensa no que tu *fizeste!*
— O que é que eu fiz?
— Sabes que mais, não sei se quero um tipo tão estúpido a ensinar-me — comentou Ron para Hermione, com um sorriso convencido. Virou-se para Harry.

— Vamos lá a ver — proferiu, assumindo o ar de Goyle a concentrar-se. — Hum... no primeiro ano... salvaste a Pedra Filosofal do Quem-Nós-Sabemos.

— Mas isso foi sorte — disse Harry —, não foi perícia...

— No segundo ano — interrompeu Ron —, mataste o Basilisco e destruíste o Riddle.

— Sim, mas se a Fawkes não tivesse aparecido, eu...

— No terceiro ano — prosseguiu Ron ainda mais alto —, lutaste com cerca de cem Dementors ao mesmo tempo...

— Sabes muito bem que isso foi um bambúrrio de sorte, se o Vira-Tempo não tivesse...

— O ano passado — disse Ron, agora quase aos gritos —, lutaste contra o Quem-Nós-Sabemos *outra vez...*

— Espera aí! — exclamou Harry, quase zangado, porque Ron e Hermione arvoravam agora ambos um sorriso trocista. — Espera aí, está bem? Parece bestial quando dito assim, mas tudo isso foi sorte... metade do tempo eu não sabia o que estava a fazer, não foi nada planeado, limitei-me a fazer o que me ocorreu, e quase sempre tive ajuda...

Ron e Hermione continuavam a sorrir e Harry sentiu que estava a começar a perder a cabeça, embora não tivesse bem a certeza por que se sentia tão irritado.

— Não estejam para aí a sorrir, como se soubessem melhor que eu, eu estava lá, não estava? — bradou ele, acalorado. — Sei o que aconteceu, de acordo? E não me safei de nada disso por ser brilhante em Defesa Contra a Magia Negra, safei-me porque... porque recebi ajuda na altura certa, ou porque o meu palpite saiu certo... mas limitei-me a andar por ali à toa, não tinha a menor ideia do que estava a fazer... PAREM DE RIR!

A tigela de essência de Murtlap caiu ao chão e espatifou-se. Harry deu por si de pé, embora não se lembrasse de se ter levantado. *Crookshanks* esgueirou-se para debaixo de um sofá. Os sorrisos de Ron e Hermione evaporaram-se.

— *Vocês não sabem como é!* Vocês, nenhum de vocês, precisou alguma vez de o enfrentar, pois não? Pensam que é apenas decorar meia dúzia de feitiços e atirar-lhe com eles, como se estivéssemos na aula ou coisa assim? Durante todo o tempo, sabemos que não há nada entre nós e a morte, excepto o nosso... o nosso cérebro, ou coragem, ou seja lá o que for... como se conseguíssemos pensar com lógica, quando sabemos que estamos a um nano-segundo de ser assassinados, ou torturados, ou a ver os nossos amigos morrer... eles nunca nos ensinaram isso nas aulas, como enfrentar coisas desse género, e vocês dois ficam aí sentados a agir como se eu fosse um rapazinho esperto por estar aqui vivo, como se o Diggory fosse estúpido, como se ele tivesse dado bronca! Não compreendem, podia igualmente ter sido eu, teria sido eu, se o Voldemort não precisasse de mim...

— Nós não estávamos a dizer nada disso, pá — declarou Ron, parecendo consternado. — Não estávamos a criticar o Diggory, não... tu torceste...

Olhou desamparado para Hermione, que apresentava uma expressão chocada.

— Harry — disse ela timidamente —, não vês? É por isso... é exactamente por isso que nós precisamos que tu... precisamos de saber como é realmente... enfrentá-lo... enfrentar o V-Voldemort.

Era a primeira vez que ela pronunciava o nome de Voldemort e foi isso, mais do que qualquer outra coisa, que acalmou Harry. Ainda ofegante, afundou-se no seu cadeirão, ao mesmo tempo que tomava consciência de que a mão lhe latejava de novo terrivelmente. Desejou não ter escavacado a tigela com essência de Murtlap.

— Bem... pensa nisso — pediu Hermione baixinho. — Por favor?

Harry não soube o que dizer. Já começava a sentir vergonha da sua explosão de cólera. Acenou afirmativamente, mal percebendo aquilo com que estava a concordar.

Hermione pôs-se de pé.

— Bem, eu vou para a cama — disse ela, na voz mais natural que conseguiu. — Hum... b'noite.

Ron também se levantara.

— Vens? — perguntou a Harry em tom constrangido.

— Vou — respondeu Harry. — Daqui... daqui por um minuto. É só limpar isto.

Apontou para a tigela escavacada no chão. Ron fez um aceno de cabeça e saiu.

— *Reparo* — murmurou Harry, apontando a varinha aos pedaços de louça partida, que voltaram a unir-se, ficando como novos. Só a essência de Murtlap não voltou para a tigela.

Sentiu-se de súbito tão exausto que se viu tentado a voltar a afundar-se no cadeirão e dormir ali, mas forçou-se a levantar-se e seguiu Ron. A sua noite agitada foi uma vez mais pontuada por sonhos de longos corredores e portas fechadas e, na manhã seguinte, acordou com a cicatriz a doer de novo.

XVI

NO CABEÇA DE JAVALI

Após a sua sugestão original, Hermione não voltou a falar com Harry sobre dar lições de Defesa Contra a Magia Negra durante duas semanas inteiras. Os castigos de Harry com Umbridge tinham finalmente acabado (ele duvidava de que as palavras agora gravadas nas costas da sua mão alguma vez desaparecessem completamente), Ron participara em mais quatro treinos de Quidditch e nos dois últimos ninguém gritara com ele. Tinham também conseguido fazer Desaparecer os seus ratos na aula de Transfiguração (Hermione avançara mesmo para a Desaparição de gatinhos), antes de o assunto voltar a ser abordado, numa tarde agreste e ventosa de fins de Setembro, quando se encontravam os três sentados na biblioteca, a consultar ingredientes de poções para Snape.

— Gostava de saber — proferiu Hermione de repente — se voltaste a pensar na Defesa Contra a Magia Negra, Harry.

— É claro que sim! — respondeu Harry mal-humorado. — Como é possível esquecer, com aquela megera a ensinar-nos...

— Refiro-me à ideia que o Ron e eu tivemos. — Ron deitou-lhe um olhar alarmado e meio ameaçador. Ela franziu-lhe a testa. — Está bem, pronto, a ideia que eu tive... de tu nos ensinares.

Harry não respondeu imediatamente. Fingiu estar concentrado numa página de *Antivenenos Asiáticos* porque não queria confessar o que lhe ia na mente.

Pensara muito no assunto durante os últimos quinze dias. Por vezes, parecia-lhe uma ideia louca, como acontecera na noite em que Hermione a apresentara, mas noutras ocasiões dera por si a recordar os feitiços que mais úteis lhe haviam sido nos seus vários encontros com criaturas Negras e Devoradores da Morte. De facto, dera por si a planear inconscientemente algumas aulas...

— Bem — proferiu lentamente, quando já não podia continuar a fingir que achava os *Antivenenos Asiáticos* interessantes —, sim, eu... pensei um bocado nisso.

— E... — inquiriu Hermione, ansiosa.

— Não sei — respondeu Harry, procurando ganhar tempo. Olhou para Ron.

— Eu cá achei boa ideia desde o princípio — afirmou Ron, mostrando-se mais entusiasmado em participar na conversa, agora que tinha a certeza de que Harry não ia desatar de novo aos gritos.

Harry mexeu-se na cadeira, pouco à vontade.

— Vocês ouviram o que eu disse acerca de carradas daquilo ter sido sorte, não ouviram?

— Ouvimos, sim, Harry — retorquiu Hermione docemente —, mas mesmo assim, não vale a pena fingir que não és bom em Defesa Contra a Magia Negra, porque és mesmo. O ano passado, foste a única pessoa que conseguiu resistir à Maldição Imperius, és capaz de invocar um Patronus, és capaz de fazer montes de coisas que feiticeiros adultos não são, o Viktor disse sempre...

Ron virou a cabeça na direcção de Hermione com um movimento tão rápido que quase teve um torcicolo. E, a massajar o pescoço, ripostou:

— Ah, sim? E o que é que o Vicky disse?

— Oh-oh — respondeu Hermione, em tom enfastiado. — Disse que o Harry sabia fazer coisas que nem ele sabia, e ele estava no último ano de Durmstrang.

Ron olhava para Hermione, desconfiado.

— Não continuas em contacto com ele, pois não?

— E se continuar? — retorquiu Hermione muito calma, embora algo ruborizada. — Posso ter um correspondente, se qu...

— Ele não queria só corresponder-se contigo — acusou Ron.

Hermione abanou a cabeça, exasperada, e ignorando Ron, que continuava a observá-la, virou-se para Harry. — Então, o que achas? Vais ensinar-nos?

— Só a ti e ao Ron, não?

— Bem — disse ela, parecendo de novo um pouco ansiosa. — Bem... olha, não te passes outra vez, Harry, por favor... mas realmente eu acho que tu devias ensinar todos os que quisessem aprender. Afinal estamos a falar de nos defendermos contra o V-Voldemort. Oh, Ron, não sejas ridículo! Não me parece justo não darmos essa possibilidade a outras pessoas.

Harry meditou uns instantes e depois disse:

— Tens razão, mas duvido de que haja mais alguém, além de vocês dois, a querer ser ensinado por mim. Eu sou pirado, lembram-se?

— Sabes, acho que vais ficar admirado com a quantidade de gente interessada em ouvir o que tu tens a dizer — afirmou Hermione muito séria. — Ouve — debruçou-se para ele, e Ron, que continuava a observá-la com uma ruga na testa, inclinou-se para ouvir também —, sabes que o primeiro fim-de-semana de Outubro é fim-de-semana de Hogsmeade? Que te parece se disséssemos a todos que estejam interessados para se encontrarem connosco na vila e discutirmos o assunto?

— Por que é que temos de fazer isso fora da escola? — perguntou Ron.

— Porque — declarou Hermione, regressando ao diagrama de Couve Chinesa de Rilhar que estava a copiar — não creio que a Umbridge ficasse muito satisfeita se descobrisse o que estamos a tramar.

★

Harry andava ansioso pelo passeio de fim-de-semana a Hogsmeade, mas havia uma coisa que o preocupava. Sirius mantinha um silêncio sepulcral desde que aparecera na lareira, no início de Setembro, e Harry sabia que o tinham irritado ao pedir-lhe que não viesse. Por vezes, contudo, preocupava-o pensar que Sirius podia mandar a cautela às urtigas e aparecer. O que haviam de fazer, se o grande cão preto viesse, aos saltos, ter com eles, numa rua de Hogsmeade, talvez mesmo debaixo do nariz de Draco Malfoy?

— Bem, não lhe podes levar a mal que ele queira espairecer um pouco — afirmou Ron, quando Harry discutiu os seus receios com os amigos. — Quer dizer, há mais de dois anos que anda fugido, não é, e sei que não deve ter sido fácil, mas pelo menos tinha liberdade, não é? E agora passa o tempo enclausurado com aquele elfo horroroso.

Hermione deitou-lhe um olhar carrancudo, mas ignorou a desconsideração feita a Kreacher.

— O problema — disse ela para Harry — é que até o V-Voldemort... oh, francamente, Ron... se mostrar abertamente, o Sirius tem de se manter escondido, não é? Quer dizer, o estúpido do Ministério não vai perceber que o Sirius está inocente até aceitar que o Dumbledore disse sempre a verdade a respeito dele. E quando aqueles idiotas começarem outra vez a apanhar Devoradores da Morte verdadeiros, tornar-se-á óbvio que o Sirius não é um deles... quer dizer, para já, ele nem sequer tem a Marca.

— Não acredito que ele seja tão estúpido que vá aparecer — apoiou Ron. — O Dumbledore passava-se se isso acontecesse e o Sirius ouve o Dumbledore mesmo quando não lhe agrada.

Vendo que Harry continuava preocupado, Hermione mudou de assunto:

— O Ron e eu sondámos algumas pessoas que poderão querer aprender Defesa Contra a Magia Negra e umas quantas mostraram-se interessadas. Marcámos um encontro em Hogsmeade.

— Está bem — anuiu Harry vagamente, ainda a pensar em Sirius.

— Não te preocupes, Harry — pediu-lhe Hermione em tom sereno. — Já tens a tua dose, mesmo sem precisares do Sirius.

Ela tinha toda a razão, claro. Harry mal conseguia manter-se a par com os trabalhos de casa, embora as coisas estivessem a correr muito melhor, agora que já não passava as noites a cumprir os castigos de Umbridge. Ron estava ainda mais atrasado que Harry, porque, embora ambos treinassem com a equipa de Quidditch duas vezes por semana, Ron tinha igualmente as suas obrigações de prefeito. Hermione, porém, que frequentava mais disciplinas que qualquer deles, não só terminara todos os trabalhos de casa, como ainda encontrava tempo para tricotar mais roupa para os elfos. Harry tinha de admitir que ela estava a melhorar, uma vez que quase já era possível distinguir os chapéus das peúgas.

O dia da visita a Hogsmeade amanheceu claro, mas ventoso. Depois do pequeno-almoço, fizeram fila diante de Filch, que verificou os nomes com a longa lista de alunos autorizados pelos pais ou tutores a visitar a vila. Com uma pequena pontada de angústia, Harry lembrou-se de que, se não fosse Sirius, também ele não poderia ir.

Quando chegou junto de Filch, o encarregado deu uma grande fungadela como se tentasse detectar qualquer cheiro oriundo de Harry. Depois, fez um brusco aceno que lhe deixou a papada a tremer e Harry afastou-se, desceu a escada de pedra e saiu para o dia frio e luminoso.

— Por que é que o Filch te estava a cheirar? — perguntou Ron, enquanto ele, Harry e Hermione caminhavam a passo estugado pelo caminho que conduzia aos portões.

— Suponho que devia estar a tentar captar o fedor das bombinhas de mau cheiro — declarou Harry soltando, uma pequena gargalhada. — Esqueci-me de vos contar...

E contou-lhes a história de ter enviado a carta a Sirius e Filch ter irrompido na Torre das Corujas alguns segundos depois, exigindo ver a missiva. Para sua surpresa, Hermione achou a história altamente interessante, muito mais, de facto, que ele próprio.

— Ele disse que o tinham informado de que ias encomendar bombinhas de mau cheiro? Mas quem é que o informou?

— Sei lá — respondeu Harry, encolhendo os ombros. — Talvez o Malfoy, era o género de coisa a que ele acha piada.

Passaram entre os altos pilares de pedra encimados por javalis alados e voltaram à esquerda para a estrada da vila, com o vento a atirar-lhes os cabelos para os olhos.

— O Malfoy? — comentou Hermione, céptica. — Bem... sim... talvez...

E continuou mergulhada nos seus pensamentos durante todo o caminho até aos arredores de Hogsmeade.

— Afinal, aonde é que vamos? — perguntou Harry. — Ao Três Vassouras?

— Ah... não — declarou Hermione, saindo da sua abstracção —, não, está sempre atulhado e é muito barulhento. Disse aos outros que fossem ter conosco ao Cabeça de Javali, aquele outro *pub*, vocês sabem, que não fica na rua principal. Acho que é um bocado... sei lá... *mal frequentado*... mas os alunos não vão lá normalmente, por isso creio que ninguém nos ouvirá.

Desceram a rua principal, passaram pela Loja de Brincadeiras Mágicas de Zonko, onde não ficaram surpreendidos ao avistar Fred, George e Lee Jordan, pelos correios, de onde saíam corujas a intervalos regulares, e viraram numa rua lateral, no cimo da qual havia uma pequena hospedaria. De um suporte enferrujado por cima da porta oscilava uma tabuleta de madeira muito gasta, com a pintura de uma cabeça de javali decepada, a pingar sangue para uma toalha branca. A tabuleta rangeu ao vento quando eles se aproximaram. Hesitaram os três do lado de fora da porta.

— Bom, vamos lá — incitou Hermione, um pouco nervosa. Harry entrou à frente.

Não se parecia nada com o Três Vassouras, cuja vasta sala transmitia uma sensação de calor e limpeza reluzente. O Cabeça de Javali era constituído por uma única sala pequena, lúgubre e imunda, impregnada de um fedor a cabras, ou assim parecia. As janelas de sacada estavam tão cobertas de porcaria que pouca luz conseguia penetrar na sala, iluminada por cotos de velas assentes em grosseiras mesas de madeira. À primeira vista, o chão parecia ser de terra batida, embora Harry tenha percebido, ao avançar, que havia pedra sob a camada de lixo acumulada havia séculos...

Lembrou-se de Hagrid ter mencionado aquele *pub* no seu primeiro ano: «Encontra-se uma data de gente estranha no Cabeça de Javali», dissera ele para explicar como ganhara um ovo de dragão a um desconhecido encapuçado. Nessa altura, Harry estranhara o facto de Hagrid não achar estranho que o desconhecido mantivesse a cara oculta durante todo o encontro. Agora, porém, via que tapar a cara era a moda no Cabeça de Javali. Ao balcão, encontrava-se um homem com a cabeça envolta em imundas ligaduras cinzentas, embora conseguisse emborcar inúmeros copos de uma bebida fumegante, através de uma ranhura no sítio da boca. Numa mesa junto à janela, viam-se duas figuras envoltas em capuzes: Harry teria pensado que eram Dementors, se não estivessem a falar com uma forte pronúncia do Yorkshire, e, num canto escuro ao lado da lareira, sentava-se uma bruxa com um espesso véu preto que lhe chegava aos pés. Conseguiam apenas distinguir a ponta do nariz, uma vez que este se salientava, levantando ligeiramente o véu.

— Não estou a gostar muito disto, Hermione — murmurou Harry, enquanto atravessavam a sala até ao balcão. Fitava, em particular, a bruxa completamente velada. — Já te ocorreu que ali debaixo podia estar a Umbridge?

Hermione percorreu a figura velada com um olhar avaliador.

— A Umbridge é mais baixa que aquela mulher — declarou calmamente. — E, aliás, mesmo que a Umbridge aqui entrasse, não nos podia impedir de aqui estar, Harry, porque eu verifiquei várias vezes as regras da escola. Esta zona não é proibida e perguntei especificamente ao Professor Flitwick se os alunos estavam autorizados a vir ao Cabeça de Javali. Respondeu-me que sim, mas aconselhou-me vivamente a trazermos os nossos próprios copos. E procurei em todo o lado o que havia sobre grupos de estudo e grupos de trabalho e não há dúvida de que são legais. Só não me pareceu boa ideia *exibir* o que andamos a fazer.

— Claro — concordou Harry em tom seco —, especialmente porque não é exactamente um grupo de trabalho que tu estás a planear, pois não?

O empregado aproximou-se deles sorrateiramente, vindo de uma sala nas traseiras. Era um velho de aspecto rezingão com um longo cabelo grisalho e barba. Alto e magro, pareceu a Harry vagamente familiar.

— Que querem? — grunhiu.

— Três Cervejas de Manteiga, se faz favor — pediu Hermione.

O homem curvou-se por trás do balcão e tirou três garrafas muito sujas e cheias de pó, que pousou com toda a força sobre o bar.

— Seis leões — disse ele.

— Eu pago — apressou-se Harry a dizer, entregando-lhe as moedas de prata. Os olhos do homem percorreram Harry, detendo--se uma fracção de segundo na sua cicatriz. Depois voltou-se e depositou o dinheiro numa velha caixa registadora de madeira, cuja gaveta se abriu automaticamente para o receber. Harry, Ron e Hermione retiraram-se para a mesa mais afastada e sentaram-se, olhando em volta. O homem das ligaduras sujas bateu no balcão com os nós dos dedos e recebeu do empregado outra bebida fumegante.

— Sabem que mais? — murmurou Ron, olhando para o bar com ar entusiasmado. — Podíamos mandar vir o que quiséssemos. Aposto que aquele tipo nos vendia tudo, estava-se nas tintas. Eu sempre tive vontade de experimentar Uísque de Fogo...

— Tu... és... um... *prefeito* — martelou Hermione.

— Oh — o sorriso desvaneceu-se da cara de Ron. — Claro...

— Então, quem é que disseste que vem cá ter? — perguntou Harry, desenroscando a tampa ferrugenta da sua Cerveja de Manteiga e bebendo um golo.

— Apenas meia dúzia de pessoas — repetiu Hermione, consultando o relógio de pulso e fitando, ansiosa, a porta. — Disse-lhes para cá estarem por volta desta hora e tenho a certeza de que todos sabem onde é... ah, olha, devem ser eles.

A porta do *pub* abrira-se. Um grosso feixe de luz dividiu a sala em duas durante um momento e depois desapareceu, bloqueado pela entrada impetuosa de uma pequena multidão.

Primeiro, veio Neville, com Dean e Lavender, seguidos de perto por Parvati e Padma Patil, acompanhadas por (o estômago de Harry deu uma cambalhota) Cho e uma das suas amigas das gargalhadinhas; depois (sozinha e parecendo tão ausente que poderia ter entrado por acaso) Luna Lovegood, seguida de Katie Bell, Alicia Spinnet e Angelina Johnson, Colin e Dennis Creevey, Ernie MacMillan, Justin Finch-Fletchley, Hannah Abbott, uma rapariga dos Hufflepuff com uma comprida trança caída pelas costas, cujo nome Harry ignorava. Entraram também três rapazes dos Ravenclaw que Harry tinha a certeza se chamavam Anthony Goldstein, Michael Corner e Terry Boot, Ginny, seguida por um rapaz louro, alto e magro, de nariz arrebitado, que Harry reconheceu vagamente como pertencendo à equipa de Quidditch dos Hufflepuff e, por último, Fred e George Weasley com o seu amigo

Lee Jordan, transportando grandes sacos de papel atulhados de artigos do Zonko.
— Meia dúzia de pessoas? — murmurou Harry em voz rouca para Hermione. — *Meia dúzia de pessoas?*
— Sim, bem, foi uma ideia muito bem recebida — disse Hermione, contente. — Ron, importas-te de puxar mais cadeiras?
O empregado do balcão imobilizara-se no acto de esfregar um copo com um farrapo tão imundo que parecia nunca ter sido lavado. Provavelmente, nunca vira o seu *pub* tão cheio.
— Viva! — cumprimentou Fred, dirigindo-se primeiro ao bar e contando rapidamente os colegas. — Pode dar-nos... vinte e cinco Cervejas de Manteiga, se faz favor?
O homem deitou-lhe um olhar feroz durante um instante e depois, pousando, irritado, o farrapo como se tivesse sido interrompido a meio de alguma coisa muito importante, começou a passar garrafas poeirentas de debaixo do balcão.
— À vossa! — disse Fred, estendendo-as aos outros. — Ei, malta, passem para cá a massa, que eu não tenho ouro que chegue para isto tudo...
Harry observou alheadamente o enorme grupo que ia tagarelando e recebendo as cervejas de Fred, enquanto vasculhavam as capas para encontrar moedas. Não conseguia imaginar por que haviam todas aquelas pessoas de ter aparecido, até lhe ocorrer a terrível ideia de que talvez estivessem à espera de um discurso qualquer, o que o levou a virar-se, furioso, para Hermione.
— Que andaste tu a dizer às pessoas? — perguntou-lhe em voz baixa. — O que esperam eles?
— Já te disse que só querem ouvir o que tu tens a dizer — afirmou Hermione em tom apaziguador. Mas Harry continuou a fitá-la tão furiosamente que a amiga acrescentou muito depressa: — Não tens de fazer nada por enquanto, eu falo com eles primeiro.
— Viva, Harry — saudou Neville sorridente, ocupando um lugar em frente dele.
Harry tentou retribuir o sorriso, mas não falou. Tinha a boca excepcionalmente seca. Cho acabava de lhe sorrir e sentara-se ao lado de Ron. A amiga dela, de cabelo louro-arruivado aos caracóis, não sorriu e deitou a Harry um olhar desconfiado, claramente revelador de que, por sua vontade, não estaria ali.
A pouco e pouco, os recém-chegados instalaram-se em volta de Harry, Ron e Hermione, alguns parecendo excitados, outros curiosos. Luna Lovegood fitava sonhadoramente o espaço. Depois de

todos terem arranjado cadeira, a conversa cessou e todos os olhares se pousaram sobre Harry.
— Aã... — principiou Hermione, a voz levemente mais alta do que o habitual por causa dos nervos. — Bom... aã... Õi....
O grupo transferiu o foco da sua atenção para ela, embora continuasse a deitar olhares ocasionais a Harry.
— Bom... aã... bom, vocês sabem por que motivo aqui estão. Aã... bom, aqui o Harry teve a ideia... isto é, (Harry lançara-lhe um olhar penetrante) eu tive a ideia... de que talvez fosse bom as pessoas que quisessem estudar Defesa Contra a Magia Negra... e refiro-me a estudar mesmo, estão a ver, não a porcaria que a Umbridge nos está a impingir — (a voz de Hermione tornou-se de súbito muito mais forte e confiante) — porque ninguém pode chamar àquilo Defesa contra a Magia Negra — («Aprovado, aprovado,» disse Anthony Goldstein e Hermione pareceu encorajada) — Bem, pensei que seria bom se nos ocupássemos nós mesmos do assunto.
Fez uma pausa, olhou de viés para Harry, e prosseguiu:
— E com isso quero dizer aprender a defendermo-nos devidamente, não apenas em teoria, mas executando os feitiços autênticos...
— Mas aposto que também queres passar no teu NPF de Defesa Contra a Magia Negra! — comentou Michael Corner.
— É claro que quero — ripostou Hermione de imediato. — Mas mais do que isso, quero ser devidamente treinada em defesa porque... porque... — inspirou profundamente e rematou: — ... porque o Lord Voldemort regressou.
A reacção foi imediata e previsível. A amiga de Cho guinchou e entornou Cerveja de Manteiga por cima de si; Terry Boot teve uma espécie de convulsão involuntária; Padma Patil estremeceu e Neville soltou um estranho grito que conseguiu transformar em tosse. No entanto, todos olharam para Harry fixamente, cheios de ansiedade.
— Bom... seja como for, é este o plano — declarou Hermione. — Se quiserem juntar-se a nós, temos de decidir como é que vamos...
— Que provas há de que o Quem-Nós-Sabemos voltou? — perguntou o jogador louro dos Hufflepuff num tom ligeiramente agressivo.
— Bem, o Dumbledore acredita — principiou Hermione.
— Queres tu dizer que o Dumbledore acredita *nele* — afirmou o rapaz louro, acenando em direcção a Harry.

— Quem és *tu*? — perguntou Ron, bastante rudemente.

— Zacharias Smith — disse o rapaz — e penso que temos o direito de saber exactamente o que o leva a dizer que o Quem-Nós-Sabemos voltou.

— Olha, — interveio Hermione prontamente — esta reunião não é para discutir isso...

— Tudo bem, Hermione — interrompeu Harry.

Acabava de perceber por que é que estava ali tanta gente e pensou que Hermione devia ter previsto aquilo. Algumas daquelas pessoas — talvez mesmo a maioria — tinham aparecido na esperança de ouvir a história de Harry em primeira mão.

— O que me leva a dizer que o Quem-Nós-Sabemos voltou? — inquiriu, olhando a direito para Zacharias. — Eu vi-o. Mas o Dumbledore contou a toda a escola o que aconteceu o ano passado, e se não acreditaste nele, também não acreditarás em mim, e eu não vou perder uma tarde a tentar convencer ninguém.

O grupo inteiro parecia ter sustido a respiração, enquanto Harry falava. Este teve a impressão de que até o empregado do bar estava a ouvir. Continuara a esfregar o mesmo copo com o farrapo sujo, deixando-o cada vez mais imundo.

Zacharias contrapôs desdenhosamente:

— Tudo o que o Dumbledore nos contou o ano passado foi que o Cedric Diggory tinha sido morto pelo Quem-Nós-Sabemos e que tu tinhas trazido o corpo do Diggory para Hogwarts. Não nos forneceu quaisquer pormenores, não nos contou exactamente como é que o Diggory foi assassinado, e penso que todos gostaríamos de saber...

— Se vieram para ouvir exactamente o que se passa quando o Voldemort assassina alguém, não vos posso ajudar — declarou Harry. O seu mau génio, actualmente sempre prestes a rebentar, fervilhava de novo. Não despegou os olhos do rosto agressivo de Zacharias Smith e estava determinado a não olhar para Cho. — Não quero falar do Cedric Diggory, está bem? Portanto, se é para isso que aqui estão, podem pôr-se a andar.

Deitou um olhar irritado na direcção de Hermione. Achava que tudo aquilo era culpa dela, pois a amiga decidira exibi-lo como uma aberração e, é claro, eles tinham acorrido para confirmar a extravagância da sua história. Todavia, ninguém se levantou, nem sequer Zacharias Smith, embora continuasse a fitar Harry intensamente.

— Portanto... — retomou Hermione, a voz de novo estridente — Portanto... como eu estava a dizer... se querem aprender alguma

coisa sobre defesa, precisamos de assentar em como o vamos fazer, com que frequência e onde nos vamos reunir...
— É verdade — interrompeu a rapariga da trança comprida, olhando para Harry — que consegues produzir um Patronus?
Um murmúrio de interesse percorreu o grupo.
— É — confirmou Harry, um pouco na defensiva.
— Um Patronus corpóreo?
A frase fez-lhe lembrar alguma coisa.
— Aã... por acaso não conheces Madam Bones? — perguntou-lhe.
A rapariga sorriu.
— É minha tia — retorquiu. — Sou a Susan Bones. Ela contou-me o que se passou na tua audiência. Então, é mesmo verdade? Produzes um Patronus com a forma de um veado?
— É, sim — disse Harry.
— Caramba, Harry! — exclamou Lee, parecendo profundamente impressionado. — Não sabia disso!
— A mãe pediu ao Ron para não espalhar — informou Fred, sorrindo a Harry. — Disse que tu já despertavas demasiada atenção.
— E tem toda a razão — murmurou Harry, provocando risos em alguns dos colegas.
A bruxa dos véus, que continuava sozinha, mexeu-se levemente na cadeira.
— E mataste um Basilisco com aquela espada do gabinete do Dumbledore? — indagou Terry Boot. — Foi o que me disse um dos retratos da parede, quando lá estive o ano passado...
— Aã... sim, matei, sim — confirmou Harry.
Justin Finch-Fletchley assobiou, os irmãos Creevey trocaram olhares horrorizados e Lavender Brown exclamou baixinho «Uau!». Harry sentia-se agora bastante afogueado e olhava, determinado, para todos os lados menos para Cho.
— E no nosso primeiro ano — lembrou Neville para o grupo todo — salvou a Pedra Filológical...
— Filosofal — soprou-lhe Hermione.
— Sim, isso... do Quem-Nós-Sabemos — terminou Neville.
Os olhos de Hannah Abbott estavam tão redondos como dois galeões.
— E isso — acrescentou Cho (os olhos de Harry saltaram para ela, que o fitava sorrindo, e o seu estômago executou mais um salto mortal) — sem falar de todas as tarefas que teve de vencer no

Torneio dos Três Feiticeiros o ano passado: passar por perigosos dragões e seres subaquáticos e a Acromântula e outras coisas...

Ouviu-se um murmúrio de concordância impressionada em redor da mesa. Harry tinha o estômago às voltas. Tentava não parecer demasiado satisfeito consigo mesmo, mas o facto de Cho ter acabado de o elogiar fazia que lhe fosse muito, muito mais difícil dizer aquilo que havia jurado a si próprio revelar-lhes.

— Ouçam — principiou e todos se calaram imediatamente —, eu... não quero que pareça que estou a armar-me em modesto ou coisa assim, mas... tive montes de ajudas...

— Com o dragão, não tiveste — contrariou logo Michael Corner. — Aquele voo foi o máximo...

— Bem, sim — anuiu Harry, achando que seria indelicado discordar.

— E ninguém te ajudou a livrares-te dos Dementors este Verão — declarou Susan Bones.

— Não — concordou Harry —, pois não, é certo, sei que fiz algumas coisas sem ajuda, mas o que quero sublinhar é...

— Isso é um subterfúgio[6] para não nos mostrares todos os teus conhecimentos? — perguntou Zacharias Smith.

— Tive uma ideia — declarou Ron em voz sonante, antes de Harry poder responder. — Por que é que não calas o bico?

Talvez aquela palavra tivesse afectado Ron de forma particularmente violenta. Fosse como fosse, fitava agora Zacharias como se lhe apetecesse imenso ferrar-lhe um soco. Zacharias corou.

— Bem, aparecemos aqui para aprender com ele e agora diz-nos que, afinal, não é capaz de fazer nada daquilo — defendeu-se.

— Não foi isso que ele disse — rosnou Fred.

— Queres que te demos uma esfrega aos ouvidos? — perguntou George, tirando de dentro de um dos sacos do Zonko um instrumento de metal comprido e de aspecto mortífero.

— Ou a qualquer outra parte do corpo! Não somos esquisitos sobre onde enfiamos esta coisa — afirmou Fred.

— Bom, pronto — apressou-se Hermione a declarar —, continuando... a questão é saber se todos concordamos em receber lições do Harry?

---

[6] «weasel» no original, dando origem ao trocadilho baseado na semelhança de som entre esta palavra (que além de significar «querer fugir a algo por meio de subterfúgios», designa também uma pessoa manhosa, e ainda uma doninha) e «Weasley», o apelido de Ron. (*NT*)

Ouviu-se um murmúrio geral de assentimento. Zacharias cruzou os braços e não disse nada, mas isso talvez se devesse ao facto de estar demasiado ocupado a manter debaixo de olho o instrumento que Fred empunhava.

— Muito bem — continuou Hermione, parecendo aliviada por algo ter sido finalmente resolvido —, então, o ponto seguinte é decidir com que frequência o vamos fazer. Não creio que valha a pena encontrarmo-nos menos de uma vez por semana...

— Atenção! — interrompeu Angelina. — Isto não pode colidir com os nossos treinos de Quidditch.

— Pois não — reforçou Cho —, nem com os nossos.

— Nem com os nossos — acrescentou Zacharias Smith.

— Tenho a certeza de que conseguimos encontrar uma noite que sirva a todos — disse Hermione, já impaciente —, mas olhem que isto é muito importante, estamos a falar de aprender a defendermo-nos dos Devoradores da Morte do V-Voldemort...

— Muito bem dito! — apoiou Ernie MacMillan, que Harry esperara ter ouvido falar já há muito. — Pessoalmente, acho que isto é muitíssimo importante, talvez mais importante do que qualquer outra coisa que façamos este ano, mesmo com os NPFs à porta!

Olhou em volta com ar decidido, como se esperasse que as pessoas exclamassem «Tanto não!». Vendo que ninguém falava, prosseguiu: — Eu, pessoalmente, não consigo perceber por que é que o Ministério nos impingiu uma professora tão inútil, neste período crítico. É óbvio que eles negam o regresso do Quem-Nós-Sabemos, mas darem-nos uma professora que está activamente a tentar impedir-nos de usar feitiços defensivos...

— Pensamos que a Umbridge não quer que nos treinemos em Defesa Contra a Magia Negra — interrompeu Hermione — porque tem a... ideia maluca de que o Dumbledore poderia usar os alunos da escola como uma espécie de exército privado. Pensa que ele nos mobilizaria contra o Ministério.

Quase todos pareceram atónitos com aquela informação; todos menos Luna Lovegood, que declarou subitamente:

— Bem, isso faz sentido. Afinal de contas, o Cornelius Fudge tem o seu próprio exército privado.

— O quê? — exclamou Harry, completamente desnorteado.

— Sim, ele tem um exército de Heliopatas — declarou Luna solenemente.

— Não tem nada! — contrariou Hermione.

— Tem, sim — insistiu Luna.

— O que são Heliopatas? — perguntou Neville, completamente em branco.

— São espíritos do fogo — informou Luna, esbugalhando os olhos protuberantes de tal forma que pareceu ainda mais lunática do que habitualmente —, umas criaturas chamejantes, enormes, que galopam pelo solo, queimando tudo diante de si...

— Isso não existe, Neville — declarou Hermione rudemente.

— Ai isso é que existe! — insistiu Luna, irritada.

— Desculpa, mas que provas há disso? — perguntou Hermione em tom brusco.

— Há carradas de relatos de testemunhas oculares. Lá porque tu tens um espírito tão tacanho que precisas que te enfiem tudo debaixo do nariz...

— *Hum, hum* — fez Ginny, imitando tão bem a Professora Umbridge que vários alunos olharam em volta, alarmados, e depois desataram a rir-se. — Não estávamos a tentar decidir quantas vezes nos vamos reunir para ter aulas de defesa?

— Sim — disse imediatamente Hermione —, sim, claro que estávamos, tens toda a razão, Ginny.

— Bem, uma vez por semana parece-me fixe — declarou Lee Jordan.

— Desde que... começou Angelina.

— Sim, sim, já sabemos, o Quidditch — atalhou Hermione em voz tensa. — Bem, a outra coisa que temos de decidir é onde é que nos vamos reunir...

Isso era mais difícil e o grupo ficou silencioso.

— Na biblioteca? — sugeriu Katie Bell, após alguns instantes.

— Não estou a ver a Madam Pince a assistir, encantada, aos nossos treinos de feitiços na biblioteca — comentou Harry.

— Talvez uma sala de aula que não esteja a ser utilizada? — propôs Dean.

— Isso! — apoiou Ron. — A McGonagall talvez nos deixe usar a dela, como fez quando o Harry estava a treinar para o Torneio dos Três Feiticeiros.

Mas Harry tinha a certeza de que, desta vez, McGonagall não seria tão obsequiosa. Apesar de tudo o que Hermione dissera acerca de serem permitidos grupos de estudo e de trabalho, tinha a sensação nítida de que este seria considerado muito mais subversivo.

— Pronto, então, vamos tentar encontrar qualquer coisa — prometeu Hermione. — Mandamos uma mensagem a todos quando fixarmos a data e o lugar da primeira reunião.

Vasculhou o saco e tirou de lá um pergaminho e uma pena e depois hesitou, como se estivesse a preparar-se para dizer qualquer coisa.

— Penso... penso que devíamos escrever aqui o nome, só para sabermos quem esteve presente. E também penso — inspirou profundamente — que devemos concordar em não andar por aí a apregoar aos sete ventos o que estamos a fazer. Por isso, se assinarem, estão a comprometer-se em não dizer à Umbridge, nem a qualquer outra pessoa, aquilo em que nos metemos.

Fred pegou no pergaminho e desenhou alegremente a sua assinatura, mas Harry reparou imediatamente que várias pessoas não pareciam lá muito satisfeitas perante a perspectiva de inscreverem o seu nome na lista.

— Aã... — principiou Zacharias lentamente, sem pegar no pergaminho que George procurava passar-lhe — bem... tenho a certeza de que o Ernie me informa da data da reunião.

Ernie, porém, mostrava-se igualmente hesitante em assinar. Hermione ergueu as sobrancelhas.

— Bom... nós somos *prefeitos* — desembuchou Ernie. — E se esta lista fosse encontrada... bom, é assim... tu própria disseste, se a Umbridge descobre...

— Acabaste de dizer que este grupo era a coisa mais importante que farias este ano — recordou-lhe Harry.

— Sim, claro — concordou Ernie —, sim, e acredito nisso, só que...

— Ernie, pensas realmente que eu vou deixar esta lista por aí? — perguntou Hermione, de mau humor.

— Não, não, é claro que não — respondeu Ernie, parecendo um pouco menos ansioso. — Pronto... É claro que assino.

Depois de Ernie, ninguém mais levantou objecções, embora Harry tivesse visto a amiga de Cho deitar-lhe um olhar de censura antes de escrever o seu nome. Quando a última pessoa — Zacharias — assinou, Hermione pegou de novo no pergaminho e meteu-o cuidadosamente no saco. Havia agora uma estranha sensação entre os membros do grupo. Era como se tivessem acabado de assinar uma espécie de contrato.

— Bom, o tempo voa — declarou Fred em tom enérgico, pondo-se de pé. — O George, o Lee e eu temos de ir comprar artigos de natureza delicada, portanto vemo-nos mais tarde.

Em grupos de dois e três, o resto do grupo debandou igualmente. Cho esteve a apertar o fecho da mala com todas as delongas antes de partir, a sua longa cortina de cabelo negro caída para a frente a ocultar-lhe a cara, mas a amiga ficou ao seu lado, de braços cruzados, a dar estalidos com a língua, de forma que Cho não teve outro remédio se não ir-se embora. Quando a amiga a empurrou para a porta, olhou para trás e acenou a Harry.

— Bom, acho que correu bastante bem — declarou Hermione satisfeita, quando saíram os três do Cabeça de Javali para a luz brilhante do dia, momentos depois. Harry e Ron seguravam ainda as suas garrafas de Cerveja de Manteiga.

— Aquele Zacharias é uma nódoa — comentou Ron, fitando irritado a figura de Smith que ainda se distinguia ao longe.

— Também não gosto lá muito dele — admitiu Hermione —, mas ele ouviu-me a falar com o Ernie e a Hannah na mesa dos Hufflepuff e pareceu francamente interessado em vir, o que é que eu podia fazer? Mas, na realidade, quanto mais gente melhor... isto é, o Michael Corner e os amigos não teriam vindo se ele não andasse com a Ginny...

Ron, que escorropichava as últimas gotas da sua cerveja, engasgou-se e salpicou-se todo.

— Ele QUÊ? — cuspiu, indignado, com as orelhas a lembrarem pedaços de carne crua. — Ela anda com... a minha irmã anda com... que é isso de andar com o Michael Corner?

— Bem, foi por isso que ele e os amigos vieram, penso eu... é claro que eles estão interessados em aprender defesa, mas se a Ginny não tivesse dito ao Michael o que se passava...

— Quando é que isso... quando é que ela...?

— Conheceram-se no baile de Natal e passaram a andar no final do ano passado — informou Hermione muito serena. Tinham virado para a rua principal e ela deteve-se junto à Loja de Penas Scrivenshaft, cuja montra exibia uma atraente colecção de penas de pavão. — Humm... fazia-me jeito uma pena nova.

Entrou na loja, seguida por Harry e Ron.

— Qual era o Michael Corner? — perguntou Ron desabridamente.

— O moreno — informou-o Hermione.

— Não gostei nada dele — disse logo Ron.

— Grande admiração! — comentou Hermione em surdina.

— Mas — argumentou Ron, seguindo Hermione ao longo de uma fila de penas, expostas em potes de cobre — eu pensava que a Ginny estava caída pelo Harry!

Hermione deitou-lhe um olhar de comiseração e abanou a cabeça.

— A Ginny *esteve* caída pelo Harry, mas há meses que desistiu. Não que ela não *goste* de ti, claro — acrescentou amavelmente para Harry, enquanto examinava uma longa pena preta e dourada.

Harry, que ainda não esquecera o aceno de despedida de Cho, não achou o assunto tão interessante como Ron, que estremecia nitidamente de indignação. A conversa, porém, fê-lo compreender algo em que não reparara verdadeiramente até então.

— Então, é por isso que ela, agora, fala? — perguntou a Hermione. — Ela nunca falava à minha frente.

— Exactamente! — confirmou Hermione. — Sim, acho que vou levar esta...

Dirigiu-se ao balcão e entregou quinze leões e dois janotas, com Ron ainda colado aos calcanhares.

— Ron — proferiu em tom severo, ao voltar-se e tropeçar nos pés do amigo —, foi exactamente por esta razão que a Ginny não te contou que anda com o Michael, já sabia que tu ias reagir mal. Portanto agora não fiques a *repisar* nisso.

— Como é isso? Quem é que reagiu mal? Eu não vou repisar coisa nenhuma... — continuou Ron a resmungar em surdina durante todo o caminho.

Hermione revirou os olhos para Harry e depois disse em voz baixa, enquanto Ron continuava a murmurar imprecações acerca de Michael Corner: — E por falar no Michael e na Ginny... que há contigo e a Cho?

— Estás a falar de quê? — inquiriu Harry muito depressa.

Era como se, no seu íntimo, uma vaga de calor se elevasse velozmente, causando-lhe uma sensação de queimadura que lhe fazia a cara arder, apesar do frio... teria ele sido assim tão óbvio?

— Bem... — respondeu Hermione com um leve sorriso — ela não conseguia despegar os olhos de ti, pois não?

Harry nunca se havia apercebido de como a vila de Hogsmeade era bela.

XVII

O DECRETO EDUCACIONAL NÚMERO VINTE E QUATRO

Harry sentiu-se mais feliz no resto desse fim-de-semana do que em todo o restante ano. Ele e Ron passaram, de novo, a maior parte de domingo a pôr em dia os trabalhos de casa. Embora não se pudesse chamar a isso propriamente divertido, a última explosão de sol outonal manteve-se e, em vez de ficarem curvados sobre as mesas da sala comum, levaram os trabalhos lá para fora e estenderam-se à sombra de uma grande faia, à beira do lago. Hermione, que tinha evidentemente os trabalhos em dia, levou consigo lã e enfeitiçou as agulhas, deixando-as a faiscar e a tinir no ar, a seu lado, tricotando mais chapéus e cachecóis.

O facto de saber que estavam a fazer alguma coisa para se oporem a Umbridge e ao Ministério, e que ele era uma peça chave dessa rebelião, proporcionava a Harry um sentimento de profunda satisfação. Revivia mentalmente a reunião de sábado: todos aqueles colegas, vindo ter com ele para aprender Defesa Contra a Magia Negra... e as expressões nos seus rostos ao escutarem algumas das coisas que ele tinha feito... e *Cho* a elogiar a sua actuação no Torneio dos Três Feiticeiros. Saber que não o consideravam um excêntrico mentiroso, mas alguém digno de admiração, animou-o tanto que continuava bem-disposto na manhã de segunda-feira, apesar da iminência de todas as aulas que mais detestava.

Desceram do dormitório a discutir a ideia de Angelina de que deviam trabalhar uma nova manobra chamada *Sloth Grip Roll*[7] durante o treino de Quidditch dessa noite, e só quando já iam a meio da ensolarada sala comum é que repararam na adição que fora feita e que já havia atraído a atenção de um pequeno grupo de alunos.

Tinha sido afixado no quadro de avisos dos Gryffindor um grande letreiro, tão grande que cobria tudo o resto: as listas de livros de feitiços em segunda mão para venda, os habituais avisos de Argus Filch

---
[7] Manobra em que, à semelhança de uma preguiça, o jogador se pendura de cabeça para baixo na vassoura agarrando-a firmemente com as mãos e os pés para evitar uma *bludger*. (*NT*)

sobre as regras da escola, o horário de treinos da equipa de Quidditch, as ofertas para troca de certos cromos dos sapos de chocolate, o último anúncio dos Weasleys à procura de cobaias, as datas dos fins-de-semana de Hogsmeade e os perdidos e achados. O novo letreiro estava impresso em grandes letras pretas e tinha um selo de aspecto altamente oficial no fim, ao lado de uma impecável assinatura floreada.

POR ORDEM DA GRANDE INQUISIDORA DE HOGWARTS

Todas as associações, sociedades, equipas, grupos e clubes estudantis são, a partir de agora, dissolvidos.
Uma associação, sociedade, grupo ou clube fica aqui definido como a reunião regular de três ou mais alunos.
A autorização para reagrupamento pode ser solicitada à Grande Inquisidora
(Professora Umbridge).
Não pode existir qualquer associação, sociedade, equipa, grupo ou clube
Sem o conhecimento e a aprovação da Grande Inquisidora.
Qualquer aluno que tenha formado ou pertença a uma associação,
Sociedade, equipa, grupo ou clube que não tenha sido aprovado pela Grande Inquisidora será expulso.
O acima exposto encontra-se de acordo com o Decreto Educacional Número Vinte e Quatro.

Assinado: Dolores Jane Umbridge, Grande Inquisidora

Harry e Ron leram o aviso, espreitando por cima das cabeças de alguns ansiosos alunos do segundo ano.

— Isto significa que vão fechar o Clube dos Berlindes Cuspidores? — perguntou um deles ao amigo.

— Acho que os Berlindes Cuspidores se safam — declarou Ron em tom sombrio, o que fez o rapaz dar um salto. — Mas não creio que nós tenhamos tanta sorte, pois não? — observou para Harry, quando os alunos do segundo ano se afastaram.

Harry lia atentamente o aviso pela segunda vez. A satisfação que o inundava desde sábado desaparecera. Sentia-se a ferver de raiva.

— Isto não é coincidência — proferiu, de punhos cerrados. — Ela sabe.

— Não é possível — afirmou Ron imediatamente.

— Havia gente no *pub* que ouviu. E, encaremos a coisa... não sabemos se podemos confiar em todos os que apareceram... qualquer deles podia ter ido a correr contar à Umbridge...

E pensara ele que tinham acreditado em si, pensara que o tinham até admirado...

— O Zacharias Smith! — disse logo Ron, batendo na mão com o punho. — Ou... também achei aquele Michael Corner com um ar bastante velhaco...

— Gostava de saber se a Hermione já viu isto? — conjecturou Harry, dirigindo o olhar para a porta do dormitório das raparigas.

— Vamos contar-lhe — propôs Ron. Precipitou-se para a frente, escancarou a porta e começou a subir a escada em espiral.

Ia no sexto degrau quando se ouviu um estridente som lamentoso, lembrando uma buzina, e os degraus se fundiram para se transformarem num longo escorrega de pedra lisa, semelhante a uma rampa. Houve um breve instante em que Ron tentou continuar a correr, os braços movendo-se loucamente como as velas de um moinho, mas depois caiu para trás e deslizou pelo escorrega recém-criado, acabando estendido de costas, aos pés de Harry.

— Aã... acho que não podemos ir ao dormitório das raparigas — esclareceu Harry, ajudando Ron a pôr-se de pé e esforçando-se por não se rir.

Duas raparigas do quarto ano surgiram, deslizando alegremente pelo escorrega de pedra.

— Oooh, quem é que tentou ir lá acima? — perguntaram entre risinhos divertidos, erguendo-se de um salto e comendo com os olhos Harry e Ron.

— Eu — respondeu Ron, ainda bastante desalinhado. — Não sabia que isto acontecia. Não é justo! — acrescentou para Harry, enquanto as raparigas se dirigiam ao buraco do retrato, ainda a rir perdidamente. — A Hermione pode ir ao nosso dormitório, por que é que nós não podemos...

— Bem, é uma regra antiquada — esclareceu Hermione, que acabava de deslizar impecavelmente para um tapete diante deles e estava a levantar-se —, mas diz em *Hogwarts: Uma História*, que os fundadores achavam os rapazes menos dignos de confiança que as raparigas. E para que é que querias lá ir?

— Para falar contigo... olha para isto! — disse Ron, puxando-a para junto do quadro de avisos.

Hermione percorreu rapidamente o aviso com o olhar e o seu rosto pareceu ficar petrificado.

— Alguém lhe foi meter isto no bico! — exclamou Ron, furioso.
— Não podem ter sido eles — disse Hermione em voz baixa.
— És tão ingénua! — declarou Ron — Pensas que lá porque tu és muito nobre e leal...
— Não, não podem ter sido eles, porque eu pus um feitiço naquele pergaminho que assinámos — declarou Hermione em tom sombrio. — Acredita em mim, se alguém foi contar à Umbridge, saberemos exactamente quem foi e esse alguém vai arrepender-se.
— O que é que lhe acontece? — perguntou Ron curioso.
— Bem — respondeu Hermione —, digamos apenas que fará o acne da Eloise Midgeon parecer sardas engraçadas. Embora, vamos descer para o pequeno-almoço e ver o que pensam os outros... Gostava de saber se isto foi colocado nas salas de todas as equipas.
Ao entrarem no Salão, tornou-se imediatamente óbvio que o aviso de Umbridge não aparecera só na Torre dos Gryffindor. As conversas possuíam uma estranha intensidade e havia bastante mais movimento na sala, enquanto os alunos andavam de um lado para o outro ao longo das mesas, discutindo o que haviam lido. Harry, Ron e Hermione ainda mal tinham acabado de se sentar quando Neville, Dean, Fred, George e Ginny se precipitaram para eles.
— Viram aquilo?
— Acham que ela sabe?
— O que vamos fazer?
Olhavam todos para Harry. Ele deitou um relance em volta para se certificar de que não havia professores por perto.
— Vamos para a frente, claro — afirmou serenamente.
— Eu sabia que ias dizer isso — exclamou George, com um largo sorriso e dando uma palmada no braço de Harry.
— Os prefeitos também? — perguntou Fred, fitando Ron e Hermione com curiosidade.
— Claro! — afirmou Hermione muito calma.
— Vêm aí o Ernie e a Hannah Abbott — informou Ron, olhando por cima do ombro. — E aqueles fulanos dos Ravenclaw e o Smith... e ninguém parece ter borbulhas.
Hermione fez um ar alarmado.
— Deixa lá as borbulhas, esses idiotas não podem vir aqui agora, isso é que será verdadeiramente suspeito... sentem-se! — soletrou silenciosamente para Ernie e Hannah, indicando-lhes por gestos frenéticos que deviam voltar à mesa dos Ravenclaw. — Depois! Falamos... com... vocês... *depois!*

— Eu digo ao Michael — murmurou Ginny impaciente, deslizando do banco. — Que idiota, francamente...
Dirigiu-se, apressada, à mesa dos Ravenclaw, sob o olhar de Harry. Cho estava sentada não muito longe, a falar com a rapariga de cabelo encaracolado que levara consigo ao Cabeça de Javali. Iria o aviso da Umbridge fazer com que ela receasse voltar a reunir-se com eles?
As repercussões do aviso, porém, não se fizeram sentir totalmente até ao momento em que saíam do Salão para se dirigirem à aula de História da Magia.
— Harry! Ron!
Era Angelina que caminhava para eles em passo apressado, parecendo completamente desesperada.
— Está tudo bem — disse Harry em voz baixa, quando ela já se achava suficientemente perto para o ouvir. — Vamos na mesma...
— Já se aperceberam de que ela está a incluir nisto o Quidditch? — bradou Angelina, ignorando-o. — Vamos ter de lhe ir pedir autorização para reconstituir a equipa dos Gryffindor!
— O quê? — exclamou Harry.
— Nem pensar — disse Ron, estarrecido.
— Vocês leram o aviso, menciona também equipas! Portanto, ouve bem, Harry... é a última vez que digo isto... por favor, *por favor*, não voltes a perder a cabeça com a Umbridge ou ela pode não nos deixar jogar mais!
— Está bem, está bem — acalmou-a Harry, pois Angelina parecia encontrar-se à beira das lágrimas. — Não te preocupes, vou portar-me bem...
— Aposto que a Umbridge vai aparecer em História da Magia — profetizou Ron em tom lúgubre, quando partiram para a aula de Binns. — Ela ainda não inspeccionou o Binns... aposto o que quiserem que lá estará...
Mas enganara-se. O único professor presente quando entraram era o Professor Binns, flutuando um par de centímetros acima da sua cadeira, como de costume, e preparando-se para prosseguir o seu monótono discurso sobre guerras de gigantes. Harry nem sequer tentou seguir o que ele dizia; rabiscava preguiçosamente o seu pergaminho, ignorando os frequentes olhares irritados e as cotoveladas de Hermione, até que uma pontada particularmente dolorosa nas costelas o fez levantar os olhos, furioso.
— *Que foi?*

A amiga apontou para a janela. Harry voltou-se. *Hedwig* encontrava-se empoleirada no estreito rebordo da janela, fitando-o através do espesso vidro, com uma carta atada à pata. Harry não conseguia perceber: tinham acabado de tomar o pequeno-almoço, por que diabo não entregara ela a carta nessa altura, como de costume? Muitos dos seus colegas estavam igualmente a apontar *Hedwig* uns aos outros.

— Oh, sempre adorei aquela coruja, é tão linda — ouviu ele Lavender suspirar para Parvati.

Deitou um olhar ao Professor Binns que continuava a ler as suas notas, serenamente ignorante de que a atenção da turma se encontrava ainda menos focada nele que o habitual. Harry deslizou silenciosamente da sua cadeira, agachou-se e foi por entre as filas até à janela, onde correu o fecho e a abriu muito devagar.

Esperara que *Hedwig* estendesse a pata para ele lhe poder tirar a carta e depois voasse de regresso à Torre das Corujas, mas assim que a janela se abriu o suficiente, ela saltou para dentro da sala, piando tristemente. Harry fechou a janela ao mesmo tempo que deitava um olhar ansioso ao Professor Binns; voltou a agachar-se e apressou-se a voltar ao seu lugar, com *Hedwig* pousada no ombro. Sentou-se, transferiu *Hedwig* para o colo e preparou-se para remover a carta atada à sua pata.

Só então percebeu que as penas de *Hedwig* estavam estranhamente eriçadas, algumas viradas ao contrário, e uma das suas asas tinha uma inclinação esquisita.

— Está ferida! — sussurrou Harry, aproximando a cabeça. Hermione e Ron inclinaram-se também e Hermione pousou mesmo a sua pena. — Olhem... há qualquer coisa de errado com a asa dela...

Hedwig tremia e, quando Harry fez menção de lhe tocar na asa, deu um pequeno salto, as penas todas eriçadas, como se estivesse a inchar, fitando-o com ar de censura.

— Professor Binns — disse Harry em voz alta, e toda a turma se voltou para o fitar —, não me estou a sentir bem.

O Professor Binns ergueu os olhos das suas notas parecendo, como sempre, surpreendido por descobrir a sala diante de si cheia de pessoas.

— Não se sente bem? — repetiu vagamente.

— Nada bem — disse Harry com firmeza, levantando-se com *Hedwig* escondida atrás das costas. — Acho que preciso de ir à enfermaria.

— Sim — concordou o professor, nitidamente desnorteado. — Sim... sim, enfermaria... bom, vá lá, então, Perkins...

Logo que saiu da aula, Harry voltou a pôr *Hedwig* ao ombro e caminhou, apressado, pelo corredor, detendo-se para pensar apenas quando já não se avistava a porta de Binns. A sua primeira opção no tocante a quem haveria de tratar *Hedwig* teria sido Hagrid, claro, mas como não fazia a menor ideia do paradeiro do amigo, a opção restante era encontrar a Professora Grubbly-Plank e esperar que ela o pudesse ajudar.

Espreitou por uma janela para o exterior, toldado e fustigado pelo vento. Não havia sinais dela perto da cabana de Hagrid; se não estava a dar aula, provavelmente encontrava-se na sala dos professores. Dirigiu-se para o andar de baixo, com *Hedwig* a piar debilmente e a balouçar no seu ombro.

A sala dos professores era ladeada por duas gárgulas de pedra. Quando Harry se aproximou, uma delas grasnou: — Tu devias estar nas aulas, meu malandro.

— Isto é urgente — declarou Harry, lacónico.

— Ooooh, *urgente,* é? — disse a outra gárgula em voz estrídula.

— Bem, isso pôs-*nos* no nosso lugar, não foi?

Bateu à porta. Ouviu passos, depois a porta abriu-se e ele encontrou-se diante da Professora McGonagall.

— Não me digas que apanhaste outro castigo! — exclamou ela imediatamente, os óculos quadrados a faiscarem de forma alarmante.

— Não, Professora! — apressou-se Harry a responder.

— Então, por que é que não estás na aula?

— É *urgente,* ao que parece — disse a segunda gárgula em tom escarninho.

— Ando à procura da Professora Grubbly-Plank — explicou Harry. — É a minha coruja, foi ferida.

— Ferida, a tua coruja?

A Professora Grubbly-Plank surgiu ao lado da Professora McGonagall, a fumar cachimbo e com um exemplar d'*O Profeta Diário* na mão.

— Sim — confirmou Harry, erguendo cuidadosamente *Hedwig* do seu ombro. — Apareceu depois das outras corujas do correio e tem a asa muito esquisita, veja...

A Professora Grubbly-Plank prendeu firmemente o cachimbo entre os dentes e pegou em *Hedwig*, enquanto a Professora McGonagall observava.

— Hmm — comentou a Professora Grubbly-Plank, cujo cachimbo oscilava levemente de cada vez que falava. — Parece que alguma coisa a atacou, mas não sei o que possa ter causado isto. Os Thestrals por vezes atacam os pássaros, claro, mas o Hagrid tem os Thestrals de Hogwarts bem treinados para não tocarem em corujas.

Harry não sabia o que eram Thestrals, nem lhe interessava, só queria saber se *Hedwig* ia ficar boa. A Professora McGonagall, contudo, fitou-o com ar penetrante e perguntou: — Sabes que distância voou esta coruja, Potter?

— Aã... — disse Harry. — Desde Londres, penso eu.

Os seus olhares cruzaram-se por instantes e ele soube, pela maneira como as suas sobrancelhas se uniram, que ela percebera que «Londres» significava «Grimmauld Place, número doze».

A Professora Grubbly-Plank tirou de dentro do manto um monóculo e entalou-o no olho, para examinar melhor a asa de *Hedwig*. — Devo poder consertar isto, se a deixares comigo, Potter — comentou ela —, mas, de qualquer forma, ela não deve voar longas distâncias durante alguns dias.

— Aã... certo... obrigado — disse Harry, ao mesmo tempo que a campainha soava para o intervalo.

— De nada — respondeu a Professora Grubbly-Plank em voz rouca, voltando a entrar para a sala dos professores.

— Só um momento, Wilhelmina! — pediu a Professora McGonagall. — A carta do Potter!

— Ah, pois! — exclamou Harry, que havia momentaneamente esquecido o rolo atado à pata de *Hedwig*. A Professora Grubbly-Plank entregou-lho e depois desapareceu, levando *Hedwig*, que fitava Harry como se não conseguisse acreditar que ele a abandonasse assim. Sentindo-se um pouco culpado, virou-se para partir, mas a Professora McGonagall chamou-o.

— Potter!

— Sim, Professora?

Ela olhou para um lado e outro do corredor; havia alunos vindo de ambas as direcções.

— Lembra-te — afirmou ela rapidamente em voz baixa, de olhos postos no rolo que ele empunhava — de que os canais de comunicação de e para Hogwarts podem estar a ser vigiados, está bem?

— Eu... — começou Harry, mas a torrente de alunos que avançava pelo corredor quase o alcançara. A Professora McGonagall fez-lhe um breve aceno e recuou para a sala dos professores, deixando Harry ser arrastado para o pátio com a multidão. Avistou Ron e Hermione, que já se encontravam num canto abrigado, com as golas das capas viradas para cima a fim de se protegerem do vento. Harry rasgou o rolo enquanto se dirigia para eles e descobriu cinco palavras na letra de Sirius:

Hoje, mesma hora, mesmo sítio.

— A *Hedwig* está bem? — perguntou Hermione ansiosa, assim que ele a podia ouvir.

— Para onde é que a levaste? — perguntou Ron.

— À Grubbly-Plank — respondeu Harry. — E encontrei a McGonagall... ouçam...

E contou-lhes o que a Professora McGonagall dissera. Para sua surpresa, nenhum dos outros pareceu chocado. Pelo contrário, trocaram olhares significativos.

— Que foi? — perguntou, olhando de Ron para Hermione e de novo para Ron.

— Bom, é que eu estava justamente a dizer ao Ron... e se alguém tivesse tentado interceptar a *Hedwig*? Quer dizer, ela nunca ficou ferida num voo, pois não?

— Olha lá, e de quem é afinal a carta? — interrogou Ron, tirando a nota a Harry.

— Do Snuffles — disse Harry baixo.

— «Mesma hora, mesmo sítio»? Ele quer dizer a lareira da sala comum?

— Evidentemente! — disse Hermione, lendo também a nota. Parecia inquieta. — Só espero que mais ninguém tenha lido isto...

— Mas ainda estava selada e tudo — redarguiu Harry, tentando convencer-se a si próprio, tanto como a ela. — E ninguém compreenderia o significado disto se não soubesse onde é que falámos com ele anteriormente, pois não?

— Não sei — murmurou Hermione preocupada, atirando o saco para o ombro, porque a campainha voltara a soar. — Não seria muito difícil voltar a selar o rolo com magia... e se alguém anda a vigiar a Rede do Pó de Floo... mas não vejo como poderemos avisá-lo para não aparecer, sem que *isso* também seja interceptado!

Desceram pesadamente os degraus das masmorras para a aula de Poções, imersos nos seus pensamentos, mas ao chegarem ao fundo da escada foram chamados a si pela voz de Draco Malfoy, que se encontrava à porta da sala de aula de Snape, agitando um bocado de pergaminho de aspecto oficial e falando muito mais alto do que seria necessário para que eles escutassem tudo o que dizia.

— Pois, a Umbridge deu imediatamente autorização para a equipa de Quidditch dos Slytherin continuar a jogar, fui pedir-lhe hoje, logo de manhã. Bom, foi uma coisa automática, percebem, ela conhece muito bem o pai, ele passa a vida no Ministério... será interessante ver se os Gryffindor são autorizados a continuar a jogar, não acham?

— Não reajam — suplicou Hermione num murmúrio a Harry e Ron, que estavam ambos a observar Malfoy, de rostos duros e punhos cerrados. — É isso que ele quer.

— Quer dizer — prosseguiu Malfoy, elevando um pouco mais a voz, os olhos cinzentos faiscando maldosamente na direcção de Harry e Ron —, se é uma questão de influência no Ministério, não creio que eles tenham grandes possibilidades... de acordo com o pai, há anos que andam à procura de uma desculpa para despedir o Arthur Weasley... e, quanto ao Potter... o pai diz que é só uma questão de tempo até o Ministério o despachar para São Mungo... segundo parece, têm lá uma ala especial para pessoas com os miolos esturricados por magia.

Malfoy fez uma careta grotesca, a boca escancarada e descaída e os olhos revirados. Crabbe e Goyle soltaram os seus usuais grunhidos de riso e Pansy Parkinson lançou uma risada estridente.

Algo colidiu fortemente com o ombro de Harry, fazendo-o cair de lado. Um segundo depois, percebeu que Neville acabava de o ultrapassar e avançava direito a Malfoy.

— Neville, *não!*

Saltou para a frente e agarrou a parte de trás do manto de Neville, que se debateu freneticamente, agitando os punhos e fazendo tentativas desesperadas para atingir Malfoy que, por momentos, pareceu extremamente chocado.

— Ajuda-me! — gritou Harry para Ron, conseguindo passar um braço pelo pescoço de Neville e puxá-lo para trás, afastando-o dos Slytherin. Crabbe e Goyle estavam já a flectir os braços, colocando-se diante de Malfoy, prontos para a luta. Ron agarrou os braços de Neville e, com a ajuda de Harry, conseguiram arrastá-lo de novo para o grupo dos Gryffindor. O rosto de Neville estava vermelho e a pressão que Harry lhe exercia na garganta tornava-o incompreensível, mas da boca escapavam-lhe palavras soltas.

— Não ... piada ... não ... Mungo ... mostro-lhe ...

A porta da masmorra abriu-se e apareceu Snape. Os seus olhos negros varreram o grupo dos Gryffindor até onde Harry e Ron se debatiam com Neville.

— Uma briga, Potter, Weasley, Longbottom? — proferiu Snape com a sua desdenhosa voz fria. — Dez pontos a menos para os

Gryffindor. Larga o Longbottom, Potter, ou apanhas um castigo. Todos para dentro.
Harry largou Neville, que o fitou colérico e arquejante.
— Eu tinha de te deter — ofegou Harry, pegando no saco.
— O Crabbe e o Goyle davam cabo de ti.
Neville não respondeu, limitando-se a pegar no seu saco e entrar para a masmorra.
— Pelo nome de Merlim — perguntou Ron baixo, enquanto seguiam Neville —, por que foi *aquilo?*
Harry não respondeu. Sabia exactamente por que é que o assunto de pessoas internadas em São Mungo devido a perturbações mentais provocadas por magia transtornava altamente Neville, mas tinha jurado a Dumbledore não contar a ninguém o segredo do colega. Nem mesmo Neville sabia que Harry tinha conhecimento.
Harry, Ron e Hermione ocuparam os seus lugares habituais ao fundo da aula, pegaram em pergaminho, penas e nos seus exemplares de *Mil Ervas e Fungos Mágicos*. Em seu redor, a turma sussurrava, comentando a atitude de Neville, mas quando Snape fechou a porta da masmorra com um estrondo, todos se calaram imediatamente.
— Repararão — disse Snape, na sua voz rouca e desdenhosa — que temos hoje connosco uma visita.
Fez um gesto em direcção ao canto sombrio da masmorra e Harry viu a Professora Umbridge aí sentada, de prancheta nos joelhos. Olhou de relance para Ron e Hermione, erguendo as sobrancelhas. O Snape e a Umbridge, os dois professores que mais detestava! Era difícil decidir qual dos dois gostaria de ver triunfar.
— Vamos continuar com a nossa Solução Fortalecedora. Vão encontrar as vossas misturas como as deixaram na última aula. Se tiverem sido correctamente executadas, devem ter amadurecido bem durante o fim-de-semana... as indicações — fez novo gesto de varinha — estão no quadro. Prossigam.
A Professora Umbridge passou a primeira meia hora de aula a tomar notas no seu canto. Harry estava muito interessado em a ouvir interrogar Snape, tão interessado que se descuidara novamente com a sua poção.
— Sangue de salamandra, Harry! — gemeu Hermione, segurando-lhe o pulso para o impedir de adicionar o ingrediente errado pela terceira vez. — Não é sumo de romã!
— Certo — concordou Harry distraído, pousando o frasco e continuando a observar o canto. Umbridge tinha acabado de se

levantar. — Ah — disse ele baixinho, quando ela passou entre duas filas de secretárias em direcção a Snape, que se encontrava debruçado sobre o caldeirão de Dean Thomas.

— Bem, a turma parece bastante avançada para o seu nível — comentou vivamente para as costas de Snape —, embora eu duvide de que seja aconselhável ensinar-lhes uma poção como a Solução Fortalecedora. Penso que o Ministério preferiria que isso fosse retirado do programa.

Snape endireitou-se devagar e virou-se para a encarar.

— Ora bem... há quanto tempo é professor em Hogwarts? — perguntou ela, a pena suspensa sobre o bloco.

— Catorze anos — respondeu Snape. A sua expressão era indecifrável. Harry, com os olhos postos em Snape, adicionou algumas gotas à sua poção, que sibilou ameaçadoramente e passou de turquesa a laranja.

— Começou por se candidatar ao lugar de Defesa Contra a Magia Negra, creio? — perguntou a Professor Umbridge a Snape.

— Sim — respondeu Snape em voz baixa.

— Mas sem êxito?

Snape torceu os lábios.

— Obviamente.

A Professora Umbridge rabiscou no seu bloco.

— E tem-se candidatado regularmente a Defesa Contra a Magia Negra desde que entrou para a escola, creio?

— Sim — confirmou Snape muito baixo, mal movendo os lábios. Parecia furioso.

— Faz ideia da razão por que Dumbledore se tem constantemente recusado a nomeá-lo? — perguntou Umbridge.

— Sugiro que lhe pergunte — retorquiu Snape abruptamente.

— Oh, fá-lo-ei — afirmou a Professora Umbridge com um sorriso melífluo.

— Suponho que isso seja relevante? — perguntou Snape, semicerrando os olhos negros.

— Oh, sim — disse a Professora Umbridge —, sim, o Ministério pretende adquirir uma compreensão total dos... aã... antecedentes dos professores.

Virou-se e dirigiu-se a Pansy Parkinson, começando a interrogá-la sobre as aulas. Snape olhou em volta, para Harry, e os seus olhares cruzaram-se um instante. Harry apressou-se a baixar os olhos para a poção, que estava agora a congelar, com um aspecto nojento, e soltando um forte cheiro a borracha queimada.

— Voltas a não ter nota, Potter — avisou-o Snape malevolamente, esvaziando o caldeirão de Harry com um gesto da varinha.
— Vais fazer um trabalho sobre a composição correcta desta poção, indicando onde e por que erraste, para me entregares na próxima aula, compreendes?
— Sim — respondeu Harry, furioso. Snape já lhes passara trabalhos e ele tinha treino de Quidditch nessa tarde, pelo que aquilo significava mais um par de noites sem dormir. Não parecia possível que, ao acordar, se tivesse sentido tão feliz. A única coisa que sentia agora era o desejo fervoroso de que o dia acabasse.
— Talvez me balde a Artes Divinatórias — disse ele macambúzio, quando se encontravam no pátio depois do almoço, com o vento a açoitar as bainhas dos mantos e as abas dos chapéus. — Finjo que estou doente e fico antes a fazer o trabalho do Snape para não ter de passar metade da noite a pé.
— Não podes baldar-te a Artes Divinatórias — declarou Hermione em tom severo.
— Olhem quem fala, tu desististe de Artes Divinatórias, detestas a Trelawney! — disse Ron indignado.
— Não *detesto* — contrariou Hermione em tom arrogante. — Só acho que ela é um desastre total como professora e uma autêntica fraude. Mas o Harry já perdeu História da Magia e acho que não deve faltar a mais nada hoje!
Havia demasiada verdade naquilo para poder ser ignorado, por isso, meia hora depois, Harry ocupou o seu lugar na atmosfera quente e superperfumada da aula de Artes Divinatórias, sentindo-se irritado com toda a gente. A Professora Trelawney continuava a distribuir exemplares de O *Oráculo dos Sonhos*. Harry pensou que empregaria muito melhor o seu tempo a fazer o trabalho de castigo de Snape do que ali sentado, a tentar descobrir significados numa série de sonhos inventados.
No entanto, parecia que não era ele a única pessoa furiosa. A Professora Trelawney atirou com um exemplar do *Oráculo* para a mesa, entre Harry e Ron, e afastou-se, de lábios comprimidos. Lançou a Seamus e Dean o exemplar seguinte, falhando por pouco a cabeça de Seamus, e empurrou o último para o peito de Neville com tanta força que ele escorregou do seu pufe.
— Bom, andem lá — disse a Professora Trelawney numa voz alta e esganiçada, quase histérica. — Sabem o que têm a fazer! Ou sou uma professora tão abaixo dos padrões que nunca aprenderam como se abre um livro?

Toda a turma a olhou, perplexa, entreolhando-se em seguida. Harry, contudo, julgou saber o que se passava. Quando a Professora Trelawney se precipitou para a sua cadeira de espaldar, os olhos aumentados pelas lentes inundados de lágrimas de cólera, encostou a cabeça à de Ron e murmurou: — Acho que ela recebeu os resultados da inspecção.

— Professora? — proferiu Parvati Patil em voz sumida (ela e Lavender eram grandes admiradoras da Professora Trelawney). — Professora, há alguma coisa... aã... errada?

— Errada? — exclamou a Professora Trelawney numa voz palpitante de emoção. — É claro que não! Fui insultada, indubitavelmente... foram proferidas insinuações a meu respeito... feitas acusações infundadas... mas não, não há nada errado, decerto que não!

Inspirou fundo, estremecendo, e desviou o olhar de Parvati, as lágrimas de cólera a escorrerem-lhe por baixo dos óculos.

— Já não falo — engasgou-se ela — de dezasseis anos de serviços dedicados... aparentemente, passaram despercebidos... mas não permitirei que me insultem, não, isso não!

— Mas, Professora, quem é que a está a insultar? — perguntou Parvati timidamente.

— O Sistema! — proferiu a Professora Trelawney em voz trémula, profunda e dramática. — Sim, aqueles cujos olhos estão demasiado turvados pelo mundano para Ver como eu Vejo, para Saber como eu Sei... é claro que nós, as Videntes, fomos sempre receadas, sempre perseguidas... é, infelizmente, o nosso destino.

Engoliu as lágrimas, enxugou as faces com a ponta do xaile e depois tirou um pequeno lenço bordado da manga e assoou-se com toda a força emitindo um som semelhante a Peeves quando deitava a língua de fora rudemente.

Ron riu-se à socapa e Lavender deitou-lhe um olhar de desagrado.

— Professora — disse Parvati —, está a referir-se..., foi alguma coisa que a Professora Umbridge...

— Não me falem dessa mulher! — bradou a Professora Trelawney, pondo-se de pé de um salto, os colares a tilintar e os óculos a faiscar. — É favor continuarem a trabalhar!

E passou o resto da aula a andar por entre eles, com lágrimas ainda a escaparem-se por baixo dos óculos, murmurando em surdina coisas que pareciam ameaças.

— ... posso muito bem optar por partir... que indignidade... à experiência... veremos... como ousa ela...

— Tu e a Umbridge têm uma coisa em comum — murmurou Harry para Hermione quando voltaram a encontrar-se em Defesa Contra a Magia Negra. — É óbvio que ela também considera a Trelawney uma fraude... parece que a pôs à experiência.

A Professora Umbridge entrou na sala nessa altura, com o seu laço de veludo preto e uma expressão presumida.

— Boa tarde, meninos.

— Boa tarde, Professora Umbridge — entoaram eles monotonamente.

— Varinhas guardadas, por favor.

Mas desta vez não houve qualquer ruído de movimentos, pois já ninguém se dera ao trabalho de tirar as varinhas.

— Abram, por favor, na página trinta e quatro *A Teoria da Magia Defensiva* e leiam o terceiro capítulo, intitulado «Argumentos a Favor de Respostas Não-Ofensivas a Ataques de Magia». Não será...

— ... necessário falar — concluíram ao mesmo tempo Harry, Ron e Hermione em surdina.

★

— *Não* há treino de Quidditch — disse Angelina em tom cavo, quando Harry, Ron e Hermione entraram na sala comum, depois do jantar dessa noite.

— Mas eu controlei-me! — exclamou Harry horrorizado. — Não lhe disse nada, Angelina, juro, eu...

— Eu sei, eu sei — atalhou Angelina, desconsolada. — Ela limitou-se a dizer que precisava de algum tempo para ponderar.

— Ponderar o quê? — inquiriu Ron furioso. — Deu autorização aos Slytherin, por que não a nós?

Mas Harry imaginava quanto a Umbridge estaria a apreciar manter a ameaça de não haver equipa de Quidditch dos Gryffindor suspensa sobre as suas cabeças, e percebia perfeitamente por que não queria a professora largar mão dessa arma demasiado cedo.

— Bem — disse Hermione —, vejam o lado bom: pelo menos agora vão ter tempo para fazer a composição do Snape!

— Ah, isso é um lado bom? — retorquiu Harry bruscamente, enquanto Ron fitava Hermione com ar incrédulo. — Nada de treinos de Quidditch e trabalhos extra de Poções? Afundou-se numa cadeira, tirou, relutante, a composição de Poções do saco e começou a trabalhar. Era muito difícil concentrar-se, pois embora soubesse que Sirius só deveria surgir na lareira muito mais tarde, não conseguia deixar de olhar para as chamas de vez em quando, à cautela. A sala achava-se também incrivelmente barulhenta: Fred e George pareciam ter, por fim, aperfeiçoado uma das variedades das Pastilhas Isybalda, e estavam a demonstrá-la por turnos a uma multidão que os aplaudia e encorajava.

Primeiro, Fred dava uma dentada na ponta alaranjada de uma pastilha, após o que vomitava espectacularmente para um balde colocado diante deles. Depois, engolia a ponta vermelha da pastilha, e o vómito cessava de imediato. Lee Jordan, que os auxiliava nas demonstrações, ia indolentemente fazendo Desaparecer o vomitado a intervalos regulares com o mesmo feitiço de Desaparição que Snape insistia em usar nas poções de Harry.

Com o barulho regular dos vómitos, os aplausos e o som de Fred e George a tomarem nota de encomendas, Harry estava a achar extremamente difícil concentrar-se no método correcto de elaboração da Solução Fortalecedora. Hermione não ajudava nada; os aplausos e o som de vomitado a cair no fundo do balde de Fred e George eram pontuados pelas suas sonoras fungadelas de desaprovação, que Harry achava ainda mais perturbadoras, se possível.

— Mas vai lá e fá-los parar! — exclamou ele irritado, após ter riscado pela quarta vez o peso errado de pó de garra de grifo.

— Não posso, *tecnicamente* eles não estão a fazer nada de errado — disse Hermione por entre dentes cerrados. — Estão no seu direito de comer aquelas porcarias e não consigo descobrir uma regra que diga que os outros idiotas não as podem comprar, a não ser que se prove que são de alguma forma perigosas, o que não parece ser o caso.

Ela, Harry e Ron observaram George projectar o vómito para o balde, engolir o resto da pastilha e endireitar-se, sorrindo de braços abertos aos aplausos prolongados.

— Sabem, não percebo como é que o Fred e o George só conseguiram três NPFs cada um — comentou Harry, que observava os gémeos e Lee a receberem ouro da multidão ansiosa. — Eles sabem realmente o que fazem.

— Ah, eles só sabem coisas espalhafatosas que não têm utilidade real para ninguém — declarou Hermione em tom depreciativo.

— Não têm utilidade real? — observou Ron em voz tensa. — Hermione, eles já ganharam cerca de vinte e seis galeões.

Decorreu muito tempo até a turba amontoada em volta dos gémeos Weasley dispersar, e depois Fred, George e Lee sentaram-

-se a contar os lucros, demorando imenso tempo, pelo que passava da meia-noite quando Harry, Ron e Hermione tiveram, finalmente, a sala comum só para eles. Fred havia, por fim, fechado a porta do dormitório dos rapazes atrás de si, chocalhando ostensivamente a sua caixa de galeões, o que levou Hermione a lançar-lhe um olhar mal-humorado. Harry, que pouco progredira na sua composição de Poções, decidiu finalmente desistir por essa noite. Estava a arrumar os livros, quando Ron, que dormitava num cadeirão, soltou um resmungo abafado, acordou e fitou a lareira de olhos turvos.

— Sirius! — exclamou ele.

Harry deu meia volta. A cabeça desgrenhada de Sirius estava novamente instalada na lareira.

— Viva — disse ele, a rir.

— Viva — responderam em coro Harry, Ron e Hermione, ajoelhando-se os três no tapete. *Crookshanks* ronronou alto e aproximou-se da lareira, tentando, apesar do calor, chegar o focinho à cara de Sirius.

— Como vão as coisas? — perguntou Sirius.

— Nada bem — respondeu Harry, enquanto Hermione puxava *Crookshanks* para o impedir de chamuscar os bigodes. — O Ministério fez aprovar mais um decreto, o que significa que não nos é permitido ter equipa de Quidditch...

— Nem grupos secretos de Defesa Contra a Magia Negra? — rematou Sirius.

Seguiu-se uma curta pausa.

— Como é que soubeste disso? — perguntou Harry.

— Têm de escolher os lugares das vossas reuniões com mais cuidado — disse Sirius, sorrindo ainda mais abertamente. — Cabeça do Javali, com franqueza!

— Bem, era melhor do que o Três Vassouras! — repontou Hermione, na defensiva. — Esse está sempre apinhado de gente...

— O que significa que seria mais difícil ouvir-vos — disse Sirius. — Tens muito que aprender, Hermione.

— Quem é que nos ouviu? — quis saber Harry.

— O Mundungus, claro — respondeu Sirius, rindo das suas expressões intrigadas. — Era a bruxa oculta pelos véus.

— Aquilo era o Mundungus? — espantou-se Harry. — Que estava ele a fazer no Cabeça de Javali?

— O que achas tu que ele estava a fazer? — disse Sirius, impaciente. — A manter-te debaixo de olho, claro.

— Ainda continuo a ser seguido? — perguntou Harry, irritado.

— É claro que sim — respondeu Sirius —, e ainda bem, não é, se a primeira coisa que fazes no teu fim-de-semana de folga é organizar um grupo de defesa ilegal.

Mas não parecia zangado, nem preocupado. Pelo contrário, fitava Harry com nítido orgulho.

— E por que é que o Dung se escondeu de nós? — perguntou Ron, parecendo desapontado. — Tínhamos gostado de o ver.

— Ele foi banido do Cabeça de Javali há vinte anos — informou Sirius — e aquele empregado tem muito boa memória. Perdemos o Manto da Invisibilidade sobresselente que era do Moody, quando o Sturgis foi preso, por isso ultimamente o Dung tem-se disfarçado muitas vezes de bruxa... bom, mas vamos lá... antes de mais, Ron... jurei transmitir-te uma mensagem da tua mãe.

— Ah sim? — disse Ron, algo apreensivo.

— Ela diz que, sob pretexto algum, deverás tomar parte num grupo ilegal secreto de Defesa Contra a Magia Negra. Diz que serás indubitavelmente expulso e o teu futuro ficará arruinado. Diz que haverá muito tempo para aprenderes a defenderes-te mais tarde e que és demasiado novo para te preocupares com isso. Aconselha também — (os olhos de Sirius voltaram-se para os outros dois) — o Harry e a Hermione a não levarem avante o grupo, embora aceite que não possui autoridade sobre qualquer deles, pedindo-lhes apenas para se lembrarem de que só está a pensar no que é melhor para vocês. Teria escrito tudo isto, mas, se a coruja fosse interceptada, vocês estavam metidos numa alhada, e não pode vir cá dizer-vos, porque está de serviço esta noite.

— De serviço, a fazer o quê? — perguntou logo Ron.

— Não te interessa, assuntos da Ordem — respondeu Sirius. — Portanto, calhou-me a mim trazer a mensagem e vê lá se lhe dizes que a entreguei pois acho que ela não acredita muito que eu o faça.

Seguiu-se outra pausa, durante a qual *Crookshanks*, com um miado, tentou levar a pata à cabeça de Sirius, e Ron brincou com um buraco do tapete.

— Então, tu queres que eu diga que não vou tomar parte no grupo de Defesa? — murmurou ele, por fim.

— Eu? É claro que não! — exclamou Sirius, com ar surpreso. — Eu acho que é uma ideia excelente!

— Achas? — perguntou Harry, sentindo-se mais animado.

— É claro que acho! — disse Sirius. — Achas que o teu pai e eu teríamos ficado de braços cruzados a receber ordens de uma velha megera como a Umbridge?

— Mas... o ano passado levavas a vida a dizer-me que tivesse cuidado e não corresse riscos...

— O ano passado, tudo apontava para o facto de haver alguém dentro de Hogwarts a tentar matar-te, Harry! — impacientou-se Sirius. — Este ano, sabemos que há alguém fora de Hogwarts que gostaria de nos matar a todos, por isso penso que aprenderem a defender-se devidamente é muito boa ideia!

— E se formos expulsos? — perguntou Hermione, com uma expressão duvidosa.

— Hermione, isto foi tudo ideia tua! — disse Harry, com o olhar fixo nela.

— Eu sei que sim. Só queria saber o que o Sirius pensava — justificou-se ela, encolhendo os ombros.

— Bem, é preferível expulsos e capazes de se defenderem que sentados em segurança dentro da escola sem fazerem a menor ideia — declarou Sirius.

— Bravo, bravo — aplaudiram Harry e Ron entusiasticamente.

— E então, — continuou Sirius — como vão vocês organizar esse grupo? Onde é que se vão reunir?

— Bom, isso é que é um problema — disse Harry. — Não sei para onde havemos de ir.

— Que tal a Cabana dos Gritos? — sugeriu Sirius.

— Ei, boa ideia! — exclamou Ron entusiasmado, mas Hermione franziu o nariz com ar céptico e todos olharam para ela, com a cabeça de Sirius a virar-se nas chamas.

— Sabes, Sirius, é que quando andavas na escola, vocês eram só quatro a reunir-se na Cabana dos Gritos — explicou Hermione — e todos conseguiam transformar-se em animais e suponho que conseguiriam mesmo enfiar-se debaixo de um único Manto da Invisibilidade, se quisessem. Mas nós somos vinte e oito e nenhum de nós é Animagus, por isso não era bem de um Manto da Invisibilidade que precisávamos, mas mais de uma tenda da Invisibilidade...

— Bem visto — admitiu Sirius, parecendo levemente descorçoado. — Bom, tenho a certeza de que vão descobrir alguma coisa. Costumava haver uma passagem secreta bastante ampla por trás daquele espelho grande no quarto andar, talvez tivessem espaço suficiente para lá treinarem feitiços.

— O Fred e o George disseram-me que está bloqueada — informou Harry, abanando a cabeça. — Aluiu, ou coisa assim.

— Oh! — observou Sirius, de testa franzida. — Bom, vou pensar nisso e depois...

Interrompeu-se. O seu rosto revelou, de súbito, uma expressão tensa, alarmada. Virou-se para o lado, aparentemente para observar a parede de tijolo sólido da lareira.

— Sirius? — fez Harry, ansioso.

Mas ele desaparecera. Harry ficou a olhar boquiaberto para as labaredas durante um instante e depois voltou-se para Ron e Hermione.

— Por que é que ele...

Hermione sufocou um grito de terror e ergueu-se de um salto, ainda a fixar a lareira.

Tinha surgido entre as chamas uma mão que parecia tactear, como se quisesse apanhar qualquer coisa; uma mão gorducha, de dedos curtos, cobertos de feios anéis fora de moda.

Largaram os três a correr. À porta do dormitório dos rapazes, Harry olhou para trás. A mão de Umbridge continuava a fazer movimentos circulares por entre as chamas, como se soubesse exactamente onde o cabelo de Sirius estivera momentos antes e estivesse determinada a agarrá-lo.

XVIII

O EXÉRCITO DE DUMBLEDORE

—A Umbridge leu o teu correio, Harry. Não há outra explicação.
— Achas que a Umbridge atacou a *Hedwig?* — disse ele chocado.
— Tenho quase a certeza — respondeu Hermione em tom sombrio. — Atenção, a tua rã vai fugir!

Harry apontou a varinha à rã-touro que saltava esperançosamente rumo à outra ponta da secretária, disse *Accio!* e ela voou lugubremente de volta à sua mão.

A aula de Encantamentos era sempre uma das melhores para se ter uma conversa particular: havia em geral tanto movimento e actividade que o perigo de se ser ouvido era diminuto. Nesse dia, com a sala cheia de rãs a coaxar e corvos a crocitar, e uma chuva violenta fustigando fortemente as janelas, a discussão sussurrada de Harry, Ron e Hermione sobre a maneira como Umbridge quase apanhara Sirius passava completamente despercebida.

— Desconfio disso desde que o Filch te acusou de encomendar bombinhas de mau cheiro, porque me pareceu uma mentira muito estúpida — murmurou Hermione. — Quer dizer, assim que a tua carta fosse lida, tornava-se óbvio que *não* as tinhas encomendado, portanto não terias problemas... é um bocado chocho, não é? Mas depois pensei, e se alguém quisesse apenas uma desculpa para ler o teu correio? Bom, então seria a maneira perfeita de a Umbridge o conseguir: informava o Filch, deixava-o fazer o trabalho sujo e confiscava a carta, arranjando depois forma de lha roubar, ou exigia vê-la... não creio que o Filch levantasse objecções. Alguma vez ele defendeu os direitos dos alunos? Harry, estás a esmagar a tua rã.

Harry olhou para baixo. Estava de facto a apertar tanto a sua rã que os olhos quase lhe saltavam das órbitas. Apressou-se a pousá-la de novo na secretária.

— A noite passada foi por uma unha negra — disse Hermione. — Pergunto-me se a Umbridge saberá como esteve perto. *Silencio.*

A rã-touro em que ela estava a treinar o seu Encantamento Silenciador interrompeu o seu coaxar e fitou-a com ar de reprovação.

— Se ele tivesse apanhado o Snuffles...

Harry terminou a frase.

— ... estaria provavelmente de novo em Azkaban esta manhã.

— Agitou a mão sem se concentrar, levando a sua rã a inchar como um enorme balão verde e a emitir um assobio agudo.

— *Silencio!* — disse Hermione rapidamente, apontando a sua varinha à rã de Harry, que se esvaziou silenciosamente diante deles.

— Bom, ele não pode voltar a fazer aquilo, e pronto. Só não sei como é que o vamos avisar. Não lhe podemos mandar uma coruja.

— Não creio que ele se arrisque outra vez — observou Ron.

— Ele não é estúpido, sabe que ela quase o apanhou. *Silencio.*

O corvo grande e feio que se encontrava diante dele crocitou zombeteiramente.

— *Silencio. SILENCIO!*

O corvo crocitou mais alto.

— É devido à forma como estás a mover a tua varinha — explicou Hermione, observando Ron com ar crítico. — Não é para acenar, é mais um *apontar* decidido.

— Os corvos são mais difíceis que as rãs — disse Ron, irritado.

— Fixe, vamos trocar — propôs Hermione, agarrando no corvo de Ron e substituindo-o pela sua avantajada rã-touro. *Silencio!*

O corvo continuou a abrir e fechar o bico aguçado, mas não saiu qualquer som.

— Muito bem, Miss Granger! — disse a vozinha esganiçada do Professor Flitwick, fazendo Harry, Ron e Hermione darem um salto. — Agora, vamos lá a ver a sua tentativa, Mr. Weasley.

— O qu... Oh... oh, certo — disse Ron muito corado. — Aã... *silencio!*

Apontou a varinha com tanta força que acertou no olho da rã, fazendo-a soltar um guincho ensurdecedor e saltar da secretária abaixo.

Não foi surpresa para ninguém o facto de o professor ter mandado Harry e Ron continuarem o treino do Encantamento Silenciador como trabalho de casa.

Devido ao mau tempo, tiveram licença para permanecer dentro do castelo durante o intervalo. Encontraram lugares numa sala de aula ruidosa e apinhada do primeiro andar, onde Peeves flutuava sonhadoramente junto ao lustre, soprando de vez em quando uma bola de tinta para cima da cabeça de alguém. Tinham acabado de se sentar, quando Angelina surgiu, abrindo caminho por entre a multidão de alunos a tagarelar.

— Consegui autorização! — exclamou ela. — Para voltar a formar a equipa de Quidditch!

— *Fantástico!* — disseram ao mesmo tempo Harry e Ron.

— Pois! — continuou Angelina, sorridente. — Fui ter com a McGonagall e *penso* que ela deve ter apelado para o Dumbledore. Seja como for, a Umbridge teve de ceder. Ha! Portanto, quero-vos no campo esta noite, às sete, sem falta, porque temos de recuperar o tempo perdido. Já se deram conta de que estamos apenas a três semanas do nosso primeiro jogo?

Afastou-se deles a custo, evitou à justa uma bola de tinta de Peeves, que foi atingir um aluno do primeiro ano ali ao pé, e desapareceu de vista.

O sorriso de Ron esmoreceu um pouco, quando olhou para lá da janela, que as catadupas de chuva tornavam agora opaca.

— Espero que isto limpe. O que foi, Hermione?

Também ela fixava a janela, mas como se não estivesse a vê-la. Tinha os olhos desfocados e uma ruga na testa.

— Estava só a pensar... — disse ela, ainda de testa franzida para a janela alagada.

— No Siri... Snuffles? — perguntou Harry.

— Não... não exactamente... — respondeu Hermione lentamente. — Estava mais... gostava de saber... suponho que estamos a fazer o que é certo... penso eu... não estamos?

Harry e Ron entreolharam-se.

— Bem, isso esclarece tudo — disse Ron. — Era chato se não te tivesses explicado devidamente.

Hermione fitou-o como se tivesse acabado de dar por ele.

— Gostava de saber — disse ela, em voz mais forte —, se estamos a fazer o que é certo, ao fundar este grupo de Defesa Contra a Magia Negra.

— O quê? — exclamaram Harry e Ron em simultâneo.

— Hermione, a ideia foi tua! — disse Ron indignado.

— Eu sei — replicou Hermione, torcendo os dedos. — Mas depois de falar com o Snuffles...

— Mas ele é todo a favor — disse Harry.

— Sim — anuiu Hermione, voltando a fixar a janela. — Sim, foi isso que me levou a pensar que talvez, afinal, não fosse uma boa ideia...

Peeves flutuou por cima deles de barriga para baixo, a zarabatana em riste. Automaticamente, levantaram os três os sacos para tapar as cabeças até ele ter passado.

— Vamos lá a ver se nos entendemos — proferiu Harry irritado, quando voltaram a pousar os sacos no chão. — O Sirius concorda connosco, portanto tu achas que já não devemos agir?

Hermione ostentava uma expressão tensa e bastante infeliz. Fixando as suas próprias mãos, disse:

— Tu confias mesmo no critério dele?

— Confio, sim! — respondeu Harry prontamente. — Ele sempre nos deu bons conselhos!

Uma bola de tinta passou a assobiar ao lado deles e foi atingir Katie Bell em cheio na orelha. Hermione ficou a ver Katie levantar-se de um salto e começar a atirar coisas a Peeves. Decorreram alguns instantes até falar de novo, parecendo escolher as palavras com muito cuidado.

— Vocês não acham que ele se tornou... um tanto ou quanto... imprudente... desde que está enfiado em Grimmauld Place? Não acham que ele está... a modos que... a viver através de nós?

— O que é isso de «viver através de nós»? — retorquiu Harry.

— Quero dizer... bom, penso que ele adoraria poder formar Sociedades de Defesa secretas mesmo debaixo do nariz de alguém do Ministério... penso que se sente francamente frustrado por poder fazer tão pouco... por isso está ansioso por nos... espicaçar.

Ron parecia profundamente perplexo.

— O Sirius tem razão — disse ele —, tu pareces *mesmo* a minha mãe a falar.

Hermione mordeu os lábios e não respondeu. A campainha soou precisamente quando Peeves desceu sobre Katie e lhe despejou um tinteiro cheio pela cabeça abaixo.

*

O tempo não melhorou, de forma que às sete horas, quando Harry e Ron se dirigiram ao campo de Quidditch para o treino, ficaram encharcados em poucos minutos, sentindo os pés a escorregar e afundar-se na relva empapada. O céu estava de um cinzento--escuro ameaçador e foi um alívio chegar aos vestiários quentes e iluminados, embora soubessem que era apenas temporário. Encontraram Fred e George a debater se haviam ou não de usar uma das suas Pastilhas Isybalda para se escaparem a voar.

— ... mas aposto que ela ia saber que tínhamos feito isso — disse Fred, pelo canto da boca. — Ainda se eu ontem não me tivesse oferecido para lhe vender Gomas Isyvómito.
— Podíamos experimentar os Caramelos Febrígenos — murmurou George —, ainda ninguém os viu...
— E funciona? — perguntou Ron em tom esperançado, enquanto o bater da chuva no telhado aumentava e o vento uivava em redor do edifício.
— Bem, sim — respondeu Fred —, a temperatura sobe-te imediatamente.
— Mas ficas também com uma série de furúnculos cheios de pus — acrescentou George —, e ainda não descobrimos como nos livrar deles.
— Não vejo furúnculos nenhuns — observou Ron, fitando os gémeos.
— Ah, nem podias — disse Fred com ar soturno —, não estão em sítio que andemos por aí a exibir em público.
— Mas fazem que sentar numa vassoura seja muito doloroso...
— Muito bem, malta, ouçam todos — disse Angelina em voz sonora, emergindo do gabinete do capitão. — Sei que não está o tempo ideal, mas há muitas probabilidades de jogarmos contra os Slytherin em condições semelhantes, portanto é boa ideia decidir como é que vamos lidar com eles. Harry, não fizeste qualquer coisa aos teus óculos para impedir que a chuva os embaciasse quando jogámos contra os Hufflepuff naquele dia de tempestade?
— Foi a Hermione — disse Harry. Tirou a varinha, bateu nos óculos e disse: — *Impervius!*
— Acho que devíamos todos tentar isso — disse Angelina. — Se conseguíssemos manter a chuva afastada da cara tínhamos melhor visibilidade... todos juntos, vamos lá: *Impervius!* Muito bem. Embora.
Voltaram todos a meter as varinhas nos bolsos interiores dos mantos, puseram as vassouras ao ombro e seguiram Angelina para fora do vestiário.
Foram a chapinhar na lama cada vez mais funda até ao meio do campo. Apesar do Encantamento Impervius, a visibilidade continuava fraca; a claridade diminuía rapidamente e cortinas de chuva varriam o recinto.
— Bom, quando eu apitar — gritou Angelina.
Harry levantou voo, espalhando lama em todas as direcções e elevou-se, sentindo o vento a desviá-lo ligeiramente do rumo. Não

fazia a menor ideia de como iria conseguir avistar a *snitch* com aquele tempo, dado que já sentia dificuldade em ver a *bludger* com que estavam a treinar. Um minuto após o começo, a bola quase o derrubara e teve de usar o *Sloth Grip Roll* para a evitar. Infelizmente, Angelina não viu. Na realidade, ela não parecia capaz de ver nada; nenhum deles sabia de todo o que os outros estavam a fazer. O vento aumentava. Apesar da distância, Harry conseguia ouvir os sons sibilantes e martelados da chuva a vergastar a superfície do lago.

Angelina manteve-os naquilo durante quase uma hora antes de se dar por vencida. Conduziu a sua equipa encharcada e descontente de regresso aos vestiários, insistindo que o treino não tinha sido uma perda de tempo, embora sem verdadeira convicção. Fred e George pareciam particularmente aborrecidos. Vinham ambos a entortar as pernas e estremeciam a cada movimento. Harry ouviu-os queixar-se em voz baixa, enquanto enxugava o cabelo com uma toalha.

— Acho que alguns dos meus rebentaram — disse Fred em voz cava.

— Os meus, não — respondeu George, retraindo-se —, estão a latejar à doida... até parecem maiores.

— AI! — exclamou Harry.

Comprimiu a toalha contra a cara, os olhos quase cerrados de dor. A cicatriz da testa queimara-o de novo, com a dor mais forte de há várias semanas.

— Que foi? — indagaram diversas vozes.

Harry destapou a cara. O vestiário era uma mancha desfocada, porque estava sem óculos, mas mesmo assim sabia que todos os rostos se encontravam virados para ele.

— Nada — murmurou. — Eu... enfiei um dedo no olho, só isso.

Deitou, porém, um olhar significativo a Ron e deixaram-se os dois ficar para trás, enquanto o resto da equipa saía em fila, encafuados nas suas capas, os chapéus enterrados até ao pescoço.

— O que foi? — perguntou Ron, assim que Alicia desapareceu pela porta. — Foi a tua cicatriz?

Harry acenou afirmativamente.

— Mas... — com ar assustado, Ron dirigiu-se à janela e fixou a chuva lá fora — ele... ele não pode estar perto de nós agora, pois não?

— Não — murmurou Harry, deixando-se cair num banco a esfregar a testa. — Está provavelmente a centenas de quilómetros. Doeu porque... ele está... furioso.

Não pretendera de todo dizer aquilo, e ouviu as palavras como se tivessem sido proferidas por um estranho. No entanto, percebeu imediatamente que eram verdadeiras. Não sabia como, mas soube; Voldemort, onde quer que estivesse, o que quer que estivesse a fazer, estava encolerizado.

— Viste-o? — perguntou Ron, com ar horrorizado. — Tu... tiveste uma visão, ou algo assim?

Harry deixou-se ficar sentado, imóvel, fitando os pés, permitindo que a mente e a memória se descontraíssem após a dor.

Um emaranhado confuso de formas, um ímpeto clamoroso de vozes...

— Ele quer que façam qualquer coisa e isso não está a acontecer suficientemente depressa — explicou.

De novo se sentiu surpreendido pelas palavras que lhe saíam da boca e, contudo, tinha a certeza de que eram verdade.

— Mas... como é que sabes? — indagou Ron.

Harry abanou a cabeça e cobriu os olhos com as mãos, comprimindo-os com as palmas. Houve uma irrupção de pequenas luzes. Sentiu Ron sentar-se a seu lado no banco e percebeu que ele o fitava.

— Foi isto que aconteceu da última vez? — perguntou Ron em voz abafada. — Quando a cicatriz te doeu no gabinete da Umbridge? O Quem-Nós-Sabemos estava furioso?

Harry abanou a cabeça.

— Então, o que é?

Harry procurou recordar-se. Estivera a olhar para a cara de Umbridge... a cicatriz doera-lhe... e experimentara aquela estranha sensação no estômago... uma sensação esquisita, saltitante... uma sensação *de alegria*... mas claro que não a reconhecera como tal, dado que ele próprio se sentia infelicíssimo...

— Da última vez, foi porque ele estava satisfeito — disse ele. — Verdadeiramente satisfeito. Ele pensava... que ia acontecer uma coisa boa. E na véspera de virmos para Hogwarts... — recordou o momento em que a cicatriz lhe doera intensamente, no quarto dele e de Ron, em Grimmauld Place — ... estava furioso.

Virou-se para Ron, que o fitava boquiaberto.

— Podias ir substituir a Trelawney, pá — exclamou ele em tom de admiração.

— Não estou a fazer profecias — protestou Harry.

— Não, sabes o que estás a fazer? — declarou Ron, parecendo simultaneamente assustado e impressionado. — Harry, *tu estás a ler os pensamentos do Quem-Nós-Sabemos!*

— Não — contrapôs Harry, abanando a cabeça. — É mais... a sua disposição, acho eu. Apanho lampejos da sua disposição... O Dumbledore disse que estava a acontecer uma coisa deste género o ano passado. Disse que quando Voldemort estava perto de mim, ou quando sentia ódio, eu sabia. E, agora, estou igualmente a sentir quando ele está satisfeito...

Houve uma pausa. O vento e a chuva fustigavam o edifício.

— Tens de contar a alguém — disse Ron.

— Contei ao Sirius da última vez.

— Pois conta-lhe desta vez!

— Não posso, pois não? — disse Harry desanimado. — A Umbridge anda a vigiar as corujas e as lareiras, lembras-te?

— Bem, então conta ao Dumbledore.

— Acabei de te dizer que ele já sabe — declarou Harry secamente, levantando-se, tirando a capa do cabide e enrolando-a à sua volta. — Não vale a pena contar-lhe outra vez.

Ron abotoou a sua capa, observando Harry pensativamente.

— O Dumbledore havia de querer saber — afirmou ele.

Harry encolheu os ombros.

— 'Bora... ainda temos de ir treinar o Encantamento Silenciador.

Caminharam apressados pelos terrenos envoltos em trevas, deslizando e tropeçando no relvado enlameado, sem falar. Harry fazia um esforço de concentração. O que seria que Voldemort queria que lhe fizessem e não acontecia suficientemente depressa?

— *... ele tem outros planos... planos que pode pôr em marcha sem dar nas vistas... coisas que só consegue obter furtivamente... como uma arma. Algo que não tinha da última vez.*

Harry não pensava naquelas palavras havia semanas, andara demasiado absorvido com o que se passava em Hogwarts, demasiado ocupado a repisar as lutas contínuas com Umbridge, a injustiça de toda a interferência do Ministério... mas agora recordava-as e elas levavam-no a interrogar-se... a cólera de Voldemort fazia sentido se ele não se achasse mais perto de deitar a mão à *arma*, fosse lá o que fosse. Tê-lo-ia a Ordem frustrado, impedido de se apoderar dela? Onde estaria guardada? Quem a teria agora?

— *Mimbulus mimbletonia* — disse a voz de Ron e Harry voltou à realidade a tempo de se enfiar pelo buraco do retrato para a sala comum.

Ao que parecia, Hermione tinha ido deitar-se cedo, deixando *Crookshanks* enroscado num cadeirão e uma série de chapéus de elfo cheios de carrapetos pousados numa mesa junto à lareira. Harry ficou satisfeito por ela já não se encontrar ali, porque não lhe apetecia nada discutir a dor da sua cicatriz e ouvi-la também insistir para que fosse contar a Dumbledore. Ron deitava-lhe constantes olhares ansiosos, mas Harry pegou no livro de Encantamentos e pôs-se a trabalhar na sua composição, embora apenas fingisse concentrar-se e, quando Ron declarou que também ia para a cama, ainda não escrevera praticamente nada.

A meia-noite chegou e passou e Harry continuava a ler e a reler uma passagem acerca dos usos da cocleária, ligústica e espirradeira, sem assimilar uma única palavra.

Estas plantas são extremamente eficazes para produzir inflamação no cérebro, sendo portanto muito usadas nas Poções de Transtorno e de Desorientação, quando o feiticeiro deseja provocar exaltação e imprudência...

... Hermione dissera que Sirius estava a ficar imprudente, enfiado em Grimmauld Place...

... *extremamente eficazes para produzir inflamação do cérebro, sendo portanto muito usadas...*

... O Profeta Diário acharia que o seu cérebro se encontrava inflamado, se descobrisse que ele sabia o que Voldemort sentia...

... *sendo portanto muito usadas nas Poções de Transtorno e de Desorientação...*

... desorientação era sem dúvida a palavra certa. *Por que* é que ele sabia o que Voldemort sentia? Que estranha ligação era aquela entre eles, que Dumbledore nunca fora capaz de explicar satisfatoriamente?

... *quando o feiticeiro deseja...*

... como ele gostaria de adormecer...

... *provocar exaltação...*

... sentia-se quente e confortável no seu cadeirão junto à lareira, com a chuva ainda a fustigar os vidros das janelas, *Crookshanks* a ronronar e o crepitar das chamas...

O livro escorregou da mão frouxa de Harry e aterrou com um baque surdo no tapete. A cabeça tombou-lhe para o lado...

Ia de novo a caminhar por um corredor sem janelas, os passos a ecoarem no silêncio. À medida que a porta ao fundo do corredor ia ficando maior, o seu coração galopava, excitado... se ele a conseguisse abrir... entrar...

Estendeu a mão... os seus dedos estavam apenas a centímetros dela...

— Harry Potter, senhor!

Acordou sobressaltado. As velas da sala comum tinham sido todas apagadas, mas havia algo a mover-se ali perto.

— Quemtáaí? — perguntou Harry, endireitando-se na cadeira. A lareira estava quase extinta, a sala muito escura.

— Dobby ter a sua coruja, senhor! — disse uma voz aguda.

— Dobby? — repetiu Harry em voz abafada, olhando através das trevas na direcção da voz.

Dobby, o elfo doméstico, estava de pé junto à mesa onde Hermione deixara meia dúzia dos seus chapéus de lã. As orelhas grandes e pontiagudas projectavam-se por debaixo do que pareciam ser todos os chapéus que Hermione já tricotara. Ele tinha posto uns por cima dos outros, de forma que a sua cabeça parecia alongada mais de meio metro, e na borla do topo encontrava-se sentada *Hedwig*, piando serenamente e obviamente curada.

— Dobby oferecer-se para trazer a coruja de Harry Potter — disse o elfo aos guinchos, com um ar de clara adoração estampado no rosto. — A Professora Grubbly-Plank dizer que ela já está boa, senhor. — Fez uma vénia tão rasgada que o nariz afilado roçou a superfície do tapete e *Hedwig* soltou um pio indignado e esvoaçou para o braço do cadeirão de Harry.

— Obrigado, Dobby! — agradeceu Harry, afagando a cabeça de *Hedwig* e pestanejando com força para tentar libertar-se da imagem da porta do seu sonho... fora tão nítida. Olhando de novo para Dobby, reparou que o elfo trazia também diversos cachecóis e inúmeras peúgas, que lhe faziam os pés parecer demasiado grandes para o corpo.

— Aã... tens ficado com *toda* a roupa que a Hermione tem deixado aqui?

— Oh, não senhor — disse Dobby satisfeito. — Dobby também ter levado alguma para Winky.

— Pois, como está a Winky? — perguntou Harry.

As orelhas de Dobby descaíram ligeiramente.

— Winky continuar a beber muito, senhor — disse ele pesaroso, os enormes olhos verdes redondos, grandes como bolas de ténis, descorçoados. — Ela ainda não apreciar roupa, Harry Potter. Nem os outros elfos domésticos. Nenhum deles já vir limpar a torre dos Gryffindor, por causa dos chapéus e peúgas escondidos por todo o lado, eles achar um insulto, senhor. Dobby fazer tudo sozinho, senhor, mas Dobby não se importar, senhor, pois estar sempre à espera de encontrar Harry Potter e esta noite, senhor, teve·o seu desejo satisfeito! — Dobby curvou-se de novo numa profunda vénia.

— Mas Harry Potter não parecer feliz — continuou Dobby, voltando a endireitar-se e fitando timidamente Harry. — Dobby ouviu-o a murmurar em sonhos. Harry Potter estava a ter maus sonhos?

— Maus, exactamente, não — disse Harry, bocejando e esfregando os olhos. — Já tive pior.

O elfo observou Harry com os seus enormes olhos circulares. Depois disse muito sério, de orelhas descaídas: — Dobby gostava de poder ajudar Harry Potter, porque Harry Potter libertar Dobby e Dobby ser muito, muito mais feliz agora.

Harry sorriu.

— Não podes ajudar-me, Dobby, mas obrigado pela oferta.

Curvou-se e apanhou o livro de Poções. Teria de tentar terminar a composição no dia seguinte. Fechou o livro e, ao fazê-lo, a claridade da lareira iluminou as finas cicatrizes brancas da palma da sua mão — o resultado das punições de Umbridge...

— Espera aí... há uma coisa que podes fazer por mim, Dobby — disse ele devagar.

O elfo voltou-se, sorrindo de orelha a orelha.

— É só dizer, Harry Potter, senhor!

— Preciso de encontrar um sítio onde vinte e oito pessoas possam treinar Defesa Contra a Magia Negra sem serem descobertas por nenhum dos professores. Principalmente — Harry apertou o livro com força, de forma que as cicatrizes brilharam, de um branco-pérola — a Professora Umbridge.

Esperava ver o sorriso do elfo desaparecer e as orelhas descaírem. Esperava ouvi-lo dizer que era impossível, ou então que tentaria encontrar qualquer coisa, mas sem grande esperança. O que não esperava era ver Dobby dar um pequeno pulo, de orelhas alegremente espetadas, e bater as palmas.

— Dobby conhecer o lugar perfeito, senhor! — exclamou ele jubilosamente. — Dobby ouvir falar nele aos outros elfos domésticos quando vir para Hogwarts, senhor. Ser conhecido como a Sala que Vai e Vem, senhor, ou então pela Sala das Necessidades.

— Porquê? — perguntou Harry, curioso.

— Porque ser uma sala onde uma pessoa só poder entrar — explicou Dobby muito sério — quando ter realmente necessidade dela. Às vezes estar lá, outras não estar, mas quando aparece, estar sempre equipada para satisfazer as necessidades de quem a procura. Dobby já a usar, senhor — murmurou o elfo, baixando a voz e exibindo um ar culpado — quando a Winky estar muito embriagada;

ele esconde ela na Sala das Necessidades e encontra lá antídotos para a cerveja de manteiga, e uma bela cama ao tamanho de um elfo para a instalar enquanto ela cura a embriaguez, senhor... e Dobby saber que Mr. Filch encontrar ali material de limpeza extra quando deixou esgotar as reservas, senhor, e...

— E se precisássemos realmente de uma casa de banho — rematou Harry, recordando-se, de súbito, de algo que Dumbledore tinha dito no Baile de Natal do ano anterior —, ela enchia-se de bacios?

— Dobby supor que sim, senhor — assentiu Dobby acenando ansioso. — Ser uma sala espantosa, senhor.

— Quantas pessoas sabem que ela existe? — perguntou Harry, endireitando-se mais no cadeirão.

— Muito poucas, senhor. A maior parte das pessoas deparar com ela quando necessitar dela, senhor, mas frequentemente nunca mais a encontrar, porque não saber que ela estar sempre ali à espera de ser chamada ao serviço, senhor.

— Parece-me fantástico — exclamou Harry, o coração a galope. — Parece-me perfeito, Dobby. Quando podes mostrar-me onde é?

— Quando quiser, Harry Potter, senhor — declarou Dobby, parecendo encantado com o entusiasmo de Harry. — Podemos ir agora, se quiser!

Por instantes, Harry sentiu-se tentado a ir com Dobby. Já estava meio levantado, tencionando ir a correr lá acima buscar o Manto da Invisibilidade quando, não pela primeira vez, uma voz muito semelhante à de Hermione lhe sussurrou ao ouvido: *imprudente*. Afinal, era muito tarde e ele estava exausto.

— Esta noite não, Dobby — disse ele relutante, afundando-se de novo no cadeirão. — Isto é muito importante... não quero estragar as coisas, vai precisar de ser bem planeado. Olha, podes só dizer-me exactamente onde fica essa Sala das Necessidades, e como se entra lá?

*

Os mantos esvoaçavam e enrodilhavam-se nas suas pernas, enquanto se dirigiam, patinhando pela horta alagada, para uma aula de duas horas de Herbologia, onde mal conseguiram ouvir o que a Professora Sprout dizia acima do martelar de gotas de chuva, pesadas como granizo, no telhado da estufa. A aula da tarde de Cuidados com as Criaturas Mágicas ia ser transferida do recinto varrido pela tempestade para uma sala de aula disponível no rés-do-chão e, com profundo alívio seu, Angelina contactara a equipa à hora do almoço para lhe dizer que o treino de Quidditch fora cancelado.

— Óptimo! — exclamou Harry quando ela o informou. — É que nós encontrámos um sítio para a nossa primeira reunião de Defesa. Esta noite, às oito, sétimo andar, em frente daquela tapeçaria de Barnabás, *o Louco*, a ser atacado pelos *trolls*. És capaz de dizer à Katie e à Alicia?

Ela pareceu algo surpreendida, mas prometeu informar as outras. Harry regressou faminto às suas salsichas e puré. Ao levantar os olhos para beber um golo de sumo de abóbora, viu Hermione a observá-lo.

— Que foi? — perguntou em voz gutural.

— Bem... é só que os planos do Dobby nem sempre são muito seguros. Não te lembras quando ele te fez ficar sem os ossos todos do braço?

— Esta sala não é apenas uma ideia maluca do Dobby, o Dumbledore também a conhece, mencionou-a no Baile de Natal.

A expressão de Hermione desanuviou-se.

— O Dumbledore falou-te nela?

— De passagem — disse Harry encolhendo os ombros.

— Ah, bom, então está bem — concordou Hermione vivamente, e não levantou mais objecções.

Juntamente com Ron, tinham passado a maior parte do dia a procurar as pessoas que haviam assinado a lista no Cabeça de Javali para as informar onde se encontrariam nessa noite. Para desapontamento de Harry, foi Ginny quem descobriu primeiro Cho Chang e a amiga. No entanto, no fim do jantar, estava certo de que a notícia havia sido passada a cada uma das vinte e cinco pessoas que tinham aparecido no Cabeça de Javali.

Às sete e meia, Harry, Ron e Hermione saíram da sala comum dos Gryffindor, com Harry a apertar na mão um certo pedaço de pergaminho antigo. Os alunos do quinto ano tinham autorização para andar pelos corredores até às nove horas, mas os três olhavam nervosamente em volta enquanto caminhavam pelo sétimo andar.

— Esperem aí — avisou Harry, que desembrulhou o pedaço de pergaminho no topo do último lance de escadas e lhe bateu com a varinha, murmurando: — *Juro solenemente que não vou fazer nada de bom*.

Na superfície em branco do pergaminho surgiu um mapa de Hogwarts. Minúsculos pontos pretos móveis, todos rotulados com nomes, mostravam a posição das diversas pessoas.

— O Filch está no segundo andar — disse Harry, aproximando o mapa dos olhos — e Mrs. Norris está no quarto andar.
— E a Umbridge? — perguntou Hermione ansiosa.
— No gabinete dela — apontou Harry. — Muito bem, vamos lá.

Percorreram, apressados, o corredor até ao sítio que Dobby descrevera a Harry, um trecho de parede nua em frente de uma enorme tapeçaria, ilustrando a louca tentativa de Barnabas, *o Louco*, de treinar *trolls* para o *ballet*.

— Bom — disse Harry baixinho, enquanto um *troll* roído de traças interrompia a sua infatigável carga de paulada ao potencial professor de *ballet* para os observar — o Dobby disse para passarmos três vezes por esta parte da parede, profundamente concentrados naquilo de que necessitamos.

Assim fizeram, dando meia volta junto à janela logo a seguir ao pedaço de parede nua, e depois no vaso da altura de um homem na outra ponta. Ron semicerrara os olhos de concentração, Hermione murmurava qualquer coisa entredentes e Harry cerrou os punhos, olhando em frente.

Precisamos de um sítio para aprender a lutar... pensou ele. *Dêem--nos só um sítio para treinar... qualquer sítio onde eles não consigam descobrir-nos...*

— Harry! — exclamou Hermione vivamente, quando deram meia volta após a terceira passagem.

Surgira na parede uma porta muito bem envernizada. Ron olhava-a fixamente, parecendo algo desconfiado. Harry estendeu a mão, agarrou a maçaneta de metal, abriu a porta e entrou numa espaçosa sala iluminada por tochas bruxuleantes, semelhantes às que alumiavam as masmorras, oito andares abaixo.

As paredes estavam cobertas de estantes de madeira e, em vez de cadeiras, havia no chão grandes almofadas de seda. Um conjunto de prateleiras ao fundo da sala continha uma série de instrumentos como Avisoscópios, Sensores de Segredos e um Espelho dos Inimigos rachado que Harry estava certo de ter visto no ano anterior, pendurado no gabinete do falso Moody.

— Isto vai ser muito útil quando treinarmos o Feitiço de Atordoar — disse Ron entusiasmado, dando uma sapatada numa das almofadas.

— E vejam só os livros! — exclamou Hermione muito excitada, passando o dedo pelas lombadas de grandes tomos encadernados a pele. — *Compêndio de Maldições Vulgares e suas Contramaldições...*

A Magia Negra Vencida... Feitiços de Autodefesa... uau... — Virou-se para Harry, de rosto radiante, e ele viu que a presença de centenas de livros tinha finalmente convencido Hermione de que estavam a agir correctamente. — Harry, isto é maravilhoso, há aqui tudo aquilo de que precisamos!

E, sem mais, tirou da prateleira *Feitiços para os Enfeitiçados,* deixou-se cair na almofada mais próxima e embrenhou-se na leitura.

Bateram suavemente à porta. Harry voltou-se. Ginny, Neville, Lavender, Parvati e Dean tinham chegado.

— Uau — fez Dean, olhando embasbacado à sua volta. — Que lugar é este?

Harry começou a explicar, mas antes de poder concluir, chegaram mais pessoas e teve de começar do princípio. Quando deram as oito horas, todas as almofadas se encontravam ocupadas. Harry dirigiu-se à porta e deu a volta à chave que se via na fechadura, a qual emitiu um tranquilizante clique sonoro. Todos se calaram, olhando para ele. Hermione marcou cuidadosamente a página de *Feitiços para os Enfeitiçados* e pousou o livro.

— Bom — começou Harry, ligeiramente nervoso. — Foi este o sítio que encontrámos para as sessões de treino e vocês... aã... obviamente acham que serve.

— É fantástico! — exclamou Cho, e várias pessoas murmuraram a sua concordância.

— É estranho — disse Fred, olhando em volta de testa franzida. — Uma vez escondemo-nos aqui do Filch, lembras-te, George? Mas nessa altura era apenas um armário de vassouras.

— Ei, Harry, que tralha é esta? — perguntou Dean do fundo da sala, indicando os Avisoscópios e o Espelho dos Inimigos.

— Detectores das Trevas — elucidou Harry, passando por entre as almofadas para lá chegar. — Basicamente, todos mostram quando há feiticeiros Negros ou inimigos por perto, mas não nos devemos fiar muito neles, pois podem ser iludidos...

Fixou um instante o Espelho dos Inimigos rachado onde se movimentavam figuras vagas, embora nenhuma fosse reconhecível e depois virou-lhe as costas.

— Bem, tenho pensado por onde é que havemos de começar e... aã — Reparou numa mão erguida. — O que é, Hermione?

— Acho que devíamos eleger um líder — disse Hermione.

— O líder é o Harry — ripostou imediatamente Cho, fitando Hermione como se ela estivesse maluca.

O estômago de Harry deu nova cambalhota.

— Sim, mas acho que devíamos votar devidamente — declarou Hermione, imperturbável. — Formaliza as coisas e dá-lhe autoridade. Portanto... quem acha que Harry deve ser o nosso líder?

Todos levantaram a mão, até mesmo Zacharias Smith, embora o fizesse sem grande entusiasmo.

— Aã... certo, obrigado — disse Harry, que sentia a cara a arder. — E... *que é,* Hermione?

— Também acho que devíamos ter um nome — disse ela animadamente, de mão ainda no ar. — Promoveria um sentimento de espírito de equipa e unidade, não acham?

— Podemos ser a Liga Anti-Umbridge? — propôs Angelina em tom esperançoso.

— Ou o Grupo «O Ministério da Magia são uns Idiotas»? — alvitrou Fred.

— Tinha pensado mais num nome que não apregoasse a toda a gente o que andamos a fazer, de maneira a podermos mencioná-lo sem risco fora das reuniões — observou Hermione, franzindo a testa a Fred.

— A Escola de Defesa? — sugeriu Cho. — Abreviado, a ED, para que ninguém saiba do que estamos a falar?

— É, ED está bem — concordou Ginny. — Mas que signifique antes o Exército de Dumbledore, porque é esse o maior receio do Ministério, não é?

Ouviram-se vários murmúrios de apreciação e risos.

— Quem é a favor de ED? — inquiriu Hermione com ar mandão, ajoelhando na almofada para fazer a contagem. — Por maioria... moção aprovada!

Pregou o pedaço de pergaminho com as assinaturas de todos na parede e escreveu no topo em grandes letras:

O EXÉRCITO DE DUMBLEDORE

— Óptimo — proferiu Harry quando ela voltou a sentar-se —, vamos então começar a treinar? Estive a pensar que a primeira coisa que devíamos fazer é o *Expelliarmus,* sabem, o Encantamento para Desarmar. Sei que é bastante básico mas foi-me francamente útil...

— Oh, *poupa-nos* — protestou Zacharias Smith, revirando os olhos e cruzando os braços. — Não me parece que o *Expelliarmus* vá ajudar-nos muito contra o Quem-Nós-Sabemos, e a ti?

— Eu usei-o contra ele — afirmou Harry serenamente. — Salvou-me a vida em Junho.

Smith abriu estupidamente a boca. O resto da sala estava muito calado.

— Mas se achas que é indigno de ti, podes sair — disse Harry. Smith não se moveu. Tampouco qualquer dos outros.

— Muito bem — prosseguiu Harry, a boca um bocado mais seca do que o usual, com todos aqueles olhos fitos em si —, penso que devemos formar pares e treinar.

Era uma sensação esquisita estar a dar ordens, mas era ainda mais esquisito vê-las serem obedecidas. Todos se levantaram imediatamente e agruparam. Como era de prever, Neville ficou sem par.

— Podes treinar comigo — sugeriu-lhe Harry. — Certo... quando eu disser três. E então... um, dois, três...

A sala encheu-se subitamente de gritos de *Expelliarmus*. Voaram varinhas em todas as direcções. Feitiços falhados foram atingir livros nas estantes e projectavam-nos no ar. Harry foi demasiado rápido para Neville, cuja varinha lhe saltou da mão a rodopiar, bateu no tecto com uma chuva de faíscas e aterrou com um baque no cimo de uma estante, de onde Harry a recuperou com um Encantamento de Convocação. Olhando em volta, pensou que tinha feito bem em sugerir que treinassem primeiro as coisas básicas; havia uma grande quantidade de feitiços mal executados. Muitos deles não conseguiam mesmo Desarmar os seus oponentes, fazendo-os apenas saltar para trás alguns passos ou estremecer, quando os seus débeis feitiços zumbiam por cima deles.

— *Expelliarmus!* — disse Neville, e Harry, apanhado desprevenido, sentiu a varinha voar-lhe da mão.

— CONSEGUI! — gritou Neville entusiasmado. — Nunca tinha feito isto... CONSEGUI!

— Boa! — encorajou-o Harry, decidindo não sublinhar que, num duelo autêntico, era pouco provável que o adversário de Neville estivesse a olhar na direcção oposta, de varinha descuidadamente encostada à perna. — Ouve, Neville, és capaz de treinar alternadamente com o Ron e a Hermione durante alguns minutos, para eu poder dar uma volta, a ver como o resto se está a sair?

Harry avançou para o meio da sala. Algo muito estranho estava a acontecer a Zacharias Smith. Sempre que abria a boca para desarmar Anthony Goldstein, a sua própria varinha voava-lhe da mão e, no entanto, Anthony não parecia emitir qualquer som. Harry não teve de procurar longe para solucionar o mistério: Fred e George encontravam-se a curta distância de Smith e revezavam-se a apontar as varinhas às costas deste.

— Desculpa, Harry — disse George muito depressa, quando este cruzou o olhar com o seu. — Não conseguimos resistir.

Harry deslocou-se por entre os outros pares, tentando corrigir os que estavam a lançar o feitiço de forma errada. O par de Ginny era Michael Corner e ela ia muito bem, ao passo que Michael era, ou muito mau ou incapaz de a enfeitiçar. Ernie McMillan fazia floreados desnecessários com a varinha, dando ao adversário tempo para se pôr em guarda. Os irmãos Creevey mostravam-se entusiasmados, mas irregulares e eram os principais responsáveis por todos os livros que saltavam das estantes à sua volta. Luna Lovegood era igualmente irregular, fazendo ocasionalmente a varinha de Justin Finch-Fletchley saltar-lhe da mão, e outras vezes limitando-se a eriçar-lhe os cabelos.

— Ok, alto! — gritou Harry. — *Alto! ALTO!*

Preciso de um apito, pensou ele, e descobriu imediatamente um no cimo da fila de livros mais próxima. Pegou-lhe e apitou com força. Todos baixaram as varinhas.

— Não foi mal — louvou —, mas podemos definitivamente fazer melhor. — Zacharias Smith fulminou-o com o olhar. — Vamos lá tentar outra vez.

Deslocou-se de novo pela sala, parando aqui e ali para fazer sugestões. Lentamente, o nível geral de execução melhorou. Durante algum tempo, evitou aproximar-se de Cho e da amiga, mas após ter passado duas vezes por todos os outros pares da sala, achou que não podia continuar a ignorá-las.

— Oh não! — disse Cho um tanto ou quanto desorientada quando ele se aproximou. — *Expelliarmious!* Quer dizer, *Expelliarmus!* Eu... oh, desculpa, Marietta!

A manga da amiga de cabelo encaracolado pegara fogo. Marietta extinguiu-o com a sua própria varinha e fitou Harry furiosa, como se fosse culpa dele.

— Fizeste-me ficar nervosa, eu estava a ir muito bem até aqui! — disse Cho para Harry em tom lastimoso.

— Foi muito bem — mentiu Harry, mas ao vê-la erguer as sobrancelhas, corrigiu: — Bem, não foi, foi péssimo, mas sei que és capaz de o fazer correctamente, estive a observar dali.

Ela riu-se. A amiga Marietta fitou-os com ar irritado e virou-lhes costas.

— Não lhe ligues — murmurou Cho. — Por vontade dela, não estava aqui, mas eu obriguei-a a vir comigo. Os pais proibiram-na de fazer o que quer que fosse para indispor a Umbridge. Sabes, a mãe dela trabalha no Ministério.

— E os teus pais? — perguntou Harry.

— Bom, também me proibiram de pisar os calos à Umbridge — disse Cho, endireitando-se orgulhosamente. — Mas se pensam que não vou lutar contra o Quem-Nós-Sabemos depois do que aconteceu ao Cedric...

Interrompeu-se, parecendo confusa, e caiu entre eles um silêncio constrangido. A varinha de Terry Boot passou a sibilar pela orelha de Harry e foi atingir Alicia Spinnet com toda a força no nariz.

— Pois o meu pai apoia *decididamente* qualquer acção anti--Ministério! — declarou Luna Lovegood orgulhosamente, atrás de Harry. Era evidente que estivera a ouvir a conversa deles, enquanto Justin Finch-Fletchley procurava desembaraçar-se dos mantos que lhe haviam caído em cima da cabeça. — Está sempre a dizer que acha o Fudge capaz de tudo. É só ver o número de duendes que o Fudge mandou assassinar! E é claro que ele usa o Departamento de Mistérios para desenvolver venenos terríveis, que dá secretamente a todos os que discordam dele. E há ainda o seu Umgubular Slashkilter...

— Nem perguntes — segredou Harry para Cho, vendo-a abrir a boca com ar espantado. Ela riu-se.

— Ei, Harry — chamou Hermione do outro lado da sala —, já viste as horas?

Ele consultou o relógio e sentiu um choque ao verificar que já eram nove e dez, o que significava que tinham de voltar imediatamente às respectivas salas comuns, sob risco de serem apanhados e castigados por Filch por se encontrarem fora da área permitida. Apitou: toda a gente cessou de gritar *«Expelliarmus»* e o último par de varinhas caiu ao chão.

— Pronto, foi bastante bem — declarou Harry —, mas excedemo-nos um pouco, é melhor ficarmos por aqui. Mesma hora, mesmo local na próxima semana?

— Antes! — bradou Dean Thomas entusiasmado e muitos deles acenaram a sua concordância.

Angelina, contudo, apressou-se a dizer: — A época de Quidditch vai começar, também precisamos de treinar a equipa!

— Marcamos, então, para a próxima quarta-feira à noite — decidiu Harry — e nessa altura combinamos as reuniões adicionais. Vá lá, temos de ir embora.

Voltou a tirar o Mapa do Salteador e procurou cautelosamente sinais de professores no sétimo andar. Foi-os deixando sair aos três e quatro, observando, ansioso, os seus pontos minúsculos para saber se voltavam em segurança aos dormitórios: os Hufflepuff ao corredor da cave que conduzia igualmente às cozinhas; os Ravenclaw a uma torre no lado ocidental do castelo e os Gryffindor ao longo do corredor do retrato da Dama Gorda.

— Foi francamente bom, Harry — comentou Hermione quando por fim restavam apenas ela, Harry e Ron.

— Ai, isso foi! — exclamou Ron entusiasmado, enquanto se esgueiravam pela porta e a viam fundir-se de novo na pedra. — Viste-me desarmar a Hermione, Harry?

— Só uma vez — repontou Hermione, picada. — Apanhei-te muito mais vezes do que tu a mim...

— Não te apanhei só uma vez, apanhei-te pelo menos umas três...

— Bem, se estás a contar aquela em que tropeçaste nos teus próprios pés e, ao cair, me levaste a varinha da mão...

Foram a discutir o caminho todo até à sala comum, mas Harry nem os ouvia. Ia de olho no Mapa do Salteador, mas ia também a pensar que Cho confessara que ele a punha nervosa.

XIX

O LEÃO E A SERPENTE

Durante as duas semanas seguintes, Harry sentiu-se como se trouxesse dentro do peito um talismã, um segredo incandescente que lhe permitia aguentar as aulas de Umbridge e até lhe tornava possível sorrir afavelmente ao encarar os seus horríveis olhos salientes. Ele e o ED resistiam-lhe mesmo debaixo do seu nariz, fazendo justamente aquilo que ela e o Ministério mais receavam, e, quando nas suas aulas devia estar a ler o livro de Wilbert Slinkhard, Harry alongava-se em recordações gratificantes das reuniões mais recentes, relembrando como Neville havia desarmado com êxito Hermione, como Colin Creevey aprendera o Feitiço do Estorvo após três reuniões de árduo esforço, como Parvati Patil efectuara um Feitiço de Pulverização tão bom que reduzira a pó a mesa contendo todos os Avisoscópios.

Descobrira que lhe era quase impossível fixar uma noite certa para as reuniões do ED, dado terem de contar com os treinos de Quidditch de três equipas diferentes, muitas vezes alterados devido às condições atmosféricas. Mas Harry não lamentava isso: tinha a sensação de que era provavelmente melhor manter o horário das reuniões imprevisível. Se estivessem a ser observados por alguém, seria difícil descobrir um padrão.

Hermione depressa inventou uma forma muito inteligente de comunicar a todos os membros a data e a hora da reunião seguinte, caso precisassem de ser alteradas à última hora, porque pareceria suspeito se pessoas de diferentes equipas fossem frequentemente vistas a atravessar o Salão para falarem umas com as outras. Hermione deu a cada um dos membros do ED um galeão falso (Ron ficou muito excitado a primeira vez que viu o cesto, convencendo-se de que ela estava mesmo a oferecer ouro verdadeiro).

— Vêem os numerais em volta da orla das moedas? — explicou Hermione, no fim da quarta reunião, segurando uma para que todos vissem. A moeda reluziu, amarela e grossa, à luz das tochas. — Nos galeões verdadeiros isto é apenas um número de série referente ao duende que cunhou a moeda. No entanto, nestas moedas falsas, os números alterar-se-ão para indicar a hora e a data da próxima reunião. As moedas ficam quentes quando a data muda, por isso, se as trouxerem no bolso, poderão senti-las. Cada um de nós fica com uma, e quando o Harry marcar a data da reunião seguinte, muda os números na moeda *dele;* como estão sob um Encantamento Multiforme, a mudança reproduz-se em todas as moedas.

As palavras de Hermione foram recebidas em silêncio total. Algo perplexa, encarou os presentes.

— Bem... pareceu-me uma boa ideia — começou a dizer, hesitante —, quer dizer, mesmo que a Umbridge nos mandasse despejar os bolsos, não há nada de esquisito em trazer um galeão, pois não? Mas... bem, se não as querem usar...

— Tu és capaz de fazer um Encantamento Multiforme? — perguntou Terry Boot.

— Sou — respondeu Hermione.

— Mas isso... isso já é matéria dos EFBEs, não é? — proferiu o rapaz debilmente.

— Oh — exclamou Hermione, tentando mostrar-se modesta. — Oh... bem... sim, suponho que sim.

— Por que é que tu não estás nos Ravenclaw? — inquiriu ele, fitando Hermione com uma espécie de admiração. — Com miolos como os teus?

— Bem, o Chapéu Seleccionador pensou seriamente em pôr-me nos Ravenclaw durante a selecção — comentou Hermione alegremente —, mas acabou por se decidir pelos Gryffindor. Então, isto significa que vamos usar os galeões?

Ouviu-se um murmúrio de concordância e todos avançaram para tirar um do cesto. Harry olhou de lado para Hermione.

— Sabes o que isto me faz lembrar?

— Não, o quê?

— As cicatrizes dos Devoradores da Morte. Voldemort toca numa delas, e todas as cicatrizes se inflamam, e eles sabem que se lhe devem juntar.

— Bem... sim — concordou Hermione baixinho —, eu *fui* buscar a ideia aí... mas repararás que decidi gravar a data em pedaços de metal em vez da pele dos nossos colegas.

— É... prefiro o teu método — disse Harry sorrindo e enfiando o seu galeão no bolso. — Suponho que o único perigo é podermos gastá-los acidentalmente.

— Deve ser! — repontou Ron, que examinava o seu galeão falso com ar levemente pesaroso. — Eu cá não tenho galeões verdadeiros para os poder confundir.

À medida que se aproximava o primeiro jogo de Quidditch da época, Gryffindor contra Slytherin, as reuniões do ED foram sendo proteladas, porque Angelina insistia em treinar quase diariamente. O facto de a Taça de Quidditch não ser disputada há tanto tempo aumentava consideravelmente o interesse e a excitação que rodeavam o próximo jogo. Os Ravenclaw e os Hufflepuff mostravam-se vivamente interessados no resultado, uma vez que teriam, evidentemente, de jogar com ambas as equipas durante o ano. Os chefes das equipas, embora procurassem disfarçar, aparentando espírito desportivo, estavam decididos a ver as suas próprias equipas sair vitoriosas. Harry percebeu como a Professora McGonagall estava empenhada em vencer os Slytherin, quando se absteve de lhes marcar trabalhos de casa na semana anterior ao jogo.

— Creio que já têm bastante com que se entreter neste momento — disse-lhes com ar indiferente. Ninguém queria acreditar nos seus ouvidos até ela olhar directamente para Harry e Ron e declarar em tom severo: — Habituei-me a ver a Taça de Quidditch na minha sala, rapazes, e não quero ter de a entregar ao Professor Snape, por isso usem o tempo livre para treinar, entendidos?

O partidarismo de Snape não era menos óbvio: tinha marcado o campo de Quidditch para treinos dos Slytherin tantas vezes que os Gryffindor tinham dificuldade em lá pôr o pé. Fazia igualmente orelhas moucas aos muitos relatos de tentativas de Slytherin para lançar feitiços malignos sobre jogadores dos Gryffindor, nos corredores. Alicia Spinnet foi parar à enfermaria com as sobrancelhas a crescerem a uma velocidade incrível, tornando-se tão farfalhudas que lhe turvavam a visão e obstruíam a boca. Snape, porém, insistiu em que ela devia ter tentado fazer a si própria um Encantamento para engrossar o cabelo e recusou-se a escutar as catorze testemunhas oculares que afirmavam ter visto o *keeper* dos Slytherin, Miles Bletchley, atingi-la pelas costas com um feitiço, quando Alicia trabalhava na biblioteca.

Harry sentia-se optimista quanto às probabilidades dos Gryffindor. Afinal, nunca tinham perdido contra a equipa de Malfoy. É verdade que Ron ainda não atingira o nível de Wood, mas trabalhava arduamente para melhorar. A sua maior fraqueza era a tendência para perder a autoconfiança, depois de ter falhado; se deixava entrar um golo, atarantava-se, o que aumentava as probabilidades de falhar mais defesas. Por outro lado, Harry vira Ron fazer algumas defesas espectaculares quando estava em forma; numa sessão de treino memorável, tinha ficado agarrado à vassoura apenas com uma das mãos e dado um pontapé tão forte à *quaffle,* afastando-a do aro de marcação, que a bola atravessara o campo e passara o aro central, no outro extremo. O resto da equipa achou que aquela defesa podia comparar-se favoravelmente a outra, feita recentemente por Barry Ryan, o *keeper* internacional irlandês, contra o melhor *chaser* da Polónia, Ladislaw Zamojski. Até Fred dissera que ele e George podiam muito bem vir ainda a orgulhar-se de Ron e que pensavam seriamente admitir que ele pertencia à família, algo que andavam a tentar negar havia quatro anos.

A única coisa que preocupava francamente Harry era a forma como Ron se deixava afectar pelas tácticas dos Slytherin antes da entrada em campo. A Harry que, é claro, aguentava os seus impropérios havia mais de quatro anos, comentários do género «Ei, Potty, ouvi dizer que o Warrington jurou deitar-te da vassoura abaixo no sábado», longe de o deixarem gelado, davam-lhe vontade de rir. «A pontaria do Warrington é tão patética que eu ficava mais preocupado se ele estivesse a apontar para a pessoa que se encontrasse ao meu lado», retorquira ele, provocando as gargalhadas de Ron e Hermione e apagando o sorriso malévolo da cara de Pansy Parkinson.

Mas Ron nunca suportara uma campanha implacável de insultos, chacota e intimidação. Quando os Slytherin, alguns do sétimo ano e bastante maiores do que ele, murmuravam, ao cruzar-se com ele nos corredores, «Já marcaste cama na enfermaria, Weasley?», Ron não se ria, ficando ligeiramente esverdeado. Quando Draco Malfoy imitava Ron a deixar cair a *quaffle* (o que acontecia sempre que se avistavam), as orelhas de Ron reluziam, vermelhas, e as mãos tremiam-lhe tanto que o mais provável era deixar cair também o que quer que empunhasse nessa altura.

Outubro terminou fustigado por ventos uivantes e chuvas torrenciais e Novembro chegou, trazendo um frio cortante, com grandes geadas matinais e correntes de ar glacial que enregelavam as mãos e as caras descobertas. O céu e o tecto do Salão passaram a um cinzento-pálido nacarado e as montanhas em redor de Hogwarts encontravam-se toucadas de neve. No interior do castelo, a temperatura desceu tanto que muitos alunos usavam as suas grossas luvas de pele de dragão nos corredores, durante os intervalos.

O dia do jogo amanheceu luminoso e frio. Ao acordar, Harry olhou para a cama de Ron e viu-o sentado muito hirto, os braços em volta dos joelhos, olhando fixamente para o ar.

— Estás bem? — perguntou ele.

Ron fez um aceno afirmativo, mas não falou. Harry recordou-se da vez em que Ron tinha acidentalmente lançado sobre si próprio um Encantamento Vómito-de-Lesmas, pois estava tão pálido e transpirado como então, para já não falar da relutância em abrir a boca.

— Estás a precisar de tomar o pequeno-almoço — observou Harry em tom animador. — 'Bora.

O Salão enchia-se rapidamente quando eles chegaram, as conversas mais ruidosas e as disposições mais exuberantes do que o usual. Ao passarem pela mesa dos Slytherin, o barulho aumentou. Harry virou-se e viu que, além dos habituais cachecóis e chapéus verdes e prateados, todos eles ostentavam um distintivo prateado em forma de coroa. Inexplicavelmente, muitos acenaram a Ron, a rir às gargalhadas. Ao passar, Harry tentou ver o que havia escrito nos distintivos, mas estava demasiado preocupado em afastar Ron rapidamente para conseguir ler.

Foram saudados ruidosamente na mesa de Gryffindor, onde todos usavam vermelho e dourado, mas longe de animar Ron, os aplausos pareceram minar-lhe o resto do moral. Deixou-se cair no banco mais próximo, com ar de quem ia tomar a sua última refeição.

— Devia estar passado para me meter nisto — disse ele num murmúrio gutural. — *Passado.*

— Não sejas parvo! — declarou Harry firmemente, estendendo-lhe uma taça com flocos de cereais. — Vais sair-te bem. É normal estar nervoso.

— Eu sou uma nódoa — grasnou Ron. — Sou um nojo. Nem para salvar a vida era capaz de jogar bem. Em que é que eu estava a pensar?

— Vê lá se atinas — pediu-lhe Harry em tom severo. — Lembra-te daquela defesa que fizeste outro dia com o pé, até o Fred e o George disseram que foi brilhante.

Ron voltou para ele um rosto torturado.

— Isso foi um acidente — segredou, desesperado. — Não a planeei... escorreguei da vassoura, quando nenhum de vocês estava a olhar e, ao voltar a montar, dei um pontapé na *quaffle* por acidente.

— Bem — comentou Harry, refazendo-se rapidamente de tão desagradável surpresa —, mais alguns acidentes desse género e o jogo está no papo, não é?

Hermione e Ginny sentaram-se em frente deles com cachecóis, luvas e rosetas vermelho e dourado.
— Como é que te sentes? — perguntou Ginny a Ron, que fitava agora os restos de leite no fundo da tigela como se considerasse seriamente a hipótese de se afogar neles.
— São só nervos — opinou Harry.
— Bem, isso é bom sinal, eu acho que funcionamos melhor nos exames se estivermos um bocado nervosos — declarou Hermione em tom animado.
— Olá — cumprimentou uma voz vaga e sonhadora por trás deles. Harry voltou-se: Luna Lovegood aproximara-se, vinda da mesa dos Ravenclaw. Havia muitas pessoas a olharem para ela e algumas riam-se e apontavam abertamente um chapéu com a forma de uma cabeça de leão em tamanho natural, que se lhe equilibrava precariamente na cabeça.
— Apoio os Gryffindor — explicou Luna, apontando desnecessariamente para o chapéu. — Olhem o que ele faz...
Levantou a mão e bateu com a varinha no chapéu, que escancarou a boca e soltou um rugido extremamente realista, fazendo todos os que se encontravam perto darem um salto.
— É giro, não é? — comentou, satisfeita. — Queria que ele estivesse a engolir uma serpente, representando os Slytherin, sabem, mas não houve tempo. Bom... felicidades, Ronald!
Afastou-se. Ainda não se tinham refeito do choque do chapéu de Luna, quando Angelina veio a correr ter com eles, acompanhada por Katie e Alicia, cujas sobrancelhas Madam Pomfrey havia, felizmente, feito regressar ao normal.
— Assim que estiverem prontos — disse ela —, vamos direitos para o estádio, verificar as condições e equiparmo-nos.
— Já lá vamos ter — garantiu Harry. — O Ron tem de comer alguma coisa.
Ao fim de dez minutos, contudo, tornou-se evidente que Ron não era capaz de engolir mais nada e Harry achou melhor levá-lo para os vestiários. Quando se levantaram da mesa, Hermione ergueu-se também e, pegando no braço de Harry, puxou-o para o lado.
— Não deixes que o Ron veja o que dizem os distintivos dos Slytherins — segredou-lhe com veemência.
Harry fitou-a interrogativamente, mas ela abanou a cabeça em ar de aviso. Ron acabava de se aproximar, parecendo perdido e desesperado.

— Felicidades, Ron — desejou Hermione, que se pôs em bicos de pés e lhe depositou um beijo na face. — E para ti, Harry...

Ron pareceu recuperar um pouco o controlo, enquanto atravessavam o Salão. Tocou no sítio em que Hermione o beijara, parecendo perplexo, como se não tivesse bem a certeza do que acontecera. Parecia demasiado transtornado para reparar no que o rodeava, mas Harry deitou um olhar curioso aos distintivos em forma de coroa ao passar pela mesa dos Slytherin, e dessa vez distinguiu as palavras ali gravadas:

O Weasley é o nosso rei

Com a desagradável sensação de que aquilo não podia significar nada de bom, apressou-se a conduzir Ron através do *Hall* de entrada, escadas abaixo e para o exterior glacial.

A relva gelada estalava-lhes debaixo dos pés ao atravessarem rapidamente o relvado, em direcção ao estádio. Não corria a menor brisa e o céu apresentava-se de um branco-pérola uniforme, o que significava que haveria boa visibilidade, sem a desvantagem de sol directo a bater nos olhos. Harry chamou a atenção de Ron para esses factores encorajadores, enquanto caminhavam, mas não tinha a certeza de que Ron o ouvia.

Angelina já se equipara e falava com o resto dos jogadores, quando eles entraram. Harry e Ron enfiaram os seus equipamentos (Ron tentou vestir o seu de trás para a frente, até que, passados vários minutos, Alicia, com pena dele, o foi ajudar), sentando-se depois para escutar o discurso que antecedia os jogos, enquanto o rumor de vozes lá fora ia aumentando, à medida que a multidão se dirigia do castelo para o estádio.

— Bom, acabei agora de saber quais os jogadores convocados dos Slytherin — informou Angelina consultando um pedaço de pergaminho. — Os *beaters* do ano passado, o Derrick e o Bole, saíram, mas parece que o Montague os substituiu pelos gorilas habituais, em detrimento de alguém que saiba voar particularmente bem. São dois tipos chamados Crabbe e Goyle, não sei grande coisa a respeito deles...

— Nós sabemos — responderam Harry e Ron em coro.

— Bem, não parecem capazes de distinguir uma das pontas da vassoura da outra — comentou Angelina, guardando o pergaminho —, mas para mim também foi sempre uma surpresa como é que o Derrick e o Bole conseguiam encontrar o caminho para o estádio sem postes de sinalização.

— O Crabbe e o Goyle são feitos do mesmo molde — assegurou Harry.

Ouviam-se centenas de passos a subir as bancadas dos espectadores. Algumas pessoas cantavam, mas Harry não conseguiu perceber as palavras. Estava a começar a sentir-se nervoso, mas sabia que os seus nervos não eram nada comparados aos de Ron, que apertava o estômago e olhava de novo fixamente em frente, de dentes cerrados e tez acinzentada.

— 'Tá na hora — disse Angelina em tom abafado, consultando o relógio de pulso. — 'Bora todos... Boa sorte.

A equipa levantou-se, pôs as vassouras ao ombro e marchou em fila do vestiário para a luz do campo. Foram recebidos com uma ruidosa ovação, no meio da qual Harry conseguia captar alguns cânticos, embora abafados pelos vivas e assobios.

A equipa dos Slytherin aguardava-os de pé. Também eles usavam os mesmos distintivos prateados em forma de coroa. O novo capitão, Montague, tinha o género de constituição de Dudley Dursley, com enormes braços, semelhantes a presuntos peludos. Atrás dele, espiavam Crabbe e Goyle, quase com a mesma envergadura, pestanejando estupidamente sob o céu e agitando os seus novos bastões de *beaters*. Malfoy encontrava-se numa das extremidades, o cabelo louro claro a brilhar ao sol. Cruzou o olhar com o de Harry e riu maldosamente, batendo no distintivo em forma de coroa que ostentava ao peito.

— Capitães, apertem as mãos — ordenou Madam Hooch, o árbitro, e Angelina e Montague esticaram os braços. Harry percebeu que Montague tentava esmagar os dedos de Angelina, embora ela nem pestanejasse. — Montem as vossas vassouras...

Madam Hooch levou o apito à boca e apitou.

As bolas foram soltas e os catorze jogadores elevaram-se rapidamente. Pelo canto do olho, Harry viu Ron voar em direcção aos aros de marcação. Harry subiu mais, evitou uma *bludger* e partiu para uma volta completa ao campo, procurando um luzir de ouro. Do outro lado do estádio, Draco Malfoy fazia exactamente o mesmo.

— E é Johnson... Johnson de posse da *quaffle,* que jogadora extraordinária esta rapariga, ando a dizer isto há anos, mas ela continua a não querer sair comigo...

— JORDAN! — bradou a Professora McGonagall.

— ... foi só uma piada, Professora, dá mais interesse... e ela esquiva-se a Warrington, passa Montague, ai, é atingida pelas costas por uma *bludger* de Crabbe... Montague apanha a *quaffle,*

Montague avança pelo campo e... boa *bludger* ali do George Weasley, foi uma *bludger* à cabeça de Montague, a deixar cair a *quaffle* que é apanhada por Katie Bell, Katie Bell dos Gryffindor passa para trás, para Alicia Spinnet e Spinnet dispara...

Os comentários de Lee Jordan ecoavam pelo estádio e Harry ouvia o melhor que podia por entre o vento que lhe assobiava aos ouvidos e o burburinho da multidão, toda ela aos gritos, vaias e cânticos.

— ... esquiva-se a Warrington, evita uma *bludger* à justa Alicia!... e a multidão está a adorar, ouçam só, o que é que eles cantam?

E quando Lee fez uma pausa para escutar, a canção ergueu-se alto e bom som do mar verde e prata da secção das bancadas onde se encontravam os Slytherin:

O Weasley é um nabo
Incapaz de defender o aro
Para os Slytherin cantar é lei
O Weasley é o nosso rei.

O Weasley nasceu no lixo
E deixa sempre a quaffle entrar
Com o Weasley vamos ganhar
O Weasley é o nosso rei.

— ... e Alicia volta a passar a Angelina! — gritou Lee, e Harry, que mudava de direcção a ferver de raiva pelo que acabava de ouvir, percebeu que Lee se esforçava por abafar as palavras da canção. — Vamos lá, Angelina... parece que só tem de bater o *keeper*!... ELA ATIRA... E... aaah...

Bletchley, o *keeper* dos Slytherin, defendera o golo. Atirou a bola para Warrington, que partiu com ela a grande velocidade, ziguezagueando por entre Alicia e Katie. A canção lá em baixo foi subindo de tom à medida que ele se aproximava de Ron.

O Weasley é o nosso rei
O Weasley é o nosso rei
Deixa sempre a quaffle entrar
O Weasley é o nosso rei.

Harry não se conteve: abandonando a busca da *snitch,* virou a *Flecha de Fogo* para Ron, uma figura solitária na extremidade do campo, pairando entre os três aros de marcação, enquanto o enorme Warrington se dirigia rapidamente para ele.

— ... e é Warrington com a *quaffle,* Warrington a preparar o golo, está fora do alcance das *bludgers* e só tem o *keeper* à sua frente...

Das bancadas dos Slytherin, lá em baixo, a canção ergueu-se num *crescendo:*

> O Weasley é um nabo
> Incapaz de defender o aro...

— ... é pois o primeiro teste para Weasley, o novo *keeper* dos Gryffindor, irmão dos *beaters* Fred e George, um novo e prometedor talento na equipa... vamos lá, Ron!

Mas o grito de gozo veio da ponta dos Slytherin: Ron mergulhara desvairado, de braços abertos, e a *quaffle* voara por entre eles, a direito para o aro central de Ron.

— Slytherin marca! — ouviu-se a voz de Lee por entre os aplausos e vaias da multidão lá em baixo. — Portanto dez-zero para os Slytherin... pouca sorte, Ron.

Os Slytherin cantavam agora ainda mais alto:

> O WEASLEY NASCEU NO LIXO
> E DEIXA SEMPRE A QUAFFLE ENTRAR...

— ... e é Gryffindor de novo na posse e é Katie Bell a avançar velozmente pelo campo — gritava Lee determinado, embora o canto fosse agora tão ensurdecedor que ele mal conseguia fazer-se ouvir.

> COM O WEASLEY VAMOS GANHAR
> WEASLEY É O NOSSO REI...

— Harry, QUE ESTÁS TU A FAZER? — gritou Angelina, passando velozmente por ele para se manter a par de Katie. — MEXE-TE!

Harry apercebeu-se de que estava imóvel no ar há mais de um minuto, observando o desenrolar do jogo sem pensar sequer no paradeiro da *snitch*. Horrorizado, mergulhou e recomeçou a percorrer o campo, olhando em volta, tentando ignorar o coro que trovejava agora pelo estádio:

> O WEASLEY É O NOSSO REI
> O WEASLEY É O NOSSO REI...

Não havia sinais da *snitch* para onde quer que olhasse. Malfoy descrevia círculos em redor do estádio, tal como ele. Passaram um pelo outro em pleno ar, voando em direcções opostas, e Harry ouviu Malfoy cantar alto:

O WEASLEY NASCEU NO LIXO...

— ... e é de novo Warrington — esganiçou-se Lee — que passa a Pucey, Pucey ultrapassa Spinnet, anda lá Angelina, consegues apanhá-lo... parece que não... mas boa *bludger* de Fred Weasley, perdão, George Weasley, oh, não interessa, de um deles pelo menos, e Warrington deixa cair a *quaffle* e Katie Bell... hum... deixa-a cair também... portanto é Montague agora com a *quaffle,* Montague, o capitão dos Slytherin agarra a *quaffle* e avança pelo campo, vamos lá Gryffindor, bloqueiem-no!

Harry rodeou o extremo do estádio por baixo dos aros de marcação dos Slytherin, fazendo um esforço para não olhar para o que se estava a passar na ponta de Ron. Ao passar velozmente pelo *keeper* dos Slytherin, ouviu Bletchley fazer coro com a multidão lá em baixo:

INCAPAZ DE DEFENDER O ARO...

— ... e Pucey esquivou-se outra vez a Alicia e avança a direito para o golo, fá-lo parar, Ron!

Harry não precisou de olhar para saber o que acontecera: ouviu--se um tremendo gemido do lado dos Gryffindor, a par de novos gritos e ovações dos Slytherin. Olhando para baixo, viu a cara de buldogue de Pansy Parkinson mesmo à frente nas bancadas, de costas para o campo, conduzindo os apoiantes dos Slytherin, que trovejavam:

PARA OS SLYTHERIN CANTAR É LEI
O WEASLEY É O NOSSO REI.

Mas vinte-zero não era nada, ainda havia tempo para os Gryffindor os apanharem ou apanharem a *snitch*. Alguns golos e passariam à frente, como de costume, tranquilizou-se Harry, passando aos arranques pelo meio dos outros jogadores, atrás de uma coisa brilhante que era, afinal, a correia do relógio de Montague.

Mas Ron deixou entrar mais dois golos. Havia agora uma ponta de pânico na busca ansiosa pela *snitch*. Se, ao menos, conseguisse agarrá-la depressa e terminar rapidamente o jogo.

— ... e Katie Bell dos Gryffindor esquiva-se a Pucey, evita Montague, boa esquiva, Katie, e atira para Johnson, Angelina Johnson apanha a *quaffle,* passa Warrington, avança para o golo, anda Angelina... GRYFFINDOR MARCA! São quarenta-dez, quarenta-dez para Slytherin e é Pucey que tem a *quaffle*...

Harry ouviu o ridículo chapéu-leão de Luna a rugir no meio dos aplausos dos Gryffindor e sentiu-se mais animado; apenas trinta pontos, isso não era nada, podiam recuperar facilmente. Evitou uma *bludger* que Crabbe lançara disparada na sua direcção e retomou a sua frenética exploração do campo, em busca da *snitch*, sempre com um olho em Malfoy, não fosse ele dar sinais de a ter descoberto, mas Malfoy, tal como ele, continuava a percorrer o estádio, procurando em vão...

— ... Pucey atira para Warrington, Warrington para Montague, Montague de novo para Pucey... Johnson intervém, Johnson agarra a *quaffle*, Johnson para Bell, isto está bom... quer dizer mau... Bell é atingida por uma *bludger* de Goyle dos Slytherin e é Pucey de novo de posse...

O WEASLEY NASCEU NO LIXO
E DEIXA SEMPRE A QUAFFLE ENTRAR
COM O WEASLEY VAMOS GANHAR...

Mas Harry tinha-a avistado finalmente: a minúscula *snitch* dourada trepidante pairava a alguns centímetros do solo, na extremidade do meio campo dos Slytherin.

Mergulhou...

Em segundos, Malfoy surgiu do alto, à esquerda de Harry, uma mancha verde e prateada deitada sobre a vassoura...

A *snitch* rodeou a base de um dos aros de marcação e disparou rumo ao outro lado das bancadas; a mudança de direcção convinha a Malfoy, que estava mais perto. Harry curvou a sua *Flecha de Fogo*, ele e Malfoy encontravam-se agora a par...

A pouca altura do solo, Harry largou a mão direita da vassoura e esticou-se para a *snitch*... à sua direita, o braço de Malfoy estendeu-se igualmente, golpeando, tenteando...

Tudo acabou em menos de dois segundos ofegantes, desesperados, varridos pelo vento... os dedos de Harry fecharam-se em redor da minúscula bola relutante... as unhas de Malfoy rasparam, impotentes, as costas da mão de Harry... que empinou a vassoura, segurando na mão a bola obstinada e os espectadores dos Gryffindor gritaram em sinal de aprovação...

Estavam salvos, não interessava que Ron tivesse deixado entrar aqueles golos, ninguém os recordaria uma vez que os Gryffindor tinham ganho...

BAM.

Uma *bludger* atingiu Harry em cheio na nuca e ele foi cuspido da vassoura. Felizmente, estava apenas a uns dois metros do solo, uma vez que se vira obrigado a mergulhar a pique para agarrar a *snitch*; mesmo assim, ficou sem fôlego, ao aterrar de costas no campo gelado. Ouviu o apito estridente de Madam Hooch, um burburinho nas bancadas, um misto de apupos, gritos furiosos e chacota, um baque e depois a voz frenética de Angelina.

— Estás bem?

— É claro que sim — sossegou-a Harry carrancudo, pegando na mão que ela lhe estendia para o ajudar a levantar-se. Madam Hooch voava velozmente em direcção a um dos jogadores dos Slytherin acima dele, mas do ângulo onde se encontrava, Harry não conseguiu perceber quem era.

— Foi aquele rufia do Crabbe — informou Angelina, furiosa —, arremessou a *bludger* contra ti no instante em que viu que tinhas apanhado a *snitch*... mas ganhámos, Harry, ganhámos!

Harry ouviu alguém bufar atrás de si e voltou-se, com a *snitch* ainda bem apertada na mão. Draco Malfoy aterrara ali perto. Apesar de branco de raiva, conseguia fazer um sorriso escarninho.

— Salvaste a pele ao Weasley, hem? — atirou ele a Harry.
— Nunca vi um *keeper* tão mau... mas também ele *nasceu no lixo*... gostaste da minha letra, Potter?

Harry não lhe respondeu. Voltou-se para ir ao encontro do resto dos jogadores da equipa, que aterravam agora um a um, soltando gritos e erguendo o punho triunfante no ar. Todos menos Ron, que desmontara da sua vassoura junto aos aros de marcação e parecia dirigir-se lentamente para os vestiários, sozinho.

— Nós queríamos escrever mais uns versos! — bradou Malfoy, enquanto Katie e Alicia abraçavam Harry. — Mas não conseguimos encontrar rimas para gorda e feia... queríamos que a canção falasse da mãe dele, *pecebes*...

— Pois é, estão verdes — comentou Angelina, deitando um olhar de repulsa a Malfoy.

— ... e também não conseguimos encaixar *falhado inútil*... para o pai, *pecebes*...

Fred e George tinham percebido ao que Malfoy estava a referir-se. A meio do aperto de mão a Harry, empertigaram-se e viraram-se para Malfoy.

— Não liguem! — disse imediatamente Angelina, agarrando o braço de Fred. — Não ligues, Fred, deixa-o lá gritar, está irritado por ter perdido, é um arrivista...

— ... mas tu gostas dos Weasleys, não é, Potter? — continuou Malfoy com o seu riso de troça. — Passas lá férias e tudo, não é? Não sei como aguentas o fedor, mas suponho que, quando se foi criado por Muggles, até a choça dos Weasleys cheira bem...

Harry segurou George. Entretanto, estavam a ser precisos os esforços combinados de Angelina, Alicia e Katie para impedir Fred de se atirar a Malfoy, que se ria abertamente. Harry olhou em redor, à procura de Madam Hooch, mas ela ainda estava a repreender Crabbe pelo seu ataque ilegal com a *bludger*.

— Ou talvez — disse Malfoy, deitando-lhe um malévolo olhar de soslaio enquanto recuava — te consigas lembrar do fedor em casa da *tua* mãe, Potter, e a pocilga dos Weasleys te recorde...

Harry não deu por ter largado George. Apercebeu-se apenas de que, um segundo depois, corriam ambos para Malfoy. Esquecera-se de que todos os professores estavam a assistir, só queria infligir a Malfoy a maior dor possível: sem tempo para puxar a varinha, limitou-se a encolher o punho que apertava a *snitch* e enfiou-o com toda a força no estômago de Malfoy...

— Harry! HARRY! GEORGE! NÃO!

Ouvia vozes de raparigas aos gritos, os brados de Malfoy, as pragas de George, um apito a soar e o alarido da multidão à sua volta, mas não ligou. Só quando alguém perto de si gritou «*Impedimenta!*» e ele foi atirado de costas ao chão pela força do feitiço é que desistiu da tentativa de golpear Malfoy da cabeça aos pés.

— O que pensa que está a fazer? — gritou Madam Hooch, quando Harry se pôs de pé. Aparentemente, fora ela quem o atingira com o Feitiço do Estorvo, pois tinha o apito numa das mãos e a varinha na outra; a sua vassoura jazia abandonada a pouca distância. Malfoy estava enrolado no chão, a carpir e a gemer, o nariz a sangrar, George exibia os lábios inchados, Fred continuava retido à força pelas três *chasers,* e, um pouco mais longe, casquinava Crabbe.

— Nunca vi um tal comportamento... já para o castelo, vocês os dois, direitos ao gabinete do vosso chefe de equipa! Marchem! *Já!*

Harry e George saíram do campo, ambos ofegantes, sem trocarem palavra. O alarido e a chacota da multidão foi-se desvanecendo até que chegaram ao *Hall*, onde apenas escutavam o eco dos seus próprios passos. Harry apercebeu-se de que havia algo ainda a debater-se na sua mão direita, que ferira, ao esmurrar o queixo de Malfoy. Baixando os olhos, viu as asas douradas da *snitch* a emergirem por entre os seus dedos, lutando para se libertar.

Mal haviam chegado à porta do gabinete da Professora McGonagall quando ela surgiu no corredor, atrás deles. Usava um cachecol dos Gryffindor, mas arrancou-o do pescoço com as mãos trémulas, ao dirigir-se para eles em largas passadas, o rosto lívido.

— Lá para dentro! — bradou, furiosa, apontando para a porta. Harry e George entraram. A professora foi colocar-se atrás da secretária e encarou-os, a tremer de cólera, atirando ao chão o cachecol dos Gryffindor.

— *Então?* — exclamou ela. — Nunca vi nada tão vergonhoso! Dois contra um! Expliquem-se!

— O Malfoy provocou-nos — retorquiu Harry, hirto.

— Provocou-vos? — bradou a Professora McGonagall, batendo com o punho na secretária com tanta força que a caixa de bolachas escocesa deslizou pela borda e abriu-se, juncando o chão de salamandras de gengibre. — Ele tinha acabado de perder, não tinha? Claro está que vos queria provocar! Mas que diabo pode ele ter dito para justificar que vocês dois...

— Insultou os meus pais — rosnou George. — E a mãe do Harry.

— E em vez de deixarem a Madam Hooch resolver o assunto, decidiram oferecer uma exibição de luta à moda dos Muggles, não foi? — gritou a Professora McGonagall. — Fazem ideia do que...

— *Hum, hum.*

Harry e George viraram-se. À entrada da porta encontrava-se Dolores Umbridge, envolta numa capa de *tweed* verde que acentuava fortemente a sua semelhança com um sapo gigante, sorrindo daquela forma horrorosa, repulsiva e agourenta que Harry se habituara a associar a uma desgraça iminente.

— Posso ajudar, Professora McGonagall? — perguntou a Professora Umbridge no seu tom suave mais venenoso.

O sangue afluiu ao rosto da Professora McGonagall.

— Ajudar? — repetiu ela, em tom contido. — O que é que quer dizer com *ajudar?*

A Professora Umbridge avançou para o interior do gabinete, ainda arvorando o seu sorriso repulsivo.

— Bem, pensei que apreciaria um pequeno reforço de autoridade.

Harry não se teria admirado se visse sair faíscas das narinas da Professora McGonagall.
— Pois pensou mal — retorquiu, virando costas a Umbridge. — E vocês dois, escutem bem. Não me interessa que tipo de provocação vos dirigiu o Malfoy, não me interessa que ele tenha insultado todos os membros da vossa família, o vosso comportamento foi inclassificável e vou dar-vos uma semana de castigos! Não olhes para mim assim, Potter, vocês merecem! E se algum de vocês alguma vez...
— Hum, hum.
A Professora McGonagall fechou os olhos como se implorasse paciência e virou-se de novo para a Professora Umbridge.
— Sim?
— Eu penso que eles merecem mais que um castigo — observou Umbridge, sorrindo ainda mais abertamente.
A Professora McGonagall arregalou os olhos.
— Mas infelizmente — ripostou, esforçando-se por lhe retribuir o sorriso, num esgar que parecia prender-lhe os músculos do queixo — o que eu penso é que conta, visto que eles pertencem à minha equipa, Dolores.
— Bem, Minerva, *na realidade* — declarou a Professora Umbridge com um sorriso afectado —, penso que verificará que o que eu penso *conta*. Ora, onde estará? O Cornelius acaba de mo enviar... quer dizer — soltou uma pequena gargalhada falsa rebuscando a mala — o *Ministro* acaba de mo enviar... ah, sim...
Tinha tirado um pedaço de pergaminho que desenrolou, pigarreando exageradamente antes de começar a ler o que lá dizia.
— Hum, hum... «Decreto Educacional Número Vinte e Cinco».
— Outro não! — exclamou a Professora McGonagall ferozmente.
— Bem, sim — confirmou Umbridge, ainda a sorrir. — De facto, Minerva, foi a senhora que me fez ver que *precisávamos* de mais uma rectificação... lembra-se de me ter desautorizado, quando eu não fui a favor da reconstituição da equipa de Quidditch dos Gryffindor? Lembra-se de ter levado o caso ao conhecimento de Dumbledore, que insistiu em que a equipa fosse autorizada a jogar? Ora bem, eu não podia permitir isso. Contactei imediatamente o Ministro e ele concordou em absoluto em que a Grande Inquisidora deve ter o poder de retirar privilégios aos alunos, senão ela... quer dizer, eu... teria menos autoridade do que um qualquer professor! E está a ver agora, não é verdade, Minerva, como eu tinha razão em tentar impedir a reconstituição da equipa dos Gryffindor? Uns

temperamentos *terríveis...* mas eu estava a ler a nossa rectificação... *hum, hum...* «A Grande Inquisidora terá doravante autoridade suprema em todos os castigos, sanções e privação de privilégios relativos aos alunos de Hogwarts, e o poder de alterar tais castigos, sanções e privação de privilégios que possam ter sido aplicados por outros membros do corpo docente. Assinado, Cornelius Fudge, Ministro da Magia, Ordem de Merlim de Primeira Classe, etc., etc.»

Enrolou o pergaminho e voltou a metê-lo na mala, sorrindo ainda.

— Portanto... eu penso realmente que terei de expulsar estes dois alunos da prática do Quidditch — declarou, olhando de Harry para George e de novo para Harry.

Harry sentiu a *snitch* palpitar loucamente na sua mão.

— Expulsar? — repetiu e a voz soou-lhe extremamente distante. — Proibir de jogar... a título definitivo?

— Sim, Mr. Potter, penso que a expulsão deve resolver o problema — declarou Umbridge, o sorriso a aumentar ainda mais ao vê-lo debater-se para assimilar o que ela dissera. — O senhor *e* Mr. Weasley aqui presente. E penso que, para jogar pelo seguro, o gémeo deste jovem deve igualmente ser expulso! Se os colegas de equipa o não tivessem impedido, tenho a certeza de que ele também teria atacado o jovem Mr. Malfoy. Quero as vassouras deles confiscadas, é claro; guardá-las-ei em segurança no meu gabinete, para garantir que esta expulsão não seja desrespeitada. Mas sou uma pessoa razoável, Professora McGonagall — prosseguiu, voltando-se de novo para a docente, que a fitava tão imóvel agora que parecia talhada em gelo. — O resto da equipa pode continuar a jogar, não vi sinais de violência da parte de nenhum *deles*. Bem... muito boa tarde.

E com um ar de profunda satisfação, Umbridge abandonou a sala, deixando atrás de si um silêncio horrorizado.

★

— Expulsos? — disse Angelina em voz cava, nessa noite na sala comum. — *Expulsos.* Nem *seeker,* nem *beaters...* que diabo vamos nós fazer?

Nem parecia que tinham ganhado o jogo. Para onde quer que Harry olhasse, havia rostos desconsolados e furiosos. A equipa propriamente dita encontrava-se agrupada junto à lareira, à excepção de Ron, que ninguém voltara a ver depois do jogo.

— É tão injusto! — comentou Alicia desanimada. — Quer dizer, e o Crabbe e aquela *bludger* que ele atirou após o apito? Ela também o expulsou?

— Não — informou Ginny tristemente. Ela e Hermione estavam sentadas junto de Harry, uma de cada lado. — Só vai ter de escrever frases, ouvi o Montague rir-se por causa disso ao jantar.

— E expulsar o Fred, que não fez absolutamente nada! — exclamou Alicia, furiosa, dando murros no joelho.

— Não por minha culpa — disse Fred, com uma expressão maldosa —, eu cá teria dado cabo daquele alarve, se vocês três não me tivessem segurado.

Harry fitava a janela escura com um ar infeliz. A neve caía. A *snitch* que ele apanhara à tarde voava agora em círculos pela sala comum e as pessoas observavam-na como se estivessem hipnotizadas, enquanto *Crookshanks* saltava de cadeira em cadeira, tentando agarrá-la.

— Vou-me deitar — anunciou Angelina, erguendo-se lentamente. — Talvez tudo isto não passe de um sonho mau... talvez amanhã acorde e descubra que ainda não jogámos...

Foi rapidamente seguida por Alicia e Katie. Fred e George foram para a cama algum tempo depois, lançando olhares furibundos a todos com quem se cruzavam, e Ginny partiu não muito depois. Junto à lareira ficaram apenas Harry e Hermione.

— Viste o Ron? — perguntou Hermione em voz baixa.

Harry abanou a cabeça.

— Acho que ele está a evitar-nos — opinou Hermione. — Onde pensas tu que ele...

Todavia, nesse momento preciso, ouviu-se atrás deles o rangido da Dama Gorda a abrir-se e Ron entrou pesadamente pelo buraco do retrato. Estava muito pálido e tinha neve no cabelo. Ao ver Harry e Hermione, estacou de repente.

— Por onde é que andaste? — perguntou Hermione ansiosa, levantando-se de um salto.

— Fui dar uma volta — murmurou Ron. Vestia ainda o equipamento de Quidditch.

— Pareces gelado — observou Hermione. — Anda sentar-te!

Ron dirigiu-se à lareira e afundou-se no cadeirão mais afastado de Harry, sem olhar para ele. A *snitch* roubada zumbiu-lhes por cima da cabeça.

— Desculpem — murmurou Ron, de olhos postos nos pés.

— O quê? — perguntou Harry.

— Ter-me passado pela cabeça que sei jogar Quidditch — respondeu Ron. — Amanhã cedo demito-me.

— Se te demitires — disse Harry de mau humor —, a equipa fica reduzida a três jogadores. — E vendo o ar perplexo de Ron, acrescentou: — Eu fui expulso. E o Fred e o George também.

— O quê? — uivou Ron.

Hermione contou-lhe a história, pois Harry não se sentia capaz de a repetir. Quando ela terminou, Ron parecia ainda mais angustiado.

— Isto é tudo culpa minha...

— Tu não me *obrigaste* a esmurrar o Malfoy — declarou Harry zangado.

— ... se eu não fosse uma nódoa no Quidditch...

— ... não teve nada a ver com isso.

— ... foi aquela canção que me desnorteou...

— ... teria desnorteado qualquer um.

Hermione levantou-se e foi até à janela, afastando-se da discussão, e ficou a ver a neve tombar contra os vidros.

— Olha, pára com isso, está bem? — explodiu Harry. — As coisas já estão suficientemente más, sem tu a culpares-te por tudo!

Ron calou-se, mas ficou sentado a fitar com ar deplorável a bainha húmida do seu manto. Após um instante, disse em voz abatida:

— Nunca me senti tão mal na vida.

— Bem-vindo ao clube — retorquiu Harry com azedume.

— Bem — observou Hermione, a voz ligeiramente trémula —, sou capaz de achar uma coisa que talvez vos anime a ambos.

— Ah sim? — comentou Harry em tom céptico.

— Sim — disse Hermione, virando costas à janela escura e salpicada de neve, com um largo sorriso a espraiar-se na face. — O Hagrid voltou.

XX

A HISTÓRIA DE HAGRID

Harry correu ao dormitório dos rapazes para tirar o Manto da Invisibilidade e o Mapa do Salteador do seu malão. Foi tão rápido que ele e Ron estavam prontos pelo menos cinco minutos antes de Hermione surgir, apressada, do dormitório das raparigas, de cachecol, luvas e um dos seus chapéus dos elfos, cheio de borbotos.

— Ora essa, está frio lá fora! — exclamou na defensiva, ao ouvir Ron estalar a língua impaciente.

Saíram pelo buraco do retrato e cobriram-se rapidamente com o Manto — Ron tinha crescido tanto que precisava de se agachar para evitar que se lhe vissem os pés — e depois, deslocando-se lenta e cautelosamente, desceram as várias escadarias, detendo-se a intervalos para verificar no mapa se havia sinais de Filch ou de *Mrs. Norris*. Tiveram sorte. Não viram ninguém, excepto o Nick Quase-Sem-Cabeça, que pairava por ali com ar ausente, entoando qualquer coisa que soava horrivelmente a «Weasley é o nosso Rei». Atravessaram o *Hall* e esgueiraram-se para o exterior silencioso e coberto de neve. Com o coração aos saltos, Harry viu, ao fundo, pequenos quadrados dourados de luz e fumo saindo em espiral da chaminé de Hagrid. Apressou o passo, com os outros dois aos solavancos e tropeções atrás de si. Avançaram excitados, fazendo ranger a neve cada vez mais espessa debaixo dos pés, até chegarem, por fim, à porta de madeira. Quando Harry levantou a mão e bateu três vezes, um cão começou a ladrar freneticamente lá dentro.

— Hagrid, somos nós! — chamou Harry pelo buraco da fechadura.

— Eu sabia! — proferiu uma voz roufenha.

Sorriram uns para os outros debaixo do Manto... percebia-se pela voz de Hagrid que estava satisfeito. — Nã' 'tou em casa há três segundos... fora daqui, *Fang... fora daqui,* seu cão dorminhoco...

O ferrolho foi corrido, a porta abriu-se um pouco e a cabeça de Hagrid surgiu na fresta.

Hermione soltou um grito.

— Pela barba de Merlim, não façam barulho! — pediu Hagrid muito depressa, olhando ansioso por cima das cabeças deles. — Debaixo do Manto, hem? Bom, entrem, entrem!

— Desculpa! — ofegou Hermione, ao mesmo tempo que se espremiam os três para passarem por Hagrid e entrarem em casa, e tiravam o Manto para ele os poder ver. — Eu só... oh, *Hagrid!*

— Né nada, né nada! — declarou Hagrid rapidamente, fechando a porta e apressando-se a correr as cortinas todas. Hermione, porém, continuou a fitá-lo, horrorizada.

O cabelo de Hagrid estava empastado em sangue coagulado e o olho esquerdo encontrava-se reduzido a uma fenda inchada entre uma massa de equimoses purpúreas e negras. A cara e as mãos apresentavam diversos golpes, alguns ainda a sangrar, e ele movia-se com cautela, o que levou Harry a desconfiar de costelas partidas. Era evidente que acabava de chegar a casa; nas costas de uma cadeira via-se uma espessa capa de viagem preta e, encostado à parede do lado de dentro da porta, estava um bornal suficientemente grande para transportar diversas crianças pequenas. Hagrid, que tinha o dobro do tamanho de um homem normal, coxeava agora em direcção à lareira, onde pendurou uma chaleira de cobre.

— O que é que te aconteceu? — perguntou Harry, enquanto *Fang* dançava à volta deles, tentando lamber-lhes as caras.

— Já disse, *nada* — declarou Hagrid firmemente. — Querem uma chávena de chá?

— Deixa-te de coisas! — proferiu Ron — Estás num lindo estado!

— 'Tou-vos a dizer que 'tou bem — afirmou Hagrid, endireitando-se para lhes sorrir, mas encolhendo-se de dor. — Diacho, é bom vê-los outra vez! Tiveram um bom Verão?

— Hagrid, tu foste atacado! — exclamou Ron.

— P'la última vez, né nada! — insistiu Hagrid firmemente.

— Dirias que não é nada se um de nós aparecesse com a cara feita num bolo? — perguntou Ron.

— Tens de ir procurar Madam Pomfrey, Hagrid — aconselhou-o Hermione ansiosa. — Alguns desses cortes parecem feios.

— 'Tou a tratar disto, tá bem? — declarou Hagrid com ar severo.

Dirigiu-se à enorme mesa de madeira que ocupava o centro da cabana e afastou uma toalha de chá pousada em cima dela. Por baixo, encontrava-se um bife cru, sangrento e esverdeado, levemente maior do que um pneu de automóvel normal.

— Não vais comer isso, pois não, Hagrid? — disse Ron, inclinando-se para ver melhor. — Parece venenoso.
— É assim mesmo, é carne de dragão — declarou Hagrid. — E nã' o fui buscar pra comer.
Pegou no bife e espalmou-o contra o lado esquerdo da cara. Sangue esverdeado começou a escorrer-lhe para a barba e ele soltou um leve gemido de satisfação.
— 'Tá melhor. Ajuda às dores, sabem.
— E então, vais contar-nos o que te aconteceu? — perguntou Harry.
— Nã' posso, Harry. Altamente secreto. Perdia mais qu'o meu lugar se contasse.
— Foram os gigantes que te espancaram, Hagrid? — comentou Hermione muito serena.
O bife de dragão escorregou-lhe dos dedos e deslizou-lhe para o peito com um som peculiar.
— Gigantes? — exclamou Hagrid, apanhando o bife antes de ele lhe chegar ao cinto e espalmando-o outra vez na cara. — Quem falou em gigantes? Com quem andaram vocês a falar? Quem vos contou o qu'eu... quem disse qu'eu tive... hum?
— Adivinhámos — disse Hermione como quem se desculpa.
— Ah, foi? — comentou Hagrid, fitando-a severamente com o olho que não estava oculto pelo bife.
— Era bastante... óbvio — afirmou Ron. Harry acenou em sinal de concordância.
Hagrid fitou-os irritado, depois fungou, atirou o bife de novo para cima da mesa e dirigiu-se à chaleira, que já apitava.
— Nunca conheci miúdos como vocês três pra saberem mais qu'ó que devem — resmungou ele, deitando água quente em três das suas canecas em forma de balde. — E isto não é elogio. Abelhudos, diriam alguns. Metediços.
Mas a barba dele estremecia.
— Então, foste à procura de gigantes? — incitou Harry, sorrindo e sentando-se à mesa.
Hagrid colocou o chá diante de cada um deles, sentou-se, voltou a pegar no bife e espalmou-o na cara.
— Ah, 'tá bem — grunhiu. — Fui.
— E encontraste-os? — perguntou Hermione em voz sumida.
— Bom, não são lá muito difíceis d'encontrar, pra ser franco — afirmou Hagrid. — Grandalhões, né.
— Onde é que eles estão? — inquiriu Ron.

— Nas montanhas — disse Hagrid, pouco esclarecedor.
— Então por que é que os Muggles não...?
— Encontram, pois — afirmou Hagrid em tom sombrio. — Só qu'as mortes deles são sempre atribuídas a acidentes de montanhismo, né?

Ajustou um pouco o bife de modo a cobrir os piores ferimentos.

— Anda lá, Hagrid, conta-nos o que andaste a fazer! — pediu Ron. — Conta-nos como foste atacado pelos gigantes e o Harry conta-te como foi atacado por Dementors...

Hagrid engasgou-se com o chá e deixou cair o bife, tudo ao mesmo tempo. Espalhou-se pela mesa uma enorme quantidade de cuspo, chá e sangue de dragão, enquanto Hagrid tossia e cuspia e o bife deslizava para o chão com um leve *ploc*.

— Qu'é isso d'atacado p'los Dementors? — rosnou ele.
— Não sabias? — perguntou Hermione, de olhos arregalados.
— Nã' sei nada desde que fui embora. 'Tava numa missão secreta, né, não qu'ria corujas a seguir-me pra toda a parte... malditos Dementors! Não 'tás a falar a sério?

— Estou pois, apareceram em Little Whinging e atacaram-me a mim e ao meu primo, e depois o Ministério da Magia expulsou-me...

— QUÊ?

— ... e eu fui interrogado e tudo isso, mas primeiro conta-nos dos gigantes.

— Foste *expulso?*
— Conta-nos o teu Verão, que eu conto-te o meu.

Irritado, Hagrid fitou-o com o olho que conseguia abrir, mas Harry devolveu-lhe o olhar, um ar de determinação inocente estampado na cara.

— Oh, 'tá bem — acedeu Hagrid em voz resignada.

Curvou-se e puxou o bife de dragão da boca de *Fang*.

— Oh, Hagrid, não faças isso, não é higién... — começou Hermione, mas Hagrid já tinha voltado a espalmar o bife em cima do olho inchado.

Bebeu mais um valente golo de chá e depois disse:

— Bem, nós partimos logo qu'acabou o ano lectivo...
— Então, a Madame Maxime foi contigo? — interrompeu Hermione.

— Foi, pois — confirmou Hagrid, e os poucos centímetros de cara que não estavam tapados por barba ou por bife verde adoçaram-se. — Pois, fomos os dois. E digo-vos uma coisa, ela não s'acanha com vida dura, a Olympe. Sabem, uma mulher delicada, bem vestida, e sabendo pra onde a gente ia, eu perguntava-me com'é qu'ela ia reagir a trepar montanhas e dormir em grutas e tudo, mas ela não se queixou uma só vez.

— Sabias para onde iam? — indagou Harry. — Sabias onde estavam os gigantes?

— Bem, o Dumbledore sabia e disse-nos — declarou Hagrid.

— Estão escondidos? — perguntou Ron. — É segredo, o sítio onde estão?

— Não muito — respondeu Hagrid, abanando a cabeça desgrenhada. — Só qu'a maior parte dos feiticeiros não s'importa onde eles 'tão desde que seja bem longe. Mas é muita difícil chegar lá, p'lo menos pròs humanos, por isso precisámos de indicações do Dumbledore. Levámos coisa d'um mês a chegar lá...

— Um *mês*? — ecoou Ron, como se nunca tivesse ouvido falar de uma viagem que demorasse um tempo tão ridiculamente longo. — Mas... por que é que não utilizaram um botão de transporte, ou algo assim?

Hagrid semicerrou o olho são e mirou Ron com uma expressão que revelava um certo dó.

— 'Tamos a ser vigiados, Ron — respondeu asperamente.

— Como assim?

— Vocês não compreendem — explicou Hagrid. — O Ministério tem o Dumbledore debaixo d'olho e toda a gente qu'eles acham qu'alinha com ele e...

— Nós sabemos isso — apressou-se Harry a dizer, ansioso por ouvir o resto da história de Hagrid —, sabemos que o Ministério anda a vigiar o Dumbledore...

— Por isso não puderam servir-se de magia para chegar lá? — perguntou Ron, parecendo estupefacto. — Tiveram de agir como Muggles durante *todo o caminho?*

— Bom, nã' foi exactamente todo o caminho — disse Hagrid com ar matreiro. — Só tivemos que ter cautela, porqu'a Olympe e eu damos um bocado nas vistas...

Ron emitiu um som abafado, um misto de gargalhada e fungadela, e bebeu apressadamente um golo de chá.

— ... por isso nã' é difícil seguir-nos. Fingimos qu'íamos de férias juntos, por isso entrámos em França e fingimos qu'íamos prò sítio onde fica a escola da Olympe, porque sabíamos que 'távamos a ser seguidos por gente do Ministério. Tivemos qu'andar devagar, porqu'eu nã' posso usar magia e sabíamos qu'o Ministério só qu'ria uma razão pra nos prender. Mas conseguimos despistar o palerma que nos seguia perto de Dee-john...

— Ooooh, Dijon? — disse Hermione entusiasmada. — Estive lá de férias, viste o...

Calou-se ao ver a cara de Ron.

— Depois disso, arriscámos um bocado de magia e nã' foi uma viagem má de todo. Encontrámos um par de *trolls* malucos na fronteira polaca e eu tive um desentendimento c'um vampiro num *pub* em Minsk, mas, tirando isso, nã' podia ter sido melhor.

«E depois chegámos ao sítio e começámos a andar p'las montanhas, à procura de sinais deles...

«Tivemos de largar a magia q'ando nos aproximámos deles. Em parte porqu'eles não gostam de feiticeiros e não queríamos irritá-los logo e depois porqu'o Dumbledore nos avisou qu'o Quem-Nós-Sabemos também devia andar atrás dos gigantes. Disse qu'era certo ele já ter mandado um mensageiro ter com eles. Disse-nos pra termos muito cuidado e não chamar a atenção pra nós q'ando nos aproximássemos, não fosse haver por ali Devoradores da Morte.

Hagrid deteve-se para beber um longo golo de chá.

— Continua! — incitou-o Harry.

— E encontrámo-los — disse Hagrid com ar satisfeito. — Uma noite, chegámos ao cimo duma montanha e lá 'tavam eles todos estendidos abaixo de nós. Pequenas fogueiras a arder, lá em baixo, e sombras enormes... era como ver pedaços de montanha a moverem-se.

— São muito grandes? — perguntou Ron em voz abafada.

— P'rái uns seis metros — disse Hagrid em tom indiferente. — Alguns dos maiores talvez sete metros e meio.

— E quantos eram? — perguntou Harry.

— Acho qu'uns setenta ou oitenta — respondeu Hagrid.

— Só? — admirou-se Hermione.

— Pois — confirmou Hagrid tristemente —, restam oitenta e já houve carradas, deviam ser aí umas cem tribos diferentes no mundo todo. Mas há séculos q'andam a morrer. Os Feiticeiros mataram alguns, 'tá claro, mas principalmente mataram-se uns aos outros, e agora tão a morrer mais depressa que nunca. Nã' são feitos pra viver assim amontoados. O Dumbledore diz qu'a culpa é nossa, que foi os feiticeiros qu'os obrigaram a partir e a viver muito longe de nós e eles nã' puderam fazer outra coisa se não unirem-se pra se protegerem.

— E então — incitou Harry —, viram-nos e depois?
— Bem, esperámos até de manhã. Nã' quisemos chegar sorrateiramente, no escuro, mesmo pra nossa segurança — prosseguiu Hagrid. — Lá prás três da manhã eles adormeceram mesmo onde 'tavam sentados. Nós não nos atrevemos a dormir. Por um lado, qu'ríamos ter a certeza que nenhum deles acordava e vinha até onde nós 'távamos, e por outro, o ressonar era incrível. Provocou um' avalanche de madrugada.
«Seja como for, assim que clareou, descemos ao encontro deles.
— Sem mais nem menos? — Ron parecia aterrado. — Enfiaram a direito por um acampamento de gigantes?
— Bem, o Dumbledore tinha-nos dito o qu'avíamos de fazer — disse Hagrid. — Dar presentes ao Gurg, mostrar respeito, coisas assim.
— Dar presentes a *quê?* — perguntou Harry.
— Oh, o Gurg... isto é, o chefe.
— Como é que vocês sabiam qual era o chefe? — indagou Ron.
Hagrid soltou um grunhido divertido.
— Nã' foi problema — disse ele. — Era o maior, o mais feio e o mais preguiçoso. Ali sentado, à espera qu'os outros lhe trouxessem comida. Cabras mortas e coisas assim. Chamava-se Karkus. Praí entre os seis metros e meio e os sete de altura e o peso de dois elefantes machos. A pele com'a dum rinoceronte.
— E vocês foram ao encontro dele? — Hermione sustinha a respiração.
— Bom... *descemos* até onde ele 'tava estendido no vale. Eles 'tavam numa depressão entre quatro montanhas muito altas, 'tão a ver, ao lado dum lago, e o Karkus 'tava estendido ao pé do lago a berrar c'os outros prò alimentarem a ele e à mulher dele. A Olympe e eu descemos a montanha...
— E eles não tentaram matar-vos quando vos viram? — perguntou Ron, incrédulo.
— Passou, sem dúvida, p'las cabeças dalguns — admitiu Hagrid, encolhendo os ombros —, mas nós fizemos o qu'o Dumbledore nos tinha dito pra fazer, qu'era levantar bem o nosso presente e manter os olhos fixos no Gurg e ignorar os outros. E foi o que fizemos. E os outros calaram-se e ficaram a ver-nos passar e nós fomos até aos pés do Karkus e curvámo-nos e pousámos o nosso presente diante dele.
— O que é que se dá a um gigante? — perguntou Ron curioso.
— Comida?

— Nã', ele é muito capaz de arranjar comida — disse Hagrid.
— Nós levámos-lhe magia. Os gigantes gostam de magia, só nã' gostam qu'a gente a use contra eles. Seja como for, nesse primeiro dia demos-lhe um ramo de fogo Gubraitiano.

Hermione exclamou «Uau!» baixinho, mas Harry e Ron franziram a testa, perplexos.

— Um ramo de... ?
— Fogo perpétuo! — esclareceu Hermione, irritada. — Já deviam saber isso. O Professor Flitwick mencionou-o pelo menos duas vezes nas aulas!

— Bem, seja como for — interveio Hagrid rapidamente, antes de Ron poder responder —, o Dumbledore tinha enfeitiçado aquele ramo para arder eternamente, qu'é coisa que nem todos os feiticeiros são capazes de fazer, e por isso pousei-o na neve, aos pés de Karkus, e disse: «Um presente para o Gurg dos gigantes de Albus Dumbledore, que manda saudações respeitosas.»

— E o que respondeu o Karkus? — perguntou Harry, ansioso.
— Nada — respondeu Hagrid. — Não falava inglês.
— Estás a gozar!
— Não teve importância — disse Hagrid imperturbável. — O Dumbledore tinha-nos avisado qu'isso podia acontecer. O Karkus sabia o suficiente pra berrar por dois gigantes que sabiam a nossa língua e eles traduziram.

— E ele gostou do presente? — quis saber Ron.
— Ah, claro, foi um alvoroço quando perceberam o qu'era — disse Hagrid, voltando o bife de dragão para comprimir o lado mais fresco contra o olho inchado. — Ficou muita contente. Atão eu disse: «Albus Dumbledore pede ao Gurg que fale com o seu mensageiro q'ando ele voltar amanhã com outro presente.»

— Por que é que não podiam falar com eles nesse dia? — inquiriu Hermione.

— O Dumbledore qu'ria qu'a gente andasse devagarinho — explicou Hagrid. — Pra eles verem que cumprimos as nossas promessas. *Voltamos amanhã com outro presente,* e voltamos mesmo com outro presente... causa boa impressão, percebes? E dá-lhes tempo pra experimentar o primeiro presente e ver qu'é bom, e ficarem ansiosos por mais. De qualquer maneira, gigantes como o Karkus... se os sobrecarregamos com informação, eles matam-nos só pra simplificar as coisas. Por isso, afastámo-nos, às vénias, e fomos imbora e arranjámos uma grutazinha agradável pra passar a noite e na

manhã seguinte voltámos lá e dessa vez encontrámos o Karkus sentado à nossa espera, c'um ar ansioso.
— E falaram com ele?
— Pois. Primeiro oferecemos-lhe um bonito capacete de batalha... fabricado pelos duendes e indestrutível, 'tás a ver, e depois sentámo-nos e conversámos.
— O que é que ele disse?
— Pouca coisa — elucidou Hagrid. — Principalmente ouviu. Mas os sinais eram bons. Tinha ouvido falar do Dumbledore, ouvido qu'ele fora contra a matança dos últimos gigantes na Grã-Bretanha. O Karkus parecia muito interessado no qu'o Dumbledore tinha a dizer. E alguns dos outros, principalmente os que falavam um bocado d'inglês, reuniram-se à nossa volta e ouviram tam'ém. 'Távamos muita esperançados q'ando viemos embora nesse dia. Prometemos voltar na manhã seguinte, com outro presente. Mas, nessa noite, as coisas correram mal.
— Como foi isso? — perguntou logo Ron.
— Bom, com'eu disse, eles não foram feitos pra viver juntos, os gigantes — afirmou Hagrid em tom pesaroso. — Não em grandes grupos com'aquele. É superior a eles, quase se matam uns aos outros de tantas em tantas semanas. Os homens lutam uns c'os outros e as mulheres lutam umas c'oas outras. Os que restam de antigas tribos lutam com outras, e isso sem contar com as escaramuças por causa de comida e das melhores fogueiras e sítios pra dormir. Era de pensar, dado que a raça inteira 'ta quase extinta, qu'eles se deixassem em paz uns aos outros, mas...

Hagrid suspirou profundamente.

— Nessa noite, rebentou uma luta, vimos da entrada da nossa gruta, ao olhar para o vale. Durou horas, vocês nem imaginam o barulho. E quando o Sol nasceu a neve 'tava vermelha e a cabeça dele 'tava no fundo do lago.
— A cabeça de quem? — arfou Hermione.
— Do Karkus — disse Hagrid tristemente. — Havia um novo Gurg, o Golgomath. — Suspirou profundamente. — Bem, a gente não tinha contado com um novo Gurg dois dias depois de ter estabelecido contacto amigável com o primeiro, e 'távamos c'a sensação qu'o Golgomath não estaria tão disposto a ouvir-nos, mas tínhamos de tentar.
— Foram falar com ele? — perguntou Ron incrédulo. — Depois de o terem visto cortar a cabeça a outro gigante?

— É claro que fomos — confirmou Hagrid. — Não tínhamos ido até tão longe pra desistir ao fim de dois dias! Descemos com o próximo presente que tencionávamos dar ao Karkus.

«Antes d'abrir a boca, já eu sabia que nã' ia adiantar. Ele 'tava ali sentado c'o capacete do Karkus, a olhar a gente de soslaio à medida que nos aproximávamos. Ele é monstruoso, um dos maiores. Cabelo preto e dentes a condizer e um colar de ossos. Ossos com aspecto humano, alguns deles. Bom, resolvi exp'rimentar... estendi um grande rolo de pele de dragão e disse, «Um presente prò Gurg dos gigantes» e, q'ando dei por mim 'tava suspenso no ar, pendurado pelos pés, com dois dos amigalhaços dele a segurar--me.

Hermione levou as mãos à boca.

— Como é que saíste *dessa*? — perguntou Harry.

— Não tinha saído s'a Olympe lá nã' tivesse — afirmou Hagrid. — Ela puxou da varinha e lançou alguns feitiços do mais rápido qu'eu já vi. O máximo. Atingiu os dois que me seguravam em cheio nos olhos com a Maldição Conjuntivitus e eles largaram-me logo, mas aí foi um sarilho, porque tínhamos usado magia contra eles e é isso qu'os gigantes odeiam nos feiticeiros. Tivemos de cavar dali e sabíamos que nem pensar em voltar a pôr o pé naquele acampamento.

— Caramba, Hagrid — exclamou Ron em voz baixa.

— Então, por que é que demoraste tanto tempo a chegar a casa, se só lá estiveram três dias? — perguntou Hermione.

— Nós não viemos imbora ao fim de três dias! — declarou Hagrid, parecendo ofendido. — O Dumbledore 'tava a contar co'a gente!

— Mas acabaste de dizer que nem pensar em voltar lá!

— De dia, nã' podíamos, não. Tínhamos de pensar no caso. Passámos uns dias escondidos na gruta, a observar. E o que vimos nã' era bom.

— Ele cortou mais cabeças? — perguntou Hermione, com ar enjoado.

— Ná — respondeu Hagrid. — Antes tivesse.

— Como é isso?

— É qu'a gente depressa descobrimos qu'ele não s'opunha a todos os feiticeiros... só a nós.

— Devoradores da Morte? — disse Harry imediatamente.

— É! — concordou Hagrid em tom sombrio. — Um par deles visitava-o todos os dias, pra levar presentes ao Gurg, e ele não os pendurava pelos pés.

— Como é que sabes que eram Devoradores da Morte? — interrogou Ron.

— Porque reconheci um deles — rosnou Hagrid. — Macnair, lembras-te dele? O tipo que mandaram pra matar o *Buckbeak*? Um maníaco, é o qu'ele é. Gosta tanto de matar com'ó Golgomath. Não admira que se 'tivessem a entender tão bem.

— Então o Macnair convenceu os gigantes a aliarem-se ao Quem-Nós-Sabemos? — perguntou Hermione, desesperada.

— Augenta aí os hipogrifos, qu'inda não acabei a minha história! — disse Hagrid em tom de protesto. Para quem começara por não lhes querer contar nada, parecia agora estar a divertir-se. — Eu e a Olympe discutimos o caso e achámos que lá porqu'o Gurg parecia ser a favor do Quem-Nós-Sabemos, nã' qu'ria dizer que todos fossem. Tínhamos de tentar convencer alguns dos outros que não qu'riam o Gorgomath para Gurg.

— Como é que os distinguiam dos outros? — perguntou Ron.

— Bom, eram os que levavam as surras, né? — explicou Hagrid pacientemente. — Os que tinham juízo, tinham-se posto a milhas do Gorgomath, 'tavam escondidos em grutas ali à volta, como nós. Por isso resolvemos ir espreitar às grutas à noite, a ver se conseguíamos convencer alguns deles.

— Vocês foram espreitar a grutas escuras à procura de gigantes? — indagou Ron com a voz impregnada de um respeito admirativo.

— Bom, não eram os gigantes que nos incomodavam mais — disse Hagrid. — 'Távamos mais pr'ocupados com os Devoradores da Morte. O Dumbledore tinha-nos dito antes d'a gente partir pra só os enfrentarmos, se fosse indispensável, e o problema era qu'eles sabiam qu'a gente andava por ali... acho qu'o Gorgomath lhes falou em nós. À noite, quando os gigantes 'tavam a dormir e a gente qu'ria ir espreitar as grutas, Macnair e o outro andavam sorrateiros pela montanha, à procura da gente. Custou-me impedir qu'a Olympe s'atirasse a eles — disse Hagrid, os cantos da boca a erguerem a barba desordenada — ela 'tava deserta por os atacar... qu'ndo a chateiam não é pra graças, a Olympe... fogosa, 'tás a ver... acho qu'é a costela francesa...

Hagrid fitou as chamas com ar sonhador. Harry concedeu-lhe trinta segundos de reminiscências antes de pigarrear ruidosamente.

— Então, o que aconteceu? Chegaram a aproximar-se de qualquer dos outros gigantes?

— O quê? Ah... ah, sim, chegámos. Sim, na terceira noite depois da morte do Karkus, saímos sorrateiramente da gruta em que nos tínhamos 'tado a esconder e voltámos a dirigir-nos ao vale, de olhos bem abertos por causa dos Devoradores da Morte. Entrámos nalgumas grutas, nada... e depois, aí na sexta, encontrámos três gigantes escondidos.

— A gruta devia estar atulhada — comentou Ron.

— Não havia espaço pra dar uma palmada num kneazle — concordou Hagrid.

— E eles não vos atacaram, quando vos viram? — perguntou Hermione.

— Provavelmente tinham atacado, se 'tivessem em estado disso, — disse Hagrid — mas 'tavam muito feridos, todos eles. A malta do Gorgomath tinha-lhes batido até ficarem inconscientes e, qu'ndo despertaram, arrastaram-se até ao abrigo mais próximo qu'encontraram. Seja como for, um deles sabia um bocadito d'inglês e traduziu pròs outros, e o qu'a gente tinha a dizer nã' pareceu cair-lhes mal. Por isso, continuámos a ir lá, visitar os doentes... acho qu'a certa altura já tínhamos seis ou sete convencidos.

— Seis ou sete? — exclamou Ron animado. — Bom, não é mau... e eles vêm até cá para lutar connosco contra o Quem-Nós-Sabemos?

Mas Hermione observou:

— O que é que queres dizer com «a certa altura», Hagrid?

Hagrid olhou para ela com tristeza.

— A malta do Golgomath assaltou as grutas. Os que sobreviveram não quiseram ter mai nada a ver c'o a gente.

— Então... então não vêm gigantes nenhuns? — perguntou Ron, parecendo desapontado.

— Nã' — disse Hagrid, suspirando profundamente e voltando o bife para aplicar o lado mais frio na cara — mas fizemos o que tínhamos de fazer, demos-lhes a mensagem do Dumbledore e alguns ouviram e desconfio que se vão lembrar. Talvez qu'os que nã' quiserem ficar co' Golgomath saiam daquelas montanhas e há possibilidades d'eles se lembrarem qu'o Dumbledore é cordial co' eles... talvez qu'eles venham.

A neve tapava agora a janela. Harry apercebeu-se de que tinha o manto encharcado no sítio dos joelhos: *Fang* babava-se, com a cabeça apoiada no seu colo.

— Hagrid? — murmurou Hermione ao fim de um tempo.

— Hum?

— Tu... viste sinais... ouviste alguma coisa a respeito da tua... da tua... mãe, enquanto lá estiveste?

O olho destapado de Hagrid pousou nela e Hermione pareceu algo assustada.
— Desculpa... eu... esquece...
— Morreu — grunhiu Hagrid. — Morreu há anos. Contaram-m'eles.
— Oh... tenho... tenho muita pena — disse Hermione em voz débil. Hagrid encolheu os ombros maciços.
— Não faz mal — disse ele bruscamente. — Lembro-me muito pouco dela. Nã' era lá grande mãe.
Ficaram de novo silenciosos. Hermione relanceou um olhar nervoso a Harry e Ron, desejando obviamente que eles falassem.
— Mas ainda não nos explicaste como é que ficaste nesse estado, Hagrid — disse Ron, indicando com um gesto a cara ensanguentada de Hagrid.
— Ou por que é que voltaste tão tarde — acrescentou Harry. — O Sirius diz que a Madame Maxime já voltou há séculos...
— Quem é que te atacou? — perguntou Ron.
— Eu não fui atacado! — protestou Hagrid com toda a ênfase.
— Eu...
Mas o resto das suas palavras foi abafado por um súbito desencadear de pancadas na porta. Hermione susteve a respiração; a caneca escorregou-lhe dos dedos e despedaçou-se no chão. *Fang* ganiu. Olharam os quatro para a janela ao lado da porta. A sombra de alguém baixo e atarracado passou através da cortina fina.
— *É ela!* — segredou Ron.
— Metam-se aqui debaixo! — disse Harry rapidamente. Pegando no Manto da Invisibilidade, atirou-o para cima de si e de Hermione, enquanto Ron rodeava a mesa e se precipitava igualmente para debaixo do manto. Espremidos uns contra os outros, recuaram para um canto. *Fang* ladrava furiosamente à porta. Hagrid parecia totalmente perplexo.
— Hagrid, esconde as nossas canecas!
Hagrid pegou nas canecas de Harry e Ron e enfiou-as debaixo da almofada do cesto de *Fang*, que saltava agora contra a porta. Hagrid afastou-o do caminho com o pé e abriu-a.
Na soleira, encontrava-se a Professora Umbridge com a sua capa de *tweed* verde e um chapéu de orelheiras a condizer. De lábios cerrados, inclinou-se para trás a fim de ver a cara de Hagrid, dado que mal lhe chegava ao umbigo.
— Ora então — proferiu ela lentamente e em voz alta, como se estivesse a falar com um surdo. — Você é que é o Hagrid?

Sem esperar por resposta, entrou na sala, os olhos salientes rolando em todas as direcções.

— Desanda! — disse asperamente, sacudindo a mala para *Fang*, que simpatizara com ela e tentava lamber-lhe a cara.

— Aã... nã quero ser malcriado — perguntou Hagrid, fitando-a —, mas quem diabo é a senhora?

— Chamo-me Dolores Umbridge.

Os olhos dela varriam a cabana. Por duas vezes, fitaram directamente o canto onde Harry se encontrava, espremido entre Ron e Hermione.

— Dolores Umbridge? — repetiu Hagrid, parecendo confuso. — Pensei que era lá do Ministério... não trabalha com o Fudge?

— Fui Subsecretária do Ministro, sim — assentiu Umbridge, que percorria agora a cabana, observando o mais pequeno pormenor, desde o bornal encostado à parede, até à capa de viagem abandonada. — Sou agora a Professora de Defesa contra a Magia Negra...

— Isso é muita corajoso da sua parte — observou Hagrid. — Nã' há muita gente que quisesse o lugar agora.

— ... e Grande Inquisidora de Hogwarts — concluiu Umbridge, sem dar mostras de o ter ouvido.

— O qu' é isso? — indagou Hagrid, franzindo a testa.

— Precisamente o que eu ia perguntar — redarguiu Umbridge, apontando para os pedaços de louça partida no chão, que pertenciam à caneca de Hermione.

— Oh! — exclamou Hagrid, com um olhar que não ajudou nada, para o canto onde se achavam escondidos Harry, Ron e Hermione. — Oh, isso foi... foi o *Fang*. Partiu uma caneca. Por isso, tive qu'usar esta.

Apontou para a caneca por que estivera a beber, com uma mão ainda a segurar o bife de dragão apertado contra o olho. Umbridge postara-se agora diante dele, observando todos os pormenores da sua aparência.

— Ouvi vozes — afirmou calmamente.

— Eu 'tava a falar co' *Fang* — replicou Hagrid em tom resoluto.

— E ele respondia-lhe?

— Bom... de certa maneira — disse Hagrid, pouco à vontade. — Às vezes eu digo qu'o *Fang* é quase humano...

— Há três conjuntos de pegadas na neve que conduzem da porta do castelo a esta cabana — declarou Umbridge untuosamente.

Hermione susteve a respiração e Harry pôs-lhe a mão na boca. Felizmente, *Fang* andava a cheirar ruidosamente a bainha do manto da Professora Umbridge e ela não pareceu ter ouvido.

— Bom, eu cheguei mesmo agora — disse Hagrid, agitando a mão enorme na direcção do bornal. — Talvez alguém cá tenha vindo mais cedo e eu já não o encontrei.

— Não há pegadas a afastarem-se da porta da sua cabana.

— Bom, eu... eu não sei o motivo — hesitou Hagrid, puxando a barba nervoso e voltando a olhar para o canto onde se encontravam Harry, Ron e Hermione, como que a pedir socorro. — Aã...

Umbridge girou nos calcanhares e percorreu a cabana toda, olhando em volta com grande atenção. Curvou-se e espreitou debaixo da cama. Abriu os armários de Hagrid. Esteve a cinco centímetros do sítio onde Harry, Ron e Hermione se comprimiam contra a parede, e Harry chegou mesmo a encolher a barriga quando ela passou. Após ter olhado atentamente para dentro do enorme caldeirão que Hagrid usava para cozinhar, deu meia volta de novo e perguntou: — O que é que lhe aconteceu? Como é que arranjou esses ferimentos?

Hagrid tirou apressadamente o bife de dragão da cara, o que na opinião de Harry foi um erro, porque o negro e púrpura das contusões em redor do olho ficavam assim claramente visíveis, para não falar da enorme quantidade de sangue fresco e coagulado que lhe cobria o rosto. — Oh, tive... um pequeno acidente — explicou de forma pouco convincente.

— Que género de acidente?

— Aã… tropecei.

— Tropeçou — repetiu ela friamente.

— É, foi isso. Na... vassoura d'um amigo. Pessoalmente, não voo. Bom, veja só o meu tamanho, acho que nã' há vassoura que m'aguente. Um amigo meu cria cavalos Abraxan. Nã' sei se já viu algum, animais enormes, alados, sabe, andei um bocado num deles e foi...

— Onde é que esteve? — perguntou Umbridge, interrompendo friamente o papaguear de Hagrid.

— Onde é qu'eu...?

— Esteve, sim — repetiu ela. — O ano lectivo começou há dois meses. Teve de vir outro professor dar as suas aulas. Nenhum dos seus colegas foi capaz de me fornecer informações quanto ao seu paradeiro. Não deixou endereço. Onde é que esteve?

Seguiu-se uma pausa, durante a qual Hagrid a fitou com o olho destapado. Harry quase conseguia ouvir o cérebro dele a trabalhar furiosamente.

— Eu... eu estive fora a cuidar da saúde — disse ele.

— A cuidar da saúde! — disse a Professora Umbridge. Os seus olhos percorreram a face descorada e inchada de Hagrid. Havia sangue de dragão a pingar-lhe suave e silenciosamente para o colete.

— Estou a ver.

— É! — disse Hagrid. — Um pouco de... de ar puro, sabe...

— Sim, como guarda dos campos, deve ser-lhe muito difícil apanhar ar puro — comentou Umbridge em tom melífluo. O pequeno pedaço da cara de Hagrid que não estava nem preto nem púrpura, ruborizou-se.

— Bem... uma mudança de cenário, sabe...

— Para um cenário de montanha? — disparou Umbridge.

Ela sabe, pensou Harry, desesperado.

— De montanhas? — repetiu Hagrid, claramente a tentar pensar depressa. — Ná, eu cá gosto é do Sul de França. Sol e... e mar.

— Palavra? — observou Umbridge. — Não vem muito bronzeado.

— É... sabe... tenh'a pele sensível — retorquiu Hagrid esforçando-se por fazer um sorriso insinuante. Harry reparou que lhe faltavam dois dentes. Umbridge fitou-o friamente e o sorriso dele esmoreceu. Depois, a professora aconchegou melhor a mala debaixo do braço e disse: — É claro que eu informarei o Ministro da sua chegada tardia.

— Certo — concordou Hagrid, acenando com a cabeça.

— E deve igualmente saber que, como Grande Inquisidora, é meu dever, desagradável mas necessário, inspeccionar os meus colegas professores. Portanto, voltaremos a encontrar-nos em breve.

Virou-se bruscamente e dirigiu-se para a porta.

— Anda a inspeccionar-nos? — ecoou Hagrid, confuso, para as costas dela.

— Oh, sim — confirmou Umbridge suavemente, olhando para trás com a mão na maçaneta da porta. — O Ministério está decidido a expurgar os professores insatisfatórios, Hagrid. Boa noite.

Saiu, fechando a porta com estrondo atrás de si. Harry fez menção de puxar o Manto da Invisibilidade, mas Hermione agarrou-lhe no pulso.

— Ainda não — segredou-lhe ela ao ouvido. — Ela pode não ter partido ainda.

Hagrid parecia pensar o mesmo, pois atravessou a sala e afastou um pouco a cortina.

— Ela está a voltar prò castelo — informou ele em voz baixa.

— Caramba... atão ela anda a inspeccionar as pessoas?

— Anda — confirmou Harry, tirando o manto. — A Trelawney já está à experiência...

— Hum... que género de coisas estás a planear fazer nas nossas aulas, Hagrid? — perguntou Hermione.

— Ah, nã' te preocupes c'o isso, tenho carradas de aulas fixes planeadas — afirmou Hagrid entusiasmado, tirando o bife de dragão de cima da mesa e pespegando-o outra vez no olho. — 'Tive a guardar algumas criaturas especiais para o vosso ano de NPF. Esperem só, elas são o máximo.

— Aã... o máximo em quê? — perguntou Hermione cautelosamente.

— Não digo — declarou Hagrid, satisfeito. — Não quero estragar a surpresa.

— Olha, Hagrid — avisou Hermione com veemência, resolvendo falar abertamente —, a Professora Umbridge não vai ficar nada satisfeita se levares para a aula alguma coisa que seja demasiado perigosa.

— P'rigosa? — repetiu Hagrid, parecendo francamente perplexo. — Não sejas pateta, eu não vos traria nada p'rigoso! Quer dizer, tudo bem, eles sabem cuidar de si...

— Hagrid, tu tens de passar na inspecção da Umbridge e, para isso, o melhor seria que ela te visse ensinar-nos a tratar de Porlocks, a distinguir os Knarls dos ouriços-cacheiros, coisas desse género! — afirmou Hermione, ansiosa.

— Mas isso não é nada interessante, Hermione — repontou Hagrid. — Aquilo qu'eu tenho é muito mais impressionante, 'tou a criá-los há anos, acho que tenho a única manada domesticada da Grã-Bretanha.

— Hagrid... por favor... — suplicou Hermione, uma nota de verdadeiro desespero na voz. — A Umbridge só pretende uma desculpa para se livrar dos professores que considera demasiado chegados ao Dumbledore. Por favor, Hagrid, ensina-nos qualquer coisa aborrecida que deva sair no NPF.

Contudo Hagrid limitou-se a bocejar abertamente e a relancear o seu único olho, com ar cobiçoso, para a vasta cama ao canto da sala.

— Olha, foi um dia estafante e é tarde — disse ele, dando uma leve palmadinha no ombro de Hermione, que fez os joelhos dela cederem e irem bater no chão com um baque. — Oh... desculpa! — Puxou-a para cima pela gola do manto. — Olhem, nã' se preocupem comigo, garanto que tenho coisas muita boas planeadas prás vossas aulas agora que já cá 'tou outra vez... e agora é melhor porem-se a andar prò castelo e não se esqueçam de apagar as pegadas!

— Não sei se conseguiste convencê-lo — comentou Ron um pouco mais tarde, quando, depois de terem verificado se a costa estava livre, regressaram ao castelo através da neve espessa, sem deixar quaisquer rastos atrás de si graças ao Encantamento de Obliteração que Hermione ia fazendo à medida que avançavam.

— Então, volto lá amanhã — declarou Hermione em tom decidido. — Nem que tenha de lhe planear as aulas. Não me importo que ela expulse a Trelawney, mas não vai despachar o Hagrid!

XXI

O OLHO DA SERPENTE

No domingo de manhã, Hermione abriu caminho por entre a neve, que já tinha mais de meio metro, até à cabana de Hagrid. Harry e Ron queriam acompanhá-la, mas a pilha de trabalhos de casa atingira de novo uma altura alarmante e, de má vontade, lá ficaram na sala comum, tentando ignorar os gritos de alegria que se elevavam dos campos, onde os alunos se divertiam, patinando no lago gelado, andando de tobogã e, pior de tudo, enfeitiçando bolas de neve que subiam até ao cimo da Torre dos Gryffindor e batiam na vidraça com toda a força.

— Pssst! — berrava Ron, acabando por perder a paciência e enfiando a cabeça fora da janela. — Sou um dos prefeitos e se mais uma bola de neve acertar nesta janela... Ai!

Enfiou rapidamente a cabeça para dentro, com a cara coberta de neve.

— São o Fred e o George — explicou com amargura, batendo com a janela. — Idiotas...

Hermione voltou de casa de Hagrid mesmo antes do almoço. Tremia ligeiramente e tinha a capa encharcada até aos joelhos.

— E então? — perguntou Ron, erguendo a cabeça quando ela entrou. — Conseguiste preparar-lhe as aulas?

— Bem, pelo menos tentei — declarou sombriamente, deixando-se cair numa cadeira ao lado de Harry. Tirou a varinha e moveu-a de uma forma esquisita, fazendo sair ar quente da extremidade. Depois, apontou-a à capa, que começou a fumegar, enquanto secava. — Quando cheguei, não estava lá e fartei-me de bater à porta durante meia hora. Depois, apareceu, vindo da Floresta...

Harry soltou um gemido. Na Floresta Proibida abundava exactamente o tipo de criaturas que poderiam fazer que Hagrid fosse despedido.

— Que terá ele lá escondido? Contou-te alguma coisa? — perguntou.

— Não — respondeu Hermione, muito infeliz. — Diz que quer fazer-nos uma surpresa. Tentei explicar-lhe quem era a Umbridge, mas ele não percebe. Não parou de repetir que ninguém no seu juízo perfeito preferiria estudar Knarls em vez de Chimaeras... oh, acho que não tem nenhuma Chimaera, — apressou-se a dizer ao ver o ar assustado de Harry e Ron — mas não é por não ter tentado, pois explicou-me que era muito difícil arranjar os ovos. Perdi a conta às vezes que lhe disse que era melhor seguir o plano de aulas da Grubbly-Plank, mas, para falar verdade, acho que não me ligou nenhuma. Pareceu-me esquisito, sabem, e continua sem explicar como arranjou aquelas feridas todas.

No dia seguinte, ao pequeno-almoço, a chegada de Hagrid à mesa dos professores não foi recebida com entusiasmo por todos os alunos. Alguns, como Fred, George e Lee, bradaram de alegria e correram pela coxia que separava a mesa dos Gryffindor da dos Hufflepuff para apertarem a enorme mão de Hagrid. Outros, como Parvati e Lavender, trocaram olhares carregados e abanaram a cabeça. Harry sabia que muitos deles preferiam as aulas da Professora Grubly-Plank, mas o pior era que uma pequenina parte de si próprio, bastante objectiva, lhes dava razão: para a professora, o conceito de uma aula interessante não incluía a possibilidade de uma criatura arrancar a cabeça a um dos seus alunos.

Na terça-feira, bem protegidos contra o frio, Harry, Ron e Hermione dirigiram-se à cabana de Hagrid bastante apreensivos. Harry estava preocupado com o tema que Hagrid decidira ensinar-lhes, mas receava sobretudo o comportamento do resto da turma, em especial de Malfoy e seus amigalhaços, se a Umbridge os fosse observar.

Todavia, não viram sinais da Grande Inquisidora, enquanto abriam caminho por entre a neve em direcção a Hagrid, que esperava por eles na orla da floresta. O seu aspecto não era nada tranquilizador: as nódoas negras que, no sábado à noite, eram roxas, estavam agora matizadas de verde e amarelo e parecia que alguns dos cortes continuavam a sangrar. Harry não percebia a razão, a não ser que Hagrid tivesse sido atacado por uma criatura cujo veneno impedisse os ferimentos de sarar. Para completar a sua imagem agourenta, o amigo transportava ao ombro o que parecia ser uma metade de uma vaca morta.

— Hoje vamos trabalhar aqui! — explicava Hagrid, muito satisfeito, aos alunos que se aproximavam, indicando com a cabeça as árvores sombrias atrás de si. — É mais abrigado! E é claro qu'eles preferem o escuro.

— Quem é que prefere o escuro? — Harry ouviu a voz estridente de Malfoy, que falava com Crabbe e Goyle, num tom que revelava um certo pânico. — O que é que ele disse que preferia o escuro... vocês perceberam?

Harry recordou-se da única ocasião em que Malfoy entrara na Floresta, durante a qual não se mostrara lá muito corajoso. Sorriu para si próprio, pensando que, após o jogo de Quidditch, tudo o que deixasse Malfoy incomodado tinha o seu apoio.

— Prontos? — perguntou Hagrid alegremente, percorrendo a turma com o olhar. — Muita bem, tenh'andado a guardar esta visita à Floresta prò vosso quinto ano. Decidi mostrar-vos estas criaturas no seu habitat natural. Bom, o que vamos estudar hoje é muita raro. Acho que devo ser o único tipo da Grã-Bretanha que conseguiu treiná-las.

— E tem a certeza de que estão bem treinadas, não tem? — perguntou Malfoy, num tom de voz cada vez mais assustado. — É que não seria a primeira vez que traria coisas selvagens para a aula, pois não?

Os Slytherin concordaram num murmúrio e parecia que alguns Gryffindor pensavam que ele tinha alguma razão.

— Claro que 'tão treinadas — respondeu Hagrid com um olhar ameaçador, equilibrando a vaca morta sobre o ombro.

— Bem, e o que é que aconteceu à sua cara? — inquiriu Malfoy num tom de superioridade.

— Nã'é da tua conta — respondeu Hagrid, zangado. — Pronto, se já acabaram de fazer preguntas estúpidas, sigam-me.

Virou-se e avançou para o interior da Floresta. Aparentemente, ninguém se mostrou muito disposto a segui-lo e Harry olhou para Ron e Hermione, que suspiraram e acenaram com a cabeça. Os três amigos apressaram-se, encabeçando o resto da turma.

Caminharam durante cerca de dez minutos, até chegarem a um local onde as árvores cresciam tão juntas que a luminosidade fazia lembrar o crepúsculo e não havia neve no solo. Com um gemido, Hagrid poisou a metade da vaca no chão, deu um passo atrás e virou-se para a turma. A maioria dos alunos avançava lentamente de árvore em árvore, olhando nervosamente em seu redor, como se esperasse um ataque a qualquer momento.

— Juntem-se aqui, vá, à minha volta — encorajava-os Hagrid.
— Bom, eles vão ser atraídos p'lo cheiro da carne, ma' me'mo assim, vou dar uma chamadinha, porque gostam de saber que sou eu.

Virou-se, abanou a cabeça desgrenhada para afastar os cabelos da cara e lançou um grito muito estranho e agudo, que ecoou por entre as árvores escuras como o chamamento de um pássaro monstruoso. Ninguém se riu. A maior parte dos alunos parecia assustadíssima e não se atrevia a fazer qualquer som.

Hagrid repetiu o grito. Passou um minuto, durante o qual a turma continuou a olhar nervosamente por cima do ombro e em volta das árvores, tentando avistar as criaturas que se aproximavam. No momento em que Hagrid sacudia de novo o cabelo e enchia o seu enorme peito de ar, Harry deu uma cotovelada a Ron e apontou para o espaço que separava dois teixos muito retorcidos.

Na escuridão, um par de olhos brilhantes, brancos e sem expressão, aumentava de tamanho e, passado um momento, emergiu das trevas um focinho que fazia lembrar o de um dragão, seguido pelo pescoço e pelo corpo esquelético de um grande cavalo alado, todo negro. O animal virou-se para contemplar os alunos durante alguns segundos, abanando a longa cauda preta e depois, curvando a cabeça, começou a arrancar pedaços de carne da carcaça da vaca com as presas afiadas.

Harry foi invadido por uma onda de alívio. Ali estava a prova em como não tinha imaginado aquelas criaturas: eram reais e Hagrid também as conhecia. Olhou ansiosamente para Ron, mas este continuava a perscrutar as árvores em seu redor e, passados alguns segundos, sussurrou:

— Por que é que o Hagrid não os chama outra vez?

O rosto da maior parte dos alunos ostentava uma expressão tão confusa e ansiosa como a de Ron e continuavam a olhar para todo o lado menos para o cavalo que se encontrava a poucos metros deles. Apenas dois outros alunos pareciam conseguir ver o animal: um rapaz forte, que pertencia aos Slytherin e que estava mesmo atrás de Goyle, observava o cavalo a comer com uma expressão de profundo desagrado; o outro era Neville, cujos olhos seguiam o movimento ondulante da longa cauda negra.

— Ah, e aqui 'tá outro! — exclamou Hagrid, cheio de orgulho, quando o segundo cavalo negro saiu da escuridão. Dobrando as asas, cuja textura fazia lembrar couro, junto ao corpo, baixou a cabeça e começou a devorar a carne. — Agora... quem consegue vê-los, levanta a mão.

Profundamente satisfeito por sentir que ia, por fim, compreender o mistério daqueles cavalos, Harry ergueu a mão. Hagrid fez-lhe sinal com a cabeça.

— Claro... claro, eu sabia que tu ias vê-los, Harry — afirmou num tom sério. — E tu tam'ém, Neville, né? E...

— Desculpe — interrompeu Malfoy sarcasticamente —, mas o que devíamos nós estar exactamente a ver?

Em resposta, Hagrid apontou para a carcaça da vaca. A turma ficou a olhar por alguns segundos e depois vários alunos lançaram exclamações de espanto e Parvati guinchou. Harry percebeu logo o motivo: o espectáculo de pedaços de carne que se despegavam dos ossos e desapareciam no ar devia ser, de facto, muito estranho.

— O que é que provoca aquilo? — inquiriu Parvati numa voz aterrada, escondendo-se atrás da árvore mais próxima. — O que é que está a comer a carne?

— Thestrals — explicou Hagrid orgulhosamente e, ao lado dele, Hermione soltou um «Oh» de compreensão. — Hogwarts tem uma manada inteira, aqui na Floresta. Muita bem, quem sabe...?

— Mas eles trazem imensa má sorte! — interrompeu Parvati, com uma expressão alarmada. — Têm fama de causar as maiores infelicidades às pessoas que os vêem. A Professora Trelawney contou-me uma vez...

— Nã', nã', nã'! — exclamou Hagrid, rindo-se. — Iss' é só superstição, quer dizer, eles nã' trazem má sorte, são inté muita espertos e úteis! Claro qu'esta manada nã tem muito que fazer, é só puxar as carruagens da escola, a menos que o Dumbledore tenha de fazer uma viagem g'ande e nã' queira Materializar-se... Olhem, aqui vem outro casal...

Um segundo par de cavalos saiu silenciosamente das árvores e um deles passou rente a Parvati, que estremeceu e se encostou ainda mais à arvore, dizendo:

— Acho que senti qualquer coisa, acho que está ao pé de mim!

— Nã' te preocupes, nã' te faz mal — explicou Hagrid, cheio de paciência. — Muita bem, quem é que sabe por que alguns de vocês os conseguem ver e os outros não?

Hermione ergueu a mão.

— Intão, diz lá — pediu-lhe Hagrid com um sorriso.

— As pessoas que conseguem ver os Thestrals — explicou ela — já presenciaram uma morte.

— Exactamente — confirmou Hagrid solenemente. — Dez pontos pròs Gryffindor. Bom, os Thestrals...

— *Hum, hum.*

Chegara a Professora Umbridge. Parara a curta distância de Hagrid, envergando de novo o manto e o chapéu verdes, com a prancheta a postos. Hagrid, que nunca ouvira a tosse falsa da

Umbridge, olhava, preocupado, o Thestral mais próximo, convencido de que o som partira do animal.

— Hum, hum.

— Oh, olá — disse Hagrid sorrindo, após ter localizado a origem do ruído.

— Recebeu a nota que enviei para a sua cabana hoje de manhã? — perguntou Umbridge, no mesmo tom de voz alto e lento que usara anteriormente com ele, como se se dirigisse a uma pessoa estrangeira e um pouco estúpida. — A nota que o informava de que viria observar a sua aula?

— Oh, claro — respondeu Hagrid animadamente. — Inda bem que descobriu o local sem problemas! Bem, como pode ver... bem, nã' sei, pode? 'Oje 'tamos a tratar dos Thestrals...

— Desculpe? — interrompeu a Professora Umbridge em voz alta, pondo a mão em volta do ouvido e franzindo o sobrolho. — O que é que disse?

Hagrid mostrou-se um pouco confuso.

— Aã... *Thestrals!* — repetiu muito alto. — Uns g'andes... cavalos alados, sabe...

Agitou esperançadamente os enormes braços como se fossem asas. A Professora Umbridge ergueu as sobrancelhas e murmurou qualquer coisa, enquanto escrevia na prancheta: «*Tem... de... recorrer... a uma... linguagem... de sinais... rudimentar.*»

— Bem, vamos lá... — continuou Hagrid, voltando-se de novo para a turma, ligeiramente perturbado — aã... que 'tava eu a dizer?

— *Parece... ter... fraca... memória... de... curta... duração* — resmungava Umbridge, suficientemente alto para que todos ouvissem. A expressão de Draco Malfoy parecia indicar que o Natal chegara com um mês de antecedência. Pelo contrário, Hermione ficara vermelha devido à raiva reprimida.

— Ah, pois — dizia Hagrid, lançando um olhar nervoso à prancheta da Umbridge, mas continuando corajosamente. — Pois, ia explicar como é que temos aqui uma manada. Bem, começámos com um macho e cinco fêmeas. Este aqui — declarou, dando palmadinhas no cavalo que aparecera em primeiro lugar —, de seu nome Tenebrus, é o meu preferido, foi o primeiro a nascer aqui, na Floresta...

— Por acaso, saberá — proferiu Umbridge em voz alta, interrompendo-o — que o Ministério da Magia classificou os Thestrals como «perigosos»?

O coração de Harry caiu-lhe aos pés, mas Hagrid limitou-se a rir.

— Os Thestrals nã' são p'rigosos! Bom, podem dar-nos uma dentada, se os chatearmos a sério...

— *Mostra... sinais... de... agrado... perante... a ideia... de... violência* — murmurou a Umbridge, escrevinhando de novo na prancheta.

— Não... vá lá! — exclamou Hagrid, dando sinais de algum nervosismo. — Quero dizer, um cão tam'ém morde se o espicaçarmos, mas os Thestrals têm é má fama por causa daquela coisa da morte... dantes, as pessoas pensavam que eram um mau presságio, não era? Não os compreendiam, mai nada!

A Professora Umbridge não lhe respondeu. Acabou de escrever a última nota, ergueu o olhar para Hagrid e disse-lhe, falando de novo muito alto e lentamente:

— Por favor, continue a sua aula. Vou dar uma volta — imitou o acto de andar (Malfoy e Pansy Parkinson torciam-se a rir em silêncio) — por entre os alunos — (apontou alguns membros da turma) — e fazer-lhes perguntas. — Apontou para a boca para explicar o acto de falar.

Hagrid ficou a olhar para ela, evidentemente sem compreender por que motivo aquela mulher agia como se ele não entendesse a língua inglesa. Hermione tinha os olhos cheios de lágrimas de raiva.

— Sua bruxa, sua bruxa horrorosa! — sussurrou, enquanto Umbridge se dirigia a Pansy Parkinson. — Já percebi o que estás a fazer, sua bruxa nojenta, torcida, sua perversa...

— Aã... bom... — recomeçou Hagrid, lutando obviamente por recuperar o fio da lição — bom... Thestrals... pois, bem, têm uma data de coisas boas...

— Consegue compreender o que diz o Professor Hagrid? — perguntou a Professora Umbridge a Pansy Parkinson numa voz sonante.

Tal como Hermione, Pansy tinha lágrimas nos olhos, mas eram provocadas pelo riso; na verdade, a sua resposta quase não se entendeu, pois tentava simultaneamente controlar as gargalhadas:

— Não... porque... bem, a maior parte das vezes... parece uns grunhidos.

Umbridge escreveu outra nota. As partes do rosto de Hagrid que não estavam cobertas de nódoas negras ficaram avermelhadas, mas tentou agir como se não tivesse ouvido a resposta de Pansy.

— Aã... pois... os Thestrals têm uma data de coisas boas... Bem, depois de domesticados, como esta manada, nunca mais nos perdemos. Têm um sentido de orientação incrível, é só dizer-lhes pra onde qu'remos ir...

— Partindo do princípio de que o compreendem, evidentemente — intrometeu-se Malfoy em voz alta, fazendo que Pansy Parkinson se desmanchasse de novo a rir. A Professora Umbridge sorriu indulgentemente, virando-se depois para Neville.
— Consegues ver os Thestrals, Longbottom, não é verdade? — perguntou-lhe.
Neville fez um sinal afirmativo.
— Quem é que viste morrer? — inquiriu num tom de voz indiferente.
— O meu... o meu avô — respondeu o rapaz.
— E qual é a tua opinião sobre estes animais? — continuou, fazendo um gesto em direcção aos cavalos, que já tinham reduzido grande parte da carcaça a ossos.
— Aã... — começou Neville, muito nervoso, lançando uma olhadela a Hagrid — bem, parecem-me... aã... bom...
— *Os alunos... estão... demasiado... intimidados... para... admitir ... que ... têm... medo* — voltou Umbridge a murmurar, escrevinhando outra nota na sua prancheta.
— Não! — exclamou Neville, com um ar aflito. — Não, não tenho medo deles!
— Não tem importância — declarou Umbridge, dando palmadinhas no ombro de Neville, com um sorriso que pretendia passar por compreensivo, embora, a Harry, lhe parecesse um esgar.
— Muito bem, Hagrid — continuou, virando-se e olhando-o de novo, falando outra vez numa voz lenta e alta —, penso que tenho o suficiente. Irá receber — (imitou o gesto de pegar em algo na sua frente) — os resultados da sua inspecção — (apontou para a prancheta) — dentro de dez dias. — Ergueu dez dedinhos curtos e depois, com um sorriso mais aberto e mais nojento que nunca sob o chapéu verde, afastou-se apressadamente, deixando Malfoy e Pansy Parkinson a rir às gargalhadas, enquanto Hermione tremia de raiva e Neville se mostrava confuso e perturbado.
— Aquela gárgula imunda, mentirosa e perversa! — berrava Hermione meia hora mais tarde, enquanto se dirigiam de novo ao castelo, caminhando pelos trilhos que tinham aberto anteriormente pelo meio da neve. — Não vêem qual é a intenção dela? É outra vez a tal coisa que ela tem contra as raças mistas... quer dar a entender que Hagrid é uma espécie de *troll* atrasado mental, só porque a mãe dele era uma giganta... e não é nada justo... a aula até nem foi nada má... quero dizer, admito que se tivessem sido outra vez os Explojentos, mas os Thestrals são fixes... na verdade, vindos do Hagrid, são excelentes!

— A Umbridge disse que eram perigosos — lembrou Ron.

— Bem, é tal como o Hagrid explicou, sabem cuidar de si próprios, — declarou Hermione impacientemente — e acho que uma professora como a Grubbly-Plank não os mostraria aos alunos antes dos NPFs, mas, bem, são muito interessantes, não são? A forma como algumas pessoas os conseguem ver e outras não! Quem me dera poder!

— A sério? — perguntou-lhe Harry baixinho.

Hermione ficou, de súbito, horrorizada.

— Oh, Harry... desculpa... não, é claro que não... não devia ter dito uma coisa tão estúpida.

— Não faz mal! — retorquiu ele de imediato. — Não te preocupes.

— Fiquei surpreendido por haver tanta gente que *conseguia* vê-los — comentou Ron. — Três numa turma...

— Pois é, Weasley, estávamos aqui a pensar — disse uma voz maliciosa. Devido à neve, que abafava os passos, ninguém ouvira Malfoy, Crabbe e Goyle, que se tinham aproximado e caminhavam mesmo atrás deles. — Achas que se visses alguém bater a bota, conseguias ver melhor a *quaffle*?

Os três desmancharam-se em gargalhadas e, empurrando-os, prosseguiram em direcção ao castelo, cantando em coro «O Weasley é o nosso rei». As orelhas de Ron ficaram escarlates.

— Ignora-os, ignora-os — dizia Hermione, enquanto puxava da varinha e fazia o feitiço para produzir ar quente, a fim de abrir um caminho mais fácil por entre a extensão de neve virgem que os separava das estufas.

★

Dezembro chegou e trouxe consigo mais neve e uma verdadeira avalanche de trabalhos de casa para os alunos do quinto ano. No caso de Ron e Hermione, as obrigações relativas ao cargo de prefeito tornavam-se também cada vez mais pesadas, à medida que o Natal se aproximava. Cabia-lhes supervisionar a decoração do castelo («Tenta pendurar as fitas douradas quando o Peeves tem a outra ponta e tenta estrangular-te com ela», desafiou Ron), assegurar que os alunos do primeiro e do segundo ano passavam os intervalos no interior, por causa do frio intenso («Podes crer que são uns ranhosos atrevidos, nós não éramos assim tão malcriados quando estávamos no primeiro ano», comentou Ron) e patrulhar os corredores por turnos, na companhia de Argus Filch, que suspeitava de que o espírito de férias se iria manifestar por uma avalanche de duelos («Aquele tem estrume no lugar dos miolos», afirmou Ron, furioso). Estavam tão ocupados que Hermione até parara de tricotar os chapéus dos elfos e queixava-se, aflita, de que já só lhe restavam três.

— Coitadinhos, há tantos elfos que ainda não libertei e que vão ter de ficar aqui durante o Natal, por não haver chapéus suficientes!

Harry, que não tivera coragem de lhe dizer que Dobby guardara tudo o que ela tricotara, curvou-se mais sobre o seu trabalho para História da Magia. De qualquer modo, não queria pensar no Natal. Pela primeira vez na sua vida de estudante, desejava ardentemente passar as férias longe de Hogwarts. Naquele momento, com a proibição de jogar Quidditch e o receio de Hagrid poder ser suspenso, sentia-se muito ressentido em relação à escola. A única coisa que ainda lhe dava prazer eram as reuniões do ED que, no entanto, teriam de ser interrompidas nas férias, uma vez que quase todos os membros iriam passar algum tempo com a família. Hermione ia esquiar com os pais, algo que deixara Ron muito divertido, pois nunca ouvira dizer que os Muggles atavam umas lâminas de madeira aos pés para deslizar pelas montanhas abaixo. Ron ia para casa, a «Toca», e Harry teve de aguentar vários dias cheio de inveja até Ron lhe anunciar, quando o amigo lhe perguntou como ia viajar no Natal:

— Mas tu também vens! Não te disse? A mãe escreveu e disse-me para te convidar há que séculos!

Hermione revirou os olhos, mas a disposição de Harry melhorou imenso, pois a ideia de passar o Natal n'A Toca era verdadeiramente maravilhosa, embora o sentimento de culpa por não poder passar as festas com Sirius lhe estragasse um pouco o prazer. Pensou se conseguiria convencer Mrs. Weasley a convidar o padrinho para as festividades e, apesar de duvidar de que Dumbledore permitisse a Sirius deixar Grimmauld Place, não podia deixar de pensar que talvez Mrs. Weasley não desejasse a sua companhia. Era tão frequente estarem em desacordo! Desde a sua última aparição na lareira que Sirius não contactava Harry e, embora ele soubesse que, com a vigilância constante da Umbridge, seria insensato tentá-lo, não gostava de pensar em Sirius sozinho na velha mansão da mãe, tendo apenas Kreacher com quem partilhar a ceia de Natal.

Harry chegou cedo à Sala das Necessidades para a última reunião do ED antes das férias, facto que muito lhe agradou, porque quando as tochas se incendiaram, viu que Dobby se tinha encarregado de encher a sala com decorações de Natal. Sabia que fora o elfo, pois mais ninguém se lembraria de pendurar uma centena de bolas de Natal, cada uma ostentando a cara de Harry, com a legenda: «UM NATAL MUITO FELIZ COM HARRY POTTER!»

Harry acabara de retirar a última, quando a porta rangeu, se abriu e Luna Lovegood entrou, com o seu habitual ar sonhador.

— Olá — disse vagamente, contemplando o que restava das decorações. — São bonitas! Foste tu que as penduraste?

— Não! — respondeu Harry. — Foi Dobby, o elfo doméstico.

— Visco — exclamou Luna vagamente, apontando para um grande ramo de bagas brancas, pendurado quase por cima da cabeça de Harry, que saltou rapidamente, mudando de lugar. — Boa ideia — declarou Luna, falando a sério. — Normalmente, está infestado de Nargles.

Harry foi poupado à necessidade de perguntar o que eram Nargles pela chegada de Angelina, Katie e Alicia, todas sem fôlego e com um ar enregelado.

— Bem — informou Angelina sobriamente, tirando a capa e atirando-a para um canto —, conseguimos, por fim, substituir-te.

— Substituir-me? — perguntou Harry, sem compreender.

— A ti, ao Fred e ao George — explicou ela impacientemente. — Temos outro *seeker*!

— Quem? — perguntou Harry rapidamente.

— A Ginny Weasley — retorquiu Katie.

Harry ficou a olhar para ela, boquiaberto.

— Pois, bem sei — interveio Angelina, tirando a varinha e exercitando o braço —, mas ela até é bastante boa. Nada que se compare contigo, claro — continuou, atirando-lhe um olhar de desprezo —, mas como não te podemos ter...

Harry engoliu a resposta torta que ansiava por lhe dar: imaginaria ela, por um segundo que fosse, que ele não lamentava a sua expulsão da equipa muito mais do que ela?

— E os *beaters*? — perguntou, tentando manter a voz neutra.

— O Andrew Kirke — respondeu Alicia, desanimada — e o Jack Sloper. Nenhum deles é brilhante, mas comparados com o resto dos idiotas que apareceram...

A chegada de Ron, Hermione e Neville pôs um ponto final naquela discussão deprimente e, passados cinco minutos, a sala estava tão cheia que Harry conseguia evitar os olhares intensos e reprovadores de Angelina.

— Muito bem — começou, chamando a atenção de todos —, pensei que hoje nos devíamos limitar a rever aquilo que já aprendemos, porque é a última reunião antes das férias e não vale a pena começar nada de novo antes de uma interrupção de três semanas...

— Não vamos fazer nada de novo? — comentou Zacharias Smith, num murmúrio de descontentamento que se ouviu do outro lado da sala. — Se soubesse, não tinha vindo.

— Então, temos imensa pena que o Harry não te tenha dito nada — exclamou Fred, em voz alta.

Vários alunos soltaram um riso abafado. Harry viu Cho a rir-se e sentiu a já familiar contracção no estômago, como se tivesse falhado um degrau ao descer as escadas.

— ... podemos praticar em pares — propôs Harry. — Começamos com o Feitiço do Estorvo durante dez minutos e depois podemos ir buscar as almofadas e tentar novamente o Feitiço de Atordoar.

Obedientes, todos se dividiram, tendo Harry feito par com Neville, como habitualmente. Em breve a sala ressoava com os gritos intermitentes de *«Impedimenta!»*. As pessoas ficavam paralisadas por um minuto e, durante esse tempo, o respectivo par olhava vagamente pela sala, vendo os outros a trabalhar. Depois, voltava ao normal e praticava, por sua vez, o feitiço.

Neville melhorara para além de todas as expectativas. Passado algum tempo, depois de Harry ter ficado paralisado três vezes seguidas, mandou Neville juntar-se de novo a Ron e a Hermione para poder dar uma volta e observar os outros. Ao passar por Cho, esta fez-lhe um grande sorriso, mas Harry resistiu à tentação de se aproximar dela com mais frequência.

Após dez minutos a praticar o Feitiço do Estorvo, espalharam almofadas pelo chão da sala e executaram novamente o Feitiço de Atordoar. Na realidade, o espaço era demasiado pequeno para permitir que todos praticassem simultaneamente e, portanto, metade do grupo observava os outros durante algum tempo, trocando, então, de posições.

Harry sentia-se positivamente inchado de orgulho. Era verdade que Neville Atordoara Padma Patil em vez de Dean, a quem fizera pontaria, mas falhara por pouco, o que não era habitual, e todos os outros tinham feito enormes progressos.

Ao fim de uma hora, Harry mandou-os parar.

— Estão a ficar verdadeiramente bons — elogiou-os, sorrindo para os companheiros. — Quando voltarmos das férias, podemos começar a praticar coisas mais difíceis... talvez até o Patronus.

Ouviu-se um murmúrio de excitação. Os alunos começaram a sair em grupos de dois e três e a sala foi-se esvaziando. Muitos desejavam a Harry um «Feliz Natal». Bem-disposto, reuniu as almofadas e empilhou-as cuidadosamente com a ajuda de Ron e Hermione, que saíram antes dele; Harry demorou-se um pouco, porque Cho ainda lá estava e esperava receber votos de boas-festas da parte dela.

— Não, vai andando — ouviu-a dizer à sua amiga Marietta e o coração deu um tal pulo que lhe subiu até à maçã de Adão.

Fingiu estar a endireitar a pilha de almofadas, pois tinha a certeza de que estavam sozinhos. Esperou que ela falasse, mas, em vez da voz dela, ouviu uma fungadela.

Virou-se e viu Cho de pé, no meio da sala, com as lágrimas a escorrerem-lhe pela cara baixo.

— Que...?

Não sabia que fazer. Ali estava ela, a chorar silenciosamente.

— O que é que foi? — perguntou-lhe em voz débil.

Cho abanou a cabeça e limpou os olhos à manga.

— Desculpa... — pediu com a voz embargada. — Acho... é que... ao aprender estas coisas todas... fico a ... pensar que... se *ele* as dominasse... ainda estaria vivo.

O coração de Harry voltou a descer, ultrapassando o lugar habitual e parando algures perto do umbigo. Devia ter adivinhado: ela queria falar de Cedric.

— Ele sabia estes feitiços — explicou-lhe Harry, desiludido. — Era até bastante bom, senão não teria chegado ao centro do labirinto, mas se o Voldemort nos quiser matar, não temos hipótese.

Ela estremeceu ao ouvir o nome de Voldemort, mas continuou a olhar para Harry sem pestanejar.

— *Tu* sobreviveste quando eras apenas um bebé — declarou baixinho.

— Pois foi — concordou Harry, cansado, dirigindo-se à porta. — Não sei porquê, ninguém sabe a razão, portanto não é motivo de orgulho.

— Oh, não te vás embora! — pediu Cho, de novo num tom choroso. — Desculpa lá ter ficado assim, neste estado... não foi de propósito...

Soluçou de novo. Era muito bonita, mesmo com os olhos inchados e vermelhos, mas Harry sentia-se profundamente infeliz. Teria ficado tão contente com um simples «Feliz Natal».

— Sei que deve ser horrível para ti — continuou Cho, limpando de novo os olhos à manga —, eu estar aqui a falar do Cedric, quando tu o viste morrer... suponho que queiras imenso esquecer aquilo tudo, não é?

Harry não respondeu. Era verdade, mas afirmá-lo assim parecia-lhe uma crueldade.

— És um professor m-mesmo bom, sabes — declarou Cho, com um sorriso trémulo. — Nunca tinha sido capaz de Atordoar ninguém.

— Obrigado — agradeceu Harry desajeitadamente.

Olharam um para o outro por um longo momento. Harry sentiu um desejo ardente de fugir da sala e, simultaneamente, uma total incapacidade de mover os pés.

— Visco — disse Cho baixinho, apontando para o tecto, por cima da cabeça de Harry.

— Pois é — proferiu ele. Tinha a boca muito seca. — Deve estar cheio de Nargles.

— O que é isso?

— Não faço ideia — confessou Harry. Ela aproximara-se e Harry pensou que o seu cérebro fora Atordoado. — Tens de perguntar à Loony[8]... isto é, à Luna.

Cho fez um ruído estranho, uma mistura de soluço com um risinho. Agora, estava ainda mais perto e Harry podia ter contado as sardas do seu nariz.

— Gosto mesmo de ti, Harry.

Deixou de conseguir pensar. Um formigueiro espalhava-se pelo seu corpo, paralisando-lhe os braços, as pernas e o cérebro.

Cho estava demasiado perto. Harry conseguia ver as lágrimas suspensas das suas pestanas...

★

Regressou à sala comum meia hora mais tarde, onde encontrou Hermione e Ron instalados nos melhores lugares, junto à lareira. Quase toda a gente se fora deitar e Hermione estava a escrever uma longa carta: já enchera meio rolo de pergaminho, que balouçava da ponta da mesa. Ron estendera-se no tapete e tentava acabar o trabalho de casa para Transfiguração.

— Por que é que te demoraste tanto? — perguntou-lhe, quando Harry se deixou cair no cadeirão ao lado de Hermione.

---

[8] Em inglês, *loony* significa lunático, maluco. *(NT)*

Harry não lhe respondeu. Estava em estado de choque. Uma parte de si desejava contar a Ron e a Hermione o que acabara de acontecer, mas a outra tinha vontade de levar aquele segredo para a cova.

— Sentes-te bem, Harry? — inquiriu Hermione, olhando-o por cima da ponta da pena.

Harry encolheu os ombros, sem entusiasmo. Para dizer a verdade, não sabia bem como se sentia.

— Que se passa? — insistiu Ron, apoiando-se no cotovelo para poder olhar melhor para Harry. — Que aconteceu?

Harry não sabia lá muito bem como lhes devia contar e ainda não tinha a certeza se o desejava fazer. Acabara de decidir não dizer nada, quando Hermione se encarregou do assunto.

— É por causa da Cho? — perguntou-lhe sem meias medidas. — Apanhou-te depois da reunião?

Vagamente surpreendido, Harry fez um sinal afirmativo. Ron soltou um riso abafado, mas calou-se quando Hermione olhou para ele.

— Portanto... aã... que queria ela? — indagou num tom falsamente despreocupado.

— Ela... — começou Harry, com voz rouca. Pigarreou e tentou de novo. — Ela... aã...

— Beijaram-se? — perguntou Hermione desembaraçadamente.

Ron sentou-se tão depressa que deu um safanão no tinteiro, espalhando a tinta pelo tapete. Sem ligar importância nenhuma, contemplou Harry avidamente.

— Então? — proferiu num tom imperioso.

Passando da expressão curiosa e meio divertida de Ron para o rosto franzido de Hermione, Harry fez que sim com a cabeça.

— AH!

Erguendo o punho num gesto triunfante, Ron desatou a rir às gargalhadas, fazendo que um grupo de tímidos alunos do segundo ano junto da janela desse um pulo. Ao ver o amigo a rebolar no tapete, um sorriso relutante espalhou-se no rosto de Harry.

Hermione lançou-lhe um olhar profundamente desgostoso e voltou à sua carta.

— E então? — acabou Ron por perguntar, erguendo o olhar para Harry. — Como é que foi?

Harry pensou um bocado.

— Molhado — respondeu honestamente.

Ron soltou um som que tanto podia indicar regozijo como nojo.

— É que ela estava a chorar — continuou Harry com dificuldade.

— Oh! — exclamou Ron, enquanto o sorriso se ia apagando do seu rosto. — Tens assim tão pouco jeito para beijar?

— Não sei — confessou Harry, que não pensara nisso, o que o deixou imediatamente preocupado. — Talvez.

— É claro que não — atalhou Hermione distraidamente, continuando a escrever.

— Como é que sabes? — perguntou Ron num tom brusco.

— Porque agora a Cho passa metade da vida a chorar — retorquiu Hermione vagamente. — Chora às refeições, na casa de banho, em todo o lado.

— Seria de pensar que uns beijinhos a deixariam mais animada — comentou Ron, sorrindo.

— Ron — declarou Hermione, cheia de dignidade, molhando a ponta da pena no tinteiro —, és o imbecil mais insensível que já tive a infelicidade de conhecer.

— E que quer isso dizer? — atirou-lhe Ron, indignado. — Quem é que se desfaz em lágrimas quando alguém a beija?

— Pois é! — apoiou Harry, vagamente desesperado. — Quem é que faz isso?

Hermione contemplou os dois amigos com a comiseração espalhada no rosto.

— Não compreendem como a Cho se sente neste momento? — perguntou-lhes.

— Não — responderam Harry e Ron em uníssono.

Hermione suspirou e pousou a pena.

— Bem, é óbvio que se sente muito triste devido à morte do Cedric. Imagino que também se sente confusa, pois gostava dele e agora gosta do Harry e não consegue decidir de quem gosta mais. Depois, também se deve sentir culpada, pensando que beijar o Harry é um insulto à memória do Cedric, e tem medo do que os outros possam dizer dela, se começar a andar com o Harry. Provavelmente, nem sequer sabe muito bem o que sente pelo Harry, pois era ele que estava com o Cedric quando ele morreu e, portanto, é tudo muito confuso e doloroso. Oh, e para além disso, está com medo de ser expulsa da equipa de Quidditch dos Ravenclaw por andar a voar vergonhosamente.

Um silêncio de incredulidade saudou o fim daquele discurso. Depois, Ron declarou:

— Uma pessoa não pode sentir tudo isso ao mesmo tempo, senão explodia.

— Lá porque tu tens a profundidade emocional de um dedal, não quer dizer que toda a gente seja assim — comentou Hermione num tom desagradável, voltando a pegar na pena.

— Foi ela que começou — explicou Harry. — Eu nunca teria... ela aproximou-se... e depois... desatou a chorar, agarrada a mim... eu não sabia o que havia de fazer...

— Não te culpes, meu — disse-lhe Ron, sentindo-se alarmado só de imaginar a cena.

— Só tinhas de ser simpático — comentou Hermione, erguendo o olhar com uma expressão ansiosa. — Foste, não foste?

— Bem — começou Harry, sentindo um calor incómodo subir-lhe ao rosto —, acho que... lhe dei umas palmadinhas nas costas.

Hermione parecia estar a ter imensa dificuldade em controlar-se para não revirar os olhos.

— Bem, acho que podia ter sido pior — concluiu. — Vais vê-la outra vez?

— Tem de ser, não é? — declarou Harry. — Temos as reuniões do ED.

— Sabes bem o que quero dizer — afirmou Hermione impacientemente.

Harry não lhe respondeu. As palavras de Hermione abriam um campo inteiramente novo de assustadoras possibilidades. Tentou imaginar como seria acompanhar Cho a um lado qualquer — talvez a Hogsmeade — e ficar sozinho com ela horas a fio. É claro que ela devia estar à espera de que ele a convidasse para sair depois do que acontecera... e essa ideia causou-lhe um aperto doloroso no estômago.

— Oh, não faz mal — proferiu Hermione num tom distante, novamente embrenhada na sua carta —, vais ter imensas oportunidades de a convidar.

— E se ele não quiser? — perguntou Ron, que estivera a observar Harry com uma expressão invulgarmente perspicaz.

— Não sejas idiota — disse-lhe Hermione, distraída. — Há séculos que ele gosta dela, não é, Harry?

Não obtive qualquer resposta. Sim, gostava de Cho havia muito tempo, mas sempre que imaginara uma cena entre os dois, Cho tinha sempre um ar de quem se estava a divertir, e não desatava a soluçar descontroladamente no seu ombro.

— Já agora, para quem é o testamento que estás a escrever? — perguntou Ron a Hermione, tentando ler o pedaço de pergami-

nho que já se arrastava pelo chão. Hermione puxou-o logo para longe da sua vista.
— Para o Viktor.
— *Krum?*
— Quantos mais Viktors conhecemos?

Ron não lhe respondeu, aparentando uma expressão descontente. Ficaram sentados em silêncio por mais vinte minutos: Ron acabou o trabalho para Transfiguração, bufando impacientemente e riscando imensas frases, enquanto Hermione ia escrevendo sem parar até chegar ao fim do pergaminho, tendo-o depois enrolado cuidadosamente e selado. Harry olhava para o fogo, desejando mais do que nunca que a cabeça de Sirius aparecesse para lhe dar alguns conselhos sobre raparigas. O fogo, porém, limitou-se a arder, ficando cada vez mais fraco, até as brasas incandescentes se transformarem em cinza e, olhando em seu redor, Harry viu que, mais uma vez, eram os únicos na sala comum.

— Bem, boa noite — disse Hermione, com um grande bocejo, enquanto desaparecia pela escada das raparigas.

— Que verá ela no Krum? — perguntou Ron, intrigado, ao subirem as escadas dos rapazes.

— Bem — começou Harry, pensando no assunto —, suponho que seja por ser mais velho... e por ser um jogador internacional de Quidditch...

— Pois, mas para além disso — insistiu Ron, num tom ofendido —, quer dizer, o gajo anda sempre de trombas, não é?

— Sim, é um tipo chato — concordou Harry, que continuava a pensar em Cho.

Despiram-se e vestiram os pijamas em silêncio. Dean, Seamus e Neville já dormiam. Harry poisou os óculos sobre a mesinha-de-cabeceira e enfiou-se na cama, mas não fechou as cortinas que rodeavam a sua cama de dossel; ficou a olhar a nesga de céu estrelado que se avistava pela janela ao lado da cama de Neville. Quem diria, na noite anterior, que passadas vinte e quatro horas, teria beijado Cho Chang...

— B'noite — resmungou Ron, algures do seu lado direito.
— B'noite — respondeu Harry.

Talvez na próxima vez... se existisse uma próxima vez... ela se sentisse um pouco mais feliz. Devia tê-la convidado para sair. Ela estava, provavelmente, à espera disso e devia agora sentir-se mesmo zangada com ele... ou talvez estivesse deitada na cama, a chorar por causa de Cedric. Não sabia o que pensar. Em vez de esclarecer as coisas, a explicação de Hermione tornara tudo ainda mais complicado.

«Era isso que nos deviam ensinar aqui,» pensou, virando-se de lado, *«como funciona a cabeça das raparigas... pelo menos, seria mais útil que Artes Divinatórias...»*

Neville fungou, adormecido e, algures na noite, ouviu-se o piar de um mocho.

Harry sonhou que regressara à sala do ED. Cho acusava-o de a ter atraído ali com um falso pretexto e disse-lhe que ele lhe prometera cento e cinquenta cromos dos Sapos de Chocolate, se ela aparecesse. Harry protestou... Cho gritou *«Cedric deu-me toneladas de cromos, olha!»*, tirando mãos cheias de cromos de dentro da capa e atirando-os ao ar. Depois, transformou-se em Hermione, que dizia: *«Sabes bem que lhe prometeste, Harry... acho que o melhor é dares-lhe outra coisa... que tal a tua Flecha de Fogo?»* Harry protestava que não lhe podia dar a sua vassoura, porque a Umbridge a confiscara e, fosse como fosse, tudo aquilo lhe parecia ridículo, só viera à sala do ED para pendurar bolas de Natal com a forma da cabeça de Dobby...

O sonho mudou.

Sentiu o seu corpo ficar leve, forte e flexível. Planava entre barras de metal brilhante, sobre um chão de pedra, escuro e frio... pairava agora rente ao solo, deslizando... estava escuro e, contudo, via em seu redor objectos de estranhas cores vibrantes que cintilavam... virou a cabeça... à primeira vista, o corredor estava vazio... não... ao fundo, havia um homem sentado no chão, com o queixo caído de encontro ao peito; a sua silhueta brilhava no escuro...

Harry deitou a língua de fora... sentiu o odor do homem no ar... estava vivo, mas sonolento... sentado defronte de uma porta, ao fundo do corredor...

Sentiu um desejo intenso de morder o homem... mas tinha de controlar esse anseio... tinha coisas mais importantes a fazer...

O homem mexia-se... pôs-se de pé num pulo, deixando escorregar um Manto prateado e Harry viu o seu perfil fremente e indistinto erguer-se acima de si, viu uma varinha ser retirada de um cinto... não tinha hipóteses... erguendo-se do chão, atacou uma, duas, três vezes, enterrando profundamente as suas presas na carne do homem, sentindo as costelas estilhaçarem-se entre as suas mandíbulas, saboreando o jorro quente do sangue...

O homem gritava de dor... depois calou-se... escorregou pela parede... o sangue alastrava pelo chão...

A sua testa doía-lhe terrivelmente... pulsava, quase a rebentar...
— Harry! HARRY!
Abriu os olhos. Tinha o corpo encharcado em suor e os cobertores estavam todos torcidos em volta do seu corpo, como uma camisa de forças. Parecia-lhe que alguém lhe espetava um atiçador em brasa na testa.
— *Harry!*
Ron inclinava-se sobre ele, parecendo extremamente assustado. Aos pés da cama, viam-se outras pessoas. Apertou a cabeça entre as mãos, pois a dor cegava-o e, rolando para o lado, vomitou da borda do colchão.
— Está mesmo doente — afirmou uma voz assustada. — Não será melhor chamar alguém?
— Harry! *Harry!*
Tinha de dizer a Ron, era muito importante dizer-lhe... Inalando grandes golfadas de ar, Harry sentou-se na cama, esforçando-se por não vomitar outra vez, enquanto a dor o deixava meio cego.
— O teu pai... — arfou, com o peito a palpitar. — O teu pai foi... atacado...
— O quê? — perguntou Ron, sem compreender.
— O teu pai! Foi mordido... é grave, havia sangue por todo o lado...
— Vou pedir ajuda... — declarou a mesma voz assustada e Harry ouviu passos que se afastavam do dormitório.
— Harry, pá — dizia Ron, inseguro —, 'tavas... 'tavas só a sonhar...
— Não! — berrou Harry, furioso. Era crucial que Ron compreendesse. — Não foi um sonho... um sonho normal... eu estava lá, eu vi... fui eu que *fiz* aquilo...
Ouvia Seamus e Dean a murmurar qualquer coisa, mas não se importou. A dor da testa diminuía gradualmente, embora continuasse a suar e a tremer febrilmente. Tentou de novo vomitar e Ron saltou para trás, saindo da frente.
— Harry, não estás nada bem — afirmou com voz trémula. — Neville foi buscar ajuda.
— Estou bem! — declarou Harry, meio engasgado, enquanto limpava a boca ao pijama e tremia descontroladamente. — Não se passa nada comigo, tens de te preocupar é com o teu pai... temos de descobrir onde está... está a sangrar horrivelmente... eu era... foi uma serpente enorme.

Tentou sair da cama, mas Ron empurrou-o para trás. Dean e Seamus continuavam a sussurrar, algures ali perto. Harry não sabia se tinha passado um ou dez minutos. Ficou sentado na cama, a tremer, sentindo a dor na testa a diminuir muito lentamente... depois, ouviram-se passos apressados a subir a escada e ouviu de novo a voz de Neville.

— Por aqui, professora.

A Professora McGonagall entrou a correr no dormitório, envergando o seu roupão de tecido escocês e com os óculos tortos empoleirados sobre o nariz ossudo.

— Que se passa, Potter? Onde é que te dói?

Nunca ficara tão satisfeito por vê-la. Naquele momento precisava exactamente de um membro da Ordem da Fénix, não de alguém todo atarantado, que lhe receitasse poções inúteis.

— É o pai do Ron — declarou, voltando a sentar-se. — Foi atacado por uma serpente e é muito grave... eu vi o ataque.

— Que queres dizer com isso de ver o ataque? — perguntou a Professora McGonagall, franzindo as sobrancelhas escuras.

— Não sei... estava a dormir e depois, estava lá...

— Queres dizer que sonhaste com esse ataque?

— Não! — respondeu, zangado. Nenhum deles conseguiria compreender? — Primeiro estava a sonhar com uma coisa completamente diferente, uma coisa estúpida... e depois isto interrompeu esse sonho. Foi real, não foi imaginação. Mr. Weasley estava a dormir no chão e foi atacado por uma serpente gigantesca... havia uma poça de sangue, ele caiu, alguém tem de descobrir onde é que ele está...

A Professora McGonagall olhava-o por trás dos óculos tortos, como se se sentisse horrorizada com o que via.

— Não estou a mentir, nem estou louco! — disse-lhe Harry, a voz subindo de tom até formar um grito. — Garanto-lhe, vi aquilo acontecer!

— Acredito em ti, Potter — declarou a professora, secamente. — Veste o roupão... vamos falar com o Director.

XXII

O HOSPITAL DE SÃO MUNGO DE DOENÇAS E LESÕES MÁGICAS

Harry ficou tão aliviado por ela o levar a sério que não hesitou. Saltou imediatamente da cama, enfiou o roupão e encavalitou os óculos no nariz.

— Weasley, também devias vir connosco — decidiu a Professora McGonagall.

Saíram do dormitório atrás da professora, passando pelas figuras silenciosas de Neville, Dean e Seamus, desceram a escada até à sala comum, passaram pelo buraco do retrato e, iluminados pelo luar, seguiram pelo corredor da Dama Gorda. Harry sentia que o pânico que o enchia podia explodir a qualquer momento. Apetecia-lhe correr, gritar por Dumbledore. Mr. Weasley estava a sangrar, enquanto eles caminhavam calmamente; e se aquelas presas (Harry esforçava-se por não pensar «as minhas presas») fossem venenosas? Passaram por *Mrs. Norris*, que os fitou com os seus olhos incandescentes, lançando um silvo, mas a Professora McGonagall limitou-se a dizer «Shiu» e *Mrs. Norris* escapuliu-se por entre as sombras. Passados poucos minutos, chegaram à gárgula de pedra que guardava a entrada do gabinete de Dumbledore.

— Fizzing Whizzbee — proferiu a Professora McGonagall.

A gárgula ganhou vida e pulou para o lado. A parede abriu-se ao meio, deixando entrever uma escadaria de pedra, que se movia incessantemente no sentido ascendente, como uma escada rolante em espiral. Avançaram para as escadas em movimento e a parede fechou-se atrás deles com um baque. Começaram a subir em círculos apertados até chegarem à porta de carvalho, cuidadosamente encerada, com a sua aldraba de latão em forma de grifo.

Embora passasse já bastante da meia-noite, ouviam-se vozes no interior da sala que palravam animadamente. Parecia que Dumbledore recebera uma dúzia de convidados.

A professora McGonagall bateu três vezes com o grifo de metal e as vozes calaram-se abruptamente, como se alguém as tivesse desligado. A porta abriu-se por si e a professora mandou entrar Harry e Ron.

A sala estava na semiobscuridade. Os estranhos instrumentos de prata que se encontravam em cima das mesas quedavam-se silenciosos e imóveis, sem zumbir e lançar nuvens de fumo, como habitualmente. Os retratos dos antigos directores e directoras que cobriam as paredes dormitavam nas molduras. Atrás da porta, um magnífico pássaro vermelho e dourado, do tamanho de um cisne, dormia no seu poleiro, com a cabeça debaixo da asa.

— Oh, é a senhora, Professora McGonagall... e... *ah*.

Dumbledore estava sentado numa cadeira de espaldar alto atrás da secretária. Inclinou-se para a frente, para o círculo de luz das velas que iluminavam os papéis espalhados na sua frente. Trajava um roupão roxo e dourado, coberto de magníficos bordados, que lhe cobria a camisa de noite, alva como a neve, mas parecia completamente acordado. Os penetrantes olhos azuis fixaram-se intensamente no rosto da Professora McGonagall.

— Professor Dumbledore, o Potter teve um... bem, um pesadelo — explicou a professora. — Diz que...

— Não foi um pesadelo — interrompeu Harry rapidamente.

A Professora McGonagall virou a cabeça e olhou para Harry, franzindo ligeiramente o sobrolho.

— Muito bem, Potter, conta tu ao Director.

— Bem... *estava* a dormir... — começou Harry e, apesar do pavor e do desejo desesperado de fazer Dumbledore entender, sentiu-se levemente irritado com o facto de o Director não olhar para ele, preferindo examinar os dedos entrelaçados. — Mas não foi um sonho normal... foi real... vi tudo acontecer... — Inspirou fundo. — O pai do Ron, Mr. Weasley, foi atacado por uma serpente gigante.

Assim que as pronunciou, pareceu-lhe que as suas palavras vibravam no ar, soando-lhe ligeiramente ridículas, cómicas até. Houve uma pausa, durante a qual Dumbledore se recostou e ficou a contemplar meditativamente o tecto. Ron olhava de Harry para Dumbledore, com o rosto lívido e em choque.

— Como é que viste isso? — perguntou Dumbledore calmamente, continuando a não olhar para Harry.

— Bem... não sei — respondeu Harry num tom bastante irado. Que importância tinha isso? — Dentro da cabeça, acho eu...

— Não me percebeste — proferiu Dumbledore, ainda no mesmo tom calmo. — Quero dizer... consegues lembrar-te... aã... da tua posição quando viste o ataque ocorrer? Estavas, talvez, ao lado da vítima, ou olhavas a cena do alto?

Era uma pergunta tão curiosa que Harry ficou a olhar Dumbledore, boquiaberto. Era quase como se ele soubesse...
— Eu era a serpente — declarou. — Vi tudo do ponto de vista da serpente.

Ninguém falou durante um momento e depois Dumbledore, olhando agora para Ron, que continuava branco como a cal, perguntou num tom de voz diferente, mais brusco:
— O Arthur está gravemente ferido?
— *Sim!* — exclamou Harry enfaticamente. Por que demoravam tanto a compreender? Seria que não percebiam como uma pessoa sangrava quando presas daquele tamanho a perfuravam? E por que motivo Dumbledore não tinha a delicadeza de o olhar de frente?

O Director, porém, levantou-se tão depressa que fez que Harry desse um salto e dirigiu-se a um dos velhos retratos, pendurado muito perto do tecto.
— Everard? — chamou repentinamente. — E tu também, Dilys!

Um feiticeiro de rosto amarelado, com uma franja curta e preta, e uma feiticeira idosa, com longos canudos prateados, que habitava a moldura do lado, abriram imediatamente os olhos, embora parecesse que estavam ambos no mais profundo dos sonhos.
— Escutastes-nos? — perguntou Dumbledore.

O feiticeiro confirmou com um aceno de cabeça e a feiticeira proferiu:
— Naturalmente!
— O homem tem cabelos ruivos e usa óculos — informou-o Dumbledore. — Everard, tens de dar o alarme, certifica-te de que é encontrado pelas pessoas certas...

Fizeram ambos um gesto de cabeça e desapareceram das molduras, mas em vez de reaparecerem nos retratos vizinhos (como acontecia normalmente em Hogwarts), não se viram mais. Uma das molduras continha apenas o fundo, composto por um cortinado escuro, e a outra uma bela poltrona de couro. Harry notou que muitos dos outros directores e directoras em exposição nas paredes, embora ressonassem e se babassem de forma convincente, não paravam de o espreitar sub-repticiamente e compreendeu, de súbito, quem falava quando eles tinham batido à porta.

— O Everard e a Dilys foram dois dos mais famosos directores de Hogwarts — explicou Dumbledore, passando por Harry, Ron e pela Professora McGonagall e dirigindo-se ao pássaro adormecido, empoleirado atrás da porta. — A sua fama é tal que ambos têm

retratos noutras importantes instituições mágicas. Como têm a liberdade de circular entre os seus retratos, podem dizer-nos o que se está a passar noutros locais...
— Mas Mr. Weasley pode estar em muitos sítios — comentou Harry.
— Por favor, sentem-se, todos — pediu Dumbledore, como se Harry não tivesse falado. — O Everard e a Dilys podem demorar alguns minutos a regressar. Professora McGonagall, queira arranjar mais cadeiras.
A professora tirou a varinha do bolso do roupão e moveu-a: vindas do nada, surgiram três cadeiras de madeira, de costas direitas, muito diferentes das confortáveis poltronas de tecido que Dumbledore fizera aparecer na audiência de Harry. Este sentou-se, observando o director por cima do ombro. Dumbledore afagava a cabeça emplumada de *Fawkes* com um dedo. A fénix acordou imediatamente, esticou a bela cabeça e ficou a observar Dumbledore com os seus olhos escuros e cintilantes.
— Vamos necessitar de quem nos avise — disse Dumbledore ao pássaro muito baixinho.
Viu-se um clarão de fogo e a fénix desapareceu.
Dumbledore precipitou-se sobre um dos frágeis instrumentos de prata, cuja função Harry nunca conhecera, levou-o para a secretária, sentou-se de novo voltado para eles e bateu-lhe levemente com a ponta da varinha.
O instrumento animou-se imediatamente, emitindo uns tinidos ritmados. De um minúsculo tubo prateado no topo saíam pequeninas nuvens de fumo de um verde-pálido, que Dumbledore observou cuidadosamente, de cenho franzido. Passados alguns segundos, as nuvenzinhas transformaram-se num jacto constante que foi engrossando e revolteando no ar... da ponta, surgiu a cabeça de uma serpente que escancarou a boca. Harry pensou se o instrumento estaria a confirmar a sua história e olhou ansiosamente para Dumbledore, esperando um sinal em como estava certo, mas o director não ergueu o olhar.
— Claro, claro — murmurava, aparentemente para si próprio, continuando a observar a fita de fumo, sem evidenciar o mínimo sinal de surpresa. — Mas, em essência, dividido?
Harry não conseguiu entender a pergunta. Todavia, a serpente de fumo dividiu-se instantaneamente em duas, que continuaram a ondular e a enroscarem-se no ar. Com um olhar de sombria satisfação, Dumbledore deu nova pancadinha no instrumento

com a varinha: o tinido abrandou e morreu e a serpente de fumo desvaneceu-se, transformando-se numa mancha indistinta, e desapareceu.

Dumbledore voltou a colocar o instrumento sobre a frágil mesinha. Harry reparou que muitos dos antigos directores o seguiam com o olhar mas, ao perceberem que ele os observava, apressavam-se a fingir que estavam de novo a dormir. Harry queria perguntar para que servia o estranho instrumento de prata, mas antes de o poder fazer, ouviu-se um grito, vindo do topo da parede, à direita. O feiticeiro Everard reaparecera na sua moldura, ofegando ligeiramente.

— Dumbledore!

— Que notícias tens? — perguntou Dumbledore de imediato.

— Gritei até alguém aparecer a correr — contou o feiticeiro, limpando a fronte com o cortinado que pendia atrás de si — e disse que ouvira um movimento lá em baixo. Não sabiam muito bem se deviam acreditar em mim, mas desceram e foram verificar; como sabes, lá em baixo não há retratos donde possamos espreitar. Bom, trouxeram-no passados alguns minutos e não tem nada bom aspecto, está coberto de sangue... corri para o retrato da Elfrida Cragg para os poder ver melhor quando saíram...

— Óptimo — exclamou Dumbledore, no momento em que Ron começava a tremer. — É claro que a Dilys o viu chegar também...

Passado um momento, a feiticeira dos canudos prateados reaparecera igualmente na sua moldura. Tossindo, deixou-se cair na sua poltrona e confirmou:

— Sim, levaram-no para o Hospital de São Mungo, Dumbledore... vi-o passar pelo meu retrato... está com mau aspecto...

— Obrigado — agradeceu Dumbledore e olhou em volta para a Professora McGonagall.

— Minerva, quero que vá acordar os restantes Weasleys.

— Certamente...

A Professora McGonagall levantou-se e dirigiu-se rapidamente à porta. Harry lançou um olhar indirecto a Ron, que tinha um ar aterrorizado.

— Dumbledore... e quanto à Molly? — indagou a professora, parando à porta.

— *Fawkes* tratará disso, quando deixar de estar de guarda, a ver se alguém se aproxima — explicou Dumbledore. — Mas, provavelmente, já deve saber... por aquele maravilhoso relógio...

Harry sabia que Dumbledore se referia ao relógio que, em vez de dizer as horas, revelava o paradeiro e o estado de saúde dos vários membros da família Weasley e, angustiado, pensou que o ponteiro de Mr. Weasley devia, naquele exacto momento, apontar para *perigo mortal*. Era, contudo, muito tarde. Mrs. Weasley estava provavelmente a dormir e não a olhar para o relógio. Harry sentiu um calafrio ao recordar-se do Sem Forma de Mrs. Weasley a transformar-se no corpo sem vida de Mr. Weasley, com os óculos de banda e o sangue a escorrer-lhe pelo rosto... mas ele não ia morrer... não podia...

Naquele momento, Dumbledore procurava qualquer coisa num armário atrás de Harry e Ron. Tirou de lá uma velha chaleira chamuscada, que poisou cuidadosamente sobre a secretária. Ergueu a varinha e murmurou *«Portus!»*. A chaleira tremeu momentaneamente, cintilando com uma estranha luz azul, e depois, com um último estremeção, imobilizou-se, continuando tão preta como sempre.

Dumbledore dirigiu-se a outro retrato, desta vez de um feiticeiro de ar inteligente, com uma barba afilada, que, ao ser pintado, envergava as cores dos Slytherin, verde e prateado. Parecia tão profundamente adormecido que não ouviu a voz de Dumbledore tentando acordá-lo.

— Phineas! *Phineas!*

Os ocupantes dos retratos que cobriam as paredes da sala tinham deixado de fingir que dormiam. Moviam-se nas molduras de forma a conseguir ver o que se passava do melhor ângulo possível. Como o feiticeiro de ar inteligente continuou a disfarçar, alguns dos outros gritaram também o seu nome:

— Phineas! *Phineas!* PHINEAS!

Não era possível continuar a fingir. Estremeceu exageradamente e abriu muito os olhos.

— Alguém me chamou?

— Preciso que faças uma nova visita ao teu outro retrato, Phineas — informou-o Dumbledore. — Tenho outra mensagem.

— Visitar o meu outro retrato? — repetiu Phineas numa voz aguda, dando um grande bocejo fingido. O seu olhar percorreu a sala e parou em Harry. — Oh, não, Dumbledore, esta noite estou muito cansado.

A voz de Phineas tinha algo de familiar. Harry perguntou a si próprio onde a teria já ouvido, mas antes de poder pensar nisso, os outros retratos desataram a protestar em tumulto.

— Isto é insubordinação, senhor! — berrou um feiticeiro corpulento de nariz avermelhado, brandindo os punhos. — Abandono do dever!

— Temos a obrigação moral de prestar serviço ao actual Director de Hogwarts! — gritou um feiticeiro de ar frágil, que Harry reconheceu como sendo o predecessor de Dumbledore, Armando Dippet. — Que vergonha, Phineas!

— Posso persuadi-lo, Dumbledore? — pediu uma feiticeira de olhar perspicaz, erguendo uma varinha invulgarmente grossa, que fazia lembrar uma vara de vidoeiro.

— Oh, muito *bem!* — cedeu o feiticeiro de nome Phineas, olhando a varinha com algum receio. — Porém, é muito possível que ele já tenha destruído o meu retrato, da forma como tratou da saúde ao resto da família...

— Sirius sabe muito bem que não deve destruir o teu retrato — informou-o Dumbledore e Harry compreendeu imediatamente onde ouvira a voz de Phineas: saíra da moldura, aparentemente vazia, do seu quarto em Grimmauld Place. — Vais entregar-lhe uma mensagem, dizendo que Arthur Weasley foi gravemente ferido e que a mulher, os filhos e Harry Potter chegarão a sua casa dentro de pouco tempo. Compreendeste?

— Arthur Weasley, ferido, mulher, filhos e Harry Potter a chegar — recitou Phineas num tom enfadado. — Sim, sim... muito bem...

Enfiou-se de novo na moldura e desapareceu no exacto momento em que a porta do gabinete se voltava a abrir. A Professora McGonagall fez entrar Fred, George e Ginny que, despenteados e envergando ainda a roupa de dormir, pareciam bastante chocados.

— Harry... que se passa? — perguntou Ginny, com um ar assustado. — A Professora McGonagall diz que tu viste o pai a ser ferido...

— O vosso pai foi ferido no decorrer do seu trabalho para a Ordem da Fénix — explicou-lhes Dumbledore, antes de Harry poder falar. — Foi levado para o Hospital de São Mungo de Doenças e Lesões Mágicas. Vou enviá-los para casa do Sirius, que é muito mais perto do hospital que a Toca. Encontrar-se-ão lá com a vossa mãe.

— Como é que vamos? — perguntou Fred, com um ar abatido. — Pelo pó de Floo?

— Não — respondeu Dumbledore. — De momento, o pó de Floo não é seguro, pois a Rede está a ser vigiada. Vão utilizar um

Botão de Transporte — continuou, indicando a velha chaleira, poisada inocentemente sobre a secretária. — Estamos só à espera de que o Phineas Nigellus regresse com informações... Quero ter a certeza de que a costa está livre antes de vos enviar...

Uma chama reluziu subitamente no meio da sala, deixando atrás de si uma pena dourada que flutuou suavemente até ao chão.

— É o aviso do *Fawkes* — exclamou Dumbledore, apanhando a pena. — A Professora Umbridge já deve saber que saíram da cama... Minerva... vá despistá-la... conte-lhe uma história qualquer...

A Professora McGonagall desapareceu com um roçagar do roupão.

— Ele manda dizer que fica muito satisfeito — disse uma voz enfadada atrás de Dumbledore. O feiticeiro Phineas reaparecera em frente da bandeira dos Slytherin hasteada no seu retrato. — O meu trineto teve sempre um gosto esquisito no tocante a convidados.

— Aproximem-se — pediu Dumbledore, dirigindo-se a Harry e aos Weasleys. — Rápido, antes que mais alguém se junte a nós.

Harry e os outros juntaram-se em volta da secretária.

— Já todos utilizaram um Botão de Transporte, não é verdade? — perguntou Dumbledore, ao que eles anuíram, estendendo a mão para tocar numa parte da chaleira. — Óptimo. Quando contar até três, vamos... um ... dois...

Aquilo aconteceu numa fracção de segundo: na pausa infinitésima antes de Dumbledore dizer «três», Harry olhou para ele — estavam muito juntos — e os olhos azul-claros do director passaram do Botão de Transporte para o seu rosto.

A cicatriz queimou-o imediatamente, qual fogo incandescente, como se a velha ferida se tivesse aberto de novo e, indesejado e involuntário, mas terrivelmente forte, explodiu dentro de Harry um ódio tão intenso que sentiu, por um instante, o desejo de atacar... de morder... de cravar as presas no homem que tinha na sua frente...

— ... *três.*

Harry sentiu um forte solavanco por trás do umbigo. O chão desapareceu debaixo dos seus pés, mas a mão permaneceu colada à chaleira. Batia de encontro aos outros, enquanto aceleravam num remoinho de cores e vento, com a chaleira que os puxava para diante... até que os seus pés bateram no chão com tanta força que os seus joelhos cederam, enquanto a chaleira retumbava pelo chão e uma voz próxima dizia:

— Já estão de volta, estes traidores destes fedelhos! É verdade que o pai deles está a morrer?

— RUA! — berrou uma segunda voz.

Harry conseguiu pôr-se de pé e olhou em seu redor. Tinham chegado à sombria cozinha da cave do número doze de Grimmauld Place. As únicas fontes de luz eram a lareira e uma vela quase apagada, que iluminava os restos de uma ceia solitária. Kreacher desaparecia pela porta que dava para a entrada, olhando para eles com um ar malévolo, enquanto puxava a tanga. Sirius corria para eles, parecendo ansioso. Tinha a barba crescida e trajava ainda a roupa que usara de dia, emanando também um ligeiro odor a bebida que lembrava Mundungus.

— Que se passa? — perguntou, estendendo a mão para ajudar Ginny a levantar-se. — O Phineas Nigellus disse que o Arthur foi gravemente ferido...

— Pergunta ao Harry — interrompeu Fred.

— Sim, também quero ouvir a história — acrescentou George.

Os gémeos e Ginny olhavam para ele e lá fora, nas escadas, já não se ouviam os passos de Kreacher.

— Foi... — começou Harry. Ainda era pior que contar a McGonagall e a Dumbledore. — Tive uma... uma espécie de... visão...

E contou a todos o que tinha visto, embora alterasse a história de forma a parecer que observara a cena de lado quando a serpente atacou, em vez de ser pelos olhos da própria serpente. Ron, que continuava muito branco, lançou-lhe um olhar passageiro, mas não disse nada. Quando terminou, Fred, George e Ginny continuaram a encará-lo por alguns momentos. Harry não sabia se estava a imaginar, mas pensou que os seus olhares tinham uma expressão acusadora. Bem, se o iam culpar por ter presenciado o ataque, alegrava-se por não lhes ter contado que, na altura, estivera dentro da serpente.

— A mãe está cá? — perguntou Fred, virando-se para Sirius.

— Provavelmente, ainda não sabe o que aconteceu — respondeu ele. — O mais importante era tirar-vos de lá antes de a Umbridge poder interferir. Suponho que o Dumbledore esteja agora a contar à Molly.

— Temos de ir a São Mungo — declarou Ginny num tom ansioso. Olhou para os irmãos que, evidentemente, continuavam de pijama. — Sirius, podes emprestar-nos umas capas, ou coisa assim?

— Esperem lá, não podem precipitar-se sem mais nem menos para o hospital — interveio Sirius.

— É claro que podemos, se quisermos — contrariou Fred, com uma expressão de teimosia. — Trata-se do nosso pai!

— E como é que vão explicar que sabiam do ataque ao Arthur, antes de o hospital ter, sequer, informado a mulher?

— Que importância tem isso? — retorquiu George, inflamado.

— Tem muita, porque não queremos chamar a atenção para o facto de o Harry ter visões de coisas que acontecem a centenas de quilómetros! — respondeu Sirius, irritado. — Fazem alguma ideia do que o Ministro faria com essa informação?

Fred e George tinham o ar de quem se estava positivamente nas tintas para o que o Ministro fizesse. Ron continuava branco como a cal e em silêncio.

Ginny sugeriu:

— Podíamos ter sabido por outra pessoa... podíamos ter tido conhecimento sem ser pelo Harry.

— Como por exemplo? — inquiriu Sirius, impaciente. — Escutem, o vosso pai foi ferido enquanto trabalhava para a Ordem e as circunstâncias já são suficientemente esquisitas sem os filhos darem a entender que souberam alguns segundos depois de ter acontecido. Podiam prejudicar seriamente a Ordem...

— Queremos lá saber da porcaria da Ordem! — gritou Fred.

— Estamos a falar do nosso pai, que está a morrer! — berrou George.

— O vosso pai sabia aquilo em que se estava a meter e não vai agradecer-vos se arranjarem problemas à Ordem! — retrucou Sirius, igualmente zangado. — As coisas são assim... é por esta razão que vocês não pertencem à Ordem... não compreendem... há coisas pelas quais vale a pena morrer!

— Para ti, aqui enfiado, é fácil dizer isso! — berrou Fred. — Não te vejo a arriscar o pescoço!

O pouco que restava de cor no rosto de Sirius esvaiu-se completamente. Por um momento, pareceu que a vontade de bater em Fred o ia dominar, mas, ao falar, a sua voz soou calma e determinada.

— Sei que é difícil, mas todos temos de agir como se ainda não soubéssemos de nada. Temos de ficar quietos, pelo menos até termos notícias da tua mãe, está bem?

Fred e George continuaram com um ar revoltado, mas Ginny dirigiu-se à cadeira mais próxima e sentou-se. Harry olhou para Ron, que fez um movimento estranho, um misto de aceno e encolher de ombros e sentâram-se também. Os gémeos mantiveram o seu olhar furioso centrado em Sirius por mais um minuto e depois arranjaram lugar, um de cada lado de Ginny.

— Assim é que é — comentou Sirius num tom encorajador. — Vá, vamos... vamos beber qualquer coisa, enquanto esperamos. *Accio Cerveja de Manteiga!*

Ergueu a varinha ao pronunciar as palavras e meia dúzia de garrafas voaram da despensa em direcção a eles, deslizaram pela mesa, espalhando os restos da refeição de Sirius e pararam, direitinhas, na frente dos seis amigos. Todos beberam e, durante algum tempo, os únicos sons audíveis eram o crepitar do fogo na lareira e o baque suave das garrafas a serem poisadas na mesa.

Harry bebia apenas para ter as mãos ocupadas. Sentia o estômago cheio de uma culpa horrível, ardente e latejante. Se não fosse por ele, não estariam ali; estariam a dormir nas suas camas e não valia a pena dizer a si próprio que, ao dar o alarme, fizera que encontrassem Mr. Weasley, porque havia a questão incontornável de ter sido ele a atacá-lo.

Não sejas estúpido, tu não tens presas, dizia para si próprio, tentando manter-se calmo, embora a mão que segurava a garrafa de cerveja de manteiga tremesse. *Estavas na cama, não atacaste ninguém...*

Mas, então, que acontecera há pouco no gabinete de Dumbledore? Insistia. *Senti que também desejava atacar Dumbledore...*

Poisou a garrafa com uma pancada mais forte do que tencionara e o líquido entornou-se. Ninguém ligou. Depois, uma explosão de fogo no meio do ar iluminou os pratos sujos e, perante os seus gritos de espanto, um rolo de pergaminho caiu com um baque sobre a mesa, acompanhado por uma única pena dourada da cauda da Fénix.

— *Fawkes!* — exclamou Sirius imediatamente, agarrando no pergaminho. — Não é a letra do Dumbledore... deve ser uma mensagem da vossa mãe... toma...

Enfiou a mensagem na mão de George, que a abriu de um golpe e leu em voz alta: «*O pai ainda está vivo. Vou partir agora para São Mungo. Fiquem onde estão. Mandarei notícias assim que puder. Mãe.*»

George olhou em redor da mesa.

— Ainda está vivo... — repetiu lentamente. — Isso faz que pareça...

Não precisou de terminar a frase. A Harry também parecia que Mr. Weasley pairava algures entre a vida e a morte. Ainda terrivelmente pálido, Ron ficou a olhar para o verso da carta da mãe, como se contivesse palavras de conforto. Fred tirou o pergaminho das mãos de George e leu-o em silêncio, olhando depois para Harry, que, sentindo a mão que segurava a garrafa de novo a tremer, a agarrou com mais força para parar a tremura.

Se alguma vez tinha vivido uma noite mais longa que aquela não conseguia lembrar-se. Por uma vez, Sirius sugeriu, sem grande convicção, que se fossem todos deitar, mas os olhares de desprezo dos Weasleys foram a única resposta. Permaneceram sentados em volta da mesa, em silêncio, vendo o pavio da vela a afundar-se cada vez mais na cera derretida e levando, por vezes, uma garrafa à boca. Só falavam para perguntar as horas, para se interrogarem sobre o que estaria a suceder e para se sossegarem mutuamente, afirmando que, se as notícias fossem más, saberiam imediatamente, pois Mrs. Weasley devia ter chegado a São Mungo há muito tempo.

Fred dormitou um pouco, com a cabeça pendendo sobre o ombro. Ginny enroscara-se como um gato na cadeira, mas tinha os olhos abertos e Harry via o reflexo da lareira através deles. Ron estava sentado, com a cabeça entre as mãos, sendo impossível dizer se dormia ou estava acordado. Harry e Sirius olhavam um para o outro de vez em quando, sentindo-se como intrusos naquele drama familiar, esperando... esperando...

Passavam dez minutos das cinco da manhã pelo relógio de Ron quando a porta da cozinha se abriu repentinamente e Mrs. Weasley entrou. Estava extremamente pálida, mas quando todos se voltaram para ela, com Fred, Ron e Harry soerguendo-se das cadeiras, ela lançou-lhes um sorriso desmaiado.

— Ele vai ficar bom — declarou, numa voz enfraquecida devido ao cansaço. — Está a dormir. Podemos ir visitá-lo mais tarde. O Bill está agora a fazer-lhe companhia. Vai tirar a manhã no emprego.

Fred deixou-se cair na cadeira, cobrindo a cara com as mãos. George e Ginny levantaram-se, aproximaram-se rapidamente da mãe e abraçaram-na. Ron largou uma gargalhada trémula e emborcou o resto da cerveja de manteiga de uma vez.

— Pequeno-almoço! — anunciou Sirius, num tom alto e alegre, pondo-se de pé num salto. — Onde estará o maldito do meu elfo doméstico? Kreacher! KREACHER!

Kreacher, porém, não respondeu à chamada.

— Oh, que se dane — resmungou Sirius, contando os presentes. — Portanto, é pequeno-almoço para... vejamos... sete... ovos com *bacon*, acho eu, e chá e torradas...

Harry dirigiu-se apressadamente ao fogão para ajudar. Não queria intrometer-se na felicidade dos Weasleys e receava imenso o momento em que Mrs. Weasley lhe pedisse para lhe contar a visão. Todavia, mal acabara de tirar os pratos do aparador quando Mrs. Weasley lhos tirou das mãos e o abraçou.

— Não sei o que teria acontecido, se não fosses tu, Harry — proferiu numa voz abafada. — Podiam ter levado horas até encontrar o Arthur e, então, seria demasiado tarde, mas, graças a ti, está vivo e o Dumbledore até conseguiu imaginar uma boa história para explicar por que motivo o Arthur estava naquele local. Não fazes ideia do sarilho que seria ... olha o pobre Sturgis...

Harry mal conseguia suportar a sua gratidão, mas felizmente Mrs. Weasley voltou-se logo para Sirius, agradecendo-lhe por ter tomado conta dos filhos durante a noite. Sirius respondeu que tivera muito gosto em ajudar e que esperava que lhe fizessem companhia durante a estada de Mr. Weasley no hospital.

— Oh, Sirius, estou tão agradecida... eles pensam que ele vai lá ficar um tempo e seria maravilhoso estar aqui perto... é claro que isso significaria que passávamos aqui o Natal.

— Quantos mais, melhor! — exclamou Sirius com tal sinceridade que Mrs. Weasley lhe fez um grande sorriso. Depois, enfiou um avental e começou a ajudar a preparar o pequeno-almoço.

— Sirius! — murmurou Harry, incapaz de aguentar nem mais um segundo. — Posso dar-te uma palavrinha rápida? Aã... *já?*

Entrou na despensa escura, seguido pelo padrinho. Sem preâmbulos, Harry contou a Sirius todos os pormenores da visão que tivera, incluindo o facto de ser ele próprio a serpente que atacara Mr. Weasley.

Quando parou para respirar, Sirius perguntou-lhe:

— Contaste tudo isto ao Dumbledore?

— Sim — respondeu Harry impacientemente —, mas ele não me explicou o significado. Bem, ele já não me conta nada.

— Tenho a certeza de que o faria, se houvesse motivo para preocupações — declarou Sirius com voz firme.

— Mas há mais — prosseguiu Harry, num tom pouco mais alto que um murmúrio. — Sirius... acho... acho que estou a enlouquecer. No gabinete do Dumbledore, mesmo antes de tocarmos no Botão de Transporte... durante uns segundos, pensei que era uma serpente, *senti-me* uma serpente... a cicatriz doeu-me a sério quando olhei para o Dumbledore... Sirius... tive vontade de o atacar!

Harry só distinguia uma parte do rosto do padrinho, pois o resto estava envolto em sombra.

— Deve ter sido uma consequência da visão, mais nada — afirmou Sirius. — Estavas ainda a pensar no sonho, ou lá o que era, e...
— Não foi isso... — interrompeu Harry, abanando a cabeça — foi como se algo se tivesse erguido cá bem do fundo, como se houvesse uma serpente dentro de mim.
— Precisas de dormir — declarou Sirius firmemente. — Vais tomar o pequeno-almoço e depois vais deitar-te lá em cima. Depois do almoço, podes ir visitar Mr. Weasley com os outros. Estás em choque, Harry. Culpas-te por algo de que foste uma mera testemunha e foi uma sorte teres, de facto, testemunhado o ataque, ou o Arthur podia ter morrido. Pára de te preocupares.
Deu-lhe uma palmadinha no ombro e saiu da despensa, deixando Harry ali especado, no escuro.

★

Todos passaram o resto da manhã a dormir, à excepção de Harry. Foi para o quarto que tinha partilhado com Ron durante as últimas semanas de férias de Verão, mas ao contrário do amigo, que se enfiou na cama e adormeceu passados poucos minutos, Harry ficou sentado, completamente vestido, com as costas arqueadas contra as frias barras de metal da cabeceira da cama, procurando manter-se deliberadamente desconfortável, pois estava decidido a não adormecer. Aterrorizava-o a ideia de se transformar de novo em serpente durante o sono e despertar, descobrindo que atacara Ron, ou deslizara pela casa em busca de um outro qualquer...
Quando Ron acordou, Harry fingiu que tinha igualmente desfrutado de uma sesta repousante. As suas malas chegaram de Hogwarts quando almoçavam e, portanto, puderam vestir-se como os Muggles para a viagem até ao hospital de São Mungo. À excepção de Harry, estavam todos delirantemente felizes e palravam sem cessar, enquanto despiam os mantos e vestiam *jeans* e *sweatshirts*. Quando Tonks e Olho-Louco chegaram para os escolher através de Londres, saudaram-nos deliciados, rindo do chapéu de coco que Olho-Louco usava de lado para esconder o olho mágico, assegurando-o, com toda a sinceridade, que Tonks, cujo cabelo estava de novo curto e pintado de cor-de-rosa vivo, atrairia muito menos atenção no Metro.
Tonks ficou muito interessada na visão que Harry tivera do ataque a Mr. Weasley, algo que ele não estava absolutamente nada interessado em discutir.

— Não há sangue de *vidente* na tua família, pois não? — inquiriu curiosamente, sentada a seu lado no comboio que chocalhava em direcção ao centro da cidade.

— Não — respondeu Harry, pensando na Professora Trelawney e sentindo-se insultado.

— Não — prosseguiu Tonks pensativamente —, não, suponho que aquilo não foi propriamente uma profecia, pois não? Quero dizer, não viste o futuro, viste o presente... é esquisito, não é? Mas é útil...

Harry não lhe respondeu. Felizmente, saíram na paragem seguinte, uma estação do centro de Londres e, na confusão da saída do comboio, conseguiu que Fred e George se enfiassem entre ele e Tonks, que abria caminho. Seguiram-na pela escada rolante, com Moody a fechar o grupo, coxeando com o seu barulho característico, com o chapéu de coco puxado para baixo e uma mão retorcida enfiada no meio dos botões do casaco, a agarrar a varinha. A Harry, parecia-lhe sentir o olho oculto a fitá-lo intensamente. Tentando evitar mais perguntas sobre o sonho, perguntou a Olho--Louco onde estava escondido o Hospital de São Mungo.

— Não é longe daqui — resmungou Moody, ao saírem para o ar invernal numa rua larga, ladeada de lojas e cheia de gente a fazer compras de Natal. Empurrou Harry ligeiramente para a frente e prosseguiu penosamente atrás dele. Harry sabia que, sob o chapéu inclinado, o olho girava em todas as direcções. — Não foi fácil descobrir um bom lugar para um hospital. Na Diagon-Al não havia nenhum local suficientemente grande e não o podíamos enfiar debaixo do chão, como o Ministério... não seria saudável. Por fim, conseguiram arranjar um edifício para estes lados. A ideia era que os feiticeiros doentes podiam entrar e sair e, simplesmente, misturar-se com a multidão.

Agarrou Harry pelo ombro para impedir que fossem separados por um bando de pessoas obcecadas por entrar numa loja ali perto, cheia de aparelhos eléctricos.

— Cá estamos — anunciou Moody passado um momento.

Tinham chegado ao exterior de um grande armazém de tijolo vermelho, já antigo, chamado Purge & Dowse Ltd. O lugar tinha um aspecto miserável e imundo e as montras exibiam apenas uns quantos manequins lascados, com as perucas de banda, colocados ao acaso e envergando modelos fora de moda havia, pelo menos, dez anos. Grandes avisos pendurados nas portas poeirentas diziam: «Fechado para Renovação». Harry ouviu claramente uma mulher gorda, carregada de sacos de compras, dizer à amiga ao passarem: «Este lugar *nunca* está aberto...»

— Muito bem — proferiu Tonks, chamando-os para junto de uma montra onde apenas se via um manequim de mulher particularmente feio. As pestanas falsas estavam descoladas e envergava um avental de *nylon* verde. — Todos prontos?

Anuíram com um gesto de cabeça, juntando-se em redor dela. Moody deu a Harry outro empurrão entre as omoplatas para o incitar para a frente e Tonks encostou-se ao vidro, olhando para a horrorosa manequim e manchando o vidro com o vapor da sua respiração.

— Olá! — cumprimentou. — Estamos aqui para visitar Arthur Weasley.

Harry pensou como era ridículo que Tonks esperasse que a manequim a ouvisse falar tão baixinho através de um vidro, com os autocarros a passarem atrás dela e o ruído de uma rua cheia de gente. Depois, disse a si próprio que os manequins não conseguiam ouvir. Logo a seguir, abriu a boca de espanto, quando a manequim acenou ligeiramente com a cabeça e lhes fez sinal com o dedo articulado. Tonks, que agarrara em Ginny e em Mrs. Weasley pelo cotovelo, atravessou o vidro e desapareceu.

Fred, George e Ron seguiram-nas. Harry olhou em volta para a multidão que se acotovelava. Nem uma única pessoa parecia dar-se ao trabalho de olhar objectos tão feios como os expostas na montra de Purge & Dowse Ltd e nenhuma pareceu ter reparado que seis pessoas se tinham esfumado na sua frente.

— Vamos — grunhiu Moody, dando outro empurrão a Harry e, juntos, deram um passo em frente através do que parecia um lençol de água fria, reaparecendo, secos e quentes, do outro lado.

Não se viam sinais da manequim horrorosa, nem do local onde estivera. Encontravam-se no que parecia ser uma área de recepção apinhada de feiticeiros e feiticeiras sentados em instáveis cadeiras de madeira. Alguns, com um ar absolutamente normal, folheavam exemplares antigos do *Semanário das Feiticeiras*, enquanto outros exibiam desfiguramentos horríveis, tais como trombas de elefante, ou mãos extra que lhes saíam do peito. A sala estava pouco mais sossegada que a rua, pois muitos dos doentes emitiam ruídos bastante estranhos: uma feiticeira de rosto suado no meio da primeira fila, que se abanava vigorosamente com um exemplar d'*O Profeta Diário*, lançava constantemente um assobio estridente, enquanto soltava vapor pela boca; um feiticeiro de aspecto encardido, sentado no canto, ressoava como um sino de cada vez que se movia e, a cada badalada, a cabeça vibrava-lhe horrivelmente, tendo de a segurar pelas orelhas para a imobilizar.

Feiticeiros e feiticeiras com mantos verde-claros caminhavam pelo meio das filas, fazendo perguntas e tomando notas em pranchetas como a de Umbridge. Harry reparou no emblema bordado no seu peito: uma varinha e um osso, cruzados.

— Aqueles são médicos? — perguntou baixinho a Ron.

— Médicos? — repetiu Ron com um ar espantado. — Aqueles Muggles tarados que cortam as pessoas? Ná, são Curandeiros.

— Por aqui! — chamou Mrs. Weasley, sobrepondo-se ao ruído incessante do feiticeiro do canto. Seguiram-na até à fila que se formara defronte de uma feiticeira loira gorducha, sentada a uma secretária onde se lia *Informações*. A parede por trás dela estava cheia de avisos e cartazes com frases como: UM CALDEIRÃO LIMPO IMPEDE QUE AS POÇÕES SE TRANSFORMEM EM VENENOS e NÃO USE ANTÍDOTOS QUE NÃO TENHAM SIDO APROVADOS POR UM CURANDEIRO HABILITADO. Via-se igualmente um grande retrato de uma feiticeira com longos canudos prateados, com a seguinte legenda:

Dilys Derwent
Curandeira de São Mungo 1722-1741
Directora da Escola de Magia e Feitiçaria de Hogwarts
1741-1768

Dilys observava o grupo dos Weasley como se os estivesse a contar. Quando Harry cruzou o olhar com ela, a feiticeira piscou-lhe rapidamente o olho, caminhou até à beira do retrato e desapareceu.

Entretanto, na frente da fila, um jovem feiticeiro torcia-se de um modo estranho e tentava, por entre gritos de dor, explicar o seu problema à feiticeira do outro lado da secretária.

— São estes... ai... sapatos que o meu irmão me deu... au... estão a comer-me... AI... os pés... olhe para eles... devem ter uma espécie qualquer de... AUUUU... feitiço e não consigo... AIIIII... tirá-los. — Pulava ora num pé, ora noutro, como se dançasse sobre brasas.

— Os sapatos não o impedem de ler, pois não? — perguntou a feiticeira loira, apontando, irritada, para um grande aviso à esquerda da secretária. — O senhor precisa de ir aos Danos Causados por Feitiços, quarto andar. Tal como se informa no guia das instalações. O seguinte!

A coxear e a saltitar, o feiticeiro saiu da frente e o grupo dos Weasleys avançou alguns passos. Harry foi lendo o guia das instalações:

ACIDENTES COM ARTEFACTOS .... rés-do-chão
Explosões de caldeirões, ricochetes de varinhas, quedas de vassouras, etc.

FERIMENTOS CAUSADOS POR CRIATURAS ..... primeiro andar
Mordeduras, picadas, queimaduras, espinhas encravadas, etc.

INSECTOS MÁGICOS .... segundo andar
Doenças contagiosas, p. ex. dragonite, náuseas de dissipação, escrofungose, etc.

ENVENENAMENTO POR PLANTAS E POÇÕES ... terceiro andar
Erupções cutâneas, regurgitação, riso incontrolável, etc.

DANOS CAUSADOS POR FEITIÇOS .... quarto andar
Mau-olhado permanente, maldições, encantamentos incorrectamente aplicados, etc.

SALA DE CHÁ / LOJA DO HOSPITAL .... quinto andar

SE NÃO TIVER A CERTEZA DO SEU DESTINO, FOR INCAPAZ DE FALAR NORMALMENTE, OU NÃO SE LEMBRAR POR QUE MOTIVO ESTÁ AQUI, A NOSSA FEITICEIRA DE ACOLHIMENTO TERÁ TODO O PRAZER EM O AJUDAR.

Naquele momento, um feiticeiro muito velho e curvado, com uma corneta enfiada no ouvido arrastara-se até ao topo da fila.
— Estou aqui para visitar Broderick Bode! — arquejou.
— Enfermaria quarenta e nove, mas receio que vá perder o seu tempo — comentou a feiticeira desdenhosamente. — Está totalmente confuso, sabe, e continua a pensar que é um bule. O seguinte!
Um feiticeiro com um ar aflito segurava firmemente na filha pelo tornozelo, enquanto ela esvoaçava em volta da sua cabeça, batendo umas asas enormes, cheias de penas, que tinham brotado das costas do seu macacão.

— Quarto andar — informou a feiticeira numa voz enfadada, sem sequer perguntar, e o homem desapareceu pela grande porta ao lado da secretária, segurando na filha como se fosse um balão com uma forma esquisita. — O seguinte!

Mrs. Weasley avançou para a secretária.

— Olá — cumprimentou —, o meu marido, Arthur Weasley, era para ter sido transferido para uma outra enfermaria hoje de manhã. Por favor, pode dizer-nos...

— Arthur Weasley? — inquiriu a feiticeira, percorrendo com o dedo uma longa lista. — Sim, primeiro andar, segunda porta à direita, Enfermaria Dai Llewellyn.

— Obrigada — agradeceu Mrs. Weasley. — Vamos, meninos.

Seguiram-na pela porta de batente e por um corredor estreito, ao longo do qual se viam mais retratos de Curandeiros famosos e que estava iluminado por bolhas de cristal cheias de velas, que flutuavam junto ao tecto, fazendo lembrar espuma de banho. Foram passando por diversas portas, por onde entravam e saíam mais feiticeiros e feiticeiras de manto verde-claro. De uma certa porta escapou-se um gás amarelo com um cheiro nauseabundo que se espalhou pelo corredor e, de vez em quando, ouviam gemidos distantes. Subiram um lance de escadas e entraram no corredor dos Ferimentos Causados por Criaturas, onde a segunda porta à direita ostentava as seguintes palavras: *Enfermaria Dai Llewellyn — Perigo: Mordidelas Graves.* Por baixo, havia um cartão num suporte de latão, onde fora escrito à mão: *Curandeiro Responsável: Hippocrates Smethwyck. Curandeiro Estagiário: Augustus Pye.*

— Nós esperamos cá fora, Molly — disse Tonks. — O Arthur não há-de gostar de demasiados visitantes ao mesmo tempo... primeiro, deve ser a família.

Olho-Louco resmungou algo, concordando com a ideia e instalou-se, encostando-se à parede do corredor, com o olho mágico a rodar em todas as direcções. Harry também recuou, mas Mrs. Weasley estendeu a mão e empurrou-o para a porta, dizendo:

— Não sejas pateta, Harry, o Arthur quer agradecer-te.

A enfermaria era pequena e bastante lúgubre, pois a única janela era estreita e estava colocada muito alto, na parede em frente da porta. A maior parte da luz provinha de mais bolhas de cristal cintilantes, agrupadas a meio do tecto. As paredes estavam revestidas de madeira de carvalho e havia um retrato de um feiticeiro com um ar bastante perverso, com a legenda: *Urquhart Rackharrow, 1612--1697, Inventor da Maldição Arranca-Tripas.*

Havia apenas três doentes. Mr. Weasley ocupava a cama no extremo da enfermaria, ao lado da minúscula janela. Harry ficou satisfeito e aliviado ao ver que estava recostado em várias almofadas, a ler *O Profeta Diário,* iluminado por um solitário raio de sol que caía sobre a sua cama. Ergueu o olhar quando todos se dirigiram para ele e, vendo quem era, fez um sorriso rasgado.

— Olá! — saudou-os, atirando com *O Profeta.* — O Bill acabou de sair, Molly, teve de voltar ao trabalho, mas disse que voltava cá mais logo.

— Como estás, Arthur? — perguntou Mrs. Weasley, curvando-se para o beijar na face e observando-o ansiosamente. — Ainda pareces um pouco macilento.

— Sinto-me optimamente — declarou Mr. Weasley em voz alegre e estendendo o braço são para abraçar Ginny. — Se, ao menos, me tirassem as ligaduras, estava pronto a ir para casa.

— E por que é que não as podem tirar, pai? — perguntou Fred.

— Bom, começo a sangrar horrivelmente assim que experimentam — explicou Mr. Weasley alegremente, estendendo a mão para a varinha, que estava pousada na mesinha-de-cabeceira. Agitou-a, fazendo aparecer mais seis cadeiras ao lado da cama para todos se poderem sentar. — Parece que as presas da serpente tinham um veneno bastante invulgar que não deixa fechar as feridas, mas eles estão confiantes em como vão descobrir o antídoto. Disseram-me que já tiveram casos muito piores que o meu e, entretanto, basta-me tomar uma Poção de Reposição de Sangue de hora a hora. Mas aquele tipo além — indicou, baixando a voz e fazendo um sinal para a cama da frente, onde jazia um homem com um ar fraco e esverdeado, que olhava para o tecto —, foi mordido por um *lobisomem*, pobre homem. Não há cura.

— Um lobisomem? — segredou Mrs. Weasley, com um ar alarmado. — E é seguro estar numa enfermaria pública? Não devia estar num quarto particular?

— Ainda faltam duas semanas para a lua cheia — lembrou-a Mr. Weasley calmamente. Sabem, os Curandeiros estiveram a conversar com ele esta manhã, tentando convencê-lo de que poderá levar uma vida quase normal. Eu disse-lhe, sem mencionar nomes, é claro, que conhecia pessoalmente um lobisomem, um homem muito simpático, que acha o seu estado bastante fácil de controlar.

— Que respondeu ele? — perguntou George.

— Disse-me que me dava outra mordidela, se eu não me calasse — respondeu Mr. Weasley tristemente. — E aquela mulher *além,*

— indicou a única cama também ocupada, logo ao lado da porta, — recusa-se a dizer aos Curandeiros o que a mordeu, o que nos leva a pensar que deve ser alguma coisa ilegal que estava a manusear. O que quer que fosse, arrancou-lhe um bom pedaço da perna. Deita um cheiro *horrível* quando lhe tiram o penso.

— Bom, vai contar-nos o que aconteceu, Pai? — perguntou Fred, puxando a cadeira para mais perto da porta.

— Bem, vocês já sabem, não é? — retorquiu Mr. Weasley com um sorriso sugestivo para Harry. — É muito simples... tinha tido um dia muito cansativo, passei pelas brasas, fui apanhado de surpresa e mordido.

— Veio n'*O Profeta,* o seu ataque? — perguntou Fred, indicando o jornal que Mr. Weasley pusera de lado.

— Não, é claro que não! — respondeu-lhe o pai, com um sorriso ligeiramente amargo. — O Ministro não quer que toda a gente saiba que uma enorme serpente obscena...

— Arthur! — avisou-o Mrs. Weasley.

— me... aã... apanhou — concluiu apressadamente Mr. Weasley, embora Harry tivesse a certeza de que não era aquilo que ele queria dizer.

— E onde é que estava quando a coisa aconteceu? — perguntou George.

— Isso é cá comigo — retorquiu o pai, com um sorrisinho. Agarrou n'*O Profeta Diário,* abriu-o com uma sacudidela e disse:

— Quando vocês chegaram, estava a ler a notícia da prisão do Willy Widdershins. Sabem que foi o Willy quem estava, afinal, por trás daquelas sanitas regurgitantes do Verão passado? Um dos seus feitiços fez ricochete, a sanita explodiu e deram com ele inconsciente no meio dos destroços, coberto da cabeça aos pés com...

— Quando diz que estava «de serviço» — interrompeu Fred em voz baixa —, que estava a fazer?

— Ouviste o teu pai — segredou Mrs. Weasley. — Não vamos discutir esse assunto aqui! Continua lá a história do Willy Widdershins, Arthur.

— Bom, não me perguntem como, mas conseguiu safar-se da acusação de entupir sanitas — prosseguiu Mr. Weasley, inflexível. — Só posso pensar que algum ouro mudou de mãos...

— Estava a guardá-la, não estava? — perguntou George igualmente em voz baixa. — A arma? A coisa atrás da qual anda o Quem-Nós-Sabemos?

— George, cala-te! — ordenou Mrs. Weasley asperamente.

— Seja como for — continuou Mr. Weasley um pouco mais alto —, desta vez, o Willy foi apanhado a vender aldrabas que mordem os Muggles e não creio que consiga safar-se, porque, segundo este artigo, dois muggles perderam dedos e estão agora em São Mungo para crescimento de ossos urgente e modificação da memória. Imaginem, Muggles em São Mungo! Gostava de saber em que enfermariam estão.

E olhou curiosamente em seu redor, como se esperasse ver uma indicação.

— Não disseste que o Quem-Nós-Sabemos tem uma serpente, Harry? — perguntou Fred, olhando para o pai, à espera de uma reacção. — Uma gigantesca? Tu viste-a na noite em que ele regressou, não foi?

— Basta! — bradou Mrs. Weasley, zangada. — O Olho-Louco e a Tonks estão lá fora, Arthur, e querem ver-te. Vocês podem esperar no corredor — acrescentou para os filhos e para Harry. — Podem vir despedir-se mais tarde. Vá, andor!

Passaram para o corredor. Olho-Louco e Tonks entraram e fecharam a porta da enfermaria, o que fez que Fred erguesse as sobrancelhas, admirado.

— Muito bem — disse calmamente, rebuscando os bolsos —, como queiram, não nos contem nada.

— Andas à procura disto? — perguntou George, estendendo o que parecia um emaranhado de cordel cor de carne.

— Leste-me o pensamento — proferiu Fred, sorrindo. — Vamos lá a ver se São Mungo põe Encantamentos Antiperturbação nas portas das enfermarias.

Com a ajuda de George, desenredaram o cordel e separaram cinco Orelhas Extensíveis, passando-as em volta. Harry hesitou em tirar uma.

— Vá lá, Harry, toma! Salvaste a vida do pai. Se alguém tem o direito de escutar, és tu.

Sorrindo de má vontade, Harry pegou na ponta do cordel e enfiou-a no ouvido, imitando os gémeos.

— Pronto, força — sussurrou Fred.

Os cordéis cor de carne contorceram-se como esguios vermes descarnados e deslizaram por baixo da porta. Ao princípio, Harry não ouvia nada, mas logo deu um salto ao escutar Tonks segredar com tanta clareza como se estivesse a seu lado.

— ... fizeram buscas em toda a área, mas não encontraram a serpente em lado nenhum. Parece que desapareceu depois de te atacar, Arthur... mas o Quem-Nós-Sabemos não podia estar à espera de que uma serpente lá entrasse, pois não?

— Acho que a mandou como vigia — resmungou Moody —, porque até agora ainda não teve sorte nenhuma, pois não? Não, acho que está a tentar perceber melhor o que tem de enfrentar e, se o Arthur não estivesse lá, o monstro teria tido muito mais tempo para espiar. Bom, o Potter diz que viu a coisa acontecer, não é?

— Sim — confirmou Mrs. Weasley, num tom bastante inquieto.
— Sabem, parece que o Dumbledore estava à espera de que o Harry visse uma coisa deste género.

— Pois, muito bem! — exclamou Moody. — O Potter tem qualquer coisa de esquisito, todos o sabemos.

— Quando falei com ele, hoje de manhã, o Dumbledore pareceu-me preocupado com ele — segredou Mrs. Weasley.

— É claro que está preocupado — resmungou de novo Moody.
— O rapaz vê coisas do interior da serpente do Quem-Nós-Sabemos. É óbvio que o miúdo não percebe o significado disso, mas se o Quem-Nós-Sabemos o anda a possuir...

Harry arrancou a Orelha Extensível com o coração a bater desordenadamente e o rubor a subir-lhe ao rosto. Olhou em volta, para os amigos. Estavam todos com os olhos pregados nele, com os cordéis ainda pendurados dos ouvidos e uma expressão subitamente amedrontada nos rostos.

XXIII

NATAL NA ENFERMARIA DOS INCURÁVEIS

Seria por aquela razão que Dumbledore já não olhava para Harry de frente? Esperaria ver Voldemort a espreitar dos seus olhos, receando, talvez, que o seu verde brilhante mudasse subitamente para escarlate, com pupilas em forma de fendas, como as dos felinos? Harry recordou-se de como o rosto de serpente de Voldemort saíra uma vez da parte de trás da cabeça do professor Quirrell e passou a mão pela sua própria nuca, pensando qual seria a sensação, se Voldemort saltasse para fora do seu crânio.

Sentiu-se sujo, contaminado, como se transportasse um germe mortal. Não era digno de se sentar no Metro quando regressasse do hospital, na companhia de pessoas inocentes e puras, cujas mentes e corpos estavam livres da mácula de Voldemort... ele não se limitara a ver a serpente, ele *fora* a serpente, sabia-o agora...

Ocorreu-lhe, então, um pensamento verdadeiramente terrível, uma recordação que lhe aflorou à mente e lhe contorceu as entranhas como serpentes.

De que anda ele atrás, para além de seguidores?

Algo que só obterá furtivamente... como uma arma. Algo que não tinha da última vez.

Sou eu essa arma, pensou Harry, e pareceu-lhe que um veneno lhe percorria as veias, gelando-o e fazendo-o suar, enquanto balançava com o movimento do comboio pelo túnel negro. Voldemort está a tentar usar-me, é por isso que me rodeiam de guardas para onde quer que vá. Não é para me protegerem, é para proteger os outros, só que não está a resultar, em Hogwarts não podem ter uma pessoa sempre em cima de mim... Ataquei *mesmo* Mr. Weasley ontem à noite, fui eu. Voldemort obrigou-me e conseguiu estar dentro de mim, está neste momento a escutar os meus pensamentos...

— Sentes-te bem, Harry? — segredou Mrs. Weasley, inclinando-se na frente de Ginny para lhe falar, enquanto o comboio atravessava o túnel sombrio. — Estás com mau aspecto. Sentes-te enjoado?

Todos o olhavam. Abanou violentamente a cabeça e ficou a olhar para um anúncio de seguros para casas.
— Harry, meu querido, tens a *certeza* de que estás bem? — insistiu Mrs. Weasley numa voz ralada, quando contornavam o pequeno relvado mal tratado de Grimmauld Place. — Estás tão pálido... Tens a certeza de que dormiste hoje de manhã? Vais imediatamente deitar-te e dormes um par de horas antes do jantar, está bem?
Harry fez um aceno afirmativo. Ali tinha uma desculpa óptima para não falar com os outros, que era exactamente o que pretendia e, portanto, quando ela abriu a porta da rua, passou rapidamente pelo bengaleiro em forma de perna de *troll*, subiu as escadas e entrou no quarto que partilhava com Ron.
Começou a andar de um lado para o outro em frente das duas camas e do retrato vazio de Phineas Nigellus, a cabeça a ferver e a rebentar de questões e ideias cada vez mais horríveis.
Como é que se transformara em serpente? Talvez fosse um Animagus... não, não podia ser, saberia... talvez *Voldemort* fosse um Animagus... sim, pensou Harry, fazia sentido, é claro que se transformaria numa serpente... e quando me possui, transformamo-nos ambos... mas isso ainda não explica como é que cheguei a Londres e voltei para a minha cama em cerca de cinco minutos... mas é claro que Voldemort é o feiticeiro mais poderoso do mundo, à excepção de Dumbledore, provavelmente a ele não lhe custa nada transportar as pessoas assim, sem mais nem menos.
Depois, com uma pontada de pânico, pensou: *mas isto é uma loucura... se o Voldemort me está a possuir, neste preciso momento estou a dar-lhe uma visão clara do Quartel-General da Ordem da Fénix! Saberá quem pertence à Ordem e onde Sirius se encontra... e já ouvi imensas coisas que não devia saber, tudo o que Sirius me contou na noite em que cheguei...*
Só havia uma coisa a fazer: tinha de abandonar Grimmauld Place imediatamente. Passaria o Natal em Hogwarts, sem a companhia dos outros, o que, pelo menos, os manteria em segurança durante as férias... mas não, não podia ser, em Hogwarts havia muita gente que ele podia ferir e estropiar. E se, da próxima vez, acontecesse ao Seamus, ao Dean ou ao Neville? Parou de caminhar e ficou a olhar para a moldura vazia de Phineas Nigellus, enquanto um peso imenso lhe assentava no estômago. Não havia alternativa: tinha de voltar para Privet Drive e isolar-se completamente de todos os outros feiticeiros.
Bom, se tinha de ser assim, pensou, não valia a pena demorar-se. Esforçando-se muito por não pensar na reacção dos Dursleys

quando deparassem com ele à porta seis meses mais cedo, aproximou-se da mala, fechou-a com força e trancou-a, olhando depois em volta automaticamente em busca de *Hedwig*, antes de se lembrar de que a coruja continuava em Hogwarts... bom, não seria preciso carregar com a gaiola... agarrou na mala por uma ponta e arrastava-a para a porta, quando uma voz maliciosa declarou: «Com que então, a fugir?»

Olhou em seu redor. Phineas Nigellus aparecera na tela e estava encostado à moldura, observando Harry com uma expressão divertida no rosto.

— Não, senhor, não vou fugir — afirmou Harry com brusquidão, continuando a arrastar a mala.

— Eu pensava — prosseguiu Phineas Nigellus, afagando a barbicha — que para se pertencer aos Gryffindor tinha de se ser *corajoso!* Cá para mim, parece que te terias dado melhor na minha equipa. Nós, os Slytherin, somos corajosos, claro, mas não somos estúpidos. Por exemplo, se tivermos hipótese de escolher, salvamos sempre primeiro a nossa própria pele.

— Não vou salvar a minha pele — retorquiu Harry abruptamente, puxando pela mala, presa numa parte particularmente esburacada do tapete roído pelas traças, mesmo em frente da porta.

— Oh, *compreendo* — proferiu Phineas Nigellus, continuando a afagar a barba. — Não se trata de uma fuga cobarde... estás a ser *nobre*.

Harry ignorou-o. Já tinha a mão na maçaneta da porta, quando Phineas disse languidamente:

— Tenho uma mensagem para ti do Albus Dumbledore.

Harry deu meia volta.

— Qual é?

— Fica onde estás.

— Não me mexi! — protestou Harry, com a mão ainda na maçaneta. — Portanto, qual é a mensagem?

— Acabei de ta dar, imbecil — declarou Phineas Nigellus suavemente. — O Dumbledore disse: «*Fica onde estás.*»

— Porquê? — perguntou Harry, ansioso, largando a mala. — Por que motivo quer que eu fique aqui? Que mais disse ele?

— Absolutamente mais nada — garantiu Phineas Nigellus, erguendo o sobrolho elegante, como se achasse que Harry estava a ser impertinente.

A cólera de Harry veio ao de cima, como uma cobra a erguer-se da erva alta. Sentia-se exausto e extremamente confuso. Nas

últimas doze horas vivera uma experiência horrível, em que o alívio se misturava com o terror e, mesmo assim, Dumbledore recusava-se a falar com ele!
— Com que então, é só isso? — perguntou em voz alta. — *«Fica onde estás.»* Foi exactamente isso que me disseram quando fui atacado por aqueles Dementors! Fica quietinho, enquanto os adultos resolvem a coisa, Harry! Não nos vamos dar ao trabalho de te explicar nada, porque o teu cerebrozinho poderá não aguentar!
— Sabes — observou Phineas Nigellus ainda mais alto —, é precisamente por isto que eu *detestava* ser professor! Os jovens estão tão estupidamente convencidos de que têm razão em relação a tudo. Será que não te ocorreu, meu tagarela presumido, que poderá haver uma excelente razão para o Director de Hogwarts não te comunicar todos os detalhezinhos dos seus planos? Quando te sentes injustiçado, nunca reflectiste um pouco e notaste que o facto de seguires as ordens do Dumbledore nunca te colocou, até agora, em situações de perigo? Não! Não, como todos os jovens, tens a certeza de que és o único com sentimentos, o único capaz de pensar, o único que reconhece o perigo, o único suficientemente inteligente para perceber o que o Senhor das Trevas poderá estar a planear...
— Então, ele sempre *está* a planear algo que tem a ver comigo? — perguntou Harry rapidamente.
— Eu afirmei isso? — retorquiu Phineas Nigellus, examinando as suas luvas de seda com um ar indolente. — E agora, se me deres licença, tenho mais que fazer que escutar os problemas de um adolescente... muito bom-dia.
E, dirigindo-se à orla da moldura, desapareceu.
— Óptimo, vai! — berrou Harry para a moldura vazia. — E agradece ao Dumbledore por não me explicar nada!
A tela vazia permaneceu em silêncio. Furioso, Harry voltou a arrastar a mala para os pés da cama e atirou-se para cima da colcha roída das traças, com os olhos fechados e uma sensação de peso e de dor por todo o corpo.
Parecia-lhe que tinha feito uma viagem interminável... parecia-lhe impossível que, menos de vinte e quatro horas antes, Cho Chang se tivesse aproximado dele, sob o ramo de visco... estava tão cansado... tinha medo de adormecer... mas não sabia por quanto tempo conseguiria lutar contra o sono... Dumbledore ordenara-lhe que ficasse ali... isso deveria querer dizer que podia dormir... mas tinha tanto medo... e se aquilo acontecesse outra vez?

Estava a afundar-se nas trevas...

Era como se, dentro da sua cabeça, um filme tivesse estado à espera de começar. Harry descia um corredor deserto, em direcção a uma porta negra e lisa. Passou por paredes de pedra áspera, tochas e uma entrada que dava para uma escada de pedra que descia, à sua esquerda...

Alcançou a porta negra, mas não conseguiu abri-la... ficou a contemplá-la, querendo desesperadamente entrar... do outro lado, encontrava-se algo que desejava do fundo do coração... um prémio que excedia o mais louco dos seus sonhos... se, ao menos, a cicatriz deixasse de arder... conseguiria pensar com mais clareza...

— Harry — chamou a voz de Ron, vinda de muito longe —, a mãe diz que o jantar está pronto, mas que te guarda qualquer coisa, se quiseres ficar na cama.

Harry abriu os olhos, mas Ron já saíra do quarto.

Não quer ficar sozinho comigo, pensou Harry, *depois de ter ouvido o que o Moody disse.*

Pensou que nenhum dos outros iria desejar de novo a sua companhia, agora que sabiam o que estava dentro dele.

Não ia descer para o jantar, não ia impor a sua presença aos outros. Virou-se para o outro lado e, passado algum tempo, voltou a adormecer. Acordou muito mais tarde, de madrugada, com o estômago a doer de fome e ouviu o ressonar de Ron na cama do lado. Piscando os olhos, distinguiu o perfil escuro de Phineas Nigellus, que regressara ao retrato, e ocorreu-lhe que, provavelmente, Dumbledore o enviara para o vigiar, caso Harry atacasse mais alguém.

A sensação de estar sujo intensificou-se. Chegou quase a desejar não ter obedecido a Dumbledore... se, a partir dali, a vida em Grimmauld Place ia ser assim, talvez estivesse melhor em Privet Drive.

★

Toda a gente passou a manhã seguinte a pendurar enfeites de Natal. Harry não se lembrava de ver Sirius tão bem-disposto: até cantava canções natalícias, parecendo felicíssimo por ter companhia durante as festas. Harry ouvia a sua voz, que chegava através do soalho à fria sala de estar onde se encontrava sentado, sozinho, a ver o céu, lá fora, ficar cada vez mais branco, numa ameaça de neve, e sentindo um prazer selvagem em dar aos outros a oportunidade de os deixar falar sobre si, como seria inevitável. Quando ouviu Mrs. Weasley chamá-lo docemente do fundo das escadas, por volta da hora de almoço, subiu mais um lance e ignorou-a.

Por volta das seis da tarde, a campainha da porta tocou e Mrs. Black recomeçou a berrar. Pensando que Mundungus ou outro membro qualquer da Ordem tinha chegado, Harry, que estava sentado no chão, encostado à parede do quarto de Buckbeak, arranjou uma posição mais confortável e tentou ignorar a fome, enquanto ia dando ratazanas mortas ao Hipogrifo. Ficou ligeiramente admirado quando, passados momentos, alguém bateu à porta com toda a força.

— Sei que estás aí — disse a voz de Hermione. — Importas-te de sair? Quero falar contigo.

— Que estás a fazer aqui? — perguntou-lhe Harry, abrindo a porta, enquanto Buckbeak recomeçava a raspar o chão coberto de palha, em busca de pedaços de ratazana que lhe tivessem escapado. — Pensei que estavas a esquiar com a tua mãe e o teu pai.

— Bem, para dizer a verdade, não gosto lá muito de esquiar — confessou Hermione. — Portanto, vim cá passar o Natal. — Tinha neve no cabelo e o rosto estava rosado do frio. — Mas não digas ao Ron, pois contei-lhe que esquiar era uma maravilha, porque ele não parava de se rir. A mãe e o pai estão um pouco desapontados, mas expliquei-lhes que todos os que levam os exames verdadeiramente a sério ficaram em Hogwarts para estudar. Como querem que tenha bons resultados, compreenderam. Seja como for — continuou num tom decidido —, vamos para o teu quarto. A mãe do Ron acendeu a lareira e mandou sanduíches.

Harry seguiu-a até ao segundo andar. Quando entrou no quarto, ficou bastante surpreendido ao ver Ron e Ginny à espera deles, sentados na cama de Ron.

— Vim no Autocarro Cavaleiro — explicou Hermione alegremente, despindo o casaco antes de Harry ter tempo de falar. — O Dumbledore contou-me o que aconteceu ontem de manhã, mas tive de esperar pelo fim oficial do período para me vir embora. A Umbridge está possessa por causa do vosso desaparecimento mesmo debaixo do seu nariz, apesar de o Dumbledore lhe ter explicado que Mr. Weasley estava em São Mungo e vos dera autorização para o visitarem. Portanto...

Sentou-se ao lado de Ginny e, juntamente com Ron, olharam ambas para Harry.

— Como te sentes? — perguntou-lhe Hermione.

— Bem — retorquiu Harry, pouco à vontade.

— Oh, não nos mintas, Harry — retorquiu ela impacientemente. — O Ron e a Ginny contaram-me que te tens andado a esconder de todos desde que voltaram do hospital.

— Ai contaram? — lançou-lhe Harry, olhando furioso para os outros. O amigo baixou o olhar, mas Ginny pareceu imperturbável.

— Pois andas! — confirmou. — E nem sequer olhas para nós!

— Vocês é que não olham para mim — respondeu Harry, colérico.

— Talvez andem a olhar à vez e nunca acertem — sugeriu Hermione, com os cantos da boca a tremer.

— Muito engraçado — atirou Harry, virando-se de costas.

— Oh, pára de fazer de vítima — retorquiu Hermione bruscamente. — Escuta, os outros contaram-me o que tu ouviste ontem à noite na Orelha Extensível...

— Ah, sim? — grunhiu Harry, com as mãos enterradas nos bolsos, enquanto contemplava a neve que caía lentamente lá fora.

— Andam todos a falar de mim, não é? Bem, já me habituei.

— Queríamos falar *contigo*, Harry — interveio Ginny —, mas como te tens andado a esconder desde que voltámos...

— Não queria que falassem comigo — confessou Harry, que se sentia cada vez mais irritado.

— Bem, isso foi um bocado estúpido — comentou Ginny, zangada —, uma vez que sou a única que já foi possuída pelo Quem-Nós-Sabemos e, portanto, posso dizer como foi.

Harry ficou imóvel, enquanto o impacto daquelas palavras o atingia. Depois, deu meia volta para encará-la.

— Esqueci-me — confessou.

— Sorte a tua — retorquiu Ginny com frieza.

— Desculpa — pediu Harry com toda a sinceridade. — Portanto... portanto, vocês pensam que eu estou possuído, não é?

— Bem, consegues lembrar-te de tudo o que fizeste? — perguntou Ginny. — Tens lacunas em que não te lembras do que aconteceu?

Harry fez um esforço de memória.

— Não — respondeu.

— Então, o Quem-Nós-Sabemos nunca te possuiu — concluiu Ginny com simplicidade. — Quando mo fez a mim, não me conseguia lembrar do que andara a fazer durante horas e horas. Dava comigo num sítio qualquer e não sabia como lá chegara.

Harry mal se atrevia a acreditar nela, mas sentia um alívio no coração, apesar das suas dúvidas.

— Mas aquele sonho que eu tive sobre o teu pai e a serpente...

— Harry, já tiveste sonhos destes — declarou Hermione. — No ano passado, tiveste visões do que o Voldemort ia fazer.

— Isto foi diferente — explicou Harry, abanando a cabeça. — Eu estava *dentro* daquela serpente. Era como se eu *fosse* a serpente... e se o Voldemort me transportou, não sei como, para Londres...?

— Um dia — começou Hermione num tom profundamente exasperado —, vais ler *Hogwarts: Uma História* e talvez te recordes, então, de que ninguém se pode Materializar e Desmaterializar no interior da escola. Nem mesmo o Voldemort teria conseguido fazer-te voar do dormitório, Harry.

— Não saíste da tua cama, pá — acrescentou Ron. — Vi-te a contorceres-te no sono durante, pelo menos, um minuto, antes de te conseguirmos acordar.

Harry recomeçou a andar de um lado para o outro, pensando. O que os amigos lhe diziam não era só reconfortante, fazia sentido... sem pensar, tirou uma sanduíche do prato que estava sobre a cama e enfiou-a na boca, esfomeado.

Afinal, não sou eu a tal arma, pensou. O coração inchou-lhe de felicidade e alívio e teve vontade de cantar juntamente com Sirius, quando este passou pela porta deles, em direcção ao quarto de Buckbeak, cantando «Deus Te Guarde, Querido Hipogrifo» a plenos pulmões.

★

Como é que ele podia ter sequer pensado em regressar a Privet Drive para passar o Natal? O prazer de Sirius em ter de novo a casa cheia e, em especial, em poder gozar da companhia de Harry, era contagioso. Deixara de ser o anfitrião carrancudo do Verão. Agora, parecia determinado a que todos se divertissem tanto, ou mais, do que se estivessem em Hogwarts e trabalhou incansavelmente nos dias anteriores ao dia de Natal, limpando e decorando a casa com a ajuda de todos, de modo que, quando se foram deitar na véspera de Natal, a casa mal se reconhecia. As teias de aranha já não pendiam dos candelabros baços, tendo sido substituídas por grinaldas de azevinho e fitas douradas e prateadas; neve mágica cintilava em montinhos sobre as carpetes gastas; uma grande árvore de Natal, arranjada por Mundungus e decorada com fadas verdadeiras, tapava a árvore genealógica de Sirius e até as cabeças empalhadas dos elfos do *hall* ostentavam chapéus e barbas de Pai Natal.

Na manhã do dia de Natal, Harry acordou e descobriu uma pilha de presentes aos pés da cama. Ron já abrira metade do seu monte, que era bastante grande.

— Boa colheita, este ano — comunicou a Harry do meio de uma nuvem de papel. — Obrigado pela Bússola para Vassouras, é excelente. É muito melhor que a da Hermione... ela deu-me uma *agenda para marcar os trabalhos de casa...*

Harry remexeu os presentes e descobriu um com a letra de Hermione. Também lhe oferecera o mesmo, um livro que parecia um diário, só que sempre que abria uma página, esta anunciava coisas como: «*Não deixes para amanhã o que deves fazer hoje!*»

Sirius e Lupin tinham oferecido a Harry um conjunto de excelentes livros denominados *Magia Defensiva Prática e como Usá-la Contra a Magia Negra,* contendo umas ilustrações soberbas, a cores, que se moviam, exemplificando todos os contrafeitiços e encantamentos que descreviam. Harry folheou avidamente o primeiro volume e viu logo que iria ser muitíssimo útil nos seus planos para o ED. Hagrid mandara-lhe uma carteira de pêlo castanho com presas, que supostamente deviam funcionar como dispositivo anti-roubo, mas que, infelizmente, impediam que Harry lá colocasse dinheiro sem que a carteira lhe arrancasse os dedos. O presente de Tonks era uma miniatura de uma *Flecha de Fogo* que funcionava e que Harry pôs a voar em volta do quarto, desejando imenso ter a versão em tamanho natural. Ron dera-lhe uma caixa enorme de Feijões de Todos os Sabores, Mr. e Mrs. Weasley a habitual camisola tricotada à mão e algumas tartes de carne picada e Dobby um quadro verdadeiramente horrível que Harry suspeitou ter sido pintado pelo próprio elfo. Acabara de o virar de pernas para o ar para ver se ficava melhor assim quando, com um ruidoso *crack,* Fred e George se Materializaram aos pés da cama.

— Feliz Natal — disse George. — Não desçam por enquanto.

— Porquê? — perguntou Ron.

— A mãe está de novo a chorar — explicou Fred num tom soturno. — O Percy devolveu a camisola.

— Sem uma palavra — acrescentou George. — E nem perguntou como estava o pai, nem o visitou nem nada.

— Tentámos confortá-la — continuou George, contornando a cama para ver o retrato de Harry. — Dissemos-lhe que o Percy não passa de um enorme monte de caganitas de rato.

— Não deu resultado — confessou George, servindo-se de um Sapo de Chocolate. — Portanto, Lupin tomou conta da situação. Acho melhor esperarmos que ele a anime, antes de descermos para o pequeno-almoço.

— Afinal, que diabo de coisa é esta? — perguntou Fred, olhando o quadro de Dobby de lado. — Parece um macaco com os olhos esmurrados.

— É o Harry! — exclamou George, apontando para o verso do retrato. — Está aqui escrito!

— Muito parecido — comentou Fred, sorrindo. Harry atirou--lhe a nova agenda de trabalhos de casa, mas esta bateu na parede e caiu para o chão, de onde bradou alegremente: «*Se já puseste as pintas nos* is *e os traços nos* ts, *podes fazer o que quiseres!*»

Levantaram-se e vestiram-se. Ouviam os vários habitantes da casa desejar «Feliz Natal» uns aos outros. Quando iam a descer a escada, encontraram Hermione.

— Obrigada pelo livro, Harry — agradeceu-lhe ela muito feliz. — Há séculos que desejava esta *Nova Teoria da Numerologia!* E aquele perfume é verdadeiramente original, Ron.

— Ainda bem — respondeu Ron. — E para quem é isso? — acrescentou, indicando com um gesto o presente bem embrulhado que ela levava na mão.

— É para o Kreacher — disse Hermione alegremente.

— É melhor que não sejam roupas! — avisou-a Ron. — Sabes bem o que o Sirius disse: o Kreacher sabe demais, não o podemos libertar!

— Não são roupas — declarou Hermione —, embora, se pudesse fazer o que queria, lhe desse certamente outra peça para substituir aquele trapo nojento. Não, é uma colcha de remendos, pensei que poderia alegrar o quarto dele.

— Qual quarto? — inquiriu Harry, baixando a voz para um sussurro ao passarem pelo retrato da mãe de Sirius.

— Bem, o Sirius diz que não é bem um quarto, é mais uma espécie de... *antro* — explicou Hermione. — Parece que dorme debaixo da caldeira, naquele armário ao lado da cozinha.

Quando chegaram à cave, a única pessoa que lá se encontrava era Mrs. Weasley. Estava junto do fogão e parecia sofrer de uma grande constipação ao desejar-lhes as Boas-Festas. Todos se apressaram a desviar o olhar.

— Portanto, isto é o quarto do Kreacher? — perguntou Ron, dirigindo-se a uma porta suja, que Harry nunca vira aberta, no canto oposto à despensa.

— Sim — confirmou Hermione, parecendo um pouco nervosa.
— Aã... acho que é melhor bater.

Ron bateu na porta com os nós dos dedos, mas não obtiveram resposta.

— Deve andar lá por cima a espiolhar — proferiu e, sem mais delongas, abriu a porta com um puxão. — Ui! Que nojo!

Harry espreitou lá para dentro. Uma grande caldeira antiquada ocupava a maior parte do armário, mas no exíguo espaço debaixo da tubagem, Kreacher arranjara uma espécie de ninho. Uma série de trapos e velhos cobertores malcheirosos estavam empilhados no chão e a pequena cova no meio revelava o sítio onde Kreacher se enroscava para dormir, todas as noites. No meio dos andrajos, viam-se aqui e ali côdeas de pão velho e pedaços de queijo bolorento. Num canto mais afastado, cintilavam pequenos objectos e moedas que Harry calculou terem sido roubados por Kreacher, como fazem as pegas, durante a limpeza que Sirius fizera à casa. Conseguira também recuperar as fotografias da família, nas suas molduras de prata, que Sirius deitara fora no Verão. Apesar dos vidros partidos, as pessoas pequeninas e a preto e branco, continuavam a olhá-lo com um ar altivo, incluindo — Harry sentiu um sobressalto no estômago — a mulher morena de pálpebras pesadas, cujo julgamento presenciara no Pensatório de Dumbledore: Bellatrix Lestrange. Pelo que parecia, a fotografia dela era a preferida de Kreacher, pois colocara-a à frente de todas as outras e remendara desajeitadamente o vidro com fita magicola.

— Acho que vou deixar o presente dele aqui — decidiu Hermione, colocando cuidadosamente o embrulho no meio da cova dos trapos e cobertores e fechando suavemente a porta. — Ele abre-o mais tarde, não faz mal.

— Por falar nisso — disse Sirius, saindo da despensa com um grande peru no momento em que eles fechavam a porta do armário —, alguém viu o Kreacher ultimamente?

— Não o vejo desde a noite em que regressámos — informou-o Harry. — Estavas a mandá-lo sair da cozinha.

— Pois foi... — disse Sirius, franzindo o sobrolho. — Sabem, acho que essa foi também a última vez que o vi... deve estar escondido algures lá para cima.

— Não se podia ter ido embora, pois não? — perguntou Harry. — Quero dizer, quando tu disseste «rua», talvez ele tenha entendido que era para sair de casa.

— Não, não, os elfos domésticos não se podem ir embora, a não ser que lhes dêem roupa. Estão ligados à casa da família a que pertencem — explicou Sirius.

— Podem sair de casa, se realmente quiserem — contrapôs Harry. — Há três anos, o Dobby fê-lo, saiu de casa dos Malfoys para me avisar. Depois, teve de se castigar a si próprio, mas conseguiu sair.

Por um momento, Sirius pareceu ligeiramente desconcertado, mas depois declarou:

— Procurá-lo-ei mais tarde. Devo encontrá-lo lá em cima, a chorar baba e ranho em cima das ceroulas da minha mãe, ou coisa assim. É claro que pode ter rastejado para o armário dos linhos, que é aquecido, e morrido... mas é melhor não ter muitas esperanças.

Fred, George e Ron riram-se, mas Hermione pôs o seu ar mais acusador.

Depois do almoço de Natal, os Weasleys, Harry e Hermione decidiram fazer outra visita a Mr. Weasley, escoltados por Olho-Louco e Lupin. Mundungus apareceu mesmo a tempo do pudim de Natal e do bolo de frutas, pois conseguira «pedir emprestado» um carro, uma vez que o Metro não funcionava no Dia de Natal. O carro, que Harry duvidava ter sido obtido com a autorização dos donos, fora ampliado com um feitiço semelhante ao utilizado no velho *Ford Anglia* e, apesar de manter as proporções exteriores normais, foi possível acomodar no seu interior dez pessoas com todo o conforto, para além de Mundungus ao volante. Mrs. Weasley hesitou antes de entrar — Harry sabia que se debatia entre a opinião negativa que tinha de Mundungus e o desagrado de viajar sem magia — mas o frio e a insistência dos filhos acabaram por triunfar e sentou-se no banco de trás, entre Fred e Bill, sem levantar mais problemas.

A viagem até São Mungo foi bastante rápida, pois havia pouco tráfego. Um pequeno número de feiticeiros subia furtivamente a rua, onde não se via mais ninguém, dirigindo-se ao hospital. Harry e os outros saíram do carro e Mundungus arrancou e esperou por eles do outro lado da esquina. Caminharam com indiferença até à montra onde se encontrava a manequim vestida de *nylon* verde e, um por um, atravessaram o vidro.

A sala de recepção tinha um ar agradavelmente festivo: os globos de cristal que iluminavam São Mungo tinham sido coloridos de vermelho e dourado, transformando-se em gigantescas bolas de Natal cintilantes, o azevinho pendia de todas as portas e árvores de Natal resplandecentes, cobertas de neve mágica e de pingentes de gelo, brilhavam em todos os cantos, encimadas por uma reluzente estrela dourada. O hospital tinha menos gente que aquando da última visita, embora a meio da sala Harry tivesse sido empurrado por uma feiticeira com uma tangerina encravada na narina esquerda.

— Uma discussão familiar, hã? — disse a feiticeira loura de trás da secretária com um sorriso malicioso. — Hoje, já vi três casos desses... Danos Causados por Feitiços, quarto andar.

Encontraram Mr. Weasley recostado na cama, com os restos do peru num tabuleiro e uma expressão envergonhada no rosto.

— Tudo bem, Arthur? — perguntou Mrs. Weasley, depois de todos o terem cumprimentado e entregado os presentes.

— Tudo óptimo — declarou Mr. Weasley com demasiado entusiasmo. — Por acaso... não... aã... não viram a Curandeira Smethwyck?

— Não — retorquiu Mrs. Weasley, cheia de suspeitas. — Porquê?

— Nada, nada — retorquiu Mr. Weasley vagamente, começando a desembrulhar a montanha de presentes. — Bom, passaram bem o dia? Que é que receberam pelo Natal? Oh, *Harry*... isto é absolutamente *maravilhoso!* — Acabara de abrir o presente de Harry, uma caixa com fio para fusíveis e chaves de parafusos.

Mrs. Weasley, porém, não parecia inteiramente satisfeita com a resposta do marido. Quando ele se curvou para apertar a mão de Harry, espreitou para as ligaduras que se viam por baixo da camisa de noite.

— Arthur — proferiu num tom brusco e ameaçador —, mudaram-te as ligaduras! Por que motivo o fizeram um dia mais cedo, Arthur? Disseram-me que não seria necessário mudá-las antes de amanhã.

— O quê? — proferiu Mr. Weasley, parecendo assustado e puxando a coberta de modo a tapar melhor o peito. — Não, não... não é nada... é... eu...

Pareceu desaparecer sob o olhar penetrante da mulher.

— Bem... não fiques aborrecida, Molly, mas o Augustus Pye teve uma ideia... sabes, o Curandeiro estagiário, um tipo simpático, ainda novo, muito interessado em... humm... em medicina complementar... quero dizer... algumas das velhas curas dos Muggles... bem, chamam-lhes *pontos,* Molly, e funcionam muito bem nas... nas feridas deles...

Mrs Weasley lançou um misto de guincho e grunhido. Lupin afastou-se da cama e aproximou-se do lobisomen, que não tinha visitas e olhava a multidão em volta da cama de Mr. Weasley com um ar tristonho. Bill murmurou qualquer coisa sobre ir buscar um chá e Fred e George acompanharam-no de um salto, sorrindo.

— Queres-me dizer — começou Mrs. Weasley, a voz subindo de tom a cada palavra e aparentemente ignorando que os outros visitantes fugiam em busca de protecção — que tens andado a meter o nariz nas curas dos Muggles?

— Não andei a meter o nariz, querida, Molly — tentou explicar Mr. Weasley num tom implorativo —, foi só... foi só uma coisa que eu e o Pye pensámos em experimentar... só que, infelizmente... bem, com este tipo particular de feridas... parece não resultar tão bem como nós esperávamos...

— E isso *quer dizer* o quê?

— Bem... bem... não sei se tu sabes o que são pontos?

— Soa-me a que andaram a tentar coser a tua pele — proferiu Mrs. Weasley com uma gargalhada triste —, mas nem mesmo tu, Arthur, serias *tão* estúpido...

— Apetece-me uma chávena de chá — declarou Harry, pondo-se de pé num salto.

Hermione, Ron e Ginny quase correram para a porta. Ao fecharem-na atrás de si, ouviram Mrs. Weasley guinchar:

— QUE QUERES DIZER COM É ISSO MAIS OU MENOS?

— É típico do pai — comentou Ginny, abanando a cabeça, enquanto se afastavam pelo corredor. — Pontos... francamente...

— Bem, sabem, funcionam muito bem em feridas não-mágicas — explicou Hermione com toda a justeza. — Suponho que haja algo no veneno da serpente que os dissolve, ou coisa assim. Onde será a sala de chá?

— Quinto andar — informou Harry, lembrando-se do aviso sobre a secretária da recepção.

Percorreram o corredor, passaram por uma porta de batente e deram com uma escada com um aspecto instável, cujas paredes estavam cobertas de mais retratos de Curandeiros de aspecto brutal. Ao subirem-na, os habitantes das molduras chamaram-nos, diagnosticando velhas queixas e sugerindo remédios horripilantes. Ron ficou seriamente indignado, quando um feiticeiro medieval lhe gritou que ele sofria de um caso grave de espatergroitite.

— E que diabo é isso? — perguntou Ron, zangado, quando o Curandeiro o perseguiu através de seis outros retratos, empurrando os ocupantes para o lado.

— É uma doença de pele muito grave, jovem senhor, que vos deixará marcado e ainda mais horrendo do que sois agora...

— Vê lá a quem é que chamas horrendo! — avisou-o Ron, com as orelhas a escaldar.

— ... o único remédio é pegar no fígado de um sapo, atá-lo com força em volta da garganta e ficar de pé, todo nu, numa noite de lua cheia, num barril cheio de olhos de enguias...

— Eu não tenho espatergroitite!

— Mas, e então essas manchas disformes sobre a vossa pele, jovem senhor...

— São sardas! — berrou Ron, furioso. — Agora, volta para o teu retrato e deixa-me em paz!

Virou-se para os outros, que se esforçavam por manter uma expressão séria e perguntou:

— Que andar é este?

— Acho que é o quinto — disse Hermione.

— Não, é o quarto! — contrapôs Harry. — Falta mais um...

Mas ao pôr o pé no patamar, parou de repente e ficou a olhar para a janelinha existente nas portas de batente, para além das quais se estendia um corredor com a indicação de DANOS CAUSADOS POR FEITIÇOS. Havia um homem a espreitar, com o nariz encostado ao vidro. Tinha cabelo louro ondulado, olhos azuis brilhantes e um grande sorriso vazio, que deixava ver uns dentes de um branco deslumbrante.

— Caramba! — exclamou Ron, mirando também o homem.

— Oh, meu Deus — bradou Hermione de súbito, arquejando.

— O Professor Lockart!

O ex-professor de Defesa Contra a Magia Negra empurrou as portas e dirigiu-se a eles, trajando um roupão comprido de cor lilás.

— Ora viva! — cumprimentou. — Querem certamente o meu autógrafo, não é verdade?

— Não mudou muito, pois não? — segredou Harry a Ginny, que sorriu.

— Aã... como está, Professor? — perguntou Ron, num tom ligeiramente culpado. Fora por causa da varinha de Ron, que funcionava mal e danificara gravemente a memória do Professor Lockart, que ele acabara por ser internado em São Mungo. Todavia, como nesse momento ele tentava apagar permanentemente as memórias de Ron e de Harry, este não sentia lá muita pena.

— Estou muito bem, obrigado! — respondeu Lockart animadamente, tirando do bolso uma pena de pavão bastante estragada.

— Bom, quantos autógrafos desejam? Agora, já consigo unir as letras, sabem?

— Aã... de momento, não queremos nenhum, obrigado — agradeceu Ron, lançando a Harry um olhar interrogador. Harry perguntou:

— Professor, será que devia andar por aqui sozinho? Não devia estar na enfermaria?

O sorriso que iluminava o rosto de Lockart morreu lentamente. Por uns momentos, olhou intensamente para Harry e depois perguntou:

— Não nos conhecemos?

— Aã... sim, de facto — admitiu Harry. — O senhor deu-nos aulas em Hogwarts, lembra-se?

— Aulas? — repetiu Lockart, com um ar inseguro. — Eu? Dei-vos aulas?

E depois o sorriso reapareceu tão subitamente que os deixou alarmados.

— Ensinei-vos tudo o que sabia, não foi? Bem, e quanto aos autógrafos? Digamos aí uma dúzia e, assim, podem dá-los aos vossos amiguinhos, para ninguém se sentir posto de parte.

Porém, naquele momento, uma cabeça espreitou de uma porta ao fundo do corredor e uma voz chamou:

— Gilderoy, seu mauzão, por onde é que tem andado?

Uma Curandeira com um ar maternal e uma grinalda dourada no cabelo atravessou rapidamente o corredor, sorrindo amigavelmente a Harry e aos amigos.

— Oh, Gilderoy, tiveste visitas! Que *maravilha,* e logo no Dia de Natal! Sabem, ele *nunca* tem visitas, pobrezinho, mas não faço ideia porquê, é tão amoroso, não é?

— Estou a dar autógrafos! — informou-a Gilderoy com outro dos seus sorrisos cintilantes. — Eles querem montes deles e não aceitam recusas! Só espero que tenhamos fotografias suficientes!

— Imaginem! — comentou a Curandeira, pegando no braço de Lockart e sorrindo-lhe carinhosamente, como se fosse um rapazinho precoce. — Era muito conhecido aqui há alguns anos e temos esperança de que este seu gosto em dar autógrafos seja um sinal de que a sua memória está a voltar. Importam-se de vir por aqui? Sabem, ele está numa enfermaria especial e deve ter-se escapado enquanto eu trazia os presentes de Natal, normalmente a porta está sempre fechada... não que ele seja perigoso... mas — prosseguiu, baixando a voz —, pode ser um perigo para si mesmo, Deus me valha... estão a ver, não sabe quem é e põe-se a vaguear por aí e depois não sabe voltar ... foram muito simpáticos em terem vindo visitá-lo.

— Aã... — começou Ron, fazendo gestos desesperados para o andar de cima. — Na realidade, nós íamos só... aã...

Mas a Curandeira olhava-os com um sorriso expectante e as palavras de Ron «tomar uma chávena de chá» perderam-se no ar. Olharam uns para os outros sem saber o que dizer e depois seguiram Lockart e a Curandeira pelo corredor fora.

— Não nos vamos demorar, está bem? — pediu Ron baixinho.

A Curandeira apontou a varinha à porta da Enfermaria Janus Thickey e murmurou *«Alohomora»*. A porta abriu-se e ela indicou-lhes o caminho, sem largar o braço de Gilderoy, até o ter instalado numa poltrona ao lado da cama.

— Esta é a enfermaria dos doentes incuráveis — segredou ela a Harry, Ron, Hermione e Ginny. — Para quem sofreu danos mágicos permanentes, compreendem. É claro que, por meio de tratamentos intensivos com poções e encantamentos e um pouco de sorte, conseguimos algumas melhoras. Parece que o Gilderoy está a recuperar algum conhecimento de si próprio e Mr. Bode melhorou significativamente e parece estar a recuperar a fala, embora não utilize nenhuma língua conhecida. Bem, tenho de acabar de dar os presentes de Natal, deixo-vos em paz para conversarem com ele.

Harry olhou em seu redor. A enfermaria tinha marcas inquestionáveis de ser o lar permanente dos doentes que lá se encontravam. Em volta das camas, viam-se muitos mais objectos pessoais que na enfermaria de Mr. Weasley. Por exemplo, a parede por trás da cabeceira da cama de Gilderoy estava coberta de fotografias dele próprio, de onde o seu rosto sorria, mostrando os grandes dentes, e ele acenava aos novos visitantes. Dedicara muitas das fotos a si próprio, numa caligrafia desarticulada e infantil. Assim que a Curandeira o sentou na poltrona, Gilderoy puxou para si um novo monte de fotografias, pegou numa pena e começou a assiná-las febrilmente.

— Podes metê-las nos envelopes — dizia para Ginny, atirando as fotografias autografadas para o colo dela, à medida que as assinava.

— Não fui esquecido, sabem, não... continuo a receber muito correio dos fãs... a Gladys Gudgeon escreve *todas as semanas*... quem me dera perceber *porquê*... — Interrompeu-se com uma expressão vagamente perplexa e depois, sorrindo de novo, retomou a sessão de autógrafos com um vigor renovado. — Suspeito de que deve ser pela minha beleza...

Na cama em frente, jazia um feiticeiro com um ar pálido e triste e que tinha o olhar pregado no tecto. Murmurava qualquer coisa para si próprio e parecia não se aperceber do que se passava em seu redor. Duas camas mais à frente, estava uma mulher cuja cabeça se encontrava completamente coberta de pêlo. Harry lembrou-se de algo semelhante ter acontecido a Hermione durante o segundo ano, embora, no caso dela, os danos não tivessem, felizmente, sido permanentes. Ao fundo da enfermaria, umas cortinas floridas tinham sido corridas em redor de duas camas a fim de dar aos seus ocupantes e às suas visitas alguma privacidade.

— Aqui tem, Agnes — dizia a Curandeira num tom alegre à mulher com a cara coberta de pêlo, entregando-lhe um pequena pilha de presentes de Natal. — Vê, não se esqueceram de si. E o seu filho enviou uma coruja a dizer que a vem visitar hoje à noite, portanto, está tudo bem, não é verdade?

Em resposta, Agnes lançou vários latidos.

— E olhe, Broderick, enviaram-lhe uma planta e um lindo calendário com um Hipogrifo de fantasia, que muda todos os meses. Ajuda a animar as coisas, não é verdade? — declarava a Curandeira, afadigando-se junto do homem dos murmúrios. Poisou na mesinha-de-cabeceira um vaso com uma planta bastante feia, de longos tentáculos ondulantes e, com a varinha, pregou o calendário na parede. — E... oh, Mrs. Longbottom, já se vai embora?

Harry virou bruscamente a cabeça. Tinham afastado as cortinas que tapavam as camas do fundo e dois visitantes caminhavam pelo meio da sala: uma velha feiticeira com um ar temível, envergando um vestido comprido verde, uma estola de pêlo de raposa roída pelas traças e um chapéu de bico, enfeitado com o que era, sem sombra de dúvidas, um abutre empalhado. Arrastando-se atrás dela, com um ar profundamente deprimido, vinha... *Neville.*

Neville deu um salto e encolheu-se, como se tivesse escapado por um triz a uma bala.

— Somos nós, Neville! — saudou-o Ron alegremente, levantando-se. — Já viste...? Lockart está aqui! Quem é que vieste visitar?

— São amigos teus, querido Neville? — perguntou a avó num tom amável, avançando para eles com toda a determinação.

Neville parecia querer enfiar-se num buraco. Uma mancha vermelho-escura espalhou-se-lhe lentamente pela cara e desviou o olhar dos rostos dos amigos.

— Ah, claro — declarou a avó, examinando Harry e estendendo-lhe a mão, que fazia lembrar uma garra enrugada, para o cumprimentar. — Claro, claro, sei muito bem quem tu és. O Neville tem-te em alta consideração.

— Aã... obrigado — agradeceu Harry, apertando-lhe a mão. — Neville não olhou para ele, entretendo-se a observar os próprios pés e ficando cada vez mais corado.

— E vocês os dois são obviamente da família Weasley — continuou Mrs. Longbottom, estendendo a mão com um gesto régio a Ron e a Ginny. — Sim, conheço os vossos pais, não intimamente, claro, mas são óptimas pessoas, óptimas... e tu deves ser a Hermione Granger.

Hermione ficou muito espantada por Mrs. Longbottom saber o seu nome, mas apertou-lhe igualmente a mão.

— Sim, o Neville contou-me tudo a vosso respeito. Já o ajudaram a resolver algumas complicações, não foi? Ele é um bom menino — comentou, lançando a Neville um olhar sério, mas afectuoso, do alto do seu nariz ossudo —, mas receio bem que não possua o talento do pai. — E fez um gesto de cabeça em direcção às duas camas ao fundo da enfermaria, fazendo tremer ameaçadoramente o abutre empalhado do chapéu.

— O quê? — bradou Ron, com um ar espantado. Harry quis dar-lhe uma pisadela, mas é muito mais fácil fazer esse tipo de coisa com um manto que com *jeans*. — É o teu *pai*, ali ao fundo, Neville?

— Que significa isto? — perguntou Mrs. Longbottom bruscamente. — Não contaste aos teus amigos sobre os teus pais, Neville?

O rapaz inspirou fundo, olhou para o tecto e abanou a cabeça. Harry não se lembrava de alguma vez ter tido tanta pena de alguém, mas não lhe ocorria nenhuma forma de o ajudar a sair daquela.

— Bom, não é motivo para ter vergonha! — exclamou Mrs. Longbottom colericamente. — Devias sentir *orgulho*, Neville, *orgulho!* Eles não perderam a saúde e a sanidade para que o seu único filho se sentisse envergonhado deles, sabes!

— Não tenho vergonha deles — retorquiu Neville em voz baixa, continuando a evitar o olhar de Harry e dos outros. Ron pusera-se em bicos de pés para ver melhor os ocupantes das duas camas.

— Bem, tens uma forma muito esquisita de o demonstrar! — comentou Mrs. Longbottom. — O meu filho e a esposa — continuou, virando-se com um ar altivo para Harry, Ron, Hermione e Ginny — foram torturados até à loucura pelos seguidores do Quem-Nós-Sabemos.

As raparigas taparam a boca com a mão e Ron deixou de espetar o pescoço para vislumbrar os pais de Neville e parecia mortificado.

— Eram Aurors, sabem, e muito respeitados no seio da comunidade mágica — prosseguiu Mrs. Longbottom. — Ambos extremamente dotados. Eu... sim, querida Alice, que foi?

A mãe de Neville avançara sub-repticiamente ao longo da enfermaria na sua camisa de noite. Já não tinha o rosto roliço e feliz que Harry vira na velha fotografia da primeira Ordem da Fénix. Agora, o seu rosto estava magro e cansado, os olhos esbugalhados e o cabelo, completamente branco, caía-lhe em mechas finas e sem brilho. Não parecia querer falar, ou talvez não conseguisse, mas fez um gesto tímido em direcção a Neville, segurando qualquer coisa na mão estendida.

— Outra vez? — perguntou Mrs. Longbottom, num tom levemente cansado. — Está bem, querida Alice, está bem... Neville, aceita aquilo, seja lá o que for.

Neville já estendera a mão, na qual a mãe enfiou o papel amachucado de uma pastilha elástica.

— Maravilhoso, querida — disse a avó de Neville numa voz de alegria fingida, dando-lhe palmadinhas no ombro.

Neville, porém, acrescentou baixinho:

— Obrigado, mãe.

A mãe afastou-se a cambalear para o fundo da enfermaria, cantarolando baixinho. Neville olhou, então, para os outros, com uma expressão de desafio, esperando que se rissem, mas Harry pensou que nunca na sua vida presenciara coisa com menos graça.

— Bom, é melhor irmos embora — suspirou Mrs. Longbottom, calçando umas luvas verdes de cano alto. — Gostei muito de vos conhecer. Neville, deita esse papel no lixo. Ela já te deve ter dado o suficiente para forrares as paredes do teu quarto.

Contudo, quando iam a sair, Harry teve a certeza de ver Neville enfiar o papel no bolso.

A porta fechou-se atrás deles.

— Não fazia ideia nenhuma — confessou Hermione, que parecia à beira das lágrimas.

— Eu também não — disse Ron num tom rouco.

— Nem eu — sussurrou Ginny.

Olharam os três para Harry.

— Eu sabia — admitiu ele, mal-humorado. — O Dumbledore contou-me, mas fez-me prometer que nunca diria a ninguém... foi por isto que a Bellatrix Lestrange foi enviada para Azkaban, por usar a Maldição Cruciatus nos pais de Neville até eles enlouquecerem.

— A Bellatrix Lestrange fez-lhes isso? — murmurou Hermione, horrorizada. — Aquela mulher cuja fotografia Kreacher guardou no seu buraco?

Fez-se um longo silêncio, quebrado pela voz irritada de Lockart.

— Escutem lá, não aprendi a juntar as letras para nada, percebem?

XXIV

OCLUMÂNCIA

Veio a descobrir-se que Kreacher estivera escondido no sótão. Sirius contou-lhes que o encontrara lá em cima, coberto de pó, sem dúvida à procura de mais relíquias da família Black para esconder no seu armário. Embora Sirius parecesse satisfeito com aquela explicação, Harry ficou preocupado. Ao regressar, Kreacher parecia andar mais bem-disposto, os resmungos tinham diminuído um pouco e obedecia às ordens com mais docilidade, embora Harry tivesse apanhado o elfo doméstico uma ou duas vezes a olhar para ele avidamente, desviando rapidamente o olhar, sempre que via que Harry dera por isso.

Não mencionou estas suspeitas a Sirius, cuja alegria se desvanecia velozmente, agora que o Natal terminara. À medida que se aproximava a data da partida para Hogwarts, mostrava cada vez mais tendência para o que Mrs. Weasley chamava «ataques de rabugice», durante os quais se mostrava taciturno e embirrento, refugiando-se com frequência no quarto de *Buckbeak* durante horas a fio. A sua depressão infiltrava-se pela casa, esvaindo-se por debaixo das portas como um gás venenoso e acabando por contagiar todos os outros.

Harry não queria deixar de novo Sirius sozinho na companhia de Kreacher; na verdade, e pela primeira vez na sua vida, não estava ansioso por regressar a Hogwarts. Voltar à escola significava colocar-se novamente à mercê da tirania de Dolores Umbridge, que, sem dúvida, conseguira fazer aprovar mais uma dúzia de decretos na ausência deles. Agora que fora banido, já nem os jogos de Quidditch eram uma fonte de alegria e muito provavelmente a carga de trabalhos de casa iria aumentar, à medida que os exames se aproximavam. Além disso, Dumbledore continuava tão distante como sempre. Na verdade, se não fosse o ED, Harry pensava que talvez implorasse a Sirius que o deixasse sair de Hogwarts e ficar em Grimmauld Place.

Então, no último dia das férias, aconteceu algo que fez que Harry receasse verdadeiramente o regresso à escola.

— Harry, querido — chamou Mrs. Weasley, enfiando a cabeça pela porta do quarto que ele partilhava com Ron. Estavam ambos a jogar xadrez mágico, enquanto Hermione, Ginny e *Crookshanks* os observavam —, podes vir à cozinha? O Professor Snape quer dar-te uma palavrinha.

Harry não percebeu imediatamente o que ela dissera. Um dos seus castelos travava uma violenta refrega com um dos peões de Ron e ele incitava-o, cheio de entusiasmo.

— Esmaga-o... *esmaga-o,* não passa de um peão, idiota. Desculpe, Mrs. Weasley, o que é que disse?

— O Professor Snape, querido, está na cozinha. Quer dar-te uma palavrinha.

Harry abriu a boca, horrorizado, e olhou em volta para Ron, Hermione e Ginny, que também o contemplavam, boquiabertos. *Crookshanks*, que Hermione tentava, com a maior das dificuldades, controlar, nos últimos quinze minutos, saltou alegremente para o tabuleiro e pôs as figuras em fuga, procurando esconder-se e guinchando a plenos pulmões.

— O Snape? — repetiu Harry atónito.

— O *Professor* Snape, querido — corrigiu Mrs. Weasley num tom de desaprovação. — Vá, despacha-te, rápido, ele diz que não se pode demorar.

— Que será que te quer? — perguntou Ron, um tanto enervado, quando Mrs. Weasley saiu do quarto. — Não fizeste nada, pois não?

— Não! — bradou Harry, indignado, dando cabo da cabeça a pensar no que poderia ter feito que levasse Snape a persegui-lo até Grimmauld Place. Teria o seu último trabalho de casa merecido, talvez, um T?

Um ou dois minutos depois, empurrou a porta da cozinha e deu de caras com Sirius e Snape, ambos sentados à comprida mesa, olhando com ar furioso em direcções opostas. O silêncio tinha o peso do ódio que nutriam um pelo outro. Sobre a mesa, em frente de Sirius, jazia uma carta aberta.

— Aã... — disse Harry para anunciar a sua presença.

Snape virou-se e encarou-o, com o rosto emoldurado pelo longo cabelo negro e oleoso.

— Senta-te, Potter.

— Bem — comentou Sirius em voz alta, inclinando-se sobre as pernas traseiras da cadeira e falando para o tecto —, preferia que não desses ordens aqui, Snape. Como sabes, a casa é minha.

Um rubor desagradável espalhou-se pelo rosto pálido de Snape. Harry sentou-se numa cadeira ao lado de Sirius, encarando Snape do outro lado da mesa.

— Devia falar contigo a sós, Potter — informou-o o professor, com o já familiar sorriso de escárnio que lhe arrepanhava o lábio —, mas aqui o Black...

— Sou o padrinho dele — lembrou-lhe Sirius, ainda mais alto.

— Estou aqui por ordem do Dumbledore — continuou Snape, cuja voz, pelo contrário, se ia tornando cada vez mais baixa e insolente —, mas, por quem és, fica, Black, sei que gostas de te sentir... envolvido.

— E que quer isso dizer? — indagou Sirius, deixando a cadeira assentar nas quatro pernas com um estrondo.

— Apenas que estou certo de que te deves sentir... aã... frustrado pelo facto de não poderes fazer nada de *útil* pela Ordem — explicou Snape, acentuando delicadamente as últimas palavras.

Foi a vez de Sirius corar. O lábio de Snape revirou-se, triunfante, e o professor dirigiu-se a Harry.

— O Director mandou-me dizer-te, Potter, que é seu desejo que estudes Oclumância durante este período.

— Que estude o quê? — inquiriu Harry, sem compreender.

O sorriso trocista de Snape acentuou-se.

— Oclumância, Potter. A defesa mágica da mente contra invasões externas. É um ramo obscuro da magia, mas altamente útil.

O coração de Harry começou a bater velozmente. Defesa contra invasões externas? Mas ele não fora possuído, todos tinham concordado com isso...

— Por que motivo tenho de estudar Oclu... qualquer coisa? — gaguejou.

— Porque o Director pensa que é uma boa ideia — declarou Snape suavemente. — Irás receber aulas particulares uma vez por semana, mas não dirás a ninguém o que estás a fazer, e muito menos a Dolores Umbridge. Compreendes?

— Sim — respondeu Harry. — Quem me irá dar essas aulas?

— Eu — respondeu Snape.

Harry teve a sensação horrível de que as suas entranhas se estavam a derreter. Lições extra com Snape... que diabo teria ele feito para merecer tal sorte? Olhou rapidamente em volta, para Sirius, em busca de apoio.

— Por que não é o próprio Dumbledore a ensinar Harry? — perguntou Sirius agressivamente. — Porquê tu?

— Porque, segundo creio, é privilégio do Director delegar as tarefas menos agradáveis — redarguiu Snape suavemente. — Garanto-te que não pedi este trabalho. — Pôs-se de pé e concluiu: — Espero-te às seis da tarde de segunda-feira, Potter. No meu gabinete. Se alguém te fizer perguntas, vais ter aulas de apoio de Poções. Ninguém que te tenha visto nas minhas aulas poderá negar que bem necessitas.

Virou-se para sair, com o manto negro de viagem ondeando atrás de si.

— Espera um momento — ordenou Sirius, endireitando-se na cadeira.

Snape virou-se para os encarar com o seu sorriso de escárnio.

— Estou com muita pressa, Black. Ao contrário de ti, não disponho de tempo livre ilimitado.

— Então, vou direito ao assunto — prometeu Sirius, erguendo-se. Era bastante mais alto que Snape, o qual, reparou Harry, fechara o punho dentro do bolso do manto sobre o que era certamente o punho da sua varinha. — Se eu souber que usas essas tais lições de Oclumância para fazer o Harry passar um mau bocado, tens de te haver comigo.

— Que comovedor! — troçou Snape. — Porém, deves certamente ter notado como o Potter é parecido com o pai?

— Sim, de facto, notei — afirmou Sirius com orgulho.

— Bom, então, sabes que ele é tão arrogante que as críticas não têm nele qualquer efeito — declarou Snape suavemente.

Sirius empurrou bruscamente a cadeira e deu a volta à mesa em direcção a Snape, puxando da varinha pelo caminho. Snape imitou-o. Avançavam um para o outro, Sirius com um ar lívido e Snape com uma expressão calculista, os olhos voando da ponta da varinha de Sirius para o seu rosto.

— Sirius! — bradou Harry, mas o padrinho não deu mostras de o ter ouvido.

— Já te avisei, *Snivellus* — ameaçou-o Sirius, o rosto quase encostado ao de Snape. — Não quero saber se o Dumbledore pensa que tu te emendaste, eu sei como é...

— Oh, então, por que não lhe dizes isso? — sussurrou Snape. — Ou receias que ele não leve a sério o conselho de um homem que está escondido em casa da mãe há seis meses?

— Diz-me lá, como tem passado o Lucius Malfoy? Suponho que lhe agrade que o seu cãozinho de estimação trabalhe agora em Hogwarts, não é?

— Falando de cães, — retorquiu Snape com toda a suavidade — sabias que o Lucius Malfoy te reconheceu da última vez que te arriscaste a um passeiozinho lá fora? Que bela ideia, Black, deixares-te ver numa estação segura... deu-te uma desculpa inquestionável para não voltares a sair do teu buraco no futuro, não foi?

Sirius ergueu a varinha.

— NÃO! — berrou Harry, saltando por cima da mesa e tentando meter-se entre ambos. — Sirius, não!

— Estás a chamar-me cobarde? — rugiu Sirius, tentando afastar Harry, que se recusou a mover-se.

— Bem, sim, suponho que sim — admitiu Snape.

— Harry, sai daqui! — rosnou Sirius, empurrando-o com a mão livre.

A porta da cozinha abriu-se e a família Weasley, acompanhada por Hermione, fez a sua entrada, com um ar muito feliz. Mr. Weasley caminhava orgulhosamente rodeado por todos, envergando um pijama às riscas, sobre o qual trazia uma gabardina.

— Curado! — anunciou alegremente para ninguém em particular. — Completamente curado!

Os Weasleys imobilizaram-se na soleira da porta, olhando de boca aberta a cena na sua frente, igualmente suspensa. Tanto Sirius como Snape olhavam para a porta, com as varinhas apontadas ao rosto um do outro, enquanto Harry continuava imóvel entre ambos, com os braços esticados, tentando obrigá-los a separarem-se.

— Pelas barbas de Merlim! — exclamou Mr. Weasley, com o sorriso morrendo-lhe no rosto. — Que se passa aqui?

Os dois feiticeiros baixaram as varinhas e Harry olhou de um para o outro. Ambos ostentavam uma expressão de profundo desprezo, mas a entrada inesperada de tantas testemunhas fez que caíssem em si. Snape guardou a sua varinha, virou-se e atravessou a cozinha, passando pelos Weasleys sem qualquer comentário. À porta, olhou para trás:

— Seis horas, segunda à tarde, Potter.

E desapareceu. Sirius seguiu-o com um olhar furibundo, a varinha ainda na mão.

— Que se passou aqui? — perguntou de novo Mr. Weasley.

— Nada, Arthur — respondeu Sirius, que respirava pesadamente como se tivesse acabado de fazer uma corrida. — Apenas uma conversazinha amigável entre dois velhos colegas de escola.

— Parecendo fazer um esforço enorme, sorriu e comentou:

— Então... está curado? É uma óptima notícia, uma notícia excelente.

— É, não é? — disse Mrs. Weasley, ajudando o marido a sentar-se numa cadeira. — O Curandeiro Smethwyck acabou por fazer valer a sua magia: descobriu um antídoto para o que a serpente tinha nas presas e Arthur aprendeu uma lição sobre não andar a coscuvilhar a medicina dos Muggles, *não foi, querido?* — terminou num tom bastante ameaçador.

— Sim, querida Molly — respondeu Mr. Weasley humildemente.

A refeição da noite devia ter sido uma ocasião alegre devido ao regresso de Mr. Weasley e Harry via bem que Sirius se esforçava por que assim fosse, mas quando o padrinho não estava a fazer um esforço para se rir ruidosamente das piadas de Fred e George, ou a oferecer mais comida a toda a gente, o rosto cobria-se-lhe de uma expressão taciturna e melancólica. Harry ficara separado do padrinho por Mundungus e Olho-Louco, que tinham aparecido para felicitar Mr. Weasley, e queria falar com ele para lhe dizer que não devia escutar nem uma palavra de Snape, pois este desejava apenas provocá-lo. Para além disso, mais ninguém pensava que Sirius fosse cobarde por obedecer a Dumbledore e ficar em Grimmauld Place. Todavia, não teve oportunidade de o fazer e, ao ver a terrível expressão no rosto do padrinho, acabou por pensar se o teria abordado, mesmo que tivesse tido oportunidade. Por outro lado, contou a Ron e a Hermione, em voz muito baixa, que ia ser obrigado a ter aulas de Oclumância com Snape.

— O Dumbledore quer que tu deixes de ter esses sonhos sobre o Voldemort — declarou Hermione imediatamente. — Bom, não ficas com pena por irem acabar, pois não?

— Aulas extra com o Snape!? — exclamou Ron num tom horrorizado. — Preferia os pesadelos!

Iam regressar a Hogwarts no dia seguinte no Autocarro Cavaleiro, mais uma vez escoltados por Tonks e Lupin. Ambos tomavam o pequeno-almoço na cozinha, quando Harry, Ron e Hermione desceram de manhã cedo. Quando Harry abriu a porta, pareceu-lhe que os dois adultos iam a meio de uma conversa discreta, pois olharam em volta e calaram-se.

Após um pequeno-almoço apressado, vestiram os casacos e agasalharam-se com cachecóis contra o frio da cinzenta manhã de Janeiro. Harry não se queria despedir de Sirius e sentia um desagradável aperto no peito. Tinha um mau pressentimento em relação àquela separação e, como não sabia quando se voltariam a ver, sentia que era seu dever dizer algo ao padrinho que o impedisse de fazer alguma estupidez. Receava que a acusação de cobardia por parte de Snape tivesse ferido Sirius tão profundamente que o levasse a realizar uma saída imprudente para longe de Grimmauld Place. Todavia, antes de pensar no que havia de dizer, Sirius chamara-o.

— Quero que leves isto — disse-lhe em voz baixa, enfiando--lhe na mão um embrulho malfeito do tamanho aproximado de um livro de bolso.

— O que é? — indagou Harry.

— Uma forma de me dizeres se o Snape te está a fazer passar um mau bocado. Não, não o abras aqui! — avisou Sirius, lançando um olhar desconfiado a Mrs. Weasley, que tentava convencer os gémeos a calçar luvas tricotadas à mão. — Duvido de que a Molly aprovasse... mas quero que o utilizes, se necessitares de mim, está certo?

— Sim — respondeu Harry, guardando o embrulho no bolso interior do casaco. Sabia, porém, que nunca o iria utilizar, fosse lá o que fosse. Não seria ele a atrair Sirius para o exterior, obrigando--o a abandonar a segurança da casa, por pior que Snape o tratasse nas aulas de Oclumância.

— Então, vamos — declarou o padrinho com uma palmada nas costas de Harry e um sorriso amargo e, antes de este poder acrescentar mais alguma coisa, subiram as escadas, parando defronte da porta da rua, fortemente trancada, rodeados pelos Weasleys.

— Adeus, Harry, tem cuidado — despediu-se Mrs. Weasley, abraçando-o.

— Até à vista, Harry, e vê lá se ficas de olho na tal serpente! — pediu-lhe Mr. Weasley jovialmente, apertando-lhe a mão.

— Claro... pois — retorquiu Harry, distraído. Era a sua última oportunidade de pedir a Sirius que tivesse cuidado. Virou-se, olhou para o rosto do padrinho e abriu a boca, mas antes de poder articular uma palavra, Sirius deu-lhe um abraço rápido, dizendo com brusquidão: — Toma conta de ti, Harry! — Logo de seguida, deu consigo arrastado para o ar gelado da manhã de Inverno, enquanto Tonks (naquele dia, envergando um fato de *tweed* e com o cabelo cinzento-escuro) o impelia pelos degraus abaixo.

A porta do número doze fechou-se com um estrondo atrás deles. Seguiram Lupin e, ao chegar ao passeio, Harry olhou em seu redor. O número doze encolhia rapidamente, enquanto os prédios do lado se expandiam para o lado, ocultando-o completamente. Um segundo mais tarde desaparecera.

— Vamos, quanto mais depressa entrarmos no autocarro, melhor — dizia Tonks e Harry pensou detectar algum nervosismo nos olhares que lançava em volta da praça. Lupin estendeu o braço direito.
BANG.

Um autocarro de três andares, pintado de roxo-berrante, aparecera na frente deles, vindo do nada, por pouco não chocando com o candeeiro mais próximo, que saltou para trás, deixando-lhe o caminho livre.

Um rapaz magro, cheio de borbulhas e com orelhas de abano e que envergava um uniforme igualmente roxo, saltou para o passeio, dizendo:

— Bem-vindos ao...

— Sim, sim... já sabemos, obrigada — interrompeu Tonks rapidamente. — Subam, subam, vá... — ia dizendo, enquanto empurrava Harry em direcção aos degraus. Ao passar pelo condutor, este arregalou os olhos, exclamando:

— Ena... é o 'Arry...!

— Se te puseres a gritar o nome dele, lanço-te uma maldição que até desapareces — ameaçou Tonks, empurrando agora Ginny e Hermione.

— Sempre desejei viajar nesta coisa — comentou Ron alegremente, juntando-se a Harry e olhando em volta.

Da última vez que Harry viajara no Autocarro Cavaleiro era de noite e os três andares estavam cheios de armações de camas de ferro. Agora, de manhã cedo, encontrava-se a abarrotar com uma variedade de cadeiras desemparelhadas, agrupadas ao acaso junto das janelas. Aparentemente, algumas tinham tombado quando o autocarro parara abruptamente em Grimmauld Place e alguns feiticeiros e feiticeiras estavam ainda a pôr-se de pé, resmungando. Um saco de compras deslizara até à frente do autocarro e uma mistura desagradável de ovos de rã, baratas e bolos de creme espalhara-se pelo chão.

— Parece que temos de nos separar — comentou Tonks vivamente, procurando com o olhar cadeiras vazias. — Fred, George e Ginny, importam-se de ficar com aqueles lugares lá ao fundo... o Remus faz-vos companhia.

Harry, Ron, Hermione e ela própria subiram até ao último andar, onde havia duas cadeiras livres mesmo à frente e mais duas atrás. Stan Shunpike, o condutor, seguiu avidamente Harry e Ron até ao fundo. Voltaram-se várias cabeças à passagem de Harry e, ao sentar-se, este reparou como os rostos voltavam rapidamente à posição normal.

Entregaram a Stan onze leões de prata cada um e o autocarro partiu, balançando ameaçadoramente. Ribombou à volta de Grimmauld Place, subindo e descendo o passeio e depois, com outro tremendo BANG, atirou os passageiros para trás. A cadeira de Ron tombou e *Pigwidgeon,* que seguia ao seu colo, saiu da gaiola e, piando loucamente, esvoaçou até à frente do autocarro, onde acabou por pousar no ombro de Hermione. Harry, que evitara uma queda, agarrando-se ao suporte de um candelabro, olhou pela janela: avançavam a toda a velocidade pelo que parecia ser uma auto-estrada.

— 'Tamos nos arredores de Birmingham — informou-o Stan alegremente, em resposta à pergunta muda de Harry, enquanto Ron tentava levantar-se. — Intão, tens passado bem, 'Arry? Vi o teu nome nos jornais montes de vezes durante o Verão, mas nã' diziam lá muita bem de ti. Inté comintei co'o Ern que nã' me pareceste tarado q'ando te conhecemos, é só pra veres como é.

Devolveu-lhe os bilhetes e continuou a contemplá-lo, encantado. Aparentemente, Stan não se importava com o facto de uma pessoa ser tarada, se fosse suficientemente famosa para aparecer no jornal. O Autocarro Cavaleiro balançava de uma forma alarmante, ultrapassando uma fila de carros pela berma. Olhando para a frente do autocarro, Harry viu Hermione tapar os olhos com as mãos, com *Pigwidgeon* oscilando alegremente no seu ombro.

BANG.

As cadeiras deslizaram de novo, quando o Autocarro Cavaleiro saltou da auto-estrada de Birmingham para uma pacata estrada secundária, cheia de curvas em cotovelo. As sebes que ladeavam a estrada fugiam do autocarro, à medida que este subia e descia as bermas. Entraram seguidamente na rua principal de uma pequena cidade cheia de gente, tomaram um viaduto rodeado de grandes colinas e prosseguiram por uma estrada ventosa que atravessava um bairro de blocos de apartamentos, sempre com um ruidoso BANG.

— Mudei de ideias — balbuciou Ron, levantando-se do chão pela sexta vez. — Nunca mais quero viajar nesta coisa.

— Escuta, a seguir é a paragem d'Ogwarts — informou-o Stan animadamente, oscilando em direcção a eles. — Aquela tipa mandona lá à frente qu'entrou com vocês, deu-nos uma gorja pra passarem à frente, mas temos de deixar a Madam Marsh primeiro — do andar de baixo chegou-lhes o som de alguém a tentar vomitar, seguido de um ruído horroroso — nã' se 'tá a sentir lá muita bem.

Alguns minutos mais tarde, o Autocarro Cavaleiro parava com um guinchar de pneus defronte de um pequeno bar, que se encolheu a fim de evitar uma colisão. Ouviram Stan a ajudar a infeliz Madam Marsh sair do autocarro e os murmúrios de alívio dos passageiros do segundo andar. O autocarro prosseguiu viagem, aumentando de velocidade até que...
BANG!
Atravessavam Hogsmeade, coberta de neve, e Harry vislumbrou a fachada do Cabeça de Javali, escondido na sua ruela, com a tabuleta ostentando a cabeça cortada do porco oscilando sob o vento frio. Farrapos de neve batiam contra o enorme vidro da frente do autocarro e, por fim, pararam suavemente defronte dos portões de Hogwarts.
Lupin e Tonks ajudaram-nos a tirar a bagagem e saíram para se despedirem. Harry olhou de relance os três andares do Autocarro Cavaleiro e viu todos os passageiros a contemplá-los, com os narizes esborrachados contra os vidros.
— Assim que entrarem, estarão em segurança — afirmou Tonks, lançando um olhar vigilante à estrada deserta. — Desejo-vos um bom período, está bem?
— Cuidem-se! — recomendou-lhes Lupin, apertando a mão a todos, até chegar a vez de Harry. — Escuta... — baixou a voz, enquanto os outros diziam o último adeus a Tonks — sei que não gostas do Snape, mas ele é um *Oclumens* extraordinário e todos nós... incluindo o Sirius, queremos que aprendas a proteger-te, portanto, esforça-te, de acordo?
— Sim, está bem — prometeu Harry num tom sombrio, erguendo o olhar para o rosto cheio de rugas prematuras de Lupin.
— Então, até à vista.
Os seis subiram com dificuldade a encosta escorregadia que levava ao castelo, arrastando os malões, enquanto Hermione começara já a dizer que ia tricotar alguns chapéus para os elfos antes do jantar. Ao chegarem às grandes portas de carvalho, Harry olhou para trás, mas o Autocarro Cavaleiro já partira e, perante o que o esperava na tarde do dia seguinte, Harry quase desejou ter ficado a bordo.

★

Harry passou grande parte do dia seguinte receando que anoitecesse e a aula de Poções, de duas horas, não contribuiu em nada para afastar a ansiedade, uma vez que Snape se mostrou tão desagradável como sempre. A sua má disposição piorou ainda mais devido ao facto de os membros do ED o abordarem constantemente nos corredores, no intervalo das aulas, perguntando-lhe, esperançados, se haveria encontro naquela noite.

— Informar-vos-ei quando é a próxima reunião da forma combinada — repetiu Harry interminavelmente —, mas esta noite não posso. Tenho uma aula de... apoio de... Poções.

— Tens *apoio* a *Poções?* — repetiu Zacharias Smith num tom arrogante, depois de encurralar Harry no *Hall* de entrada após o almoço. — Meus Deus, deves ser uma nódoa! O Snape não costuma dar aulas de apoio, pois não?

Smith afastou-se no seu irritante passo gingão e Ron, olhando-o, furioso, perguntou:

— Achas que lhe mande um feitiço? Ainda o consigo apanhar daqui — afirmou, erguendo a varinha e apontando ao centro das omoplatas de Smith.

— Esquece! — retorquiu Harry, deprimido. — É o que toda a gente vai pensar, não é? Que eu sou completamente estú...

— Olá, Harry — cumprimentou uma voz atrás deles. Deu meia volta e deparou com Cho Chang.

— Oh — ecoou Harry, sentindo o estômago dar um salto desagradável. — Olá!

— Nós vamos para a biblioteca, Harry — declarou Hermione com firmeza, segurando no cotovelo de Ron e arrastando-o em direcção à escadaria de mármore.

— Passaste um bom Natal? — perguntou Cho.

— Sim, não foi mau — respondeu-lhe.

— O meu foi bastante calmo — continuou ela. Sem que se percebesse o motivo, parecia bastante envergonhada. — Aã... vai haver outra visita a Hogsmeade no mês que vem. Viste o aviso?

— O quê? Oh, não, ainda não fui ver o quadro desde que voltei.

— Pois, é no Dia de S. Valentim...

— Pois — respondeu Harry, pensando por que motivo estaria ela a dizer-lhe aquilo. — Bem, suponho que queiras...

— Só se tu quiseres — interrompeu Cho ansiosamente.

Harry ficou a olhar para ela. Ia a dizer «Suponho que queiras saber quando é a próxima reunião do ED?», mas a resposta dela parecia não encaixar.

— Eu... aã...

— Oh, se não quiseres, não faz mal — retorquiu Cho com um ar humilhado. — Não te preocupes. Vemo-nos por aí.

Afastou-se, enquanto Harry a seguia com o olhar e o seu cérebro trabalhava freneticamente. Depois, houve uma peça que se encaixou e gritou:
— Cho! Ei... CHO!
Correu atrás dela, apanhando-a a meio da escadaria de mármore.
— Aã... queres vir comigo a Hogsmeade no Dia de S. Valentim?
— Ooh, sim! — exclamou ela, corando violentamente e lançando-lhe um enorme sorriso.
— Bem, então... está combinado — concluiu Harry e, pensando que, afinal, o dia não seria um desastre total, correu animadamente para a biblioteca para ir buscar Ron e Hermione antes das aulas da tarde.
Todavia, por volta das seis, nem mesmo a satisfação de ter conseguido convidar Cho para sair conseguia aliviar a sensação de agouro que se intensificava a cada passo dado em direcção ao gabinete de Snape.
Ao chegar à porta, parou do lado de fora, desejando estar noutro sítio qualquer e depois, inspirando profundamente, bateu e entrou.
As paredes da sombria sala estavam forradas de prateleiras, onde se viam centenas de frascos de vidro, no interior dos quais pedaços viscosos de animais e plantas flutuavam em poções de diversas cores. A um canto, encontrava-se um armário cheio de ingredientes que Snape, com alguma razão, acusara, certa vez, Harry de ter assaltado. A atenção de Harry centrou-se, porém, sobre a secretária, onde jazia uma bacia de pedra pouco funda, adornada com runas e símbolos e banhada pela luz de uma vela. Harry reconheceu-a imediatamente: era o Pensatório de Dumbledore. Pensando no que estaria a fazer ali, deu um salto ao ouvir a voz fria de Snape, vinda das sombras.
— Fecha a porta depois de entrares, Potter!
Harry obedeceu com a horrível sensação de se ter feito prisioneiro. Ao virar-se de novo, viu que Snape se deslocara para a luz e apontava, em silêncio, para a cadeira em frente da secretária. Sentaram-se ambos e Snape fixou o seu olhar frio e sinistro em Harry, com a aversão gravada nas feições.
— Muito bem, Potter, sabes por que estás aqui — declarou. — O Director pediu-me que te ensinasse Oclumância. Espero que te mostres mais hábil nesta disciplina que em Poções.
— Certo — retorquiu Harry abruptamente.

— Isto talvez não seja uma aula normal, Potter — prosseguiu Snape, semicerrando malevolamente os olhos —, mas continuo a ser teu professor e, por conseguinte, tratar-me-ás sempre por «senhor», ou «Professor».

— Sim... *senhor* — articulou Harry.

— Vamos, então, à Oclumância. Como te disse na cozinha do teu querido padrinho, este ramo da magia isola a mente das intrusões e influências mágicas.

— E por que motivo o Professor Dumbledore pensa que eu necessito de lições, senhor? — perguntou Harry, olhando Snape de frente e pensando se ele lhe iria dar uma resposta.

Snape devolveu-lhe o olhar e declarou num tom de desprezo:

— Eu pensava que até tu terias já percebido porquê, Potter! O Senhor das Trevas é extremamente hábil em Legilimância...

— O que é isso? *Senhor?*

— É a capacidade de extrair sentimentos e recordações da mente de outra pessoa...

— Ele consegue ler os pensamentos? — perguntou Harry rapidamente, vendo confirmados os seus piores receios.

— Não possuis qualquer subtileza, Potter — comentou Snape, com os olhos escuros a brilhar. — Não compreendes as diferenças subtis, sendo este um dos defeitos que faz de ti um criador de poções tão lamentável.

Snape interrompeu-se por momentos para, aparentemente, saborear o prazer de insultar Harry, antes de continuar.

— Só os Muggles falam de «ler os pensamentos». A mente não é um livro que se abra à nossa vontade e se examine calmamente. Os pensamentos não estão gravados no interior dos crânios para que qualquer invasor os possa examinar. A mente é algo de complexo e com vários estratos, Potter... ou, pelo menos, assim é com a maioria das mentes. — Sorriu maliciosamente. — É, porém, verdade que quem domina a Legilimância, consegue, sob certas condições, mergulhar nas mentes das suas vítimas e interpretar correctamente os seus achados. O Senhor das Trevas, por exemplo, sabe quase sempre quando alguém lhe mente e apenas os mestres em Oclumância são capazes de ocultar os sentimentos e recordações que confirmam a mentira, conseguindo proferir falsidades na sua presença sem serem detectados.

Apesar do que Snape dissera, para Harry, a Legilimância era o mesmo que ler pensamentos e isso não lhe agradava absolutamente nada.

— Portanto, ele podia descobrir o que está a pensar agora? Senhor?

— O Senhor das Trevas está consideravelmente longe e as paredes e os terrenos de Hogwarts encontram-se protegidos por muitos feitiços e encantamentos antigos que protegem física e mentalmente todos os que aqui vivem — explicou Snape. — Na magia, o tempo e o espaço são muito importantes, Potter. O contacto visual é frequentemente essencial na Legilimância.

— Bem, e então por que tenho de aprender Oclumância?

Snape olhou para Harry, passando um dedo comprido e magro em redor dos lábios.

— Parece que as regras normais não se aplicam à tua pessoa, Potter. A maldição que não te conseguiu matar forjou aparentemente uma qualquer ligação entre ti e o Senhor das Trevas. Os indícios sugerem que, por vezes, quando a tua mente está descontraída e vulnerável... por exemplo, quando dormes, partilhas os pensamentos e as emoções do Senhor das Trevas. O Director pensa que tal estado de coisas não deve continuar e deseja que eu te ensine a fechar a tua mente ao Senhor das Trevas.

O coração de Harry batia de novo com toda a força. Nada daquilo fazia sentido.

— Mas por que motivo deseja o Professor Dumbledore que isso termine? — perguntou abruptamente. — Não gosto lá muito, mas foi útil, não foi? Quero dizer... vi a serpente atacar Mr. Weasley e, se não tivesse visto, o Professor Dumbledore não o poderia ter salvado, não era? Senhor?

Snape ficou a olhar para Harry por alguns momentos, continuando a passar o dedo pelos lábios. Quando voltou a falar, fê-lo de uma forma lenta e deliberada, como se pesasse cada uma das palavras.

— Aparentemente, o Senhor das Trevas só se apercebeu da ligação entre vós muito recentemente. Até agora, parece que tu viveste as suas emoções e partilhaste os seus pensamentos, sem que ele se apercebesse. Contudo, a visão que tiveste pouco antes do Natal...

— A da serpente e Mr. Weasley?

— Não me interrompa, Potter — ordenou Snape numa voz ameaçadora. — Como estava a dizer, a visão que tiveste pouco antes do Natal representou uma incursão tão poderosa nos pensamentos do Senhor das Trevas...

— Eu vi do interior da cabeça da serpente, não da dele!

— Penso que acabei de te dizer para não me interromperes, Potter!

Mas Harry não queria saber se Snape se zangara. Parecia estar, por fim, a chegar ao fundo da questão. Chegara-se à frente na cadeira de forma a que, sem se dar conta, se equilibrava agora na beirinha, tão tenso que parecia a postos para fugir.

— Como é que eu vi através dos olhos da serpente se partilho os pensamentos do Voldemort?

— *Não pronuncies o nome do Senhor das Trevas!* — cuspiu Snape.

Fez-se um silêncio perigoso, durante o qual se olharam ferozmente por cima do Pensatório.

— O Professor Dumbledore pronuncia-o — retorquiu Harry calmamente.

— O Dumbledore é um feiticeiro extremamente poderoso — resmungou Snape. — Embora *ele* se sinta suficientemente seguro para pronunciar o nome... o resto de nós... — Esfregou o braço esquerdo, aparentemente sem dar por isso, no local onde Harry sabia que a Marca Negra estava gravada na sua pele.

— Só queria saber — recomeçou Harry, forçando-se a falar num tom educado — por que...

— Visitaste a mente da serpente por ser aí que o Senhor das Trevas se encontrava nesse momento — rosnou Snape. — Ele possuía a serpente e portanto tu sonhaste que estavas igualmente dentro dela.

— E o Vol... ele... compreendeu que eu lá estava?

— Parece que sim — admitiu Snape friamente.

— Como é que sabe? — indagou Harry num tom urgente. — Trata-se apenas de uma conjectura do Professor Dumbledore, ou...

— Já te disse — respondeu Snape, sentado rigidamente na sua cadeira, com os olhos quase cerrados — para me tratares por «senhor».

— Sim, senhor — obedeceu Harry, cheio de impaciência —, mas como é que sabem...?

— O facto de sabermos deve bastar-te — respondeu Snape repressivamente. — O importante é que, agora, o Senhor das Trevas sabe que consegues aceder aos seus pensamentos e emoções. Também deduziu que é provável que o processo funcione ao inverso, isto é, compreendeu que talvez também possa ter acesso aos teus pensamentos e emoções...

— E poderá tentar obrigar-me a fazer coisas? — perguntou Harry. — *Senhor?* — acrescentou apressadamente.

— Assim é — reconheceu Snape, num tom frio e despreocupado. — O que nos faz regressar à Oclumância.

Snape tirou a varinha do interior do bolso do manto e Harry ficou tenso, mas o professor limitou-se a erguê-la até à têmpora e a colocar a ponta sobre as raízes oleosas do seu cabelo. Ao afastá-la, uma substância prateada estendia-se da têmpora até à varinha como um fio grosso, que se separou quando ele puxou a varinha e caiu elegantemente no Pensatório, onde rodopiou, de um branco prateado, nem gás, nem líquido. Por mais duas vezes, Snape levou a varinha à testa e depositou a substância prateada na bacia de pedra; depois, sem oferecer qualquer explicação para o seu comportamento, ergueu cuidadosamente o Pensatório, levou-o para uma prateleira afastada e voltou ao seu lugar, encarando Harry com a varinha em riste.

— Levanta-te e pega na tua varinha, Potter.

Nervoso, Harry pôs-se de pé. Olharam um para o outro, separados pela secretária.

— Podes usar a tua varinha para tentares desarmar-me ou defender-te da forma que quiseres — informou-o Snape.

— E que vai o senhor fazer? — indagou Harry, olhando, inquieto, a varinha do professor.

— Vou tentar entrar na tua mente — disse Snape em voz baixa.
— Vamos ver até que ponto consegues resistir. Disseram-me que já demonstraste alguma capacidade de resistência à Maldição Imperius e vais perceber que, neste caso, necessitarás de poderes semelhantes... prepara-te, já, *Legilimens!*

Snape atacara antes de Harry estar pronto, antes até de ter invocado qualquer resistência. O gabinete flutuou perante os seus olhos e desapareceu; O seu espírito foi invadido por uma sucessão de imagens galopantes, pouco nítidas, como num velho filme, mas de tal forma intensas que ofuscavam tudo o que o rodeava.

Tinha cinco anos e olhava para Dudley na sua nova bicicleta vermelha, com o coração a rebentar de inveja... tinha nove anos e *Ripper*, o buldogue, perseguia-o, obrigando-o a subir a uma árvore, enquanto os Dursleys se riam, lá em baixo, sentados no relvado... tinha o Chapéu Seleccionador na cabeça e ouvia-o dizer-lhe que se daria bem nos Slytherin... Hermione, de cama, na ala hospitalar, o rosto coberto de pêlo negro e espesso... uma centena de Dementors cercavam-no junto ao lago de água negra... Cho Chang aproximando-se dele, sob o ramo de visco...

Não, gritou uma voz dentro da sua cabeça, à medida que a recordação de Cho se tornava mais nítida, *não vais ver isso, não vais, é uma coisa privada...*

Sentiu uma dor aguda no joelho. Contemplava de novo o gabinete de Snape e percebeu que caíra. Batera com o joelho numa das pernas da secretária, magoando-se. Ergueu o olhar para o professor, que baixara a varinha e massajava o pulso, onde era visível um alto avermelhado, semelhante ao provocado por uma queimadura.

— Invocaste intencionalmente um Feitiço de Ferrar? — perguntou Snape friamente.

— Não — retorquiu Harry num tom amargo, levantando-se.

— Também me pareceu — respondeu Snape, observando-o atentamente. — Deixaste-me penetrar demasiado, perdeste o controlo.

— Viu tudo aquilo que eu vi? — inquiriu Harry, sem saber bem se queria uma resposta.

— Pedaços — redarguiu Snape, sorrindo desdenhosamente. — A quem pertencia o cão?

— À minha tia Marge — murmurou Harry, cheio de ódio pelo professor.

— Bem, para uma primeira tentativa, não foi muito mal — prosseguiu Snape, erguendo de novo a varinha. — Acabaste por me deter, embora tenhas perdido tempo e energia a gritar. Deves manter a concentração. Repele-me com a mente e não terás necessidade de recorrer à varinha.

— Bem tentei — retorquiu Harry, colérico —, mas não me ensina a fazê-lo!

— Modos, Potter! — lembrou-lhe Snape ameaçadoramente. — Agora, quero que feches os olhos.

Harry lançou-lhe um olhar de desprezo antes de lhe obedecer. A ideia de ficar ali, de olhos fechados, enquanto Snape o enfrentava, de varinha na mão, não lhe agradava absolutamente nada.

— Esvazia a mente, Potter — ordenou a voz gélida de Snape. — Liberta-te de todas as emoções...

Todavia, o ódio que Harry sentia por Snape continuou a pulsar-lhe nas veias como veneno. Libertar-se da raiva? Era mais fácil separar-se das pernas...

— Não estás a obedecer, Potter... precisas de mais disciplina... concentra-te, já...

Harry tentou esvaziar a mente, tentou não pensar, não se recordar, não sentir...

— Vamos, mais uma vez... quando contar até três... um... dois... três... *Legilimens!*

Um enorme dragão negro erguia-se na sua frente... a mãe e o pai diziam-lhe adeus do interior de um espelho encantado... Cedric Diggory jazia no solo, olhando-o com os olhos vazios...

— NÃOOOOOOO!

Harry estava novamente de joelhos, com o rosto enterrado nas mãos e uma dor cravada no cérebro, como se alguém tivesse tentado arrancá-lo do seu crânio.

— Levanta-te! — ordenou Snape bruscamente. — Levanta-te! Não te estás a esforçar, não fizeste qualquer esforço. Permitiste que eu acedesse a recordações que receias, entregaste-me as tuas armas!

Harry ergueu-se novamente, com o coração batendo tão furiosamente como se tivesse, de facto, visto Cedric morto no cemitério. Snape parecia ainda mais pálido e mais colérico, embora a raiva de Harry fosse ainda mais forte.

— Estou... a... esforçar-me — afirmou com os dentes cerrados.

— Ordenei-te que te libertasses de todas as emoções!

— Ai sim? Bem, de momento isso é-me bastante difícil — rosnou Harry.

— Então, serás uma presa fácil para o Senhor das Trevas! — atirou-lhe Snape ferozmente. — Os idiotas que exibem orgulhosamente o seu coração, que não conseguem controlar as suas emoções, que chafurdam em recordações tristes e permitem que os provoquem com tal facilidade... por outras palavras, os fracos, não têm hipóteses contra o seu poder! Ele invadir-te-á a mente com uma facilidade absurda, Potter!

— Não sou um fraco! — exclamou Harry em voz baixa, sentindo a fúria percorrê-lo com tal intensidade que receou atacar Snape a qualquer momento.

— Então, prova-o! Controla-te! — cuspiu Snape. — Controla a tua raiva, disciplina a tua mente! Vamos tentar de novo! Prepara-te, já! *Legilimens!*

Via o tio Vernon a pregar a caixa do correio... uma centena de Dementors deslizavam sobre o lago em direcção a ele... corria ao longo de um corredor sem janelas, na companhia de Mr. Weasley... aproximavam-se da porta negra ao fundo do corredor... Harry pensava ir atravessá-la, mas... Mr. Weasley puxou-o para a esquerda... desceram um lance de degraus de pedra...

— JÁ SEI! JÁ SEI!

Estava novamente de gatas, no chão do gabinete de Snape. A cicatriz picava desagradavelmente, mas a voz que saíra da sua boca fora triunfante. Ergueu-se com esforço, dando de caras com Snape, que olhava para ele, de varinha erguida. Parecia que, desta vez, Snape interrompera o feitiço antes de Harry ter sequer tentado lutar.

— Então, Potter, que aconteceu? — perguntou, olhando-o intensamente.

— Vi... lembrei-me — arquejou Harry. — Acabei de compreender...

— De compreender o quê? — indagou Snape bruscamente.

Harry não respondeu de imediato. Saboreava ainda o momento em que a compreensão súbita lhe explodira na mente, enquanto massajava a testa...

Sonhava havia meses com um corredor sem janelas que terminava num porta trancada, sem ter percebido, nem uma única vez, que o lugar existia. Agora, ao rever a recordação, percebera que sonhara sempre com o corredor por onde correra com Mr. Weasley no dia 12 de Agosto, a caminho da sala de audiências do Ministério. Era o corredor que conduzia ao Departamento dos Mistérios e era aí que Mr. Weasley se encontrava na noite em que fora atacado pela serpente de Voldemort.

Ergueu o olhar para Snape.

— O que há no Departamento dos Mistérios?

— Que foi que perguntaste? — indagou Snape em voz baixa e Harry compreendeu com profunda satisfação que o perturbara.

— Perguntei o que havia no Departamento dos Mistérios, *senhor!* — repetiu Harry.

— E por que motivo — disse Snape lentamente — queres saber isso?

— Porque — respondeu Harry, observando atentamente o rosto do professor à espera duma reacção — aquele corredor que acabei de ver... há meses que sonho com ele... acabei de o reconhecer... leva ao Departamento dos Mistérios... e acho que o Voldemort deseja algo que está...

— *Já te disse para não pronunciares o nome do Senhor das Trevas!*

Enfrentaram-se, furiosos. A cicatriz de Harry queimou-o de novo, mas não lhe ligou importância. Snape parecia nervoso, mas quando voltou a falar tentou mostrar-se frio e despreocupado.

— Existem muitas coisas no Departamento dos Mistérios, Potter. Nenhuma delas te diz respeito e terias capacidade de compreender muito poucas. Fiz-me entender?

— Sim — retorquiu Harry, continuando a massajar a cicatriz que picava e lhe ia doendo cada vez mais.

— Quero que voltes na quarta-feira, à mesma hora, para continuarmos o nosso trabalho.

— Muito bem — disse Harry. Estava desesperado por sair do gabinete de Snape e ir à procura de Ron e Hermione.

— Todas as noites, antes de adormeceres, deves libertar a tua mente de todas as emoções, compreendes?

— Sim — proferiu Harry, que, porém, mal o escutava.

— E lembra-te, Potter... se não praticares, eu saberei...

— Certo — murmurou Harry. Pegou no saco, pendurou-o ao ombro e dirigiu-se apressadamente à porta do gabinete. Ao abri-la, olhou de relance para Snape, que estava de costas voltadas para ele e repescava os seus pensamentos do Pensatório com a ponta da varinha, colocando-os de novo cuidadosamente dentro da cabeça. Harry saiu sem mais palavras, fechando a porta devagar. A cicatriz continuava a pulsar dolorosamente.

Encontrou os amigos na biblioteca, onde estes acabavam a mais recente resma de trabalhos de casa para a Umbridge. Outros alunos, quase todos do quinto ano, estavam sentados nas mesas próximas, com o nariz enterrado nos livros e as penas escrevinhando furiosamente, enquanto, para lá das janelas, o céu ia ficando cada vez mais escuro. Ouvia-se apenas o leve ranger de um dos sapatos de Madam Pince, enquanto a bibliotecária percorria ameaçadoramente os corredores, com os olhos postos nos utilizadores dos seus preciosos livros.

Harry tremia ligeiramente. A cicatriz continuava a doer-lhe e sentia-se quase febril. Quando se sentou em frente de Ron e de Hermione, viu o seu reflexo na vidraça da janela: estava muito branco e a cicatriz parecia mais nítida do que o habitual.

— Como é que correu? — segredou Hermione, acrescentando logo com um ar preocupado: — Sentes-te bem, Harry?

— Sim... 'tou bem... não sei — respondeu ele impacientemente, encolhendo-se quando uma nova pontada de dor lhe queimou a cicatriz. — Escutem... acabei de compreender uma coisa...

E contou-lhes o que vira e o que deduzira.

— Portanto... estás a dizer... que — sussurrou Ron, enquanto Madam Pince passava por eles com o seu leve rangido — que a arma, a coisa de que o Quem-Nós-Sabemos anda atrás, está no Ministério da Magia?

— No Departamento dos Mistérios, tem de estar — segredou Harry. — Vi a porta quando o teu pai me acompanhou à sala de audiências para ser julgado e é, de certeza, a mesma que ele estava a guardar quando a serpente o atacou.

Hermione deixou escapar um longo suspiro.

— Evidentemente — proferiu baixinho.

— Evidentemente o quê? — perguntou Ron com impaciência.

— Ron, pensa... o Sturgis Podmore tentou abrir uma porta no Ministério da Magia... deve ter sido a mesma, é demasiada coincidência!

— Como é que o Sturgis estava a tentar arrombar a porta, se ele está do nosso lado? — indagou Ron.

— Bem, não sei — admitiu Hermione. — É um pouco esquisito...

— Bom, o que é que há no Departamento dos Mistérios? — perguntou Harry a Ron. — O teu pai alguma vez mencionou alguma coisa?

— Sei que as pessoas que lá trabalham são conhecidas por «Inomináveis» — afirmou Ron, franzindo o sobrolho —, porque parece que ninguém sabe muito bem o que fazem... É um sítio esquisito para guardar uma arma.

— Não é nada esquisito, faz todo o sentido — declarou Hermione. — Deve ser algo *top secret* que o Ministério tem andado a montar, acho que... Harry, tens a certeza de que te sentes bem?

É que Harry passara ambas as mãos com toda a força pela testa, como se a quisesse espalmar.

— Sim... 'tou bem... — declarou, baixando as mãos, que tremiam. — Sinto-me só... um pouco... não gosto lá muito de Oclumância.

— Suponho que qualquer um ficaria abalado se alguém lhe tivesse invadido a mente vezes sem conta — proferiu Hermione em tom compreensivo. — Olha, voltemos para a sala comum. Lá estaremos mais confortáveis.

A sala comum, porém, estava à cunha e cheia de gargalhadas e agitação. Fred e George demonstravam a sua última invenção para a loja de brincadeiras.

— Chapéus Descabeçadores! — bradava George, enquanto Fred agitava um chapéu pontiagudo decorado com uma pena cor-de-rosa muito fofa em frente dos colegas. — Dois galeões cada! Olhem para o Fred!

Fred enfiou o chapéu na cabeça com um grande sorriso. Por um segundo, limitou-se a ficar com cara de parvo, mas depois tanto a cabeça como o chapéu desapareceram.

Algumas raparigas gritaram, mas todos os outros se partiram a rir às gargalhadas.

— E agora vai tirá-lo! — gritou George, enquanto a mão de Fred apalpava o que parecia ser apenas ar, por cima dos seus ombros. Depois, a cabeça reapareceu, assim que tirou o chapéu emplumado.

— Como é que funcionam? — perguntou Hermione, que se distraíra dos trabalhos de casa e observava os gémeos com toda a atenção. — Quero dizer, é óbvio que é um Feitiço de Invisibilidade qualquer, mas foi muito inteligente ter alargado o campo da invisibilidade para além dos limites do objecto enfeitiçado... de qualquer modo, imagino que o feitiço não deve durar muito.

Harry não comentou, pois sentia-se adoentado.

— Vou ter de fazer isto amanhã — resmungou, voltando a guardar no saco os livros que acabara de tirar.

— Olha, aponta na tua agenda dos trabalhos de casa! — lembrou-lhe Hermione, prestável. — Para não te esqueceres!

Harry trocou um olhar com Ron, enquanto enfiava a mão no saco e retirava a agenda, abrindo-a com alguma hesitação.

— *Não deixes para amanhã, seu grande medíocre!* — ralhou a agenda, enquanto Harry apontava o trabalho de casa da Umbridge, perante o sorriso verdadeiramente satisfeito de Hermione.

— Acho que me vou deitar — anunciou Harry, voltando a guardar a agenda dos trabalhos de casa e dizendo a si próprio que havia de a queimar na primeira oportunidade.

Atravessou a sala comum, esquivando-se a George, que tentou pôr-lhe um Chapéu Descabeçador, entrando no ambiente fresco e pacífico da escada de pedra que levava ao dormitório dos rapazes. Sentia-se de novo enjoado, como na noite em que tivera a visão da serpente, mas pensou que, se se deitasse por um bocado, ficaria bem.

Abriu a porta do dormitório e dera apenas um passo quando sentiu uma dor tão intensa que pensou que alguém lhe decepara o cimo da cabeça. Não sabia onde se encontrava, se estava de pé ou deitado, nem sequer sabia como se chamava.

Um riso maníaco enchia-lhe os ouvidos... sentia-se mais feliz que nunca... jubilante, estático, triunfante... acontecera algo maravilhoso...

— Harry ? HARRY?

Alguém o esbofeteara. As gargalhadas tresloucadas foram pontuadas por um grito de dor. A felicidade esvaía-se, mas o riso continuava...

Abriu os olhos e, nesse instante, apercebeu-se de que o riso louco saía da sua própria boca. Assim que o percebeu, extinguiu-se; Harry jazia no solo, arquejante, olhando para o tecto, enquanto a cicatriz pulsava horrivelmente. Ron estava inclinado sobre ele com uma expressão de grande preocupação.

— Que aconteceu? — perguntou-lhe.
— Não... sei... — ofegou Harry, sentando-se. — Ele está felicíssimo... verdadeiramente feliz...
— O Quem-Nós-Sabemos?
— Aconteceu-lhe algo de bom — murmurou Harry. Tremia tanto como da vez em que vira a serpente atacar Mr. Weasley e sentia-se muito agoniado. — Algo por que ansiava.

As palavras saíam-lhe da boca, tal como acontecera no balneário dos Gryffindor, como se fossem pronunciadas por um estranho e, contudo, sabia que eram verdadeiras. Inspirou fundo várias vezes, esforçando-se por não vomitar para cima de Ron. Estava muito contente por Dean e Seamus não estarem ali a presenciar tudo.

— Hermione mandou-me vir ver como estavas — explicou Ron em voz baixa, ajudando Harry a levantar-se. — Disse que, neste momento, as tuas defesas estavam em baixo, depois de o Snape ter andado a interferir com a tua mente... mas suponho que, a longo prazo, vai acabar por ser uma ajuda, não vai?

Olhou para Harry cheio de dúvidas, enquanto o ajudava a deitar-se. Harry fez um aceno de cabeça sem grande convicção e deixou-se cair sobre as almofadas, todo dorido por ter caído tantas vezes nessa noite. A cicatriz continuava a incomodá-lo. Não pôde deixar de sentir que a sua primeira investida no mundo da Oclumância lhe enfraquecera a resistência da mente, em vez de a fortalecer e perguntou a si próprio, profundamente agitado, o que teria acontecido para que Lord Voldemort se sentisse tão feliz como nunca estivera nos últimos catorze anos.

XXV

UM ESCARAVELHO OBEDIENTE

Harry obteve resposta à sua pergunta na manhã seguinte. Quando o exemplar d'*O Profeta Diário* de Hermione chegou, ela alisou-o e deu uma olhadela à primeira página, lançando um grito que fez que todos em seu redor ficassem a olhar para ela.

— O que é? — perguntaram Harry e Ron em uníssono.

Como resposta, Hermione abriu o jornal sobre a mesa, defronte deles, e apontou para dez fotografias a preto e branco que enchiam completamente toda a primeira página: nove mostravam rostos de feiticeiros e uma a cara de uma feiticeira. Alguns ostentavam expressões de escárnio silencioso; outros batiam com o dedo na moldura das fotografias, com um ar insolente. Todas as fotos tinham uma legenda com o nome e o crime pelo qual aquela pessoa fora enviada para Azkaban.

Antonin Dolohov, dizia o nome por baixo de um feiticeiro com um longo rosto pálido e maldoso, que se ria desdenhosamente para Harry, *condenado pelo brutal assassínio de Gideon e Fabian Prewett.*

Augustus Rookwood, lia-se por baixo de um homem de rosto bexigoso, com cabelos oleosos, encostado à berma da moldura com um ar enfadado, *condenado por passar segredos do Ministério da Magia Àquele Cujo Nome Não Deve Ser Pronunciado.*

Todavia, os olhos de Harry foram atraídos para a fotografia da feiticeira, cujo rosto saltara para ele assim que vira a página. Tinha longos cabelos negros com um aspecto desleixado e sujo, embora Harry já os tivesse visto sedosos, espessos e brilhantes. Encarou-o sob uns olhos de pálpebras pesadas, ostentando um sorriso desdenhoso e arrogante nos lábios delgados. Como a Sirius, restavam-lhe ainda vestígios de uma grande beleza, mas algo, talvez Azkaban, lha roubara quase por completo.

Bellatrix Lestrange, condenada pela tortura e incapacidade permanente de Frank e Alice Longbottom.

Hermione deu uma cotovelada a Harry e apontou para o título que encimava as fotografias, o qual, ele, absorvido pela imagem de Bellatrix, ainda não lera.

FUGA EM MASSA DE AZKABAN
MINISTÉRIO RECEIA QUE BLACK TENHA ORGANIZADO
A FUGA DE ANTIGOS DEVORADORES DA MORTE

— Black? — ecoou Harry em voz alta. — Não...?
— Shiu! — sussurrou-lhe Hermione desesperadamente. — Baixa a voz... lê a notícia e cala-te!

O Ministério da Magia anunciou, ontem à noite, que ocorreu uma fuga em massa de Azkaban.

Falando aos jornalistas no seu gabinete particular, Cornelius Fudge, Ministro da Magia, confirmou que dez prisioneiros de alta segurança escaparam às primeiras horas da madrugada de ontem e que já informou o Primeiro-ministro dos Muggles da natureza perigosa destes indivíduos.

«Infelizmente, encontramo-nos na mesma posição em que estávamos há dois anos, quando o assassino Sirius Black fugiu», afirmou Fudge. «Pensamos que as duas fugas estejam relacionadas, pois uma operação desta magnitude sugere a existência de auxílio exterior e é necessário lembrarmo-nos de que Black, a primeira pessoa a ter escapado de Azkaban, estaria numa posição ideal para ajudar outros a seguir as suas pisadas. Cremos que é provável que estes indivíduos, que incluem a prima de Black, Bellatrix Lestrange, se juntaram a Black, o chefe do grupo. Estamos, porém, a envidar os maiores esforços para capturar os criminosos e pedimos à comunidade mágica que permaneça alerta e seja prudente. Nenhum destes indivíduos deve ser abordado, seja sob que pretexto for.»

— Ora aqui tens, Harry — declarou Ron, com um ar amedrontado. — Eis a razão da felicidade dele, ontem à noite.
— Não acredito! — bradou Harry. — O Fudge culpa o *Sirius* pela fuga?
— Que outras opções lhe restam? — lembrou-lhe Hermione com amargura. — Não pode dizer «Desculpem lá, o Dumbledore avisou-me de que isto podia acontecer, que os guardas de Azkaban se juntariam ao Lord Voldemort»... pára com a *choradeira*, Ron... «e agora os piores seguidores de Voldemort também fugiram.» Quero dizer, passou os últimos seis meses a dizer a toda a gente que tu e o Dumbledore são mentirosos, não foi?

Hermione abriu bruscamente o jornal e começou a ler a notícia nas páginas interiores, enquanto Harry olhava em redor do Salão. Não compreendia por que motivo os colegas não se mostravam assustados, nem discutiam, pelo menos, a terrível notícia da primeira página; contudo, poucos alunos recebiam o jornal diariamente, como Hermione. Ali estavam eles, a falar dos trabalhos de casa e do Quidditch e sabe-se lá de que mais parvoíces, quando, no exterior daquelas paredes mais dez Devoradores da Morte tinham engrossado as hostes de Voldemort.

Olhou para a mesa dos professores. Aí, a história era diferente. Dumbledore e a Professora McGonagall estavam embrenhados numa conversa, com um ar extremamente grave. A professora Sprout tinha O Profeta encostado a uma garrafa de ketchup, e lia a primeira pagina com tal concentração que não reparava na gema que, pingando da colher imóvel no ar, lhe caía no colo. Entretanto, na extremidade da mesa, a Professora Umbridge comia com deleite uma tigela de papas de aveia. Excepcionalmente, os seus olhos papudos e aduladores não varriam o salão, em busca de alunos mal-comportados. Franzia o sobrolho enquanto comia e lançava, por vezes, um olhar malevolente para o lugar onde Dumbledore e McGonagall conversavam tão absorvidos.

— Oh, não! — exclamou Hermione pensativamente, continuando a olhar para o jornal.

— Que foi agora? — indagou Harry de imediato, sentindo-se nervoso.

— É... *horrível* — declarou ela, com um ar abatido. Dobrou a página dez e passou-a a Harry e a Ron.

MORTE TRÁGICA DE FUNCIONÁRIO
DO MINISTÉRIO DA MAGIA

O Hospital de São Mungo prometeu, ontem à noite, um inquérito exaustivo, depois de o funcionário do Ministério da Magia Broderick Bode, de 49 anos, ter sido descoberto morto na sua cama, estrangulado por uma planta. Os curandeiros chamados ao local revelaram-se incapazes de reanimar Mr. Bode, que fora ferido num acidente laboral algumas semanas antes da morte.

A Curandeira Miriam Strout, responsável pela enfermaria de Mr. Bode na altura do acidente, foi suspensa com salário completo e escusou-se ontem a quaisquer comentários, mas um feiticeiro, porta-voz do hospital, declarou:

«São Mungo lamenta profundamente a morte de Mr. Bode, cuja saúde vinha a melhorar antes deste trágico incidente.

«Temos regras muito estritas no que se refere às decorações permitidas nas nossas enfermarias, mas, aparentemente, a Curandeira Strout,

muito ocupada devido ao período do Natal, não se apercebeu do perigo representado pela planta que se encontrava sobre a mesinha-de-cabeceira de Mr. Bode. À medida que a fala e a mobilidade do doente iam melhorando, a Curandeira Strout encorajou Mr. Bode a tratar pessoalmente da planta, sem se aperceber de que não se tratava de uma inocente Flor Trepidante, mas sim de um pé da Armadilha do Diabo que, assim que Mr. Bode a tocou, o estrangulou imediatamente.

«São Mungo ainda não conseguiu explicar a presença desta planta na enfermaria e pede a todos os feiticeiros e feiticeiras que possuam alguma informação que contactem o hospital.»

— Bode... — murmurou Ron. — *Bode*. Diz-me qualquer coisa...
— Nós vimo-lo — segredou Hermione. — Em São Mungo, lembras-te? Estava na cama em frente da de Lockart, ali deitado, com os olhos pregados no tecto. E vimos chegar a Armadilha do Diabo. A Curandeira disse que era uma prenda de Natal.

Harry passou de novo os olhos pela notícia, enquanto uma sensação de horror lhe enchia a garganta, como se fosse bílis.

— Como foi possível não termos reconhecido a Armadilha do Diabo? Já a tínhamos visto... podíamos ter impedido que isto acontecesse.

— Quem imaginaria que a Armadilha do Diabo ia aparecer num hospital disfarçada de planta decorativa? — acusou Ron asperamente. — A culpa não é nossa, mas sim de quem a enviou ao tipo! Devem ser muito burros! Por que não viram bem o que estavam a comprar?

— Oh, Ron, então? — redarguiu Hermione num tom incerto. — Penso que ninguém iria pôr a Armadilha do Diabo num vaso sem perceber que aquilo tenta matar quem lhe tocar? Foi... foi assassínio... e um assassínio inteligente... se a planta foi enviada anonimamente, como é que se vai descobrir quem foi?

Harry não estava a pensar na Armadilha do Diabo. Lembrara-se de quando apanhara o elevador para o nono andar no dia da sua audiência no Ministério e do homem de rosto pálido que entrara no Átrio.

— Eu encontrei-me com Bode — revelou. — Vi-o no Ministério com o teu pai.

Ron ficou boquiaberto.

— Já ouvi o pai falar dele em casa! Era um Inominável, trabalhava no Departamento dos Mistérios!

Olharam-se por um momento e depois Hermione puxou o jornal para si, fechou-o, lançou um olhar furibundo às imagens dos dez Devoradores da Morte foragidos e pôs-se de pé num salto.

— Aonde vais? — perguntou Ron, espantado.

— Vou enviar uma carta — respondeu-lhe a amiga, pondo o saco ao ombro. — É... bem, não sei se... mas vale a pena tentar... e sou a única que o pode fazer.

— *Detesto* quando ela faz isto — resmungou Ron, quando os dois se levantaram da mesa e saíram vagarosamente do salão. — Morreria porventura se, por uma vez, nos contasse o que vai fazer? Levava praí mais dez segundos... ei, Hagrid!

Hagrid estava junto das portas do *Hall* de Entrada, esperando que um grupo de Ravenclaws passasse. Continuava com tantas nódoas negras como no dia em que regressara da sua missão entre os gigantes e tinha um novo golpe mesmo na ponte do nariz.

— 'Tão bons? — perguntou-lhes, tentando produzir um sorriso, mas conseguindo apenas uma espécie de esgar de sofrimento.

— E tu, estás bom, Hagrid? — indagou Harry, seguindo-o, enquanto o amigo se arrastava atrás dos Ravenclaw.

— 'Tou óptimo — respondeu Hagrid, tentando parecer animado. Fez um gesto com a mão, por pouco não dando uma forte pancada na cabeça do assustado Professor Vector, que passava por ali. — And' ocupado, sabem, o costume... aulas pra preparar... umas salamandras que 'tão co'um problema na pele... e fui posto à experiência — murmurou.

— *Foste posto à experiência?* — bradou Ron tão alto que alguns dos alunos que passavam olharam em volta, cheios de curiosidade. — Desculpa... bom... foste posto à experiência? — segredou.

— Pois — confirmou Hagrid. — Já 'tava à espera, pra dizer a verdade! Talvez vocês nã tenham percebido, mas aquela aula nã, correu lá muita bem, sabem... bom — disse, suspirando profundamente. — É melhor ir esfregar mais um pouco de pó picante nas salamandras, senão 'inda lhes cai a cauda. 'Té à vista, Harry... Ron...

Prosseguiu o seu caminho, passando pelas grandes portas, descendo os degraus de pedra e seguindo em direcção aos campos. Harry ficou a vê-lo afastar-se, perguntando a si próprio quantas mais más notícias seria capaz de aguentar.

★

O facto de Hagrid estar a dar aulas condicionalmente passou ao conhecimento de todos nos dias seguintes, todavia, para indignação de Harry, quase ninguém pareceu incomodado com isso. Na verdade, algumas pessoas, em especial Draco Malfoy, mostraram-se satisfeitíssimas. Quanto à estranha morte de um obscuro funcionário do Departamento dos Mistérios no Hospital de São Mungo, apenas Harry, Ron e Hermione pareciam saber da ocorrência e preocupar-se com isso. Nos corredores, ouvia-se apenas um único tópico de conversa: a fuga dos dez Devoradores da Morte, cuja história acabara por se disseminar pela escola a partir dos poucos alunos que liam jornais. Circulavam rumores de que alguns dos condenados tinham sido vistos em Hogsmeade, que se pensava estarem escondidos na Cabana dos Gritos e que iam assaltar Hogwarts, tal como Sirius Black fizera.

Quem vinha de famílias de feiticeiros, crescera ouvindo pronunciar os nomes desses Devoradores da Morte com quase tanto receio como o nome do próprio Voldemort. Os crimes que tinham cometido durante os anos de terror de Voldemort eram lendários. Havia familiares das suas vítimas entre os alunos, que se tornavam agora, involuntariamente, alvos de uma espécie de fama macabra ao passarem pelos corredores. Susan Bones, cujo tio, tia e primos tinham morrido às mãos de um dos assassinos, confessou, infelicíssima, durante uma aula de Herbologia, que fazia agora uma boa ideia de como Harry se devia sentir.

— Não sei como és capaz de suportar... é horrível — confessou-lhe ela sem rodeios, deitando demasiado estrume de dragão no tabuleiro de rebentos de Ervas Guinchadoras, fazendo que se retorcessem e guinchassem, incomodadas.

Era verdade que Harry se tornara de novo o centro de numerosos comentários e dedos apontados nos corredores, mas parecia-lhe que havia uma pequena diferença no tom dos sussurros. Revelavam mais curiosidade, soando menos hostis e, por uma ou duas vezes, teve a certeza de ter escutado pedaços de conversas que sugeriam alguma insatisfação com a versão d'*O Profeta* relativamente à forma como se dera a fuga dos dez Devoradores da Morte da fortaleza de Azkaban. Confusas e receosas, parecia que estas pessoas se voltavam agora para a única outra explicação de que dispunham: a história que Harry e Dumbledore tinham vindo a divulgar desde o ano anterior.

Não fora apenas a disposição dos alunos a alterar-se. Era agora bastante comum encontrar grupos de dois ou três professores a conversar num tom baixo e urgente nos corredores, interrompendo a conversa assim que viam alunos aproximar-se.

— É óbvio que já não podem falar livremente na sala dos professores — declarou Hermione em voz baixa, quando, juntamente com Harry e Ron, passaram, um dia, pelos Professores McGonagall,

Flitwick e Sprout, muito juntos em frente da sala de aula de Encantamentos —, desde que a Umbridge cá está.
— Achas que sabem alguma coisa nova? — perguntou Ron, olhando os três professores por cima do ombro.
— Se souberem, não nos vão comunicar nada, pois não? — comentou Harry, zangado. — Especialmente agora, depois do Decreto... Em que número vamos? — É que, na manhã seguinte à fuga de Azkaban, tinha surgido um novo aviso nos quadros das salas comuns:

POR ORDEM DA GRANDE INQUISIDORA DE HOGWARTS

A partir de hoje, os professores estão proibidos de fornecer aos alunos quaisquer informações que não estejam estritamente relacionadas com as matérias que foram contratados para leccionar.

O exposto está de acordo com o Decreto Educacional Número Vinte e Seis

Assinado: Dolores Jane Umbridge, Grande Inquisidora

Este último decreto fora objecto de muitas piadas entre os alunos. Lee Jordan chamara a atenção de Umbridge para o facto de, segundo a nova regra, ela não poder ralhar a Fred e a George por jogarem com Cartas Explosivas no fundo da aula.
— As Cartas Explosivas não têm nada a ver com a matéria de Defesa Contra a Magia Negra, professora! A informação não está relacionada com a matéria da sua disciplina!
Quando Harry voltou a ver Lee, reparou que as costas da sua mão sangravam bastante e recomendou-lhe essência de Murtlap.
Esperara que a fuga de Azkaban pudesse, talvez, ter amansado um pouco a Umbridge, deixando-a envergonhada com a catástrofe que ocorrera mesmo debaixo do nariz do seu querido Fudge. Parecia, porém, que até intensificara o seu desejo furioso de controlar pessoalmente todos os aspectos da vida em Hogwarts. Parecia determinada a, no mínimo, conseguir despedir alguém a curto prazo e a única questão resumia-se a saber se seria a Professora Trelawney, ou Hagrid a sair em primeiro lugar.
Todas as aulas de Artes Divinatórias e de Cuidados com as Criaturas Mágicas eram agora realizadas na presença de Umbridge e da sua prancheta. Rondava perto da lareira da profusamente perfumada sala da torre, interrompendo as palestras cada vez mais

histéricas da Professora Trelawney com perguntas difíceis sobre ornitomância e heptomologia, insistindo em como adivinhava as respostas dos alunos antes de eles as darem e exigindo que a professora demonstrasse os seus conhecimentos sobre a bola de cristal, as folhas de chá, ou as pedras das runas. Harry pensava que a Professora Trelawney em breve se iria abaixo devido à tensão. Encontrou-a várias vezes nos corredores — o que era, já de si, uma ocorrência invulgar, uma vez que permanecia normalmente na sala da torre — murmurando coisas com ar de louca, torcendo as mãos e olhando, aterrorizada, por cima do ombro, emanando um forte odor a xerez barato. Se Harry não estivesse tão preocupado com Hagrid, teria sentido pena dela, mas se um deles ia ficar sem emprego, não tinha dúvidas sobre quem devia permanecer na escola.

Infelizmente, Harry não achava que Hagrid estivesse a desempenhar um papel melhor que a Trelawney. Apesar de parecer seguir os conselhos de Hermione e desde o Natal não lhes ter mostrado nada mais aterrador que um Crup — uma criatura parecidíssima com um *terrier,* excepto no facto de ter uma cauda bifurcada — parecia igualmente ter perdido o ânimo. Mostrava-se muito distraído e nervoso durante as lições, perdendo o fio ao discurso, respondendo erradamente às questões e lançando constantes olhares ansiosos a Umbridge. Mostrava-se também mais distante para com Harry, Ron e Hermione e proibira-os expressamente de o visitarem depois de escurecer.

— S'ela vos apanha, 'tamos todos lixados — disse-lhes sem rodeios e, como não queriam fazer nada que pusesse ainda mais em perigo o seu emprego, os três amigos deixaram de o ir visitar à cabana, à noitinha.

Harry tinha a sensação de que Umbridge o ia, a pouco e pouco, privando de tudo que dava sentido à sua vida em Hogwarts: as visitas à cabana de Hagrid, as cartas de Sirius, a *Flecha de Fogo* e o Quidditch. Vingava-se da única forma que sabia: redobrando os seus esforços nos encontros do ED.

Estava muito satisfeito por ver que todos, incluindo Zacharias Smith, se tinham sentido estimulados a trabalhar com mais afinco que nunca ao saberem que mais dez Devoradores da Morte andavam agora à solta. Porém, ninguém revelara uma melhoria tão acentuada como a de Neville. A notícia da fuga dos atacantes dos seus pais causara nele uma mudança estranha e até ligeiramente alarmante. Nunca se referira ao encontro com Harry, Ron e Hermione na enfermaria dos incuráveis de São Mungo e, imitando-o, eles tinham-se igualmente mantido em silêncio. Também nada dissera a respeito da fuga de Bellatrix e dos outros torturadores. Na verdade, durante os encontros do ED, Neville já mal falava, trabalhando incansavelmente em todos os feitiços e contra-feitiços que Harry lhes ensinava, o rosto gorducho franzido devido à concentração, aparentemente indiferente a possíveis ferimentos ou acidentes e trabalhando mais que qualquer dos outros. Melhorava de tal forma que chegava a enervar e quando Harry lhes ensinou o Encantamento do Escudo Invisível — um meio de desviar feitiços menores, levando-os a fazer ricochete sobre o atacante — apenas Hermione dominou a técnica mais rapidamente que Neville.

Harry teria dado quase tudo para fazer tantos progressos em Oclumância como Neville durante os encontros do ED. As suas sessões com Snape, que tinham começado bastante mal, não davam mostras de melhorar. Pelo contrário, Harry sentia que piorava a cada lição.

Antes de ter iniciado o estudo da Oclumância, a cicatriz doía-lhe ocasionalmente, normalmente durante a noite, ou a seguir a uma daquelas estranhas visões dos pensamentos ou do estado de espírito de Voldemort, que Harry por vezes tinha. Agora, contudo, a cicatriz doía-lhe quase constantemente e era com frequência acometido de acessos de mau humor, ou de alegria que nada tinham a ver com o que lhe estava a acontecer no momento, sempre acompanhados de uma pontada particularmente dolorosa na cicatriz. Tinha a horrível impressão de que se estava lentamente a transformar numa espécie de antena sintonizada às mais ínfimas flutuações de humor de Voldemort e tinha a certeza de que aquela sensibilidade crescente datava da primeira lição de Oclumância com Snape. Além do mais, sonhava agora quase todas as noites que caminhava pelo corredor, em direcção à entrada do Departamento dos Mistérios, sonhos esses que terminavam sempre consigo parado, cheio de ansiedade, defronte da porta negra e lisa.

— Talvez seja um pouco como uma doença — sugeriu Hermione, com um ar preocupado, quando ele confessara aquilo aos amigos. — Uma espécie de febre que tem de piorar antes de poder melhorar.

— As lições com o Snape estão a fazer que piore — respondeu Harry abertamente. — Estou farto das dores na cicatriz e de descer aquele corredor todas as noites. — Massajou a testa, irritado. — Quem me dera que a porta se abrisse, estou farto de ficar ali, a olhar para ela...

— Isso não tem graça — interrompeu-o Hermione com aspereza. — O Dumbledore não quer que sonhes com o corredor, ou não teria pedido ao Snape que te ensinasse Oclumância. Vais ter de te esforçar um pouco mais nas tuas lições.
— Eu esforço-me! — afirmou Harry, picado. — Havias de experimentar ter o Snape a tentar entrar dentro da tua mente... não é para rir, garanto-vos!
— Talvez... — começou Ron lentamente.
— Talvez o quê? — questionou Hermione num tom bastante ríspido.
— Talvez não seja por culpa sua que o Harry não consegue fechar a mente — arriscou Ron misteriosamente.
— Que queres dizer? — perguntou Hermione.
— Bem, talvez o Snape não esteja realmente a tentar ajudar o Harry...
Os outros dois ficaram a olhar para ele e Ron devolveu-lhes o olhar com uma expressão sombria e eloquente.
— Talvez — repetiu mais baixinho — esteja a tentar abrir ainda mais a mente do Harry... a facilitar as coisas ao Quem-Nós--Sabemos...
— Cala-te, Ron — ordenou Hermione, zangada. — Já suspeitaste do Snape imensas vezes e *nunca* tiveste razão. O Dumbledore confia nele, ele trabalha para a Ordem e isso deveria bastar-te.
— Já foi um Devorador da Morte — lembrou Ron teimosamente. — E nunca vimos provas de que tenha, de facto, trocado de facção.
— O Dumbledore confia nele — repetiu Hermione. — E se não pudermos confiar no Dumbledore, não podemos confiar em ninguém.

*

Com tantas preocupações e tanto trabalho (as montanhas de trabalhos de casa, que frequentemente obrigavam os alunos do quinto ano a trabalhar até depois da meia-noite, os encontros secretos do ED e as aulas especiais com Snape), o mês de Janeiro passou com uma velocidade alarmante. Antes de Harry dar por isso, chegara Fevereiro, trazendo um tempo mais quente e mais húmido e a promessa da segunda visita a Hogsmeade. Harry tivera muito pouco tempo para conversar com Cho desde que tinham combinado ir juntos à aldeia e deu consigo a ter de enfrentar o Dia de S. Valentim na companhia dela.

Na manhã do dia catorze, vestiu-se com um cuidado especial. Chegou à mesa do pequeno-almoço, juntamente com Ron, mesmo a tempo da chegada do correio das corujas. *Hedwig* não estava lá, mas é claro que Harry não contava com a sua presença. No entanto, ao sentarem-se, reparou que Hermione puxava uma carta do bico de uma coruja castanha desconhecida.

— Já não era sem tempo! Se não tivesse chegado hoje... — comentou, rasgando avidamente o envelope e tirando de lá um pequeno pergaminho. Os seus olhos saltavam da esquerda para a direita, enquanto lia a mensagem e uma satisfação perversa se espalhava pelo seu rosto.

— Escuta, Harry — proferiu, olhando-o —, isto é mesmo importante. Achas que podes ir ter comigo ao Três Vassouras por volta do meio-dia?

— Bem... não sei — respondeu Harry com alguma hesitação. — A Cho pode estar a contar que passe o dia inteiro com ela. Nunca chegámos a combinar o que íamos fazer.

— Bem, trá-la contigo, se não tiveres outro remédio — sugeriu Hermione num tom urgente. — Mas vens, não é assim?

— Bom... está bem, mas porquê?

— Agora não tenho tempo de te explicar, tenho de responder a esta carta rapidamente.

E saiu a correr do Salão com a carta numa mão e um pedaço de torrada na outra.

— Vens? — perguntou Harry a Ron, que abanou a cabeça com um ar sorumbático.

— Não posso ir a Hogsmeade. A Angelina quer que treinemos durante todo o dia, como se isso fosse uma grande ajuda. Somos a pior equipa que vi em toda a minha vida. Devias ver o Sloper e o Kirke! São patéticos, ainda piores que eu. — Soltou um grande suspiro. — Não sei por que motivo a Angelina não me deixa demitir-me.

— É por seres bom quando estás em forma, mais nada — retorquiu Harry, irritado.

Era-lhe muito difícil mostrar-se compreensivo com o problema de Ron quando teria dado quase tudo para estar presente no próximo jogo contra os Hufflepuff. Ron devia ter notado o tom de Harry, pois não voltou a referir-se ao Quidditch durante o pequeno--almoço, notando-se uma certa frieza na forma como se despediram logo a seguir. Ron seguiu para o campo de Quidditch e Harry, após uma tentativa de alisar o cabelo ao ver o seu reflexo numa colher de chá, dirigiu-se sozinho para o *Hall* de Entrada para se encontrar com Cho. Sentia-se muito apreensivo e perguntava a si próprio de que diabo iriam os dois falar.

Ela esperava-o junto das grandes portas de carvalho, muito bonita, com o cabelo atado num longo rabo de cavalo. Ao dirigir-se a Cho, os seus pés pareciam-lhe demasiado grandes em relação ao corpo e tinha consciência de que os lhe braços balouçavam estupidamente ao lado do corpo.

— Olá — cumprimentou-o Cho, ligeiramente ofegante.

— Olá — respondeu Harry.

Olharam momentaneamente um para o outro e depois Harry disse:

— Bem... aã... vamos?

— Oh, claro...

Juntaram-se à fila de alunos que aguardavam que Filch lhes assinasse a autorização de saída, olhando, por vezes, de relance um para o outro e sorrindo, meio envergonhados, mas sem trocarem uma palavra. Ao saírem para o ar fresco, Harry sentiu-se aliviado, achando mais fácil caminhar em silêncio que estar ali de pé com um ar embaraçado. O dia estava fresco e ventoso e, ao passarem pelo estádio de Quidditch, avistou Ron e Ginny a esvoaçar ao longo das bancadas, sentindo uma dor aguda por não poder estar lá em cima com eles.

— Sentes mesmo a falta do Quidditch, não sentes? — perguntou Cho.

Harry olhou para o lado e deu com ela a observá-lo.

— É verdade, sinto — suspirou.

— Lembras-te da primeira vez que jogámos um contra o outro, no terceiro ano? — perguntou Cho.

— Sim — retorquiu Harry, sorrindo. — Tu estavas sempre a bloquear-me.

— E o Wood disse-te para parares de te armar em cavalheiro e me atirar da vassoura abaixo, se fosse preciso — lembrou ela, com um sorriso saudoso. — Ouvi dizer que foi contratado pelos Pride of Portree. É verdade?

— Ná, foi para os Puddlemere United. Vi-o na Taça do Mundo, o ano passado.

— Oh, também te vi lá, lembras-te? Estávamos no mesmo acampamento. Foi óptimo, não foi?

O tema da Taça do Mundo de Quidditch alimentou-lhes a conversa, enquanto desciam a colina e passavam pelos portões. Harry mal acreditava em como era fácil conversar com ela! Na verdade, não era mais complicado que falar com Ron ou Hermione e começava a sentir-se bem-disposto e confiante, quando um grande bando

de raparigas dos Slytherin, que incluía Pansy Parkinson, passou por eles.
— O Potter e a Chang! — guinchou Pansy, acompanhada por um coro de risinhos maliciosos. — Baah, Chang, acho que o teu gosto deixa muito a desejar... pelo menos o Diggory era bonito!
Aceleraram o passo, falando e guinchando sugestivamente, olhando para trás de forma exagerada e deixando atrás de si um silêncio embaraçado. Harry não se lembrava de mais nada sobre o Quidditch e Cho, ligeiramente corada, mirava os próprios pés.
— Bom... aonde queres ir? — perguntou Harry ao entrarem em Hogsmeade. A High Street estava cheia de estudantes que deambulavam para cima e para baixo, admiravam as montras e se divertiam ao longo dos passeios.
— Oh... tanto me faz — redarguiu ela, encolhendo os ombros.
— Humm... que tal darmos uma olhadela às lojas?
Dirigiram-se lentamente para a Dervish and Banges. Tinha sido colocado um grande aviso na montra, que alguns habitantes da aldeia liam com atenção. Afastaram-se quando Harry e Cho se aproximaram e o rapaz deu consigo, mais uma vez, a olhar para as imagens dos dez Devoradores da Morte foragidos. O aviso, intitulado «Por Ordem do Ministério da Magia», oferecia uma recompensa de mil galeões a qualquer feiticeiro, ou feiticeira, com informações que conduzissem à recaptura de qualquer dos condenados.
— É engraçado — comentou Cho em voz baixa, erguendo o olhar para os rostos dos Devoradores da Morte —, lembras-te de quando o tal Sirius Black fugiu e havia imensos Dementors em Hogsmeade à procura dele? E agora andam à solta dez Devoradores da Morte e não se vêem Dementors em lado nenhum...
— Pois é — concordou Harry, afastando a custo o olhar do rosto de Bellatrix Lestrange e dando uma vista de olhos pela rua.
— Sim, é esquisito.
Não lamentava a falta dos Dementors, mas agora que pensava nisso, a sua ausência era muito significativa. Não só tinham deixado fugir os Devoradores da Morte, como não se incomodavam em procurá-los... parecia mesmo que já não estavam sob o controlo do Ministério.
Os dez foragidos olhavam-nos de todas as montras por que passaram. Ao passarem pelo Scrivenshaft's começou a chover e grandes pingos de chuva fria batiam incessantemente no rosto e na nuca de Harry.
— Humm... queres ir beber um café? — sugeriu Cho, hesitante, quando a chuva começou a cair mais intensamente.

— Sim, está bem — concordou Harry, olhando em seu redor.
— Onde?
— Oh, há um sítio muito simpático aqui perto. Nunca foste à Madam Puddifoot? — perguntou num tom vivo, levando-o por uma rua lateral até uma pequena sala de chá na qual Harry nunca reparara. O espaço era pequeno e abafado e a decoração parecia constar sobretudo de folhos e laços, que recordaram desagradavelmente a Harry o gabinete de Umbridge.
— É giro, não é? — perguntou Cho, muito contente.
— Aã... sim — respondeu Harry, mentindo.
— Olha, ela decorou a sala para o Dia de S. Valentim! — exclamou Cho, indicando uma série de querubins dourados que pairavam sobre cada uma das mesinhas redondas e que, de vez em quando, atiravam confeitos cor-de-rosa para cima dos ocupantes.
— Aaaah...
Sentaram-se na única mesa livre, perto da janela embaciada. Roger Davies, o capitão da equipa de Quidditch dos Ravenclaw, estava sentado muito perto deles com uma loira muito bonita. Estavam de mãos dadas, o que fez que Harry se sentisse pouco à vontade, especialmente quando, ao olhar em volta da sala, reparou que estava repleta de parzinhos, todos de mão dada. Talvez Cho esperasse que ele *lhe* desse também a mão.
— Em que posso servi-los, queridos? — perguntou Madam Puddifoot, uma mulher muito gorda, com um carrapito preto e lustroso, enfiando-se entre a mesa deles e a de Davies com grande dificuldade.
— Dois cafés, por favor — pediu Cho.
No espaço de tempo até à chegada dos cafés, Roger Davies e a namorada tinham começado a beijar-se, inclinados sobre o açucareiro. Harry desejava que não o tivessem feito, pois sentia que Davies estava a dar um exemplo que Cho certamente esperava ver Harry imitar. Sentiu o rosto corar e tentou olhar para a rua, mas o vidro estava tão embaciado que não via nada para fora. Para adiar o momento em que teria de olhar para Cho, Harry observou o tecto como se admirasse as pinturas e apanhou com uma mão-cheia de confeitos na cara, atirados pelo querubim que pairava sobre a mesa deles.
Passados mais alguns minutos embaraçosos, Cho falou de Umbridge. Harry agarrou-se ao assunto, muito aliviado, e passaram alguns momentos agradáveis a dizer mal dela; porém, aquele tema fora já tão debatido durante os encontros do ED que não durou

muito. Fez-se novo silêncio. Harry, profundamente consciente das sorvedelas que vinham da mesa do lado, olhou em volta em busca de inspiração.

— Aã... escuta, queres vir comigo ao Três Vassouras à hora de almoço? Vou encontrar-me lá com a Hermione Granger.

Cho ergueu as sobrancelhas.

— Vais encontrar-te com a Hermione Granger? Hoje?

— Vou. Bem, ela pediu-me, por isso disse-lhe que sim. Queres vir comigo? Ela disse que não se importava.

— Oh... bem... foi muito simpática.

Cho, porém, parecia achar que aquilo não era nada agradável. Pelo contrário, falara num tom frio e pareceu repentinamente muito intimidadora.

Passaram mais alguns minutos em completo silêncio. Harry bebeu o seu café tão rapidamente que em breve teria de mandar vir outro. Ao lado deles, Roger Davies e a namorada pareciam ter ficado colados pelos lábios.

A mão de Cho estava pousada sobre a mesa, ao lado da chávena, e Harry sentia-se cada vez mais pressionado a segurá-la. *Pega-lhe,* dizia a si próprio, enquanto um misto de pânico e excitação lhe invadia o peito, *estende a mão e pega-lhe.* Espantoso como era muito mais difícil estender o braço cerca de trinta centímetros e tocar-lhe na mão que agarrar a *snitch* no meio do ar...

Mas no momento exacto em que ia fazê-lo, Cho retirou a sua mão. Observava Roger Davies a beijar a namorada com uma leve expressão de interesse.

— Ele convidou-me para sair, sabes — contou a Harry em voz baixa. — Há cerca de duas semanas, mas eu recusei.

Harry, que pegara no açucareiro para disfarçar o súbito avanço do seu braço através da mesa, não fazia ideia por que motivo ela lhe contava tal coisa. Se desejava estar sentada na mesa do lado, a ser calorosamente beijada por Roger Davies, por que aceitara sair com ele?

Não lhe respondeu. O seu querubim atirou-lhes outra mão-
-cheia de confeitos, parte dos quais aterraram no resto do café que Harry decidira beber.

— No ano passado, vim aqui com o Cedric — declarou Cho.

No espaço infinitesimal que Harry levou a compreender o que ela dissera, as suas entranhas transformaram-se em gelo. Recusava-
-se a acreditar que ela quisesse falar de Cedric naquele momento, enquanto parzinhos aos beijos os cercavam por todos os lados e um querubim flutuava sobre as suas cabeças.

Quando voltou a falar, a voz de Cho soou mais estridente.

— Há séculos que tenho vontade de te perguntar... o Cedric... alguma vez... falou... falou de mim... antes de morrer?

Aquele era o último assunto que Harry desejava discutir e muito menos com Cho.

— Bem... não... — respondeu-lhe baixinho. — Ele... ele não teve tempo de dizer nada. Aã... e então... vês muitos jogos de Quidditch durante as férias? És apoiante dos Tornados, não és?

A sua voz soava-lhe falsamente animada. Para seu horror, viu que os olhos de Cho se enchiam de lágrimas, tal como acontecera no fim do último encontro do ED, antes do Natal.

— Escuta! — disse-lhe, desesperado, inclinando-se para a frente de modo a que ninguém os pudesse ouvir. — Não vamos falar do Cedric, está bem?... Falemos de outra coisa...

Parecia, porém, que não devia ter proferido tais palavras.

— Eu pensava ... — interrompeu-o Cho, com as lágrimas a jorrarem sobre a mesa — eu pensava que *tu*... ias... com-compreender! *Preciso* de falar sobre aquilo! Certamente tu... tu também pre-precisas! Quero dizer, viste aquilo acontecer, não f-foi?

Estava tudo a correr pessimamente. A namorada de Roger Davies até se descolara do par para ver Cho a chorar.

— Bem... já falei — retorquiu Harry num sussurro. — Falei com o Ron e a Hermione, mas...

— Oh, falaste com a Hermione Granger — disse-lhe numa voz estridente, com o rosto a brilhar devido às lágrimas. Vários parzinhos tinham interrompido a sessão de beijos para os olhar —, mas não queres falar comigo! T-talvez fosse melhor, se pa-pagássemos e fosses ter com a... a Hermione G-granger, como é óbvio que te apetece!

Harry ficou a olhar para ela, completamente confuso, enquanto Cho pegava num guardanapo cheio de folhos e limpava a cara com gestos delicados.

— Cho! — exclamou em voz fraca, desejando que Roger agarrasse na namorada e a começasse de novo a beijar para a impedir de olhar para eles.

— Vá, vai-te embora! — bradou ela, chorando com o rosto enterrado no guardanapo. — Não faço ideia por que me convidaste para sair, se combinaste encontrares-te com outras raparigas logo a seguir a mim... com quantas te vais encontrar depois da Hermione?

— Não é nada disso! — exclamou Harry, tão aliviado por finalmente compreender o que a aborrecera que se riu, o que foi igualmente um erro, como compreendeu uma fracção de segundo mais tarde.

Cho pôs-se de pé num pulo. A sala de chá caíra em silêncio e todos os observavam.

— Até à vista, Harry! — despediu-se Cho dramaticamente. Soluçando baixinho, correu para a porta, abriu-a com um puxão e saiu rapidamente para a chuva torrencial.

— Cho! — chamou Harry, mas a porta já se fechara com um melodioso tinido.

Na sala de chá, perdurava o silêncio e todos os olhares estavam postos em Harry. Este atirou um galeão para cima da mesa, sacudiu os confeitos cor-de-rosa do cabelo e abandonou igualmente a sala.

A chuva caía agora com força e não avistou Cho em lado algum. Não compreendia nada do que acontecera. Meia hora antes parecia que se estavam a dar tão bem!

— Mulheres! — resmungou irritadamente, chapinhando pela rua inundada, com as mãos enterradas nos bolsos. — Por que diabo haveria de querer falar sobre o Cedric? Por que razão não pára de desenterrar um assunto que a faz chorar como uma madalena?

Virou à direita, desatou a correr, espalhando água por todo o lado, e, passados alguns minutos, irrompeu pela porta do Três Vassouras. Sabia que era demasiado cedo para o encontro com Hermione, mas pensou que havia de encontrar alguém com quem pudesse passar o tempo que faltava. Afastou o cabelo molhado dos olhos e olhou em seu redor. Hagrid estava sentado a um canto, sozinho e com um ar taciturno.

— Olá, Hagrid — cumprimentou-o, depois de se espremer por entre as mesas e ter puxado uma cadeira para junto dele.

Hagrid sobressaltou-se e olhou para Harry como se mal o reconhecesse e este viu que tinha dois novos cortes na cara e várias nódoas negras recentes.

— Oh, és tu, Harry — exclamou. — 'Tás bem?

— 'Tou óptimo — mentiu Harry, mas comparando-se com o seu amigo, tão maltratado e tão pesaroso, achou que, na verdade, não tinha muito de que se queixar. — Aã... estás mesmo bem?

— Eu? — repetiu Hagrid. — Oh, claro, 'tou óptimo, Harry, óptimo.

Ficou a olhar para o fundo da caneca, do tamanho de um balde, e suspirou. Harry não sabia que lhe dizer e ficaram sentados lado a lado, em silêncio. Depois, Hagrid disse abruptamente:

— 'Tamos no mesmo barco, nós os dois, né, Harry?

— Aã...

— Pois... já não é a primeira vez qu'o digo... somos ambos a modos que diferentes — continuou Hagrid, acenando com a cabeça com um ar sabedor. — E somos os dois órfãos... pois... órfãos.
Deu um grande golo na caneca.
— Ter família séria faz muita diferença — prosseguiu. — O mê pai era um homem honesto... e a tua mãe e o tê pai tam'ém. Se nã' tivessem morrido, a vida teria sido diferente, né?
— Pois... acho que sim — concordou Harry com cautela. Hagrid parecia estar com uma disposição muito estranha.
— Família! — exclamou Hagrid soturnamente. — Digam o que disserem, o sangue tem importância...
E limpou uma gota de sangue do olho.
— Hagrid — disse Harry, incapaz de se conter —, onde é que arranjas estas feridas todas?
— Quê? — perguntou Hagrid, espantado. — Que f'ridas?
— Essas! — exclamou Harry, apontando para a cara de Hagrid.
— Oh... são apenas uns encontrões normais — sossegou-o o amigo. — O meu trabalho não é doce.
Acabou a caneca, pousou-a na mesa e pôs-se de pé.
— Até mais ver, Harry. Cuida-te.
E saiu do bar aos encontrões, com um ar desventurado, desaparecendo sob a chuva torrencial. Harry ficou a vê-lo afastar-se, sentindo-se muito deprimido. Hagrid estava infeliz e escondia-lhes alguma coisa, mas parecia decidido a não pedir ajuda. Que se passaria? Antes, porém, de Harry poder aprofundar o assunto, ouviu uma voz chamá-lo.
— Harry! Harry, aqui!
Hermione acenava-lhe do outro lado da sala. Levantou-se e abriu caminho até ela pelo meio do bar apinhado, mas a meio percebeu que a amiga não estava sozinha. Instalara-se a uma mesa na companhia de duas pessoas completamente inesperadas: Luna Lovegood e nem mais nem menos que Rita Skeeter, ex-jornalista d'*O Profeta Diário*, e uma das pessoas que Hermione mais detestava.
— Vens cedo! — exclamou Hermione, chegando-se para o lado para lhe arranjar espaço. — Pensei que estavas com a Cho! Só te esperava daqui a mais de uma hora!
— Cho? — inquiriu Rita de imediato, torcendo-se no assento para olhar Harry avidamente. — Uma *rapariga*?
Pegou na sua mala de pele de crocodilo e remexeu o interior.
— Não é da *sua* conta se Harry saiu com montes de raparigas — declarou Hermione friamente. — Portanto, é melhor guardar isso imediatamente.

Rita, que tencionara tirar da mala uma pena verde-ácido, fechou-a rapidamente, com uma expressão de quem se vira forçada a engolir Seiva Fedorenta.

— O que é que andam a inventar? — perguntou Harry, sentando-se e olhando de Rita para Luna e pousando, por fim, o olhar em Hermione.

— A Miss Perfeição ia começar a explicar-me, quando tu chegaste — informou-o Rita, dando uma grande golada na bebida. — Suponho que posso *falar* com ele, não é assim? — disparou para Hermione.

— Sim, suponho que sim — concedeu Hermione friamente.

O desemprego não assentava bem a Rita. O cabelo que, em tempos, se apresentara em rebuscados caracóis, pendia agora mole e desgrenhado de ambos os lados da cara. O verniz escarlate das suas enormes garras estava lascado e faltavam algumas jóias falsas nos aros bicudos dos óculos. Deu nova golada e soprou pelo canto da boca:

— E é bonita, Harry?

— Mais uma palavra sobre a vida sentimental do Harry e garanto-lhe que o nosso acordo já era! — afirmou Hermione, irritada.

— Qual acordo? — indagou Rita, limpando a boca às costas da mão. — Ainda não mencionaste qualquer acordo, Miss Púdica, disseste-me apenas para aparecer. Oh, um destes dias... — ameaçou com um suspiro trémulo.

— Claro, claro, um destes dias vai escrever mais histórias horrendas sobre o Harry e sobre mim — concluiu Hermione com indiferença. — Se arranjar quem lhe dê ouvidos!

— Pois, este ano já publicaram imensas histórias horrendas sobre o Harry sem a minha ajuda — comentou Rita, lançando-lhe um olhar de soslaio por cima do rebordo do copo e acrescentando num murmúrio rouco: — Como é que te tens sentido, Harry? Traído? Desesperado? Incompreendido?

— Sente-se furioso, claro — declarou Hermione numa voz dura e clara —, porque contou a verdade ao Ministro da Magia, que é demasiado idiota para acreditar nele.

— Portanto, manténs a tua história de que Aquele Cujo Nome Não Deve Ser Pronunciado regressou? — inquiriu Rita, baixando os óculos e cravando em Harry um olhar penetrante, enquanto estendia avidamente a mão para o fecho da mala de pele de crocodilo. — Confirmas todos aqueles disparates que o Dumbledore tem andado a contar sobre o regresso do Quem-Nós-Sabemos e de tu teres sido a única testemunha?

— Eu não fui a única testemunha — grunhiu Harry. — Também lá estavam pr'aí uns doze Devoradores da Morte. Quer os nomes deles?
— Adorava — arfou Rita, remexendo de novo na mala e contemplando Harry como se ele fosse a coisinha mais bonita que já vira. — Um grande título arrojado: «*Potter acusa...*», seguido do subtítulo «*Harry Potter identifica Devoradores da Morte Ainda Entre Nós*». E depois, sob uma bela fotografia tua, «*Harry Potter, de 15 anos, um jovem perturbado, sobrevivente de um ataque do Quem-Nós--Sabemos, causou ontem um escândalo ao acusar membros respeitáveis e proeminentes da comunidade mágica de serem Devoradores da Morte...*»
Empunhava já a Pena de Notas Rápidas, levando-a à boca, quando a expressão arrebatada que se espalhara no seu rosto se desfez.
— Mas é claro que — acrescentou, baixando a pena e olhando para Hermione com profunda hostilidade —, a Miss Perfeição não haveria de querer ver uma história dessas cá fora, pois não?
— Na verdade — declarou Hermione docemente —, é *exactamente* isso que a Miss Perfeição quer.
Rita contemplou-a, embasbacada, secundada por Harry. Pelo contrário, Luna cantarolava baixinho «O Weasley é o nosso Rei», enquanto mexia sonhadoramente a sua bebida com uma cebola de *cocktail* espetada num palito.
— *Queres* que eu publique o que ele contou sobre Aquele Cujo Nome Não Deve Ser Pronunciado? — perguntou Rita a Hermione numa voz abafada.
— Exactamente — foi a resposta. — Quero a história verdadeira, com todos os factos, exactamente como o Harry os presenciou. Ele dar-lhe-á todos os pormenores, revelar-lhe-á os nomes dos Devoradores da Morte não-identificados, explicar-lhe-á qual o aspecto actual do Voldemort... oh, controle-se — acrescentou com desprezo, atirando um guardanapo por cima da mesa, uma vez que Rita, ao ouvir mencionar o nome de Voldemort, dera um tal salto que entornara metade do Uísque de Fogo por si abaixo.
Limpou a frente da gabardina encardida sem tirar os olhos de Hermione, acrescentando sem rodeios:
— *O Profeta* não publica isso. Caso não tenhas reparado, ninguém acredita nessa história disparatada e todos pensam que o Harry está louco, mas se me deixares escrever o artigo deste ponto de vista...
— Não precisamos de mais outra história sobre como Harry não bate bem da bola! — exclamou Hermione, irritada. — Já saíram em número suficiente, muito obrigada! Quero que lhe dêem a oportunidade de contar a verdade!

— Não há público para uma história dessas — afirmou Rita friamente.

— Você quer dizer que *O Profeta* não a publica, porque o Fudge não os deixa — declarou Hermione num tom de desafio.

Rita lançou a Hermione um olhar duro. Depois, inclinando-se para ela sobre a mesa, proferiu num tom pragmático:

— Muito bem, o Fudge anda a pressionar *O Profeta*, mas vem tudo dar ao mesmo. Vão recusar-se a publicar uma notícia que mostre Harry de uma forma positiva. Ninguém a deseja, pois vai contra o sentimento do público. Esta última fuga de Azkaban deixou as pessoas bastante preocupadas e recusam-se, pura e simplesmente, a acreditar no regresso do Quem-Nós-Sabemos.

— Portanto, *O Profeta Diário* existe para dizer às pessoas o que elas querem ouvir, não é? — atiçou-a Hermione mordazmente.

Rita endireitou-se, ergueu as sobrancelhas e emborcou o resto do seu Uísque de Fogo.

— *O Profeta* existe para vender, menina idiota — redarguiu friamente.

— O meu pai pensa que é um jornal horrível — comentou Luna, intrometendo-se inesperadamente na conversa. Chupando a cebola, observou Rita com os seus olhos enormes, protuberantes e ligeiramente loucos. — Ele publica histórias importantes que pensa que o público deve conhecer. Não se interessa por fazer dinheiro.

Rita contemplou Luna com desdém.

— Parece-me que o teu pai deve editar alguma revisteca de província, não é? Talvez com artigos do género «Vinte e Cinco Métodos para se Misturar com os Muggles» e as datas da próxima venda de caridade!

— Não — declarou Luna, voltando a molhar a cebola na sua Água de Guelracho —, é o director d'*A Voz Delirante*.

Rita bufou tão ruidosamente que as pessoas sentadas numa mesa próxima se voltaram, alarmadas.

— Com que então, histórias importantes que pensa que o público deve conhecer? — repetiu numa voz murcha. — O conteúdo desse pasquim dava para eu estrumar o meu jardim.

— Bem, eis a sua oportunidade de lhe elevar um pouco o nível, não é? — sugeriu Hermione agradavelmente. — Luna diz que o pai, que é quem a vai publicar, aceita de muito bom grado a entrevista do Harry.

Rita ficou a olhar para ambos, lançando depois uma enorme gargalhada.

— *A Voz Delirante!* — repetia, no meio de gargalhadas. — Pensas que as pessoas o vão levar a sério se a entrevista sair n'*A Voz Delirante*?

— Algumas, não — retorquiu Hermione calmamente — mas a versão d'*O Profeta Diário* sobre a fuga de Azkaban tinha uns quantos buracos. Creio que há muita gente a pensar se não haverá uma explicação melhor para o que aconteceu e, se aparecer uma versão alternativa, mesmo que seja publicada numa... — olhou Luna de soslaio — num... bem, numa revista *invulgar*, acho que talvez gostem de a ler.

Rita manteve-se calada por algum tempo, observando Hermione com um olhar astuto, a cabeça ligeiramente inclinada.

— Muito bem, digamos, por um momento, que aceito — declarou abruptamente. — Que tipo de honorários recebo?

— Acho que o meu pai não paga às pessoas que escrevem para a revista — explicou Luna sonhadoramente. — Eles fazem-no por ser uma honra e, é claro, para verem os seus nomes em letra de imprensa.

A expressão de Rita Skeeter fazia lembrar a de alguém com a boca cheia de Seiva Fedorenta. Virou-se bruscamente para Hermione.

— Estão a contar que eu faça isto de *graça?*

— Bem, exactamente — respondeu-lhe Hermione com toda a calma, dando um pequeno gole na sua bebida. — Senão, como muito bem sabe, informarei as autoridades de que é uma Animagus não registada. É claro que *O Profeta* talvez lhe pague bastante bem pelo relato da sua vida no interior de Azkaban.

A reacção de Rita dava a entender que, naquele momento, o seu maior desejo era agarrar no chapelinho de papel que sobressaía do copo de Hermione e enfiar-lho pelo nariz acima.

— Suponho que não tenho outra hipótese, pois não? — admitiu Rita, com a voz tremendo ligeiramente. Abriu de novo a mala de pele de crocodilo, retirou um pedaço de pergaminho e empunhou a sua Pena de Notas Rápidas.

— O pai vai ficar muito satisfeito — revelou Luna alegremente. No queixo de Rita um músculo contorceu-se.

— Aceitas, Harry? — indagou Hermione, virando-se para ele. — Estás pronto a contar a verdade ao público?

— Acho que sim — concordou Harry, vendo Rita aprontar a Pena de Notas Rápidas sobre o pergaminho.

— Dispare lá, Rita — declarou Hermione com toda a serenidade, pescando uma cereja do fundo do copo.

XXVI

PREVISTO E IMPREVISTO

Luna informou-os com a sua habitual imprecisão de que não sabia quando o artigo de Rita seria publicado n'*A Voz Delirante*, pois o pai estava à espera de um excelente artigo, muito completo, sobre aparições recentes de Snorkacks de Chifres Amarrotados que, segundo ela, era uma história muito importante. Por conseguinte, a entrevista de Harry poderia ter de aguardar pelo número seguinte.

Para Harry, não foi fácil falar sobre aquilo que vivera na noite do regresso de Voldemort. Rita pressionara-o, pedindo-lhe inúmeros pormenores e ele dera-lhe tudo o que se conseguira lembrar, consciente de que aquela era a sua única oportunidade de contar a verdade ao mundo. Interrogou-se sobre qual seria a reacção das pessoas, acreditando que, para muitos, a história seria a confirmação da sua loucura, em especial por ser publicada juntamente com perfeitos disparates sobre Snorkacks de Chifres Amarrotados. Todavia, a fuga de Bellatrix Lestrange e dos restantes Devoradores da Morte dera a Harry um desejo ardente de fazer *alguma coisa*, independentemente das consequências...

— Estou em pulgas para saber a opinião da Umbridge sobre a publicação da tua história — confessou-lhe Dean, um tanto assustado, ao jantar, na segunda-feira à noite. Do outro lado, Seamus enfardava enormes pedaços de tarte de presunto e frango, mas Harry sabia que ele os estava a ouvir.

— Foi a atitude correcta, Harry — apoiou-o Neville, sentado na sua frente. Estava muito pálido, mas prosseguiu em voz baixa: — Deve ter sido... difícil... falar daquilo... não foi?

— Foi — murmurou Harry —, mas as pessoas têm de saber do que Voldemort é capaz, não é verdade?

— Exactamente — ripostou Neville com um aceno de cabeça —, e não podemos esquecer os Devoradores da Morte... as pessoas têm de ser informadas...

Neville não terminou a frase e recomeçou a comer as batatas assadas. Seamus ergueu o olhar, mas ao cruzá-lo com o de Harry, voltou a concentrar-se no prato. Passado algum tempo, Dean,

Seamus e Neville regressaram à sala comum, deixando Harry e Hermione à mesa, à espera de Ron, que ainda não jantara devido ao treino de Quidditch.

Cho Chang entrou no Salão na companhia da sua amiga Marietta e o estômago de Harry deu um salto desagradável, mas ela não olhou para a mesa dos Gryffindor e sentou-se de costas voltadas para ele.

— É verdade, esqueci-me de te perguntar — declarou Hermione vivamente, com uma olhadela para a mesa dos Ravenclaw —, o que aconteceu no teu encontro com a Cho. Como é que voltaste tão cedo?

— Aã... bem, foi... — balbuciou Harry, puxando para si um prato de *crumble* de ruibarbo e servindo-se pela segunda vez — um desastre total, já que falaste nisso.

E contou-lhe o que acontecera na sala de chá de Madam Puddifoot.

— ... portanto — concluiu passados alguns minutos, engolindo as últimas migalhas do *crumble* — ela dá um salto, estás a ver, e diz «Até à vista, Harry» e sai a correr! — Pousou a colher e olhou para Hermione. — Quer dizer, para que foi aquilo tudo? Que se passou na cabeça dela?

Hermione olhou para as costas de Cho e suspirou.

— Oh, Harry — lamentou-se tristemente. — Bem, desculpa, mas foste um pouco indelicado.

— *Eu*, indelicado? — exclamou Harry, sentindo-se insultado. — Estávamos a darmo-nos muito bem, quando ela me desata a contar que o Roger Davies a convidara para sair e também que costumava ir para aquela estúpida sala de chá fazer marmelada com o Cedric... como é que achas que eu me senti?

— Bem, sabes — prosseguiu Hermione com a paciência de quem explica a um bebé birrento que um mais um são dois —, não lhe devias ter dito que querias ver-me a meio do teu encontro.

— Mas... mas... — balbuciou Harry — mas... tu pediste-me para nos encontrarmos ao meio-dia e até me disseste para a levar! Como é que fazia isso sem lhe dizer nada?

— Devias ter arranjado as coisas de forma diferente — insistiu Hermione, com uma paciência de enlouquecer. — Devias ter-lhe dito que era uma grande maçada, mas que eu te *obrigara* a prometer que aparecias no Três Vassouras, que não te apetecia nada lá ir, preferias passar o dia todo com ela, claro, mas que, infelizmente, sentias que era tua obrigação ir ter comigo e se ela não se importava, por especial favor, de te acompanhar e que, assim, talvez conseguisses despachar-te mais depressa. E talvez tivesse sido boa ideia mencionar também que me achas muito feia — acrescentou Hermione para rematar.

— Mas eu não te acho nada feia — contrapôs Harry, confuso.

Hermione riu-se.

— Harry, ainda és pior que o Ron... bem, não és nada — admitiu com um suspiro, no momento em que Ron entrava pesadamente no Salão, todo salpicado de lama e com um ar maldisposto.

— Escuta... chateaste a Cho ao dizeres-lhe que te ias encontrar comigo, portanto ela tentou fazer-te ciúmes. Foi a sua forma de tentar saber se gostavas dela.

— Foi isso que ela fez? — inquiriu Harry, enquanto Ron se deixava cair no banco do outro lado e puxava para si todos os pratos ao seu alcance. — Bem, não teria sido mais fácil se me tivesse simplesmente perguntado se gostava mais dela que de ti?

— Normalmente, as raparigas não fazem perguntas dessas — informou-o Hermione.

— Bom, pois deviam fazer! — exclamou Harry impetuosamente. — Eu podia, então, dizer-lhe simplesmente que gosto dela e não era preciso ter ficado toda nervosa por causa da morte do Cedric!

— Não estou a dizer que o que ela fez foi correcto — declarou Hermione, enquanto Ginny se lhes juntava, igualmente coberta de lama e com um ar desapontado. — Estou só a tentar explicar-te como ela se sentiu.

— Devias escrever um livro — sugeriu Ron a Hermione, cortando as batatas —, em que explicasses as loucuras que as raparigas fazem para os rapazes as poderem compreender.

— Pois — apoiou Harry ferverosamente, dando uma olhadela à mesa dos Ravenclaw. Cho acabara de se levantar e, continuando sem olhar para ele, saiu do Salão. Sentindo-se bastante deprimido, olhou para Ron e Ginny. — E então, como correu o treino de Quidditch?

— Foi um pesadelo — resmungou Ron.

— Então, vá lá, tenho a certeza de que não foi assim tão...

— Foi, sim senhor! — contrapôs Ginny. — Foi um horror. Quando acabou, a Angelina estava quase a chorar.

Depois do jantar, Ron e Ginny foram tomar banho e Harry e Hermione regressaram à sala comum dos Gryffindor, cheia de gente atarefada, para terminarem a sua habitual montanha de trabalhos de casa. Harry debatia-se há meia hora com uma nova carta celeste para Astronomia, quando apareceram Fred e George.

— O Ron e a Ginny não estão aqui? — indagou Fred, olhando em volta e puxando uma cadeira. Perante o aceno negativo de Harry, comentou: — Ainda bem! Estivemos a ver o treino e achamos que vão ser massacrados. Sem nós, são um completo desastre.

— Vá lá, a Ginny não é assim tão má — defendeu George, sentando-se ao lado de Fred. — Para dizer a verdade, não sei como se tornou tão boa, uma vez que nunca a deixamos jogar connosco.

— Desde os seis anos que arromba o alpendre das vassouras do vosso jardim e leva uma das vossas, à vez, quando vocês não reparam — explicou Hermione, escondida por uma pilha oscilante de livros sobre Runas Antigas.

— Oh — exclamou George, um tanto impressionado. — Bem... isso explica tudo.

— O Ron já defendeu algum golo? — perguntou Hermione, espreitando por cima do topo de *Hieróglifos e Logogramas Mágicos*.

— Bem, ele consegue, se pensar que ninguém o está a observar — revelou Fred, revirando os olhos. — Portanto, no sábado, basta-nos pedir à malta que se vire de costas e se entretenha a conversar, sempre que a *quaffle* voar para o lado dele.

Levantou-se e foi até à janela, impaciente, ficando a olhar os campos escuros.

— Sabem, o Quidditch era a única coisa pela qual valia a pena ficar neste lugar.

Hermione lançou-lhe um olhar reprovador.

— Os exames estão quase à porta!

— Já te disse, estamo-nos nas tintas para os EFBEs. — declarou Fred. — As Pastilhas Isybalda estão prontas a sair, já descobrimos como eliminar as bolhas. Basta umas gotinhas de essência de Murtlap e pronto. Foi o Lee que nos deu a dica.

George lançou um grande bocejo e olhou, com um ar desconsolado, o céu enevoado.

— Nem sei se quero assistir ao jogo! Se o Zacharias Smith nos ganha, poderei ter de cometer suicídio.

— É preferível matá-lo — retorquiu Fred com firmeza.

— Esse é que é o problema do Quidditch — afirmou Hermione distraidamente, de novo curvada sobre a sua tradução das runas. — Cria mau ambiente e tensões entre os alunos.

Ergueu o olhar, à procura do seu exemplar do *Silabário do Soletrador* e deu com Fred, George e Harry com os olhos pregados nela e uma expressão de repugnância e incredulidade nos rostos.

— Bem, é verdade! — insistiu, impaciente. — É apenas um jogo, não é?

— Hermione — proferiu Harry, abanando a cabeça —, tu és boa nessa história dos sentimentos, mas não compreendes o Quidditch.

— Talvez — admitiu ela num tom sombrio, voltando à sua tradução —, mas, pelo menos, a minha felicidade não depende da capacidade de defender golos do Ron.

E, embora Harry preferisse atirar-se da Torre de Astronomia a admitir que a amiga tinha razão, depois de ter visto o jogo de sábado, teria dado todos os seus galeões para não ligar ao Quidditch.

A melhor coisa que se podia dizer do jogo é que fora curto. Os jogadores dos Gryffindor tiveram apenas de aguentar vinte minutos de agonia, mas era difícil dizer o que correra pior. Segundo Harry, não houvera muita diferença entre a décima quarta defesa falhada por Ron, Sloper a falhar a *bludger*, mas batendo na boca de Angelina com o bastão, ou Kirke, aos gritos, que caíra da vassoura, quando Zacharias Smith voara para ele com a *quaffle*. O maior milagre, porém, foi o facto de os Gryffindor só terem perdido por dez pontos: Ginny conseguiu agarrar a *snitch* mesmo debaixo do nariz de Summerby, o *seeker* dos Huffelpuff, de modo que o resultado final foi de duzentos e quarenta contra duzentos e trinta pontos.

— Bem agarrada! — disse Harry a Ginny já na sala comum, onde o ambiente fazia lembrar o de um funeral particularmente deprimente.

— Tive sorte — admitiu ela, encolhendo os ombros. — A *snitch* não era lá muito rápida e o Summerby está constipado. Espirrou e fechou os olhos exactamente no momento errado. Seja como for, assim que voltares para a equipa...

— Ginny, estou proibido *para o resto da vida!*

— Estás proibido, enquanto a Umbridge estiver nesta escola — corrigiu-o Ginny —, o que é muito diferente. Como estava a dizer, assim que voltares, acho que vou experimentar a posição de *chaser*. A Angelina e a Alicia vão-se embora no próximo ano e eu prefiro marcar golos a ser *seeker*.

Harry lançou uma olhadela a Ron, que estava sentado a um canto, todo curvado sobre os joelhos, com uma garrafa de Cerveja de Manteiga na mão.

— A Angelina continua a não o deixar pedir a demissão — continuou Ginny, como se tivesse lido os pensamentos de Harry. — Diz que tem a certeza de que ele ainda há-de ser uma revelação.

Harry gostava da forma como Angelina depositava tanta fé em Ron, mas, ao mesmo tempo, pensava que seria mais bondoso deixá-lo sair da equipa. Ron abandonara o campo sob um novo coro retumbante de «O Weasley é o nosso Rei», entoado com grande prazer pelos Slytherin, que eram agora os favoritos na corrida para a Taça de Quidditch.

Fred e George aproximaram-se.

— Nem sequer tenho coragem de gozar com ele — confessou Fred, mirando a figura acabrunhada do irmão. — Desculpem, mas quando ele falhou o décimo quarto... — executou uma série de gestos desvairados, imitando um cão, de pé sobre as patas traseiras, a tentar nadar. — ... bem, vou guardar esta para as festas.

Pouco depois, Ron levantou-se e arrastou-se até à cama. Por respeito para com os seus sentimentos, Harry esperou um pouco antes de subir para o dormitório, para que Ron pudesse fingir já ter adormecido, se lhe apetecesse. Como pensara, quando entrou no quarto, Ron ressonava um tanto alto de mais para ser plausível.

Enfiou-se na cama, pensando no jogo. Fora terrivelmente frustrante assistir sem poder jogar. O desempenho de Ginny impressionou-o bastante, mas sabia que, se tivesse jogado, teria apanhado a *snitch* mais cedo... houvera uma altura em que flutuara junto do tornozelo de Kirke e, se Ginny não tivesse hesitado, podia ter arrancado uma vitória para os Gryffindor.

Umbridge sentara-se algumas filas abaixo de Harry e Hermione. Uma ou duas vezes, virara-se completamente para trás, para olhar para ele, com os lábios sapudos esticados no que Harry supunha ser um sorriso maldoso. Essa recordação fê-lo ferver de raiva, ali deitado, no escuro. Passados alguns minutos, porém, lembrou-se de que devia esvaziar a mente antes de adormecer, como Snape não parava de lhe recordar no fim das lições de Oclumância.

Fez uma ou duas tentativas, mas a lembrança de Snape, a juntar à recordação de Umbridge, conseguiu apenas acentuar a sensação de ressentimento, dando consigo a concentrar-se, pelo contrário, no ódio que sentia por ambos. Lentamente, os roncos de Ron desvaneceram-se, sendo substituídos pelo som de uma respiração lenta e regular. Harry levou muito tempo a adormecer. Tinha o corpo cansado, mas o cérebro precisou de muito mais tempo para se desligar.

Sonhou que Neville e a Professora Sprout dançavam a valsa em volta da Sala das Necessidades, enquanto a Professora McGonagall tocava gaita de foles. Ficou a observá-los por algum tempo, sentindo-se feliz, decidindo depois ir procurar os outros membros do ED.

Todavia, ao sair da sala, deu consigo a olhar, não a tapeçaria de Barnabás, *o Louco*, mas uma tocha que ardia, enfiada no suporte preso a uma parede de pedra. Virou lentamente a cabeça para a esquerda. E lá estava, ao fundo de um corredor sem janelas, uma porta negra e lisa.

Caminhou para ela com uma crescente sensação de excitação. Tinha a estranha certeza de que, desta vez, ia ter finalmente sorte e descobrir como a abrir... estava a poucos metros quando viu, com um sobressalto de alegria, que havia uma nesga de luz azulada do lado direito... a porta estava entreaberta... esticou o braço para a empurrar e...

Ron lançou um ronco fortíssimo e genuíno e Harry acordou abruptamente envolto em escuridão, com a mão direita estendida na sua frente, na expectativa de abrir uma porta que se encontrava a centenas de quilómetros. Deixou cair o braço com um misto de desapontamento e culpa. Sabia que não devia ter visto a porta, mas sentia-se simultaneamente tão consumido pela curiosidade do que estaria do outro lado que não pode deixar de se aborrecer com Ron... se, ao menos, tivesse esperado mais um minuto para ressonar.

★

Na segunda-feira de manhã, chegaram ao Salão para tomar o pequeno-almoço exactamente ao mesmo tempo que as corujas do correio. Hermione não era a única que esperava ansiosamente *O Profeta Diário*. Quase todos ansiavam por mais notícias sobre a fuga dos Devoradores da Morte, que continuavam à solta, apesar de, alegadamente, terem sido avistados inúmeras vezes. Pagou um janota à coruja e desdobrou avidamente o jornal, enquanto Harry se servia de sumo de laranja. Como apenas recebera uma mensagem durante todo o ano, quando a primeira coruja aterrou na sua frente com um baque, pensou que se enganara.

— Quem procuras? — perguntou-lhe, afastando indolentemente o sumo do bico da coruja e inclinando-se para a frente, a fim de ver o nome e a morada do destinatário:

Harry Potter
Salão de Festas
Escola de Hogwarts

Franzindo o sobrolho, estendeu a mão para tirar a carta, mas antes de concluir o gesto, mais três, quatro, cinco corujas esvoaçaram para junto dele, lutando por um lugar, enquanto pisavam a manteiga e derrubavam o saleiro, na ânsia de serem as primeiras a entregar-lhe a sua mensagem.

— Que se passa? — perguntou Ron, espantado. Todos os ocupantes da mesa dos Gryffindor se tinham inclinado para observar a cena, quando mais sete corujas pousaram no meio das primeiras, guinchando, piando e batendo as asas.

— Harry! — exclamou Hermione, ofegante, enfiando as mãos naquele montão de penas e puxando uma coruja pequenina que trazia um longo embrulho cilíndrico. — Acho que já percebi... abre primeiro este!

Harry rasgou o papel castanho, deixando cair um exemplar firmemente enrolado da edição de Março de *A Voz Delirante*. Desenrolou-o e deparou com o seu próprio rosto, que lhe sorria acanhadamente, a toda a largura da primeira página. Em grandes letras vermelhas estampadas sobre a sua imagem, liam-se as seguintes palavras:

HARRY POTTER FALA FINALMENTE:
«A VERDADE SOBRE AQUELE CUJO NOME
NÃO DEVE SER PRONUNCIADO
E A NOITE EM QUE ASSSISTI AO SEU REGRESSO»

— Está bom, não está? — indagou Luna, que se aproximara da mesa e se enfiara no banco, entre Fred e Ron. — Saiu ontem e pedi ao pai que te mandasse um exemplar grátis. — Creio que tudo isto — continuou, fazendo um gesto ao aglomerado de corujas que continuavam a esgaravatar a mesa em frente de Harry — são cartas de leitores.

— Foi o que eu pensei — afirmou Hermione avidamente. — Harry, importas-te se nós...

— Estás à vontade — declarou Harry, vagamente preocupado.

Ron e Hermione começaram de imediato a abrir envelopes.

— Esta é de um tipo que acha que tu estás a bater mal — informou-o Ron, passando os olhos pela mensagem. — Ah, tudo bem...

— Esta mulher aconselha-te a tirar um bom curso de Feitiços Antichoque em São Mungo — declarou Hermione, com um ar desapontado, indo-se um pouco abaixo.

— Ah, mas esta parece boa — disse Harry devagar, lendo rapidamente uma longa carta enviada por uma feiticeira de Paisley. — Ena, diz que acredita em mim!

— Esta está um pouco hesitante — afirmou Fred, que se juntara, cheio de entusiasmo, à sessão de abertura de cartas. — Diz que não pareces ser doido, mas que, na verdade, se recusa a acreditar que o Quem-Nós-Sabemos tenha regressado e que, portanto, não sabe o que pensar. Caramba, tanto pergaminho desperdiçado!

— Aqui está outro que conseguiste convencer, Harry! — bradou Hermione, muito excitada. — «*Após ter lido a sua versão da história, sou forçado a concluir que O Profeta Diário o tratou com muita injustiça... por muito que não queira acreditar no regresso d'Aquele Cujo Nome Não Deve Ser Pronunciado, sou forçado a aceitar o facto de você estar a dizer a verdade...* — Oh, isto é uma maravilha!

— Mais um que pensa que tu te passaste — declarou Ron, atirando uma carta amachucada por cima do ombro — ... mas esta afirma que a converteste e agora pensa que és um verdadeiro herói... até inclui uma fotografia... ena!

— Que se passa aqui? — inquiriu uma voz ameninada, falsamente doce.

Harry ergueu o olhar, com as mãos cheias de envelopes. A Professora Umbridge estava atrás de Fred e de Luna, esquadrinhando com os olhos sapudos a confusão de corujas e cartas espalhadas sobre a mesa, em frente de Harry. Atrás dela, muitos estudantes observavam a cena avidamente.

— Por que motivo recebeu todas estas cartas, Mr. Potter? — indagou lentamente.

— Isso agora é crime? — perguntou Fred em voz alta. — Não podemos receber correio?

— Tenha cuidado, Mr. Weasley, ou terei de o castigar — declarou a Umbridge. — Então, Mr. Potter?

Harry hesitou, mas não via como encobrir o que fizera. Era apenas uma questão de tempo, até que um exemplar de *A Voz Delirante* caísse nas mãos de Umbridge.

— As pessoas escreveram-me porque eu dei uma entrevista — respondeu Harry. — Sobre o que me aconteceu em Junho.

Ao dizer aquilo, algo o fez dirigir o olhar para a mesa dos professores. Harry tinha a sensação de que Dumbledore o estivera a observar até àquele minuto, mas ao olhar para o director, este pareceu-lhe profundamente absorvido numa conversa com o Professor Flitwick.

— Uma entrevista? — repetiu Umbridge, com a voz mais esganiçada que nunca. — Que quer dizer?

— Que um jornalista me fez perguntas e que eu lhe respondi — explicou Harry. — Aqui tem...

E atirou-lhe um exemplar d'*A Voz Delirante*. Ela apanhou-o e ficou a olhar para a capa, enquanto o seu rosto pálido e pastoso se cobria de horríveis manchas arroxeadas.

— Quando é que isto se passou? — inquiriu com um ligeiro tremor na voz.

— No último fim-de-semana em Hogsmeade — declarou Harry.

Ela encarou-o, parecendo cintilar de raiva, com o jornal a tremer nos seus dedinhos papudos.

— O senhor não terá direito a mais fins-de-semana em Hogsmeade, Mr. Potter — sussurrou-lhe. — Como se atreveu... como pôde...? — Inspirou fundo. — Tentei repetidamente ensinar-lhe a não mentir, mas parece que a mensagem não surtiu efeito. Cinquenta pontos a menos para os Gryffindor e uma semana de castigos.

Afastou-se com um ar arrogante, apertando *A Voz Delirante* contra o peito, seguida pelo olhar de muitos estudantes.

A meio da manhã, a escola fora inundada de enormes avisos. Em vez de se limitarem aos quadros das salas comuns, encontravam-se agora espalhados pelos corredores e salas de aula.

POR ORDEM DA GRANDE INQUISIDORA DE HOGWARTS

*Todos os alunos que forem descobertos na posse de exemplares d'*A Voz Delirante *serão expulsos.*

Esta decisão está de acordo com o Decreto Educacional Número Vinte e Sete

Assinado: Dolores Jane Umbridge, Grande Inquisidora

Por uma razão desconhecida, sempre que Hermione punha os olhos num destes avisos, sorria de prazer.

— Por que motivo estás tão contente? — perguntou-lhe Harry.

— Oh, pá, então não vês? — soprou-lhe a amiga. — A única coisa que faria que todos os alunos desta escola lessem, de certeza, a tua entrevista, era proibi-la!

Parecia, de facto, que Hermione tinha toda a razão. Ao fim do dia e, apesar de Harry não ter vislumbrado nem um pedacinho d'*A Voz Delirante* em toda a escola, toda a gente citava a entrevista. Harry ouvia os colegas segregar sobre o assunto nas filas à entrada das salas de aula, discutir as suas afirmações durante o almoço e ao fundo das aulas, enquanto Hermione lhes contou que até na casa de banho das raparigas, onde fora bisbilhotar antes da aula de Runas Antigas, as ocupantes dos lavabos não falavam de outra coisa.

— Depois toparam-me e, como sabem que eu te conheço, bombardearam-me com perguntas — contou ela a Harry, com os olhos a brilhar. — E acho que acreditam em ti, a sério. Creio que conseguiste finalmente convencê-los.

Entretanto, a Professora Umbridge policiava a escola, detendo alunos aqui e ali e exigindo que esvaziassem os bolsos e abrissem os livros. Harry sabia que procurava exemplares d'*A Voz Delirante*, mas os estudantes conseguiam batê-la. As páginas com a entrevista de Harry tinham sido enfeitiçadas e, aos olhos de outras pessoas, assemelhavam-se a passagens de livros de texto, ou ficavam subitamente em branco até os donos desejarem lê-las de novo. Passado pouco tempo, parecia que todos os alunos tinham lido a entrevista.

Os professores estavam obviamente proibidos de a mencionar pelo Decreto Número Vinte e Seis, mas, apesar disso, descobriram formas de exprimir os seus sentimentos sobre o assunto. A Professora Sprout concedeu vinte pontos aos Gryffindor quando Harry lhe passou um regador. Com um grande sorriso, o Professor Flitwick obrigou-o a aceitar uma caixa de ratos de açúcar guinchadores no fim da aula, dizendo «Shiu!», antes de se afastar e a Professora Trelawney rompeu em soluços histéricos durante a aula de Artes Divinatórias e anunciou aos espantados alunos e a Umbridge, que a olhava com desaprovação, que, afinal de contas, Harry não ia morrer prematuramente, viveria até à velhice, tornar-se-ia Ministro da Magia e teria doze filhos.

O que, porém, trouxe mais alegria a Harry foi o facto de Cho correr atrás dele no dia seguinte, apanhando-o a caminho da aula de Transfiguração. Antes de perceber o que estava a acontecer, Cho agarrara-lhe a mão e segredava-lhe ao ouvido: «Peço-te imensa desculpa! Foste tão corajoso em dar a entrevista... que até chorei.»

Harry lamentou que ela tivesse derramado ainda mais lágrimas por causa daquilo, mas ficou muito satisfeito por voltarem a falar-se, sentindo-se felicíssimo quando ela lhe deu um beijo rápido na cara, antes de se afastar rapidamente. Inacreditavelmente, assim que chegou à porta da sala de Transfiguração, aconteceu ainda outra coisa agradável: Seamus saiu da fila e dirigiu-se-lhe.

— Só queria dizer — balbuciou, franzindo os olhos na direcção do joelho esquerdo de Harry — que acredito em ti e que mandei uma cópia daquela revista à minha mãe.

Se ainda precisasse de mais alguma coisa para se sentir totalmente feliz, a reacção de Malfoy, Crabbe e Goyle conseguiu-o. Viu-os na biblioteca na tarde desse mesmo dia, segredando com as cabeças muito juntas. Acompanhava-os um rapaz enfezado, o qual, segundo Hermione lhe segredou, se chamava Theodore Nott. Viraram-se para olhar para ele, enquanto Harry procurava nas prateleiras um livro sobre *Desaparições Parciais* de que necessitava. Goyle fez estalar os nós dos dedos ameaçadoramente e Malfoy segredou algo de indubitavelmente malévolo a Crabbe. Harry sabia muito bem o motivo do seu comportamento: é que ele revelara os nomes dos pais deles como pertencendo aos Devoradores da Morte.

— E o melhor — sussurrou Hermione, deliciada, ao saírem da biblioteca — é que não podem contradizer-te, porque não podem admitir que leram o artigo!

Para cúmulo, ao jantar, Luna informou-o de que nunca um número d'*A Voz Delirante* se esgotara tão depressa.

— O pai vai fazer uma reedição! — declarou com os olhos a saltar de excitação. — Ele nem acredita! Diz que as pessoas até parecem mais interessadas nisto que nos Snorkacks de Chifres Amarrotados!

Nessa noite, Harry foi o herói da sala comum dos Gryffindor. Num desafio sem precedentes, Fred e George tinham posto um Feitiço de Aumentar na capa d'*A Voz Delirante,* pendurando-a na parede. A cabeça gigante de Harry contemplava o evento, proferindo ocasionalmente coisas como «OS TIPOS DO MINISTÉRIO SÃO DÉBEIS MENTAIS!» e «COME ESTRUME, UMBRIDGE» numa voz retumbante. Hermione não achou aquilo muito divertido, afirmando que interferia na sua capacidade de concentração. Acabou por se retirar cedo devido à irritação. Harry teve de admitir que, passadas uma ou duas horas, o *poster* perdera a piada, especialmente quando as frases enfeitiçadas começaram a desactivar-se, proferindo apenas palavras desligadas, como «ESTRUME» e «UMBRIDGE» a intervalos cada vez mais frequentes e num tom cada vez mais alto. Na verdade, a cabeça começou a doer-lhe e a cicatriz a incomodá-lo. Sob uma chuva de gemidos dos colegas que o rodeavam, pedindo-lhe que recontasse a entrevista pela enésima vez, anunciou que também precisava de se deitar cedo.

Ao chegar ao dormitório, encontrou-o vazio. Encostou a testa à vidraça da janela que ficava ao lado da sua cama. A frescura do vidro acalmava-lhe o formigueiro que sentia na cicatriz. Depois, despiu-se e enfiou-se na cama, desejando que a dor de cabeça passasse. Sentia-se também ligeiramente agoniado. Virou-se de lado, fechou os olhos e adormeceu quase de imediato...

Encontrava-se numa sala escura, com cortinas, iluminada por um único candelabro. As suas mãos apertavam as costas de uma cadeira e reparou que os seus dedos pareciam mais compridos e mais brancos, como se há anos não vissem a luz do sol. Faziam lembrar enormes aranhas descoloridas, em contraste com o veludo escuro do espaldar da cadeira.

Do outro lado, sob um círculo de luz projectado pelas velas, ajoelhava-se um homem com um manto negro.

— Fui, aparentemente, mal aconselhado — dizia Harry numa voz alta e gélida que destilava ódio.

— Mestre, imploro o vosso perdão — grasnava o homem ajoelhado. A sua nuca brilhava sob a luz das velas e parecia tremer.

— Não te culpo, Rookwood — continuou Harry naquele tom frio e cruel.

Largou a cadeira e rodeou-a, aproximando-se do homem encolhido no chão, até se agigantar sobre ele na escuridão, olhando-o de uma grande altura.

— Tens a certeza desses factos, Rookwood? — perguntou Harry.

— Sim, Meu Senhor, sim... afinal, eu trabalhava no Departamento...

— O Avery disse-me que o Bode conseguiria tirá-la de lá.

— O Bode nunca o poderia fazer, Mestre... e devia saber disso... foi, sem dúvida, por essa razão que lutou tão arduamente contra a Maldição Imperius do Malfoy...

— Levanta-te, Rookwood — sussurrou Harry.

O homem ajoelhado quase se estatelou na sua ânsia de obedecer. Tinha um rosto bexigoso e a luz das velas acentuava-lhe as cicatrizes. Já de pé, manteve-se ligeiramente curvado, como se se tivesse imobilizado a meio de uma vénia, lançando olhares aterrorizados ao rosto de Harry.

— Fizeste bem em contar-me — declarou Harry. — Muito bem... Parece que desperdicei meses em esquemas inúteis... mas não faz mal... começamos de novo, a partir de agora. Tens a gratidão de Lord Voldemort, Rookwood...

— Senhor... sim, meu Senhor — balbuciou Rookwood, a voz rouca de alívio.

— Vou precisar do teu auxílio. Necessito de todas as informações que me puderes dar.

— Claro, Senhor, claro... tudo o que quiserdes...
— Muito bem... podes ir. Manda-me o Avery.
Rookwood recuou apressadamente, fazendo vénias e desapareceu por uma porta.

Sozinho na penumbra da sala, Harry virou-se para a parede, onde pendia, envolto em sombras, um espelho rachado, coberto de manchas de humidade. Harry avançou e a sua imagem foi aumentando, tornando-se cada vez mais nítida, apesar da escuridão... o rosto era mais branco que uma caveira... os olhos, vermelhos, exibiam pupilas fendidas...

— NÃOOOOOOOO!
— Que foi? — gritou uma voz junto de si.

Harry estrebuchou, enredou-se nas cortinas da cama e caiu no chão. Por momentos, não soube onde estava, convicto de que o rosto branco, de caveira, se iria debruçar de novo sobre si, mas ouviu, muito perto, a voz de Ron.

— Queres parar de agir como um louco para eu te poder tirar daí?

Ron puxou pelas cortinas e Harry ficou a olhar para ele, à luz do luar, deitado de costas, com a cicatriz a queimá-lo. Parecia que o amigo acabara de se preparar para ir para a cama, pois um dos braços desenfiara-se da túnica.

— Alguém foi de novo atacado? — perguntou Ron, puxando por Harry, sem cerimónias. — Foi o pai? Foi a tal cobra?

— Não... estão todos bem — arfou Harry, cuja testa parecia arder. — Bom... o Avery não está nada bem... está metido em sarilhos... deu uma informação errada ao Voldemort... que ficou furioso...

Gemeu e sentou-se, a tremer, na cama, massajando a cicatriz.

— Mas o Rookwood vai ajudá-lo... está de novo na pista certa...

— De que diabo estás a falar? — indagou Ron, parecendo assustado. — Queres dizer que... acabaste de ver o Quem-Nós-Sabemos?

— Eu *era* o Quem-Nós-Sabemos — respondeu Harry. Estendeu as mãos e levou-as ao rosto para se certificar de que não continuavam esbranquiçadas, os dedos alongados. — Estava com o Rookwood, um dos Devoradores da Morte que fugiu de Azkaban, lembras-te. O Rookwood acabou de lhe dizer que o Bode não podia ter feito aquilo.

— Feito o quê?

— Tirar uma coisa.... Disse que o Bode devia saber que não podia fazer aquilo... o Bode estava sob a Maldição Imperius... acho que disse que foi o pai do Malfoy a enfeitiçá-lo.

— O Bode foi enfeitiçado para tirar uma coisa? — perguntou Ron. — Mas... Harry, tem de ser...

— ... a arma! — exclamou, terminando a frase. — Bem sei!

A porta do dormitório abriu-se e Dean e Seamus entraram. Harry enfiou-se na cama, pois não queria dar a entender que acabara de acontecer algo de estranho, uma vez que Seamus deixara há pouco de pensar que Harry era tarado.

— Disseste — segredou-lhe Ron, aproximando a cabeça de Harry, a fingir que se ia servir da água do jarro sobre a mesinha-de-cabeceira do amigo — que *eras* o Quem-Nós-Sabemos?

— Disse — retorquiu Harry baixinho.

Ron deu uma enorme golada e Harry notou que a água lhe escorrera pelo queixo e pelo peito.

— Harry — prosseguiu, enquanto Dean e Seamus cirandavam pelo quarto ruidosamente, despindo-se e conversando —, tens de contar...

— Não tenho de contar a ninguém — declarou Harry com brusquidão. — Não teria visto nada daquilo, se conseguisse pôr a Oclumância em prática. Já devia ter aprendido a bloquear estas coisas. É isso que eles querem!

Referia-se, claro, a Dumbledore. Deitou-se e virou-se de costas para Ron. Passado um momento, ouviu o colchão do lado gemer, quando Ron se deitou. A cicatriz começou a arder, mas Harry mordeu com força a almofada para não fazer barulho. Sabia que, algures, Avery estava a ser castigado.

★

Harry e Ron esperaram pelo intervalo da manhã para contar a Hermione o que tinha acontecido, pois queriam ter a certeza absoluta de que ninguém os ouviria. Junto da sua esquina habitual do pátio, onde corria uma brisa fresca, Harry contou-lhe todos os pormenores do sonho de que se conseguia lembrar. Ao terminar, ela não falou durante um tempo, fitando Fred e George com uma intensidade angustiante. Os gémeos estavam ambos «descabeçados» e andavam a vender os chapéus mágicos por baixo dos mantos, do outro lado do pátio.

— Então, foi por isso que o mataram — comentou em voz baixa, afastando, por fim, o olhar de Fred e George. — Quando o Bode tentou roubar a arma, aconteceu-lhe qualquer coisa estranha. Acho que deve conter feitiços defensivos, talvez em seu redor, para impedir que lhe toquem. Foi por isso que ele estava em São Mungo. Ficou com o cérebro esquisito e não conseguia falar. Mas lembram-se do que a Curandeira nos disse? Contou-nos que ele estava a recuperar e eles não se podiam arriscar, pois não? Quero dizer, é provável que o choque que deve ter recebido ao tocar na arma tenha desactivado a Maldição Imperius. Assim que recuperasse a voz, explicaria o que estava a fazer, não é verdade? Ficava-se a saber que lhe tinham ordenado que fosse roubar a arma. É claro, o Lucius Malfoy teria toda a facilidade em amaldiçoá-lo! Passa a vida no Ministério!

— Até no dia da minha audiência o vi por lá — lembrou Harry.
— No... espera aí... — proferiu lentamente. — Nesse dia, vi-o no corredor do Departamento dos Mistérios! O teu pai disse que devia andar a tentar descobrir o que acontecera na minha audiência, mas e se...
— Sturgis! — arfou Hermione, com uma expressão de horror.
— Desculpa? — indagou Ron, confuso.
— O Sturgis Podmore... — repetiu Hermione, ofegante — ... preso por ter tentando abrir uma porta! O Lucius Malfoy também o apanhou! Aposto que fez isso nesse dia, Harry. O Sturgis tinha o Manto da Invisibilidade do Moddy, não era? Portanto, e se estivesse de guarda à porta, invisível, e o Malfoy o tivesse ouvido mexer-se... ou tivesse adivinhado que havia ali alguém... ou tivesse lançado a Maldição Imperius ao acaso, na esperança de haver ali um guarda? Portanto, assim que teve uma oportunidade, o Sturgis ... provavelmente no seu turno de vigia seguinte... tentou entrar no Departamento para roubar a arma para o Voldemort... Ron, está quieto... mas foi apanhado e enviado para Azkaban...

Ficou a olhar para Harry.

— E agora o Rookwood contou ao Voldemort como conseguir a arma?

— Não ouvi a conversa toda, mas assim parece — retorquiu Harry. — O Rookwood trabalhava lá... talvez o Voldemort o envie para executar o golpe.

Hermione concordou com um aceno de cabeça, ainda perdida nos seus pensamentos. Depois, proferiu abruptamente:

— Mas tu não devias ter presenciado nada disso, Harry.
— O quê? — exclamou Harry, espantado.
— Devias andar a aprender a fechar a tua mente a este tipo de coisa — afirmou Hermione num tom sério.
— Eu sei — admitiu Harry —, mas...

— Bem, acho que devemos tentar esquecer o que viste — prosseguiu a amiga com firmeza. — A partir de agora, tens de te esforçar mais para aprender Oclumância.

À medida que a semana foi avançando, as coisas não melhoraram. Harry recebeu mais dois «Hs» em Poções e continuava ansioso com a hipótese de Hagrid ser despedido. Por outro lado, não conseguia deixar de pensar no sonho em que se transformara em Voldemort, embora não voltasse a falar no assunto com Ron e Hermione. Não lhe apetecia nada ouvir outro ralhete da amiga. Desejava ardentemente poder conversar com Sirius sobre o assunto, mas como isso era impossível, tentou esquecer a questão.

Infelizmente, ocultar os seus pensamentos deixara de ser tarefa fácil.

— Levanta-te, Potter!

Duas semanas após o sonho com Rookwood, Harry deu consigo, de novo, ajoelhado no chão do gabinete de Snape, tentando aclarar a mente. Acabara de ser obrigado a reviver uma série de recordações muito antigas de que nem sequer se lembrava, basicamente relacionadas com humilhações infligidas por Dudley e o seu bando na escola primária.

— Essa última recordação — proferiu Snape. — De que se tratava?

— Não sei — redarguiu Harry, levantando-se, exausto. Era-lhe cada vez mais difícil separar recordações individuais do tropel de imagens e sons que Snape invocava continuamente. — Refere-se àquela em que o meu primo tentou obrigar-me a ficar de pé dentro da sanita?

— Não — respondeu Snape em voz baixa. — Refiro-me àquela onde se vê um homem ajoelhado no chão, no meio de uma sala na penumbra...

— É... nada de importante — respondeu Harry.

Os olhos escuros de Snape perfuraram os de Harry. Lembrando-se de Snape ter afirmado que o contacto visual era crucial na Legilimância, Harry piscou os olhos e desviou o olhar.

— Como é que aquele homem e aquela sala aparecem no interior da tua mente, Potter? — inquiriu Snape.

— Foi... — principiou Harry, olhando para todo o lado, menos para Snape. — Foi... apenas um sonho.

— Um sonho? — repetiu Snape.

Fez-se uma pausa, durante a qual Harry olhou fixamente para um grande sapo, suspenso num frasco cheio de um líquido roxo.

— Estás bem consciente da razão da tua presença aqui, não estás, Potter? — insistiu Snape numa voz baixa e ameaçadora. — Sabes por que motivo sacrifico os meus serões por esta tarefa enfadonha?
— Sim — retorquiu Harry rigidamente.
— Recorda-me essa razão, Potter.
— Para eu aprender Oclumância — declarou Harry, contemplando agora uma enguia morta.
— Correcto, Potter. E por muito idiota que sejas — Harry fitou-o de novo, cheio de ódio —, pensaria que, após mais de dois meses de lições, já devias ter feito alguns progressos. Quantos mais sonhos sobre o Senhor das Trevas tens tido?
— Apenas aquele — mentiu Harry.
— Talvez — disse Snape, semicerrando ligeiramente os olhos escuros e frios —, talvez te dê gozo ter estas visões e estes sonhos, Potter. Talvez te façam sentir especial... importante?
— Não, não fazem — ripostou Harry, de queixo cerrado e os dedos apertados em redor do cabo da varinha.
— Ainda bem, Potter — retorquiu Snape friamente —, porque tu não és nem uma coisa, nem outra, e não te compete saber o que o Senhor das Trevas diz aos seus Devoradores da Morte.
— Pois não... isso compete-lhe a si, não é? — disparou Harry.
Não tivera intenção de dizer aquilo, mas a frase saíra-lhe num repente de fúria. Ficaram a olhar-se durante muito tempo. Harry convenceu-se de que se excedera, mas, ao responder, Snape ostentava uma expressão curiosa, quase de satisfação.
— Sim, Potter — retorquiu com um brilho no olhar. — Isso compete-me a mim. E agora, se estiveres pronto, vamos recomeçar.
Ergueu a varinha:
— Um... dois... três... *Legilimens!*
Uma centena de Dementors deslizavam para Harry, atravessando o lago do castelo... franziu o rosto, concentrando-se... aproximavam-se... já distinguia os buracos negros sob os capuzes... e, contudo, via igualmente Snape, de pé, na sua frente, com o olhar pregado no seu rosto, murmurando algo muito baixo. Estranhamente, a figura de Snape ia-se tornando mais nítida e os Dementors menos nítidos...
Harry ergueu a varinha.
— *Protego!*
Snape vacilou... a sua varinha foi projectada para cima, desviando-se de Harry... e, de súbito, a sua mente encheu-se de recordações que não lhe pertenciam: um homem de nariz adunco gritava

com uma mulher encolhida de medo, enquanto um rapazinho moreno chorava a um canto... um adolescente de cabelo gorduroso estava sentado num quarto escuro, sozinho, apontando a varinha ao tecto e matando moscas... uma rapariga ria-se de um rapaz magricela, que tentava montar uma vassoura aos pinotes...

— BASTA!

Pareceu que alguém lhe dera um murro no peito. Cambaleou, recuando vários passos, e foi de encontro às prateleiras que revestiam as paredes do gabinete. Ouviu-se o som de algo a quebrar-se. Snape tremia ligeiramente, muito pálido.

As costas do manto de Harry estavam molhadas. Quando caíra de encontro à prateleira, um dos frascos partira-se e o conteúdo lá conservado, uma coisa viscosa, rodopiava na poção, que se escoava rapidamente.

— *Reparo!* — silvou Snape e o frasco reconstruiu-se de imediato. — Bem, Potter... podemos dizer que houve uma melhoria... — Arfando levemente, Snape endireitou o Pensatório, onde guardara de novo alguns dos seus pensamentos, antes do início da lição. Parecia estar a verificar se ainda lá permaneciam. — Não me lembro de ter dito que usasses o Encantamento do Escudo Invisível... mas não há dúvida de que surtiu efeito...

Harry não lhe respondeu, pois pensou que qualquer resposta seria perigosa. Tinha a certeza de ter conseguido entrar nas recordações de Snape, que acabara de ver cenas da infância do professor. Pensar que o rapazinho que chorava perante a cena de gritos dos pais estava ali, na sua frente, com o olhar cheio de ódio, deixou Harry muito nervoso.

— Tentemos de novo, está bem? — propôs Snape.

Harry sentiu um arrepio de medo. Tinha a certeza de que iria pagar pelo que acontecera. Retomaram as suas posições, separados pela secretária e Harry sentiu que desta vez, lhe seria muito mais difícil esvaziar a mente.

— Quando contar até três, vamos — declarou Snape, erguendo de novo a varinha. — Um... dois...

Harry não teve tempo de se preparar e de tentar bloquear a mente antes de Snape gritar: — *Legilimens!*

Corria velozmente pelo corredor que levava ao Departamento dos Mistérios. Deixando para trás as paredes nuas e as tochas, via a porta negra crescer cada vez mais. Corria tão depressa que ia, certamente, esbarrar na porta, estava a dois passos, avistava de novo a nesga de luz azulada...

A porta escancarara-se! Ultrapassou-a, por fim, entrando numa sala circular, com paredes e soalho negros, iluminada por velas de chama azul. Em seu redor, viam-se mais portas... tinha de continuar... mas por que porta deveria seguir...?
— POTTER!
Harry abriu os olhos. Estava de novo caído de costas, sem se recordar de como aquilo acontecera. Também ofegava, como se tivesse, de facto, corrido pelo corredor do Departamento dos Mistérios, atravessado a porta num pulo e entrado na sala circular.
— Explica-te! — exigiu Snape, que se debruçava sobre ele, furioso.
— Não... não sei o que aconteceu — respondeu Harry, dizendo a verdade. Levantou-se. Tinha um galo na parte de trás da cabeça, onde batera no chão, e sentia-se febril. — Nunca tinha visto aquilo, isto é, já lhe disse que sonhei com a porta... mas nunca se abrira...
— Não te estás a esforçar suficientemente!
Por qualquer razão, Snape parecia ainda mais colérico do que anteriormente, quando Harry desvendara as recordações do professor.
— És preguiçoso e desmazelado, Potter, não admira que o Senhor das Trevas...
— Importa-se de me explicar uma coisa, *senhor?* — interrompeu Harry, já recuperado. — Por que motivo trata o Voldemort por Senhor das Trevas? Só os Devoradores da Morte lhe chamam assim.
Snape abriu a boca desdenhosamente, mas nesse momento ouviu-se um grito de mulher, vindo do exterior do gabinete.
Snape virou bruscamente a cabeça, olhando para o tecto.
— Que diab...? — resmungou.
Harry pensou ouvir um tumulto abafado, que provinha, ao que parecia, do *Hall*. Snape olhou de novo para ele, de cenho franzido.
— Viste alguma coisa estranha, quando vinhas para cá?
Harry abanou a cabeça. Algures por cima deles, a mulher gritou novamente. Snape dirigiu-se à porta em largas passadas, a varinha a postos e desapareceu. Harry hesitou um momento e seguiu-o.
Os gritos vinham, de facto, do *Hall* e aumentavam de intensidade, à medida que Harry subia os degraus de pedra que levavam às masmorras. Ao chegar lá acima, deu com o *Hall* apinhado. Os estudantes tinham acorrido do Salão, onde o jantar ainda decorria, para ver o que se passava, enquanto outros se amontoavam na escadaria de mármore. Harry abriu caminho à força pelo meio de um grupo de Slytherins e viu que os espectadores, alguns chocados,

outros verdadeiramente assustados, tinham formado um grande círculo em redor do *Hall*. A Professora McGonagall estava em frente de Harry, do outro lado, com uma expressão de quem se sentia vagamente agoniada com o que os seus olhos viam.

A professora Trelawney estava parada no meio do *Hall,* com a varinha numa mão e uma garrafa vazia de xerez na outra, com ar de louca. Tinha os cabelos no ar e os óculos de banda, o que fazia que um dos olhos parecesse maior que o outro. Os seus inúmeros xailes e lenços caíam-lhe dos ombros desleixadamente, dando a impressão de que a professora se desfazia em pedaços. A seu lado, viam-se dois grandes malões, um deles virado ao contrário, dando a ideia de que fora atirado pelas escadas abaixo. A Professora Trelawney olhava, aterrorizada, para algo que Harry não era capaz de vislumbrar, mas que parecia encontrar-se ao fundo das escadas.

— Não! — guinchava ela. — NÃO! Isto não pode estar a acontecer... não pode... recuso-me a aceitar uma coisa destas!

— Não se apercebeu do que a esperava? — perguntou uma voz estridente e ameninada, maldosamente divertida. Harry, deslocando-se levemente para a direita, viu que o objecto do olhar aterrado da Trelawney era, nem mais nem menos, que a Professora Umbridge. — Mesmo sendo incapaz de prever o tempo de amanhã, deve ter certamente percebido que a sua lamentável actuação durante as minhas inspecções e a ausência de qualquer melhoria, tornaria inevitável o seu despedimento.

— Não p-pode! — uivava a Professora Trelawney, com as lágrimas escorrendo-lhe por detrás das enormes lentes. — Não p-pode despedir-me! Est-tou... a-aqui há dezasseis anos! H...Hogwarts é a minha casa!

— *Era* a sua casa — corrigiu a Professora Umbridge. Um sentimento de revolta invadiu Harry, ao ver o prazer que lhe deformava as feições sapudas, enquanto observava a Professora Trelawney afundar-se sobre um dos malões, soluçando descontroladamente.

— Era a sua casa até há uma hora, quando o Ministro da Magia assinou a sua Ordem de Despedimento. Agora, queira fazer o favor de se retirar do *Hall*. Está a deixar-nos embaraçados.

Contudo, deixou-se ficar, com uma expressão de prazer e regozijo, enquanto a Professora Trelawney estremecia e gemia, balançando-se para trás e para a frente, num paroxismo de dor. Harry ouviu um soluço abafado à sua esquerda e olhou em volta. Lavander e Parvati choravam ambas baixinho, abraçadas uma à outra. Depois, ouviu passos e viu que a Professora McGonagall se afastara dos espectadores, dirigindo-se à Professora Trelawney, e lhe dava palmadinhas nas costas, enquanto tirava do manto um grande lenço.

— Pronto, pronto, Sybill... acalme-se... assoe-se, tome lá... não é assim tão mau... não é preciso abandonar Hogwarts...

— A sério, Professora McGonagall? — inquiriu a Umbridge numa voz terrível, avançando alguns passos. — E a sua autoridade para proferir essa declaração provém...?

— ... da minha pessoa — respondeu uma voz grave.

As portas de carvalho tinham-se aberto de par em par, fazendo que os alunos que se encontravam junto delas se afastassem apressadamente. Dumbledore parou à entrada. Harry não fazia ideia do que estaria o Director a fazer lá fora, mas a sua imagem, enquadrada pelo umbral da porta, contrastando com a noite invulgarmente enevoada, era impressionante. Deixando as portas escancaradas, atravessou o círculo de espectadores, em direcção à Professora Trelawney, que tremia, encharcada em lágrimas, sentada no malão. A Professora McGonagall continuava a seu lado.

— Da sua pessoa? — indagou Umbridge, com um risinho particularmente desagradável. — Receio que não compreenda a posição que detenho nesta escola — declarou, puxando de um rolo de pergaminho do interior da capa. — Tenho aqui uma Ordem de Despedimento, assinada por mim e pelo Ministro da Magia. Segundo os termos do Decreto Educacional Número Vinte e Três, a Grande Inquisidora de Hogwarts tem o poder de inspeccionar, colocar à experiência e despedir qualquer professor que considere não estar à altura do nível exigido pelo Ministério da Magia. Eu decidi que a Professora Trelawney não está à altura, portanto despedi-a.

Para grande surpresa de Harry, Dumbledore continuou a sorrir. Baixou o olhar para a Professora Trelawney, que continuava a soluçar, quase asfixiada, e declarou:

— Tem toda a razão, evidentemente, Professora Umbridge. Como Grande Inquisidora, tem todo o direito de despedir os meus professores. Não tem, todavia, autoridade para os mandar abandonar o castelo. Receio bem que — prosseguiu com uma vénia cortês — esse poder continue nas mãos do Director e eu desejo que a Professora Trelawney continue a viver em Hogwarts.

Perante estas palavras, a professora soltou uma gargalhadinha estridente, que mal conseguiu disfarçar um soluço.

— Não... não... eu v-vou, Dumbledore! S-saio de Hogwarts e v-vou em b-busca da sorte...

— Não! — declarou Dumbledore com brusquidão. — Desejo que fique connosco, Sybill.

Virou-se para a Professora McGonagall.

— Posso pedir-lhe que acompanhe a Sybill até lá acima, Professora McGonagall?

— Evidentemente — respondeu-lhe ela. — Vá, levante-se, Sybill...

A Professora Sprout destacou-se da multidão e avançou, agarrando no outro braço da Professora Trelawney. Em conjunto, ajudaram-na a passar por Umbridge e a subir as escadas. O Professor Flitwick desatou a correr no seu encalço, com a varinha estendida. Guinchou «*Locomotor malões*» e a bagagem da professora elevou-se no ar e subiu as escadas atrás dela, com o professor Flitwick a fechar a procissão.

A Professora Umbridge parecia petrificada, fitando Dumbledore, que continuava a sorrir benignamente.

— E que vai fazer com ela — indagou num sussurro que se ouviu em todo o *Hall* — assim que eu designar um novo professor de Artes Divinatórias, que necessitará das instalações que ela ocupava?

— Oh, isso não constitui qualquer problema — respondeu Dumbledore agradavelmente. — Sabe, já arranjei um novo professor para esta disciplina e ele prefere ficar instalado no piso térreo.

— Arranjou...? — perguntou Umbridge em voz estridente. — O *senhor* arranjou? Permita-me que lhe recorde, Dumbledore, que segundo o Decreto Educacional Número Vinte e Dois...

— O Ministro tem o direito de designar um candidato adequado se... e só se... o Director não for capaz de o fazer — redarguiu Dumbledore. — Alegra-me comunicar-lhe que, desta vez, tive êxito. Posso apresentá-la?

Virou-se para as portas abertas, pelas quais entrava agora a neblina nocturna. Harry ouviu o som de cascos, seguindo-se um murmúrio de choque que percorreu o *Hall*. Os que se encontravam junto das portas, afastaram-se rapidamente ainda mais para trás, alguns tropeçando e caindo, na ânsia de abrir caminho ao recém-chegado.

Da neblina, surgiu um rosto que Harry vira uma vez, numa noite escura e repleta de perigos, na Floresta Proibida: o cabelo era de um louro quase branco e os olhos de um azul extraordinário. A cabeça e o torso de um homem uniam-se ao corpo dourado de um cavalo.

— Este é Firenze — declarou Dumbledore, muito satisfeito, a Umbridge, que parecia fulminada. — Creio que o achará perfeitamente adequado.

XXVII

O CENTAURO E A DELATORA

— Aposto que agora desejavas não ter desistido de Artes Divinatórias, Hermione! — declarou Parvati com um sorriso desdenhoso.

Estava-se ao pequeno-almoço, dois dias depois do despedimento da Professora Trelawney e Parvati encaracolava as pestanas na ponta da varinha, examinando o resultado nas costas da colher. Iam ter a primeira aula com Firenze nessa manhã.

— Nem por isso — redarguiu Hermione com indiferença, continuando a ler *O Profeta Diário*. — Nunca gostei lá muito de cavalos.

Virou a página do jornal e passou o olhar pelas colunas.

— Ele não é um cavalo, é um centauro! — declarou Lavender, chocada.

— Um centauro *lindíssimo*... — suspirou Parvati.

— Seja como for, continua a ter quatro pernas — respondeu Hermione friamente. — E eu que pensava que vocês estavam tristíssimas com a partida da Trelawney.

— E estamos! — assegurou-lhe Lavender. — Fomos visitá-la ao gabinete e levámos-lhe narcisos, mas não dos que buzinam, como os da Sprout, eram dos bonitos.

— Como está ela? — perguntou Harry.

— Não está lá muito bem, coitadinha — proferiu Lavender, solidária. — Chorava e dizia que preferia deixar o castelo para sempre a ficar aqui, junto da Umbridge. Não a censuro, a Umbridge foi horrível, não foi?

— Tenho a sensação de que essa mulher só agora começou a mostrar como pode ser horrível — comentou Hermione num tom sombrio.

— Impossível! — declarou Ron, que atacava um grande prato de *bacon* com ovos. — Não pode ficar pior do que já é!

— Escreve o que te digo, vai querer vingar-se do Dumbledore por ele ter nomeado um novo professor sem a consultar — afirmou Hermione, fechando o jornal. — Em especial, um meio-humano. Viram bem o ar dela ao olhar para o Firenze.

Após o pequeno-almoço, Hermione foi para a sua aula de Aritmância e Harry e Ron seguiram Parvati e Lavender até ao *Hall*, com destino à aula de Artes Divinatórias.

— Não vamos para a Torre Norte? — perguntou Ron, confuso, ao ver Parvati passar pela escadaria.

A colega olhou-o por cima do ombro desdenhosamente.

— E como é que achas que o Firenze vai subir aquela escada? Agora, temos aula na sala onze, já foi afixado ontem.

A sala onze ficava no rés-do-chão, no corredor que dava para o *Hall* de Entrada, do lado oposto ao Salão. Harry sabia que era uma daquelas salas que não eram utilizadas regularmente, tendo, por isso, o ar levemente desleixado de uma despensa ou de um cubículo de arrumações. Ao entrar na sala atrás de Ron e ao deparar-se no centro de uma clareira, ficou, por isso, pasmado.

— Que diab...?

O chão da sala estava coberto de musgo macio e várias árvores erguiam-se aqui e ali. Os seus ramos frondosos abriam-se a toda a largura do tecto e raios oblíquos de uma luz suave, matizada de verde, jorravam obliquamente das janelas. Os alunos que já tinham chegado achavam-se sentados no chão terroso, recostados nas árvores, ou em pedregulhos, com os braços em volta dos joelhos, ou firmemente cruzados sobre o peito. Todos pareciam bastante nervosos. No centro da clareira via-se Firenze.

— Harry Potter — saudou o centauro, estendendo-lhe a mão quando ele entrou.

— Aã... olá — respondeu Harry, apertando-lhe a mão. O centauro observou-o do fundo dos seus olhos espantosamente azuis, mas não sorriu. — Aã... é bom voltar a vê-lo.

— E a ti também — retorquiu o centauro, inclinando a cabeça loura. — Foi vaticinado que nos encontraríamos novamente.

Harry notou, no peito do centauro, uma ténue nódoa negra com a forma de um casco e, ao virar-se para se sentar no chão, junto dos colegas, viu como estes o olhavam com uma espécie de temor respeitoso, muito impressionados com o facto de Harry conhecer Firenze pessoalmente, pois pareciam achá-lo assustador.

Quando a porta se fechou e o último aluno se sentara num toco, junto do balde dos papéis, Firenze fez um gesto que abarcou a sala.

— O Professor Dumbledore teve a amabilidade de nos arranjar esta sala de aula — afirmou, após se ter feito silêncio —, uma reprodução do meu *habitat* natural. Preferia dar-vos aulas na Floresta

Proibida que foi, até à última segunda-feira, o meu lar... mas isso deixou de ser possível.

— Por favor... aã... senhor — proferiu Parvati, ofegante, erguendo a mão —, por que motivo? Já lá estivemos com o Hagrid e não temos medo!

— Não é uma questão de coragem da vossa parte — explicou Firenze —, mas sim da minha situação. Não posso regressar à Floresta. A minha manada expulsou-me.

— Manada? — repetiu Lavender num tom de estranheza e Harry percebeu que ela estava a pensar em vacas. — Que... oh!

A compreensão espelhou-se-lhe no rosto.

— Existem *mais como o senhor?* — indagou, estupefacta.

— Foi o Hagrid que vos criou, como fez com os Thestrals? — perguntou Dean impetuosamente.

Firenze virou lentamente a cabeça para o observar e o rapaz pareceu compreender de imediato que dissera algo muito ofensivo.

— Não queria... quero dizer... desculpe — terminou em voz abafada.

— Os centauros não são servos, nem brinquedos dos humanos — declarou Firenze calmamente. Fez-se uma pausa e Parvati ergueu de novo a mão.

— Por favor, senhor... por que motivo os outros centauros o expulsaram?

— Porque concordei em trabalhar para o Professor Dumbledore — explicou Firenze. — Viram isso como uma traição à nossa espécie.

Harry recordou-se de como, havia quase quatro anos, o centauro Bane gritara com Firenze por este lhe ter permitido montá-lo, levando-o em segurança para fora da Floresta. Chamara-lhe «mula» e Harry pensou se não teria sido Bane que atingira Firenze no peito.

— Comecemos — declarou Firenze. Abanando a sua longa cauda dourada, ergueu a mão para as copas frondosas, baixando-a depois lentamente. A luz da sala diminuiu, dando a sensação de que se encontravam numa clareira, à luz do luar. O tecto cobriu-se de estrelas, o que provocou um coro de exclamações de espanto, tendo Ron proferido em voz alta: «Caramba!»

— Deitem-se no chão — pediu Firenze na sua voz calma — e observem os céus. Para quem conseguir ver, aí está gravado o destino das nossas raças.

Harry estendeu-se de costas e mirou o tecto, de onde uma estrela vermelha cintilante parecia piscar-lhe o olho.

— Sei que aprenderam os nomes dos planetas e das suas luas em Astronomia — prosseguiu a voz serena de Firenze — e que desenharam mapas com o movimento das estrelas nos céus. Foram os centauros que desvendaram os mistérios desses movimentos ao longo dos séculos. As nossa descobertas ensinaram-nos que o futuro pode ser lido no céu...

— A Professora Trelawney ensinou-nos astrologia! — exclamou Parvati excitadamente, erguendo a mão, que ficou esticada no ar, pois estava deitada de costas. — Marte causa acidentes e arde e coisas assim, e quando faz um ângulo com Saturno, como agora — desenhou um ângulo recto no ar —, significa que as pessoas têm de ser especialmente cuidadosas ao lidar com coisas quentes...

— Isso — declarou Firenze calmamente — são disparates dos humanos.

Parvati deixou cair a mão.

— Os ferimentos triviais, os pequenos acidentes humanos — prosseguiu Firenze, batendo com os cascos no solo coberto de musgo — não têm mais significado para o Universo que a correria das formigas e não são afectados pelos movimentos planetários.

— A Professora Trelawney... — principiou Parvati num tom de voz ferido e indignado.

— ... é humana — rematou Firenze com simplicidade —, sendo, por conseguinte, restringida e entravada pelas limitações da vossa espécie.

Harry virou ligeiramente a cabeça para ver Parvati, que assumira um ar ofendido, à semelhança de vários alunos que a rodeavam.

— A Sybill Trelawney poderá ter a Visão, não sei — continuou Firenze. Harry ouviu-o abanar a cauda, enquanto se deslocava de um lado para o outro defronte dos alunos —, mas desperdiça o seu tempo, principalmente com os disparates a que os humanos chamam, vaidosamente, adivinhação. Eu, porém, estou aqui para vos explicar a sabedoria dos centauros, que é impessoal e imparcial. Observamos os céus em busca das grandes vagas do mal, ou da mudança, que aparecem, por vezes, aí gravadas. Podemos levar dez anos a certificarmo-nos do que estamos a ver.

Firenze apontou para a estrela vermelha directamente por cima de Harry.

— Na última década, vimos indicações de como a comunidade dos feiticeiros está a viver um breve período de calma entre duas guerras. Marte, arauto de batalhas, brilha intensamente acima de nós, sugerindo que a luta poderá, em breve, deflagrar de novo. Os centauros podem tentar adivinhar a brevidade desse facto, queimando certas ervas e folhas, observando fumos e labaredas...

Foi a lição mais invulgar a que Harry já assistira. Chegaram mesmo a queimar salva e malva sobre o soalho e Firenze pediu-lhes que procurassem certas formas e símbolos nos fumos acres. Pareceu, contudo, indiferente perante o facto de ninguém ser capaz de descobrir os sinais que descrevera, dizendo-lhes que os humanos não eram, normalmente, bons naquela actividade e que os centauros tinham necessitado de séculos para se tornarem competentes. Terminou, dizendo-lhes que era insensato depositar demasiada fé em coisas daquelas, porque até os centauros as interpretavam, por vezes, erradamente. Era completamente diferente dos professores humanos e parecia que a sua prioridade não era ensinar-lhes o que sabia, mas sim levá-los a compreender que nada, nem mesmo os conhecimentos dos centauros, era infalível.

— Não é lá muito claro, pois não? — comentou Ron em voz baixa, enquanto apagavam o fogo onde tinham queimado a malva. — Quero dizer, gostava de saber mais uns pormenores sobre a tal guerra que está prestes a deflagrar.

No exterior da sala, a campainha tocou e todos se sobressaltaram. Harry esquecera-se completamente de que continuavam no interior do castelo, tendo-se convencido de que estavam, de facto, na Floresta. A turma saiu ordeiramente, com uma expressão vagamente perplexa.

Harry e Ron seguiam os colegas, quando Firenze chamou:

— Harry Potter, uma palavra, por favor.

Harry virou-se e o centauro avançou um pouco, enquanto Ron hesitava.

— Podes ficar — disse-lhe Firenze —, mas fecha a porta, se faz favor — ao que Ron se apressou a obedecer.

— Harry Potter, és amigo do Hagrid, não é verdade? — perguntou o centauro.

— Sim — declarou Harry.

— Então, dá-lhe um aviso da minha parte. Diz-lhe que a sua tentativa não está a resultar e seria melhor que desistisse.

— A sua tentativa não está a resultar? — repetiu Harry, sem compreender.

— E seria melhor que desistisse — insistiu Firenze, acenando com a cabeça. — Gostaria de avisar o Hagrid pessoalmente, mas fui expulso e seria insensato aproximar-me demasiado da Floresta. O Hagrid já tem problemas suficientes e não precisa de uma batalha entre centauros.

— Mas... que anda o Hagrid a tentar fazer? — indagou Harry, nervoso.

Firenze contemplou-o impassivelmente.

— O Hagrid prestou-me recentemente um grande favor — explicou Firenze — e há muito que merecia o meu respeito, pelo cuidado com que trata todas as criaturas. Não trairei o seu segredo, mas é necessário fazê-lo ver a realidade. A sua tentativa não está a resultar. Diz-lhe, Harry Potter. Muito bom dia.

★

A felicidade que Harry sentira no seguimento da entrevista de *A Voz Delirante* há muito que se evaporara. À medida que um enfadonho mês de Março dava lugar a um Abril tempestuoso, parecia que a sua vida se transformara de novo numa longa série de preocupações e problemas.

Umbridge continuara a assistir a todas as aulas de Cuidados com as Criaturas Mágicas e, portanto, tinha sido muito difícil comunicar a Hagrid o aviso de Firenze. Conseguira-o, por fim, fingindo ter perdido o seu exemplar de *Monstros Fantásticos e Onde Encontrá-los*, tendo voltado para trás no fim de uma das aulas. Ao transmitir a mensagem de Firenze, Hagrid ficou a contemplá-lo através dos seus olhos inchados e esmurrados, aparentemente estupefacto, tendo depois recuperado a compostura.

— É um tipo fixe, o Firenze — comentou em voz rouca —, ma nã' sabe do que 'tá a falar. A tentativa 'tá a resultar muita bem.

— Hagrid, em que é que te meteste? — perguntou Harry com toda a seriedade. — É que tens de ter muito cuidado. A Umbridge já despediu a Trelawney e, se queres saber, está a seguir uma lista de nomes. Se andas a fazer algo que não devias, serás...

— Há coisas mais importantes que manter um emprego — declarou Hagrid, embora as mãos lhe tremessem ligeiramente e deixasse cair uma bacia cheia de excrementos de Knarl, que se despedaçou. — Nã te pr'ocupes comigo, Harry. Vai lá andando, vai.

Harry não teve outra hipótese a não ser deixar o amigo a limpar o estrume que se espalhara pelo chão, mas, enquanto se arrastava até ao castelo, sentia-se profundamente desanimado.

Entretanto, como os professores e Hermione não cessavam de lhes recordar, os NPFs aproximavam-se a passos largos. Todos os alunos do quinto ano sofriam de uma qualquer manifestação de stresse, mas Hannah Abbot foi a primeira a quem Madam Pomfrey teve de receitar uma Poção Calmante, depois de romper em lágrimas durante a aula de Herbologia, soluçando que era demasiado estúpida para se apresentar a exame e dizendo que queria abandonar a escola imediatamente.

Se não fosse pelos encontros do ED, Harry pensava que se teria sentido profundamente infeliz. Por vezes, achava que vivia para aquelas horas que passava na Sala das Necessidades, trabalhando arduamente, mas divertindo-se imenso, cheio de orgulho ao olhar para os colegas do grupo e ver como tinham progredido. Pensava até, por vezes, qual seria a reacção de Umbridge, quando todos os membros do ED recebessem um «Brilhante» no exame de Defesa Contra a Magia Negra dos NPFs.

Tinham finalmente começado a trabalhar no Patronus, que todos ansiavam por praticar, embora Harry lhes recordasse constantemente que produzir um Patronus numa sala profusamente iluminada e sem se encontrarem sob qualquer ameaça, era muito diferente de produzi-lo numa situação de confronto, perante algo como um Dementor.

— Oh, não sejas desmancha-prazeres — exclamou Cho vivamente, admirando o seu Patronus, um cisne prateado, flutuar em redor da Sala das Necessidades, durante o último encontro do ED antes da Páscoa. — São tão bonitos!

— A ideia não é serem bonitos, mas sim protegerem-nos — retorquiu Harry pacientemente. — Precisávamos era de um Sem Forma. Foi assim que eu aprendi: tinha de conjurar um Patronus, enquanto o Sem Forma se transformava num Dementor...

— Mas isso devia ser mesmo assustador! — exclamou Lavender, cuja varinha emitia nuvens de vapor prateado. — E continuo... sem... conseguir... produzi-lo! — acrescentou, irritada.

Neville também estava com problemas. Franzindo o rosto num esforço de concentração, conseguiu apenas que ténues mechas de vapor prateado lhe saíssem da ponta da varinha.

— Tens de pensar numa coisa feliz — recordava-lhe Harry.

— Estou a tentar — respondia Neville, infelicíssimo. O seu esforço era tal que as faces bochechudas lhe brilhavam de suor.

— Harry, acho que já consegui! — gritou Seamus, que aparecera na sua primeira reunião do ED, trazido por Dean. — Olha... ah... desapareceu... mas era, sem sombra de dúvida, uma coisa peluda!

O Patronus de Hermione, uma lontra cor de prata, rodopiava em volta dela.

— São muito simpáticos, não são? — comentou, olhando-o afectuosamente.

A porta da Sala das Necessidades abriu-se e voltou a fechar-se. Harry olhou em seu redor para ver quem entrara, mas não avistou ninguém. Precisou de alguns momentos para compreender que os alunos mais perto da porta se tinham calado. Logo em seguida, sentiu algo a puxar-lhe pela capa, junto do joelho. Olhou para baixo e deparou-se, para sua grande surpresa, com Dobby, o elfo doméstico, que o contemplava de debaixo dos seus oito chapéus de malha.

— Olá, Dobby! — cumprimentou Harry. — Que fazes... que se passa?

Os olhos do elfo estavam arregalados de pavor e o corpo tremia-lhe. Os membros do ED mais perto de si tinham-se igualmente calado e toda a gente observava Dobby. Os poucos Patronus que alguns tinham conseguido conjurar dissolveram-se numa bruma prateada, fazendo que a sala parecesse muito mais escura.

— Harry Potter, senhor... — guinchou o elfo, tremendo dos pés à cabeça — Harry Potter, senhor... Dobby vir avisar... mas os elfos domésticos ter sido avisados para não contar...

Correu a direito para a parede, de cabeça baixa. Harry, que tinha alguma experiência dos hábitos de Dobby no respeitante a autopunir-se, tentou detê-lo, mas Dobby bateu na parede e ressaltou, protegido pelos seus oito chapéus. Hermione e algumas outras raparigas soltaram guinchos de medo e solidariedade.

— Que aconteceu, Dobby? — inquiriu Harry, agarrando no minúsculo braço do elfo e afastando-o de tudo o que pudesse magoar.

— Harry Potter... ela... ela...

Dobby deu vários murros no próprio nariz com o punho livre, que Harry agarrou igualmente.

No entanto, julgou compreender. Certamente, havia apenas uma «ela» capaz de induzir tal pavor em Dobby. O elfo ergueu o olhar para ele, ligeiramente vesgo, e mexeu os lábios, sem produzir qualquer som.

— Umbridge? — perguntou Harry, apavorado.

Dobby fez um sinal afirmativo e tentou bater com a cabeça nos joelhos de Harry, mas este manteve-o afastado.

— Que se passa com ela? Dobby... ela não descobriu isto... o nosso... o ED?

Leu de imediato a resposta no rosto arrasado do elfo. Com as mãos firmemente presas, Dobby tentou dar pontapés a si próprio e caiu de joelhos.

— Ela vem aí? — perguntou Harry baixinho.
Dobby soltou um uivo.
— Sim, Harry Potter, sim!
Harry endireitou-se e olhou em redor para os colegas imóveis e aterrorizados que contemplavam o elfo a contorcer-se.
— DE QUE ESTÃO À ESPERA? — berrou. — FUJAM!
Precipitaram-se todos para a saída imediatamente, formando um nó junto à porta, mas conseguindo por fim, abandonar a sala. Harry ouviu-os correr pelos corredores fora e esperou que tivessem a sensatez de não tentar alcançar de imediato os dormitórios. Ainda faltavam dez para as nove e se se refugiassem na biblioteca, ou na Torre das Corujas, que ficavam mais perto...
— Harry, despacha-te! — guinchou Hermione do centro do nó de pessoas que tentava ainda sair.
Agarrou em Dobby, que continuava a tentar magoar-se e, com o elfo nos braços, correu para o fim da fila.
— Dobby, e isto é uma ordem, vai imediatamente ter com os outros elfos à cozinha e, se ela te perguntar se me avisaste, mente e diz que não! — ordenou-lhe Harry. — E proíbo-te de te magoares! — acrescentou, largando-o assim que conseguiu atravessar a soleira, batendo com a porta.
— Obrigado, Harry Potter! — guinchou Dobby, afastando-se. Harry olhou para ambos os lados, mas os outros corriam tão depressa que apenas vislumbrou calcanhares em voo em ambas as pontas do corredor, que logo desapareceram. Começou a correr para a direita. Havia uma casa de banho de rapazes um pouco mais à frente e podia fingir que lá estivera, se a conseguisse alcançar...
— AAAHHRRR!
Uma coisa qualquer enrolou-se-lhe em volta dos calcanhares, fazendo-o cair estrondosamente e deslizar, de bruços, cerca de dois metros antes de parar. Atrás de si, alguém se ria. Rolou, virou-se de costas e viu Malfoy, escondido num nicho, debaixo de uma jarra muito feia, com a forma de um dragão.
— Feitiço do Tropeção, Potter! — exclamou. — Ei, Professora... PROFESSORA! Apanhei um!
Umbridge apareceu a correr, dobrando a esquina, sem fôlego, mas com um sorriso deliciado.
— É ele! — bradou de alegria perante a imagem de Harry no meio do chão. — Excelente, Draco, excelente, oh, muito bem...

cinquenta pontos para os Slytherin! Eu tomo conta dele a partir de agora... levante-se, Potter!

Harry pôs-se de pé, olhando para ambos, furioso. Nunca vira Umbridge com um ar tão feliz. A professora apertou-lhe o braço com a força de um torno e virou-se para Malfoy, com um grande sorriso.

— Vá andando e veja se consegue apanhar mais alguns, Draco — ordenou-lhe. — Diga aos outros para procurarem na biblioteca... todos os que parecerem sem fôlego... vejam nas casas de banho, Miss Parkinson pode ir às das raparigas... vá, vá andando... e você, Potter, — acrescentou na sua voz mais doce e mais perigosa, quando Malfoy se afastou — vem comigo ao gabinete do Director.

Chegaram rapidamente à gárgula de pedra. Harry perguntava-se quantos mais colegas teriam sido apanhados e pensou em Ron. Mrs. Weasley matá-lo-ia! Lembrou-se também de Hermione e de como se sentiria se fosse expulsa antes de poder fazer os NPFs. E fora o primeiro encontro do Seamus... e Neville, que estava a ficar tão bom...

— Fizzing Whizzbee — entoou Umbridge. A gárgula de pedra saltou para o lado, a parede abriu-se e tomaram a escada de pedra rolante. Chegaram à porta de madeira polida com o batente em forma de grifo, mas Umbridge não se deu ao trabalho de bater. Entrou imediatamente, ainda apertando o braço de Harry.

O gabinete estava cheio de gente. Dumbledore encontrava-se sentado atrás da secretária com uma expressão de serenidade no rosto e as pontas dos seus longos dedos unidas. A Professora McGonagall estava de pé a seu lado, muito hirta e com o rosto extremamente tenso. Cornelius Fudge, o Ministro da Magia, balançava-se ligeiramente para trás e para a frente perto da lareira, parecendo profundamente satisfeito. Kingsley Shacklebolt e um feiticeiro de ar duro, com um cabelo espesso e muito curto, que Harry não reconheceu, tinham-se colocado de ambos os lados da porta, como dois guardas, e a figura sardenta de Percy Weasley, com os seus óculos, pairava nervosamente junto à parede, com uma pena e um grande rolo de pergaminho nas mãos, parecendo a postos para tomar notas.

Naquela noite, os retratos dos antigos directores e directoras não fingiam estar a dormir. Mostravam-se todos bem alerta e com uma expressão séria, observando o que se passava abaixo deles. Quando Harry entrou, alguns escapuliram-se para o retrato do lado, sussurrando agitadamente ao ouvido do vizinho.

Harry libertou-se da mão de Umbridge assim que a porta se fechou atrás deles. Cornelius Fudge olhava-o, furioso, com uma espécie de satisfação maldosa no rosto.

— Ora, ora — comentou. — Muito bem...

Harry respondeu-lhe com o olhar mais desprezível que conseguiu arranjar. O coração martelava-lhe fortemente, mas tinha a mente inesperadamente fria e límpida.

— Ia de regresso à Torre dos Gryffindor — declarou Umbridge. A sua voz revelava uma excitação obscena, o mesmo prazer indecente que Harry detectara no momento em que a Professora Trelawney se desfizera em lágrimas de infelicidade, no *Hall* de Entrada. — O Malfoy encurralou-o.

— Ai sim? — comentou Fudge, agradado. — Tenho de me lembrar de contar ao Lucius. — Bem, Potter... espero que saibas por que motivo aqui estás.

Harry tencionava responder com um «sim» de desafio e a sua boca abrira-se, formando já a palavra, quando reparou no rosto de Dumbledore. O director não o olhava directamente. Fixara o olhar num ponto logo acima do seu ombro, mas ao olhar para ele, viu-o abanar a cabeça imperceptivelmente.

Harry alterou a palavra a meio.

— Si... não.

— Perdão? — inquiriu Fudge.

— Não — respondeu Harry com firmeza.

— *Não* sabes por que motivo estás aqui?

— Não, não sei — repetiu Harry.

Fudge olhou de Harry para a Professora Umbridge, cheio de incredulidade. Harry aproveitou-se da sua momentânea falta de atenção para lançar outro rápido olhar a Dumbledore, que fez um ligeiríssimo aceno de cabeça ao tapete, acompanhado de uma brevíssima piscadela.

— Portanto, não fazes ideia — persistiu Fudge numa voz a rebentar de sarcasmo — por que motivo a Professora Umbridge te trouxe a este gabinete? Não tens consciência de ter quebrado nenhuma das regras da escola?

— Regras da escola? — ecoou Harry. — Não!

— Nem Decretos Ministeriais? — emendou Fudge, furioso.

— Não, de que tenha conhecimento — respondeu Harry ironicamente.

O coração continuava a bater-lhe muito depressa. Quase valia a pena dizer estas mentiras para ver a tensão arterial de Fudge a subir, mas não via forma de se escapar. Se alguém dera uma dica à Umbridge sobre o ED, então mais valia que ele, o chefe, fosse já fazer as malas.

— Então, é novidade — prosseguiu Fudge, a voz embargada de raiva — que foi descoberta nesta escola uma associação de alunos ilegal?

— Sim, é — ripostou Harry, compondo um ar pouco convincente de inocente surpresa.

— Senhor Ministro, sou de opinião — interveio Umbridge num tom melífluo por trás dele — de que faremos mais progressos se eu for buscar o nosso informador.

— Sim, sim, vá — respondeu Fudge, acenando com a cabeça. Quando Umbridge saiu, olhou maliciosamente para Dumbledore.

— Não há nada como uma boa testemunha, pois não, Dumbledore?

— Absolutamente, Cornelius — retorquiu o director num tom grave, inclinando a cabeça.

Houve uma espera de vários minutos, durante a qual ninguém olhou para os outros e, por fim, Harry ouviu a porta abrir-se. Umbridge passou por ele, agarrando pelos ombros a amiga de Cho, a dos cabelos aos caracóis, Marietta, que tapava o rosto com as mãos.

— Não tenha medo, querida, não tenha medo — dizia a Professora Umbridge docemente, dando-lhe palmadinhas nas costas —, está tudo bem. Agiu como devia. O Ministro está muito satisfeito consigo e vai contar à sua mãe como a menina se portou bem. A mãe de Marietta, senhor Ministro — acrescentou, olhando para Fudge — é Madam Edgecombe, do Departamento de Transportes Mágicos, gabinete da Rede de Floo. Tem-nos ajudado a policiar as lareiras de Hogwarts.

— Excelente, excelente! — exclamou Fudge cordialmente. — Tal mãe, tal filha, não é? Bom, então, filha, olhe para nós, não seja tímida, vamos lá ouvir o que tem a... gárgulas galopantes!

Quando Marietta ergueu a cabeça, Fudge saltou para trás, chocado, quase aterrando dentro da lareira. Praguejou e calcou a bainha da capa, que começara a fumegar. Marietta gemeu alto e puxou a gola da capa até aos olhos, não antes, porém, de todos terem visto que o seu rosto estava horrivelmente desfigurado por uma espessa camada de pústulas que tinham alastrado para o nariz e bochechas, formando a palavra «BUFA».

— Deixe lá as borbulhas agora, querida! — proferiu Umbridge impacientemente — Destape a boca e diga ao Ministro...

Marietta, porém, lançou outro gemido e abanou a cabeça freneticamente.

— Oh, muito bem, menina idiota, *eu* digo-lhe — ripostou Umbridge. Colou de novo no rosto o seu sorriso doentio e declarou: — Bem, Senhor Ministro, Miss Edgecombe veio hoje ao meu escritório, pouco depois do jantar, e disse-me que tinha uma coisa para me contar. Disse-me que, se me deslocasse até uma certa sala secreta no sétimo andar, por vezes designada por Sala das Necessidades, descobriria algo que me interessava. Interroguei-a um pouco mais e ela admitiu que ia lá ter lugar uma espécie de reunião. Infelizmente, nessa altura, este feitiço — fez um gesto impaciente em direcção ao rosto tapado de Marietta — fez efeito e, após ter avistado o seu rosto no meu espelho, a rapariga ficou demasiado aflita para continuar a falar.

— Bom — disse Fudge, contemplando Marietta com o que imaginava ser um olhar amável e compreensivo —, a menina foi muito corajosa em ter ido contar à Professora Umbridge. Agiu muito bem. Importa-se agora de dizer o que aconteceu nessa reunião? Qual era o objectivo? Quem estava presente?

Marietta, contudo, recusava-se a falar. Limitou-se a abanar de novo a cabeça, com os olhos muito abertos e receosos.

— Não temos um contrafeitiço para isto? — perguntou Fudge a Umbridge impacientemente, gesticulando para o rosto de Marietta. — De forma a que ela consiga falar livremente?

— Ainda não consegui descobrir nenhum — admitiu a professora contra vontade e Harry sentiu-se extremamente orgulhoso da capacidade de Hermione em lançar feitiços eficazes. — No entanto, o facto de ela não falar não tem qualquer importância, pois consigo desenredar a história.

«Certamente se lembra, Senhor Ministro, de que lhe enviei um relatório em Outubro, avisando que o Potter se encontrara com uma série de colegas no Cabeça de Javali, em Hogsmeade...

— E que provas tem disso? — interrompeu a Professora McGonagall.

— Tenho o testemunho do Willy Widdershins, Minerva, que, por acaso, se encontrava no *pub* naquela altura. É verdade que estava coberto de ligaduras, mas a sua capacidade auditiva não se encontrava afectada — esclareceu Umbridge com um ar convencido. — Ouviu tudo o que o Potter disse e apressou-se a vir à escola, contar-me...

— Ah, então foi por isso que não foi condenado por ter montado todas aquelas sanitas regurgitantes! — exclamou a Professora

McGonagall, erguendo as sobrancelhas. — Que imagem interessante do nosso sistema judicial!

— Corrupção descarada! — rugiu o retrato do corpulento feiticeiro de nariz avermelhado, por trás da secretária de Dumbledore. No meu tempo, o Ministério não fazia acordos com criminosos, não senhor, não fazia!

— Obrigado, Fortescue, chega — agradeceu Dumbledore em voz baixa.

— O objectivo do encontro do Potter com esses alunos — continuou a Professora Umbridge — era convencê-los a juntarem-se a uma sociedade ilegal, cujo fim era aprender feitiços e maldições que o Ministério decidiu serem inapropriados à idade escolar...

— Creio que descobrirá que, nesse aspecto, não tem razão, Dolores — interrompeu Dumbledore calmamente, olhando por cima dos seus óculos de meia-lua, empoleirados a meio do nariz adunco.

Harry ficou a olhar para ele. Não via como é que Dumbledore se ia desenvencilhar daquela. Se Willy Widdershins tinha, de facto, ouvido tudo o que ele dissera no Cabeça de Javali, não havia forma de escapar.

— Oh, oh, oh — disse Fudge, balançando de novo na ponta dos pés. — Vamos lá ouvir a última invenção destinada a safar o Potter de sarilhos! Vá lá, Dumbledore, continua... Willy Widdershins estava a mentir, não era? Ou era o gémeo idêntico do Potter que se encontrava no Cabeça de Javali? Ou tens a habitual explicação elementar, envolvendo um recuo no tempo, o regresso de um morto à vida e um par de Dementors invisíveis?

Percy Weasley lançou uma vigorosa gargalhada.

— Oh, excelente, Senhor Ministro, excelente!

Harry teve vontade de lhe dar pontapés, mas depois viu, para sua surpresa, que Dumbledore também sorria ligeiramente.

— Cornelius, não nego, e tenho a certeza de que o Harry também não, que ele esteve no Cabeça de Javali nesse dia e que estava a tentar recrutar alunos para um grupo de Defesa Contra a Magia Negra. Limito-me a fazer notar que a Dolores não tem razão em sugerir que um grupo desse tipo era, nessa altura, ilegal. Se bem se lembra, o Decreto Ministerial proibindo todas as sociedades estudantis só entrou em vigor dois dias após o encontro em Hogsmeade, portanto não foi quebrada qualquer regra no Cabeça de Javali.

Percy parecia ter sido atingido na cara por um objecto muito pesado. Fudge ficou imóvel, a meio de um saltinho, de boca aberta, mas foi Umbridge a primeira a recuperar.

— Isso pode ser verdade, Director — proferiu, sorrindo docemente —, mas passaram quase seis meses desde a introdução do Decreto Educacional Número Vinte e Quatro. Se a primeira reunião não foi ilegal, todas as que tiveram lugar a partir de então, o foram certamente.

— Bem — respondeu Dumbledore, contemplando-a com um interesse bem-educado por cima dos dedos cruzados —, *tê-lo-iam sido*, se tivessem continuado após a entrada em vigor do decreto. Tem provas da continuação desses encontros?

Enquanto Dumbledore falava, Harry ouviu atrás de si um ruge-ruge e pareceu-lhe que Kingsley sussurrara algo. Podia também jurar que sentira qualquer coisa roçar pelo seu corpo, algo muito suave, como uma corrente de ar, ou um roçar de asas, mas, ao olhar, nada viu.

— Provas? — repetiu Umbridge, com o seu horrendo sorriso adulador. — Não tem prestado atenção, Dumbledore? Por que pensa que Miss Edgecombe está aqui?

— Oh, então ela pode falar-nos desses encontros que tiveram lugar nos últimos seis meses? — inquiriu Dumbledore, erguendo as sobrancelhas. — Fiquei com a impressão de que se encontrava aqui apenas para informar sobre a reunião desta noite.

— Miss Edgecombe — proferiu Umbridge imediatamente —, conte-nos há quanto tempo duram esses tais encontros, querida. Pode limitar-se a acenar afirmativa ou negativamente com a cabeça. Tenho a certeza de que as borbulhas não pioram por causa disso. Então, os encontros tiveram lugar nos últimos seis meses?

Harry teve a sensação de que o estômago lhe caíra aos pés. Era agora, estavam num beco sem saída, com provas tão sólidas que nem Dumbledore conseguiria manipular.

— Limite-se a acenar ou a abanar a cabeça, querida — insistiu Umbridge. — Vá lá, então, isso não reactivará o feitiço.

Toda a gente presente no gabinete tinha os olhos postos na parte superior da cara de Marietta. Entre a gola subida da capa e a franja encaracolada viam-se apenas os seus olhos, que, talvez devido à luz proveniente da lareira, pareciam estranhamente vazios. Depois, para total espanto de Harry, Marietta abanou a cabeça.

Umbridge olhou rapidamente para Fudge e de novo para Marietta.

— Creio que não compreendeu a pergunta, pois não, querida? Estou a perguntar-lhe se tem estado presente nesse encontros nos últimos seis meses. Esteve, não esteve?

Marietta abanou, de novo, a cabeça.

— Por que está a abanar a cabeça, querida? — inquiriu Umbridge num tom irritado.

— Pensar-se-ia que o significado é perfeitamente claro — comentou a professora McGonagall duramente. — Quer dizer que não houve encontros secretos nos últimos seis meses. Estou certa, Miss Edgecombe?

Marietta acenou afirmativamente com a cabeça.

— Mas esta noite houve um encontro! — bradou Umbridge, furiosa. — Houve uma reunião na Sala das Necessidades, Miss Edgecombe, a menina contou-me! E o Potter era o chefe, não era? O Potter organizou aquilo tudo, o Potter... *por que motivo está a abanar a cabeça, menina?*

— Bem, normalmente, quando uma pessoa abana a cabeça — declarou McGonagall friamente —, isso significa «não». Portanto, a não ser que Miss Edgecombe esteja a usar uma forma de linguagem corporal desconhecida da raça humana...

A professora Umbridge agarrou Marietta, virou-a para si e começou a abaná-la com toda a força. Uma fracção de segundo depois, Dumbledore levantou-se, de varinha erguida. Kingsley avançou e Umbridge afastou-se de Marietta, esbracejando como se tivesse queimado as mãos.

— Não posso permitir que maltrate os meus alunos, Dolores — declarou Dumbledore, parecendo zangado pela primeira vez.

— É melhor acalmar-se, Madam Umbridge — proferiu Kingsley na sua voz grave e pausada. — Não quer, certamente, arranjar problemas.

— Não — admitiu Umbridge, sem fôlego, erguendo o olhar para a figura imponente de Kingsley. — Isto é, sim, tem toda a razão, Shacklebolt... eu... eu... descontrolei-me.

Marietta mantinha-se exactamente onde Umbridge a largara e não parecia perturbada pelo súbito ataque da professora, nem aliviada por esta a ter libertado. Continuava a segurar na capa e a tapar os olhos, estranhamente vazios, olhando a direito.

Uma suspeita súbita, relacionada com o sussurro de Kingsley e aquilo que sentira passar por ele, surgiu de repente no espírito de Harry.

— Dolores — pediu Fudge com o ar de quem deseja arrumar um assunto —, o encontro de hoje... aquele que temos a certeza absoluta de ter ocorrido...

— Sim — proferiu Umbridge, recompondo-se —, sim... bom, Miss Edgecombe avisou-me e eu desloquei-me imediatamente ao sétimo andar, acompanhada de certos alunos *de confiança*, a fim de apanhar os participantes no encontro com a boca na botija. Parece, contudo, que foram avisados da minha aproximação, porque, ao chegar ao sétimo andar, havia alunos a correr em todas as direcções. Isso, porém, não importa, pois tenho comigo todos os seus nomes. Miss Parkinson entrou na Sala das Necessidades, a meu pedido, para ver se se tinham esquecido de alguma coisa. Precisávamos de provas e a sala forneceu-as.

E, para horror de Harry, tirou do bolso a lista dos nomes que fora afixada na parede da Sala das Necessidades e passou-a a Fudge.

— Assim que vi o nome do Potter na lista, soube aquilo com que nos deparávamos — acrescentou em voz baixa.

— Excelente! — declarou Fudge, com um sorriso a espalhar-se no rosto. — Excelente, Dolores. E... que diab...

Ergueu o olhar para Dumbledore, que continuava ao lado de Marietta, segurando frouxamente a varinha.

— Vê o nome que deram a si próprios! — disse Fudge calmamente. — O *Exército de Dumbledore*.

Dumbledore estendeu o braço e tirou o pedaço de pergaminho das mãos de Fudge. Olhou para o título, escrevinhado por Hermione havia tantos meses, e, por momentos, pareceu incapaz de falar. Depois ergueu o olhar e sorriu.

— Bom, o jogo acabou — proferiu com simplicidade. — Desejas uma confissão por escrito, Cornelius... ou basta um depoimento perante estas testemunhas?

Harry viu McGonagall e Kingsley trocarem um olhar, o medo espelhado no rosto. Não compreendia o que se estava a passar e, aparentemente, Fudge também não.

— Um depoimento? — repetiu Fudge devagar. — O que... não...

— *Exército de Dumbledore*, Cornelius — disse Dumbledore, ainda a sorrir, acenando com a lista dos nomes em frente da cara de Fudge. — Não é o Exército de Potter, é o *Exército de Dumbledore*.

— Mas... mas...

A compreensão iluminou, de súbito, o rosto do Ministro. Horrorizado, deu um passo atrás, lançou um gritinho e afastou-se de novo das chamas da lareira.

— Tu? — murmurou, voltando a calcar a bainha fumegante.

— Exactamente — confirmou Dumbledore numa voz agradável.

— Foste tu que organizaste isto?

— Fui.
— Recrutaste estes alunos para... para o teu exército?
— Esta noite, devíamos ter tido a primeira reunião — declarou Dumbledore com um aceno de cabeça. — Só para ver se estariam interessados em juntar-se a mim. Vejo agora que foi um erro convidar Miss Edgecombe, evidentemente.
Marietta anuiu com um gesto. Fudge olhava dela para Dumbledore, com o peito inchado.
— Então, tens andado a *conspirar* contra mim! — gritou.
— Exactamente — respondeu Dumbledore vivamente.
— NÃO! — gritou Harry.
Kingsley lançou-lhe um olhar de aviso, McGonagall arregalou-lhe os olhos com ar ameaçador, mas Harry percebera, de súbito, o que Dumbledore ia fazer e não podia permitir.
— Não... Professor Dumbledore...!
— Cala-te, Harry, ou terei de te pedir que saias do meu gabinete — proferiu Dumbledore com toda a calma.
— Sim, cala-te, Potter! — rosnou Fudge, que continuava a mirar Dumbledore com uma espécie de prazer horrorizado. — Bem, bem... vim cá esta noite esperando expulsar o Potter e, afinal...
— Afinal, apanhas-me a mim — concluiu o director, sorrindo.
— É como perder um janota e encontrar um galeão, não é?
— Weasley! — bradou Fudge, que agora tremia de satisfação. — Weasley, escreveste tudo o que ele disse, todas as suas palavras, a sua confissão? Apanhaste tudo?
— Sim, senhor, creio que sim, senhor! — respondeu Percy, ansioso. Tinha o nariz salpicado de tinta, devido à velocidade com que tomara notas.
— A parte sobre como tem andado a tentar pôr de pé um exército contra o Ministério, como tem trabalhado para me desestabilizar?
— Sim, senhor, tenho tudo, senhor! — afirmou Percy, passando o olhar pelas notas, muito contente.
— Então, muito bem — disse Fudge, radiante. — Faz cópias, Weasley, e envia uma a *O Profeta Diário* imediatamente. Se usarmos uma coruja expresso, ainda chega a tempo da edição da manhã! — Percy saiu precipitadamente do gabinete, batendo com a porta, e Fudge voltou-se novamente para Dumbledore. — Agora, vais ser escoltado até ao Ministério, onde serás formalmente acusado e, depois, irás para Azkaban, onde aguardarás o julgamento.
— Ah, claro — proferiu Dumbledore suavemente. — Sim, pensei logo nesse pequeno senão.

— Um senão? — repetiu Fudge, a voz vibrando de alegria. — Não vejo qualquer senão, Dumbledore!

— Bom — retorquiu o director humildemente —, mas eu vejo.

— Oh, a sério?

— Bom... parece que partes do princípio, evidentemente falso, de que... como é que se diz... eu *me submeto sem luta*. Receio bem, Cornelius, que tal não vá suceder. Não tenho qualquer intenção de ser enviado para Azkaban. É claro que podia fugir, mas seria uma perda de tempo e, francamente, há muito mais coisas que prefiro fazer.

O rosto de Umbridge estava cada vez mais vermelho e parecia que uma onda de água a ferver alastrava pelo seu corpo. Fudge olhava para Dumbledore com uma expressão idiota, como se tivesse levado um soco inesperado. Soltou um ruído estrangulado e olhou para Kingsley e para o homem de cabelo grisalho, o único que, até então, não proferira uma única palavra. O homem fez um gesto tranquilizador para Fudge e avançou um passo, desencostando-se da parede. Harry viu a sua mão mover-se, como se por acaso, em direcção ao bolso.

— Não sejas idiota, Dawlish — comentou Dumbledore com amabilidade. — Tenho a certeza de que és um excelente Auror... creio que me lembro de que conseguiste um «Brilhante» em todos os NFBEs, mas se tentares... aã... *levar-me à força*, terei de te magoar.

O homem de nome Dawlish pestanejou com ar de estúpido e voltou a olhar para Fudge, esperando agora por uma pista que lhe indicasse o que fazer.

— Portanto — zombou o Ministro, recuperando o controlo —, tencionas enfrentar sozinho o Dawlish, o Shacklebolt, a Dolores e eu próprio, não é, Dumbledore?

— Pela barba de Merlim, é claro que não — retorquiu o director, sorrindo. — A não ser que sejam tão idiotas que me obriguem a fazê-lo.

— Ele não está sozinho! — bradou a Professora McGonagall, enfiando a mão no manto.

— Está, sim, Minerva! — afirmou Dumbledore bruscamente. — Hogwarts necessita de si!

— Basta de disparates! — exclamou Fudge, sacando da varinha. — Dawlish! Shacklebolt! *Agarrem-no!*

Um raio de luz prateada atravessou o gabinete. Ouviu-se um estampido semelhante a um tiro e o chão tremeu. Uma mão agarrou Harry pela nuca e obrigou-o a deitar-se, no momento em que explodia um segundo raio. Vários retratos gritaram, Fawkes guinchou e uma nuvem de pó espalhou-se pelo ar. Tossindo, Harry viu cair um corpo escuro, acompanhado de um estrondo. Ouviu-se outro guincho, um baque e alguém gritou «Não!». Seguiu-se o som de vidros a partirem-se, passos apressados, um gemido... e silêncio.

Tentou virar-se para ver quem o segurava, quase o estrangulando, e deu de caras com a Professora McGonagall, agachada a seu lado. Fora ela que o afastara, e a Marietta, do perigo. O pó que revolteava suavemente pelo ar caía ainda sobre eles. Arfando um pouco, Harry viu uma figura muito alta avançar para eles.

— Vocês estão bem? — perguntou Dumbledore.

— Sim! — respondeu a Professora McGonagall, erguendo-se e puxando por Harry e Marietta.

O pó assentava e puderam, então, aperceber-se da destruição que reinava no gabinete. A secretária de Dumbledore fora virada ao contrário, as mesinhas frágeis derrubadas, e os instrumentos prateados cobriam o solo, em pedaços. Fudge, Umbridge, Kingsley e Dawlish jaziam no chão, imóveis. *Fawkes*, a fénix, esvoaçava sobre as suas cabeças, em círculos largos.

— Infelizmente, vi-me obrigado a enfeitiçar também o Kingsley, ou teria parecido muito suspeito — explicou Dumbledore em voz baixa. — Reagiu com uma rapidez espantosa, modificando a memória da Miss Edgecombe num instante, enquanto todos estavam distraídos... agradeça-lhe em meu nome, sim, Minerva?

«Bom, eles vão acordar muito em breve e será melhor que não se apercebam que tivemos tempo de comunicar. Têm de agir como se não se tivesse passado tempo algum, como se tivessem simplesmente caído, não se vão recordar...

— Para onde vai, Dumbledore? — sussurrou a Professora McGonagall. — Para Grimmauld Place?

— Oh, não! — respondeu o director com um sorriso resoluto. — Não abandono a escola para me ir esconder. Prometo-lhe que, em breve, o Fudge se arrependerá de me ter desalojado.

— Professor Dumbledore... — começou Harry.

Não sabia por onde principiar: se devia lamentar o facto de ter organizado o ED, causando todos aqueles problemas, ou confessar como se sentia mal por obrigar Dumbledore a partir para o salvar da expulsão. O director, contudo, interrompeu-o antes de Harry poder prosseguir.

— Escuta-me, Harry — pediu com urgência na voz. — Tens de estudar Oclumância com todas as tuas forças, compreendes? Faz tudo o que o Professor Snape te mandar e, em especial, pratica todas as noites antes de adormeceres, para conseguires fechar a tua mente aos pesadelos... em breve compreenderás o motivo, mas tens de me prometer...

Dawlish começara a mexer-se. Dumbledore agarrou Harry pelo pulso.

— Lembra-te... fecha a tua mente...

No momento em que os dedos de Dumbledore se fecharam sobre a pele de Harry, uma dor terrível trespassou-lhe a cicatriz e sentiu de novo um desejo insano e animalesco de o atacar, de o morder, de o ferir...

— ... vais compreender — sussurrou Dumbledore.

Fawkes sobrevoou o gabinete e baixou sobre ele. Dumbledore largou-o, ergueu a mão e agarrou a longa cauda dourada da fénix. Viu-se um raio de fogo e ambos desapareceram.

— Onde está ele? — gritava Fudge, soerguendo-se a custo. — *Onde está ele?*

— Não sei! — bradou Kingsley, pondo-se de pé num salto.

— Bem, não pode ter-se Desmaterializado! — exclamou Umbridge. — Não é possível fazê-lo do interior da escola...

— As escadas! — berrou Dawlish, atirando-se de encontro à porta e abrindo-a. Desapareceu, seguido de perto por Kingsley e Umbridge. Fudge hesitou. Depois, levantou-se e sacudiu o pó do manto. Fez-se um longo e penoso silêncio.

— Muito bem, Minerva — declarou Fudge maldosamente, endireitando a manga rasgada. — Receio que isto seja o fim do seu amigo Dumbledore.

— Acredita realmente nisso? — inquiriu a Professora McGonagall desdenhosamente.

Fudge pareceu não a ouvir. Contemplava o gabinete destroçado e alguns dos retratos vaiaram-no. Um ou dois chegaram mesmo a fazer um gesto muito rude.

— É melhor levar esses dois para a cama — declarou o Ministro, voltando a encarar a Professora McGonagall e fazendo um aceno na direcção de Harry e Marietta.

A professora não lhe respondeu, mas conduziu os dois jovens para a porta. Quando esta se fechava, Harry ouviu a voz de Phineas Nigellus:

— Sabe, Ministro, discordo do Dumbledore em muitas questões... mas não pode negar que ele tem classe...

XXVIII

A PIOR RECORDAÇÃO DE SNAPE

POR ORDEM DO MINISTÉRIO DA MAGIA
*Dolores Jane Umbridge (Grande Inquisidora) substituiu
Albus Dumbledore como Directora da
Escola De Magia e Feitiçaria de Hogwarts*

*O acima exposto está de acordo com o
Decreto Educacional Número Vinte e Oito*

Assinado: Cornelius Oswald Fudge, Ministro da Magia

Os avisos tinham sido afixados em toda a escola da noite para o dia, mas esse facto não explicava como todos os habitantes do castelo sabiam que Dumbledore vencera dois Aurors, a Grande Inquisidora, o Ministro da Magia e o seu Secretário Adjunto, tendo conseguido fugir. Fosse para onde fosse, o único tema das conversas que chegava aos ouvidos de Harry era a fuga de Dumbledore e, embora alguns dos pormenores tivessem sido deturpados (ouviu uma aluna do segundo ano assegurar a outra que Fudge fora internado em São Mungo com uma abóbora no lugar da cabeça), o grau de precisão da restante informação era impressionante. Todos sabiam, por exemplo, que Harry e Marietta eram os únicos alunos a terem testemunhado a cena no gabinete de Dumbledore e, como Marietta estava agora na enfermaria, Harry era constantemente solicitado com pedidos para que contasse tudo o que vira.

— O Dumbledore volta não há-de tardar muito — afirmava Ernie Macmillan confiantemente, quando voltavam da aula de Herbologia, depois de escutar atentamente a história de Harry. — Não conseguiram afastá-lo no nosso segundo ano e desta vez também vai ser assim. O Monge Gordo contou-me... — baixou a voz em tom de conspiração, forçando Harry, Ron e Hermione a aproximarem-se para o ouvirem — ... que a Umbridge tentou voltar ao gabinete dele a noite passada, depois de o terem procurado no castelo e nos campos, mas não conseguiram passar pelas gárgulas.

O gabinete do director selou-se, em protesto. — Ernie sorriu maliciosamente. — Parece que ela teve um ataque de fúria.

— Oh, imagino perfeitamente como a Umbridge adoraria instalar-se no gabinete do Dumbledore — comentou Hermione maldosamente, enquanto subiam a escada de pedra que ia dar ao *Hall*.
— A dar ordens aos outros professores, a grande idiota empertigada, doida por mandar...

— Bom, será que desejas *realmente* acabar essa frase, Granger?

Draco Malfoy deslizara de detrás da porta, seguido por Crabbe e Goyle. O seu rosto pálido e afilado cintilava de malícia.

— Receio bem que tenha de abafar uns pontinhos aos Gryffindor e aos Hufflepuff — ameaçou na sua voz arrastada.

— Tu não podes tirar pontos aos outros prefeitos, Malfoy — retorquiu Ernie imediatamente.

— Sei muito bem que os *prefeitos* não podem tirar pontos uns aos outros, Rei Weasel[9] — troçou Malfoy, secundado pelo riso escarninho de Crabbe e Goyle. — Mas os membros da *Brigada Inquisitorial*...

— Da *quê*? — inquiriu Hermione em tom brusco.

— Da Brigada Inquisitorial, Granger — repetiu Malfoy, apontando para um minúsculo «I» prateado na sua capa, logo por baixo do distintivo de prefeito. — Um grupo seleccionado de alunos que apoiam o Ministério da Magia, escolhidos pela Professora Umbridge. Seja como for, os membros da Brigada Inquisitorial *têm* poder para tirar pontos... portanto, Granger, tiro-te cinco por seres mal-educada para com a nossa nova Directora. A ti, Macmillan, cinco por me contradizeres. Cinco, por não gostar de ti, Potter. Weasley, tens a camisa de fora, portanto tiro-te outros cinco. Oh, sim, já me esquecia, tu és uma Sangue de Lama, Granger, portanto menos dez.

Ron puxou da varinha, mas Hermione afastou-a, murmurando «Não!»

— Um gesto sensato, Granger — sussurrou Malfoy. — Nova Directora, novos tempos... porta-te bem, Potty... Rei Weasle...

Rindo gostosamente, afastou-se com os amigalhaços.

— Estava a fazer *bluff* — declarou Ernie, assustado. — Não pode ter sido autorizado a tirar pontos... seria ridículo... adulteraria completamente o sistema da prefeitura.

---

[9] Insulto baseado na semelhança entre «Weasle» (doninha) e o apelido de Ron, Weasley. (*NT*)

Harry, Ron e Hermione, porém, tinham-se voltado automaticamente para as ampulhetas gigantes, incrustadas nos seus nichos ao longo da parede, que exibiam os pontos das equipas. Nessa manhã, os Gryffindor e os Ravenclaw lideravam ambos, empatados, mas, enquanto olhavam, viram subir as pedras, reduzindo o nível da metade inferior. Na verdade, a única ampulheta que parecia inalterada era a verde-esmeralda, a dos Slytherin.

— Já viram, não já? — perguntou a voz de Fred.

Ele e George tinham acabado de descer a escadaria de mármore, juntando-se aos amigos, defronte das ampulhetas.

— O Malfoy acabou de nos sacar cerca de cinquenta pontos — queixou-se Harry, furioso, ao verem mais algumas pedras subirem na ampulheta dos Gryffindor.

— Pois, o Montague tentou connosco durante o intervalo — declarou George.

— Que queres dizer com «tentou»? — perguntou Ron de imediato.

— Não conseguiu acabar a frase — explicou Fred —, uma vez que o enfiámos de cabeça para baixo no Armário de Desaparição do primeiro andar.

Hermione ficou chocada, avisando-os:

— Vão meter-se num bom sarilho!

— Só quando o Montague reaparecer, o que pode levar semanas. Não sei para onde o mandámos — acrescentou Fred com indiferença. — Seja como for... decidimos que não nos vamos meter em mais sarilhos.

— Não me digas! — exclamou Hermione.

— A sério! — assegurou-lhe George. — Nunca fomos expulsos, pois não?

— Sempre soubemos respeitar os limites — completou Fred.

— Talvez tenhamos abusado um bocadinho, por vezes — admitiu George.

— Mas parámos antes de causarmos um verdadeiro caos — finalizou Fred.

— E agora? — perguntou Ron, indeciso.

— Bem, agora... — principiou George.

— ... com a saída do Dumbledore... — prosseguiu Fred.

— ... achamos que um pouco de caos... — continuou George.

— ... é exactamente o que a nossa nova e querida Directora merece — concluiu Fred.

— Não podem! — segredou Hermione. — Não podem mesmo! Ela adoraria ter um motivo para vos expulsar.

— Não estás a perceber, pois não, Hermione? — perguntou Fred, sorrindo-lhe. — Já não nos interessa ficar aqui. Abandonávamos a escola imediatamente, se não estivéssemos decididos a fazer a nossa parte pelo Dumbledore. Portanto — olhou para o relógio —, a fase um está prestes a começar. No vosso lugar, ia já para o Salão, almoçar. Assim, os professores podem ver que vocês não tiveram nada a ver com a coisa.

— A ver com que coisa? — perguntou Hermione, ansiosa.

— Já vais ver — disse-lhe George. — Vá, basem daqui.

Os gémeos viraram-se e desapareceram no meio da multidão que descia a escadaria para ir almoçar. Com uma expressão totalmente desconcertada, Ernie murmurou qualquer coisa sobre um trabalho de casa por acabar para Transfiguração e afastou-se a toda a pressa.

— Acho que *devíamos* mesmo sair daqui — proferiu Hermione, nervosa.

— Pronto, 'tá bem — disse Ron e dirigiram-se os três para as portas do Salão. Contudo, mal Harry dera uma olhadela às nuvens brancas que corriam pelo tecto, sentiu uma palmadinha no ombro e, virando-se, deu de caras com Filch, o encarregado. Recuou precipitadamente vários passos, pois era melhor olhar para Filch de longe.

— A Directora quer dar-te uma palavrinha, Potter — disse-lhe de soslaio.

— Não fui eu — declarou Harry estupidamente, pensando no que Fred e George tinham planeado. O queixo de Filch tremeu num riso silencioso.

— Consciência culpada, com que então? — ofegou. — Segue-me.

Harry olhou de relance para Ron e Hermione, que o contemplavam, preocupados. Encolheu os ombros e seguiu Filch para o *Hall,* abrindo caminho por entre a multidão de alunos esfomeados.

Filch parecia estar invulgarmente bem-disposto. Ia cantarolando baixinho na sua voz roufenha, enquanto subiam a escadaria. Ao chegarem ao primeiro patamar, disse-lhe:

— As coisas por aqui estão a mudar, Potter!

— Já reparei — retorquiu Harry friamente.

— Pois é... há anos que ando a dizer ao Dumbledore que ele é demasiado brando com vocês — comentou Filch, gargalhando com maldade. — Suas bestazinhas nojentas, se soubessem que eu tinha autorização de vos chicotear até fazer sangue, nunca se atreveriam a lançar Bombas de Mau Cheiro, pois não? Ninguém se atreveria a atirar *Frisbees* com Presas pelos corredores, se eu vos pudesse pendurar pelos pés no meu gabinete, não é? Mas quando o Decreto Educacional Número Vinte e Nove sair, Potter, vou ter autorização para vos fazer essas coisas... *e* ela pediu ao Ministro que assinasse uma ordem para a expulsão do Peeves... oh, as coisas por aqui vão ser muito diferentes com *ela* a mandar...

Era óbvio que Umbridge se esforçara para ter Filch do seu lado, pensou Harry, e o pior era que, provavelmente, o encarregado se viria a revelar uma arma importante. O seu conhecimento das passagens secretas e dos esconderijos da escola só era ultrapassado pelo dos gémeos Weasley.

— Cá estamos — declarou, olhando desdenhosamente para Harry, enquanto batia três vezes na porta do gabinete da Professora Umbridge e a abria. — O Potter para si, Ma'am.

O gabinete, já tão familiar devido aos muitos castigos que ali sofrera, estava na mesma, à excepção de uma grande placa de madeira sobre a secretária, sobre a qual se lia, em letras douradas, DIRECTORA. Também a sua *Flecha de Fogo* e as *Cleansweeps* de Fred e de George, notou Harry com um baque, estavam agora trancadas a cadeado e acorrentadas a uma grossa argola de ferro na parede atrás da secretária.

Umbridge estava sentada, escrevendo atarefadamente nos seus pergaminhos cor-de-rosa, mas, quando entraram, ergueu o olhar e sorriu abertamente.

— Obrigada, Argus — agradeceu numa voz doce.

— Não tem de quê, Ma'am, não tem de quê — respondeu Filch, curvando-se até onde lhe permitia o reumatismo, e saindo às arrecuas.

— Sente-se — ordenou Umbridge asperamente, apontando-lhe uma cadeira. Harry obedeceu. Ela continuou a escrevinhar por alguns momentos e ele foi observando os horrorosos gatinhos que andavam aos saltos pelos pratos por cima da cabeça da professora, interrogando-se que novo horror teria ela reservado para si.

— Muito bem — proferiu por fim e pousou a pena. Fazia lembrar um sapo prestes a engolir uma mosca particularmente saborosa. — Que deseja beber?

— Como? — inquiriu Harry, certo de que ouvira mal.

— Que deseja beber, Mr. Potter? — repetiu ela, sorrindo ainda mais abertamente. — Chá? Café? Sumo de abóbora?

Ao designar cada uma das bebidas, abanava levemente a varinha, fazendo aparecer o respectivo copo sobre a secretária.

— Nada, obrigado — agradeceu Harry.

— Gostaria que partilhasse uma bebida comigo — insistiu, a voz de uma doçura cada vez mais perigosa. — Escolha!

— Muito bem... pode ser chá — disse Harry, encolhendo os ombros.

Umbridge levantou-se e atarefou-se a acrescentar leite, de costas voltadas para ele. Depois, rodeou a secretária e entregou-lhe a chávena, sorrindo com a sua doçura sinistra.

— Aqui está! — declarou. — Beba antes que arrefeça, está bem? Bem, Mr. Potter... pensei que devíamos ter uma conversazinha, após os terríveis acontecimentos da noite passada.

Harry não respondeu. A professora instalou-se de novo na sua cadeira e esperou. Após um longo período em silêncio, proferiu alegremente:

— Não está a beber o seu chá!

Harry levou a chávena aos lábios, mas baixou-a com igual rapidez. Um dos horríveis gatos dos pratos atrás de Umbridge tinha uns olhos azuis redondos, iguaizinhos ao olho mágico de Moody e ocorreu-lhe o que ele diria, se soubesse que Harry bebera algo oferecido por um inimigo declarado.

— Que se passa? — perguntou a professora, continuando a observá-lo. — Quer açúcar?

— Não.

Levou a chávena de novo aos lábios e fingiu dar um gole, mantendo, no entanto, os lábios bem fechados. O sorriso de Umbridge alargou-se.

— Óptimo! — sussurrou. — Óptimo! Bom... — proferiu, inclinando-se um pouco para a frente. — *Onde está Albus Dumbledore?*

— Não faço ideia — retorquiu Harry imediatamente.

— Beba, beba — insistiu ela, continuando a sorrir. — Bem, Mr. Potter, não vale a pena jogarmos joguinhos infantis. O senhor e Dumbledore estão metidos nisto desde o princípio. Lembre-se da sua posição, Mr. Potter...

— Não sei onde ele está.

Fingiu beber de novo.

— Muito bem — disse Umbridge, desagradada. — Nesse caso, poderá dizer-me o paradeiro de Sirius Black.

O estômago de Harry deu uma volta e a mão que segurava a chávena tremeu, fazendo retinir o pires. Inclinou a chávena para a boca, mantendo os lábios fechados, entornando parte do líquido pela capa abaixo.

— Não sei — declarou demasiado depressa.

— Mr. Potter — proferiu Umbridge —, deixe-me recordar-lhe que fui eu quem, em Outubro, quase apanhou o criminoso Black na lareira da sala dos Gryffindor. Sei perfeitamente que se fora encontrar consigo e, se eu tivesse provas, nenhum de vocês andaria à solta, posso garantir-lhe. Repito, Mr. Potter... onde está Sirius Black?

— Não faço ideia — repetiu Harry bem alto. — Não faço a mínima.

Olharam-se durante tanto tempo que Harry sentiu os olhos lacrimejar. Depois, Umbridge levantou-se.

— Muito bem, Potter, desta vez vou acreditar na sua palavra, mas fica avisado: tenho a apoiar-me o poder do Ministério. Todos os canais de comunicação de e para esta escola estão a ser monitorizados. Um Regulador da Rede de Floo vigia todas as lareiras de Hogwarts... excepto a minha, bem entendido. A minha Brigada Inquisitorial abre e lê todo o correio das corujas que entra e sai do castelo e Mr. Filch vigia todas as passagens secretas. Se eu descobrir a mais ínfima prova...

BUUUM!

O chão do gabinete tremeu. Umbridge escorregou da cadeira, agarrando-se à secretária, com o choque espelhado no rosto.

— Que foi...?

Fixava a porta e Harry aproveitou a oportunidade de esvaziar a chávena de chá quase cheia na jarra de flores mais próxima. Ouvia pessoas a correr e a gritar vários andares mais baixo.

— Volte para o seu almoço, Potter! — gritou Umbridge, erguendo a varinha e saindo do gabinete a correr. Harry deu-lhe algum avanço e correu no seu encalço para ver qual a origem de todo aquele alvoroço.

Não foi difícil de descobrir. No andar inferior, reinava o pandemónio. Alguém (Harry tinha uma boa ideia da sua identidade) fizera explodir um enorme caixote de fogo-de-artifício mágico.

Dragões formados por faíscas verdes e douradas disparavam pelos corredores, lançando explosões e estouros. Girândolas rosa-choque com um diâmetro de um metro e meio rodopiavam, mortíferas, pelo ar, quais discos voadores; foguetes de longas caudas de estrelas prateadas faziam ricochete nas paredes; chuvas de faíscas escreviam palavrões no ar e por todo o lado havia explosões de bombinhas. Em vez de se extinguirem por si só, esmorecendo e apagando-se, aqueles milagres da pirotecnia pareciam ganhar cada vez mais ímpeto e energia.

Filch e Umbridge tinham parado a meio das escadas, aparentemente imobilizados pelo horror. Enquanto Harry observava tudo aquilo, uma das girândolas maiores pareceu decidir que necessitava de mais espaço de manobra e girou na direcção de Umbridge e Filch, com um sinistro *«uuuiiiii»*. Berraram ambos de medo e baixaram-se, enquanto a girândola saía pela janela e rodopiava pelos campos. Entretanto, vários dragões e um grande morcego roxo, que fumegava ameaçadoramente, aproveitaram-se do facto de a porta ao fundo do corredor se encontrar aberta e escaparam para o segundo andar.

— Despache-se, Filch, despache-se! — guinchava Umbridge.

— Vão invadir a escola, a não ser que façamos alguma coisa. *Atordoar!*

Um feixe de luz vermelha saiu da ponta da sua varinha, acertando num dos foguetes, mas em vez de o imobilizar no ar, fê-lo explodir com tanta força que abriu um buraco no retrato de uma feiticeira com ar piegas, no meio de um prado, que conseguiu fugir mesmo a tempo. Reapareceu passados segundos, espremida no quadro do lado, onde um par de feiticeiros que jogavam às cartas se levantaram apressadamente para lhe arranjar espaço.

— Não os Atordoe, Filch! — gritou Umbridge, colérica, como se o feitiço tivesse partido dele.

— Com certeza, Directora! — arfou Filch que, sendo um cepatorta, era tão capaz de Atordoar o fogo-de-artifício como de o engolir. Correu para um armário próximo, tirou uma vassoura e começou a bater nos foguetes no meio do ar, fazendo que a cauda da vassoura se incendiasse em poucos segundos.

Harry já vira o suficiente. Rindo, baixou-se, correu para uma porta sua conhecida, tapada por uma tapeçaria, um pouco mais à frente, e esgueirando-se por trás dela, deparou com Fred e George aí escondidos, escutando os gritos de Umbridge e de Filch e tremendo de gozo.

— Impressionante! — declarou baixinho, com um sorriso. — Absolutamente impressionante... ainda arruínam o negócio do Dr. Filibuster, sem qualquer problema...

— Viva! — segredou George, limpando lágrimas de riso. — Oh, espero que ela, a seguir, tente um feitiço de Desaparição... multiplicam-se por dez de cada vez que se tenta.

O fogo-de-artifício continuou a arder e a espalhar-se pela escola durante toda a tarde. Embora tivesse causado bastante agitação, em especial os foguetes, os outros professores pareceram não se importar muito.

— Ai, ai! — exclamou a Professora McGonagall ironicamente, quando um dos dragões sobrevoou a sua sala, lançando grandes estampidos e expelindo chamas. — Miss Brown, importa-se de ir a correr à Directora e informá-la de que temos um foguete fugitivo na nossa sala?

O resultado foi a Professora Umbridge ter passado a sua primeira tarde como directora a correr por toda a escola, atendendo as chamadas dos outros professores, nenhum dos quais parecia capaz de se livrar dos foguetes sem a sua ajuda. Quando soou a última campainha e se dirigiam à Torre dos Gryffindor, Harry viu, para sua grande satisfação, uma Umbridge despenteada e coberta de fuligem, saindo, trôpega, da sala do professor Flitwick.

— Muito obrigado, Professora — agradecia Flitwick na sua vozinha estridente. — É claro que eu conseguia ter-me livrado dos foguetes, mas não sabia se tinha *autoridade* para tal.

Sorrindo, fechou-lhe a porta da sala no rosto distorcido pela raiva.

Nessa noite, Fred e George foram os heróis da sala comum dos Gryffindor. Até Hermione abriu caminho à força por entre a multidão excitada para lhes dar os parabéns.

— Foi um fogo-de-artifício maravilhoso — declarou, cheia de admiração.

— Obrigado — respondeu George, simultaneamente surpreendido e agradado. São os Foguetes Mirabolantes dos Weasleys. O pior é que gastámos todo o nosso *stock* e temos de recomeçar do nada.

— Mas valeu a pena! — exclamou Fred, recebendo encomendas de inúmeros Gryffindors excitadíssimos. — Se quiseres juntar o teu nome à lista de espera, Hermione, são cinco galeões a caixa de Explosões Básicas e vinte para a Deflagração Deluxe...

Hermione regressou à mesa onde Harry e Ron contemplavam as suas sacas, como se esperassem que os trabalhos de casa saltassem lá de dentro e começassem a fazer-se sozinhos.

— Oh, vamos fazer uma folga esta noite — propôs alegremente, no momento em que um foguete de cauda prateada zunia pela janela. — Afinal, as férias da Páscoa começam na sexta, o que nos dá muito tempo.

— Sentes-te bem? — perguntou Ron, olhando-a com incredulidade.

— Já que dizes isso — comentou Hermione, muito contente —, sabes, acho que me sinto um pouco... *rebelde*...

Quando se foram deitar, uma hora mais tarde, Harry ouvia ainda explosões distantes de foguetes isolados e, ao despir-se, uma chuva de faíscas planou junto da torre, formando nitidamente a palavra «CAGALHÃO».

Deitou-se, bocejando. Sem os óculos, um ou outro foguete que passava pela janela parecia desfocado, fazendo lembrar uma nuvem cintilante, bela e misteriosa, na escuridão do céu. Virou-se de lado, pensando em como se sentiria Umbridge após o seu primeiro dia no lugar de Dumbledore e na reacção de Fudge, quando soubesse que a escola passara grande parte do dia num estado de rotura quase total. Sorrindo para si próprio, Harry fechou os olhos...

Lá fora, os estouros e os silvos dos foguetes pareciam soar cada vez mais longe... ou talvez ele se afastasse rapidamente...

Aterrou no meio do corredor que levava ao Departamento dos Mistérios. Corria para a grande porta negra... *abre-te... abre-te...*

E a porta abriu-se. Viu-se no interior de uma grande sala circular, rodeada de portas... Atravessou-a, pousou a mão noutra porta idêntica, que girou para dentro...

Encontrava-se agora numa comprida sala rectangular, cheia de estranhos cliques mecânicos. Nas paredes, dançavam manchas de luz, mas Harry não se deteve a investigar... tinha de prosseguir...

Havia uma porta ao fundo... que também se abriu ao tocar-lhe... Entrou numa sala mal iluminada, tão alta e vasta como uma igreja, que continha apenas filas e filas de enormes prateleiras, repletas de pequenas esferas de vidro poeirento... o coração de Harry batia muito rápido... sabia o caminho... correu em frente, mas os seus passos não se ouviam na enorme sala deserta...

Havia algo naquela sala que ele desejava ardentemente... algo por que ansiava... ou que outra pessoa desejava...

Doía-lhe a cicatriz...

BANG!

Harry acordou instantaneamente, confuso e zangado. A escuridão do dormitório enchera-se com o som de gargalhadas.

— Que fixe! — dizia Seamus, cuja figura se via recortada de encontro à janela. Penso que uma das girândolas atingiu um foguete e é como se tivessem acasalado. Venham ver!

Harry ouviu Ron e Dean saírem apressadamente da cama para observarem melhor. Deixou-se ficar deitado, imóvel e calado, enquanto a dor na testa diminuía e uma sensação de desapontamento o invadia. Sentia-se como se, no último minuto, lhe tivessem roubado um presente maravilhoso... estivera tão próximo.

Cintilantes leitões de um rosa prateado vogavam no céu, passando pelas janelas da Torre dos Gryffindor. Harry escutava os gritos entusiasmados dos alunos nos dormitórios do piso inferior. Sentiu o estômago contrair-se ao lembrar-se de que, na tarde do dia seguinte, ia ter outra sessão de Oclumância.

★

Passou todo o dia seguinte receando a reacção de Snape, se descobrisse como penetrara ainda mais no Departamento dos Mistérios durante o seu último sonho. Com uma sensação de culpa, deu-se conta de que não praticara Oclumância uma única vez desde a última lição. Tinham-se passado demasiadas coisas desde a partida de Dumbledore e tinha a certeza de que não teria sido capaz de esvaziar a mente, mesmo que o tivesse tentado. Duvidava, porém, de que Snape aceitasse essa desculpa.

Tentou praticar um pouco à última hora, durante as aulas, mas não serviu de nada. Hermione não parava de lhe perguntar o que se passava, sempre que ele se calava, tentando libertar-se de todos os pensamentos e emoções e, afinal, o melhor momento para esvaziar o cérebro não era, certamente, quando os professores bombardeavam a turma com perguntas de revisão.

Resignado, partiu para o gabinete de Snape depois do jantar, mas a meio do *Hall*, Cho veio a correr ao seu encontro.

— Anda cá — chamou-a Harry, contente por ter uma desculpa para adiar um pouco o encontro com Snape e indicando-lhe o canto junto das ampulhetas gigantes. A dos Gryffindor encontrava-se quase vazia. — Estás bem? A Umbridge não te fez perguntas sobre o ED, pois não?

— Oh, não — retorquiu Cho apressadamente. — Não, era só... bem... só queria dizer... Harry, nunca me passou pela cabeça que a Marietta fosse falar...

— Pois é — respondeu Harry, mal-humorado. Era de opinião que Cho devia escolher os amigos com mais cuidado e o facto de ter ouvido dizer que Marietta continuava na enfermaria e que Madam Pomfrey não conseguira qualquer melhoria nas suas bolhas não o consolava nada.

— Ela é boa rapariga — declarou Cho. — Só que cometeu um erro...

Harry mirou-a, incrédulo.

— *Uma óptima rapariga que cometeu um erro?* Ela vendeu-nos, tu incluída!

— Bem... safámo-nos, não foi? — contrapôs Cho em tom de súplica. — Sabes, a mãe dela trabalha para o Ministério e é muito difícil para ela...

— O pai do Ron também trabalha para o Ministério! — ripostou Harry, furioso. — E, caso não tenhas reparado, ele não tem a palavra *bufo* estampada na cara...

— Essa partida da Hermione Granger foi de muito mau gosto — censurou Cho furiosamente. — Devia ter-nos dito que tinha enfeitiçado a lista...

— Pois eu acho que foi uma ideia brilhante — retorquiu Harry friamente. Cho corou e os olhos cintilaram-lhe.

— Oh, claro, já me tinha esquecido... claro... foi uma ideia da querida *Hermione*...

— Não comeces a chorar outra vez — avisou-a Harry.

— Não ia começar! — gritou-lhe Cho.

— Pois... está bem... bom — disse Harry —, de momento, já tenho que me chegue!

— Então, fica lá com os teus problemas! — atirou-lhe Cho, furiosa, dando meia volta e afastando-se.

Cheio de raiva, Harry desceu as escadas que levavam à masmorra de Snape e, embora soubesse que seria muito mais fácil ao professor invadir-lhe a mente, se lá chegasse irritado e ressentido, não conseguiu deixar de pensar em mais uma ou duas coisas que devia ter dito a Cho sobre Marietta.

— Estás atrasado, Potter! — afirmou Snape com frieza, quando Harry fechou a porta.

O professor estava de costas para ele, retirando, como já era habitual, alguns pensamentos e colocando-os cuidadosamente no Pensatório de Dumbledore. Deixou cair o último fio prateado na bacia de pedra e virou-se para Harry.

— Muito bem! — proferiu. — Tens praticado?

— Sim — mentiu Harry, olhando atentamente uma das pernas da secretária.

— Bom, em breve o saberemos, não é verdade? — comentou Snape suavemente. — Tira a varinha, Potter.

Harry assumiu a sua posição habitual, de frente para o professor, do outro lado da secretária. O coração martelava-lhe de fúria contra Cho e também de ansiedade, devido ao seu receio do que Snape seria capaz de lhe extrair da mente.

— Quando contar até três — avisou Snape em voz lenta. — Um... dois...

A porta do gabinete escancarou-se e Draco Malfoy entrou a correr.
— Professor Snape, ... oh... desculpe...
Malfoy encarava-os, bastante surpreendido.
— Não faz mal, Draco — respondeu Snape, baixando a varinha. — O Potter está aqui para um apoio a Poções.
Harry não via Malfoy tão deliciado desde o dia em que Umbridge aparecera para assistir à aula de Hagrid.
— Não sabia — retorquiu, olhando-o de soslaio. Harry sentia o rosto em fogo e teria dado muito para poder gritar a verdade a Malfoy... ou, melhor ainda... atingi-lo com uma boa maldição.
— Bom, Draco, que se passa? — perguntou Snape.
— É a Professora Umbridge, senhor professor... precisa do seu auxílio — esclareceu Malfoy. — Encontraram o Montague. Apareceu dentro de uma sanita no quarto andar.
— Como é que lá foi parar? — inquiriu Snape.
— Não sei, senhor professor, está um pouco confuso.
— Muito bem, muito bem. Potter — declarou Snape —, continuamos esta aula amanhã à noite.
Virou-se e abandonou o gabinete. Malfoy soletrou «*Apoio a Poções?*» nas costas do professor e seguiu-o.
Enraivecido, Harry voltou a guardar a varinha dentro da capa e preparou-se para deixar o gabinete. Pelo menos, tinha mais vinte e quatro horas para praticar. Sabia que devia sentir-se grato por ter escapado por uma unha negra, embora lhe custasse que tivesse sido à custa de toda a escola ficar a saber, por Malfoy, que ele precisava de apoio a Poções.
Estava já junto da porta, quando reparou numa mancha de luz prateada que dançava na ombreira. Deteve-se e ficou a contemplá-la, lembrando-se de qualquer coisa... depois, veio-lhe à memória: era como as luzes que vira no seu sonho da noite anterior, as luzes na segunda sala por que passara, ao atravessar o Departamento dos Mistérios.
Virou-se. A luz provinha do Pensatório, que se encontrava sobre a secretária de Snape. O seu conteúdo, de um branco prateado, girava, subindo e descendo, dentro da bacia. Os pensamentos de Snape... aquilo que o professor não queria que Harry soubesse, se, por acidente, forçasse as suas defesas...
Ficou a olhar o Pensatório, com a curiosidade a crescer no seu íntimo... que quereria Snape esconder-lhe a tanto custo?
A luz prateada estremecia na parede... Harry deu dois passos em direcção à secretária, pensando furiosamente. Seria possível que fos-

sem informações sobre o Departamento dos Mistérios que Snape decidira ocultar-lhe?

Olhou por cima do ombro, o coração batendo-lhe mais que nunca. Quanto tempo levaria o professor a libertar Montague da sanita? Regressaria imediatamente ao gabinete, ou acompanhá-lo--ia à enfermaria? Era muito provável que assim fosse... Montague era o capitão da equipa de Quidditch dos Slytherin e Snape deveria querer certificar-se de que se encontrava bem.

Atravessou o espaço que o separava do Pensatório e debruçou--se sobre ele, mirando as suas profundezas. Hesitou, pôs-se à escuta e tirou de novo a varinha. O gabinete e, para além dele, o corredor estavam absolutamente silenciosos. Deu uma pancadinha no conteúdo do Pensatório com a ponta da varinha.

A massa prateada começou a girar muito depressa. Harry inclinou-se mais e viu que se tornara transparente. Olhava, uma vez mais, para uma sala, como se espreitasse de uma janela circular situada no tecto... na verdade, a não ser que estivesse muito enganado, avistava o Salão.

A superfície dos pensamentos de Snape enevoara-se com a sua respiração... parecia que o seu cérebro entrara numa espécie de limbo... ceder àquela tentação seria uma verdadeira loucura... Harry tremia... Snape podia voltar a qualquer momento..., mas, então, lembrou-se da ira de Cho e do rosto gozão de Malfoy e uma ousadia terrível apoderou-se dele.

Inspirou profundamente e mergulhou o rosto na superfície dos pensamentos de Snape. De imediato, o chão do gabinete oscilou, fazendo que Harry caísse de cabeça dentro do Pensatório.

Atravessava uma negritude gelada, rodopiando velozmente, e depois...

Encontrava-se no Salão, de onde tinham desaparecido as quatro mesas das equipas, tendo sido substituídas por mais de uma centena de pequenas mesas, todas viradas para o mesmo sítio. Em cada uma, sentava-se um aluno, com a cabeça curvada, escrevendo num rolo de pergaminho. O único som era o raspar das penas e um roçagar ocasional, quando alguém ajeitava o pergaminho. Era obviamente um exame.

Os raios de sol jorravam pelas janelas altas sobre as cabeças curvadas, cujos cabelos castanhos, ruivos e louros brilhavam sob a luz forte. Harry olhou em seu redor cuidadosamente. Snape tinha de ali estar... tratava-se das suas recordações...

E lá estava ele, sentado a uma mesa mesmo atrás de Harry. Observou-o. O adolescente Snape tinha um ar lívido, mas resistente, como uma planta mantida no escuro. O cabelo era comprido e oleoso, caíndo sobre a mesa, e o nariz adunco quase rasava a superfície do pergaminho, enquanto ele escrevia. Harry passou por trás dele e leu o título do enunciado do exame: DEFESA CONTRA A MAGIA NEGRA — NÍVEL PUXADO DE FEITIÇARIA.

Portanto, Snape devia ter uns quinze ou dezasseis anos, mais ou menos a idade de Harry. A mão voava sobre o pergaminho e já escrevera pelo menos mais trinta centímetros que os vizinhos mais próximos, apesar da sua letra minúscula e apertada.

— Mais cinco minutos!

A voz sobressaltou Harry. Virando-se, viu o cimo da cabeça do Professor Flitwick a pouca distância, deslocando-se por entre as mesas. O professor passava por um rapaz com cabelos negros sujos... mesmo muito sujos....

Harry moveu-se com tal rapidez que, se fosse sólido, teria derrubado algumas mesas. Pareceu-lhe, porém, que deslizava, como num sonho, transpondo duas filas e subindo uma terceira. A cabeça do rapaz dos cabelos negros aproximava-se e... ele endireitava-se, pousava a pena, puxava o pergaminho para si, a fim de reler o que escrevera...

Harry parou em frente da mesa e ficou a olhar para o seu pai, aos quinze anos.

O estômago explodiu-lhe de excitação! Era como se se visse a si próprio, possuindo, porém, alguns erros deliberados. Os olhos de James eram cor de avelã, o nariz era ligeiramente mais comprido e não se via qualquer cicatriz na sua testa. Tinham, contudo, o mesmo rosto fino, a mesma boca, as mesmas sobrancelhas. O cabelo de James espetava na parte de trás, exactamente como o de Harry, as mãos poderiam pertencer-lhe e viu imediatamente que, quando o pai se levantasse, teriam praticamente a mesma altura.

James deu um enorme bocejo e passou a mão pelo cabelo, despenteando-o ainda mais. Depois, lançando uma olhadela ao Professor Flitwick, virou-se no assento e sorriu a um rapaz, sentado quatro filas mais atrás.

Com outro choque de espanto, Harry viu Sirius erguer o polegar, indicando que tudo correra bem. Estava refastelado na cadeira, assente apenas nas pernas traseiras. Era muito bonito: o cabelo escuro caía-lhe sobre os olhos com uma elegância informal, que nem James, nem Harry alguma vez possuiriam. Uma rapariga, sentada atrás dele, olhava-o ansiosamente, embora ele não parecesse reparar nela. Dois lugares mais à frente — o estômago de Harry deu uma nova e aprazível reviravolta — sentava-se Remus Lupin.

Parecia muito pálido e adoentado (aproximar-se-ia a lua cheia?), absorvido no exame; enquanto relia as respostas, afagava o queixo com a ponta da pena, franzindo ligeiramente o sobrolho.

Portanto, isso queria dizer que Wormtail tinha de estar por ali, algures...e, sem qualquer dúvida, eis que Harry o descobriu num segundo: um rapaz baixo, com cabelo de rato e um nariz pontiagudo. Parecia ansioso. Roía as unhas e olhava para o exame, raspando o soalho com as pontas dos pés. De vez em quando, dava uma olhadela esperançosa ao exame do vizinho. Harry ficou a contemplá-lo um momento, voltando depois a procurar James com o olhar; o pai fazia rabiscos num pedacinho de pergaminho. Desenhara uma *snitch* e escrevia agora as letras «LE». Que significariam?

— Pousem as penas, por favor! — guinchou o Professor Flitwick. — Estou a falar contigo, Stebbins! Permaneçam sentados, enquanto recolho os vossos pergaminhos. *Accio!*

Mais de uma centena de rolos elevou-se no ar, voando para os braços estendidos do professor e fazendo-o estatelar-se. Ouviram-se risos. Alguns alunos das primeiras filas levantaram-se, seguraram no professor pelos cotovelos e ergueram-no.

— Obrigado... obrigado — arfava o Professor Flitwick. — Muito bem, meninos, podem ir!

Harry olhou para o pai, que riscou apressadamente as letras «LE» que estivera a embelezar, pôs-se de pé num salto, enfiou a pena e o enunciado do exame na saca, que atirou para cima do ombro, e esperou que Sirius se lhe juntasse.

Harry olhou em volta e descobriu Snape a pouca distância, serpenteando por entre as mesas em direcção ao *Hall,* ainda absorto no enunciado do exame. De ombros curvos, mas angulosos, caminhava de forma contraída, que fazia lembrar uma aranha, com o cabelo oleoso a bater-lhe na cara.

Um grupo de raparigas que conversavam animadamente separaram Snape de James, Sirius e Lupin e, colocando-se a meio, Harry conseguiu não perder Snape de vista, ao mesmo tempo que se esforçava por apanhar as vozes de James e dos amigos.

— Gostaste da pergunta dez, Moony? — perguntava Sirius, à entrada do *Hall.*

— Adorei — respondeu Lupin vivamente. — *Indique cinco características que identifiquem o lobisomen.* Excelente pergunta!

— Achas que não te esqueceste de nenhuma? — perguntou James, com um ar de gozo preocupado.

— Acho que não — declarou Lupin a sério, enquanto se juntavam à multidão que se acumulava em frente das portas, ansiosa de sair para o relvado ensolarado. — Um: está sentado na minha cadeira; dois: traz a minha roupa; três: chama-se Remus Lupin. Wormtail foi o único que não se riu.

— Eu não me esqueci do focinho, das pupilas e do tufo da cauda — disse ansiosamente —, mas não me consegui lembrar de mais...

— És estúpido, ou quê, Wormtail? — perguntou James, impaciente. — Tens a companhia de um lobisomen uma vez por mês...

— Baixa a voz — implorou Lupin.

Harry olhou para trás, cheio de ansiedade. Snape continuava por perto, ainda embrenhado nas perguntas do exame, mas Harry percebeu que, tratando-se das recordações de Snape e se este decidisse, lá fora, seguir uma direcção diferente, deixaria de poder continuar a seguir James. Para seu grande alívio, porém, quando James e os amigos desceram o relvado, dirigindo-se ao lago, Snape seguiu-os, continuando a ler as perguntas, sem parecer fazer ideia do caminho que tomara. Mantendo-se um pouco à sua frente, Harry conseguia observar de perto James e os outros.

— Bem, achei que o exame era canja — ouviu Sirius dizer. — Ficarei surpreendido se não tiver, pelo menos, um «Brilhante».

— Eu também — concordou James. Enfiou a mão no bolso e tirou uma *snitch* dourada, que se debatia.

— Onde é que arranjaste isso?

— Fanei-a — afirmou James, indiferente. Começou a brincar com a *snitch*, permitindo-lhe afastar-se cerca de trinta centímetros antes de a recapturar. Tinha uns reflexos excelentes e Wormtail observava-o, impressionado.

Pararam à sombra da mesma faia, à beira do lago, onde Harry, Ron e Hermione tinham passado um domingo a acabar os trabalhos de casa, e atiraram-se para cima da relva. Harry olhou de novo por cima do ombro e viu, para seu grande alívio, que Snape se instalara à sombra de um maciço de arbustos. Continuava absorto no exame do NPF, permitindo que Harry se instalasse na relva, entre a faia e os arbustos e ficasse a observá-los. A luz do sol cintilava na superfície lisa do lago, em cuja margem se encontrava sentado o grupo de raparigas divertidas que tinham saído do Salão. Tinham tirado os sapatos e as meias e molhavam os pés na água.

Lupin pegara num livro e lia. Sirius olhava para os alunos que enchiam o relvado, com um ar muito superior e enfadado, mas sempre belo. James continuava a brincar com a *snitch*, deixando-a afastar-se um pouco mais, quase escapando; conseguia, porém, sempre agarrá-la no último segundo. Wormtail observava-o de boca aberta. Sempre que James tinha êxito numa manobra especialmente difícil, Wormtail arfava e aplaudia. Após cinco minutos desta cena, Harry já se interrogava por que motivo James não dizia a Wormtail que se controlasse, mas parecia que o pai gostava da atenção. Harry notou que tinha o hábito de passar a mão pelo cabelo, como se não quisesse ficar com um aspecto demasiado arranjadinho, e que não parava de olhar para as raparigas junto ao lago.

— Guarda isso, está bem? — acabou Sirius por dizer, quando James apanhou a bola com um belo golpe e Wormtail lançou um viva — O Wormtail ainda faz xixi de tanta excitação.

Wormtail ficou avermelhado, mas James sorriu.

— Se te aborrece — proferiu, enfiando a *snitch* no bolso. Harry teve a nítida impressão de que Sirius era a única pessoa por quem James teria interrompido a sua actuação.

— Sim, estou aborrecido — declarou Sirius. — Quem me dera que fosse lua cheia.

— Não me digas! — respondeu Lupin num tom sombrio, por detrás do seu livro. — Ainda temos Transfiguração e, se estás aborrecido, podias fazer-me perguntas. Toma... — disse, estendendo-lhe o livro.

Sirius, porém, bufou.

— Não preciso de olhar para essa treta. Sei-a de cor.

— Isto refresca-te a memória, Padfoot — retorquiu James calmamente. — Olha quem está...

Sirius virou a cabeça e imobilizou-se, como um cão que farejou um coelho.

— Excelente! — exclamou baixinho. — *Snivellus.*

Harry virou-se, seguindo o olhar de Sirius.

Snape levantara-se e guardava o exame de NPF na saca. Quando saiu da sombra dos arbustos e começou a atravessar o relvado, Sirius e James levantaram-se também.

Lupin e Wormtail permaneceram sentados. O primeiro continuava a olhar para o livro, embora os olhos não se movessem e uma ruga se tivesse instalado entre as sobrancelhas. Wormtail olhava de Sirius para James e para Snape, com uma expressão de ávida antecipação no rosto.

— Tudo bem, Snivellus? — perguntou James em voz alta.

Snape reagiu tão rapidamente que foi como se já esperasse um ataque: largando a saca, enfiou a mão no manto e já a varinha vinha a meio quando James gritou «*Expelliarmus!*»

A varinha de Snape elevou-se cerca de três metros e caiu na relva, atrás dele, com um pequeno baque. Sirius desmanchou-se a rir.

— *Impedimenta!* — bradou, apontando a varinha a Snape, que perdeu o equilíbrio e caiu quando ia apanhar a sua varinha.

Em redor, todos os alunos se tinham voltado para observar a cena. Alguns erguiam-se e aproximavam-se, outros mostravam-se apreensivos, outros divertidos.

Snape jazia por terra, ofegante. James e Sirius avançaram sobre ele, de varinhas erguidas. Enquanto andava, James mirava por cima do ombro as raparigas à beira da água. Wormtail erguera-se igualmente, com uma expressão ávida, ultrapassando Lupin para ver melhor.

— Como correu o exame, Snivellus? — perguntou James.

— Eu estive a observá-lo, até tocava com o nariz no pergaminho — informou Sirius maldosamente. — Vai ficar cheio de nódoas e não serão capazes de perceber nada.

Várias das pessoas em redor riram-se. Era evidente que Snape não era popular. Wormtail lançou um riso abafado. Snape tentava levantar-se, mas o feitiço fazia ainda efeito e ele estrebuchava, como se cordas invisíveis o tivessem amarrado.

— Espera... — arfava, olhando para James com uma expressão de puro ódio. — Espera... e... verás!

— Vejo o quê? — inquiriu Sirius friamente. — Que vais tu fazer, Snivelly[10], limpar o nariz na nossa roupa?

Snape lançou uma torrente de palavrões e feitiços, mas, com a varinha a três metros, nada aconteceu.

— É melhor lavares a boca — atirou James com desprezo. — *Expurgar!*

Bolhas de sabão cor-de-rosa saíram aos borbotões da boca de Snape; a espuma cobria-lhe os lábios, engasgando-o e sufocando-o...

— Deixem-no em PAZ!

James e Sirius olharam em volta e a mão livre de James saltou imediatamente para o cabelo.

Era uma das raparigas da beira do lago. Tinha uma cabeleira arruivada e espessa, que lhe caía até aos ombros e uns olhos em forma de amêndoa, de um verde espantoso: os olhos de Harry.

---

[10] Os termos Snivellus e Snivelly são insultuosos pela semelhança com *snivel* que significa «ranho», ou «fungar», podendo, portanto, ser traduzidos por «Ranhoso». *(NT)*

Era a sua mãe!
— Tudo bem, Evans? — cumprimentou James, com um tom de voz subitamente agradável, mais profundo e maduro.
— Deixem-no em paz — repetiu Lily. Contemplava James, evidenciando todos os sinais de um grande desagrado. — Que foi que ele vos fez?
— Bem — disse James, parecendo ponderar o assunto — é, mais pelo facto de existir, se percebes o que quero dizer...
Muitos dos alunos que os rodeavam riram-se, incluindo Sirius e Wormtail, mas Lupin, que parecia mergulhado no livro, não o fez, assim como Lily.
— Pensas que és muito engraçado — afirmou ela com frieza —, mas não passas de um idiota desprezível e arrogante, Potter. Deixa-o em *paz*.
— Obedeço-te, se saíres comigo, Evans — declarou James rapidamente. — Vá lá... sai comigo e nunca mais aponto a varinha aqui ao velho Snivelly.
Atrás de si, o Feitiço Impedimenta começava a passar e Snape arrastava-se muito lentamente para a sua varinha, cuspindo espuma, enquanto rastejava.
— Não saía contigo, nem mesmo que tivesse de escolher entre ti e a lula gigante — afirmou Lily.
— Azar, Prongs — declarou Sirius com vivacidade, voltando-se de novo para Snape. — Cuidado!
Mas era demasiado tarde. Snape apontara a varinha a James. Viu-se um clarão e apareceu um rasgão no seu rosto, que lhe salpicou a capa de sangue. James deu meia volta e, após um segundo clarão, Snape estava suspenso no ar, de cabeça para baixo, com o manto pendurado, tapando-lhe o rosto, revelando umas pernas magricelas e amarelentas e umas cuecas acinzentadas.
Muitos dos presentes deram vivas e Sirius, James e Wormtail partiram-se a rir.
Lily, cuja expressão furiosa abrandara um pouco, como se tivesse também vontade de rir, ordenou-lhe:
— Põe-o no chão!
— Certamente! — assentiu James, fazendo um gesto com a varinha. Snape caiu no chão, num monte informe. Desembaraçando-se das roupas, ergueu-se rapidamente, a varinha em riste, mas Sirius bradou «*Petrificus Totalus!*» e Snape caiu para o lado, rígido que nem uma tábua.
— DEIXA-O EM PAZ! — gritou Lily. Erguera também a sua varinha, que James e Sirius olharam com desconfiança.

— Vá lá, Evans, não me obrigues a enfeitiçar-te — pediu James em tom sério.

— Então, anula o feitiço!

James suspirou profundamente, virou-se para Snape e murmurou o contrafeitiço.

— Aí tens — declarou, enquanto Snape se levantava com dificuldade. — Tens sorte por a Evans estar aqui, Snivellus...

— Não preciso da ajuda de uma porcaria de uma Sangue de Lama como ela!

Lily pestanejou.

— Óptimo! — afirmou com frieza. — De futuro, não me darei ao trabalho. E, se fosse a ti, lavava as cuecas, *Snivellus.*

— Pede desculpa à Evans! — rosnou James para Snape, com a varinha apontada para ele numa ameaça.

— Não quero que *tu* o obrigues a pedir desculpa — gritou Lily, virando-se para James bruscamente. — És tão mau como ele.

— O quê? — bradou James. — Eu NUNCA te chamaria... sabes bem o quê!

— Sempre a despenteares o cabelo, porque pensas que é giro parecer que acabaste de desmontar da vassoura, sempre a exibires-te com aquela *snitch*, a passear pelos corredores, atirando feitiços a todos os que te aborrecem, só porque sabes... surpreende-me que a tua vassoura consiga levantar voo com o peso dessa cabeça. METES-ME NOJO!

Deu meia volta e afastou-se.

— Evans! — gritou James. — Ei, EVANS!

Mas ela não olhou para trás.

— Que se passará com ela? — perguntou James, tentando, sem o conseguir, dar a entender que era uma pergunta de retórica, sem qualquer significado.

— Lendo nas entrelinhas, diria que ela pensa que tu és um bocado convencido, pá — disse Sirius.

— Certo — proferiu James, agora com um ar furioso. — Certo...

Viu-se outro clarão e Snape achou-se de novo pendurado de cabeça para baixo.

— Quem quer ver-me tirar as cuecas ao Snivelly?

Mas Harry nunca descobriu se James chegou, de facto, a fazê-lo. Uma mão fechou-se sobre o seu antebraço com a força de uma tenaz. Encolhendo-se, Harry virou-se para ver quem o agarrara e viu, com um arrepio de horror, um Snape crescido e adulto ali a seu lado, branco de raiva.

— Divertido?

Harry sentiu-se subir no ar. O dia de Verão eclipsou-se e flutuava, atravessando a negritude gelada, a mão de Snape ainda bem apertada no seu braço. Depois, com uma sensação de enjoo, como se se tivesse virado de cabeça para baixo no meio do ar, bateu com os pés no chão de pedra da masmorra de Snape. Estava de novo ao lado do Pensatório, que continuava sobre a secretária de Snape, no gabinete sombrio do mestre de Poções, no presente.

— Muito bem! — declarou Snape, continuando a apertar o braço de Harry de tal forma que a sua mão começara a ficar dormente. — *Muito bem*... divertiste-te, Potter?

— N-não — confessou Harry, tentando soltar o braço.

Era assustador. Os lábios de Snape tremiam e o seu rosto estava branco, de dentes à mostra.

— O teu pai era um homem divertido, não era? — inquiriu Snape, abanando Harry com tanta força que os óculos lhe escorregaram pelo nariz.

— Eu... não...

Snape empurrou-o com toda a sua força e Harry estatelou-se no chão da masmorra.

— Proíbo-te de contar isto a quem quer que seja! — berrou Snape.

— Sim — afirmou Harry, levantando-se e mantendo-se tão longe de Snape quanto possível. — Sim, claro, eu nunca...

— Desaparece, desaparece, nunca mais te quero ver neste gabinete!

E, enquanto corria para a saída, um frasco cheio de baratas mortas explodia por cima da sua cabeça. Escancarou a porta e voou pelo corredor, parando apenas depois de se encontrar a três andares de distância. Então, encostou-se à parede, a arfar e a esfregar o braço dorido.

Não lhe apetecia nada regressar à Torre dos Gryffindor tão cedo, nem contar a Ron e a Hermione o que acabara de presenciar. Sentia-se profundamente infeliz e horrorizado, não por terem gritado com ele, ou por lhe terem atirado com um frasco, mas sim por compreender perfeitamente o que era ser humilhado no meio de um círculo de espectadores. Sabia exactamente como Snape se sentira com a chacota de James e percebeu que, a julgar pelo que acabara de ver, o pai era tão arrogante como Snape sempre lhe dissera.

XXIX

ORIENTAÇÃO PROFISSIONAL

— Por que é que deixaste de ter aulas de Oclumância? — perguntou Hermione com ar de desagrado.
— Já te *contei* — resmungou Harry. — O Snape acha que posso prosseguir sozinho, uma vez que já tenho as bases.
— Então já não tens tido sonhos estranhos? — insistiu Hermione com cepticismo.
— Mais ou menos — respondeu Harry sem olhar para ela.
— Bem, acho que o Snape não devia interromper as aulas até teres a certeza absoluta de que os consegues controlar! — retorquiu Hermione com indignação. — Harry, acho que é melhor ires ter com ele outra vez e perguntares-lhe...
— Não — interrompeu-a Harry impetuosamente. — Esquece, está bem, Hermione?

Era o primeiro dia das férias da Páscoa e, como era seu hábito, Hermione passara uma grande parte do dia a esboçar horários de revisões para os três. Harry e Ron tinham-na deixado tomar a tarefa em mãos. Era-lhes mais fácil que discutir com ela e, em qualquer dos casos, podiam vir a revelar-se úteis.

Ron ficara surpreendido ao descobrir que só lhes restavam seis semanas até aos exames.

— Como é que isso te pode causar tanta surpresa? — indagou Hermione, enquanto batia ao de leve com a varinha em cada um dos pequenos quadrados do horário de Ron, que assim se iluminavam com uma cor diferente, consoante a disciplina.

— Sei lá — respondeu Ron —, tem acontecido tanta coisa.

— Bem, aqui tens — disse-lhe ela, estendendo-lhe o horário, se seguires o que aqui está, vais seguramente sair-te bem.

Ron dirigiu um olhar sombrio ao horário, mas de imediato se animou.

— Arranjaste-me um fim de tarde livre todas as semanas!

— Isso é para o treino de Quidditch — explicou Hermione.

O sorriso desvaneceu-se do rosto de Ron.

— Ora, para quê? — ripostou. — Temos tantas hipóteses de ganhar a Taça de Quidditch este ano como o meu pai de vir a ser Ministro da Magia.

Hermione não lhe respondeu. Estava a prestar atenção a Harry, que olhava fixamente a sala comum, enquanto *Crookshanks* lhe puxava a mão com a pata para que ele lhe coçasse as orelhas.

— Que se passa, Harry?

— O quê? — apressou-se ele a dizer. — Nada.

Pegou no seu volume de *Teoria Mágica Defensiva* e fingiu que andava à procura de qualquer coisa no índice. *Crookshanks* deu-o como um caso perdido e escapuliu-se para debaixo da cadeira de Hermione.

— Vi a Cho há um bocado — afirmou Hermione cautelosamente. — Também estava com um ar mesmo triste... vocês voltaram a discutir?

— Aã... oh, pois, voltámos — respondeu Harry, aproveitando agradecido aquela desculpa.

— Porquê?

— Por causa daquela queixinhas da amiga dela, a Marietta — disse.

— Pois é, não te posso censurar! — exclamou Ron irritado, pousando o seu horário de revisões. — Se não fosse por causa dela...

Ron lançou-se num violento discurso contra Marietta Edgecombe, o que veio a calhar a Harry: tudo o que tinha a fazer era assumir um ar zangado, assentir com a cabeça e dizer: «Pois é», «Tens razão», sempre que Ron parava para recuperar o fôlego. Assim, podia deixar a sua mente livre para reflectir, cada vez com maior tristeza, naquilo que vira no Pensatório.

Sentia-se como se a lembrança o estivesse a consumir por dentro. Tivera tanta certeza de que os seus pais eram pessoas maravilhosas, que nunca sentira a mais pequena dificuldade em ignorar as calúnias que Snape tentava lançar sobre o carácter do pai. Não lhe haviam pessoas como Hagrid e Sirius *contado* como o seu pai fora maravilhoso? (*Pois, bem, olha como é o próprio Sirius*, disse uma voz insistente na cabeça de Harry... *ele também não é grande coisa, pois não?*) Sim, em tempos ele ouvira a Professora McGonagall a queixar-se de que o pai e Sirius costumavam causar distúrbios quando andavam na escola, mas ela descrevera-os como precursores dos gémeos Weasley, e Harry não era capaz de imaginar Fred e George a pendurar alguém de cabeça para baixo só por uma questão de divertimento... a não ser que detestassem mesmo a pessoa... talvez Malfoy, ou alguém que merecesse mesmo...

Tentou arranjar uma justificação para Snape poder ter merecido o que sofrera às mãos de James. Mas não lhe perguntara Lily: «Que foi que ele te fez?» E não lhe respondera James: «É mais pelo facto de *existir*, se é que percebes o que quero dizer.» Não começara James com tudo aquilo pela simples razão de Sirius ter confessado que estava aborrecido? Harry recordava-se de ter ouvido Lupin dizer em Grimmauld Place que Dumbledore o tinha feito Delegado dos Alunos na esperança de que ele fosse capaz de exercer alguma influência sobre James e Sirius... porém, no Pensatório limitara-se a ficar sentado, a assistir ao que se passava...

Harry lembrava insistentemente a si próprio que Lily interviera. A mãe tivera uma atitude decente. Todavia, a recordação que guardava do olhar no rosto dela, enquanto gritava com James, perturbava-o quase tanto como tudo o resto. Ela mostrara claramente detestar James, e Harry não era capaz de compreender como é que eles tinham acabado por se casar. Numa ou noutra ocasião, até se tinha perguntado se James não a teria obrigado a isso...

Durante quase cinco anos, a recordação do pai fora para ele uma fonte de consolo, de inspiração. Sempre que alguém lhe dizia que ele era como James, rejubilava de orgulho. E agora... agora sentia-se desanimado e infeliz quando pensava nele.

À medida que decorriam as férias da Páscoa, o tempo foi-se tornando mais ameno e soalheiro e começou a correr uma leve brisa. Contudo, Harry, juntamente com os restantes alunos do quinto e do sétimo ano, tinha de ficar fechado, a fazer revisões e a ir e vir penosamente da biblioteca. Harry fingiu que o seu mau humor se devia unicamente aos exames que se aproximavam e, como os seus colegas de Gryffindor também estavam fartinhos de estudar, a desculpa dele não levantou suspeitas.

— Harry, estou a falar contigo, estás a ouvir-me?
— Hã?
Olhou em seu redor. Ginny Weasley, com o ar despenteado de quem tinha andado ao vento, fora ter à mesa da biblioteca onde se encontrava sozinho. A tarde de domingo estava a chegar ao fim: Hermione regressara à Torre dos Gryffindor para estudar Runas Antigas e Ron tinha treino de Quidditch.

— Oh, olá — cumprimentou-a Harry, puxando os livros mais para si para libertar espaço para ela. — Por que é que não estás no treino?
— Já acabou — respondeu Ginny. — O Ron teve de levar o Jack Sloper à enfermaria.
— Porquê?

— Bem, não temos a certeza, mas *parece* que ele levou uma pancada com o seu próprio taco e ficou inconsciente. — Suspirou profundamente. — Seja como for... acabou de chegar uma encomenda, veio pelo novo sistema de detecção da Umbridge.

Ela ergueu uma caixa envolta em papel castanho e pousou-a em cima da mesa. Era óbvio que tinha sido aberta e voltada a embrulhar descuidadamente. Trazia por cima uma nota rabiscada a tinta vermelha que dizia: *Inspeccionado e Aprovado pela Grande Inquisidora de Hogwarts.*

— São os ovos da Páscoa que a minha mãe mandou — explicou Ginny. — Há um que é para ti... toma-o lá.

Estendeu-lhe um belo ovo de chocolate decorado com pequenas *snitches* cobertas com glacê que, de acordo com a embalagem, continha um saco de Abelhas Efervescentes. Harry ficou a olhar para o ovo durante uns instantes e em seguida, sentiu, apavorado, um nó a formar-se-lhe na garganta.

— Estás a sentir-te bem, Harry? — perguntou-lhe Ginny em voz baixa.

— Sim, estou bem — respondeu asperamente. O nó que sentia na garganta era doloroso. Não compreendia por que motivo um ovo de Páscoa o levara a sentir-se assim.

— Parece que ultimamente tens andado mesmo em baixo — insistiu Ginny. — Sabes, tenho a certeza de que, se ao menos *falasses* com a Cho...

— Não é com a Cho que quero falar — redarguiu Harry com brusquidão.

— Então, com quem é? — indagou Ginny.

— Eu...

Deu uma olhadela em seu redor para se certificar de que ninguém os estava a ouvir. Madame Pince encontrava-se a algumas prateleiras de distância, a carimbar uma pilha de livros para Hannah Abbott que esperava, ansiosa.

— Quem me dera poder falar com o Sirius — murmurou ele. — Mas sei que não posso.

Mais para ter alguma coisa que fazer que por sentir verdadeira vontade, Harry desembrulhou o seu ovo de Páscoa, partiu um grande pedaço e levou-o à boca.

— Bem — disse Ginny devagar, servindo-se também dum pouco do ovo —, se queres realmente falar com o Sirius, suponho que poderemos arranjar maneira de conseguir isso.

— Vá lá — retorquiu Harry, desesperado. — Com a Umbridge a vigiar as lareiras e a ler toda a nossa correspondência?

— Uma coisa boa de ter sido criada com o Fred e o George — prosseguiu Ginny pensativamente — é que começamos mais ou menos a pensar que tudo é possível, desde que tenhamos atrevimento suficiente.

Harry olhou para ela. Talvez fosse um efeito do chocolate (Lupin sempre o aconselhara a comer um pedaço depois de confrontos com os Dementors) ou apenas por ter finalmente proferido em voz alta o desejo que o andava a consumir havia uma semana, mas sentiu-se ligeiramente mais esperançado.

— QUE É QUE VOCES PENSAM QUE ESTÃO A FAZER?

— Ora bolas — sussurrou a Ginny pondo-se de pé com um pulo. — Esqueci-me...

Madame Pince preparava-se para os agarrar, o rosto enrugado contorcido de raiva.

— *Chocolate na biblioteca!* — gritou ela. — Fora... *fora*... FORA!

E, dando uma chicotada com a varinha, fez que os livros, a saca e o boião da tinta de Harry o perseguissem a ele e a Ginny para fora da biblioteca, batendo-lhes com toda a força na cabeça, enquanto eles correm.

★

Pouco antes do término das férias da Páscoa, e como que para salientar a importância dos exames que se avizinhavam, apareceu nas mesas da Torre dos Gryffindor um monte de panfletos, folhetos e anúncios respeitantes a várias carreiras ligadas à feitiçaria, juntamente com um aviso no quadro que dizia:

Orientação Profissional
Pede-se a todos os alunos do quinto ano que compareçam a uma
breve reunião com o respectivo Chefe de Equipa durante a
primeira semana do período estival a fim de conversar sobre o seu
futuro profissional. O horário de cada entrevista individual
encontra-se registado em baixo.

Harry percorreu a lista com o olhar e ficou a saber que era esperado no gabinete da Professora McGonagall às duas e meia da tarde de segunda-feira, o que significava que ia ter de faltar à aula de Artes Divinatórias. Ele e os restantes alunos do quinto ano passaram grande parte do último fim-de-semana da pausa da Páscoa a ler toda a informação sobre as diversas carreiras que ali fora deixada para uma consulta atenta.

— Bem, Artes Divinatórias não me atrai lá muito — confessou Ron na última noite das férias. Estava absorto num panfleto que ostentava à frente o emblema em cruz do osso e da varinha de São Mungo. — Diz aqui que precisamos de pelo menos um «E» nos EFBEs em Poções, Herbologia, Transfiguração, Feitiços e Defesa Contra a Magia Negra. Bolas... não pedem nada pouco, não achas?

— Bem, trata-se dum trabalho de grande responsabilidade, não é? — observou Hermione distraidamente. Achava-se debruçada sobre um folheto cor-de-laranja e rosa-vivo com o seguinte cabeçalho: «ENTÃO ACHA QUE GOSTARIA DE TRABALHAR EM RELAÇÕES COM OS MUGGLES?» — Parece que não são precisas grandes habilitações para comunicar com os Muggles. Tudo o que pedem é um NPF em Estudos sobre Muggles: *Muito mais importante é o seu entusiasmo, paciência e um bom sentido de humor!*

— É preciso mais que bom sentido de humor para comunicar com o meu tio — observou Harry sombriamente. — Assim uma espécie de olho para adivinhar quando está na altura de fugir. — Estava a meio da leitura dum panfleto acerca do sistema bancário dos feiticeiros. — Ouçam só isto: *Ambiciona uma carreira que constitua um desafio e implique viagens, aventura e compensações arriscadas, mas substanciais e gratificantes? Então pondere numa posição no Banco de Feiticeiros de Gringotts, que se encontra neste momento a seleccionar Quebra-Maldições para o desempenho de funções emocionantes no estrangeiro...* Porém, pedem Aritmância. Tu serias capaz, Hermione!

— A banca não me atrai lá muito — disse Hermione vagamente, imersa na leitura de: «POSSUI AS QUALIDADES NECESSÁRIAS PARA TREINAR *TROLLS* DE SEGURANÇA?»

— Ei! — exclamou uma voz aos ouvidos de Harry. Olhou em seu redor. Fred e George tinham vindo ter com eles. — A Ginny esteve a falar connosco a teu respeito — afirmou Fred, esticando as pernas em cima da mesa que estava à sua frente e fazendo que várias brochuras com informações acerca de carreiras no Ministério da Magia escorregassem para o chão. — Ela diz que tu precisas de falar com o Sirius.

— O quê? — disse Hermione bruscamente, suspendendo o movimento da mão que se preparava para apanhar «FAÇA UM ESTRONDO NO DEPARTAMENTO DE ACIDENTES E CATÁSTROFES MÁGICOS».

— Pois — hesitou Harry, tentando aparentar descontracção — ... pois, achei que gostaria de...

— Não sejas ridículo! — interrompeu Hermione, pondo-se direita e olhando para ele com incredulidade. — Com a Umbridge a mexericar nas lareiras e a revistar todas as corujas?

— Bem, nós julgamos que podemos arranjar maneira de contornar essa dificuldade — afirmou George com um sorriso e a espreguiçar-se. — É apenas uma questão de conseguirmos distraí-la. Bem, com certeza repararam que temos andado bastante sossegados durante as férias da Páscoa?

— Por que motivo, perguntámo-nos nós, iríamos estragar o nosso tempo de lazer? — prosseguiu o Fred. — Não havia motivo absolutamente nenhum, foi a resposta. E claro está, também teríamos estragado as revisões a toda a gente, e isso era a última coisa que queríamos.

Dirigiu a Hermione um leve aceno de cabeça a fingir-se de santo. Ela mostrou-se bastante surpreendida com tanta consideração da parte dele.

— Mas a partir de amanhã tudo volta ao normal — apressou-se Fred a acrescentar. — E já que vamos causar um bocado de rebuliço, por que não fazer as coisas de maneira a que o Harry possa ter a tal conversa com o Sirius?

— Sim, mas *ainda assim* — ripostou Hermione com ar de quem explica uma coisa muito simples a alguém muito obtuso —, ainda que *sejam capazes de* provocar uma manobra de distracção, como irá o Harry conseguir falar com ele?

— O gabinete da Umbridge — respondeu Harry em voz baixa.

Havia duas semanas que andava a reflectir naquilo e não era capaz de apresentar qualquer alternativa. A própria Umbridge o avisara de que a única lareira que não se encontrava sob vigilância era a dela.

— En-doi-de-ces-te? — indagou Hermione muito baixinho.

Ron pousara o seu folheto sobre o Negócio do Cultivo de Fungos e observava cautelosamente o desenrolar da conversa.

— Creio que não — respondeu Harry com um encolher de ombros.

— E, antes de mais, como é que vais conseguir lá entrar?

Harry estava preparado para esta pergunta.

— Com a faca do Sirius — disse.

— Desculpa?

— No penúltimo Natal, o Sirius ofereceu-me uma faca que é capaz de abrir todas as fechaduras — explicou Harry. — Por isso, ainda que ela tenha enfeitiçado a porta para que o *Alohomora* não funcione, o que aposto que fez...

— O que é que pensas sobre isto? — perguntou Hermione a Ron, e Harry não foi capaz de evitar a recordação de Mrs. Weasley a interpelar o marido durante o primeiro jantar de Harry em Grimmauld Place.

— Sei lá — disse Ron, alarmado por lhe ter sido pedida uma opinião. — Se o Harry quer fazer isso, é lá com ele, não achas?

— Palavras dum amigo verdadeiro e dum Weasley — disse Fred dando uma forte palmada nas costas de Ron. — Muito bem, então. Estamos a pensar fazer isso amanhã, logo depois das aulas, porque vamos conseguir maior impacte se toda a gente estiver nos corredores... Harry, a manobra vai ser desencadeada algures na ala leste, para a afastar imediatamente do gabinete dela... julgo que te vamos poder garantir, o quê, uns vinte minutos? — afirmou ele olhando para George.

— Sem problemas — asseverou este último.

— De que espécie de distracção se trata? — interrogou Ron.

— Veremos, companheiro — respondeu Fred, enquanto ele e George se voltavam a levantar. — Pelos menos, tu verás, se apareceres no corredor de Gregory, *o Bajulador*, por volta das cinco da tarde de amanhã.

★

No dia seguinte, Harry acordou muito cedo, sentindo-se quase tão ansioso como na manhã da sua audiência disciplinar no Ministério da Magia. Não era apenas a perspectiva de forçar a entrada no gabinete de Umbridge e servir-se da lareira dela para falar com Sirius que o estava a deixar nervoso, embora essa fosse, sem dúvida, uma das principais razões; aquele era também o primeiro dia em que Harry se encontraria muito próximo de Snape, desde que este o expulsara do seu gabinete.

Depois de passar algum tempo deitado na cama a pensar no dia que tinha à sua frente, Harry levantou-se sem fazer barulho, dirigiu-se à janela situada ao lado da cama de Neville e deparou-se com uma manhã verdadeiramente magnífica. O céu apresentava-se envolto numa neblina dum azul-claro opalino. Mesmo à sua frente, avistava a enorme faia debaixo da qual o seu pai em tempos atormentara Snape. Não fazia ideia do que Sirius lhe pudesse dizer que fosse capaz de compensar aquilo que vira no Pensatório, mas estava desesperado por ouvir a versão dos acontecimentos do próprio Sirius, por ficar ao corrente de quaisquer atenuantes que pudessem existir, qualquer desculpa para o comportamento do pai...

Alguma coisa prendeu a atenção de Harry, um movimento na orla da Floresta Proibida. Franziu os olhos por causa da luz do sol e avistou Hagrid, que emergia do arvoredo. Parecia vir a coxear. Enquanto Harry o observava, Hagrid cambaleou até à porta da cabana e desapareceu no seu interior. Harry ficou a olhar para a cabana durante alguns minutos. Hagrid não tornou a sair e via-se fumo a emergir da chaminé. Hagrid não podia estar gravemente ferido, uma vez que se encontrava em condições de atiçar o lume.

Harry afastou-se da janela, regressou para junto do seu malão e começou a vestir-se.

Com a ideia em mente de forçar a entrada no gabinete de Umbridge, nunca poderia ter esperado que aquele fosse um dia tranquilo, mas com o que não contara fora com as tentativas quase ininterruptas de Hermione para o dissuadir do que planeava fazer às cinco horas daquela mesma tarde. Pela primeira vez, ela esteve tão desatenta à aula de História da Magia do Professor Binns como Harry e Ron, mantendo uma corrente de advertências murmuradas que Harry se esforçou por ignorar.

— ... e se ela te apanhar lá, para além de seres expulso, ela vai perceber que estiveste a falar com o Snuffles e, desta vez, vai *obrigar--te* a tomares Veritaserum e a responderes às perguntas que te fizer...

— Hermione — disse Ron num tom de voz baixo e indignado —, és capaz de parar de censurar o Harry e prestar atenção ao Binns, ou vou ter de tirar os meus próprios apontamentos?

— Podes tirar apontamentos para variar, não morres por isso!

Quando chegaram aos calabouços, nem Harry nem Ron falavam com Hermione. Sem se deixar demover, ela aproveitou o seu silêncio para manter um fluxo ininterrupto de advertências terríveis, todas elas expressas num silvo baixo e veemente que fez que Seamus perdesse um total de cinco minutos à procura de fugas no seu caldeirão.

Entretanto, Snape decidira agir como se Harry fosse invisível. É claro que este já estava muito acostumado àquela táctica, uma vez que se tratava duma das preferidas do tio Vernon, e, bem vistas a coisas, até se dava por satisfeito por não ter de passar por nada pior. Na verdade, comparado com aquilo que habitualmente tinha de sofrer em termos de críticas e comentários maliciosos vindos de Snape, achou que a nova abordagem até constituía um progresso e ficou contente ao descobrir que, quando o deixavam em paz, conseguia preparar uma Poção Revigorante com relativa facilidade. No final da aula, esvaziou um bocado da poção para dentro dum frasco, tapou-o com uma rolha e levou-o até à secretária de Snape para ser classificada, sentindo que poderia finalmente obter um «E» à tangente.

Tinha acabado de se voltar, quando ouviu o barulho de algo a despedaçar-se. Malfoy soltou uma gargalhada prazenteira. Harry

virou-se de repente. A amostra da sua poção jazia em pedaços no chão, e Snape contemplava-o com ar de regozijo.
— Ups — exclamou delicadamente. — Com que então, mais outro zero, Potter.
Harry sentia-se demasiado enraivecido para falar. Regressou a passos largos ao seu caldeirão com a intenção de encher outro frasco e obrigar Snape a classificá-lo. Contudo, para seu horror, descobriu que o resto do conteúdo do caldeirão desaparecera.
— Desculpa! — disse Hermione, levando as mãos à boca. — Peço imensa desculpa, Harry. Pensei que já tinhas terminado, por isso limpei tudo!
Harry não teve forças para lhe responder. Quando a campainha soou, saiu apressadamente do calabouço sem olhar para trás, e ao almoço fez questão de se sentar entre Neville e Seamus de forma que Hermione não tivesse oportunidade para começar novamente a aborrecê-lo por ele querer servir-se do gabinete de Umbridge.
Estava de tão mau humor no momento em que chegou à aula de Artes Divinatórias que por pouco não se esquecia da entrevista para a escolha da carreira que tinha marcada com a Professora McGonagall. Só se lembrou dela quando Ron lhe perguntou por que razão não estava no gabinete da professora. Precipitou-se escada acima e chegou ao patamar já sem fôlego, apenas com alguns minutos de atraso.
— Desculpe, Professora — disse ofegante enquanto fechava a porta. — Esqueci-me.
— Não tem importância, Potter — disse ela prontamente. Contudo, à medida que falava, ouviu-se mais alguém a fungar a um canto. Harry olhou em seu redor.
Deparou com a Professora Umbridge ali sentada, com uma prancheta assente no joelho, uma pequena gola rendada espalhafatosa em torno do pescoço e um sorrisinho horrivelmente presumido estampado no rosto.
— Senta-te, Potter — indicou a Professora McGonagall abruptamente. As mãos tremiam-lhe ligeiramente, enquanto remexia nos muitos panfletos espalhados desordenadamente sobre a sua secretária.
Harry sentou-se de costas voltadas para Umbridge e fez o possível para fingir que não ouvia o arranhar da pena dela na prancheta.
— Bem, Potter, esta reunião destina-se a falar sobre alguma ideia que tu possas ter da profissão que queres seguir e ajudar-te a decidir que disciplinas deves prosseguir no sexto e no sétimo ano — declarou a Professora McGonagall. — Já pensaste no que gostarias de fazer quando saíres de Hogwarts?

— Aã... — hesitou Harry.
O ruído do arranhar da pena atrás dele impedia-o de se concentrar.
— Sim? — incitou-o a Professora McGonagall.
— Bem, pensei, talvez, cm tornar-me um Auror — murmurou Harry.
— Para isso, vais precisar de obter as classificações máximas — afirmou a Professora McGonagall, retirando uma pequena brochura negra do monte espalhado sobre a sua secretária e abrindo-a. — Ao que vejo, pedem no mínimo cinco EFBEs, e nenhuma nota abaixo de «Excede as Expectativas». Em seguida, é exigida uma série de exames de carácter e aptidão rigorosos no Gabinete dos Aurors. É uma saída profissional difícil, Potter, só aceitam os melhores. Na verdade, creio que ninguém conseguiu entrar nos últimos três anos.

Neste preciso momento, a Professora Umbridge tossiu de forma quase imperceptível, como se estivesse a tentar verificar até que ponto era capaz de o fazer sem barulho. A Professora McGonagall ignorou-a.

— Vais querer saber que disciplinas deves frequentar, suponho eu? — prosseguiu ela, num tom de voz um pouco mais elevado.

— Sim — anuiu Harry. — Defesa contra a Magia Negra, calculo eu?

— Naturalmente — respondeu a Professora McGonagall decidida. — Eu aconselharia ainda...

A Professora Umbridge voltou a tossir, desta feita de forma ligeiramente mais audível. A Professora McGonagall fechou os olhos por um instante, voltou a abri-los e continuou como se nada se tivesse passado.

— Também te aconselho a escolheres Transfiguração, porque o trabalho dos Aurors implica que precisem com frequência de se Transfigurar e Destransfigurar. E aviso-te desde já, Potter, de que não aceito alunos nos meus EFBEs a menos que tenham atingido «Excede as Expectativas», ou acima, nos Níveis Puxados de Feitiçaria. Eu diria que, neste momento, andas pelo «Aceitável», por isso precisas de te deitar a sério ao trabalho antes dos exames para que tenhas possibilidade de seguir em frente. Em seguida, deves optar por Encantamentos, que faz sempre falta, e por Poções. Isso mesmo, Potter, Poções — acrescentou ela com um sorriso quase imperceptível. — O estudo dos venenos e respectivos antídotos é fundamental para os Aurors. E devo informar-te de que o Professor Snape se recusa terminantemente a aceitar alunos que não tenham tido pelo menos «Brilhante» nos Níveis Puxados, por isso...

A Professora Umbridge soltou a sua mais pronunciada tossidela até aí.
— Posso oferecer-lhe um rebuçado para a tosse, Dolores? — sugeriu a Professora McGonagall com aspereza e sem olhar para a Professora Umbridge.
— Oh, não, muitíssimo obrigada — disse Umbridge com aquela gargalhada presumida que Harry tanto detestava. — Estava só a perguntar-me se poderia fazer uma pequeníssima interrupção, Minerva?
— Atrevo-me a dizer que não deixará de o fazer — retorquiu a Professora McGonagall entre dentes firmemente cerrados.
— Estava aqui a perguntar a mim própria se Mr. Potter terá o temperamento *adequado* a um Auror? — observou a Professora Umbridge docemente.
— Ai estava? — ripostou a Professora McGonagall com altivez.
— Bem, Potter — continuou ela como se não tivesse havido qualquer interrupção —, se estás disposto a levar isto por diante, aconselho-te a concentrares-te seriamente em elevar os teus resultados em Transfiguração e Poções. Vejo que o Professor Flitwick te atribuiu uma classificação entre «Aceitável» e «Excede as Expectativas» nos dois últimos anos, por isso os teus resultados em Encantamentos parecem-me razoáveis. No que diz respeito a Defesa contra a Magia Negra, as tuas notas têm em geral sido altas, o Professor Lupin, em particular, considera-te... *tem a certeza de que não quer um rebuçado para a tosse, Dolores?*
— Oh, não é preciso, obrigada, Minerva — disse afectadamente a Professora Umbridge, que tinha acabado de dar a tossidela mais ruidosa até ao momento. — Estava só preocupada que não tivesse as classificações mais recentes do Harry em Defesa contra a Magia Negra à sua frente. Estou quase certa de que deixei aí um nota.
— O quê, isto aqui? — redarguiu a Professora McGonagall com um tom de repulsa na voz, enquanto puxava um pedaço de pergaminho cor-de-rosa do meio das folhas do *dossier* de Harry. Deu-lhe uma vista de olhos, com as sobrancelhas ligeiramente erguidas, e em seguida tornou a colocá-la no *dossier* sem mais comentários.
— Sim, tal como eu estava a dizer, Potter, o Professor Lupin considerou que tu demonstras uma clara aptidão para a matéria, e obviamente, para um Auror...
— Não percebeu a minha nota, Minerva? — indagou a Professora Umbridge num tom de voz melífluo, sem se lembrar de tossir.
— É claro que percebi — assentiu a Professora McGonagall com os dentes tão cerrados que as palavras lhe saíram um pouco abafadas.

— Bem, então, não entendo... receio não compreender por que motivo dá falsas esperanças a Mr. Potter em relação...
— Falsas esperanças? — repetiu a Professora McGonagall, que continuava a recusar-se a olhar para a Professora Umbridge.
— Ele obteve classificações elevadas em todos os exames que fez de Defesa contra a Magia Negra...
— Lamento profundamente ter de a contradizer, Minerva, mas como poderá verificar na minha nota, o Harry tem obtido classificações muito baixas nas minhas aulas...
— Devia ter-me expressado com maior clareza — afirmou a Professora McGonagall, voltando-se finalmente para olhar para Umbridge directamente nos olhos. — Ele obteve classificações elevadas em todos os exames de Defesa contra a Magia Negra atribuídas por um professor competente.
O sorriso da Professora Umbridge desvaneceu-se tão subitamente como uma lâmpada a fundir-se. Encostou-se na cadeira, virou uma folha da sua prancheta e pôs-se escrevinhar com grande rapidez, com os olhos salientes a oscilar para um lado e para o outro. A Professora McGonagall voltou a concentrar a sua atenção em Harry. As narinas estremeciam-lhe e tinha os olhos a chamejar.
— Alguma dúvida, Potter?
— Sim — disse Harry. — A que género de exames de carácter e aptidão é que o Ministério nos submete, caso consigamos EFBEs suficientes?
— Bem, é necessário que demonstrem ter capacidade para reagir bem à pressão e assim por diante — explicou a Professora McGonagall —, também perseverança e dedicação, porque o treino para Auror requere mais três anos, já para não falar em excelentes conhecimentos práticos de Defesa. Implica continuar a estudar mesmo depois de teres saído da escola, por isso, a menos que estejas preparado...
— Julgo que também virá a descobrir — interveio Umbridge, agora num tom de voz gelado — que o Ministério verifica os registos dos candidatos a Aurors. Os registos criminais.
— ... a menos que estejas mesmo preparado para fazer ainda mais exames depois de teres deixado Hogwarts, penso que devias procurar outra...
— O que significa que este jovem tem tantas probabilidades de se tornar um Auror como Dumbledore de alguma vez voltar a esta escola.
— Então, as probabilidades são muito grandes — retorquiu a Professora McGonagall.

— O Potter tem registo criminal — disse Umbridge em voz alta.
— O Potter foi ilibado de todas as acusações — ripostou McGonagall ainda mais alto.

A Professora Umbridge levantou-se. Era tão baixa que isto não fez grande diferença, mas a sua atitude implicativa e petulante dera lugar a uma fúria incontida que fez que o seu rosto largo e flácido assumisse um ar estranhamente sinistro.

— O Potter não tem a mínima hipótese de vir a ser um Auror!

A Professora McGonagall também se pusera de pé e, no caso dela, a mudança de posição teve um impacte muito maior. Ergueu-se muito acima da Professora Umbridge.

— Potter — declarou em voz sonante —, vou ajudar-te a tornares-te um Auror, nem que seja a última coisa que eu faça! Nem que eu tenha de perder noites a preparar-te, vou assegurar-me de que atinges os resultados exigidos!

— O Ministério da Magia nunca irá contratar o Harry Potter! — exclamou Umbridge, com a voz a elevar-se furiosamente.

— Pode bem ser que haja um novo Ministro da Magia quando o Potter estiver pronto para lá entrar! — gritou a Professora McGonagall.

— Aha! — guinchou a Professora Umbridge, apontando um dedo roliço a McGonagall. — Sim! Sim, sim, sim! É claro! É esse o seu desejo, não é, Minerva McGonagall? Quer que o Cornelius Fudge seja substituído pelo Albus Dumbledore! Pensa que vai ocupar o meu lugar: Subsecretária do Ministro e, ainda por cima, Directora da Escola!

— Está a delirar! — exclamou a Professora McGonagall com supremo desdém. — Potter, a tua entrevista de orientação profissional terminou.

Harry atirou a saca por cima do ombro e apressou-se a deixar o gabinete, sem se atrever a olhar para a Professora Umbridge. Enquanto percorria o corredor, continuava a ouvi-la, a ela e à Professora McGonagall, aos gritos uma com a outra.

Nessa tarde, quando entrou a passos largos na aula de Defesa contra a Magia Negra, a Professora Umbridge continuava ofegante como se tivesse acabado de fazer uma corrida.

— Espero que tenhas pensado melhor naquilo que pretendes fazer — sussurrou Hermione no momento em que abriam os livros no «Capítulo Trinta e Quatro, Não-Retaliação e Negociação». — A Umbridge parece que já está mesmo de mau humor...

De quando em vez, Umbridge lançava uns olhares incandescentes a Harry, que mantinha a cabeça baixa, a fitar o volume de *Teoria da Magia Defensiva*, com o olhar abstraído, a pensar...

Era bem capaz de imaginar a reacção da Professora McGonagall se fosse apanhado a entrar furtivamente no gabinete da Professora Umbridge, poucas horas depois de ela ter testemunhado a favor do seu carácter... de facto, não havia nada que o impedisse de voltar à Torre dos Gryffindor e esperar que, nalguma ocasião durante as próximas férias de Verão, pudesse ter oportunidade de interrogar Sirius sobre aquilo que presenciara no Pensatório... nada, excepto que a mera ideia de agir tão sensatamente o fazia sentir como se um peso lhe tivesse caído no estômago... e depois havia a questão do Fred e do George, que já tinham planeado como distrair a Professora, já para não falar da faca oferecida por Sirius, que presentemente se encontrava na sua saca da escola, juntamente com o velho Manto da Invisibilidade do seu pai.

Porém, isso não impedia que, caso fosse apanhado...

— O Dumbledore sacrificou-se para que tu continuasses na escola, Harry! — sussurrou Hermione, erguendo o livro para ocultar o rosto de Umbridge. — E se fores expulso hoje, tudo terá sido em vão!

Ele podia abandonar o plano e viver com a recordação do que o pai fizera num dia de Verão, havia mais de vinte anos...

E, então, lembrou-se de Sirius na lareira, lá em cima, na sala comum dos Gryffindor...

És menos parecido com o teu pai que aquilo que pensei... para o James, o risco é que teria sido divertido...

Todavia, desejaria ele continuar a ser como o pai?

— Harry, não faças isso, por favor, não faças isso! — pediu-lhe Hermione num tom de voz angustiado enquanto a campainha soava a anunciar o fim da aula.

Ele não respondeu. Não sabia o que fazer.

Ron parecia determinado em não dar nem a sua opinião nem os seus conselhos. Recusava-se a olhar para Harry, embora quando Hermione abriu a boca para tentar mais uma vez dissuadir Harry, tenha dito em voz baixa: — Deixa-o em paz, está bem? Ele é capaz de decidir sozinho.

Quando saiu da aula, Harry sentia o coração a bater aceleradamente. Encontrava-se cá fora a meio do corredor, quando ouviu o barulho inconfundível duma distracção a ter lugar à distância. Ouviram-se gritos e bramidos a ecoar algures no andar superior. Aqueles que saíam nesse momento das salas de aula detinham-se no seu caminho e punham-se a olhar para o tecto, amedrontados...

Umbridge saiu lançada da respectiva sala de aula, tão depressa quanto as suas curtas pernas lhe permitiam. Puxou pela varinha e encaminhou-se na direcção oposta. Era agora ou nunca.

— Harry... por favor! — suplicou Hermione debilmente.

Mas ele estava decidido. Prendeu a saca com maior firmeza ao ombro e desatou numa corrida, abrindo caminho por entre os alunos que agora se apressavam em sentido contrário para verem que confusão era aquela na ala leste.

Harry alcançou o corredor que conduzia ao gabinete de Umbridge e encontrou-o deserto. Enfiando-se rapidamente por detrás duma armadura, cujo elmo rangeu ao virar-se para o observar, abriu a saca, pegou na faca de Sirius e pôs o Manto da Invisibilidade. Em seguida, voltou a deslizar lenta e cuidadosamente detrás da armadura e atravessou o corredor até chegar ao gabinete de Umbridge.

Inseriu a lâmina da faca mágica na ranhura da porta e movimentou-a delicadamente para baixo e para cima. Em seguida, retirou-a. Ouviu-se um ligeiro estalido, e a porta abriu-se. Mergulhou no interior do gabinete, fechou rapidamente a porta atrás de si e olhou em seu redor.

Não era visível qualquer movimento, à excepção dos horríveis gatinhos que continuavam a fazer travessuras nos pratos pendurados na parede por cima das vassouras confiscadas.

Harry retirou o Manto e, dirigindo-se em passadas largas à lareira, foi uma questão de segundos até descobrir aquilo de que andava à procura: uma pequena caixa que continha pó de Floo brilhante.

Agachou-se em frente da grelha vazia da lareira. As mãos tremiam-lhe. Era a primeira vez que fazia uma coisa daquelas, embora estivesse convencido de saber como deveria proceder. Enfiou a cabeça na lareira, retirou uma grande pitada de pó e deixou-o cair em cima dos toros de madeira empilhados aos pés dele. Irromperam de imediato em chamas verde-esmeralda.

— Grimmauld Place, Número Doze! — proferiu Harry em voz alta e clara.

Foi uma das sensações mais curiosas que alguma vez experimentara. É claro que já anteriormente tinha viajado com pó de Floo, mas nessas ocasiões fora o seu corpo todo que se pusera a rodopiar nas chamas através da rede de lareiras de feitiçaria espalhada por todo o país. Desta feita, os seus joelhos permaneceram firmes no chão frio do gabinete de Umbridge, e foi apenas a sua cabeça a projectar-se através das chamas verde-esmeralda...

E então, de forma tão abrupta como começara, parou de rodopiar. Sentindo-se um bocado enjoado, como se tivesse um cachecol extremamente quente em volta da cabeça, Harry abriu os olhos e descobriu que, da perspectiva da lareira da cozinha, estava a olhar para uma mesa de madeira comprida à qual se encontrava sentado um homem, debruçado sobre um pergaminho.
— Sirius?
O indivíduo olhou em seu redor sobressaltado. Não se tratava de Sirius, mas de Lupin.
— Harry! — exclamou, com um ar absolutamente espantado. — O que é que tu... que aconteceu, está tudo bem?
— Sim — respondeu Harry. — Estava só a perguntar-me... quero dizer, gostaria de ter... uma conversa com o Sirius.
— Vou já chamá-lo — ofereceu-se Lupin, pondo-se de pé ainda com um ar perplexo. — Ele foi lá acima à procura do Kreacher, parece que ele se foi esconder no sótão outra vez...
Harry observou Lupin a sair apressadamente da cozinha. Agora a sua visão só abrangia a cadeira e as pernas da mesa. Perguntou-se por que razão Sirius nunca mencionara o desconforto que era falar a partir da lareira. Já sentia os joelhos a protestar dolorosamente por causa do contacto com o chão de pedra frio.
Lupin regressou instantes depois com Sirius logo atrás dele.
— Que se passa? — indagou o padrinho de imediato, afastando o seu longo cabelo negro dos olhos e deixando-se cair no chão em frente da lareira, de forma a ficar ao mesmo nível de Harry. Lupin também se ajoelhou, mostrando-se muito preocupado. — Estás bem? Precisas de ajuda?
— Não — respondeu Harry —, não é nada desse género... Só queria conversar... acerca do meu pai.
Trocaram um olhar de grande surpresa, mas Harry não teve tempo para se sentir constrangido ou acanhado. Sentia os joelhos mais doridos a cada momento que passava e calculava que já teriam decorrido cinco minutos desde o início da distracção (George apenas lhe garantira vinte). Como tal, lançou-se imediatamente no relato daquilo a que assistira no Pensatório.
Quando terminou, nem Sirius nem Lupin falaram durante alguns momentos. Em seguida, Lupin afirmou em voz baixa:
— Harry, não gostaria que julgasses o teu pai pelo que viste. Lembra-te de que ele só tinha quinze anos...
— Eu também tenho quinze! — retorquiu Harry, exaltado.

— Olha, Harry — disse Lupin apaziguadoramente —, o James e o Snape detestaram-se mutuamente desde o momento em que puseram os olhos um no outro pela primeira vez. Foi uma daquelas coisas... compreendes isso, não é? Creio que o James era tudo que o Snape desejava ser... era popular, era muito bom a jogar Quidditch... bom a quase tudo. E o Snape não passava de um tipo esquisito, obcecado por Magia Negra, e o James (qualquer que seja a imagem que tu possas guardar dele, Harry) sempre detestou a Magia Negra.

— Pois — contrapôs Harry —, mas ele atacou o Snape sem ter um motivo forte para isso, só porque... bem, porque tu disseste que estavas aborrecido — concluiu ele com um tom de leve justificação na voz.

— Não me orgulho disso — apressou-se Sirius a adiantar.

Lupin olhou de lado para Sirius e em seguida interveio:

— Olha, Harry, aquilo que tens de ser capaz de compreender é que o teu pai e o Sirius eram os melhores na escola em tudo... havia até quem pensasse que eram o máximo dos máximos... se eles por vezes exageravam um pouco...

— Se às vezes fôssemos uns tolos arrogantes, queres tu dizer — corrigiu-o Sirius.

Lupin esboçou um sorriso.

— Ele estava sempre a passar a mão pelo cabelo — disse Harry com voz de mágoa.

Sirius e Lupin puseram-se a rir.

— Já me tinha esquecido de que ele tinha esse hábito — afirmou Sirius afectuosamente.

— Ele estava a brincar com a *snitch*? — perguntou Lupin ansiosamente.

— Estava — confirmou Harry, olhando-os sem compreender, enquanto Sirius e Harry sorriam perante as recordações. — Bem... eu achei que ele era um bocado parvo.

— É claro que ele era um bocado parvo! — ripostou Sirius cheio de entusiasmo. — Todos nós éramos parvos! Bem... o Moony não era tanto — reconheceu justamente, dirigindo um olhar a Lupin.

Todavia, este abanou a cabeça.

— Alguma vez eu te disse para deixares o Snape em paz? — recriminou-se. — Alguma vez tive a coragem de te dizer que estavas a agir mal?

— Pois, bem — adiantou Sirius —, tu às vezes fazias-nos sentir envergonhados... já era alguma coisa..

— E — insistiu Harry, determinado a dizer tudo o que lhe passava pela cabeça, já que se encontrava ali — ele estava sempre a olhar para as raparigas sentadas à beira do lago, à espera de que elas também se pusessem a olhar para ele!

— Oh, sim, ele fazia sempre uma figura triste quando a Lily andava por perto — admitiu Lupin com um encolher de ombros. — Não era capaz de evitar exibir-se sempre que se aproximava dela.

— Como é que ela se foi casar com ele? — indagou Harry lastimosamente. — Ela detestava-o!

— Ná, não detestava nada — retorquiu Sirius.

— Ela começou a sair com ele no sétimo ano — contou Lupin.

— Depois de o James ter assentado um bocado a cabeça — acrescentou Sirius.

— E de ter deixado de enfeitiçar as pessoas só pelo gozo que isso lhe dava — disse Lupin.

— Até mesmo o Snape? — quis saber Harry.

— Bem — respondeu Lupin devagar —, o Snape era um caso à parte. Quero eu dizer, ele nunca perdia uma oportunidade para amaldiçoar o James, por isso não se podia verdadeiramente esperar que o James aceitasse isso sem reagir, pois não?

— E a minha mãe não se importava?

— Para te dizer a verdade, ela não sabia de muito do que se passava — afirmou Sirius. — Isto é, o James não levava o Snape quando se ia encontrar com ela e não se punha a lançar-lhe feitiços ao pé dela, não achas?

Sirius dirigiu um olhar carrancudo a Harry, que parecia não estar ainda convencido.

— Olha — prosseguiu —, o teu pai foi o melhor amigo que alguma vez tive e era uma boa pessoa. Há muita gente que se porta como se fosse parva aos quinze anos. Ele ultrapassou essa fase.

— Pois, está bem — acedeu Harry com dificuldade. — É que nunca pensei vir a sentir pena do Snape.

— Já que falas nisso — disse Lupin com uma pequena ruga entre as sobrancelhas —, como é que o Snape reagiu quando descobriu que tu tinhas visto tudo isso?

— Disse-me que nunca mais me voltava a ensinar Oclumância — respondeu Harry com indiferença. — Como se isso me afectasse muito...

— Ele O QUÊ? — gritou Sirius, fazendo que Harry desse um pulo de sobressalto e engolisse uma porção de cinzas.

— Estás a falar a sério, Harry? — perguntou Lupin prontamente. — Ele deixou de te dar aulas?

— Sim — assentiu Harry, surpreendido com o que para ele era uma reacção muito exagerada. — Mas não faz mal, eu não me importo, até senti algum alívio, para dizer a...

— Vou aí acima ter uma conversa com o Snape! — decidiu Sirius impetuosamente. Preparava-se mesmo para se levantar, mas Lupin agarrou-o e forçou-o a voltar a sentar-se.

— Se alguém vai falar com o Snape, sou eu! — disse com firmeza. — Mas, Harry, em primeiro lugar, tens de ser tu a ir ter com o Snape e dizer-lhe que, em circunstância alguma, ele deve interromper as aulas... Quando o Dumbledore souber...

— Não lhe posso dizer uma coisa dessas, ele matava-me! — exclamou Harry indignado. — Tu não o viste quando saímos do Pensatório.

— Harry, não há nada mais importante para ti que estudar Oclumância! — lembrou Lupin com severidade. — Estou a fazer-me entender? Nada!

— Está bem, está bem — acedeu Harry, completamente desconcertado, já para não dizer aborrecido. — Vou... vou tentar falar com ele... mas não será...

Quedou-se em silêncio. Ouviu o som de passos distantes.

— Não é o Kreacher a descer as escadas?

— Não — disse Sirius, olhando de relance para trás dele. — É alguém do teu lado.

O coração de Harry parou de bater por uns breves instantes.

— É melhor ir-me embora! — decidiu apressadamente e voltou a pôr a cabeça de fora da lareira de Grimmauld Place. Por momentos, pareceu-lhe que a cabeça rodopiava sobre os ombros, em seguida deu por si de joelhos em frente à lareira de Umbridge e com a cabeça firmemente de volta ao seu lugar. As chamas verde-esmeralda tremeluziram até se apagarem por completo.

— Rápido, rápido! — ouviu uma voz ofegante murmurar do lado de fora da porta do gabinete. — Ah, ela deixou-a aberta...

Harry precipitou-se para o Manto da Invisibilidade. Tinha acabado de se enfiar debaixo dele, quando Filch entrou de rompante no gabinete. Mostrava estar absolutamente encantado com qualquer coisa e falava agitadamente consigo próprio, enquanto atravessava o gabinete, abria uma gaveta na secretária de Umbridge e se punha a folhear uns papéis que lá estavam dentro.

— Autorização para Chicotear... Autorização para Chicotear... finalmente posso fazê-lo... há anos que andam a pedi-las...

Retirou um pergaminho da gaveta, beijou-o e, em seguida, saiu porta fora rapidamente, a arrastar os pés, agarrando-o junto ao peito.

Harry pôs-se de pé num pulo e, certificando-se de que levava a saca consigo e de que o Manto da Invisibilidade o cobria na totalidade, abriu a porta de rompante e saiu apressadamente do gabinete atrás de Filch, que ia a coxear mais depressa que alguma vez o vira. No patamar inferior ao gabinete de Umbridge, Harry decidiu que era mais seguro voltar a ficar visível. Tirou o Manto, enfiou-o na saca e continuou a andar depressa. Ouvia-se um grande rebuliço e gritaria proveniente do *Hall*. Desceu a escada de mármore a correr e deparou-se com aquilo que lhe pareceu a escola inteira lá reunida.

Parecia a noite em que Trelawney tinha sido despedida. Os estudantes estavam em pé, encostados à parede, formando um grande círculo (alguns deles, reparou Harry, cobertos por uma substância semelhante a Seiva Fedorenta). Na multidão encontravam-se professores e fantasmas. Membros da Brigada Inquisitorial destacavam-se de entre a assistência e aparentavam estar extraordinariamente satisfeitos consigo próprios. Peeves, a bambolear-se no ar, baixou o olhar para Fred e George, que se achavam ao centro com o ar indesmentível de duas pessoas que acabavam de ser encurraladas.

— Muito bem! — exclamou Umbridge triunfantemente. Harry apercebeu-se de que ela se encontrava apenas alguns degraus à sua frente, mais uma vez a contemplar a sua presa. — Então, acham divertido transformar o corredor da escola num pântano, não é verdade?

— Muito divertido mesmo — anuiu Fred, erguendo o olhar para ela sem o mais leve indício de medo.

Filch abriu caminho para se aproximar de Umbridge, quase a chorar de felicidade.

— Já aqui tenho o formulário, Senhora Directora — anunciou com voz rouca, agitando no ar o pergaminho que Harry momentos antes o vira tirar da secretária dela. — Já tenho o formulário e os chicotes prontos... oh, deixe-me começar já...

— Muito bem, Argus — acedeu ela. — Vocês os dois — prosseguiu, fitando Fred e George — estão prestes a descobrir o que acontece aos transgressores na minha escola.

— Quer saber uma coisa? — retorquiu Fred. — Acho que está enganada.

Virou-se para o gémeo.

— George — disse Fred —, julgo que já não preciso de mais aulas a tempo inteiro.

— É isso, eu também tenho andado a pensar o mesmo — concordou George levianamente.

— É altura de pormos os nossos talentos à prova no mundo real, não achas? — indagou Fred.
— Sem dúvida — assentiu George.
E antes que Umbridge pudesse proferir uma palavra sequer, ergueram as varinhas e entoaram em uníssono:
Accio vassouras!
Harry ouviu um grande estrondo algures à distância. Olhando para a sua esquerda, conseguiu desviar-se mesmo a tempo. As vassouras de Fred e George, uma delas ainda a arrastar a pesada corrente e aro de ferro com que Umbridge as tinha prendido à parede, projectavam-se pelo corredor fora, direitas aos respectivos proprietários. Viraram à esquerda, desceram as escadas a toda a velocidade e detiveram-se bruscamente em frente dos gémeos, com a corrente a fazer um enorme estrépito no chão de laje.
— Não nos vamos voltar a ver — anunciou Fred à Professora Umbridge, enquanto passava uma perna por cima da sua vassoura.
— Pois, não se dê ao trabalho de dar notícias — ecoou George, montando na sua.
Fred percorreu com o olhar os alunos ali reunidos, aquela multidão silenciosa e atenta.
— Se alguém estiver interessado em comprar um Pântano Portátil, como o que foi apresentado lá em cima, dirija-se ao número trinta e nove, Diagon-Al, às Magias Mirabolantes dos Weasleys — declarou em voz alta. — As nossas novas instalações.
— Descontos especiais para alunos de Hogwarts que se comprometam a usar os nossos produtos para se livrarem deste morcego velho — acrescentou George, apontando para a Professora Umbridge.
— AGARREM-NOS! — guinchou Umbridge, mas já era tarde. Enquanto a Brigada Inquisitorial lhes fazia o cerco, Fred e George descolaram do solo, elevando-se no ar a cinco metros e fazendo o aro de ferro oscilar perigosamente cá em baixo. Fred dirigiu um olhar para o *poltergeist* que pairava ao seu nível, acima da multidão, na extremidade do *Hall*.
— Faz-lhe a vida num inferno por nós, Peeves.
E Peeves, que Harry nunca vira acatar uma ordem de um aluno, tirou o seu chapéu em forma de sino da cabeça e pôs-se a acenar com ele, à medida que Fred e George descreviam curvas sobre os alunos que os aplaudiam entusiasticamente e passavam a grande velocidade pelas portas abertas, em direcção a um magnífico pôr do Sol.

XXX

GRAWP

A história da fuga para a liberdade de Fred e George foi contada tantas vezes durante os dias seguintes que Harry estava certo de que em breve se tornaria uma lenda em Hogwarts. Passada uma semana, mesmo aqueles que tinham presenciado o sucedido estavam quase convencidos de que tinham visto os gémeos montados nas suas vassouras a fazer um voo picado sobre Umbridge e a lançar-lhe Bombas de Estrume antes de se elevarem no ar em direcção à saída. No rescaldo imediato da sua partida de Hogwarts, falou-se muito em imitá-los. Harry ouviu com frequência alunos dizerem coisas do género: «Para falar com franqueza, há dias em que só sinto vontade de saltar para a minha vassoura e desaparecer daqui», ou então, «Mais uma aula como esta, e faço o mesmo que os Weasleys».

Fred e George tinham-se certificado de que ninguém os esqueceria tão depressa. Em primeiro lugar, não tinham deixado instruções sobre como remover o pântano que enchia agora o corredor do quinto andar da ala leste. Umbridge e Filch tinham sido observados a tentar várias maneiras de o eliminar, mas sem êxito. Por fim, a área foi isolada, e Filch, com os dentes a ranger de fúria, foi incumbido da tarefa de impelir com uma vara uma barca destinada a fazer chegar os alunos às respectivas salas de aula. Harry tinha a certeza de que professores como McGonagall ou Flitwick poderiam ter removido o pântano num instante porém, tal como no caso dos Foguetes Mirabolantes, pareciam preferir ficar a assistir aos esforços de Umbridge.

Eram ainda visíveis os dois enormes buracos em forma de vassoura na porta do gabinete de Umbridge, que as *Cleansweeps* de Fred e George tinham aberto para se poderem reunir aos respectivos donos. Filch instalou uma porta nova e levou a *Flecha de Fogo* de Harry para os calabouços onde, corria o rumor, Umbridge tinha colocado um segurança *troll*, armado, para a vigiar. Contudo, os problemas dela estavam longe de ficar por aqui.

Inspirados pelo exemplo dado por Fred e George, um grande número de alunos disputava agora as posições recentemente vagas de Arruaceiros-Mores. Não obstante a porta nova, alguém conseguiu infiltrar um Niffler de focinho peludo no gabinete de Umbridge, que prontamente pôs tudo de pernas para o ar em busca de objectos brilhantes, saltou para cima da professora quando ela lá entrou e tentou arrancar-lhe com os dentes os anéis que lhe ornamentavam os dedos roliços. As Bombas de Estrume e as Bombinhas de Mau Cheiro eram deitadas com tanta frequência nos corredores, que se tornou moda os alunos lançarem Feitiços Cabeça-de--Bolha a si próprios antes de saírem das aulas, de forma a garantir-lhes uma provisão de ar fresco, apesar de ficarem com a aparência de terem aquários de peixinhos dourados enfiados ao contrário na cabeça.

Filch rondava os corredores com uma chibata a postos, ansioso por apanhar algum herege, mas o problema era que agora havia tantos que ele não sabia para que lado se virar. A Brigada Inquisitorial procurava auxiliá-lo, mas estavam sempre a acontecer coisas estranhas aos seus elementos. Warrington, da equipa de Quidditch dos Slytherin, deu entrada na enfermaria com queixas duma doença de pele horrível que lhe dava a aparência de ter sido coberto de flocos de cereais. Para grande satisfação de Hermione, Pansy Parkinson teve de faltar a todas as aulas no dia seguinte, porque lhe tinham crescido hastes de veado.

Entretanto, tornou-se óbvia a quantidade de caixas de Pastilhas Sortidas Isybalda que Fred e George tinham conseguido vender antes de deixarem Hogwarts. Bastou Umbridge entrar na sua sala de aula para os alunos que lá se encontravam começarem a desmaiar, a vomitar, a serem atacados por febres perigosas ou então a sangrarem de ambas a narinas. Enquanto soltava guinchos de frustração e fúria, a professora tentava determinar a causa daqueles sintomas misteriosos, mas os alunos insistiam teimosamente em dizer-lhe que sofriam de «Umbridgite». Depois de pôr quatro turmas inteiras de castigo por não conseguir descobrir o segredo que guardavam, foi forçada a desistir e permitir que os alunos que sangravam, desmaiavam, transpiravam e vomitavam deixassem a sala de aula em rebanho.

Mas nem sequer os utilizadores das Pastilhas Isybalda estavam em condições de competir com o mestre da desordem, Peeves, que parecia ter levado as palavras de despedida de Fred muito a peito. Soltando ruidosas gargalhadas, voava por toda a escola a virar mesas de pernas para o ar, irrompendo dos quadros de lousa, deitando a baixo estátuas e vasos. Por duas vezes prendeu *Mrs. Norris* dentro duma armadura, da qual foi libertada, miando muito alto, pelo furibundo encarregado. Peeves estilhaçou lanternas e apagou velas, pôs-se a fazer malabarismos com archotes por cima das cabeças de alunos aos gritos, provocou a queda, em fogueiras ou de janelas, de pilhas de pergaminho cuidadosamente amontoadas; inundou o segundo andar, após ter arrancado todas as torneiras dos lavabos, deixou cair um saco cheio de tarântulas no meio do Salão à hora do pequeno-almoço e, sempre que lhe apetecia descansar um pouco, passava horas seguidas a flutuar atrás de Umbridge, fazendo caretas e deitando-lhe a língua de fora, sempre que ela abria a boca para falar.

Nenhum dos membros da escola, à excepção de Filch, parecia disposto a mexer um dedo para ir em seu auxílio. Na realidade, uma semana depois da partida de Fred e George, Harry viu a Professora McGonagall a passar mesmo ao pé de Peeves, no momento em que este tentava, com grande determinação, soltar um candelabro de cristal, e era capaz de jurar que a ouvira dizer ao *poltergeist* pelo canto da boca: — Para desenroscar é para o outro lado.

Para compor o quadro, Montague ainda não conseguira recuperar da sua estada na casa de banho. Permanecia confuso e desorientado e os pais foram observados numa manhã de terça-feira a atravessar o acesso principal, com um ar extremamente zangado.

— Achas que devíamos dizer alguma coisa? — sugeriu Hermione com voz de preocupação, encostando a face à janela da Aula de Feitiços de forma a poder ver Mr. e Mrs. Montague avançando para o interior do edifício. — Acerca do que lhe aconteceu? No caso de poder ajudar Madam Pomfrey a curá-lo?

— É claro que não, ele recupera — respondeu Ron com indiferença.

— Em qualquer dos casos, assim é mais trabalho para a Umbridge, não é verdade? — observou Harry com voz de satisfação.

Ele e Ron deram uma pancadinha com as varinhas nas chávenas de chá que tentavam enfeitiçar. Harry fez jorrar quatro perninhas que não conseguiam alcançar a secretária e se contorciam em vão em pleno ar. Ron fez brotar quatro pernas muito delgadas e frágeis, que içaram a chávena da secretária a grande custo, tremeram durante alguns segundos e em seguida cederam, fazendo que a chávena se partisse em duas.

— *Reparo* — entoou Hermione rapidamente, consertando a chávena de Ron com um aceno da mão. — Está tudo muito certo, mas e se o Montague sofrer danos permanentes?

— Quem se rala? — retorquiu Ron com irritação, enquanto a sua chávena se voltava a levantar com os joelhos a tremer violentamente, como se estivesse embriagada. — O Montague não deveria ter tentado roubar aqueles pontos todos aos Gryffindor, não te parece? Olha, Hermione, se te queres preocupar com alguém, preocupa-te comigo!

— Contigo? — ripostou ela, apanhando a sua chávena enquanto esta corria dum lado para o outro com quatro perninhas robustas ao estilo das peças de porcelana e voltando a colocá-la à sua frente. — Por que razão me deveria preocupar contigo?

— Quando a próxima carta da mãe finalmente passar pelo sistema de detecção da Umbridge — afirmou Ron amargamente, agora a segurar a sua chávena, enquanto as suas débeis pernas tentavam a todo o custo suportar o seu peso —, vou ficar metido em grandes sarilhos. Não me admiraria se ela enviasse outro Gritador.

— Mas...

— Vais ver só, vai deitar-me as culpas por o Fred e o George se terem ido embora — disse Ron apreensivo. — Vai dizer que eu deveria tê-los impedido de deixarem a escola, que lhes deveria ter agarrado os cabos das vassouras e não os largar, ou algo do género... pois, a culpa vai ser minha.

— Bem, se ela disser *mesmo* isso, será uma injustiça, não havia nada que tu pudesses ter feito! Mas tenho a certeza de que não vai. Quero dizer, se é mesmo verdade que eles se vão instalar em Diagon-Al, então devem andar a planear isto há séculos.

— Pois, mas isso é outra coisa, como é que conseguiram arranjar as instalações? — admirou-se Ron, a mão batendo na chávena de chá com tanta força que as pernas voltaram a ceder e ficaram a contorcer-se na sua frente. — É um bocado estranho, não te parece? São precisos montes de galeões para poder alugar um sítio em Diagon-Al. Ela vai querer saber o que é que eles andaram a tramar, para terem tanto dinheiro nas mãos.

— Bem, sim, também já me lembrei do mesmo — assentiu Hermione, deixando a sua chávena descrever pequenos círculos perfeitos em passo de corrida em torno da chávena de Harry, cujas perninhas roliças ainda não eram capazes de chegar ao tampo da secretária. — Tenho andado a perguntar-me se o Mundungus não os terá convencido a vender mercadoria roubada, ou algo terrível desse tipo.

— Não convenceu nada — adiantou Harry bruscamente.

— Como é que sabes? — indagaram Ron e Hermione em uníssono.

— Porque... — Harry vacilou, mas o momento da confissão parecia ter finalmente chegado. Não havia qualquer vantagem em continuar a guardar segredo, se isso significava que alguém ia suspeitar de que Fred e George eram criminosos. — Porque fui eu quem lhes deu o dinheiro. Entreguei-lhes o meu prémio do Torneio dos Três Feiticeiros de Junho passado.

Fez-se um silêncio de incredulidade e, em seguida, a chávena de Hermione começou a correr mesmo à beira da mesa e foi despedaçar-se no chão.

— Oh, Harry, não posso crer! — exclamou ela.

— É verdade, é — confirmou Harry em tom de desafio. — E nem sequer estou arrependido. Eu não preciso do dinheiro, e eles sair-se-ão muito bem a gerir uma loja de brincadeiras mágicas.

— Mas isso é óptimo! — congratulou-se Ron com um ar todo entusiasmado. — A culpa é toda tua, Harry... a mãe não me pode acusar de nada! Posso contar-lhe?

— Pois, acho que é melhor contares-lhe — acedeu Harry desanimado —, sobretudo se ela pensar que eles são receptadores de caldeirões roubados ou outra coisa do género.

Hermione não voltou a dizer palavra até ao fim da aula, mas Harry tinha uma forte suspeita de que a contenção dela estava destinada a ceder não tardaria muito. De facto, logo que saíram do castelo para o intervalo e se puseram cá fora a apanhar o débil sol de Maio, ela fitou Harry com um olhar penetrante e abriu a boca com ar determinado.

Harry interrompeu-a mesmo antes de Hermione ter começado a falar.

— Não vale a pena chateares-me, já está feito — declarou com firmeza. — O Fred e o George têm o ouro... até já gastaram uma boa parte dele... e eu não posso pedir-lhes que mo devolvam e também não é isso que quero fazer. Por isso, é melhor poupares o fôlego, Hermione.

— Eu não ia dizer nada acerca do Fred e do George! — retorquiu ela com voz ofendida.

Ron soltou uma gargalhada de descrença, e Hermione lançou-lhe um olhar de enorme desprezo.

— Não ia, não senhor! — insistiu ela zangada. — Na realidade, ia perguntar ao Harry quando é que ele vai ter com o Snape para lhe pedir para ter mais aulas de Oclumância!

O coração de Harry desceu-lhe aos pés. Logo que o assunto da partida dramática de Fred e George se esgotara (o que reconhecidamente lhes levara muitas horas), Ron e Hermione quiseram ouvir notícias de Sirius. Como Harry não lhes confidenciara a razão principal que o levara a querer falar com Sirius, fora-lhe difícil pensar no que lhes havia de dizer. Acabara por lhes contar que Sirius desejava que ele retomasse as aulas de Oclumância, o que de facto não era mentira. Arrependera-se desde logo, pois Hermione não se mostrava disposta a esquecer o assunto e insistia nele quando Harry menos esperava.

— Não me venhas dizer que já deixaste de ter sonhos estranhos — dizia-lhe agora Hermione —, porque o Ron me contou que ainda a noite passada te ouviu a resmungar enquanto dormias.

Harry deitou a Ron um olhar de fúria e o amigo teve a delicadeza de se mostrar envergonhado.

— Só estavas a resmungar um bocadinho — tartamudeou ele à laia de desculpa. — Algo acerca de «só um pouco mais adiante».

— Eu sonhei que vos estava a ver a jogar Quidditch — mentiu Harry descaradamente. — Estava a tentar incitar-vos a avançarem um pouco mais para agarrarem a *quaffle*.

As orelhas de Ron enrubesceram e Harry sentiu uma espécie de prazer vingativo. Era óbvio que ele não sonhara nada do género.

Na noite anterior, tinha voltado a percorrer o corredor do Departamento dos Mistérios. Atravessara a sala circular, em seguida a sala cheia de luzes a piscar e a girar até que, por fim, se voltou a encontrar na sala cavernosa cheia de prateleiras nas quais estavam ordenados globos de vidro poeirentos.

Precipitara-se directamente para a fila número noventa e sete, virara à esquerda e correra em frente... teria sido provavelmente nesse momento que falara em voz alta... *só um pouco mais adiante...* pois sentiu o seu eu consciente esforçar-se por acordar... e antes de ter chegado ao final da fila, dera por si deitado na cama outra vez, olhando fixamente para a cobertura da sua cama de dossel.

— Estás a tentar bloquear os pensamentos, não estás Harry? — perguntou-lhe Hermione, lançando-lhe um olhar penetrante. — Vais continuar com a Oclumância?

— É claro que vou — afirmou Harry, tentando dar a entender que considerava a pergunta insultuosa, mas sem olhar de frente para ela. A verdade é que sentia uma curiosidade tão grande acerca do que se pudesse encontrar naquela sala repleta de globos poeirentos, que não se importava mesmo nada de continuar a ter aqueles sonhos.

O problema é que só faltava um mês para o início dos exames e todo o tempo disponível era dedicado às revisões. Na altura de se ir deitar, sentia a cabeça tão saturada de informações, que tinha grande dificuldade em pegar no sono. Quando, por fim, lá conseguia adormecer, na maior parte das vezes o cérebro extenuado não era capaz de lhe apresentar mais nada à excepção de sonhos tolos relacionados com os exames. Suspeitava de que parte da sua mente (a parte que com frequência falava com a voz de Hermione) se sentia culpada sempre que vagueava pelo corredor até à porta negra e procurava acordá-lo antes de ele ter conseguido chegar ao seu destino.

— Sabes uma coisa? — disse Ron, ainda com as orelhas ruborizadas —, se o Montague não recuperar antes de os Slytherin jogarem contra os Hufflepuff, talvez pudéssemos ter uma possibilidade de ganhar a Taça.

— Pois, acho que sim — anuiu Harry, satisfeito por mudar de assunto.

— Quero dizer, ganhámos um, perdemos outro... se os Slytherin perderem com os Hufflepuff no próximo sábado...

— Sim, tens razão — disse Harry, que já não sabia com aquilo que estava a concordar. Cho Chang tinha acabado de atravessar o pátio, evitando propositadamente olhar para ele.

★

O jogo de encerramento da época de Quidditch, que opunha a equipa dos Gryffindor à dos Ravenclaw, estava marcado para o último fim-de-semana de Maio. Embora os Slytherin tivessem perdido por pouco o último jogo que travaram contra os Hufflepuff, os Gryffindor não se atreviam a esperar a vitória, devido sobretudo (apesar de obviamente ninguém lhe dizer isso directamente) ao péssimo desempenho de Ron enquanto *keeper*. Todavia, ele dava mostras dum optimismo renovado.

— Quer dizer, não pode ficar pior que já está, pois não? — disse ele resolutamente a Harry e Hermione na manhã do jogo, ao pequeno-almoço. — Já não temos nada a perder, pois não?

— Sabes uma coisa? — observou Hermione um pouco mais tarde, enquanto ela e Harry se dirigiam ao campo juntamente com uma multidão muito entusiasmada. — Acho que o Ron é capaz de se sair melhor sem a presença do Fred e do George. Não se pode dizer que eles alguma vez tivessem tentado encorajá-lo.

Luna Lovegood ultrapassou-os com aquilo que aparentava ser uma águia viva empoleirada no alto da cabeça.

— Ora bolas, esqueci-me! — exclamou Hermione, vendo a águia a bater as asas, enquanto Luna passava tranquilamente por um grupo de Slytherins que se puseram a apontar para ela e a rir. — A Cho vai jogar, não vai?

Harry, que não estava esquecido disto, limitou-se a resmungar. Encontraram lugares vagos na segunda fila superior das bancadas. O dia estava limpo e ameno. Ron não poderia ter pedido melhor, e Harry deu por si a encher-se de esperança, contra todas as perspectivas razoáveis, de que Ron não desse aos Slytherin oportunidade para voltarem a entoar em vigoroso uníssono «O Weasley é o nosso Rei».

Lee Jordan, que andava muito desanimado desde que Fred e George tinham deixado a escola, era, como de costume, o comentador. À medida que as equipas entravam em campo, pôs-se a anunciar os jogadores sem, no entanto, demonstrar o entusiasmo habitual.

— ... Bradley ... Davies ... Chang — proferia, e Harry sentiu uma guinada no estômago quando avistou Chang a entrar em campo, com o seu cabelo negro brilhante a ondular à leve brisa. Já não tinha a certeza do que queria que acontecesse, sabendo apenas que já não conseguia suportar mais discussões. Até mesmo o simples facto de a ver a conversar animadamente com Roger Davies, enquanto ambos se preparavam para montar nas vassouras, foi suficiente para lhe provocar uma ligeira pontada de ciúmes.

— E lá vão eles! — anunciou Lee. — E Davies agarra de imediato a *quaffle*, o capitão dos Ravenclaw detém a *quaffle*, finta Johnson, finta Bell, e finta Spinnet também... e vai direitinho ao golo! Prepara-se para lançar... e... e — Lee praguejou em voz muito alta. — E marcou.

Harry e Hermione, juntamente com os restantes Gryffindor, gemeram. Infelizmente, como já era de se prever, do lado oposto das bancadas, os Slytherin começaram a cantar:

O Weasley é um nabo
Incapaz de defender o aro

— Harry — chamou uma voz rouca ao ouvido de Harry. — Hermione...

Harry olhou à sua volta e deparou-se com o enorme rosto barbudo de Hagrid enfiado entre os bancos. Ao que parecia, tinha chegado ali abrindo caminho através da fila de trás, pois os alunos do primeiro e segundo ano por quem ele tinha acabado de passar

estavam com um ar espremido e enfadado. Por alguma razão, Hagrid estava todo curvado, como se tivesse receio de que alguém o visse ali, embora estivesse pelo menos um metro mais alto que toda a gente.
— Ouçam — sussurrou ele —, podem vir comigo? Agora? Enquanto 'tão todos a ver o jogo?
— Aã... não pode esperar, Hagrid? — perguntou Harry. — Até o jogo acabar?
— Nã' — disse ele. — Nã', Harry, tem de ser já... enquanto 'tão todos a olhar pra outro lado... por favor?
O nariz de Hagrid sangrava ligeiramente. Tinha ambos os olhos negros. Harry não o via tão de perto desde que regressara à escola: estava com um ar completamente abatido.
— É claro — acedeu Harry de imediato —, é claro que vamos.
Ele e Hermione esgueiraram-se pela sua fila em sentido contrário ao que tinham vindo, dando azo a muitos protestos por parte dos alunos que se tiveram de levantar para lhes darem passagem. Os membros da assistência na fila de Hagrid não se queixavam, limitavam-se a encolherem-se o mais possível.
— 'Brigado a vocês os dois, 'brigado a sério — disse Hagrid no momento em que chegavam às escadas. Enquanto desciam em direcção ao relvado, manteve-se sempre a olhar nervosamente em seu redor. — Só espero qu'ela nã' repare que nos vamos embora.
— Estás a falar da Umbridge? — indagou Harry. — Ela não vê, tem toda a Brigada Inquisitorial sentada ao pé dela, não reparaste? Deve estar à espera de que haja confusão durante o jogo.
— Pois, bem, um b'cado de confusão até vinh'á calhar — opinou Hagrid, detendo-se para espreitar pela beira das bancadas para verificar que a extensão de relvado que os separava da sua cabana estava deserta. — Dá-nos mais tempo.
— Que se passa, Hagrid? — perguntou Hermione, erguendo o olhar para ele com uma expressão preocupada no rosto, enquanto corriam pelo relvado até à orla da Floresta.
— Pois... já vamos ver num 'stante — disse Hagrid, olhando pelo ombro, quando ouviu um grande alvoroço proveniente das bancadas. — Ei... alguém marcou um golo?
— Devem ser os Ravenclaw — alvitrou Harry pesaroso.
— Óptimo... óptimo... — disse Hagrid distraído. — Qu' bom...
Viram-se obrigados a andar a passo de corrida para o conseguirem acompanhar enquanto ele atravessava o relvado, sempre a olhar

atento em seu redor. Quando chegaram à cabana, Hermione virou imediatamente para a esquerda em direcção à porta da rua. Contudo, Hagrid passou pela porta sem se deter e dirigiu-se à orla mais distante da Floresta, onde pegou numa besta que estava encostada a uma árvore. No instante em que se apercebeu de que Harry e Hermione não o acompanhavam, virou-se.

— Vamos por ali — indicou ele, virando a cabeça desgrenhada para trás.

— Pela Floresta? — disse Hermione com perplexidade.

— Pois — assentiu Hagrid. — Vá lá, rápido, antes qu' nos vejam!

Harry e Hermione olharam um para o outro e em seguida mergulharam sob a protecção das árvores atrás de Hagrid, que já se estava a afastar deles em direcção à obscuridade verde, com a besta ao ombro. Harry e Hermione correram para o alcançarem.

— Hagrid, por que é que estás armado? — quis saber Harry.

— Só por precaução — respondeu, com um encolher dos seus volumosos ombros.

— Não trouxeste a tua besta no dia em que nos vieste mostrar os Thestrals — arriscou Hermione timidamente.

— Ná, bem, dessa vez nã' íamos entrar tã' dentro — explicou Hagrid. — E, em qualquer dos casos, isso foi antes d'o Firenze sair da Floresta, nã' foi?

— Que diferença é que faz o Firenze ter-se ido embora? — perguntou Hermione com curiosidade.

— Porqu'os outros centauros 'tão muita chateados c'migo, é por isso — prosseguiu Hagrid em voz baixa, dando uma olhadela em seu redor. — Eles costumavam ser... bem, nã' podemos dizer que fossem amistosos... mas lá nos íamos entendendo. Andavam lá metidos na vida deles, mas vinham sempre s'os chamasse. Só isso.

Soltou um suspiro profundo.

— O Firenze contou-nos que eles estão zangados, porque ele começou a trabalhar para o Dumbledore — adiantou Harry, tropeçando numa raiz saliente por estar concentrado a olhar para o perfil de Hagrid.

— Pois — assentiu Hagrid pesaroso. — Bem, zangados é pouco. Vermelhos de raiva. Se eu nã' me tivesse metido, acho que tinham matado o Firenze ao coice.

— Eles atacaram-no? — indagou Hermione mostrando-se chocada.

— Isso mesmo — confirmou Hagrid com brusquidão, abrindo caminho por entre vários ramos descaídos. — Teve metade da manada atrás dele.

— E tu conseguiste impedi-los? — perguntou Harry cheio de surpresa e admiração. — Sozinho?
— Claro que sim, nã' podia ficar ali a vê-los darem cabo dele, pois não? — retorquiu Hagrid. — Por sorte, ia a passar, a sério... e eu cá a pensar qu'o Firenze se devia ter lembrado disso antes de me ter começado a mandar aqueles estúpidos avisos! — acrescentou com um ardor inesperado.

Harry e Hermione ficaram a olhar um para o outro, surpreendidos, mas Hagrid, de sobrolho franzido, não entrou em mais detalhes.

— Seja como for — concluiu, com a respiração um pouco mais pesada que o habitual —, desd'aí os outros centauros têm andado danados com'go, e o problema é qu'eles têm muita influência na Floresta... as criaturas mais espertas que lá há.

— É por esse motivo que aqui estamos, Hagrid? — perguntou Hermione. — Por causa dos centauros?

— Ah, nã' — disse Hagrid, sacudindo a cabeça em sinal de discordância —, nã', nã' são eles. Bem, 'tá claro, eles podem complicar as coisas, já se vê... mas já vão ver o que quero dizer num 'stante.

Depois de fazer esta afirmação indecifrável, quedou-se em silêncio e avançou mais um pouco, dando um passada por cada três de Harry e Hermione, o que fazia que eles sentissem grande dificuldade em acompanhá-lo.

O caminho apresentava-se cada vez mais coberto de vegetação e as árvores cada vez mais chegadas umas às outras, à medida que iam penetrando na Floresta, tão escura que parecia que estava a cair a noite. Em breve se encontraram a uma grande distância da clareira onde Hagrid lhes mostrara os Thestrals, mas Harry não sentiu qualquer inquietação até o amigo sair inesperadamente do carreiro e começar a caminhar por entre as árvores, em direcção ao âmago tenebroso da Floresta.

— Hagrid! — chamou Harry, debatendo-se para abrir caminho através de arbustos densamente entrelaçados, por cima dos quais Hagrid passara sem dificuldade, lembrando-se com grande clareza do que lhe acontecera na ocasião em que se afastara do carreiro da Floresta. — Aonde é que vamos?

— Um bocadinho mais adiante — respondeu por cima do ombro. — Vá lá, temos de nos manter juntos agora.

Só a grande custo conseguiam acompanhar Hagrid. Enquanto este caminhava por cima dos ramos e do mato cerrado de espinhos como se se tratasse de teias de aranha, Harry e Hermione ficavam muitas vezes com as roupas lá presas, sendo precisos vários minutos até serem capazes de se libertar. Não tardou muito para que as pernas e os braços de Harry ficassem cobertos de pequenos cortes e arranhões. Estavam agora tão embrenhados na Floresta que por vezes tudo o que conseguia vislumbrar de Hagrid na penumbra era uma enorme forma negra à sua frente. Rodeados daquele silêncio abafado, qualquer barulho lhes parecia uma ameaça. Cada galho que se quebrava fazia um enorme ruído, e o mais leve roçar pelas folhas, ainda que tivesse sido causado por um inocente pardal, levava Harry a espreitar através da escuridão à procura dum culpado. Ocorreu-lhe que nunca anteriormente se tinha aventurado tanto na Floresta sem encontrar qualquer criatura. A sua ausência pareceu--lhe um mau presságio.

— Hagrid, não faz mal se acendermos as nossas varinhas? — perguntou Hermione baixinho.

— Aã... 'tá bem — sussurrou Hagrid em resposta. — Na verdade...

Deteve-se subitamente e virou-se. Hermione foi de encontro a ele, sendo atirada para trás. Harry conseguiu apanhá-la antes de ela cair no chão.

— Talvez seja melhor pararmos um bocado, pra eu vos... pôr a par — disse Hagrid. — Isto é, antes de lá chegarmos.

— Óptimo! — exclamou Hermione enquanto Harry a ajudava a levantar-se. Murmuraram em uníssono: — *Lumos!* — e a ponta das varinhas acendeu-se. O rosto de Hagrid emergiu da escuridão, iluminado pelos raios tremeluzentes das duas varinhas, e Harry verificou que ele parecia nervoso e triste.

— Bom — disse Hagrid. — Bem... 'tão a ver... o que se passa é...

Inalou profundamente.

— Bom, é bem provável que eu vá prò olho da rua um dia destes — adiantou.

Harry e Hermione olharam um para o outro e depois voltaram ambos a dirigir o olhar para Hagrid.

— Mas já aguentaste tanto tempo — disse Hermione cautelosamente. — Que é que te faz pensar que...

— A Umbridge acha que fui eu que pus aquele Niffler no gabinete dela.

— E foste? — perguntou Harry antes de se conseguir impedir.

— Nã', o raio é que fui! — exclamou Hagrid indignado. — É só ter alguma coisa a ver com criaturas mágicas, e ela pensa logo que fui eu. Vocês sabem que, desde qu' eu voltei, ela só 'tá à espera da primeira oportunidade pra me pôr na rua. Claro que nã' quero ir embora, mas se nã' fossem... bem... as circunstâncias especiais que vos vou explicar agora, ia-me embora agora mesmo, antes qu'ela tenha hipótese de fazer isso em frente da escola toda, como fez à Trelawney.

Tanto Harry como Hermione proferiram sons de protesto, mas Hagrid mandou-os calar com um aceno de menosprezo da sua enorme mão.

— Não é o fim do mundo, vou poder ajudar o Dumbledore logo que me ponha daqui pra fora, posso ser útil à Ordem. E vocês vão ter a Grubbly-Plank, pois... pois, vão passar nos exames à vontade...

A voz tremeu-lhe e enfraqueceu.

— Nã' se pr'ocupem comigo — disse apressadamente, quando Hermione avançou para lhe afagar o braço. Tirou do bolso um enorme lenço de assoar manchado e enxugou os olhos com ele. — Olhem, eu nã' vos diria uma coisa destas se nã' tivesse mesmo de ser. 'Tão a ver, se eu me for embora... bem, nã' vos posso deixar... sem vos dizer qualquer coisa... porqu'eu... porque preciso que vocês os dois m'ajudem. E o Ron, s'ele quiser.

— É claro que te vamos ajudar — assentiu Harry de imediato. — Que queres tu que façamos?

Hagrid soltou uma grande fungadela e, sem dizer palavra, deu umas palmadinhas no ombro de Harry, com tamanha força que ele foi empurrado de encontro a uma árvore.

— Eu sabia qu'iam dizer que sim — disse Hagrid com o nariz enfiado no lenço —, mas eu... nã'... vou... nunca... esquecer... bem... vamos... avançar só mais um bocadinho por aqui... agora cuidado, há urtigas...

Continuaram a caminhar em silêncio durante mais um quarto de hora. Harry preparava-se para abrir a boca e perguntar quanto é que ainda lhes faltava para chegarem, quando Hagrid ergueu o braço direito a indicar que deviam parar.

— Muita fácil — disse ele suavemente. — Agora, muita quietos...

Avançaram lentamente, e Harry apercebeu-se de que se encontravam em frente dum grande monte de terra uniforme quase tão alto como Hagrid, o que o levou a pensar, com um arrepio de medo, tratar-se seguramente do covil de algum animal enorme. As árvores tinham sido arrancadas pela raiz em volta do monte de terra, por isso este encontrava-se num terreno a descoberto rodeado de pilhas de ramos e galhos que formavam uma espécie de barricada, atrás da qual se achavam agora Harry, Hermione e Hagrid.

— 'Tá a dormir — disse Hagrid baixinho.

De facto, Harry tinha a certeza de estar a ouvir um ruído surdo e ritmado que parecia tratar-se dum par de pulmões enormes em funcionamento. Deitou uma olhadela de lado a Hermione, que contemplava o monte de terra com a boca ligeiramente aberta. Tinha um ar perfeitamente aterrorizado.

— Hagrid — proferiu ela num suspiro quase inaudível devido ao barulho da criatura adormecida —, quem é ele?

Harry achou a pergunta estranha... «O que é aquilo?» era o que se preparava para perguntar.

— Hagrid, tu disseste-nos — continuou Hermione, agora com a varinha a tremer numa das mãos —, tu disseste-nos que nenhum deles quis vir para cá!

Harry dirigiu o seu olhar dela para Hagrid e em seguida, quando finalmente se fez luz no seu espírito, voltou a olhar para a elevação com um leve arquejo de pavor.

O enorme monte de terra, em cima do qual ele, Hermione e Hagrid poderiam facilmente ter-se empoleirado, movimentava-se lentamente para cima e para baixo ao ritmo duma respiração profunda e ruidosa. Não era nada um monte de terra. Tratava-se antes da curvatura do dorso de algo que era claramente...

— Bom... não... ele não queria vir — disse Hagrid, com voz de desespero. — Mas eu tive de o trazer, Hermione, tive mesmo!

— Mas porquê? — indignou-se Hermione, quase à beira das lágrimas. — Porquê... o quê... oh, *Hagrid!*

— Eu sabia que s'ao menos conseguisse trazê-lo — disse Hagrid, também ele prestes a começar a chorar — e... e... lhe ensinasse algumas boas maneiras... poderia levá-lo lá pra fora e mostrar a toda a gente qu'é inofensivo!

— Inofensivo! — exclamou Hermione com voz estridente, e Hagrid pôs-se a fazer movimentos frenéticos com as mãos para a fazer calar-se, enquanto a enorme criatura em frente a eles grunhia alto e mexia-se a dormir. — Ele tem andado este tempo todo a magoar-te, não tem? É por isso que tens essas feridas todas?

— Ele nã' sabe a força que tem! — afirmou Hagrid sinceramente. — E ele 'tá a melhorar, já nã luta tanto como antes...

— Então foi por esta razão que levaste dois meses a chegar a casa! — concluiu Hermione, furiosa. — Oh, Hagrid, por que é

que o trouxeste, se ele não queria vir? Não teria ficado mais feliz entre os seus?
— Eles andavam sempre a atormentá-lo, Hermione, por ser tão pequeno! — ripostou Hagrid.
— Pequeno? — exclamou Hermione. — *Pequeno*?
— Hermione, eu nã' podia abandoná-lo — insistiu Hagrid, com as lágrimas a escorrerem-lhe até à barba pelo rosto magoado. — Sabes... ele é meu irmão!
Hermione limitou-se a ficar a olhar para ele embasbacada, com a boca aberta.
— Hagrid, quando tu dizes «irmão» — afirmou Harry pausadamente —, queres mesmo dizer... ?
— Bom... meio-irmão — corrigiu Hagrid. — Acontece qu' a minha mãe se juntou a outro gigante, q'ando deixou o meu pai, e teve aqui o Grawp ...
— Grawp? — disse Harry.
— Pois... bem, é assim que soa q'ando ele diz o nome — explicou Hagrid ansiosamente. — Ele nã' fala lá muito bem inglês... tenho tentado ensiná-lo... seja como for, parece que ela nã' gostou dele mais que de mim. 'Tão a ver, para as gigantes, aquilo que conta é criar miúdos grandes e fortes, e ele sempre foi meio fraquito pra gigante... só tem cinco metros...
— Oh, pois, muito pequenino! — comentou Hermione, com uma espécie de sarcasmo histérico. — Absolutamente minúsculo!
— Ele tem sido maltratado por todos eles... eu nã' o podia deixar...
— A Madame Maxime quis trazê-lo ?
— Ela... bom, ela compreendeu qu'era bastante importante pra mim — disse Hagrid entrelaçando as suas enormes mãos. — Mas... ela também ficou um pouco farta dele passados uns tempos, tenho de reconhecer... por isso separámo-nos na viagem de regresso a casa... mas ela prometeu não contar a ninguém...
— Como é que conseguiste trazê-lo sem ninguém dar por isso? — quis saber Harry.
— Bom, foi por isso que demorámos tanto tempo, 'tás a ver — afirmou Hagrid. — Só podíamos viajar de noite e tínhamos de seguir pelo mato, e isso assim. É claro qu'ele é capaz de percorrer grandes distâncias q'ando quer, mas estava sempre a qu'rer voltar pra trás.
— Oh, Hagrid, mas por que é que não o deixaste ir! — insistiu Hermione, tropeçando numa árvore caída e levando as mãos ao

rosto. — O que é que tu pensas que podemos fazer com um gigante violento que nem sequer quer estar aqui?
— Bom, bem... «violento»... parece-me um bocado duro — hesitou Hagrid continuando a gesticular agitadamente. — Reconheço que já me deu meia dúzia de socos q'ando 'tá de mau humor, mas 'tá melhor, muita melhor, muita mais sossegado.
— Então para que é que servem estas cordas? — perguntou Harry.
Tinha acabado de reparar numas cordas grossas como árvores jovens, esticadas em volta dos troncos das árvores mais próximas até ao sítio onde Grawp estava enroscado no chão, de costas voltadas para eles.
— Tem-lo mantido amarrado? — perguntou Hermione com voz débil.
— Bom... pois... — assentiu Hagrid, dando sinais de ansiedade. — 'Tás a ver... é com'eu digo... ele nã' sabe bem a força que tem.
Naquele momento Harry compreendeu por que razão notara uma ausência tão suspeita de qualquer criatura viva naquela parte da Floresta.
— Então, e o que é que queres que o Harry, o Ron e eu façamos? — perguntou Hermione com ar apreensivo.
— Tomar conta dele — explicou Hagrid com voz rouca. — Depois d' eu me ter ido embora.
Harry e Hermione trocaram olhares de embaraço, e Harry sentiu-se desconfortavelmente ciente de que já prometera a Hagrid fazer o que quer que ele lhe pedisse.
— E o que... o que é que isso significa exactamente? — indagou Hermione.
— Nã' é comida, nem nada disso! — apressou-se Hagrid a dizer. — Ele arranja comida sozinho, nã' há problema. Pássaros, e veados, e coisas assim... nã', de companhia é qu'ele precisa. Se ao menos eu soubesse que havia alguém a ajudá-lo... a ensiná-lo, 'tão a ver.
Harry não disse nada, mas virou-se para olhar a forma gigantesca adormecida no chão à frente deles. Ao contrário de Hagrid, que parecia simplesmente um ser humano de grandes proporções, Grawp tinha um ar estranhamente disforme. Aquilo que Harry tomara por um pedregulho coberto de musgo à esquerda do grande monte de terra era, afinal, a cabeça de Grawp. Era muito maior em relação ao corpo que uma cabeça humana, tinha uma forma quase perfeitamente esférica e estava coberta por caracóis rentes e cerrados da cor dos fetos. No cocuruto era visível o rebordo carnudo da única orelha que possuía. A própria cabeça, à semelhança da do tio

Vernon, parecia estar fixa directamente em cima dos ombros, com pouco ou nenhum pescoço a suportá-la. O dorso, coberto por algo que se assemelhava a um avental acastanhado, sujo e feito a partir de peles de animais cosidas umas às outras, era muito largo e, enquanto Grawp dormia, dava a ideia de forçar um pouco as costuras grosseiras das peles. Tinha as pernas aconchegadas debaixo do corpo. Harry conseguia ver as plantas duns enormes pés descalços e imundos, do tamanho de trenós, apoiados um sobre o outro no solo de terra da Floresta.

— Tu queres que nós o ensinemos — disse Harry numa voz cava. Compreendia agora o que significava o aviso de Firenze. *A sua tentativa não está a resultar e seria melhor que desistisse.* É claro que as outras criaturas que habitavam a Floresta teriam ouvido os esforços de Hagrid para ensinar Grawp a falar inglês.

— Pois... mesmo que só conversem um bocadinho com ele — pediu Hagrid, esperançoso. — É qu' eu acho que, s'ele conseguir falar com as pessoas, vai perceber melhor que gostamos todos mesmo dele e queremos que fique cá.

Harry dirigiu um olhar a Hermione, que lhe retribuiu espreitando por entre as frestas dos dedos que lhe tapavam o rosto.

— Dá uma certa vontade de termos o Herbert de volta, não achas? — observou ele, ao que ela soltou uma gargalhada trémula.

— Então, estamos combinados? — sugeriu Hagrid, que parecia não ter entendido o que Harry acabava de dizer.

— Bom... — hesitou Harry que já não podia voltar com a sua palavra atrás. — Vamos tentar, Hagrid.

— Eu sabia que podia contar contigo, Harry — disse Hagrid, radiante, mas outra vez a limpar as lágrimas com o lenço de assoar. — E nã' vos quero causar muitos transtornos... Sei que têm exames... se pudessem ao menos dar aqui um pulo com o Manto da Invisibilidade talvez uma vez por semana e conversassem um bocadinho com ele. Então, vou acordá-lo... apresentar-vos...

— O quê... não! — exclamou Hermione dando um salto. — Hagrid, não o acordes, a sério, não é preciso...

Porém, Hagrid já tinha passado por cima do enorme tronco à frente deles e encaminhava-se na direcção de Grawp. Quando já se encontrava a cerca de três metros de distância, pegou num galho comprido que estava partido no chão, dirigiu a Harry e Hermione um sorriso tranquilizador por cima do ombro e em seguida deu umas pancadas fortes com a ponta do galho no meio das costas de Grawp.

O gigante soltou um rugido que ecoou por toda a Floresta silenciosa. Os pássaros empoleirados na copa das árvores começaram a chilrear agitados e voaram para longe. Entretanto, em frente de Harry e Hermione, o gigante começava a levantar-se do chão, que tremeu no momento em que ele apoiou uma mão enorme para se conseguir pôr de joelhos. Virou a cabeça para verificar quem ou o quê lhe tinham interrompido o sono.

— Tudo bem, Grawpy? — cumprimentou-o Hagrid numa voz que pretendia passar por alegre, recuando com o longo galho erguido, pronto para voltar a bater em Grawp. — Então, dormiste bem?

Harry e Hermione recuaram o mais possível sem perderem o gigante de vista. Grawp foi ajoelhar-se entre duas árvores que ainda não tinha arrancado pela raiz. Eles ergueram o olhar para a cara assustadoramente enorme que fazia lembrar uma lua cheia cinzenta a pairar na escuridão da clareira. Era como se as feições tivessem sido esculpidas num grande bloco de pedra esférico. O nariz era curto e grosso, sem uma forma definida, a boca descaída para um dos lados e cheia de dentes amarelos e tortos, com metade do tamanho dum tijolo. Os olhos, pequenos para um gigante, tinham um tom de lama verde-acastanhada e, naquele momento, estavam ainda meio fechados por causa do sono. Grawp levou aos olhos os nós dos dedos, sujos e grandes como bolas de críquete, esfregou-os vigorosamente e, inesperadamente, pôs-se de pé com uma agilidade e uma rapidez surpreendentes.

— Oh! — ouviu-se Hermione guinchar, aterrorizada, ao lado de Harry.

As árvores às quais estavam presas as cordas que seguravam os pulsos e os tornozelos de Grawp rangeram ameaçadoramente. Tal como Hagrid lhes contara, ele tinha pelo menos cinco metros de altura. Olhando confuso em seu redor, Grawp estendeu a mão do tamanho dum guarda-sol de praia, agarrou no ninho dum passarinho dos ramos mais elevados dum pinheiro muito alto e virou-o ao contrário, soltando um rugido de desagrado aparente por não se encontrar nenhuma ave lá dentro. Os ovos foram despenhar-se no solo como granadas e Hagrid levou os braços à cabeça para se proteger.

— Bom, Grawpy — gritou Hagrid olhando para cima apreensivamente, não fossem cair mais ovos —, trouxe uns amigos pra te conhecerem. Lembras-te que te disse que talvez os trouxesse? Lembras-te q'ando eu te disse que podia ter de fazer uma pequena viagem e os ia deixar a tomar conta de ti? Lembras-te, Grawpy?

Todavia, Grawp limitou-se a soltar mais um grande rugido. Era difícil perceber se estaria a ouvir o que Hagrid lhe dizia, ou mesmo se seria capaz de reconhecer os sons que compunham o discurso de Hagrid. Tinha agora agarrado a copa do pinheiro e estava a puxá--la na sua direcção, obviamente só pelo prazer de ver até aonde ela iria, quando a soltasse.

— 'Tão, Grawpy, nã' faças isso! — gritou Hagrid. — Foi assim qu'acabaste por arrancar as outras...

E, como seria de esperar, Harry estava a ver a terra em volta da raiz da árvore começar a ceder.

— Trouxe-te companhia — gritou Hagrid. — Companhia, 'tás a ver! Olha cá para baixo, meu grande parvo, trouxe-te uns amigos!

— Oh, Hagrid, não! — gemeu Hermione, mas Hagrid já tinha voltado a empunhar o galho e acertado uma forte pancada no joelho de Grawp.

O gigante soltou a copa da árvore, que oscilou perigosamente, inundando Hagrid com uma chuva de agulhas de pinheiro, e olhou para baixo.

— *Este*, Grawp — indicou Hagrid, apressando-se para ao pé de Harry e Hermione —, é o Harry! Harry Potter! Ele pode passar por cá pra te visitar s'eu tiver de m'ir embora, percebes?

Só agora o gigante se apercebia da presença de Harry e Hermione. Tomados por uma grande ansiedade, ficaram a vê-lo enquanto baixava a cabeça do tamanho dum pedregulho, de forma a poder espreitá-los com o seu olhar turvo.

— E esta é a Hermione, 'tás a ver? Her... — Hagrid vacilou. Virando-se para Hermione disse-lhe: — Não te importas que te chame Hermy, Hermione? É só qu'é um nome difícil pra ele fixar.

— Não, de maneira nenhuma — guinchou Hermione.

— Grawp, esta é a Hermy! E ela vai vir visitar-te e isso tudo! Não é bom? Hã? Dois amigos pra tu... GRAWPY, NÃO!

A mão de Grawp veio disparada não se sabe donde em direcção a Hermione. Harry agarrou-a e puxou-a para trás duma árvore, de forma que o punho de Grawp tocou de raspão no tronco, mas só apanhou ar.

— MENINO MAU, GRAWPY! — ouviram Hagrid a gritar, enquanto Hermione, a tremer e a soluçar, se agarrava a Harry atrás da árvore. — MENINO MUITO MAU! NÃO SE AGAR... AU!

Harry espreitou com a cabeça de fora do tronco e viu Hagrid deitado de costas com a mão no nariz. Grawp, que aparentemente já tinha perdido o interesse, tinha voltado a erguer-se e estava agora outra vez entretido a puxar o pinheiro na sua direcção até aonde este aguentasse.

— Bom — disse Hagrid lentamente, levantando-se com uma das mãos a apertar o nariz que sangrava e com a outra a segurar a besta —, bem... 'tás a ver... já to apresentei e... e agora ele já vai saber quem és quando vier visitar-te. Pois... bem...

Ergueu o olhar para Grawp, que estava agora a puxar para si o pinheiro com uma expressão de satisfação abstraída no seu rosto em forma de pedregulho. As raízes rangiam à medida que as ia arrancando do solo.

— Bem, acho que por hoje já chega — constatou Hagrid. — Vamos... aã... vamos regressar, 'tá bem?

Harry e Hermione concordaram. Hagrid voltou a pôr a besta ao ombro e, continuando a prender o nariz com a mão, conduziu-os por entre as árvores.

Nenhum deles falou durante um bocado, nem sequer quando ouviram o estrépito distante que indicava que Grawp tinha finalmente conseguido arrancar o pinheiro. O rosto de Hermione estava pálido e rígido. Harry não conseguia dizer fosse o que fosse. O que iria acontecer quando alguém descobrisse que Hagrid tinha escondido Grawp na Floresta Proibida? E prometera a Hagrid que ele, Hermione e Ron iriam continuar com as tentativas absolutamente vãs de civilizar o gigante. Como é que Hagrid, mesmo com a sua capacidade imensa para se iludir que os monstros perigosos eram criaturas amorosas e inofensivas, podia enganar-se ao ponto de pensar que Grawp seria alguma vez capaz de conviver com seres humanos?

— Espera aí — exclamou Hagrid abruptamente, enquanto Harry e Hermione se debatiam para atravessar um caminho coberto de sempre-noiva muito espessa. Retirou uma seta da aljava por cima do ombro e ajustou-a na besta. Harry e Hermione empunharam as varinhas. Agora que estavam parados, também conseguiam ouvir movimento nas proximidades.

— Oh, bolas! — disse Hagrid baixinho.

— Pensei que te tínhamos avisado, Hagrid — declarou uma voz masculina grave —, que já não és bem-vindo aqui?

Durante um instante, pareceu-lhes verem o torso despido duma pessoa a flutuar na direcção deles através do lusco-fusco salpicado de verde. Reparam que a cintura dele se encaixava suavemente no dorso acastanhado dum cavalo. Aquele centauro tinha uma expressão orgulhosa, maçãs do rosto proeminentes e cabelo preto comprido. À semelhança de Hagrid, também estava armado: num dos ombros, trazia pendurada uma aljava cheia de setas e no outro, um arco.

— Com'é que 'tás, Magorian? — cumprimentou Hagrid cautelosamente.

Ouviu-se o ruído de folhas a mexer nas árvores atrás do centauro e surgiram mais quatro. Harry reconheceu Bane, com o torso negro e de barba, que tinha encontrado havia quase quatro anos na mesma noite em que conhecera Firenze. Bane não deu qualquer sinal de se recordar de Harry da outra ocasião.

— Bem — disse ele, num tom de voz ameaçador, antes de se virar de imediato para Magorian. — Já tínhamos decidido, julgo eu, o que fazer se este humano voltasse a mostrar a cara na nossa Floresta?

— «Este humano», ai é isso qu'eu agora sou? — retorquiu Hagrid irritado. — Só por vos ter impedido de cometerem um homicídio?

— Não tinhas nada que te meter, Hagrid — afirmou Magorian. — Não tens nem os mesmos costumes nem as mesmas leis que nós. O Firenze traiu-nos e desonrou-nos.

— Não sei com'é que podes pensar assim — protestou Hagrid com impaciência. — Tudo o qu'ele fez foi ajudar o Dumbledore...

— O Firenze tornou-se servo dos humanos — interveio um centauro cinzento com um rosto duro, profundamente vincado.

— *Servo!* — exclamou Hagrid mordaz. — Ele só fez um favor ao Dumbledore...

— Ele anda a vender o nosso saber e os nossos segredos aos humanos — afirmou Magorian em voz baixa. — Não há maneira de compensar uma desgraça dessas.

— S' assim o dizes — disse Hagrid encolhendo os ombros —, mas, p'la minha parte, acho que 'tás a cometer um grande erro...

— Tal como tu, humano — redarguiu Bane —, ao voltares à nossa Floresta depois de te termos avisado...

— Olhem, ouçam o qu'eu digo — zangou-se Hagrid. — Dispenso bem a «nossa» Floresta, se nã' se incomodam. Nã' depende de vocês quem aqui entra e daqui sai...

— Muito menos de ti, Hagrid — ripostou Bane delicadamente. — Só te deixo passar hoje porque estás acompanhado pelas tuas crias...

— Não são crias dele! — interrompeu Magorian com desdém. — São alunos, Magorian, alunos daquela escola! Provavelmente já beneficiaram dos ensinamentos do traidor do Firenze.

— Seja como for — afirmou Magorian calmamente —, o massacre de potros é um crime hediondo... nós não tocamos em inocentes. Hoje, Hagrid, tu podes passar. Daqui para a frente, mantém-te afastado deste lugar. Perdeste a amizade dos centauros no momento em que ajudaste o traidor do Firenze a fugir de nós.

— Nã' é um monte de mulas velhas como vocês que me vai impedir de vir à Floresta! — gritou Hagrid.

— Hagrid — chamou Hermione numa voz aguda e atemorizada, quando viu Bane e o centauro cinzento a raspar com as patas no chão —, vamos embora, por favor, vamos embora!

Hagrid avançou, mas mantinha a besta apontada e o olhar ameaçadoramente fixo em Magorian.

— Nós sabemos o que é que tu andas a esconder na Floresta, Hagrid! — gritou-lhe Magorian, enquanto os centauros desapareciam de vista. — E a nossa tolerância está a esgotar-se!

Hagrid virou-se e deu sinais claros de querer ir ter com Magorian outra vez.

— Vais tolerá-lo, enquanto ele aqui estiver, a Floresta é tanto tua como dele! — berrou ele, com Harry e Hermione a puxarem-lhe pelo colete de pele de toupeira com toda a força que tinham, numa tentativa de o fazer continuar a seguir em frente. Ainda com o rosto carregado, olhou para baixo. A sua expressão alterou-se para suave surpresa quando viu ambos a puxarem-no, pois parecia que até esse momento não dera por nada.

— Vocês vejam lá se se acalmam — disse, virando-se para prosseguir caminho, enquanto Harry e Hermione o seguiam ofegantes. — Malditas mulas velhas, hã?

— Hagrid — lembrou Hermione sem fôlego, desviando-se das urtigas por que tinham passado à ida para lá —, se os centauros não querem humanos na Floresta, não me parece que o Harry e eu consigamos...

— Ah, vocês ouviram o que eles disseram — redarguiu Harry sem dar muita importância —, eles nã' fazem mal a potros... isto é, miúdos. Em qualquer dos casos, nã' podemos deixar qu'aquele bando faça de nós gato e sapato.

— Boa tentativa — murmurou Harry para Hermione, que tinha um ar cabisbaixo.

Por fim, voltaram a entrar no carreiro e, passados dez minutos, as árvores começaram a rarear. Voltaram a conseguir descortinar abertas de céu azul-claro e, à distância, os sons inconfundíveis de gritos e aplausos.

— Terá sido outro golo? — indagou Hagrid, detendo-se sob a protecção das árvores quando o estádio de Quiddtich entrou no seu campo de visão. — Ou acham qu'o desafio já 'cabou?
— Não faço ideia — respondeu Hermione infelicíssima. Harry reparou que ela estava com um aspecto muito desmazelado: tinha o cabelo cheio de galhos e folhas, as roupas apresentavam diversos rasgões e a cara e os braços estavam arranhados em diversos sítios. Sabia que o seu próprio aspecto também não deveria ser muito melhor.
— Sabem, acho que já acabou! — disse Hagrid, ainda com os olhos semicerrados fixos no estádio. — Olhem... já há pessoas a sair... se vocês se despacharem, vão conseguir misturar-se com a multidão e ninguém vai reparar que nã' estiveram lá!
— Boa ideia — assentiu Harry. — Bom... a gente depois vê--se, Hagrid.
— Eu não acredito nele — afirmou Hermione numa voz muito trémula logo que verificou que Hagrid já não os podia ouvir. — Eu não acredito nele. Eu não acredito *mesmo nada* nele.
— Acalma-te lá — disse-lhe Harry.
— Acalma-te! — ripostou ela exaltada. — Um gigante! Um gigante na Floresta! E está ele à espera de que tu lhe vás dar aulas de inglês! Partindo do princípio, é claro, que conseguimos passar pela manada de centauros assassinos à ida e à vinda! Eu ... não... *acredito...* nele!
— Ainda não temos de fazer nada! — Harry tentou tranquilizá--la falando-lhe com voz suave, enquanto se juntavam a uma torrente de Hufflepuffs que se dirigiam para o castelo. — Ele só nos pediu para fazermos alguma coisa se for posto na rua, e talvez até isso não venha a acontecer.
— Oh, Harry, deixa-te disso! — retorquiu Hermione zangada, parando de repente e obrigando as pessoas que vinham atrás a desviarem-se para não irem contra ela. — É claro que ele vai ser posto na rua e, para ser completamente franca, depois de tudo o que acabámos de ver, quem pode culpar a Umbridge?
Ficaram uns instantes em silêncio, durante os quais Harry a olhou intensamente com irritação e os olhos de Hermione se foram enchendo lentamente de lágrimas.
— Não podes estar a falar a sério — disse Harry devagar.
— Não... bom... está certo... não estou — admitiu ela, esfregando os olhos irritada. — Mas por que razão tem de tornar a vida dele tão difícil... e a nossa?

— Sei lá....

O Weasley é o nosso Rei,
O Weasley é o nosso Rei,
Não deixou a quaffle entrar
O Weasley é o nosso Rei...

— Quem me dera que parassem de cantar aquela estúpida canção — disse Hermione, muito infeliz —, não estarão já fartos de se gabarem?
Uma grande vaga de estudantes subia as colinas relvadas do campo.
— Oh, vamos entrar já para não termos de nos cruzar com os Slytherin — pediu Hermione.

O Weasley é o máximo,
Pois nunca abandona o seu aro
Para os Gryffindor cantar é lei
O Weasley é o nosso Rei.

— Hermione — chamou Harry lentamente.
A canção soava cada vez mais alta, mas não provinha duma multidão de Slytherins vestidos de verde e prateado, mas duma massa vermelha e dourada que se encaminhava para o castelo, carregando uma figura solitária sobre uma imensidão de ombros.

O Weasley é o nosso Rei,
O Weasley é o nosso Rei,
Não deixou a quaffle entrar
O Weasley é o nosso Rei...

— Não? — duvidou Hermione muito baixinho.
— SIM! — gritou Harry muito alto.
— HARRY! HERMIONE! — berrou Ron, agitando a taça de prata de Quidditch no ar, completamente fora de si. — CONSEGUIMOS! GANHÁMOS!
Ao passarem por ele, dirigiram-lhe um grande sorriso. Houve uma agitação à porta do castelo e a cabeça de Ron foi dar com toda a força no lintel, mas ninguém pareceu querer dar mostras de o deixar ir para o chão. Continuando a cantar, a multidão espremeu-se para entrar no *Hall* até desaparecer de vista. Harry e Hermione fica-

ram a vê-los afastarem-se, sorridentes, até os derradeiros acordes de «O Weasley é o nosso Rei» se desvanecerem. Em seguida, viraram-se um para o outro, e o seu sorriso esmoreceu.

— Vamos guardar as novidades até amanhã, está bem? — sugeriu Harry.

— Sim, está bem — concordou Hermione exausta. — Não estou com pressa.

Subiram os degraus juntos. Quando chegaram à porta principal, ambos dirigiram instintivamente o seu olhar para a Floresta Proibida. Harry não tinha a certeza se se tratava de imaginação sua ou não, mas pareceu-lhe avistar uma pequena nuvem de pássaros a elevarem-se nos céus por cima das copas das árvores, ao longe, como se a árvore em que até esse momento faziam o ninho tivesse acabado de ser arrancada pela raiz.

XXXI

NÍVEIS PUXADOS DE FEITIÇARIA

A euforia de Ron por ter ajudado a equipa dos Gryffindor a conquistar a taça de Quidditch era tal que no dia seguinte não era capaz de se concentrar em nada. A única coisa que queria era falar sobre o desafio, por isso Harry e Hermione tiveram dificuldade em encontrar uma oportunidade para mencionarem Grawp. Não que algum deles se tivesse esforçado por aí além. De facto, nenhum dos dois queria ser o responsável por despertar Ron para a realidade duma forma tão brutal. Como estava mais um dia bonito e ameno, convenceram-no a ir fazer revisões com eles para junto da faia à beira do lago, onde havia menos hipóteses de a sua conversa ser ouvida que na sala comum. A princípio, Ron não se mostrou particularmente satisfeito com esta ideia — estava a agradar-lhe imenso receber palmadinhas nas costas de cada Gryffindor que passava pela cadeira dele, para já não falar das explosões ocasionais de «O Weasley é o nosso Rei» — porém, passado algum tempo, acabou por concordar que um pouco de ar fresco não lhe faria mal nenhum.

Espalharam os livros à sombra da faia e sentaram-se, enquanto Ron lhes relatava a sua primeira defesa no jogo pelo que lhes parecia a décima segunda vez.

— Bom, isto é, eu já tinha deixado entrar aquela do Davies, por isso não estava lá muito confiante, mas não sei, quando vejo o Bradley vir na minha direcção, surgido do nada, pensei... *isto tu consegues!* E tinha mais ou menos um segundo para decidir para que lado voar, estão a ver, porque ele estava com ar de quem ia atirar para a argola do lado direito... à minha direita, ou seja, à esquerda dele... mas eu tive uma sensação esquisita de que ele ia fintar, por isso arrisquei e voei para a esquerda... quero dizer, a direita dele... e... bom... vocês viram o que aconteceu — concluiu modestamente, afastando o cabelo para trás sem que houvesse verdadeira necessidade disso, de forma que ficou com um ar curiosamente batido pelo vento, e olhando em seu redor para verificar se as pessoas mais próximas (um grupo de Huffleppuffs bisbilhoteiros do terceiro ano) o teriam ouvido. — E depois, quando, cinco minutos mais tarde, o Chambers veio na minha direcção... O que é que foi? — indagou Ron detendo-se a meio da frase por causa da expressão no rosto de Harry. — Por que é que te estás a rir?

— Por nada — apressou-se Harry a dizer, e baixou o olhar para os seus apontamentos de Transfiguração, tentando ficar sério. A verdade é que Ron acabara de fazer lembrar forçosamente a Harry outro jogador de Quidditch dos Gryffindor, que em tempos se pusera a afastar o cabelo para trás debaixo daquela mesma árvore.

— Estou contente por termos ganho, é só isso.

— Pois é — disse Ron devagar, saboreando as palavras —, *ganhámos*. Viste a cara da Chang quando a Ginny lhe tirou a *snitch* mesmo debaixo do nariz?

— Suponho que tenha chorado, não? — disse Harry com amargura na voz.

— Bom, sim... mas mais devido à fúria que a outra coisa... — Ron franziu ligeiramente o sobrolho. — Mas tu reparaste nela a atirar a vassoura fora quando poisou no chão, não reparaste?

— Aã... — hesitou Harry.

— Bem, na verdade... não, Ron — interveio Hermione suspirando profundamente, pondo o livro de lado e olhando para ele com ar de quem pede desculpa. — Na realidade, a única parte do jogo a que eu e o Harry assistimos foi o primeiro golo do Davies.

O cabelo cuidadosamente desalinhado de Ron pareceu murchar com o desapontamento. — Vocês não viram? — disse ele com voz débil, olhando alternadamente dum para o outro. — Vocês não me viram a fazer nenhuma daquelas defesas?

— Bem... não — admitiu Hermione, estendendo uma mão apaziguadora na direcção dele. — Mas Ron, não foi porque nos quiséssemos ir embora... mas fomos forçados a isso!

— Sim? — retorquiu Ron, com o rosto a ficar bastante vermelho. — Porquê?

— Por causa do Hagrid — explicou Harry. — Ele decidiu vir contar-nos por que é que anda cheio de mazelas desde que voltou dos gigantes. Quis que fôssemos à Floresta com ele, não tivemos alternativa, já sabes como ele é. Seja como for...

A história foi relatada em cinco minutos, ao fim dos quais a indignação de Ron tinha sido substituída por um ar de absoluta incredulidade.

— *Ele trouxe um com ele e escondeu-o na Floresta?*

— Nem mais — assentiu Harry carrancudo.

— Não — duvidou Ron, como se o simples facto de negar a história fosse suficiente para que ela deixasse de ser verdadeira. — Não, ele não pode ter feito uma coisa dessas.

— Bem, mas fez — insistiu Hermione com firmeza. — O Grawp mede cerca de cinco metros, gosta de arrancar pinheiros com setenta metros de altura e conhece-me — acrescentou ela rindo-se com desdém — por *Hermy*!

Ron soltou uma gargalhada nervosa.

— E o Hagrid quer que nós...?

— Lhe ensinemos inglês, isso mesmo — confirmou Harry.

— Ele endoideceu! — exclamou Ron, pasmado.

— Pois é — anuiu Hermione irritada, virando uma página de *Transfiguração Intermédia* e dirigindo um olhar feroz para uma série de diagramas que representavam a transformação duma coruja num par de binóculos de teatro. — Começo a pensar que sim. Mas, infelizmente, ele obrigou-nos, a mim e ao Harry, a prometer.

— Bom, vocês têm de quebrar a promessa, é só isso — afirmou Ron decididamente. — Quero dizer, vá lá... nós temos exames e estamos a isto — levantou a mão para mostrar o polegar e o indicador quase unidos — de sermos expulsos sem ser preciso mais nada. Seja como for... lembram-se do Norbert? Lembrem-se da Aragog? Alguma vez tivemos algum proveito em nos juntarmos aos monstros amigos do Hagrid?

— Eu sei, é só que... já lhe prometemos — disse Hermione debilmente.

Ron voltou a alisar o cabelo assumindo um ar apreensivo.

— Bom — suspirou ele —, o Hagrid ainda não foi despedido, pois não? Ele já aguentou tanto, talvez consiga aguentar-se até ao fim do período e nem tenhamos sequer de nos aproximarmos do Grawp.

★

Os jardins do castelo reluziam à luz do sol como se tivessem sido acabados de pintar. O céu sem nuvens sorria a si próprio nas águas calmas e cintilantes do lago. Os relvados de um verde-acetinado ondulavam ocasionalmente à brisa suave. Junho chegara, mas para os alunos do quinto ano, isso significava apenas uma coisa: os NPFs tinham finalmente chegado.

Os professores já não lhes marcavam trabalhos de casa. As aulas eram dedicadas a rever os tópicos que os docentes julgavam ser mais provável saírem nos exames. A atmosfera laboriosa e agitada afastou quase tudo que não estivesse relacionado com os NPFs da mente de Harry, embora se tivesse perguntado ocasionalmente durante a aula de Poções se Lupin teria chegado a dizer a Snape que deveria continuar a ensinar-lhe Oclumância. Se fosse esse o caso, então Snape tinha prestado tanta atenção a Lupin como prestara a Harry. Isto vinha mesmo a calhar. Já andava suficientemente atarefado e nervoso sem ter aulas extraordinárias com Snape e, para seu grande alívio, Hermione andava ultimamente demasiado preocupada para o atormentar muito com a Oclumância: passava imenso tempo a resmungar com os seus botões e havia dias que não deixava roupas para os elfos na sala comum.

Não era ela a única a agir de forma estranha à medida que os NPFs se aproximavam. Ernie Macmillan tinha ganho o hábito exasperante de interrogar os outros acerca do método que seguiam para fazerem as revisões.

— Quantas horas é que achas que andas a fazer por dia? — perguntou ele a Harry e Ron, com um brilho lunático no olhar, quando se encontravam na fila para a aula de Herbologia.

— Sei lá — disse Ron. — Umas poucas.

— Mais ou menos de oito?

— Menos, acho eu — respondeu Ron, com uma ligeira sensação de pânico.

— Eu ando a fazer oito — afirmou Ernie, arqueando o peito.

— Oito ou nove. Faço uma hora extra todos os dias antes do pequeno-almoço. A minha média é oito. Num bom dia de fim-de-semana, consigo chegar às dez. Na segunda-feira fiz nove horas e meia. Na terça já não foi tão bom... só sete horas e um quarto. Depois na quarta...

Harry sentiu-se profundamente grato no momento em que a Professora Sprout os encaminhou para a estufa n.º 3, obrigando Ernie a interromper a sua enumeração.

Entretanto, Draco Malfoy arranjara uma nova maneira de lançar o pânico.

— É claro, não importa aquilo que se sabe — ouviram-no dizer a Crabbe e Goyle em voz alta, à porta da aula de Poções uns dias antes do início dos exames —, mas quem se conhece. Bom, o pai é amigo da directora da Comissão dos Exames de Feitiçaria há anos... a velha Griselda Marchbanks... já lá foi jantar a casa e tudo...

— Achas que aquilo é verdade? — sussurrou Hermione em pânico a Harry e Ron.

— Mesmo que seja, não há nada que possamos fazer — afirmou Ron com uma expressão abatida.

— Eu acho que é mentira — disse Neville baixinho por detrás deles. — Porque a Griselda Marchbanks é amiga da minha avó e ela nunca falou nos Malfoy.

— Como é que ela é, Neville? — perguntou Hermione de imediato. — É muito rígida?

— Para dizer a verdade, é um bocadinho parecida com a minha avó — respondeu Neville num tom acanhado.

— Mas o facto de a conheceres não te vai prejudicar, pois não? — disse-lhe Ron encorajadoramente.

— Oh, acho que não vai fazer qualquer diferença — respondeu Neville, ainda mais infeliz. — A minha avó está sempre a dizer à Professora Marchbanks que eu não sou tão bom como era o meu pai... bom... vocês viram como é que ela é em São Mungo...

Neville olhou fixamente para o chão. Harry, Ron e Hermione deitaram uma olhadela uns aos outros, mas não sabiam o que haviam de dizer. Era a primeira vez que Neville admitia que se tinham encontrado no Hospital de Doenças e Lesões Mágicas.

Entretanto, desenvolvera-se repentinamente, entre os alunos do quinto e do sétimo ano, um mercado negro florescente onde eram traficados produtos destinados a melhorar a concentração, a agilidade de raciocínio e a afastar o sono. Harry e Ron sentiram-se muito tentados pela garrafa de Elixir Cerebral de Baruffio oferecida por Eddie Carmichael, um Ravenclaw do sexto ano, ao preço módico de doze galeões o quartilho, jurando ele a pés juntos ser ela a única responsável pelos nove «Brilhantes» por ele obtidos no Verão anterior. Ron assegurou a Harry que lhe pagaria a metade dele assim que saísse de Hogwarts e arranjasse emprego, mas antes de terem oportunidade de fecharem o negócio, Hermione confiscou a garrafa a Carmichael e deitou o seu conteúdo pela pia abaixo.

— Hermione, nós queríamos comprá-la! — protestou Ron.

— Não sejas parvo — retorquiu ela com rispidez. — Já agora, também podias ter ficado com a garra de dragão em pó do Harold Dingle e pronto.

— O Dingle tem garra de dragão em pó? — indagou Ron ansiosamente.

— Agora já não — declarou Hermione. — Eu também já a confisquei. Sabes, nenhuma dessas coisas tem qualquer efeito.

— A garra de dragão resulta! — insistiu Ron. — Dizem que é fantástica, dá mesmo um grande estímulo ao cérebro, fica-se mesmo esperto durante umas horas... Hermione, deixa-me ficar com uma pitada, não me vai fazer mal...

— Ai isso é que vai — afirmou Hermione severamente. — Estive a examiná-la e a verdade é que não passa de excremento seco de Doxy.

Esta informação foi suficiente para tirar a Harry e Ron a vontade de tomar estimulantes para o cérebro.

Durante a aula seguinte de Transfiguração foram-lhes entregues os horários e detalhes sobre a forma como se iriam processar os NPFs.

— Como podem ver — informou a Professora McGonagall, enquanto a turma copiava do quadro as datas e horas dos exames —, os vossos NPFs estendem-se por duas semanas sucessivas. De manhã, vão prestar as provas teóricas e de tarde, as práticas. O vosso exame prático de Astronomia será obviamente realizado à noite.

«Devo desde já avisar-vos que foram aplicadas às vossas folhas de exame feitiços anticábula muito rigorosos. Não são permitidas na sala do exame as Penas de Resposta Automática, assim como Lembradores, Punhos Removíveis com Cábulas e Tinta Autocorrectora. Todos os anos, lamento ter de admiti-lo, parece existir pelo menos um aluno ou aluna que pensa estar convencido de que consegue contornar as regras da Comissão dos Exames de Feitiçaria. Só espero que não seja ninguém dos Gryffindor. A nossa nova... Directora — a Professora McGonagall proferiu esta palavra com a mesma expressão que a tia Petúnia fazia sempre que se deparava com uma mancha de sujidade particularmente teimosa — pediu aos Chefes de Equipa para avisarem os alunos que quem copiar será severamente punido... uma vez que, obviamente, os resultados que obtiverem nos vossos exames se vão reflectir no novo regime que a Directora vai aplicar na escola...

A Professora deu um leve suspiro, e Harry reparou que as narinas do seu nariz pontiagudo flamejaram.

— ... contudo, isso não é razão para não darem o vosso melhor. É no vosso futuro que devem pensar.

— Professora — interveio Hermione pondo o braço no ar —, por favor, quando é que vão sair os resultados dos exames?

— Vai ser mandada a cada um de vocês uma coruja durante o mês de Julho — informou a Professora McGonagall.

— Óptimo, — congratulou-se Dean Thomas com um suspiro perceptível —, assim não vamos ter de nos preocuparmos com isso antes das férias.

Harry imaginou-se sentado no seu quarto em Privet Drive, daí a três semanas, à espera dos resultados dos seus NPFs. Bem, pensou, pelo menos podia contar que iria receber uma carta durante esse Verão.

O primeiro exame que iam fazer, Teoria de Encantamentos, estava marcado para segunda-feira de manhã. Harry concordou em fazer perguntas a Hermione depois do almoço de domingo, mas logo se arrependeu, pois ela estava muito agitada e não parava de lhe tirar o livro das mãos para se certificar de que a sua resposta estava absolutamente correcta, acabando por lhe acertar com toda a força no nariz com a aresta afiada de *Façanhas na Arte de Enfeitiçar*.

— Então por que é que não fazes isto sozinha? — protestou ele com firmeza, com os olhos a lacrimejarem e voltando a entregar-lhe o livro.

Entretanto, Ron andava a ler os apontamentos de Encantamentos correspondentes a dois anos com os dedos enfiados nos ouvidos e os lábios a moverem-se silenciosamente. Seamus Finnigan estava deitado de costas no chão a recitar a definição do Feitiço Duradouro enquanto Dean a verificava no *Livro Básico dos Feitiços Nível 5*, e Parvati e Lavender, embrenhadas num treino de Encantamentos de Locomoção básicos, faziam que os estojos das canetas se perseguissem pela borda da mesa.

Nessa noite, o jantar decorreu de forma muito pacífica. Harry e Ron não conversaram muito um com o outro, mas comeram com apetite, pois tinham estudado arduamente durante todo o dia. Por seu turno, Hermione estava constantemente a poisar a faca e o garfo e a mergulhar debaixo da mesa para ir buscar a saca, da qual retirava um livro para verificar algum facto ou número. Ron estava precisamente a aconselhá-la a comer uma refeição decente nessa noite ou não iria ser capaz de adormecer, quando o garfo lhe escorregou dos dedos trémulos e foi aterrar no prato, ressoando alto.

— Oh, meus Deus! — exclamou ela com voz débil, fitando o *Hall*. — São eles? São os examinadores?

Harry e Ron viraram-se de súbito nos assentos. Através das portas do *Hall* de Entrada podiam avistar Umbridge acompanhada por um pequeno grupo de feiticeiras e feiticeiros que aparentavam ter uma idade bastante avançada. Harry reparou com grande satisfação que Umbridge parecia bastante nervosa.

— Vamos vê-los mais ao pé? — sugeriu Ron.

Harry e Hermione assentiram com a cabeça e precipitaram-se os três em direcção às portas de batente até ao *Hall*, abrandando o passo quando atingiram a soleira da porta para passarem calmamente pelos examinadores. Harry pensou que a Professora Marchbanks deveria ser a feiticeira pequenina e curvada com um rosto tão enrugado que parecia ter sido coberto com teias de aranha. Umbridge dirigia-se a ela com deferência. A Professora Marchbanks dava a ideia de ser ligeiramente surda, pois respondia à Professora Umbridge em voz muito alta, embora só estivessem à distância de trinta centímetros uma da outra.

— Sim, sim, a viagem foi agradável, já a fizemos tantas vezes! — dizia ela, impaciente. — Mas não tenho tido notícias do Dumbledore ultimamente! — acrescentou, espreitando em redor do *Hall* como se ele pudesse surgir de repente dalgum armário. — Não faz ideia de onde ele está, calculo eu?

— Ideia nenhuma — respondeu Umbridge, lançando um olhar maléfico a Harry, Ron e Hermione, que estavam agora a cirandar ao fundo das escadas, enquanto Ron fingia que apertava um atacador. — Mas atrevo-me a afirmar que não tarda nada, o Ministro da Magia vai conseguir localizá-lo.

— Duvido — gritou a pequenina Professora Marchbanks. — Isto é, se o Dumbledore não quiser ser localizado! Já devia ter calculado... fui eu própria quem lhe fez os exames de Transfiguração e Encantamentos, quando ele fez os EFBEs... fez coisas com a varinha que eu nunca tinha visto na vida.

— Pois... bem... — vacilou a Professora Umbridge enquanto Harry, Ron e Hermione arrastavam os pés pela escada de mármore acima tão lentamente quanto se atreviam — deixe-me mostrar-lhe a sala dos professores. Talvez gostasse de tomar uma chávena chá depois da viagem.

Nessa noite era perceptível um certo mal-estar no ambiente. Estavam todos ocupados com revisões de última hora, mas ninguém parecia estar a conseguir adiantar grande coisa. Harry foi deitar-se cedo, mas esteve o que lhe pareceram horas sem ser capaz de adormecer. Lembrava-se da entrevista de orientação profissional e da declaração furiosa de McGonagall de que o iria ajudar a tornar-se um Auror, nem que fosse a última coisa que fazia. Desejou ter avançado uma ambição mais facilmente concretizável, agora que a hora do exame se aproximava. Sabia que não era o único que estava acordado, porém, nenhum dos outros que se achavam no dormitório dizia nada e finalmente, um por um, lá acabaram por adormecer.

Na manhã seguinte, ao pequeno-almoço, também nenhum dos alunos do quinto ano se mostrou muito falador: Parvati praticava encantamentos em voz baixa, enquanto o saleiro que tinha à sua frente se contorcia; Hermione lia *Façanhas na Arte de Enfeitiçar* tão depressa que parecia ter os olhos embaciados; e Neville estava constantemente a deixar cair o garfo e a faca e a fazer tombar o frasco da compota.

Logo que o pequeno-almoço terminou, os alunos do quinto e do sétimo ano puseram-se a andar dum lado para o outro no *Hall* de Entrada enquanto os outros colegas se encaminhavam para as respectivas salas de aula. Então, quando eram nove e meia, foram chamados, uma turma de cada vez, para que voltassem a entrar no Salão, cuja mobília fora disposta exactamente da mesma maneira que Harry vira no Pensatório quando o pai, Sirius e Snape tinham realizado os NPFs: as quatro mesas de cada equipa tinham sido retiradas e substituídas por muitas secretárias individuais, todas elas viradas para a mesa dos professores, onde a Professora McGonagall se encontrava em pé, de frente para eles. Logo que se sentaram todos em silêncio, ela disse: — Podem começar — e virou ao contrário uma ampulheta enorme colocada na mesa a seu lado, na qual se encontravam ainda penas sobresselentes, boiões de tinta e rolos de pergaminho.

Harry virou a folha do exame, sentindo o coração a bater com força — Hermione já tinha começado a escrevinhar três filas à sua direita e quatro lugares à sua frente — e baixou a cabeça para ler a primeira pergunta: *a) Enuncie o Encantamento e b) descreva o movimento da varinha necessário para fazer objectos voarem.*

Passou pela ideia de Harry uma moca a elevar-se no ar e a ir aterrar com grande estrondo no crânio rijo dum *troll*... com um ligeiro sorriso, inclinou-se sobre a folha e pôs-se a escrever.

*

— Bem, não correu assim tão mal, pois não? — perguntou Hermione ansiosamente no *Hall* de Entrada passadas duas horas, ainda agarrada à folha do exame. — Não tenho a certeza de ter feito o meu melhor em Encantamentos de Alegria, não tive tempo suficiente. Puseste o contrafeitiço para os soluços? Não tinha a certeza se devia pô-lo, parecia-me demasiado... e na pergunta vinte e três...

— Hermione — interrompeu-a Ron com ar sério —, já passámos por isto antes... não vamos relembrar duma ponta à outra cada exame que fizermos, já é suficientemente mau termos de o fazer uma vez.

Os alunos do quinto ano almoçaram com os restantes colegas (as quatro mesas das equipas reapareceram à hora do almoço), depois seguiram em conjunto para a pequena câmara ao lado do Salão, onde tiveram de aguardar até serem chamados para realizarem o exame prático. À medida que grupos reduzidos de alunos eram chamados por ordem alfabética, aqueles que ficavam para trás punham-se a murmurar feitiços e a treinar movimentos da varinha, enfiando-a ocasionalmente nos olhos ou nas costas uns dos outros por engano.

Anunciaram o nome de Hermione. A tremer, saiu da câmara acompanhada por Anthony Goldstein, Gregory Goyle e Daphne Greengrass. Os alunos que já tinham sido avaliados não voltavam à câmara, por isso Harry e Ron não faziam ideia de como Hermione se teria saído.

— Vai correr-lhe bem, lembras-te de quando ela teve cento e doze por cento num dos nossos testes de Encantamentos? — disse Ron.

Dez minutos mais tarde, o Professor Flitwick chamou: — Parkinson, Pansy... Patil, Padma... Patil, Parvati... Potter, Harry.

— Boa sorte — desejou Ron em voz baixa. Harry dirigiu-se ao Salão, a segurar a varinha com tanta força que a mão lhe tremia.

— O Professor Tofty está livre, Harry — guinchou o Professor Flitwick, que estava de pé mesmo à entrada da porta. Indicou a Harry aquele que parecia ser o mais velho e mais calvo dos examinadores, sentado a uma pequena secretária no canto mais afastado, a uma pequena distância da Professora Marchbanks, que estava a meio da avaliação de Draco Malfoy.

— Potter, não é? — indagou o Professor Tofty, consultando os seus apontamentos e espreitando Harry por cima das lunetas enquanto este se aproximava. — O famoso Potter?

Pelo canto do olho, Harry reparou claramente em Malfoy a lançar-lhe um olhar mordaz. O copo de vinho que Malfoy estivera a levitar caiu ao chão e fez-se em pedaços. Harry não foi capaz de evitar um amplo sorriso. O Professor Tofty retribuiu-lhe o sorriso encorajadoramente.

— Isso mesmo — disse ele com a voz trémula própria da idade. — Não há razão para estares nervoso. Então, agora peço-te que pegues neste copo para ovos e o faças dar algumas voltas.

No geral, Harry achou que lhe tinha corrido bastante bem. O seu Feitiço de Levitação fora sem dúvida muito superior ao de Malfoy, embora lamentasse ter confundido o Encantamento de Mudança de Cor com o do Feitiço de Ampliar, de forma que o rato que ele deveria supostamente tornar cor-de-laranja inchou assustadoramente e atingiu o tamanho dum texugo, antes que Harry fosse capaz de corrigir o seu erro. Sentiu-se satisfeito por Hermione não se encontrar no Salão nesse momento e, mais tarde, esqueceu-se de mencionar o sucedido. Todavia, podia contar a Ron, pois o amigo tinha transformado uma travessa num cogumelo e não fazia ideia de como isso acontecera.

Nessa noite, não houve tempo para descontrair. Depois do jantar, seguiram directamente para a sala comum e mergulharam nas revisões para o exame de Transfiguração do dia seguinte. Harry foi para a cama com a cabeça a zunir com modelos e teorias complexas de feitiços.

Na manhã seguinte, durante a prova escrita esqueceu-se da definição de Feitiço de Troca, mas achou que a prática poderia ter sido bem pior. Pelo menos, foi capaz de fazer desaparecer a iguana toda, enquanto, na mesa ao lado da sua, Hannah Abbott perdeu completamente a cabeça e, não se sabe bem como, conseguiu multiplicar um furão num bando de flamingos, fazendo que o exame tivesse de ser interrompido por dez minutos para dar tempo a que as aves fossem capturadas e transportadas para fora do Salão.

Na quarta-feira foi a vez do exame de Herbologia (para além duma ligeira mordidela dum Gerânio com Presas, Harry considerou que se tinha saído razoavelmente bem). Por sua vez, na quinta-feira, realizou-se a prova de Defesa contra a Magia Negra, onde, pela primeira vez, Harry teve a certeza de ter passado. Não teve qualquer dificuldade em nenhuma das perguntas escritas e, no decorrer da prova prática, sentiu um prazer especial em realizar as contramaldições e os feitiços defensivos mesmo em frente a Umbridge, que o observava friamente junto às portas do Salão.

— Oh, bravo! — aclamou o Professor Tofty, a quem calhara mais uma vez avaliar Harry, quando este desempenhou na perfeição um feitiço para expulsar um Sem Forma. — Muito, muito bem! Bem, creio que é tudo, Potter... a menos que...

Inclinou-se ligeiramente para a frente.

— Ouvi dizer ao meu caro amigo Tiberius Odgen que tu consegues produzir um Patronus? Em troca dum ponto de bónus...?

Harry ergueu a varinha, olhou directamente para Umbridge e imaginou-a a ser despedida.

— *Expecto Patronum!*

O seu veado prateado emergiu da ponta da varinha e galopou a todo o comprimento do Salão. Todos os examinadores se puseram a observá-lo e, quando se dissolveu numa névoa de prata, o Professor Tofty aplaudiu entusiasticamente com as mãos cheias de nodosidades e veias salientes.

— Excelente! — elogiou ele. — Muito bem, Potter, já podes ir!

Quando Harry passou por Umbridge junto à porta, os olhos de ambos encontraram-se. Reparou no sorriso desdenhoso que se desenhava na sua enorme boca de lábios descaídos, mas não fez caso. Ou ele se enganava muito (e não estava a pensar em falar nisso a alguém para o caso de estar mesmo enganado), ou tinha obtido um «Brilhante» naquele NPF.

Na sexta-feira, Harry e Ron tiveram um dia de folga, enquanto Hermione foi fazer o seu exame de Runas Antigas e, dado que tinham o fim-de-semana todo à sua frente, permitiram-se o luxo de dispensarem por um dia as revisões. Enquanto jogavam xadrez mágico, puseram-se a espreguiçar e a bocejar em frente da janela aberta, através da qual flutuava até eles o ar ameno do estio. Harry avistava Hagrid ao longe, a dar uma aula na orla da Floresta. Pôs-se a tentar adivinhar que criaturas é que os alunos andavam a observar — julgou tratarem-se de unicórnios, uma vez que os rapazes pareciam ter-se afastado um pouco — quando o buraco do quadro se abriu e Hermione entrou, com ar de estar com péssimo humor.

— Como é que correram as Runas? — indagou Ron, abrindo a boca e espreguiçando-se.

— Enganei-me a traduzir *ehwaz* — respondeu Hermione furiosa. — Significa *associação* e não *defesa*. Fiz confusão com *eihwaz*.

— Ah bom — disse Ron —, é só um erro, não é? Ainda consegues ter...

— Oh, cala-te! — retorquiu Hermione zangada. — Pode ser o erro que faz a diferença entre passar e chumbar. E, para além do mais, alguém pôs mais um Niffler no gabinete da Umbridge. Não sei como é que o conseguiram fazer entrar por aquela porta nova, mas acabei de passar por lá e a Umbridge estava a guinchar que nem uma louca... pelo barulho que fazia, o Niffler deve ter tentado arrancar-lhe um naco da perna...

— Boa — entoaram Harry e Ron em uníssono.

— Não é *nada* bom! — admoestou-os Hermione com veemência. — Ela pensa que é o Hagrid que anda a fazer isto, estão lembrados? E nós *não* queremos que o Hagrid seja posto na rua!

— Ele está neste momento a dar aulas, ela não lhe pode deitar as culpas — afirmou Harry, apontando para lá da janela.

— Oh, tu às vezes és *tão* ingénuo, Harry. Achas mesmo que a Umbridge vai ficar à espera de ter provas? — redarguiu Hermione, que parecia determinada a manter a sua irritação no máximo, e saiu de rompante para o dormitório das raparigas, batendo com a porta com toda a força.

— Que rapariga tão amorosa e afável! — ironizou Ron, muito baixinho, avançando com a sua rainha e surpreendendo um dos cavalos de Harry.

O mau humor de Hermione manteve-se inalterado durante a maior parte do fim-de-semana, embora Harry e Ron não tivessem grande dificuldade em ignorá-la, uma vez que passaram quase todo o dia de sábado e domingo a fazer revisões para o exame de Poções que iria decorrer na segunda-feira e que era aquele que Harry aguardava com mais apreensão — e que, estava certo, seria aquele que iria fazer cair por terra as suas ambições de se vir a tornar um Auror. Como já esperava, achou a prova escrita bastante difícil, embora pensasse que talvez obtivesse a pontuação máxima na pergunta relativa à Poção Polisuco. Conseguira descrever os seus efeitos com precisão, uma vez que já a ingerira ilegalmente no segundo ano.

O exame prático da tarde não foi tão difícil quanto ele estava à espera. Dada a ausência de Snape das operações, Harry sentiu-se muito mais descontraído a preparar as poções que o habitual. Neville, que estava sentado mesmo ao pé dele, também apresentava o ar mais satisfeito que Harry alguma lhe vira durante uma aula de Poções. Quando a Professora Marchbanks pediu: — Por favor, afastem-se dos vossos caldeirões, a prova está terminada —, Harry arrolhou a sua garrafa contendo uma amostra com a sensação de que, ainda que talvez não fosse obter uma boa classificação, teria, com sorte, escapado a um chumbo.

— Só faltam quatro exames — disse Parvati com ar fatigado à medida que se encaminhavam para a sala comum dos Gryffindor.

— Só! — retorquiu Hermione mordaz. — A *mim* falta-me Aritmância que é provavelmente a disciplina mais difícil de todas!

Ninguém foi suficientemente tolo para a contradizer, por isso ela perdeu a oportunidade de descarregar o seu mau humor em qualquer um deles e teve de se contentar em repreender alguns alunos do primeiro ano que se estavam a rir demasiado alto na sala comum.

Harry estava decidido a fazer uma boa prestação no exame de Cuidados com as Criaturas Mágicas na terça-feira seguinte de forma a não deixar Hagrid malvisto. A prova prática decorreu da parte da tarde no relvado na orla da Floresta Proibida, onde foi exigido aos alunos que identificassem correctamente o Knarl escondido entre cerca de uma dúzia de ouriços-cacheiros (o truque era oferecer leite a cada um: sendo os Knarls criaturas muitíssimo desconfiadas, cujas penas possuíam inúmeras propriedades mágicas, em geral perdiam as estribeiras perante aquilo que consideravam uma tentativa para os envenenar). Em seguida, deviam demonstrar como se manuseia adequadamente um Bowtruckle, alimentar e limpar um Caranguejo de Fogo sem sofrer queimaduras graves e, finalmente, escolher, dum sortido variado de alimentos, a dieta apropriada a um unicórnio doente.

Harry reparou que Hagrid os observava ansiosamente da janela da sua cabana. Quando a examinadora de Harry, desta vez uma feiticeira pequena e anafada, lhe sorriu e lhe disse que já se podia ir embora, Harry ergueu o polegar a Hagrid durante um breve instante antes de regressar ao castelo.

O exame de Astronomia, na manhã de quarta-feira, correu-lhe bastante bem. Harry não estava certo de ter acertado nos nomes de todas as Luas de Júpiter, mas, pelo menos, tinha a certeza de que nenhuma delas era habitada por ratos. Tiveram de esperar pelo anoitecer para realizarem o exame prático de Astronomia, tendo sido a tarde dedicada a Artes Divinatórias.

Até mesmo tendo em conta as baixas expectativas de Harry em Artes Divinatórias, a prova correu-lhe muito mal. Tanto lhe fazia ter tentado ver imagens em movimento no tampo da secretária como na bola de cristal, teimosamente turva. Perdeu completamente a cabeça durante a interpretação das folhas do chá, afirmando que lhe parecia que a Professora Marchbanks iria em breve encontrar um estranho moreno, gorducho e lamecha e terminou em beleza ao confundir as linhas da vida e da cabeça na palma da mão dela e informá-la de que ela deveria ter falecido na terça-feira anterior.

— Bem, esta era um chumbo certo — disse Ron com ar sombrio, enquanto subiam a escadaria de mármore. Ele acabara de conseguir fazer Harry sentir-se um pouco melhor, relatando-lhe como contara com todos os pormenores ao examinador acerca do homem mal-encarado com uma verruga no nariz que via na bola de cristal, para logo se aperceber de que se estava a referir ao reflexo do próprio examinador.

— Nunca devíamos sequer ter escolhido essa estúpida disciplina — lamentou-se Harry.

— Mas, pelo menos, agora podemos desistir dela.

— Pois — assentiu Harry. — Já chega de fingir que nos ralamos com o que acontece quando Júpiter e Urano ficam demasiado cordiais um com o outro.

— E a partir de agora, estou-me borrifando se as minhas folhas de chá me dizem: *morre, Ron, morre...* vou é metê-las no caixote do lixo que é lá o lugar delas.

Estava Harry a rir-se no preciso momento em que Hermione surgiu por detrás deles. Parou de se rir imediatamente não fosse aquilo aborrecê-la.

— Bem, acho que me saí bem em Aritmância — anunciou ela, e tanto Harry como Ron soltaram um suspiro de alívio. — Ainda há tempo para uma olhadela às nossas cartas celestes antes do jantar, depois...

Quando às onze horas dessa noite chegaram ao cimo da Torre de Astronomia, depararam-se com uma noite perfeita para observarem as estrelas, sem nuvens e sem vento. O luar prateado banhava os campos e o ar estava um pouco fresco. Cada um deles montou o respectivo telescópio e, logo que a Professora Marchbanks lhes deu autorização, começaram a preencher a carta celeste em branco que lhes tinha sido fornecida.

A Professora Marchbanks e o Professor Tofty andavam a passear por entre os alunos, a observá-los, enquanto introduziam as posições exactas das estrelas e dos planetas que avistavam. A sala estava mergulhada em silêncio à excepção do roçagar do pergaminho, o ocasional estalido dum telescópio a ser ajustado no suporte e o barulho das muitas penas a deslizar. Decorreram trinta minutos, depois uma hora: os pequenos quadrados de luz dourada reflectida no chão começaram a desaparecer à medida que as luzes eram apagadas nas janelas do castelo.

Todavia, mal Harry tinha terminado de desenhar a constelação Oríon no seu mapa, mesmo debaixo do parapeito onde ele se encontrava, os portões do castelo abriram-se, fazendo que a luz inundasse os degraus de pedra e uma pequena porção do relvado. Harry deu um olhadela lá para baixo, enquanto dava um ligeiro ajuste no seu telescópio e avistou cinco ou seis sombras alongadas que se moviam no relvado bem iluminado até que as portas foram encerradas e a escuridão se voltou a instalar.

Harry tornou a aproximar um olho da lente do telescópio e a focá-lo, agora para examinar Vénus. Olhou para a sua carta para lá representar o planeta, mas algo o distraiu. Detendo-se com a pena suspensa sobre o pergaminho, franziu os olhos em direcção ao relvado envolto na escuridão e avistou meia dúzia de figuras a caminhar na relva. Se não se estivessem a mexer e o luar não lhes adornasse o alto da cabeça, não teria sido possível distingui-los do terreno escuro em que se moviam. Mesmo àquela distância, Harry teve a estranha sensação de que era capaz de reconhecer a maneira de andar do mais atarracado de todos, que parecia liderar o grupo.

Não fazia ideia da razão que levaria Umbridge a ir dar um passeio ao ar livre depois da meia-noite, muito menos na companhia de mais cinco pessoas. Foi então que ouviu alguém a tossir atrás dele e lembrou-se de que se encontrava a meio do exame. Quase se esquecera da posição de Vénus. Comprimiu o olho contra a lente e voltou a localizar o planeta e, estava mais uma vez prestes a inscrevê-lo no mapa quando, atento a qualquer som estranho, ouviu uma pancada distante que ecoou pelos campos desertos e foi de imediato seguida pelo latido abafado dum enorme cão.

Olhou para cima, com o coração a bater desenfreadamente. Havia luzes acesas nas janelas de Hagrid e as silhuetas das figuras que avistara a atravessar o relvado encontravam-se agora recortadas contra a luz. A porta abriu-se e viu as seis figuras claramente distintas a atravessarem a soleira. A porta fechou-se e voltou a reinar o silêncio. Harry sentia-se extremamente inquieto. Olhou em seu redor para verificar se Ron ou Hermione teriam dado por alguma coisa, mas a Professora Marchbanks aproximou-se nesse momento por detrás dele e, não querendo dar a ideia de que estava a deitar o olho à prova dalgum colega, Harry apressou-se a inclinar-se sobre a sua carta celeste e começou a fingir que estava a acrescentar-lhe umas notas quando na realidade estava a espreitar por cima do parapeito em direcção à cabana de Hagrid. Através da janela, via agora figuras a moverem-se que ocultavam temporariamente a luz.

Sentia o olhar da Professora Marchbanks cravado na nuca e voltou a comprimir um olho contra a lente do telescópio, fitando a Lua, embora já tivesse anotado a sua posição uma hora atrás. Contudo, à medida que a Professora Marchbanks seguia em frente, Harry ouviu um enorme bramido proveniente da cabana distante e que se propagou através da escuridão directamente até ao cimo da Torre de Astronomia. Vários alunos desviaram a cabeça dos respectivos telescópios e dirigiram o olhar para a cabana de Hagrid.

O Professor Tofty soltou mais uma tossidela seca.

— Então, meninos e meninas, procurem concentrar-se — disse ele suavemente.

A maioria dos alunos voltou a dirigir a sua atenção para o telescópio. Harry olhou para a sua esquerda. Hermione estava pasmada a fitar a cabana de Hagrid.

— Hum, hum... só têm vinte minutos — anunciou o Professor Tofty.

Hermione deu um pulo e tornou imediatamente a concentrar-se na sua carta celeste. Harry baixou o olhar para o seu próprio mapa e reparou que se tinha enganado a escrever Vénus e Marte. Inclinou-se para corrigir o erro.

Ouviu-se um estrondo vindo dos campos. Várias pessoas gritaram «Ai!» quando foram embater com o rosto na extremidade do seu telescópio ao precipitarem-se para ver o que se estava a passar lá em baixo.

A porta de Hagrid abrira-se de rompante e, através da luz que transbordava da cabana, viram muito distintamente uma figura enorme a rugir e a brandir os punhos, rodeada de seis pessoas. Todas elas, a julgar pelos pequenos raios de luz vermelha que apontavam na sua direcção, pareciam estar a tentar Atordoá-lo.

— Não! — gritou Hermione.

— Minha menina! — exclamou o Professor Tofty com uma voz escandalizada. — Estamos num exame!

Porém, já ninguém estava a prestar a mais pequena atenção às cartas celestes. Os jactos de luz vermelha continuavam a agitar-se no ar junto à cabana de Hagrid, mas, não se sabe porquê, pareciam incapazes de o atingir. Ele continuava de pé e, pelo que Harry conseguia ver, a defender-se. Um grande alarido ecoou pelo relvado. Um homem gritou: — Sê sensato, Hagrid!

Hagrid vociferou: — Sensato uma ova, nã' me vão conseguir levar assim, Dawlish!

Harry distinguia a pequena silhueta de *Fang* a tentar defender Hagrid, saltando continuamente aos feiticeiros que o rodeavam até que foi atingido por um Feitiço de Atordoar e caiu por terra. Hagrid soltou um lamento de fúria, ergueu o responsável em peso no ar e atirou com ele. O homem foi cerca de três metros a voar e não se tornou a pôr de pé. Hermione arquejou, com ambas a mãos a taparem-lhe a boca. Harry olhou à sua volta à procura de Ron e verificou que também ele mostrava estar assustado. Nenhum deles alguma vez vira Hagrid verdadeiramente zangado.

— Olhem! — guinchou Parvati, que estava debruçada do parapeito a apontar para a entrada do castelo, onde a porta principal se abrira mais uma vez. A luz voltou a inundar o relvado escuro e uma única sombra negra e alongada ondulava agora através da relva.

— Então, francamente! — disse o Professor Tofty ansiosamente.
— Só têm mais dezasseis minutos, sabem?
Mas ninguém lhe deu a mais pequena atenção. Todos observavam a figura que corria agora em direcção à batalha que estava a ser travada junto à cabana de Hagrid.
— Como se atrevem? — gritava a figura, enquanto continuava a correr. — Como se *atrevem*!
— É a McGonagall! — murmurou Hermione.
— Deixem-no em paz! *Em paz*, ouviram? — ordenava a voz da Professora McGonagall através da escuridão. — Que motivo têm para o estarem a atacar? Ele não fez nada, nada que justifique tamanho...

Hermione, Parvati e Lavender puseram-se as três aos gritos. As figuras em redor da cabana tinham atirado pelo menos quatro Feitiços de Atordoar à Professora McGonagall. A meio caminho entre o castelo e a cabana, os feixes vermelhos atingiram-na. Por uns instantes, ela irradiou luz e ficou dum vermelho fantasmagórico, em seguida levantou-se no ar, aterrou com força de costas no solo e não tornou a mexer-se.

— COBARDES! — rugiu Hagrid. A voz dele chegou claramente ao cimo da torre, e diversas luzes tremeluziram no interior do castelo. — MALDITOS COBARDES! TOMEM LÁ ESTA... E MAIS ESTA...

— Oh meu... — ofegou Hermione.

Hagrid assestou dois valentes murros nos seus atacantes mais próximos. A julgar pelo tombo imediato, foram logo postos fora de combate. Harry viu Hagrid a dobrar-se sobre si próprio como se tivesse finalmente sido atingido por um feitiço. Porém, pelo contrário, no instante seguinte Hagrid voltou a pôr-se de pé, com algo semelhante a um saco às costas... e foi então que Harry percebeu que carregava o corpo flácido de *Fang* em volta dos ombros.

— Apanha-o, apanha-o! — incitava Umbridge aos gritos, mas o único ajudante que lhe restava parecia extremamente relutante em colocar-se ao alcance dos punhos de Hagrid. Na realidade, estava a recuar com tanta rapidez que tropeçou num dos colegas inconscientes e tombou no chão. Hagrid virara-se e pusera-se a fugir, ainda com *Fang* em redor do pescoço. Umbridge lançou-lhe um último Feitiço de Atordoar mas não conseguiu atingi-lo. E Hagrid, correndo a toda a velocidade em direcção aos portões distantes, desapareceu, envolto na escuridão.

Fez-se um longo minuto de silêncio, durante o qual ficaram todos boquiabertos e a tremer com o olhar fixo no relvado. Em seguida ouviu-se a voz débil do Professor Tofty dizer: — Hum... têm cinco minutos.

Embora apenas tivesse conseguido preencher dois terços do mapa, Harry estava ansioso por que o exame terminasse. Quando isso finalmente aconteceu, Ron e Hermione enfiaram os respectivos telescópios descuidadamente no estojo e precipitaram-se pela escada em espiral abaixo. Nenhum dos alunos fazia tenções de se ir deitar. Puseram-se todos ao fundo das escadas a conversar excitadamente em voz alta sobre os acontecimentos que tinham presenciado.

— Que mulher malvada! — ofegou Hermione, que parecia estar com dificuldade em falar devido à fúria. — A tentar atacar cobardemente o Hagrid a meio da noite!

— É óbvio que ela queria evitar outra cena como a da Trelawney — afirmou Ernie Macmillan sabiamente, abrindo caminho para se ir juntar a eles.

— O Hagrid safou-se bem, não acham? — interveio Ron, que parecia mais assustado que impressionado. — Por que é que todos os feitiços fizeram ricochete nele?

— Deve ser por causa do sangue de gigante — alvitrou Hermione a tremer. — É muito difícil atordoar um gigante, são como os *trolls*, mesmo duros... mas coitada da Professora McGonagall... quatro Feitiços de Atordoar directamente no peito e ela já não é propriamente nova, pois não?

— Um horror, um horror — dizia Ernie, abanando a cabeça pomposamente. — Bom, vou deitar-me. Boa noite a todos.

Os colegas em volta deles começaram a dispersar, ainda a trocar impressões acerca daquilo que tinham acabado de ver.

— Pelo menos, não conseguiram levar o Hagrid para Azkaban — adiantou Ron. — Ele deve ter ido ter com o Dumbledore, não acham?

— Suponho que sim — anuiu Hermione com um ar choroso. — Oh, que coisa horrível, eu pensava que o Dumbledore ia regressar em breve, mas agora também ficámos sem o Hagrid.

Encaminharam-se devagar para a sala comum dos Gryffindor e foram encontrá-la cheia. Os tumultos no relvado tinham acordado várias pessoas, que se apressaram a ir chamar os amigos. Seamus e Dean, que tinham chegado antes de Harry, Ron e Hermione, estavam agora a relatar aos outros aquilo que tinham visto e ouvido do cimo da Torre de Astronomia.

— Mas por que razão despedir agora o Hagrid? — interrogou-se Angelina Johnson, sacudindo a cabeça. — Ele não é como a

Trelawney. Este ano, as aulas dele até estão muito melhores que o costume!

— A Umbridge detesta os de sangue impuro — afirmou Hermione com amargura na voz, deixando-se cair numa poltrona. — Faria sempre tudo ao seu alcance para pôr o Hagrid na rua.

— E estava convencida de que o Hagrid lhe andava a pôr Nifflers no gabinete — interpôs Katie Bell.

— Oh, raios! — exclamou Lee Jordan levando a mão à boca. — Fui eu que andei a pôr-lhos no gabinete. O Fred e o George deixaram-me alguns. Tenho andado a fazê-los levitar através da janela.

— Ela tê-lo-ia posto na rua fosse como fosse — opinou Dean.

— Ele é demasiado chegado ao Dumbledore.

— Lá isso é verdade — anuiu Harry, afundando-se numa poltrona junto a Hermione.

— Só espero que a Professora McGonagall esteja bem — disse Lavender, chorosa.

— Trouxeram-na de novo para o castelo, vimos nós pela janela do dormitório — adiantou Colin Creevey. — Não me pareceu lá muito bem.

— A Madam Pomfrey vai tratar dela — assegurou Alicia Spinnet com voz firme. — Até hoje nunca foi mal-sucedida.

Era perto das quatro da madrugada quando a sala comum ficou finalmente vazia. Harry sentia-se completamente desperto, com a imagem de Hagrid a correr a toda a velocidade em direcção à escuridão a atormentá-lo. Estava tão zangado com Umbridge que nem era capaz de imaginar um castigo suficientemente severo para ela, embora a sugestão de Ron de dá-la a comer a uma caixa de *Explojentos* Cauda-de-Fogo esfomeados não deixasse de ter os seus méritos. Adormeceu a contemplar vinganças hediondas e, quando se levantou, três horas mais tarde, sentia-se claramente fatigado.

O derradeiro exame, História da Magia, só iria ter lugar nessa tarde. Harry teria gostado muito de se ter voltado a deitar a seguir ao pequeno-almoço, mas estivera a contar com essa manhã para uma pequena revisão de última hora, portanto, em vez disso, foi sentar-se, com as mãos a apoiarem a cabeça, à janela da sala comum, fazendo um enorme esforço para não dormitar enquanto lia alguns dos apontamentos da pilha com cerca de um metro de altura que Hermione lhe emprestara.

Às duas horas dessa tarde, os alunos do quinto ano entraram no Salão e ocuparam os respectivos lugares em frente às folhas de exames viradas ao contrário. Harry sentia-se exausto. Só queria que a prova chegasse ao fim, para que pudesse ir dormir. Depois, no dia seguinte, ele e Ron iriam até ao campo de Quidditch (ele ia dar uma volta na vassoura do Ron) e saborear a libertação das revisões.

— Podem virar as vossas folhas — anunciou a Professora Marchbanks da parte dianteira do Salão, virando a ampulheta gigante ao contrário. — Podem começar.

Harry ficou a olhar fixamente para a primeira pergunta. Foram precisos alguns segundos para ele se dar conta de que não percebera uma palavra do que estivera a ler. Andava uma vespa a zunir furiosamente contra os vidros duma das janelas. Muito devagar, com grande esforço, lá começou, por fim, a escrever a sua resposta.

Estava a sentir grande dificuldade em lembrar-se dos nomes e confundia constantemente as datas. Limitou-se a saltar a pergunta quatro (*Na sua opinião, a legislação relativa às varinhas contribuiu, ou permitiu um melhor domínio, dos motins dos duendes ocorridos no século XVIII?*), pensando que seria melhor voltar a ela no final, se lhe sobrasse tempo. Fez uma tentativa na pergunta cinco (*Como foi o Estatuto de Sigilo infringido em 1749 e que medidas foram introduzidas para impedir que o caso se repetisse?*), mas ficou com uma impressão arreliadora de que tinha deixado de fora vários aspectos importantes. Suspeitava de que a história metia vampiros algures.

Continuou em frente, à procura duma questão sobre a qual não tivesse dúvidas e o seu olhar foi poisar na número dez: *Descreva as circunstâncias que conduziram à formação da Confederação Internacional dos Feiticeiros e explique por que motivo os feiticeiros do Liechtenstein se recusaram a integrá-la.*

Esta eu sei, pensou Harry, embora sentisse o cérebro lento e entorpecido. Era capaz de visualizar um título, escrito com a caligrafia de Hermione: *A formação da Confederação Internacional dos Feiticeiros...* tinha lido aqueles apontamentos nessa mesma manhã.

Começou a escrever, erguendo e baixando o olhar para verificar as horas na grande ampulheta colocada na secretária junto à Professora Marchbanks. Estava sentado mesmo atrás de Parvati Patil, cujo longo cabelo preto cobria as costas da cadeira dela. Numa ou noutra ocasião, deu por si a fitar as luzinhas douradas que lhe cintilavam no cabelo quando ela movia ligeiramente a cabeça, e teve de dar um leve abanão à sua própria cabeça para se voltar a concentrar.

... o primeiro Mandatário Supremo da Confederação Internacional dos Feiticeiros foi Pierre Bonaccord, mas a sua nomeação foi contestada pela comunidade de feiticeiros do Lichtenstein, porque...

A toda a volta de Harry havia penas a escrevinhar sobre o pergaminho como ratos numa correria a escavar um buraco. Que tinha Bonaccord feito para ofender os feiticeiros do Lichtenstein? Harry tinha a sensação de que tinha alguma coisa a ver com *trolls*... voltou a fixar abstraidamente a nuca de Parvati. Se ao menos eu conseguisse realizar Legilimância e abrir um janela na parte de trás da cabeça dela e ver o que é que acontecera com os *trolls* para provocar a ruptura entre Pierre Bonaccord e o Lichtenstein...

Harry fechou os olhos e enterrou a cabeça nas mãos, de forma que o ardor que lhe deixava as pálpebras vermelhas se tornou escuro e frio. Bonaccord quisera impedir a caça aos *trolls* e conceder-lhes direitos... contudo, o Lichtenstein andava a ter problemas com uma tribo de *trolls* das montanhas particularmente violenta... era isso mesmo.

Abriu os olhos e sentiu-os a picarem e a lacrimejarem quando se depararam com o pergaminho dum branco resplandecente. Devagar, redigiu duas linhas acerca dos *trolls* e depois leu tudo o que tinha escrito até aí. Não lhe parecia suficientemente informativo ou detalhado, e todavia, tinha a certeza de que os apontamentos de Hermione se prolongavam por páginas e mais páginas.

Voltou a fechar os olhos, tentando visualizá-los, tentando recordar-se... a Confederação reunira-se pela primeira vez em França, sim, já escrevera isso...

Os duendes tinham tentado tomar parte nela e sido expulsos... também já escrevera isso...

E ninguém do Lichtenstein quisera estar presente...

Pensa, disse a si próprio, com o rosto enterrado nas mãos, enquanto em seu redor, as penas rabiscavam respostas intermináveis e a areia corria num fio através da ampulheta à sua frente...

Deu por si mais uma vez a percorrer o corredor escuro e frio do Departamento dos Mistérios, avançando a passo firme e determinado, desatando de quando em vez numa corrida, decidido a atingir finalmente o seu destino... a porta negra voltou a abrir-se como de costume para o deixar passar, e lá estava ele na sala circular com as suas inúmeras portas...

Directamente pelo pavimento empedrado e atravessando o segundo andar... manchas de luz a dançar nas paredes e no chão e aqueles estranhos estalidos metálicos, mas sem tempo para explorar, tinha de se apressar...

Percorreu a correr os derradeiros metros que o separavam da porta, que se abriu de rompante tal como todas as outras...

Encontrava-se novamente na sala do tamanho duma catedral cheia de prateleiras e globos de vidro... sentia agora o coração a bater aceleradamente... desta vez ia conseguir lá chegar... quando chegou ao número noventa e sete, virou à esquerda e apressou-se a calcorrear a passagem que separava duas das filas...

Porém, mesmo ao fundo, avistou uma forma no pavimento, uma forma negra que se movimentava como um animal ferido... o estômago de Harry contraiu-se de medo... de agitação...

Deu por uma voz a sair da sua própria boca, uma voz alta e fria, despida de qualquer bondade humana...

— Apanhem-no... levantem-no, agora... eu não lhe posso tocar... mas vocês podem...

A forma negra mexeu-se ligeiramente no chão. Harry viu uma mão branca com dedos compridos agarrada a uma varinha erguer-se na extremidade do seu próprio braço... ouviu a voz alta e fria entoar: «*Crucio!*»

O homem prostrado no chão soltou um grito de dor, tentou pôr-se de pé, mas voltou a cair estremecendo com convulsões. Harry estava a rir-se. Empunhou a varinha, o feitiço quebrou-se e a figura gemeu e ficou imóvel.

— Lord Voldemort aguarda...

Muito devagar, com os braços a tremer, o homem prostrado levantou um pouco os ombros e ergueu a cabeça. Tinha o rosto esquelético e manchado de sangue, contorcido de dores e, ainda assim, com uma expressão desafiadora...

— Vais ter de me matar — proferiu Sirius num murmúrio.

— E é isso que indubitavelmente acabarei por fazer — declarou a voz fria. — Mas primeiro vais buscar-mo, Black... achas que o que sentiste até agora foram dores? Pois estás enganado... temos horas à nossa frente e ninguém que ouça os teus gritos...

Mas alguém soltou um gritou quando Voldemort tornou a baixar a varinha. Alguém gritou e caiu para o lado duma secretária quente para o pavimento frio. Harry despertou no momento em que atingiu o chão, ainda a gritar, com a cicatriz a arder, à medida que o Salão explodia à sua volta.

XXXII

FORA DA LAREIRA

— Eu não vou... não preciso de ir para a enfermaria... não quero...

Harry falava atabalhoadamente enquanto se tentava libertar do Professor Tofty, que o olhava muito preocupado, depois de o ter ajudado a sair do Salão, com todos os outros alunos em seu redor a contemplá-lo.

— É a pressão dos exames! — disse o velho feiticeiro compreensivamente, dando palmadinhas trémulas no ombro de Harry. — Acontece, meu jovem, acontece! E que tal se agora tomares um copo de água refrescante? Talvez fiques em condições de voltar para o Salão. A prova está prestes a acabar, mas talvez possas terminar as tuas respostas como deve ser.

— Sim — disse Harry descontrolado. — Isto é... não... já fiz... fiz tudo o que podia, acho eu...

— Muito bem, muito bem — disse o velho feiticeiro docemente. — Eu vou recolher a tua folha de exame e aconselho-te a ires descansar durante um bom bocado.

— Vou fazer isso — assentiu Harry, acenando vigorosamente com a cabeça. — Muito obrigado.

No instante em que os calcanhares do velho feiticeiro desapareceram na soleira do Salão, Harry precipitou-se pela escadaria de mármore acima, correu pelos corredores tão desenfreadamente que os quadros por que passou se puseram a resmungar com ele, tornou a subir mais lanços de escadas e finalmente irrompeu, qual furacão, através das portas de batente da enfermaria, fazendo que Madam Pomfrey (que estava a introduzir uma colher dum líquido azul-brilhante na boca aberta de Montague) guinchasse de susto.

— Potter, que pensas tu que andas a fazer?

— Preciso de ver a Professora McGonagall! — respondeu Harry ofegante, com o ar a cortar-lhe os pulmões. — Agora... é urgente!

— Ela não está aqui, Potter — informou-o Madam Pomfrey com tristeza. — Foi transferida para São Mungo esta manhã. Quatro

Feitiços de Atordoar lançados directamente contra o peito na idade dela? É de admirar que não a tenham matado.

— Ela... foi-se embora? — disse Harry, abalado.

A campainha junto à enfermaria pôs-se a tocar e ele ouviu o ribombar distante de alunos que começavam a inundar os corredores abaixo e acima do andar onde se encontrava. Permaneceu quase imóvel, a olhar para Madam Pomfrey. Um sentimento de terror começava a invadi-lo.

Não tinha mais ninguém a quem recorrer. Dumbledore fora-se embora, Hagrid, também, mas ele sempre contara que a Professora McGonagall ali estivesse, irascível e inflexível, talvez, mas uma presença sempre fiável e segura...

— Não me surpreende que estejas chocado, Potter — afirmou Madam Pomfrey, cuja expressão feroz dava a entender que compreendia perfeitamente o que Harry sentia. — Como se algum deles se atrevesse a atordoar Minerva McGonagall à luz do dia! Cobardes, é isso o que eles são... cobardes desprezíveis... se eu não me preocupasse com o que vos aconteceria sem mim, pediria a demissão em sinal de protesto.

— Sim — disse Harry, apático.

Encaminhou-se às cegas da enfermaria para o corredor apinhado de alunos, onde ficou a levar encontrões da multidão, sentindo o pânico a disseminar-se dentro dele como um gás tóxico que lhe punha a cabeça a andar à roda e o impedia de pensar no que deveria fazer...

Ron e Hermione, disse uma voz na sua mente.

Desatou novamente a correr, a empurrar os outros alunos para que o deixassem passar, indiferente aos seus protestos furiosos. Desceu dois andares a toda a velocidade e encontrava-se já ao cimo da escadaria de mármore quando os avistou a correrem na sua direcção.

— Harry! — chamou Hermione de imediato, com um ar muito assustado. — Que aconteceu? Estás bem? Estás doente?

— Onde é que te meteste? — perguntou Ron.

— Venham comigo — disse Harry prontamente. — Vá lá, tenho de vos contar uma coisa.

Conduziu-os através do corredor do primeiro andar, espreitando pelas frestas das portas até finalmente encontrar uma sala de aula vazia. Precipitou-se de imediato lá para dentro, fechou a porta logo que Ron e Hermione entraram e encostou-se a ela, de frente para os amigos.

— O Voldemort apanhou o Sirius.

— *O quê?*
— Como é que...?
— Vi. Agora mesmo. Quando adormeci durante o exame.
— Mas... mas onde? Como? — interrogou-se Hermione com o rosto lívido.
— Como, não sei — respondeu Harry. — Mas sei exactamente onde. Há uma sala no Departamento dos Mistérios cheia de prateleiras com muitos globos pequeninos de vidro, e eles estão no fim da fila noventa e sete... ele está a tentar usar o Sirius para conseguir chegar ao que quer que seja que lá está ... anda a torturá-lo... ameaçou que vai acabar por matá-lo!

Harry percebeu que a voz lhe tremia, assim como os joelhos. Dirigiu-se à secretária e sentou-se, procurando dominar-se.

— Como é que vamos fazer para lá chegarmos? — interrogou os seus companheiros.

Fez-se silêncio durante uns instantes. Em seguida Ron redarguiu:
— C-chegar lá?
— Sim, chegar ao Departamento dos Mistérios para podermos salvar o Sirius! — declarou Harry em voz alta.
— Mas... Harry... — vacilou Ron debilmente.
— O que foi? *O que foi?* — impacientou-se Harry.

Não era capaz de perceber por que motivo estavam ambos a fitá-lo boquiabertos, como se lhes estivesse a pedir algo absurdo.

— Harry — disse Hermione com uma voz bastante assustada —, aã... como... como é que o Voldemort entrou no Ministério da Magia sem que ninguém desse por isso?

— Como é que queres que eu saiba? — gritou Harry. — O que importa agora é como é que *nós* lá vamos entrar!

— Mas... Harry, pensa só nisto — insistiu Hermione, dando um passo na direcção dele —, são cinco da tarde... o Ministério da Magia deve estar cheio de funcionários... como é que o Voldemort e o Sirius lá poderiam ter entrado sem serem vistos? Harry... eles são provavelmente os dois feiticeiros mais procurados do mundo... achas que conseguiam entrar num edifício cheio de Aurors sem serem descobertos?

— Sei lá, o Voldemort pode ter usado um Manto da Invisibilidade ou isso! — berrou Harry. — Seja como for, de todas as vezes que lá fui, o Departamento dos Mistérios estava sempre completamente vazio...

— Tu nunca lá estiveste, Harry — retorquiu Hermione em voz baixa. — Tu só o viste em sonhos, nada mais.

— Não são sonhos normais! — protestou Harry gritando-lhe na cara, pondo-se de pé e avançando de seguida na direcção dela. Sentia vontade de abaná-la. — Então, como é que explicas o pai do Ron, o que é que foi aquilo, como é que eu fiquei a saber o que lhe tinha acontecido?

— Ele tem uma certa razão — acedeu Ron baixinho, olhando para Hermione.

— Mas isto é tudo tão… tão *improvável!* — exclamou Hermione desesperada. — Harry, como é que o Voldemort poderia ter apanhado o Sirius, se ele tem estado este tempo todo em Grimmauld Place?

— Talvez o Sirius se tenha sentido saturado e fosse apanhar um pouco de ar fresco — sugeriu Ron com uma voz que denotava preocupação. — Há séculos que ele anda mortinho por sair daquela casa…

— Mas porquê — insistiu Hermione —, por que razão quereria o Voldemort usar o Sirius para conseguir a arma, ou lá o que isso é?

— Sei lá, pode haver carradas de razões! — berrou-lhe Harry. — Talvez o Sirius seja apenas alguém que o Voldemort não se importa de maltratar…

— Sabem que mais, acabei de me lembrar duma coisa — declarou Ron calmamente. — O irmão do Sirius era Devorador da Morte, não era? E se ele tivesse dado ao Sirius o segredo de como chegar à arma?

— Pois… e é por isso que o Dumbledore tem feito tanta questão de manter o Sirius trancado durante todo este tempo! — acrescentou Harry.

— Olhem, lamento imenso — gritou Hermione —, mas isso que vocês estão a dizer não faz sentido nenhum e nós não temos nenhuma prova de que seja assim, nenhuma prova de que o Voldemort e o Sirius sequer lá estejam…

— Hermione, o Harry viu-os! — exclamou Ron cercando-a.

— Está bem — acedeu ela, com um ar assustado mas ainda assim resoluto —, só tenho mais uma coisa a dizer…

— O quê?

— Tu… não tomes isto como uma crítica, Harry, mas tu és… mais ou menos… quero dizer… não achas que tens um pouco a mania de andares a salvar toda a gente? — opinou ela.

Ele dirigiu-lhe um olhar penetrante de fúria.

— E o que é que significa exactamente isso da «mania de andar a salvar toda a gente»?

— Bom... tu... — Hermione mostrou-se mais apreensiva que nunca. — Isto é... no ano passado, por exemplo... no lago... durante o Torneio... tu não devias... isto é, tu não precisavas de ter salvo aquela miúda, a Delacourt... ficaste um bocado... entusiasmado...

Harry sentiu uma onda de fúria ardente e acutilante a percorrê-lo. Como é que ela poderia lembrar-lhe uma situação tão embaraçosa num momento como aquele?

— Quero dizer, tu tiveste boa intenção e tudo — apressou-se Hermione a acrescentar, ficando absolutamente petrificada perante o olhar no rosto de Harry —, toda a gente achou que foi um gesto muito bonito...

— Que engraçado — retorquiu Harry com voz trémula —, porque eu me lembro muito bem de o Ron dizer que tinha desperdiçado o meu tempo a *armar-me em herói*... é isso que tu achas que isto é? Tu achas que eu me quero armar em herói outra vez?

— Não, não, não! — exclamou Hermione, com um ar aterrorizado. — Não é nada disso que eu quero dizer!

— Bem, então desembucha duma vez o que tens a dizer, porque estamos para aqui a perder tempo! — berrou Harry.

— Estou a tentar dizer-te, Harry,... que o Voldemort te conhece! Ele prendeu a Ginny na Câmara dos Segredos para te atrair lá, isso é o género de coisas que ele faz, ele sabe que tu és... o tipo de pessoa que iria em auxílio do Sirius! E se ele só te quiser apanhar no Departamento dos Mist...?

— Hermione, não importa se ele fez isto para me atrair lá ou não... a McGonagall foi levada para São Mungo, não resta ninguém da Ordem em Hogwarts a quem possamos contar e, se nós não formos, o Sirius morre!

— Mas Harry... e se o teu sonho foi... foi só isso mesmo, um sonho?

Harry soltou um rugido de frustração. Hermione chegou mesmo a recuar, sentindo-se aterrorizada.

— Tu não estás a perceber! — gritou-lhe Harry. — Eu não ando a ter pesadelos, não ando só a sonhar! Para que é que tu pensas que aquelas aulas todas de Oclumância serviram? Por que é que tu achas que o Dumbledore me queria impedir de ver todas estas coisas? Porque elas são VERDADEIRAS, Hermione... o Sirius caiu numa armadilha, eu vi-o. O Voldemort apanhou-o, e mais ninguém sabe disso, o que significa que só nós o podemos salvar, e se tu não quiseres vir, óptimo, mas eu vou, percebes? E se estou bem lembrado, tu não te incomodaste com a minha *mania de andar a salvar*

toda a gente quando foi a ti que eu fui salvar dos Dementors ou...
— virou-se para Ron — quando fui salvar a tua irmã do Basilisco...

— Nunca disse que isso me incomodava! — protestou Ron, exaltado.

— Mas Harry, tu mesmo acabaste de dizer — afirmou Hermione com veemência — que o Dumbledore queria que tu aprendesses a bloquear estas coisas na tua mente! Se tivesses ido às aulas de Oclumância como devia ser, não terias visto tudo isto...

— SE TU PENSAS QUE EU VOU FINGIR QUE NÃO VI...

— O Sirius avisou-te de que não havia nada mais importante que aprenderes a bloquear a mente!

— BOM, EU ACHO QUE ELE TERIA DITO OUTRA COISA SE SOUBESSE O QUE EU ACABEI DE...

A porta da sala de aula abrira-se. Harry, Ron e Hermione voltaram-se. Ginny entrou, com um ar de curiosidade estampado no rosto, logo seguida por Luna, que, como era habitual, parecia que lá tinha ido parar por acaso.

— Olá — cumprimentou Ginny hesitante. — Reconhecemos a voz do Harry. Por que é estavas a gritar?

— Nada que te diga respeito — respondeu Harry com rispidez.

As sobrancelhas de Ginny arquearam-se.

— Não é preciso falares comigo nesse tom — disse ela calmamente. — Só me estava a perguntar se poderia ajudar nalguma coisa.

— Bom, não podes — respondeu Harry com prontidão.

— Sabes, estás a ser bastante mal-educado — observou Luna tranquilamente.

Harry praguejou e virou-lhes as costas. A última coisa que queria naquele momento era pôr-se a conversar com Luna Lovegood.

— Espera — interveio Hermione subitamente. — Espera... Harry, elas *podem* ajudar-nos.

Harry e Ron olharam para ela.

— Ouçam — apressou-se ela a dizer —, Harry, temos de averiguar se o Sirius abandonou de facto o Quartel-General.

— Já te disse, eu vi...

— Harry, suplico-te, por favor! — gritou Hermione desesperada. — Por favor, vamos só verificar se o Sirius não está em casa antes de irmos a correr para Londres. Se descobrirmos que ele lá não está, então eu juro que não te vou tentar deter. Eu vou, vou... eu faço tudo o que estiver ao meu alcance para tentar salvá-lo.

— O Sirius está a ser torturado AGORA! — berrou Harry. — Não temos tempo a perder.

— Mas pode ser uma partida do Voldemort, temos de verificar, temos... a sério.
— Como? — quis saber Harry. — Como é que vamos verificar?
— Vamos ter de usar a lareira da Umbridge para ver se conseguimos entrar em contacto com ele — explicou Hermione, com um ar perfeitamente aterrorizado perante semelhante ideia. — Vamos tornar a afastar a Umbridge, mas precisamos de vigias e é aí que a Ginny e a Luna nos podem servir.
Embora mostrando uma dificuldade óbvia em entender o que se estava passar, Ginny assentiu prontamente: — Sim, nós fazemos isso — e Luna perguntou: — Quando vocês dizem Sirius, estão a falar do Stubby Boardman?
Ninguém lhe respondeu.
— Muito bem — dirigiu-se Harry agressivamente a Hermione —, muito bem, se conseguires arranjar uma maneira de fazermos isso rapidamente, podes contar comigo, caso contrário, vou imediatamente para o Departamento dos Mistérios.
— O Departamento dos Mistérios? — disse Luna, com ar de admiração. — Mas como é que vão lá chegar?
Harry ignorou-a mais uma vez.
— Certo — vacilou Hermione, pondo-se a contorcer as mãos uma na outra e a andar para trás e para a frente ao longo do espaço entre as secretárias. — Certo... bom... um de nós tem de ir ver onde está a Umbridge e... e despachá-la na direcção contrária, mantê-la afastada do gabinete. Podiam dizer-lhe que... sei lá... que o Peeves anda outra vez a pregar uma das dele...
— Eu faço isso — prontificou-se Ron de imediato. — Vou dizer-lhe que o Peeves está a dar cabo do departamento de Transfiguração ou qualquer coisa desse género, fica a milhas do gabinete dela. Já que falamos nisso, talvez eu conseguisse convencer o Peeves a fazer isso mesmo, se o encontrasse no caminho.
O facto de Hermione não ter levantado qualquer obstáculo à destruição do departamento de Transfiguração só podia ser entendido dada a gravidade do caso.
— Está bem — anuiu ela, franzindo a testa enquanto continuava a andar para trás e para a frente. — Bom, precisamos de ter os alunos longe do gabinete dela, enquanto forçamos a entrada, não vá algum Slytherin lembrar-se de a ir avisar.
— A Luna e eu podemos ficar em cada ponta do corredor — adiantou Ginny prontamente — e avisar as pessoas para não irem para lá, porque alguém fez explodir uma grande porção de Gás

Estrangulador. — Hermione mostrou surpresa perante a prontidão com que Ginny inventara aquela mentira. Ginny encolheu os ombros e acrescentou: — O Fred e o George andavam a planear fazer isso antes de se irem embora.
— Está bem — concordou Hermione. — Bom, então, Harry, tu e eu vamos cobrir-nos com o Manto da Invisibilidade e esgueiramo-nos para o gabinete dela para tu poderes falar com o Sirius...
— Ele não está lá, Hermione!
— Isto é, para tu poderes... poderes verificar se ele está ou não em casa, enquanto eu fico de vigia, acho que não deves ficar lá dentro sozinho, o Lee já provou que a janela é um ponto fraco quando enviou aqueles Nifflers através dela...
Não obstante a sua impaciência e irritação, Harry não pode deixar de reconhecer que o facto de Hermione se ter oferecido para o acompanhar até ao gabinete de Umbridge constituía um sinal de solidariedade e dedicação.
— Eu... está bem, obrigado — murmurou ele.
— Certo, bem, mesmo que consigamos fazer tudo isso, não creio que possamos contar com mais de cinco minutos — afirmou Hermione, mostrando-se aliviada por Harry dar a ideia de que tinha aceitado o plano dela — com o Filch e a Brigada Inquisitorial a cirandar por aí.
— Cinco minutos chegam — disse Harry. — Vá lá, vamos embora...
— *Agora?* — retorquiu Hermione surpreendida.
— É claro que é agora! — insistiu Harry zangado. — Que é que achas, que vamos ficar à espera até depois do jantar ou isso? Hermione, o Sirius está a ser torturado *agora*!
— Eu... oh, está bem — hesitou ela desesperada. — Vão lá buscar o Manto da Invisibilidade e encontramo-nos ao fundo do corredor da Umbridge, está bem assim?
Harry não lhe respondeu, mas saiu de rompante da sala e começou a abrir caminho por entre a multidão cerrada cá fora. Dois andares mais acima, foi encontrar Dean e Seamus, que o saudaram alegremente e o informaram de que estavam a organizar uma festa para celebrar o fim dos exames na sala comum até de madrugada. Harry mal lhes deu atenção. Trepou pelo buraco do retrato enquanto eles continuavam a discutir acerca de quantas Cervejas de Manteiga do mercado negro iriam precisar e voltou a sair cá para fora, o Manto da Invisibilidade e a faca de Sirius escondidos em segurança na saca, antes que eles dessem pela sua ausência.

— Harry, queres contribuir com alguns galeões? O Harold Dinge acha que nos podia vender algum Uísque de Fogo...

Porém, Harry já seguia apressadamente pelo corredor fora e, passados poucos minutos, estava a saltar os últimos degraus para se juntar a Ron, Hermione, Ginny e Luna, que estavam abraçadas uma à outra ao fundo do corredor de Umbridge.

— Já aqui está — disse ele sem fôlego. — Então, estão prontos?

— Sim — sussurrou Hermione enquanto um bando de alunos do sexto ano barulhentos passava por eles. — Então Ron... tu vais distrair a Umbridge... Ginny, Luna, se puderem começar a afastar as pessoas do corredor... o Harry e eu vamos vestir o Manto e ficar à espera até que a costa esteja livre...

Ron afastou-se a passos largos, com o seu cabelo vermelho-vivo visível até ao fim do corredor. Entretanto, a cabeça igualmente ruiva de Ginny oscilava na direcção contrária por entre os alunos que se acotovelavam em redor deles, logo seguida pela loura de Luna.

— Chega aqui — murmurou Hermione, puxando-o pelo pulso e arrastando-o até a um recanto onde o busto em pedra dum feiticeiro medieval mal-encarado estava a resmungar para si próprio.

— Tens... tens a certeza de que estás bem, Harry? Ainda estás muito pálido.

— Estou óptimo — assentiu ele prontamente, puxando o Manto da Invisibilidade da saca. A verdade é que sentia a cicatriz dorida, mas não tanto que o obrigasse a pensar que Voldemort já teria dado o golpe fatal a Sirius. Doera-lhe muito mais que aquilo na ocasião em que o Voldemort castigara Avery...

— Pronto — disse ele. Atirou o Manto da Invisibilidade sobre ambos e puseram-se a escutar atentamente o busto em frente a eles a resmungar em latim.

— Não podem vir por aqui! —dizia Ginny à multidão. — Não, lamento, têm de ir dar a volta pela escada rolante em caracol, alguém andou a lançar Gás Estrangulador mesmo por aqui...

Conseguiam ouvir os protestos dos alunos. Uma voz arrogante disse: — Não vejo gás nenhum aqui!

— Isso é porque é incolor — explicou Ginny num tom convincente de exasperação —, mas se quiserem passar por ele, façam favor, ficamos com o vosso cadáver como prova para o próximo idiota que não acreditar em nós.

Lentamente, os alunos lá foram dispersando. As novidades acerca do Gás Estrangulador pareciam ter-se espalhado, pois já ninguém se dirigia para ali. Quando por fim a área circundante ficou quase deserta, Hermione disse baixinho: — Acho que melhor que isto não vamos conseguir, Harry... vá lá, vamos a isso.

Avançaram sob a protecção do Manto. Luna estava de costas para eles na extremidade mais afastada do corredor. Quando passaram por Ginny, Hermione sussurrou-lhe: — Bom trabalho... não te esqueças do sinal.

— Qual é o sinal? — murmurou Harry à medida que se aproximavam da porta do gabinete de Umbridge.

— Gritar em coro «O Weasley é o nosso Rei» se virem a Umbridge a chegar — respondeu Hermione enquanto Harry inseria a lâmina da faca de Sirius na ranhura entre a porta e a parede. A fechadura cedeu com um estalido e penetraram ambos no gabinete.

Os gatinhos de cores berrantes estavam estendidos ao sol de fim de tarde que aquecia os seus pratos; todavia, para além disso, o gabinete estava tão tranquilo e deserto como da última vez. Hermione deu um suspiro de alívio.

— Receei que ela tivesse acrescentado um segurança extra depois do segundo Niffler.

Tiraram o Manto. Hermione correu para a janela e ficou lá escondida a espreitar para o relvado com a varinha de fora. Harry dirigiu-se apressadamente à lareira, pegou no recipiente de pó de Floo e atirou uma pitada para dentro, fazendo irromper chamas verde-esmeralda. Apressou-se a ajoelhar-se, lançou a cabeça nas chamas dançantes e gritou: — Grimmauld Place, número doze.

Sentiu a cabeça a andar às voltas como se tivesse acabado de sair da roda gigante duma feira de diversões, embora os seus joelhos estivessem firmemente apoiados no chão frio do gabinete. Manteve os olhos contraídos por causa das cinzas que rodopiavam em seu redor e, quando a cabeça assentou, voltou a abri-los e foi dar consigo a olhar para a cozinha comprida e fria de Grimmauld Place.

Não estava lá ninguém. Já estava à espera disso, mas não se sentia preparado para a onda ardente de pânico que parecia rebentar-lhe no estômago perante a visão da cozinha deserta.

— Sirius? — gritou. — Sirius, estás aí?

A sua voz propagou-se por toda a divisão, mas não obteve resposta à excepção dum leve arrastar de pés à direita da lareira.

— Quem está aí? — chamou, perguntando-se se não se trataria apenas dum rato.

Kreacher, o elfo doméstico, surgiu à sua frente. Parecia estar extremamente satisfeito com qualquer coisa, embora desse a ideia de se ter recentemente magoado com gravidade em ambas as mãos, que estavam completamente envolvidas em ligaduras.

— A cabeça do miúdo Potter está na lareira — informou Kreacher à cozinha vazia, lançando olhadelas furtivas e estranhamente triunfantes a Harry. — Que veio ele cá fazer, pergunta-se Kreacher?

O elfo doméstico soltou uma risada ofegante.

— O Amo saiu, Harry Potter.

— Aonde foi ele? *Aonde foi ele, Kreacher?*

Kreacher limitou-se a rir.

— Estou a avisar-te! — ameaçou-o Harry, totalmente consciente de que qualquer tentativa para castigar Kreacher se revelaria infrutífera dada a posição em que se encontrava. — E o Lupin? O Olho-Louco? Qualquer um deles, qualquer um dos que aqui estavam?

— Não está aqui ninguém senão o Kreacher! — declarou o elfo jovialmente e, virando as costas a Harry, começou a encaminhar-se lentamente para a porta ao fundo da cozinha. — O Kreacher acha que vai ter uma conversinha com a Senhora agora, sim, há muito tempo que não tem oportunidade disso, o Amo do Kreacher tem-no mantido afastado dela...

— Para onde é que o Sirius foi? — vociferou Harry atrás dele.

— *Kreacher, ele foi para o Departamento dos Mistérios?*

Kreacher deteve-se abruptamente. Harry apenas conseguia vislumbrar a sua nuca calva através da floresta de pernas de cadeiras à sua frente.

— O Amo não conta ao pobre do Kreacher aonde é que vai — disse o elfo em voz baixa.

— Mas tu sabes! — gritou Harry. — Não sabes? Tu sabes onde é que ele está!

Fez-se silêncio por um momento e, em seguida, o elfo soltou uma enorme gargalhada.

— O Amo não vai regressar do Departamento dos Mistérios! — exclamou ele alegremente. — Kreacher e a sua Senhora estão outra vez sozinhos!

E então desatou a correr e desapareceu através da porta do *hall*.

— Tu...!

No entanto, antes que pudesse proferir uma única maldição ou insulto, Harry sentiu uma dor intensa no alto da cabeça. Inalou imensa cinza e, engasgando-se, sentiu-se a ser arrastado para trás através das chamas, até que, com uma enorme brusquidão, deu por si a fitar a cara grande e pálida da Professora Umbridge, que o arrastou pelo cabelo para fora da lareira e estava agora a inclinar-lhe o pescoço para trás o mais possível, como se se preparasse para lhe cortar a garganta.

— O senhor acha — murmurou ela, inclinando ainda mais o pescoço de Harry para trás, de forma que ele ficou a olhar para o tecto — que depois de dois Nifflers, eu ia permitir que mais outra criaturazinha imunda e desprezível entrasse no meu gabinete sem o meu conhecimento? Eu pus Feitiços Detectores de Invasões a toda a volta da porta depois de o último cá ter estado, seu miúdo palerma. Tome esta varinha — vociferou ela a alguém que ele não conseguiu distinguir e sentiu uma mão a remexer-lhe nas algibeiras de dentro da roupa e tirar de lá a varinha. — A dela também.

Harry ouviu uma escaramuça ao pé da porta e percebeu que a varinha de Hermione também lhe tinha sido arrancada à força.

— Quero saber por que motivo estão no meu gabinete — exigiu Umbridge, abanando o pulso que agarrava o cabelo de Harry e fazendo-o cambalear.

— Eu estava... a tentar apanhar a minha *Flecha de Fogo!* — resmungou Harry baixinho.

— Mentiroso! — Voltou a sacudir-lhe a cabeça. — Como muito bem sabe, Mr. Harry Potter, a sua *Flecha de Fogo* encontra-se sob vigilância apertada nos calabouços. O senhor tinha a cabeça enfiada na minha lareira. Com quem é que estava a comunicar?

— Com ninguém... — disse Harry, tentando libertar-se dela. Sentiu vários cabelos a separarem-se do escalpe.

— *Mentiroso!* — berrou Umbridge. Atirou com ele e Harry foi bater de encontro à secretária. Podia agora ver Hermione com os braços presos contra a parede por Millicent Bulstrode. Malfoy estava debruçado sobre o parapeito, sorrindo maliciosamente, enquanto atirava a varinha de Harry ao ar com uma mão e a apanhava com a outra.

Ouviu-se um alvoroço lá fora e vários Slytherin enormes entraram, cada um deles a agarrar Ron, Ginny e Luna e (para grande espanto de Harry) Neville, que trazia o braço de Crabbe a envolver-lhe o pescoço e parecia estar prestes a sufocar. Vinham todos amordaçados.

— Apanhei-os a todos — anunciou Warrington, empurrando Ron à bruta através do gabinete. — *Este* aqui — apontou um dedo gordo a Neville — tentou impedir-me de apanhar *esta* — apontou para Ginny, que estava a tentar dar pontapés nas canelas da enorme rapariga Slytherin que a segurava —, por isso também o trouxe.

— Óptimo, óptimo — disse Umbridge, observando Ginny a debater-se. — Tudo indica que Hogwarts vá ser em breve uma zona livre de Weasleys, não é verdade?

Malfoy soltou uma gargalhada velhaca. Umbridge exibiu o seu sorriso amplo e complacente e foi instalar-se numa poltrona forrada a *chintz*, pondo-se a piscar os olhos aos seus cativos como um sapo num canteiro.

— Então, Mr. Potter — declarou ela. — Colocou vigias no meu gabinete e mandou este parvo — inclinou a cabeça para Ron (Malfoy riu-se ainda mais alto) — avisar-me de que o *poltergeist* andava a devastar o departamento de Transfiguração, quando eu sabia perfeitamente que ele estava ocupado a espalhar tinta nas lentes de todos os telescópios da escola... uma vez que acabara de receber a informação de Mr. Filch.

«É óbvio que tinha grande urgência em falar com alguém. Seria com o Albus Dumbledore? Ou o meia-raça, o Hagrid? Duvido de que fosse com a Minerva McGonagall, ouvi dizer que ainda está demasiado doente para falar com quem quer que seja.

Ao ouvirem isto, Malfoy e mais alguns membros da Brigada Inquisitorial riram-se mais um bocado. Harry sentiu-se tão cheio de raiva e ódio que até tremia.

— Não é da sua conta com quem eu falo — vociferou.

O rosto flácido de Umbridge pareceu encolher.

— Muito bem — afirmou ela na sua voz mais perigosa e falsamente doce. — Muito bem, Mr. Potter... dei-lhe a oportunidade de confessar de sua livre vontade. Recusou-a. Não me resta outra alternativa que obrigá-lo. Draco... vá chamar o Professor Snape.

Malfoy guardou a varinha de Harry dentro do seu manto e saiu do gabinete a sorrir maliciosamente, mas Harry mal deu por ele. Tinha acabado de se aperceber duma coisa; não era capaz de acreditar que pudera ser estúpido ao ponto de se esquecer daquilo. Julgara que todos os membros da Ordem, todos aqueles que o poderiam ajudar a salvar Sirius, se tinham ido embora... mas estava enganado. Ainda restava um membro da Ordem da Fénix em Hogwarts: Snape.

Reinava o silêncio no gabinete, à excepção da agitação e das escaramuças resultantes dos esforços dos Slytherin para manterem Ron e os outros sob controlo. Ron tinha um dos lábios a pingar sangue no tapete de Umbridge e continuava a debater-se contra o aperto do braço de Warrington. Ginny prosseguia com as suas tentativas de acertar nos pés da rapariga do sexto ano que lhe agarrava com firmeza ambos os braços. O rosto de Neville ia ficando gradualmente mais vermelho à medida que empurrava o braço de Crabbe. Quanto a Hermione, tentava em vão livrar-se de Millicent Bulstrode. Todavia, Luna quedava-se apática ao lado do seu captor como se estivesse um bocado aborrecida com os acontecimentos.

Harry olhou para Umbridge, que o observava atentamente. Manteve uma expressão deliberadamente calma e indiferente, enquanto se ouviam passos a ecoar lá fora no corredor e Draco Malfoy regressou, segurando na porta para Snape passar.

— Queria falar comigo, Senhora Directora? — perguntou Snape olhando à sua volta para os pares de alunos à luta com uma expressão de absoluta indiferença.

— Ah, Professor Snape — disse Umbridge, exibindo um largo sorriso e tornando a levantar-se. — Sim, preciso de outra garrafa de Veritaserum, o mais depressa possível, por favor.

— Levou o meu último frasco para interrogar o Potter — informou ele, contemplando-a tranquilamente por entre a cortina de cabelo preto untuoso. — Com certeza não a gastou até ao fim? Eu avisei-a de que três gotas seriam suficientes.

Umbridge enrubesceu.

— Pode preparar mais um pouco, não pode? — insistiu ela com o tom de menina doce na voz a que recorria sempre que estava furiosa.

— Sem dúvida — assentiu Snape com ar de desdém. — Demora um ciclo completo da Lua a maturar, por isso devo tê-la pronta para lha entregar dentro de cerca de um mês.

— Um mês? — guinchou Umbridge, inchando como um sapo. — Um *mês*? Mas eu preciso dele para esta noite, Snape! Acabei de descobrir o Potter a servir-se da minha lareira para comunicar com um ou mais desconhecidos!

— A sério? — admirou-se Snape, revelando um primeiro e fraco sinal de interesse, enquanto dirigia o seu olhar para Harry. — Bom, não me surpreende. O Potter nunca mostrou grande inclinação para obedecer ao regulamento da escola.

Os seus olhos escuros e frios estavam poisados em Harry, que lhe retribuiu um olhar inflexível, concentrando-se intensamente naquilo que vira no seu sonho, desejando que Snape lhe lesse os pensamentos, para o fazer entender…

— Eu quero interrogá-lo! — bradou Umbridge zangada, e Snape afastou o olhar de Harry e dirigiu-o para o rosto dela, que tremia de fúria. — Eu quero que me arranje uma poção que o force a contar-me a verdade!

— Já lhe disse — afirmou Snape calmamente — que não tenho mais Veritaserum armazenado. A menos que deseje envenenar o Potter... e asseguro-lhe desde já que terá todo o meio apoio, se for essa a sua intenção... não a posso ajudar. O único problema é que a maioria dos venenos actua demasiado depressa para darem à vítima tempo suficiente para confessarem a verdade.

Snape tornou a olhar para Harry, que se pôs a fitá-lo, ansioso por comunicar sem palavras.

— *O Voldemort prendeu o Sirius no Departamento dos Mistérios*, pensou desesperado. *O Voldemort prendeu o Sirius...*

— O Senhor está à experiência! — guinchou a Professora Umbridge, e Snape voltou a olhar para ela, com as sobrancelhas ligeiramente erguidas. — Está a criar dificuldades propositadamente! Esperava melhor, o Lucius Malfoy está sempre a dizer o melhor possível de si! Agora saia do meu gabinete!

Snape fez-lhe uma vénia irónica e virou-se para se ir embora. Harry percebeu que a sua última oportunidade de pôr a Ordem ao corrente do que se estava a passar ia sair porta fora.

— Ele tem o Padfoot! — gritou. — Tem o Padfoot no local onde aquilo está escondido!

A mão de Snape deteve-se na maçaneta da porta de Umbridge.

— O Padfoot? — retorquiu a Professora Umbridge com um grito, olhando ansiosamente de Harry para Snape. — O que é o Padfoot? Onde é que o quê está escondido? Que está ele a querer dizer, Snape?

Snape virou-se para olhar para Harry. A sua expressão era inescrutável. Harry não era capaz de perceber se ele o teria entendido ou não, mas não se atrevia a falar mais abertamente em frente de Umbridge.

— Não faço ideia — respondeu Snape com frieza. — Potter, quando eu quiser que me comeces a gritar disparates, dou-te uma Poção Palradora. E tu, Crabbe, não apertes com tanta força. Se o Longbottom morrer sufocado, vamos ter de preencher uma data de papelada e, infelizmente, vou ter de fazer referência a isso na tua carta de referência, se algum dia te candidatares a um emprego.

Fechou a porta atrás de si repentinamente, deixando Harry ainda mais perturbado que antes. Snape fora a sua última esperança. Olhou para Umbridge, que parecia estar a sentir o mesmo que ele, pois o peito arfava-lhe de frustração e raiva.

— Muito bem — disse ela, empunhando a varinha. — Muito bem... não me resta outra alternativa... esta questão ultrapassa a disciplina da escola... trata-se dum caso de segurança do Ministério... sim... sim...

Parecia que ela se estava a querer convencer dalguma coisa. Apoiava-se nervosamente ora num pé ora no outro, os olhos fixos em Harry, batendo com a varinha contra a palma da mão e respirando com dificuldade. Enquanto olhava para ela, Harry sentiu-se terrivelmente indefeso sem a sua própria varinha.

— Está a obrigar-me, Potter... eu não quero fazer isto — reiterou Umbridge, ainda a mexer-se impacientemente sem sair do sítio —, mas por vezes as circunstâncias justificam que se recorra a... estou certa de que o Ministro irá compreender que não tenho alternativa...

Malfoy estava a observá-la com uma expressão ávida no rosto.

— A Maldição Cruciatus deve ser suficiente para o fazer soltar a língua — concluiu Umbridge em voz baixa.

— Não! — guinchou Hermione. — Professora Umbridge, isso é ilegal.

Contudo, Umbridge não lhe prestou atenção. Tinha uma expressão malévola, ansiosa e excitada no olhar que era a primeira vez que Harry lhe via. A professora ergueu a varinha.

— Professora Umbridge, o Ministro não iria dar-lhe autorização para violar a lei! — gritou Hermione.

— O que o Cornelius não sabe, não lhe pode fazer mal — retorquiu Umbridge, que ofegava agora ligeiramente à medida que ia apontando a varinha a uma zona diferente do corpo de Harry de cada vez, parecendo estar a tentar decidir em qual delas o iria magoar mais. — Ele nunca chegou a saber que, no Verão passado, eu mandei Dementors atrás do Harry, mas, em qualquer dos casos, ficou encantado por lhe ser dada a oportunidade de o expulsar.

— Foi *a Senhora*? — arquejou Harry. — *A Senhora* mandou Dementors atrás de mim?

— *Alguém* tinha de fazer alguma coisa — sussurrou Umbridge, enquanto a varinha dela foi poisar directamente na testa de Harry. — Andavam todos a lamuriar-se que era preciso encontrar uma maneira de o calar... de o desacreditar... mas eu fui a única que realmente fez alguma coisa por isso... só que o Senhor conseguiu escapar, não foi Mr. Potter? Mas hoje não vai ser assim, hoje não...
— E inspirando profundamente, gritou: — *Cruc...*

— NÃO! — gritou Hermione com voz estridente de trás de Millicent Bulstrode. — Não... Harry... nós temos de lhe contar!

— Nem pensar! — exclamou Harry com um berro, fitando o pouco de Hermione que conseguia ver.

— Mas é preciso, Harry, ela vai obrigar-te a contares-lhe de qualquer maneira, para quê... para quê?

E Hermione começou a chorar baixinho por detrás da capa de Millicent Bulstrode. Millicent parou imediatamente de a tentar esmagar contra a parede e afastou-se dela com um ar enojado.

— Bem, bem, bem! — exclamou Umbridge com ar de triunfo.

— A Menina Perguntadora vai dar-nos algumas respostas! Vamos lá, menina, vamos lá!

— Aã... meu... não! — gritou Ron através da mordaça.

Ginny estava a olhar espantada para Hermione como se nunca a tivesse visto. Neville, ainda com falta de ar, estava também a olhar para ela, boquiaberto. Mas Harry acabara de reparar numa coisa. Embora Hermione chorasse desesperadamente com as mãos a cobrir-lhe o rosto, não havia sinal de lágrimas.

— Des... desculpem — vacilou Hermione. — Mas... eu não aguento...

— É assim mesmo, é assim mesmo, minha menina! — incitou-a Umbridge, agarrando Hermione pelos ombros, atirando-a para a poltrona de *chintz* vazia e debruçando-se sobre ela. — Então vamos lá... com quem é que o Potter estava a comunicar ainda agora?

— Bem — engoliu Hermione em seco com o rosto escondido nas mãos —, bem, ele estava *a tentar* falar com o Professor Dumbledore.

Ron quedou-se imóvel, de olhos arregalados. Ginny parou de tentar dar pisadelas na sua captora dos Slytherin e até Luna se mostrou ligeiramente surpreendida. Felizmente, a atenção de Umbridge e dos seus lacaios estava exclusivamente concentrada em Hermione para repararem nestes sinais suspeitos.

— Dumbledore? — indagou Umbridge ansiosamente. — Então tu sabes onde ele se encontra?

— Bem... não! — soluçou Hermione. — Procurámos no Caldeirão Escoante em Diagon-Al, e no Três Vassouras, e até no Cabeça de Javali...

— Estúpida rapariga... o Dumbledore não ia ficar sentado num *pub* quando tem o Ministério inteiro atrás dele! — gritou Umbridge, com o desapontamento a marcar-lhe cada ruga da sua cara flácida.

— Mas... mas nós precisávamos de lhe contar uma coisa muito importante! — gemeu Hermione, comprimindo ainda mais as mãos contra o rosto, não, percebeu Harry, por angústia, mas para disfarçar a ausência total de lágrimas.

— Sim? — disse Umbridge com um súbito acréscimo de entusiasmo. — O que era que lhe queriam contar?

— Nós... nós queríamos contar-lhe que está p-pronta! — engasgou-se Hermione.

— O que é que está pronto? — exigiu Umbridge, voltando a agarrar os ombros de Hermione e dar-lhe leves sacudidelas. — O que é que está pronto, menina?

— A... a arma — vacilou Hermione.

— A arma? Uma arma? — indagou Umbridge, e os olhos pareceram saltar-lhe fora das órbitas tal era o entusiasmo. — Têm andado a desenvolver algum método de resistência? Uma arma para usarem contra o Ministério? Sob as ordens do Professor Dumbledore, claro está?

— S-s-im — ofegou Hermione —, mas ele teve de se ir embora antes de ficar pronta e a-a-gora nós acabámo-la por ele e n-n-ão conseguimos encontrá-lo p-p-para lhe contar!

— Que género de arma é? — perguntou Umbridge com aspereza, com as mãos roliças ainda a apertar os ombros de Hermione.

— Nós não p-p-percebemos lá muito bem — respondeu Hermione fungando alto. — Nós s-s-só fizemos o que o P-P-Professor Dumbledore nos d-d-disse para fazermos.

Umbridge endireitou-se com um ar exultante.

— Leve-me até à arma, rapariga — ordenou ela.

— Não a vou mostrar a... *eles* — disse Hermione com voz estridente olhando para os Slytherin através dos dedos.

— Não está em posição de fazer exigências — ralhou a Professora Umbridge com severidade.

— Óptimo — disse Hermione, agora a soluçar com o rosto coberto pelas mãos. — Óptimo... deixe que eles a vejam, espero que a usem contra si! Na verdade, espero que convide montes de pessoas para virem vê-la! S-seria muitíssimo bem feito... oh, eu ia adorar se a es-escola em peso ficasse a saber onde ela está e como é que fun-funciona e depois, se aborrecer algum deles, vão poder usá-la para tr-tratar de si!

Estas palavras tiveram um profundo impacte em Umbridge. Deitou uma olhadela rápida e desconfiada à Brigada Inquisitorial, detendo por um instante o seu olhar esbugalhado em Malfoy, que foi demasiado lento a disfarçar a expressão de avidez e cobiça que lhe assomara ao rosto.

Umbridge voltou a contemplar prolongadamente Hermione e em seguida falou numa voz que, obviamente, considerava ser maternal.

— Muito bem, minha querida, vamos só nós as duas vê-la... e levamos o Potter também, está bem? Agora levante-se.

— Senhora Professora — interveio Malfoy ansiosamente. — Professora Umbridge, acho que é melhor alguém da Brigada ir consigo para tomar conta...

— Malfoy, eu sou uma funcionária ministerial altamente qualificada! Acha que não sou capaz de controlar dois adolescentes sem varinha? — retorquiu Umbridge abruptamente. — Em qualquer dos casos, não me parece que esta arma deva ser vista por crianças em idade escolar. Vão ficar aqui à minha espera e não deixem que nenhum destes (fez um gesto que abarcou Ron, Ginny, Neville e Luna) fuja.

— Está bem — cedeu Malfoy, com um ar amuado e desiludido.

— E vocês os dois podem ir à minha frente e indicar-me o caminho — declarou Umbridge, apontando para Harry e Hermione com a varinha. — Vão à frente.

XXXIII

FUGA E LUTA

Harry não fazia ideia de qual era o plano de Hermione, ou se ela teria sequer algum plano. Ele seguia colado a ela, enquanto percorriam o corredor onde ficava o gabinete de Umbridge, ciente de que pareceria muito suspeito se mostrasse não saber aonde se dirigiam. Não se atrevia a tentar falar com ela. Umbridge seguia--os tão próximo que era capaz de ouvir a sua respiração irregular.

Hermione conduziu-os pela escadaria de mármore até ao *Hall*. Através das portas do Salão chegou-lhes o barulho de vozes e dos talheres a bater nos pratos. Parecia impossível a Harry que, a cerca de seis metros deles, houvesse pessoas que estavam a saborear o jantar, a festejar o fim dos exames, sem uma preocupação que fosse...

Hermione atravessou a porta principal de carvalho e desceu os degraus de pedra até sentirem o ar ameno do crepúsculo. O Sol estava agora a inclinar-se em direcção aos cumes das árvores da Floresta Proibida, e, enquanto Hermione caminhava decididamente pelo relvado (Umbridge tinha de ir a passo de corrida para conseguir acompanhá-la), as suas longas sombras negras ondulavam na erva como se fossem mantos.

— Está escondida na cabana do Hagrid, não está? — perguntou Umbridge ansiosamente ao ouvido de Harry.

— É claro que não — retorquiu Hermione severamente. — O Hagrid poderia tê-la disparado acidentalmente.

— Pois — anuiu Umbridge, cuja excitação parecia aumentar.
— Pois, claro, ele teria feito isso, o idiota do meia-raça.

Soltou uma gargalhada. Harry sentiu um forte impulso para se voltar de repente e apertar-lhe o pescoço, mas conseguiu resistir. Sentia a cicatriz a latejar no ameno ar nocturno, mas ainda não estava a arder incandescente, como ele sabia que ficaria se Voldemort se estivesse a preparar para matar.

— Então... onde é que está? — indagou Umbridge, com um ligeiro tom de incerteza na voz, enquanto Hermione continuava a encaminhar-se a passos largos para a Floresta. — Ali, é claro — afirmou Hermione, apontando para as árvores sombrias. — Tinha de ficar num sítio onde os alunos não pudessem acidentalmente dar com ela, não é?

— Claro — anuiu Umbridge, apesar de a sua voz denotar já uma certa apreensão. — É claro... muito bem, então... vocês os dois sigam à minha frente.

— Pode então emprestar-nos a sua varinha, já que vamos à sua frente? — pediu-lhe Harry.

— Não, é melhor não, Mr. Potter — disse Umbridge com voz doce, enfiando-lhe a varinha nas costas. — Lamento informá-lo, mas o Ministério dá muito mais valor à minha vida que à sua.

Quando chegaram à sombra fresca das primeiras árvores, Harry tentou captar o olhar de Hermione. Entrar na Floresta sem as varinhas parecia-lhe a coisa mais imprudente de todas as que tinham feito desde essa tarde. Todavia, ela limitou-se a lançar um olhar de desdém a Umbridge e mergulhou imediatamente no arvoredo, caminhando com tanta pressa que esta sentia dificuldade em obrigar as suas curtas pernas a acompanhá-la.

— Ainda fica muito longe? — perguntou Umbridge, quando o seu manto ficou preso numa amoreira silvestre e se rasgou.

— Oh, sim — assentiu Hermione —, sim, está muito bem escondida.

A apreensão de Harry aumentou. Hermione não estava a seguir pelo mesmo percurso que tinham tomado para irem visitar Grawp, mas sim por aquele que tinham percorrido havia três anos para irem à toca da monstruosa Aragog. Nessa ocasião, Hermione não o pudera acompanhar. Ele duvidava de que ela fizesse alguma ideia dos perigos que a aguardavam no final.

— Aã... tens a certeza de que este é o caminho certo? — perguntou-lhe ele sem rodeios.

— Claro — confirmou ela com uma voz inflexível, caminhando sobre a vegetação rasteira com aquilo que pareceu a Harry um ruído desnecessário. Atrás deles, Umbridge tropeçou numa árvore jovem caída. Nenhum deles se deteve para a ajudar a levantar-se. Hermione limitou-se a prosseguir com a sua passada larga, gritando alto por cima do ombro: — Fica um bocadinho mais à frente!

— Hermione, fala mais baixo — murmurou Harry, apressando-se para a apanhar. — Qualquer criatura nos pode estar a ouvir...

— Eu quero que nos ouçam — disse ela baixinho, enquanto Umbridge continuava a segui-los com um passo de corrida barulhento. — Já vais ver...

Continuaram a andar durante aquilo que lhes pareceu muito tempo, até que deram por eles novamente tão embrenhados na Floresta que as copas densas do arvoredo impediam completamente a passagem da luz. Harry teve a mesma sensação que já anteriormente tivera na Floresta, a de estar a ser observado por olhos ocultos.

— Quanto é que ainda falta? — interrogou-os Umbridge de lá de trás, furiosa.

— Já não falta muito! — gritou Hermione, quando foram dar a uma clareira húmida e sombria. — Só mais um bocadinho...

Uma seta cruzou o ar e foi enterrar-se com um baque ameaçador na árvore mesmo por cima deles. O ar encheu-se subitamente com o ruído de cascos. Harry sentia o solo da Floresta a tremer. Umbridge soltou um pequeno grito e puxou-o para a sua frente como um escudo...

Ele libertou-se do aperto dela e virou-se. Cerca de cinquenta centauros surgiam de todos os lados, com os arcos prontos a disparar, apontados a Harry, a Hermione e a Umbridge. Recuaram lentamente para o centro da clareira, com Umbridge a soltar ligeiros soluços de pavor. Harry deu uma espreitadela pelo canto do olho a Hermione, que exibia um sorriso triunfante.

— Quem é você? — interrogou uma voz.

Harry olhou para a esquerda. O centauro de torso castanho-avermelhado chamado Magorian estava a sair do círculo e dirigia-se a eles. Erguera o seu arco, tal como todos os outros. À direita de Harry, Umbridge ainda soluçava, com a varinha a tremer-lhe violentamente, enquanto a apontava ao centauro que avançava na sua direcção.

— Eu perguntei-lhe quem você é, humana — reiterou Magorian com rispidez.

— Eu sou Dolores Umbridge! — anunciou Umbridge com uma voz de falsete aterrorizada. — Subsecretária do Ministro da Magia e Directora e Grande Inquisidora de Hogwarts!

— É do Ministério da Magia? — disse Magorian, à medida que muitos dos centauros que os cercavam se mexiam nervosamente.

— Isso mesmo! — anuiu Umbridge, num tom de voz ainda mais alto. — Por isso, tenham muito cuidado! De acordo com as leis estabelecidas pelo Departamento para a Regulação e Controlo das Criaturas Mágicas, qualquer ataque levado a cabo por meias- -raças como vocês contra humanos...

— *O que é* que nos chamou? — gritou um centauro negro com um ar selvagem, que Harry reconheceu tratar-se de Bane. À volta deles ouviram-se muitos murmúrios zangados e cordas de arcos a retesarem-se.

— Não lhes chame isso! — exclamou Hermione furiosa, mas Umbridge não deu mostras de a ter ouvido. Ainda com a mão trémula apontada a Magorian, prosseguiu: — A Lei Quinze «B» especifica claramente que «um ataque perpetrado por qualquer criatura mágica que se considere possuir uma inteligência próxima da humana, e consequentemente responsável pelos seus actos...»

— Inteligência próxima da humana? — repetiu Magorian, enquanto Bane e alguns dos restantes rugiam de fúria e escavavam a terra com as patas. — Consideramos isso um grande insulto, humana! É um facto incontestado que a nossa inteligência ultrapassa largamente a vossa.

— Que está a fazer na nossa Floresta? — vociferou o centauro cinzento de rosto implacável que Harry e Hermione tinham encontrado na sua última visita à Floresta. — Por que é que cá veio?

— Na *vossa* Floresta? — ripostou Umbridge, que agora tremia não apenas de medo, mas também, ao que parecia, de indignação. — Devo recordar-lhe que vivem aqui apenas porque o Ministério vos cede certas áreas de floresta...

Uma seta fez-lhe um voo tão rasante à cabeça que se lhe prendeu no cabelo de rato. Ela soltou um grito estridente e levou as mãos à cabeça, enquanto alguns centauros rugiam em sinal de aprovação e outros se riam com voz rouca. O som das suas gargalhadas selvagens, semelhantes a relinchos, que ecoava em torno da clareira mal iluminada e a visão dos seus cascos a raspar no solo era extremamente enervante.

— De quem é a Floresta agora, humana? — bramou Bane.

— Meias-raças malcheirosos! — gritou ela, com as mãos ainda a agarrarem a cabeça. — Selvagens! Animais desenfreados!

— Esteja calada! — ordenou-lhe Hermione, mas já era tarde de mais. Umbridge apontou a sua varinha a Magorian e gritou: — *Incarcerous!*

Voaram cordas pelo ar como se fossem serpentes grossas e foram enrolar-se firmemente em volta do torso do centauro, prendendo-lhe os braços. Ele soltou um grito de fúria e empinou-se, apoiado nas patas traseiras, numa tentativa de se libertar, enquanto os outros centauros se lançaram ao ataque.

Harry agarrou em Hermione e atirou-a ao chão. Com o rosto assente no solo da Floresta, passou por um momento de pânico, quando viu cascos a trotar à sua volta, mas os centauros continuaram a saltar por cima deles e em seu redor, lançando gritos e bramidos de fúria.

— Nããããooo! — ouviu ele Umbridge a gritar. — Nãããooo... sou Subsecretária ... vocês não podem... larguem-me, seus animais... nãããooo!

Harry avistou um feixe de luz vermelha e percebeu que ela estava a tentar atordoar um dos centauros. Em seguida, lançou um grande grito. Levantando um pouco a cabeça, Harry viu que Bane tinha agarrado Umbridge e a erguera no ar, onde ela se contorcia e gritava, aterrorizada. A varinha caiu-lhe ao chão, e Harry sentiu o coração dar um pulo. Se ao menos ele a conseguisse apanhar...

Porém, ao estender a mão para chegar a ela, um casco de centauro desceu sobre a varinha e partiu-a ao meio.

— Agora! — rugiu uma voz ao ouvido de Harry, e um braço forte e peludo desceu do nada e levantou-o. Hermione também tinha sido arrastada até ficar de pé. Acima das costas e das cabeças de vários tons dos centauros atacantes, Harry viu Umbridge a passar por entre as árvores, levada por Bane. Gritando sem cessar, a voz dela foi enfraquecendo cada vez mais até que a deixaram de ouvir, abafada pelo barulho dos cascos a calcarem o solo em volta deles.

— E estes? — perguntou o centauro de expressão implacável que segurava Hermione.

— Eles são jovens — afirmou uma voz triste e lenta por detrás de Harry. — Nós não atacamos potros.

— Foram eles que a trouxeram cá, Ronan — redarguiu o centauro que estava a agarrar Harry com força. — E já não são assim tão jovens... este aqui é quase um homem.

Sacudiu Harry pela parte de detrás da gola.

— Por favor — pediu Hermione sem fôlego —, por favor, não nos ataquem, nós não pensamos como ela, nós não trabalhamos para o Ministério da Magia! Nós só viemos para aqui, porque tínhamos esperança de que vocês a afastassem de nós.

Harry percebeu de imediato, pela cara que o centauro que segurava Hermione fez, que ela cometera um erro terrível ao dizer aquilo. O centauro cinzento atirou a cabeça para trás, pôs-se a bater furiosamente com as patas no chão e vociferou: — Estás a ver, Ronan? Eles já têm a arrogância da espécie deles! Então, a nós é que nos cabe fazer o vosso trabalho sujo, não é, rapariga humana? Devemos agir como se fôssemos vossos criados, afastar os vossos inimigos como cães de caça obedientes?

— Não! — exclamou Hermione com um guincho de pavor. — Por favor... eu não quis dizer isso! Eu só tinha esperança de que vocês nos pudessem... ajudar...

As coisas pareciam ir de mal a pior.
— Nós não ajudamos humanos! — grunhiu o centauro que estava a segurar Harry, agarrando-o com mais força e erguendo-se ligeiramente nas patas traseiras, de forma que Harry foi momentaneamente erguido do solo. — Somos uma raça à parte e orgulhamo-nos disso. Não permitimos que vocês saiam daqui a gabarem-se de que andámos às vossas ordens!
— Nós não vamos dizer nada disso! — gritou Harry. — Sabemos que vocês não fizeram o que fizeram, porque nós quiséssemos...
Mas ninguém dava sinais de lhe estar a prestar atenção.
Ao fundo, um centauro barbudo gritou: — Eles vieram aqui sem serem convidados, agora têm de sofrer as consequências!
Estas palavras foram aclamadas com um forte aplauso, e um centauro de cor parda bramiu: — Podem ir juntar-se à mulher!
— Vocês disseram que não faziam mal a inocentes! — gritou Hermione, agora com lágrimas verdadeiras a escorrerem-lhe pela cara abaixo. — Nós não vos fizemos mal nenhum, não usámos as nossas varinhas nem vos ameaçámos, nós só queremos voltar para a escola, por favor, deixem-nos ir embora...
— Nem todos nós somos iguais ao traidor do Firenze, rapariga humana! — rugiu o centauro cinzento, pelo que recebeu mais relinchos de aprovação dos seus companheiros. — Talvez julgasses que éramos uns bonitos cavalinhos que falam? Nós somos um povo muito antigo e não estamos para aturar invasões de feiticeiros e insultos! Não reconhecemos as vossas leis, não reconhecemos a vossa superioridade, somos...
Contudo, eles não ouviram que mais eram os centauros, pois nesse momento um enorme estrondo ressoou na orla da clareira, fazendo que todos eles, Harry, Hermione e os cerca de cinquenta centauros ali reunidos, olhassem em seu redor. O centauro que segurava Harry voltou a deixá-lo cair no chão e levou as mãos ao arco e à aljava com as setas. Hermione também tinha sido solta, e Harry apressava-se em direcção a ela, no momento em que dois troncos de árvore espessos se separaram ameaçadoramente e a forma monstruosa de Grawp, o gigante, surgiu na brecha.
Os centauros mais próximos recuaram e foram embater naqueles que se encontravam mais atrás. A clareira era agora uma floresta de arcos e setas prontos a serem disparados, todos eles apontados ao enorme rosto acinzentado que pairava acima deles, mesmo abaixo da cúpula espessa formada pelas copas das árvores. A boca torta de

Grawp estava estupidamente aberta. À meia luz, era possível ver os seus dentes amarelos do tamanho de tijolos, que luziam, os seus olhos mortiços, cor da lama, a estreitarem-se, enquanto mirava as criaturas a seus pés. De ambos os tornozelos pendiam-lhe pedaços de corda.

Abriu ainda mais a boca.

— Hagger.

Harry não sabia o que «hagger» queria dizer, ou que língua seria aquela, nem tão pouco se preocupou muito com isso. Observava os pés de Grawp, que eram quase tão compridos como o próprio Harry. Hermione agarrou-lhe o braço com força. Os centauros estavam silenciosos, erguendo o olhar para o gigante, cuja cabeça enorme e esférica oscilava dum lado para o outro, enquanto continuava a espreitar por entre eles como se procurasse alguma coisa que tivesse deixado cair.

— *Hagger!* — tornou ele a dizer, desta vez mais insistentemente.

— Desaparece daqui, gigante! — ordenou Magorian. — Não és bem-vindo entre nós!

Estas palavras não pareceram produzir qualquer efeito em Grawp. Inclinou-se ligeiramente (os centauros retesaram os braços que empunhavam os arcos) e, em seguida, bramiu: — HAGGER!

Alguns dos centauros começaram a mostrar-se preocupados. Hermione, essa, ficou ofegante.

— Harry! — sussurrou ela. — Acho que ele está a tentar dizer: «Hagrid»!

Neste preciso momento, Grawp deu pela presença deles, os dois únicos humanos num mar de centauros. Baixou um pouco mais a cabeça, fitando-os intensamente. Harry reparou que Hermione tremia, enquanto Grawp tornava a abrir a boca toda e dizia com uma voz grave e troante: — Hermy.

— Meu Deus! — exclamou Hermione, agarrando-se ao braço de Harry com tamanha força que este começou a senti-lo dormente. Parecendo prestes a desmaiar, acrescentou: — Ele... ele lembra-se!

— HERMY! — rugiu Grawp. — ONDE HAGGER?

— Não sei! — guinchou Hermione, aterrorizada. — Lamento, Grawp, mas não sei!

— GRAWP QUER HAGGER!

O gigante baixou uma das enormes mãos. Hermione lançou um grito de pavor, recuou alguns passos a correr e tropeçou. Desprovido de varinha, Harry procurava reunir coragem para dar murros, pontapés, morder, ou o que quer que fosse necessário, quando a mão se dirigiu rapidamente a ele e foi derrubar um centauro branco como a neve.

Era esta a oportunidade de que os centauros estavam à espera. Os dedos esticados de Grawp encontravam-se a meio metro de distância de Harry quando cinquenta setas foram arremessadas pelo ar em direcção ao gigante, indo cravar-se-lhe no rosto. Grawp pôs-se a uivar de dor e fúria e endireitou-se, esfregando a cara com as suas mãos enormes, o que fez que as hastes das flechas se quebrassem, mas as pontas se cravassem ainda mais na carne.

Grawp berrou e bateu com os seus enormes pés no chão, e os centauros dispersaram do seu caminho. Gotas de sangue do gigante, do tamanho de seixos, começaram a chover sobre Harry, enquanto ajudava Hermione a levantar-se e ambos se puseram a correr o mais depressa que conseguiam para se abrigarem sob as árvores. Logo que lá chegaram, olharam para trás. Grawp tentava agarrar os centauros às cegas, enquanto o sangue lhe escorria pelo rosto. Por sua vez, os centauros batiam desordenadamente em retirada, galopando por entre as árvores do lado oposto da clareira. Harry e Hermione viram Grawp lançar outro rugido de raiva e precipitar-se no encalço deles, derrubando mais árvores à medida que caminhava.

— Oh, não! — exclamou Hermione, a tremer tanto que os joelhos cederam. — Oh, que coisa horrível. E ele é capaz de os matar a todos.

— Para ser franco, não estou assim muito preocupado — disse Harry com amargura.

O ruído causado pelo galope dos centauros e o gigante desvairado foi-se desvanecendo gradualmente. Enquanto os escutava, sentiu a cicatriz latejar com força e foi inundado por uma onda de pavor.

Tinham desperdiçado tanto tempo — encontavam-se agora ainda mais longe de poderem resgatar Sirius que no momento em que Harry tivera a visão. Já não bastava Harry ter arranjado maneira de ficar sem a varinha, como ainda por cima estavam enfiados no meio da Floresta Proibida, sem qualquer meio de transporte ao seu dispor.

— Excelente plano! — disse ele a Hermione com necessidade de descarregar alguma fúria. — Sem dúvida, um excelente plano! E daqui vamos para onde?

— Precisamos de regressar ao castelo — respondeu Hermione com voz débil.

— Quando lá chegarmos, o Sirius já deve estar morto! — retorquiu Harry, dando um pontapé de raiva a uma árvore próxima. Ouviu-se um chilreio estridente lá em cima, e Harry olhou e avistou um Bowtruckle zangado, flectindo os dedos longos como galhos na sua direcção.

— Bem, sem as varinhas não podemos fazer nada — constatou Hermione desesperada, voltando a levantar-se com dificuldade. — Seja como for, Harry, qual é que era exactamente o teu plano para conseguirmos chegar a Londres?

— Pois, estávamos precisamente a fazer essa pergunta a nós próprios — disse uma voz familiar atrás dela.

Harry e Hermione viraram-se instintivamente e espreitaram por entre as árvores.

Viram surgir Ron, logo seguido por Ginny, Neville e Luna. Tinham todos o aspecto de quem fora maltratado: Ginny apresentava vários arranhões a toda altura da face; Neville tinha um enorme alto vermelho acima do olho direito; o lábio de Ron sangrava mais abundantemente que nunca; contudo pareciam todos bastante satisfeitos consigo próprios.

— Então — perguntou Ron, afastando um ramo comprido pendente e estendendo a varinha a Harry —, algum de vocês tem alguma ideia?

— Como é que conseguiram fugir? — indagou Harry estupefacto, tirando a sua varinha da mão de Ron.

— Alguns Feitiços de Atordoar, um de Desarmar, o Neville lançou um *Impedimenta* mesmo muito jeitoso — explicou Ron jovialmente, entregando também a Hermione a respectiva varinha. — Mas a Ginny foi a melhor, ela pregou ao Malfoy... um Feitiço do Morcego... foi fantástico, ficou com a cara toda coberta de grandes asas a bater. Seja como for, vimos da janela que vocês se dirigiam à Floresta Proibida e decidimos segui-los. Que fizeram à Umbridge?

— Foi levada — afirmou Harry. — Por uma manada de centauros.

— E eles não vos levaram também? — indagou Ginny, com ar de grande surpresa.

— Não, o Grawp afugentou-os — disse Harry.

— Quem é o Grawp? — perguntou Luna curiosa.

— O irmão mais novo do Hagrid — respondeu Ron prontamente. — Mas deixemos lá isso agora. Harry, o que é que descobriste na lareira? O Quem-Nós-Sabemos apanhou o Sirius ou...?

— Sim — confirmou Harry, enquanto sentia outra vez a cicatriz a picar-lhe dolorosamente —, e tenho a certeza de que o Sirius ainda está vivo, mas o que eu não vejo é como é que vamos arranjar maneira de irmos ter com ele para o ajudarmos.

Quedaram-se todos em silêncio, bastante amedrontados. O problema que se lhes deparava parecia intransponível.

— Bem, temos de ir a voar, não é? — alvitrou Luna, no tom de voz mais prosaico que Harry alguma vez lhe ouvira.

— Bom — ripostou Harry irritado, pondo-se a andar em redor dela. — Antes de mais, «nós» não vamos fazer nada se tu te estiveres a incluir, e, em segundo lugar, o Ron é o único cuja vassoura não está a ser vigiada por um *troll* da segurança, por isso...

— Eu tenho uma vassoura! — exclamou Ginny.

— Pois, mas tu não vens — retorquiu Ron zangado.

— Vais desculpar-me, mas eu preocupo-me tanto com o Sirius como tu! — protestou Ginny, com tanta firmeza no rosto que a sua semelhança a Fred e George se tornou subitamente óbvia.

— Tu também... — começou Harry, mas Ginny interrompeu-o ferozmente:

— Sou três anos mais velha que tu eras, quando lutaste contra o Quem-Nós-Sabemos por causa da Pedra Filosofal, e é graças a mim que o Malfoy está preso no gabinete da Umbridge com morcegos gigantes a atacá-lo...

— Pois, mas...

— Andámos todos juntos no ED — interveio Neville baixinho. — Tudo aquilo se destinava à luta contra o Quem-Nós-Sabemos, não era? E esta é a nossa primeira oportunidade de fazermos alguma coisa a sério... ou não passou tudo duma brincadeira, ou algo do género?

— Não... claro está que não era... — assentiu Harry, impaciente.

— Então, nós também devemos ir — declarou Neville com franqueza. — Queremos ajudar.

— É isso mesmo — ecoou Luna, sorrindo alegremente.

O olhar de Harry procurou o de Ron. Tinha a certeza de que o amigo estava a pensar exactamente o mesmo que ele: se pudesse ter escolhido quaisquer membros do ED, para além de si próprio, de Ron e de Hermione, não teria seleccionado nem Ginny, nem Neville, nem Luna.

— Bem, em qualquer dos casos, não faz diferença, — disse Harry, frustrado — porque ainda não sabemos como é que vamos fazer para lá chegarmos...

— Pensei que já tivéssemos decidido isso! — exclamou Luna exasperada. — Vamos a voar!

— Olha — disse Ron, prestes a perder as estribeiras —, tu podes ser capaz de voar sem vassoura, mas nós não podemos fazer crescer asas quando nos...

— Há outras maneiras de voar sem ser com vassouras — afirmou Luna calmamente.

— Suponho que vamos montados no dorso do Kacky Snorgle ou lá o que é? — indagou Ron.

— O Snorkack de Chifres Amarrotados não sabe voar — declarou Luna com uma voz altiva —, mas *eles* sabem, e o Hagrid diz que têm muito jeito para encontrar os lugares de que os seus cavaleiros andam à procura.

Harry deu meia volta e deparou-se com um par de Thestrals entre duas árvores, os olhos leitosos a reluzirem com um brilho estranho, escutando a conversa sussurrada como se fossem capazes de compreender tudo o que eles diziam.

— Claro! — murmurou Harry, encaminhando-se para eles. Os animais sacudiram as suas cabeças de réptil, atirando para trás as longas crinas negras, e Harry estendeu uma mão avidamente e fez uma festa no pescoço negro brilhante daquele que se encontrava mais perto. Como é que alguma vez pudera achá-los feios?

— Estão a falar dos tais cavalos loucos? — perguntou Ron com hesitação, fixando o olhar num ponto ligeiramente à esquerda do Thestral que Harry estava a acariciar. — Os tais que não podemos ver a menos que já tenhamos visto alguém a bater a bota?

— Pois — anuiu Harry.

— Quantos?

— Só dois.

— Bem, precisamos de três — observou Hermione, que ainda tinha um ar um pouco trémulo, mas, ao mesmo tempo, determinado.

— Quatro, Hermione — corrigiu Ginny de sobrolho franzido.

— Na verdade, acho que somos seis — afirmou Luna calmamente, contando-os.

— Não sejas parva, não podemos ir todos! — disse Harry zangado. — Olhem, vocês os três — apontou para Neville, Ginny e Luna —, vocês não estão implicados nisto, vocês não vão...

Os amigos irromperam em novos protestos. Tornou a sentir uma pontada na cicatriz, desta vez mais dolorosa. Cada instante que desperdiçavam era precioso. Não havia tempo para discussões.

— Está bem, pronto, a escolha é vossa — acedeu ele com brusquidão —, mas, ou arranjamos mais Thestrals, ou não vão conseguir...

— Oh, vão aparecer mais — assegurou-lhe Ginny confiante, que, tal como Ron, franzia os olhos na direcção errada, aparentemente com a impressão de que estava a olhar para os cavalos.

— O que te faz pensar assim?

— É que, caso ainda não tenham reparado, tu e a Hermione estão cobertos de sangue — explicou ela calmamente —, e nós sabemos que o Hagrid atrai os Thestrals com carne crua. Foi provavelmente por essa razão que estes dois apareceram.

Nesse instante, Harry sentiu um forte puxão na roupa, baixou o olhar e foi dar com um Thestral a lamber-lhe a manga, que estava húmida com o sangue de Grawp.

— Muito bem, então — disse ele ao ocorrer-lhe uma ideia brilhante. — Eu e o Ron vamos pegar nestes dois e seguir à frente, e a Hermione pode ficar aqui com vocês para atrair mais Thestrals...

— Eu não vou ficar para trás! — protestou Hermione, furiosa.

— Não é preciso — disse Luna a sorrir. — Olhem, aqui vêm mais... vocês devem mesmo cheirar...

Harry virou-se. Pelo menos seis ou sete Thestrals dirigiam-se a eles, abrindo caminho por entre as árvores, com as suas grandes asas duras encolhidas contra o corpo e os olhos a brilhar na escuridão. Já não lhe restava nenhuma desculpa.

— Está bem — cedeu, zangado. — Escolham um e vamos embora.

XXXIV

O DEPARTAMENTO DOS MISTÉRIOS

Harry segurou firmemente com a mão a crina do Thestral mais próximo, empoleirou-se num toco de árvore que estava ao pé dele e trepou desajeitadamente para o dorso sedoso da sua montada. Esta não protestou, mas virou a cabeça para trás e, com as presas à mostra, tentou continuar a lamber-lhe as roupas com avidez.
   Descobriu uma maneira de encaixar os joelhos por detrás das articulações das asas que o fazia sentir-se mais seguro e em seguida olhou em seu redor para os outros. Neville içara-se com esforço para o outro Thestral e estava agora a tentar fazer passar uma das suas curtas pernas por cima do dorso da criatura. Luna já estava a postos, montada de lado e a arranjar a roupa como se estivesse habituada a fazer aquilo todos os dias. Todavia, Ron, Hermione e Ginny continuavam no mesmo lugar sem se mexerem, boquiabertos e a olhá-los fixamente.
   — O que foi? — perguntou Harry.
   — Como é que queres que sejamos capazes de os montar? — indagou Ron com voz débil. — Quando nem sequer conseguimos vê-los?
   — Oh, é fácil — afirmou Luna, deslizando solicitamente do seu Thestral e dirigindo-se a Ron, Hermione e Ginny. — Venham cá...
   Encostou-os aos outros Thestrals que ali se encontravam e, um de cada vez, ajudou-os a subir para a respectiva montada. Os três pareciam estar muito nervosos, enquanto ela lhes prendia as mãos à crina dos respectivos cavalos e os avisava para se segurarem bem antes de ela própria regressar ao seu Thestral.
   — Isto é uma loucura — murmurou Ron, acariciando timidamente o pescoço do cavalo com a mão que tinha livre. — Uma loucura... se ao menos eu pudesse vê-lo...
   — Mais vale quereres que continue invisível — ripostou Harry em tom sombrio. — Estão todos prontos?
   Assentiram todos com a cabeça e ele viu cinco pares de joelhos a comprimirem o dorso das montadas sob as capas.

— Muito bem...
Baixou o olhar para a cabeça negra e luzidia do Thestral e engoliu em seco.
— Bom, Ministério da Magia, entrada dos visitantes, Londres — hesitou. — Aã... se souberes... o caminho...
Durante uns instantes, o Thestral de Harry não se mexeu. Em seguida, com um movimento impulsivo que quase o atirou ao chão, as asas estendidas de cada lado, o cavalo agachou-se devagar para logo levantar voo tão depressa e tão a pique que Harry se viu obrigado a comprimir os braços e as pernas em volta do cavalo para evitar escorregar para trás pela sua garupa ossuda. Fechou os olhos e encostou o rosto à crina sedosa da sua montada, à medida que os Thestrals irrompiam pelos ramos mais altos das árvores e se elevavam no céu em direcção ao pôr-do-sol vermelho-sangue.
Não tinha memória de algum dia ter andado àquela velocidade. O Thestral sobrevoou o castelo, mal batendo as suas grandes asas. O ar refrescante fustigava-lhe o rosto. Com os olhos semicerrados por causa do vento, olhou à sua volta e viu os cinco companheiros a seu lado a elevarem-se nos céus, cada um deles tão agachado quanto possível sobre o pescoço do respectivo Thestral para se protegerem do cone de ar.
Já tinham deixado para trás os campos de Hogwarts, bem como Hogsmeade. Por baixo deles, Harry via montanhas e ravinas. À medida que a luz do dia ia enfraquecendo, avistava os aglomerados de luzes das várias aldeias por que iam passando, em seguida uma estrada às curvas na qual se destacava um único carro, que regressava a casa através das montanhas...
— Isto é estranhíssimo! — Harry mal ouviu o grito sumido de Ron vindo algures de detrás dele e imaginou qual deveria ser a sensação de voar àquela velocidade, a uma altura tão grande, sem qualquer base de apoio visível.
Caía a noite. O firmamento adquiria uma tonalidade violeta-escura, semeada de minúsculas estrelas prateadas, e em breve apenas a iluminação das cidades dos Muggles lhes podia dar uma ideia da distância que os separava do solo ou da velocidade a que se deslocavam. Harry abraçava com força o pescoço da sua montada enquanto a incitava a ir ainda mais depressa. Quanto tempo teria decorrido desde o momento em que vira Sirius estendido no chão no Departamento dos Mistérios? Durante quanto tempo ainda seria ele capaz de resistir a Voldemort? A única coisa de que Harry podia ter a certeza era que o padrinho não tinha cedido à von-

tade de Voldemort, nem morrera, pois estava convencido de que qualquer um destes desfechos o teria feito sentir o regozijo ou a fúria de Voldemort a percorrer-lhe o corpo, e a sua cicatriz a queimar tão dolorosamente como na noite em que Mr. Weasley fora atacado.

Continuaram a voar através dum céu cada vez mais escuro. Harry sentia o rosto rígido do frio, as pernas dormentes de comprimirem o dorso do Thestral com tanta força, mas não se atrevia a mudar de posição, não fosse escorregar... a corrente de ar tonitruante que lhe atingia os ouvidos tinha-o deixado surdo, e sentia a boca seca e gelada devido ao vento frio da noite. Já perdera a noção da distância percorrida. Depositava toda a confiança que lhe restava na sua montada, que continuava a sobrevoar o céu nocturno com determinação, mal agitando as asas à medida que prosseguia o seu curso a uma velocidade cada vez maior.

Se já fossem tarde de mais...
Ele ainda está vivo, continua a lutar, sinto que sim...
Se Voldemort decidira que Sirius não iria ceder...
Eu ficaria a saber...

O estômago de Harry deu um solavanco. A cabeça do Thestral apontara subitamente para o solo, e ele deslizou alguns centímetros para a frente pelo pescoço da criatura. Estavam por fim a descer... pensou ter ouvido um guincho atrás de si e virou-se perigosamente para trás, mas não conseguiu vislumbrar qualquer sinal dum corpo a cair... provavelmente deviam ter apanhado um valente susto devido à mudança de direcção, tal como ele próprio.

Agora, a toda a sua volta, luzes dum cor-de-laranja brilhante iam aumentando de tamanho e tornando-se mais redondas. Conseguiam ver os telhados dos edifícios, fiadas de faróis a fazer lembrar olhos de insectos luminosos, quadrados dum amarelo-pálido que eram janelas. Subitamente, segundo lhes pareceu, começaram a projectar-se em direcção ao passeio. Harry agarrou-se ao Thestral com toda a força que ainda lhe restava, preparado para um impacte súbito, mas o cavalo aterrou no solo escuro tão delicadamente quanto uma sombra. Harry deslizou do dorso para o chão e pôs-se o observar a rua em seu redor onde o contentor do lixo a transbordar continuava ao pé da cabina telefónica vandalizada, a cor de ambos esbatida sob o clarão laranja baço dos candeeiros da rua.

Ron foi aterrar a uma curta distância e de imediato despejado do seu Thestral para o passeio.

— Nunca mais — declarou, pondo-se em pé com dificuldade. Pôs-se a andar como se se estivesse a afastar do Thestral, mas, incapaz de o ver, foi embater nas suas patas traseiras e por pouco não voltou a cair. — Nunca, mas nunca mais... foi a pior...

Hermione e Ginny foram aterrar de cada lado dele. Tanto uma como outra deslizaram da respectiva montada com um pouco mais de graciosidade que Ron, embora fizessem expressões semelhantes de alívio por se voltarem a encontrar em terra firme. A tremer, Neville saltou para o chão. Luna desmontou suavemente.

— Então, daqui para onde é que vamos? — perguntou ela a Harry com uma voz de curiosidade educada, como se tudo aquilo não passasse duma excursão com um certo interesse.

— Para aqui — disse ele. Deu uma leve palmadinha de agradecimento no Thestral, em seguida dirigiu-os rapidamente para a cabina telefónica em mau estado e abriu a porta. — Vá lá! — incitou ele os outros, quando os viu hesitar.

Ron e Ginny entraram obedientemente. Hermione, Neville e Luna espremeram-se lá para dentro atrás deles. Harry dirigiu uma olhadela aos Thestrals, que estavam agora a vasculhar o contentor do lixo à procura de restos de comida estragada, e em seguida empurrou Luna para conseguir entrar na cabina.

— Quem estiver mais perto do auscultador, marque seis, dois, quatro, quatro, dois! — pediu.

Foi Ron a ligar, com o braço dobrado numa posição muito esquisita para conseguir chegar ao disco do telefone. Quando este voltou pela última vez à posição inicial com um zumbido, ouviu-se no interior da cabina a mesma voz feminina impessoal.

— Bem-vindos ao Ministério da Magia. Por favor, diga o seu nome e o assunto por que ligou.

— Harry Potter, Ron Weasley, Hermione Granger — enumerou Harry muito depressa. — Ginny Weasley, Neville Longbottom, Luna Lovegood... estamos aqui para salvar uma pessoa... a menos que o Ministério consiga fazer isso antes de nós!

— Obrigada! — disse a voz feminina impessoal. — Os visitantes façam o favor de pegar nos distintivos e colocá-los na parte da frente dos mantos.

Meia dúzia de distintivos de identificação deslizaram para fora da rampa metálica por onde normalmente saíam as moedas devolvidas. Hermione recolheu-os e, em silêncio, passou-os por cima da cabeça de Ginny e entregou-os a Harry. Ele deu uma olhadela ao que estava por cima: *Harry Potter, Missão de Salvamento*.

— Exige-se aos visitantes do Ministério que se submetam a uma revista e apresentem as suas varinhas ao segurança na recepção, localizada ao fundo do Átrio, para que sejam registadas.

— Pronto! — exclamou Harry e sentiu novamente a cicatriz a latejar. — Agora já podemos continuar?

O chão da cabina telefónica estremeceu e o pavimento elevou-se acima das janelas de vidro. Começaram a perder de vista os Thestrals que continuavam a vasculhar o lixo. Foram envolvidos pela escuridão e, com um ruído surdo e triturante, aterraram nas profundezas do Ministério da Magia.

Um feixe de luz dourada e suave incidiu-lhes nos pés e, alargando-se, iluminou-lhes todo o corpo. Harry flectiu os joelhos e empunhou a varinha tanto quanto conseguia naquele espaço tão limitado enquanto espreitava pelo vidro para verificar se estava alguém à espera deles no Átrio. Contudo, este parecia completamente vazio. A luz era mais fraca que durante o dia. As lareiras embutidas na parede estavam todas apagadas, mas quando o elevador estacou com suavidade, Harry verificou que os símbolos dourados continuavam a serpentear sinuosamente pelo tecto azul-escuro.

— O Ministro da Magia deseja-vos uma noite agradável — declarou a voz feminina.

A porta da cabina telefónica abriu-se de rompante. Harry saiu aos tropeções, seguido por Neville e Luna. O único barulho que se ouvia no Átrio era o da água que corria da fonte dourada sem cessar. Jactos saídos das varinhas do feiticeiro e da feiticeira, da ponta da seta do centauro, da extremidade do chapéu do duende e das orelhas do elfo doméstico jorravam continuamente na água circundante.

— Vamos lá — disse Harry baixinho e deram os seis uma corrida ao longo do átrio, com Harry a liderar, passaram pela fonte até à secretária, onde o feiticeiro de guarda que pesara a varinha de Harry estivera sentado, e que se encontrava agora deserta.

Harry tinha a certeza de que deveria lá estar algum segurança, a certeza de que a sua ausência constituía um mau presságio, e esta sensação foi-se intensificando à medida que atravessavam os portões dourados e se dirigiam aos elevadores. Carregou no botão para descer que estava mais à mão e viu surgir quase de imediato um elevador barulhento. As grades douradas abriram-se com um grande estrépito que ecoou em volta, e eles apressaram-se a entrar lá para dentro. Harry deu uma pancada no botão número nove. As grades fecharam-se com estrondo, e o elevador começou a descer, chocalhando com um ruído estridente. Harry não se apercebera de como os elevadores eram barulhentos quando lá estivera com Mr. Weasley. Estava certo de que a algazarra teria chamado a atenção de qualquer segurança que se encontrasse no edifício, porém, quando o elevador parou, a voz feminina impessoal anunciou: — Departamento dos Mistérios — e as grades abriram-se. Saíram para o corredor, onde não havia qualquer movimento à excepção dos archotes mais próximos, que tremeluziram com a corrente de ar proveniente do elevador.

Harry virou-se para a porta escura e sem ornamentações. Depois de ter passado meses e meses a sonhar com aquilo, ali estava ele por fim.

— Vamos lá embora — sussurrou e encaminhou os companheiros pelo corredor fora, com Luna mesmo atrás dele, contemplando o que a rodeava com a boca ligeiramente aberta.

— Muito bem, ouçam — disse Harry, voltando a parar a dois metros da porta. — Talvez... talvez fosse melhor alguns de vocês ficarem aqui de... de vigia, e...

— E como é que te podemos ir avisar se se passar alguma coisa? — indagou Ginny com as sobrancelhas arqueadas. — Podes estar muito longe.

— Nós vamos contigo, Harry — decidiu Neville.

— 'Bora lá! — disse Ron com firmeza.

Harry ainda estava relutante em levá-los a todos com ele, mas parecia que não tinha escolha. Virou-se de frente para a porta e começou a andar em direcção a ela... tal como no seu sonho, esta abriu-se de repente e ele passou a soleira, seguido pelos outros.

Foram dar a uma sala grande e circular. Tudo ali era negro, incluindo o chão e o tecto. Colocadas a espaços regulares entre as paredes negras, estavam portas idênticas da mesma cor, sem número nem maçaneta, que alternavam com velas que libertavam chamas azuis. A sua luz suave e trémula reflectia-se no chão de mármore brilhante e dava a ideia de que se encontravam sobre uma superfície de água negra.

— Alguém que feche a porta — murmurou Harry.

Arrependeu-se de ter dado esta ordem mal Neville lhe obedeceu. Sem o longo feixe de luz proveniente dos archotes que iluminavam o corredor, a sala ficou de tal maneira escura que, por uns instantes, não foram capazes de ver mais nada à excepção das chamas azuis que tremeluziam nas paredes e o seu reflexo fantasmagórico no chão.

No sonho, Harry encaminhara-se sempre decididamente ao longo desta sala para a porta directamente oposta à entrada e continuava em frente. Mas havia ali cerca de doze portas. Enquanto ele contemplava as que se encontravam à sua frente, a tentar decidir qual delas era a certa, ouviu-se um grande estrondo e as velas começaram a oscilar dum lado para o outro. A sala circular estava a girar.

Hermione agarrou-se ao braço de Harry como se estivesse com receio de que também o chão fosse começar a mexer-se, mas isso não aconteceu. Durante uns segundos, à medida que a sala rodopiava a toda a velocidade, as chamas azuis desfocaram-se até ficarem parecidas com luzes de néon. Depois, tão depressa como tinha começado, o estrondo parou e tudo ficou tão imóvel quanto antes.

Harry não era capaz de ver mais nada que feixes de luz azul a arder.

— Que raio foi aquilo? — sussurrou Ron amedrontado.

— Acho que era para que não soubéssemos por que porta entrámos — sugeriu Ginny num murmúrio.

Harry percebeu de imediato que ela tinha razão. Era agora tão capaz de identificar a porta de entrada como de localizar uma formiga no chão cor de azeviche *e* a porta através da qual eles tinham de prosseguir poderia ser qualquer uma das doze que os rodeavam.

— Como é que vamos sair daqui? — perguntou Neville pouco à vontade.

— Bom, isso agora não importa — retorquiu Harry energicamente, piscando os olhos para tentar fazer desaparecer as linhas azuis da visão e agarrando a varinha com mais força que nunca. — Não vamos precisar de sair daqui até termos encontrado o Sirius...

— Mas vê lá se não te pões a chamar por ele! — exclamou Hermione de imediato. Contudo, Harry nunca precisara menos dos conselhos dela: o seu instinto dizia-lhe para fazer o menos barulho possível.

— Então, agora para onde é que vamos, Harry? — perguntou Ron.

— Eu não... — começou Harry. Engoliu em seco. — Nos sonhos eu seguia pela porta ao fundo do corredor dos elevadores e ia dar a uma sala escura... que é esta... e depois passava por outra porta que ia dar a uma sala que parecia... reluzir. Devíamos experimentar algumas portas — acrescentou apressadamente. — Quando vir o caminho certo, vou ser capaz de o reconhecer. 'Bora.

Dirigiu-se de imediato à porta à sua frente, com os outros a seguirem-no de perto, apoiou a mão contra a superfície fria e brilhante, empunhou a varinha pronta para disparar mal a porta de abrisse e empurrou-a.

Abriu-se com facilidade.

Depois da escuridão da primeira sala, os candeeiros presos ao tecto por correntes douradas que quase chegavam ao chão davam a impressão de que aquela sala rectangular comprida era muito mais iluminada, embora não fossem visíveis as luzes cintilantes trémulas dos sonhos de Harry. A sala estava bastante vazia, à excepção de algumas secretárias e, mesmo ao centro, um enorme reservatório contendo um líquido verde-escuro, tão grande que poderiam nadar lá dentro. Alguns objectos branco-pérola andavam lá a flutuar ao sabor da corrente.

— Que coisas são estas? — sussurrou Ron.

— Sei lá — respondeu Harry.

— Serão peixes? — murmurou Ginny.

— Larvas Aquavirius! — exclamou Luna entusiasmada. — O papá disse-me que o Ministro andava a criar...

— Não — interrompeu Hermione. A sua voz parecia estranha. Avançou para observar o reservatório de um dos lados. — São cérebros.

— *Cérebros?*

— Sim... pergunto-me o que andarão a fazer com eles?

Harry foi colocar-se ao lado dela, junto ao reservatório. De facto, agora que os observava de perto, não havia qualquer dúvida. Emitindo um brilho ténue e arrepiante, apareciam e desapareciam de vista nas profundezas do líquido verde, assemelhando-se a couves-flor viscosas.

— Vamos sair daqui para fora — decidiu Harry. — Não é esta, temos de experimentar outra porta.

— Aqui também há portas — disse Ron, apontando para as paredes à sua volta. O coração de Harry caiu-lhe aos pés. Que tamanho teria aquela sala?

— No meu sonho, eu passei daquela sala escura para a outra — afirmou. — Acho que é melhor voltarmos atrás e tentarmos a partir dali.

Assim, regressaram apressadamente à sala escura e circular. Em vez das chamas azuis das velas, eram agora as formas fantasmagóricas dos cérebros que Harry via flutuar à sua frente.

— Espera! — exclamou Hermione repentinamente no momento em que Luna se preparava para fechar a porta da sala dos cérebros atrás deles. — *Flagrate!*

Pôs-se a desenhar no ar com a mão e um «X» flamejante surgiu na porta. Mal tinham ouvido o estalido da porta a fechar-se por detrás deles quando se fez sentir um enorme estrondo, e, mais uma vez, a parede começou a girar com grande rapidez. Porém, agora, por entre o azul-pálido, era possível vislumbrar uma névoa vermelho-dourada e, quando tudo voltou a sossegar, a cruz continuava a flamejar, a indicar a porta que já haviam experimentado.

— Boa ideia — congratulou-se Harry. — Muito bem, vamos experimentar esta...

Mais uma vez, dirigiu-se à porta que tinha à sua frente e empurrou-a para a abrir, mantendo a varinha empunhada, e os amigos seguiram-no de perto.

Aquela sala era maior que a anterior, mal iluminada e rectangular. No chão, ao centro, via-se uma enorme cavidade de pedra com cerca de seis metros de profundidade. Eles encontravam-se na camada superior daquilo que pareciam bancos de pedra, que rodeavam toda a sala e desciam em degraus íngremes, como num anfiteatro, ou na sala de audiências na qual Harry fora julgado pelo Wizengamot. Todavia, em lugar duma cadeira com correntes, via-se um estrado elevado ao centro da cavidade, no qual se encontrava uma passagem em arco que parecia tão antiga, fendida e a desintegrar-se que Harry ficou surpreendido por ainda se manter de pé. Sem ter qualquer parede a apoiá-lo, o arco tinha pendurada uma cortina ou véu preto esfarrapado que, e apesar de não se sentir qualquer corrente de ar na sala fria, esvoaçava ligeiramente como se alguém tivesse acabado de lhe tocar.

— Quem está aí? — perguntou Harry saltando para o banco mais abaixo. Nenhuma voz lhe respondeu, mas o véu continuou a esvoaçar e a balançar.

— Cuidado! — murmurou Hermione.

Harry desceu os bancos um a um até atingir o chão de pedra da funda cavidade. As suas passadas ecoavam ruidosamente à medida que se encaminhava devagar em direcção ao estrado. A passagem em arco gótica parecia muito mais alta da posição em que ele agora se encontrava que quando a observara de cima para baixo. O véu continuava a esvoaçar levemente, como se alguém tivesse acabado de passar por ele.

— Sirius? — Harry voltou a falar, mas desta vez mais baixo, dada a maior proximidade.

Tinha a estranha impressão de que se encontrava alguém mesmo por detrás do véu, do outro lado do arco. Agarrando a varinha com muita força, deu uma volta pela berma do estrado, mas não viu lá ninguém. Não havia ali mais nada à excepção do lado oposto do véu preto esfarrapado.

— Vamos embora — chamou-o Hermione colocada a meio dos degraus de pedra. — Isto não está certo, Harry, vá lá, 'bora.

A voz dela transmitia receio, muito mais receio que mostrara na sala onde estavam os cérebros a flutuar. Todavia, Harry achou que a passagem em arco possuía uma certa beleza, apesar de ser tão velha. O véu que ondulava levemente intrigava-o. Sentiu-se fortemente tentado a trepar para o estrado e passar por debaixo dele.

— Harry, vamos embora, está bem? — insistiu Hermione com maior veemência.

— Está bem — acedeu ele, mas não se mexeu. Tinha acabado de ouvir alguma coisa. Do outro lado do véu, chegavam-lhe murmúrios débeis e ruídos sussurrados.

— Que estás a dizer? — indagou ele, em voz muito alta, fazendo que as suas palavras ecoassem a toda a volta dos bancos de pedra.

— Não está ninguém a falar, Harry! — protestou Hermione, que agora se dirigia a ele.

— Há alguém a murmurar ali atrás — assegurou ele, colocando-se fora do alcance dela e continuando a olhar carrancudo de frente para o véu. — És tu, Ron?

— Eu estou aqui, pá — anunciou Ron, surgindo de um dos lados do arco.

— Alguém mais está a ouvir? — interrogou Harry, pois os sussurros e os murmúrios soavam cada vez mais alto. Sem ter tido verdadeira intenção de o fazer, deu por ele com um pé em cima do estrado.

— Eu também estou a ouvir — disse Luna baixinho, juntando-se a eles ao lado do arco e fitando, boquiaberta, o véu esvoaçante. — Há gente *lá dentro*!

— Que queres tu dizer com *lá dentro*? — quis saber Hermione, num tom de voz muito mais irritado que a ocasião exigia, dando um pulo do último degrau. — «*Lá dentro*» não existe, é só um arco, não há espaço para lá estar alguém. Harry, pára com isso, vem-te embora...

Agarrou-o por um braço e puxou-o, mas ele ofereceu resistência.

— Harry, nós estamos aqui por causa do Sirius! — insistiu ela numa voz estridente e tensa.

— Sirius — reiterou Harry, ainda a fitar o arco boquiaberto, hipnotizado pelo véu que não parava de esvoaçar. — Pois...

Por fim, os seus pensamentos voltaram ao seu lugar. *Sirius*, raptado, preso e torturado, e ele ali, a olhar fixamente para a passagem em arco...

Recuou vários passos do estrado e afastou o olhar do véu.

— Vamos embora — decidiu.

— É isso que eu tenho estado a tentar fazer... bom, então, vamos lá! — retorquiu Hermione, conduzindo-os em volta do estrado para o ponto de partida. Do lado oposto, aparentemente fascinados, Ginny e Neville mantinham-se também a fitar o véu. Sem dizerem nada, Hermione pegou em Ginny pelo braço, Ron agarrou em Neville, levaram-nos a ambos decididamente até ao degrau inferior e voltaram a subir até à porta.

— Que achas que era aquele arco? — perguntou Harry a Hermione quando estavam de regresso à sala escura e circular.

— Não sei, mas o que quer que fosse, era perigoso — afirmou ela com firmeza, inscrevendo uma cruz flamejante na porta.

Mais uma vez, a sala pôs-se a girar e tornou a ficar imóvel. Harry aproximou-se de outra porta ao acaso e empurrou-a. Não se mexeu.

— Que se passa? — disse Hermione.

— Está... trancada... — respondeu Harry, empurrando a porta com o seu peso, mas esta continuou sem se mover.

— Então é esta, não acham? — disse Ron cheio de entusiasmo, juntando-se a Harry para o ajudar a forçar a porta. — Só pode ser!

— Saiam do caminho! — exclamou Hermione repentinamente. Apontou com a varinha para o sítio onde deveria estar a fechadura caso se tratasse duma porta normal e disse: — *Alohomora!*

Não aconteceu nada.

— A faca do Sirius! — lembrou-se Harry. Retirou-a de dentro do manto e fê-la deslizar pela ranhura entre a porta e a parede. Os amigos ficaram ansiosamente a observá-lo à medida que ele percorria a ranhura com a faca de cima a baixo, a retirava e voltava a encostar o ombro à porta. Continuou tão firmemente fechada como anteriormente. Pior ainda, quando Harry baixou o olhar para a faca, verificou que a lâmina tinha derretido.

— Bom, deixemos essa sala — disse Hermione resolutamente.

— E se for mesmo esta? — inquiriu Ron, olhando fixamente para a porta com um misto de apreensão e ânsia.

— Não pode ser, no sonho dele, o Harry conseguia entrar em todas as portas — redarguiu Hermione, marcando a porta com mais outra cruz flamejante enquanto Harry voltava a enfiar no bolso o cabo da faca de Sirius, agora inutilizada.

— Tu sabes o que poderá estar lá dentro? — perguntou Luna ansiosamente, quando a parede começou mais uma vez a girar.

— Alguma coisa misteriosa — opinou Hermione em voz baixa, e Neville soltou uma pequena gargalhada nervosa.

A parede deslizou até parar, e Harry, com uma sensação de desespero crescente, empurrou a porta seguinte.

— É esta!

Reconheceu-a de imediato pela sua linda luz que dançava e cintilava como um diamante. À medida que os olhos de Harry se habituavam ao brilho intenso, começou a ver relógios a brilhar em todas as superfícies: grandes e pequenos, de sala e de viagem, pendurados no espaço entre as estantes ou em cima de secretárias que se estendiam a todo comprimento da sala, fazendo que um tiquetaque agitado e incessante ecoasse a toda a volta como se fossem milhares de soldadinhos minúsculos a marchar. A fonte donde provinha a luz que dançava e reluzia como um diamante era uma enorme campânula de cristal situada na extremidade mais distante da sala.

— Por aqui!

Agora que Harry sabia que estavam na pista certa, o seu coração começou a bater desordenadamente. Conduziu os companheiros pela passagem estreita entre as filas de secretárias, dirigindo-se, tal como fizera no sonho, para a fonte da luz, a campânula de cristal quase da altura dele, que se encontrava em cima de uma das secretárias e dava a ideia de estar cheia dum vento encrespado e cintilante.

— Oh, *olhem só!* — exclamou Ginny, apontando para o cerne da campânula, à medida que se aproximavam dela.

Flutuando ao sabor da corrente que cintilava lá dentro, viram um ovo pequenino e brilhante como uma jóia. Enquanto ele subia no interior da campânula, estalou e surgiu um beija-flor, que foi levado mesmo até ao topo da campânula. Porém, enquanto era arrastado pela corrente, as suas penas ficaram ensopadas e encolhidas e, no momento em que tornou a ser levado para o fundo da campânula, voltou a ser encerrado dentro do ovo.

— Continuem em frente! — ordenou Harry com brusquidão, porque Ginny dava sinais de querer parar e ficar a observar o processo da transformação do ovo em ave.

— Tu também te demoraste ao pé daquele arco velho! — protestou ela furiosa, mas deixou a campânula e seguiu-o até à única porta que se encontrava atrás dela.

— É mesmo esta — disse Harry mais uma vez, sentindo o coração a bater com tanta força que mal conseguia falar —, é por aqui...
Olhou em seu redor para os amigos. Tinham todos as varinhas na mão e, subitamente, ficaram com um ar sério e apreensivo. Voltou a virar-se para a porta e empurrou-a. Esta abriu-se de imediato.
Estavam no sítio certo, tinham dado com a sala. Era alta como uma igreja e continha apenas prateleiras até ao cimo, repletas de pequenos globos cobertos de pó. Emitiam um brilho baço à luz das velas colocadas em castiçais entre as estantes. Tal como as que ardiam na sala circular que deixaram para trás, também estas chamas eram azuladas. Fazia muito frio dentro na sala.
Harry avançou em frente e espreitou por uma das passagens sombrias que separavam as várias filas de estantes. Não conseguia ouvir qualquer ruído ou vislumbrar o mais ténue sinal de movimento.
— Tu disseste que ficava na fila noventa e sete — sussurrou-lhe Hermione.
— Pois foi — confirmou Harry em voz baixa, dirigindo o seu olhar para o fundo da fila mais próxima. Saliente por debaixo das velas que emitiam uma luz azulada, brilhava o número prateado cinquenta e três.
— Temos de ir pela direita, acho eu — sussurrou Hermione, dando um olhadela à fila seguinte. — Sim... aqui é a trinta e quatro...
— Tenham as varinhas a postos — disse Harry baixinho.
Foram avançando devagarinho, olhando de relance para trás à medida que percorriam os longos corredores de estantes, que ao fundo estavam imersas na mais absoluta escuridão. Entre cada um dos globos nas prateleiras tinham sido colocadas pequenas etiquetas amareladas. Alguns deles emanavam um brilho fluido e estranho, outros eram tão baços e escuros como lâmpadas fundidas.
Passaram pela fila oitenta e quatro... oitenta e cinco... Harry mantinha-se muito atento, a ver se escutava o mais leve barulho de movimento, mas naquele momento Sirius poderia estar amordaçado, ou até inconsciente... *ou*, disse-lhe uma voz espontânea na sua mente, *poderia já estar morto...*
Eu teria pressentido, garantiu a si próprio, sentindo o coração a martelar-lhe com força contra a maçã de Adão, eu já teria ficado a saber...
— Noventa e sete! — murmurou Hermione.

Agruparam-se em redor do fim da fila, a contemplar o corredor a seu lado. Não estava lá ninguém.

— Fica mesmo ao fundo — informou Harry, que sentia agora a boca ligeiramente seca. — Daqui não se consegue ver bem.

Conduziu-os por entre as estantes altas com globos de vidro, alguns dos quais emitiram um brilho suave à sua passagem...

— Ele deve estar aqui perto — sussurrou Harry, convencido de que cada passo iria revelar a silhueta andrajosa de Sirius no chão escuro. — Algures aqui... mesmo próximo...

— Harry? — chamou Hermione cautelosamente, mas ele não lhe queria responder. Tinha a boca muito seca.

— Algures por... aqui... — prosseguiu.

Chegaram ao fim do corredor, igualmente iluminado por velas que lançavam uma luz ténue. Não havia ali ninguém. Estavam envoltos num silêncio ressoante e poeirento.

— Ele pode estar... — murmurou Harry com voz rouca, espreitando pelo próximo corredor. — Ou talvez... — Apressou-se a ir verificar no seguinte.

— Harry? — tornou a chamá-lo Hermione.

— O que foi? — retorquiu ele rispidamente.

— Eu... eu acho que o Sirius não está aqui.

Ninguém disse palavra. Harry não queria olhar para nenhum deles. Sentiu-se enjoado. Não compreendia por que razão Sirius não se encontrava ali. Tinha de estar ali. Era ali que ele, Harry, o tinha visto...

Percorreu a correr o espaço entre as filas de estantes, olhando fixamente até ao fundo. Deparou com um corredor vazio após outro. Regressou a correr até ao outro lado, para junto dos seus companheiros estupefactos. Não havia sinal de Sirius em lado algum, nem sequer indícios de luta.

— Harry? — chamou Ron.

— O que é?

Não queria ouvir o que Ron tinha para lhe dizer, não queria ouvir o amigo a dizer-lhe que ele tinha sido um idiota, ou sugerir que deveriam regressar a Hogwarts. Porém, sentia o calor a subir-lhe ao rosto e desejou poder ficar ali escondido na escuridão durante um grande bocado antes de voltar a enfrentar a luminosidade do Átrio lá em cima e os olhares de acusação dos seus companheiros...

— Já viste aqui? — perguntou Ron.

— O quê? — indagou Harry, mas desta vez ansiosamente... tinha de ser um sinal, uma pista de que Sirius estivera ali. Regressou a passos largos para junto dos amigos, um pouco adiante na fila noventa e sete, mas não descobriu nada à excepção de Ron a observar atentamente uma das esferas de vidro poeirentas colocadas nas prateleiras.

— O que é? — repetiu Harry mal-humorado.
— Tem... tem o teu nome escrito — disse Ron.

Harry aproximou-se um pouco mais. Ron apontava para um dos pequenos globos de vidro que emitia um brilho baço, apesar de estar coberto por uma espessa camada de pó e parecer que ninguém lhe tocava havia muitos anos.

— O meu nome? — admirou-se Harry.

Deu um passo em frente. Como não era tão alto como Ron, foi obrigado a esticar o pescoço para conseguir ler a etiqueta amarelada afixada na prateleira mesmo por baixo do globo de vidro coberto de pó. Numa caligrafia a fazer lembrar uma aranha, estava escrita uma data cerca de dezasseis anos antes e por baixo:

SPT para APWBD
Senhor das Trevas
e (?)Harry Potter

Harry ficou estupefacto a olhar para aquilo.
— O que quer dizer? — perguntou Ron desanimado. — O que está o teu nome a fazer ali?

Deu uma olhadela às outras etiquetas colocadas ao longo da mesma prateleira.

— O meu nome não está aqui — observou com ar perplexo. — Nem nenhum dos nossos nomes.

— Harry, acho que é melhor não lhe tocares — advertiu-o Hermione repentinamente, no momento em que ele se preparava para esticar a mão.

— Por que não? — admirou-se ele. — É algo que me diz respeito, não achas?

— Não faças isso, Harry — disse Neville de súbito. Harry olhou para ele. O rosto redondo de Neville brilhava ligeiramente da transpiração. Parecia que não estava em condições de aguentar ficar muito mais tempo na expectativa.

— Tem o meu nome lá escrito — insistiu Harry.

E, sentindo-se um pouco imprudente, cerrou os dedos em volta da superfície poeirenta da esfera. Estava à espera de que estivesse fria, mas não. Pelo contrário, parecia que tinha estado ao sol durante horas, como se o brilho da luz interior a aquecesse. Na expectativa, e até mesmo na esperança de que algo dramático fosse acontecer, algo empolgante que pudesse fazer que a viagem longa e perigosa que tinham feito não tivesse sido completamente em vão, Harry tirou o globo de vidro da prateleira e pôs-se a contemplá-lo.

Não aconteceu rigorosamente nada. Os outros aproximaram-se mais de Harry, olhando fixamente o globo, enquanto ele o libertava da camada de pó pegajosa.

Foi então que, por detrás deles, ecoou uma voz arrastada.

— Muito bem, Potter. Agora vira-te, como um menino bonito, e entrega-me isso.

XXXV

POR DETRÁS DO VÉU

Em seu redor, surgiam do nada formas negras, obstruindo-lhes a passagem à esquerda e à direita. Vislumbravam olhos a brilhar através das fendas dos capuzes e tinham uma dúzia de varinhas iluminadas apontadas directamente ao coração. Ginny soltou um grito abafado de terror.

— A mim, Potter — reiterou a voz arrastada de Lucius Malfoy, enquanto estendia a mão com a palma virada para cima.

Harry sentiu as entranhas a revolverem-se de repugnância. Estavam encurralados e, para cada um deles, havia dois inimigos.

— A mim — voltou a ordenar Lucius Malfoy.

— Onde está o Sirius? — perguntou Harry.

Vários Devoradores da Morte começaram a rir-se. Uma voz dura, de mulher, proveniente do centro das formas indistintas à esquerda de Harry exclamou num tom triunfante: — O Senhor das Trevas nunca se engana!

— Nunca! — ecoou Malfoy com voz suave. — Agora, dá-me a profecia, Potter.

— Eu quero saber onde está o Sirius!

— *Eu quero saber onde está o Sirius!* — imitou-o a mulher à sua esquerda.

Ela e os outros Devoradores da Morte tinham-se aproximado tanto que se encontravam a apenas alguns centímetros de Harry e dos amigos e a luz emitida pelas suas varinhas ofuscava os olhos de Harry.

— Ele está com vocês — afirmou, fazendo por ignorar o pânico que sentia a crescer-lhe dentro do peito, o pavor contra o qual se debatia desde o momento em que penetrara no corredor noventa e sete. — Ele está aqui. Eu sei que está.

— O bebéssinho aco'dou 'sustado e pensou qu'o que tinha sonhado ela be'dade — disse a mulher numa voz horrível a imitar a fala dum bebé. Harry sentiu Ron a mexer-se a seu lado.

— Não faças nada — sussurrou-lhe Harry. — Ainda não...

A mulher que tinha estado a imitá-lo soltou uma gargalhada rouca em voz muito alta.

— Estão a ouvi-lo? *Vocês estão a ouvi-lo?* A dar instruções aos outros miúdos como se pensasse que pode lutar contra nós!

— Oh, tu não conheces o Potter como eu conheço, Bellatrix — declarou Malfoy suavemente. — Ele tem um grande fraco por actos heróicos. O Senhor das Trevas já sabe que ele é assim. *Agora dá-me a profecia, Potter.*

— Eu sei que o Sirius está aqui — reiterou Harry, apesar de sentir o peito a comprimir-se de pânico e dificuldade em respirar adequadamente. — Eu sei que vocês o têm!

Alguns Devoradores da Morte puseram-se novamente a rir, embora fosse a mulher aquela que se risse mais alto.

— É tempo de aprenderes a conhecer a diferença entre a vida e os sonhos, Potter — afirmou Malfoy. — Agora dá-me a profecia, ou vamos ter de usar as varinhas.

— Então, usem — desafiou-o Harry, levando a sua própria varinha à altura do peito. Imediatamente, as cinco varinhas de Ron, Hermione, Neville, Ginny e Luna se ergueram de cada lado dele. O nó no estômago de Harry ficou mais apertado. Se fosse mesmo verdade que Sirius não estava ali, então conduzira os amigos a uma morte certa, completamente em vão...

Porém, os Devoradores da Morte não atacaram.

— Entrega-me a profecia e ninguém precisa de se magoar — declarou Malfoy calmamente.

Foi a vez de Harry se rir.

— Pois, claro! — exclamou. — Eu entrego-lhe esta... profecia, não é? E você vai deixar-nos voltar logo a seguir para casa, não é verdade?

Mal tinha proferido estas palavras quando a Devoradora da Morte guinchou: — *Accio prof...*

Harry estava mesmo à espera daquilo. Gritou: — *Protego!* — antes que ela tivesse tempo de concluir o feitiço e, apesar de o globo de vidro lhe ter escorregado para as pontas dos dedos, ainda foi a tempo de o agarrar.

— Oh, ele sabe como se joga, o bebezinho pequenino do Potter — escarneceu ela, com a loucura espelhada no olhar que espreitava pelas fendas do capuz. — Então, muito bem...

— EU AVISEI-TE PARA NÃO FAZERES ISSO! — vociferou Lucius Malfoy à mulher. — Se aquilo se partir...

A mente de Harry corria veloz. Os Devoradores da Morte queriam apoderar-se do globo de vidro coberto de pó. Ele não tinha qualquer interesse nele. O seu único desejo era conseguir levar os amigos para fora dali com vida, assegurar-se de que nenhum deles pagaria um preço terrível pela sua própria imprudência...

A mulher deu um passo em frente, afastando-se dos companheiros, e tirou o capuz. Azkaban tinha tornado o rosto de Bellatrix Lestrange oco, a fazer lembrar um crânio descarnado, mas ainda possuía um vigor fanático e febril.

— Precisam de mais argumentos? — indagou ela, com o peito a arfar rapidamente. — Muito bem... agarrem a mais pequena! — ordenou aos Devoradores da Morte situados atrás dela. — Obriguem-no a assistir, enquanto torturamos a miúda mais pequena. Eu encarrego-me disso.

Harry sentiu os outros rodearem Ginny. Deu um passo para o lado de forma a ficar mesmo em frente dela, segurando a profecia junto ao peito.

— Vais ter de quebrar isto, se quiseres atacar qualquer um de nós — disse ele a Bellatrix. — Acho que o teu amo não vai ficar lá muito satisfeito se regressares sem ela, pois não?

A mulher permaneceu imóvel, limitando-se fitá-lo, com a ponta da língua a humedecer os lábios finos.

— Bom, já agora — prosseguiu Harry —, de que profecia estamos nós a falar?

Não conseguia pensar em mais nada a não ser continuar a falar. Sentia o braço de Neville a tremer, comprimido de encontro ao seu e a respiração acelerada dos outros na sua nuca. Tinha esperança de que estivessem todos a esforçar-se por arranjar maneira de conseguirem fugir dali, uma vez que a sua própria mente estava em branco.

— Que espécie de profecia? — repetiu Bellatrix, com o sorriso a desvanecer-se-lhe do rosto. — Deves estar a brincar, Harry Potter.

— Ná, não estou a brincar — ripostou Harry, dirigindo o olhar alternadamente para cada um dos Devoradores da Morte, à procura duma luz ténue, uma abertura através da qual pudessem escapar. — Por que é que o Voldemort a quer?

Vários Devoradores da Morte soltaram assobios sonoros.

— Tu atreves-te a pronunciar o nome dele? — murmurou Bellatrix.

— Atrevo — assentiu Harry, continuando a segurar com força a esfera de vidro, preparado para outro feitiço, na tentativa de se apoderarem dela. — Sim, não tenho qualquer problema em dizer Vol...

— Cala-me essa boca! — guinchou Bellatrix. — Atreves-te a proferir o nome dele com esses lábios indignos, atreves-te a manchá-lo com a tua língua de meia-raça, atreves-te...

— Sabias que ele também é meia-raça? — disse Harry temerariamente. Hermione deu-lhe um leve gemido ao ouvido. — Voldemort? Pois, a mãe dele era feiticeira, mas o pai era Muggle... ou será que ele vos tem andado a dizer que é puro-sangue?

— *ATORD*...

— NÃO!

Um feixe de luz vermelha saíra da extremidade da varinha de Bellatrix Lestrange, mas Malfoy conseguiu desviá-lo. O feitiço dele fez que o dela fosse atingir uma prateleira afastada cerca de meio metro de Harry, e vários globos de vidro despedaçaram-se.

Dos fragmentos de vidro partido que ficaram no chão emergiram duas figuras, branco-pérola como fantasmas e fluidas como fumo, que começaram a falar. As suas vozes competiam entre si, de forma que das suas palavras apenas eram perceptíveis excertos, que ecoavam acima dos gritos de Malfoy e Bellatrix.

— *... no solstício surgirá uma nova...* — declarou a figura dum homem velho com barba.

— NÃO ATAQUES! NÓS PRECISAMOS DA PROFECIA!

— Ele atreve-se... ele atreve-se... — guinchou Bellatrix de forma incoerente — está ali... o meia-raça nojento...

— ESPERA ATÉ TERMOS A PROFECIA! — berrou Malfoy.

— *... e nada virá depois...* — disse a figura duma mulher jovem.

As duas figuras que tinham irrompido dos globos estilhaçados dissolveram-se no ar. Nada restava delas ou das suas antigas moradas à excepção dos fragmentos de vidro espalhados pelo chão. Contudo, tinham dado uma ideia a Harry. O único problema seria transmiti-la aos amigos.

— Ainda não me explicaram o que é que esta profecia que querem que vos entregue tem de tão especial — afirmou, tentando ganhar tempo. Fez deslizar um pé para o lado, devagarinho, à procura do pé de um dos outros.

— Não te ponhas com brincadeiras connosco, Potter — advertiu Malfoy.

— Não estou a brincar — retorquiu Harry, com metade da mente concentrada no diálogo, outra no pé que deambulava. Foi nesse momento que encontrou a ponta do pé de alguém e fez força contra ela. Uma súbita inspiração de ar atrás dele disse-lhe que pertencia a Hermione.

— O que é? — sussurrou ela.

— O Dumbledore nunca te contou que o motivo por que tu tens essa cicatriz se encontra escondido nas entranhas do Departamento dos Mistérios? — zombou Malfoy.

— Eu... o quê? — disse Harry, esquecendo por uns instantes o seu plano. — Que é que se passa com a minha cicatriz?

— *O que é?* — murmurou Hermione mais insistentemente atrás dele.

— Poderá ser verdade? — indagou Malfoy, num tom de voz de agrado malicioso. Alguns dos Devoradores da Morte voltaram a rir-se e, com a sua voz abafada pelas gargalhadas, Harry silvou a Hermione, movendo os lábios o menos possível: — Destruam as prateleiras...

— O Dumbledore nunca te disse? — repetiu Malfoy. — Bom, isso explica por que é que não vieste cá mais cedo, Potter. O Senhor das Trevas tem andado a perguntar-se por que razão...

— ... quando eu disser *agora*...

— ... não vieste logo a correr, quando ele te mostrou, em sonhos, o lugar onde estava escondida. Ele estava convencido de que a curiosidade natural te levaria a querer ficar a saber as palavras exactas...

— Ai sim? — redarguiu Harry. Atrás dele sentiu, mais ainda que ouviu, Hermione a transmitir a mensagem aos outros e esforçou-se por continuar a falar para distrair os Devoradores da Morte. — Então, ele queria que eu viesse cá buscá-la, não é? Porquê?

— *Porquê?* — A voz de Malfoy revelava uma satisfação incrédula. — Porque, Potter, as únicas pessoas que podem reaver uma profecia do Departamento dos Mistérios são aquelas a quem a profecia diz respeito, tal como o Senhor das Trevas descobriu quando tentou enviar outros para a roubarem.

— E por que é que ele queria roubar uma profecia que me diz respeito?

— Que diz respeito a ambos, Potter, a ambos... nunca te perguntaste por que razão o Senhor das Trevas te tentou matar quando eras bebé?

Harry fitou as fendas através das quais os olhos cinzentos de Malfoy cintilavam. Teria sido por causa desta profecia que os pais de Harry tinham morrido e que ele ostentava aquela cicatriz em forma de raio? Estaria o motivo para tudo aquilo encerrado na sua mão?

— Alguém fez uma profecia acerca de Voldemort e de mim? — perguntou ele calmamente, contemplando Lucius Malfoy, com os dedos a apertarem com mais força a esfera morna de vidro que tinha na mão. Pouco maior era que uma *snitch* e ainda se sentiam grãos de pó agarrados. — E ele fez que eu viesse cá para lha entregar? Por que é que não veio ele próprio buscá-la?

— Vir ele buscá-la? — guinchou Bellatrix, soltando uma ruidosa gargalhada de loucura. — O Senhor das Trevas, vir até ao Ministério da Magia, quando eles insistem, tão amavelmente, em ignorar o seu regresso? O Senhor das Trevas, mostrar-se aos Aurors, quando, neste momento, eles andam a perder o seu tempo com o meu querido primo?

— Então, ele encarregou-te de lhe fazeres o trabalho sujo, não foi? — disse Harry. — Tal como tentou mandar o Sturgis roubá-la... e o Bode?

— Muito bem, Potter, muito bem... — afirmou Malfoy lentamente. — Mas o Senhor das Trevas sabe que tu não és totalmente desprovido de intelig...

— AGORA! — gritou Harry.

Ouviram-se cinco vozes por detrás dele a berrar: — REDUCTO!
— Cinco maldições voaram em cinco direcções diferentes, e as prateleiras em frente deles despedaçaram-se à medida que eram atingidas. As enormes estruturas começaram a balançar, enquanto centenas de globos de vidro se desfaziam em estilhaços e figuras branco-pérola se desenrolavam no ar e começavam a flutuar, as suas vozes a ecoar dum passado havia muito esquecido por entre a torrente de vidro a despedaçar-se e de madeira a rachar-se, que se precipitava agora em direcção ao chão...

— FUJAM! — gritou Harry, quando as prateleiras começaram a balançar perigosamente e mais esferas de vidro caíram ao chão. Agarrou com uma mão a capa de Hermione e arrastou-a atrás dele, mantendo o outro braço por cima da cabeça, à medida que pedaços de madeira e fragmentos de vidro se precipitavam sobre eles. Um Devorador da Morte investiu na direcção deles pelo meio da nuvem de poeira, e Harry deu-lhe uma cotovelada com força no rosto oculto pelo capuz. Toda a gente gritava, alguns de dor, as prateleiras continuavam a desmoronar-se sobre eles com grande estrondo e das esferas de vidro ecoavam estranhos fragmentos das palavras dos Videntes que iam sendo libertados...

Harry foi dar com o caminho para a saída livre e viu Ron, Ginny e Luna passarem por ele numa grande correria, com os braços a protegerem a cabeça. Sentiu uma coisa pesada atingi-lo de lado na face, mas limitou-se a baixar a cabeça e a seguir em frente. Uma mão segurou-o pelo ombro e ouviu Hermione gritar: — ATORDOAR! — A mão largou-o de imediato...

Encontraram-se ao fundo do corredor noventa a sete. Harry virou à direita e começou a correr a toda a velocidade. Ouvia passos que o seguiam de perto e a voz de Hermione a incitar Neville para andar mais depressa. Mesmo em frente, a porta pela qual tinham entrado estava entreaberta. Harry conseguia ver a luz cintilante da campânula de vidro. Passou pela porta de rompante, a profecia ainda firmemente segura na mão, e esperou que os outros se projectassem através da soleira, batendo em seguida violentamente com a porta...

— *Colloportus!* — ofegou Hermione e, com um ruído de sucção, a porta selou-se.

— Onde... onde estão os outros? — ofegou Harry.

Estava convencido de que Ron, Ginny e Luna tinham seguido à frente deles, que estariam à sua espera naquela sala, mas não se via lá ninguém.

— Devem ter-se enganado no caminho! — murmurou Hermione, com uma expressão aterrorizada.

— Ouçam! — sussurrou Neville.

Da porta que acabavam de selar vinham gritos e o som de passos. Harry encostou o ouvido à porta para escutar e ouviu Lucius Malfoy a vociferar: — Deixem lá o Nott, *deixem-no, ouviram...* os ferimentos dele não são nada para o Senhor das Trevas, comparados com a perda da profecia. Jugson, volta para aqui, precisamos de nos organizar! Vamos dividir-nos aos pares para irmos à procura deles e, não se esqueçam, sejam brandos com o Potter até termos a profecia, podem matar os outros se for preciso... Bellatrix, Rodolphus, sigam pela esquerda, Crabbe, Rabastan, vão pela direita... Jugson, Dolohov, em frente... Macnair e Avery, por aqui... Rookwood, por ali... Mulciber, tu vens comigo!

— Que vamos fazer? — perguntou Hermione a Harry, a tremer dos pés à cabeça.

— Bom, para já, não vamos ficar aqui à espera de que eles nos encontrem — decidiu Harry. — Vamos afastar-nos desta porta.

Começaram a correr tão silenciosamente quanto possível, passando pela campânula de vidro cintilante, onde a casca do ovo minúsculo se ia quebrando e voltando a fechar, em direcção à saída do átrio circular, na extremidade oposta. Estavam prestes a chegar lá, quando Harry ouviu algo grande e pesado colidir com a porta que Hermione tinha selado com um feitiço.

— Saiam da frente! — ordenou uma voz áspera. — *Alohomora!*

Enquanto a porta se abria, Hermione e Neville mergulharam para debaixo das secretárias. Conseguiam ver a parte inferior dos

mantos de dois Devoradores da Morte a aproximar-se, os seus pés movendo-se rapidamente.
— Eles podem ter atravessado o átrio — opinou a voz áspera.
— Verifica debaixo das secretárias — sugeriu uma outra.
Harry viu os joelhos dos Devoradores da Morte a vergarem-se. Enfiando a varinha para fora da secretária, gritou: — *ATORDOAR!*
Um feixe de luz vermelha foi atingir o Devorador da Morte mais próximo. Este tombou de costas contra um relógio de sala e deitou-o ao chão. Todavia, o segundo Devorador da Morte conseguira desviar-se para o lado com um pulo para evitar ser atingido pelo feitiço de Harry e apontava agora a sua própria varinha a Hermione, que rastejava para fora da secretária de forma a colocar-se numa posição mais favorável.
— *Avada...*
Harry atirou-se para o chão e agarrou o Devorador da Morte pelos joelhos, fazendo que este caísse para a frente e falhasse a pontaria. Na ânsia de ajudar, Neville derrubou uma secretária e, apontando a varinha à toa ao par que estava a lutar, gritou:
— *EXPELLIARMUS!*
Tanto a varinha de Harry como a do Devorador da Morte lhes voaram da mão e foram a pairar até à entrada que dava acesso à Sala da Profecia. Levantaram-se ambos desajeitadamente e precipitaram-se no seu encalço, o Devorador da Morte à frente, Harry colado aos seus calcanhares e Neville à retaguarda, completamente horrorizado com o que acabava de fazer.
— Harry, sai do caminho! — gritou Neville, obviamente determinado a reparar os estragos.
Harry desviou-se para o lado, enquanto Neville fazia novamente pontaria e gritava:
— *ATORDOAR!*
O feixe de luz vermelha sobrevoou directamente o ombro do Devorador da Morte e foi atingir um armário com a frente de vidro encostado à parede e que continha ampulhetas de diversos formatos. O armário caiu ao chão e desfez-se em pedaços, com vidro a voar por todos os lados, voltou a saltar para a parede, completamente intacto, e em seguida tornou a cair e a estilhaçar-se...
O Devorador da Morte conseguiu apoderar-se da sua varinha, que se encontrava no chão ao pé da campânula de vidro. Harry tornou a mergulhar para debaixo duma secretária, quando o homem se voltou. O capuz tinha escorregado, impedindo-o de ver. Arrancou-o com a mão que tinha livre e gritou: — *ATORD...*

— *ATORDOAR!* — berrou Hermione, que tinha acabado de se lhes reunir. O feixe de luz vermelha foi atingir o Devorador da Morte em cheio no peito. Ficou imóvel, com o braço ainda levantado; a sua varinha caiu ao chão com um tinido e ele tombou para trás, para cima da campânula de vidro. Harry estava à espera de ouvir uma pancada, provocada pelo homem a embater contra o vidro espesso e a deslizar da campânula para o pavimento. Porém, em vez disso, a cabeça dele penetrou na superfície da campânula como se se tratasse dum bola de sabão, e ele ali ficou, estendido de costas em cima da mesa, com a cabeça enfiada na campânula cheia de vento cintilante.

— *Accio varinha!* — gritou Hermione. A varinha de Harry saiu dum canto escuro, veio a flutuar até à sua mão e ela atirou-a a Harry.

— Obrigado — agradeceu-lhe ele. — Bom, toca a sair daq...

— Cuidado! — exclamou Neville, atemorizado. Tinha o olhar fixo na cabeça do Devorador da Morte que se encontrava dentro da campânula.

Voltaram os três a empunhar as varinhas, mas nenhum deles atacou. Ficaram a olhar embasbacados, de boca aberta, aterrorizados perante o que estava a acontecer à cabeça do homem.

Encolhia muito depressa, tornando-se cada vez mais calva, o cabelo e a barba por fazer a recuarem ao longo do crânio, as bochechas cada vez mais suaves, o crânio redondo e coberto duma espécie de penugem de pêssego.

Em cima do pescoço grosso e musculoso do Devorador da Morte encontrava-se agora uma cabeça de bebé grotesca. Continuaram a contemplá-lo, boquiabertos, enquanto ele se esforçava por se levantar. A cabeça, porém, voltara a inchar até atingir as suas dimensões iniciais e o cabelo e a barba despontavam...

— É o Tempo — constatou Hermione com espanto na voz. — *O Tempo...*

O Devorador da Morte sacudiu mais uma vez a sua cabeça repulsiva, tentando aclarar as ideias, mas antes que tivesse tempo de se recompor, ela voltou a encolher até à primeira infância...

Ouviu-se um estrondo proveniente duma sala contígua, em seguida um embate e um grito.

— RON? — berrou Harry, virando-se rapidamente de costas para a transformação monstruosa que decorria perante os seus olhos.

— GINNY? LUNA?

— Harry! — gritou Hermione.

O Devorador da Morte conseguira retirar a cabeça de dentro da campânula. Tinha uma aparência estranhíssima, com a cabeça de bebé minúscula aos berros, enquanto os seus braços grossos investiam perigosamente em todas as direcções, por pouco não acertando em Harry, que se viu forçado a desviar-se. Empunhou a varinha, porém, para sua grande surpresa, Hermione agarrou-lhe o braço.

— Não podes fazer mal a um bebé!

Não havia tempo para debater o assunto. Ouvia passos cada vez mais altos oriundos da Sala da Profecia e percebeu, tarde de mais, que não deveria ter gritado e revelado a posição em que se encontravam.

— 'Bora! — incitou e, deixando o Devorador da Morte com a cabeça de bebé repelente a cambalear, dirigiram-se à outra porta aberta na extremidade oposta da sala e que os conduziu de volta ao átrio escuro.

Iam a meio do caminho, quando Harry avistou através da porta aberta mais dois Devoradores da Morte, que corriam pela sala envolta na escuridão em direcção a eles. Virando à esquerda, entrou de rompante num pequeno gabinete sombrio e atravancado e bateu com a porta depois de todos terem lá entrado.

— *Collo...* — começou Hermione, todavia, antes de ter oportunidade de concluir o feitiço, a porta abriu-se de repente e os dois Devoradores da Morte precipitaram-se lá para dentro.

Soltaram ambos um grito de triunfo:

— *IMPEDIMENTA!*

Harry, Hermione e Neville foram atirados para trás e caíram ao chão: Neville foi projectado por cima da secretária e desapareceu de vista; Hermione colidiu com uma estante, sendo de imediato soterrada por uma cascata de livros pesados; a nuca de Harry foi embater na parede de pedra atrás dele, começou a ver estrelinhas e, durante uns instantes, ficou demasiado tonto e desorientado para reagir.

— JÁ O APANHÁMOS! — berrou o Devorador da Morte mais próximo de Harry. — NUM GABINETE NO...

— *Silencio!* — gritou Hermione e a voz do homem desvaneceu-se. Continuou a gritar através da abertura do capuz, mas não saía qualquer som. Foi empurrado para o lado pelo seu companheiro Devorador da Morte.

— *Petrificus Totalus!* — gritou Harry, no momento em que o segundo Devorador da Morte erguia a varinha. Os braços e as pernas fecharam-se-lhe repentinamente e ele tombou para a frente, de cara virada para o tapete que estava aos pés de Harry, rígido como uma tábua e incapaz de se mexer.

— Muito bem, Ha...

Contudo, o Devorador da Morte que Hermione acabara de emudecer deu uma chicotada com a varinha e um raio semelhante a uma chama lilás passou de raspão pelo peito dela. Hermione soltou um leve: — Oh! — de surpresa e tombou no chão, onde permaneceu inerte.

— HERMIONE!

Harry deixou-se cair a seu lado de joelhos, enquanto Neville saía rapidamente de debaixo da secretária e rastejava até ela, com a varinha empunhada à sua frente. Quando Neville apareceu, o Devorador da Morte deu-lhe um forte pontapé na cabeça... o pé partiu-lhe a varinha em duas e foi atingi-lo na cara. Neville lançou um gemido de dor que o fez recuar, agarrado à boca e ao nariz. Harry girou sobre si próprio, com a varinha bem alta, e verificou que o Devorador da Morte tinha arrancado o capuz e apontava a varinha directamente para ele. Reconheceu, então, o rosto comprido e contorcido que aparecera n'*O Profeta Diário*: Antonin Dolohov, o feiticeito que assassinara os Prewett.

Dolohov arreganhou os dentes. Com a mão que tinha livre, apontou da profecia, que continuava presa na mão de Harry, para si próprio e depois para Hermione. Embora já não pudesse falar, não se poderia ter feito entender melhor. Dá-me a profecia, ou acontece-te o mesmo que a ela...

— Como se tu não nos fosses matar a todos na mesma, logo que eu te entregasse a profecia! — disse Harry.

Um gemido de pânico dentro da sua cabeça impedia-o de pensar com clareza: tinha uma mão no ombro de Hermione, que ainda estava morno, no entanto não se atrevia a olhá-la directamente: *Não permitas que ela esteja morta, não permitas que ela esteja morta, se ela tiver morrido, a culpa é minha...*

— O gue guel gue faças, Haly — declarou Neville corajosamente de debaixo da secretária, baixando a mão para deixar ver o nariz, que estava obviamente partido, e o sangue que lhe escorria pela boca e pelo queixo —, nã' lha dês!

Foi então que se ouviu um estrondo do lado de fora da porta, e Dolohov espreitou por cima do ombro: o Devorador da Morte com cabeça de bebé surgira à entrada da porta, aos gritos, os seus enormes punhos ainda a investir descontroladamente contra tudo o que se encontrava em seu redor. Harry aproveitou a oportunidade:

— *PETRIFICUS TOTALUS!*

O feitiço atingiu Dolohov antes que ele pudesse detê-lo e caiu de frente sobre o companheiro, ambos rígidos como tábuas e incapazes de se mover um centímetro sequer.

— Hermione — chamou-a Harry de imediato, sacudindo-a, enquanto o Devorador da Morte com cabeça de bebé tropeçava e voltava a desaparecer de vista. — Hermione, acorda...

— Gue é gu' ele le fês? — perguntou Neville, rastejando de debaixo da secretária para se ir ajoelhar do outro lado dela, com o sangue a jorrar do nariz, que inchava a olhos vistos.

— Sei lá...

Neville tomou o pulso de Hermione.

— Ela dem pulsaçã', Haly, denho a celtessa.

A onda de alívio que percorreu Harry foi tão grande que por momentos se sentiu tonto.

— Ela está viva?

— Sim, axu gue si'.

Ficaram calados durante uns instantes e Harry pôs-se à escuta do som de mais passos, mas tudo o que conseguia ouvir era o Devorador da Morte a tropeçar e a soluçar na divisão contígua.

— Neville, não estamos longe da saída — murmurou Harry —, estamos mesmo ao lado da sala circular... se ao menos conseguíssemos ajudar a Hermione a atravessá-la e encontrar a porta certa antes que cheguem mais Devoradores da Morte, aposto que eras capaz de a levar pelo corredor até ao elevador... depois podias procurar alguém... lançar o alarme...

— E gue é gue du bais basser? — perguntou Neville, limpando com a manga o nariz que sangrava e dirigindo um olhar interrogativo a Harry.

— Tenho de ir à procura dos outros — explicou-lhe Harry.

— Bom, eu bou à plocura deles condigo — disse Neville com firmeza.

— Mas a Hermione...

— Bamos lebá-la connosco — retorquiu Neville decididamente.

— Eu lebo-a... du dás melhor 'om eles gue eu.

Levantou-se e pegou em Hermione por um dos braços, lançando a Harry um olhar penetrante. Este hesitou, mas, em seguida, agarrou no outro braço e ajudou Neville a pôr o corpo inerte de Hermione aos ombros.

— Espera — disse Harry, apanhando do chão a varinha de Hermione e enfiando-a na mão de Neville —, é melhor levares isto contigo.

Neville afastou com um pontapé o que restava da sua varinha partida, à medida que se encaminhavam lentamente em direcção à porta.

— A minh' abó bai matal-me — disse Neville fanhoso, com o sangue a salpicar-lhe do nariz, enquanto falava —, aguela ela a belha balinha do meu pai.

Harry espreitou com a cabeça pela porta e olhou cautelosamente à sua volta. O Devorador da Morte com cabeça de bebé andava aos gritos e a embater contra os objectos, tropeçando em relógios de sala e derrubando secretárias, berrando desorientado, enquanto o armário com a frente de vidro, que Harry suspeitava agora conter os Vira-Tempo, continuava a cair, a despedaçar-se e a voltar a consertar-se, na parede por detrás deles.

— Ele não vai reparar em nós — sussurrou. — Vá lá... mantém-te atrás de mim...

Saíram sorrateiramente do gabinete e voltaram a passar pela porta até ao corredor sombrio, que parecia agora totalmente deserto. Avançaram alguns passos, com Neville a cambalear ligeiramente devido ao peso de Hermione. A porta da Sala do Tempo fechou-se atrás deles e as paredes voltaram a girar. A pancada recente que Harry dera com a cabeça parecia ter-lhe afectado o equilíbrio. Estreitou os olhos, vacilando ligeiramente, até as paredes se imobilizarem. Quando reparou que as cruzes flamejantes de Hermione tinham desaparecido das portas, sentiu o coração cair-lhe aos pés.

— Então, por que lado é que achas...?

Porém, antes de terem tempo de decidir qual o caminho a seguir, uma porta à sua direita abriu-se de rompante, e três pessoas tombaram para a frente.

— Ron! — exclamou Harry com voz rouca, precipitando-se para eles. — Ginny... estão todos...?

— Harry — proferiu Ron, dando uma gargalhada débil, avançando a cambalear, agarrando-se à capa de Harry e fitando-o com um olhar vago —, aqui estão vocês... ah ah ah... tens um ar engraçado, Harry... estás todo tremido...

O rosto de Ron estava muito pálido e escorria-lhe do canto da boca uma substância negra. Os seus joelhos cederam de imediato, mas ele continuou agarrado à parte da frente da capa de Harry, pelo que este ficou dobrado como se fosse um arco.

— Ginny? — indagou Harry temeroso. — Que é que vos aconteceu?

Todavia, Ginny limitou-se a sacudir a cabeça e escorregar pela parede até ficar sentada, a ofegar e a segurar o tornozelo.

— Acho que ela tem o tornozelo partido, ouvi uma coisa a estalar — sussurrou Luna, que era a única que parecia ter escapado ilesa e que estava debruçada sobre Ginny. — Vieram quatro atrás de nós até uma sala escura, cheia de planetas. Era um sítio muito estranho, durante algum tempo andámos a flutuar no escuro...

— Harry, vimos Urano de perto! – exclamou Ron, continuando a gargalhar debilmente. – Percebeste? Vimos Urano... ah ah ah...

Formou-se uma bolha de sangue ao canto da boca de Ron que em seguida rebentou.

— ... seja como for, um deles agarrou o pé da Ginny, eu usei o Feitiço de Pulverização e fiz-lhe explodir Plutão na cara, mas...

Luna fez um gesto desesperado em direcção a Ginny, cuja respiração era muito fraca e continuava com os olhos fechados.

— Então, e o Ron? — perguntou Harry apreensivo, enquanto Ron continuava a rir-se e a segurar-lhe a parte da frente da capa.

— Não sei com o que é que o atingiram — disse Luna pesarosa —, mas ele ficou um bocadinho estranho, mal o consegui trazer até cá.

— Harry — disse Ron, puxando com força por uma orelha de Harry, enquanto continuava a soltar umas gargalhadinhas fracas —, sabes quem é esta rapariga, Harry? É a Loony... a Loony Lovegood... ah ah ah...

— Temos de sair daqui — declarou Harry decididamente. — Luna, és capaz de ajudar a Ginny?

— Sou — assentiu Luna, enfiando a varinha por detrás de uma orelha por uma questão de segurança e colocando, em seguida, um braço em torno da cintura de Ginny para a levantar.

— É só o tornozelo, posso levantar-me sozinha! — protestou Ginny impacientemente, mas não tardou a que se desequilibrasse e se agarrasse a Luna para não cair. Harry colocou o braço de Ron em volta dos ombros tal como, havia tantos meses, pusera o de Dudley. Olhou em seu redor: tinham uma hipótese em doze de acertarem com a porta à primeira...

Começou a arrastar Ron. Estavam a apenas alguns passos de a alcançarem, quando outra das portas se abriu de rompante e se precipitaram para o *hall* três Devoradores da Morte, liderados por Bellatrix Lestrange.

— *Cá estão eles!* — guinchou ela.

Por toda a sala foram lançados Feitiços de Atordoar. Harry foi abrindo caminho aos encontrões até à porta, atirou Ron para o chão, sem cerimónias e, agachando-se, voltou atrás para ajudar

Neville a trazer Hermione. Passaram a soleira mesmo a tempo de fecharem a porta na cara de Bellatrix.

— *Colloportus!* — gritou Harry e ouviu três corpos a embaterem no outro lado da porta.

— Não tem importância — ouviram uma voz masculina dizer.

— Há outras maneiras de lá entrar... JÁ OS APANHÁMOS, ESTÃO AQUI DENTRO!

Harry virou-se. Encontravam-se novamente na Sala dos Cérebros e, como já esperava, havia portas em todas as paredes. Ouvia passadas no *hall* que tinham deixado para trás, à medida que mais Devoradores da Morte chegavam a correr para se juntarem aos primeiros.

— Luna... Neville... ajudem-me!

Puseram-se os três a correr em volta da sala a selar as portas. Harry foi embater numa mesa e rolou sobre o tampo na pressa de chegar à próxima porta:

— *Colloportus!*

Ouviam-se passadas rápidas ao longo das portas e, de vez em quando, um corpo pesado atirava-se contra uma delas, fazendo-a ranger e abanar. Luna e Neville andavam a enfeitiçar as portas ao longo da parede contrária... então, no momento em que Harry atingiu o fundo da sala, ouviu Luna a gritar:

— *Collo... aaaaaaaargh...*

Virou-se a tempo de a ver voar pelos ares. Cinco Devoradores da Morte entravam pela porta que ela não conseguira enfeitiçar. Luna foi de encontro à secretária, deslizou sobre o tampo até cair do outro lado, no chão, onde ficou estendida, tão imóvel como Hermione.

— Agarrem o Potter! — ordenou Bellatrix com um guincho, pondo-se a correr atrás dele. Harry conseguiu esquivar-se e correu para a outra ponta da sala. Enquanto eles receassem atingir a profecia, sentia-se em segurança...

— Ei! — exclamou Ron, que se tinha conseguido pôr em pé com dificuldade e se dirigia agora a cambalear e a rir-se como um tolo em direcção a Harry. — Ei, Harry, olha, há *cérebros* aqui, não é estranho, Harry?

— Ron, sai da frente, sai...

Mas Ron já apontara a varinha ao reservatório.

— A sério, Harry, são cérebros... olha... *Accio cérebro!*

O tempo pareceu deter-se momentaneamente. Harry, Ginny e Neville, bem como cada um dos Devoradores da Morte, viraram-se contra a sua própria vontade para olharem o topo do reservatório e verem um cérebro a saltar do líquido verde como um salmão. Pareceu ficar suspenso no ar durante uns instantes, em seguida voou a rodopiar até Ron e algo semelhante a imagens animadas começou a sair dele, como se fossem rolos fotográficos a desenrolarem-se...

— Ah ah ah, Harry, olha para isto... — disse Ron, observando o cérebro expelir as suas entranhas garridas. — Harry, vem cá tocar-lhe, aposto que é esquisito...

— RON, NÃO!

Harry não fazia ideia do que poderia acontecer se Ron tocasse nos tentáculos de pensamentos que agora voavam atrás do cérebro, mas tinha a certeza de que não seria nada de bom. Lançou-se em frente como uma flecha, porém Ron já tinha esticado as mãos e conseguido apanhar o cérebro.

Logo que entraram em contacto com a pele dele, os tentáculos começaram a enrolar-se em volta dos braços de Ron como se fossem cordas.

— Harry, olha o que está acontecer... Não... não... não estou a gostar... não, pára... *pára*...

Todavia, as fitas esguias enrolavam-se agora em torno do peito de Ron. Ele começou a puxá-las e a rasgá-las, enquanto o cérebro se comprimia com força contra ele, como o corpo de um polvo.

— *Diffindo!* — berrou Harry, tentando cortar os tentáculos que apertavam Ron mesmo à sua frente, mas eles não cediam. Continuando a debater-se, Ron acabou por cair ao chão.

— Harry, ele vai sufocar! — gritou Ginny, impossibilitada de se levantar do chão por causa do tornozelo partido... foi então que um feixe de luz vermelha voou da varinha de um Devorador da Morte, indo atingi-la em cheio no rosto. Ela tombou para um dos lados e ali ficou inconsciente.

— *ATOLDOAL!* — gritou Neville, dando uma volta e agitando a varinha de Hermione em direcção aos Devoradores da Morte acabados de chegar. — *ATOLDOAL! ATOLDOAL!*

Contudo, nada aconteceu.

Um dos Devoradores da Morte lançou o seu próprio Feitiço de Atordoar a Neville, falhando por pouco. Harry e Neville eram agora os únicos em condições de combater os Devoradores da Morte, dois dos quais lhes lançaram raios de luz prateada como se fossem setas, que falharam o alvo, mas abriram grandes buracos na parede atrás deles. Harry correu para lá, enquanto Bellatrix Lestrange se precipitava na sua direcção. Segurando a profecia mesmo acima da cabeça, correu a grande velocidade para a extremidade oposta da sala. Não lhe ocorria mais nada a não ser conseguir afastar os Devoradores da Morte dos seus companheiros.

A estratégia parecia ter dado resultado. Eles começaram a persegui-lo, fazendo as mesas e as cadeiras levantarem voo, mas sem se atreverem a enfeitiçá-lo, não fossem atingir a profecia. Harry saiu velozmente pela única porta que continuava aberta, a mesma por onde os próprios Devoradores da Morte tinham entrado, rezando para que Neville ficasse junto a Ron e encontrasse alguma forma de o libertar. Deu alguns passos a correr na sala onde acabava de entrar e descobriu que o chão desaparecera...

Estava a cair por uma série de degraus íngremes de pedra, saltando de fileira em fileira até que por fim, com um embate que lhe cortou a respiração, aterrou de costas na cavidade onde se encontrava o estrado com a passagem em arco. Por toda a sala ecoavam as gargalhadas dos Devoradores da Morte. Harry olhou para cima e avistou os cinco que tinham estado na Sala dos Cérebros a descer na sua direcção, enquanto muitos mais emergiam das outras entradas e se punham a saltar de degrau em degrau até ele. Conseguiu pôr-se de pé, embora as pernas lhe tremessem tanto que mal suportavam o seu peso. A profecia continuava miraculosamente intacta na sua mão esquerda, a varinha firmemente segura na direita. Recuou, olhando em seu redor, tentando abarcar com a vista todos os Devoradores da Morte. A parte de trás das suas pernas foi embater em algo sólido: tinha atingido o estrado sobre o qual se encontrava a passagem em arco. De costas, subiu lá para cima.

Todos os Devoradores da Morte estacaram e ficaram a olhar para ele. Alguns estavam tão ofegantes quanto ele. Um deles sangrava abundantemente. Dolohov, liberto da Maldição da Ligadura Total do Corpo, olhava de soslaio para Harry e tinha a varinha directamente apontada à sua cara.

— Potter, não tens saída — declarou Lucius Malfoy em voz arrastada, retirando o capuz. — Agora, entrega-me a profecia como um menino bonito.

— Manda... manda os outros embora, e eu dou-ta! — pediu Harry desesperadamente.

Alguns Devoradores da Morte puseram a rir-se.

— Não estás em condições de regatear, Potter — retorquiu Lucius Malfoy, com o rosto pálido corado de satisfação. — É que sabes, nós somos dez e tu apenas um... ou será que o Dumbledore nunca te ensinou a contar?

— Ele nã' 'dá sossinho! — gritou um voz vinda de cima. — 'Inda me dem a mim!

O coração de Harry caiu-lhe aos pés. Neville vinha a descer os degraus atabalhoadamente na direcção deles, segurando a varinha de Hermione com firmeza na mão trémula.

— Neville... não... volta para ao pé do Ron...

— *ATOLDOAL!* — gritou Neville mais uma vez, apontando a varinha a um Devorador da Morte de cada vez. — *ATOLDOAL! ATOLD...*

Um dos Devoradores da Morte mais avantajados agarrou Neville por trás, prendendo-lhe os braços atrás das costas. Neville debateu-se e deu-lhe pontapés, e alguns Devoradores da Morte começaram a rir-se.

— É o Longbottom, não é? — perguntou Lucius Malfoy com desdém. — Bem, a tua avó está habituada a perder membros da família em nome da nossa causa... a tua morte não lhe vai causar um grande choque.

— Longbottom? — repetiu Bellatrix, e um sorriso verdadeiramente maligno iluminou-lhe o rosto esquelético. — Não me digam? Eu tive o prazer de conhecer os teus pais, meu rapaz.

— EU SEI GUE SI'! — vociferou Neville, e começou a lutar com tanta força para se libertar do aperto envolvente do seu captor que este gritou: — Alguém que o Atordoe!

— Não, não, não — disse Bellatrix. Estava com um ar extático, pleno de entusiasmo, enquanto dirigia o olhar alternadamente a Harry e a Neville. — Não, vamos ver quanto tempo o Longbottom aguenta antes que vergue como os pais... a menos que o Potter nos queira entregar a profecia.

— NÃ' LA DES! — berrou Neville, que parecia fora de si, aos pontapés e a contorcer-se, à medida que Bellatrix, com a varinha em punho, se aproximava dele e do seu captor. — NÃ' LA DES A ELES, HALY!

Belattrix ergueu a varinha. — *Crucio!*

Neville lançou um berro, levantando as pernas em direcção ao peito, de forma que o Devorador da Morte que o segurava teve de o manter momentaneamente no ar, acabando por largá-lo e deixá-lo cair no chão, a gritar e a contorcer-se de dores.

— Isto foi só para amostra! — ameaçou Bellatrix, levantando a varinha e fazendo que Neville parasse de gritar e ficasse a soluçar aos pés dela. Ela virou-se e olhou fixamente para Harry. — Agora,

Potter, ou nos entregas a profecia, ou vais ficar a ver o teu amigo enfrentar uma morte lenta e dolorosa!

Harry não teve de reflectir. Não havia alternativa. Ao estender o braço, sentiu o calor que irradiava da esfera por ter estado tanto tempo presa na sua mão. Malfoy deu um salto em frente para a agarrar.

Foi então que, lá bem no alto, se abriram duas portas de rompante e mais cinco pessoas se precipitaram para dentro da sala: Sirius, Lupin, Moody, Tonks e Kingsley.

Malfoy virou-se e apontou a varinha, mas Tonks já lhe lançara um Feitiço de Atordoar. Harry não ficou à espera para ver se o feitiço o atingia, saltando do estrado e colocando-se fora do alcance dos seus inimigos. Os Devoradores da Morte ficaram completamente confundidos com o aparecimento dos membros da Ordem, que faziam agora chover feitiços sobre eles, enquanto saltavam de degrau em degrau em direcção à cavidade. Por entre os corpos que se moviam rapidamente e os raios de luz, Harry conseguiu vislumbrar Neville a rastejar. Desviou-se de mais um jacto de luz vermelha e atirou-se para o chão para ir ter com o amigo.

— Estás bem? — gritou-lhe no momento em que outro feitiço lhes passava a escassos centímetros da cabeça.

— Esdou — respondeu Neville, tentando pôr-se de pé.

— E o Ron?

— Axo gue esdá bem... 'inda esdaba a ludar contla o céleblo guando me bim embola...

O pavimento de pedra entre eles explodiu, atingido por um feitiço, deixando uma cratera no sítio onde, segundos antes, estivera a mão de Neville. Saíram ambos dali rapidamente, a rastejar, e logo de seguida, um braço grosso, vindo não se sabe donde, agarrou Harry em volta do pescoço e ergueu-o, de forma que as pontas dos pés mal tocavam no chão.

— Dá-ma — grunhiu-lhe uma voz ao ouvido —, dá-me a profecia...

O homem comprimia a traqueia de Harry com tanta força que ele mal conseguia respirar. Com a visão turva das lágrimas, avistou Sirius a bater-se com um Devorador da Morte a uns três metros de distância. Kingsley lutava com dois ao mesmo tempo. Tonks, ainda a meio do anfiteatro, lançava feitiços contra Bellatrix... ninguém parecia aperceber-se de que Harry estava a morrer. Virou a varinha para trás, para a anca do homem, mas não teve fôlego para lhe lançar um encantamento, e a mão livre do homem tacteava, à procura da profecia...

— AARGH!

Neville investiu, vindo não se sabia donde. Incapaz de proferir um feitiço, tinha enfiado a varinha de Hermione com toda a força na abertura do capuz do homem. Este largou Harry de imediato, lançando um grito de dor. Harry virou-se de frente para ele e arquejou:

— *ATORDOAR!*

O Devorador da Morte caiu para trás e o capuz escorregou-lhe: era Macnair, aquele que pretendera assassinar *Buckbeak*, agora com um dos olhos inchado e raiado de sangue.

— Obrigado! — agradeceu Harry a Neville, afastando-o para o lado, quando Sirius e o Devorador da Morte contra o qual lutava passaram por eles a cambalear, batendo-se tão ferozmente que as varinhas eram uma mancha indistinta. Em seguida, o pé de Harry foi embater em qualquer coisa dura e redonda e ele escorregou. Por momentos, pensou que tivesse deixado cair a profecia ao chão, mas logo viu o olho mágico de Moody a afastar-se, rodopiando pelo chão.

O seu proprietário encontrava-se estendido de lado, a sangrar da cabeça, e o atacante investia agora sobre Harry e Neville: tratava-se de Dolohov, com o seu rosto comprido contorcido de satisfação.

— *Tarantallegra!* — gritou, com a varinha apontada a Neville, cujas pernas disparam imediatamente numa espécie de sapateado frenético, fazendo-o perder o equilíbrio e tornar a cair ao chão. — Bom, Potter...

Deu a mesma chicotada com a varinha que tinha usado contra Hermione no preciso momento em que Harry gritou: — *Protego!*

Harry sentiu algo semelhante a uma faca romba atingi-lo no rosto. A força do embate fê-lo tombar para o lado e cair sobre as pernas frenéticas de Neville, porém o Encantamento do Escudo Invisível tinha conseguido travar o pior do feitiço.

Dolohov tornou a erguer a varinha. — *Accio prof...*

Sirius projectou-se não se sabia bem donde, foi embater com o ombro contra Dolohov e mandou-o pelos ares. A profecia voltara a voar para as pontas dos dedos de Harry, mas ele conseguiu segurá-la. Sirius e Dolohov travavam agora um duelo, com as varinhas reluzindo como espadas e faíscas a saírem-lhe das pontas...

Dolohov recuou a varinha para executar a mesma chicotada que tinha lançado a Harry e Hermione. Levantando-se dum pulo, Harry berrou: — *Petrificus Totalus!* — Mais uma vez, os braços e as pernas de Dolohov juntaram-se ao corpo e ele tombou para trás, aterrando de costas no chão, com um estrondo.

— Boa! — gritou Sirius, empurrando a cabeça de Harry para baixo quando alguns Feitiços de Atordoar voaram na sua direcção.
— Agora quero que te vás emb...
Voltaram ambos a baixar-se. Por pouco, Sirius não fora atingido por um jacto de luz verde. Do outro lado da sala, Harry viu Tonks precipitar-se pelos degraus de pedra abaixo, o seu corpo flácido a embater em cada banco de pedra à medida que caía, e Bellatrix, com ar triunfante, regressando, a correr, para o seio da escaramuça.
— Harry, leva a profecia, agarra no Neville e foge! — berrou-lhe Sirius, apressando-se ao encontro de Bellatrix. Harry não viu o que aconteceu a seguir: Kingsley atravessou-se-lhe no campo de visão, batendo-se com Rookwood, cujo capuz caíra, deixando ver o rosto marcado pelas bexigas. Mais um jacto de luz verde voou por cima da cabeça de Harry, enquanto se lançava em direcção a Neville...
— Consegues aguentar-te de pé? — berrou ele ao ouvido do amigo, cujas pernas continuavam a sacudir-se e a contorcer-se descontroladamente. — Põe o braço em volta do meu pescoço...
Neville assim fez... Harry içou-o... as pernas de Neville continuavam a voar em todas as direcções, incapazes de suportar o seu peso, e então, vindo do nada, um homem investiu contra eles: caíram ambos para trás, as pernas de Neville a sacudirem-se descontroladamente como as dum bicho-de-conta virado ao contrário, Harry com o braço esquerdo erguido no ar a tentar evitar que a pequena esfera de vidro se despedaçasse.
— A profecia, dá-me a profecia, Potter! — vociferou a voz de Lucius Malfoy ao seu ouvido, e Harry sentiu a ponta da sua varinha enfiar-se-lhe com força nas costelas.
— Não... sai ...de cima... de mim... Neville... apanha!
Harry fez rebolar a profecia pelo chão, Neville virou-se ao contrário e, com uma pancada na esfera, fê-la saltar para o peito. Malfoy apontou a varinha a Neville, mas Harry, virando a sua varinha para trás, por cima do ombro, com um golpe seco, gritou: — *Impedimenta!*
Malfoy foi arremessado para longe. Enquanto Harry se punha de pé com dificuldade, viu Malfoy a embater no estrado, sobre o qual Sirius e Bellatrix travavam agora um duelo. Malfoy tornou a apontar a varinha a Harry e a Neville, mas antes que tivesse tempo de tomar fôlego para atacar, Lupin colocou-se entre eles com um salto.
— Harry, reúne os outros e FOGE!
Harry agarrou em Neville pela parte da capa que lhe cobria os ombros e levantou-o em peso, arrastando-o até à primeira fila dos degraus de pedra. As pernas de Neville continuavam a sacudir-se e a

contorcer-se e não conseguiam suportar o seu peso. Harry voltou a içá-lo com toda a força que possuía e lá subiram mais um degrau...

Junto ao tornozelo de Harry, um feitiço atingiu o banco de pedra, que se desfez, obrigando Harry a escorregar para o degrau anterior. Neville afundou-se no chão, com as pernas ainda a sacudir-se e a chicotear, e enfiou a profecia no bolso.

— Vamos embora! — incitou-o Harry em desespero, arrastando Neville pelo manto. — Tenta só empurrar as pernas...

Tornou a dar-lhe um puxão com toda a força e as roupas de Neville rasgaram-se ao longo de toda a costura esquerda... a pequena esfera de vidro caiu-lhe do bolso e, antes que algum deles pudesse apanhá-la, um pé de Neville, a estrebuchar, atingiu-a com um pontapé: a esfera voou cerca de três metros para a sua esquerda e estilhaçou-se no degrau abaixo deles. Enquanto olhavam ambos fixamente para o sítio onde o globo se quebrara, horrorizados perante o sucedido, uma figura branco-pérola, com uns olhos imensamente ampliados, elevou-se no ar, sem que mais ninguém, a não ser eles, desse pela sua presença. Harry era capaz de ver que os seus lábios se mexiam, porém, por entre os gritos e estrondos que ecoavam em seu redor, não conseguiu ouvir nem uma palavra da profecia. A figura parou de falar e dissolveu-se.

— Haly, desculba! — berrou Neville, com uma expressão de angústia no rosto, enquanto as suas pernas continuavam a estrebuchar. — Desculba me'mo, Haly, eu não guelia...

— Não tem importância! — gritou Harry. — Tenta lá levantar-te, vamos sair daqui...

— *Dubbledore!* — exclamou Neville, com um entusiasmo súbito a transparecer-lhe do rosto transpirado, olhando fixamente por cima do ombro de Harry.

— O quê?

— DUBBLEDORE!

Harry virou-se para ver o que Neville estava a fitar. Mesmo por cima deles, emoldurado pela entrada da porta da Sala dos Cérebros, encontrava-se Albus Dumbledore, com a varinha empunhada, o rosto pálido de fúria. Harry sentiu uma espécie de corrente eléctrica percorrer-lhe cada partícula do corpo... *estavam salvos.*

Dumbledore desceu os degraus a correr, passando por Neville e Harry, que já não tinham qualquer intenção de se irem embora. Já Dumbledore se encontrava ao fundo das escadas, quando os Devoradores da Morte mais próximos se aperceberam da sua presença e se puseram a gritar para avisar os outros. Um deles começou a fugir, trepando como um macaco pelos degraus de pedra do lado contrário. Um feitiço de Dumbledore fê-lo regressar com tanta facilidade como se o tivesse fisgado com uma linha invisível...

Apenas um par continuava a bater-se, aparentemente sem ainda ter dado pela chegada de Dumbledore. Harry viu Sirius desviar um jacto de luz vermelha lançado por Bellatrix. Estava a rir-se para ela.

— Vá lá, és capaz de fazer melhor! — atirou-lhe ele, num grito que ecoou por toda a sala cavernosa.

O segundo jacto de luz foi atingi-lo em cheio no peito.

O sorriso não se desvaneceu logo por completo do seu rosto, mas os olhos arregalaram-se de espanto.

Harry largou Neville, embora não o fizesse de forma consciente. Voltou a descer os degraus aos pulos, puxou pela varinha, tal como Dumbledore, e dirigiu-se ao estrado.

Parecia que Sirius levara uma eternidade a cair. O seu corpo curvara-se num arco gracioso, à medida que se afundava através do véu esfarrapado, suspenso da passagem em arco.

Harry reparou na expressão, um misto de medo e de surpresa, no rosto do seu padrinho, agora sombrio, mas que em tempos fora atraente, enquanto ele se precipitava pelo arco antigo e desaparecia para lá do véu, que balançou por uns instantes como se lá no alto corresse uma aragem, para logo de seguida voltar à posição inicial.

Harry ouviu o grito de triunfo de Bellatrix Lestrange, mas sabia que nada significava: Sirius apenas tinha caído pela passagem em arco e iria reaparecer do outro lado a qualquer momento...

No entanto, Sirius não voltou a aparecer.

— SIRIUS! — gritou Harry. — SIRIUS!

Tinha chegado ao fundo e a sua respiração ofegante queimava-lhe o peito. Sirius devia estar mesmo por detrás da cortina, ele, Harry, iria buscá-lo...

Porém, no momento em que alcançou o chão e se preparava para correr em direcção ao estrado, Lupin agarrou-o em torno do peito e puxou-o para trás.

— Não há nada que possas fazer, Harry...

— Vai buscá-lo, salva-o, ele só passou para o outro lado!

— ... é tarde de mais, Harry.

— Ainda podemos salvá-lo... — Harry debatia-se com força e violência, mas Lupin não o largava...

— Não há nada que possas fazer, Harry... nada... ele deixou-nos.

XXXVI

O ÚNICO QUE ELE ALGUMA VEZ TEMEU

— Ele não nos deixou! — gritava Harry.
Não acreditava que fosse verdade. Não queria acreditar que fosse verdade. Continuava a tentar libertar-se de Lupin com todas as suas forças. Lupin não era capaz de entender. Havia pessoas que se escondiam por detrás daquela cortina. Harry ouvira-as a sussurrar da primeira vez que estivera naquela sala. Sirius estava escondido, meramente fora do alcance da vista.
— SIRIUS! — bradou ele. — SIRIUS!
— Harry, ele não pode voltar — afirmou Lupin com a voz a falhar-lhe, enquanto tentava a custo conter Harry. — Ele não pode voltar, porque m...
— ELE... NÃO... MORREU! — vociferou Harry. — SIRIUS!
Havia movimento em torno deles, uma agitação sem sentido, clarões provenientes de mais feitiços. Para Harry, eram ruídos irrelevantes, as maldições que eram desviadas e passavam por eles não tinham qualquer importância, nada tinha importância para além de Lupin deixar de fingir que Sirius (que se encontrava atrás daquela velha cortina, a apenas alguns passos de distância) não iria voltar a aparecer a qualquer momento, sacudindo a sua cabeleira negra, ansioso por voltar a juntar-se à luta.
Lupin arrastou Harry para longe do estrado. Harry, que continuava com o olhar preso na passagem em arco, começava agora a ficar zangado com Sirius por o fazer esperar tanto tempo...
Todavia, ainda que continuasse a debater-se para que Lupin o soltasse, uma parte de si próprio tinha consciência de que Sirius nunca o faria esperar... Sirius sempre correra todos os riscos necessários para ver Harry, para ir em seu auxílio... se não surgia através daquele arco quando Harry gritava por ele como se a sua vida dependesse disso, a única explicação possível era que não iria voltar... que estava mesmo...
Dumbledore conseguira reunir a maior parte dos Devoradores da Morte no meio da sala, aparentemente imobilizados por cordas invisíveis. Moody Olho-Louco tinha ido a rastejar pela sala até junto

de Tonks e tentava reanimá-la. Por detrás do estrado, ainda se viam feixes de luz e se ouviam gemidos e gritos... Kingsley tinha avançado para tomar o lugar de Sirius no duelo com Bellatrix.

— Haly?

Neville escorregara pelos bancos de pedra, um a um, até ao sítio onde Harry se encontrava. Este já não de debatia contra Lupin, que, não obstante, continuava a segurá-lo por precaução.

— Haly... lamendo imenso... — disse Neville. As suas pernas continuavam a dançar descontroladamente. — Aguele homem... o Sirius Blag... era deu amigo?

Harry assentiu com a cabeça.

— Pronto — disse Lupin baixinho e, apontando a varinha às pernas de Neville, acrescentou: — *Finite.* — O feitiço quebrou-se. As pernas de Neville voltaram a assentar no chão e ficaram imóveis. O rosto de Lupin estava pálido. — Vamos... vamos à procura dos outros. Onde é que eles estão, Neville?

Enquanto falava, Lupin ia-se afastando da passagem em arco. Parecia que cada palavra que proferia lhe causava sofrimento.

— Esdão dodos ali — respondeu Neville. — Um céleblo adacou o Lon, mas axo gue ele esdá bem... e a Helmione esdá desmaiada, mas dem pulsação...

Ouviu-se um grande estrondo e um grito provenientes da parte posterior do estrado. Harry viu Kingsley a embater no solo, gritando de dor. Bellatrix Lestrange virou as costas e começou a correr, quando Dumbledore surgiu. Ele lançou um feitiço na sua direcção, mas ela conseguiu desviá-lo. Encontrava-se agora a meio do anfiteatro...

— Harry... não! — gritou Lupin, mas Harry já dera um puxão violento para libertar o braço do aperto frouxo de Lupin.

— ELA MATOU O SIRIUS! — bradou. — ELA MATOU-O... EU VOU MATÁ-LA!

E desatou numa corrida, subindo aos tropeções os degraus de pedra. Ouvia gritos a chamá-lo, mas não lhes prestou atenção. A bainha do manto de Bellatrix volteou e desapareceu à sua frente e encontraram-se uma vez mais na sala onde flutuavam os cérebros...

Ela lançou-lhe uma maldição por cima do ombro. O reservatório elevou-se no ar e entornou-se. A poção nauseabunda que ele continha derramou-se sobre Harry: os cérebros escorregaram, deslizaram por cima dele e começaram a soltar os seus compridos tentáculos coloridos. Porém, quando ele gritou: — *Wingardium Leviosa!* — afastaram-se dele e ficaram a pairar no ar. A escorregar e a des-

lizar, continuou a correr em direcção à porta, saltou por cima de Luna, que estava a gemer no chão, e passou por Ginny, que disse:
— Harry... o quê? — Em seguida, ultrapassou Ron, que continuava a soltar um risinho débil e tolo e, por fim, Hermione, ainda inconsciente. Abriu de sopetão a porta que conduzia à sala negra e circular e avistou Bellatrix a desaparecer pela porta do lado oposto. Para além dela situava-se o corredor que dava acesso aos elevadores.

Deu uma corrida, mas ela já fechara a porta com violência e as paredes estavam já a girar. Mais uma vez, viu-se rodeado por feixes de luz azul provenientes dos candelabros, que rodopiavam.

— Onde fica a saída? — gritou ele em desespero, quando as paredes tornaram a parar com um estrondo. — Como é que se sai daqui?

Parecia que a sala estivera à espera de que ele fizesse aquela pergunta. A porta mesmo por detrás dele abriu-se de repente, e Harry deparou-se com o corredor dos elevadores que se estendia à sua frente, deserto, iluminado pelos archotes. Tornou a correr...

Ouvia o barulho dum elevador mais adiante. Percorreu a passagem a correr, virou numa esquina e deu um murro no botão para chamar outro elevador. O estrépito da cabina ecoava cada vez mais perto. As grades deslizaram para os lados e Harry precipitou-se lá para dentro, pressionando com violência o botão que indicava «Átrio». As portas voltaram a fechar-se e ele começou a subir...

Forçou a saída do elevador antes que as grades se abrissem por completo e olhou em seu redor. Bellatrix estava quase a chegar à cabina telefónica na outra extremidade do *hall*, mas olhou para trás, enquanto ele dava uma corrida para a apanhar, e lançou-lhe mais um feitiço. Desviou-se para trás da Fonte da Irmandade Mágica, o feitiço passou por ele a grande velocidade e foi atingir os portões trabalhados a ouro no lado oposto do Átrio, fazendo-os retinir como sinos. Não ouviu mais passos. Ela parara de correr. Agachou-se por detrás das estátuas, à escuta.

— *Sai cá para fora, sai cá para fora, Harryzinho!* — chamou-o ela na sua voz de bebé e as palavras ecoaram pelo soalho de madeira polida. — Então, por que é que vieste atrás de mim? Pensei que fora para vingar o meu querido primo!

— E foi! — vociferou Harry, e parecia que uma vintena de Harrys fantasmagóricos ecoava em coro: — *E foi! E foi! E foi!* — a toda a volta da sala.

— Aaaaaaah... *gostavas* mesmo dele, bebezinho Potter?

Harry sentiu um ódio percorrê-lo como nunca antes experimentara. Saiu de rompante de detrás da fonte e berrou: — *Crucio!* Bellatrix lançou um grito. O feitiço deitara-a ao chão, mas não ficou a contorcer-se e a gemer de dor como Neville fizera... levantou-se num ápice, ofegante, e já sem vontade de fazer troça. Harry voltou a esconder-se atrás da fonte dourada. O contrafeitiço lançado por ela foi atingir a cabeça do feiticeiro bem-parecido, que foi arrancada e aterrou a cerca de seis metros de distância, fazendo enormes riscos no soalho de madeira.

— Nunca tinhas usado uma Maldição Imperdoável, pois não, meu rapaz? — urrou ela. Agora já não falava com voz de bebé. — Tens de os *sentir*, Potter! Tens de querer mesmo provocar dor... ter prazer nisso... a fúria justificada já não me consegue atingir por muito tempo... vou mostrar-te como se faz, está bem? Vou dar-te uma lição...

Quando Harry contornava a fonte pelo lado oposto, ela gritou: — *Crucio!* — Ele viu-se forçado a baixar-se novamente, enquanto o braço do centauro que segurava o arco foi arrancado e aterrou no chão com um estrondo, a curta distância da cabeça dourada do feiticeiro.

— Potter, tu não me podes vencer! — guinchou ela.

Harry ouvia-a deslocar-se para a esquerda, a tentar obter um ângulo de visão desimpedido. Fez marcha atrás em volta da estátua para fugir dela, agachando-se por detrás das patas do centauro, com a cabeça ao mesmo nível que a do elfo doméstico.

— Fui e sou a serva mais leal do Senhor das Trevas. Foi com ele que aprendi Magia Negra e conheço feitiços com um poder imenso, contra os quais tu, rapazinho insignificante, nunca poderás competir... ...

— *Atordoar!* — gritou Harry. Tinha contornado a fonte mesmo até ao sítio onde ficava o duende, que se ria para o feiticeiro agora acéfalo, de modo a apontar para as costas de Bellatrix, enquanto ela espreitava em torno da fonte. Ela reagiu tão depressa que Harry mal teve tempo de se baixar.

— *Protego!*

O jacto de luz vermelha, o seu próprio Feitiço de Atordoar, foi-lhe devolvido. Harry voltou a esconder-se apressadamente atrás da fonte e uma das orelhas do duende voou pela sala.

— Potter, vou dar-te uma última oportunidade! — vociferou Bellatrix. — Entrega-me a profecia... manda-a a rolar pelo chão agora... e talvez te poupe a vida!

— Bem, vais ter de me matar, porque já não há profecia! — berrou Harry e, enquanto proferia estas palavras, sentiu uma dor a latejar-lhe na fronte. A cicatriz queimava-o de novo, e foi atingido por uma fúria súbita que não parecia estar relacionada com a raiva que já o dominava. — E ele sabe! — acrescentou Harry, com uma gargalhada de loucura semelhante à da própria Bellatrix. — O teu caro amigo Voldemort sabe que ela já não existe! Não vai ficar nada satisfeito contigo, pois não?

— O quê? Que estás para aí a dizer? — indagou ela com um grito e, pela primeira vez, Harry pressentiu medo na voz dela.

— A profecia despedaçou-se quando eu estava a ajudar o Neville a subir as escadas! E então, o que achas tu que o Voldemort vai dizer disso?

A cicatriz latejava e ardia-lhe... a dor fazia-lhe vir lágrimas aos olhos...

— Mentiroso! — guinchou ela, já sem conseguir ocultar o pânico por detrás da raiva. — TU TEM-LA, POTTER, E VAIS ENTREGAR-MA! *Accio profecia! ACCIO PROFECIA!*

Harry riu-se mais uma vez, porque sabia que aquilo iria enfurecê-la. A sua dor de cabeça estava a intensificar-se de tal forma que pensou que o crânio lhe rebentaria. Acenou com a mão livre por detrás do duende duma só orelha e voltou a ocultá-la rapidamente, quando ela lançou mais um jacto de luz verde a voar na sua direcção.

— Aqui não há nada! — gritou ele. — Nada para invocar! Estilhaçou-se e ninguém ouviu o que tinha para dizer, diz isso ao teu patrão!

— Não! — guinchou ela. — Não é verdade, estás a mentir-me! MESTRE, EU TENTEI, EU TENTEI... NÃO ME CASTIGUE...

— Não gastes o teu latim! — berrou Harry, com os olhos contraídos por causa da dor na cicatriz, cada vez mais intensa. — Ele não te consegue ouvir daqui!

— Ai não, Potter? — retorquiu uma voz fria e sonora.

Harry arregalou os olhos.

Alto, magro, com um capuz preto, o seu terrível rosto de víbora pálido e esquelético, os olhos escarlates, de pupilas semicerradas e penetrantes... Lord Voldemort surgira no centro do *hall*, com a varinha apontada a Harry, que ficou paralisado, incapaz de se mover.

— Com que então, quebraste a profecia? — indagou Voldemort com voz suave, fitando Harry com os seus impiedosos olhos vermelhos. — Não, Bella, ele não está a mentir... Eu vejo a verdade a olhar-me de dentro da sua mente inútil... meses de preparativos, meses de esforços... e os meus Devoradores da Morte permitiram que o Harry voltasse a frustrar os meus planos...

— Mestre, desculpe, eu não sabia, estava a lutar com o Animagus Black! — soluçou Bella, atirando-se aos pés de Voldemort, enquanto ele andava devagar para trás e para frente. — O Mestre devia saber...

— Está calada, Bella — disse Voldemort ameaçadoramente. — Não tarda, já vou tratar de ti. Achas que vim ao Ministério da Magia para te ouvir a lamuriar desculpas?

— Mas Mestre... ele está aqui... está lá em baixo...

Voldemort não lhe prestou qualquer atenção.

— Não tenho mais nada a dizer-te, Potter — afirmou em voz baixa. — Já me andas a aborrecer há demasiado tempo, vezes de mais. *AVADA KEDAVRA!*

Harry nem sequer abriu a boca para resistir. Sentia a mente vazia e a sua varinha apontava inutilmente para o chão.

Contudo, na fonte, a estátua do feiticeiro acéfalo tinha ganhado vida, saltado do respectivo plinto e fora despenhar-se no chão, entre Harry e Voldemort. O feitiço fez-lhe ricochete no peito, quando a estátua abriu os braços para o proteger.

— Que...? — gritou Voldemort, olhando fixamente em seu redor. E de imediato exclamou em voz baixa: — *Dumbledore!*

Harry olhou para trás, com o coração aos pulos. Dumbledore encontrava-se em frente dos portões dourados.

Voldemort ergueu a varinha e lançou um jacto de luz verde a Dumbledore, que se virou e desapareceu a rodopiar, envolto na sua capa. No instante seguinte, tinha reaparecido por detrás de Voldemort e agitou a varinha em direcção aos restos da fonte. As outras estátuas ganharam vida. A estátua da feiticeira correu para Bellatrix, que se pôs aos gritos e a lançar uma série de feitiços inúteis, antes de se precipitar sobre ela e a deitar ao chão. Entretanto, o duende e o elfo doméstico dirigiram-se com passinhos curtos e rápidos às lareiras dispostas ao longo da parede e o centauro de um só braço galopou até Voldemort, que desapareceu e tornou a surgir ao pé da fonte. A estátua acéfala atirou Harry para trás, fora do alcance da luta, enquanto Dumbledore avançava para Voldemort e o centauro dourado galopava em torno de ambos.

— Foi uma tolice vires aqui esta noite, Tom — afirmou Dumbledore calmamente. — Os Aurors estão a chegar...

— Altura em que eu já me terei ido embora e tu estarás morto! — ripostou Voldemort. Lançou mais uma maldição mortífera a Dumbledore que falhou o alvo, indo, em vez disso, atingir a secretária do segurança, que irrompeu em chamas.

Dumbledore moveu a sua própria varinha. A força do feitiço que emanou dela foi tal que, apesar de estar protegido pelo seu guarda dourado, Harry sentiu os cabelos eriçarem-se-lhe, quando passou por ele, e, desta feita, Voldemort viu-se obrigado a criar do nada um escudo prateado de protecção para o conseguir desviar. O feitiço, o que quer que fosse, não provocou danos visíveis no escudo, embora dele ecoasse uma nota longa e grave... um som estranhamente arrepiante.

— Não estás a tentar matar-me, pois não, Dumbledore? — inquiriu Voldemort, com os olhos escarlates semicerrados por cima do escudo. — És superior a esse tipo de brutalidade, não és?

— Ambos sabemos que existem outras maneiras de destruir um homem, Voldemort — afirmou Dumbledore calmamente, continuando a dirigir-se a Voldemort como se não receasse nada neste mundo, como se nada tivesse acontecido que o fizesse interromper o seu passeio ao longo do *hall*. — Tenho de admitir que matar-te simplesmente não seria suficiente para me satisfazer...

— Não há nada pior que a morte, Dumbledore! — vociferou Voldemort.

— Estás muito enganado — redarguiu Dumbledore, continuando a aproximar-se dele e falando tão descontraidamente como se estivessem a ter aquela conversa, enquanto tomavam uma bebida. Ao vê-lo avançar, Harry sentiu-se amedrontado, indefeso, sem protecção. Queria ser capaz de gritar para o avisar, mas o seu guarda acéfalo continuava a desviá-lo para a parede, impedindo-o de sair detrás dele. — Na verdade, a tua incapacidade em compreender que há coisas muito piores que a morte foi sempre a tua grande fraqueza...

Mais um jacto de luz verde voou de detrás do escudo prateado. Desta vez foi o centauro dum só braço, que galopava em frente de Dumbledore, que foi atingido e se desfez em mil pedaços. Porém, antes mesmo de os estilhaços terem caído ao chão, Dumbledore tinha feito recuar a varinha e agitou-a como se fosse um chicote. Uma longa chama delgada esvoaçou da ponta, indo enrolar-se em volta de Voldemort, incluindo o escudo. Durante uns instantes parecia que Dumbledore vencera, mas então a corda flamejante transformou-se numa serpente, que logo libertou Voldemort e, a silvar furiosamente, se virou para enfrentar Dumbledore.

Voldemort desapareceu. A serpente ergueu-se, pronta a atacar...

Uma explosão de chamas deflagrou por cima de Dumbledore, no momento em que Voldemort reapareceu, empoleirado no plinto no meio da água, onde ainda havia pouco se encontravam as cinco estátuas.

— *Cuidado!* — gritou Harry.

Todavia, nesse mesmo instante, a varinha de Voldemort dirigiu mais outro jacto de luz verde a Dumbledore e a serpente atacou...

Fawkes desceu repentinamente em frente de Dumbledore, abriu completamente o bico e engoliu o jacto de luz verde por inteiro, irrompendo em seguida em chamas e caindo no chão, murcha, enrugada e indefesa. Nesse preciso instante, Dumbledore brandiu a sua varinha num movimento longo e fluido... a serpente, que estivera a um passo de lhe cravar as presas, elevou-se no ar e desapareceu, envolta numa espiral de fumo negro. A água da fonte formou uma onda que cobriu Voldemort como um casulo de vidro liquefeito.

Durante alguns segundos, Voldemort era visível apenas como uma forma sombria, ondulante e sem rosto, tremeluzindo indistintamente em cima do plinto, numa tentativa óbvia de afastar a massa de água sufocante...

Em seguida desapareceu e a água foi despenhar-se na fonte com um estrondo, galgando por cima da borda e indo encharcar o chão encerado.

— MESTRE! — gritou Bellatrix.

Logo que se tornou óbvio que a luta tinha terminado, que Voldemort decidira fugir, Harry preparou-se para escapar à estátua que o guardava, mas Dumbledore atirou-lhe um berro: — Não saias de onde estás, Harry!

Pela primeira vez, Dumbledore parecia amedrontado. Harry não via razão para isso: o *hall* estava completamente vazio sem contar com eles, com Bellatrix a soluçar e ainda presa debaixo da estátua da feiticeira, e *Fawkes*, renascida, a crocitar debilmente no chão...

Foi então que a cicatriz de Harry rebentou e ele percebeu que estava morto: sentia uma dor inimaginável, para além dos limites suportáveis...

Já não estava no *hall*, mas sim enrolado numa criatura com olhos vermelhos, tão fortemente unido a ela que não sabia onde acabava o seu corpo e começava o da criatura: estavam fundidos um no outro, unidos pela dor, e não havia fuga possível...

Então, a criatura falou, através da boca de Harry, de maneira que, imerso na sua angústia, sentiu os maxilares moverem-se...

— *Mata-me agora, Dumbledore...*

Cego e moribundo, todo o seu corpo ansioso por se libertar, Harry tornou a sentir a criatura servir-se dele...
— *Se a morte não significa nada, Dumbledore, então mata o rapaz...*
«Faz que a dor pare», pensou Harry... «deixa que ele nos mate... acaba com isto, Dumbledore... a morte não é nada, comparada com isto...»
«E vou voltar a ver o Sirius...»
O coração de Harry foi invadido pela emoção, os elos da criatura soltaram-se e a dor desapareceu. Harry deu por si no chão, deitado de barriga para baixo, sem óculos, a tremer como se estivesse sobre gelo e não em cima da madeira...
Havia vozes que ecoavam pela sala, mais vozes que as que se esperaria que lá estivessem... Harry abriu os olhos, viu os óculos caídos ao pé do calcanhar da estátua acéfala que o estivera a guardar, mas que agora estava estendida de costas, rachada e imóvel. Pôs os óculos, ergueu ligeiramente a cabeça e foi dar com o nariz arqueado de Dumbledore a centímetros do seu.
— Estás bem, Harry?
— Sim — respondeu, a tremer tão violentamente que não conseguia manter a cabeça bem levantada. — Sim, eu... onde está o Voldemort, onde... quem são estes... o que...
O Átrio estava repleto de gente. O pavimento reflectia as chamas verde-esmeralda que se tinham acendido em todas as lareiras ao longo duma das paredes, e delas fluíam feiticeiros e feiticeiras. Quando Dumbledore o ajudou a levantar-se, Harry reparou nas estátuas minúsculas do elfo doméstico e do duende, conduzindo um Cornelius Fudge com ar atordoado.
— Ele esteve ali! — gritou um homem de rabo-de-cavalo que envergava um manto escarlate e que apontava para um monte de escombros do lado oposto do *hall*, onde Bellatrix tinha estado presa escassos momentos antes. — Eu vi-o, Mr. Fudge, juro que era o Quem-Nós-Sabemos... ele agarrou numa mulher e Desmaterializou-se!
— Eu sei, Mr. Williamson, eu sei, também o vi! — assentiu Fudge atabalhoadamente. Usava um pijama por baixo da sua capa às risquinhas e estava ofegante, como se tivesse acabado de correr uma longa distância. — Pelas barbas de Merlin... aqui... *aqui*... no Ministério da Magia!... Céus... parece impossível... palavra de honra... como é possível...?
— Cornelius, se te dirigires lá abaixo, ao Departamento dos Mistérios — afirmou Dumbledore, aparentemente satisfeito por

Harry se encontrar bem e continuando a avançar para que os recém-chegados pensassem que era a primeira vez que ali estava (alguns empunharam as varinhas, outros ficaram simplesmente embasbacados a olhar, as estátuas do elfo e do duende aplaudiram e Fudge saltitava de tal maneira que os chinelos que tinha calçados voaram pelo ar) —, vais encontrar vários Devoradores da Morte no interior da Câmara da Morte, atados por um Feitiço Antidesmaterializante e à espera de que tu decidas que destino lhes deves dar.

— Dumbledore! — arquejou Fudge, fora de si de tão espantado.
— Tu... aqui... eu... eu...

Olhou com ar desvairado em seu redor para os Aurors que trouxera com ele, e não poderia ter sido mais óbvio que estava quase decidido a gritar: «Agarrem-no!»

— Cornelius, estou preparado para lutar contra os teus homens... e vencê-los, mais uma vez! — declarou Dumbledore com uma voz troante. — Porém, tu acabaste de ver, com os teus próprios olhos, a prova de que há um ano que te ando a dizer a verdade. Lord Voldemort regressou, há doze meses que andas a perseguir a pessoa errada, e já é altura de ouvires a voz da razão!

— Eu... não... bom... — vociferou Fudge, olhando à sua volta na esperança de que alguém lhe indicasse o que deveria fazer. Como ninguém o fez, prosseguiu: — Muito bem... Dawlish! Williamson! Vão lá abaixo ao Departamentos dos Mistérios e verifiquem... Dumbledore, tu... tens de me dizer precisamente... a Fonte da Irmandade Mágica... que aconteceu? — acrescentou com uma espécie de soluço, olhando fixamente para o chão, onde se encontravam espalhados os destroços das estátuas da feiticeira, do feiticeiro e do centauro.

— Podemos discutir esse assunto depois de eu ter mandado o Harry de volta para Hogwarts — afirmou Dumbledore.

— Harry... *Harry Potter?*

Fudge virou-se e fitou Harry, que continuava de pé, encostado à parede, junto à estátua caída que o tinha guardado durante o duelo travado entre Dumbledore e Voldemort.

— Ele... aqui? — admirou-se Fudge. — Porquê... qual a razão de tudo isto?

— Vou explicar-te tudo — reiterou Dumbledore —, assim que o Harry tiver regressado à escola.

Afastou-se da fonte e dirigiu-se ao sítio onde jazia a cabeça dourada do feiticeiro. Apontou a varinha para ela e murmurou: — *Portus!* — A cabeça emitiu um brilho azul e pôs-se a tremer ruidosamente no pavimento de madeira durante alguns instantes até voltar a ficar completamente imóvel.

— Ouve bem uma coisa, Dumbledore! — disse Fudge, no momento em que este agarrava na cabeça e voltava para ao pé de Harry. — Não te foi dada autorização para esse Botão de Transporte! Não podes fazer coisas desse género mesmo debaixo do nariz do Ministro da Magia, tu... tu...

A voz falhou-lhe, quando Dumbledore se pôs a olhar para ele autoritariamente por cima dos seus óculos em forma de meia-lua.

— Vais emitir uma ordem para expulsar Dolores Umbridge de Hogwarts — ordenou Dumbledore. — Vais ordenar aos Aurors que parem de perseguir o meu professor de Cuidados com as Criaturas Mágicas para que ele possa voltar ao trabalho. Vou conceder-te...

— Dumbledore retirou do bolso um relógio com doze ponteiros e deu-lhe uma olhadela — ... meia hora do meu tempo esta noite, que creio será mais que suficiente para abordarmos os aspectos mais importantes do que se passou aqui. Depois disso, vou regressar à minha escola. É claro que, se voltares a necessitar da minha ajuda, te deves sentir completamente à vontade para me contactares em Hogwarts. A minha correspondência deve ser endereçada ao Director.

Os olhos de Fudge arregalaram-se mais que nunca. Tinha a boca aberta e o rosto redondo estava cada vez mais corado, contrastando com o cabelo grisalho desgrenhado.

— Eu... tu...

Dumbledore virou-lhe as costas.

— Toma este Botão de Transporte, Harry.

Ergueu a cabeça dourada da estátua e Harry colocou-lhe a mão em cima, sentindo que já lhe era indiferente o que faria a seguir, ou para onde iria.

— Vou ter contigo dentro de meia hora — afirmou Dumbledore em voz baixa. — Um... dois... três...

Harry foi atingido pela sensação familiar dum gancho a içá-lo pelo umbigo. O chão de madeira encerada desapareceu debaixo dos seus pés. O Átrio, Fudge e Dumbledore desapareceram e ele começou a voar, envolto num redemoinho de cor e som...

XXXVII

A PROFECIA PERDIDA

Os pés de Harry aterraram em solo firme, os seus joelhos vergaram ligeiramente e a cabeça dourada do feiticeiro foi embater no chão com uma pancada retumbante. Olhou em seu redor e verificou que fora dar ao gabinete de Dumbledore.

Tudo parecia ter-se consertado durante a ausência do director. Os delicados instrumentos de prata encontravam-se novamente nas mesas de pernas altas e finas, soprando e zumbindo tranquilamente. Os retratos dos directores e das directoras dormitavam nas respectivas molduras com as cabeças reclinadas em poltronas ou nas orlas das telas. Harry olhou pela janela. Via-se uma linha fina verde-pálida ao longo do horizonte a anunciar a chegada iminente da madrugada.

O silêncio e a tranquilidade, interrompidos apenas por um gemido ou uma fungadela ocasionais vindos dos retratos adormecidos, eram-lhe insuportáveis. Se o ambiente que o circundava fosse capaz de reflectir o que lhe ia na alma, os retratos estariam a gritar de sofrimento. Pôs-se a andar pelo gabinete elegante e silencioso, com a respiração ofegante, evitando pensar. Mas ele tinha de pensar... não havia escapatória...

A culpa de Sirius ter morrido era dele, era tudo culpa dele. Se ele, Harry, não tivesse sido idiota ao ponto de cair na armadilha de Voldemort, se não tivesse estado tão seguro de que aquilo que vira no seu sonho correspondia à verdade, se ao menos tivesse admitido a possibilidade de, tal como Hermione dissera, Voldemort ter estado a contar com *a mania de Harry de se armar em herói*...

Era-lhe insuportável, não queria pensar naquilo, não conseguia aguentar... havia um vazio terrível dentro dele que se recusava a sentir ou a examinar, um buraco negro no lugar onde Sirius estivera, donde Sirius desaparecera. Harry não queria estar sozinho com aquele enorme espaço silencioso, não era capaz de suportar tal coisa...

Um dos retratos atrás dele soltou um ressono particularmente ruidoso, e uma voz tranquila disse: — Ah... Harry Potter...

Phineas Nigellus deu um grande bocejo e espreguiçou-se, à medida que observava Harry através do seu olhar perspicaz e penetrante.

— Então o que é que te traz aqui às primeiras horas da madrugada? — acabou Phineas por perguntar. — Só o director legítimo tem permissão para entrar neste gabinete. Ou foi o Dumbledore quem te mandou para aqui? Oh, não me digas... — Voltou a estremecer com um bocejo. — Mais uma mensagem do meu inútil trineto?

Harry não se sentia capaz de falar. Phineas Nigellus não sabia que Sirius estava morto e Harry não lhe podia dar aquela notícia. Proferi-la em voz alta seria o mesmo que torná-la definitiva, absoluta, irreparável.

Mais alguns retratos tinham começado a mexer-se. O pânico de ser interrogado fez que Harry se dirigisse à porta a passos largos e agarrasse a maçaneta.

Esta recusou-se a girar. Estava trancado lá dentro.

— Espero que isto signifique — afirmou o feiticeiro corpulento e de nariz vermelho que estava pendurado na parede por detrás da secretária do Director — que não tardará muito até que o Dumbledore regresse para junto de nós?

Harry virou-se. O feiticeiro perscrutava-o com grande interesse. Harry assentiu. Voltou a dar um empurrão à maçaneta por detrás dele, mas ela continuou imóvel.

— Ah, bom — congratulou-se o feiticeiro. — Isto tem andado muito enfadonho sem ele, mesmo muito enfadonho.

Foi instalar-se na cadeira a fazer lembrar um trono na qual tinha sido retratado e dirigiu um sorriso bondoso a Harry.

— O Dumbledore tem-te em grande conta, como tenho a certeza de que sabes — afirmou tranquilamente. — Oh, sim. Sente uma grande estima por ti.

Harry sentia a culpa invadir-lhe o peito como um parasita monstruoso e opressivo, a contorcer-se sem parar. Não era capaz de suportar aquilo, não era capaz de continuar a ser ele próprio... nunca anteriormente se sentira tão preso dentro da sua própria cabeça e do seu próprio corpo, nunca desejara tanto ser outra pessoa, qualquer pessoa, diferente...

A lareira vazia irrompeu em labaredas verde-esmeralda e Harry largou a porta dum pulo, olhando fixamente para o homem que rodopiava lá dentro. À medida que a silhueta alta de Dumbledore surgia das chamas, os feiticeiros e as feiticeiras nas paredes circundantes acordaram com um estremeção, muitos deles soltando gritos de saudação.

— Obrigado — agradeceu Dumbledore delicadamente.

A princípio não olhou para Harry, mas dirigiu-se ao poleiro junto à porta e retirou do bolso de dentro do manto a minúscula, feia e implume *Fawkes*, que colocou cuidadosamente na bandeja com cinzas macias por baixo do poste dourado onde a *Fawkes* adulta habitualmente se empoleirava.

— Bem, Harry — disse Dumbledore, deixando por fim o pássaro renascido —, vais ficar contente por saber que nenhum dos teus colegas vai sofrer lesões permanentes por causa dos acontecimentos desta noite.

Harry tentou dizer: «Que bom», mas não foi capaz de emitir qualquer palavra. Parecia-lhe que Dumbledore o estava a lembrar da quantidade de danos que ele tinha provocado e, não obstante Dumbledore estar finalmente a olhá-lo de frente e a sua expressão ser mais bondosa que recriminatória, Harry não se sentia com coragem de olhá-lo nos olhos.

— A Madam Pomfrey está a tratar de todos eles — prosseguiu Dumbledore. — A Nymphadora talvez venha a precisar de ficar algum tempo internada em São Mungo, mas tudo indica que vai recuperar por completo.

Harry contentou-se em assentir com a cabeça em direcção ao tapete, que se ia tornando mais visível à medida que o céu lá fora ia empalidecendo. Tinha a certeza de que todos os retratos em volta da sala escutavam avidamente cada palavra que Dumbledore proferia, perguntando-se onde este último e Harry teriam estado e por que motivo teria havido feridos.

— Eu sei como te sentes, Harry — disse Dumbledore muito baixinho.

— Não, não sabe — retorquiu Harry, numa voz subitamente alta e forte. Sentia uma raiva incandescente a invadi-lo. Dumbledore não sabia *nada* acerca do que ele sentia.

— Estás a ver, Dumbledore? — observou Phineas Nigellus maliciosamente. — Nunca tentes compreender os alunos. Eles detestam que lhes façam isso. Preferem mil vezes ser terrivelmente incompreendidos, chafurdar na autocomiseração, atormentarem-se com a sua própria...

— Já chega, Phineas — interrompeu-o Dumbledore.

Harry virou as costas a Dumbledore e pôs-se a olhar fixamente pela janela. Conseguia ver o estádio de Quidditch ao longe. Sirius aparecera lá uma vez, disfarçado de cão preto felpudo, para poder assistir a um jogo de Harry... era provável que lá tivesse ido para verificar se Harry era tão bom como James... Harry nunca lhe perguntara...

— Harry, não é preciso estares envergonhado por te sentires assim — afirmou a voz de Dumbledore. — Pelo contrário... o facto de seres capaz de sentir uma dor tão intensa constitui a tua grande força.

Harry sentiu a raiva incandescente a chegar-lhe às entranhas, a arder naquele vazio medonho, a enchê-lo de desejo de magoar Dumbledore, por causa da sua calma e palavras vãs.

— A minha grande força, não é? — ripostou Harry, com a voz a tremer, enquanto olhava fixamente na direcção do estádio de Quidditch, mas já sem o ver. — Não faz a mais pequena ideia... não sabe...

— O que é que eu não sei? — indagou Dumbledore calmamente.

Aquilo era de mais. Harry virou-se, a tremer de fúria.

— Eu não quero falar sobre o que estou a sentir, está bem?

— Harry, ser capaz de sofrer desta maneira prova que ainda és um homem! Essa dor faz parte da condição humana...

— ENTÃO... EU... NÃO... QUERO... SER... HUMANO! — vociferou Harry, agarrando num dos delicados instrumentos de prata sobre a mesa de pernas longas e finas a seu lado e atirando-o ao chão. Este foi embater na parede e partiu-se em mil estilhaços. Vários retratos soltaram gritos de fúria e receio, e a figura de Armando Dippet exclamou: — *Francamente!*

— NÃO ME INTERESSA! — berrou-lhe Harry, pegando num lunascópio e atirando-o para a lareira. — JÁ AGUENTEI DE MAIS, JÁ VI DE MAIS, QUERO IR-ME EMBORA, QUERO QUE ISTO TUDO ACABE, JÁ NÃO QUERO SABER...

Agarrou na mesa onde estivera o instrumento de prata e também a atirou ao chão. Despedaçou-se ao cair e as pernas rebolaram em várias direcções.

— É claro que queres — afirmou Dumbledore. Não pestanejara, nem fizera qualquer movimento para impedir Harry de lhe destruir o gabinete. A sua expressão era calma, quase alheada. — Importas-te tanto que achas que te vais esvair em sangue, tal é a dor que sentes.

— NÃO... QUERO! — gritou Harry tão alto que temeu que a sua garganta se fosse rasgar e, por instantes, teve vontade de se precipitar sobre Dumbledore e dar cabo dele também... despedaçar aquele rosto sereno e velho, abaná-lo, magoá-lo, obrigá-lo a sentir uma parte minúscula que fosse do horror que ia dentro dele.

— Oh, sim, ai isso é que queres — insistiu Dumbledore, ainda mais tranquilo. —Já perdeste a tua mãe, o teu pai e, agora, a pessoa mais parecida com um pai que alguma vez conheceste. É claro que queres saber!

— NÃO SABE COMO EU ME SINTO! — vociferou Harry.

— O SENHOR... AÍ QUIETO... O SENHOR...

Contudo, as palavras já não eram suficientes, despedaçar objectos já não o ajudava. Queria correr, queria continuar a correr e não olhar nunca para trás, queria estar em algum lugar em que não pudesse ver aqueles olhos azul-claros a fitá-lo, aquele rosto abominavelmente velho e sereno. Correu para a porta, agarrou a maçaneta e puxou-a com força.

Mas a porta não queria abrir-se.

Harry voltou-se uma vez mais para Dumbledore.

— Deixe-me sair — pediu. Tremia dos pés à cabeça.

— Não — limitou-se Dumbledore a dizer.

Ficaram alguns segundos a olhar fixamente um para o outro.

— Deixe-me sair — disse Harry novamente.

— Não — repetiu Dumbledore.

— Se não me deixar... se me mantiver aqui... se não me deixar sair...

— Podes continuar a destruir os meus pertences à vontade — afirmou Dumbledore com grande serenidade. — Atrevo-me a confessar que tenho coisas a mais.

Contornou a secretária e foi instalar-se na cadeira, a olhar para Harry.

— Deixe-me sair — voltou Harry a dizer, com uma voz quase tão fria e calma quanto a de Dumbledore.

— Não antes de eu acabar o que tenho a dizer — declarou Dumbledore.

— O Senhor acha... acha que eu quero... acha que eu me... EU NÃO QUERO SABER O QUE TEM PARA ME DIZER! — rugiu Harry. — Eu não quero ouvir *nada* do que tenha para me dizer!

— Mas vais ouvir — redarguiu Dumbledore com firmeza. — Porque não estás, nem de perto nem de longe, tão zangado comigo como deverias estar. Se me queres agredir, como sei que estás prestes a fazer, gostaria de merecê-lo inteiramente.

— De que é que está a falar...?

— A culpa de o Sirius ter morrido é *minha* — afirmou Dumbledore claramente. — Ou, talvez seja mais acertado dizer, quase inteiramente minha... não vou ser arrogante ao ponto de assumir a responsabilidade toda. O Sirius era um homem corajoso, inteligente e enérgico, e os homens dessa espécie geralmente não se contentam em ficar escondidos em casa, quando pressentem que há alguém em perigo. Todavia, não deverias ter acreditado, por um instante sequer, que havia qualquer necessidade de ires esta noite ao Departamento dos Mistérios. Se eu tivesse sido sincero contigo, Harry, como deveria ter sido, há muito tempo que saberias que o Voldemort te poderia tentar atrair ao Departamento dos Mistérios, e nunca te terias deixado enganar e ido lá esta noite. E o Sirius não teria ido atrás de ti. A culpa é minha, e só minha.

Harry continuava com a mão na maçaneta da porta, mas não se apercebia disso. Olhava embasbacado para Dumbledore, respirava com dificuldade, escutava, mas mal compreendia o que estava a ouvir.

— Senta-te, por favor — disse Dumbledore. Não era uma ordem, era um pedido.

Harry hesitou, em seguida atravessou devagar a sala, agora cheia de bocados de prata e fragmentos de madeira espalhados pelo chão, e foi sentar-se em frente à secretária de Dumbledore.

— Quer isto dizer que — disse Phineas lentamente à esquerda de Harry — o meu trineto... o último dos Black... morreu?

— Sim, Phineas — confirmou Dumbledore.

— Não acredito — retorquiu Phineas com brusquidão.

Harry virou a cabeça a tempo de ver Phineas a sair do seu retrato e percebeu que ele ia visitar o seu outro retrato em Grimmauld Place. Talvez se fosse pôr a andar de retrato em retrato, a chamar por Sirius pela casa toda...

— Harry, devo-te uma explicação — afirmou Dumbledore. — A explicação dos erros de um velho. É que só agora sou capaz de ver que, no que te diz respeito, o que fiz, ou deixei de fazer comporta todos os sinais das fraquezas da idade. Os jovens não conseguem imaginar como a velhice pensa e sente. Os velhos, porém, são culpados, se se esquecem do que é ser jovem... e, ultimamente, parece que eu me tenho esquecido disso...

O nascer do Sol era agora bem visível. O cume das montanhas estava iluminado por um cor-de-laranja deslumbrante e o céu por cima delas era pálido e translúcido. A luminosidade atingiu Dumbledore, as suas sobrancelhas e a barba grisalhas, as rugas que sulcavam profundamente o rosto.

— Há quinze anos, quando vi a cicatriz que tens na testa — prosseguiu Dumbledore —, adivinhei qual poderia ser o seu significado. Adivinhei que se poderia tratar do sinal duma ligação estabelecida entre ti e o Voldemort.

— Já me tinha dito isso antes, Professor — ripostou Harry bruscamente. Não se importava de ser indelicado. Já tinha deixado de se importar muito com o que quer que fosse.

— Tens razão — anuiu Dumbledore como quem pede desculpa.

— Sim, mas, sabes, é necessário começarmos pela tua cicatriz. É que se tornou óbvio, pouco depois de teres regressado ao mundo da magia, que eu tinha razão e que a tua cicatriz te avisava sempre que o Voldemort se encontrava nas tuas proximidades, ou então quando sentia emoções fortes.

— Eu sei — confirmou Harry com voz fatigada.

— E esta tua capacidade de detectar a presença do Voldemort, mesmo quando ele está disfarçado, e saber o que ele sente sempre que as suas emoções são despertadas, tornou-se cada vez mais pronunciada desde o regresso do Voldemort ao seu próprio corpo e às suas plenas capacidades.

Harry não se deu ao trabalho de assentir. Já sabia tudo aquilo.

— Mais recentemente — continuou Dumbledore —, comecei a preocupar-me com a possibilidade de ele se aperceber da existência desta ligação entre ambos. Houve uma altura em que entraste tão profundamente na mente e nos pensamentos dele que é mais que certo ele ter pressentido a tua presença. Estou a falar, claro está, da noite em que assististe ao ataque contra Mr. Weasley.

— Pois, o Snape contou-me — resmungou Harry.

— O *Professor* Snape, Harry — corrigiu-o Dumbledore em voz baixa. — Mas não ficaste admirado por não ser eu a explicar-te isso? Por que razão não era eu a ensinar-te Oclumância? Por que é que eu estive meses sem sequer olhar para ti?

Harry ergueu o olhar. Reparava agora que Dumbledore tinha um ar triste e fatigado.

— Sim — murmurou Harry. — Sim, admirei-me.

— Sabes — prosseguiu Dumbledore —, eu acreditava que não tardaria muito até que o Voldemort tentasse entrar à força na tua mente, para manipular e desorientar os teus pensamentos, e estava longe de me sentir desejoso de lhe dar mais incentivos. Tinha a certeza de que, caso ele se apercebesse de que a nossa relação era... ou alguma vez tinha sido... mais chegada que aquela entre um director e um aluno, aproveitaria a oportunidade para se servir de ti como meio para me espiar. Temi o modo como se aproveitaria de ti, a possibilidade de tentar possuir-te. Harry, creio que tive razão em pensar que o Voldemort se tentaria servir de ti dessa forma. Nas raras ocasiões em que estivemos em contacto directo, julgo ter visto a sua sombra agitar-se por detrás do teu olhar...

Harry recordou-se da sensação de uma serpente adormecida a despertar no seu íntimo, pronta a atacar, nos momentos em que ele e Dumbledore tinham estabelecido contacto visual.

— Tal como ficou demonstrado esta noite, o objectivo do Voldemort em possuir-te não teria sido a minha destruição. Teria sido a tua. Quando há pouco, te possuiu durante uns breves instantes, contava que eu estivesse na disposição de te sacrificar na esperança de o matar. Por isso compreendes, Harry, que, ao distanciar-me de ti, tenho estado a tentar proteger-te. O erro dum velho...

Inspirou profundamente. Harry deixava-se inundar pelas palavras. Há alguns meses, teria estado muito interessado em ouvir tudo aquilo, mas agora parecia-lhe irrelevante, em comparação com o enorme vazio que tinha dentro de si, provocado pela morte de Sirius. Já nada daquilo tinha qualquer importância...

— O Sirius contou-me que sentiste o Voldemort a despertar dentro de ti precisamente na mesma noite em que tiveste a visão do ataque contra o Arthur Weasley. Soube de imediato que os meus piores receios eram verdadeiros: o Voldemort apercebera-se de que se podia servir de ti. As aulas de Oclumância que te arranjei com o Professor Snape destinavam-se a fortalecer a tua mente contra os ataques do Voldemort.

Fez uma pausa. Harry observou a luz do sol, que deslizava lentamente pela secretária encerada de Dumbledore, iluminar um tinteiro de prata e uma linda pena escarlate. Percebeu que os retratos em volta deles estavam acordados e a escutar atentamente a explicação de Dumbledore. De vez em quando, ouvia o ruge-ruge de mantos, um ligeiro clarear de voz. Phineas Nigellus ainda não tinha regressado...

— O Professor Snape descobriu — recomeçou Dumbledore — que há meses que sonhavas com a porta do Departamento dos Mistérios. Claro está que, desde que recuperou o corpo, o Voldemort andava obcecado com a ideia de ouvir a profecia e, como pensava continuamente na porta, também tu fazias o mesmo, embora não soubesses o que isso significava.

«Foi então que viste o Rookwood, que trabalhava no Departamento dos Mistérios antes de ser preso, dizer ao Voldemort aquilo que nós sempre soubemos... que as profecias guardadas no Ministério da Magia se encontram sob grande protecção. Apenas aqueles a quem se referem as podem retirar das prateleiras sem enlouquecerem. Neste caso, ou o próprio Voldemort teria de entrar no Ministério da Magia, e arriscar-se finalmente a revelar a sua presença... ou, então, terias de ser tu a ir buscá-la para lha entregares. Tornou-se ainda mais urgente que começasses a dominar a Oclumância.

— Mas não domino — murmurou Harry. Proferiu aquelas palavras em voz alta para tentar aliviar o peso da culpa que o atormentava: a confissão iria por certo libertar alguma da terrível pressão que lhe causava um aperto no coração. — Não treinei, não estive para isso, poderia ter-me impedido de continuar a ter aqueles sonhos. A Hermione estava sempre a dizer-me para o fazer. Se o tivesse feito, ele nunca me teria podido mostrar aonde ir e... o Sirius não teria... o Sirius não teria...

Harry sentiu irromper na sua mente a necessidade de se justificar, de explicar...

— Tentei verificar se ele tinha mesmo levado o Sirius, fui ao gabinete da Umbridge, falei com o Kreacher na lareira e ele disse-me que o Sirius não estava lá, que se tinha ido embora!

— O Kreacher mentiu-te — afirmou Dumbledore calmamente. — Não és tu o senhor dele, por isso podia mentir-te à vontade sem ter sequer necessidade de se castigar. O Kreacher queria que tu fosses ao Ministério da Magia.

— Ele... ele mandou-me lá de propósito?

— Ah, pois. O Kreacher, lamento dizê-lo, há meses que anda a servir mais que um senhor.

— Como? — perguntou Harry confuso. — Há anos que ele não sai de Grimmauld Place.

— O Kreacher aproveitou a oportunidade pouco antes do Natal — explicou Dumbledore —, numa altura em que parece que o Sirius lhe deu um grito para se pôr a andar. Ele tomou as palavras do Sirius a sério e interpretou aquilo como uma ordem para sair de casa. Foi ter com o único membro da família Black por quem ainda sentia algum respeito... Narcissa, a prima do Black, irmã da Bellatrix e mulher do Lucius Malfoy.

— Como é que sabe isso tudo? — admirou-se Harry. Sentia o coração a bater desenfreadamente. Estava enjoado. Recordava-se de se ter admirado da ausência de Kreacher durante o Natal, lembrava-se dele a surgir novamente no sótão...

— O Kreacher contou-me a noite passada — respondeu Dumbledore. — Sabes, quando dirigiste ao Professor Snape aquele aviso críptico, ele percebeu que tinhas tido uma visão do Sirius preso nas entranhas do Departamento dos Mistérios. Tal como tu, tentou de imediato entrar em contacto com o Sirius. Devo acrescentar que os membros da Ordem da Fénix possuem métodos de comunicação mais eficazes que a lareira do gabinete da Dolores Umbridge. O Professor Snape descobriu que o Sirius estava vivo, e em segurança, em Grimmauld Place.

«Todavia, como tu não regressaste da tua ida à Floresta com a Dolores Umbridge, o Professor Snape começou a ficar preocupado que ainda acreditasses que o Sirius estivesse prisioneiro de Lord Voldemort e alertou imediatamente certos membros da Ordem.

Dumbledore deu um grande suspiro e continuou: — O Alastor Moody, a Nymphadora Tonks, o Kingsley Shacklebolt e o Remus Lupin encontravam-se no Quartel-General, quando ele estabeleceu o contacto. Todos concordaram logo em ir em teu auxílio. O Professor Snape pediu ao Sirius que permanecesse lá, uma vez que precisava que alguém ficasse no Quartel-General para me informar do que acontecera, pois estavam à espera de que eu chegasse a qualquer momento. Entretanto ele, o Professor Snape, tinha a intenção de ir à Floresta à tua procura.

«Mas o Sirius não queria ficar para trás, enquanto os outros iam em teu auxílio e, por isso, encarregou o Kreacher de me contar o que se estava a passar. E, assim, foi o elfo que, pouco depois de eles se terem dirigido todos ao Ministério, me contou... quase a rebentar de riso... aonde o Sirius tinha ido.

— Ele estava a rir-se? — perguntou Harry com voz abafada.

— Ah, pois — confirmou Dumbledore. — Sabes, o Kreacher não foi capaz de nos trair totalmente. Ele não é Guardador Secreto da Ordem, não podia informar os Malfoys do nosso paradeiro, nem contar-lhes qualquer plano confidencial da Ordem que o tivessem proibido de revelar. Estava limitado pelos encantamentos da sua espécie, o que significa que não podia desobedecer a uma ordem directa do seu senhor, o Sirius. Não obstante, conseguiu transmitir à Narcissa informações de grande utilidade para o Voldemort que, porém, devem ter parecido demasiado triviais ao Sirius, pois não o proibiu de as repetir.

— Como, por exemplo? — quis saber Harry.

— Como, por exemplo, o facto de seres tu a pessoa com quem o Sirius mais se preocupava neste mundo — afirmou Dumbledore baixinho. — Como o facto de tu veres no Sirius um misto de pai e irmão. É claro que o Voldemort já sabia que o Sirius pertencia à Ordem, e que tu sabias onde ele se encontrava... mas a informação do Kreacher permitiu-lhe perceber que o Sirius Black era a única pessoa que tu tentarias salvar a todo o custo.

Harry sentia os lábios frios e entorpecidos.

— Então... quando, na noite passada, perguntei ao Kreacher se o Sirius lá estava...

— Os Malfoys... sem dúvida sob as instruções de Voldemort, disseram-lhe que ele tinha de descobrir maneira de manter o Sirius afastado, depois de tu o teres visto a ser torturado. Assim, se tu decidisses verificar se o Sirius se encontrava em casa ou não, o Kreacher poderia fingir que ele não estava. Feriu o Hipogrifo *Buckbeak* ontem e, no momento em que apareceste na lareira, o Sirius estava lá em cima a tratar dos ferimentos dele.

Harry tinha a sensação de que lhe faltava o ar. A sua respiração era superficial e acelerada.

— E o Kreacher contou-lhe tudo isto... a rir-se? — inquiriu em voz áspera.

— Não me queria contar — explicou Dumbledore. — Mas eu próprio sou um *Legilimens* suficientemente capacitado para saber quando me estão a mentir e... persuadi-o... a contar-me a história toda, antes de me dirigir ao Departamento dos Mistérios.

— E — sussurrou Harry, com os punhos fechados sobre os joelhos — a Hermione sempre a dizer-nos para o tratar bem...

— Ela tinha toda a razão, Harry — opinou Dumbledore. — Quando estabelecemos o nosso Quartel-General no número doze de Grimmauld Place, adverti o Sirius de que o Kreacher deveria ser tratado com gentileza e respeito. Também o avisei de que o elfo se poderia tornar um perigo. Acho que o Sirius não me levou muito a sério, nem alguma vez viu o Kreacher como uma criatura com sentimentos tão profundos como os dos humanos...

— Não o culpe... não... fale... do Sirius dessa maneira... — Harry tinha dificuldade em respirar, não conseguia proferir as palavras correctamente. Todavia, a fúria que se tinha acalmado voltara a acender-se. Não iria permitir que Dumbledore se pusesse a criticar Sirius. — O Kreacher é um mentiroso... repugnante... mereceu...

— Harry, o Kreacher é aquilo que os feiticeiros fizeram dele — interrompeu-o Dumbledore. — É verdade, ele é digno de pena. A sua existência tem sido tão miserável como a do teu amigo

Dobby. Foi obrigado a obedecer à vontade do Sirius, porque o Sirius era o último da família a quem ele estava escravizado. E, por muitos defeitos que ele tivesse, temos de reconhecer que o Sirius não fez grande coisa para lhe facilitar a vida...

— NÃO FALE ASSIM DO SIRIUS! — berrou Harry.

Estava novamente de pé, furioso, pronto a lançar-se contra Dumbledore, que obviamente não fora capaz de compreender o Sirius, a sua coragem, o sofrimento por que tinha passado...

— E, então, o Snape? — cuspiu Harry. — Dele não fala, pois não? Quando eu lhe contei que o Voldemort tinha aprisionado o Sirius, ele limitou-se a troçar de mim, como de costume...

— Harry, tu sabes que o Professor Snape não tinha outra alternativa senão fingir que não te levava a sério em frente da Dolores Umbridge — afirmou Dumbledore com firmeza. — Porém, tal como te expliquei, logo que possível, ele informou a Ordem do que tu tinhas dito. Foi ele que deduziu aonde tinhas ido, quando não regressaste da Floresta. Foi também ele que deu Veritaserum falso à Professora Umbridge, quando ela tentou obrigar-te a revelar-lhe o paradeiro do Sirius.

Harry não levou isto em consideração. Sentia um prazer selvagem em culpar Snape, parecia que isso aliviava a sua própria consciência pesada e queria ouvir Dumbledore a concordar com ele.

— O Snape... o Snape p... picou o Sirius por ele ter de ficar em casa... deu a entender que o Sirius era cobarde...

— O Sirius era suficientemente maduro e esperto para deixar que comentários desses o atingissem — afirmou Dumbledore.

— O Snape desistiu de me dar aulas de Oclumância! — vociferou Harry. — Pôs-me fora do gabinete dele!

— Estou a par disso — assentiu Dumbledore, abatido. — Já admiti que foi um erro da minha parte não ter sido eu a ensinar-te, embora na altura tivesse a certeza de que nada teria sido mais perigoso que possibilitar a Voldemort um acesso ainda maior à tua mente, quando eu estivesse presente...

— O Snape ainda fez pior, a cicatriz doía-me sempre mais depois de ter aulas com ele... — Harry recordou-se do que Ron dissera acerca daquele assunto e persistiu: — Como é que o senhor sabe que ele não estava a enfraquecer-me para o Voldemort, a facilitar-lhe a entrada na minha mente...

— Eu confio no Severus Snape — limitou-se Dumbledore a afirmar. — Contudo, esqueci-me... outro erro dum velho... de que algumas feridas são demasiado profundas para que possam sarar.

Pensei que o Professor Snape fosse capaz de ultrapassar o ressentimento que tinha pelo teu pai... estava enganado.
— Mas isso não tem importância, pois não? — berrou Harry, ignorando as caras escandalizadas e os murmúrios dos retratos pendurados na parede. — Não tem importância que o Snape odeie o meu pai, mas que o Sirius odeie o Kreacher já tem?
— O Sirius não odiava o Kreacher — redarguiu Dumbledore. — Considerava-o um criado indigno de muita importância, ou atenção. É frequente a indiferença e a desatenção causarem muito mais estragos que a antipatia pura... A fonte que destruímos esta noite era uma mentira. Nós, os feiticeiros, maltratámos e prejudicámos durante demasiado tempo as outras criaturas mágicas e agora estamos a colher o que semeámos.
— ENTÃO, O SIRIUS MERECEU O DESTINO QUE TEVE? — gritou Harry.
— Eu não disse isso, nem nunca me ouvirás dizer uma coisa dessas — retorquiu Dumbledore em voz baixa. — O Sirius não era cruel, em geral tratava bem os elfos domésticos. Não sentia afecto pelo Kreacher, porque o Kreacher era uma lembrança viva da casa que tanto detestara.
— Pois, detestava mesmo! — assentiu Harry, com a voz a falhar-lhe, virando as costas a Dumbledore e afastando-se. O sol iluminava agora todo o gabinete, e os olhos dos retratos seguiam-no na sua agitação. Não se apercebia do que estava a fazer, nem sequer reparava no gabinete. — Obrigou-o a ficar fechado naquela casa, foi por isso que ele quis sair a noite passada...
— Eu estava a tentar manter o Sirius vivo — disse Dumbledore em voz baixa.
— As pessoas não gostam de ficar trancadas! — virou-se Harry contra ele, furioso. — Fez-me o mesmo a mim, no Verão passado...
Dumbledore fechou os olhos e enterrou o rosto nas suas mãos de dedos longos. Harry ficou a observá-lo, mas aquele sinal de exaustão, ou tristeza, ou o que quer que fosse, tão pouco característico de Dumbledore, não o comoveu. Pelo contrário, sentiu-se ainda mais zangado por Dumbledore dar sinais de fraqueza. Ele não tinha nada que se mostrar fraco, quando tudo o que Harry queria era descarregar a sua fúria em cima dele.
Dumbledore baixou as mãos e pôs-se a examinar Harry através das suas lentes em forma de meia-lua.
— Harry, chegou a altura — disse — de eu te contar aquilo que te deveria ter contado há cinco anos. Senta-te, por favor. Vou con-

tar-te tudo, apenas te peço que tenhas um pouco de paciência. Vais ter oportunidade de te enfureceres comigo... de fazeres o que entenderes... quando eu tiver acabado. Não te impedirei.

Harry dirigiu-lhe um olhar feroz durante alguns instantes e, em seguida, tornou a instalar-se na cadeira colocada em frente de Dumbledore e ficou à espera.

O director ficou uns momentos a contemplar os relvados iluminados pela luz do sol pela janela, depois tornou a olhar para Harry e disse:

— Há cinco anos, chegaste a Hogwarts, são e salvo, tal como era minha intenção. Bom... não completamente são. Já tinhas sofrido. Quando te deixei à porta dos teus tios, sabia que isso iria acontecer, sabia que te estava a condenar a dez anos tristes e difíceis.

Fez uma pausa. Harry não disse nada.

— Poderás ser levado a pensar... e tens boas razões para isso... por que teve de ser assim. Por que razão não poderias ter sido acolhido por uma família de feiticeiros? Muitas se mostrariam mais que dispostas a isso, se teriam sentido honradas e felizes de te terem educado como a um filho.

«A explicação para isso é que a minha prioridade era manter-te vivo. Era pouco provável que mais alguém, à excepção de mim, se apercebesse do verdadeiro perigo que corrias. Voldemort fora derrotado algumas horas antes, mas os seus apoiantes... e muitos deles são tão implacáveis quanto ele... continuavam a monte, furiosos, desesperados e violentos. E a minha decisão também deveria ter em atenção os anos posteriores. Será que eu estava disposto a acreditar que o Voldemort tinha desaparecido de vez? Não. Não sabia se levaria dez, vinte ou cinquenta anos antes de ele regressar, mas tinha a certeza de que o faria e, conhecendo-o como o conhecia, também tinha a certeza de que ele não descansaria enquanto não te matasse.

«Sabia que não há provavelmente nenhum feiticeiro vivo que possua os mesmos conhecimentos de magia que o Voldemort. Sabia que até os meus feitiços e encantamentos com maior poder de protecção seriam provavelmente ineficazes, se ele alguma vez regressasse em pleno.

«Mas também sabia qual era a fraqueza do Voldemort. E, assim, tomei a minha decisão. Ficarias sob a protecção duma magia muito antiga que ele despreza, apesar de a conhecer e, consequentemente, subestima... para o seu próprio mal. Estou a falar, claro está, do facto de a tua mãe ter morrido para salvar a tua vida. Ela deu-te uma protecção duradoura com que ele nunca contou, uma protecção que circula nas tuas veias até hoje. Por conseguinte, depositei a minha confiança no sangue da tua mãe e entreguei-te à irmã dela, o seu único familiar vivo.

— Ela não gosta de mim — ripostou Harry de imediato. — Ela está-se borrifando...

— Mas aceitou ficar contigo — apressou-se Dumbledore a interrompê-lo. — Pode ser que tenha aceitado ficar contigo de má vontade, que se tenha sentido furiosa, relutante, ressentida, porém, ainda assim, ficou contigo e, ao fazer isso, selou o encantamento que eu te lancei. O sacrifício da tua mãe fez dos laços de sangue a maior protecção que eu te poderia dar.

— Ainda não...

— Enquanto o teu lar continuar a ser no sítio onde corre o sangue da tua mãe, o Voldemort não te poderá fazer mal. Ele derramou o sangue dela, mas este sobrevive em ti e na sua irmã. O sangue da tua mãe tornou-se o teu abrigo. Só precisas de lá voltar uma vez por ano, mas desde que continue a ser o teu lar, enquanto lá estiveres, o Voldemort não te pode atingir. A tua tia sabe disto, porque eu lho expliquei na carta que lhe deixei, juntamente contigo, à porta dela. Ela sabe que o facto de te ter acolhido te manteve vivo durante os últimos quinze anos.

— Espere — pediu Harry. — Espere um instante.

Sentou-se direito na cadeira, a olhar fixamente para Dumbledore.

— O Senhor enviou aquele Gritador, disse-lhe para ela se lembrar... era a sua voz...

— Pensei — afirmou Dumbledore, inclinando ligeiramente a cabeça — que talvez ela precisasse que lhe recordassem o pacto que tinha selado, quando aceitou acolher-te. Receei que o ataque do Dementor a pudesse alertar para os perigos de ser tua mãe adoptiva.

— E alertou — assentiu Harry em voz baixa. — Bom... mais ao meu tio que a ela. Ele queria pôr-me na rua, mas depois de o Gritador ter chegado... ela disse que eu tinha de lá ficar.

Pôs-se a olhar fixamente para o chão durante alguns instantes e em seguida, acrescentou: — Mas o que é que isto tem a ver com...

Não era capaz de proferir o nome de Sirius.

— Então, há cinco anos — prosseguiu Dumbledore como se não tivesse interrompido a sua história — chegaste a Hogwarts, talvez não tão feliz nem tão bem alimentado como eu desejaria, mas ainda assim vivo e de boa saúde. Não eras um principezinho mimado, mas eras tão normal como se poderia esperar, dadas as circunstâncias. Até aí, o meu plano estava a correr bem.

«E depois... bem, deves estar tão bem lembrado dos acontecimentos do teu primeiro ano em Hogwarts como eu. Enfrentaste brilhantemente o desafio que te foi colocado e mais cedo... muito mais cedo... que eu esperava, encontraste-te frente a frente com o Voldemort. Voltaste a sobreviver. Foste mesmo mais longe: atrasaste-lhe a recuperação dos seus plenos poderes. Lutaste como um homem. Não tenho palavras para exprimir como fiquei orgulhoso de ti.

«Contudo, este meu plano maravilhoso tinha uma falha — reconheceu Dumbledore. — Uma falha óbvia que, já naquela altura, eu sabia que poderia deitar tudo a perder. E, no entanto, ciente da importância do êxito do meu plano, convenci-me de que não iria permitir que essa falha o arruinasse. Só eu era capaz de evitar que isso acontecesse, por isso só eu teria de ser forte. E quando tu estiveste internado na enfermaria, enfraquecido pela luta que tinhas travado contra Voldemort, eu deparei-me com o meu primeiro teste.

— Não compreendo o que quer dizer — disse Harry.

— Não te lembras de, quando estiveste internado, me teres perguntado por que razão o Voldemort te tentara matar quando eras bebé?

Harry assentiu com a cabeça.

— Deveria ter-te contado nessa altura?

Harry fitou os seus olhos azuis e não respondeu, mas sentiu o coração a bater aceleradamente outra vez.

— Ainda não percebeste qual era a falha do plano? Não... talvez não. Bem, como sabes, eu decidi não te responder. Com onze anos, ainda não tinhas idade suficiente para ficares a saber. Nunca tive intenção de te contar aos onze anos de idade. Numa idade tão jovem, esse tipo de conhecimento teria sido de mais para ti.

«Na altura, eu deveria ter sido capaz de reconhecer os sinais de perigo. Deveria ter-me perguntado por que razão não me sentira mais apreensivo por tu me teres feito a pergunta à qual, eu sabia, um dia, teria de te dar uma resposta terrível. Deveria ter percebido que fiquei demasiado aliviado por não ter de o fazer nesse dia em particular... eras demasiado novo, ainda estavas longe da idade certa.

«Então, passaste para o teu segundo ano em Hogwarts e, mais uma vez, foste obrigado a enfrentar desafios que nem os feiticeiros adultos alguma vez enfrentaram. Comportaste-te, de novo, muito acima das minhas expectativas. Todavia, não voltaste a perguntar por que motivo o Voldemort te tinha deixado essa marca. Conversámos sobre a tua cicatriz, é claro... aproximámo-nos mesmo muito desse assunto. Por que é que não te contei tudo?

«Bom, pareceu-me que os doze anos eram, afinal de contas, uma idade pouco mais apropriada para receber essa informação que os onze. Permiti que saísses da minha presença, manchado de sangue, exausto mas feliz, e, se senti uma pontinha de ansiedade de que, talvez, te devesse ter contado nessa altura, foi rapidamente silenciada. Ainda eras tão novo, e eu não tive coragem de te estragar a tua noite de vitória...

«Estás a entender, Harry? És capaz agora de ver a falha no meu brilhante plano? Tinha caído na armadilha que previra, que dissera a mim próprio que seria capaz de evitar, que tinha de evitar.

— Não...

— Gostava demasiado de ti — limitou-se Dumbledore a dizer. — Preocupava-me mais com a tua felicidade que com o facto de ficares a conhecer a verdade, mais com a tua paz de espírito que com o meu plano, mais com a tua vida que com as vidas que se poderiam perder, se o plano viesse a fracassar. Por outras palavras, agi como o Voldemort espera das pessoas capazes de amar.

«Servirá isso de desculpa? Desafio qualquer pessoa que te tenha observado como eu observei... e tenho-te observado mais de perto que aquilo que possas imaginar... a não desejar evitar que sofresses mais que aquilo que já tinhas sofrido. Que me importava a mim, se algumas pessoas sem nome nem rosto fossem mortas num futuro vago, se no aqui e agora eu soubesse que tu estavas vivo, de saúde e feliz? Nunca sonhei em ter uma pessoa assim nas minhas mãos.

«Passaste para o terceiro ano. Fiquei de longe a observar como te esforçavas para afastar os Dementors, quando encontraste o Sirius, o ficaste a conhecer e o salvaste. Deveria eu ter-te contado nessa ocasião, quando conseguiste arrancar o teu padrinho às garras do Ministério? Já tinhas treze anos e as desculpas começavam a faltar-me. Podias ser novo, mas já tinhas dado provas de seres excepcional. A minha consciência não estava em paz, Harry. Sabia que não tardaria muito...

«Porém, quando, no ano passado, viste o Cedric morrer e escapaste por pouco à morte, conseguindo sair do labirinto... insisti em não te contar, embora soubesse que, uma vez que o Voldemort já tinha regressado, o deveria fazer em breve. E agora, esta noite, sei que há muito estás preparado para tomares conhecimento daquilo que eu tenho vindo a omitir-te, porque provaste que eu te deveria ter entregado esse fardo há mais tempo. A minha desculpa é só esta: tenho-te visto suportar mais fardos que qualquer aluno que alguma vez passou por esta escola e não tive coragem de te sobrecarregar com mais um... o maior de todos.

Harry ficou à espera, mas Dumbledore não prosseguiu.

— Ainda não sou capaz de compreender.

— O Voldemort tentou matar-te quando eras bebé por causa duma profecia que foi feita pouco antes de tu nasceres. Ele tinha conhecimento de que a profecia fora realizada, embora não estivesse a par de tudo o que continha. Decidiu matar-te quando eras bebé, porque acreditava que estava a cumprir os desígnios da profecia. Descobriu, à sua própria custa, que estava enganado, quando a maldição destinada a matar-te se voltou contra ele. E, assim, desde que regressou ao seu próprio corpo, e em especial depois de tu teres conseguido escapar-lhe daquela maneira extraordinária no ano passado, ficou decidido a ouvir a profecia na íntegra. É esta a arma que ele tem procurado tão insistentemente desde que regressou: a forma de te destruir.

O sol já se elevava no horizonte e banhava agora por completo o gabinete de Dumbledore. A vitrina que continha a espada de Godric Gryffindor emitia um brilho claro e fosco, os fragmentos dos instrumentos que Harry deitara ao chão cintilavam como gotas de chuva e, atrás dele, *Fawkes*, renascida, soltava chilreios suaves, enrolada no seu ninho de cinzas.

— A profecia quebrou-se — afirmou Harry perplexo. — Eu estava a ajudar o Neville a subir os degraus na... na sala onde está o arco, e rasguei o manto dele e o globo caiu...

— Aquilo que se quebrou foi meramente o registo da profecia guardado no Departamento dos Mistérios. Mas a profecia foi revelada a alguém, e essa pessoa tem os meios para a recordar na perfeição.

— Quem a ouviu? — indagou Harry, embora suspeitasse de que já sabia a resposta.

— Eu! — respondeu Dumbledore. — Há dezasseis anos, numa noite fria e chuvosa, numa sala por cima do bar da estalagem do Cabeça de Javali. Fora lá para entrevistar um candidato ao cargo de professor de Artes Divinatórias, embora fosse contra a minha vontade que essa disciplina continuasse a ser ministrada. Contudo, a candidata era trineta duma Vidente muito famosa e dotada e, por um mera questão de boa educação, acedi a encontrar-me com ela. Fiquei desapontado. Deu-me a impressão de que não possuía qualquer vestígio do dom. Disse-lhe, espero que delicadamente, que não a considerava adequada para o cargo e preparei-me para me ir embora.

Dumbledore levantou-se e passou por Harry, dirigindo-se ao armário escuro que se encontrava ao lado do poleiro de *Fawkes*. Inclinou-se, fez deslizar o trinco e retirou de lá de dentro a bacia de pedra rasa, com runas gravadas em volta da berma, onde Harry vira o seu pai atormentar Snape. Dumbledore voltou para a secretária, colocou o Pensatório em cima do tampo e levou a varinha à sua própria testa. Retirou de lá fios de pensamento finos e prateados, agarrados à varinha, e depositou-os no recipiente. Voltou a sentar-se à secretária e ficou a observar os seus pensamentos a rodopiar e a flutuar no Pensatório durante alguns momentos. Em seguida, com um suspiro, ergueu a varinha e enfiou a ponta na massa prateada.

Emergiu de lá uma figura envolta em xailes, com uns olhos extraordinariamente aumentados por detrás dos óculos, e que se pôs a girar lentamente, com os pés dentro do recipiente. Porém, quando Sybill Trelawney falou, não foi com a sua habitual voz etérea e mística, mas no tom áspero e rude que Harry já a tinha ouvido usar anteriormente:

Aquele que detém o poder para derrotar o Senhor das Trevas aproxima--se... nascido daqueles que três vezes o desafiaram, nascido quando o sétimo mês finda... e o Senhor das Trevas vai marcá-lo como seu igual, mas ele possuirá um poder que o Senhor das Trevas desconhece... e um terá de morrer às mãos do outro, pois nenhum pode viver enquanto o outro sobreviver... aquele que detém o poder para derrotar o Senhor das Trevas vai nascer quando o sétimo mês findar...

A Professora Trelawney, que rodopiava lentamente, voltou a mergulhar na massa prateada e desapareceu.

Dentro do gabinete reinava o silêncio absoluto. Nem Dumbledore, nem Harry, nem os retratos faziam o mais pequeno ruído. Até *Fawkes* tinha ficado silenciosa.

— Professor Dumbledore? — indagou Harry baixinho, pois Dumbledore, que continuava a contemplar o Pensatório, parecia completamente perdido nos seus pensamentos. — Aquilo significa... o que é que aquilo significa?

— Significa — respondeu-lhe Dumbledore — que a única pessoa que tem a possibilidade de derrotar Lord Voldemort duma vez para sempre nasceu no final de Julho, há quase dezasseis anos. Os pais deste rapaz já teriam desafiado o Voldemort três vezes.

Harry sentiu-se como se algo estivesse a apertá-lo e era-lhe novamente difícil respirar.

— Quer dizer... eu?

Dumbledore respirou fundo.

— O que é estranho, Harry — disse suavemente — é que poderia não ter absolutamente nada a ver contigo. A profecia da Sybill poderia aplicar-se a dois rapazinhos feiticeiros, ambos nascidos no final de Julho desse ano, cujos pais eram membros da Ordem da Fénix e que tinham escapado três vezes por um triz ao Voldemort. Um deles, é claro, és tu. O outro é o Neville Longbottom.

— Mas então... mas então, por que é que era o meu nome que estava na profecia e não o do Neville?

— O registo oficial foi renomeado depois de o Voldemort te ter atacado em bebé — explicou Dumbledore. — Pareceu óbvio ao guardador da Sala das Profecias que o Voldemort te tinha tentado matar, porque sabia que era a ti que a profecia da Sybill se referia.

— Então... posso não ser eu? — insistiu Harry.

— Lamento dizer-te — declarou Dumbledore lentamente, como se proferir aquelas palavras o obrigasse a um grande esforço — que não há qualquer dúvida de que *és* tu.

— Mas acabou de dizer... que o Neville também nasceu no fim de Julho... e a mãe e o pai dele...

— Estás a esquecer-te da parte seguinte da profecia, o último sinal que permite identificar o rapaz que poderia derrotar o Voldemort... o próprio Voldemort iria *marcá-lo como seu igual*. E assim fez, Harry. Ele escolheu-te a ti, não ao Neville. Ele marcou-te com a cicatriz que mostrou ser tanto uma bênção, como uma maldição.

— Mas ele pode ter feito a escolha errada! — exclamou Harry. — Ele pode ter marcado a pessoa errada!

— O Voldemort escolheu o rapaz que pensou poder representar o maior perigo para si próprio — afirmou Dumbledore. — E repara bem numa coisa, Harry: ele escolheu, não aquele de sangue puro (que, de acordo com a sua crença, é o único género de feiticeiro que vale a pena ser ou conhecer), mas o de sangue impuro, como ele próprio. Ele reconheceu-se em ti, mesmo antes de te ter visto e, ao marcar-te com essa cicatriz, não te matou, como era sua intenção, mas concedeu-te poderes e um futuro que te deram a capacidade lhe escapares, não apenas uma vez, mas quatro até agora... uma coisa que nem os teus pais, nem os pais do Neville alguma vez conseguiram.

— Então, mas por que é que ele fez isso? — indagou Harry, que sentia o corpo frio e entorpecido. — Por que é que ele me tentou matar quando eu era bebé? Ele deveria ter esperado para ver qual dos dois, eu ou o Neville, era mais perigoso quando fosse mais crescido e tentado matá-lo nessa altura...

— Esse poderia, sem dúvida, ter sido o procedimento mais lógico — concordou Dumbledore —, mas o problema é que a informação que o Voldemort possuía acerca da profecia estava incompleta. O Cabeça de Javali, que a Sybill escolheu por ser uma estalagem barata, há muito tempo que atrai uma clientela mais, digamos, interessante que o Três Vassouras. Tal como tu e os teus amigos descobriram à vossa própria custa, e eu à minha, nessa noite, é um sítio em que não é seguro partirmos do princípio de que não estamos a ser escutados. É claro que, quando me fui encontrar com a Sybill Trelawney, nem sonhava que iria ouvir alguma coisa merecedora de atenção. A minha... a nossa grande sorte... foi quem estava à escuta ter sido apanhado logo no início e posto fora do edifício.

— Então ele só conseguiu ouvir...?

— Ele só ouviu o princípio, a parte que prevê o nascimento dum rapaz no final de Julho de um casal que desafiou o Voldemort por três vezes. Consequentemente, não estava em condições de alertar o seu senhor de que, ao atacar-te, correria o risco de transferir poderes para ti e marcar-te como seu igual. Por isso, o Voldemort nunca ficou a saber que era arriscado atacar-te, que seria mais prudente esperar, ficar a saber mais. Ele não sabia que tu terias *um poder que o Senhor das Trevas desconhece*...

— Mas eu não tenho! — exclamou Harry com voz abafada. — Eu não tenho quaisquer poderes que ele não tenha, eu não seria capaz de lutar como ele lutou esta noite, eu não sou capaz de possuir pessoas ou... ou de as matar...

— Há uma sala no Departamento de Mistérios — interrompeu-o Dumbledore — que está sempre fechada à chave. Contém uma força que é simultaneamente mais maravilhosa e mais terrível que a morte, que a inteligência humana, que as forças da natureza. É também, provavelmente, o mais misterioso dos muitos temas de estudo que lá são guardados. É o poder que está dentro dessa sala que tu possuis em grande escala e que o Voldemort está longe de possuir. Foi esse poder que te levou a querer salvar o Sirius esta noite, que impediu que fosses dominado pelo Voldemort, porque ele não seria capaz de residir num corpo tão cheio da força que tanto detesta. Foi o teu coração que te salvou.

Harry fechou os olhos. Se ele não tivesse ido salvar Sirius, Sirius não teria morrido... Mais para evitar ter de pensar em Sirius que porque a resposta lhe interessasse por aí além, Harry perguntou:

— O fim da profecia... era algo acerca de *nenhum pode viver...*

— *... enquanto o outro sobreviver* — completou Dumbledore.

— Então — concluiu Harry, tirando as palavras do enorme poço de desespero que tinha na alma —, então isso quer dizer que... que um de nós vai ter de matar o outro... no final?

— Sim — anuiu Dumbledore.

Durante largos momentos, nenhum dos dois falou. Algures, muito para lá das paredes do gabinete, Harry ouvia o som das vozes dos estudantes que se dirigiam ao Salão para tomarem, talvez, um pequeno-almoço antecipado. Parecia-lhe impossível que ainda houvesse pessoas no mundo que fossem capazes de desejar comer, de se rir, que nem soubessem nem se importassem, que Sirius Black se fora para sempre. Sirius já lhe parecia estar a quilómetros de distância. Mesmo agora, uma parte de Harry ainda acreditava que se, ao menos, ele tivesse levantado aquele véu, se teria deparado com Sirius a olhar para ele, talvez a cumprimentá-lo, com a sua gargalhada que fazia lembrar um latido...

— Sinto que ainda te devo uma explicação, Harry — disse Dumbledore hesitante. — Talvez alguma vez te tenhas perguntado por que motivo nunca te escolhi como prefeito? Devo confessar que... que me convenci de que... já tinhas responsabilidades suficientes.

Harry ergueu o olhar e viu uma lágrima a escorrer pelo rosto de Dumbledore até à sua longa barba cor de prata.

XXXVIII

TEM INÍCIO A SEGUNDA GUERRA

*AQUELE CUJO NOME NÃO DEVE SER PRONUNCIADO
REGRESSA*

O Ministro da Magia, Cornelius Fudge, confirmou, num breve comunicado emitido na sexta-feira à noite, que Aquele Cujo Nome Não Deve Ser Pronunciado regressou ao país e se encontra novamente em actividade.

«É com grande pesar que me vejo obrigado a confirmar que o feiticeiro que se autodenomina Lord — bem, vocês sabem a quem me refiro — está vivo e se encontra novamente entre nós», declarou Fudge, com um ar fatigado e perturbado, no momento em que se dirigia aos jornalistas. «Temos ainda a lamentar a revolta em massa dos Dementors de Azkaban, que não se mostram dispostos a continuar a servir o Ministério. Acreditamos que os Dementors se encontram presentemente a receber ordens do Lord... Coiso.»

«Aconselhamos a população de feiticeiros a manter-se vigilante. O Ministério está neste momento a publicar guias com conselhos básicos sobre defesa pessoal e doméstica, que serão distribuídos gratuitamente em todas as casas onde habitem feiticeiros durante o próximo mês.»

O comunicado do Ministro suscitou surpresa e alarme entre a comunidade de feiticeiros, que ainda na quarta-feira passada recebeu garantias do Ministério de que «os rumores persistentes de que o Quem-Nós-Sabemos se encontra a operar entre nós carecem de qualquer tipo de fundamento».

Os pormenores daquilo que terá conduzido à inesperada mudança de posição do Ministério ainda não são claros, embora se acredite que Aquele Cujo Nome Não Deve Ser Pronunciado e um grupo restrito de seguidores (conhecidos por Devoradores da Morte) conseguiram entrar no próprio Ministério da Magia na passada noite de quinta-feira.

Albus Dumbledore, recentemente reempossado como Director da Escola de Magia e Feitiçaria de Hogwarts, membro da Confederação Internacional de Feiticeiros e Presidente do Wizengamot, não se mostrou até agora disponível para prestar quaisquer esclarecimentos. Durante o último ano, Dumbledore veio a insistir que o Quem-Nós-Sabemos não estava morto, ao contrário das expectativas e das convicções da grande maioria da população, mas andava novamente a recrutar seguidores para levar a cabo mais uma tentativa de conquistar o poder. Entretanto, «O Rapaz Que Sobreviveu»...

— Aqui tens, Harry, já sabia que iam arranjar maneira de te envolver nisto — afirmou Hermione, olhando para ele por cima do jornal.

Encontravam-se na enfermaria. Harry estava sentado na beira da cama de Ron e ambos escutavam Hermione a ler a primeira página d'*O Profeta de Domingo*. Ginny, cujo tornozelo tinha sido endireitado num instante por Madam Pomfrey, estava enroscada ao fundo da cama de Hermione. Neville, cujo nariz também tinha regressado ao seu tamanho e forma habituais, estava sentado numa cadeira instalada entre as duas camas e Luna, que os tinha ido visitar, tinha na mão a última edição de *A Voz Delirante*, e lia a publicação de pernas para o ar, aparentemente alheia a tudo o que Hermione dizia.

— Ele agora é outra vez o «rapaz que sobreviveu», não é? — observou Ron em tom sombrio. — Já deixou de ser o exibicionista frustrado, hem?

Serviu-se duma mão cheia de Sapos de Chocolate da imensa pilha em cima da sua mesinha-de-cabeceira, atirou alguns a Harry, Ginny e Neville e arrancou o invólucro do seu com os dentes. Ainda eram visíveis na sua pele marcas profundas deixadas pelos tentáculos do cérebro que se enrolara em volta dele. De acordo com Madam Pomfrey, os pensamentos são capazes de deixar cicatrizes mais profundas que quase tudo o mais, embora desde que lhe começara a aplicar doses generosas da Pomada do Esquecimento do Dr. Ubbly parecesse estar a registar algumas melhoras.

— Pois é, Harry, agora estão muito lisonjeiros contigo — corroborou Hermione, passando os olhos pelo artigo. — «*Uma voz solitária da verdade... tomado por desequilibrado, apesar de nunca ter vacilado no seu relato... alvo de escárnio e calúnia...*» Humm — acrescentou ela franzindo o sobrolho —, reparo que não dizem que foram eles próprios n'*O Profeta* os responsáveis por todo o escárnio e todas as calúnias...

Retraiu-se ligeiramente e levou uma mão às costelas. A maldição que Dolohov lhe lançara, embora não tendo sido tão eficaz como se ele a pudesse ter proferido em voz alta, tinha, não obstante, causado, nas palavras de Madam Pomfrey, «estragos de mais para uma pessoa só». Hermione, que andava a tomar diariamente dez tipos diferentes de poções, registava melhoras assinaláveis, mas já estava a ficar aborrecida com a sua permanência na enfermaria.

— «"A Última Tentativa do Quem-Nós-Sabemos para Tomar o Poder", páginas dois a quatro, "O Que o Ministério Nos Deveria Ter Contado", página cinco, "Por Que Motivo Ninguém Deu Ouvidos a Albus Dumbledore", páginas seis a oito, "Entrevista Exclusiva com Harry Potter", página nove..."» Bom — disse Hermione, dobrando o jornal e pondo-o de lado —, seguramente deu-lhes pano para mangas. Aquela entrevista com o Harry não é exclusiva, é a mesma que saiu n' *A Voz Delirante* há uns meses...

— O papá vendeu-lha — adiantou Luna vagamente, virando uma página d' *A Voz Delirante*. — Conseguiu obter um bom preço, por isso este Verão vamos fazer uma expedição na Suécia para ver se conseguimos apanhar um Snorkack de Chifres Amarrotados.

Hermione pareceu debater-se consigo própria durante alguns instantes e logo em seguida exclamou: — Que óptima ideia!

Ginny cruzou o olhar com o de Harry e desviou de imediato o seu, exibindo um largo sorriso.

— Então, seja como for — prosseguiu Hermione, endireitando-se um pouco na cadeira e retraindo-se mais uma vez —, o que é que se anda a passar na escola?

— Bem, o Flitwick conseguiu livrar-se do pântano do Fred e do George — contou Ginny. — Levou pra aí três segundos, mas deixou um pedacinho debaixo da janela, que isolou com uma corda...

— Porquê — inquiriu Hermione, espantada.

— Oh, diz que achou aquilo uma magia impressionante — explicou Ginny, encolhendo os ombros.

— Acho que o deixou como homenagem ao Fred e ao George — interveio Ron com a boca cheia de chocolate. — Eles mandaram-me estes todos, sabias? — disse ele a Harry, apontando para a pequena montanha de Sapos a seu lado. — Devem estar a fazer bons lucros naquela loja de brincadeiras mágicas, não achas?

Hermione fez um ar de desaprovação e perguntou:

— Então, agora que o Dumbledore regressou, os sarilhos já acabaram?

— Sim — assentiu Neville —, já voltou tudo ao normal.

— Acho qu' o Filch deve andar satisfeito, não é? — indagou Ron, encostando um cromo dos Sapos de Chocolate com a figura de Dumbledore no jarro da água.

— Nem por isso — afirmou Ginny. — Na verdade, anda mesmo muito em baixo... — baixou a voz até ser apenas um sussurro. — Está sempre a dizer que a Umbridge foi a melhor coisa que alguma vez aconteceu a Hogwarts...

Olharam os seis em redor. A Professora Umbridge estava deitada numa cama em frente a eles, contemplando o tecto. Dumbledore tinha penetrado sozinho na Floresta para a salvar dos centauros. Como conseguira fazer aquilo — emergir do arvoredo a apoiar a Professora Umbridge sem ter sofrido um arranhão sequer — ninguém fazia ideia e não seria certamente a própria Umbridge quem lhes iria contar. Desde que regressara ao castelo ainda não tinha, pelo menos que algum deles tivesse dado por isso, proferido uma única palavra. Também ninguém sabia ao certo o que se passava com ela. O seu cabelo de rato, habitualmente bem arranjado, estava todo despenteado e ainda tinha pedaços de galhos e folhas agarrados, mas, para além disso, parecia ter escapado ilesa.

— A Madam Pomfrey diz que ela só está em estado de choque — murmurou Hermione.

— Amuada, mais provavelmente — comentou Ginny.

— Pois é, ela dá sinais de vida se lhe fizerem isto — anuiu Ron e pôs-se a dar estalidos suaves com a língua, imitando o som do galope. Umbridge sentou-se muito direita, a olhar em volta com ar de louca.

— Passa-se alguma coisa, Senhora Professora? — perguntou Madame Pomfrey, enfiando a cabeça pela porta do seu gabinete.

— Não... não... — vacilou Umbridge, voltando a mergulhar a cabeça nas almofadas. — Não, deve ter sido um sonho...

Hermione e Ginny enfiaram o rosto debaixo dos lençóis para abafarem o riso.

— Por falar em centauros — adiantou Hermione depois de se ter acalmado um pouco —, quem é agora o Professor de Artes Divinatórias? O Firenze vai cá ficar?

— Tem de ficar — respondeu Harry —, os outros centauros não aceitam o seu regresso, pois não?

— Parece que tanto ele como a Trelawney vão dar aulas — acrescentou Ginny.

— Aposto que o Dumbledore adorava poder ver-se livre da Trelawney duma vez por todas — opinou Ron, que estava agora a mastigar o décimo quarto Sapo. — Na minha opinião, é uma disciplina completamente inútil e o Firenze não é muito melhor...

— Como é que podes dizer uma coisa dessas? — insurgiu-se Hermione. — Logo agora que descobrimos que há profecias que são *mesmo* verdadeiras?

O coração de Harry começou a bater desenfreadamente. Não contara nem a Ron, nem a Hermione, nem a mais ninguém, o conteúdo da profecia. Neville informara-os de que ela se tinha despedaçado, quando Harry o estava a arrastar pelos degraus acima na Sala da Morte e Harry ainda não corrigira esta ideia. Não se sentia preparado para enfrentar as caras deles no momento em que lhes dissesse que seria ou assassino ou vítima, que não havia alternativa...

— Que pena que se tenha partido — observou Hermione em voz baixa, sacudindo a cabeça.

— Pois é — assentiu Ron. — Bom, pelo menos o Quem-Nós--Sabemos também nunca chegou a descobrir o que ela continha... aonde é que vais? — acrescentou ele, parecendo simultaneamente surpreso e desapontado quando Harry se pôs de pé.

— Aã... o Hagrid — disse Harry. — Sabem, é que ele acabou de chegar e eu prometi ir vê-lo para lhe contar como vocês os dois estão.

— Oh, então está bem — retorquiu Ron amuado, dirigindo o olhar para o recorte de céu azul para além da janela. — Quem me dera que pudéssemos ir contigo.

— Manda-lhe os nossos cumprimentos! — exclamou Hermione à medida que Harry se afastava. — E pergunta-lhe o que é que se tem passado com... o amiguinho dele!

Harry acenou-lhes com a mão em sinal de que tinha ouvido e compreendido o que ela acabara de dizer e saiu da enfermaria.

O castelo parecia muito quieto até para um domingo. Era óbvio que se encontravam todos ao sol nos relvados, desfrutando do final dos exames e da perspectiva de lhes restarem ainda alguns dias livres de revisões e de trabalhos de casa. Harry percorreu lentamente o corredor deserto, espreitando pelas janelas ao longo do seu caminho. Via gente a sobrevoar o campo de Quidditch, na brincadeira, e alguns alunos a nadar no lago, juntamente com a lula gigante.

Era-lhe difícil decidir se queria estar sozinho ou procurar as outras pessoas. Sempre que tinha companhia, sentia vontade de se ir embora e sempre que estava sozinho, desejava ter companhia. Pensou que bem podia fazer uma visita a Hagrid; porém, como ainda não falara com ele como devia ser desde o seu regresso...

Harry tinha acabado de descer o último degrau de mármore do *Hall* de Entrada quando avistou Malfoy, Crabbe e Goyle a sair duma porta à sua direita que Harry sabia que conduzia à sala comum dos Slytherin. Harry estacou de imediato, e o mesmo fizeram Malfoy e os seus amigalhaços. Os únicos sons que se ouviam eram os gritos, as gargalhadas e o barulho dos salpicos da água que entravam pela porta aberta, vindos do relvado em frente.

Malfoy olhou à sua volta (Harry percebeu que ele estava à procura de sinais da presença de professores), em seguida tornou a olhar para ele e ameaçou-o em voz baixa: — És um homem morto, Potter.

Harry ergueu as sobrancelhas.

— Que engraçado — retorquiu ele —, e eu a pensar que, assim sendo, não estaria para aqui a andar...

Harry nunca tinha visto Malfoy com um ar tão zangado. Sentiu uma certa satisfação ao ver a sua cara pálida e pontiaguda contorcida de fúria.

— Vais pagá-las — disse Malfoy, numa voz pouco mais perceptível que um sussurro. — *Eu* vou-te fazer pagar por aquilo que fizeste ao meu pai...

— Bom, estou cheio de medo — escarneceu Harry. — Suponho que o Lord Voldemort sirva apenas para aquecimento comparado com vocês os três... qual é o problema? — acrescentou, pois Malfoy, Crabbe e Goyle fizeram os três um ar apavorado quando ele mencionou aquele nome. — Ele é um amigalhaço do teu pai, não é? Não tens medo dele, pois não?

— Tu achas que és um grande homem, não é, Potter? — disse Malfoy, começando a avançar em direcção a Harry, com Crabbe e Goyle a ladeá-lo. — Espera só. Vou apanhar-te. Não podes meter o meu pai na prisão...

— Pensava que tinha acabado de o fazer— interrompeu-o Harry.

— Os Dementors saíram de Azkaban — afirmou Malfoy em voz baixa. — O meu pai e os outros não tarda nada estão cá fora...

— Sim, é muito provável — redarguiu Harry. — Mas, pelo menos, agora toda a gente sabe a escumalha que são...

A mão de Malfoy precipitou-se para agarrar na varinha, mas Harry foi mais rápido que ele e conseguiu puxar da sua varinha antes de os dedos de Malfoy terem sequer entrado no bolso da sua capa.

— Potter!

A voz propagou-se pelo *Hall*. Snape surgira da escada que conduzia ao seu gabinete e, ao vê-lo, Harry sentiu invadi-lo um ódio muito maior que aquele que sentia por Malfoy... dissesse Dumbledore o que dissesse, nunca iria perdoar Snape... nunca...

— Que estás a fazer, Potter? — perguntou Snape com a sua frieza habitual, aproximando-se dos quatro.

— Estou a tentar decidir que maldição é que vou lançar ao Malfoy, Professor — declarou Harry num desafio.

Snape lançou-lhe um olhar penetrante.

— Guarda imediatamente essa varinha — ordenou ele bruscamente. — Dez pontos a menos para os Gryff...

Snape dirigiu o olhar para as ampulhetas gigantes que estavam na parede e exibiu um sorriso sarcástico.

— Ah! Estou a ver que já não há mais pontos para tirar na ampulheta dos Gryffindor. Nesse caso, Potter, teremos simplesmente de...

— Somar mais alguns?

A Professora McGonagall acabava de subir penosamente os degraus de pedra da entrada do castelo. Trazia numa mão um saco de viagem com um padrão axadrezado e apoiava-se pesadamente numa bengala com a outra, porém, para além disso, parecia encontrar-se bastante bem.

— Professora McGonagall! — exclamou Snape, avançando a passos largos em direcção a ela. — Estou a ver que já saiu de São Mungo!

— Sim, Professor Snape — anuiu a Professora McGonagall, sacudindo o casaco de viagem dos ombros. — Estou como nova. Vocês dois... Crabbe... Goyle...

Chamou-os com um gesto autoritário e eles aproximaram-se, arrastando os seus enormes pés com um ar embaraçado.

— Aqui têm — disse a Professora McGonagall, atirando com o saco de viagem contra o peito de Crabbe e o casaco a Goyle —, levem isto para o meu gabinete.

Eles viraram-se e começaram a subir pesadamente a escadaria de mármore.

— Muito bem — declarou ela, dirigindo o seu olhar para as ampulhetas penduradas na parede. — Bom, creio que o Potter e os amigos devem receber cinquenta pontos cada um por alertarem o mundo para o regresso do Quem-Nós-Sabemos! Que tem a dizer disto, Professor Snape?

— O quê? — retorquiu Snape, apesar de Harry saber que ele tinha ouvido perfeitamente. — Oh... bom... acho que...

— Então, temos cinquenta para o Potter, os dois Weasleys, o Longbottm e Miss Granger — concluiu a Professora McGonagall, ao mesmo tempo que uma chuva de rubis foi cair no fundo da ampulheta dos Gryffindor. — Oh... e cinquenta para Miss Lovegood, acho eu — acrescentou ela, e algumas safiras caíram na ampulheta dos Ravenclaw. — Agora, suponho que o Senhor, Professor Snape, queria tirar dez pontos ao Potter... por isso, aqui temos...

Alguns rubis voltaram a subir para a parte superior, deixando, contudo, uma quantidade considerável lá em baixo.

— Bem, Potter, Malfoy, acho que, num dia magnífico como o de hoje, deviam estar lá fora — prosseguiu a Professora McGonagall com grande vivacidade.

Harry não precisou de que lhe dissessem duas vezes. Tornou a enfiar a varinha na capa e dirigiu-se de imediato para a porta da rua, sem sequer voltar a olhar para Snape, ou Malfoy.

O sol quente atingiu-o em força à medida que atravessava o relvado em direcção à cabana de Hagrid. Os alunos que estavam deitados na relva a apanhar banhos de sol, a conversar, a ler *O Profeta de Domingo,* ou a comer doces ficaram a olhar para ele quando passou. Alguns chamaram por ele, outros acenaram-lhe, manifestamente ansiosos por lhe mostrarem que eles, tal como *O Profeta*, tinham chegado à conclusão de que ele era uma espécie de herói. Harry não falou a ninguém. Não fazia ideia do que eles sabiam sobre os acontecimentos de três dias atrás, mas tinha até aí conseguido evitar que lhe fizessem perguntas e preferia que as coisas continuassem assim.

A princípio, quando bateu à porta de Hagrid, pensou que ele não se encontrasse em casa, mas logo *Fang* dobrou a esquina e veio a correr até ele, quase o deitando ao chão com o entusiasmo das suas boas-vindas. Hagrid, ao que parecia, estava a colher feijão-verde na horta das traseiras.

— Tudo bem, Harry! — saudou-o ele, todo sorridente, quando Harry se aproximou da vedação. — Entra, entra, vamos tomar um copo de sumo de dente-de-leão...

«Com' é que vão as coisas? — perguntou-lhe Hagrid, enquanto se sentavam à mesa de madeira, cada um com o seu copo de sumo com gelo. — Pois... aã... 'tá tudo bem contigo?

Pelo ar de preocupação que transparecia do rosto de Hagrid, Harry percebeu que ele não se estava a referir ao seu bem-estar físico.

— Estou bem — apressou-se Harry a responder, porque não aguentaria falar sobre aquilo em que Hagrid estava a pensar. — Então, por onde é que tens andado?

— Tenho 'tado escondido nas montanhas — contou Hagrid. — Lá numa caverna, com' o Sirius q'ando...

Calou-se de repente, clareando a voz rouca, olhou para Harry e tomou um grande trago de sumo.

— Seja como for, 'tou de volta — proferiu com voz débil.

— Tu... tu estás com melhor aspecto — observou Harry, que estava decidido a manter a conversa afastada de Sirius.

— O quê? — disse Hagrid, levando uma mão enorme ao rosto.

— Oh... oh, pois. Bom, o Grawpy anda a portar-se muita melhor, muita melhor mesmo. Pra dizer a verdade, par'ceu ficar mesmo contente q'ando eu voltei. É um bom rapaz, a sério... inté tenh' andado a pensar em arranjar-lhe uma amiga...

Em circunstâncias normais, Harry teria tentado de imediato dissuadir Hagrid desta ideia. A perspectiva de mais um gigante a instalar-se na Floresta, possivelmente ainda mais selvagem e brutal que Grawp, era francamente assustadora, porém, por alguma razão, Harry não foi capaz de reunir a energia necessária para abordar o assunto. Começava a sentir vontade de tornar a estar sozinho, e, tendo em mente a ideia de se ir embora o mais depressa possível, engoliu vários goles de sumo de dente-de-leão, quase esvaziando o copo.

— Agora, toda a gente sabe que andaste a dizer a verdade, Harry — disse Hagrid delicada e inesperadamente. — Sempre há-de ser melhor, né?

Harry encolheu os ombros.

— Olha — Hagrid inclinou-se para ele por sobre a mesa — ... eu conhecia o Sirius há mais tempo que tu... ele morreu a lutar, e era assim qu' ele t'ria querido ir...

— Ele nem sequer queria ir! — exclamou Harry, zangado.

Hagrid inclinou a sua grande cabeça desgrenhada.

— Pois não, tam'ém acho que não — disse em voz baixa. — Mas, Harry, 'inda assim... ele nunca foi do tipo de ficar sentado em casa e deixar qu' os outros lutassem por ele. Nã' t'ria sido capaz d' aguentar, se não tivesse ido em teu auxílio...

Harry levantou-se de um pulo.

— Tenho de ir visitar o Ron e a Hermione à enfermaria — disse de forma automática.

— Oh! — exclamou Hagrid, com um ar bastante perturbado. — Oh... intão 'tá bem, Harry... olha, tem cuidado contigo, e aparece q'ando tiveres tempo...

— Pois... está bem...

Harry encaminhou-se para a porta tão depressa quanto podia e abriu-a de rompante. Já se encontrava lá fora, ao sol, a atravessar o relvado antes de Hagrid ter terminado de se despedir dele. Mais uma vez, os colegas se puseram a chamar por ele ao vê-lo passar. Fechou os olhos por uns instantes, desejoso de que desaparecessem todos, de que pudesse abrir os olhos e dar por si sozinho no relvado...

Uns dias atrás, antes de os exames terem terminado e ele ter tido a visão que Voldemort lhe colocara na mente, teria sido capaz de dar quase tudo para que o mundo da feitiçaria ficasse a saber que ele andava a dizer a verdade, para que acreditassem que Voldemort regressara e que ele não era mentiroso, nem louco. Contudo, agora...

Caminhou um pouco em volta do lago, sentou-se na margem atrás duns arbustos espessos, ao abrigo dos olhares de quem passava, e pôs-se a contemplar a superfície cintilante da água, a reflectir...

Talvez o motivo por que desejava estar sozinho se prendesse com o facto de se sentir isolado de todos, desde a conversa que tivera com Dumbledore. Uma barreira invisível separava-o do resto do mundo. Ele era... sempre fora... uma pessoa marcada. O problema era que nunca entendera completamente o que isso significava...

Todavia, ali sentado da margem do lago, sentindo o peso insuportável da dor a arrastá-lo, a perda de Sirius tão recente e em ferida na sua alma, não era capaz de sentir um medo por aí além. O sol brilhava, e os relvados em seu redor estavam cheios de gente a rir e, não obstante ele se sentir tão distante deles como se pertencessem a uma raça diferente, ali sentado, ainda assim era-lhe muito difícil acreditar que a sua vida deveria incluir, ou acabar com, um assassínio...

Permaneceu ali sentado durante muito tempo, a contemplar a água, evitando pensar no padrinho, ou lembrar-se de que fora mesmo ali em frente, na margem oposta, que Sirius desfalecera ao tentar defender-se de cem Dementors...

Só depois de o sol se pôr é que deu por o ar ter arrefecido. Levantou-se e regressou ao castelo, limpando as lágrimas à manga enquanto caminhava.

★

Ron e Hermione saíram da enfermaria, totalmente restabelecidos, três dias antes do final do período. Hermione estava sempre a dar sinais de querer conversar sobre Sirius, mas Ron punha o dedo em frente dos lábios para a mandar calar sempre que ela mencionava o nome dele. Harry ainda não estava certo se queria ou não falar já sobre o padrinho, os seus desejos variavam consoante o seu estado de espírito. No entanto, de uma coisa ele tinha a certeza: por muito infeliz que se pudesse sentir naquele momento, iria sentir imensa falta de Hogwarts dentro de alguns dias, quando estivesse de volta ao número quatro de Privet Drive. Ainda que agora fosse capaz de compreender por que razão tinha de voltar para lá todos os verões, não era por isso que se sentia mais satisfeito. Na verdade, nunca receara tanto o regresso.

A Professora Umbridge deixou Hogwarts um dia antes de o período acabar. Constava que se tinha esgueirado da enfermaria durante a hora do jantar, obviamente na esperança de partir sem ninguém dar por isso, mas, infelizmente para ela, encontrou Peeves pelo caminho, que agarrou a sua última oportunidade de passar à prática as instruções de Fred e se pôs a persegui-la alegremente, batendo-lhe ora com uma bengala, ora com uma meia cheia de giz lá dentro. Muitos dos alunos foram a correr até ao *Hall* para a verem a fugir pelo acesso fora e os Chefes de Equipa fizeram tentativas pouco determinadas para os impedir. Na realidade, a Professora McGonagall voltou a instalar-se na sua cadeira, na mesa dos professores, depois de levantar algumas débeis objecções e ouviram-na claramente lamentar-se por ela própria não poder ir atrás de Umbridge, aos vivas, porque Peeves lhe tinha levado a bengala.

Chegou a última noite passada na escola. A maior parte dos alunos já tinha acabado de fazer as malas e já se dirigia à festa de despedida de final do período. Todavia, Harry ainda nem sequer tinha começado.

— Fazes isso amanhã! — disse Ron, que estava à porta do dormitório à espera dele. — Vá lá, estou a morrer de fome.

— Eu não me demoro... olha, vai tu à frente...

Porém, quando a porta do dormitório se fechou atrás de Ron, Harry não fez qualquer esforço para se apressar a fazer as malas. A última coisa que desejava era ir à Festa de Despedida. Preocupava-o o facto de Dumbledore poder fazer alguma referência a ele no seu discurso. Tinha a certeza de que iria mencionar o regresso de Voldemort. Afinal de contas, falara-lhes disso no ano anterior...

Tirava alguns mantos amarrotados do fundo do seu malão para arranjar espaço para colocar os que estavam dobrados, quando reparou num pacote mal embrulhado que se encontrava no fundo, a um canto. Inclinou-se, retirou-o de debaixo dos sapatos de ténis e começou a examiná-lo.

Percebeu de imediato do que se tratava. Tinha-lhe sido dado por Sirius à porta do número doze de Grimmauld Place. *«Usa-o quando precisares de mim, está bem?»*

Sentou-se na cama e desembrulhou o pacote. De lá de dentro caiu um pequeno espelho quadrado. Tinha ar de ser antigo e era óbvio que estava sujo. Harry elevou-o à altura do rosto e viu o seu próprio reflexo a olhar para si.

Voltou o espelho ao contrário. Na parte de trás estava escrevinhado um recado de Sirius:

> *Este espelho tem duas faces, a outra está em meu poder. Se precisares de falar comigo, é só dizeres o meu nome virado para ela. Tu vais aparecer no meu espelho e eu poderei falar para o teu. O James e eu costumávamos usá-los quando estávamos de castigo em salas diferentes.*

O coração de Harry pôs-se a bater desenfreadamente. Recordava-se de, havia quatro anos, ter visto os pais no Espelho dos Invisíveis. Poderia voltar a falar com Sirius, naquele preciso momento, sabia que sim...

Olhou em seu redor para se certificar de que não se encontrava lá mais ninguém. O dormitório estava vazio. Tornou a olhar para o espelho, ergueu-o ao nível do rosto com as mãos a tremer e disse, alto e bom som: — Sirius.

A sua respiração embaciou a superfície do espelho. Aproximou ainda mais o espelho, sentindo o entusiasmo a inundá-lo. Porém, o olhar que pestanejava através do nevoeiro era indubitavelmente o seu.

Voltou a limpar o espelho e disse, de forma a que cada sílaba ecoasse claramente através do quarto:

— Sirius Black!

Nada aconteceu. O rosto frustrado que o olhava do espelho continuava a ser, sem margem para dúvidas, o seu próprio rosto...

Sirius não levara o espelho consigo no momento em que passara pelo arco, afirmou uma vozinha na mente de Harry. *É por isso* que não está a dar resultado...

Ficou muito quieto por uns instantes e, em seguida, arremessou o espelho para dentro do malão, onde se despedaçou. Estivera convencido, durante um longo minuto esperançoso, de que iria ver Sirius, voltar a falar com ele...

Sentia o desapontamento a queimar-lhe a garganta. Levantou-se e começou a atirar as suas coisas desordenadamente para dentro do malão, tapando o espelho partido...

Foi, então, que teve uma ideia... uma ideia melhor que um espelho... uma ideia muito mais grandiosa, muito mais importante... como é que nunca se lembrara daquilo... por que é que nunca tinha perguntado?

Desatou a correr pelo dormitório e pela escada de caracol abaixo, indo contra as paredes enquanto corria, mal dando por isso. Precipitou-se através da sala comum deserta, passou pelo buraco do retrato e pelo corredor fora, ignorando a Dama Gorda, que chamou por ele: — A Festa está mesmo a começar, sabes, ainda vais a tempo!

Mas Harry não tinha a mais pequena intenção de ir à festa...

Por que seria que havia sempre imensos fantasmas por ali, sempre que não eram necessários, e agora...

Desceu escadarias e percorreu corredores a correr e não encontrou ninguém, nem vivo, nem morto. Era óbvio que estavam todos no Salão de Festas. Quando chegou à sala de Encantamentos, deteve-se, ofegante, a pensar, desconsolado, que teria de esperar até mais tarde, até que a festa terminasse...

Porém, quando estava prestes a perder a esperança, avistou-o... uma forma translúcida a flutuar pelo fundo do corredor.

— Ei... ei, Nick! NICK!

O fantasma enfiou a cabeça de fora da parede, revelando o chapéu ornado com plumas extravagantes e a cabeça perigosamente oscilante de Sir Nicholas de Mimsy-Porpington.

— Boa noite — cumprimentou ele, retirando o resto do corpo da pedra sólida e sorrindo a Harry. — Com que então, não sou o único a estar atrasado? Embora — acrescentou com um suspiro —, num sentido muito diferente, é claro...

— Nick, posso pedir-te uma coisa?

Uma expressão muito peculiar assomou ao rosto de Nick Quase-Sem-Cabeça no momento em que inseria um dedo na gola de gomos tesa do seu pescoço e a endireitava ligeiramente, aparentemente para ganhar tempo para reflectir. Só desistiu quando o seu pescoço parcialmente decepado deu sinais de estar prestes a ceder por completo.

— Aã... agora, Harry? —perguntou Nick, com um ar desanimado. — Não pode esperar para depois da festa?

— Não... Nick... por favor — insistiu Harry. — Preciso mesmo de falar contigo. Podemos ir lá para dentro?

Harry abriu a porta da sala de aula mais próxima e Nick Quase-Sem-Cabeça soltou um suspiro.

— Oh, muito bem — acedeu com ar resignado. — Não posso fingir que não tenho andado à espera disto.

Harry segurou-lhe a porta para ele entrar, mas, em vez disso, Nick preferiu flutuar através da parede.

— À espera do quê? — perguntou Harry, enquanto fechava a porta.

— De que tu viesses à minha procura — respondeu Nick, à medida que deslizava até à janela e se punha a olhar para os relvados envoltos em sombra. — Acontece às vezes... quando alguém sofre... uma perda.

— Bom — disse Harry recusando-se a desviar o assunto. — Tens razão, eu... eu vim à tua procura.

Nick não disse nada.

— O problema é que — prosseguiu Harry, que estava a achar aquilo mais estranho que inicialmente esperara —, é que tu estás morto. Mas ainda continuas aqui, não continuas?

Nick suspirou e continuou a contemplar a vista.

— Estou certo, não é? — insistiu Harry. — Tu já morreste, mas eu estou a falar contigo... podes andar a vaguear por Hogwarts e tudo o resto, não podes?

— Sim — anuiu o Nick Quase-Sem-Cabeça em voz baixa. — Sim, eu ando e falo.

— Então voltaste, não foi? — apressou-se Harry a indagar. — As pessoas podem voltar, não é? Como fantasmas. Não têm de desaparecer por completo. *Não é?* — acrescentou impacientemente, quando viu que Nick continuava calado.

Nick Quase-Sem-Cabeça hesitou e em seguida disse:

— Nem todas as pessoas voltam como fantasmas.

— Que queres dizer com isso? — perguntou Harry baixinho.

— Só... só os feiticeiros.

— Oh — exclamou Harry, quase a rir-se de alívio. — Bom, então não faz mal, porque a pessoa por quem estou a perguntar é um feiticeiro. Então, ele pode voltar, não pode?

Nick virou-se de costas para a janela e olhou melancolicamente para Harry.

— Ele não vai voltar.

— Quem?

— O Sirius Black — respondeu Nick.

— Mas tu voltaste! — ripostou Harry, zangado. — Tu voltaste... tu estás morto e não desapareceste...

— Os feiticeiros podem deixar a sua própria sombra na Terra, para vaguear palidamente por onde as suas formas vivas um dia caminharam — explicou Nick com um ar desanimado. — Mas são muito poucos os feiticeiros que escolhem esse caminho.

— Porquê? — admirou-se Harry. — Seja como for... não faz diferença... o Sirius não se vai importar de que seja pouco habitual, ele vai voltar, eu sei que vai!

Tão forte era a sua convicção, que Harry virou mesmo a cabeça para a porta, seguro, durante um breve instante, de que, iria ver Sirius, branco-pérola e translúcido mas irradiante, a passar por ela e a dirigir-se a ele.

— Ele não vai regressar — reiterou Nick. — Ele terá ... seguido em frente.

— Que queres tu dizer com «seguir em frente»? — apressou-se Harry a perguntar. — Seguir em frente para onde? Escuta, afinal o que é que acontece quando se morre? Para onde se vai? Por que é que nem toda a gente regressa? Por que é que este sítio não está cheio de fantasmas? Por que...?

— Não te posso responder a isso — disse Nick.

— Tu estás morto, não é verdade? — insistiu Harry exasperado. — Quem melhor que tu poderá responder?

— Eu tive medo da morte — explicou Nick delicadamente. — Escolhi ficar para trás. Em certas ocasiões, pergunto-me se não teria sido melhor... bem, isto é irrelevante... na realidade, *eu* nem estou lá, nem cá... — Soltou uma gargalhada triste e abafada. — Harry, eu não sei nada a respeito dos segredos da morte, porque em vez dela escolhi uma fraca imitação da vida. Creio que feiticeiros eruditos estudam esta questão no Departamento dos Mistérios...

— Nem me fales nesse lugar! — retorquiu Harry, furioso.

— Lamento não te poder ajudar mais — disse Nick com gentileza. — Bem... bem... vais desculpar-me... é a festa, sabes...

Dito isto, saiu da sala deixando Harry sozinho, a contemplar abstraidamente a parede que Nick tinha atravessado.

Ao perder a esperança de poder voltar a ver ou a falar com o padrinho, Harry sentiu-se como se o tivesse perdido pela segunda vez. Cheio de tristeza, regressou devagar pelo castelo deserto, perguntando-se se algum dia se tornaria a sentir feliz.

Tinha acabado de virar a esquina que conduzia ao corredor da Dama Gorda, quando avistou alguém mais adiante a afixar um aviso no quadro pendurado na parede. Uma segunda olhadela mostrou-lhe tratar-se de Luna. Não havia ali nenhum sítio bom para se esconder, de certeza ela ouviria os passos dele e, em qualquer dos casos, naquele momento Harry não conseguia arranjar energia suficiente para evitar encontrar-se com quem quer que fosse.

— Olá — cumprimentou-o Luna, distraída, olhando-o de relance enquanto se afastava do quadro de avisos.

— Por que é que não estás na festa? — quis saber Harry.

— Bem, é que perdi a maioria dos meus pertences — explicou Luna calmamente. — Sabes, as pessoas levam-nos e escondem-nos. Mas como é a última noite, preciso mesmo de os reaver, por isso tenho andado a pôr avisos.

Fez um gesto em direcção ao quadro, no qual afixara, como dissera, uma lista de todos os seus livros e roupas que andavam perdidos, oferecendo uma recompensa em troca da sua devolução.

Harry sentiu-se invadido por uma sensação estranha, uma emoção muito diferente da raiva e da dor que o atormentavam desde a morte de Sirius. Levou alguns momentos a perceber que estava com pena de Luna.

— Por que é que as pessoas escondem as tuas coisas? — perguntou-lhe, franzindo o sobrolho.

— Oh... bom... — hesitou ela com um encolher de ombros. — Acho que eles pensam que eu sou um bocado esquisita, sabes? Na verdade, há quem me chame «Loony» Lovegood.

Harry olhou para ela e aquela sensação nova de pena intensificou-se dolorosamente.

— Isso não é razão para te tirarem as tuas coisas — afirmou ele terminantemente. — Queres que te ajude a procurá-las?

— Oh, não — disse ela com um sorriso. — Elas vão aparecer, no fim acaba sempre por acontecer isso. É só que eu queria fazer as malas esta noite. Seja como for... e por que é que *tu* não estás na festa?

Harry encolheu os ombros. — Não me apeteceu, é só isso.

— Pois — disse Luna, observando-o com os seus olhos vagos e protuberantes. — Acho que não te deve apetecer. Aquele homem que os Devoradores da Morte mataram era o teu padrinho, não era? A Ginny contou-me.

Harry assentiu levemente com a cabeça. Porém, por alguma razão desconhecida, sentiu que não se incomodava que Luna falasse de Sirius. Tinha acabado de se lembrar de que também ela era capaz de ver os Thestrals.

— Já alguma vez... — começou ele. — Isto é, quem... já morreu alguém que tu conhecesses?

— Sim — confirmou Luna simplesmente —, a minha mãe. Sabes, ela era uma feiticeira extraordinária, mas gostava de fazer experiências e, um dia, um dos feitiços correu-lhe muito mal. Na altura, eu tinha nove anos.

— Lamento muito — murmurou Harry.

— Pois, foi mesmo horrível — confidenciou-lhe Luna. — Às vezes, ainda me sinto muito triste por causa disso. Mas ainda tenho o meu pai. E, seja como for, não é como se nunca mais fosse voltar a ver a minha mãe, pois não?

— Aã... não? — perguntou Harry, vacilante.

Ela abanou a cabeça em sinal de incredulidade.

— Oh, vá lá. Tu ouviste-os, mesmo por detrás do véu, não ouviste?

— Queres dizer...

— Naquele sala com a passagem em arco. Eles só estavam escondidos, é só isso. Tu ouviste-os.

Olharam um para o outro. Luna exibia um ligeiro sorriso. Harry não sabia o que dizer, ou até o que pensar. Luna acreditava em coisas tão incríveis... porém, ele também estava certo de ter escutado vozes por detrás do véu.

— Tens a certeza de que não queres que te ajude a procurar as tuas coisas? — insistiu.

— Oh, não — respondeu Luna. — Não, acho que vou lá abaixo comer uma fatia de pudim e ficar à espera de que elas voltem a aparecer... acaba sempre por acontecer isso... bom, boas férias, Harry.

— Pois... pois, igualmente.

Luna foi-se embora e, enquanto ele a via a afastar-se, pareceu-lhe que o terrível peso que sentia no estômago diminuíra ligeiramente.

★

No dia seguinte, a viagem de regresso a casa no Expresso de Hogwarts foi marcada por diversos acontecimentos. Em primeiro lugar, Malfoy, Crabbe e Goyle, que tinham claramente estado toda a semana à espera de atacar longe da presença dos professores, fizeram uma emboscada a Harry no comboio, quando este regressava duma ida à casa de banho. O ataque poderia ter sido bem-sucedido não fosse pelo facto de, involuntariamente, eles o terem lançado mesmo do lado de fora dum compartimento repleto de membros do ED, que viram o que se estava a passar através do vidro e se levantaram em conjunto para irem ajudar Harry. Quando Ernie

Macmillan, Hannah Abbott, Susan Bones, Justin Finch-Fletchley, Anthony Goldstein e Terry Boot acabaram de lançar um vasto sortido de feitiços e maldições que Harry lhes ensinara, Malfoy, Crabbe e Goyle pareciam-se muito com três lesmas gigantes, espremidas dentro dos uniformes de Hogwarts, enquanto Harry, Ernie e Justin os içavam para a rede das bagagens e os deixavam lá a destilar.

— Tenho de confessar que estou morto por ver a cara da mãe do Malfoy quando ele sair do comboio — observou Ernie com uma certa satisfação, enquanto o observava a contorcer-se acima dele. Ernie nunca conseguira ultrapassar completamente a humilhação de Malfoy ter retirado pontos aos Hufflepuff durante o breve período em que fora membro da Brigada Inquisitorial.

— A mãe do Goyle é que vai ficar muito satisfeita — opinou Ron, que tinha vindo ver qual era o motivo de tanta agitação. — Agora ele está com um aspecto muitíssimo melhor... seja como for, Harry, o carrinho da comida acabou de parar, se quiseres comer alguma coisa...

Harry agradeceu aos outros e acompanhou Ron de regresso ao compartimento de ambos, onde comprou uma enorme pilha de bolos do caldeirão e pastéis de abóbora. Hermione estava outra vez a ler *O Profeta Diário*, Ginny preenchia um questionário n' *A Voz Delirante* e Neville acariciava a sua *Mimbulus mimbletonia*, que crescera imenso durante o ano e emitia agora murmúrios suaves e estranhos quando lhe tocavam.

Harry e Ron passaram a maior parte da viagem tranquilamente a jogar xadrez mágico, enquanto Hermione lhes lia alguns trechos d'*O Profeta*. O jornal estava agora repleto de artigos sobre as formas de repelir Dementors, as tentativas levadas a cabo pelo Ministério para perseguir os Devoradores da Morte e cartas histéricas, alegando que o autor tinha avistado Lord Voldemort passar à porta de sua casa nessa mesma manhã...

— E ainda não começou a sério — suspirou Hermione melancolicamente, voltando a dobrar o jornal. — Mas já não tardará muito...

— Ei, Harry — chamou Ron baixinho, apontando com a cabeça para a janela de vidro que dava para o corredor.

Harry olhou em seu redor. Cho vinha a passar, acompanhada por Marietta Edgecombe, que usava uma balaclava. O seu olhar cruzou-se com o de Cho por uns breves instantes. Cho corou e continuou a andar. Harry tornou a baixar o olhar para o tabuleiro de xadrez no preciso momento em que um dos seus peões era expulso do tabuleiro pelo cavalo de Ron.

— Então... aã... o que é que se passa entre ti e ela? — perguntou-lhe Ron baixinho.

— Nada — respondeu Harry sinceramente.

— Eu... aã... ouvi dizer que ela agora anda a sair com outra pessoa — interveio Hermione cautelosamente.

Harry ficou surpreendido ao descobrir que aquela informação não o afectava absolutamente nada. O desejo de impressionar Cho parecia-lhe pertencer a um passado que já pouco tinha a ver com ele. Tantas das coisas que ele desejara antes da morte de Sirius o faziam agora sentir-se assim... a semana que decorrera desde a última vez que vira Sirius parecia-lhe ter durado muito, muito mais tempo... estendia-se ao longo de dois universos, um que incluía Sirius, outro donde ele estava ausente.

— Não penses mais nisso, rapaz — disse Ron energicamente. — Quero dizer, ela é bastante gira e isso tudo, mas tu precisas de alguém um bocado mais alegre.

— Ela deve mostrar-se bastante mais alegre com essa outra pessoa — redarguiu Harry com um encolher de ombros.

— Afinal, com quem é que ela anda agora? — perguntou Ron a Hermione, mas foi Ginny quem lhe respondeu.

— Com o Michael Corner — informou.

— O Michael... mas... — admirou-se Ron, esticando o pescoço para a ver melhor. — Mas tu andavas a sair com ele!

— Agora já não ando — afirmou Ginny resolutamente. — Ele não gostou nada de que os Gryffindor tivessem ganhado o jogo de Quidditch aos Ravenclaw e ficou todo amuado, por isso eu acabei com ele e ele foi a correr consolar a Cho. — Começou a arranhar o nariz distraidamente com a ponta da pena, virou *A Voz Delirante* de pernas para o ar e pôs-se a classificar as respostas que dera. Ron ficou a observá-la, perfeitamente deliciado.

— Bem, eu sempre pensei que ele era um bocado parvo — comentou ele, empurrando a sua rainha em direcção ao castelo de Harry e fazendo-o estremecer. — Ainda bem para ti. Para a próxima... vê lá se escolhes alguém... melhor.

Enquanto dizia isto, deitou a Harry um olhar estranhamente dissimulado.

— Bem, eu já escolhi o Dean Thomas, achas que é melhor? — indagou Ginny vagamente.

— O QUÊ? — berrou Ron, deitando o tabuleiro ao chão. *Crookshanks* foi atrás das peças para as apanhar e *Hedwig* e *Pigwidgeon* puseram-se a piar e a chilrear lá de cima.

À medida que o comboio abrandava a sua marcha ao aproximar-se da estação de King's Cross, Harry pensou que nunca sentira tão pouca vontade de o abandonar. Chegara mesmo a passar-lhe pela cabeça o que aconteceria se simplesmente se recusasse a sair e permanecesse teimosamente no seu lugar até ao primeiro dia de Setembro, altura de regressar a Hogwarts. Todavia, quando a composição finalmente se deteve, soltando uma baforada, Harry pegou na gaiola de *Hedwig* e preparou-se para começar a arrastar o seu malão para fora do comboio, como de costume.

Quando o revisor fez sinal a Harry, Ron e Hermione que podiam atravessar a barreira mágica entre as plataformas nove e dez em segurança, aguardava-o uma surpresa do outro lado: um grupo de pessoas para o cumprimentar com que ele não contara nada.

Avistou Moody Olho-Louco, com um ar tão sinistro com o seu chapéu de coco puxado por cima do olho mágico como nas ocasiões em que não o usava, com as mãos nodosas a segurar um cajado comprido e com um enorme manto de viagem vestido. Mesmo atrás dele encontrava-se Tonks, com o cabelo cor de pastilha elástica cor-de-rosa a brilhar à luz do sol, que era filtrada através do tecto de vidro sujo da estação, vestida com uns *jeans* muito remendados e uma *T-shirt* lilás berrante a dizer The Weird Sisters. Junto a Tonks estava Lupin, com o rosto pálido, o cabelo a ficar cada vez mais grisalho, um longo sobretudo puído por cima dumas calças e dum pulôver surrados. A liderar o grupo, encontravam-se Mr. e Mrs. Weasley, que envergavam as suas melhores roupas de Muggles, e Fred e George, que usavam ambos casacos novinhos em folha, feitos dum material verde brilhante e com escamas.

— Ron, Ginny! — chamou Mrs. Weasley, avançando para dar um forte abraço aos seus filhos. — Oh, Harry, meu querido, como é que estás?

— Bem — mentiu Harry, quando ela lhe deu um abraço apertado. Por cima do seu ombro, Harry reparou em Ron, que de olhos arregalados, fitava as roupas novas dos gémeos.

— Que *espécie* de casacos são esses? — perguntou, apontando para eles.

— Pele de dragão da melhor, maninho — respondeu Fred, dando um leve beliscão ao fecho de correr. — O negócio vai de vento em popa e achámos que nos podíamos dar a este luxo.

— Olá, Harry — cumprimentou-o Lupin, quando Mrs. Weasley soltou Harry e se virou para Hermione para a saudar.

— Olá — disse Harry. — Não estava à espera... o que estão todos a fazer aqui?

— Bom — explicou Lupin com um amplo sorriso —, pensámos que talvez fosse melhor termos uma pequena conversa com os teus tios antes de os deixarmos levarem-te para casa.

— Não sei se será uma boa ideia — apressou-se Harry a dizer.

— Oh, eu tenho a certeza de que sim — resmungou Moody, que se tinha aproximado um pouco a coxear. — São aqueles ali, não são, Potter?

Apontou com o polegar por cima do ombro. O olho mágico estava obviamente a espreitar-lhe pela nuca, através do chapéu de coco. Harry desviou-se um pouco para a esquerda para ver para onde Olho-Louco estava a apontar e, sem sombra de dúvida, ali estavam os três Dursleys, com um ar perfeitamente horrorizado perante o comité de boas-vindas a Harry.

— Ah, Harry! — exclamou Mrs. Weasley, afastando-se dos pais de Hermione, que acabara de cumprimentar entusiasticamente, e que agora abraçavam a filha, cada um de sua vez. — Bem... vamos, então, a isso?

— Sim, acho que sim, Arthur — assentiu Moody.

Ele e Mr. Weasley assumiram a liderança do grupo que se dirigia aos Dursleys, que pareciam estar pregados ao chão. Hermione libertou-se delicadamente da mãe para se reunir ao grupo.

— Boa tarde — cumprimentou Mr. Weasley, prazenteiro, o tio Vernon no momento em que parava mesmo em frente a ele. — Talvez esteja lembrado de mim, chamo-me Arthur Weasley.

Como Mr. Weasley destruíra sozinho a maior parte da sala de estar dos Dursleys havia dois anos, Harry teria ficado deveras surpreendido se o tio Vernon já se tivesse esquecido dele. De facto, o tio adquiriu um tom de roxo mais escuro e olhou ferozmente para Mr. Weasley, mas decidiu não responder, em parte, talvez, porque os Dursleys se encontravam em desvantagem de dois para um. A tia Petúnia tinha um ar simultaneamente assustado e embaraçado. Olhava constantemente de relance em seu redor, como se receasse terrivelmente que algum conhecido seu a visse naquela companhia. Entretanto, Dudley parecia estar a tentar parecer pequeno e insignificante, uma proeza em que falhava redondamente.

— Pensámos em dar-lhe um palavrinha acerca do Harry — afirmou Mr. Weasley, ainda a sorrir.

— Pois — resmungou Moody. — Acerca da maneira como ele é tratado quando está em vossa casa.

O bigode do tio Vernon pareceu eriçar-se de indignação. Talvez por o chapéu de coco lhe dar a impressão completamente errada de estar a lidar com uma alma gémea, dirigiu-se a Moody.

— Não tinha conhecimento de que aquilo que se passa em minha casa vos dissesse respeito...

— Creio que aquilo de que você não tem conhecimento daria para encher vários livros, Dursley — retorquiu Moody.

— Seja como for, não é isso que está em causa — interrompeu abruptamente Tonks, cujo cabelo cor-de-rosa parecia estar a ofender a tia Petúnia mais que qualquer outra coisa, pois preferiu fechar os olhos a contemplá-la. — A questão é que, se viermos a descobrir que andam a tratar mal o Harry...

— E podem estar certos de que vamos descobrir — acrescentou Lupin com voz prazenteira.

— Sim — corroborou Mr. Weasley —, ainda que não deixem que o Harry use o letofone...

— *Telefone* — sussurrou-lhe Hermione.

— ... Isso, se tivermos a mais leve suspeita de que o Potter anda a ser maltratado seja lá de que maneira for, vão ter de responder perante nós — afirmou Moody.

O tio Vernon inchou ameaçadoramente. A sua indignação parecia ser ainda maior que o medo que sentia daquele monte de aves raras.

— O senhor está a ameaçar-me? — disse ele tão alto que os transeuntes os olharam fixamente.

— Estou, pois — anuiu Olho-Louco, que parecia bastante satisfeito por o tio Vernon ter sido capaz de compreender aquele facto tão depressa.

— E terei eu ar de quem se deixa intimidar? — vociferou o tio Vernon.

— Bem... — disse Moody, empurrando para trás o seu chapéu de coco para pôr a descoberto o olho mágico que rodopiava de modo sinistro. O tio Vernon recuou horrorizado com um pulo e foi embater dolorosamente num carrinho de bagagens. — Sim, tenho de admitir que tem, Dursley.

Virou-se do tio Vernon para Harry.

— Portanto, Potter... avisa-nos se precisares de nós. Se não tivermos notícias tuas durante três dias seguidos, mandamos-te alguém...

A tia Petúnia pôs-se a choramingar lastimosamente. Era mais que óbvio que estava a pensar no que diriam os vizinhos, caso dessem por aquelas pessoas a entrarem pelo seu jardim.

— Então adeus, Potter — despediu-se Moody, agarrando o ombro de Harry por uns instantes com a sua mão nodosa.

— Toma cuidado contigo, Harry — disse Lupin em voz baixa.
— Vai dando notícias.

— Harry, vamos tirar-te de lá logo que nos for possível — sussurrou-lhe Mrs. Weasley, tornando a abraçá-lo.

— Vemo-nos em breve, pá — disse Ron ansiosamente, dando um aperto de mão a Harry.

— Muito em breve, Harry — acrescentou Hermione com sinceridade. — Fica prometido.

Harry assentiu com a cabeça. Por alguma razão, não foi capaz de encontrar palavras capazes de exprimir o que significava para ele vê-los todos ali reunidos, dando-lhe o seu apoio. Em lugar disso, sorriu-lhes, ergueu a varinha em sinal de despedida, virou-se e afastou-se da estação para a rua banhada de sol, com o tio Vernon, a tia Petúnia e Dudley apressando-se atrás dele.

ÍNDICE

I	Dudley e o Dementor	9
II	Um bando de corujas	25
III	A guarda avançada	43
IV	Grimmauld Place, número 12	58
V	A Ordem da Fénix	75
VI	A nobre e mui antiga casa dos Black	91
VII	O Ministério da Magia	110
VIII	A audiência	123
IX	As atribulações de Mrs. Weasley	135
X	Luna Lovegood	158
XI	A nova canção do chapéu seleccionador	175
XII	A professora Umbridge	193
XIII	O castigo de Dolores	218
XIV	Percy e Padfoot	243
XV	A Grande Inquisidora de Hogwarts	266
XVI	No Cabeça de Javali	286
XVII	O decreto educacional número vinte e quatro	303
XVIII	O exército de Dumbledore	323
XIX	O leão e a serpente	343
XX	A História de Hagrid	362
XXI	O olho da serpente	380
XXII	O Hospital de São Mungo de doenças e lesões mágicas	401
XXIII	Natal na enfermaria dos incuráveis	424
XXIV	Oclumância	444
XXV	Um escaravelho obediente	467
XXVI	Previsto e imprevisto	489
XXVII	O centauro e a delatora	512
XXVIII	A pior recordação de Snape	533
XXIX	Orientação profissional	555
XXX	Grawp	577
XXXI	Níveis puxados de feitiçaria	602
XXXII	Fora da lareira	625
XXXIII	Fuga e luta	644
XXXIV	O Departamento dos Mistérios	656
XXXV	Por detrás do véu	672
XXXVI	O único que ele alguma vez temeu	695
XXXVII	A profecia perdida	706
XXXVIII	Tem início a segunda guerra	728

Estrela do Mar

1. **Sexta-Feira ou a Vida Selvagem,** Michel Tournier
2. **Olá! Está aí alguém?,** Jostein Gaarder
3. **O Livro de Alice,** Alice Sturiale
4. **Um Lugar Mágico,** Susanna Tamaro
5. **Senhor Deus, Esta É a Ana,** Fynn
6. **O Cavaleiro Lua Cheia,** Susanna Tamaro
7. **Uma Mão Cheia de Nada Outra de Coisa Nenhuma,** Irene Lisboa
8. **Tobias e o Anjo,** Susanna Tamaro
9. **Harry Potter e a Pedra Filosofal,** J. K. Rowling
10. **O Palácio do Príncipe Sapo,** Jostein Gaarder
11. **Harry Potter e a Câmara dos Segredos,** J. K. Rowling
12. **O Rapaz do Rio,** Tim Bowler
13. **Harry Potter e o Prisioneiro de Azkaban,** J. K. Rowling
14. **O Segredo do Senhor Ninguém,** David Almond
15. **No Reino do Sonho,** Natália Bebiano
16. **O Polegar de Deus,** Louis Sachar
17. **Viagem a Um Mundo Fantástico,** Jostein Gaarder
18. **Jackpot – Um Rapaz Cheio de Sorte,** Peter Carey
19. **Harry Potter e o Cálice de Fogo,** J. K. Rowling
20. **Novo Mundo,** Gillian Gross
21. **O Crisântemo, o Golfinho e a Estrela,** Jacqueline Wilson
22. **O Cantor do Vento,** William Nicholson
23. **O Reino de Kensuke,** Michael Morpurgo
24. **O Rio das Framboesas,** Karen Wallace
25. **A Fuga de Xangri-La,** Michael Morpurgo
26. **A Escola de Feitiçaria,** Debra Doyle e James D. Macdonald
27. **O Pássaro da Neve,** Sue Welford
28. **O Segredo da Torre,** Debra Doyle e James D. Macdonald
29. **Os 5 Moklins – A Herança Moklin,** Bruno Matos
30. **Os Reinos do Norte,** Philip Pullman
31. **O Feiticeiro e a Sombra,** Ursula K. Le Guin
32. **Os Mutantes,** Kate Thompson
33. **O Grande Mago do Norte,** Eva Ibbotson
34. **Os 5 Moklins – O Herdeiro Perdido,** Bruno Matos
35. **A Estatueta Mágica,** Debra Doyle e James D. Macdonald
36. **Teodora e o Segredo da Esfinge,** Luísa Fortes da Cunha
37. **Os Túmulos de Atuan,** Ursula K. Le Guin
38. **A Torre dos Anjos,** Philip Pullman
39. **Conspiração no Palácio,** Debra Doyle e James D. Macdonald
40. **A Praia mais Longínqua,** Ursula K. Le Guin
41. **Molly Moon – O Fantástico Livro do Hipnotismo,** Georgia Byng
42. **Teodora e a Poção Secreta,** Luísa Fortes da Cunha
43. **O Telescópio de Âmbar,** Philip Pullman
44. **Tehanu – O Nome da Estrela,** Ursula K. Le Guin
45. **Os 5 Moklins – O Legado Final,** Bruno Matos
46. **A Minha Família e Outros Animais,** Gerald Durrell
47. **O Castelo do Feiticeiro,** Debra Doyle e James D. Macdonald
48. **A Biblioteca Mágica,** Jostein Gaarder e Klaus Hagerup
49. **O Pequeno Cavalo Branco,** Elizabeth Goudge
50. **A Menina das Estrelas,** Jerry Spinelli
51. **A Fonte Misteriosa,** Natalie Babbitt
52. **Teodora e os Três Potes Mágicos,** Luísa Fortes da Cunha
53. **Coraline e a Porta Secreta,** Neil Gaiman
54. **A Filha do Rei,** Debra Doyle e James D. Macdonald
55. **O Passáro de Fogo,** Nicky Singer
56. **O Tempo não Pára,** Michael Hoeyc
57. **Os Mistérios da Meia-noite,** Kate Thompson
58. **O Segredo da Plataforma 13,** Eva Ibbotson
59. **Harry Potter e a Ordem da Fénix,** J. K. Rowling